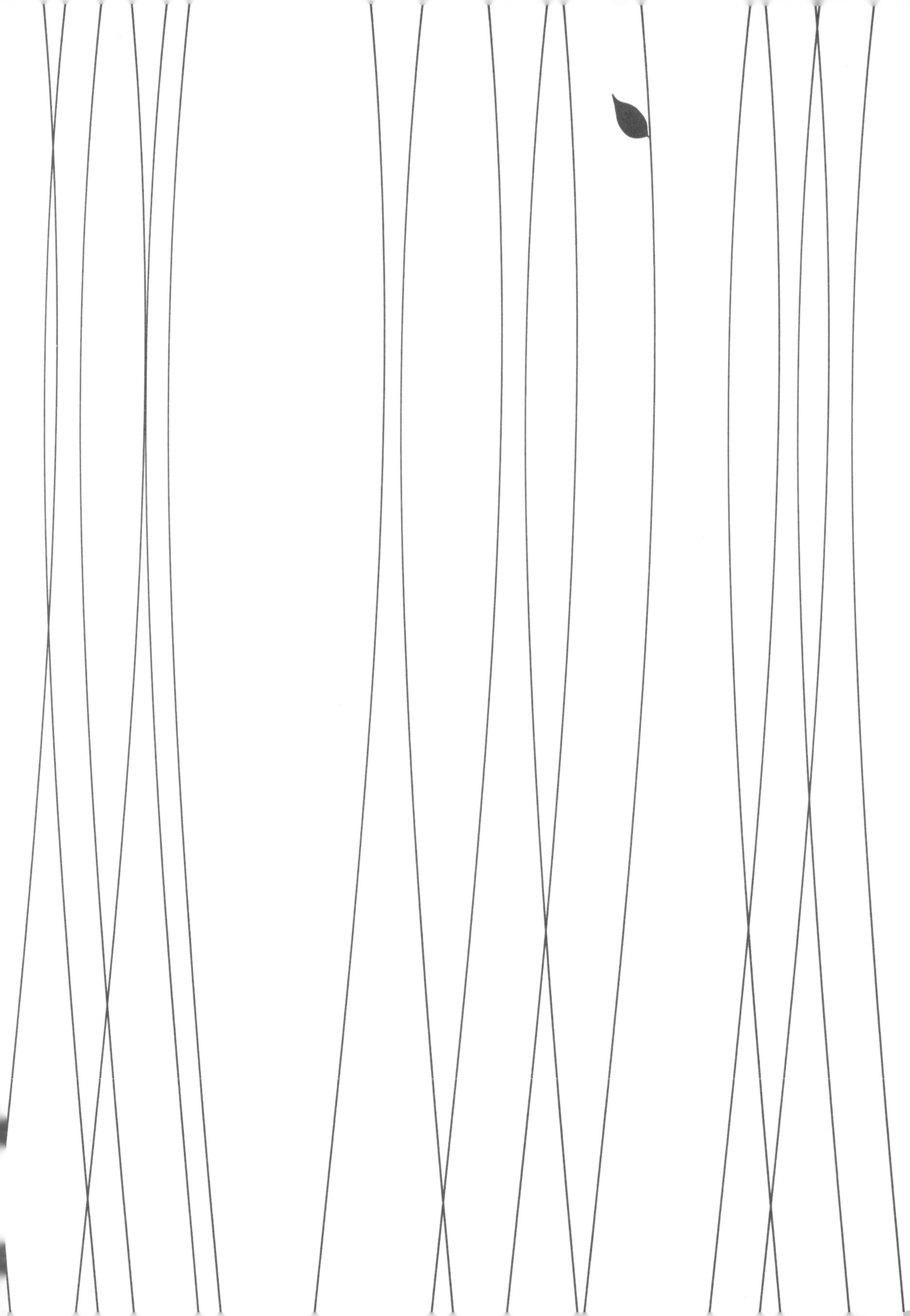

黃金之葉

行進於知識的密林裡，

途徑如此幽微。

我們尋覓一些參天古木，作爲指標，

我們也收集一些或隱或現的黃金之葉，引爲快樂。

追憶似水年華IV：所多瑪與蛾摩拉

À la recherche du temps perdu IV : Sodome et Gomorrhe

馬賽爾・普魯斯特（Marcel Proust）——著

洪藤月 ——譯

安端・康巴儂（Antoine Compagnon）——序言、注解、專檔資料

尚－逸夫・岱第耶（Jean-Yves Tadié）——年代表

目次

關於本冊譯文暨譯注之幾點說明

一、新譯《追憶似水年華》全七冊書名

Du côté de chez Swann
《細說璀璨之童年》

À l'ombre des jeunes filles en fleurs
《妙齡少女花影下》

Le Côté de Guermantes
《富貴家族之追尋》

Sodome et Gomorrhe
《所多瑪與蛾摩拉》

La Prisonnière
《囚禁樓中之少女》

Albertine disparue
《伊人已去樓已空》

Le Temps retrouvé
《韶光重現》

二、本譯注版引述之普魯斯特作品譯名

Contre Sainte–Beuve
《駁聖—伯夫》

Jean Santeuil
《尙・桑德伊》

Les Plaisirs et les Jours
《歡愉與時光》

L'Indifférent
《漠不關心》

Pastiches et mélanges
《臨摹文章與雜文》

Correspondance
《魚雁集》

Correspondance générale
《魚雁全集》

三、注解中引用原典之版本列表（《追憶似水年華》其餘六冊）

書名：*Du côté de chez Swann*
編著者：Antoine Compagnon
出版者：Collection Folio classique (n° 1924), Gallimard
出版年：1988/3/11
國際書碼：9782070379248

書名：*A l'ombre des jeunes filles en fleurs*
編著者：Pierre–Louis Rey
出版者：Collection Folio classique (n° 1946), Gallimard
出版年：1988/5/11
國際書碼：9782070380510

書名：*Le Côté de Guermantes*
編著者：Thierry Laget et Brian G. Rogers, préface de Thierry Laget
出版者：Collection Folio classique (n° 2658), Gallimard
出版年：1994/9/23
國際書碼：9782070392452

書名：*La Prisonnière*
編著者：Pierre–Edmond Robert
出版者：Collection Folio classique (n° 2089), Gallimard
出版年：1989/11/10
國際書碼：9782070381777

書名：*Albertine disparue*
編著者：Anne Chevalier
出版者：Collection Folio classique (n° 2139), Gallimard
出版年：1990/3/13
國際書碼：9782070382330

書名：*Le Temps retrouvé*
編著者：Pierre–Edmond Robert, préface de Pierre–Louis Rey et Brian G. Rogers
出版者：Collection Folio classique (n° 2203), Gallimard
出版年：1990/11/2
國際書碼：9782070382934

四、《所多瑪與蛾摩拉》譯注版之期刊、報紙及出版社中譯列表

期刊

Annales politiques et littéraires：《政治與文學編年史》
La Chronique des arts et de la curiosité：《藝術與巧作專欄集錦》
La Grande revue：《大期刊》
L'Opinion：《意見》期刊
Revue d'art dramatique：《劇場藝術期刊》
La Revue blanche:《白色期刊》
La Revue encyclopédique：《百科全書期刊》
La Revue hebdomadaire：《星期週刊》
Europe：《歐洲月刊》
NRF (Nouvelle Revue Française)：《法國新月刊》
Revue de Paris：《巴黎期刊》

報紙

L'Action Française：《法國行動報》
L'Aurore：《晨曦報》
Le Figaro：《費加洛日報》
Le Gaulois：《高盧日報》（1868年創立，1929年與《費加洛日報》合併）
La Libre parole：《自由言論報》
Le Matin：《晨報》
Le Miroir：《鏡子週刊》
Le Temps：《時代日報》
La Presse：《新聞公報》
Gazette des Beaux–Arts：《藝術快報》

出版社

Bernard de Fallois：貝納．德．法洛瓦出版社
Champion：冠軍出版社
Classiques Larousse：拉魯斯經典出版社
Colin：郭林出版社
Corréâ：郭雷雅出版社
Crès：克雷斯出版社
Fayard：法雅出版社
Fasquelle：法斯格勒出版社
Édition Fallois：法洛瓦出版
Floury：福盧禮出版
Flore：弗洛出版社
Gallimard：賈利瑪出版社
Georges Crès et Cie：喬治．克雷斯有限公司出版社
Grasset：格拉賽出版社
Hachette：雅社德出版社
Julliard：朱利亞出版社
Laffont：拉馮出版社
Macmillan；麥西米蘭出版社
Manzi, Joyant et Cie：曼吉，祚安及有限公司出版社
Masson：馬松出版社
Mercure：《信使報》
Mercure de France：《法國信使報》
Nouvelle librairie nationale：國家新書局
NRF：《法國新月刊》出版社
Ollendorff：歐嵐朵夫出版社
Painter：邦德出版社
Pierre Clarac：彼得．克拉哈出版社

Plon：波隆出版社
Ponthieu：朋帝俄出版社
PUF：法國大學出版社
J. Rueff：律耶夫出版社
Les Sept Couleurs：七色出版社
E. Sansot：桑梭出版社
Stock：斯多克出版社
La Table ronde：圓桌出版社
Tours：杜爾出版社

導讀

洪藤月

前言

在一次諸多以羅馬文化爲主題的寫作練習中，我們讀到年約十三，眉清目秀，聰明可愛，雙眼炯炯有神、勇氣十足的小馬賽爾．普魯斯特如此寫下了他的作文結論：「學習文學讓我們傲視死亡，它對我們提說精神領域，將我們抬舉到凌駕地面的高處，淨化我們所有的情感；因此，帶著理性的、近乎哲學的勇氣，比血氣之勇更美，比感性的無畏無懼更美，因爲其實這是出自精神的勇氣。」馬賽爾．普魯斯特的核心信念在十三歲稚齡時已儼然成形，之後少有更動：詩將會提升他，讓他超越生命中的困頓，詩本身也帶給他回饋[1]。

普魯斯特巨作《追憶似水年華》全集共有七冊。《所多瑪與蛾摩拉》本書居於全集之正中央，前後各有三冊，像似居於群山中之至高山脈。在第四冊文本中，諸多議題都呈現登峰造極之成熟度與豐富多元性。筆者將以三大議題：德瑞福斯事件之論述，性別錯置之論述，以及普魯斯特非意識流作家之論述，作爲閱讀本書之導引。

---

1 Voir : «Le lycéen, un écolier discret», in TADIÉ Jean-Yves, *Marcel Proust, Biographie*, Paris, Gallimard, 1996, p.83.

壹、德瑞福斯事件與普魯斯特之論述

險些淪爲法國內戰危機，重挫法國第三共和的德瑞福斯事件，其肇始背景原因有三：首先是一八七〇年普法戰爭法軍潰敗，亞爾薩斯—洛林被德國併吞，法國人普遍有懼德心理，其次是法國之猶太籍人士坐擁銀行界、財經界龐大勢力，所引來的反猶主義正方興未艾，其三則是涉及駐巴黎之德國籍資訊部主管（le chef du Renseignement）麥西密連·逢·史瓦茲柯本（Maximilian von Shwartzkoppen）與意大利籍軍事專員（l'attaché militaire）亞歷山卓·班尼楂爾迪（Alessandro Panizzardi）之間所存在的同性戀情，他們各自以亞莉珊德琳（Alexandrine）及麥錫蜜蓮恩（Maximilienne）署名，相互書寫著狂熱且柔情款款的書簡，此一惡習，給了法國反猶人士見縫插針的機會[2]。

普魯斯特之原生家庭與養成教育

普魯斯特的原生家庭成員中，女流之輩談論政治議題相當自由，她們獨樹一幟，開始跳脫丈夫的轄制，連有關政治的看法也是如此[3]。在普魯斯特的家庭中，女性觀點比男性重要，這是必然的，她們的心胸對其他文化更加開放，某種程度而言，也更具國際觀。普魯斯特的母親珍妮·普魯斯特（Mme Jeanne Proust）和外婆納德·衛伊夫人（Mme Nathé Weil）都持有自由思想，會獨立思考，文化素養極高。在這樣的女性身上，愛智之心遠勝過物質與金錢的重要性[4]。馬賽爾·普魯斯特的原生家庭有著非常活躍於政治界的前輩，舅公（le grand-oncle）艾拓夫·克雷密厄（Adolphe Crémieux, 1706-1880）乃是七月王朝、第二共和與第三共和時期重要政治人物。有功於頒布阿爾及利亞之猶太人享有法國國籍之政令。後來擔任猶太人環球協會理事長（le président de l'Alliance israélite universelle），死時享有國葬尊榮。

從年輕時代開始，馬賽爾・普魯斯特就閱讀好幾份報紙，期刊，將閱讀心得大量書寫在給母親的信函裡[5]。母子二人經年累月互通魚雁，馬賽爾・普魯斯特對母親的想法極其重視，特別是在國際關係領域，因爲他的母親會接待外交官來家中餐宴，她會介入在賓客的言談之中。例如：他曾經寫了一封著名的信箋給女性好友安端涅特・佛爾（Antoinette Faure），提到布琅捷將軍（le général Boulanger, 1837-1891）的爲人處事，馬賽爾所引用的，是他母親的意見。布琅捷將軍曾於一八八五－一八八九年間主導一場政治運動，結合法國國家至上主義與反國會之異議分子，在國內叱吒風雲一時。普魯斯特視這人十分平庸而且俗不可耐，稱他只會「大肆敲鑼打鼓」，在群眾心中攪動一切原始性的、不被馴服的、尚武的熱情。

一八九四年發生德瑞福斯上尉被誣陷、公開遭到羞辱之後、被拔除軍階的事情，這讓普魯斯特的母親忐忑不安。她和兩位兒子——馬賽爾和羅伯特——很快就認定德瑞福斯是無辜受害，她雖然不認同丈夫的反面意見，不過不會與丈夫起爭論[6]。父執輩中，普魯斯特的姑丈菽勒・艾密歐（Jules Amiot, 1816-1912）被認定爲缺乏寬容之心，正當法國國家與天主教會之間產生切割危機時[7]，菽勒・艾密歐不肯邀請伊璃耶

2 «L'homosexualité et la politique», in DESANGES Gérard, *Marcel Proust et la politique. Une conscience française.* Bibliothèque proustienne,sous la direction de Luc Fraisse, no.26, Paris, Classique Garnier, 2019, p.347. Prix 2020, de la Fondation Édouard Bonnefous – Institut de France, attribué sur proposition de la section Morale et Sociologie.

3 «Proust et les femmes», in DESANGES Gérard, *op. cit.*, p.165.

4 «La politique du côté de chez les Weil», *ibid.*,p. 27.

5 «Préface», *ibid.*, p. 16.

6 «La politique du côté de chez les Weil», *ibid.*, p. 31.

7 反對宗教團體的運動，在十九世紀歷經多次階段性進行，於一八九九年，特別因爲在中學教育中，神職人員進駐的範圍越來越擴大，又重新啓動。一九〇一年七月攸關聯合協會團體的法規，對宗教團體制定必須預先徵得同意權之體制，將不經由授權同意的

（Illiers）馬爾基駐堂神父（l'abbé Marquis）來參加學校頒獎典禮，拒絕在公眾場合向神父問安致意，將他排擠在當地的社交圈外。普魯斯特非常憤怒：「我特別知道我父親的姐夫，他在那地方擔任反教會單位的助理，自從政府頒布法規之後，就不再與駐堂神父問安，他閱讀《永不妥協日報》（*L'Intransigent*），德瑞福斯事件發生之後，又再加上《自由言論報》（*La Libre parole*）[8]。」普魯斯特沒有寫「我的姑丈」，而是寫「我父親的姐夫」，如此表達強烈憤怒的情形是少有的。普魯斯特依然記得伊璃耶的駐堂神父，「〔他〕教了我拉丁文，還有他花園裡所種的花的名字[9]。」這也或許解釋了為何馬賽爾的家庭在一八八〇年之後就不再回到伊璃耶小鎮的原因。菽勒・艾密甌持反猶思想，反教會思想，又加上殖民主義精神，與普魯斯特和衛伊兩個家族的人道主義，自由思想，現代主義和普世價值觀等主流思想背道而馳[10]。

一八九三年二月，羅伯特・德・菲雷（Robert de Flers）帶著二十二歲的普魯斯特前往聆聽維諾神父（Pierre Vignot, 1858-1921）在基督受難前守齋期所宣講的道理，地點是在巴黎的菲尼隆・聖─瑪麗亞教堂（la chapelle Fénelon Sainte–Marie）。普魯斯特認識了維諾神父這位出色的宣道者和教師。維諾神父講道的主題攸關「公義」、「憐憫」。直到一八九六年，連續三年之間，普魯斯特都前往聆聽，而且相當受到感動。普魯斯特尤其看重「憐憫」，所有的朋友都親眼見過他給司機、家僕、餐館服務生等人的小費是多麼大手筆，對窮人的施捨也是。普魯斯特也相當有感於維諾神父在證道中批評資產階級不秉公行義的事實，他的理性及靈命受到維諾神父深刻的影響，如此的「糧食」，讓他來思考關乎公義（德瑞福斯事件即將發生），關乎憐憫，關乎真理的問題。這些反思足能解釋他面對德瑞福斯事件的態度，以及後來當天主教會及神職人士遭受逼迫時，他所採取的立場。普魯斯特找到了蓬勃發展的生命樹：「憐憫」、「公義」和「真理」將永遠帶出他生命中希望的亮光。維諾神父對普魯斯特而言，是他真正的思想導師，也可說是靈命導師[11]。按照普魯斯特所受的教育，以及周遭環境、尤其是來自母系家族的影響，天生具有超強敏銳度的普魯斯特，不可能不全力介入在德瑞福斯事件之中[12]。

論及普魯斯特的政治理念，除了攸關德瑞福斯事件，他堅定抗議不公不義的判決，以及針對第一次世界大戰，表達強烈反戰思想以外，一直以來，他都是採取溫和中庸的政治立場和看法[13]。直到生命晚期，普魯斯特都保持著閱讀報紙的習慣，把它們當作時事新聞集錦來閱讀。他對時事保持關心，甚至也會關心社會新聞，電影、政治，他最關心的是文學。在所有的報紙當中，最常出現在他面前，在他生活中，以及在寫作生活中占有一席之地的，就是《費加洛日報》。普魯斯特所寫的文章會發表在該報〈巴黎迴聲〉專欄中[14]。

德瑞福斯事件歷史紀實

一八九四年末，在巴黎的德國大使館紙屑簍中發現可疑清單（le bordereau），疑似有人將法國軍隊購買武器及軍隊佈署的祕密通報給德國軍事專員。十月十五日，出生於亞爾薩斯省米魯斯市

宗教團體於三個月內解散。一九〇二年六月激進政黨執政後，抗爭日趨劇烈，藉由一九〇四年七月七日之法規，將已經授權過之宗教團體教師團隊解散。（參見本書法文原典頁189。注2。）

8 *Correspondance*, t. III, p. 1-7, cité in «La politique du côté des Proust», DESANGES Gérard, *op. cit.*, p. 46.

9 *Ibid.*

10 «La politique du côté des Proust», DESANGES Gérard, *op. cit.*, p. 48.

11 «Le Collège Fénelon Sainte-Marie»,*ibid.*, p. 78.

12 Giorgette Giorgi, «L'Affaire Dreyfus dans la Recherche», *Bulletin Marcel Proust*, no. 17, 1967, p.631-642, cité in «Préface», DESANGES Gérard, *op. cit.*,p.250.

13 «Le lycéen, un écolier discret», in TADIÉ Jean-Yves, *Marcel Proust*, *Biographie*, p. 87.

14 «La presse», in DESANGES Gérard, *op. cit.*, p. 235.

（Mulhouse）的猶太籍上尉軍官艾勒飛．德瑞福斯（le capitaine-lieutenant Alfred Dreyfus, 1859-1935）被逮捕，十月三十一日，消息由德魯蒙（Drumont）所辦的《自由言論報》披露。十二月二十二日，德瑞福斯被巴黎軍事法庭（le Conseil de guerre de Paris）以叛國罪名判處終身流放。如此的判決，連同他被囚禁在循南街（Cherche-Midi）監所都是在高度機密情況下之下快速進行。

一八九五年一月五日，德瑞福斯在軍事學校傷兵院（les Invalides）被公開羞辱，折斷佩劍，摘掉軍階。他不停地喊冤。二月二十一日，他被送上船遠航至南美洲的圭亞那。當下的尚．若雷斯（Jean Jaurès）和喬治．克雷蒙梭（Georges Clemenceau）曾經要求將他處以死刑。唯有德瑞福斯的妻子和兄弟馬太（Mathieu Dreyfus），以及他的律師德芒日（le Maître Demange）支持他，相信他是無辜的。因此，少有人士對此判決有所反應。但是德瑞福斯的冤情將逐漸浮出檯面。一八九五年七月，喬治．畢卡上校（le colonel Georges Picquart），一位守正不阿的軍官，接續桑德爾上校（le colonel Sandherr）在資訊室（le Bureau de Renseignement）任職。頗有反猶傾向的畢卡曾經在軍法審判現場毫不懷疑德瑞福斯犯了通敵罪。

一八九六年三月，任職資訊室統計部門主管約一年光景的畢卡上校指揮官，發現德瑞福斯可能是被指揮官艾斯德哈吉（Esterhazy）栽了贓：法國相關單位截獲來自艾斯德哈吉所寫的一則訊息，被稱之爲「藍色短簡」（le petit bleu），收件者是派駐巴黎的德國軍事資訊部門主管史瓦茲柯本（Schwartzkoppen）。此一弊端被發現後，法國軍方參謀總長試圖吃案，不過天不從人願。原先畢卡對猶太人並無好感，依照某些見證者的說法，在德瑞福斯被公開羞辱後摘掉軍階的場合，畢卡曾經用粗話開罵。然而，當他發現有人栽贓陷害無辜時，憤恨的暴跳起來，聽見參謀總長下屬對他說：「把這個猶太人放在魔鬼島，與你何干？」畢卡當下回了一句：「但是他無辜啊！」對方聽了，回嘴說：「如果你不透漏任何消息，沒有人會知道。」畢卡再也按捺不住了，說：「你所說的這話可惡至極。我不知道我會如何做；總之，我不會把這個祕密帶到墳墓裡去。」一八九六年七月，畢卡發現艾斯德哈吉所寫的「藍色短箋」字體，與被當作通敵證據的「清單」字體雷同。於是他明白了，軍法審判的確有誤了。十一月二日，亨利上校則是肯定表示，他發現了一封信，乃是由意大利籍軍事專員亞歷山卓．班尼楂爾迪（Alessandro Panizzardi）寫給德國籍軍事專員，信函內容足夠證明德瑞福斯通敵賣國。

《閃電日報》（*l'Eclair*）把暗示性的「D這個人渣」轉換成了「德瑞福斯這個人渣」。德魯蒙出版專書《猶太化之法國》（*La France juive*）以及他所辦的《自由言論報》，共同搧風點火，啓動野火燎原的效果。法國於是分裂成兩派：一派爲支持重審德瑞福斯案情的親德瑞福斯人士，包括知識分子，激進派人士，共和國溫和派人士，以及反黷武主義人士（les antimilitaristes），他們共同集聚在「捍衛人權聯盟」（la Ligue pour la défense des droits de l'Homme）的旗幟之下，另一派組成人員爲反德瑞福斯人士，包括右派國家至上主義者，反猶人士，以及天主教會高層領袖。

一八九七年，畢卡被外調前往阿爾及利亞一危險地區任職。不過他告知勒布洛瓦律師（l'avocat Leblois）德瑞福斯確實無辜。該律師又轉告此訊息傳達給上議院參議院（le Sénat）副議長史爾雷—克斯內（Scheurer-Kestner, vice-président du Sénat）。指揮官亨利與艾斯德哈吉幾次私下會面。

一八九八年一月十一日，被提告的艾斯德哈吉全身而退。一八九八年一月十三日，左拉在克雷蒙梭所辦的《晨曦日報》（*L'Aurore*）發表了一封寫給共和國總統菲利克斯．佛爾（Félix Faure）的公開信，標題爲〈我控訴……〉（«J'accuse...»），該標題乃是出自克雷蒙梭的意見。

一八九八年二月七日，巴黎地方法院開庭審訊左拉被軍事部部長提告之案情，這是德瑞福斯事件發展的關鍵。左拉被判有罪，不過上訴成功，二審又被判有罪。左拉於是逃往倫敦避災。五月間，下議院國民議會（l'Assemblée nationale）一群反猶團體形成。七月十二日，艾斯德哈吉被逮捕，由阿爾及利亞返回的畢卡同時也被逮捕並遞解到瓦雷里安山（Mont–Valérien）監禁。

一八九八年八月十三日，約瑟．雷伊納克[15]協同畢卡，揭穿亨利「造假信箋」的事實，八月三十日，亨利承認所謂的信箋有假，被關入瓦雷里安山監獄，八月三十一日，亨利在監獄輕生。重審德瑞福斯案情有了轉機：亨利的輕生顯明德瑞福斯是被一群「串聯」起來的人誣陷。九月，接二連三的將領，包括軍事部部長，引咎辭職。十月二十九日，最高法院受理德瑞福斯案重審的要求。

一八九八年十二月三十一日年成立「法國祖國聯盟」（la Ligue de la Patrie française），持極右派既強勢又兇猛的護國、護軍隊、反猶立場，齊聚在《法國行動報》（*L'Action française*）的號召之下。《自由言論報》的喉舌查理．墨哈斯（Charles Maurras）說：亨利造假資料的用心是爲了愛國，引起普魯斯特反彈。

一八九九年二月十六日，菲利克斯．佛爾總統，這位普魯斯特家庭所孰悉的朋友意外去世，斷魂在斯登海夫人（Mme Steinheil）的懷中[16]。反德瑞福斯派的菲利克斯．佛爾總統去世，由盧白接續成爲共和國總統。佛爾總統國葬儀式中，屬於熱烈支持布琅捷的保羅．戴魯雷（Paul Déroulède）企圖發動政變，未果，被捕。一八九四年以參謀部第三室指揮官受理調查德瑞福斯的帕提．德．克蘭（Paty de Clam）被捕。一八九九年七月，一則政令預告德瑞福斯將再度由連恩城（Rennes）的軍事法庭重審。親德瑞福斯派的盧白總統遭到人身攻擊，左拉由倫敦返國。八月八日，德瑞福斯乘船返回法國，在連恩城重新接受審訊；他的律師拉伯里在突擊事件中負傷。德瑞福斯再度被判有罪，以較輕的刑罰發落，需再被囚禁十年。十天之後，共和國總統盧白，在新任議會主席要求之下，特赦德瑞福斯。德瑞福斯事件塵埃落定於一九〇〇年，是年，世界博覽會開幕，關乎德瑞福斯事件的所有紛擾都要掩兵息鼓。

一九〇二年，左拉不幸去世，因爲壁爐通風不良，不知是意外還是遭受謀害，到如今依然是個懸案。

一九〇六年，最高法院對連恩城軍事法庭的判決作出裁決，並且不准再提起上訴。德瑞福斯得到了平反。

自從一八九八年畢卡被除役之後，一九〇六年七月十三日，德瑞福斯和畢卡重新獲得軍職。畢卡且於克雷蒙梭內閣（一九〇六年—一九〇九年）期間，被任命爲准將（le général de brigade）及軍事部部長（le Ministre de la Guerre）。親德瑞福斯派人士與反德瑞福斯派人士將重新「一致團結於神聖的時機」（l'Unions sacrée），也就是一九一四年第一次大戰爆發的時候[17]。

德瑞福斯事件中的巴黎沙龍文化

論及法國的沙龍文化，上溯至十八世紀時，沙龍爲數並不算多，屬於少數社會菁英所享有；隨著宮廷和王室的式微，依循王室精神而建立的資產階級沙龍和貴族沙龍，蓬勃發展了一整個十九世紀，也漸漸取代了宮廷和王室的地位。各個沙龍，不但有文學性的，更有音樂性的；到了十九世紀中葉、二十世紀初期的巴黎，沙龍文化變得十分蓬勃，在巴黎至少就有兩百個，而且更具民主性質，在其中進出的座上嘉賓，

15 約瑟・赫爾曼・雷伊納克（Joseph-Hermann Reinach, 1856-1921），普魯斯特在比才（Bizet）之寡居之妻，仁妮維業芙・哈雷維（Geneviève Halévy）家中，與雷伊納克相遇。雷伊納克初期爲熱情支持德瑞福斯之政治人物，著有《德瑞福斯事件始末》（*Histoire de l'affaire Dreyfus*, 1901-1911），在《白色期刊》（*La Revue blanche*）出版社發表，全書計有七冊。參閱《普魯斯特辭典》（*Dictionnaire Marcel Proust*）之«REINACH (Joseph-Hermann)»條目。本辭典由安妮克・布依雅潔（Annick Bouillaguet）與布里昂・G・羅傑斯（Brain G. Rogers）共同主編。並已獲頒法國國家學院銀牌獎，艾米勒・法格（Émile Faguet）文學批評獎等獎項。二〇一四年之更新版，於巴黎，由奧諾雷・襄比翁（Honoré Champion）出版社，冠軍古典集（Champion Classiques）出版。

16 «Printemps 1899», in TADIÉ Jean-Yves, *Marcel Proust, Biographie*, p. 395.

17 «Rappel historique», in DESANGES Gérard, *op.cit.*, p. 250-252。

不乏不同社會階層和多種職業人士，他們彼此會面，也互相提攜[18]。在普魯斯特的時代，尤其是因爲德瑞福斯事件的緣故，其中某些沙龍也轉變成爲政治性場所，成爲公衆意見的「接駁站」，與書報期刊等平面媒體功能相互輝映[19]。在聖—日耳曼富堡貴族區這個貴族的合法采邑裡面，當貴族階級還具有完整架構，還是「天生自然的」統御者時，德瑞福斯事件的議題在其中時有所聞。貴族階級都是清一色的支持正統王室派，國家至上主義派，反猶派，當他們還具有統御能力時，全都屬於反德瑞福斯人士，不會有其他選項。

由於德瑞福斯事件的撼動，沙龍變得更有政治傾向，各自持有相對立場。史特勞斯夫人（Mme Straus）因而失去許多朋友。在史特勞斯夫人和德．卡亞維夫人（Mme Caillavet）家中，普魯斯特有機會遇見相關德瑞福斯事件的政治意見領袖，如此的沙龍加深了普魯斯特對於政治方面的認識。讓普魯斯特記憶猶新的事發生在一八九七年十月某日，約瑟．雷伊納克前來告訴在座賓客，說他有可靠證據，證明艾斯德哈吉應該入罪，而德瑞福斯則是無辜受害。是日，普魯斯特親眼見到一些反德瑞福斯派人士當場怒目離席。其中大部分的人加入了德．鑾恩伯爵夫人（la comtesse de Loynes）所主持的反德瑞福斯派沙龍[20]。

親德瑞福斯的德．卡亞維夫人所主持的沙龍貢獻了心力，促成人權聯盟（la Ligue des Droits de l'homme）的誕生，至於採反德瑞福斯派立場的德．鑾恩夫人，她的沙龍則是助長了法國祖國聯盟的創立。有些沙龍設法保持中立，好留住他們所有的成員。當有人問及甌貝儂夫人（Mme Aubernon）如何對待她沙龍中的猶太人時，她回答說：「我把他們留下」[21]。

德瑞福斯事件影響各個沙龍甚鉅，也象徵了法國親德瑞福斯與反德瑞福斯兩派所形成的分裂。普魯斯特相當有勇氣，既是很清楚的表明他的政治意見，不過，也藉由他的智慧和外交才華，成功的與某些反德瑞福斯之士維繫著關係[22]。樂梅夫人，甌貝儂夫人，瑪蒂德公主（la princesse Mathilde）保持了中立，她們有助於普魯斯特與不同立場的人維繫住關係[23]。

在諸多沙龍女主人中，系出名門，屬於拿破崙一世後代的伊莉莎白・葛瑞芙伯爵夫人（la comtesse Élisabeth Greffulhe, 1860-1952），毋庸置疑是最爲出色的。她以十八芳齡嫁給富甲一方的葛瑞芙伯爵（le comte Greffulhe），伯爵是財經、房地產巨富之後，對嬌妻毫不忠誠，常常對她頤指氣使，卻又百般欣賞她，資助她各種活動。她的沙龍屬於第三共和時期最爲頂尖出色的首選[24]。

葛瑞芙伯爵夫人才華洋溢，擅長繪畫、攝影，鋼琴，樂於安排室內樂音樂會，歌劇表演；葛瑞芙伯爵夫人曾與李斯特（Franz Lizst）、佛瑞（Gabriel Fauré）等著名音樂家相會，擁有多幅居斯塔夫・默羅（Gustave Moreau）的畫作。由於她的玉成，許多音樂會首次重要演出得以舉辦成功，包括一八九九年十月《崔斯坦和伊索德》（*Tristan et Isolde*）在巴黎的首演。她所宣揚的是一種弔詭態度：通常屬於這階層的女性，當她們不款待賓客時，往往熱衷參與宗教敬虔慈善活動，時而憂傷的緬懷王室過往的風采。而葛瑞芙伯爵夫人恰恰相反，她與共和黨人士親近，與外交部長迪奧菲・德卡榭（Théophile Delcassé）關係良好，每週由德卡榭提供給她有關國外政治集錦式的簡報。葛瑞芙伯爵於一八八九年當選爲下議院國民議會議員，但是十分疏懶，不務實於政界之事，以爲只要與人打哈哈即可討好，四年後失去選票，不再復出。

---

18 «Les salons littéraires», *ibid.*, p. 135.
19 *Ibid.*
20 *Ibid.*, p. 137
21 *Ibid.*, p. 136.
22 *Ibid.*, p.137.
23 *Ibid.*, p.1.
24 *Ibid.*, p.148.

葛瑞芙伯爵夫人的沙龍具有政治，社會，國際性，爲第三共和的發展帶出極大的影響；雖然葛瑞芙伯爵夫人屬於貴族社會，與大部分的法國政要都有良好的交情，並不在乎他們所持的左派或右派意見，只有持極端立場者被她拒於門外[25]。她與重審德瑞福斯派政要有來有往，內政部長彼得．瓦迪克—盧梭（Pierre Waldeck-Rousseau）以及於一八九九年—一九〇〇年間成爲戰爭部部長的加斯東．德．卡里費將軍（le général Gaston de Galliffet）兩位政府要員都與她關係密切。有人因此諷刺她是「幕後閣員」（d'avoir fait le ministère）。

葛瑞芙伯爵夫人無論到哪一個歐洲王室，都備受歡迎，一八九九年在柏林接受威廉二世皇帝款待時，曾有一則怪異的右派新聞報導，指控她在威廉二世皇帝面前替德瑞福斯關說。因此針對此事，她以驕傲的口氣寫信給害怕惹事生非的葛瑞芙伯爵，說道：「我們不仰仗於任何人；我們要有勇氣表達己見。這是一種奢侈，比任何奢侈都重要。」普魯斯特筆下逐步傾向親德瑞福斯派思想的蓋爾芒特家族，就有葛瑞芙伯爵夫人的身影。

葛瑞芙伯爵夫人經常邀請重要人物來到她的沙龍，她的賓客常有南轅北轍的意見，不過，不論她的言論是否經常出人意表，大家都樂意前來欣賞女主人的魅力和風采。葛瑞芙伯爵夫人和普魯斯特一樣，都持親德瑞福斯派立場，因爲當她在普魯士出遊時，獲知德瑞福斯的確是無辜受害的證據，不過她同時護衛著天主教會，共和國體制。她對於持有獨立自由思想的人物都非常欣賞，例如喬治．克雷蒙梭，約瑟．卡伊歐（Joseph Caillaux），亞里斯迪．布理昂（Aristide Briand），尙．若雷斯等人[26]。

普魯斯特喜愛回溯葛瑞芙伯爵夫人所留給她的印象，例如當雷納多．韓恩針對她表示負面評價時，普魯斯特則是力挺葛瑞芙伯爵夫人，說她「聰明伶俐，魅力十足，宅心仁厚，無人能與她的精明並駕齊驅[27]。」葛瑞芙伯爵夫人與羅伯特．德．孟德斯基歐—費貞薩克伯爵是堂表兄妹；他們畢生情誼深厚，相互欣賞。對德．孟德斯基歐伯爵而言，葛瑞芙伯爵夫人美得令人讚嘆。普魯斯特則是認為葛瑞芙伯爵夫人是他所認識的女性中間的「絕美佳麗」，無人可與她相提並論[28]。普魯斯特筆下的德．蓋爾芒特公爵夫人是葛瑞芙伯爵夫人的化身[29]。普魯斯特除了對於葛瑞芙伯爵夫人的美貌十分著迷之外，更是欣賞她的優雅，自由思想，以及她那通常與貴族內圈的人相左的政治意見[30]。

普魯斯特之介入與淡出

普魯斯特從年輕時代就對政治感興趣，儘管他人生走到尾端的時候，謹守自己不要受到政治的影響。他對政治的興趣，經常都保持著些許距離，不願意成爲熱心投入政治內圈的分子，唯一的例外情況，是德瑞福斯事件發生的短期時間之內。

艾斯德哈吉被軍事法庭以無罪開釋後，一八九八年一月十三日，左拉在《晨曦日報》發表〈我控訴……〉一文，被極右派人士一手遮天的重審德瑞福斯事件再度被啓動，讓人看見了一線曙光。這份報紙在巴黎的大街上沿街叫賣。普魯斯特有感於報紙的威力，對它存在的必要性，格外有所感觸。除了成爲作

---

25 *Ibid.*

26 *Ibid.*, p.149.

27 «La comtesse Greffulhe ou l'inutile beauté», in TADIÉ Jean-Yves, *Marcel Proust, Biographie*, *op. cit.*, p. 9-390.

28 «Les salons littéraires», in DESANGES Gérard, *op.cit.*, p. 148.

29 *Ibid.*

30 *Ibid.*, p.149.

家之外，成爲新聞媒體從業者，也是唯一可能吸引他的行業[31]。

一八九八年一月十四日，一份由知識分子提出的請願書，在同一《晨曦日報》刊登，要求重審德瑞福斯訴訟案；請願書有馬賽爾．普魯斯特的簽名，也由他取得安納托．法朗士的聯署。二月七日，由於軍事部部長提告，左拉在巴黎開始被起訴，訴訟持續到二十三日。普魯斯特到了現場，並且將該訴訟案情敘述在《尚．桑德伊》文本中。

一八九八年八月三十日，亨利的「假信箋」被發現後輕生。參謀總長德．波瓦德弗將軍（le général de Boisdeffre）請辭。普魯斯特寫信給史特勞斯夫人說：該事件「好似出自巴爾札克手筆，〔…〕堆砌急轉直下的結局，轉而變成莎士比亞的版本[32]」。

一八九八年十一月，普魯斯特再度簽署請願書，完全義無反顧的支持和聲援被關在瓦雷里安山監牢已達四個月之久的畢卡，甚至成功的請人將《歡愉與時光》送達畢卡手中[33]。在舉國震盪，左右兩派壁壘分明時，普魯斯特堅定表態支持畢卡，德瑞福斯的律師拉伯里，德芒日大律師等人[34]。德瑞福斯事件的發展，在一八九九年初依然有出人意表的驚悚變化，普魯斯特還會再度簽屬幾份陳情書。

一八九九年，連恩城被德瑞福斯事件撼動了。定德瑞福斯有罪的判決被撤銷，八月七日，在連恩的軍事法庭將有一場新的審訊開庭。十一日，普魯斯特向約瑟．雷伊納克表達了焦慮：「據說在連恩城，事情發展得非常不妙。」德瑞福斯的辯護律師拉伯里八月十四日遭突擊受傷，普魯斯特馳送一份電報「向良善不可屈服的巨人」致敬。

普魯斯特緊密的關心著重審訴訟案的發展，不但他的信箋充滿與事件相關的細節，也包含對德瑞福斯事件的人物的影射和暗喻。到最後，九月九日頒布了「可恥的判決」，依然宣稱德瑞福斯有罪，只是「從輕量刑」。普魯斯特認爲：「對於軍隊，對於法國，對於判案法官狠心要求已經筋疲力盡的德瑞福斯重新拾起勇氣，這是悲哀的。」至於「從輕量刑」，其意義就是「判案法官心知肚明、卻是可恥的坦承了他們心中對該案的確存有疑慮」；爲了安慰母親珍妮．普魯斯特和弟弟羅伯特的憂傷，普魯斯特表示：希望政府能夠作出「補償性措施」。德瑞福斯終於九月十九日獲得了盧白總統的特赦[35]。德瑞福斯獲得特赦之後，普魯斯特在他的恆常書信往來中就較少提及此一事件。不過他依然繼續自由自在的論及在愛薇漾「精華旅館」（l'hôtel Splendid）出入的猶太人[36]。普魯斯特偏愛與所有政治議題保持理性的距離，就是連鋪天蓋地發展著的德瑞福斯事件也不例外。

普魯斯特書寫德瑞福斯事件

隨同安納托．法朗士這位他出力拉入親德瑞福斯派的著名作家，普魯斯特和法朗士可算是少數提筆撰寫有關德瑞福斯事件的小說家，德瑞福斯事件在法國社會引起如此大規模的震盪，對普魯斯特而言，它是一件徹徹底底的災難事件，在他的生命和思想當中留下了深刻的印記。

一八九八年二月七日—二十三日，普魯斯特除了前往聆聽左拉被提告之案情之外，還在《尚．桑德伊》文本中大量的談論。《尚．桑德伊》是以紀實爲主的作品，後來將紀實敘事轉入《追憶似水年華》文

---

31 «La presse», in DESANGES Gérard, *op. cit.*, p.233.
32 *Correspondance*, t.II, p. 252.
33 «Préface», in DESANGES Gérard, *op.cit.*, p.15.
34 «L'affaire Dreyfus dans la correspondance de Proust», *ibid.*, p. 255.
35 «Entracte au bord du lac», in TADIÉ Jean-Yves, *Marcel Proust, Biographie*, *op. cit.*, p. 404-405.
36 «L'affaire Dreyfus», in DESANGES Gérard, *op. cit.*, p. 258.

本中，成爲細緻許多的描述。在《尙．桑德伊》的文本中，普魯斯特對軍隊的批判保持著距離，認爲應該對軍隊保持信任。在《追憶似水年華》裡，普魯斯特更是明顯保持這種態度。「黨派」在沙龍中大興其道時，普魯斯特則避之唯恐不及，他無法忍受小團體主義（communautarisme），當普魯斯特描繪魏督航夫婦的沙龍時，他所嘲諷的，就是這一幫人[37]。

在《尙．桑德伊》小說文本裡，普魯斯特成功的做了類型的轉換，從原先簡略的散文詩，短篇小說形式，類似由人物個性描寫見長的拉．布呂耶爾（La Bruyère）寫作風格，轉向長篇小說類型，手稿長篇累牘，首次印刷頁數竟多達七百八十頁。普魯斯特想要寫成的，是一部巨型成長小說，將歌德與巴爾札克匯合成爲一體：他想述說一些旅遊經驗，透過一個核心主角，尙．桑德伊，做爲普魯斯特的庇護者，因爲敘事是以第三人稱陳述，但是普魯斯特也會露出檯面，因爲尙．桑德伊與馬賽爾．普魯斯特的生活經驗完全雷同：「我可以稱呼這本書爲一部小說嗎？它不大像是小說，像是更有價值的書，這是我生活的精華，裡面純淨而且一無雜物，是我的生命在撕裂心腸時所渡過的時光[38]」，這是該書序言所提到的初步書寫計畫。

然而，這本書將遭到挫敗，主要原因是：「《尙．桑德伊》這本書一直沒寫好，它的成果被採收了。」在如此被採收的成果裡，有的是層層疊疊，數目龐大的獨立片段，早期，有時候寫在獨立單頁上面，有時候寫在筆記本的頁面之上，也有從他的父親借用的公文紙張，請帖的背面，他想要組合，卻還沒做好，還沒整合連結成功的，也包括繪畫紙張。普魯斯特在鬆鬆散散的、一捆捆的紙上加上編號。該書最後所發表的大部分章節標題都不是作者自訂的，連總標題都不是出自作者的手筆。我們所看到的《追憶似水年華》各種標題，現在讀來是如此確切合宜，其實都是還要經過一段長時間的、不確定的探索搜尋之後，才得到的結果。有一些片段將被出版者歸檔，他們所依據的，有兩個原則：尙．桑德伊的年齡，加上文章所處理的主題。因此《尙．桑德伊》有了：童年時期，不同的駐留地點，伊璃耶，貝格—眉（Beg-Meil），雷維翁，軍營駐紮地點——或在奧爾良（Orléans），楓丹白露（Fontainbleau），普羅方斯（Provins）等地，普魯斯特在其中舉棋不定，然後有政治事件，馬力事件醜聞（le scandale Marie），德瑞福斯事件，上流社交生活圈，戀愛經驗，最後的主題是雙親變老，而這些都只是手寫草稿，這一段與那一段互相交錯，重複引用，細節部分相互牴觸，人物、地點名稱有所變動，就像是後來在《追憶似水年華》書寫藍圖筆記本上所呈現的那樣。

實際上，從一九〇八年到一九〇九年，普魯斯特重新拿起了《尙．桑德伊》，再次閱讀了它，有時候重新再謄寫過。所以，在《追憶似水年華》裡發現有著與《尙．桑德伊》一模一樣的主題，人物，場景，就不是讓人太感到意外了[39]。《追憶似水年華》寫於德瑞福斯事件結束十多年以後，時間上有了緩衝，普魯斯特也不再黏著於此，雖然敘述事件時間退居其次，不過依然有需要更明白該事件的意義，也爲了更了解此一事件對法國社會所造成的後果。《追憶似水年華》最後一冊的《韶光重現》文本中，普魯斯特清楚指明了：畢竟反德瑞福斯派人士與親德瑞福斯派人士，在一九一四年終究在「神聖的連結」上互相遇見了對方，曾經讓他們壁壘分明、強烈對抗的情形已不復存在，或者說，有了另一種相處之道[40]。

簡言之，德瑞福斯事件的書寫方式適足以梗概的說明普魯斯特對於歷史事件的處理態度：他曾嘗試著將他所親身經歷的，仔仔細細的加以報導，普魯斯特讓尙．桑德伊扮演了與自己相近的角色；不過，在《富貴家族之追尋》文本中，帶著咖啡、三明治到現場聆聽左拉被告出庭的人是蒲洛赫，原先代表普魯斯

37 «Les salons littéraires», in DESANGES Gérard, *op. cit.*, p.136.
38 Marcel Proust, *Jean Santeuil*, Paris, Gallimard, 2001, p. 41.
39 «Qu'est-ce que *Jean Santeuil* ?», in TADIÉ Jean-Yves, *Marcel Proust, Biographie*, *op. cit.*, p. 346.
40 Giorgette Giorgi, «L'Affaire Dreyfus dans *la Recherche*», *Bulletin Marcel Proust*, no. 17, 1967, p. 631-642, cité in «Préface», DESANGES Gérard）, *op. cit.*, p.250.

特的身分，天天去現場聆聽的尙．桑德伊已被抹去。某些寫在《尙．桑德伊》文本中的場景沒有在《追憶似水年華》文本中重複出現。左拉被起訴的第一現場敘事並沒有出現在《富貴家族之追尋》文本中，除了經由影射、反射式回應、人物談話所涉及的以外，沒有其他更多的發揮[41]。

在《追憶似水年華》中，敘事者變成了鏡子，所描寫的，是鏡子所呈現的人物反影，鏡子反映不同人物如何看待事件，事件如何影響人物舉止；這不再是追溯性的紀實，而是小說式的安排；事件的波瀾不是發生在敘事者身上，而是在小說人物身上，普魯斯特這位全心投入德瑞福斯事件的作者已經退居幕後了[42]。

普魯斯特對政治激情存有戒心，他所要呈現的意願，是小說家的中庸，要與狂熱派保持遙遠的距離。德瑞福斯事件使普魯斯特對於政治完全喪失了信心，根本不再信賴政治，轉而專心於作品寫作與藝術造詣之追尋。因爲此一事件，他對於世界，對於社會不再存有天眞的幻想，不過他依然肯定自己對德瑞福斯事件所持的意見是正確的：「有前瞻性的小說家，從某個意義上來看，藉由德瑞福斯事件，他應該能夠了解得到，這個世界屬於不穩定的偶然，既是短暫，而且沒有絕對性[43]。」

貳、普魯斯特與性別錯置之論述

在《所多瑪與蛾摩拉》文本中，普魯斯特通常省略教條式的考量，不會用它來預告小說的結局。雖然教條式的考量在手稿中已經有所發揮，但是將會延遲到《追憶似水年華》的最後一冊，在《韶光重現》文本中才又重新提及。其中之要義如下：

「一盞光芒重新在我裡面發亮了，當然，這道光芒較不明亮，不像那盞光芒，讓我看見尋回『失去的時光』唯一的方法，就是寫下藝術性的作品。我明白了，文學作品所用的這些材料，是我的過往人生，我明白了，這些材料來到我面前，在我享有輕佻愉悅的時候，在我疏懶無力的時候，在我柔情似水的時候，在我痛苦不堪的時候，它們都被我一一收藏在我裡面，我並揣測不到它們所注定導向的目標，甚至也揣測不到它們是否會倖存，更想不到種子把所有的養分保存著，有朝一日將可滋養一棵樹。宛如種子一般，當樹開始成長時，我可以提供養分，我的過往經驗可以爲它效力，我卻是不知道，我不知道我的生命竟然可以與這些我想要寫的書本發生連結關係，從前當我枯坐桌前，爲了寫這些書，卻是找不到主題。因此目前，我的一生，是可以、同時也不可以用這個標題一言以蔽之：『一生職志』。從某個角度來看，如果文學沒有在我的生命當中扮演任何的角色，我的人生是不能用『一生職志』這個標題來簡要說明之。我的人生之所以可以用『一生職志』來簡要說明，其原因，是我的人生有著憂傷和喜樂，它們的回憶形成了類似駐留在植物胚珠內的胚乳，胚珠吸取胚乳所儲藏的營養，好轉變成爲種子，在這期間，雖然我們仍舊渾然不知，然而一棵植物的胚芽正發育著，而這裡正是發生化學變化和呼吸現象之處，雖然在暗地裡進行，卻是非常活潑有力。因此，我的生命與種子的成熟過程有了關聯。舉凡後來以種子作爲滋養的一切，就像以種子爲營養食品的那些人們，忽略了種子所包含著的、成爲滋養他們的豐富物質，原先是種子的養分，是它們讓種子得以發展成熟[44]。」

41 «Qu'est-ce que *Jean Santeuil* ?», in TADIÉ Jean-Yves, *Marcel Proust, Biographie,op. cit.*, p.348.

42 «Problème du narrateur», in TADIÉ Jean-Yves, *Proust et le roman, Essai sur les formes et techniques du roman dans* A la recherche du temps perdu, Paris, Gallimard, coll. Tel, 1971, p. 26.

43 Giorgette Giorgi, «L'Affaire Dreyfus dans la Recherche», *Bulletin Marcel Proust*, no. 17, 1967, p. 631-642, cité in «Préface», DESANGES Gérard,*op.cit.*, p. 250.

44 Marcel Proust, *Le Temps retrouvé*, Paris, Gallimard, coll. Folio, 1989, pour l'établissement du texte, 1990, pour la préface et le dossier, p. 206.

所以，從胚珠逐漸吸收胚乳養分，到種子發芽，長成大樹，這是一個漫長的成熟轉變過程，而其中一定包括了「性別錯置」所提供給胚珠的胚乳養分在內。

普魯斯特從年少到成年的三角與多邊戀情

青少年時期的普魯斯特回答過安端涅特．佛爾所做的一份問卷，當時他曾經表示：女性美，就是將「一切的柔情，詩意，純淨，美麗，表現在各種形態之中。」由此可見，普魯斯特是預備好了自己要來不斷欣賞女性人物，諸如史特勞斯夫人，葛瑞芙伯爵夫人，德．施維涅伯爵夫人，蘇佐公主等等，普魯斯特與這些女性人物都沒有過肌膚之親。另外，在俊美的少年人身上，普魯斯特也會發現女性美[45]。

普魯斯特所享有過的女性純純之愛，是他從母親和外婆身上所感受到的。一些理論家，在根本欠缺證據的情況之下，總是要在亂倫之愛的題目上大做文章。因此對這些理論家而言，有一大部分的言論是消耗在戀母情結的說明上。對普魯斯特而言，這是正常的孺慕之情，對他們卻總是充滿了疑雲[46]。

普魯斯特終身與上流社會的女性情誼深厚，喪母之後的他，持續與諸多女性往來交換意見，諸如史特勞斯夫人，德．諾愛伊夫人，孌伊格維奇夫人（madame Scheikévitch），卡杜斯夫人（madame Catusse），郭蕾特（Colette）等等女中豪傑，普魯斯特欣賞她們女性的觀點，以及她們對知識領域的貢獻[47]。

就在中學時代，馬賽爾．普魯斯特著實經歷了一段少年危機，覺得自己不被了解。既是孤獨無依，然而又有強烈的欲望，渴求被愛，他為自己的需要尋找朋友，好讓他可以完完全全的託付情感給予對方[48]。很快的，大家就指控他有戀童癖好，有時候他半推半就地承認，有時候他嚴加否認，因為他不願被定位，被人使用單一的形象來固定他[49]。

說到普魯斯特的同性戀傾向，馬賽爾．普魯斯特於一八九四年十二月認識了呂西昂．都德，一八九五年十月開始，他們之間由長兄小弟的情誼，漸漸轉而變成炙熱的戀情。他們相識，是透過都德家庭的另一位朋友，雷納多．韓恩。呂西昂是個美少年，不過帶著女孩子氣，害羞，緊張，敏感，是他母親的心肝寶貝。他父親——著名小說家亞爾馮斯．都德——和長兄——《法國行動報》主編——雷翁．都德（Léon Daudet），兩人的名氣把呂西昂壓得喘不過氣來，以至於沒能盡情發揮他在文學和藝術方面的才華，又對普魯斯特心懷忌妒。

在一八九四年到一八九六年間，普魯斯特先愛上了雷納多．韓恩，之後，又同時愛著呂西昂．都德，如此的三角戀情，讓忌妒之心以及其他的負面情緒層出不窮。到了德瑞福斯事件期間，普魯斯特拉遠了與呂西昂．都德之間的關係，這與普魯斯特的愛戀習慣兩相符合，對普魯斯特而言，要愛戀，永遠就是要停止愛戀。任職於大不列顛大使館的專員道格拉斯．艾恩斯理（Douglas Ainslie），在羅伯特．德．畢儀的引薦之下，於一八九七年秋季取代了呂西昂．都德在普魯斯特心中的地位。一八九七—一八九九年間，呂西昂與馬賽爾保持著朋友的身分。在呂西昂．都德之後，與普魯斯特建立愛侶關係的人，先有羅伯特．德．菲雷，接著又有貝特蘭．德．菲尼隆，然後又有伊揚．卡薩—弗耶特（Ilan de Casa Fuerte）作他的密友，等等。這一小搓與普魯斯特維持近似結盟的團體，他們彼此是認識的，而且也相互往來。無論怎麼說，在

---

45 «Enfance», in TADIÉ Jean-Yves, *Marcel Proust, Biographie, op. cit.*, p. 68.

46 «L'homosexualité – attitude de Gide», in BONNET Henri, *Les amours et la sexualité de Marcel Proust, op. cit.*, p.26.

47 «La politique du côté de chez les Weil», in DESANGES Gérard, *op. cit.*, p. 28.

48 «Le lycéen : Rhétorique», in TADIÉ Jean-Yves,*Marcel Proust,Biographie, op.cit.*,p.97.

49 *Ibid.*

一九〇一年，普魯斯特就不再以「我親愛的小寶貝」（Mon cher petit）來稱呼呂西昂·都德，也不再稱呼他是「我所愛的大老鼠」（mon rat），而且對他宣稱：「想到我們彼此相愛過，很奇怪！就這樣！[50]」被友情取代了的愛戀之情也會有殘缺時期。到了一九一六年，才有機會看見「老老的鼠兒」（le vieux rat）較常來拜訪普魯斯特，幾乎是每週都要見一次面。一九二二年十一月二十八日，普魯斯特去世的噩耗是由雷納多·韓恩於第一時間通知呂西昂·都德知道。

戀情與情欲著實屬於不同領域。直到普魯斯特的生命晚期，他的生命軌跡依然呈現如此對立的人脈關係：一邊他享有柏拉圖式的情感連結，對象諸如仁妮維業芙·史特勞斯（Geneviève Straus），蘿爾·海曼（Laure Hayman），德·施維涅伯爵夫人，露意莎·德·莫翰（Louisa de Morand），葛瑞芙伯爵夫人或者蘇佐公主；另一邊他也建立蘇格拉底式的同性戀情，對象包括雷納多·韓恩，呂西昂·都德，貝特蘭·德·菲尼隆，保羅·莫翰，艾勒飛·亞格斯迪內里，以及亨利·羅煞（Henri Rochat）。普魯斯特的三角或多角戀情牽扯對象曾經有：與珍妮·普格（Jeanne Pouquet）及加斯東·艾爾芒·德·卡亞維（Gaston Arman de Caillavet）之間，與露意莎·德·莫翰（Louisa de Mornand）及路易·德·亞爾布費拉之間，與安端·畢培斯柯（Antoine Bibesco）以及與保羅·莫翰（Paul Morand）等人[51]。

製造三角和多邊戀情，這是普魯斯特擅長也喜愛的愛戀伎倆。在保羅·莫翰和蘇佐公主這對夫婦身上，普魯斯特重新找到了他一向所喜愛的製造三角愛戀的機會，而且樂此不疲。在他宣稱自己是莫翰的朋友的當下，莫翰還只是個低階的外交人員，在文壇還沒沒無聞，不過，憑著他常有的直覺，普魯斯特知道莫翰將會前途無量；更何況他長相俊美，有男子氣慨，「帶著一堆人的心跑在他後頭」，屬於普魯斯特所喜愛的類型。依照小說家擅長描寫女人的本領，依照美學愛好者所喜愛的美感，又依照上流社會圈人士特別青睞的女性智慧，普魯斯特宣稱蘇佐公主令他情有獨鍾。這種情況的鍾情，也曾經是普魯斯特一段時間內對待史特勞斯夫人，德．諾愛伊夫人，德．施維涅夫人，葛瑞芙夫人等等佳麗的態度，只是對於蘇佐公主，這種情愫發生了一年、兩年，而且還要再更久一些……直到德．施維涅夫人開始不開心了。普魯斯特過去曾經對她斬釘截鐵地說過，他晚上從不外出，而德．施維涅夫人在一九一七年四月二十二日卻還在蘇佐公主習慣宴請的麗池酒店遇見普魯斯特，作陪的賓客有尚．寇克多（Jean Cocteau），保羅．莫翰，繆涅耶神父，德．呂德爾侯爵夫人（la marquise de Ludre）等等滿座高朋。普魯斯特回給了德．施維涅夫人一封無情的信箋：「一位曾經備受疼愛的佳人，過了二十年之後，她的狠心腸——以及部分的狹隘——畢竟該被放在一旁不管才是（……）。不過您的美麗依舊勝過從前……」[52]。

普魯斯特與紀德

安德烈．紀德（André Gide）所著的《寇立東》（*Corydon*），首先於一九一一年僅僅以十二本的數量印行後，被紀德暫且擱置在抽屜裡，之後，又於一九二〇年補充印出二十一本，才終於在一九二二年公開發表。這日期與普魯斯特一九二二年底《所多瑪與蛾摩拉　第一集》出版的時機兩相吻合。紀德的觀點特別是以戀童癖的眼光出發，與《所多瑪與蛾摩拉》作者的觀點並不相同。由於普魯斯特毫不隱諱的寫下德．查呂思—朱畢安的邂逅，紀德甚至對《所多瑪與蛾摩拉　第一集》的文章性質相當憤怒，認為這本書「把大眾思想帶

50 «Mort de Daudet», in TADIÉ Jean-Yves,*Marcel Proust,Biographie, op. cit.*, p. 367.

51 «Amour», in *Dictionnaire Marcel Proust, op. cit.*

52 Voir : « Vie quotidienne 1917», in TADIÉ Jean-Yves, *Marcel Proust, Biographie,op. cit.*, p. 769.

到錯謬深處」。儘管如此，紀德和普魯斯特兩人都認同一點，他們都不認爲自己屬於娘娘腔的人[53]。

雖說普魯斯特他未曾像紀德那樣當過丈夫或是父親，不過對於女性的尊重和柔情是遠遠超過紀德的。普魯斯特和紀德之間對同性戀的觀念尤其不同，普魯斯特不願意爲同性戀的議題「大吹法螺」（faire «la promotion»）[54]。紀德與普魯斯特有著不同的喜好。普魯斯特不認同紀德對女性的歧視，也不認同他的清教徒思想。普魯斯特不像紀德那樣嚴格守規，隸屬教派。紀德進入文學領域而且以文學爲宗派，普魯斯特則不然，他更爲開放，更爲自主[55]。普魯斯特從來對紀德都不放心；他們倆人對同性戀的看法，本質上是不一樣的。紀德會鼓吹他對同性戀的看法，公開強調，並引以爲傲。至於普魯斯特，他則認爲同性戀者屬於生來「受咒詛的族類」，因爲：「一種咒詛壓在這類族群上面，他們必須生活在謊言及背信之中，因爲這類族群知道，他的欲求被認定爲該當受懲治，是可恥的，是不可告人的，然而對所有受造者而言，這是生活中最爲甜美的欲求」。有鑑於此，普魯斯特和紀德彼此的相處關係雖是相敬如賓，卻是缺乏眞心[56]。

敘事者所發揮之理念闡述功能

爲了清楚說明普魯斯特針對性別錯置議題的處理方式，首要說明的一點，就是普魯斯特筆下的敘事者，誠如哲哈．杰內德（Gérard Genette）所分析的，幾乎將闡述理念功能（la fonction idéologique）完全掌握在自己手裡。杜斯妥也夫斯基，托爾斯泰，托馬斯．曼，布羅世（Broch），馬勒侯（Malraux）等等偉大小說家，都會將教導和評論功能轉移給小說中的某些人物來執行，導致轉化小說中的某些重要場景成爲議題論壇。普魯斯特則是全然不採用如此寫法，他從來沒有將理念代言人的角色交給其他人，除了偶一爲之的馬賽爾以外。斯萬，聖—鷺，德．查呂思等人物，儘管他們都很聰明，不過都只被敘事者視爲可觀察的對象，而不是可承載眞理的器皿，甚至也說不上是實際上與敘事者交心談論的對話者：相較於他們可能給出的意見，這些人物的錯謬，可笑，失敗，敗落，才是眞正具有教導的意義。即便是藝術創造者如裴果特，范德怡或者艾斯棣等人，他們的介入，並非爲了表述各家的藝術理論：范德怡沒說過話，裴果特溫溫呑呑，或者言不及義，衡量他們創作作品的鑑賞權利，是歸屬在敘事者身上；艾斯棣象徵性的起了話頭，然而他在壩北柯所說的話，其重要性，遠遠比不上他的畫作所帶出來的無言式的教導。讓人物進入教導式的談論，以便帶出智慧，這種文體，明顯的不屬於普魯斯特所要的品味。所有的人性闡述，從裴果特走到芙蘭絲瓦，從德．查呂思走到撒茲拉太太（Mme Sazerat），在敘事者面前，就如同他正看著一個自然景觀一般，自然景觀的義務是啓動思想，而非表達思想。這是一種發揮單向獨自思想的極致情況（solipsisme intellectuel）。總括來說，敘事者是以他獨有的方式，來擷取自我成長經驗的人[57]。

正式被拉開的性別錯置敘事幃幕

《所多瑪與蛾摩拉》的序幕，是在敘事者無意中發現一幕「受咒詛的族類」活生生的演出，他充滿驚愕的偷窺了德．查呂思和朱畢安的邂逅之後，將一篇攸關性別錯置的論述派上了用場，拉開了性別錯置敘

53 «L'homosexualité–attitude de Gide», in BONNET Henri, *Les amours et la sexualité de Marcel Proust*, *op. cit.*, p. 22.

54 «Des témoins capitaux», in DESANGES Gérard, *op. cit.*, p. 229.

55 *Ibid.*

56 *Ibid.*

57 Voir : «Discours du récit : Voix», in Gérard Genette, *Figures III*, Paris, Éditions du Seuil, coll. Poétique, 1976, p. 263-264.

事的帷幕。這篇論述有它另外一層的意思，它娓娓道來、詳實且複雜的說明了德．查呂思過往諸多神祕的行爲舉止，也預告著男爵後續許多的故事。

敘事者在介紹了各種性別錯置者的生活情境之後，自己給了一個總結：「總之——至少根據我當時爲此所描繪的初步理論，後來大家將會看見這個理論有了變化，如果他們無法親眼看見此一矛盾，這個理論本身所包含的變化很可能格外讓這些人不開心，由於他們所看、所生活的，乃是來自幻覺——雖是多情種，愛情的可能性對他們而言幾乎是封鎖的，對於愛情的盼望，帶給他們力量來忍受那麼多危險，那麼多孤寂，由於他們所愛戀的對象是沒有任何女性特質的男人，所愛的男人不是性別錯置者，結果就是無法回應他們的愛情；以至於他們的欲求將永遠無法得到滿足，除非用金錢雇用眞正的男子漢，除非想像力發揮作用，而終究讓他們誤把性別錯置者當作眞正男子漢，接受與他們進行姦情。有了榮譽確是易碎，有了自由卻是短暫，熬不過罪行被揭發的時刻；地位搖搖欲墜，正如前晚在所有的沙龍中被慶賀過，在倫敦所有的劇院中被喝過采，次日即被趕出所有旅館租屋的詩人，連找著枕頭之處都沒有，如同轉動磨子的參孫，說著：

男男女女即將各自斷魂。」

可見的發展就是：男男戀，女女戀將是一段崎嶇不平的、痛苦的旅程。

《所多瑪與蛾摩拉　第一集》中，普魯斯特將所有性別錯置者的癖好都一一列舉了出來，他們是喜愛群居者，孤獨者，信仰狂熱者，推崇女性者，裝腔作勢者，久病未癒者，偏愛老頭兒者，等等[58]。普魯斯特屢次提到他這本書「極度不正派」（l'extrême indécence），如此的措辭，與其說是不同意小說內容涉及傷風敗俗，不如說是要給大衆評論先打預防針。小說中所提及的傷風敗俗事體，作者並未加以讚揚或是加以貶抑：對普魯斯特而言，首要的是創作精神：文人有「專屬於他本能的精神」（sa morale instinctive），意即維護他才華的本能；惡習輕重的排列次序，從某方面來說是被作者顛覆了的[59]。於是兩者之間，有了一系列的中間層級、暗藏著的一些變化指標。

討論性別錯置者，首要討論的對象，就是由男性轉換而來的女性。普魯斯特一直很好奇於將男女性別轉換之事：「我一直很好奇，想看看將一個朋友的面龐，或是所愛者的臉，由男性轉換成爲女性，會有什麼結果，反之亦然。例如德．蘇嵇兄弟得自他們母親的女性美[60]。」除了男女性別的相互轉換之外，人物的臉龐也有因時制宜的轉換，不同的時間，人物就會有不同的、對比性的臉龐，這種重疊和變化不但不會將時間因素抹煞，或者破壞人物的身分，反倒是顯明這是一種重建人物的功夫，將人物的身量和厚度立體化[61]。十二歲到十三歲時，藉由國中時期自然學科所學到的知識，普魯斯特擁有許多強而有力的圖像：山楂花是妙齡少女，長得像鳥兒模樣的，是蓋爾芒特家人，給蘭花帶來授精粉的熊蜂，是男同性戀者[62]。至於在普魯斯特心中，以及他諸多的前導短篇或長篇著作中，蘊藏已久的男男戀與女女戀的平行發展路線，也即將落實在《所多瑪與蛾摩拉　第二集》以後的四章中，陸續在愛蓓汀，安德蕊，莫瑞角色身上開展。事實上，在一九二一年十月，普魯斯特就向預計中的出版者賈利瑪作出以下的宣告：他將開始不斷地在

---

58 «L'homosexualité – attitude de Gide», in BONNET Henri, *Les amours et la sexualité de Marcel Proust, op. cit.*, p.23.

59 «Diversité et invention», in TADIÉ Jean-Yves, *Proust et le roman, op.cit.*,p. 202.

60 *Ibid.*

61 *Ibid.*, p. 328.

62 Voir : «Le lycéen, Un écolier discret», in TADIÉ Jean-Yves,*Marcel Proust, Biographie, op. cit.*, p. 81.

《所多瑪與蛾摩拉　第二集》中書寫[63]，因爲這一部分，乃是他所認定「論及心理分析及小說情節趣味，其內容最爲豐裕[64]」的文本；他將在其中不斷進行大篇幅的修改，不停加增其「文學價值[65]」。

《所多瑪與蛾摩拉》中巨型怪獸與小變色龍之邂逅

德．查呂思與莫瑞之男男戀敘事，正好符合了有些「偉大的小說家會創造怪獸型角色，凌駕於一大群平庸人物之上：杜斯妥也夫斯基創造了斯塔弗羅鬼因（Stavroguine），巴爾札克創造了弗特琅（Vautrin），普魯斯特創造了德．查呂思[66]。」「巨型的怪獸牽動邪惡一直走到最高層級，脫離邏輯，因爲人們無法了解，也脫離道德，因爲人們無法認同[67]。」如此的敘事鋪陳，論及「衛道者的角色，與其說是由作者承擔，不如說是由人物來扮演，某種程度上來看，這種分析是帶著痛苦的。小說將思想的展延重新劃下路線：『此一思想的展延，我不願意以抽離的方式來加以說明，而是讓此思想重新被建造，重新被活化。因此我被迫描寫錯謬，同時不應該說：這些是由我所認定的錯謬。』[68]」性別錯置者人生的錯謬，可笑，失敗，敗落的延展，將成爲普魯斯特非抽離式的衛道說明，其中必然影射了敘事者在此議題中所感受到的深沉痛苦和悔恨。

《所多瑪與蛾摩拉　第二集》文本中，將有不同的愛戀主題盤根錯節，其中存在著兩對主要戀人：敘事者與愛蓓汀，德．查呂思和小提琴手莫瑞，文中編織著上流社會的社交生活與性別錯置。相較於《追憶似水年華》的前三冊作品，第四冊中的《所多瑪與蛾摩拉　第二集》行文到第三章時，讀者將看見「沿途偶而乍現的短暫幸福和詩意光輝，試圖驅逐黑暗，卻反把地獄之幽暗加深。如此的敘事材質顯得異常，讀來並不令人心情愉快，不像述說斯萬之戀，或是述說與妙齡少女共享之歡愉，其實這是出自作者的刻意用心，好用來形成刻骨銘心的對比，讓伊甸園的詩意有別於地獄的意境[69]。」

德・查呂思男爵屬於他的家族遺傳中最爲令人驚心動魄的具體代表之一，同時兼具品德和惡習的在他一人身上。德・查呂思是獨特的人物，在他身上，傲慢自大無人可比，精緻細膩又如女性的敏銳婉約[70]。有時候，德・查呂思似乎擁有一位女性家族長輩的心靈，比方說，他的笑容是得自巴伐利亞祖母的眞傳，渾身還帶著女性貴族的魅力。

藉由普魯斯特描述，德・查呂思的惡習將沿路逐漸加碼，男爵掩藏不住欲望，卻是欲擒故縱的，要把自己介紹給德・蘇嵇—勒—公爵侯爵夫人（la marquise de Surgis–le–Duc）所親生的一對兄弟，因爲這對兄弟俊美的長相震懾住了男爵；同樣的，男爵因爲不能與敘事者的同學蒲洛赫更多面晤而感到遺憾，依照他慣有的方式，他不露聲色。他開始若無其事似的，問一些關乎蒲洛赫的問題，口氣是那麼吊兒郎當，興趣幾乎缺缺，讓人不以爲他聽見了回答。他一副無所謂的樣子，用的是單調哀傷的喪家口吻，冷漠無情，輕

---

63 M. Proust-G. Gallimard, *Correspondance*, édition établie, présentée et annotée par Pascal Fouché, Gallimard, 1989, («Coll. Blanche»), p. 415-417. Lettre du 19 ou 20 octobre 1921.Citée in «Introduction générale»,XCVI, *A la recherche du temps perdu,* I, édition publiée sous la direction de Jean-Yves Tadié, Paris, Gallimard, Bibliothèque de la Pléiade, 1987.

64 M. Proust-G. Gallimard, *Correspondance,op. cit.*, p. 393, Lettre du 19 ou 20 septembre 1921.

65 *Ibid.,* 406, Lettre du 27 septembre 1921.

66 «Diversité et invention», in TADIÉ Jean-Yves, *Proust et le roman*, *op. cit.,*p. 207.

67 *Ibid.*

68 *Correspondance Marcel Proust-Jacques Rivière*, p. 3.Voir : *Lettre à la N.R.F.*, p.104-105,cité in «Du roman des lois au roman poétique», TADIÉ Jean-Yves, *Proust et le roman, op. cit.,*p. 423.

69 Voir : «Architecture de l'oeuvre», *ibid.,* p. 274.

70 «CHARLUS (Palamède de Guermantes, baron de)»,in *Dictionnaire des personnages de tous les temps et de tous les pays,* Laffont-Bompiani, Paris, Robert Laffont, coll. Bouquins, 1960.

輕乎乎，好像是單單為了敘事者才要擺出一點禮貌，他問說：「他長得一副聰明相，他說過他從事寫作，他可是個有才華的人？」

普魯斯特描寫到男爵在道德與智慧層面的細緻時，怪異的是，伴隨著它們形影不離的，竟然是瘋狂的嘲諷與殘酷的反猶思想。我們讀到了德．查呂思怪異的言論，論及違逆本性的惡習，以冠冕堂皇的、戲劇形式的高格調加以美化，身心失去平衡的男爵，時而是個藝術家，時而是個娘娘腔的花花公子，塗脂粉，抹香膏，惹人誹議；普魯斯特所用的寫作藝術，描述男爵的雙性戀性格，所牽引出來的傲慢言論、褻瀆語氣，以及驕矜狂妄等等行徑，手法高明得無人可相比擬，宛如書寫十七世紀太陽王宮廷軼事的天才傳記作家聖─西蒙，再度由二十世紀的小說家普魯斯特而活靈活現[71]。

至於查理．莫瑞，又名查利，是敘事者之大舅公所雇用過的貼身家僕之子，身為砲兵部隊服役軍人，擔任樂隊工作，軍營座落在東錫耶爾。他是小提琴手，雖然擁有才華，外表長得俊美，不過卻是普魯斯特筆下所創作出來的諸多人物之中，最為讓人嫌惡，最為令人不齒的角色。讀者看見莫瑞一而再、再而三的巴結阿諛敘事者，一轉身馬上翻臉，對他毫無禮貌：他施展卑鄙無恥的計謀，讓魏督航夫婦把馬車車伕辭退；他籌劃先與朱畢安的姪女談情說愛，使她陷入迷戀，與她定了婚約，奪了貞操，然後驟然間以粗魯的言辭驅趕少女，莫瑞誠然是個以玷汙幼齒為樂的人。

既然成了魏督航夫婦「小團體」的常客之一，由男爵精心替他提升文化修養和社會地位，最終還寡廉鮮恥的利用德．查呂思男爵的弱點，迎合、鼓勵男爵發展惡習，自己則是保有正當品味的生活模式。他終生心思污穢，吹噓無道德的伎倆，一味鑽營，他的個性醜陋，充滿矛盾。對他的保護者欲取欲求，全無道德界線。他像是一本古老的中世紀書籍，錯誤百出，充斥著荒謬的傳統，夾帶著許多淫晦，他是個極其多元複雜的人。男爵與小提琴手越多交往，雙方惡習越顯凸出，男爵在上流社會中的地位則是每下愈況。

德．查呂思男爵的愛戀情結是反社會的，這點由他寫給豪華旅館經理愛楣的信，成了最鮮明的例子，「如此的狂熱戀情的流動方向，帶著一股既是難以察覺，又是強烈無比的力量，戀愛者被沖擊著，如同一個泅水的人被拖著，不知不覺就看不見地面了。當談戀愛者的多種欲求、多種遺憾、多種失望、多種構想，透過他不停止的創造，建構成一整部小說，掛在他所不認識的女子身上，或許一個正常人的戀愛可以衡量得出來圓規兩隻支腳之間的相隔距離有多麼明顯。再說，如此的相隔距離只會更形加增，原因是這種炙熱之愛通常都不會讓人心心相印，德．查呂思先生和愛楣之間的社會地位不同，這也是原因。」

德．查呂思先生之所以注定遭受不幸，因爲他缺乏好的判斷，認爲他與莫瑞在一起所經營的關係可能是貞潔的，這使得他從這時期開始費盡心思要對小提琴手百般示好，直到怪異的地步，以至於小提琴手難以明白爲何如此。針對如此的示好，莫瑞天生屬於瘋狂無知的類型，忘恩負義，斤斤計較，也只能以冷漠無情或不斷升高的暴力衝突來回應，這讓德．查呂思先生——從前如此高傲自大，現在卻是羞答答的——動不動就感到徹頭徹尾的絕望。

我們將會看見在最微不足道的小事上，自以爲高高在上的莫瑞，成了身價比德．查呂思先生高過千百倍的分身，對事情的了解顛三倒四，把男爵交代給他關乎貴族階級的體面教導一味的囫圇吞棗。若是說有一件事讓莫瑞把它擺在超過貴族頭銜之上的，那就是他身爲藝術家的名氣，以及音樂學院所認定的小提琴手等級。他覺得德．查呂思先生一廂情願的要著他，反倒樂得擺出絲毫不領情，百般嘲諷男爵的態度。莫瑞所擁有的藝術家頭銜文憑，讓莫瑞覺得比某個「貴族姓氏」還更高級。處在柏拉圖式溫存美夢中的德．查呂思先生，想要讓莫瑞取得他的家族某個頭銜時，莫瑞悍然拒絕了。

71 *Ibid.*

男爵諸多怪異表現中，曾有一例著實令人扼腕，那就是德．蓋爾芒特親王妃苦戀男爵的際遇。苦戀著德．查呂思男爵的德．蓋爾芒特親王妃試圖爲愛而輕生的場景，充分顯示出普魯斯特文筆的優點。依據岱第耶教授的分析，共有三個層次：首先是對位的藝術（le contrepoint）。敘事者接連三次穿梭於德．蓋爾芒特親王妃與德．查呂思男爵兩家之間，德．蓋爾芒特親王妃越來越顯得焦慮不安，而德．查呂思男爵只是一心一意，在朱畢安的牽線之下，預備前往與一個體態肥胖，長相醜陋，俗不可耐，視力很差，眼睛泛紅，滿臉痘子的公車查票員約會；其次是凸顯對比的技巧（le contraste）：親王妃哀傷的言語，對比於男爵無心的回應，甚至一直到公車查票員的轉身不理睬男爵，到親王妃服藥自殺，讓命運的諷刺如此沉重，幾乎到達讓人難以忍受的程度；最後，普魯斯特又進一步導入神話式的迷思（le mythe），將如此令人錯愕的場景賦予意義：「假設人們從來未曾見過美女海倫，又假設萬一有機會讓海倫命中注定要活到又老又醜，大家有一天對特洛伊城的居民說：『諸位都來看看這位出名的海倫』，面對一個臉色泛紅，身材肥胖，體態變形的矮小老女人，他們的驚訝，恐怕不亞於德．蓋爾芒特親王妃面對公車查票員的程度[72]。」

普魯斯特描述男爵的怪獸形象不一而足，某些被藐視的貴婦，男爵對她們毫不掩飾的惡霸姿態，談吐之間穢言穢語，令人不堪入耳者有之。站在親王府邸，以君王姿態仗勢凌駕賓客者有之。被男爵捧在手心疼愛有加的莫瑞，在小說中扮演的角色，是所多瑪城與蛾摩拉城兩個邪淫地點的穿針引線者。「莫瑞的故事是一連串密集的劣行，每個片段都足以形成一部忝無道德的黑色小說。他的社會移動性與性別轉換能力超級強勁。他總是在人們最不預期的節骨眼上出現，而且絕大多數的機會，是要表現他那最令人不恥的角色。普魯斯特毫不假顏色的在他身上累積一段段的事故，把他帶入淫穢的情境當中，甚至到令人難以置信的地步[73]。」莫瑞是隻小變色龍：雖是出身低微的平民，社會角色適應能力卻是超強無比。「對朱畢安的姪女而言，莫瑞是女人心中的男人，對德．查呂思而言，他是男人中的男人，對聖—鷺而言，他是男人心中的女人，對蕩婦而言，他是另一個蕩婦。莫瑞是個在變換性別的事體上，翻轉自如的人物[74]。」

敘事者想起德．查呂思先生在東錫耶爾火車站月台朝著莫瑞和他衝過來的樣式，完全和男爵的某些親戚當街逮住某個女子的作法一模一樣，所不同的，只是被盯住的對象換了個性別而已。如此驚悚的邂逅，將帶出後續這對同性戀人雙雙在魏督航夫婦的招待會屢次出現的場面。小火車的旅程也成了德．查呂思男爵和其他「忠誠之友」沿途有搭訕的時間和場合。儘管男爵百般假裝他與小提琴手之間清白的關係，不過，男爵的言談舉止早已成了這群人竊竊私語的好話題。「假設德．查呂思先生沒有同行，大家幾乎要失望了，只是和一些泛泛之輩一同旅遊，身邊少了些什麼，有一個如此塗胭脂、抹蜜粉，大腹便便，莫測高深的人物，好像某個來自異鄉的可疑盒子，散發著奇怪的水果氣味，一想到要吃這種水果就讓您噁心。」

在魏督航夫婦殷勤地招待之下，男爵對於莫瑞「純純的關愛」也逃不過明眼人的解析，男爵卻誤以爲此地是個絕美的溫柔鄉，幫助他的戀情昇華。事實上，魏督航夫婦在離他遙遠之處所說的話語，與他所想像的多麼南轅北轍！近距離所聽見的言語，將一座小型的理想樓閣掛上了柔情溫馨的匾額，德．查呂思先生有時候單獨前來遐想，想像著魏督航夫婦片刻間對他的看法。這裡的氛圍如此眞心，如此友善，休憩如此舒適，德．查呂思先生入睡前進入這地方，放下他的思慮片刻之久，再重新走出來，臉上必然帶著微笑。

不過，男爵以爲是獨棟的樓閣對面，卻還有另外一棟，平日不爲他所見，它才是眞正的樓閣，內裡的裝飾，與他期待看見的迥然有別，令人驚嚇，因爲全都是充斥著敵意的醜惡卑劣象徵。如果他走進這座對

72 Voir: « Techniques du récit », in TADIÉ Jean-Yves, *Proust et le roman, op. cit.*, p. 395.

73 « MOREL (Charles) », in *Dictionnaire Marcel Proust, op.cit.*

74 *Ibid.*

峙的樓閣，有機會接觸到一些雜沓喧囂的言論，「類似放置在某個旁側僕人使用的小台階那裡所見到的瑣碎穢物，被心生不滿的送貨人員，或是被資遣趕走的家僕拿來，放在公寓宅第門口燒成烏炭，他又會做何感想！」

「德．查呂思先活在蒙蔽當中，像條金魚，以爲牠游泳的水，由水族箱反射而來的水影會超越玻璃界線，牠所看不見的，是在旁邊暗處，有個漫步走動著的人，以玩賞的眼光看著魚兒游水，或許某個握有權柄的水族豢養行家，針對男爵，在出其不意的、延遲來到的、也是致命的時刻（對男爵而言，在巴黎，這位水族豢養行家是魏督航夫人），將毫無憐憫的把魚兒從牠喜愛的生活中撈了出來，丟棄到另一個環境當中。」雙樓閣的暗喻再加上金魚缸的暗喻，男爵遲早會在魏督航夫婦手下栽個大跟斗！

愛蓓汀與敘事者的戀愛故事

《追憶似水年華》小說中的敘事者並不是個性別錯置者，這是普魯斯特給予敘事者的定位。如此的拐點，也同樣出現在《所多瑪與蛾摩拉　第二集》文本之中，當敘事者提及〈沉潛心靈之悸動〉時，它是從痛苦的音調轉變而來，不再是令人心醉而且感到幸福的「非自主回憶」經驗：如此的悸動所帶來的，是經驗到已死的外婆永不復返，以及愛蓓汀的確有過不貞潔的女女戀經驗，二者都帶出令人撕裂心扉的事實[75]。

如此相異的材質已經在《細說璀璨之童年》一書中提及：普魯斯特屢次強調敘事者童年時期在濡樊山所見到的一幕，看見發生在范德怡小姐和女友[76]之間的欲情及忝無道德的一幕，這一幕的威力強大無比；當敘事者知道「身爲范德怡小姐女友的人，是他的女友愛蓓汀」時，光憑童年時期的這個回憶，就讓他終於確實明白了，他的女友有何種習氣；也就是在這個當下，這位愛戀著愛蓓汀的青年更向前跨出了一步，走進了痛苦的世界；第二次的「沉潛心靈的悸動」終於發生了，如此一來，這位青年人再也無法離開他稍早之前想要與她分手的戀人了[77]。實際上，一九一八年的綱要在一九二一年與一九二二年的版本裡有了大幅度的擴寫，然而一九一八年的綱要更清晰地做了對比，第一次的〈沉潛心靈之悸動〉是因爲外婆的緣故，而愛蓓汀則是觸動第二次〈沉潛心靈之悸動〉的始作俑者[78]。

愛蓓汀，敘事者心中的毒素與銳矛

愛蓓汀在《追憶似水年華》小說中脫穎而出，這是發生在普魯斯特對亞格斯迪內里產生激情之後。亞格斯迪內里大幅度的銜接了在他之前出現的少女們的書寫藍圖，「瑪麗亞」，「帶著紅色玫瑰的少女」，「畢特布斯夫人的貼身女侍」，等人。

論到敘事者所愛戀著的愛蓓汀．西蒙內小姐，她有一頭深色頭髮，綠色雙眼，愛笑，雙頰豐潤，帶著黑色扁帽，手推一輛腳踏車，談吐大膽，攙雜粗俗俚語。愛蓓汀是個不顧大體，敢作敢爲，隨心所欲，耍硬脾氣的小女孩，不過因爲喜愛運動，她的身段柔軟，體態優雅。在敘事者的觀察之下，她的外型，在不同的環境中，有著不同的變化。當他最初抵達壩北柯，單獨留在豪華飯店的房間裡，非常不快樂，偷偷觀

75 «Architecture de l'oeuvre», in TADIÉ Jean-Yves, *Proust et le roman,op. cit.*, p. 274.

76 E.g. Lettres à Paul Souday (10/11/1919), *Corr.*, III, 69, *Sw.*, I, 159 : «On verra plus tard que (...) le souvenir de cette impression devait jouer un rôle important dans ma vie.» Cité in «Architecture de l'oeuvre»,TADIÉ Jean-Yves, *Proust et le roman, op. cit.*, p.274-275.

77 *Ibid.*

78 «De *Sodome* à *La Fugitive*», in TADIÉ Jean-Yves, *Marcel Proust, Biographie,op.cit.*, p. 783.

看著愛蓓汀和她的女友們在海堤上經過，好像看見了候鳥們暫時棲息在海灘之上。

在這個不容易被掌握的小女孩身上，透過愛楣私下透露的消息，很快的，敘事者幾乎可以確定愛蓓汀習慣說謊話，她暗中與一些品德敗壞的少女有染[79]。愛說謊者的言語不會長時間保持純淨；它會變質，它會變臭。愛蓓汀的人生（當然不是指著實體性的）與敘事者之間有非常大的距離，若要伸手觸及她，所花費的，是讓人非常疲累的探索過程，更甚者，爲了把自己保護得更安全，她的生命已經組織成形，好像「被掩飾著」的鄉間軍用堡壘設備那樣。

加上敘事者曾經親眼目睹在小娛樂賭場的舞池中，在少女們吵雜的聲響以及缺乏男性舞伴的情況之下，愛蓓汀正和安德蕊一起跳著「雙乳互碰之舞」。一種笑聲來自愛蓓汀，「這笑聲立即引人聯想到粉紅的肌膚，馨香的內壁，似乎笑聲方才在上面搓揉過，搓出像天竺葵一般的乾澀、性感又引人遐思的氣味，如此笑聲似乎隨著它承載著某些幾乎秤得出重量、引人神經不安、又讓人捉摸不定的微粒。」回想起愛蓓汀的某個姿勢，這就足以讓敘事者中了毒素：假設愛蓓汀很可能不是一個好女孩，她也會有操過舊業的娼妓所有的不道德舉止，學會相同的欺騙本領，如果萬一敘事者眞愛上了她，可想而知，她會帶來多少痛苦等著敘事者去飽嚐。愛蓓汀用她的雙乳緊貼著安德蕊雙乳的圖像，使敘事者的心劇痛。

這劇痛沒有持續，因爲不斷的被敘事者蓄意的否認或淡化。然而「雙乳互碰之舞」的延續，是一連串讓敘事者無法招架的意外事故，或者更好說，是「意料中之事」：蛾摩拉城已經浮現，令敘事者擔憂不已。例如：「在海灘上，一位美麗的年輕女子，身材窈窕，膚色白晳，她的雙眸放射出的光芒，構成極爲整齊的幾何圖形，圍繞著一個中心點發光，看著她這樣的眼光，我們會想到某顆星星。次日，在娛樂賭場裡，這位年輕的女士距離他們很遠，可是她的眼光不停的對著愛蓓汀一閃一閃、轉來轉去，好像透過轎車車燈，對著她打信號。這位年輕女子膽敢對她放射閃爍的信號，其意義，是表示她們之間過往的快樂時光。」

致命的傷痛終究發生了，透過一句敘事者不經意的問話：「我可愛的小親親，如果我說他的名字叫做范德怡，妳就了解更多了嗎？」這個問題的答案竟然等於讓眞相滾進了疑雲的告白，正當敘事者萬萬想不到的時候，這個眞相用可怕的針扎了他，讓他永遠受傷。

離開壩北柯車站那麼遙遠的康樸蕊和濡樊山，去世已經很久的音樂家范德怡，在這個背景之下，敘事者聽見了愛蓓汀不經意地回答：她是認識范德怡小姐的。於是一個在他的心裡攪動著，一個被保留在密室裡年代那麼久遠的圖像，它的毒素竟然沒有全然喪失；然而它竟然被他鮮明的留在內心深處！給他自己的心裡面畫下了一條致命危險的路徑，讓它變成寬闊的苦路，指向「認知」。

這是一段驚心動魄的告白，敘事者所著陸的地點，是可怕的「未知之地」，向他展開的，是始料所未及新階段的苦楚。愛蓓汀和范德怡小姐之間有染，這是他暗自害怕著的，看見愛蓓汀貼近安德蕊，就會焦慮不安。自此以往，敘事者邁進了人生的新階段，只不過，再也沒有任何日子對他而言是新生的，日子不再開啓他對未知幸福的欲求，只會延長他的苦楚，直到他無力承擔。

在愛蓓汀身後，他再也看不見海洋的藍色山脈，而是濡樊山的房間，在那裡，她投入范德怡小姐的懷抱，帶著如此的笑聲，讓人好像聽見了她享受情欲的怪異聲息。在一陣陣的錯愕之中，逐漸黯淡的天空有了燈光。

一腳踏入蛾摩拉城的戀人，在這個受咒詛的城市裡，他一邊尋找化解心中炙燒著的毒素的解藥，而解藥與毒藥是有同質性的；前者溫和柔軟，後者殘酷無情，兩者同樣都從愛蓓汀那兒生發出來。像個大病初

79 «Albertine de Proust»,in LAFFONT-BOMPIANI, *Dictionnaire des personnages de tous les temps et de tous les pays, op. cit.*

癒的人，看著一本屬於愛蓓汀一顰一笑的風景集錦專書，在她的每個姿態中，敘事者讀出來的是神祕的激情，是藉由顛倒的符號，出現在異常恐怖的領域中。在女女戀的蛾摩拉城中，情敵不是他的同類，他的兵器不一樣，他不能在同一個戰場上與情敵爭戰，也不能給予愛蓓汀相同的愉悅，甚至連準確了解她都有困難。

就在這個未知的世界裡，愛蓓汀樂在其中，在這地方，愛蓓汀有她的回憶，有她的情誼，有她的童年戀情，帶有敵意的氛圍冉冉升起，難以釐清，這不再像是朝向一個美妙的國度，在那裡的族群是有思想的，黃昏是金色的，串鐘音樂是憂傷的。愛蓓汀將要前去的國度，如同那蒙受咒詛的城市，是愛戀者想要立即加以焚燒，把它從眞實世界中刪除的。而這個城市卻是埋在他的心裡深處，如同一個永遠存在的銳矛。

《所多瑪與蛾摩拉》中之愛情與婚姻觀

普魯斯特是無可救藥的愛情悲觀者。原因是愛情很快就會變質，成爲忌妒，也就是成爲極不穩定的惡質現象。愛情，一旦有了情境的助益，它會有更強的力道將人捲入，不過，愛情會變得更讓人鬱鬱寡歡，好像在人生中我們對於一些人們的感受，隨著時間的消逝，我們愈加發現到，這些人們在我們的情感中所占有的分量日漸縮小，而新增的愛情，我們期待它是天長地久，然而它被縮減了，就像我們的人生那樣短暫，這只是一次終場的戀情。意即：人們所追尋的幸福，若非存在於眞正的穩穩妥妥裡面，就無法尋得見它，也就是說：幸福是存在於恆常的意識狀態裡，必須是終生不變的，而且可以說：它必須是會存留到永遠的[80]。

然而，依照普魯斯特的解析，戀愛有二部曲，是所有對自己信心闕如的人所經歷的，他們不敢相信竟然有女人會愛上他們，他們竟然會眞心愛上這女人。他們所了解到的，就是他們的情感、行動並不與所愛的女子緊密相襯，而是在女子身旁繞了一個圈兒經過，濺濕了她，擺佈了她，如同水流沿著岩石急速灑下，而他們自己的不穩定，徒增對自己的不信任感，他們原本多麼願意被這女子所愛，卻不相信這女子會愛上他們。

當愛戀者踏出了第一步，向所愛的她作了告白，愛情的第一部曲，述說出了柔情和各種美盼，卻立即害怕會惹她不開心，羞羞愧愧的感覺到：對她所說的言辭，並非專門爲她而打造。如此的顧忌，如此的羞愧，所帶出來的，是逆向的愛情第二部曲，是退潮：不過，縱然要打退堂鼓，卻依然有一種需求，想要快快收回之前告白過的心意，爲的是要重新採取新攻勢，再把自尊贏取返回，爲了要駕馭對方。

非但愛戀者搖晃在愛情二部曲中，他還被疑竇包圍著，感覺到他所愛的女子和別人的談話，是地底暗藏危險水流的土地；讓他無時無刻都感覺到，在女子口中所說的字句背後，有一片水層存在著，雖是看不見，卻是清冷沁骨；也讓他感覺到汗水到處滲出，只是看不見水層本身。

「焦慮產生忌妒，忌妒導致挾制，查詢，拷問。被追問者所給的回應或是謊言，或是半眞半假的透漏實情。要將焦慮平息，或者可藉由習慣性的流露愛意，或者透過勞燕分飛，或者藉由囚禁。逐漸地走到漠不關心的田地。漠不關心是免不了的，因爲愛意由某個身體或精神的細節開始，讓想像力創造了寵愛對象，而自我是多變而且不持續的。愛情就是短暫，這是法則。一旦擁有了，欲求就被扼殺了。幸好被愛者不會回饋，兩人之間既然沒有互愛，這就足以由情感來說明現況，因此有助於延續愛情。在《追憶似水年

---

80 «Albertine et Agostinelli», in Henri BONNET, *Les amours et la sexualité de Marcel Proust, op. cit.*, p. 59.

華》裡，可曾有一個眞愛？一個最不張揚的例子，那就是德．薇琶里希斯侯爵夫人和德．諾布瓦侯爵先生兩人的愛情[81]。」而這對老情侶的愛情，似乎是平淡、低調、且疲憊得近乎索然無味。

普魯斯特在作品中，持續被忽視著的，是平行層面的家族關係，諸如：夫婦結縭，同胞手足，姻親手足，等等。作品所看重的，是上一代與下一代之間的祖先傳承與後代遺傳[82]。在《所多瑪與蛾摩拉》文本中，敘事者設計要迎娶愛蓓汀的計畫，遠遠不能與愛情有所連結，與愛蓓汀結爲夫妻，並非是個美好理想，它會轉而變成誤會與欺騙的事實。對敘事者而言，與愛蓓汀結縭，的確是一種瘋狂之舉。

普魯斯特，愛蓓汀與「藝術」及「一生職志」之關聯

走在「認知」的苦路上，戀愛者感覺得到的，是象徵流血的祭品，每個早上都得要歡然獻上，直到他生命的終了，雖然是帶著莊嚴的重新開始，但是，每個晨曦都將屬於他每日的憂傷，屬於他傷口的血痕。

當讀者讀到以下的描述：「太陽的金色圓蛋彷彿被擠壓了出來，就在密度改變所導致的凝固現象裡，平衡產生了的斷裂，周遭圍著荊棘的火焰，像在油畫中所繪畫的，當太陽的金色圓蛋撕破了帷幕時，我們感覺得到太陽在帷幕後方已經微微顫動著，預備好隨時進入舞台，順勢衝出，在一股光芒浪潮帶動之下，將那神祕又凝結住的火紅掃除淨盡。」躍然與紙上的，幾乎是出自象徵主義大師——波特萊爾手筆的詩句，疊在印象派繪畫大師莫內的傑作——「日出之印象」——之上。藝術昇華成功的記號，也是心中淌血的信號：「我聽見我自己在哭泣。」愛戀者的痛苦，似乎已經化成了詩中的藝術精品。日出是如此的美麗，然而即將東昇的旭日晨光，重新讓愛戀者意識到了痛苦，那是變本加厲的殘酷。

再者，若我們借重岱第耶教授的解析，對普魯斯特而言，障礙一旦不見了，目標也將隨之消失：正如

與幸福的愛情相逆的，就是忌妒之心，忌妒之心一旦失去了，愛情也將告終了。關乎敘事者的藝術活力，愛蓓汀是個攔阻。不過，愛蓓汀同時也是唯一讓敘事者發現藝術的人選。直到福婁拜爲止，小說的情節發展都是如此進行的：「如果某件事不是這樣發生，一切就都順利了[83]」。而普魯斯特的敘事情節告訴我們：「如果某件事不是這樣發生，就都沒有事情會發生了[84]」。表面上不盡然看得出端倪，不過，關乎一生職志的故事，它的走向，正是與命運的故事相逆的。

在第一類福婁拜式的敘事中，「一切都能增生繁盛，一切也都可以岌岌可危」，因爲每個事件都帶來懸疑，帶出呼喚。在第二類普魯斯特式的敘事中，假設某些事實沒有如期發生，敘事的完滿結局或許反倒會提早來到，終極不幸的結局也可能不會出現；如此弔詭的現象，導致小說的主題和敘事結構之間產生微妙的互動和變化：愛蓓汀的背叛、逃亡與死去，按照作者的意思，究竟是述說愛情遭遇厄運的故事，還是作者述說一生職志登峰造極的故事，兩者的意義是迥然不同的。

換言之，在《追憶似水年華》小說中，其實有兩則故事彼此上下重疊著：一則說情愛，一則說救贖。同樣一個事件，在第一則故事中代表「命運」的記號，在第二則故事中代表「職志」的記號。在第二種情況中，接踵而至的事件被自由自在的符號引領著，主觀的鑑識（l'arbitraire）已經完全從故事情節中被抹去，以至於對人物而言，小說作者已經不再詮釋：天主有或沒有對他施下恩寵（un dieu janséniste）了[85]。

---

81 «Amour», in *Dictionnaire Marcel Proust*, *op. cit.*
82 «Mariage», in *Dictionnaire Marcel Proust*, *op. cit.*
83 «Tout se passerait bien, si...ne...pas»【譯者注】。
84 «Si...ne...pas, rien ne se passerait»【譯者注】。
85 Voir : «Temps et événements», in TADIÉ Jean-Yves, *Proust et le roman*, *op. cit.*, p. 345.

韓恩之愛與神父之情

雷納多．韓恩與馬賽爾．普魯斯特相遇於一八九四年，地點在於蒙梭街31號，面對繆拉府邸（l'hôtel des Murat），樂梅夫人（Mme Lemaire）所主持的沙龍中。雷納多．韓恩出生於委內瑞拉的加拉加斯（Caracas），父親來自德國漢堡，母親是委內瑞拉籍的天主教信徒。雷納多有許多兄弟姊妹。普魯斯特與韓恩初次相遇之後，發展了約有一年半之久的愛侶關係。他們在樂梅夫人之雷維翁城堡渡過假期，之後到了迪耶普（Dieppe），最後到了布列塔尼省的貝格—眉，拜訪了住在海邊美麗之島的撒拉．伯恩哈特（Sarah Bernhardt）。普魯斯特與韓恩的愛侶關係轉而變成忠心的情誼，沒有太多陰霾，如此的情誼格外豐富了普魯斯特的生活。雷納多．韓恩除了擁有音樂才華和音樂文化修養之外，還有極其豐富的文學知識，這些長處使他與普魯斯特有著順暢的心靈交流。雷納多．韓恩少年時就浸潤在音樂世界之中，出入沙龍，讓他的上流社交圈生活格外多采多姿。他在不同的沙龍中獻藝獻唱，包括甌貝儂夫人，德．卡亞維夫人，瑪蒂德公主，史特勞斯夫人，樂梅夫人，以及都德夫婦等名流的寓所，是雷納多．韓恩比普魯斯特更早就認識的人脈。雷納多．韓恩曾經在德．格爾尼伯爵夫人（la comtesse de Gueme）非常亮麗的音樂沙龍與女主人一起二重唱，也曾與普魯斯特的母親珍妮．普魯斯特合唱，珍妮．普魯斯特有著美好的聲音，也很喜愛雷納多．韓恩。樂梅夫人思想夠開放來成全普魯斯特與雷納多．韓恩的愛侶生活。樂梅夫人也是居中牽引，讓「貴族的富堡」接納普魯斯特，藉由她的斡旋，普魯斯特才開始有進入貴族階級的敲門磚，得以認識其中長期以來不接待普魯斯特的代表人物。

雷納多．韓恩儘管與普魯斯特發生過些許爭執，然而，他是普魯斯特的一生之中的摯友，忠心不二，穩妥可靠，最爲親近。他們之間的溝通有時帶著火氣，不過總是在文學，音樂，政治，哲學方面帶來豐收。韓恩對於戲劇，文學作品，繪畫各方面的知識豐富，對於音樂，歌劇的知識更是不在話下。雷納多·韓恩，他是馬賽爾·普魯斯特所缺乏的絕佳親兄弟。當普魯斯特足不出戶，全心在奧斯曼林蔭大道爲著他的小說奮力疾書時，韓恩是唯一不必先行通報，可得其門而入的人選，而且他不會將門戶緊閉，這讓女管家賽莉絲特·艾芭瑞十分惱怒，不過卻是取得普魯斯特的歡心。韓恩爲普魯斯特進行了許多必要的程序，讓普魯斯特獲得法國榮譽軍團的騎士勳章。

韓恩與其他衆人有所不同，他對普魯斯特心懷敬意，進退有度，在普魯斯特成了名，有了大作家之光環時，他沒有隨意提筆寫書，提說普魯斯特，試圖沾光，利用他們之間的過往回憶換取金錢利益。他保持含蓄，敬重他們的回憶往事，對普魯斯特的情誼至死始終如一，儘管賽莉絲特·艾芭瑞說了一些「閒言閒語」，應該是出於忌妒之故。

對普魯斯特而言，韓恩是眞摯情誼，普世價值，藝術，寬宏，與勇氣的代表。韓恩的影響力，當他乍現時，就已經存在，對普魯斯特至關重要。韓恩沒有出現在《追憶似水年華》的小說中，因爲他是普魯斯特生命中無處不存在的人物。藉由韓恩的建議，有時候他的想法會被普魯斯特批判，也藉由韓恩的人脈和經驗，他參與了普魯斯特的創作。他們二人的相遇，是有益於雙方創作藝術的神往靈交[86]。

另外，普魯斯特人生晚期與繆涅耶神父（l'abbé Arthur Mugnier, 1853-1944）於一九一七年四月在麗池酒店相遇，之後，他們有一些規律性的相處，這對雙方而言都是至關重要，屬於心靈與心靈的密契。繆涅耶神父帶領左利斯·卡爾·修斯曼（Joris–Karl Huysmans, 1848–1907）重新皈依了天主教，普魯斯特與繆涅耶神父對於心理學有相同的愛好，對於組合成世界的各種環境有相同的認知，同樣熱愛文學，熱愛夏多

86 Voir : «Des témoins capitaux», in DESANGES Gérard, *op. cit.*, p. 212-214

布里昂的作品，同樣擁有自由思想，同樣喜愛花卉，同樣具有寬容之心，同樣對於歷史著名人事物的名稱有著敏銳的感受[87]，經由文學，大自然，樹木，花朵，鳥禽等迂迴路徑，繆涅耶神父深深觸動了普魯斯特的心。除了喜愛自由思想之外，他們也擁有良心意識，也都喜愛城中餐宴的上流社會生活，面對德瑞福斯事件，繆涅神父態度莊嚴可敬，雖不眞正涉入，但是完全明白德瑞福斯是無辜受害。他說：「德魯蒙是近年來最爲卑鄙無恥的人，我說他無恥，因爲他攪動一半的國家，讓它與另一半對峙；也就是說，德魯蒙把天主教徒誤導到仇恨和狂熱裡。哪裡還有福音可尋[88]？」繆涅耶神父就像普魯斯特一樣，他嚴拒仇恨，也不肯排斥異己。天主教會高層領袖團體在德瑞福斯事件所持的反對重審態度，他深以爲憾[89]。普魯斯特與繆涅耶神父都不屬於任何政黨或小集團。他們都有自我的主張，所依循的道路並不被周遭所了解。

普魯斯特的人生即將終結時，繆涅耶神父所帶給他的幫助，是以生命的單純、天眞、詩意，簡單的與他共處，他在普魯斯特身上所修復的，並非政治與文學的關係，而是靈命與文學的相遇。普魯斯特曾寫信對他如此說道：「如果您〔與我〕同桌作席，我就覺得桌上綴滿了山楂花[90]。」普魯斯特單單尋求繆涅耶神父一人爲他祈禱，一九二二年十一月十九日，普魯斯特去世次日，是繆涅耶神父前來爲他的遺體行祝聖禮儀。年年的十一月十八日，繆涅耶都爲普魯斯特舉行追思彌撒[91]。

總結而言，偉大作家的生平不是凡夫俗子的生平，也不是惡習不改，患病在身者的生平：偉大作家用他的寫作，從生平中提煉出偉大之事，生平付出一切，只爲了寫作，生平中的卑賤事物也算在內。不過卑賤事物就是要被征服才行。

參、普魯斯特是意識流作家[92]？

如果我們上網查詢「意識流」（stream of consciousness）的定義，我們立即看見普魯斯特被歸類在「意識流」作家之中，與吳爾芙（Virginia Woolf），喬伊斯（James Joyce）以及福克納（William Faulkner）諸位意識流著名作家並列，甚至被冠以此流派之大師頭銜，《追憶似水年華》則被國內辭典列爲意識流小說代表作，認爲「意識流」乃一「流行於二十世紀的小說筆法。注重描寫小說人物意識流動狀態[93]」，以至於「意識流大師普魯斯特」幾乎成了華語文學界用來形容普魯斯特的套用語。由於筆者對此稱謂倍感疑惑，於是勉勵自己花些許時間來思考普魯斯特的書寫問題。

I.「意識流」之定義

倘若我們查詢某些英文辭典，所得到的「意識流」定義乃是：「針對人物某些思想及情感出現時，立即加以呈現的一種文學技巧[94]。」以文學批評的角度來說，那是「一種文學技巧，由小說中出現的人物透

87 «Proust et le fait religieux», *ibid.*, p. 307.

88 *Journal* (1879-1939), publié par Marcel Billot et annoté par Jean d'Hendecourt, Paris, Mercure de France, «*Le Temps retrouvé*», 1985, p. 114, cité in «Proust et le fait religieux», par DESANGES Gérard, *ibid.*, 306.

89 «Proust et le fait religieux», in DESANGES Gérard, *op. cit.*, p.306.

90 Ghislain de Diesbach, *L'abbé Mugnier*, Paris, Perrin, 2003, cité in «Proust et le fait religieux», par DESANGES Gérard, *op.cit.*, p.307.

91 *Ibid.*

92 本論文源自國科會補助專題研究計畫〈普魯斯特與假鑽石製造事件〉NSC-100-2410-H-030-061

93 《精編活用辭典》。台北。三民書局。二〇一三年初版二刷。

94 The American Heritage Dictionary of the English Language, Fourth Édition copyright 2000 by Houghton Mifflin Company.

過長篇幅的獨白，著力發揮思想，宣洩情感[95]。」「意識流」也可指「一種文學類型，人物的思想及情感在其中顯明，乃是透過長篇幅的獨白敘事，通常以散文方式書寫，明顯與詩句有所區隔[96]」，屬於一八五五年間所給的定義，是「沒有經過編排，就透過思想，不斷釋出的流動行程[97]」，既是沒有經過編排，也就完全不需修訂，只須立即捕捉當下的自然反應，就像電影、音樂或是戲劇中活潑形式的獨白，目的在於讓劇情人物或是戲劇演員重新呈現最爲鮮活的經驗，肯定說明這是一種文學、電影、音樂、戲劇的敘事技巧。

II. 普魯斯特式書寫的確認

文學理論專家哲哈．杰內德是藉由《追憶似水年華》建構了他的「狹義修辭學」（la rhétorique retreinte），亦即眾所周知的敘事學（la narratologie）。在《辭格III》[98]一書中，杰內德以一篇名爲〈敘事論述文章，方法試論〉（«Discours du récit, essai de méthode»）的文章奠定了敘事學的主體理論。不過除了《辭格III》以外，我們還可從《辭格I》[99]，《辭格II》[100]，《辭格IV》[101]等系列著作中讀到杰內德針對《追憶似水年華》小說創作的分析，後者這些相關文章固然篇幅較小，卻是深具意義，因爲它們完整的補充說明了杰內德對整部《追憶似水年華》書寫方式的想法。因此我們想借助杰內德三十三年間所發表的一系列相關文章，來萃取其中核心概念，目的就是想要確認何謂普魯斯特的書寫形式。依據《辭格I—IV》等著作出版年次的順序，我們選定了四篇文章，分別是：1)〈普魯斯特與隱藏性書寫〉（«Proust palimpseste»）（1966），2)〈普魯斯特與間接言語表達〉（«Proust et le langage indirect»）（1969），3)〈普魯斯特與換喻書寫〉（«Métonymie chez Proust»）（1972），4)〈康樸蕊—威尼斯—康樸蕊〉（«Combray–Venise–

Combray»)（1999）。至於臨摹習作這種文類與整部《追憶似水年華》創作深度相關聯的書寫形式，我們則借重尙・彌禮教授（Jean Milly）所出版的《假鑽石製造事件》[102]專精論文，藉由此專書，我們來檢視馬塞爾・普魯斯特作品中戲謔、詼諧的特色。

II－1. 與物之「精髓」接軌

一開始在〈普魯斯特與隱藏性書寫〉一文中，杰內德就已經提出一個他認爲最難研究的問題，那就是普魯斯特的暗喻文體。依照普魯斯特的說法，「唯有暗喻可以帶給寫作文體一種永恆[103]」，也就是因爲暗喻可以跨過兩個相異物件或情感的表象來與它們的精髓接軌，把它們從時間的偶然（contingences du temps）中抽離出來。精髓所在之處，讓「普魯斯特的自我」得以享受浸淫其中，那是他眞正的失樂園，也是《追憶似水年華》不停止追尋的標的。

普魯斯特既然眷戀、仰慕「物之精髓」，爲了將之定型，他認爲唯一的方法就是將物件揉造成藝術

95 Collins English Dictionary Complete and Unabridged Harper Collins Publishers 1991, 1994, 1998, 2000, 2003
96 Thesaurus Based on Word Net 3.0, Farlex clipart collection. 2003-2012 Princeton University, Farlex Inc.
97 «the continous unedited chronological flow of conscious experience through the mind» (1855), Merrian Webster's Collegiate Dictionary, tenth Édition, first printing 1993, U.S.A.
98 Gérard Genette, *Figures III,* Paris, Éditions du Seuil, coll. Poétique,1972.
99 Gérard Genette, *Figures I,* Paris, Éditions du Seuil, coll. Points,1966.
100 Gérard Genette, *Figures II,* Paris, Éditions du Seuil, coll. Points, 1969.
101 Gérard Genette, *Figures IV,* Paris, Éditions du Seuil, coll. Poétique, 1999.
102 *L'Affaire Lemoine, Pastiche*, Édition génétique et critique par Jean Milly, Genève : Slatkine Reprints, 1994
103 «Proust palimpseste», Gérard Genette, *Figures I,* Paris, Éditions du Seuil,coll.Points, 1966, p. 39.

品。重新觀賞「精髓」唯一的方法，就是透過神奇的類比，將兩種情感共有的精髓抽出：這是暗喻可駕馭回憶之妙處，回憶刺激我們對稍縱即逝的永恆感有所回應，而暗喻則穩當的享受自己已成藝術傑作的情趣。普魯斯特奮力據爲己有的物之精髓，並不是一種抽象之物，乃是一種有深度的物質，是一種質感。在暗喻形式的琢磨過程中，有必要達到兩種理想層次：首先要捕捉到神妙的物質表象，隨後要找到它的類比形式。同時既是本體又是他物……由本體跨越到類比，由寫物文體走向暗喻文體，持續保持對困難點的體悟，一次又一次的將理想的實現安置在新的呈現條件之中。

II－2. 將抗拒揉入融合之中

爲何書寫暗喻文體有其困難之處？因爲它要建立兩物之間的關聯性，從而引向融入的企圖，而兩物必然會對此融入有所抗拒，意即：被捕捉之物的精髓永遠是在抗拒之列。普魯斯特既已透過整部《追憶似水年華》作品給了我們暗喻書寫的許多範例，我們將可由杰內德所提出的研究，來看出其中的端倪。

II－2－a. 大師們的亮光功夫

暗喻形式的書寫，第一個步驟是要找到一些物體，一些有質感之物，普魯斯特會在其中看見穩定性，由於這個穩定性，這些物體「不被遺忘，不會枯竭，也不會變衰弱」。《追憶似水年華》敘事中這位年輕的敘事者在各種「名詞稱謂」中找到奇幻之處，讓他創造出有質感的風格，把一些物質整合連結成一個整體，直到出現「某種融合物，某種透明整體〔……〕，不讓任何一個稱謂留在整體之外，抗拒而不融入其中〔……〕我想，這就是我們所指的大師們的亮光功夫[104]。」這種亮光是發自半透明之深處，來自敘事者所知道的某句有分量的話，由他給這句話某種厚度，讓「暗藏的精髓」駐留，埋藏在文本透明般的柔軟揉成物中，而敘事者就要在其中劬勞，好讓眞理永垂不朽。普魯斯特，就像作家福婁拜致力於使文學作品等同於靜物畫傑作，讓藝術化的偉大作品不止含有「一個亮麗的暗喻而已[105]」，而是讓有質感的寫作文體與類比文體契合，這就成了普魯斯特心中理想的書寫文體。這是由夏爾丹（Chardin）起始，而逐步走向林布蘭（Rembrandt）的過程，或者說是由夏爾丹起始，逐步走向《追憶似水年華》中的畫家艾斯棣的過程，這也是由福婁拜起始，逐步走向普魯斯特自己的過程。其過程是藉由回憶作仲介，或者說，是藉由想像來協助，逐步走向浸淫在幸福感或是美感中的經驗。典型例子之一，就是將康樸忞與威尼斯兩相比較，讓兩處具有相似點之城市因各有相異之處，來顯明蘊含在內裡的精髓。威尼斯城寫在《芳蹤何處去尋覓》（*La Fugitive*[106]）文本中，成了另一個康樸忞，或者其中更重要的是意思是：威尼斯成了康樸忞第二，不過依然保有水都，精緻之都，異國風味之都的相異性，而這才是精華之所在。這是因爲回憶建立了康樸忞—威尼斯的關聯性，而其中的時間距離已被挪開。

II－2－b. 質感互轉與間接顯景之呈現

第二個步驟，就是藉由物體之蛻變將空間移動，帶出質感的互轉效應：例如在德．蓋爾芒特親王妃出席的歌劇院晚場表演中，歌劇院的現場轉換成了海底宮殿，又如在壩北柯渡過第一個夜晚的清晨醒來，看

104 *Ibid.*, p. 43
105 *Ibid.*,p.44.
106 L'épisode d'Albertine aura donc deux versions successives, en 1914 et 1915. C'est après la publication de la *Fugitive* de Tagore en 1922 que Proust a changé son titre en *Albertine disparue*.Cité in «Traduction générale»,À la recherche du temps perdu, tome I, Paris, Gallimard, Bibliothèque de la Pléiade, édition publiée sous la direction de Jean-Yves Tadié, 1987, p. LXXXVI.

見海洋轉變成山景，透過暗示性的擴充比較，「默默無語的、不棄不捨的重複」，山景從未被直接提及，不過不斷使用具有暗示性的辭彙來提醒。海市蜃樓中，以假弄眞的視野，反射光芒比反射物更堅實，整套弔詭的美學如此被建構成功，是用來回應純屬普魯斯特式的願景，此景當前，敘事者全然著迷於「物體蛻變」之效應，實景被間接願景加上了註記。唯有在他物之上看見此物之美，此乃必然被處理過的間接賞析，以至於無法辨識究竟此物之美是源自正在消逝中的惱人事實，一個「逝去的眞實」，抑或是源自精簡到只剩精華的眞相，一個「被尋回的眞實」：康樸菈轉而在鐘聲中出現，東錫耶爾軍營被發出短促喉聲般的熱爐釋出，等等。在失去一切中贏回一切，這永遠不是直接的願景，乃是在不同層次中看見眞相，在好幾個互換的質感中看見它，或者是要以X光攝影師的眼光來透視物的內裡深處，而非停留在物的表面，乃是要看得見線條已被模糊過的圖像，有時候是難以辨識的、幾乎是永遠模糊不清的隱藏性書寫。

不論是回憶或是想像，普魯斯特式的願景留有時間或空間隱藏性書寫的記號，誠如杰內德所言，這給他的願景帶來「不和諧景觀，源自不斷被攪亂又不斷被連結所造成的結果，既是一種痛苦的隔離動作，又是一種高難度的綜合功夫[107]」。普魯斯特式的書寫是顚覆性的：開始是爲了將精髓釋出，結果反倒成了需要建構（……）幻象[108]」，同樣的，普魯斯特式的願景「會走到一種層層疊疊的幻象效果，一層蓋過另一層，其中有質感之物會相互呑食[109]」。爲了達到高水準的寫實，「反倒會發現一個眞相的藍圖，在其中，這藍圖一旦成了幸福的極致，就消失無蹤[110]。」風景會「煙消雲散」，願景會「令人失望」，小說人物前前後後在不同的公衆場合中出現，這一切的一切都免不了被一種腐蝕性的力量帶走，雖然每個細節、每個片段都以巴爾札克或拉．布呂耶的筆觸書寫過。普魯斯特的願景比他的書寫理論更現代，他的現代性是要由整套作品中來捕捉，而比較不存在於作品之細節部分。這就是杰內德針對普魯斯特式書寫所下的第一個結論。

II－3. 不斷被拆穿謊言的小說人物

普魯斯特的小說人物必然是多變的，作者大費周章的描寫他們，使用超量的文章篇幅在人物身上，漸漸地把人物帶到滑地，使他們之前的臉龐消失無蹤，被時間呑沒。身爲一介刻畫人物蛻變過程的匠工，敘事者在許多獨立的時刻緊隨著人物，又同時捕捉住人物的多元效應：一切都在僞裝、一切都在掩飾，有朝一日揭開內幕時，格外令人震驚。按照普魯斯特的說法，這是「社會萬花筒」式（le kaléidoscope social）的組合元素，此乃一封閉世界，終究只能不斷變動，只會不斷僞裝。

分析至此，杰內德要確認的是：普魯斯特之作品，縱使被某種負面意願衝擊而顯出小說作品之不穩定性，卻是與喬伊斯、吳爾芙之作品大相逕庭，而且普魯斯特之敘事技巧根本談不上有任何顛覆性。

走筆至此，華人文學界與杰內德之間觀點相異之處豈不已經不言而喻？但若要更加深入研究，或許我們可繼續看看普魯斯特撰寫《追憶似水年華》時所持的負面意願與維持「小說題材穩定性」兩者之間所產生的難題。

II－4. 敘事中的詩意情境

在〈普魯斯特與隱藏性書寫〉一文中，杰內德進一步表示：普魯斯特的時間毫無穩定性，時序在前之事可能是心緒在後的感覺，正如眾所周知的小貝殼蛋糕促使康樸蕊形象再度鮮活之例所示。時間既然可往

---

107 «Proust palimpseste», Gérard Genette, *Figures I*, *op. cit.*, p. 51.

108 *Ibid.*,p.52

109 *Ibid.*

110 *Ibid.*

內部折回，因而造成時序不穩定，空間格局也一樣無穩定性。相較於我們所熟悉的小說，其地理背景都一概穩定不變，普魯斯特的小說地點則是活躍的，它們會與小說人物及小說事件兩相連結，甚至有它們獨特存在性，因而形成絕妙的交錯印象：最典型的例證，即是德．聖—鷺小姐（Mademoiselle de Saint-Loup）成了許多存在於她之前人物的橋樑人選，讓斯萬先生宅第的那邊，與蓋爾芒特家族的這邊，兩相會合，而那些人物先是被區隔開來細細的描繪過，也各自顯明了許多格格不入的複雜性，而終究在《韶光重現》中有效的被連結在一起。

杰內德引用了模里斯．布朗修（Maurice Blanchot[111]）的觀點表示：實際上，普魯斯特的肇始計畫應該是在一本由「詩意情境」組合成的小說中，寫下有關回憶的優質時刻，不過寫著寫著，敘事者漸行漸遠，偏離了起初的寫作計畫，逐漸朝向一個完整的小說詩學。就這樣，小說朝向內裡發展，進入一種「越走越緊密的環狀時間」，因而帶出《追憶似水年華》小說中的弔詭現象：它是作品，卻也是朝向成品發展的作品；它是記錄一生寫作職志如何產生的作品，同時也是寫作職志的操練記錄。這種雙重書寫的現象隨時隨地在敘事中表現，以至於布朗修提到：在普魯斯特式的書寫中存在著一種令人暈眩的機轉，已出現的敘事正帶動著將要出現的敘事。

我們若在普魯斯特漩渦轉動書寫方式的實體上加上互文本的考量，普魯斯特隱藏性書寫的事實就會變得更加令人暈眩。它所暗藏的文本來源及樣式是如此多元而複雜，以至於想探究普魯斯特小說人物、小說地點、小說主題的轉變過程，就會變成不可能的任務。不斷滋生，永不止息，這已經成了《追憶似水年華》的深層創作法則，一直發展到一九二二年十一月十八日才嘎然休止。若要說其中有吞噬現象，沉埋現象，甚至有摧殘現象，這一切都與暗喻形式的修辭有關，而且也只有在這個層面上來看，原來將要發生的敘事比已經發生的敘事略勝一籌，形成一個如此難分難解的整體作品，杰內德解析〈普魯斯特與隱藏性書寫〉的文章就在此概念上畫下句點。

II－5. 由普魯斯特式書寫看小說素材

〈普魯斯特與隱藏性書寫〉的文章結束之後，分析普魯斯特暗喻式文體的杰內德並沒有就此罷手，他繼續在這個問題上提出論述文章，彷彿還未全然說明清楚普魯斯特獨特的暗喻式文體似的。《辭格 I》專書出版六年之後，他又撰寫了一篇名爲〈普魯斯特與換喻書寫〉（«Métonymie chez Proust»）的文章，安置在著名的《辭格 III》一書內，放在「敘事論述文章，方法試論」（«Discours du récit, essai de méthode»）前頭。除了關乎《辭格 I》一書已經充分發揮的普魯斯特與暗喻式書寫問題，正如我們前面所概要敘述的之外，杰內德要更進一步確認某些經常出現的現象，而在開始這項工作之前，先向史提反・巫勒曼（Stephen Ullmann）致謝，因爲巫勒曼提出了有關換喻形式轉變的論述文章，而此論述文章可與普魯斯特暗喻形式書寫並列，成爲分析普魯斯特寫作風格技巧非常重要的論點。依照杰內德所分析，這些寫作風格技巧有下列幾種：

II－5－a. 含有換喻之暗喻（la métonymie dans la métaphore）

首先杰內德強調普魯斯特會運用兩種相互毗鄰的感官感覺，使它們並存在同一思想中，「換置」修辭法即是最明顯的一種[112]。例如康樸蕊庭院花園門上的小鈴鐺發出「橢圓及金色的響聲」，這種寫法是把感

111 模里斯・布朗修（Maurice Blanchot），法國作家。其小說作品及評論：《文學空間》（*L'Espace littéraire*），《未來之書》（*le Livre à venir*），將文學創作及空虛、死亡經驗兩相連結。《二〇二〇年拉魯斯圖解大辭典》。**【譯者注】**。

112 杰內德給了這些例證：以「髮絲之褐色枯乾」來取代「褐色枯乾之髮絲」；以「藍色的平面」來取代康樸蕊週日的天空；巫勒曼則提出「樹林金色的清新」，庭園小鈴鐺「橢圓及金色」的響聲來說明。

官的本與末做了對調，而且讓暗喻與換喻相互支援，互爲表裡。這是一種雙感官經驗成功的對換，讓一種「並存共同體」在並列的關係中出現：含有換喻之暗喻則儼然成形[113]。

II－5－b. 主題式暗喻（la métaphore diégétique）

之後，藉由暗喻形式的聯想，建立諸多「由核心向外擴散之美學」成爲可行：聖─安德烈田野教堂（Eglise Saint–André des Champs）兩座鐘樓可以變成兩串麥穗，座落在麥田中間的教堂變成了麥草禾堆，聖─安德烈田野教堂已被融入「鄉野環境」中，敘事者在暗喻形式的聯想中，透過同質、也透過異質，更容易將它們拉近關係，於是敘事者看見了「善變之鐘樓」主題，依據教堂鐘樓所出現的周遭環境，就有了聖─安德烈田野教堂的「雙麥穗鐘樓」，壩北柯的「魚形鐘樓」，康樸蕊的「奶油軟麵包鐘樓」，等等。受景仰、受寵愛之物與它所在環境之間所形成的相似性及相近性既已合成，表達該景觀賞心悅目之處就會在一種和諧、柔美的關係之中運作，產生以換喻形式爲本的暗喻，而根據杰內德的用辭，這就被稱爲「主題式暗喻[114]」，這樣的主題式暗喻有助於將雙重或三重的生命經驗套在一起，於是藉由一個簡單的連結點，「由核心向外擴散之美學」就會彼此宣揚而發出光芒，就好比鷗麗安．德．蓋爾芒特夫人與她家族祖先領土相連結之美，又好比奧黛特．斯萬夫人不斷把與她有關的唯美空間帶著走，成了女性美的最佳象徵。

II－5－c. 永不斷續之暗喻（la métaphore en allitération perpétuelle）

《追憶似水年華》中，依據印象派美學觀點作畫的畫家代表艾斯棣，他的畫風更有利於產出美妙絕倫的暗喻式文體，因爲其中有一豐富網絡不斷帶出各種類比，就在他的繪畫表現中，「眞實」景色正著力於

「抹去各種區隔線條」，敘事者所畫出的卡爾克檄海港（le port de Carquethuit）是兩棲型風景，大海變成「鄉村」一般，漁船劃在水面的水痕變成「灰蓬蓬」的塵土，船隻在大海洋「泥濘般」的表面進行收割，等等。液態物與固體物之間的區隔既已被抹煞，就可把同質性的類比投射在相關聯的事物上。如此一來，也可把描述中的固體容器帶進容器內的液體之中，宛如將玻璃水壺探入維豐河（la Vivonne）時，顯明玻璃水壺與河水雙雙參與了「互動型的暗喻」（la métaphore réciproque）的產生，而讓暗喻「永不斷續」。這是普魯斯特格外鍾情的暗喻寫法之一，那也是一種綿延不斷的類比。

II－6. 非自主回憶與暗喻（la métaphore et la mémoire involontaire）

不論是主題式暗喻、永不斷續之暗喻、或是互動型暗喻，這些風格技巧的書寫過程都與「非自主回憶」（la mémoire involontaire）迥異。「非自主回憶」是來自一種情感方面的「歡愉經驗」，是源自一種「非凡之幸福感」，初出現時「並不知其緣由[115]」。爲了進一步確認「非自主回憶」有關暗喻形式的特質，杰內德提到，當那非常著名的「珠珠點點」開始發生，透過所謂的「非自主」性回憶，使得康樸蕊的「回憶之建築物」因應而出，這其中有兩件值得注意的事，其實這也是一種普魯斯特經常使用的串連技巧，就是讓暗喻形式與換喻形式兩相連結，帶出以下兩個值得注意的情況：

首先，在暗喻形式的表達過程中，這是一個「已經融化過」的主題，屬於一種融合爲一的絕美，屬於大師級的亮光功夫，這乃是與詩意情境有關，在其中普魯斯特式的書寫似乎極力試圖朝向此一混合狀

---

113 «Métonymie chez Proust», Gérard Genette, *Figures III*, *op. cit.*, p.42.

114 *Ibid.*, p. 47-48.

115 Voir : *Du côté de chez Swann*, Paris, Gallimard, coll. Folio classque, 1987, pour l'établissement du texte, 1988, pour la préface et le dossier, p. 102.

態延展：純屬於鬆散的論述文章將要前來迎合屬於詩意情境的論述文章，因而創造出一個可稱之爲「散文詩」，或「詩之散文」的文本。

其次，雖然文本已經具有強烈的詩意情境，然而普魯斯特心中可能從未想要寫出由一篇篇出神入化的詩篇組合成的小說，這是模里斯．布朗修所持的看法。布朗修認爲：過往之事藉由遇上某種感動而「復生」的事實，並不像偶而遇上某種感動那樣的「自然而然」。若是說單單憑藉一個單獨的、微乎其微的回憶，就足以啓動一個整體回憶的運作，使之達到某種不可思議的寬度及闊度，其實非得依靠「伴隨而來的換喻形式之外展」不可。而這正是在《追憶似水年華》小說中所發生的情形[116]。

杰內德既然如此引述了模里斯．布朗修的觀點，他已經非常明白的表明他不同意「非自主回憶」屬於回憶現象、潛意識現象，而且也不同意單憑「非自主回憶」就足以帶動文本的進展，甚至一直發展到讓整個「建築物」建立在過往可追憶之願景中。沒有暗喻的非自主回憶，並不是眞正的回憶：單單有非自主回憶而沒有換喻，回憶就不可能形成串連，也就沒有「故事」、沒有小說可言。的確，是暗喻找回了「失去的時光」，不過，是換喻帶動著「失去的時光」往前行。若說非自主回憶起始的「珠珠點點」應是屬於暗喻的範疇，那麼建構起一座「回憶的建築物」，應該完全屬於換喻的範疇。而換喻式的連結與暗喻式的發現都一樣令人讚嘆。暗喻的絕妙帶來藝術作品，換喻的巧思則帶來《追憶似水年華》的敘事。杰內德的立論再一次申明於此，而他的論點是由模里斯．布朗修來支撐。

杰內德後來持續以暗喻問題爲主軸撰寫新文章，另有一篇名爲「康樸蕊—威尼斯—康樸蕊」的文章發表在《辭格IV》專書中，這是在杰內德已經被公認爲「敘事學創始理論家」之後。在新增文章裡，他針對普魯斯特的暗喻式文體提出了一些更確切的觀點如下：

II－7. 普魯斯特式書寫與《追憶似水年華》之願景

普魯斯特最優先的特質就是美學主義者。《追憶似水年華》的敘事者說了這樣的話：「我們對日常生活的鮮明印象是來自藝術品，來自美妙的事物」。這個論點最有效的說明，可用敘事者對《鰩魚》（*La Raie*）的畫家夏爾丹及《迦拿婚宴》（*Les noces de Cana*）的畫家維洛奈思（Véronèse）所持的賞析態度說明之。針對此點，杰內德清楚的說明如下：在《追憶似水年華》中，普魯斯特式的美學面向之一，就是先在康樸蕊的聖－伊萊爾（Saint-Hilaire）教堂找到它的第一個代表形象，這座教堂最基本的特色在於它的「親切」，由「鄰居感」以及「鄉親感」分別組合成功。從地理位置及社群認同的角度來看，敘事者對這座純樸小鎮的教堂有認同感，這座教堂的鐘樓特別具有單純之美，自然之美，脫俗之美，讓敘事者的外婆很想快快與人分享，因為她老人家覺得，假設讓聖－伊萊爾教堂的鐘樓擔任鋼琴彈奏，它一定不會把曲子彈得「索然無味」。敘事者的外婆最為優先喜愛的美學品質就是自然，在她針對小鎮教堂鐘樓的讚美裡，在她所肯定的「自然美」裡，所有的藝術天份都與這點有關。

聖－伊萊爾教堂的鐘樓帶來的鄰近感、親切感是被普魯斯特「永恆化」的主題，它的長處將會引導敘事者透過巧妙的換喻關係，強化建築物與自然的、人性化的環境保持熱絡的接觸，甚至不惜悍然拒絕「一切可能將建築物從它的地理景觀中拔除，將它的原始功能剔除，將它的歷史記號磨滅的可能措施[117]」。古老的聖－伊萊爾教堂成了最能代表「教堂」的建築物，而且應該保留它的原貌。

這個主題也引導杰內德提出三種可能性的威脅，是普魯斯特會加以反對的，那就是模擬博物館的創

---

116 Voir : «Métonymie chez Proust», Gérard Genette, *Figures III, op.cit.*, p. 62

117 «Combray-Venise-Combray», in Gérard Genette, *Figures IV*, Paris, Éditions du Seuil, 1999.

立，教堂被摧殘，以及教堂被過度修復。這三種敗落現象，或者說這三種倒行逆施現象，是普魯斯特小說的敘事者所關注的。爲了說明有關普魯斯特的願景美學，杰內德本於許多已發表文章的基礎，下了如此的結論：普魯斯特所運用的美學是由欣賞日常簡單、美麗之物開始，逐步走向欣賞公認的精緻品。引導普魯斯特的美學有三個階段：他先由夏爾丹走向林布蘭，再由林布蘭走向居斯塔夫．默羅，最後再由居斯塔夫．默羅一直走向維洛奈思。舉一明顯例證：他最先喜愛的是夏爾丹的《鰩魚》，其次是林布蘭的《好撒馬利亞人》（*Le Bon Samaritain*），接著是對居斯塔夫．默羅作品中珠寶、華服的鍾愛，最後是愛慕維洛奈思的《迦拿婚宴》的豪華氣派。從廚房先看到最簡單之物開始，一直發展到最爲富麗堂皇的婚宴，沒有一件事物不具有自己的美麗。樸實無華與富麗堂皇兩者間的互動現象會邀請敘事者從最爲單純的層級開始賞析，一直進階到最爲豐饒的層次。於是，美學上的有效流程，將引導普魯斯特的敘事者在康樸蕊和威尼斯之間做連結，從暗喻角度來看，代表幸福兩地的兩座教堂，雖然所在地與參訪時間絕大不同，卻依然可以緊連在一起，原因是來自外婆和母親珍妮．普魯斯特的眼光，她們覺得康樸蕊和威尼斯都美，因爲兩個城市充滿了自然的親和力與親切感。

III. 關乎臨摹技巧

尙．彌禮著有一專書介紹並評析普魯斯特的《假鑽石製造事件》（*Proust et L'affaire Lemoine*），此書著力於說明普魯斯特的寫作特色是透過諸多臨摹技巧的文章來顯明。普魯斯特的《假鑽石製造事件》所臨摹的作者計有巴爾札克，艾彌樂．法格（Emile Faguet），儒勒．米榭勒（Jules Michelet），龔固爾兄弟（Edmond et Jules de Goncourt），福婁拜，聖—伯夫，艾尼斯特．何朗（Ernest Renan），亨利．德．雷尼業（Henri de Régnier），聖—西蒙公爵（Louis de Rouvroy–Duc de Saint-Simon）等九人。這九個臨摹文本編輯在《臨摹與雜文》（*Pastiches et mélanges*）一書之內，於一九一九年出版。另有三篇《假鑽石製造事件》臨摹文本，是模仿拉斯金、梅德林克及夏多布里昂等三人，彌禮的專書告訴我們，後三篇文章並未出版。已出版的九篇臨摹文本寫作期間在一九〇八年二月及一九一九年三月之間，其中共有七篇寫於一九〇八年，另各有一篇寫於一九〇九年及一九一九年，恰好就是普魯斯特同時撰寫《追憶似水年華》的這些年間，從一九〇八年開始，至一九二二年結束於普魯斯特去世之前一日。

臨摹書寫與普魯斯特《追憶似水年華》所要求的完美主義風格關係至爲密切，而且不容忽視：《臨摹與雜文》一書中有「大量草稿，諸多後續手稿，《費加洛日報》首次刊登後所剪下的修正稿，還有出版前的諸多校正稿」[118]，這種工作方式與追隨「意識流派」作家的寫作方式大相逕庭，現代「意識流派」的寫法，若我們以一般所界定的定義來看，它格外明顯著重的概念是「全然自生自發」，「隨興流暢發表」，「無需後續編撰」。

彌禮所著的專書也告訴我們，《追憶似水年華》與臨摹文本都適合以文本互文性來作分析，也會牽連到文本、原始文本及超文本等，在在都使彌禮有正當理由把臨摹練習的功夫重新定位在《追憶似水年華》整部小說中，以便確認普魯斯特的文學養成方式，整體寫作「法則」，主題選擇方法以及小說整體結構，互文性文本分析法就成了很有斬獲的研究方法。

《追憶似水年華》的讀者大多不會有太大的困難看出此作品是以回憶爲基礎，然而，普魯斯特式微妙

118 «Avant-propos», in *L'Affaire Lemoine de Marcel Proust, Pastiches*, édition génétique et critique par Jean Milly, Genève, Éditions Slatkine, 1994, p. 5.

的戲謔及模仿風格就有待探究了。其實在以非自主回憶寫作的普魯斯特身上，有一個愛捉黠又幽默的敘事者，他喜愛藉由戲謔文體來模仿先前有名的作家以及同時期的競爭者。

普魯斯特是愛搞笑的人，他最出色的搞笑文本留在《致雷納多・韓恩的書簡》（*Les Lettres à Reynaldo Hahn*）中，這兩位親密且知心的好友湊在一起，不斷寫出臨摹式信函，來調侃他們所讀的書，所看的戲劇表演，以及寫出格外荒唐的小說人物，來嘲諷巴黎的社會人士[119]。

IV. 關乎語言風格問題

如上文所說，我們用來當作文學批評理論時，意識流屬於「一種文學技巧，由小說中出現的人物透過長篇幅的獨白，著力發揮思想，宣洩情感。」「意識流」也可指「一種文學類型，人物的思想及情感在其中顯明，乃是透過長篇幅的獨白敘事，通常以散文方式書寫，明顯與詩句有所區隔」。關乎這點，我們也覺得很有趣，因爲直接與普魯斯特的語言表達風格相關。

提到普魯斯特的語言表達風格，杰內德寫了一個長篇幅的文章，於一九六九年發表在《辭格II》一書中，文章名稱是：〈普魯斯特與間接語言表達〉，這篇文章發表於〈普魯斯特與隱藏性書寫〉出版三年後。這篇新增文章的要義，很清楚的，就是杰內德邀請我們欣賞一點：其實普魯斯特是法國作家中數一數二的幽默大師，少有其他作家能望其項背。在普魯斯特身上散發著某種機靈聰敏、仁愛寬容的特質，甚至是一種人生智慧。

的確，在《追憶似水年華》小說中，我們會讀到長達數頁的內心思想的表述，相當接近於內心獨白，例如，當敘事者提及他常常徹夜失眠時。不過，這位第一人稱敘事者也是旁觀者，爲了設法呈現整個貴族階層所上演的好戲，他運用的是模仿巴爾札克或是聖—西蒙的筆調。要完整描繪「社會萬花筒」中的人物，內心獨白是不夠用的，因爲所有被敘事者盯上的人物都各自擁有他們的說話口吻，是敘事者喜愛捉弄的對象。這麼一來，一整套形形色色的語言變化調色盤就出現了，這就是杰內德在他所寫的〈普魯斯特與間接語言表達〉所邀請我們賞析的部分。舉例來說，有一個名叫勒格蘭登（Legrandin）的工程師最常被普魯斯特鎖定爲滑稽人士。勒格蘭登先生持有一種語言，在敘事一路發展中，他每每一開口，就被敘事者拆穿他那老改不掉的攀龍附鳳心態。的確，當我們要萃取《追憶似水年華》文本之「精髓」時，在普魯斯特隱藏性書寫中，暗喻式文體是很重要，但是勒格蘭登過於偏愛用暗喻式文體來說話，結果反而露出更多「冒牌隱藏性式口語表達」的馬腳，他喜好逢迎貴族權貴的毛病就越不自覺的流露出來。在普魯斯特筆下，其他具幽默特質的小說人物在《追憶似水年華》中屢見不鮮，普魯斯特的敘事者早早就已經與心靈獨白式的小說敘事者分道揚鑣了。

V. 關乎文人惺惺相惜之事

正如杰內德所確認的，經由普魯斯特自己認定引用的諸多大師計有：巴爾札克、杜斯妥也夫斯基、艾略特（George Eliot）、狄更斯（Charles Dickens）或哈第（Thomas Hardy）。此外，在敘事實務方面，還可加上幾個可稱之爲小說前設期的模範作家：德．塞維涅夫人（Mme de Sévigné），聖—西蒙公爵等；在描述技巧方面，則有夏多布里昂，拉斯金做模範，在申論上，又有拉斯金作典範，或許還可加上柏格森

119 Voir : Jean Milly, «Le pastiche, activité permanente de Proust», in *L'Affaire Lemoine de Marcel Proust, Pastiches, op. cit.*, p. 13.

（Henri Bergson）；除此之外，另可加上普魯斯特練筆寫作初期借用過的稍有名氣的作家寫法，例如像發表在《費加洛日報》社會專欄版的文本，這些幾乎完全的、不加修改的原件，都會在他的小說中找得到[120]。

喬伊斯曾在巴黎與普魯斯特謀面，那已經是一九二二年的事，同年十一月，普魯斯特即將去世。岱第耶教授在《普魯斯特傳記》一書中的確告訴我們：普魯斯特於一九二二年五月十八日曾外出到巴黎歌劇院欣賞俄籍舞者尼金斯基（Nijinski）所表演的《狐狸》芭蕾舞劇（*Le Renard*）首演，他當時正有胃部灼燒已三週的困擾，隨後，他又到了史佛夫婦（les Schiff）在皇上飯店（Hôtel Majestic）舉行的盛大晚宴。因為他受邀到此，普魯斯特於是有了機會遇見喬伊斯，在場的人關乎他們之間的談話，說法不一，不過，有一件事絕對錯不了：「這兩位世紀小說家中的翹楚彼此溝通不良[121]。」再說，「關乎這場盛宴，普魯斯特在他的個人書簡或小說中隻字未提：他已經說過好幾遍，與同儕相遇也好，與其他同業人士、藝術家、知識分子攀談也罷，這一切對他都已經不是要點[122]。」岱第耶說了這話來終結許多人喜愛更多發揮攸關兩位傑出現代小說家之間的邂逅。

總結：普魯斯特是「意識流」作家？

《追憶似水年華》是一部隸屬於每位讀者的作品，它變化多端，難以捉摸，且感人至深。既是作家又是藝術家的生平眞跡，是他的作品。這也是唯一不被死亡了結的生命[123]。不但如此，普魯斯特的小說不但把他的人生做了整理，同時也把文學和其他藝術做了整合，涵蓋辭源學、繪畫、音樂、舞蹈藝術、建築美學等等。終極文本屬於系統龐大的引述，有時帶著嘲諷，有時嚴肅認眞，此外還有大量的草稿補充說明如此的綜合成果，前輩菁英作品的精華呈現，造就了這部百科全書式的作品[124]。

普魯斯特曾經宣稱，他的整本著作有「非自主回憶」，還有「自主回憶」，兩者一直涇渭分明的引導著作品[125]。況且，「非自主回憶」固然有之，同樣的，「非自主遺忘」（l'oubli involontaire）也一樣存在。「非自主回憶」一辭在華人文學界中如此緊密的與「意識流」甚至「潛意識流」連結在一起，然而普魯斯特的「非自主回憶」的表彰，是透過暗喻式文體與換喻式文體的合作無間，普魯斯特在其中劬勞，就像所有的詩人不斷續的工作，正如語言學者羅曼．雅各布森（Roman Jacobson）所提出的語言學論述，旨在讓詩文的垂直替換軸（l'axe paradigmatique）與平行連結軸（l'axe syntagmatique）交會，雖然這不屬於敘事學的論述，不過，仍是杰內德所認同的概念。

再者，普魯斯特令人讚嘆之處，在於他處心積慮的要把各種藝術連結於詩，把饒富詩意的圖像連結於文字，先在言談之中進行轉換，然後再形之於文學，使用文字來說出一幅幅的繪畫或一段段的音樂。「當觀看世界的願景改變了，被鍊淨了，變得更吻合於內心國度的回憶了，為了加以表達，自然而然的，音樂家會作出整體音質的改變，如同畫家調整他的顏色[126]。」

寫作文體並非技巧問題，乃是願景問題，普魯斯特《追憶似水年華》小說中的敘事者清楚的表達了此一概念。一九〇九年，普魯斯特對利維—史特勞斯夫人這位密友做此宣稱：「我方才啓動了，也結束了一

120 Voir : «Proust palimpseste», Gérard Genette,in *Figures I, op.cit.*, p. 57

121 «Entre la vie et la mort, 1922», in TADIÉ Jean-Yves, *Marcel Proust, Biographie, op.cit.*, p.895

122 *Ibid.*,p. 895-896.

123 «Avant-propos»,*ibid.*, p.7.

124 Voir : «Pastiches»,*ibid.*, p.606.

125 «Bergson»,*ibid*, p. 164.

126 Marcel Proust, *La Prisonnière*, Paris, Gallimard, coll. Folio classique,1988, pour l'établissement du texte,1989, pour la préface et le dossier, p.245

部作品」，他的寫作計畫已經清楚的從起點規劃到終點。至於他的願景，誠如杰內德向我們所證明的，那就是眼看著「小說結構吞噬小說實質」，然而，普魯斯特式的書寫，依然可以詮釋眞理，或者說可以詮釋「永恆」。

我們若是一路緊跟著杰內德的論述，就會明白原來普魯斯特作品現代感的發揮，較不是在於他的書寫形式，而是在於他的敘事內容。《追憶似水年華》敘事一開始不久，普魯斯特小說的敘事者就已經確定的表示：在作家與藝術家兩者之間，他看不到有何差異。為了這個理由，我們對「普魯斯特，意識流作家」這個稱謂持非常保留的立場，若是以中文諧音字來略做文字遊戲，我們建議不稱呼「普魯斯特，意識流作家」，而是以「普魯斯特，藝術派作家」取而代之。不過，誠如普魯斯特所言，好的作品不需要流派來界定，就像好的衣裝不需要標籤來說明。

* * * * *

序言[1]

安端・康巴儂（Antoine Compagnon）

誠如大家所揣想的，《所多瑪與蛾摩拉》攸關男女之性別錯置。它肇始於〈康樸蕊〉文本中的濡樊山（Montjouvain），由范德怡小姐（Mlle Vinteuil）與女友之間所發生的場景開始，一直發展到《韶光重現》文本中德・查呂思（de Charlus）造訪朱畢安（Jupien）所經營的旅館爲止，男女之性別錯置議題貫穿普魯斯特整部小說，雖然如此，《所多瑪與蛾摩拉》這一冊書乃是遲遲於第一次世界大戰期間才定了型。《所多瑪與蛾摩拉》既不屬於一九一三年出版又旋即終止的《追憶似水年華》版本，也不屬於一九一四年開始醞釀的〈戀戀愛蓓汀〉（roman d'Albertine）小說系列。《所多瑪與蛾摩拉》於一九二一年五月及一九二二年四月分成兩部出版，全書夾在上述兩個循環系列中，演變過程十分冗長。此書既是脫離《細說璀璨之童年》，也跳脫了《韶光重現》，不屬自傳體式，也不屬哲學性文本，書中釋放了自由想像：我們若想到尼西姆・伯納先生（M.Nissim Bernard）或者德・蓋爾芒特親王（le prince de Guermantes）的際遇，就可見一斑。

1 法文原文參見Marcel Proust, *A la recherche du temps perdu, IV, Sodome et Gomorrhe,*Édition présentée,établie et annotée par Antoine Compagnon, Texte intégral, Paris, Gallimard, coll. Folio classique, 1988, pour l'établissment du texte, 1989, pour la préface et le dossier, VII-XXXIII.

《所多瑪與蛾摩拉》架構不可謂不堅實，本書或許堪稱整部《追憶似水年華》文本中組織最爲嚴謹者，書名明顯將《聖經》兩座城對稱並列。爲使這部小說容易理解，它先有了序幕，發表於《富貴家族之追尋　第三集》之卷尾：以後轉爲《所多瑪與蛾摩拉　第一集》，德·查呂思與朱畢安在此相遇，隨後，再由一篇攸關〈同一族的姨娘兒們〉（«La Race des Tantes»）的專文，鋪陳該主題。這部小說發展至男主角明白了愛蓓汀認識范德怡小姐時，決定把愛蓓汀帶回巴黎，文本就此打住，同時帶出《囚禁樓中之少女》及《伊人已去樓已空》之後續發展。

這本小說由一個戲劇性之變化開始，結束於另一個戲劇性之變化。兩者之間，所多瑪城與蛾摩拉城相互交錯。所多瑪城一開場就是可笑的諷刺，不留情面的習氣研究肇始於斯，一個新的世界被發現了：好似瑪德蓮小奶油貝殼蛋糕替「康樸蕊」起了頭，寫下《所多瑪與蛾摩拉　第一集》之後，男同性戀議題就處處可見了。蛾摩拉城的碧蒲思男爵夫人（la baronne de Putbus）貼身女侍[2]，先由聖—鷺（Saint-Loup）給男主角提了議，隨之而來的，是少女愛蓓汀在娛樂賭場[3]與安德蕊（Andrée）共舞的猥褻關係，一直到回憶起濡樊山[4]場景之結局，蛾摩拉城之效應終於到達顛峰。

如此兩兩相對稱的敘事乃是無獨有偶。一九一八年《追憶似水年華》書寫計畫中，普魯斯特曾經預設另一模式，發表於《妙齡少女花影下》[5]中：開始時，男主角抵達壩北柯（Balbec）時意識到外婆已死，結束時，濡樊山的回憶促使男主角離開。一九一八年的書寫計畫爲這兩件臆想不到的突發狀況下了標題：《沉潛心靈之悸動　第一集與第二集》（*Les Intermittences du coeur I et II*），它原是《追憶似水年華》的舊標題。

另有一個對立結構逐漸建立，一爲在東錫耶爾（Doncières）火車站月台與德·查呂思相遇的小提琴手莫瑞（Morel），一爲愛蓓汀。這兩人形成《聖經》中的兩座城的傳訊者，在兩性之間搭起橋梁。藉由莫瑞，普魯斯特終於預備好了一個平行發展的路徑：在《所多瑪與蛾摩拉》書中，魏督航夫婦款待德．查呂思在先，在《囚禁樓中之少女》一書中，客人被掃地出門在後。

從未過時的議題

青年時代的普魯斯特已在一則故事中磨塑過他那著名的性別錯置理論：一八九三年十二月《白色期刊》刊載了〈夜猶未深〉（«Avant la nuit»）一文，所談論的是女女戀。有位瀕臨死亡的女士對她最要好的男朋友坦承，藉由他從前對她說過的話，他對她的「惡習」有他該負的責任，「當時我那值得同情的朋友桃樂迪意外的被一位女子歌者打擾，女歌者的名字我已經忘了[6]」。這個經由第三者轉述的說話內容，預告了《所多瑪與蛾摩拉　第一集》所陳述的：「我們怎麼經常發怒說，寧可喝毒藥而不觸犯不義的蘇格拉底（這裡是關乎男子，然而豈不是同一回事？）怎會開開心心的贊同他最喜愛的男朋友們？」一旦戀愛的最終目的不是養育後代，同性戀行爲就似乎不比另一種行爲更不道德。有關生育無望的議題如此接續著：「造成這種戀愛的原因，是源自某種心神不寧的變化，這種心神不寧的變化太不尋常，以至於不能涵蓋道

2　詳見本書法文原典頁94。
3　詳見本書法文原典頁190。
4　詳見本書法文原典頁499。
5　詳見此序言之二十四頁藍圖說明。
6　《尚．桑德伊》（*Jean Santeuil*）。彼得．克拉哈出版社版本。賈利瑪出版社。七星文庫。一九七一年。頁169。

德內容。」一種美學論點將一切尊榮化：「藉由專注於美的欣賞，肉體的吸引或厭惡，在眞正天生是藝術家的身上會被調整。」因此這是屬於辯護者的口吻，然而在受汙染者身上，發現自己被如此戀情不知不覺操弄而引來的影響，其可怕程度適足以作出道德性懲戒，一個意義深遠的告白結束了故事：年輕女子的奪命子彈，是由她自己開槍射出的，彷彿性別錯置應該付出它的代價。

性別錯置以蛾摩拉（女女戀）方式首次出現，文學上比所多瑪（男男戀）更容易被寬容，這或許可以與作者生平拉近關係，視它爲理解普魯斯特發現自己性別取向的一種深思。同時期另有一個故事——〈少女的懺悔〉，於一八九六年刊載在《歡愉與時光》（*Les Plaisirs et les jours*）一書中，也是強調女主角的罪惡感，是她的敗壞導致母親逝世[7]。普魯斯特於一八八八年秋天寫給傑克．比才（Jacques Bizet）和丹尼業．哈雷維（Daniel Halévy）的信中，其內容放肆，使人聽見普魯斯特向他們提出了一些索求[8]的弦外之音。一八八八年十月普魯斯特寫給康多爾協高中（le Lycée Condorcet）另一位名叫哈梧．韋西尼的（Raoul Versini）[9]同學的一封信中，普魯斯特敘述了男同性戀者的際遇：「再說，如果有一個驚訝與瘋狂的時刻，在小男生的懇求之下，我做了配合，當我認爲還來得及時，我轉而後悔了，我對他說了我的悔意，我祈求了他。不過，他比我更有力氣，我沒能夠阻止他。」他的父親當晚就知道了這個突發事件，「只把〔他〕的錯誤，視爲一種由〔他的〕感官驅使〔他〕去行的[10]「意外」（依十七世紀之定義）」。不過普魯斯特接著經歷了好幾個陰柔的情誼，對象是艾德嘉．歐培（Edgar Aubert）和維禮．西忒（Willie Heath），他們分別死於一八九二年及一八九三年，羅伯特．德．菲雷（Robert de Flers）於一八九三年春天帶著普魯斯特認識了羅伯特．德．孟德斯基歐—費眞薩克伯爵（le comte Robert de Montesquiou-Fezensac），這位上流社會的詩人，自一八八四年開始也是艾生特．德．修斯曼（des Esseintes de Huysmans）的原型，後來又成爲德．查呂思的原型。越來越多涉入所多瑪城的普魯斯特被孟德斯基歐迷住了。普魯斯特在一九〇五年所寫的一篇文章裡，稱呼他爲「美之教授」，並以「偶像式崇拜」認定他安排生活的方式就像藝術精品一般。一八九四年，他與雷納多・韓恩（Reynaldo Hahn）交往，與路過巴黎的奧斯卡・王爾德（Oscar Wilde）再次見面。年底，他再度遇見呂西昂・都德（Lucien Daudet），他是亞爾馮斯・都德（Alphone Daudet）的兒子，雷翁（Léon）之親兄弟。雷納多和呂西昂一直到普魯斯特逝世都是他的密友。

一八九三年，普魯斯特又撰寫了一篇文章，沒有出版，是關乎孟德斯基歐的詩集，《沁人香氣中之佼佼者》（*Le Chef des odeurs suaves*）。文章中多方論及《惡之華》（*Fleurs du mal*）的詩人，針對傷風敗俗及撒旦崇拜等譴責予以辯護，以「十九世紀最偉大的詩人」、「獨一無二的智慧型與古典派」稱呼他，並且迎戰「意志力之病」遺害後代的陳腔濫調。其目的就是將孟德斯基歐與頹廢者作出區隔，不過，走在《所多瑪與蛾摩拉》的道路上，波特萊爾一直到最後都是普魯斯特的護守天使。

然而，從一八九五年到一八九九年寫著《尙・桑德伊》（*Jean Santeuil*）的普魯斯特，性別錯置似乎是祕而不宣的。依照模里斯・巴岱石（Maurice Bardèche）的觀察，普魯斯特藉由「馬力醜聞事件」（Le

---

7 同上。頁85及後續。

8 《書簡集》（*Correspondance*），菲利普・寇爾伯編著之版本。波隆（Plon）出版社。十七冊。自一九七〇年出版。涵蓋一八八〇—一九一八年間書簡（從此以《魚雁集》稱之。第一冊。頁103–104及頁123–124）。

9 獲頒一八八九年法國退役軍人作文榮譽獎（哲學作文類），普魯斯特則是獲頒新秀及國家學院視察人員之首獎。參見安德烈・費雷（André Ferré）著。《馬賽爾・普魯斯特之初中時光》（*Les Années de collège de Marcel Proust*）。賈利瑪出版社。一九五九年。頁198；以及彼得・克拉哈與安德烈・費雷合著。《普魯斯特專輯》（*Album Proust*）。賈利瑪出版社。七星文庫。一九六五年出版。頁77。

10 一九八八年六月十日出售之「波瓦吉哈畫冊簡介」（Catalogue Boisgirard）。第56號。

scandale Marie[11]）讓祕密、罪惡感、道德墮落有了藉口被提供在其中，而這段故事並沒有在《追憶似水年華》中重提。桑德伊的舊識，查理．馬力（Charles Marie）在職場上表現出色，他是下議院國民議會議員（le député），曾任部長，卻因一個與一八九二年巴拿馬醜聞相關聯的事件而被壓垮。這段神祕故事之所以值得注意，在於該貪污之描述夾帶著柔情的寬容作風，而此一描述，在醜聞之前攸關馬力的共犯行徑，他既是寬容又是腐敗，他之所以怡然自得，乃是與同謀陷入惡習之中，事實上，這預先顯示了〈同一族的姨娘兒們〉的存在。當普魯斯特自忖著，馬力夫人（Mme Marie）去世時是否渾然不知她的丈夫有雙面人生，我們會想到性別錯置者面對他母親時非得撒謊不可，這是《所多瑪與蛾摩拉　第一集》巨幅畫布的第一道手筆：「誰能知道在深厚溫情中，絕對盲目與絕對睿智，二者彼此攙雜的不確定性與浮移程度，究竟有多少[12]？」罪嫌的表裡不一，會牽扯受害者成爲表裡不一：「假設絕對愛著我們的母親或姊妹，在我們本性的特質中，不了解如此本性所帶來的一切後果，甚至包含不好的後果，這種假設是不可能的，也很難相信：當她愛護如此本性的特質時，不會原諒如此本性所包含的可憎後果。」

《尚．桑德伊》到了結局，桑德伊夫人在她兒子的影響之下放棄了她自己：「原本她想要模塑兒子的智慧、習氣、生活，逐漸的，反而是兒子在她裡面灌輸了他的智慧、習氣、甚至生活，而且改變了母親這些面向。」自此以往，她容忍了兒子的不良交往；不再苛責兒子與闊氣朋友的結交，對惡習不再持有反感；她被習慣腐蝕了，如同兒子一樣。《尚．桑德伊》的結局似乎吻合了「馬力醜聞」的意義：「我們無法與最敗壞的人接近，而不在他們身上認出他們是凡人。我們對他們人性所表達的同理心，驅使著我們去寬容他們的敗壞。」

在雷維翁（Réveillon）駐留的片段描寫了尚和亨利在空谷的散步，藉此勾畫出屬於植物的暗喻，由

《所多瑪與蛾摩拉　第一集》發揮成爲對位音樂，那就是德．查呂思和朱畢安的相遇[13]。由於尙久久與亨利失聯，尙觀看著「優美山谷的深處，一枝挺直枝子上的紫色毛地黃，它是這安靜地點出色的住民」。山谷的空曠和毛地黃的形單影隻讓他感動。不過熱愛植物的亨利給了花朵它通俗的名稱。這並沒有中斷尙的默想，他把自己比喻成可憐的毛地黃，即使它屬於常見的品種，卻是被隔離的。

不過，《尙．桑德伊》書中唯一直接影射到的性別錯置，還是與所多瑪城有關，有一個場景，男主角向芙蘭絲瓦交代他與女子們的戀情[14]。這段文章預備了〈斯萬之一段情〉（«Un amour de Swann»）中斯萬對奧黛特的訊問。在《尙．桑德伊》版本中，劇情變化更大，芙蘭絲瓦敘述著在她了解她欲求的本質之前，她判斷自己與其他人是相同的，當她一邊聽著比她年長的女子說到她們與男生邂逅的故事，想到她所感受的是同樣的攪擾不安，而當她緊緊依偎著她的女友們、擁抱她們時，她說：「我單單想到我是與同謀有了連結，處在即將享受共同情欲的快樂之中」。在《所多瑪與蛾摩拉　第一集》中，此一幻想被轉移到一個小男生身上[15]。因此，《所多瑪與蛾摩拉　第一集》的許多特寫手筆，在《歡愉與時光》和《尙．桑德伊》文本中，都零零星星的出現過，而且是被遮掩著的。

---

11 《尙．桑德伊》。頁579－618。參見模里斯．巴岱石（Maurice Bardèche）著。《小說家普魯斯特》（*Marcel Proust romancier*）。七色出版社（Les Sept Couleurs）。一九七一年出版。第一冊。頁72－78。

12 《尙．桑德伊》。參見上述文本。頁583。

13 同上。頁469－472。參見模里斯．巴岱石著。參見上述專書。第一冊。頁103－104。

14 《尙．桑德伊》。參見上述文本。頁810－813。參見《細說璀璨之童年》。原典頁355－362。

15 參見本書法文原典之頁25。

德・查呂思之創作履歷

《尚・桑德伊》一旦被放棄，要等到一九〇八年普魯斯特才又啓動寫小說的構想，是年秋天，他將小說放棄，改成書寫關乎聖—伯夫（Sainte-Beuve）的短文。我們對一九〇八年的小說所知不多，不過性別錯置占了很大的地位，依舊與褻瀆母親這主題相連結。

一九〇八年七月，普魯斯特在他的記事本第一冊筆記中，建立了一份「已書寫完成之頁[16]」的清單。在《駁聖—伯夫》（*Contre Sainte-Beuve*）一書中，某些小說敘事片段於一九五四年被貝納・德・法洛瓦出版社（Bernard de Fallois）刊載，它們與這份清單的標題兩相吻合，例如，記事本第一冊所標記的〈由小浪蕩子看見母親的臉龐〉（«le visage maternel dans un petit fils débauché»），此一標記使我們想到這頁文字：「活著的兒子的臉龐，以最敬虔的心放置亡母的崇高聖體台，好似正褻瀆著此一神聖的回憶。因爲他就是母親的臉龐，母親帶著祈求的雙眼，曾經向他說永別了，這是他分分秒秒都不應該忘記的。因爲他的鼻樑造型依循著母親美麗的鼻樑線條，因爲他以母親的微笑，來激動少女們放浪形骸，因爲母親就是以眉毛上揚的動作，以最溫柔的樣子，看著他扯謊〔……〕[17]。」在《所多瑪與蛾摩拉》一書中，當德・查呂思初次造訪魏督航夫婦時，一個類似的思考給德・查呂思的肖像做了結語：「再者，我們豈能全然將德・查呂思先生的外型加以區隔？事實上，兒子們經常長相不像父親，即使兒子們不是性別錯置者，他們在尋找女子的同時，他們豈不也在臉龐上褻瀆他們的母親？讓我們先將此一問題擱置，它值得另闢新章來研究：被褻瀆的母親們[18]。」這章節倒是沒有出現在《追憶似水年華》任何地方。

在記事本第一冊的起初幾頁裡，性別錯置的一些影射熨貼著著罪惡感的見證，是普魯斯特在雙親死亡之後所感受到的。因此他提到《幻影破滅》（*Illusions perdues*）的一幕，對他而言，這代表男同性戀疾病的文學式醫療法典範：「巴爾札克在夏杭特河（la Charente）附近遇見弗特琅（Vautrin），也遇見德．陸邦貝雷（de Rubempré）。弗特琅的措辭是孟德斯基歐模式〔……〕『守單身是怎麼回事，等等。』這些話語的生理意義。德．陸邦貝雷的激動溢於言表。弗特琅停下馬車，爲要造訪哈斯迪納克（Rastignac）的宅第〈屬於男同性戀的〈奧林匹歐之憂傷〉（«Tristesse d'Olympio»[19]）〉。」在《所多瑪與蛾摩拉》書中[20]，德．查呂思將會建構一長串獨白，環繞這些要素。隨後男主角將在夢中重見他已逝世的外婆，如同普魯斯特曾經夢見母親，自傳體式的〈沉潛心靈之悸動〉首次被勾勒，與其他關乎〈同一族的姨娘兒們〉的注記互相纏繞。於是不再是蛾摩拉城，而是所多瑪城被安置在首要地位，彷彿普魯斯特自此以往可以討論此一問題了，而不僅僅是因爲母親已經不在人世。

---

16 《一九〇八年之記事本》（*Le Carnet de 1908*）。菲利普．寇爾伯編著。賈利瑪出版。《馬賽爾．普魯斯特筆記》（«Cahiers Marcel Proust»）。一九七六年。頁56。

17 《駁聖—伯夫》。（*Contre Sainte-Beuve*）。貝納．德．法洛瓦（Bernard de Fallois）編著。賈利瑪出版。一九五四年。第十四章。頁282。

18 在本書法文原典之頁300。

19 《一九〇八年之記事本》。頁48–49。一八三七年十月，維克多．雨果尋訪了傷心地，返回之後，寫了〈奧林匹歐之憂傷〉（«Tristesse d'Olympio»）。稍早的兩年前，在這些地點，雨果曾經向茱麗葉特．德魯耶（Juliette Drouet）告白了他的炙熱戀情。一八三四年及一八三五年秋天，他的家庭在拉．比業符（la Bièvre）山谷中的羅石（aux Roches），駐留在貝登夫婦（les Bertin）家中。深深戀愛著茱麗葉特的維克多．雨果把她安置在一處農宅裡，那是座落於梅斯（Metz）的一處農舍，靠近濡伊（Jouy）。一八三七年十月，他孤單一人重返此地尋訪。他的戀愛激情平靜、沉澱之後，顯得更純淨安詳。身處見證過他們「心靈契合」的地點，詩人向環境探求過往的回憶。然而無心的大自然已經遺忘：大自然是無感情的，它不能同情人們的痛苦。《維克多．雨果抒情詩選》（*Choix de Poésie lyriques de Victor Hugo*），尚．波佳業（Jean Bogaert）著。一九四九年。拉魯斯經典出版社（Classiques Larousse）出版。**【譯者注】**。

20 在本書法文原典之頁437。

書簡集對此事也加以確認，特別有一封著名的信函，於一九〇八年五月寫給路易・德・艾布費拉（Louis d'Albufera）。信中，普魯斯特細數他衆多的構想。他先要研究貴族，然後寫一本關乎巴黎的小說，一篇關乎聖—伯夫和福婁拜的散文，一篇關乎女性族群的散文，他提到「一篇關乎男同性戀的論述文章（不容易出版[21]）」，等等。幾天以後，在寫給羅伯特・德瑞福斯（Robert Dreyfus）的信中，他似乎影射到要寫一篇關乎同一議題的文章：「我想請問你是否覺得，被禁刊的文章，若不是集結成專書，對《信使報》（*Mercure*）而言，或是放在另一本期刊中，還算是無傷大雅〔……〕。不過，在這其間，我的構想變清晰了。這比較會是一篇短篇小說，那麼，我將有時間再問問你的意見了[22]。」

性別錯置是一個不會退潮的議題。對於蜂擁而來撲向他的謠言，爲了拆穿它們，普魯斯特寫了很多的信。春天時候，他拜託以馬內利・畢培斯克（Emmanuel Bibesco）口風要緊：「我對自己說，當有人像我這樣成了衆矢之的，經常被指控有德・撒拉伯爵的習氣，身爲朋友，卻在陌生人面前一而再，再而三的針對約瑟夫二世皇帝的習氣（況且全是無稽之談）開玩笑開個不停，這眞是少了一點體貼的細心，與其說是不夠道德，倒不如說是不夠聰明。」在一九〇八年十月兩封寫給喬治・德・駱禮（Georges de Lauris）和德・艾布費拉的信中，他抱怨「從前有人說過一切不合宜的毀謗」，是針對他而發[23]。不過，他依然向德・艾布費拉要求一些爲了他的小說而準備的資料，並且問他如何能與他從前所雇用的年輕電報員見面，爲了「看看電報員值勤的現況，想要『對他的生活有概念[24]』」。由於德・艾布費拉開了玩笑，普魯斯特抗議了：「哀哉，我很想確認你在這方面對我不持如此的念頭。總之，既然那麼多口舌如此說我，這是比較說得過去的[25]。」他又說：「如果我眞是像這類的混球，我不會愚昧到前往仔細取得所有資料的地步，好讓小男生知道我的姓名，讓我被抓個正著，又通報一切給你，等等。」在後續的信中，就是那封他提到有「一篇關乎男同性戀的論述文章」構想的信箋，他回過頭來提到德．艾布費拉關乎他人際關係方面的一些暗示性說辭：「或許（依照你所暗示的看法）關乎你的人際關係方面，它是更準確的。我不願意讓自己成為任何人的控訴者，尤其是我知道有很可愛小男生擁有惡習，不過在他的世代，除了幾個不容懷疑、完全駕馭於謗讟之上的人，〔……〕我向你保證，惡言惡語可發揮之處，絕對不僅僅屬於戲劇或文學世界而已[26]。」

一九〇八年，鄂倫堡事件（l'affaire Eulenburg）讓同性戀上了報紙頭條：新式小說書寫與這個事件花開並蒂，這絕非偶然。一位德國記者於一九〇六年及一九〇七年，對於威廉二世周遭有許多和平主義者以及親法者大肆撻伐，揭發了菲力．逢．鄂倫堡（Philipp von Eulenburg）的習氣，他是德國皇帝威廉二世的舊識，曾任駐維也納大使。好幾個訴訟在一九〇七年及一九〇八年接踵而來，讓親王無法重整名聲。在一九〇七年十一月，普魯斯特就已寫信給羅伯特．德．畢儀（Robert de Billy）說：「有人把很糟糕的事告訴了我——或者說是比較優雅的事——與兩位女士有關，我確信她們屬於您非常親密的小集團。D．夫人與N．夫人（她們兩位是妯娌）。您可知道這事？況且這事或許全都是假話。對於這個同性戀整個訴訟案件，您有何說法？雖然對某些人這是非常真實的，我相信有人隨便抓了一個人來教訓，特別是對親王而

---

21 《魚雁集》。第八冊。頁112－113。在小開本《細說璀璨之童年》原典頁XI之序言中有此一列表。
22 《魚雁集》。第八冊。頁122－123。
23 同上。頁255。
24 同上。頁76。
25 同上。頁98。
26 同上。頁112。

言，不過，這裡面有一些東西很滑稽[27]。」這位已經是身爲八個孩子的父親，就這樣萬劫不復了。他的親兄弟以前就被控訴過，說他是男同性戀者，在一系列的柏林醜聞之後，有人在巴黎把它稱之爲「德國式惡習」。親王與平民老百姓，特別是與施塔恩貝格湖（le lac de Starnberg）船夫們之間的親密關係，看來是有疑點。一八八六年，鄂倫堡這位年輕的外交官正在慕尼黑任職，是年，路易二世在湖中溺斃，而他是比其他人搶先一步抵達躺在湖岸屍體旁邊的人。在一些文章和一些談話中，他躲不掉被拿來與王爾德的墮落兩相比較[28]的情形。

在《所多瑪與蛾摩拉》書中，鄂倫堡只被引述一次[29]，不過在筆記編號第49號至關重要的一段文字裡，普魯斯特認定「男同性戀者」的法文用辭，是由這事件的傳播而來，藉此，礙於不能用「姨娘」一詞，像巴爾札克在《煙花女之榮耀與哀愁》（*Splendeur et misères des courtisanes*）所做的，普魯斯特爲自己設定了他所喜愛的用辭爲「性別錯置者」：

> 在我所有的作品中，此一用辭特別適合一些人物，這些人物幾乎清一色是年長者，幾乎都是上流人士，他們在上流社會的聚集場合談天說地，穿著講究，舉止可笑。一些姨娘兒們！光憑這個穿著裙子的字眼所說的，我們看得見他們的嚴謹，他們在上流人士聚集中的一身的打扮，我們看得見他們帽子的羽飾，屬於不同類型衣著的鳥禽圖式。「不過法國讀者要求被尊重[30]」，我既然不是巴爾札克，於是就被迫只能用性別錯置者一辭而已。男同性戀者太多德國味道，也太像學究用語，這個說辭在法國從來沒用過。——除非我搞錯了——而且應該是在鄂倫堡訴訟發生之後，從柏林報紙翻譯過來的[31]。

《所多瑪與蛾摩拉》下一階段所要走的道路，攸關聖—伯夫的短篇文章，也與一九五四年由貝納．

德．法洛瓦所出版的著名文章有了連結，文章標題為〈受咒詛的族類〉，出自一九〇九年筆記編號第7號與6號之部分選文。不過其內容太過零散，即使是用敘事式也無法融合成為一篇討論聖—伯夫的單篇文章。後來成了德．查呂思的德．格依希侯爵（le marquis de Guercy）或者德．桂希侯爵（le marquis de Gurcy）的人物初稿，撰寫於一九〇九年春天的筆記編號第7號中：他來到海灘，多次來造訪德．蓋爾芒特府邸，參與親王妃的款待，小說男主角與德．桂希侯爵一起出遊，當侯爵看見舊識時，猛然甩開男主角的手臂。男主角看見他沉睡，他的本性真相大白了，終於帶進來了「受咒詛的族類」的陳述，後來該筆記又轉回到波特萊爾。筆記編號第6號包含了為德．桂希侯爵以及性別錯置的補充說明，夾在對魏督航舊識們的描述以及對內爾華（Nerval）的考量之間。

另一本一九〇九年編號51號的筆記包含了三篇為德．桂希侯爵而寫的文章：第一篇，他拜訪姑媽德．薇琶里希斯夫人（Mme de Villeparisis），在中庭與後來成了朱畢安的博尼石（Borniche）相遇；第二篇，前往夏圖（Chatou）魏督航夫婦（les Verdurin）家途中，男主角在聖—拉撒路（Saint-Lazare）火車站大廳[32]意外看見德．桂希侯爵與一位樂師在一起；最後一篇，變成老態龍鍾的德．桂希侯爵由博尼石陪同著漫步。這三段情節都保留在《追憶似水年華》敘事中，第三段情節寫在《韶光重現》裡，當時男主角正要前往德．蓋爾芒特親王妃的早場招待會：德．查呂思的人生結局已經完全一覽無遺。至於前兩篇文章，一

27 《魚雁集》。第七冊。頁309。
28 關乎奧斯卡．王爾德的訴訟，參見本書法文原典頁17。注1。
29 在本書法文原典頁338。也可參見一個影射寫在《富貴家族之追尋》。原典頁280–281中。
30 波瓦羅（Boileau）。《詩學藝術》（*L'Art poétique*）。詩曲II（Chant II）。詩句176。
31 筆記編號第49號。fo 60 ro.vo.
32 «la salle des pas perdus»，乃指火車站內與各個相關單位聯繫的大廳。《二〇二〇年拉魯斯圖解大辭典》。**【譯者注】**。

則與博尼石相遇，另一則與樂師邂逅，都納入《所多瑪與蛾摩拉》[33]文本中。在一九一二年與一九一三年間，普魯斯特寫信給他寄望出版的所有出版者，提到這兩次的場景是帶著猥褻的，爲了預告給出版者們，他的小說起初是貞潔的，後續則是相當下流。一九一二年十月，他如此告訴法斯格勒（Fasquelle）：「就是在第二部分，一個人物，一位年紀已長的先生，出身於豪門，發現自己是男同性戀者，他將被描述得可笑，不過文章中沒有任何粗俗字眼，大家將看見他『劫走』一個門房，豢養一個鋼琴家[34]。」一九〇九年八月，普魯斯特就已經將他的書提供給《法國信使報》經理艾勒飛．瓦雷特（Alfred Vallette），並進一步說明：「主要人物之一是男同性戀者[35]。」德．查呂思男爵的角色孕育已大致底定，唯有第一次世界大戰的發生，才又給了他的生平故事添加了新增的補充說明。

一九一三年的所多瑪城

一九一三年，《細說璀璨之童年》由格拉賽（Grasset）出版，普魯斯特計畫於一九一四年出版另外兩冊之《追憶似水年華》：《富貴家族之追尋》以及《韶光重現》。特別關注性別錯置的部分放在第三冊之起頭，以下列標題命名之：

妙齡少女花影下

德．蓋爾芒特親王妃

德．查呂思先生與魏督航夫婦

外婆逝世

沉潛心靈之悸動

帕督與康樸蕊之「惡習與品德」[36]

之後才有《韶光重現》。此一安排，如大家所知，被愛蓓汀調整了，在第一次世界大戰之後，一個很不一樣的規劃被置入《妙齡少女花影下》文本中。

一九一三年，已被預告的第二冊撰寫形式大約是繼續存在著。然而，對於第三冊而言，該計畫僅僅是根據銜接不緊密的發展做了約略的串聯，是我們在一些草稿本中找到的。有些草稿被加入在終極文本之內，不過它們的轉變如此之多，要在這些草稿中追認出原始片段是不必要的。對於《追憶似水年華》的情境而言，在《富貴家族之追尋》與《韶光重現》之間，一九一三年的規劃與終極文本兩者已經迥異。

《富貴家族之追尋》的最後一本編號43號筆記，是以德．蓋爾芒特親王妃的一場招待宴會做結束，它與一九一三年所預設的第三冊之第二章兩相吻合。在這場宴會中，當時名爲德．桂希侯爵的德．查呂思提出建議給男主角，希望成爲他的生命導師，在終極文本中，此一建議之提出不是作爲親王妃晚宴結束的時機，而是將德．薇琶里希斯侯爵夫人之早場活動畫下句點。之後，爲了小說的結尾，普魯斯特運用了更早寫成的筆記，時間在一九一〇年及一九一一年之間，筆記編號爲49號、47號、48號，以及50號、58號，

33 在本書法文原典之頁6及頁255。參見文件資料第一冊。頁530－533。

34 《魚雁集》。第十一冊。頁256。這封信在《細說璀璨之童年》小開本（folio）版本中出現。原典頁444。

35 《魚雁集》。第九冊。頁155。

36 此一計畫在《細說璀璨之童年》小開本版本原典頁451中重新出現。

還有57號。筆記編號第49號的起頭接上了筆記編號第43號的結尾，重新開始討論〈同一族的姨娘兒們〉議題。筆記編號第47號以〈德．查呂思先生與魏督航夫婦〉章節為首，外婆的病與死為後續。筆記編號第48號和50號兩者互相交接，一路發展〈沉潛心靈之悸動〉，帕督與康樸蕊的〈惡習與好品格〉，直到年輕的德．康柏湄與朱畢安的姪女結縭，聖─鷺娶姬蓓特．斯萬（Gilberte Swann）為妻。筆記編號第58號以及57號終於為〈永遠的仰慕〉（«L'adoration perpétuelle»）寫下了初稿。雖然如我們之前所說的，這初稿並不是一成不變，然而某個腳本是存在的，即使它有時候非常鬆散。就算是找不到兩兩對稱模式，至少有一個主題不斷重複出現，它以線狀情節進行著，意即：男主角尋找一位女子來帶他進入肉體感官的體驗。

因此，一九一三年之第三冊中，擔任導引線索的兩個人物被愛蓓汀頂替了：一為紅玫瑰少女，一為碧蒲思（Putbus）或是畢克普斯（Picpus）男爵夫人的貼身女侍。這兩型墮落女子於一九〇九年起就有了初稿，一為生理反常的邪情少女，一為品德敗壞的成年女子，她們在筆記編號第43號中被引導進入德．蓋爾芒特親王妃晚宴中。後來成了聖─鷺的蒙泰爾吉（Montargis）向男主角說到他在妓女院認識的一些女子，特別提到一個「可愛的小人兒，類似名字叫做歐石偉（Orcheville）的」，以及「一個大個子金髮女郎，她是畢克普斯男爵夫人家中的首要貼身女侍」，「一個男性的喬吉翁」（«Un Giorgione»）。不過在終極文本中有關蛾摩拉城的首要指標還沒出現，就是女子愛戀諸多女子。之後，晚宴接近尾聲時，一位帶著紅玫瑰的少女在人群中與男主角做了身體接觸，將雙乳貼在他身上。自此以往，男主角的夢境就從一女子飄向另一女子。他先衝到少女身後，向親王與親王妃詢問她的名字，卻找不著這位少女而離開了晚宴。就在這時侯，他撞上了向他建議要做他的生命導師的德．桂希，筆記編號第49號接下了後續的敘事發展。次日，男主角讀著披露晚宴簡報的《費加洛日報》，看著報紙中所提及的一些少女名字，開始生發聯想。由於男主角希望與德・蓋爾芒特親王相遇，向他取得資訊，他前往德・馬潤格（de Marengo）公爵與公爵夫人的招待宴會，因而有了機會描述帝國時期的美麗沙龍。在此宴會中，男主角看見了斯萬，陪著斯萬聆聽他的戀愛交響舞曲。該少女的社會背景來龍去脈陸續以三類來認定，且已經囊括了斯萬的全部欲求：來自外省的貴族少女，出身於巴黎的古老資產階級，屬於跨國界的藝術家領域。

很奇特的是，照著普魯斯特寫在書簡集中的情形來看，紅玫瑰少女的追尋使人想起他在一九〇八年春天所經歷的生活。三月與六月之間，他屢屢提及一位少女，向人要求告訴他關乎這位少女的細節，想得到她的相片，設法要獲得邀請，參加舞會，爲要與她相遇，他對德・卡拉曼—奇涓夫人（Mme de Caraman-Chimay）[37]如此寫道：「我要前往參加一場舞會，爲了我寫作的某個需要，也爲了我的情感理由」。終於六月十二日那天，他在德・波里涅亞克親王妃（la princesse de Polignac）府邸看見了這位少女，不過沒有被介紹給「從未見過如此美貌的少女[38]」，他如此說道。終於六月二十二日那天，在繆拉親王妃（la princesse Murat）府邸，在清一色的帝國貴族中，如同在德・馬潤格夫婦府邸時那樣，有人把他介紹給了那位少女：「這件事」，他對德・布費拉寫信時說道，「對我而言，讓我激動無比〔……〕，可是也讓我大失所望，因爲近距離接近她時，我反而感覺她沒那麼好，因爲她一開口就有點惹人厭煩，愛賣俏，並不可愛。在安靜中，我又重新思想到了她，我的想法是五味雜陳[39]。」他又說：「我擁有的思想可以寫上好幾個月。」很快的，激動退潮了。緊接著寫給同一位收信人的信中，他冷酷的說：「發現她比我所以爲的差

37 一九〇八年六月之信。同上。頁135。
38 寫給法蘭索瓦・德・巴里斯（François de Pâris）之信。同上。頁138。
39 同上。頁148。

了千倍，這一切給我很大好處，也給我很大平靜[40]。」這件事情卻沒有那麼容易解決。在一九一三年的書寫設計中，炙熱的夢境以及大失所望的循環，都不斷重複出現。

這位讓普魯斯特於一九〇八年朝思夜想的少女，名叫奧麗安・德・郭雍（Oriane de Goyon）；她生於一八八七年，開始出入上流社會時正值雙十年華。在筆記編號第49號中，照著德・蓋爾芒特親王的說法，她應該是德・維國聶雅克（de Vigognac）家的一位千金，而男主角想著的是貝阿爾尼（Béarn）家的小姐。德・薇琶里希斯夫人可把她們一起都邀請了來，而來的人卻不是她。德・蓋爾芒特公爵夫人提議邀請的是一位特隆生小姐（Mlle Tronchin），親王妃最後想到的是奧爾佳・塞爾斯基（Olga Czarski），她的小提琴教師之女。這是爲什麼男主角前往巴黎歌劇院，希望看見親王妃，並且取得有關塞爾斯基夫婦（les Czarski）的訊息。現場演奏著華格納的音樂。男主角窺視德・蓋爾芒特親王妃來到德・帕爾默親王妃（la princesse de Parme）的包廂，德・桂希看了看男主角，沒認出他來，況且也和大多數的聽眾一樣，睡著了。他那女性化本質突然給了男主角鮮明印象，此一發現，引來了關乎性別錯置的書寫。之後，我們又重新回到故事情節，不過，紅玫瑰少女從此就不再出現了。

與一九一三年計畫所提的後續標題兩相吻合的，是〈德・查呂思先生與魏督航夫婦〉，筆記編號第47號開始了一段很長的描述，關乎魏督航夫婦的沙龍，在其中，男主角被一位舊識介紹了，設法要與碧蒲思，或者畢克普斯男爵夫人來往，男主角企盼認識女主人，好給她的女僕一個上好的印象。趁著朝向魏督航夫婦鄉間宅第旅遊的機會，「忠誠之友們」一一被介紹了進來，該住處位於蒙莫杭西（Montmorency），後來變成座落在德・艾弗瑞之城（la ville d'Avray）。如同一九〇九年的文本，在聖—拉撒路火車站，男主角很訝異的發現後來成爲德・查呂思的人物，與一個「著軍裝，娘娘腔的小男生」邂逅，後來成爲莫瑞這號人物，在當時他是個鋼琴演奏者。由於這是違反善良風俗的邂逅，這段的文字寫得很簡短，讓第一次世界大戰所帶給普魯斯特的大膽筆調，有了衡量的機會：一九一二年普魯斯特向出版者預打防疫針，宣稱有些猥褻的文章段落，依據一九一四年的同性戀大幅彩繪圖來看，則是小巫見大巫。

德．桂希成了魏督航夫婦的常客之一，在終極文本中，衆多發生在拉．哈斯柏麗野（La Raspelière）的一切場景，已經開始被粗略的寫下。不過，碧蒲思夫人並未出現：筆記編號第47號所提供的貼身女侍故事，線索非常薄弱，筆記編號第49號所提供的紅玫瑰少女也是一樣。筆記編號第47號結尾，由筆記編號第48號接續的起頭，它跳到外婆生病與逝世的事上，不過，感官享受的追求將重新開始，而且越發擴大發展，對象是德．金貝雷小姐（Mlle de Quimperlé），後來將成爲德．斯德瑪利亞小姐（Mlle de Stermaria），之後又有一位金髮少女，這少女不是別人，就是姬蓓特．斯萬，由她來打了結。男主角依然記得貼身女侍，多虧有一篇文章刊載於《費加洛日報》，預告她的女雇主將要遠行到印度，隨後又轉至威尼斯，她將在此登陸。男主角終於遇見了她：她是來自康樸蕊的小姐：這就成了帕督與康樸蕊之〈惡習與好品格〉這篇文章。不過，在這篇文章之前，在一九一三年的先前計畫裡，插進來的是〈沉潛心靈之悸動〉。

於是男主角夢見了外婆，意識到外婆已死，這是發生在意大利旅遊期間，接續在貼身女侍敘事之後。有一段故事重新被安排在終極文本中：威尼斯之駐留，寫在《伊人已去樓已空》之文本中，這故事的發生是以哀悼愛蓓汀爲記號，而不是哀悼外婆，至於「事後再度失去了外婆」，如同普魯斯特所說的，啓動了第二次駐留壩北柯的敘事。在一九一八年的規劃中，〈沉潛心靈之悸動　第一集，我終於感覺到我已經失

40　同上。頁175。

去了外婆〉，如同我們前面說過的，它被加倍的擴寫成了〈沉潛心靈之悸動 第二集，我爲何驟然間離開壩北柯，帶著決心要娶愛蓓汀爲妻[41]〉。如此兩兩對稱的形式，清楚的發揮了主題對比性的原則，在外婆與貼身女侍之間，在居喪與欲求之間，這是在第一次世界大戰之前就已寫下的初稿。

〈沉潛心靈之悸動〉，根據普魯斯特所說，他曾經於一九一二年考慮將整部小說以此命名，它所指的是時間上的不持續性，是關乎我們的敏銳度，它會長期沉睡，又出奇不意的甦醒。這個想法是《追憶似水年華》基本精神所在，它比非自主記憶理論更早存在，是它讓小說有了立足點。男主角到達壩北柯的晚上，俯下身來要脫下半統靴，他輕輕碰觸到了半統靴的環扣，是他的外婆從前幫助過他鬆開的，他再次看見從前的景象，突然明白了他所珍愛的人已經逝去：所寫下的幾頁文字更是感人肺腑，較少針對回憶作出理論性說明。「外婆已死之後，我後知後覺的再度失去了她」，如此的感受，讓多重的我被描述，多重的我組合成我們的樣貌，它們來無影，去無蹤，然而卻是活著的，它們雖先退去，卻準備好在最微不足道的刺激之下，又復活了過來，根據更眞實的心理，比記憶的學說更逼眞。「悸動」也是屬於不幸的回憶，藝術要使它昇華是絕無可能。

在一九〇八年初，普魯斯特的幾個夢境，在筆記編號第1號的起始幾頁就已經有所紀錄。它們預告了〈沉潛心靈之悸動〉。它們以虛構敘事的形式重新返回，被寫在筆記編號第48號及50號裡，也是終極文本的內容。普魯斯特首先寫的，是夢見他的母親病危：「你是愛我的，別讓人再爲我動手術了，因爲我相信我要死了，不需要延長我的活命時間了[42]。」坐在前往威尼斯的火車上，在帕督與貼身女侍約會完之後，筆記編號第50號新增資料裡，男主角夢見了外婆。記事本第一冊所記的第二次夢境，其中出現的小說人物是馬賽爾的父親，他像是活著的，還加上他的弟弟羅伯特，他所扮演的角色是居中代求者，對著他們的父親說話：「爸爸靠我們很近。羅伯特對他說話，讓他發出微笑，讓他準確的回答每一件事。完全是虛幻的生命。所以，你看，逝世的人幾乎是還活著的。或許他的回答會有錯誤，畢竟是佯裝活著。或許他沒死[43]。」有一個夢境加在筆記編號第48號裡，那是在威尼斯的一個早上，外婆取代了逝世的父親，父親取代弟弟來扮演居中代求者的角色，同樣的夢境又出現在終極文本裡[44]。在記事本第一冊的第三個夢境裡，馬賽爾看見他的母親似乎還活著，他自忖著，不知道母親是否看得懂他的書——這頁文字寫於一九〇八年七月，所指的或許就是從年初就一直縈繞在普魯斯特心中的這本書——，羅伯特依然是居中代求者：「媽媽在這裡，不過她不再關心我的生活了，她問我好不好，我感到我好幾個月都不能再見到她了。她看得懂我的書嗎？看不懂。不過，心思的力量不是依賴在肉體上的。羅伯特對我說道，我應該詢問她的住處地址，爲了萬一有人找我照顧瀕臨死亡的人，我並不知道她的社區在何處，看護她的人叫什麼名字[45]。」筆記編號第50號的某一頁中，外婆也取代了逝世的母親，父親取代了弟弟，終極文本也一樣如此做。提到書的這件事，依然保留著[46]。

記事本第一冊裡往前走兩頁，一個注記預告了〈沉潛心靈之悸動〉的框架，在一九一三年的腳本安排中，如同在終極文本裡，是在米蘭，或者在壩北柯的一間豪華大旅館客房裡：「再找到母親一起旅遊，到達卡布爾（Cabourg），臥室與在愛薇漾（Évian）的一樣，方形鏡子。」一九〇八年七月，普魯斯特在卡

41 參見本計畫，頁二十一詩句。
42 《一九〇八年之記事本》。頁47。普魯斯特夫人於一八九八年七月動了一個大手術。
43 同上。頁50。
44 在本書法文原典頁175。
45 《一九〇八年之記事本》。頁50－51。
46 在本書法文原典頁158。

布爾的豪華大旅館臥室內，一定是想起了他於一九〇五年九月陪同母親所到的愛薇漾。她在這裡病倒了，被羅伯特．普魯斯特帶回巴黎，不久後逝世。

記事本第一冊靠近結尾之處，在一九〇九年或者一九一〇年所寫的幾頁文字中，有三個不屬於自傳體式的小片段文字，再度預備了〈沉潛心靈之悸動〉。在一個「待加入之片段」清單中，出現了此一附注：「外婆死後，顯靈，等等[47]。」有一個片段回應了此一設計：外婆要求男主角推薦一位名叫溥力脩的花店老闆給蒙泰爾吉，當男主角拒絕爲她推薦時，再次見到逝世的外婆她那憂傷的臉龐，心中痛苦難當，因爲無法再安慰外婆了。〈沉潛心靈之悸動〉的概念形成了：男主角看見外婆，卻是經常漠不關心，因爲「生命中，有些重要時刻，屬於絕無僅有的好日子，在其中，我的諸多思想豐滿完整，不是支離破碎、索然無味；對我而言，看見外婆的時候，此一上乘部分闕如，思想沒有戴上華冠[48]。」記事本第一冊的最後一個片段提到外婆：依然是一個夢境，不過完全是帶著小說的味道。男主角夢見了外婆，芙蘭絲瓦在場，外婆支走了男主角，拒絕見他的面[49]。筆記編號第50號裡新增的一個夢境，重新提起這些內容：「譬如從帕督返回時」，男主角夢見他參加完一場晚宴之後，一起與蒙泰爾吉回到壩北柯，他的外婆身體正不舒服，把他支開了。記事本第一冊的內容從頭到尾，隨著小說概念源起的〈沉潛心靈之悸動〉，讓人看見從自傳體式走向小說體式，其轉變過程中的一些注記。

在一九一三年的腳本設計裡，〈沉潛心靈之悸動〉很難讀出個道理，筆記編號第48號與第50號相互交錯，意大利之旅的各個路徑是矛盾的。終極文本內最爲出名的夢境[50]結束時，所用的字眼是「雄鹿，雄鹿，法蘭西斯．詹姆斯，叉子」在一個夢境中出現，又在另一個夢境中以訛傳訛的繼續發生。〈沉潛心靈之悸動〉看似夾帶在專屬於貼身女侍的章節之上。普魯斯特先是把這些悸動安置在威尼斯與巴黎之間的回程火車上，之後把它們放在去程途中，於米蘭稍做休息的時刻，如此的解決方式允許隨後在威尼斯時，追憶外婆與欲求貼身女侍，兩者交替出現：因此，感官享受與罪惡感的糾葛重複著，這是小說當時的典型，然而在終極文本內，第二次駐留壩北柯時，此一情況也同樣存在著。

筆記編號第50號的下半部引進〈德．康柏湄夫人。羅伯特．德．聖—鷺的婚事〉，這是一九一三年的寫作計畫，在火車上，男主角的母親拿出喜帖給他看。藉由〈群英之舞動[51]〉以及〈永遠的仰慕〉，筆記編號第57號及第58號結束了小說式循環流程，並且由它們模塑了《韶光重現》的材質。從《富貴家族之追尋》開始，沿著筆記編號第49、47、48號以及第50號的發展，腳本設計到《所多瑪與蛾摩拉》時，已經有了很不同的變化。魚水之歡的追求或多或少與其他耕耘過的故事片段相連結。〈同一族的姨娘兒們〉正在撰寫時，紅玫瑰少女就被遺忘在一旁了，正當〈德．查呂思先生與魏督航夫婦〉的章節進行中，貼身女侍也一樣被擱置了。〈沉潛心靈之悸動〉的結構是更講究的，不過仍在探索中。所多瑪城並不是首要計畫，這與普魯斯特所提醒出版者的兩相違背：沉睡在巴黎歌劇院的德．桂希，他的本性被發現，相較於德．查呂思與朱畢安的相遇，當成〈同一族的姨娘兒們〉的序曲，前者毫無力道；德．桂希與樂師的相遇，其小說性闕如，不如德．查呂思與莫瑞之間的勾搭。還有，我們也不知道——這是創作《所多瑪與蛾摩拉》文本最重要的缺失——德．桂希與博尼石的相遇會走向何方。總之，蛾摩拉城顯示不出來、也看不見《聖

47 《一九〇八年之記事本》。頁107。
48 同上。頁118－120。
49 同上。頁124。
50 在本書中，法文原典頁159。
51 «Le bal des têtes»【譯者注】。

經》中的兩個並列城市。男主角追捕少女的系列是不牢靠的，在康樸蕊，由孤獨散步者與姬蓓特挑釁手勢所開啓的循環，一直走到帕督的約會才作了個了結。不過，愛蓓汀來了，追尋性欲關係的指引不再是情節發展的軸心，於是性別錯置的議題就非常嚴謹的建構起來了。

第一次世界大戰期間的寫作

一九一八年七月，普魯斯特告訴格拉賽說：《所多瑪與蛾摩拉》的寫作是於「第一次世界大戰期間[52]」就已開始。我們要了解的意思是：在愛蓓汀的原型，艾勒飛．亞格斯迪內里（Alfred Agostinelli）去世以後。一九〇七年，普魯斯特在卡布爾認識了這位司機。一九一三年，普魯斯特以秘書身分雇用了他，不過，亞格斯迪內里於十二月撇下普魯斯特離去，以「馬賽爾．斯萬」之名，學習駕駛飛機，一九一四年五月死於昂蒂布城（Antibes）外海。一九一八年，普魯斯特的意思是要把《所多瑪與蛾摩拉》整個敘事變成《戀戀愛蓓汀》小說系列，不僅包括現有的《所多瑪與蛾摩拉　第一集　第二集》，而且還要加上《囚禁樓中之少女》以及《伊人已去樓已空》，聚集它們放置在《所多瑪與蛾摩拉　第二集》標題之下。在一九一八年《妙齡少女花影下》出版的書中，有此一規劃，稱之爲《所多瑪與蛾摩拉　第一集》：

德．查呂思先生的眞相突然大白。

德．蓋爾芒特親王妃之晚宴。

再度至壩北柯駐留：沉潛心靈之悸動　第一集。

我終於感覺到失去了外婆。
德．查呂思先生造訪魏督航夫婦，鄉間小火車行蹤。
沉潛心靈之悸動　第二集。
我爲何突然要離開壩北柯，而且執意要娶愛蓓汀爲妻。

普魯斯特是如何從一九一三年的規劃，轉變成此一規劃的呢？

兩本一九一四年的筆記，筆記編號第54號以及第71號透露了端倪。筆記編號第54號裡面有《伊人已去樓已空》的起始文稿，於亞格斯迪內里死亡後不久動筆。接續寫下的筆記編號第71號，將〈戀戀愛蓓汀〉小說系列的起頭奠下根基：再度到達壩北柯駐留，疑竇開始出現，發現愛蓓汀與范德怡小姐之私密關係，《囚禁樓中之少女》文本的雛型，少女離家出走。

然而，爲了在筆記編號第71號預備〈戀戀愛蓓汀〉小說系列，普魯斯特運用了一個先前就存在的人物，在一九一三年所預告的第三冊《妙齡少女花影下》文本中的第一章裡，在一個已經勾勒過的故事情節中，這人物很可能已經在場了。就是名爲瑪莉亞（Maria）的人物；一本一九一〇年編號第64號的筆記敘述了她三度駐留於桂格城（Querqueville），這城後來轉變成爲壩北柯：第一次，畫家將少女們介紹給了男主角，結果是一場親吻被拒的描寫，此場景與《妙齡少女花影下》相連接；第二次，瑪莉亞與安德蕊之間的溫存引來男主角的疑竇；第三次，男主角與瑪莉亞在史密塞夫婦（les Chemisey）家，在美麗海岸

52　一九一八年七月十八日寫給貝納．格拉賽（Bernard Grasset）的信；雷翁．比耶—金特（Léon Pierre-Quint）引述。《普魯斯特與文學策略》（*Proust et la stratégie littéraire*）。郭雷雅（Corrêa）出版社。一九五四年出版。頁168。

（Rivebelle），他終於親吻了少女。我們看得出來，再度和愛蓓汀於壩北柯駐留的安排，取自與瑪莉亞在桂格城最後兩年的相處：美麗海岸取自《尙．桑德伊》的雷維翁，爲拉．哈斯柏麗野做了預設，這是魏督航夫婦居住之處，史密塞夫婦的角色則由德．康柏湄夫婦（les Cambremer）取而代之。

早在在亞格斯迪內里離他而去之前，普魯斯特似乎就已經想過，將瑪莉亞的重要性擴大，超越一九一三年的計畫，而且把小說發展拐向蛾摩拉城這邊。兩處跡象給了如此的提示。第一處是爲了一部分「在壩北柯的第二年」做調度安排，這事情發生於一九一三年的春天或夏天。首先出現了瑪莉亞的名字被改成愛蓓汀，而且將這人物的腳本設計引進以前的兩冊小說中（放在《妙齡少女花影下》以及《富貴家族之追尋》文本裡），之後，普魯斯特預告了《所多瑪與蛾摩拉》：「受邀到德．蓋爾芒特親王妃府邸（愛蓓汀的造訪『被劃去』。）我告訴自己那天晚上一定要向愛蓓汀提問。我去壩北柯，因爲在那裡我認識所有的人。我注意到愛蓓汀與安德蕊之間的態度。雙乳互碰之舞[53]。」《所多瑪與蛾摩拉》只是具有雛形，不過女同性戀議題的存在已經毋庸置疑了。

第二個跡象來自濡樊山場景所加上的一句話，寫在《細說璀璨之童年》裡：「我們後來將看得見，理由是完全不同的，此一回憶的印象將會在我的生命裡扮演非常重要的角色[54]。」這句話似乎在終極文本中預告了《所多瑪與蛾摩拉》的結尾，濡樊山的回憶激動著男主角，讓他帶著愛蓓汀返回巴黎，也牽引出《囚禁樓中之少女》以及《伊人已去樓已空》兩部小說。然而，在第三次排版稿中還沒有這句話，她最早被加入文本中的時間應該是在一九一三年夏天，就如草稿所指，在這時期，如這句話所預告的，由瑪莉亞和已經名爲安德蕊的女友在娛樂賭場所進行的，實際上是「雙乳互碰之舞」。因此，逆向發展方式進行著，從〈戀戀愛蓓汀〉系列小說的結局出發，緊貼著亞格斯迪內里的出走與死亡，普魯斯特將新生人物與瑪莉亞身分做了認同，屬於對少女欲求的冗長系列。

在下一個階段中，一系列的六本筆記，時間是一九一五年，形成了多多少少有連貫性的小說草稿，從到達壩北柯說起，直到《韶光重現》的起頭。前三本筆記透過新的結合，給了《所多瑪與蛾摩拉》提綱：開始時，有愛蓓汀的造訪，之後，有德．爾芒特親王妃的晚宴，這些筆記將〈戀戀愛蓓汀〉小說系列的起頭和〈沉潛心靈之悸動〉的舊章節，以及一九一三年「德．查呂思先生與魏督航夫婦」的書寫計畫融合在一起。這些筆記編號是第46、72號以及53號，於是它們形成了草圖，讓壩北柯二度駐留持續發展。為《所多瑪與蛾摩拉　第二集》做總結的「旭日之惆悵」（«La désolation au lever du soleil»）已經被挑出來，放在文章側邊，用來結束「此一章節，或者此一冊，如果這章節是此冊的結尾」。此一注記指出，未來撰寫的新一部小說，在到達手稿階段之前，普魯斯特讓愛蓓汀出發回巴黎，將成為重要的新增故事細節。一九一五年起，目前的《所多瑪與蛾摩拉》已孕育成功為一整冊小說；二度駐留壩北柯，像是被兩次的〈沉潛心靈之悸動〉一起打了個結：《所多瑪與蛾摩拉》的確是一個完整的敘事，儘管它扮演了預備〈戀戀愛蓓汀〉系列小說的角色。

蛾摩拉城在《歡愉與時光》一書中就已經存在，它先被濡樊山場景提示出來，藉由「雙乳互碰之舞」，終於以更劇情化的方式落實。愛蓓汀頂替了小說中的紅玫瑰少女以及貼身女侍，這兩個女子的性欲是墮落的，同時在少女和莫瑞之間，兩兩對稱的新形勢定了調。如此的雙軌敘事，在手稿之外將更被強調，德．查呂思與樂師邂逅的寫作藍圖，將優先被放在打字稿以及排版稿上。

53　筆記編號第13號。fo 28 ro。
54　《細說璀璨之童年》。原典頁157。

我們在筆記編號第46號中，找到此一敘事的兩個版本。在第一個版本中，男主角坐在開往鄰近壩北柯的火車停靠站，想到貼身女侍給了他對少女的欲求，之後，他要再找到愛蓓汀，卻意外看見德·查呂思對一個軍人說話；後來見到身穿塑膠衣爲了方便騎腳踏車的少女，少女被比喻成聖·喬治·德·曼特涅亞（Georges de Mantegna）。在第二個版本中，男主角先找著了愛蓓汀，由她陪著回到壩北柯；所以當男爵接近軍人時，經常穿著塑膠衣的她是在場的。愛蓓汀變成了聖·喬治，這是根據普魯斯特於十九世紀末所讀到的意大利文藝復興畫家的資料，她是雙性戀者，一個雙乳凸出的挑釁少女，緊緊被裹在盔甲之下，這又是一個紅玫瑰少女的變形。不過在筆記編號第46號與《所多瑪與蛾摩拉》手稿之間，聖·喬治的參考資料消失了，只留下愛蓓汀穿著塑膠衣的描述[55]，同樣的，對貼身女侍的一些影射也不見了。正當這一對品德敗壞的女子退場時，另一對男女出現了：愛蓓汀和莫瑞，或者說所多瑪城與蛾摩拉城出現了。莫瑞，在第一次世界大戰也是被描寫成雙性戀者，他有了雙軌的變化，普魯斯特在筆記頁面的側邊加上此一補充說明：「賦予這位年輕人一個漂亮的男性外表，讓他不會招惹疑竇」。愛蓓汀和莫瑞取代了少女和貼身女侍，這就成了第一次世界大戰期間所發生的根本改變。

《追憶似水年華》的最後文本，被清晰的持續寫在一整套二十本的筆記手稿裡，普魯斯特將它們從壹到貳拾編號：《所多瑪與蛾摩拉》的位置排在第柒號，於一九一六年春天撰寫完成。《所多瑪與蛾摩拉　第一集》大張旗鼓的宣告了小說的新轉折，在這個時間點上，被插入兩者之間的，一是造訪公爵夫人，《富貴家族之追尋　第一集》之結尾，一是德·蓋爾芒特親王妃之晚宴，《所多瑪與蛾摩拉　第二集》之起頭。男爵與背心裁縫的邂逅，在一九〇九年已經被構想好，也於一九一二年一九一三年預告給了所有的出版者週知，不過，我們還記得這事，這次的邂逅並不負責帶出〈同一族的姨娘兒們〉。可是一九一三與一九一五年間，性別錯置的主題轉而變成眞正的小說結構，這個轉變之所以成功，或許是藉由一個時刻，在那時刻，衆所周知的邂逅轉而變成更劇情化。再說，標題的選擇以及卷首的題辭也是約略在同一時期發生。一九一六年五月，普魯斯特在寫給賈利瑪的一封信中提到了它們，當時，他考慮與格拉賽斷絕來往：「我的書（比我自己所估計的更長）包含了一冊，依照維倪（Vigny）所寫的詩句（『女子擁有蛾摩拉城，男子擁有所多瑪城』），我用了《所多瑪與蛾摩拉》作爲本書之書名[56]。」

雖說小說結構已底定，一九一六年的手稿與一九二一年、一九二二年出版之文本，兩者相較之下，差異性依然是相當明顯。所缺少的是許多趣聞，後來由普魯斯特增補在打字稿和排版稿上。一九一六年的手稿已經不是一九一三年的腳本設計，原先專注在男主角身上，關注他面對世界的反應，他的欲求，以及他的失望，然而這還不是終極文本，後者有越來越多的外掛描述，也越來越像巴爾札克的書寫風格。在一九一七年與一九二二年間，有許多的語言表達，以及各種身體細節被記下，讓人物栩栩如生，讓他們的遭遇變得逗趣：芙蘭絲瓦的措辭，還有她女兒的鄉音，電梯管理員的故作姿態，豪華大旅館經理的口誤，德·康柏湄老夫人的唾沫，以及她那愛表現攀龍附鳳心態的媳婦，德·康柏湄先生的雙眼和鼻樑，他對男主角病情的同情心，溥力脩的詞源學，桑尼業的膽小如鼠，賽莉絲特和瑪莉的措辭。最後，性別錯置的畫像還得加上許許多多數不完的枝節。在手稿裡，德·查呂思是唯一受咒詛族類的代表，一九一六年以後，這族類幾乎擴散到整個世界：德·符谷拜出現在一張手稿的浮貼紙上。尼西姆·伯納和豪華大旅館小服務生的勾搭，德·查呂思和隨車家僕的約會，他與愛楣之間的通信，這一切都累增在單獨一張長長的手稿浮貼頁

55 在本書法文原典頁258。
56 《魚雁集》。第十五冊。頁130。

上。德．夏德羅公爵稍後也被創造出來，德．蓋爾芒特親王與莫瑞的約會也是一樣。莫瑞成了首要主角，而在手稿中，他只是德．查呂思的配角而已。

普魯斯特生前出版的最後一冊文本

普魯斯特擷取了第一章的〈德．查呂思先生的眞相突然大白〉，把它放到《富貴家族之追尋　第一集》最後面，除此之外，《所多瑪與蛾摩拉》的出版與《妙齡少女花影下》文本中所給的計畫是兩相吻合的。普魯斯特選擇事先以如此戲劇性的變化帶領他的小說，他對於評論家的反應是敏銳的，他們都厭倦了德．蓋爾芒特家族沒完沒了的招待宴會。然而當他出版《所多瑪與蛾摩拉》，預先告知出版者攸關小說不合體統之處，普魯斯特又有了一九一二年的焦慮。誠如大家經常所說的，第一次世界大戰與世風日下的情況撞在一起了，普魯斯特也樂得順水推舟，在一九一四年後加增了所多瑪城的大幅彩繪圖像。他似乎記得濡樊山的場景著實驚嚇過某些於一九一三年讀過《細說璀璨之童年》的讀者，就像法蘭西斯．詹姆斯（Francis Jammes）那樣，厭惡此一醜聞。

一九二〇年一月，他就立即告知了保羅．蘇岱（Paul Souday）這位大有影響力的《時代日報》（*Le Temps*）專欄作家，而他已經是不歡迎《細說璀璨之童年》的人了：「實際上，德．查呂思先生〔……〕是個年長的娘娘腔之輩（我可以用這個字眼，因爲它在巴爾札克的作品裡有）[57]。」一九二〇年十月，當普魯斯特向蘇岱預告《富貴家族之追尋　第一集》要出版時，他補上一句，說：「這還是一本『合宜』的書。在這本書之後，事情將會變糟糕，但是這怪不了我。我的人物轉不出來；我非得要跟著他們，走到他們日益嚴重的毛病或惡習所要帶我前往之處[58]。」蘇岱再度寫了不友善的書評，普魯斯特對此有了強烈的反應，蘇岱將《追憶似水年華》及聖—西蒙的《回憶錄》作了比較，說：「經由雙方面攸關寬廣度與重要性的仔細比對，兩者的確都有可信之處，雖然馬賽爾．普魯斯特先生特別是個神經質的美學主義者，略帶病態，近乎女性化[59]。」普魯斯特回信說：「有一件事讓我難過，您一定沒有刻意要說惡毒的話！正當我要出版《所多瑪與蛾摩拉》的時候，正因此刻我將談論所多瑪城，沒有任何人有勇氣替我辯護，而您把我當成「女性化」作家，事先開闢了一條路（不是懷著惡意的，我有十足的把握這麼說）讓所有的惡人經過。從女性化到娘娘腔，只有一步之遙。那些爲我的決鬥擔任過見證的人可以告訴您，我是否是有娘娘腔的軟骨頭。再說一次，我確信，您是欠缺周全的思考而說了這話[60]。」

一九二〇年秋天，在普魯斯特爲保羅．莫翰（Paul Morand）的《柔情庫存》（*Tendres stocks*）一書寫序時，他提出了一個想法，是一九二一年與一九二二年間不斷在他筆下重複出現的意念，如同爲自己而設的辯護詞（la plaidoyer *pro domo*）：「波特萊爾是了不起的古典派詩人，奇特的是，此一古典主義之形式，成正比的，是其規模與描繪圖像的自由度[61]。」普魯斯特更將「受咒詛的女子」這首詩中最爲自由的

57 《馬賽爾．普魯斯特書簡全集》（*Correspondance générale de Marcel Proust*）。羅伯特．普魯斯特（Robert Proust），保羅．布拉克（Paul Brach）及蘇姬．曼特—普魯斯特（Suzy Mante-Proust）編著。波隆（Plon）出版社。一九三〇年—一九三六年。共六冊。（今後即以《魚雁集全集》之名稱之）。第三冊。頁76。

58 同上。頁83。

59 《時代日報》。一九二〇年十一月四日。頁3。

60 一九二〇年十一月之信。《魚雁集全集》。第三冊。頁86。普魯斯特提及一八九七年，他與尚．洛琅（Jean Lorrain）之決鬥，後者在他所寫的《歡愉與時光》讀書報告中，影射普魯斯特與呂西昂．都德的關係。

61 《駁聖—伯夫》。彼得．克拉哈出版。頁609。

詩句拿來與拉辛做比較。如此一來，《惡之華》中〈受咒詛的詩章〉最能透露波特萊爾與拉辛之間的惺惺相惜。一九二一年六月，《所多瑪與蛾摩拉 第一集》上市一個月後，刊載在《法國新月刊》（*NRF*）的一篇文章〈論波特萊爾〉（«A propos de Baudelaire»），將此一論點又說得更為清晰。普魯斯特提醒說，對安納托·法朗士（Anatole France）而言，他已經認定了，波特萊爾寫得最美的，就是「關乎女女戀之最自由、最赤裸裸的詩章[62]」。因此，波特萊爾在普魯斯特之前就已經談了蛾摩拉城；波特萊爾曾經為此被指控，不過如今誰都承認，這裡正是他最顯為偉大之處。

普魯斯特嘗試著解釋波特萊爾如何對女同性戀者所產生迷戀，其涉入之深，甚至想到以女女戀者的名稱做為他詩集的標題，如此一來就與維倪所寫，用來當作《所多瑪與蛾摩拉 第一集》卷首題辭的詩句有了矛盾，這詩句的前題就是把兩性做了無可挽回的區隔：

女子將擁有蛾摩拉城，男子將擁有所多瑪城

有人說，維倪寫這樣的句子，是因為「多爾法夫人（Mme Dorval）對某些女子之情誼）心生忌妒，帶來男子與女子之間不可避免的敵意[63]。不過，波特萊爾對蛾摩拉城之著迷可說是晦澀的，「在我著作的最後部分（而不是剛剛出版的《所多瑪》初集），在所多瑪城與蛾摩拉城之間進行『勾搭』的事，我把它交給了粗野的查理·莫瑞去辦理（再說，通常這種角色都是交給粗野的人去執行）。似乎波特萊爾也在這一檔的事情中，自己格外『湊上了一腳』。此一角色，要知道波特萊爾為何選擇了它，他又是如何達成角色任務，這會是多麼有意思的事。在查理·莫瑞身上可以解釋得通的，對於《惡之華》的作者而言，卻是最為深沉的奧祕[64]。」這麼一來，莫瑞在一九一五年之後的小說中具有多麼重要的地位，就一清二楚了。莫瑞與愛蓓汀一樣，而且與愛蓓汀相輔相成，他成了所多瑪城與蛾摩拉城之間拉皮條的掮客，他的想法，相較於維倪在《所多瑪與蛾摩拉　第一集》所執掌的理念，顯得較不穩定。

當普魯斯特針對波特萊爾女女戀者的興趣斟酌思量時，似乎曾經親口給過紀德一個毫不修飾的回答：波特萊爾是個性別錯置者。紀德將這事寫在一九二一年五月十四日的日記中。面對紀德的不肯定，普魯斯特在確定宣稱波特萊爾有同性戀經驗之前，很可能說：「依他談論女女戀者的方式，他又有需要談論此事，這就足夠說服我了[65]。」

普魯斯特走到人生的最後幾個月中，他深信不疑的，就是拉辛和波特萊爾有關聯性，即使有弔詭存在：「最終的輕微差異性，就是拉辛較不道德[66]。」普魯斯特願意以手足之情與他們認同：當醜聞事過境遷時，大家會在他身上看見一個古典派作家。可是醜聞沒有發生。或許《富貴家族之追尋　第一集》的附帶文章讓人訝異：「我必須補充說明，在最後的章節，」蘇岱評論說，「敘事朝向一個方向發展，是我們稍有困難跟上的。根據聖－西蒙的說法，甚至在王室家族中，有一些人物與普魯斯特先生的德．查呂思男爵雷同；可是《回憶錄》的作者謹守界線，輕描淡寫帶過[67]。」

事實上，《所多瑪與蛾摩拉　第一集》可以當作對性別錯置的懲戒。黎偉業（Rivière）讀了排版稿後

62　同上。頁630。
63　同上。頁620。
64　同上。頁633。
65　參見文件資料第一冊II。本書法文原典頁542。
66　《編年史》（*Annales*）（一九二二年二月二十六日）問卷之回答。《駁聖－伯夫》。彼得．克拉哈編著。頁641。
67　《時代日報》。一九二一年五月十二日。頁3。

驚訝不止，甚至對普魯斯特坦承他十分滿意，看見性別錯置被處理得不像近代文學所慣常使用的那樣媚俗：「除了許多東西之外，又讓我細細品味到的（這很不好說出口，您不要再重複說給人聽），是在可怕的文章中，讀到一種報復（甚至藉著它們本身的平衡，把這些寫得更可怕），您在這裡描寫了所多瑪城的族群。我需要一種解方來疏通這些篇章所帶給我的淤塞。我完全沒有被震驚，我太常聽見周圍的人扭曲戀愛的觀念，所以格外感受到了一種美好的舒緩感，聽著像您這樣平衡得如此穩穩妥妥的人，在這方面如此健康的談論[68]。」《所多瑪與蛾摩拉　第二集》的結尾是有道德原則的，它足已將一切贖回。再說，普魯斯特於一九二二年五月曾經對雅各．布齡傑（Jacques Boulenger）說：「無論如何，您的道德主義將會得到滿足，因爲您看著吧，我的男主角，棄所多瑪城如敝屣的他，在這本書結束的時候，將要結婚了。在《所多瑪》的後續敘事中，就差不多只有男主角對女子的狂戀了，況且我打算給它們設的標題，較不會受維倪的影響[69]。」在《所多瑪與蛾摩拉　第二集》之後，蘇岱回頭說到他之前語帶保留的意見，說〈同一族的姨娘兒們〉對他有所啓發：「諸位不必太過驚訝看見這部巨型小說在這部分所給的標題」，他對讀者們說道，即使這個標題「預告了一個確實是最讓人怵目驚心的主題之一[70]」。自從上古時代就已經有了眾多的前例。或許「我們不能說普魯斯特先生沒有處理他的議題，說他的書必定不適合中學及寄宿學校的學生來閱讀。不過〔……〕普魯斯特先生沒有辜負他的文墨，完全不與那麼自我膨脹且『高尚的子爵』爭輝，況且〔……〕他也不與任何不便說出口的蹩腳色情製造者比高下，他們的談論並不光明正大。蘇岱的結論是非常嚴厲的，認爲這本書「很大膽，而基本上沒太大意義，不過與其說它真的驚風駭俗，不如說它更是無大用處」。

讓普魯斯特很難過的，是新聞媒體把他擱置一旁。不過性別錯置者也不開心：黎偉業的反應倒是可以說明這是爲何緣故。當紀德帶來《寇立東》（*Corydon*）一書，用來回應普魯斯特寄給他的《所多瑪與蛾摩拉　第一集》時，一九二一年五月，紀德與普魯斯特見了面，紀德對他頗有微詞，說他好像表現得要「嚴辭譴責男同性戀」的樣子，只是一味的把所多瑪城的表現層面放在怪誕可笑和卑鄙下流這些方面。普魯斯特一九二一年五月寫給布齡傑的一封信，證實了紀德如此的說法：「您知道，我的最後一章得罪了許多男同性戀者。爲此我很難過。不過，這又不是我的錯，德．查呂思先生是老態龍鍾，我無法驟然間在這裡給他西西里式亮麗的外表，如同陶爾米納（Taormine）的雕刻所做的那樣[71]。」於是普魯斯特可能對紀德說明了，他的描繪之所以無情，因爲他把所多瑪城的幸福層面做了轉移：「所有男同性戀所帶給他的優雅、柔情和可親的回憶」都成了該書異性戀部分的材料，少女們其實不是別人，就是由男孩們轉化而來的人物。

至於孟德斯基歐，他在《妙齡少女花影下》文本中就已經認出了自己是德．查呂思，不過，普魯斯特於一九二一年三月，當《所多瑪與蛾摩拉　第一集》出版的時刻，就對他說道，男爵這人物「完全是自創的」，若是有所本的話，那就是初次出現在壩北柯海灘的德．道桑男爵所給的靈感，他是甌貝儂夫人[72]的常客，我們不知道他讀了《所多瑪與蛾摩拉　第一集》的反應如何；湊巧他於一九二一年十二月去世，沒來得及發現普魯斯特在《所多瑪與蛾摩拉　第二集》裡以他的部分特質所牽引出來的那位令人嘆爲觀止的人物。

女士們也沒有太被蛾摩拉城所吸引。普魯斯特認識寄給他《一位女騎士的思想》（*Pensées d'une Amazone*）這本著作的娜坦麗．克里芙．巴爾內（Natalie Clifford Barney）：「哀哉」，普魯斯特寫信給

68 一九二一年四月之信。馬賽爾．普魯斯特與雅各．黎偉業（Marcel Proust-Jacques Rivière）之《書簡集》（*Correspondance*）。菲利普．寇爾伯編著。賈利瑪出版。一九七六年。頁174。

69 《魚雁集全集》。第三冊。頁290。

70 《時代日報》。一九二二年五月十二日。頁3。

71 《魚雁集全集》。第三冊。頁245－246。

72 《魚雁集全集》。第一冊。頁282。

她，說道，「如果我還有一絲力氣來修改排版稿，一首與您的柔美詩歌輪唱的詩歌，只會比《所多瑪與蛾摩拉》更嚴峻。《田園詩歌》，《饗宴篇》神聖的安詳，呂西昂的自由自在都不在其中，只有幽暗的絕望，屬於我賦於維倪的兩句詩句，這是即將滿五年之前，我所給的題銘，況且也是您所引述的[73]。」娜坦麗·巴爾內，儘管她心裡有所預備，依然被《所多瑪與蛾摩拉　第一集》激怒了，而且後續文本讓她心生恐懼：「《所多瑪與蛾摩拉》的第一集已經出版，我對他表示了我對蛾摩拉城的懼怕。他回答我說事實上，他所寫的所多瑪城男性居民是很可怕，不過蛾摩拉城的女子居民都是可愛的。我尤其覺得這些人都是令人匪夷所思[74]。」

藉由「轉型」來說明《所多瑪與蛾摩拉》，紀德的見證爲此說明立下了權威，可是它掩蔽了小說寫得成功之處。此一說明忽略了小說結構，它有雙重面向，就像在《追憶似水年華》中經常有的，起初互相對立，如同維倪所見，後來相互融和，像波特萊爾所爲。普魯斯特不疾不徐的孕育了此一安排：它在一九一三年的腳本設計中沒有出現，那時候，性別錯置的主題還緊貼在性欲入門經驗的敘事上：如此的安排，在一九一六年的手稿中，還只是個草圖而已，後來，莫瑞與愛蓓汀成了強而有力的對偶，於是在他們身旁的德·查呂思，這位新生的弗特琅，才成了法國小說中諸多令人難以忘懷的人物之一。

73　娜坦麗·克里芙·巴爾內（N. Clifford Barney）。《思想的奇遇》（*Aventures de l'esprit*）。愛彌爾—保羅（Emile-Paul）。一九二九年。頁61–62。

74　同上。頁74。

關於原典文本之注記說明

我們採取的文本，乃是由尚—逸夫・岱第耶（Jean-Yves Tadié）為「七星文庫館藏」（Bibliothèque de la Pléiade）主編之文本。此文本與一九二一年賈利瑪出版的《所多瑪與蛾摩拉　第一集》及一九二二年《所多瑪與蛾摩拉　第二集》原版兩相吻合。岱第耶所完成的修正工作，是依據手稿，打字稿，一份《忌妒》之修正稿，一九二一年十一月刊載於《自由作品》（*Les Œuvres libres*）中《所多瑪與蛾摩拉　第二集》之文本開端，以及曾被普魯斯特校閱過的《所多瑪與蛾摩拉　第一集》範本（我們感謝克勞德・莫里亞克先生及夫人[1]將此一文件交給我們）等資料。名字與地點之拼寫都已經統一化。

1　乃指克羅德・莫里亞克夫婦（M. et Mme Claude Mauriac）。

《所多瑪與蛾摩拉》

所多瑪與蛾摩拉　第一集

所多瑪城居民中僥倖逃過天降之大火者，其雙性人後代首次現身。

女子將擁有蛾摩拉城，男子將擁有所多瑪城[1]。

艾勒飛・德・維倪（ALFRED DE VIGNY）

大家知道，那天（就是德・蓋爾芒特親王妃舉辦晚宴的日子）我老早造訪了公爵與公爵夫人，這件事，我在前文中才說過，就是我事先前往窺伺他們何時會回到家中[2]，而正當我窺探時，竟然發現一件事

---

1 卷首題辭借用自《走入命定》（*Les Destinées*）詩集中〈參孫之怒〉（*La Colère de Samson*）篇：「不久退引至某一可憎王國，／女子將擁有蛾摩拉城，男子將擁有所多瑪城，／從遠處射來一道怒光，／男男女女即將各自斷魂」（詩句77–80）。（«Bientôt se retirant dans un hideux royaume, / La Femme aura Gomorrhe et l'Homme aura Sodome. / Et, se jetant, de loin, un regard irrité, / Les deux sexes mourront chacun de son côté»。（v. 77–80）。本書名及卷首題辭很可能選定於一九一六年左近，影射聖經所記載的兩座平原中之城，兩城居民因同性戀之惡行遭到天譴。參見聖經《創世紀》（Genèse）十八章16節及十九章27–28節。早在一九〇九年，普魯斯特就有了德・查呂思與朱畢安邂逅的書寫藍圖，當時尚未引入性別錯置理論在此一邂逅中，不過已有了初稿（參見文件資料第一冊。本書法文原典頁530–532及頁519–530）。

2 在《富貴家族之追尋　第二集》文本中，敘事者曾經前往德・薇芭里希斯夫人家，在此遇見了德・蓋爾芒特公爵夫人，受到公爵夫人邀約，請他於週末前往她家中吃晚餐。週間，聖—鷺曾經帶著敘事者前往餐廳用餐，並告知敘事者，在德・蓋爾芒特公爵夫

情特別與德·查呂思先生相關，此一發現非同小可，以至於我一直延遲到此時此地，才得以給它一個適切的位置及幅度來報導[3]。想到公爵和公爵夫人即將返回，我覺得駐足在樓梯上比較方便。我也說過，從我家可以盡覽引向布雷奇涅府邸忽高忽低的斜坡，它被德·飛雷固侯爵的意大利風格粉紅小鐘樓式倉房點綴得漂漂亮亮；我放棄了舒服又美妙的高處觀察點，對現在這個駐留點的高度不甚滿意，不過並不特別遺憾，因爲既是午餐過後，遠遠的，我不會看見晨間布雷奇涅府邸和特瑞姆府邸的家僕們手中拿著雞毛撣子，沿著陡峭的邊道慢慢走路上來，儼然像似油畫中身材微小的人物一般，路旁一片片寬闊、透明的雲母頁片，凸顯在紅色牆垛之上。我雖然不能像地質學者那樣觀賞，至少可以像個植物學家，透過樓梯遮板細細觀看、賞析公爵夫人擺在中庭的小樹以及稀有植物，它們長期被費心陳列著，足以牽引適婚青年走出家門；我自忖著，但不能確定昆蟲是否會飛過來，藉由天賜良機，造訪那已預備好而尚未被眷顧的雌蕊[4]。好奇心使我逐漸壯起膽子，走下樓直到一樓窗戶之處，它是敞開著的，遮板半開半閉。我清楚聽見朱畢安正準備離開，他不會發現我，我一動也不動的站在遮板後面，直到驟然間我側身轉向，躲到一旁，因爲害怕被德·查呂思先生看見，他正走向德·薇琶里希斯夫人的家，慢步穿過中庭，哼著歌兒，光天化日之下，頭髮花白，顯出老態。德·薇琶里希斯夫人應該是身體微恙（這是德·菲爾布瓦侯爵生病所導引出來的結果，德·查呂思本人已經成了他的死對頭[5]），他才會選擇這個時刻來造訪，或許這是他生平第一次如此做。因爲德·蓋爾芒特家族一向特立獨行，不會依循上流社會的生活框架，乃是依照他們個人習慣而調整它（各人習慣既然不屬於上流社會，他們認爲面對這些個人習慣，結果就是應該把所謂的名流風氣棄之如敝屣——也正是因爲這個緣故，德·瑪桑特夫人才沒有固定的招待日，她每天早上從十點到中午招待她所有的朋友），男爵則是保留早上時間給自己讀一點兒書，尋找一些古玩等等，從來都是下午四點和六點之間才會拜訪人。六點，他去賽馬俱樂部，或是去森林公園散散步。片刻之後，我猛然退居後方，免得被朱畢安看見；不久他就要離開工作室，不到晚餐時候不會返回，甚至不再返回，他的姪女與他的學徒們，整個星期都到鄉下爲一位女顧客完成洋裝去了。之後，我覺得沒有人看得見我了，於是下決心不再移動，免得失去良機，如果奇蹟發生，那幾乎是妄想中的昆蟲飛了過來（牠得穿過那麼多障礙，飛過那麼長的距離，克服那麼多逆境，冒著那麼多危險），從如此遙遠之地被派遣前來執行大使任務，接觸一直癡癡等待著的處女花朵。我知道這樣的等待不會比雄性花朵所做的更被動，它的雄蕊已經自動轉了向，好讓昆蟲更容易來碰觸花朵；同樣的，當昆蟲飛來時，在此地的雌性花朵也已將她的「花柱」賣俏似的，鼓成弓狀，好讓昆蟲更容易進入，好似一個矯情卻熱情如火的青春少女，隱隱約約地早已擺出迎賓的姿態[6]。植

人府邸用完餐後，德．查呂思男爵想與他見面。男主角對德．蓋爾芒特名稱的奇幻思想，一旦通過府邸大門進入，就都化成了雲煙，原來帶著夢幻般聯想的貴族成員姓氏，如今都成了活生生的人物，因而使男主角大失所望。於是，現在他唯一嚮往的，只有被德．蓋爾芒特親王妃款待而已。男主角果眞赴約到了德．查呂思男爵住處，男爵極其惱怒，責怪他自從在壩北柯與他相遇之後，完全把他拋諸腦後，所以男爵要懲戒他，告誡他將無法從男爵這裡取得進入德．蓋爾芒特親王府邸的通關密碼。兩個月之後，男主角竟然收到德．蓋爾芒特親王妃的邀約信函，他唯恐這是一個拿他開玩笑的惡作劇，爲了查證這封邀約信函是眞是假，在受邀參加晚宴當天，他先去拜訪了德．蓋爾芒特公爵夫人。**【譯者注】**。

3　參見《富貴家族之追尋》。原典頁554－555。

4　攸關植物學主題之濫觴，參見《富貴家族之追尋》文本，原典頁499－501。普魯斯特有關該議題之靈感，乃是取自模里斯．梅德林克（Maurice Maeterlinck）所著《花朵之智慧》（*L'Intelligence des fleurs*）一書，以及達爾文之研究，前書於一九〇七年由法斯格勒出版社出版。事實上，普魯斯特關乎達爾文的資訊，都是來自艾梅德．顧當斯教授（professeur Amédée Coutance）爲《相同品種植物中之不同形態的花朵》（*Des différentes formes de fleurs dans les plantes de la même espèce*）一書所寫之序言，該書於一八七八年譯成法文。顧當斯教授本人提供了建議，將人類之習性與花朵兩相比較：「奇特的諸多矛盾，奇特的法則，在人身自由的世界裡，可能帶來令人遺憾的結果。」

5　這個影射仍然令人費解。

6　關乎雄蕊與雌蕊神奇的結合，參見《花朵之智慧》，頁39－40，特別是顧當斯所寫的序言：「似乎植物會預感誰是給它帶來生機的造訪者。它不會呆滯、被動〔…〕。這裡的雄蕊會轉動，好讓昆蟲更容易接收到牠要帶走的花粉，那裡的雌蕊會彎曲自己，急著把自己引到存有花蜜之處；我們會看見花柱柔軟的彎成弓狀。」

物世界諸多管理法則本身越來越高等。昆蟲造訪所帶給另一朵花的，通常是讓花朵授粉所須要的花粉。因為自動授粉，花朵本身使自己授粉，就像同一家族的人重複近親結縭，有可能帶來退化和不孕。然而藉由昆蟲交叉授粉，則賦予同一品種的植物一份超越前輩的奇妙活力，可以延續好幾代。然而，這份活力有可能太過旺盛，讓品種漫天發展，那麼就像抗毒素會防止疾病發生，甲狀腺體會調整虛胖，潰敗會懲治驕傲，疲累會懲治愉悅享受，睡眠又會使疲累舒緩，因此，不尋常的自我授粉動作成了適時之舉，由它上緊了螺絲，踩下了剎車，讓過分誇張衍生的花朵回歸正常發展[7]。如此的思考如何帶我傾向某個斜坡，我後來會加以描述，當我看見德．查呂思先生進入侯爵夫人住處又出來，我從花朵外顯的巧計中取得了結果，是攸關文學作品中無意識的部分[8]。他進去只有幾分鐘。或許他從年長親戚這裡，或者單單透過家僕，已經知道病情已大為好轉，或者德．薇琶里希斯夫人只是稍有不適，已經完全康復。這時候，德．查呂思先生以為沒有任何人看見他，眼皮低垂著，逆著陽光，拋開臉上的緊張，挪去他用活潑的談笑聲及強大意志力所支撐著的偽裝活力表現。他的臉蒼白如大理石，鼻樑高挺，看在刻意注視著他的眼光裡，他那細緻的線條沒有額外的意義，更動不了它們的美麗模子；他分明就是德．蓋爾芒特家族的成員，好像已經被雕刻過，他就是康樸蕊聖堂裡的帕拉梅十五世。不過這整個家族所呈現的一般性特色，倒是在德．查呂思先生的臉龐上取得了更有靈性的細緻感，格外溫柔。我為他叫屈，他那習慣性的佯裝，那麼多的粗暴，那麼惹人厭煩的怪異表現，大呼小叫，不講情面，小鼻小眼，狂妄自大，然而被他淹蓋在硬生生的粗魯之下的，其實是隨和與良善，那就是他走出德．薇琶里希斯夫人家門時，我在他那臉龐上所看見的一片天真，逆著陽光的雙眼一眨一眨的，似乎正微笑著，我在他舒緩的、似乎是回歸自然的臉頰上，看到那樣的溫柔多情，那樣卸下了自我防衛，以至於我禁不住想著，如果德．查呂思先生知道他正被盯著看，該會多麼生氣；因為如此的款款深情，如此以男性氣慨自豪的男子，對他而言，似乎所有的人都是娘娘腔得令人憎惡，而就在這一瞬間，他臉部的線條、表情、微笑，使我想到的，就是他分明是個女人！

我正要重新自我調整，免得他看見我；我沒這個時間，也沒這個需要。我看見什麼了！就在這座中庭，保證從來都不曾在此地見過面的兩人，正面面相覷，（德．查呂思先生只會下午時間來到德．蓋爾芒特府邸，而那時朱畢安正在他的工作室內），男爵突然大大睜開瞇著的雙眼，格外聚精會神的注視著站在店家門檻處從前幫人做背心的裁縫，而這邊這個人，面對著德．查呂思先生，驟然間被釘牢了，如同一棵紮了根的植物一樣，帶著訝異的表情，細細欣賞著肥滋滋的、顯出老態的男爵[9]。而且更讓人訝異的，就是當德．查呂思先生一改變姿態，朱畢安就立即與他配合，好像追隨著祕密技藝的法則。男爵試著隱藏他所感受的印象，縱使他佯裝漠不關心，似乎也捨不得走遠，晃過來又晃過去，眼神渙散，爲了要給自己漂亮的眼珠增加價值，擺出一副不可一世的表情，若無其事的，很可笑的。至於朱畢安，則是立即撇下我經常所認識的謙謙卑卑、和和善善的神態，昂起頭來——與男爵形成完美無瑕的登對——他把腰身挺直，手叉著腰，擺出粗俗蠻橫的姿勢，將臀部高高翹起，賣著俏，就像蘭花爲著出其不意飛來的熊蜂所做的。我不知道他竟然會有如此惹人討厭的表情，可是我也不知道在這場兩個啞巴合演的戲碼中，他有如此能耐即

7　關乎與退化相關聯的自我授粉，以及關乎交叉授粉的好處，參見《花朵之智慧》。頁40；特別參見顧當斯之序言：「由一般性結果來看，自我授粉是導致無法衍生後代，並使後代退化的肇始原因：這是運用於植物世界的雄性親屬關係法則。反之，交叉授粉對品種有好處，會將它導致繁榮、極其茂盛。〔…〕達爾文告訴我們，從某方面看來，因爲交叉繁殖而生長過度的一些植物，偶而，自我授粉會使它們回歸正常」；稍後他又寫道：「讓一切回歸次序，只需要自我授粉此一作法」。

8　在《所多瑪與蛾摩拉》文本中，普魯斯特通常省略教條式考量，不會用它來預告小說的結局。這部分考量在手稿中已經有所發揮，不過該想法將會在《韶光重現》原典頁206中才又重新提及。

9　參見文件資料第一冊。本書法文原典頁530－532。在一九〇九年版本中，德．桂希（de Guercy）與博尼石（Borniche）相遇，後來成了德．查呂思與朱畢安。

興演出，像是長時間演練過多次（雖然他是第一次與德．查呂思先生交手）；——我們能夠自動做到如此十全十美的搭配，就只有當我們在外地遇見同鄉時，即使兩照未曾謀面，默契倒是油然而生，搓合伎倆還是如出一轍。

況且這一幕不只純粹逗趣，它還帶著怪異，或者說帶著自然，其中的美感更顯加增。儘管德．查呂思先生擺出一副蠻不在乎的神情，眼皮不經意的低垂，偶而提起眼簾，拋給朱畢安專注的眼神。但是（很可能因爲他想到，如此的戲碼不能無止境的在此地延續演出，或許爲了我們後來才明白得過來的理由，或許畢竟因爲所有的事情都要速戰速決，使得我們既要鬥狠也要鬥準，以至於所有的戀愛劇碼都如此動人），每次德．查呂思先生看著朱畢安，他都設法用眼神說一句話，如此的眼光，與那習慣性朝著認識或不認識的某人看的眼神全然不同；他看著朱畢安，格外盯著不放，類似某人要對您說：「原諒我的冒昧，不過，有一條白色長線垂在您的背上了」，或者是要說：「我應該錯不了，您應該也是從蘇黎世來的，我好像在古玩商那兒經常遇見您。」每隔兩分鐘，德．查呂思先生拋出的媚眼，所問的問題似乎緊盯著朱畢安不放，就像貝多芬用一串串疑問樂句不止息的重複著，以等距離的間隔，——帶著誇張式的豪華預備樂句——目的就是要引出新主題，帶出轉變調，讓主題「重新回頭[10]」。然而德．查呂思先生和朱畢安的眼神，其美妙之處，正是相反的，因爲它們似乎沒有導向某件事情的目的，至少暫時是如此。如此之美，我第一次看見由男爵與朱畢安表現出來。在一人或另一人的雙眼中所看見的，不是蘇黎世的天空，而是屬於我還未揣測到稱謂的某個東方之城，它升起來了。姑且不問德．查呂思先生與背心裁縫師傅之間的連結點爲何，他們的協定似乎已經簽妥，這些多餘的眼神，類似一個婚約既已決定，婚前大家所安排的慶祝節目只是行禮如儀的前奏曲。若以更貼近天然的角度看待此事——衆多比喻本身顯得如此自然，當我們花幾分鐘觀察同一位男子，就看見了接踵而至的，有男子，有雄性之鳥人，有雄性之昆蟲，等等——假設他們是一雄一雌的一對鳥兒，雄鳥正想要進攻，雌鳥——朱畢安——並不想再以任何動作回應這把戲，逕自鎮定的看著他的新朋友，漫不經心的穩住腳跟，認定這樣才更撩人，而且唯一會有效果，既然公鳥已經採取主動，雌鳥唯一要做的，只是順順羽毛就好。終於，朱畢安的冷漠似乎不夠滿足他了；既然有了把握，確定占了上風，引來了對方的追求和渴求，那就只差一步，於是朱畢安決定要離開，回去工作，穿過中庭的車門[11]走了，不過仍然頻頻回頭兩三次之後，才溜到街上，男爵唯恐失去跟蹤的機會（一邊輕吹著口哨，帶著蠻不在乎的神情，對著門房喊一聲「再會了」，半醉的門房在後方廚房照料著訪客，根本沒聽見），火速衝去追人了。吹著口哨正像一隻大熊蜂嗡嗡作響的德．查呂思先生，當他通過門檻的同一時刻，這回眞的來了一隻大熊蜂，飛進了中庭。有誰知道，牠難道不就是蘭花等待已久的對象，正是要爲她帶來那麼稀罕的花粉，缺了這個，她就一直要守貞？我沒有專心看著舞動著授粉的昆蟲，因爲幾分鐘之後，朱畢安更加引起我的注意（或許爲了取一個他稍後將要帶走的包裹，而德．查呂思先生的出現打亂了他的情緒，因此忘了它，或許純粹是爲了一個更自然的理由），朱畢安折了回來，男爵尾隨著他。男爵決定要先發制人了，向裁縫借火，不過立即提到：「我想向您借個火，但是發現我忘了我的雪茄。」善心待客的法則勝過了討俏，背心裁縫師傅說：「請進，包君滿意。」他的臉上，睥睨代替了歡喜。店家的門在他們身後關上了，而我再也聽不見任何聲音。我看不見熊蜂，我不知道牠是否就是蘭花所需要的昆蟲，不過我不再懷疑非常稀有的昆蟲與捕捉牠的花朵之間，會有奇蹟似聯繫的可能性，至於德．查呂思先生（單純的比較，不論屬於哪種天賜良機，也不想用任何科學企圖，把植物界的某些法則，連結到我們有時候稱呼得很不恰當

10　普魯斯特是否想到他百聽不厭的貝多芬四重奏？或者想到同一位作曲者，在他的交響曲中，運用一些轉變橋段，預備將原來的主題帶回，如同第五號交響曲的起頭，或者如同第七號交響曲中的快板所作出的樂曲效果？

11　«la porte cochère»乃指在建築物中庭容許車輦通過的大門。《二〇二〇年拉魯斯圖解大辭典》。**【譯者注】**。

的同性戀一詞），多年以來，德．查呂思先生只會在朱畢安不在家時才來，爲了德．薇琶里希斯夫人這次偶發的微恙，他遇見了背心裁縫師傅，我們後來會看見，藉由諸多人士之一，男爵也遇見了這類型的男子所保留的好機會，他們甚至可以比朱畢安更年輕，也更英俊許多，這類男子天生注定要在地上提供給他們的對象享受那份魚水之歡：這種男子，他只愛老頭兒。

況且我剛剛在此地所說的，是我幾分鐘以後才明白過來的事，這些隱性者的專屬特質，能夠如此與眞相契合，非得等到某個情境出現才能將它們赤露敞開。無論如何，我再也聽不見背心老裁縫師傅與男爵之間的對話了，這讓我頗不開心。於是我考慮以租賃中的店家爲目標，它與朱畢安的店面僅以一片極爲單薄的牆板相隔。要去那裡，我只需要上到我們的公寓，走到廚房，順著側梯一直下到地窖，在室內依循著地窖走，穿過整個中庭的寬度到達地下室，幾個月前，精工木匠還在此捆著他的木工材料，朱畢安預計要在這裡放置煤炭，我順著幾個台階走上去，就可進入店家內部。這麼一來，我一路都是隱蔽著的，不會被任何人瞧見，這是最謹慎的走法。不過，我採取的方法倒不是這個，而是沿著牆壁，繞著露天的中庭走，設法不被人看見。我自忖著，我之所以不被人看見，是偶然，而不是由於我的智慧。我之所以採取了如此不謹慎的方式，罔顧地窖路線是如此的安全，依我看，如果要說出個中道理，可能有三個理由。首先，是我的焦躁不安。然後，或許是暗地裡再度想起曾經躲在范德怡小姐[12]窗前，我所看見的濡樊山那一幕。事實上，我所親身經歷的這類事情，在場景安排上經常是最不謹慎、最不可思議的，彷彿得要衝破層層危險才能有酬勞，即使從某方面看來是偷偷摸摸的。最後，我要勉爲其難的坦承我的第三個理由，因爲這個理由帶著孩子氣，我很確信，在無意識中，這個理由才是最關鍵的。自從我爲了師法聖—鷺的軍事原則——也想看看是否會失效——我依循著波耳戰爭[13]的大細節辦事，我曾經有機會重新閱讀古老的探險和旅遊敘事。這些敘事讓我熱血沸騰，在日常生活中加以操練，讓我更有勇氣。當突發病狀使我不得不連續幾天幾夜失眠，不能平躺，不喝也不吃，直到筋疲力盡的時刻，病痛如此折磨著我，以至於我自忖著，我永遠脫離不了如此的困境了，那時候，我回想起被拋到沙岸的某個旅遊者，毒海草讓他中了毒，發著燒，打著哆嗦，衣著被海水浸濕，兩天後卻又好了些，他不確定走向何方是好，想找到一些住民，或許碰上食人族。他們的例子使我力氣倍增，給我盼望，讓我感到羞愧，我不該那樣沮喪。我想到眼前面對英國軍隊的波耳人，那時他們需要經過好幾處沒有任何樹木的鄉間，才能找到一個茂密的樹林，他們並不畏懼暴露自己：「我比他們更怯懦，我想著，那眞是見笑了，當軍事戰場只是自己的中庭而已，爲了德瑞福斯事件，我毫無畏懼的單挑過幾場決鬥[14]，而我現在唯一害怕的刀光，只是來自鄰舍的眼神，可是他們有別的事要忙，不見得會湊向中庭這邊觀看。」

不過當我進了店家，設法不讓木板發出任何聲響時，我察覺到，在朱畢安店家裡所發出的最輕微聲響都會被身處店家這邊的人聽見；我想，朱畢安與德．查呂思先生是多麼不謹慎，他們的運氣又是多麼好。

我一動也不敢動。德．蓋爾芒特家的馬伕，或許利用主人他們不在家，把原先緊靠在車庫儲藏室內的木梯搬到我所在的店家裡了。如果我爬上木梯，就打得開氣窗，聽得見聲音，彷彿我就在朱畢安家中那樣。可是我害怕會發出聲音。其實也沒必要害怕。甚至我多花了幾分鐘才到達我所在的店面，也不必引以爲憾。因爲依照一開始的時段，我所聽見在朱畢安店面裡所發出的，只是一些不清楚的聲響，我認爲他們

12 參見《細說璀璨之童年》。原典頁157及後續文本。

13 «la guerre des Boers» Boers：〔荷蘭語用字〕乃指農民之意。指來自荷蘭之非洲南部殖民。他們的後代是非洲崁人（Afrikaners），或稱爲非洲崁德人（Afrikaanders）。波耳人之戰役（La guerre des Boers）乃是波耳人於一八九九－一九〇二年間與英軍對峙之戰役，英軍大勝，將奧蘭吉（Orange）與特蘭斯瓦（le Transvaal）納入版圖。《二〇二〇年拉魯斯圖解大辭典》。

14 如果書中男主角方才與人決鬥過，他發現同性戀問題存在時，會是幾歲呢？**【譯者注】**。

並沒有說太多話。這些聲響眞的十分強烈，如果它們不是一直由另一個高八度、平行發出的呻吟伴隨著，我有可能會相信在我身旁有一個人正在宰殺另一個人，之後，殺人犯和受害者又活了過來，洗了洗澡，抹去一切犯罪的痕跡[15]。後來我從中得了一個結論，有一種東西和受苦時所發出的聲音一樣大聲，那就是享受肉體的舒爽感，特別是——既然沒有懷孩子的顧忌，這裡也不會有《金色傳奇》[16]令人難以信服的例子發生——立即就甩得乾淨俐落的考量加在其中時。終於約略半小時之後（在這時段，我躡手躡腳的登上了木梯，好讓我透過沒打開的氣窗觀看），一段談話開始了。朱畢安使勁拒絕德·查呂思先生要給他的錢。

之後，德·查呂思先生走出店家一步。「爲什麼您把下巴的鬍鬚剃成這樣？」他帶著一種貼心的口吻對男爵問道，「有一把美麗的鬍鬚多帥！」——「呸；噁心！」男爵答道。不過他站在門口猶豫著，又向朱畢安詢問關乎社區的資訊。「角落那個賣栗子的，不是左側那個，那是個醜八怪，而是雙號這邊的，一個黑溜溜的大個兒，您可知道他？對面的藥劑師，他有一個很和善的腳踏車騎士替他送藥。」這些問題或許讓朱畢安不開心，挺起腰身，帶著俏娘子被出賣了的不悅感，他答道：「依我看，您是個花心的人[17]。」此一責備，是以痛苦、冰冷、又裝腔作勢的口吻大聲吼出，這或許讓德·查呂思先生心有所感，爲了抹去他的好奇心所產生的壞印象，他用小得讓我聽不清楚的聲音對朱畢安說了一些話，應該就是祈求延續他們停留更久在店家的時間，如此的祈求足以感動裁縫，抹去他的苦楚，因爲他看著頭髮花白男爵他那肥滋滋、充滿血色的臉龐，表情溶化在幸福之中，像是自尊心剛剛被人深深的諂媚過一番似的，朱畢安先是做了一些不高尚的評語，諸如：「你的屁股可圓著呢！」，之後，瞇瞇笑著，被感動了，被抬舉了，也心存感謝的朱畢安，對男爵說：「好，行，大寶貝！」

德·查呂思先生更進一步問道：「讓我再問問有軌電車司機的事，因爲不管其他的事會怎樣，這件事可能回頭來會有意思。因爲我果眞有時候像個遊走在巴格達的哈里發，被人誤以爲只是個普通商人[18]，破格追隨某個讓我開心的奇特小子身影。」在此，我把已經用在裴果特身上的批評再用一次。裴果特萬一需要出庭，他使用的並不是合適說服法官的措辭，而是用裴果特風格來表達，他那獨特的文學性情自然然的會提醒他，讓他覺得這樣說起話來才順暢。同樣的，和背心裁縫師傅談話，德．查呂思先生的措辭，完全就像與同類的上流社會人士說話一般，甚至把他個人的口頭禪誇大，或者由於他努力對抗羞怯，反而促使他格外驕傲，或者由於他沒有自我控制的著力點（因爲面對與我們環境不同的人，人會更顯得不安），羞怯感迫使他無法遮攔，把本性赤裸裸的敞開，事實上，正如德．蓋爾芒特夫人所說的，男爵的本性帶著驕傲和些許狂妄。「爲了不把他跟掉了，」他繼續說道，「我像個小教授，像個年輕俊美的醫生那樣，跳進了可人兒同樣搭乘著的有軌電車，我們按照規定稱可人兒爲女子（好像我們提到王子時，會說：殿下他是否福體安康？）。如果小可人兒換了另一部有軌電車，我就搭上轉換班車，這種或許帶有黑死病細菌的不合理東西，取了一個號碼，雖然有人把**我**回歸到原點，卻永遠不是一號！我就這樣連續換了三、四部『車子』。有時候，晚上十一點才在奧爾良車站落了腳，還得折返！若只是從奧爾良車站回頭也就罷了！

15 普魯斯特回憶起他於一九一九年分租蕾珊妮（Réjane）座落於羅蘭—比莎街（Laurent-Pichat）的公寓，聽見隔牆後面所發出的噪音（《魚雁集》。第十八冊。頁331）。

16 普魯斯特應該是想起艾彌樂．馬勒（Émile Mâle）提到與尼祿相關聯的一件軼事，顯示《金色傳奇》（*Légende dorée*）對中古時代肖像藝術所產生的影響。尼祿「與他一個獲得自由身的奴隸結合，他強行要求醫生們讓他生下後代；果然透過春藥的效力，奴隸生下了一隻青蛙，尼祿於是把牠養在宮廷裡。」參見《十三世紀之法國宗教藝術》（*L'Art religieux du XIIIème siècle en France*）。一八九八年。頁379。普魯斯特經常參考這部作品。

17 «un cœur d'artichaut»朝鮮薊之心：指朝鮮薊之中央部分，此處的葉子心最爲酥軟可食。〔轉意〕意即：非常容易墜入情網的人，或指花心濫情的人。《二〇二〇年拉魯斯圖解大辭典》。**【譯者注】**。

18 影射《一千零一夜》（*Mille et Une Nuits*）的一則故事，〈阿里—哈斯奇在巴格達橋上的巧遇〉（«Les Rencontres d'Ali-Raschid sur le pont de Bagdad»）。在《韶光重現》文本中，敘事者以哈里發自況。

可是譬如說，有一次，我和他稍早沒機會接上話頭，就一直跟到奧爾良城，坐在一個可怕的火車車廂裡，眼前所看見的景色，是鐵路網絡上主要建築傑作的照片，掛在被稱爲『網子』的三角行李架之間。車廂裡只有一個空位，在我面前，有一個代表歷史建築的奧爾良大主教座堂『景觀』，是全法國最醜的[19]，我又不得不費神去看，眞夠累人，好像有人強迫我要好好的使用眼力，在蘸水筆的筆桿上所裝置的玻璃球內，來回看出它裡面圖案的端倪，適足以讓人雙眼患上發炎的毛病。我跟著我的可人兒同時在歐伯瑞車站下了車，唉！太不幸了，他的一家大小正在月台等著他！（我萬萬沒想到，在他的諸多缺點之中，還少了「他已經成了家」這點）。在等待下一班火車載我回巴黎時，我所能用來聊以自慰的，只有黛安娜·德·波瓦帝耶之家[20]而已。她固然曾經以美貌使我的一位王室先祖傾心，我更喜愛的，還是一位活生生的美人兒。爲了彌補踽踽獨行的無聊回程，我蠻想認識一位臥鋪車廂服務生，他是鐵路慢車司機。況且，請不要感到訝異，」男爵總結說道，「這一切都只是有關類型的問題而已。譬如說，對上流社會的青年人而言，我沒有任何占有身體的欲望，但是，我唯有碰觸得到他們時，才能安靜得下來，我的意思不是指實體的接觸，而是指觸動他們那一根敏感的心弦。一旦少年人沒有讓我的信件石沉大海，他不再停止寫信給我，他成了我精神上的附屬品，我就被平息了下來，或者至少我將會平息下來，如果我不是很快又被思念另外一個人的事兒纏擾上。蠻奇怪的，是不是？說到上流社會的青年人，那些來到此地的人物中間，您可有認識的？」——「不認得，我的寶貝。啊！有，我認得一個黑髮的大個兒，帶著單鏡片眼鏡，臉上老是掛著微笑，他會回來。」——「我不懂您說的是誰。」朱畢安補充描繪了這人的臉部長相，德·查呂思先生卻抓不到這個人的樣子，因爲他忽略了這點，就是背心裁縫跟某些人一樣，這些人數比我們想像的還要多一些，他們記不得某個不太熟悉的人他的髮色是哪種，我知道朱畢安有這個缺陷，他會把黑髮換成棕髮，這樣子的朱畢安讓我準確想起一個人，那就是德·夏德羅公爵。「再回到這些不是凡夫俗子的青年人身上吧，」男爵又拾起話頭說道，「目前有一個怪異的小子讓我昏頭轉向，一個聰明的小資產階級，他對我莽撞無理到不可思議的地步。他渾然不知我是何等傑出之輩，這小子，用顯微鏡才看得見的弧菌。畢竟這都無所謂，面對我這堂堂大主教的聖袍，這匹小驢子大可嘶叫到他滿意。」——「主教！」朱畢安揚聲說道，他完全不了解德．查呂思先生剛剛說的最後幾句話是什麼意思，只是主教這個字讓他訝異。「這種事和宗教湊不在一起的，」朱畢安說道。——「我家族中有三個教皇[21]，」德．查呂思先生答道，「因爲擁有樞機主教的頭銜，我的家族有資格用紅色擺設佈置，我的樞機主教大舅公的姪女，她帶給了我的祖父公爵頭銜，後來被頂替掉了。依我看，您聽不懂暗喻，對法國歷史沒感覺。再者，」他又補充說道，或許較不是用來下結論，而是用來警告，「逃避我面的年輕人，當然是因爲他對我心生畏懼，因爲唯有敬畏之心讓他們噤若寒蟬，不敢對我大聲呼喊出他們愛我，如此的年輕人若在我身上施展魅力，合法的要求，是他們要具有卓越超群的社會地位。再說，儘管他們佯裝蠻不在乎，這種態度只會帶來全面的反效果。一味笨拙的延宕態度使我噁心。在您比較熟悉的社會階級裡，我找個例子說給您聽聽，有人來我的府邸做修繕，爲了免去一些公爵夫人爭相誇耀她們曾經提供給我住宿的光榮，我去『豪華大旅館』小住了幾天，就像大

---

19 奧爾良的聖—十字架大主教座堂（la Catédrale Sainte-Croix）開始建築於十三世紀，直到一八五八年才竣工。德．查呂思和斯萬一樣，不喜歡維歐雷—勒—杜克（Viollet-le-Duc）的現代化整修（參見《細說璀璨之童年》。原典頁288）。

20 乃指奧爾良城中文藝復興時期的一座住宅，嘉布府邸（l'hôtel Cabu），大家稱之爲黛安娜．德．波瓦帝耶之家（Maison de Diane de Poitiers），一九四〇年被戰火焚毀。

21 德．查呂思可能暗指下列三位梅迪奇（Médicis）家族人士：一五一三年至一五二一年間之教宗良十世（Léon X），一五二三年至一五三四年間之教宗克萊孟七世（Clément VII），以及一六〇五年之教宗良十一世（Léon XI）。事實上，德．查呂思透過溥怡雍家族（Bouillon），是梅迪奇家族的後代。後來成了德．溥怡雍公爵（les ducs de Bouillon）的拉．竇爾．德．歐伯涅（La Tour d'Auvergne），與十四世紀的克萊孟六世（Clément VI）和額我略十一世（Grégoire XI）都有親屬關係。

家所說的那樣。我認識了一個豪華大旅館樓層的服務生，我向他指明要一個奇特的小『機動服務生[22]』，他是幫人關閉公用通道大門的。可是他對我的諸般建議置若罔聞。終於我氣急敗壞了，爲了向他證明我的動機是純淨的，我讓人帶給了他一筆很可觀的錢，叫他只要到我的房間和我談話五分鐘。我空等了。這件事讓我厭惡至極，以至於我寧可藉著佣人出入的門徑進出，也不要看見這小搗蛋可愛的臉蛋。後來我才知道，我所寫的信，他連一封都沒收到過，都被攔截了，第一封被同一樓層忌妒他的服務生拿走，第二封被好品格的白天門房帶走，第三封被夜晚值班的門房帶走，這人喜愛這名年輕機動服務生，在獵神黛安娜起身的時間與他同眠共枕。然而，我的厭惡感也是有增無減，因此，若是有人把這個機動服務生放在銀盤上，就像是一盤獵物帶來給我，我也會噁心的把他推開。這就是他的不幸了。我們談了一些嚴肅的事，關乎我所期待的，我們之間沒有瓜葛了。不過您還是可以幫我的大忙，幫我牽線；不，光是這個念頭就使我春心蕩漾[23]，我覺得事情還沒完。」

這幕一開始，就在德．查呂思先生身上起了如此全面性、瞬間的變化，我的眼界大開，看見他好像被神仙棒碰觸了那樣。之前，我之所以不了解，是因爲沒有親眼目睹。惡習（我們如此說，是爲了方便措辭），惡習陪伴著每個人，只要人們一無所知，惡習是以隱藏的精靈方式存在著。良善，奸詐，姓氏，上流社會內的人際關係，都還沒有露出馬腳，大家把它們隨身隱藏著。尤利西斯自己就沒先認出雅典娜[24]來。不過，神仙互通，物以類聚，德．查呂思先生就是這樣湊上朱畢安的。直到目前爲止，我在德．查呂思先生面前渾然無知，這種人面對身懷六甲的女子，也不會注意到她身孕已重，當女士微笑著對他重複說道：「是啊，我目前是感覺有點疲累」，而他卻仍然執意要小心翼翼的問：「您哪兒不舒服啊？」別人對他說：「她懷孕了」，他這才突然看見了肚皮，而且只盯著肚皮看個不停。理性會打開雙眼；掃除錯誤給我們帶來新增的知識。

這些人們不喜歡在他們的朋友身上援用這條法則，不願把他們當成與德・查呂思同類的男子，長時間以來沒有加以懷疑，直到有一天，一個與他人無異的個人，在他平整肌膚上的字體出現了，所用的墨汁是一直到那個時候還不著痕跡的，字體所組合成功的字，對於古希臘人彌足珍貴，這些人說服得了自己，四圍環繞著他們的人，起初在他們的眼中沒有任何標記，所能提供給有識之士的千百種裝飾物，都未曾掛在他們身上，而這些人只要回想起來，在生活中，他們曾經有那麼多次差點就要犯下錯誤。在沒有表現出各人特質的某甲或某乙臉龐上，沒有任何跡象足以假設他正是某女子的親兄弟，未婚夫，或者情夫，而這些人正要對這女子說：「眞是個潑婦！」不過幸好有個鄰舍向他們悄悄的說了一個字，攔阻了那個萬劫不復的字眼從他們的嘴唇滑溜了出來。像**彌尼，提客勒，毘勒斯**[25]的這些字眼立即出現了：他訂過婚了，或者他是某人的親兄弟，或者他是這女子的情夫，不合適在他面前稱她爲「潑婦」。單單此一新生概念就會帶來一群概念，有的退居後方，有的向前凸出，是諸多概念中的一小部分，如今相輔相成，是我們關乎該家庭其他成員所掌握得到的。在德・查呂思身上，有一個使他與眾不同的人來與他緊密結合，好像馬匹結合

22 《chasseur》乃指身穿制服，在旅館、餐館內做各種機動性服務的員工。《二〇二〇年拉魯斯圖解大辭典》。**【譯者注】**。

23 《gaillardise》〔舊式用語〕乃指略帶無道德約束之言辭或性格；無道德規範或含著猥褻之言辭。《二〇二〇年拉魯斯圖解大辭典》。**【譯者注】**。

24 在《伊里亞德》（*Iliade*）和《奧德賽》（*Odyssée*）中，雅典娜（Athéna）一直護衛著尤利西斯（Ulysse），但不讓人認出她來。詩歌進行到第十三首時，尤利西斯回到意塔克（Ithaque），雅典娜先以少年人的樣子出現在他眼前，之後，才顯明她的眞面目。樂恭特・德・黎勒在他翻譯的《荷馬詩頌》（*Hymnes orphiques*）中，描寫了「雅典娜」（一八六九年）。普魯斯特撰寫《所多瑪與蛾摩拉》文本時，經常參酌這一冊書，本書也包含了海希奧德（Hésiode）的《神譜》（*Théogonie*）及《工作與時日》（*Les Travaux et les jours*），迪奧克里特（Théocrite）的《田園詩歌》（*Idylles et épigrammes*），等等。

25 參見舊約聖經《但以理書》五章25節：「數過，秤過，要分裂了」，先知性的警告，正值居魯士（Cyrus）進入巴比倫的時刻，如此的字句：「*Mané, Thécel, Pharès*」寫在伯沙撒（Balthazar）最後一次和群臣暴食豪飲的廳堂牆上。

在半人半馬的人物身上，縱使這人與男爵深深的結合了，我過去從未發現，而現在抽象變成了具象，這人一旦被看穿了，他立即喪失了他的能耐，不再被人視而不見，德．查呂思先生完完全全轉變成爲另一個新人，以至於不僅僅是他的臉龐、他的聲音出現了反差，溯及從前他與我建立過的起起伏伏關係，所有在我的心思裡顯得沒有邏輯的一切，如今都已經了然於心，好比一個句子被拆成零零散散、亂湊成一堆的字無法提供任何意義，假如這些字恢復了原先該有的先後擺置次序，句子就顯然易懂，我們就再也不會忘記句子要傳達的概念了。

再者，現在我明白了，爲何稍早，當我看見他走出德．薇琶里希斯夫人的家，會覺得德．查呂思先生帶著娘娘腔的表情：他分明就是個女兒身[26]！他歸屬於這些族群，這些人並不特別顯得矛盾，他們的理想是要有男子氣慨，正是因爲他們的性情是女性化的，在生活中，他們僅僅在表面上看來與其他男子無異；我們每個人都是透過雙眼看見天下的所有物體，而凹雕在瞳仁視網膜上的形影，對他們而言，不是水仙的身影，而是少年美男子。一種咒詛壓在這類族群上面，他們必須生活在謊言及背信之中，因爲這類族群知道，他的欲求被認定爲該當受懲治，是可恥的，是不可告人的，然而對所有受造者而言，這是生活中最爲甜美的欲求；這個族類必須否認他的上主，原因是即使身爲基督徒，當他們在法庭審判台前以被告的身分出庭時，在基督面前，以基督之名，他們必須把他們的生活當成誣陷來爲自己辯護；他們是無母之子，甚至到了讓母親瞑目的時刻，都必須對母親扯謊；雖有朋友卻無友情，縱然這些人的魅力經常被認定足以引發友情，這些人經常有好心腸，對友情心領神會；然而他們非得仰仗謊言，才得以苟延殘喘的存活在人際關係中，即使這些人有誘因要告白、要坦承，這樣的勇氣一旦發出，反而使這些人被噁心的拒絕，除非這些人與心思公正，甚至是有同理心的人交往，不過後者關乎這些人會迷失在傳統既定的心理學中，坦白告知惡習所導引出來的關愛與惡習完全格格不入，正如某些法官容易假設性別錯置者較容易犯下謀殺罪行，也較容易爲這些人開罪，正如假設猶太人較容易犯下賣國罪行，理由來自於原罪以及種族宿命，如此的人情關係算得上是友情嗎？總之——至少根據我當時爲此所描繪的初步理論，後來大家將會看見這個理論有了變化，如果他們無法親眼看見此一矛盾，這個理論本身所包含的變化很可能格外讓這些人不開心，由於他們所看、所生活的，乃是來自幻覺——雖是多情種，愛情的可能性對他們而言幾乎是封鎖的，對於愛情的盼望帶給他們力量來忍受那麼多危險，那麼多孤寂，由於他們所愛戀的對象是沒有任何女性特質的

26　這裡就是著名的男女雙性理論，用來解釋性別錯置：參見一九〇九年文件資料第一冊草稿。頁519－530。紀德於《寇立東》（*Corydon*）再版序中，對此理論作了批評：「某些書——特別是普魯斯特的著作——讓大眾習於較不憤慨的態度，而且讓大眾習於膽敢冷靜斟酌某件事體，是作者佯裝忽略之事，或者說是作者寧可首先加以忽略之事。〔…〕然而，我唯恐，如此一來，這些書已經大力的推波助瀾，混淆視聽。男女共生之理論，《性別取向之中間多層區隔》（*Sexuelle Zwischenstufen*），早在第一次世界大戰期間之前，由西爾施費德醫師（Dr.Hirschfeld）在德國推出，馬賽爾・普魯斯特似乎認同了此一學說，這學說可以有其準確性；然而這學說只解釋關乎某些同性戀案例——性別錯置案例，娘娘腔案例，女女戀案例——而這些案例正是在我的書裡面所不關照的」。參見《寇立東》（*Corydon*），法國新月刊（*N.R.F.*）出版。一九二四年。頁11。注1。比起西爾施費德（Hirschfeld）更早，於一八八六年，克拉夫特—艾賓（Krafft-Ebing）已經介紹了將性別錯置分出程度的說法：雌雄同體（或者說雙性戀），同性戀，娘娘腔，兩性畸形，寫在《性別心理病理學》（*Psychopathia sexualis*）一書中。更早的二十年前，法學界飽學之士，卡爾・亨利・尤利契（Karl Heinrich Ulrichs），也是性別錯置辯護者，曾經提出他的論點，他在一八六四年與一八六九年間出版的系列專書中說，性別錯置是天生的，而且在性別錯置者身上，女子的心靈是被關閉在男子身軀之內。一八七〇年之後，用來討論性別錯置的心理分析作品與法律醫學的作品爲數眾多：例如亞伯・摩爾（Ablert Moll）所著：《生殖本能之反常。性別錯置之研究》（*Les Perversions de l'instinct génital. Études sur l'inversion sexuelle*）。由里察・逢・克拉夫特—艾賓（Richard・von・Krefft-Ebing）寫序。吉・卡雷（G.Carré）法文翻譯。一八九三年出版。書中說：「在法國，人們與夏爾各（Charcot）和馬釀（Magnan）指出此一現象，以性本能錯置之名稱之」（頁54）。（參見夏爾各和馬釀著。〈生殖意義之性別錯置〉（«L'inversion du sens génital»）。《神經病學檔案》（*Archives de neurologie*）。一八八二年一月及十一月。）夏爾各和馬釀將德文措辭*Die conträre Sexualempfindung*翻譯成「逆向之性意義」，於一八七〇年由衛斯特華（Westphal）引進。至於「同性戀」一辭，出現於一八六九年，乃屬於匈牙利人加羅里・瑪莉亞・賓蓋特（Karoly Maria Benkert, 1824-1882）又名克爾特貝尼（Kertbeny）之用語，這人於一八六四年在比利時被波特萊爾認識。關乎普魯斯特偏愛「性別錯置」勝過「同性戀」一辭之說明，參見序言。頁十五。

男人，所愛的男人不是性別錯置者，結果就是無法回應他們的愛情；以至於他們的欲求將永遠無法得到滿足，除非用金錢雇用眞正的男子漢，除非想像力發揮作用，而終究讓他們誤把性別錯置者當作眞正男子漢，接受與他們進行姦情。有了榮譽確是易碎，有了自由卻是短暫，熬不過罪行被揭發的時刻；地位搖搖欲墜，正如前晚在所有的沙龍中被慶賀過，在倫敦所有的劇院中被喝過采，次日即被趕出所有旅館租屋[27]的詩人，連找著枕頭之處都沒有[28]，如同轉動磨子的參孫，說著：

男男女女即將各自斷魂[29]；

甚至被排擠在同一族群之外，除非有一些大不幸的日子，絕大部分的人都要來簇擁受害者，就像猶太人簇擁德瑞福斯，屬於同理心理，——有時候屬於社會性——這些人給同族群者看見自己的本相，反而惹來同族群者的厭惡，這個本相反映在一面明鏡上，此一明鏡不會諂媚這些人，而是明顯指出這些人自己不願意注意到的一切缺陷，這些缺陷讓這些人明白他們所謂的愛情，不是源自一種他們所選擇的美麗理想，而是源自無法治癒的病情（若要玩字面遊戲的話，這些人透過社會性意義訴諸於愛情的連結，是詩、畫、音樂、騎士精神、禁欲主義）；又正如猶太人（除了少數幾個只願意與同族來往的人，嘴上掛著的都是宗教儀文，以及相關的玩笑）彼此互不往來，反倒尋找與自己南轅北轍、排斥他們的對象，原諒他人的無禮冒犯，沉醉於旁人的圓滑通融；不過這些人也藉由遭受排擠、落入羞辱，而與同族群的人相聚，藉由類似以色列人所遭受的迫害，最終取得屬於該種族的身體外觀、性格特質，他們有的具有美感，通常都是看來極醜，這些人覺得與同族來往有一種鬆弛感，甚至在生活中有了支柱（儘管一人會以所有的冷嘲熱諷壓制另一人，基於前者較有參與，較能融入敵對族群，表面上看來，相對的，比較不是那麼顯明的性別錯置，後者則明顯處於性別錯置狀態），以至於這些人一方面否認他們屬於同一族群（如此的稱呼是最大的侮辱），一方面對於那些有辦法隱藏屬性者，這些人樂得拆穿他們的掩飾，倒不是為了針對他們給他們造成危害，固然這些人樂此不疲，而是為了表示虧欠，如同醫生要診斷出盲腸炎那樣，他們甚至前往歷史中尋找性別錯置者，高高興興的提醒世人，蘇格拉底也是他們的成員，好像猶太人說耶穌是猶太人，卻沒有考慮到，當同性戀是常態時，並沒有不正常的人，在基督降世之前，並沒有敵基督，也沒考慮到，唯有屈辱會帶來罪惡，因為屈辱之下依然倖存的，是那些對所有教誨、所有典範、所有懲戒都反彈的人，只遵照一種如此特立獨行的天生姿態，倒是比其他人更厭惡某些惡行（況且伴隨著此一姿態的是高道德標準），與性別錯置惡習產生更高衝突的，譬如偷竊，殘暴，背叛，這些人於是較容易被諒解，更被平庸之輩原諒；同道之間更大幅度、更有效率、較不受質疑的某種私密連結，勝過包廂內人物的緊密聯繫，因為這種同道之間私密的聯繫，乃是基於一種身分，有它的癖好、需要、習慣、危險、歷練、知識、辭彙，而在這樣的私密連結裡，希望不被認出的成員，馬上會被認出來，藉由一些天生的，或者相互約定的記號，有些是無意中透露的，也有些是刻意表示的，這些記號向著替貴族關上馬車車門的乞丐顯明，身為大貴族的某人，就是一個同類，向著身為父親的人顯明，女兒的未婚夫是同類，在醫生身上，在神父身上，在前去看望的律師身上，那個想要得到療癒，想要告解，想要自我辯解的人，他認出了他的同類。所有的人都被迫要保守祕密，不過也擁有旁人所保守之祕密的一部分，是人類中其他的人所臆想不到的，而對於擁有如此的祕

27　«les garnis»〔舊式用語〕乃指以一星期或一個月認租的旅館套房。《二〇二〇年拉魯斯圖解大辭典》。**【譯者注】**。

28　這是攸關奧斯卡·王爾德（Oscar Wilde）之事，他經歷過一場訴訟，顯示他的同性戀屬實之後，於一八九五年被判服刑兩年苦役。出監後，他自我放逐到法國，於一九〇〇年客死異鄉。

29　維倪（Alfred de Vigny, 1797-1863）。〈參孫之怒〉（*La Colère de Samson*）。詩句80。（參見本書法文原典頁3。注1）。

密的人們，最不可思議的探險小說，對他們而言，是具有眞實性的；因爲在這種浪漫的、時序混亂的生活中，大使與苦勞役是朋友；王子帶著貴族教育給他的風騷，是戰戰兢兢的小資產階級所沒有的風采，他離開公爵夫人的家之後，會前去與流氓閒聊；這部分的人固然不見容於人群，卻是重要，在不引人懷疑之處原形畢露，目中無人，在讓人臆測不到之處逍遙法外；入會會員到處都有，在群衆裡，在軍隊裡，在會堂裡，在苦刑役場裡，在王位寶座上；至少一大群人，終究會與另一族群的人們生活在深情款款、卻危機重重的親密關係中，挑逗他們，樂於與他們談論他的惡習，彷彿是他身外之事，如此的遊戲不難做到，藉由別人的盲目或佯裝，此一遊戲可以延續數年之久，直到有一天醜聞爆發，在其中，這些駕馭者將被吞噬；在醜聞爆發之前，他們被迫隱藏自己的生活，強迫自己轉開視線，不去看那些他們想要注視的對象，專注他們目光在他們想轉頭不看的事物之上；被迫在他們的字彙中改變許多形容詞的陰陽性，相對於約束他們內裡的惡習，或說一般人姑且如此稱之的，這是輕微的社會性約束，所約束的對象不是別人，而是自己，而且方式上達到這個結果，讓自己不覺得這是一種惡習。不過有一些人比較務實，比較急促，沒有時間花在這樣的交換條件中，不能放下簡單的生活，做不到以合作關係來贏取時間，於是他們就自我形成了兩個社會團體，其中第二個團體的組成分子絕對只會包括與他們一模一樣的成員。

來自外省的窮人們會遭受如此的打擊，他們沒有人脈，除了雄心大志以外，一無他物，他們夢想有朝一日成爲名醫或者出名律師，心中尙無定見，身上尙無各種矯飾，打算快速加以裝扮，他們爲了巴黎拉丁區的斗室所購買的傢俱，是根據職業圈裡已經「功成名就」的前輩家中所觀察到的，完全學著前輩的樣式擺設傢俱，那是他們所企盼的自我定位，他們企盼自己出人頭地；前輩們的特殊癖好，在他們渾然不知的情況下所承接的，譬如對圖畫、對音樂盲目的順從，這或許就是獨一無二、鮮明又霸氣的獨特性——如此的前輩強迫他們缺席某些晚會，不前往對他們職涯有用的聚會，不與一些人相處，他們於是採納了這些人的談話方式，思考方式，穿著方式，梳理髮型方式。他們在社區中相互往來的對象只有同學們，要不然就是師長們，或者某個來到此地的同鄉及保護者，很快的，他們發現，有著共同特殊癖好的其他青年人會前來與他們接近，好像在小城裡，中學老師和公證人會彼此攀交情，兩人都喜愛室內樂和中世紀的象牙藝術品；他們的休閒活動以同樣的務實本能加碼，同樣的職業精神在他們的職涯中引導著他們，讓他們在公開活動中找得著這一切，而這些活動是沒有任何凡夫俗子可得其門而入的，唯有這些公開場合讓他們把舊菸盒、日本版畫、稀有花卉的愛好者凝聚在一起；基於學習新知的喜悅，切磋的好處，競爭的恐懼，在這些公開場合中，主導的氛圍如同在郵票交易所那樣，專家們的理解力彼此不差分毫，集郵者的對敵則是兇猛萬分。在咖啡館裡，他們各有專屬的桌子，沒有人知道這是哪類的聚集，是魚釣協會呢，或是文書秘書們的相聚，或是來自茵德地區兒女們的聚集，他們穿著那麼正式，以含蓄且冷漠的態度觀看時髦青年人，只敢暗暗偷瞥一眼，瞧一下這些竻「獅」們在距離幾公尺之處大聲聒噪，談論著情婦，就在這些人之間，愛慕著他們卻不敢抬起眼睛看的人們，二十年後，有些人即將進入國家學院的前夕，又有一些人屬於內圈的老朽將有機會知道，曾經風采最爲迷人的，現在成了肥胖又頭髮花白的德．查呂思，實際上與這群輕狂少年無異，只不過在別處，在另一環境中，在其他外在象徵符號遮蓋之下，帶著奇特的符號，其差異性誤導了他們，使他們的判斷失準。然而這些團聚或多或少都有斬獲；好像「左派聯盟」不同於「社會主義聯合會」，某個孟德爾頌派音樂協會相異於高等音樂舞蹈戲劇學校[30]，某些晚上，在另一桌，有些囂張人士讓

30　一八九八年就已有雛形的左派聯盟將導致支持瓦迪克—盧梭（Waldeck-Rousseau, 1899-1902）的共和派政府集團成形。「社會主義派聯合會」事實上是法國社會主義勞工聯合會，自一八八二年起由保羅．柏魯斯（Paul Brousse）帶動的法國社會主義，屬於一小撮的傾右圓融派。關乎高等音樂舞蹈戲劇學校（Schola cantorum），參見《富貴家族之追尋》。原典頁26。注1。文森．

衣袖下面露出手鐲，有時候在領口大開口處露出項鍊，他們的眼神緊盯著人不放，咯咯癡笑，笑聲乖張，彼此愛撫，儼然一群讓人避之唯恐不及的流氓國中生模樣，服侍他們的服務生，禮貌中蘊藏著惱怒，好像這是爲親德瑞福斯派人士服務的晚場，如果不是看在有小費可得的份上，就想逕自把警察找來。

正是這些職業導向組織的精神，而不是品味，讓孤獨者與他們格格不入，而且從一方面來看，這並沒有帶著太多的故作姿態，原因是這個精神本身所做的，只是仿效孤獨者自己，他相信，群聚性的惡習，對他們而言，與無法與人共享情愛，是同一回事，然而依然帶有些許的做作，因爲這些各自不同的區隔團體，就在回應各式各樣的生理典型的同時，也回應了一種病理變化或者社會變化。實際上，總有一日，孤獨者會融入這些組織，這種情形屢見不鮮，有時候單單是因爲疲於抗拒，因爲有它的方便性（就像那些原先持最反對態度的人，最後還是在家中裝設了電話，最終也款待了伊業納家族，或者終於在博登便利商店購物一樣[31]）。況且他們在這些地方通常都沒有受到善待，因爲在他們相當純淨的生活中，生活欠缺經驗，滿腦子塞滿夢想，這是他們在現況中所能做的，再再都加強了他們身上的女性化特質，而這些特質是有專業實力的人努力要抹去的。必須坦承的，在某些新近來到的菜鳥身上，娘娘腔不只會在男人內部與他連結，而是張牙舞爪的外顯，這樣的男人被激動得開始像個神經質的人那樣脫線，笑聲尖銳，雙膝和雙手抖動，完全不像個普通人的模樣，而更像目光憂鬱、眼圈泛黑的猴猻，一有好處就要抓住，身穿西裝禮服，打著黑色領帶；以至於透過最不貞潔者的判定，認爲這些新手的生活一定不很檢點，要接納他們則是難事一樁；大家還是接納了這些新手，他們於是取得了好處，通過貿易，大型企業的便利管道，改變了個人的生活，讓他們得以進入取得及至目前非得花費金錢才能獲取的罕見之物，甚至是難以尋見的，而現在他們在最爲廣大的群衆之中不能單獨發現的好處，全都排山倒海似淹沒了他們。不過，儘管有這些數不盡的紓困方式，對某些人而言，社會性的約束依然過於沉重，被徵召的人當中，尤其是那些社會性的壓迫還未在他們身上產生作用的人，這些人還以爲不屬於那一類的愛情，這是珍奇異類。我們現在暫且把一些人擱置一旁，這些人，在他們的傾向裡有著特殊的性格，讓他們自以爲可以勝過這些約束，他們藐視女子，將同性戀視爲偉大才子的特權，屬於光榮的時代，當他們找機會與人分享他們的嗜好時，比較不會找上他們心中認定爲此事先有所預備的對象，如同嗎啡毒癮者尋找嗎啡，反而是會找上那些他們認爲夠資格的人選，透過使徒般的熱情，如同其他人宣揚猶太復國主義，拒絕從軍，聖—西蒙主義[32]，素食主義，還有無政府主義。某一些人，如果出其不意的，於早晨躺臥著的時候被看見，顯出一頭美麗的女子秀髮，表情是那麼全面的帶著女子的象徵；頭髮本身爲此做了肯定；秀髮的波浪彎曲得如此女性化，鬆鬆散散的，自自然然的，一捲捲的滑落在面頰之上，以至於人們驚奇的發現，年輕女子，妙齡少女，剛剛醒來的葛拉蒂，

德・英迪（Vincent d'Indy）在此傳授作曲法，從一八九七年開始直到他一九三一年去世，一九〇九年查理・波爾德斯（Charles Bordes）死後由英迪領導。受到華格納音樂藝術強烈影響的他，毫不隱諱他的反猶太種族態度。至於菲利克斯・孟德爾頌（Félix Mendelssohn）這位猶太籍作曲家，曾是華格納的眼中釘。

31 在《細說璀璨之童年》文本中，伊業納家族（les Iéna）乃隸屬於帝國之貴族，不過卻不爲德・羅穆公主（la princesse des Laumes）所「認識」，德・羅穆公主乃是日後的德・蓋爾芒特公爵夫人（頁332），然而我們在《富貴家族之追尋》文本中知道，德・蓋爾芒特公爵夫人那時已經造訪過他們（原典頁501及後續文本）。馬烈伯林蔭大道（boulevard Malesherbes）之斐莉克斯—博登超商（Félix-Potin），位於聖—奧古斯丁廣場（la place Saint-Augustin），是賽莉絲特・艾芭瑞（Céleste Albaret）採買食物之處。

32 «le saint-simonisme»。克勞德・亨利・德・盧福瓦・德・聖—西蒙伯爵（comte Claude Henri de Rouvroy de Saint-Simon, 1760-1825），乃法國之哲學家與經濟學家。他參與美國獨立戰爭，法國大革命一開始，即與他的貴族身分作出切割。他的思想建立於科學之宗教精神與建置於工業新生階級之上，他爲全面性策畫及科技性社會主義訂準其意義。參見《工業人士之基要教義守則》（*Le Catéchisme des industriels*）。一八二三年—一八二四年出版。此書影響第二帝國時期之工業界甚鉅，諸如：貝瑞兄弟（les frères Pereire），F・德・雷瑟普（F.de Lesseps）等人。聖—西蒙主義（Le saint-simonisme）乃是由德・聖—西蒙伯爵及其弟子所推動之學說，其特質爲漸進式之工業改革主義，引發實證主義及社會主義思想。《二〇二〇年拉魯斯圖解大辭典》。**【譯者注】**。

無意識於她被關閉在一個男人的身軀之內[33]，竟然如此技巧的，自主的，沒有經過他人指點，就會利用最爲微不足道的出口，從監牢中脫身，找到了他所需的生命。或許這位有一頭美髮的年輕人不會說：「我是女兒身。」即使——有那麼多可能的理由——他與一位女子共同生活，他可以對她加以否認，對她發誓他從未與男子們發生過關係。就讓她看著美男子，如同我們剛剛顯示的他，躺臥在床上，穿著睡衣，烏黑頭髮之下，手臂和脖子都光溜溜。睡衣成了女子的衣衫，頭部是個漂亮的西班牙女郎。情婦驚訝不止，被這些在他面前展現的告白驚嚇，它們比起言語、甚至比起行動所能說出的還更坦白，假設如此的告白還未曾做過，它們再也不會錯失肯定此一事實的機會，因爲所有的人都會依循他所喜悅的去行事；如果這人不是品德太過敗壞，他會在異性身上取得他所尋找的愉悅享受。然而，對性別錯置者，惡習不是開始於他與人建立人脈的時候（因爲太多理由可以促使人建立人脈），而是當他從女子身上取得愉悅享受時。我們方才嘗試要描繪的年輕人，明明就是女兒身，帶著欲求看著他的女子注定會失望（除非她們另有特殊癖好），就像莎士比亞戲劇裡的女子們對少年人所喬裝的少女感到失望一樣。欺騙的幌子都一樣，連性別錯置者都知道，他猜想得到，一旦卸下喬裝，女子感受得到的是失落，對於性別錯誤認知所引人遐思的詩意她會多麼有感觸。況且，甚至對於他那要求嚴苛的情婦他不坦承（如果她不是女女戀者）：「我不是女兒身」，這也是枉費心思，在他裡面的女子是多麼狡猾，多麼機靈，多麼堅持如攀爬植物一般，無意識中又非常明顯的尋找著男性的器官！我們只需觀看如此捲曲頭髮披散在白色枕頭上，就明白了，夜晚，如果這位年輕人偷偷溜開雙親的掌控，不由得雙親作主，也不由得他自己作主，他要去尋找的，將不會是個女子。他的情婦大可懲罰他，把他關住，第二天，雙性人會找到方法去專注於一個人，就像牽牛花會拋出捲鬚，勾住那有木樁或是鐵耙的地方[34]。正當我們在這男子的臉龐上欣賞著他那細緻的線條，被他觸動，他是如此優美，如此自然，好像在男子們的友善性情中找不到這些，而這年輕人尋找的卻是拳擊手，爲什麼我們會因此而感到憂傷？這只是同一事實的不同面向。甚至那讓我們厭惡的面向才是最令人感動的，比起所有的細緻都還動人，因爲它代表一種無意識中的美好的努力，是來自本性的：藉由他自己認識了性別，儘管性別會欺哄，未經口頭承認的企圖依然出現了，爲了逃脫奔向社會起初犯下錯誤而把他拉開的遙遠之處。對一些人而言，那些人所渡過的童年全然屬於害羞的，他們不會在意他們所能得到的物質方面的愉悅享受，以至於他們將此愉悅享受連結於某個男性的臉龐。至於對另外一些人而言，他們極可能擁有最強烈的感官感受，給他們實質的享受位置施予強迫性的索求。這些人藉由他們的坦承，使多半的人震驚。他們或許是較不特定生活在土星[35]影響之下，因爲對他們而言，女子並不會像第一類的人那樣全然被排除，對這第一類人而言，女子們並不存在，除非有談話，調情賣俏，思想上的戀愛。然而第二類人追尋女女戀者，這樣的女子可以爲他們提供某個年輕人，增加他們與年輕人相處的愉悅享受；更進一步的，他們可以用同樣的方式，與如此的女子們取得同樣的愉悅享受，是與一個男子同處時相同的。對於那些愛上第一類男人的人而言，這就說明了，忌妒之所以會激發，只是因爲他們只能和男子相愛才有愉悅，而這男子是唯一可能被視爲背叛者的人。因爲他們不會參與在對女性的愛戀之中，他們實現對女性的愛戀只是出於習慣，而且爲了

33　影射獨眼巨人波利菲莫（Polyphème）所愛慕的葛拉蒂水仙（Galatée），普魯斯特似乎是想到居斯塔夫·默羅的油畫，《睡眠中的葛拉蒂》（«Galatée en plein sommeil»），一八八〇年送至藝術沙龍展覽的作品。波利菲莫（Polyphème）：［希臘神話］在《奧德賽》中之獨眼巨人，囚禁了尤利西斯及其同伴。尤利西斯將獨眼巨人灌醉，並刺傷他的眼睛後逃脫。《二〇二〇年拉魯斯圖解大辭典》。**【譯者注】**。

34　梅德林克（Maurice Maeterlinck）在《花朵之智慧》一書中如此描述牽牛花：「我們之中曾經在鄉下生活的人，有很多機會欣賞到此一本能，有一種眼光引導著五葉地錦以及牽牛花的捲鬚，朝向靠置在牆上的鐵耙或鐵鍬的木柄。」（頁26）。

35　根據星象學傳統說法，通常主導逆性之愛與性別錯置之愛的星球是土星，如同魏爾倫（Paul Verlaine）在《土星之詩》（*Poèmes saturniens*）中所描述的那樣。

替自己保留結婚的可能性，一方面了解到婚姻所能給的愉悅是那麼稀少，他們不能忍受他們所愛的男子享受婚姻的愉悅；至於第二類的男子經常引來的忌妒，是藉由他們對女子的示愛。原因是，這類男子在與女子的相處關係中，他們所扮演的角色是女女戀中的第三者，女子同時所賦予他們的，差不多是他們在男子身上所得到的，以至於心中有了忌妒的男性朋友受著苦，因爲他感受到他所愛的男子緊緊的被扣在一個女子身上，而這女子對忌妒者而言幾乎就是一個男子，同時忌妒者覺得他幾乎抓不到他所愛的男子，因爲，對這些女子而言，他是忌妒者所不認識的男子，他是某種娘娘腔的人物。我們不必談論這些輕狂少年們，他們藉由某種孩子氣，爲了調侃他們的舊識，驚嚇他們的雙親，開始以某種狂熱的方式，只選擇女洋裝的衣服，抹紅他們的雙唇，描黑他們的雙眼；讓我們把這些人擱置一旁吧，因爲就是這些輕狂少年，我們後來會看見他們要花上一輩子的時間去嘗試彌補過失而徒勞無功，我們後來會發現他們承擔了他們矯揉造作的殘酷後果，藉由他們嚴肅的穿著，新教徒式的，要修補他們自己所造的孽，當時他們被同一個惡魔沖走，這惡魔也促使聖—日耳曼富堡貴族區的年輕女孩過著駭人聽聞的生活，破壞所有的生活規範，嗤笑她們的家庭，直到有一天，她們決定回頭是岸，卻無法重登上坡之路，那斜坡曾經使她們覺得那麼有趣，更好說，那斜坡只能帶著她們一路溜滑下去。最後，我們要暫時留到以後再談的，是那些與蛾摩拉城簽了契約的男子們。當德·查呂思先生認識這些人的時候，我們再來討論。我們也要把所有這些人擺著，有的是這一類，有的是那一類，他們將會輪番上陣，這個首度發表的報告，我們就要打住了，我們只對起頭開始說到的那些人再稍稍做個說明，就是孤獨者。孤獨者以爲他們的惡習並非一般人所有，在發現惡習的那天，他們就獨居起來，他們身上與惡習共處已久，卻不知情，比其他人花了更長的時間才知道這事。因爲起初沒有人知道他究竟是性別錯置者，或是詩人，或是攀龍附鳳心態追求者，或是壞蛋。就像國中生學習情詩，或者看淫穢圖畫，於是當他依偎著一個同學，僅僅是想像著與他心靈交會，如同女子那樣的期待。

他又如何能相信他自己與別人並不相似，他所感受到的，他所能認出的其中的成分，就是在他閱讀德．拉．法業夫人，拉辛，波特萊爾，華特．司各特的時候，那時他還沒有能力自我檢視，哪來的能力意識到他自己所以爲是附加部分，雖說情感雷同，對象卻是有異，他們所企求的是羅伯—洛瓦，而非黛安娜．維儂[36]？他們中間的許多人，在有智慧看清楚事情之前，絕對的謹慎引領著本能，他們的臥室鏡子和牆壁上貼滿了女演員的彎腳彩色圖片；他們寫的詩歌類似：

克蘿葉，我世上之至親，
她美好無比，她髮色泛金，
戀愛滿溢，在我心。

難道要在這些人生的起頭放置一種品味是他們在後續人生中不再品嚐得到的，如同孩童金色捲髮，後來必須轉成深咖啡色？有誰知道，女子的相片豈不會啓動虛情假意，對於其他的性別錯置者，深惡痛絕也是肇始於斯？對孤獨者而言，虛僞正是使他們苦不堪言的。或許猶太人的例子，屬於不同的群體，還不足以清楚解釋教育對他們如何發生不了作用，經過如何講究的過程，他們才回得過頭來，或許不是回到像輕生這種非常可怕的事上（發了瘋的人，不論人們採取什麼預防措施，總是走回頭路，才把他們從投河自盡的水中撈起，他們又服了毒，又給自己找來一把左輪槍，等等），而是回到一種生活中，其中屬於另

36 《羅伯—洛瓦》（*Rob-Roy*）是華特．司各特（Walter Scott）的一本小說（一八一七年發表）：羅伯—洛瓦，蘇格蘭籍盜匪，性情浪漫，助長黛安娜．維儂（Diana Vernon）與法蘭西斯．歐斯拔迪司棟（Francis Osbaldistone）之間的戀情。

一族群的人們不但不能了解他們，不能想像，也痛恨他們所需要的歡愉，生活中也還有常見的危險，揮之不去的羞恥感，在在都讓他們覺得害怕。或許，爲了描繪這些人，該想到的，要不是難以馴服的動物，就是原以爲已被馴服的小獅子，至少對認爲白人的舒適生活是遙不可及的黑人而言，獅子依然是獅子，寧可喜愛危機重重的狂野生活，以及他那不能合理化解釋的快樂。當他們發現不但無法欺人也無法自欺的日子來到，他們會到鄉下去生活，因爲害怕闖下大禍，因爲懼怕被引誘而逃離他們的同類（他們以爲人數不多），羞恥感也讓他們逃離人類所有其他的人。由於從來都不曾眞正的成熟，他們落入抑鬱中，偶而，在一個沒有月光的週日，他們將沿路散步直到一個十字路口，就在這裡，不必吐露任何一句話，他們居住在鄰近城堡的一個童年玩伴已經來等著他們。他們在草地上，在夜晚，沒交換一句話，重新開始以前的遊戲。整個星期當中，他們互相拜訪，胡言亂語一通，對已經發生過的事不作任何影射，完全像是什麼事都沒做過，應該沒做過任何事那樣，只是，他們的互動關係中帶著些許冷漠，有點諷刺，有點易怒傾向，還帶著懷恨，有時怒目相視。之後，鄰居的朋友出發了，去做一次高挑戰性的旅遊，騎著馬，騎著騾，爬上尖山，睡臥雪地；他的朋友確認了自己有惡習的身分，個性卻是軟弱，羞羞愧愧離群索居，他明白了，處在離開海平面數千公尺以上的高度，被解放了的朋友再也不會生活在惡習中了。事實上，另一人是結婚了。被遺棄者的病依然好不了（儘管看得見性別錯置可被治癒的案例）。他要求自己於早晨在廚房裡親手從酪農小男生的雙手接受鮮奶油，夜晚當欲求激動他到無法自拔的時候，他會出走，直到在路上逮到一個醉漢，甚至動手調理盲人的衣袍。或許某些性別錯置者的生活看來似乎有時候改變了，他們的惡習（如同一般人所說的）不再出現在生活習性之中；然而舊物甩不掉：藏匿的珠寶又被找返回了；當患者尿量減少了，那是因爲他的流汗更多，然而，排便經常是必需的。有一天，這位男同性戀者失去了一位年輕的表兄弟，在他難以撫平的痛苦中，您了解了，他的欲求曾經轉了個彎走到這樣的愛戀當中，這可能是個貞潔的愛，在這愛中所強調的是更多尊重，而非擁有，如同在預算中，總額不變，而某些花費轉到另一個活動上。如同病患的蕁麻疹突然發作，讓他平常的不舒服消失不見了，對年少親戚所表達的純淨之愛，在性別錯置者身上，似乎透過轉移，短暫時間中取代了舊習慣，這些習慣總有一天要回歸到原來的地位，是曾經被替代過、被醫治了的毛病。

孤獨者他那已婚的鄰舍又返回了；面對年輕妻子的美貌，以及她的丈夫對她所表現的溫存，當這位朋友非得邀請這對夫婦來用晚餐的那日，他為他的過去感到羞恥。由於有了身孕的妻子得要早早回家，留下了她的丈夫；這位當丈夫的該回家的時間到了，要求他的朋友帶他走一小段路，首先並沒有任何可疑的念頭，不過，走到十字路口，二話不說，他就被這位不久就要當父親的登高山者推倒在草地上。他們的邂逅重新開始了，直到有一天，年輕妻子的表兄弟在他們家不遠之處定居，這位丈夫現在經常與他散步。當被遺棄者前來看這位丈夫，想要與他接近時，這個當丈夫的怒不可遏，氣憤憤的推開他，表示他這人沒有眼色，已經到了這種時候還感覺不到他只會帶來厭惡。有一次竟然有個陌生人被不忠的鄰舍差了來；可是，被遺棄者太忙了，不能款待陌生人，後來才明白陌生人之所以來到，是為了何種目的。

於是孤獨者獨自落寞。他唯一的愉悅享受，就是前往鄰近的海水浴場，向火車鐵路員工打聽消息。可是這位員工升遷了，被派到法國遙遠的他方；孤獨者不再能前往問他火車時間表，頭等艙票價，在他如同葛梨賽里迪斯[37]回到他家的象牙塔尋夢之前，他先在海灘上逗留，好像一個怪異的安德洛媚德沒有任

37　葛梨賽里迪斯（Grisélidis）乃一傳奇女主角，曾經分別由薄伽丘（Boccace）和佩羅（Perrault）編入敘事，由於她的忠貞受過考驗，成為身為人妻者之貞節象徵。《葛梨賽里迪斯》（*Grisélidis*）乃是由艾蒙・席維斯特（Armand Silvestre）與猶金・莫翰（Eugène Morand）共同編寫的戲劇，於一八九一年在法國國家劇院（la Comédie Française）演出，一九〇一年由瑪瑟內（Massenet）譜曲，於巴黎喜劇歌劇院（l'Opéra-Comique）演出。

何艾爾戈諾特前來救援[38]，宛如一隻無孕育能力的水母將在沙灘上死去，他或者慵懶的站在月台上，在火車未啓動之前，投射眼光在旅遊人群中，眼光似乎不聚焦，帶著不屑，或者游移不定，朝向另外一族群的旅遊者，可是這眼光，就像某些昆蟲裝飾在身上的發光體，爲了吸引同一類型的昆蟲，或者就像某些花朵所提供的花蜜，爲了吸引昆蟲來授粉，騙不了那個屬於太獨特愉悅、幾乎難得尋見的玩票者，既然自願送上門來給他了，反倒是有困難將這位同伴做個安置，和他說些大逆不道的言語，是我們這位玩家所在行的；頂多月台上有個衣衫襤褸的人看來好像對這個語言有興趣，但僅僅是爲著物質方面的好處，就像那些人去法國高等書院聽課，講堂裡講授梵文的教授，所面對著的是空無一人的教室，目的只是爲了給自己取暖。水母啊！蘭花啊！當我隨著本能反應時，在壩北柯的水母讓我厭惡；不過如果我知道觀看水母，從自然史和美學的角度觀察，像米榭勒那樣，我所看見的，會是美妙的蔚藍花簇般的燭光[39]。牠們豈不像是帶著絲絨透明的花瓣，如同海中淡紫色的蘭花？如同那麼多動物界及植物界的受造物，如同製造香子蘭果實的植物，然而因爲雄性器官與雌性器官之間有所間隔，如果不是由一些蜂鳥或某些小蜜蜂傳授花粉給彼此，或者不是藉由人工授粉[40]，這些植物會一直處在不授粉的狀態，德·查呂思先生（在此地授精這個字必須以精神意義採用之，因爲以實質意義來看，男性與男性的結合是不會帶來受孕的，不過，一個個體能夠遇見他唯一有能耐品嚐得到的愉悅享受，這並非一件無關緊要之事，「在今世，所有的心靈」都有能力賦予某人「他的音樂，他的火焰，或者他的香氣[41]」），德·查呂思先生就是屬於這些男子，而且足可稱之爲個中之翹楚，因爲儘管此一類的人數眾多，相對於別人容易達到滿足他們性方面的需求，男爵的稱心如意之感，則是需要依附在太多條件的巧合上，要面面俱到是難上加難。對類似德·查呂思先生這樣的男子而言（但不絕對保證有些逐漸顯明的妥協將會發生，而且我們已經可以預先感覺得到，基於愉悅享受的需求，爲了此一愉悅享受，將會有勉強半推半就的委身），互相的戀愛有那麼大的困難，自然不在話下，有時候，平庸之輩所遇見的困難，是無法克服的，再加上一些如此特殊的困難，導致對所有人而言，這是鳳毛麟角之事，對這些非平庸之輩而言，幾乎是難如登天，而他們眞正有幸福感的相遇果眞發生了，或者本性促使他們有如此感覺的話，他們的幸福，比起正常戀愛者的幸福，更有過之而無不及，屬於非比尋常、百中選一的選擇，有其極深的必要性。卡必烈及蒙泰茛兩家族之間的世仇算不得什麼，相對於各式各樣的

---

38 拯救安德洛媚德（Andromède）的是佩爾劦（Persée），而非艾爾戈諾特（Argonautes）中之一位。臥病又與世隔絕的普魯斯特以安德洛媚德自況。在一九〇二年六月一封信中，他向安端・畢培斯柯（Antoine Bibesco）請求原諒他的建議，這建議「反應在我身上有著屬於男性安德洛媚德的主觀心情與忌妒心理，一往如常的，安德洛媚德被綁死在岩石之上，看見安端・畢培斯柯離去，心痛如絞，更痛心的，是無法與他同行去遠方。正因如此，我反對參與社交活動的建議，若要了解，或許就是宛如針對這首出神入化的詩所說出的一種潛意識、教導式、貶抑式表達：『可憐的花對天空中的蝴蝶說：／別逃啊！〔…〕我留下了，／你卻要走！』」（«La pauvre fleur disait au papillon céleste: / Ne fuis pas ! [...] Je reste, / Tu t'en vas !»）《魚雁集》。第三冊。頁61）。這是維克多・雨果（Victor Hugo）寫在《黃昏之歌》（*Les Chants du crépuscule*）第二十七首裡的詩句，曾被顧當斯（Coutance）引述於他著書之序言中，也被普魯斯特引述於《所多瑪與蛾摩拉 第一集》手稿裡。

39 米榭勒（Jules Michelet）在一八六一年出版的《大海》（*La Mer*）一書中，如此描述水母：「在那裡，一些貝殼都畏縮著，不敢露臉，忍受著無趣的呆滯。在這些貝殼中間，牠沒有甲殼，沒有隱蔽，大大開展著活活潑潑的傘狀物〔*sic*〕，牠靜止不動，我們給的稱呼並不太靈光，稱之爲水母。爲何用一個如此可怕的名稱，給予一個如此有魅力的活物？」（小開本。頁151）。「這些水母體型很大，呈現白色，游過來時，姿態甚是美麗，如同大型水晶吊燈帶著絢麗的花簇式燭光，由閃爍的陽光帶來寶石」（頁153）。普魯斯特已經使用過水母此一饒富詩意的描述，來描寫康樸蕊的蘆筍（參見《細說璀璨之童年》。原典頁119。注1）。

40 普魯斯特描寫香子蘭果實的授粉的靈感（參見《富貴家族之追尋》。原典頁500），取自以利・梅契尼可夫（Elie Metchnikoff）所著之書：《人類本性之研究，樂觀哲學之論述》（*Etudes sur la nature humaine.Essai de philosophie optimiste*）。馬松（Masson）出版社。一九〇三年出版。頁23－24。爲了在《細說璀璨之童年》文本中描寫「鑽地胡蜂」（«guêpe fouisseuse»），普魯斯特已經使用過此書。（參見原典頁122。注1）。

41 雨果之《內心之音》（*Les Voix intérieures*）詩集。第十一首。此詩起頭如下：「由於今生之心靈／給予某個人／他的音樂，他的火焰，／或者他的香氣〔…〕。」（Puisqu'ici-bas toute âme / Donne à quelqu'un / Sa musique, sa flamme, / Ou son parfum [...]»雷納多・韓恩使用這首詩寫了他的處女作樂曲，曲名爲《夢之聯想》（«Rêverie»），發表於一八八八年。

攔阻都要一一被克服，相對於大自然必須在少見的偶發機會中作出特殊的排除，讓偶發機會帶來戀情，之後，才有想好端端離開前往工作室，卻一顧三徘徊，訝異不止的老背心裁縫師傅，定格在發了福的五十歲男爵前面，帶來戀愛的機會。對這位羅密歐與這位茱麗葉而言，他們有充分理由相信，他們的戀愛不是出於短暫的任性，而是由於他們性情上的琴瑟和鳴所帶來的命中注定，不是僅僅藉由他們自己的性情，還藉由他們祖先的性情，藉由來自更遙遠的傳承，在他們出生之前已經隸屬於他們，這人將他們拉近關係，促使他們聯姻，其力道之強勁，猶如導引我們活過前生各種環境的那股能力。德·查呂思先生讓我分了神，沒看見熊蜂是否帶給了蘭花所期待已久的花粉，若非拜此稀奇罕見的偶然所賜，蘭花沒有任何機會獲得花粉，我們或者可稱之爲一種奇蹟。可是我方才所觀賞到的，也是一種奇蹟，幾乎屬於同一類型，而且更是神奇。一旦我以這個觀點來看待此一邂逅，一切都讓我覺得加上了美麗的印記。最爲不可思議的巧計，是由大自然所發明，用來強迫昆蟲確保牠們授粉給花朵，沒有這些昆蟲，花朵將無計可施，因爲雄性花朵距離雌性花朵太過遙遠，或者這朵雌性花朵是藉由風吹來進行花粉的傳送，讓花粉較容易從雄性花朵身上帶走，在風吹過境時更容易被雌性花朵抓住，一方面除去不必要流出的花蜜，因爲沒有必要吸引過來的昆蟲，還有，這樣的雄性花朵，爲了讓花朵適當的保留住它所要的花粉，那唯一能使這花朵受孕結實的花粉，就會讓花朵流出一種滅菌汁液使其他花粉無法發揮功效[42]——依照我的看法，這些由大自然所發明、最爲不可思議的巧計，都還不夠神奇，另有性別錯置者變老之後的次級品種存在：這些男子不被所有的男子吸引，而是——藉由一種相互搭配及和諧現象，類似那些處理由三種異類花朵授粉[43]而受孕之品種，如**千屈菜**[44]——單單被比他們自己更年長許多的男人所吸引。關乎這種變種，朱畢安方才提供給了我一個例子，相較於其他的例子則不是那麼動人，這些其他的例子，儘管罕見，仍是人類的藥草採集者，道學的植物學家所能觀察到的，例子所呈現的是一位纖弱的青年等待強壯且發了福的五十歲男士給他好處，年輕人則是對於其他年輕人所給的好處漠不關心，正如短花柱的**黃花九輪草**[45]，只要這些雌雄同體的花朵它們的授粉是來自其他也是短花柱的**黃花九輪草**，授粉就沒有功效，反倒是這些花朵會欣然接受來自長花柱**黃花九輪草**的花粉。再說，至於德．查呂思先生的情況，我後續所了解的，就是對他而言有各種不同類型的結合，其中某一些結合，藉由他們的多元性，他們幾乎看不見的瞬間表現，尤其缺少行動者兩造之間的接觸，這使我們更想起同在一個花園裡這些花朵，被授粉，是藉由鄰近一朵花的花粉，是它們後來都不會接觸的。事實上，的確是有某些人，只要被他要求前來他家中，讓他在幾個小時之中以言語霸凌，那麼，他在某個邂逅場合被燃起的欲求就平息得下來。單單藉由言語，結合之舉就已完成，這樣的結合簡單得就像可以發生在纖毛蟲網身上一樣。有時候，也就是他與我之間曾經有過的經驗，那天晚上，在德．蓋爾芒特家晚宴結束之後，我被他要求見面，男爵的滿足是多虧有機會讓他劈頭蓋臉的臭罵訪客一番，如同某些花朵，多虧有了彈力，遠距離將花粉拋擲給昆蟲，昆蟲於是不知不覺成了尷尬的媒合者[46]。當德．查呂思先生從被制伏者變成了制伏人者，他覺得自己的焦慮被鍊淨了，被安撫了下來，就立刻把造訪者趕走，造訪者已經不再成爲男爵渴求的人選。總之，性別錯置這種事體，本身是源自性別錯置者太靠近女子，以至於

42 所有這一段新的植物性發展是由顧當斯之序言取得靈感，特別有關這裡所言：「不合適該類種授粉的花粉會靜止不動，停留在接受此一花的柱頭之上，彷彿此一花粉歸屬於本質上非常遙遠的植物。」另可參見《花朵之智慧》。頁66：「加斯東．彭尼耶（Gaston Bonnier）非常新近的實驗似乎證明，每朵花爲要維持它的花種，會分泌毒素來摧毀所有異類的花粉，或讓所有異類的花粉被滅菌。」

43 Trimorphe：〔固定不變之形容詞〕〔化學用語〕乃指可在三種不同之系統下結晶之物。【譯者注】。

44 Lythrum salicaria：千屈菜。【譯者注】。

45 Primula veris：黃花九輪草。【譯者注】。

46 參見《富貴家族之追尋》。原典頁536－548。根據《花朵之智慧》一書，森林中的馬先蒿，雄蕊「一個接著一個的，口大開著，過來擊打昆蟲，並且灑下細細的花粉在它身上」。（頁51）。

無法與她發生有用的關係，性別錯置是與一個更高的法則兩相連結的，這法則使得那麼多的雌雄同體花朵無法延生後代，它們透過自我授粉而導致無法繁殖。眞實的情況是：男性的性別錯置者，通常以找到與他們同樣娘娘腔的性別錯置者爲滿足。只要他們不是女性即可，他們身上有個肚臍眼，是他們不會加以使用的，這樣的事會發生在那麼多的雌雄同體花朵上，甚至發生在某些雌雄同體的動物上，就像蝸牛[47]不可能自己授精給自己以繁衍後代，而是要藉由其他的雌雄同體的動物，來達成繁衍後代的目的。在這方面，樂見自己與上古東方時代或者希臘黃金時期兩相連結的性別錯置者，還想要上溯到更早期的時代，到那些實驗時期，那時雌雄異株花卉或單一性別動物都還不存在，在那雌雄同體原始時期，其中，在女體解剖中發現少部分的男性器官，在男體解剖中發現少部分女性器官，這似乎留下了一些跡象[48]。對我而言，我覺得朱畢安和德‧查呂思先生之間的啞劇表演起初很難理解，非常奇特，就像依據達爾文的見解所言，這些是傳遞給昆蟲的挑逗動作，由複合式花朵作出，花朵上屬於頭狀花序的半長花飾們會高高舉起，好讓自己遠遠的就被看見，就好似某些同時具有長短花柱的花朵會轉動它的諸多雄蕊，將雄蕊彎曲，好阻擋昆蟲的去路，給昆蟲沐浴一番，就像花蜜所發的香氣，花冠的豔麗色彩，吸引了這個時候在中庭裡的昆蟲。從那天開始，德‧查呂思先生應該就把拜訪德‧薇琶里希斯侯爵夫人的時間做了更動，他在其他地方不能更方便看見朱畢安，因爲就像下午的陽光以及小矮樹的花朵對我一樣，應該也會連結到男爵他的回憶之上。再者，他還不僅將朱畢安一個個推薦給德‧薇琶里希斯侯爵夫人，給德‧蓋爾芒特公爵夫人，推薦給一大票有地位的顧客群而已，她們因此更穩定的來照顧年輕繡花女工的生意，而幾位不肯接受推薦的仕女遲遲不來，於是就成了男爵毫不客氣地加以批評的對象，要不就是她們給了示範，要不就是她們激起了他的怒氣，原來她們都是有意群起抗拒男爵所要發揮的高高在上的權柄；他把朱畢安的地位安排得越來越有好處可撈，甚至最後把他納爲個人秘書，把他安插在一些工作條件之中，我們在後續文本中將看得到。「啊！

朱畢安這人可過著好日子呢」，芙蘭絲瓦說了這話，她傾向縮小或誇大一些善舉，端看那些善舉是別人做給她的，還是做給其他人的。在這點上，因爲她誠心愛著朱畢安，她倒是不需要加油添醋，或感到羨慕，「啊！男爵眞是個大好人，她又補上一句，那麼好，那麼敬虔，那麼規規矩矩！如果我有個待字閨中的女兒，又是個上流社會的有錢人的話，我閉著眼睛也會把女兒嫁給男爵。……」——「可是，芙蘭絲瓦，」母親緩緩說道，「您的女兒是缺不了婆家的。您記得您已經把她許配給朱畢安這家人了。」——「啊！眞是的，」芙蘭絲瓦答道，「這又是一位會讓女子非常幸福的人。固然富人和窮光蛋都有，本質上都沒關係。男爵和朱畢安，眞的都是同一類型的。」

此外，面對第一次闡明的眞相，我誇大了非得精心安排才得以結合的選擇性，當然，每一個與德·查呂思先生相似的男子都是特別的受造者，因爲如果他對生活中的機會不作出讓步，基本上，他要尋找的，

47　關乎蝸牛，參見雷密·德·辜孟（Rémy de Gourmont）所著，《愛情之生理。性欲本能之論述》（*Physique de l'amour. Essai sur l'instinct sexuel*）。法國信使出版社一九〇三年出版。頁140。辜孟（Gourmont）關乎自然的表現應該被道德懲處的立場重新出現在《所多瑪與蛾摩拉　第一集》文本中。

48　亞里斯多凡（Aristophane），在柏拉圖的《饗宴篇》（*Le Banquet*）中，藉由人類起源的傳說，說明不同的形態的愛情：在宙斯（Zeus）沒有將他們一分爲二之前，人有三種，一個是帶有兩個男性的身軀，一個帶有兩個女性的身軀，還有一個既是男又是女的身軀，或者說是雙性人。被一分爲二之後，每個人都在尋找另一半，好再重新組成原來的合一體。達爾文的想法認爲性別的分割在物種的演變中是晚期才有，他也持同樣的肯定態度，認爲性別錯置是「源自雌雄同體」。我們原以爲普魯斯特將性別錯置合理化，以此方式，讓性別錯置者顯得無辜。不過，吉爾·德勒茲（Gilles Deleuse）以正確的立場明白指出：普魯斯特式的理論曖昧不明：「受咒詛或有罪的族類，這是一個完全纏擾不清的議題〔…〕將無辜的主題建置在植物類的兩性繁衍之上。」參見《普魯斯特與符號》（*Proust et les signes*）。法國大學出版社（PUF）。一九七〇年。第二版。頁145。事實上，普魯斯特的學理，正如十九世紀後期之二十五年間之醫學，是一種概念：雞姦，是違逆天性之惡習（vice contre nature），又是疾病（maladie），是意志力上的惡行惡狀（monstruosité de la volonté），又是「先天性畸形之病態」（«anomalie congénitale morbide»），是道德敗壞（perversité），又是性別錯置（perversion）。克拉夫特—艾賓（Krafft-Ebing）如此表達了看法。

是另一族群的男子之愛，也就是戀愛著女子的男子（而這人是不可能愛慕他的）；我方才看見朱畢安在中庭圍繞著德．查呂思先生轉，如同蘭花向著熊蜂賣俏示好，這些可憐的人物，他們其實是一大群，不像我原先以爲的少數例外，誠如我們這本書後續所要說的，其理由只能到最後才揭曉，這一大群人自己所哀嘆的，就是他們爲數衆多，並非屈指可數。因爲如同《創世紀》[49]所記，城中的喊叫聲已經上達永恆上主面前，兩位被安置在所多瑪城門口的天使想知道城裡居民是否全然都在做這些勾當，而上主選派來了兩位資格非常不符的天使，眞是不幸中的大幸，其實上主應該把這個查訪的任務交由城內的一個男同性戀者來執行。這男同性戀者有他的藉口：「身爲六個孩子的父親，我有兩位情婦，等等。」如此的托詞也不會讓帶著火焰的劍[50]自願下垂，舒緩懲戒。上主有可能答道：「沒錯，你的妻子因爲忌妒而受著折磨，即使你的妻子、情婦不是經由你從蛾摩拉城選出，你還是與看守賀布隆羊群的牧人夜夜渡著春宵。」而他就有可能立即要求這人掉轉回頭，朝向將被降下烈火及硫磺毀滅的城市回去。相反的，所多瑪城所有抱愧蒙羞的男同性戀者都被放了一馬而逃離了，即使他們看見一個年輕小夥子，如同羅得的妻子那樣會轉過頭來看，卻沒有像她那樣被變成一根鹽柱[51]。以至於他們有了衆多的後代，這個舉動對他們而言都是稀鬆平常的，好像窮極無聊的女子所作的，轉過頭來佯若無事的觀看櫥窗後面展示的鞋子，實際上是把頭轉向某個大學生。這些所多瑪城的後代如此衆多，以至於我們可將《創世紀》那段經文運用在他們身上：「若有人能數得過來地上塵土有多少，就數得清楚這類後代的人數有多少[52]」，他們定居在全地上，執掌了各行各業，連最封閉的俱樂部都進得去，當一個所多瑪城的人進不來時，最爲焦躁不安的，絕大部分都是男同性戀者，可是他們會針對男同性戀口誅一番，他們都繼承了說謊的本領，這是他們祖先能逃離受咒詛之城的伎倆。有一天他們有可能重返那座城。當然他們在所有國家中都逕自形成了一個東方團體，有教養，懂音樂，愛讒謗，優點可愛，缺點也令人難以忍受。在接下來的後續文本中，我們將會以更深入的方式看清楚這些人：不過，我們有一個致命的錯誤，在此先刻意做個暫時性的預告，其內容是要創造一種親愛所多瑪城居民的運動，要再重建所多瑪城，就好像大家鼓勵錫安運動[53]一樣。然而，剛一到達所多瑪城，男同性戀者就又離開了，免得顯出他們是歸屬這城的人，況且他們在其他城市中間，既是娶妻又是包養情婦，參加所有合宜的娛樂活動。他們只有在極大需要的日子裡，當他們的城市空無一人時，才又回去所多瑪城，正值餓狼非得走出森林的時候，也就是說，總括來看，一切事情的發生，在倫敦，在柏林，在羅馬，在彼得格勒[54]或在巴黎，都是如出一轍。

49　參見聖經《創世紀》十九章1節，以及十八章21節。普魯斯特以自由的方式，重寫了所多瑪城被毀滅的歷史，根據聖經，逃出該毀滅之城的，只有羅得而已。

50　天使帶著火焰的劍出現在亞當和夏娃被趕出的伊甸園。參見聖經《創世紀》三章24節。然而兩位（沒有佩劍的）天使觀看所多瑪與蛾摩拉被毀。所多瑪與與伊甸園因此被混爲一談。

51　聖經《創世紀》十九章26節，羅得的妻子逃離了被毀的所多瑪城，然而她罔顧禁令回頭觀看，因而變成一個鹽柱雕像。**【譯者注】**。

52　聖經《創世紀》十三章16節：上主對亞伯拉罕（Abraham）說：「我會使你的後裔如同地上的沙那麼多，因此，若有人能數得過來地上的沙，他才能數得過來你的後裔。」也可參見聖經《創世紀》二十八章14節：這經節屬於上主對睡夢中的雅各（Jacob）所做的應許，應用在雅各的後裔上，而不是應用在所多瑪城逃脫者的後裔上。如此的歪曲結果是將亞伯拉罕及雅各的後裔，與同性戀族群，錫安城和所多瑪城，做了不恰當的認同。

53　《le mouvement sioniste》，錫安主義，原先屬於宗教奧祕之流傳，與彌賽亞之來臨有關聯，十九世紀後半葉形成一種政治性之謀略。一八九六出版《猶太人之國》（*L'Etat juif*）一書之作者T．赫茲（T. Herzl）賦予錫安主義教義性之內容，爲要贖回巴勒斯坦（Palestine）地土，一九〇一年成立「猶太國成立基金會」。一九一七年巴勒福（Balfour）宣言預告將有一個猶太國家之家園將要建立，引來歐洲猶太人大量回歸。一九四八年以色列建國，賦予錫安主義一股強大之政治力量。《二〇二〇年拉魯斯圖解大辭典》。**【譯者注】**。

54　《Pétrograde》爲俄羅斯之城：聖—彼得堡，一九一四—一九二四年間稱爲彼得格勒（Petrograd），一九二四—一九九一年間稱爲列寧格勒（Leningrad）。《二〇二〇年拉魯斯圖解大辭典》。**【譯者注】**。

不論情況如何，那天，在我造訪公爵夫人之前，我沒有想過這麼多，而且我很遺憾，或許正注意觀察著朱畢安－德．查呂思的結合，因而錯過了看見花朵被熊蜂授粉的機會。

所多瑪與蛾摩拉 第二集

第一章

在社交場合中的德．查呂思先生。——某位醫生。——德．符谷拜夫人別具特色的臉龐。——德．艾琵鍾夫人，育白．羅伯特的噴泉，以及開懷大笑的烏拉迪密大公爵。——德．艾孟谷夫人，德．希德麗夫人，德．聖—鄂薇特夫人，等等。——斯萬與德．蓋爾芒特親王之間的奇特談話。——電話中的愛蓓汀。——再度駐留壩北柯前的造訪活動。——抵達壩北柯。——沉潛心靈之悸動。

我並不急著赴德．蓋爾芒特府邸的晚宴，因爲沒有把握已經受邀[1]，我在外頭閒逛著；夏日時光看來並不比我更急著移動。雖說是九點多了，陽光依舊賦予協和廣場上埃及盧克索方尖碑光澤，讓它看來像一條粉紅色的牛軋糖。隨後，陽光微調了色澤，將方尖碑改爲金屬材質，使它不僅變得更加貴重，似乎又把它削得更爲纖瘦，近似柔軟。想像中，我們似乎可以把它扭曲，或許也可稍讓瑰寶變形。月亮正掛在天

1 攸關主人翁疑惑是否已受邀請參加晚宴之事，參見《富貴家族之追尋》文本中，原典頁549所記。

空，如同細心去了橘皮的一瓣橘肉，略帶損痕[2]。稍後卻是硬度十足的黃金打造了懸月，一顆可憐的小星星躲在她後面，成了孤獨月兒的唯一伴侶，於是這代表東方的象徵，護衛著孤星的懸月，揚起她那寬大又美妙的金色彎鉤，無敵的兵器，壯起膽、闊步向前移。

在德·蓋爾芒特親王妃府邸對面，我遇見了德·夏德羅公爵；我忘了半小時之前不請自來的恐懼還折磨著我——它不久將重新揪住我。我們會擔憂，幸好有分心事兒讓我們遺忘，有時候危險時刻已經過了大半天，才又想起來。我向年輕的公爵問了安，就進入府邸。在這裡，我得首先記下一個微不足道的情況，它將使人明白不久就要發生的事情。

正如之前好些個晚上，今晚有個格外想念德·夏德羅公爵的某人，他不免疑惑來者究竟是誰：那就是德·蓋爾芒特夫人家的守門員（我們當時稱之爲「吼門員」）。德·夏德羅先生根本談不上是親王妃的親密來往者之一，如同她的堂兄弟那樣，他是第一次被招待到這個沙龍之中。德·夏德羅先生的雙親十年前就和親王妃鬧僵了，他們言歸於好才十五天，這天晚上他們又非得離開巴黎，於是交待兒子前來做代表。好巧不巧，幾天前，親王妃的守門員就在香榭麗舍大道遇見了一位少年人，覺得他風度翩翩，卻沒能確認他的身分[3]。少年人並非表現得不友善或不大方，守門員認定該給如此一位年輕人的所有恩惠，他都一一卻之不恭的領受了。德·夏德羅先生偏偏是個膽小又不知好歹之輩；既然不知道關心著他的人是誰，他若知道了，保證會大吃一驚——雖然沒這個道理——於是，他決定堅守立場，絲毫不肯透露他的身分。守門員熱情洋溢的問了許多問題，迫切想和一位他那麼喜歡、那麼感到廣大興趣的人搭訕，而一路上，沿著加百列大道走著的公爵，卻執意讓人把他當成英國人，逕自答道：「**我不會說法文**（*I do not speak French*）」。

儘管德·蓋爾芒特公爵——因爲源自母系姻親關係[4]——以他在這個沙龍中可找著韋華杰以及德·蓋爾芒特—巴伐利亞家族的些許品味而自況，可是我們通常判斷這位女士獨到的心思及高超的智慧，是依據她在此地獨一無二的創新作法。晚餐既已用畢，不論緊接著要來的宴會多麼盛大，德．蓋爾芒特親王妃都會將座椅安排成小圈圈形式，必要時，每個座椅就可自轉個圈兒。親王妃有著傑出的社交巧思，以自己的優先喜好，選擇在其中一個圈內坐下。她也不避諱精挑細選賓客，以及吸引其他圈圈的成員加入。譬如，如果親王妃想讓德岱伊先生[5]注意到坐在另一個小群中背對著他的德．薇勒莫玉夫人有多麼美麗的脖子，親王妃就會毫不猶豫的提高聲調說：「德．薇勒莫玉夫人，大名鼎鼎的畫家，德岱伊先生，正在激賞著您的脖子呢！」德．薇勒莫玉夫人就會感覺到她被直接勸誘加入談話的邀請，於是像一匹習慣機靈轉向的良駒，讓自己慢慢的旋轉著椅子，以毫不干擾鄰舍的方式，掉轉了四分之三個圈兒，把自己幾乎帶到了親王妃面前。受到邀請的賓客已經技巧的、含蓄的轉向過來，這還不夠。女主人問道：「您不認識德岱伊先生？」「我是不認識。不過我知道他的畫作。」德．薇勒莫玉夫人以尊敬的態度，儀態萬千的回答了，也說著讓許多人羨慕的熨貼話語，向著名的畫家微微補上那雖是被調過身來了、卻仍不足以正式表達的敬

---

2 月亮之類似描述可參考本書法文原典頁407。一八八九年五月六日，艾德蒙．德．龔固爾在他的《日記》（*Le Journal*）中曾寫著：方尖碑呈現「香檳冰沙的粉紅酒色」。

3 根據莫里斯．薩施（Maurice Sachs）於《安息日》（*Le Sabbat*）一書中所寫（一九四六年。郭雷雅〔Corrêa〕出版。頁281－282），這位可能是艾伯特．勒．居吉亞（Albert Le Cuziat）在孺華街（rue Jouffroy）所遭遇的事。普魯斯特可能認識艾伯特，這位拱廊街（rue de l'Arcade）建築物的屋主，普魯斯特於第一次大戰期間在此出入。艾伯特是《韶光重現》一書中朱畢安的人物原型人物，朱畢安約於一九一二年經營旅館生意。參見邦德（Painter）出版社出版。《馬賽爾．普魯斯特》（*Marcel Proust*）。一九六六年。《法國信使報》出版社出版。第二冊。頁327。

4 參見《富貴家族之追尋》。原典頁427。

5 關乎艾德華．德岱伊先生（Édouard Detaille），參見《富貴家族之追尋》。原典頁416。注1。稍後提及的《夢境》（*Le Rêve*），是一幅傳遞愛國訊息的譬喻式油畫，於一八八八年之「繪畫沙龍」展出，長時間享有美譽，此畫作如今保存在奧賽美術館（le Musée d'Orsay）。

意。「來吧，德岱伊先生，親王妃說道，我來把您介紹給德·薇勒莫玉夫人。」德·薇勒莫玉夫人用那麼多的技巧，讓出了一個位子給《夢境》畫作的作者，而方才她是背對著他。於是親王妃把自己的座椅往前拉了一拉；事實上，她把德·薇勒莫玉夫人呼喚過來的用意，只是爲了讓她有個藉口離開第一個群體，她已經在這裡花了那原則性的十分鐘，該要給第二個群體等長的相處時段了。四十五分鐘之內，所有的群體都得到了她的造訪，如此的作法，每次似乎都是被即興的趣味和個人的各種優先喜好引導，尤其要凸顯的，就是「重要的貴婦款待賓客」都是那麼的怡然自得。不過現在晚宴受邀賓客既已陸續來到，女主人於是移步到離入場不遠之處——身軀挺直而且態度自信，帶著近乎王室的威儀，端坐在兩位容顏已失色的殿下及西班牙大使夫人之間——雙眼閃爍著獨有的光芒。

我排隊尾隨幾位比我早到的賓客。我記得這場盛宴，肯定不單單在於我面前親王妃的容貌，這只是諸多美好回憶之一。女主人的臉龐的確完美無瑕，宛如一枚打造在美麗紀念章上的容顏，品質讓我難以忘懷。親王妃在舉辦她任何一場晚宴之前，當她提早數日與她的賓客相遇時，往往習慣對著他們說：「您會來的，是不是？」彷彿她非常渴望與他們聊聊。然而，相反的，因爲她並沒有任何話要對他們說，於是當賓客一旦走到她面前，她不會起身，不會中斷片刻她與兩位殿下及大使夫人之間空泛的談話，僅僅表示感謝的說：「您來了眞好。」這並非感到受邀賓客以赴宴行動證實了他的和善，反倒是賓客的來訪，替她自己的和善加了分。隨後她立即把來訪賓客甩到河裡，補上一句：「在花園入口處，您會找到德·蓋爾芒特先生」，好讓賓客開始拜會活動，不再打擾她。甚至對某些人，她一句話也不說，只是向他們展現她那一對美麗的瑪瑙雙眼，彷彿大家來到，僅僅是爲了參觀珍奇的珠寶。

比我提前一步進場的是德·夏德羅公爵。

他沒有發現守門員，因爲他得要向所有的微笑者答禮，握所有從沙龍過來問候的手，可是守門員已經立即認出他來了。他曾經如此盼望獲得的身分，片刻之後他就會知道了。守門員一邊向著兩天前遇見的「英國人」詢問如何通報大名，一邊感動至極，覺得自己不夠含蓄，不夠細心，覺得如此究察人的私密，又要把祕密公諸於世，是有罪的行徑（雖然所有的人都無感）。當他聽見受邀賓客回答：「德．夏德羅公爵」時，他覺得被一種強大的尊榮感震撼了，一時說不出話來。公爵望著他，認出了他，以為自己失了算，然而，已經回過神來的家僕相當認得他的徽章，也會自己補足該有的稱呼，免得過於謙遜。於是他帶著親暱者柔軟的溫存，使出了他專業的實力，吶喊：「我主德．夏德羅大人，公爵殿下！」現在輪到我要被通報姓名了。由於我專注於景仰還沒看到我的女主人，沒想著為我預備的可怕職權——那方式是與德．夏德羅先生迥異的——這位穿著一身黑衣，宛如劊子手的守門員，被一群身著制服色彩極其亮麗的家僕圍繞著，個個都是孔武有力，準備好拿下任何不速之客，將他趕出門外。守門員詢問我的姓名，我面無表情的回話，像一名死刑犯讓人綁上鍘頭木砧一般。他立即神氣十足的昂起頭來，我還沒來得及祈求他輕聲點，萬一我不在受邀之列，讓我還保得住自尊心，如果我果真受邀，也保得住德．蓋爾芒特親王妃的自尊心。然而他那足夠搖晃府邸圓頂的力道已經使出，用勁的吼叫出一個個讓人焦慮的音節。

著名的赫胥黎（他的侄兒目前在英國文壇正占有卓越超群的地位）說過一個故事：在他所照顧的病患中，曾有一位問診的女病患再也不敢涉足上流社會，因為當別人以彬彬有禮的手勢把她導引朝向一座沙發椅時，她經常看見上面坐著一位老先生[6]。她要確定的是：或者那勸誘者的手勢是幻覺，或者老先生的存

6 多馬．赫胥黎（Thomas Huxley, 1825-1895），比較解剖學及生物學教授，著有許多專書推廣演化理論。作家阿道斯．赫胥黎（Aldous Huxley）是他的孫子，而非他的侄兒，曾於一九一九年撰寫一篇關乎《妙齡少女花影下》的報告。在一九一〇年的筆記編號第43號中，本段故事是歸屬於恬恩（Taine）於一八七〇年所著之《論神智》（*De l'intelligence*）一書。不過，雖然該作品描寫了許多幻覺案例，這個案例倒是不在此書之列。

在是幻覺，因為別人應該不會如此指派一個已經有人坐著的沙發椅給她。為了醫好她的病，當赫胥黎勉強她重返晚宴現場時，頓時間她非常猶豫，自忖著：到底別人發給她的可愛手勢訊息是否眞有其事，或者，如果她順從了一個不存在的幻象，她是否會在大庭廣眾面前坐在一位活生生的老先生的膝蓋上。她這短暫的遲疑是很殘酷的。或許比我的稍微弱些。從我聽見我的姓名隆隆作響的這時刻開始，這響聲好像事先預備好要製造一個可能的大災難。我好歹都要證明我的善心來意，佯裝若無其事，毫不猶豫的，以堅定的態度，趨前朝向親王妃走去。

當我離她幾步之遙，她看見了我，這讓我不再懷疑曾經有人設計要陷害我，她不像對待其他賓客那樣端坐著，她起了身，向我走來。霎那間，我可以大大舒緩了赫胥黎女病患的那一口氣，當她決定要在沙發椅上坐下時，發現沙發椅是空的，並且明白了：老先生的存在是個幻覺。親王妃微笑著過來與我握手。她保持著站姿稍有一會兒，類似特殊的恩寵，如同馬烈伯寫的最後一段詞如此說道：

天使起身為了向他們致意[7]。

由於公爵夫人還沒到場，她致歉著，彷彿沒有她，我會無聊似的。為了向我問安，她一邊挽起我的手，優雅萬分的繞著我轉，讓我感覺好像在一陣旋風中被帶著走。我幾乎等待著她像是領銜跳方塊舞的起舞者那樣，就要交給我一支象牙杖頭手杖，或者給我一只手鐲環錶。事實上，她沒給我任何類似之物，好像若是邀請她跳一曲慢步雙人舞，她寧可聽一段貝多芬神聖至極的四重奏，還得小心翼翼的不要破壞了高貴的音感。當下她就停止了談話，或者更好說，她沒有打算打開新的話頭，看著進場的我，滿面春風的，僅僅告訴我親王所在之處。

我從她身邊走開，再也不敢回到她那裡，因為我感覺到她絕對沒有任何話要對我說了。在她展現的高度善意之中，這位身材高䠷的大美人，高貴如她，就像那麼多名門貴婦曾經昂然自信的走上斷頭台，既然不敢提供給我鎮定水酒[8]，就只能重複她已經對我說過兩次的話：「在花園裡，您會找著親王。」可是前往與親王接近，我所感受到的疑慮，再度以另一種形式產生了。

無論如何總得找著一個人幫我引薦。我聽見德．查呂思先生喋喋不休的說著話，他正和相識不久的德．席多尼雅公爵大人聊天，聲音蓋過所有的談話。從這行到那行，對方底細很容易被摸透，從惡習到惡習，也是如出一轍。德．查呂思先生與德．席多尼雅先生各自立即嗅出對方的惡習，而且二人都屬於世上擅長唱獨角戲之輩，以至於無法忍受被任何人打斷話頭。既已立刻斷定這是無藥可治的毛病，如同一首出名的十四行詩所記[9]，他們都下了決心，不是為了要靜默下來，而是要各說各話，不管對方正在說些什

7　參見《聖彼得之眼淚》（*Les Larmes de Saint Pierre*）〔…〕詩句2-240所寫：「他們溫柔的勇氣更是如此令人歡喜／看見上主在他們面前展開雙臂／而且為了尊榮他們，天使們都一齊起身站立！」《Et quel plaisir encore à leur courage tendre, /Voyant Dieu devant eux en ses bras les attendre, /Et pour leur faire honneur les Anges se lever!》這乃是關乎希律王所殺害的無辜生命，他們都到達了天庭，接受得勝者似的迎迓。

8　《l'eau de mélisse》是一種具鎮定作用的藥草水酒，由一位醫生於十七世紀開發製作後，將藥方交由一位神職人員。由於此藥草水酒長年以來由加爾莫羅聖隱修院之修女研發製作，因此也被稱為「加爾莫羅之水」"Eau de Carmes"。【譯者注】。參考http://avellana.fr/eau-de-mélisse

9　普魯斯特暗指著名的「艾爾維之十四行詩」（sonnet d'Arvers），此詩開頭如此說：「我心有祕密，生命有奧蹟：／永恆的愛戀，一瞬間孕育：／病痛是無望，罷了，不必提，／害死人的她，渾然不知悉。」《Mon âme a son secret, ma vie a son mystère; / Un amour éternel en un moment conçu: / Le mal est sans espoir, aussi j'ai dû le taire, / Et celle qui l'a fait n'en a jamais rien su.》斐利克斯．艾爾維（Félix Arvers, 1806-1850）於一八三三年刊載「仿意大利式十四行詩一首」（*Sonnet imité de l'italien*）於《失落的時光》（*Mes heures perdues*）一書中。

麼。這麼一來就製造了一陣隱隱約約的聲響，活像莫里哀喜劇裡讓每個人同時說著不同的話那樣[10]。男爵以響亮的聲音確信自己占了上風，蓋得過德．席多尼雅先生微弱的聲息。後者卻一點也不甘示弱，每當德．查呂思先生稍稍喘口氣，這個空檔就被西班牙籍的高官絮絮叨叨的補了上去，然後又繼續他那無法被搖動分毫的談論。我很想要求德．查呂思先生把我引薦給德．蓋爾芒特親王，不過怕他生我的氣（理由太多了）。我曾經以最無情的方式對待過他，再度撇棄了他提供的好意，還有，自從他上回夜晚溫馨的護送我回家之後，我對他完全不睬也不理。然而那時我根本還沒有可預設的藉口，就是我今天下午看見朱畢安與他之間所發生的情景，這是我完全臆想不到的。的確，稍早，父母親責備我一直疏懶不提筆寫信給德．查呂思先生。當時，我對他們嚴重反彈，怪他們強迫我接受不夠光明磊落者的提議[11]。我之所以不老老實實的回答，單單是因爲在氣頭上，想找著一句可以讓他們感到最不舒服的話回嘴而已。實際上，在男爵提供給我的諸多好意中，我絲毫沒有聯想到任何肉體或情感的牽扯，我對父母親如此說話，純粹是出於不理性。不過，有時候，未來已經居住在我們內裡，我們卻不知悉，我們原以爲扯謊的說辭，反倒是描繪了即將發生的實情。

德．查呂思先生或許原諒了我的不知感恩。可是讓他大爲光火的，是今晚我出現在德．蓋爾芒特親王妃的府邸，如同一段時間以來我出現在他的表妹家中那樣，顯得我蔑視了這個隆重的聲明：「沒有我，誰也進不了這些沙龍」。我沒有順著上下階級來走，所以罪加一等，罪行或許無法得到赦免。德．查呂思先生雖然也對那些不屈身在他指令之下的人，或者是他記恨在心的人大發雷霆，這威力依據許多人的看法，不論爆發的憤怒有多少，都已經成爲紙老虎式的發威，不再有能力把任何人從任何地方趕逐出去。可是或許他相信，能力雖被削弱了，對我這樣的初生之犢卻是依然大有可爲。因此，我的判斷是不太好選擇他來爲我服務，單單因爲我在這個慶典場合出現，似乎就是針對他的意氣風發加上嘲諷式的否認。

就在這個當下，一個相當粗俗的人把我攔住了，是E＊＊＊教授[12]，他一臉驚訝看見我來到德．蓋爾芒特家中。我的訝異也不亞於他，因為在親王妃家中，我們從來未曾見過、後來也未曾再見到像他這號的人物。他才把親王的感染性肺炎醫好，德．蓋爾芒特夫人因此對他格外感激，這就是為什麼緣故大家破例把這人邀請了來。由於他根本不認識沙龍中的任何人，他也不能像個遊魂似的單獨一人不停的徘徊，既然認出了我是誰，他感覺到這是他這輩子第一次有一大堆的事情要對我說，目的是讓他感到自在，這也是讓他朝向我走來的諸多原因之一。還有另一個理由，就是他非常注重「從來他都不會誤診」這碼事。然而他的信件那麼多，當他只給病患看過一次診，經常記不很清楚，不知道患者病情是否隨著他所診斷的行徑發展。大家或許沒有忘記，當外婆發病時，我曾經把外婆帶到他家，那晚，他正讓人給他縫上那麼多的勳章。隨著時間的流逝，他已經不記得在當時我們寄給他的訃聞。「老夫人已經逝世了，是不是？」他用一種近乎確定、話裡帶著輕微擔憂的聲音問我。「啊！果然是這樣！再說，從我見到她面的第一分鐘開始，我的診斷就已經完全不樂觀，我記得非常清楚。」

就是這樣，E＊＊＊教授知道了，或者說，重新知道我外婆已經逝世的消息，我必須說出這件事情來讚揚他，讚揚全部的醫療群體，卻不能表達或感受到我的稱心如意。醫生誤診次數是數不清的。他們所犯的罪過通常來自對食補的樂觀，以及對病情結果的悲觀。「喝一點酒嗎？喝適量的酒，這不會對您造成傷害的，總括來看，酒是一種強身劑……肉體的愉悅享受？畢竟這是一種身體的功能。不縱欲的話，我會允

10　例如參見《假想病人》（*Le Malade imaginaire*）中之第二幕，第五景，痙鋼（Argan）與迪亞符瓦流斯（Diafoirus）兩人如何一直說著客套話，而誰都沒在聽。

11　關乎男爵的提議，參見《富貴家族之追尋》。原典頁275，及後續說明。

12　關乎男主角與外婆到E＊＊＊教授家問診一事，參見《富貴家族之追尋》。原典頁303－308。

許您去做，您一定聽得懂我的意思。任何事做過頭了，都會出毛病。」這一下子對病患而言，是多麼大的引誘，讓他放棄這兩種救命良藥，清水和清心寡欲！相反的，如果我們的心臟有了什麼狀況，有了尿蛋白，等等，就沒多少日子可活了。毫無疑問的，嚴重的麻煩，雖然與身體運作功能有關，都可以與某種想像出來的癌症扯上關係。不必繼續去看門診了，多看也剃除不掉絕症。那麼病患就自求多福吧，遵守一套無懈可擊的食物療法，之後，要是好了，或者僥倖存活了下來，在巴黎歌劇院大道上，被病人致意的醫生原以為這病患早該去躺在巴黎公共墳場裡了，當他看見這人向他脫帽致意，會把這姿勢當成蠻橫無理的譏誚。兩年前已被刑事庭長宣判死罪的犯人，膽敢面無懼色的衝著他的面，大搖大擺的在馬路上閒逛，如此沒有心機的散步，可想而知，會招惹庭長發出多麼大的怒氣。醫生們（當然不是所有的醫生都是這樣，而且，我們不會把美好的例外排除在念頭之外）一般說來都是更不高興，更惱怒看見他們的判決沒有被執行，他們比較喜樂的，是看見行刑動作已經完成。這說明了E＊＊＊教授對我說話時只能帶著憂傷，知道不幸的事已經打擊了我們這家人，看見他的診斷沒錯，或許不免感到一種智慧上的滿足。他不願意把我們的談話草草結束，這提供給了他自在感，以及一個繼續留下來的理由。他和我談到近日以來天氣酷熱，然而雖說他是個文人，也知道用好的法文措辭，他對我說：「如此超高的熱度，您不覺得難過嗎？」這表示自從莫里哀以降，醫學在知識方面有了些許進步，不過，在辭彙方面則是原地踏步。和我對話的人補上一句：「在這樣的天氣裡該做的，尤其在使用暖氣過多的沙龍裡面，就是要規避引起汗流浹背這樣的事。為了補救這個毛病，當您回家時，您應該會有欲望透過熱氣飲用。」（意思顯然是指喝熱的飲料。）

由於外婆去世的情形，這個題目讓我感興趣，我最近讀了一本書，某位大學者說，流汗對腎臟有害，因為該由別的管道處理的，經由皮膚排泄了。我哀嘆著說，是酷暑導致外婆去世，而對酷暑天氣相當不滿。我沒有把這事說給E＊＊＊醫師聽，可是他自己主動對我說：「人大量排汗，這是天氣這麼熱的好處，這樣一來，腎臟的負擔也隨之減輕了許多。」醫學不是一門準確的科學。

和我搭訕的E＊＊＊教授簡直與我寸步不離。可是我剛剛瞥見德．符谷拜侯爵正後退一步，向著德．蓋爾芒特親王妃又是左、又是右的鞠躬哈腰。前不久，德．諾布瓦先生讓我認識了他，我希望在他身上找著那位足夠有能力將我引薦給男主人的人選。本書的規模不允許我在此地說明青年時代的德．符谷拜先生，他在一些突發事件之後，成了所多瑪城內與德．查呂思先生[13]「推心置腹」的諸多上流社會人士之一（或許是唯一人選）。不過這位德奧多斯國王所任用的部長先生，即使他有某些毛病與男爵相似，也不過是小巫見大巫。他呈現那既愛又恨的反覆變化，在形式上柔和非常多，更帶著許多感性，更顯得非常幼稚，從這種情況走過來的男爵，他有施展魅力的欲望，然後——同樣是在想像中——又害怕被藐視，或者被看破手腳。藉由貞潔，一種「柏拉圖式思想」（胸懷大志如他，一旦到了國家競試年齡，就力求犧牲所有的愉悅享受以達到目標），特別因爲德．符谷拜先生是個大白癡，可笑的起起伏伏都被他表現了出來。說到德．查呂思先生藉由眞正一等一的口才，強取豪奪來的頌讚中揮灑著最爲細緻、最爲嗆人的嘲諷，讓男爵成了絕對特立獨行的人物，可是相反的，德．符谷拜先生所表達的同理心屬於低賤者的廉價品，來自上流社交圈的人士，屬於公務員心態，他一有責難（通常都是像男爵那樣毫無根據）就是惡言惡語嘮叨不停，缺少智慧水平，引來大家驚訝，正是因爲它通常顯出矛盾，與部長半年前所說的話語兩相牴觸，或許過些時候又翻舊帳：如此規則性的改變，在德．符谷拜先生各自不相同的生命階段，帶出某種詩意幾乎是與星

13　普魯斯特手稿裡，曾提及德．查呂思和德．符谷拜之間過從甚密之事，這裡被省略。聖—鷺把他的舅舅介紹給男主角時，對此事曾有所暗示，但未說出德．符谷拜之名。參見《妙齡少女花影下》，原典頁317。這位大使的原型人物可能是德．蒙特貝羅侯爵（le marquis de Montebello, 1838-1907），他從一八九一年到一九〇二年擔任法國駐聖—彼得堡大使。關於德奧多斯國王（le roi Théodose），參見《細說璀璨之童年》，原典頁401。注1。

象有關，即使他本人和其他人不見得會想得到某個星球。

他對我說晚安的方式與德．查呂思先生迥別。在這樣的問安中，除了擺出千百種他認爲該是屬於上流社會以及外交場合的姿態之外，德．符谷拜先生還帶出一種騎士風範，風度翩翩，咪咪的笑，似乎一方面因爲他生活愜意——然而在他心裡有著官場不得意，被閒置的威脅——一方面仗著他的年輕，男性氣概，又有魅力，然而，當他看見他那想要留住十足性魅力的臉龐上，皺紋已經固定出現了，這點讓他甚至不敢去照鏡子。這不是因爲他期待在俘虜異性上確實有所斬獲，單單一想到別人的閒言閒語，一些口角，一些威脅，他就會害怕。他先是渡過一段幾乎屬於幼稚的放蕩，然後走到絕對的性欲節制，打從他想到進入外交總部[14]，想要在外交職場飛黃騰達之日開始，他像隻籠中獸似的，向著四方投射出的眼神，所傳達的意思，是害怕、貪婪和愚蠢。他的愚蠢如此明顯，以至於想不到那些在他青少年期曾經是痞子的人，已經不再是淘氣小孩了，當書報販售商衝著他的臉喊叫：「**報紙出來了！**」，這比起被情欲激動，更讓他大驚失色而顫抖不停，以爲自己行跡敗露、被認出來了。

雖然薄情薄義的外交總部讓德．符谷拜先生犧牲了愉悅享受——正因爲如此，他仍然想要取悅於人——不過他仍會驟然間心血來潮。天曉得他用了多少封信，嚴重的打擾了外交部，施展了多少個人的心思巧計，又從德．符谷拜夫人的影響力裡，擷取了多少的優點（因爲她身材魁武，系出名門，具有雄風，特別因爲他的丈夫平平庸庸，大家相信她具有超群才華，適足以職掌外交功能的人是她），只爲了讓一個乏善可陳的年輕人，毫無道理的進入外交使團的行列。經年累月之後，眞實的情況是：這位特派專員，在完全不具任何壞心眼的情況之下，向他的主管表現了冷漠的信號，這位主管就以爲被他藐視了，或者是被他出賣了，於是當初他如何想盡辦法施恩給他，如今就用同樣神經質的熱誠加以懲治。他用盡各種辦法要人把他召回國內，政治事務部門的主任每天都收到一封信，寫道：「您還在等什麼，還不快點幫我攆走這詭詐的小子？爲了他的好處著想，管管他吧。他唯一需要的，就是過他的窮酸日子。」因此，到德奧多斯國王身邊擔任特派專員的職缺並不被看好。然而撇下這一切不說，多虧他那源自上流社會人士的完美見識，德．符谷拜先生仍不愧是法國政府最好的駐外官員之一。一位自視甚高，雅各賓黨派人士[15]，樣樣都精通的人，將他取而代之後，法國和統治那國家的國王之間，戰爭就一觸即發了。

德．符谷拜先生和德．查呂思先生一樣，不愛率先對人說日安。他們都寧可「答禮」，要不是這樣，他們經常會擔心若先伸出了手給那許久未見的人，那人就可能聽見誹聞，是與他們有關的。對我而言，德．符谷拜先生倒不會有這個問題，實際上，單單因爲年齡差距的緣故，我趨前向他致了意。他帶著訝異的表情，也高高興興的回了我的禮，雙眼持續溜溜的轉，彷彿生怕撈不到左右的好處似的。我想做個合宜的懇求，請他先把我引薦給德．符谷拜夫人，等我和她談過話之後，再懇請她把我引薦給親王。將我介紹給他妻子的想法，似乎會讓他和他的妻子十分開心，於是他堅定的跨出了腳步，將我導向侯爵夫人。既然到了她面前，他對著我表現了各式各樣尊重我的姿態，或用手勢，或用眼神，就是不開口說話，幾秒之後，一溜煙兒的抽了身，把我單獨留下陪她的妻子。她立即向我伸出了手，不過，她不知道是針對誰而作出了這個友善的姿態，我了解了，原來德．符谷拜先生已經說不上我的姓名，或許根本沒認出來我是誰，礙於禮貌，又不想向我坦承這點，就把引薦禮變成一齣啞劇。如此一來我沒有更邁進一步；不知道我姓名的女士，怎能藉由她將我引薦給男主人？再者，我看我非得要和德．符谷拜夫人聊上片刻不可。從兩方面來看，這可讓我不開心。我不認爲我要留在這慶典中很久，因爲已經和愛蓓汀約好（我爲她訂了一個包廂

14 Le quai d'Orsay，直譯爲奧賽之岸。【**譯者注**】。

15 Jocobin：雅各賓黨派人士，乃指堅決持共和黨立場，支持政權集中於國家者。《二〇二〇年拉魯斯圖解大辭典》。【**譯者注**】。

看《斐德王后》演出[16]），她在半夜稍早前要來見我。當然，我毫不迷戀她；我讓她今晚來，是我依從了那個全然出於感官的欲求，雖然這時候天氣酷熱，被釋放的感官享受，更想要的，是與口感器官相關聯，它尤其要尋求的是涼爽感。除了獻上少女的親吻，她更想喝橘子水解渴，淋浴沖個涼，甚至觀賞那讓天空止渴、去了皮又多汁的月亮。我依然想要擺脫許許多多俏麗臉蛋留給我的遺憾，好回到愛蓓汀身邊——況且她使我想起海水的清涼——（因爲在親王妃安排之下的晚宴，不只是有貴婦，也有少女在場）。此外，體態壯碩的德．符谷拜夫人，她那帶著波旁家族風格的臉龐，既龐大又沉悶，根本不具任何吸引力。

在外交部有人說，在這個家庭裡，穿裙子的是丈夫，著半短褲的是妻子，說這話並不帶著半點惡意，而這裡面的眞實性，比我們所想的還要多些。德．符谷拜夫人是個男子漢。她是否一向如此，或者她漸漸變成這樣，這不是要點。因爲，是第一種或是第二種情況，我們都與天生自然的動人奇蹟有了關聯。尤其是第二種情形，使得人類變得與花卉雷同。依照第一種假設——如果後來成爲德．符谷拜夫人的小姐果眞一直都是如此男性化——大自然，透過一種詭譎的、有利的巧計，給了少女一個男性外表的假相。而那少年人既然不愛女子，又想要得到醫治，發現他的未婚妻十足像個果菜大市場的壯漢，就會開開心心的，如此的逃遁，對他而言，竟然可行。反之，如果妻子原先沒有男性化性格，爲了取悅她的丈夫而逐漸取得它，甚至是無意識的透過擬態，讓某些想要吸引某種昆蟲的花朵採取了那種昆蟲的外觀。不被愛、不是男兒身的遺憾使她男性化。就在與我們所談的不相干的情況裡，誰沒注意到，連最正常的夫婦到最後都彼此相似得不得了，甚至有時候彼此互換對方的優點呢？一位曾經當過德國首相的布羅親王[17]，他娶了意大利的妻子。長久在羅馬的山丘上生活之後，大家注意到德國丈夫擷取了非常多來自意大利妻子的細緻，而意大利王妃也吸收了那麼多德國式的魯直。說到我們所描繪的法則，讓它們往外發展到達一個最遙遠之點的話，每個人都會認識一位卓越的法國外交官，他的家世淵源久遠，一被提起，就知道是屬於東方[18]諸多顯赫姓氏之一。這位外交官在他逐漸成熟、也逐漸老邁的過程中，身上顯明了大家從來都未曾猜想到的東方氣質，凡是看到他的人都會覺得，如果他的頭上戴上一頂帶穗的土耳其帽，該有多麼合適。

我們再回來談談被大使相當忽略的習氣，我們方才描述了他那帶著濃厚先祖色彩的身影，德．符谷拜夫人完成了既定的典型，或者說，她那生前注定的樣子，其不朽的圖像就是皇室公主[19]，她經常一身騎馬裝束，從丈夫身上取得的，不只是男子氣概而已，也迎合了丈夫他那不愛女子之男子的毛病，在她所寫的八卦信件中，揭發了路易十四宮廷中權貴大老們男男之間的關聯。像德．符谷拜夫人這樣帶著男性化外表的諸多女子，追究其原因之一，就是她們都是被丈夫冷落一旁的怨婦，因此她們感到羞恥，身上女子的部分逐漸萎縮了。結果就是她們取得了丈夫所沒有的諸多優點和毛病。當丈夫逐漸變得更輕浮、更女性化、更不謹守分際的當下，她們變成像紀念章人物浮雕那樣，中規中矩得毫無魅力，讓當丈夫的他們好好去操練品格。

16　這裡所提到第一次有愛蓓汀作陪的戲劇表演場面，在終極文本中沒有寫出，不過在手稿裡曾經有這段文字。

17　伯恩海．逢．布羅親王（Bernhard, prince. von. Bülow, 1849-1929），德國政治家，一九〇〇年—一九〇九年間，威廉二世皇帝（Guillaume II）時代擔任帝國首相，一九一五年任駐羅馬大使，他於一八八六年娶瑪莉亞．貝嘉德梨（Maria Beccadelli）爲妻。他在羅馬渡過晚年，終老於此。

18　模里斯．巴雷歐洛格（Maurice Paléologue, 1859-1944），法國外交官與作家，自一九一四年至一九一七年五月曾任駐聖—彼得堡大使，一九二八年被選爲法國國家學院院士。他的名字屬於一個拜占廷顯赫家族，曾於一二六二至一四五三年間於康士坦丁堡職掌王權，後因土耳其人入侵，征服該國，導致王室潰散。

19　夏洛特．德．巴伐利亞（Charlotte de Bavière, 1652-1722），奧爾良之公爵夫人，選帝侯查理—路易（Charles-Louis, électeur palatin）之女，路易十四之親兄弟（Monsieur）續弦時所娶之妻。她容貌醜陋，以直言不諱之個性著稱，也因書寫了龐大數量的書簡而得名，書信中披露關乎她丈夫以及丈夫周遭大郡主之同性戀事實，提及她在巴黎所見所聞時，格外論到男男戀與女女戀之社會風氣。

羞辱，無趣，惱怒所留下的種種刻痕，讓德．符谷拜夫人線條勻稱的臉龐黯然失色。唉，我感覺得到她興致勃勃的、心生好奇的打量著我，把我看成德．符谷拜先生所歡喜的那些少年人；年紀漸長的丈夫既然偏愛年輕人，她也多麼想要年輕。她專注的看著我，就像來自外省的女子看著商店的新貨目錄，複製圖畫中的美麗女子，穿著格外熨貼的女套裝（事實上每一頁畫的都是同一個人，只不過藉由擺出不同的姿勢，不同的穿著打扮，讓人誤以爲有許多不同的美女）。促使德．符谷拜夫人攀附著我的植物性黏著力非常的強，讓她作出一把抓住我手臂的動作，要我帶她去喝一杯橘子水。不過我脫身了，所用的托詞是我不久就要離開，我還沒被引薦給男主人。

他在花園入口與一些人聊著天，我與他之間的距離並不太遠。不過這距離讓我心寒，要跨越它，比要陷入正在燃燒著的火堆還難。

許多我覺得足以引薦我的女士都在花園，她們除了裝出萬分激賞的表情之外，不知道還有什麼事情可做。一般說來，這類型的慶祝節目好戲是在後頭。顯出慶祝節目的眞實存在感是在次日，許多不曾受邀者會加以關注。一位正牌作家，已經脫去那麼多文人在乎的愚昧自尊心，當他讀著一篇文章，執筆者是一直以來對他崇敬有加的，如果在這篇文章中他讀到許多被引述的人名屬於彆腳作家，而他的名字不在其中，他不會花功夫停留在這個可能招惹他驚訝的議題上：他的書會替他說公道話。然而，某個閒來無事可做的上流社會女士，當她在《費加洛日報》中讀到：「昨天德．蓋爾芒特親王與親王妃舉辦了一場大型晚宴，等等。」她會大叫：「怎麼回事！三天前，我曾經和瑪莉─姬蓓特閒聊一小時，她什麼話都沒對我說！」於是她要想盡辦法知道她哪裡得罪了德．蓋爾芒特夫婦。攸關親王妃舉行的慶祝節目，我們必須說：受邀賓客之受寵若驚，有時候與未受邀賓客之驚訝等量齊觀。因爲這樣的邀宴所引爆的時刻往往讓人出奇不意，它們引來德．蓋爾芒特夫人已經忘記多年的人們議論紛紛。幾乎所有的上流社會人士，都是無足輕重之輩。與他們同類的每一個人判斷他們的價值，只會依照他們所衡量到的和善程度，受邀者珍愛之，被排除者厭惡之。說到被排除者，事實上，即使他們算得上是親王妃的舊識，也不會被邀請，通常是怕惹「帕拉梅」生氣，他已經把這些人名剔除在外。因此，我可以確信親王妃未曾向德．查呂思先生提到我，否則，我也不會在這裡。男爵現在面對花園，手肘拄著身，倚在引向府邸正廳樓梯的扶手上，旁邊站著德國大使；三、四位女性仰慕者聚集圍繞著他，幾乎把他隱蔽了，以至於受邀賓客非得前來對他道晚安。男爵回禮，把他們的姓名一一提出。我們先後聽見他說：「晚安，德．哈塞先生，晚安，德．拉．賓爾．賓．賓—谷凡爾納夫人，晚安，菲力貝，晚安，我親愛的大使夫人，等等。」這一大串鶴唳般的尖銳聲音持續著，偶而插上些許友善的建言，或者一些提問（他只向人提問，不聽人們的答話），德．查呂思先生為了表現他的灑脫和厚道，用一種柔和的、虛假的口吻，說著：「小心，別讓小人兒著涼了，花園裡經常都帶著一些濕氣。晚安，德．布蘭特夫人。晚安，德．梅克林堡夫人[20]。小女孩來了嗎？她穿了漂亮的粉紅洋裝了？晚安，聖—傑杭。」當然，他的態度帶著驕傲。德．查呂思先生知道在這樣的慶典中，他是德．蓋爾芒特家族中占有卓越超群地位的一分子。不過這不僅是驕傲而已，單單慶典這個字眼對具備審美觀的男子而言，它帶著奢華感、新奇感，要讓這樣的慶典好像不是在上流社會人士家中舉行，而像是出自一幅卡帕丘或者維洛奈思所做的油畫[21]。甚至德．查呂思先生

20　德．布蘭特侯爵夫人（la marquise de Brantes），出生於賽撒克（Cessac）家族，乃是羅伯特．德．孟德斯基歐的姑媽。烏拉迪密大公爵夫人（la grande-duchesse Wladimir, 1854-1920）出生即為德．梅克林堡女公爵（la duchesse de Mecklembourg）。參見本書法文原典頁57。注1。

21　手稿中如此的背景說明更詳細：普魯斯特引述卡帕丘（Carpaccio）之《聖．烏蘇勒之傳奇》（*La Légende de sainte Ursule*），以及維洛奈思之《利未家之餐宴》（*Le Repas chez Lévi*），兩幅油畫都展示在威尼斯之學院畫廊。

更有可能以德國親王之尊，將慶典當成《唐懷瑟》[22]名劇來演出，他自己宛如神聖羅馬帝國的藩侯，站在瓦爾堡入口處，面對受邀賓客，趾高氣昂的，針對他們的身分，逐一說出適合的美言，他們在城堡內或在公園裡的走動，是由那長長的、重複百遍以上的著名「進行曲」來迎迓[23]。

我還是非得要下定決心不可。我的確認得在樹下那些與我或多或少有關聯的女士，不過她們似乎有了改變，因爲她們是在親王妃府邸，而不是在親王妃表妹家中；我所看見的女士們，不是坐在薩克斯出產的細緻碟盤前面，而是站在栗子樹的樹枝下。環境優不優美無關緊要，雖說此地的優美遠不如「鷗麗安」那兒，同樣的攪擾不安依然存在我心中。我們的沙龍萬一斷了電，必須用油燈取代，一切對我們都有了改變。德．蘇福瑞夫人拉了我一把，不讓我再猶豫不決。她一邊朝向我走來，一邊對我說道：「晚安，您上回見到德．蓋爾芒特公爵夫人已經很久了嗎？」她擅長在這類型句子上賦予一種音調，證明她不像一些人空口說白話，不知說些什麼才好，老是用一些平淡無奇的人脈關聯來接近您，通常都是說得不著邊際。反之，她的眼神中飄著細緻的線索，想要說的是：「別以爲我沒有認出您來。您是我在德．蓋爾芒特公爵夫人那裡見過的少年人。我記得很清楚。」很不幸的，這句表面上愚昧、心機頗爲講究的話，所鋪蓋在我身上的保護是非常脆弱的。我一想加以利用，它就立即消失了。德．蘇福瑞夫人高明之處，在於幫忙某人向某個權貴之士舉薦時，在尋求者眼中看來是被舉薦了，而在高位者眼中，這人並不要被推薦；她這種一箭雙鵰的作法，對被舉薦者而言，當他感激之情油然而生之際，實質好處卻入不了他的帳，而對另一個人而言，也沒有出帳的必要。我受到了鼓勵，想藉由她的好意，要求這位女士把我引薦給德．蓋爾芒特先生，她利用男主人眼神沒轉向我們的時刻，慈母般的搭著我的雙肩，親王已轉開臉，無法看見她，她微笑著，把我朝向他一推，帶著所謂保護者的動作，但是刻意讓這動作無法產生效應，把我卡在原地，讓我幾乎滯留在出發原點上。上流社會人士就是如此卑鄙無恥。

這一位一邊稱呼著我的姓名，一邊走過來對我說日安的女士，她的卑鄙怯懦更是無以復加。我和她說著話，同時想辦法找出她的姓名；我記得很清楚，曾經和她一起用過晚餐，我記得她說過的話。雖然我把注意力拉向回憶著她的內在區域，但是無法在那裡發現她的姓名[24]。她的姓名理當就是在那裡。我開始投入我的思想，好像與這個姓名玩一種遊戲，想要捉住它的外型，姓名的第一個字母，以便完整清楚的看見它。我白費了一番力氣，大概感受得到它的整體，它的重量，至於它的形式，當我把它們拿來和捲曲在內在幽暗處的姓氏兩相對照，我對自己說了：「這個不對。」當然我的心思大可自創一些最困難的姓氏。只可惜所需要的並不是自創，重新產出才是正確。如果不必屈就眞實，我所有心思活動都容易進行。而在這裡，我非得屈就不可。終於，頓時間，這個姓名完整的來到我的腦海裡了：「德．艾琵鍾夫人[25]」。我說：這個姓名來到我的腦海裡，這是不對的。因爲我相信姓名不是自動冒出來讓我看見。我也不認爲輕盈又衆多的回憶與這位女士有關聯，我不斷要求這些回憶來幫助我協尋（透過類似以下的督促：「瞧瞧，這位女士豈不就是德．蘇福瑞夫人的舊識，她對維克多．雨果表示過那麼天眞的激賞，攙雜了那麼多的害怕和厭

---

22 唐懷瑟（Tannhäuser, v.1200-v.1268），德國詩人。身爲流浪歌者，曾著有抒情詩及歌謠，民間敘事傳誦中的傳奇人物，他的啓發了許多浪漫主義作者。華格納以唐懷瑟敘事爲主題，編寫了一部歌劇的劇本及音樂，歌劇分三幕（分別於一八四五年，一八六一年，一八七五年以三種版本發表）。《二〇二〇年拉魯斯圖解大辭典》。**【譯者注】**。

23 影射華格納歌劇第二幕，合唱者之進行曲。

24 這裡岔出主題來討論記憶的事，讓我們想起柏格森於一九一二年所做的演講「靈魂與肉體」（«L'âme et le corps»），此演講於一九一九年被收錄在《心靈活力》（*L'Énergie spirituelle*）中，普魯斯特思考睡眠問題時，很可能參考了這一冊專書（參見頁370－375）。

25 有一位德．艾琵鍾侯爵夫人（une marquise d'Arpajon）在一九一一年二月普魯斯特與安娜．德．諾愛伊伯爵夫人（Anna de Noailles）通信中被提及。（《魚雁集》。第十冊。頁245－246）在《富貴家族之追尋》與《所多瑪與蛾摩拉》文本中，身爲子爵夫人或是伯爵夫人的她，是被德．蓋爾芒特公爵冷落的情婦。

惡」）[26]，我不認爲所有在我和她的姓名之間飄忽不定的這些回憶，會幫上忙把姓名聚集在一處。當我們要找著一個姓名時，「捉迷藏」在回憶中大耍把戲，沒有一系列層次分明的概況。我們先是什麼都看不見，然後驟然間，正確的名稱出現了，與原先我們猜測的大不相同。不是姓名來到我們的心思中。不是的。我比較認爲是隨著我們過去的日子，我們經過的時間與姓名清晰可見的區域漸行漸遠，藉著操練我的意志力和注意力，增加我內在眼光的敏銳度，以至於驟然間，我穿透了半灰半暗的地帶，把它看清楚了。無論如何，如果在遺忘和記憶之間有轉化層次，那麼這些轉化層次應該是無意識的。因爲在我們身邊略過的階段性的姓名，在眞實姓名還沒有找著之前，它們都是不正確的，也根本不會幫助我們靠近眞實姓名。這些名字更確切的說，並不是姓名，那些經常只是簡單的子音，在找著的姓名中並沒有它們。況且這份由虛無走到眞實的心思活動是那麼神祕，有可能錯誤的子音終究成了事先預備好的桿子，笨拙的爲我們伸過來，爲了幫助我們，讓我們夠得到正確的姓名。讀者們就會說了：「您說這一切，但是沒有告訴我們這位女士多麼失禮；不過，既然您花了那麼長的時間停滯不前，作者先生，請讓我再多浪費您一分鐘對您說，像您這樣年紀輕輕的（或者說，像您的敘事男主角那麼年輕，如果他不是您的話），您就那麼健忘，無法想起您相當熟悉的女士芳名爲何，眞是太遺憾了。」讀者先生，這眞的是很遺憾。這比起諸位所想的更令人難過，一想到遺忘這件事使我們感覺到時間的宣告，在這節骨眼上，人名和文字將從思想的清晰區域消失，非常熟悉的人物姓名及言語，我們都得要永遠放棄爲自己找到它們的機會了。從青年時代就該要下功夫，才找得到我們很熟悉的姓名，這的確是件憾事。如果這個缺陷只發生在一些淺交的姓名上，很自然的，忘了就罷，我們也不想花功夫去想起來，這種缺陷未必沒有好處。「是指哪些好處呢，容我請教您？」嘿，先生，那就是唯有遺忘的毛病才會提醒人，讓人學習，也允許人破解一些機械性功能，要不是有遺忘的毛病，我們就認識不到這些。每天晚上一上床倒頭就睡，直到醒來起身時刻才又活過來，像這樣的人難道會想得到，在睡眠上，即使不作出大的發現，至少做點小小的研究可以嗎？他入睡了沒有，自己幾乎不知道。稍有失眠，未必無助於對睡眠產生欣賞，給漫漫長夜投射些許光芒。無懈可擊的美好回憶不能激發人們去研究回憶的現象。「說到這裡，到底德．艾琶鍾夫人把您引薦給親王了沒？」沒有。不過別問東問西，讓我重新回到敘事裡吧[27]。

德．艾琶鍾夫人比德．蘇福瑞夫人還更卑怯懦弱，而她的卑鄙怯懦比較情有可原。她知道自己在社交圈中的影響力有限，這個影響力因為她與德．蓋爾芒特公爵交往又被削弱更多，公爵拋棄了她，使她一蹶不振。我邀請她將我引薦給親王的要求，使心情鬱抑的她沉默不語，她天真的當成沒聽見我所說的話。她甚至沒察覺到她的眉頭因憤怒而深鎖，或許相反的，她是察覺到了，將這情形用來當作她要給我教訓，訓斥我不懂得分際，她沒顧忌到其中的矛盾，而且做得還不算太粗魯，我的意思是：緘默不語所給的教訓，不見得輸給雄辯滔滔。

況且這時候的德．艾琶鍾夫人相當不順遂；許多眼光都抬起了，朝向一個文藝復興時期的陽台看去，在陽台角落，經常有體積龐大的文藝復興時期的雕像不見了，倒是有個姿色亮麗的雕像俯視下方，比起舊時雕像更有雕像的樣子，那就是方才接續德．艾琶鍾夫人成了巴贊．德．蓋爾芒特心上人的侯爵夫人，芳名為德．蘇秳—勒—公爵。在輕盈潔白的珠羅紗保護之下，她不致招惹夜晚風寒，大家眼前所看見的，是她那勝利女神般飄逸的身軀。我所能求助的對象只有德．查呂思先生了，他已經回到下面，進到一間

26　關乎德．艾琶鍾夫人與雨果兩人之關聯，參見《富貴家族之追尋》。原典頁474–478。

27　這段與讀者的對談，在《追憶似水年華》文本中，屬於不尋常的語調，使人想起菲爾丁（Fielding），斯特恩（Sterne），或狄德羅（Diderot）。普魯斯特沒有多讀這些作家的作品。

引向花園的室內。我有機會好好的欣賞了他所穿的燕尾服（因爲他佯若無事的專注於惠斯特橋牌牌局，讓他看不見人們的表情），透過裁縫才分辨得出來的細緻功夫，讓衣著刻意帶著藝術家般的乾淨線條，顯得黑白分明，像惠斯勒[28]的作品《和諧》那樣；應該說是黑、白、紅分明才是，因爲德．查呂思先生禮服胸前飾花的寬錦帶上，懸掛著白、黑、紅三色，紬製的馬爾他宗教軍團騎士十字勳章[29]。這時候男爵的牌局被德．賈拉棟夫人打斷了，她領著侄兒德．辜華杰子爵，一個面貌姣好、趾高氣昂的少年人，走過來說：「表哥，容許我介紹我的侄兒艾達貝給您。艾達貝，你知道，這位是就是你常聽到大名鼎鼎的帕拉梅姑丈。」——「晚安，德．賈拉棟夫人」，德．查呂思先生答道。他看都不看少年人一眼，只補上一句：「晚安，先生」，態度之粗魯，音調之尖銳無禮，讓所有的人大吃一驚。或許德．查呂思先生已經知道德．賈拉棟夫人對他的行爲有所疑慮，而且曾經有一次忍不住含沙射影，所以他想乾脆作個了結，不讓她在侄兒曾經被他好好款待過的事上錦上添花，同時也要做個響亮的宣告，表示他對青年人完全無感；或許他覺得這位名叫艾達貝的晚輩，態度上不夠回敬他姑媽的話；或許想要後來和這位如此姣好的侄子玩個迂迴戰術，刻意給自己來一個先守後攻的優勢，好比君王們所做的，在啓動一個外交行動之前，先以軍事行動加碼。

德．查呂思先生接受了我的要求，願意爲我引薦，倒是沒有像原先我想像的那麼困難。一方面近二十年來，這位唐．吉軻德與那麼多風車戰鬥過（經常都是對付一些被他認定與他作梗的親戚），他以那麼高的頻率禁止某某人受邀到某個德．蓋爾芒特男主人或女主人的家，「因爲某某人簡直無法被款待」，以至於這些德．蓋爾芒特男主人、女主人開始害怕與所有心愛的人鬧翻臉，一直到死都無緣與令他們好奇的新秀來往，爲的是要迎合一個不分青紅皀白就暴怒懷恨的連襟或堂兄弟，這人所要求於大家的，是要別人爲他拋棄妻子、兄弟、兒女。德．查呂思先生的聰明勝過其他德．蓋爾芒特家人，他察覺到了大家對他的排擠只會半推半就，展望未來，唯恐有朝一日是他自己要被剔除，於是他就先發制人，如同大家所說的，自動降價。就算他有能耐在數月、數年之間給他所厭惡的某人該當有的人生——倘若有人發下邀請函給這可惡的對象，忍無可忍的他就會揭竿起義，如同腳伕護衛皇后，他出手阻撓的好理由不再是爲了自己——，不過他突然暴跳如雷的頻率實在太高，只能讓這些怒氣撐個小小場面而已。「蠢蛋，可笑的壞蛋！該給他擺個好位子，讓他去當個下水道的清道夫，就算在那裡，很不幸的，他都不免對城市的健康造成妨礙」，連他單獨在家閱讀一封被他斷定爲不夠恭敬的信，或者想起某人對他嚼舌根的話，他都要嘶吼一番。一個新增的憤怒攻擊第二個蠢蛋，把第一個蠢蛋趕走了，只要第一個蠢蛋稍稍顯出敬意，蠢蛋所惹起的危機就被忘記了，既然少了仇恨來打底，危機的建構也就不了了之。再說，——儘管他和我鬧著彆扭——或許我在他這裡還有得到勝算的機會，當我請求他將我引薦給親王的時候，如果我不是那麼不靈光，小心翼翼的，補充做了說明，免得他把我當成無端自闖門戶來到這裡，需要他助我一臂之力，好讓我有被挽留下來

28 在普魯斯特手稿中，這個引用資料寫得更爲詳細：普魯斯特引述了惠斯勒的《母親》（*La Mere*）畫作，題名爲《灰色與白色之協調，作品1號》（«Arrangement en gris et noir no.1»），一八七二年展出，一八九一年被羅浮宮博物館收藏，如今存在奧賽博物館內。我們特別會想到惠斯勒爲孟德斯基歐所畫的肖像畫，題名爲《黑色與金色之協調》（«Arrangement en noir et or», 1891），如今屬於紐約弗利克收藏品系列（Frick Collection de New York）所有。

29 «le chevalier de l'ordre religieux de Malte»，馬爾他軍團（l'Ordre souverain de Malte）源自耶路撒冷聖約翰軍團（l'Ordre souverain militaire et hospitalier de Saint-Jean de Jérusalem）；後者之建立者乃是耶路撒冷聖約翰之修士（des Frères de l'hôpital Saint-Jean de Jérusalem），約創立於一〇七〇年間。一三〇九年避難至愛琴海上之羅得島（Rhodes）。一五二三年，聖約翰騎士團自愛琴海的羅得島移至馬爾他，並獲神聖羅馬帝國皇帝查理五世的承認。該騎士團後更名馬爾他騎士團。一五六五年的馬爾他大圍攻中，騎士團擊敗鄂圖曼帝國軍隊，此戰是馬爾他史上最重大事件，成功阻止鄂圖曼帝國向西歐擴張。一五三〇年至一七八九年，該軍團在馬爾他立足，一七八九年法國大革命之後，於一九六一年獲得新的位分，主持醫療救助方面之事務。《二〇二〇年拉魯斯圖解大辭典》。**【譯者注】**。

的理由：「您是知道的，我很認識他們，親王妃曾經對我很和善。」——「好啊，既然您認識他們，又何必由我來引薦？」他用厭煩的口吻對我回答，轉身不理睬我，又開始佯若無事的和教廷大使，德國大使，以及一個我不認識的大人物玩起牌來。

那時，來自花園深處，就是從前德．艾吉壅公爵豢養稀有動物之處[30]，藉由幾扇大大敞開的門，直直傳到我耳中的，是鼻子吸氣的聲音，它正嗅著那麼多優美的事物，不想錯過任何機會。這聲響靠近了，我隨意順著它的方向看過去，一聲「晚安」在我耳邊發出它那溫柔的聲息，來自德．蒲瑞奧岱先生，它不像磨利一把有缺口的刀刃所發出的刮鐵聲，更不像小野豬在耕地上糟蹋作物所發出的叫聲，而像是有可能替我解圍的救星來救我的聲音。他不如德．蘇福瑞夫人有影響力，也不像她那麼無可救藥的不樂意幫助人，比起德．艾琶鍾夫人，他和親王的關係更自在些，他心中或許對於我在德．蓋爾芒特家族的地位有些幻想，或者他比我更了解狀況，我在起初幾秒之內未能引來他的注意，因為他那敏感鼻翼正震動著鼻子，張開雙邊鼻孔，四處尋寶，很怪異的用他的單鏡片眼鏡撐開眼睛，彷彿他是站在五百件傑作之前一一欣賞著那樣。不過聽了我的要求，他滿意的接受了，朝向親王方向引導我，把我引薦給了他，表情帶著貪婪，雖是畢恭畢敬，卻是粗俗不堪，好像是我給他一碟鹹味小點心讓他賞味似的。當德．蓋爾芒特公爵願意時，他迎見人是客客氣氣的，帶著平輩式的情誼，友善且不拘泥於禮節，相對的，我覺得親王則是拘謹，正經，高傲。他對我抿了抿嘴，莊重的稱呼我一聲：「先生。」我經常聽說公爵愛調侃他的堂哥，說堂哥自高自大。可是根據他對我所說的頭幾句話，既是冷漠又是嚴肅，而且與巴贊的言辭大相逕庭，我立即了解了，基本上，瞧不起人的是公爵，當您初次拜訪公爵，他與您談話就是「稱兄道弟似的」，而兩位堂兄弟中，真正為人單純的是親王。在他的保守態度中，我感覺到更高貴的情操，我不說那是平起平坐的感覺，因為這將讓他難以理解，至少他顧念到比他身分低的人，這是在階級區分非常明顯的環境中常有的，譬如在王宮，在大學學院裡，總檢察長或者「院長」，由於位高權重的意識，他們會把眞正的單純多加隱藏，當我們越發認識他們，就越發在他們傳統式的高傲裡找到更多的良善，更多眞正的單純，更多的親切，勝過現代形式的搏感情。「您想追隨令尊的生涯嗎？」他對我說道，神情略帶距離感，卻是出自關心，我簡要的回了話，一方面我了解到，他問問題只是出於禮貌，於是我走開了，好讓他款待新來的訪客。

我瞥見斯萬了，想要與他說話，可是這時候看見德．蓋爾芒特親王不但沒有在原位子上接受奧黛特丈夫向他道晚安，反而立即拖著他，和他一起到了花園深處，力道之強大，好像一支大吸管，不過有些人對我說，那是「爲了趕他出門」。

在上流社會中非常分神的我，要等到兩天之後透過報紙才知道，原來有個捷克樂團整晚都演奏著，煙火每隔一分鐘放個不停。我想起要去見識一下育白．羅伯特的著名噴泉[31]，因而集中了一點注意力。

在鬱鬱蒼蒼的樹木所形成的林中空地上，多棵古木與噴泉的年代同樣久遠，它被豎立在人跡罕至之處，我們看見它細長、靜止、堅挺地聳立在遠方，只有蒼白、顫慄著下墜的華冠讓微風拂動著。十八世紀已將噴泉修整出純淨的線條，然而將噴水姿態固定下來的同時，似乎也攔阻了泉水的活力；從我們所在位置望去，藝術的感覺勝過水的感動。不斷聚攏於噴泉頂端的濕霧保留著時代特色，如同環繞凡爾賽王宮上空的朵朵雲彩。然而趨前觀看時，我們發現，正如古代宮殿的石頭，當它恪守先前規畫好之圖形的同時，

---

30 普魯斯特的舊識，波尼．德．卡斯特蘭（Boni de Castellane），爲了他在鄰近杜爾當（Dourdan）的瑪黑之城堡（le château de Marais），有過此一計畫，參見《美洲新貌之我見》（*Comment j'ai découvert l'Amérique*）。克雷斯（Crès）出版社出版。一九二四年。頁193。

31 參見《富貴家族之追尋》原典頁566所之預告之噴泉。這裡的描述似乎取自聖—克麓公園（le parc de Saint-Cloud）噴泉所給之靈感，育白．羅伯特（Hubert Robert）曾多次繪圖介紹此噴泉。普魯斯特暗指羅伯特所繪製圖畫之一，以《聖—克麓之豪華噴泉》（*Les Grandes Eaux de Saint-Cloud*）書名稱之。（參見《細說璀璨之童年》，原典頁40。注1）。

卻有一波又一波不斷新生的水泉躍起升空，一面順從著建築師舊時的命令，看似規規矩矩的遵行了要求，卻是一面顯出違規舉動，若要遠遠看見它像似一股上衝的水柱，唯有讓成百上千的水珠四散的跳躍著。事實上，水柱也常被阻斷，掉落在四面八方，雖然遠遠的，我卻覺得它屹立不搖，堅實濃密，無懈可擊的延續著。稍稍移步向前，我們看見了水柱表面直溜溜的，如此的延續性得以保持，在於任何地方的每一個點，水柱若破碎了，就另有一道水泉直直的從旁射出，形成另一條平行水柱，高度超過前者，等到自己上衝到更高之處，累了，再被第三道水柱接續。在近處，疲乏無力的水珠姐姐們一顆又一顆的，從水柱往下墜落，與往上升高的水珠妹妹們交會，有時候，她們被扯碎了，不停噴射著的水泉攪動了空氣，水珠兒們飄來飄去一陣子，才被拐落到水池裡面。水珠兒們依依不捨的緩緩移步，逆轉方向，用她們軟綿綿的霧氣，壟罩著守正不阿、緊束不垮的噴泉，在水柱頂上留著一片由千千萬萬小水滴合成的橢圓雲彩，披金戴彩，停滯不動，直直上昇，完整無缺，安安靜靜，快速上騰，與天空的朵朵雲兒兩相銜接。不巧，一陣風吹來，噴泉應聲傾倒於地；如果人群不夠謹慎，空思冥想著，又不維持一段合理的距離，有時候，單單一道水柱開了岔，就足以把人群淋個濕透。

有一件令人頗不愉快的事，屬於天起微風時才偶一發生的意外。有人讓德·艾琵鍾夫人誤以爲德·蓋爾芒特公爵正和德·蘇稀夫人在粉紅大理石長廊內——事實上他還沒抵達——，人們藉由水池石井欄上方那內部鑿空的雙排圓柱，可以進入長廊，然而，正當德·艾琵鍾夫人要走向雙排圓柱中的一排時，一陣熱風吹起，扭曲了噴泉，水滴落在她的低胸禮服裡面，把美麗的女士淋個濕透，使她像是被丟進浴缸裡那樣。於是，距離她不遠之處響起相當大聲的嚎叫，每個音節切分得乾乾淨淨，足以讓一整支軍隊聽得清楚，不過連續分成好幾個段落，如同不是針對全部軍隊，而是接續性的，針對一部分一部分的隊伍；烏拉迪密大公爵[32]正開懷大笑著，他看見德·艾琵鍾夫人渾身濕透，樂不可支，事後，他津津樂道地說，這是他這輩子難得一見的趣事。由於幾位善心人士囑人前往提醒這位來自莫斯科的老兄，如果他說一句表示難過的話讓這位女子高興，他可能更被尊重，即使她已經響噹噹的四十歲出頭，她一邊用圍巾擦拭身體，沒要求任何人來救援，設法離開水池的鋪石板，一邊還有詭異的水滴滴答答的流著，笑開了的大公爵，認爲應該再把剛剛才平息下去的、隆隆作響的軍人笑聲再度執行一次，大家聽在耳裡的，是另一波威力更大的轟隆轟隆笑聲。「了不起，老婆娘[33]！」他一邊鼓掌，一邊叫好，如同在劇院裡那樣。德．艾琵鍾夫人不在意別人調侃她的年齡，嘲笑她依然身手如此矯捷。水的聲響干擾著聽覺，而大老爺的雷聲蓋過了水聲，不過，有人對她說：「我相信皇室殿下大人對您說了些什麼。」——「才不！那是針對德．蘇福瑞夫人說的」，她回答道。

我穿過花園，拾級上樓，親王不在那裡，他與斯萬閃躲在一旁，這讓周遭的賓客簇擁圍繞著德．查呂思先生，就像路易十四不在凡爾賽宮時，他的親兄弟——大老爺——的家必定冠蓋雲集一樣[34]。路過時，我被男爵攔住，在我身後，同時有兩位女士及一位少年人進前來，要向男爵問安。

---

32 烏拉迪密大公爵（le grand-duc Wladimir, 1847-1909），尼古拉二世（Nicolas II）之叔伯，曾與妻子瑪莉．芭芙蘿芙娜（Marie Pavlovna）長期駐留巴黎（參見本書法文原典頁49。注1），瑪莉．芭芙蘿芙娜與德．石維涅夫人（Mme de Chevigné）私交甚篤。

33 普魯斯特很可能對保羅．莫翰（Paul Morand）轉述了這件事，根據保羅．莫翰的說法，這句話可能是出自保羅大公爵（le grand-duc Paul）之口，他是烏拉迪密大公爵之親兄弟，他很可能是用這樣的言辭，爲女演員茱莉亞．巴爾蒂（Julia Bartet）喝了采。參見邦德出版社出版，《馬賽爾．普魯斯特》（*Marcel Proust*）。第二冊。頁316。

34 一七〇一年，當路易十四的親兄弟「大老爺」（Monsieur）去世時，聖—西蒙提到他的性格：「大批人馬一往如常的前往王宮」。參見《回憶錄》（*Mémoires*）。七星文庫。第二冊。頁13。聖—克麓被描繪成「尋幽訪勝之宅第」，那裡有一座大家讚賞的大型階梯，十分壯觀，拾級而下，可通到多處花園、一道橘園長廊、以及一座大瀑布：這場晚宴背景與聖—克麓背景雷同之處甚多。再說，德．查呂思如同「大老爺」一樣，在家族中，關乎階級排序以及慶典禮儀，他是最爲內行者。他也和「大老爺」一樣，都被公認爲性別錯置者。

「在這裡看見您眞好」，他對我說道，一邊向我伸出了手。「晚安，德．特雷默伊夫人，晚安，我親愛的愛蜜妮。」他應該是想起曾經對我說過，他在德．蓋爾芒特府邸扮演的領導角色，針對這使他不喜悅卻阻擋不了的部分，他那身爲重要貴族的蠻橫無理，以及他那神經質的尋開心方式所帶來的滿足感，就是立即以一種極端諷刺的樣式呈現出來：「這樣眞好，」他又說道，「尤其很逗趣。」他開始開懷大笑，似乎一方面要表現他是快樂的，又無法以人類的話語將它表達出來，有些人明知自己難搞，而且「出言不遜」是常態，就會十足好奇的走近前來，而且急得幾乎顧不了禮數，飛奔過來要探個究竟。「喏，您別生氣，」他一邊輕輕的觸摸著我的肩膀，一邊對我說道，「您知道我相當喜歡您。晚安，安提奧石，晚安，路易—荷內。您看過噴泉了？」他問我，帶著肯定口吻，不像是提問。「相當漂亮，是不是？美妙得很。當然，挪去某些東西，就可以更好，那麼在法國就是獨一無二的了。不過現在這樣已經屬於上乘之作。蒲瑞奧岱會告訴您，佈置小燈球是錯的，他說這話，是爲了設法讓人忘記出這個荒謬主意的人正是他。不過總括來看，他想醜化噴泉的效果並不大。破壞傑作的困難度可比創造傑作大很多。況且我們已經略爲猜想得到，蒲瑞奧岱的實力是比育白．羅伯特差了一截。」

我重新回到要進入府邸的賓客隊伍上。「您見過我那美貌的鷗麗安表妹是很久以前的事了嗎？」親王妃問我，不久之前她放棄了入口處的沙發椅，隨著她，我重新回到沙龍裡面。「她今晚應該會來，下午我見過她的面，」女主人補充說道。「她答應我要來的。況且，我相信諸位會和我們兩人一起前往意大利皇后那裡共進晚餐，在大使館，星期四。所有的殿下都會在場，這讓人完全不知所措。」儘管所有殿下都在場，也絲毫不會讓德．蓋爾芒特親王妃不自在，她的沙龍已經是殿下們簇擁之處，她提到：「我可愛的小科堡們[35]」，就好像她說：「我的小狗狗們」那樣。再者，德．蓋爾芒特夫人說：「這將會讓人完全不知所措」，這是愚昧之詞，在上流社會中，愚昧比虛榮心更多。攸關她自己的家譜，她所了解的比不過獲得歷史專業師資文憑的人。至於她的人脈關係，她著重要呈現的，是她知道別人給他們取的綽號。她問了我是否下星期會去德．拉．博莫理耶侯爵夫人家用晚餐，大家經常以「**那粒蘋果**[36]」稱呼她。親王妃從我得到負面答案之後，緘默了稍有一會兒。之後，沒有任何理由，只想刻意展現不經意而有的學識，稀鬆平常又了無新意的迎合一般想法，她補上了一句：「那粒蘋果！還蠻好相處的。」

正當親王妃和我聊著天，德．蓋爾芒特公爵和公爵夫人正式入場了。不過我無法立即迎向他們，因爲路過時，我被土耳其大使夫人逮個正著[37]，她向我指著我剛剛離開的女主人，抓住我的胳膊，大聲說：「啊！親王妃真是個大美人兒！風姿多麼卓越的美人！我覺得我要是個男人」，她又加上一句，帶著些許低俗和東方式魚水之歡的興趣，「我可是要爲這個天生美女獻上我的命了。」我回答說，我確實覺得她很可愛，不過我更認識她的表妹公爵夫人。「可是她們之間沒得比，」大使夫人對我說道，「鷗麗安是個可愛的上流社會名媛，她的聰慧來自媚媚和芭芭樂，至於瑪莉—姬蓓特，她可是個**首屈一指的人物**。」

我從來都不太愛別人讓我語塞，不讓我表明我對熟識之人的想法。若說土耳其大使夫人對德．蓋爾芒特公爵夫人的價值判斷比我自己的更爲準確，這是毫無道理的。再說，大使夫人令我感到不悅的原因，是因爲僅有一面之緣者的缺點，甚至包括舊識的缺點在內，對我們而言，都是真正有毒的毒品。針對這些毒品，幸好我們都學會了「以毒攻毒[38]」。姑且不用儀器做科學性比較來談論抗原過敏性的問題，我們可以

35 《富貴家族之追尋》。原典頁203。也有同樣的字眼。
36 人們之所以如此稱呼德．拉．博莫理耶侯爵夫人（la marquise de la Pommelière），乃是她的姓氏的起頭與蘋果（la pomme）發音相同之故。【**譯者注**】。
37 關乎土耳其大使夫人，參見《富貴家族之追尋》。原典頁517。
38 Mithridatiser：藉由微劑量服用產生抗毒效果的作法。Mithridatisme或mithridatisation：產生對於有毒物之容忍性，諸如吸收少量嗎啡，逐漸加量之療法。《二〇二〇年拉魯斯圖解大辭典》。【**譯者注**】。

說，在我們的友誼關係中，或者純屬上流社交圈的關係中，有一種敵意暫時會被醫好，不過，冷不防，又會重現。一般說來，只要是「自自然然的」服用，這些毒品為害並不太大。土耳其大使夫人並不認識她所指稱的人們，可是卻逕自叫他們是「芭芭樂」、「媚媚」，這麼一來把原來讓我容忍得了她的「抗毒」效果扼殺了。她惹火了我，這有點冤枉，她如此對我說話，原是要讓人相信她是「媚媚」的親近朋友，可是由於學習過程太過匆促，讓她以為如此稱呼貴族是依據本地的習慣。她花了幾個月上課，但沒有照著路線規矩走。經過仔細衡量，我又找到了為什麼留在大使夫人旁邊讓我不悅的另一個理由。不久之前，在「鷗麗安」那裡，同樣這一號外交人物帶著行家嚴肅的神色才對我說過，她覺得德．蓋爾芒特親王妃真的很惹人厭煩。我覺得要更進一步認識如此的大逆轉：這是今晚她受邀參加慶典所帶來的。當大使夫人對我說：德．蓋爾芒特親王妃是絕代佳人，她完全是真心的。她一向都是如此認為。不過，以前她從未受邀到親王妃府邸，她相信應該賦予這類的不受邀請，當成是原則上主動的不願接受邀請。現在她既然已經受邀，此後還有可能再度被邀，於是她就可以自由地表達好感了。我們犯不著去把失戀的惱恨，甚至把政治弄權者的排擠都牽扯進來，才能解釋得通，為何大家對其他人所持的絕大部分的意見是如此一般。判斷是會有變卦的：端看是被拒或是受邀而已。況且土耳其大使夫人，正如與我一起巡視沙龍的德．蓋爾芒特公爵夫人所說的，「看起來蠻順眼」。她尤其是有用的人選。上流社會真正的明星都疲於奔命，累得不想在這裡出現。存著好奇心想一窺她們風采的人，必得移步到另一個半球上，才看得見這些熠熠閃爍的星光。但是像奧圖曼大使夫人這樣的女性，她才剛剛在上流社會中發跡，她們不會在那裡閃爍，也就是說，她們是隨時到處釋放光芒。她們在這些稱之為晚宴、盛宴的節目中出現是很有用的，就算是滿腹牢騷的被拉著去，她們也寧可不缺席。人們常常把她們當成配角計算在內，而她們從來都滿腔熱誠的不錯過任何一個慶典。因此一些愚笨的青年人不知道這些只是假的明星，倒把她們看成了貴氣的皇后，著實該有一堂課對他們解釋，依據哪些理由，他們有所不知的史瑠迪石夫人，雖說是她替抱枕繪畫彩繪，遠離塵囂，她至少是與德・竇朵城公爵夫人[39]一樣重要的貴婦。

在平常生活中，德・蓋爾芒特公爵夫人的雙眼不聚焦，而且帶著些許憂鬱；每次僅僅必須對某個朋友問安時，她才會讓雙眸發出亮光，而這位朋友絕對是個說話機靈，特質可愛，挑嘴選美物的老饕；既然要品嚐了，內行人總先得擺個精明、喜樂的表情在臉上。爲了大型晚宴，因爲她要太多次「問候」，每向人問安一次，就要熄滅一次明眸的光芒，這讓她覺得疲累。文學行家去劇院欣賞一齣戲劇大師推出的新戲碼時，爲了證實他選擇的晚場活動品味不差，正當他交付衣帽等物件給帶位女服務生時，嘴唇已經調好要露出意味深長的微笑，眼光更是炯炯有神，預備好給予詭譎的贊同；公爵夫人到場，就是爲著整個晚宴把這樣的雙眸點亮起來。當她把華麗的堤耶波洛紅色大衣交給人時，這大衣讓人看見公爵夫人脖子上戴著一排貨眞價實的紅寶石項鍊，鷗麗安優先拋擲在自己的晚禮服上快速的一瞥，像女裁縫般的仔仔細細、完完全全，這就是屬於上流社會仕女的眼光，她再把雙眸的閃爍拿穩了，讓它們與身上其他的珠寶爭輝。像德・朱維依先生這樣「好聲好氣講話」的人快速衝向公爵，想攔著他不進場也是枉然：「難道您不知道可憐的

39　亨利・史瑠迪石夫人（Mme Henry Standish, 1847-1933），乃是葛瑞芙伯爵夫人遠房堂表姊妹，是德・卡爾親王（le prince de Galles）之情婦。一九一二年五月，葛瑞芙夫人帶普魯斯特去看戲劇時，與她結識。普魯斯特旋及就教於加斯東・德・卡依雅維夫人（Mme Gaston de Caillavet），詢問關乎兩位仕女的穿著裝扮（《魚雁集》。第十一冊。頁154－155）；她們的衣著讓普魯斯特引用，將公爵夫人與德・蓋爾芒特親王妃的打扮兩相對比（《富貴家族之追尋上》。原典頁47）。德・竇朵城公爵（le duc de Doudeauville）的頭銜屬於德・拉・羅石傅柯（de La Rochefoucauld）家族三支派之一。梭斯甸・德・拉・羅石傅柯—竇朵城公爵（le duc Sosthène de Doudeauville）（參見本書法文原典頁143。注2）續弦娶了瑪莉・德・栗涅公主（Marie, princesse de Ligne），公主於一八九八年去世。露薏絲・哈德其烏怡（Louise Radziwill），一八七七年出生，乃是普魯斯特的朋友，雷翁・哈德其烏怡（Léon Radziwill）之親姊妹，梭斯甸（Sosthène）之媳婦，她的公公於一九〇八年去世之後，成了德・竇朵城公爵夫人（la duchesse de Doudeauville）。

瑪瑪快死了？有人剛剛爲他做了臨終聖事。」——「我知道，我知道，」想要進場的蓋爾芒特先生一邊答道，一邊推開討厭的人，「聖體[40]產生了最好的效果」，他又補上一句，開心的微笑著，心想絕不要錯過親王[41]晚宴之後的舞會。「我們不願意大家知道我們回過家」，公爵夫人對我說道，沒料想到親王妃事先已經拆穿了她的話，告訴過我剛才見過表妹，表妹曾答應她要前來。公爵拉了個長達五分鐘的眼神壓在她的妻子身上，之後說：「我告訴過鷗麗安關於您的疑慮。」現在公爵夫人明白我的疑慮是多餘的，她已經沒有任何消彌疑惑的行動要採取了，就宣稱這些疑慮是荒謬的，而且好好的調侃了我一番。「怎麼會有這種想法，相信您不會受邀！您要經常受邀，理當如此！再說有我在呢。您以爲我沒有能耐讓表姊邀請您來？」

我必須說，後來她的確經常爲我進一步作了一些對我而言是困難的事：不過我並沒有因爲她這樣說，就以爲我是謹慎過頭了。我開始認識貴族式的友善，知道明講或緘默有何種準確價値，這種可喜的友善是貴族塗抹在自卑者身上的香膏，不過並不是要把他的自卑感掃除一空。因爲這麼一來，貴族式的友善就沒有存在的理由了。德．蓋爾芒特夫婦似乎藉由他們所有的行動如此說：「您可是和我們一樣的，說不定比我們更好」；他們用最友善的方式娓娓道出這句話，爲的是要讓他們被愛，被激賞，卻不是爲了被別人信以爲眞；人們可是得要把如此的友善梳理清楚，知道哪部分是虛，哪部分是實，這就是他們所謂的教養；相信友善是實，就是缺少好教養。況且不久之前我才領教了一課，讓我完全學會了這點，確確實實的把握到了貴族式友善的延展寬度和嚴謹界線；那是在德．蒙莫杭西公爵夫人[42]爲了迎迓英國女王而舉辦的一個早場活動場合中，自動成形的小隊伍正前往自取用餐區，領銜走在前頭的是挽著女王手臂的德．蓋爾芒特公爵，這時候，我到達了。公爵用他那空著的手，至少在四十公尺距離開外，向我發出千百個又是招呼又是友善的訊號，意思似乎是說我可以靠近，不用害怕，我不會活生生的被人當成三明治吃掉。可是我開始精通了宮廷語言，連一小步都沒有靠近，留在距離四十公尺開外，深深的鞠了個躬，不帶微笑，就像我面對某位僅有一面之緣的人所應該做的那樣，隨後我繼續朝相反方向走我的路。縱然我有能耐寫出一本傑作，德．蓋爾芒特夫婦也不會對我如此的答禮表示更多的尊敬。看在公爵眼裡，這點也沒有被他忽略，他那天其實要回應五百多位人士的答禮，就是連公爵夫人的看法也一樣；她有機會遇見母親，對她說了這事，格外提到我不該那樣作，應該要靠前走過去才對，她對母親說，她的丈夫非常訝異我的致意方式，簡直讓他在這件事上無可置喙。大家不斷找著如此致意方式所有的優點，卻沒有提及最爲明顯、最爲珍貴的優點，就是這種致意方式很懂得分寸，他們也沒有停止對我發出讚美，我從中所了解到的，就是如此的讚賞，不只是要獎勵我過去做得好，而是將來也要繼續如此做，其方式就像教育單位的主管仔細交代小學生們說：「別忘了，我親愛的孩子們，這些獎勵不是只給你們的，主要是給你們的爸爸媽媽，好讓他們下年度再帶

---

40 «le viatique»，〔文學用語〕乃指帶來幫助、支持之物。〔宗教用語〕爲瀕臨死亡之基督徒所施行之聖體聖事（le Sacrement de l'eucharistie）。《二〇二〇年拉魯斯圖解大辭典》。【譯者注】。

41 參見《富貴家族之追尋》。原典頁517。這個故事可能是從羅伯特．德．孟德斯基歐那邊借用過來的，照他的說法，他的表兄弟，艾梅理．德．拉．羅石傅柯伯爵（le comte Aimery de La Rochefoucauld），當恭特藍．德．孟德斯基歐（Gontran de Montesquiou），羅伯特之兄弟，病危瀕臨死亡時，拒絕調整他的晚宴行程。參見《馬賽爾．普魯斯特》（*Marcel Proust*）。第一冊。邦德出版社出版。頁208。不過，垂死者的名字，雅曼尼恩．德．歐斯蒙（Amanien d'Osmond）使人想起婚前是雅德萊伊．德．歐斯蒙小姐（Adélaïde d'Osmond），婚後成了德．波瓦涅伯爵夫人（la comtesse de Boigne）的名字，同時也使人想起鄉富586片牘（le fragment 586 de Chamfort）文中所記載：「德．歐斯蒙先生，在他的妻子於外省之地去世兩、三天之後，依舊在社交圈中賭錢。『德．歐斯蒙，』有人對他說，『您的妻子才去世，您這樣玩是不合宜的。』——『噢！』他說，『這個消息還沒有傳到我耳中。』——『無論如何，這樣是不對的。』——『噢！噢！』他說，『我只是稍稍矇騙一下罷了。』」

42 蒙莫杭西公爵夫人之家族（Montmorency）屬於法國最爲古老的王世家族之一（參見《妙齡少女花影下》原典頁322）其末代人物是愛力克斯（Alix），乃是艾達貝．德．達勒伊杭—貝理郭（Adalbert de Talleyrand-Périgord）之母。（同上。頁209）。後者於一八六二年取得德．蒙莫杭西公爵之頭銜。（參見《富貴家族之追尋》。原典頁574。注3）。他的兒子，路易．德．達勒伊杭—貝理郭（Louis de Talleyrand-Périgord），於一九一七年十一月十七日娶西西莉亞．伯魯芒岱（Cecilia Blumenthal）爲妻時，答應將德．蒙莫杭西公爵的頭銜給他妻子的第一次婚生之子。

你們回來喔。」德．瑪桑特夫人就是這樣做的，當某個不同世界的人進到她的領域中，她會對新進人士誇獎一些懂得分寸的人，「需要他們的時候找得到人，其餘時間，他們會自動讓人忘記」，好比我們以間接方式提醒身體有異味的家僕，多多洗澡有益健康。

正當我和德．蓋爾芒特夫人閒聊著，在她沒有離開衣帽間之前，我聽見一種聲音，是未來我篤定辨識得出來的講話方式。在此一特殊情況中，那是德．符谷拜先生和德．查呂思先生閒聊的聲音。診所醫生甚至不必撩起病人上衣，不需要聽診呼吸，光是聽他說話就夠了[43]。後來在沙龍裡，多少次我很驚訝透過某個男子的語調或笑聲聽準了他，儘管他說話完全照他的職業用語，舉手投足照他的職業環境，抑或嚴格得高雅，抑或粗俗得鬆垮，可是他一旦發出那假音，我就知道：「這是一個德．查呂思」，我的耳朵已經習練得通達，如同調音師聽得準高低音階。這時候，大使館整隊人馬正走過，向著德．查呂思先生致意。雖然我所提到的這類疾病是當天才被我發現（我看見了德．查呂思先生和朱畢安），我並不需要聽診提問才能診斷。與德．查呂思先生聊著天的德．符谷拜先生，似乎不是那麼確定。經過了少年時期的懷疑階段，他應該知道自己是怎麼一回事了。性別錯置者自以為他在世上是絕無僅有的個案，非等到後來他才認為自己——另一種的誇大不實——不是單一的例外，而是正常的一般人。德．符谷拜先生胸懷大志又縮頭縮尾，相當長時間以來，德．符谷拜先生沒有進行那對他而言可說是愉悅享受的行爲。外交生涯在他的生活中產生了效果，帶他進入循規蹈矩的人生。加上穩定參與政治科學菁英學校的課程，二十歲之後的他，外交生涯使他委身於基督徒式的貞潔。因此就如同每一種感官會喪失它的力量及活力，當它不再被使用時就會萎縮，就像文明人不再有能耐操勞體力，不再有洞穴人精密的聽力，德．符谷拜先生已經喪失了特殊的敏銳度，而那是德．查呂思先生很少有的缺點；在公務性餐桌上，在巴黎，或在外地，外交全權代表部長甚至認不出在制服化妝之下的他們，而基本上他們是他的同類。德．查呂思先生有他的癖好，如果有人爲了這個，舉出男爵的名字爲例，他會發怒，不過他總是以宣揚別人的癖好爲樂，他所舉出的幾個名字，讓德．符谷拜先生在訝異中聽得津津有味。德．符谷拜先生並不想在這麼多年之後撈到什麼便宜，不過這些快速的啓發，類似在拉辛悲劇中所給的，它告訴艾塔莉，也告訴亞伯尼，約阿斯原來是屬於大衛家族的人，由於坐著在深紅色后座上的以斯帖王后[44]，她的雙親是猶太人，所以X……軍團或外交部某個單位爲之大大改觀，這樣的啓發反倒是讓這些王宮變得像耶路撒冷聖殿，或者像蘇薩的登基寶殿[45]同樣的神祕。這個大使館中所有的年輕人馬，全都趨前來與德．查呂思先生握手，德．符谷拜先生帶著艾莉絲在《以斯帖王后》劇中的驚訝表情，驚呼：

天啊！如此眾多的清純美貌蜂擁而至
提供給我雙眼整隊人群，從四面八方走出！

---

43 普魯斯特經常提到這個主題：講話聲音會透露性別錯置者的眞面目。這也是十九世紀末，克拉夫特－艾賓（Krafft-Ebing）所注意到、心理分析界老生常談的說辭。參見《性別心理病理學》（*Psychopathia sexualis*）。一八六六年出版。本書法文原典頁356－357之草莓甜酒那一幕與此有關。

44 《以斯帖王后》（*Esther*）第一幕。第一景。經過修改的第83詩句引述。德．符谷拜扮演艾利斯（Élise）角色，以斯帖王后的心腹：由此展開了一系列的比較，在《所多瑪與蛾摩拉》文本中一路沿用下去，涵蓋了大使館諸位秘書人員，豪華大旅館服務生，以及拉辛劇中的少女們，牽連了所多瑪城與錫安兩個城市，帶來混淆（參見本書法文原典頁170－172，頁237，及頁376）。在前三次的場合，敘事者將拉辛劇中的合唱團員男生與女生兩相連結；在第四個場合，是德．查呂思他本人。在三種情況，屬於嘲諷性質的成年男性戀童描繪，關乎德．符谷拜，尼西姆．貝納，德．查呂思；不過，在第二個場合，男主角是單獨一人觀察機動服務生的操作動作。普魯斯特留意到不要重複同樣的詩句：在此，共有十一句，屬於《以斯帖王后》劇本之開端。

45 一九一二年六月四日，白蘭．德．克雷蒙－多內爾伯爵夫人（Blanche de Clermont-Tonnerre）舉辦了一次著名的波斯慶典，其背景複製蘇薩（Suse）皇宮的牆壁，被馬賽爾和珍妮．迪厄拉法（Jeanne Dieulafoy）發現。參見安德烈．傅奇燁（André Fouquières）著。《燦爛風華五十年》（*Cinquante ans de panache*）。弗洛出版社。一九五一年。頁109。

畫在他們臉龐上的，是多麼可愛的純眞[46]！

之後，他很想更多得到「資訊」，所以微笑著拋給德．查呂思先生一個眼神，一副天眞浪漫尋求答案的樣子，又帶著貪婪：「怎麼不懂，當然是這樣」，德．查呂思先生像個自信滿滿的飽學之士，對著不學無術的人說著話。德．符谷拜先生的雙眼立即離不開這些由法國的一匹識途老馬，德．X大使費心挑選來的[47]年輕秘書們（此舉非常激怒德．查呂思先生）。德．符谷拜先生閉口不言，我僅僅看著他的眼神。不過，我從童年開始就有習慣注意到某些甚至是無聲的古典式措辭，我讀懂了德．符谷拜先生雙眼所流露出來的一些詩句，藉由這些詩句，以斯帖王后向艾莉絲說明末底改爲了成全她的宗教熱誠，堅持要把屬於同一宗教的少女們安置在王后跟前。

然而他對我們國家有愛，
將王宮佈滿錫安女孩，
幼嫩且溫柔的花朵被命運搖擺，
像我一樣被移植到異地天涯。
在與庸俗證人區隔之處，
他（優秀的大使）認眞仔細的將她們編排[48]。

終於德．符谷拜先生開口了，不只用他眼神說話。「誰知道，」他幽幽的說道，「在我所外派居住的國家裡，相同的事不存在嗎？」——「這有可能，」德．查呂思先生答道，「就以德奧多斯國王這個例子當作開始吧，雖然我不知道他有任何值得被正面肯定的事。」——「噢！他完全乏善可陳！」——「那麼他就不該裝成那副德性。而且他有許多小家子氣的表現。他像『我的小親親』這類型的人，是我最厭惡的。我不敢與他一起出現在街頭上。再說，您該非常明白他的為人，他的名氣可是大得不得了。」——「您把他完全搞錯了。他還算是相當可親的人。和法國簽署協定的那一天，國王擁抱了我，我從來未曾如此感動過。」——「這是對他表白您的欲求的時刻。」——「噢！天啊，好恐怖，他萬萬揣想不到！不過，在這方面，我沒有畏懼。」這些話我都聽在耳中，因為我與他相距不遠，這讓我心中複誦起這些詩句：

至今國王對我出身毫不知情，
此一祕密經常叫我口難開啓[49]。

這段一半啞音、一半口白的對話只持續了短暫的時間，我和德．蓋爾芒特公爵夫人在沙龍裡還沒走幾小步，一位深色頭髮，非常漂亮的嬌小女士過來攔住了她：「我很想見您，德．安努恩基歐從包廂看見了您，他寫了信給德．T***親王妃，信裡說道，他從來

46 《以斯帖王后》。第一幕。第2景。詩句122－124。
47 德．衛德—加斯柏先生（M.de Wedel-Jarlsberg），一九〇六年開始擔任挪威駐巴黎大使，似乎有如此的名聲。參見一九一一年六月寫給羅伯特．德．畢儀的信。《魚雁集》。第十冊。頁303。
48 引述自《以斯帖王后》。第一幕。第1景。詩句101－106。詩句已修改過。
49 引述自《以斯帖王后》。第一幕。第1景。詩句90－92。詩句已修改過。

未見過這樣的美人。他願意付出全部的生命，好與您會晤十分鐘。無論如何，即使您不能，或者您不願意，他有這封信交在我手裡。請您務必賞給我一個約會。有些私密的事不容我在此說分明。我看，您是不認得我，」她轉來向我補充說了一句：「我曾經在德．帕爾默親王妃那裡認識了您」（而我從來都沒去過那裡）。「俄羅斯皇帝想讓令尊派到彼得堡，如果您能夠週二來，依斯弗勒斯基[50]正好也會在場，他將與您談到這件事情。」「親愛的，」她轉身朝向公爵夫人，一面補充說道：「我有一個禮物送給您，單單送給您而已，易卜生三齣戲劇的手稿，由守護他病榻的年老看護帶來給我的。我保留一份，其他兩份送給您。」

德．蓋爾芒特公爵對這些贈品並不感到雀躍。他既不確定易卜生或德．安努恩基歐究竟是死是活，不過他已經看見作家們、劇作家們登門來造訪她的妻子，將她牽扯進入他們的作品之中。上流社會的人們端看這些書，覺得這些書果真是已經打開了立體空間的一面，作者們都忙著把他們邂逅的人物「放進去」。顯然這是不正派的作法，這些作家都是不足輕重之輩。當然，如果藉由他們，大家讀一本書或看一篇文章，因而認識了個中「暗藏的玄機」，「掀開了面具」，那麼「順便」看看他們，這並不礙事。不過，最有智慧的作法，還是重視已經不在世的作者即可。德．蓋爾芒特先生覺得唯有在《高盧日報》[51]裡撰寫死者傳略的人，才是「完全合宜」的作家。這樣的人至少會列出德．蓋爾芒特先生的名字，「尤其是」在公爵署名要到場的葬禮，他是被矚目的領銜人士。當公爵寧可他的名字不出現，他就會寄一封弔唁函給死者家屬，向他們致哀，而不署名要親自到現場。最好這個家庭會在報紙中披露：「在我們已收到的弔唁信函中，列名者有德．蓋爾芒特公爵，等等。」這可不是社會新聞欄編輯的錯，而是該女性死者的兒子、兄弟、父親的不是，公爵會把他們歸類成一票不擇手段想往上爬的野心家，而且自此以往，公爵就決定不要再與他們有任何牽連（也就是他所謂的「有牽扯不清的糾結」，其實他的用詞並不恰當）。易卜生以及德．安努恩基歐的名字，還沒弄懂他們是否健在，這已經足以讓公爵皺起眉頭，公爵離我們的環境不算太遠，所以聽過關乎蒂茉蕾翁．德．艾孟谷夫人跟朋友相處的種種情形。這是一位可愛的女士，就像她同時也有美貌那樣，有頭腦，蠻討喜，只要兩者的一項就足以討人喜歡。不過她的出生與現在所生活的環境無關，起初只嚮往進入文學沙龍，持續與各大作家一一的友善交往——她守著十足純淨的風氣，絕無情夫情婦關係——大作家們給她所有的手稿，爲了她而著書，偶然機會把她引薦進入了聖—日耳曼富堡貴族區，文學的特權在此爲她效力。依她現在所擁有的地位，只需要她本人在場，恩寵就隨之而來，不必仰仗其他人施與恩惠。不過，她已經習慣於斡旋，弄權術，給人方便的服務，儘管這些事務不見得有必要，她仍然樂此不疲。她經常有國家級的祕密揭示給您知悉，有個位高權重的人介紹給您認識，一個大師級的水彩畫提供給您買賣，在這一大堆無用的誘因中總有些許謊言，可是這些誘因讓她的人生變得像一齣複雜得令人目不暇給的戲劇，她會讓人升官成爲省長和將軍，這種說法還蠻準確。

德．蓋爾芒特公爵夫人在我身旁一邊走著，一邊讓她那蔚藍海水般的雙眼朝著前方散發著閃爍光芒，不過並不聚焦，爲了躲避一些她不想要有牽連的人，有時候，遠遠的，她就猜測得到某個具有威脅性的暗礁。我們在雙排受邀賓客的人牆中間前進著，一些從來都不認識「鷗麗安」的先生們，想要看看她究竟是何等奇特的人物，對他們的妻子說：「玉素，快，快，來看看，德．蓋爾芒特夫人正和一個年輕人談

50　亞歷山大．巴弗洛維奇．依斯弗勒斯基（Alexandre Pavlovitch Isvolski）於一九一〇年至一九一七年間擔任俄羅斯駐巴黎大使。易卜生（Ibsen）死於一九〇六年。依照這些年代的記載，顯出兩位人物在蒂茉蕾翁．德．艾孟谷夫人（Mme Timoléon d'Amoncourt）家中一起交談的可信度闕如；甌貝儂夫人，「身材矮小的黑髮女士」，乃是魏督航夫人原型人物之一。（參見《細說璀璨之童年》。原典頁185。注2）。德．安努恩基歐（D'Annunzio）非常熱衷於巴黎藝文活動，易卜生所著的《娃娃屋》（*La Maison de poupée*）就是在她家中首次被朗讀。

51　關乎《高盧日報》，參見《妙齡少女花影下》。原典頁451。注1。

話。」我們覺得好多人幾乎就要爬上椅子看得更清楚些，就像看七月十四日的閱兵大典或頒發賽馬大獎典禮[52]。德．蓋爾芒特公爵夫人的沙龍比起她表姊妹的，不見得更貴族化。在前者家中，有些人出入其中，這些人是後者從來都不願意邀請的，尤其是因為她丈夫的關係。她從來都不會款待雅豐斯．德．羅奇德夫人，她和鷗麗安自己一樣，都是德．特雷默伊夫人以及德．沙岡夫人的親密朋友。雅豐斯．德．羅奇德夫人常常在親王妃的家中出入。同樣的情形也發生在德．西爾施男爵[53]身上，他是德．卡爾親王把他帶來德．蓋爾芒特公爵夫人的沙龍，而沒有把這人帶到可能討厭這號客人的親王妃家，同樣的還有一些親拿破崙的高級權貴人士，甚至是共和派人士，他們會引起公爵夫人的興趣，可是親王本人既是徹頭徹尾的親王室派，親王妃不會想要款待這些人。親王的反猶主義不會讓他面對任何優質人選而稍有屈就，即使這位優質人選多麼有分量，他固然招待斯萬，也是斯萬長期以來的朋友，依然還是在德．蓋爾芒特家族中唯一稱呼他斯萬，而不稱呼他查理的人。因為一方面知道斯萬有個新教徒祖母，嫁給猶太丈夫之前，已經是德．貝里公爵[54]的情婦，偶而他會嘗試著相信斯萬的父親是皇室親王私生子的傳說。在這個假設之中，其實這也是假的，斯萬，既是天主教徒的兒子，這位兒子又是一位波旁貴族以及一位天主教徒女信徒所生，他就根本與基督教徒無關。

「怎麼，您沒見識過這些光彩奪目的地點？」公爵夫人提到我們所在的府邸，對我如此說道。讚揚她表姊妹的「王宮」之後，她補充說道，她寧願待在她那「簡陋的洞穴」千百回。「那裡，是美好的『**造訪**』之處。不過要我留下來過夜，睡在發生這麼多歷史事件的房間裡，我就難過死了。我覺得像是關門謝絕訪客之後被遺忘在布洛瓦城堡，楓丹白露，或者甚至是羅浮宮裡面，唯一能使我的愁苦得到安慰的資源，就是告訴我自己，蒙納爾岱奇是在我所在的臥室被謀殺的[55]。光是喝洋甘菊並不足以解憂。哦，德．聖－鄂薇特夫人來了。我們稍早已經在她家吃過晚餐了。因為她明天要提供一年一度的大佈局，我原以為她已經回去睡覺了。不過，她是不能錯過任何一個慶典的人。如果慶典在鄉下舉行，坐著飛毯飛過去，她也不會缺席。」

果眞德．聖─鄂薇特夫人來了。今天晚上她之所以前來，不是爲了不要錯過參與他人慶典的愉悅享受，而是爲了確保她自己慶典的成功，她是來招募最後一批入會會員的，從某方面來說，她是來做「最後關頭」的校閱，巡視那些將在次日她所主辦的光鮮亮麗園遊會中所要展現的人，因爲好幾年以來，聖─鄂薇特慶祝節目的受邀賓客已經完全不是往常的同一批人了。德．蓋爾芒特的女性名流從前分散在四處，──一個個都被女主人好好禮遇過──漸漸的，她們帶來了她們的女性好友。同樣的，透過平行漸近的工作方式，只不過是逆向操作，德．聖─鄂薇特夫人逐年減少了優雅社會圈內的不知名賓客。先是有一人看不到了，然後是另有一人也不見了。一段時間之內，運作系統屬於「同一次出爐」模式，幸好對某些慶典三緘其口，於是有好機會邀到一些被排斥在外圈的人選前來同樂，此一作法，可免除將體面人士一起邀

---

52 巴黎的賽馬大獎在隆尚賽馬場（Longchamp）進行。

53 雅爾豐斯．德．羅特奇爾德男爵（le baron Alphonse de Rothschild, 1827-1905）之妻，男爵乃是巴黎家族之族長，法國銀行董事，北部火車鐵路局行政管理處處長，藝術國家學院院士（參見《富貴家族之追尋》。原典頁284以及頁489）。德．拉．特雷默依公爵夫人（la duchesse de La Trémoïlle），婚前之名爲瑪格麗特．杜莎黛（Marguerite Duchâtel），嫁給路易─查理，德．拉．特雷默依公爵（Louis-Charles, duc de La Trémoïlles）爲妻，公爵乃飽學之士，查理．哈斯（Charles Haas）之舊識，一八九九年成爲國家碑文學學院會員。關乎德．沙岡公主（la princesse de Sagan），參見《細說璀璨之童年》。原典頁186。注1。模里斯．德．西爾施男爵（le baron Maurice de Hirsch, 1831-1896），以色列籍巴伐利亞財經人士，經營火車鐵道致富，他爲慈善基金會貢獻財富，同時也救援受迫害的猶太人。

54 關乎德．貝里公爵（le duc de Berry），參見《富貴家族之追尋》。原典頁519。

55 尚．德．蒙納爾岱奇（Jean de Monaldeschi），先是瑞典之克麗斯汀（Christine de Suède）之寵信，後被她下令暗殺，一六五七年死於楓丹白露（Fontainebleau）。

來。他們又有什麼可抱怨的？他們豈不享有（*panem et circenses*[56]）精緻小巧的鹹點心，還有美好的音樂節目？而且，可說是與兩位被放逐的公爵夫人相對應的，是從前德．聖─鄂薇特初啓動沙龍時，大家曾經看見像似兩座女像柱支撐著搖搖欲墜屋脊的兩人，到了最後幾年，大家只看見兩位格格不入的人物攙雜在美好人群中而已，她們是老德．康柏湄夫人，以及某位建築師的妻子，她的歌聲悅耳，人們常常要求她獻唱一曲。由於在德．聖─鄂薇特夫人家裡，她們再也看不見舊臉孔，一邊哭喪著臉尋找失去的同伴，一邊覺得她們礙手礙腳，頗像那兩隻未能及時遷居的燕子，眼看著自己就要凍死。次年她們沒有被邀請；德．法蘭格多夫人嘗試採取行動來恩待她那位那麼喜愛音樂的表妹。可是她爲了表妹所得到的回答，沒有比這個更明確了：「大家都可以進來聽音樂，如果您覺得有趣，這又不是什麼犯罪行徑！」德．康柏湄夫人覺得這樣的邀請不夠熱切，她不來了。

把痲瘋病患沙龍轉變成重要貴婦沙龍（後者之沙龍所採取的形式，從外觀看來，攀龍附鳳心態十足），如此的蛻變是由德．聖─鄂薇特夫人所操作的。可是我們覺得驚訝，次日舉行當季最爲出色慶典的人，居然需要在前一個晚上來向她的隊伍發出終極的呼喚。原因是聖─鄂薇特沙龍非凡的崇高地位只存在於那些人心中，這些人的社交生活概念僅僅仰仗讀《高盧日報》或《費加洛日報》早場活動以及晚宴相關報導，他們從來都不到任何一個現場。對某些上流人物而言，他們只會用報紙看世界，數一遍來自英國、奧地利等等的大使夫人；有德．玉澤斯公爵夫人[57]，德．特雷默伊公爵夫人，等等，等等，這就足以讓他們樂意想像聖─鄂薇特沙龍在巴黎首屈一指，然而實際上它只是敬陪末座。這並非是簡報有假，大多數被提到的人物都曾經在場，但是，每個人之所以會來，是經由請託，礙於情面，爲了幫忙，也感覺是給了德．聖─鄂薇特夫人很大的面子。如此的沙龍，不但不會讓人趨之若鶩，反而令人想逃之夭夭，人們前往，應該說是爲了兌現別人的請託，給「崇尚名流風」的女性讀者群帶來幻想而已。她們滑過了某個眞正優雅的慶典，在那裡，女主人擁有所有的公爵夫人，她們個個都熱切希望被「名列於特優名單」，女主人只會向兩三位提出邀約，也不會將受邀賓客的芳名公佈在報紙上。這些女士對於今日的廣告威力或許有所不知，或許頗爲厭惡，對於西班牙皇后而言，她們是優雅貴婦，可是鮮爲衆人所知，因爲前者知道她們的身分，後者卻不知這些貴婦是誰。

德．聖—鄂薇特夫人不屬於這些女士，做爲優質的採蜜者，她要來採集次日所有的受邀賓客。德．查呂思先生沒有被邀，他一直拒絕前往她家。可是他和那麼多人鬧僵了，所以德．聖—鄂薇特夫人可以把這事當作是因爲他個性的緣故。

當然，如果在這裡只有鷗麗安，德．聖—鄂薇特夫人大可不必親自出馬，因她已經親口邀約過，受邀者也優雅大方的接受了，然而如此的優雅態度卻是騙人的，國家學院院士操弄此一態度是如此高明，讓候選者離開他們家門時感動萬分，心中篤定可把他們的選票加進來了。要算進來的不是只有她而已。亞格里絳親王來不來呢？還有德．竇爾佛夫人呢？因此，爲了看管好穀子，德．聖—鄂薇特夫人認爲自己親自運送，還更穩當些；對一些人的邀請是以語帶玄機的方式，對另一些人則是以高姿態強勢要求，對所有的人，她用含蓄的話語，預告許多好得無法想像的餘興節目，錯過了一次就不會再有好機會看到，而且她對每個人保證，在她家一定找得到想要見到的、或者有必要遇見的人選和人物。像這類由她挹注的年度大戲

56　引述自尤維納（Juvénal）起來反對羅馬人只企求「麵包和戲耍」而已。參見《諷刺文》（*Satires*）。卷十。81。

57　寡居的安娜．德．羅石舒瓦—墨爾德瑪（Anne de Rochechouart-Mortemart, 1847-1933），丈夫爲以馬內利．德．克魯梭（Emmanuel de Crussol），第十二位德．玉澤斯公爵（duc d'Uzès），一八七八年逝世；安娜兼具女子小說家，詩人，雕刻家，女性遊艇擁有者，狩獵騎士，及女子主義者身分；或許是指年輕的德．玉澤斯公爵夫人，婚前之名爲德瑞絲．德．呂因倪（Thérèse de Luynes），路易之妻，長兄雅各於一八九三年逝世後，路易接續成爲德．玉澤斯公爵。愛彌梨恩．德．艾嵐松（Émilenne d'Alençon），雅各之情婦，雅各乃第十三位德．玉澤斯公爵，《所多瑪與蛾摩拉》文本中曾提到他（本書法文原典頁471，以及注3）。

——正如古代社會的法官會議所做的——次日將親自舉辦當季最令人矚目的園遊會，這給了她一個短暫的權威。她的名單建立好了，扣好了，以至於一邊緩步走遍親王妃的沙龍，一邊在每個人的耳中連續輸入這句話：「明天您不要忘記我」，她暫時享有光榮，自顧自的移動著雙眼，依然臉帶微笑，當她看見所要規避的是某個醜八怪，或是某個基於中學時代的情誼而被款待在「姬蓓特」家裡的土包子鄉紳，來到她的園遊不會給她增加任何光彩，她就寧願不對他說話，以便後來能夠說：「我以口頭方式邀請了，很不幸的，我當時沒遇見您[58]。」如此一來，她，身爲一位單純的聖─鄂薇特，以她溜溜轉的雙眼，對著親王妃晚宴的組合賓客再做一次「篩選動作」。她自認爲如此做事，正是符合眞正的德．蓋爾芒特公爵夫人身分。

有一點必須說：這一位女士也不是如我們所想的，隨著己意問安或微笑。對一部分人，或許，當她拒絕他們時，那是刻意的：「她就是惹我心煩，」她說道，「難道我要被迫和她談論她的晚宴一小時之久？」

我們看見一個膚色甚黑的公爵夫人走過，她又醜又愚昧，有些舉止不合常規，不但被社群排擠在外，也被一些內圈的優雅人士所不容。「啊！」德．蓋爾芒特夫人低語著，以內行人的準確和精明一眼看穿某人對她展現的是個假珠寶，她說：「竟然招待這款人！」單看這位近乎愚昧的女士，臉龐佈滿了黑斑點，德．蓋爾芒特夫人就把這場晚宴歸類爲劣質場合。德．蓋爾芒特夫人從小和她一起被帶大，不過已經不再和她有任何往來：對她的致意也只略微點個頭，全無情感。「我不懂」，她對我說道，彷彿是要致歉，「瑪莉．姬蓓特怎麼把這些人渣也一起請來。我們可以說，這裡面龍蛇混雜到不行了[59]。涓蘭妮．普爾達列斯家裡安排的還好些。如果她喜歡，她是可以把東正教的聖─西諾學院以及新教的宣道修院[60]人士都一起請來，可是至少在那樣的日子裡，我們不會被她邀請過去。」可是[61]很多時候出於羞怯、也怕招惹丈夫鬧脾氣，因爲他不讓妻子招待藝術家，等等。（「瑪莉．姬蓓特」保護著許多藝術家，她要小心不被某個著名的德國女子歌者接近才好。）因爲也是關乎國家至上主義有著某種懼怕，既然是像德．查呂思先生一樣，把自己認定是維繫德．蓋爾芒特家族精神的人選，從上流社會的角度來看（大家現在把次序做了調整，把對於參謀長、庶民將軍的尊重擺在某些公爵前面），即便在這點上，由於別人把她列爲沒有知識之輩，有自知之明的她做了大幅度的讓步，甚至顧忌在反猶環境中伸手給斯萬來握。在這方面，她很快就安心了，因爲知道親王不讓斯萬進來，與斯萬起了「一種口角」。她不會冒險公開和「可憐的查理」談話，她寧願在私底下溺愛他。

「這個女子她又是誰？」德．蓋爾芒特夫人揚聲說道，當她看見一個身著黑色女洋裝，簡單得讓人以爲她家有喪事、表情略帶怪異的小女士，她連同她的丈夫正向著公爵夫人行禮致意。她沒認得出這女士是誰，於是就像是個被冒犯的人那樣，挺直了身子，看著她，不答禮，帶著蠻橫無理的態度，一臉訝異的問道：「這又是哪號人物，巴贊？」至於德．蓋爾芒特先生，爲了彌補鷗麗安的不禮貌，向那女士致了意，也握了她丈夫的手。「怎麼了，她是德．碩斯比耶夫人，您很失禮。」──「我又不知道德．碩斯比耶是什麼人。」──「是商梨佛老母親的侄兒。」──「我哪知道。那個女人是誰，爲什麼向我致意？」──

---

58 在法國王朝復辟時期，當德．波瓦涅夫人（Mme de Boigne）主辦的晚宴蔚成風氣時，她是以此方式採取邀約行動：「我以口頭方式邀請賓客，邀約都是針對偶而讓我遇見的人選。不過，我特別注意湊巧讓我沿途遇上的是我要召聚，而且是我知道合宜的人選。」《回憶錄》（*Mémoires*），尚．克勞德．貝爾舍（Jean-Claude Berchet）編著，法國信使出版社出版。一九七一年。第二冊。頁7。

59 «On peut dire qu'il y en a ici de toutes les paroisses.»直譯：不該屬於這個教區的人全都冒出頭來了。**【譯者注】**。

60 關乎愛德蒙．德．普爾達列斯伯爵夫人（la comtesse Edmond de Pourtalès），婚前之名爲湄蘭妮．德．柏玉希耶爾（Mélanie de Bussière）。參見《富貴家族之追尋》。注2。原典頁124。原屬法國的德．普爾達列斯家族（Pourtalès），持基督新教信仰，當南特詔書頒布時，移民到瑞士紐沙特公國（Neuchâtel）定居。聖─西諾學院（le saint-synode）乃是於一七二一年由彼得大帝設立於俄羅斯的最高宗教學院。宣道修院（Le couvent de l'Oratoire）位於麗佛里街（rue de Rivoli）145號，於一八一一年由拿破崙指派成爲新教教堂。

61 前段關乎「膚色甚黑的公爵夫人」是手稿中後來加添的資料，這段文字切斷了公爵夫人與受邀賓客擦身而過時，攸關肢體互動的描述。

「怎麼了，您不會不認識他們的啊，她是德．夏爾法夫人的女兒，杭麗葉特．蒙莫杭西。」——「啊！她的母親，我完全認識，很親切，很聰明的人。爲什麼她會嫁給一個我完全不認識的人？您說她的名字叫做德．碩—斯—比—耶—夫人？」她把最後一個字仔細的拼出，一臉狐疑，唯恐弄錯似的。公爵給了她一個嚴峻的眼神。「德．碩斯比耶這名字沒有您以爲的那麼可笑！年老的德．碩斯比耶是我們提過的德．夏爾法夫人[62]，德．森尼古夫人，以及德．湄勒羅子爵夫人的親兄弟。他們都是體面的人。」——「啊！夠了，」公爵夫人揚聲說道，如同馴獸師從來不讓野獸要吞食人的眼神嚇住那樣。「巴贊，我拜託您，我不知道您從哪裡挑來這些名字，我可要好好的讚美您一番。我是不知道誰叫做德．碩斯比耶，可是我讀過巴爾札克，不是只有您讀過，我還讀了拉比敘。我欣賞商梨佛，我不厭惡夏爾法，可是坦白說，德．湄勒羅寫的才眞是傑作。不過我們可以說，德．碩斯比耶也還不錯。您收集了這一大堆名字，眞是不可思議。德．蓋爾芒特夫人對我說道，您是想寫一本書的人，您可要記得夏爾法和德．湄勒羅。您找不到更好的名字了。」——「他只會招惹官司而已，然後被關進監牢；鷗麗安，您給他的建議太糟糕了。」——「如果他想要得到壞的建議，我希望有更年輕的人選給他，讓他好好跟隨。如果他不想要做比寫書更糟糕的事，那就罷了！」離我們相當遠的地方，一位身材美妙，態度自信的年輕女子，緩緩地顯出形影，她身著白色女洋裝，一身綴滿鑽石的輕羅紗。德．蓋爾芒特夫人看著她，她正和一群被她的卓越風姿吸引住的人們談著話。「您的妹妹走到哪裡都是最美麗的；今晚她很迷人」，她一邊坐下，一邊對路過的德．奇梅親王[63]說。德．弗羅貝維伊上校（他有一位叔伯輩的將軍，也是同樣的姓名），連同德．蒲瑞奧岱先生一起，都來到我們身旁坐下，正當德．符谷拜先生搖頭晃腦的（無可避免的，他準會讓自己的隊友失分，因爲太有禮貌，連打網球也一樣，接球之前非得尋求重量級人物同意）重新回到德．查呂思先生身旁（直到目前，他幾乎被德．默蕾伯爵夫人非常寬大的裙子包裹著，自稱在所有女子中，最欣賞的是她），而正巧，一團剛剛到達巴黎履新的外交使節中，有好幾位成員這時正向著男爵致意。當德．符谷拜先生看見一位格外聰明的年輕秘書時，他對著德．查呂思先生微笑著，很明顯的，獨一無二的問題如花一般綻放開來了。德．查呂思先生或許很樂意牽扯某人，然而他感覺自己被另外一個人所飄來的微笑牽扯，帶著唯一的意義，這讓他怒不可遏。「我對這種事一無所知，拜託您，把好奇留給您自己吧。這些新鮮事兒，我完全沒興趣。況且，在這個特殊情況中，您也錯得離譜了。我相信這少年人絕對不是您所想的那樣。」在這裡，被一個蠢貨掀底的德．查呂思先生被激怒了，所以他不肯說真心話。如果男爵說的是真心話，這秘書大可成為這個大使館的例外。事實上，這個大使館的組合成員各不相同，好幾位極為劣質，以至於倘若我們要弄懂到底什麼動機讓這些人員被挑選上，我們就會發現，是基於性別錯置。在這小小的男同性戀外交團體頂頭上，安置了一個大使，他反倒是戀愛女性到無以復加的誇張程度，很逗趣，屬於嚷嚷著邀人來看好戲的角色[64]，他要讓他的團隊以逆性的男扮女裝模式運作，大家好像都服從了反差定律。即使明明就在眼前，他還是不相信有性別錯置這回事。為了立即加以證實這點，他把親妹妹嫁給了一位他誤以為是個好色之徒的專員，從那時候開始，他變得有些礙事，不久就被新的大使下架了，好由他來確保全團的同質性。其他大使館想與這個大使館一較高下，不過奪不了標，（好像全國大型聯考，某一間中學經常蟬聯冠軍）而非得等超過十年，有了異質性的特派專員加入如此完美無瑕的合一團隊，那時，另一家大使館才終於搶下了這個不幸的榮銜，領頭帶隊。

62　根據這一頁所定義的親屬關係，或者更準確的說，是德．拉．商梨佛（de la Chanlivault）。參見《細說璀璨之童年》，原典頁3。

63　影射葛瑞芙伯爵夫人（la comtesse Greffulhe, 1860-1952），是德．蓋爾芒特親王妃與德．蓋爾芒特公爵夫人原型人物，她乃是德．奇梅親王（le prince de Chimay）之親姐妹。

64　«compère de revue»，表演節目的串場者。**【譯者注】**。

德．蓋爾芒特夫人安了心，知道她不必擔心非得要和斯萬聊天了，於是對於斯萬和男主人之間談話的主題感到了好奇。公爵問德．蒲瑞奧岱先生：「您可知道是關乎什麼主題？」。德．蒲瑞奧岱先生答道：「我聽說是關乎作家裴果特讓人在他們家裡表演的一齣小戲碼，還蠻逗趣的。不過好像是由演員來模仿吉貝，他正是裴果特先生所描繪的對象。」——「哦，吉貝被模仿，我倒有興趣看看」，公爵夫人說道，帶著夢幻般的微笑。德．蒲瑞奧岱先生一邊把他那嚙齒動物般的下巴往前伸，又補上一句說：「就是關乎這小齣戲碼。吉貝要求斯萬說個分明，而他只逕自答道：『哪裡，根本就不是那麼一回事，表演得一點都不像您，您比他好笑得太多了！』所有的人都覺得這話答得妙。」德．蒲瑞奧岱先生又補上一句說：「況且這齣小戲碼似乎很討喜，默蕾夫人也在場，她開心得不得了。」——「怎麼，默蕾夫人去那裡了？」公爵夫人訝異的說道。「啊！這都是媚媚一手安排的。事情發展到最後都是走到這步田地。總有一天所有的人都要跑去那裡，而我有我的原則，我刻意要把自己置之度外，到頭來，就發現只有我一人無聊的待在角落裡了。」經過德．蒲瑞奧岱先生剛剛向他們敘述一番之後，德．蓋爾芒特公爵夫人（如果不是關乎斯萬的沙龍，至少是關乎假設片刻之後將遇見斯萬）有了新的看法，正如我們所見到的。德．弗羅貝維伊上校對德．蒲瑞奧岱先生說：「您給我們所做的說明，都是徹頭徹尾的揑造。我看這事自有我的道理。親王乾脆就是簡單明瞭的對斯萬發了飆，非要他好好知道不可，就像我們的父執輩們所說的，要他別再來他家裡露頭露臉，原因是爲了他所標榜的意見。而且依我的看法，我的吉貝伯伯自有他的千百種理由，他不僅僅是發了飆，而且六個多月以前就和明目張膽的親德瑞福斯派人士斷絕了往來。」

可憐的德．符谷拜先生，這回成了軟弱無力的網球打手，手中握的是一顆死球，這粒球被人毫無顧忌的往外丟，剛好朝向德．蓋爾芒特公爵夫人的方向直飛而去，而這正是他要畢恭畢敬致意的對象。他並沒受到太好的款待，鷗麗安活在深信不疑的理念中，認爲在她的周圍環境中，所有的外交官——或者說政治人物——全都是蠢貨。

社會中新近有利於軍人的情勢必然使得德．弗羅貝維伊先生得了好處。不幸的是固然他所娶的妻子貞正是德．蓋爾芒特家族的人，不過她也是一位窮酸了的家族成員，加上他自己也喪失了家產，他們幾乎人脈全無，除非親戚中有婚喪的重大場合，他們是被冷落在一旁的人，那時候他們才成了真正歸屬於上流社會的同心團體，好比名義上的天主教徒僅僅一年領一次聖體，如此而已。如果不是德．聖—鄂薇特夫人基於對已故的德．弗羅貝維伊將軍還持有忠實情感，以各種方式來幫助這對夫婦，提供衣著打扮和休閒活動給他們的一對小女兒，他們的經濟情況可能更加不堪。可是這位上校雖然被認為是個規矩的男生，卻不心存感激。他羨慕善心女士她所主辦的活動，那種接連不斷的、誇大浮華的燦爛和光彩。她那一年一度的園遊會，對上校本人、對他的妻子、對他的孩子們，是他們付上再多的代價也都不肯錯過的美妙愉悅享受場合，不過一想到德．聖—鄂薇特夫人從這樣的園遊會得到誇耀和滿滿的喜樂，德．弗羅貝維伊先生心中的愉悅是含著毒素的。園遊會在報紙上經過一番鉅細靡遺的敘述之後，還會加上令人扼腕的預告：「我們會再回頭來簡報這場美麗的慶典」，一連好幾天關乎服飾裝扮各種細節補充的報導，這一切都讓德．弗羅貝維伊一家人非常受傷，他們年年知道自己可算是能夠參加這早場活動的人，卻是無份於如此的愉悅，以至於每年都企盼著天氣會轉壞，園遊會辦不成功，他們看看天氣儀表計，如果預告有暴風雨可能搞砸慶典，這就使他們稱了心，如了意。

德．蓋爾芒特先生說：「德．弗羅貝維伊，我不和您討論政治，不過說到斯萬，老實說，他對我們所做的行為是不可取的。從前他在上流社會中被我們護衛，被德．夏爾特公爵[65]贊助，而有人對我說，他現

65　關乎德．夏爾特公爵（le duc de Chartres），參見《細說璀璨之童年》。原典頁305。注2。

在是公開表態成爲親德瑞福斯派人士。我從來都不相信他會如此做，像他這樣有精緻品味，具備正向思想，身爲收藏家，愛好收集舊書刊，賽馬俱樂部會員，一個全然體貼週到的人，我們喝到的伯多美酒，都是從他這位內行人所提供的好地址所買到的，一個業餘藝術家，一個顧家的好父親。啊！我眞看走眼了。只怪我自己是個十足的老笨蛋，我的意見沒人理睬，活像個赤腳仙。可是就算是單單爲了鷗麗安，他也不該如此做，他應該公然否認猶太人，也該當否認他是被判刑者的同路人才對。」

「對，我的妻子經常把他當朋友看待。」公爵又說了。不論人們心裡對德瑞福斯的罪惡持什麼樣的意見，公爵顯然認爲，把德瑞福斯當成賣國賊，這才是個被款待在聖－日耳曼富堡貴族區的人所應該持有的表達感謝方式。「他應該與他們的團體脫鉤。問問鷗麗安吧，因爲她眞的把他當好朋友對待。」公爵夫人心中想著：純眞、平靜的語調會給他這一番話更加劇情化、更具眞心的價值，因此用一種小學生的聲音，如同要讓她的口流露出眞相，讓她的雙眼單單顯出略帶憂鬱的表情，說：「眞是這樣的沒錯，我沒有任何理由隱藏我對查理的眞心！」——「哦，諸位看看，這可不是我要她這麼說的。有了這些，他還薄情薄義到這樣的地步，變成親德瑞福斯派人士！」

我說：「關乎親德瑞福斯派人士，似乎馮親王他也是。」——「啊！您向我提起他，這可好。」德．蓋爾芒特先生揚聲說道，「我差點忘記了，他要求我星期一來晚餐。不管他是親德瑞福斯派人士或不是，我都毫不在乎，因爲他是外國人。我才無所謂呢。對法國人來說，那就是另外一回事了。斯萬是猶太人沒錯，不過至今——德．弗羅貝維伊，請原諒我說——我太心軟，相信猶太人也可以是法國人，我的意思是指上流社會人士中值得尊敬的猶太人。說到斯萬，他正是完完全全符合這個名詞定義的人選啊。還說呢！他逼得我承認是我看走了眼，因爲他支持這個德瑞福斯（不管有罪或者沒罪，德瑞福斯都毫不屬於斯萬的出入環境，斯萬從來未曾遇見過他），違反已經接納了他、而且待他如同一家人的社群。毋庸置疑的，我們所有的人都曾經做了斯萬的保證，我曾經保證他是個愛國主義者，像我這樣愛國。啊！他是恩將仇報。我坦承：我絕不會料到在他身上會有這樣的情形。我先前以爲他還不錯。他有思想（當然是指他那一類型的思想）。我當然知道他非常不智的選了不體面的婚姻，再說一句，諸位可知道斯萬的婚姻讓誰難過極了？就是我的妻子。鷗麗安正如我所說的，經常佯裝無感，可是基本上，她是超級強烈有感的。」德．蓋爾芒特夫人很高興她的個性如此被分析著，她帶著謙遜的態度聽著，一句話都沒說，謹謹慎慎的同意如此的讚美，唯恐打斷它。關乎這個題目，德．蓋爾芒特先生大可說上一小時，她也不會移動半點身子，如同有人正對著她演奏著音樂。「還說呢！我記得當她聽到斯萬結縭的消息時，她感覺到受了傷；她覺得這人很不應該，我們對他表現了那麼多情誼。她非常喜愛斯萬；她難過了很久。對不對，鷗麗安？」德．蓋爾芒特夫人相信應該對如此直接的呼喚作出回應，在這個節骨眼上，雖然不必表現出來，但是可以加以確認這些讚美，是她覺得已經告了一個段落的。德．蓋爾芒特夫人以一種怯生生的、單單純純的，神情與其說是有所領悟，不如說是更爲「有感」的口吻，含蓄的、溫柔的說了話：「眞的，巴贊說得沒錯。」——「再說，這可是兩回事。怎麼說呢，戀愛就是戀愛，雖然依我的看法，他應該留守在某些界線之內。要是個年輕人，一個嘴上無毛的小子，我會原諒他被烏托邦思想帶著走。可是斯萬是個聰明人，他的細緻是有公信力的，他對油畫內行，是德．夏爾特公爵的熟客，還被吉貝親自款待！」況且，德．蓋爾芒特先生說這些話，所用的語氣完全是帶著眞心，脫離了他太頻繁表現的庸俗。他說著話，帶著些許憂傷和惱怒，可是在他內裡，散發著一種安詳的嚴肅感，是林布蘭畫筆下人物那樣勻潤又豁達的美感，例如像希克斯小鎮鎮長那樣[66]。我們感覺得到，對公爵而言，毋庸置疑的，斯萬在這事件上的行爲表現是不道德的；公爵從

66　希克斯小鎮鎮長（le bourgmestre Six）及其妻子的諸多畫像屬於阿姆斯特丹希克斯之收藏品（la collection Six）系列。

中所感受到的憂傷，是當父親的，看見他的小孩中有一個格外受了栽培，爲他格外做了最大犧牲，而他的行爲卻是不加檢點，依照那値得尊敬的家庭所秉持的原則或是偏見來看，這是刻意做了有損家風的事。眞的，從前德．蓋爾芒特先生知道聖─鷺成了親德瑞福斯派人士時，他也從來沒有表現過如此的訝異，既是深沉又是痛心。首先，他本來就視侄兒如同誤入歧途的少年人，他在還未改邪歸正前，做什麼都不會讓他吃驚。然而斯萬卻是德．蓋爾芒特先生口中所稱之爲「深思熟慮的男子，擁有優質地位的男子」。隨後，尤其是走過相當長的一段時間了，在這期間，從歷史角度來看，即使一些事件的發生，似乎部分證實了親德瑞福斯論述的主題是正確的，反德瑞福斯派的反對陣營則是變本加厲的使出暴力，讓起初純粹是政治性的議題，後來變成社會性的議題。現今浮出檯面的問題是黷武主義、愛國主義，在社會中掀起憤怒浪潮，經過蘊釀，所形成的這股暴風雨威力，是始料所未及的。「諸位看見了，」德．蓋爾芒特先生又說道，「因爲他堅持一定要支持他們，即使是從他所親愛的猶太人觀點來看，斯萬是犯了一個愚昧的錯誤，其嚴重性無法準確加以計算。他證明了一件事，就是他們全都私下聚集，從某方面來說，他是被迫提供支援給自己族群的某個人，即使他們與這人素昧平生。這是一種公害。我們顯然是太過溫和了，斯萬所犯下的錯誤，正因爲他是受尊敬的，是被接納的，他幾乎是我們唯一所認識的猶太人，因此這會招惹出更大效應。我們可以告訴自己：這事**適足以防微杜漸**[67]。」（就在這個節骨眼上，能在他的記憶裡找到一個如此恰到好處的引述，這著實讓他稱心如意，被出賣的偉大貴族，他的抑鬱被一個引以爲傲的微笑點亮了起來。）

我非常想要知道親王和斯萬之間究竟發生了什麼事，如果斯萬還沒有離開晚宴，我也想看看他。我對公爵夫人提到了這個願望，她回答我說：「我告訴您，我可不特別堅持要看他，因爲似乎依照稍早別人在聖─鄂薇特夫人家對我說過的，他希望在逝世以前我可以見見他的妻子和女兒。天啊，他生病讓我實在非常難過，起初，我但願他不是病得如此嚴重。不過畢竟這不是一個好理由，再說，這未免也太容易了。一個沒有才氣的作家只要說：『在國家學院投票給我吧，因爲我的妻子快要死了，在她逝世前，我要給她這份快樂。』如果我們被迫去認識所有行將就木的人，沙龍就再也不能存在了。我的馬車伕大可向我要求特別的關注：『我的女兒病重了，讓我得到德．帕爾默親王妃的款待吧。』我疼愛查理，拒絕他會讓我很傷心，也正是因爲如此，我寧可規避他來向我求情的機會。我全心希望他不是如他所說的那樣，病得快要死了，不過果眞有這種事非得發生，要我認識這兩位女子，這也不算是個好時機，是她們剝奪了我十五年來最要好的朋友之一，還要把我牽扯進去，我卻得不到見他本人一面之緣的好處，他那時候已經不在人世了！」

然而德．蒲瑞奧岱先生則是不停的反芻德．弗羅貝維伊上校強加於他身上的闢謠行爲。「我不懷疑您所說的有它的準確性，我親愛的朋友，」他說道，「不過我的說法有可靠的來源。那是德．拉．賣爾．德．歐伯涅親王講給我聽的。」德．蓋爾芒特公爵插話進來說，「我感到訝異，像您這樣的飽學之士，還說有個德．拉．賣爾．德．歐伯涅親王這號人物，您知道他根本不是親王了。這個家族連一個成員都沒有了。他是鷗麗安的舅舅，叫做德．溥怡雍公爵[68]。」——「是德．薇芭里希斯夫人的親兄弟囉？」我問

---

67 «Ab uno disce omnes»引述自《艾尼亞斯紀》（*Enéide*）。第二幕。詩句65–66：«*Ascipe nunc Danaum insidias et crimine ab uno / Disce omnes.*»（D'après un seul, apprenez à connaître tous les autres）「從一個例子，學習認識所有其他的吧」，防微杜漸之意：艾尼（Enée）向笛東（Didon）敘述可惡的希臘人西農（Sinon）如何說服特洛依城的百姓引木馬入城牆之內。

68 普魯斯特提到一個在十九世紀引發好幾場的訴訟事件。當最後一位德．溥怡雍公爵（le duc de Bouillon），雅各—雷奧波．德．拉．杜爾．德．奧弗涅（Jacques-Léopold de La Tour d'Auvergne）於一八〇二年去世時，他身後沒有留下任何子嗣。爭相覬覦德．溥怡雍公爵領地權益者於維也納代表大會中，投票裁決受益者是德．羅安—捷梅內親王（le prince de Rohan-Guéménée）。至於擁有德．奧弗涅頭銜的程序，則是導致巴黎法院於一八二四年作出裁決，根據此一裁決，「沿用德．奧弗涅頭銜的權利隨著最後一位德．溥怡雍公爵的去世而消失」。而德．溥怡雍其他親王中的一支年幼家族，也就是德．拉．杜爾．德．奧弗涅．達波奇耶伯爵們，依然把這頭銜再度延用。模里斯．凱撒．德．亞波奇耶伯爵（Maurice-César, comte d'Apchier, 1809-1896），又名德．拉．杜爾．德．奧弗涅親王，德．溥怡雍公爵（dit prince de la Tour d'Auvergne, duc de Bouillon），拉．杜爾．德．奧弗涅及達波

道，我想起了德·薇琶里希斯夫人婚前是德·溥怡雍小姐。「一點也沒錯。鷗麗安，德·蘭卜瑞薩克夫人向您問安。」

事實上，我們偶而看見德·蘭卜瑞薩克公爵夫人臉上畫出一個微弱的微笑，將它如同殞石般送給某位被她認出來的人士。如此的微笑，沒有形成積極的肯定，或是成爲無聲卻堅定的措辭，反而幾乎立即淹沒在一種理想的出神狀態中，不分辨任何人或事，只是把頭輕輕點著，使人想起智力有點衰退的高階神職人員向前來領取聖體的人群所做的祝聖動作。德·蘭卜瑞薩克夫人一點都沒有癡呆。不過，我已經見識過這種類型特殊、老舊過時的高雅風度。在康樸蕊以及在巴黎，我外婆所有的朋友都習慣在社交場合如此致意，神情那麼清高脫俗，如果她們在教堂看見了某個舊識，就會丟給他一個軟弱無力的問安，讓它轉成了祈禱，就像在彌撒中神父舉起聖餅聖杯的時刻，或者在葬禮時候所做的。不過德·蓋爾芒特先生說了一句話，給我的聯想做了補充說明：「可是您是見過德·溥怡雍公爵的，」德·蓋爾芒特先生對我說道，「他方才從我的圖書室走出來，那時您正要進去。他是個身材矮小，頭髮全白了的先生。」我把這個人當成是康樸蕊小鎮的人了，現在我想了一想，把他和德·薇琶里希斯夫人相似之處找出來了。德·蘭卜瑞薩克公爵夫人她那輕描淡寫般的致意，與我外婆女性友人們的致意方式兩相吻合，這點開始使我感到興趣，它們向我說明了在這些狹隘和閉關的環境中，不論是屬於小資產階級或者屬於高等貴族，舊時代的方式繼續存在著，它允許我們如同考古學家那樣去刨根究柢，這可能是源自教育，又延伸自教育所反映出來的心靈狀態，屬於德·艾嶺谷子爵以及羅伊薩·畢傑[69]時代。同年齡的康樸蕊小資產階級，與德·溥怡雍公爵兩者之間，外貌全然一致，現在更提醒了我（當我過去看見在舊版相片上聖—鷺的外公，德·拉·羅石傅柯公爵[70]他的衣服、舉止，等等，與我的大舅公一模一樣，著實讓我驚訝不已），社會性差異，甚至是個人化差異，相隔一段時間來看，是會形成一個時代的融合體。事實的眞相是，除了衣服相似以外，加上那時代思想光芒反射在人臉上的，它們都占了比社會階層更多的重要性，社會階層之所以有重要性，純粹是存在於當事人的自尊心裡面，以及在其他人的想像裡，要注意到那些人屬於路易—菲利浦時代的高等貴族，路易—菲利浦時代的資產階級，以及路易十五時代的高等貴族，其實不需要去羅浮宮各個畫廊瀏覽，就看得出來他們彼此差異性並不大。

這時候，德・蓋爾芒特親王妃所保護的巴伐利亞長髮樂師前來向鷗麗安致意。她點了一下頭做爲答禮。可是公爵很生氣，看見他的妻子向他所不認識、外表怪異的人說晚安，更是因爲按照德・蓋爾芒特先生所以爲的，樂師的名聲壞透了。公爵轉頭朝向她的妻子，滿臉狐疑、神情令人生畏，似乎是說：「哪兒來的這個怪咖？」可憐的德・蓋爾芒特夫人已經處於夠麻煩的情勢中了，假設樂師能稍稍同情這位受虐的妻子，他就會盡快遠離了。不過或許他的欲望是不要留在剛才遭到公開受辱的地步，周遭圍繞著的是一群公爵圈子裡最有交情的舊識，他們在場或許給了他理由以安靜的鞠躬方式致意，也是爲了表現他有充分理由，他並非不認得德・蓋爾芒特夫人，所以向德・蓋爾芒特夫人致了敬意；或許冥冥之中有一股擋不住催促他去做蠢事的靈感——然而在這樣的時刻，他更需要仰仗的是頭腦——樂師非得要規規矩矩

奇耶（La Tour d'Auvergne et d'Apchier）同樣於死時沒有留下子嗣。冒牌的拉・杜爾・德・奧弗涅存留到如今。德・查呂思向莫瑞轉達了他對冒牌者的輕蔑（參見本書法文原文頁476）。

69 德・艾嶺谷子爵（le vicomte d'Arlincourt, 1789-1856），法國王朝復辟時期多產且「狂熱的」的作家，在七月革命之後，以寫歷史小說爲障眼法，發表反對新政體的抨擊性文章。羅伊薩・畢傑（Loïsa Puget, 1810-1889），法國詩人兼音樂家，於一八三〇年左近在多處沙龍中歌唱自創的音樂作曲。

70 德・蓋爾芒特家族與拉・羅石傅柯家族有姻親關係（參見《富貴家族之追尋》。原典頁514）。至於被設定爲聖—鷺之外祖父的德・拉・羅石傅柯公爵，我們想到的人物是艾梅理・德・拉・羅石傅柯（Aimery de La Rochefoucauld）的父親，他乃是德・蓋爾芒特親王之原型人物之一，內祖父加百列・德・拉・羅石傅柯（Gabriel de La Rochefoucauld）則是聖—鷺原型人物之一。

的遵循禮儀，趨前更靠近德·蓋爾芒特夫人一步，對她說：「公爵夫人，懇請賞給我被您引薦給公爵的榮幸。」德·蓋爾芒特夫人非常難過。不過，雖然丈夫對她不忠，畢竟她依然是德·蓋爾芒特公爵夫人，不能顯出她的權利已被剝奪到不能引薦她所認識的人給她的丈夫。「巴贊，」她說道，「容我將德·海威克先生引薦給您。」「我不問您明天會不會去德·聖─鄂薇特夫人家」，德·弗羅貝維伊上校對德·蓋爾芒特夫人說這話，爲了掃除德·海威克先生對她提出如此不恰當要求所帶來的苦楚感受。「全巴黎的人都會去。」話說，德·蓋爾芒特公爵驟然間搬動整個身體似的轉身過來，朝向不懂分寸的樂師，以泰山壓頂式的態勢，一句話都不說，怒氣沖沖的，面對著樂師，好像大發雷霆的朱比特，動也不動的靜止好幾秒，雙眼射出憤怒和訝異，頭髮像是從火山口走出般的捲曲，之後，似乎是帶著衝動的怒氣讓他完成該有的禮貌，也似乎要透過他挑釁的態度，向所有在場者證實他不認識巴伐利亞樂師，公爵戴著白手套的雙手交叉在背後，向前屈身，猛然向著樂師鞠了一個大躬，帶著那麼多的不解和憤怒，那麼強勢，那麼強烈，以至於藝術家邊鞠著躬，邊顫抖著退後，免得肚子受到公爵頭部猛然的撞擊。「我剛好不在巴黎，」公爵夫人向德·弗羅貝維伊上校答道。「我要告訴您（我不該坦承這事）活到我這個年紀，還沒見識過蒙佛─拉莫里的花窗玻璃[71]。眞是慚愧，不過事情就是這樣。爲了彌補如此有罪過的無知，我告訴自己明天該前去看看。」德·蒲瑞奧岱先生精明的笑了笑。按照他的了解，事實上，如果公爵夫人已經等到這把年紀還沒見識過蒙佛─拉莫里的花窗玻璃，這一次的藝術性造訪不會驟然間有了急迫性，需要有「急驚風」式的介入，而且既然已經被延後超過二十五年，再延個二十四小時又何妨。公爵夫人所安排的計畫，只不過是一種德·蓋爾芒特家族式的發佈通諭，說明聖─鄂薇特沙龍絕對不是眞正的上好之家，有人把您邀到這樣的寓所，好將您當成點綴品，放在《高盧日報》的新聞報導中，此一寓所授予極高級的優雅徽章給那些名媛們，或者給一位名媛，假設這位名媛是單獨一人，而在這寓所裡卻見不到她們的芳蹤。在德·蒲瑞奧岱先生的細緻樂趣上，又多疊上了這份饒富詩意的愉悅，就是看見德．蓋爾芒特夫人像個上流社會人士那樣行事爲人，而他們身爲較低層的人，是不允許仿效的，單單如此的視野，就會給他們帶來一抹笑意，是屬於勤耕的鄉下人，看見更自由更有錢的人們在頭上經過時，所發出的微笑。如此細緻的愉悅，與德．弗羅貝維伊先生立刻感受到的，毫無關聯，那是他暗自隱藏著、卻樂不可支的歡天喜地。

德．弗羅貝維伊先生強忍著不讓人聽見他的笑聲，使他變得像一隻公雞那樣漲紅了臉，即使是如此，他帶著憐憫的口吻，一邊快樂的打著嗝，把他要說的話切得斷斷續續，一邊揚聲說：「噢！值得同情的聖—鄂薇特舅媽，她可要病倒了！沒轍了！不幸的女子請不到她的公爵夫人，這招太難受了！眞夠她受的！」他一面笑得前俯後仰，又補上一句。他眞舒爽得不得了，忍不住又是頓足，又是搓手。德．蓋爾芒特夫人用眼角和嘴角飄給德．弗羅貝維伊先生一抹微笑，她雖然欣賞他的和善動機，可是仍覺得無聊透頂了，德．蓋爾芒特夫人終於決定離開他了。

「好吧，我**非得要**對您說晚安了」，說著，一邊憂憂鬱鬱的、非不得以似的起了身，彷彿對她而言是一件不幸的事。她那一對施了魔法的藍眼睛，加上柔美像音樂的聲音，使人想到仙女詩情畫意般的輕嘆。「巴贊要我去看一下瑪莉。」實際上，她是聽夠了德．弗羅貝維伊不斷說他多麼羨慕能去蒙佛—拉莫里，然而她十足的知道，德．弗羅貝維伊是第一次聽見人提到這些花窗玻璃，況且他說什麼也不肯放棄參加聖—鄂薇特早場活動的。「再見了，我才和您淺聊了一下，在上流社會中就是這樣，大家難得一見，見了面也說不上幾句要說的話；況且，到處都一樣，人活著就是這麼一回事，倒是希望死後的安排會好一些。至少我們不需要經常穿低胸衣服。誰又知道？碰上大節日，大家或許會展示骨頭和蛆蟲。這又何嘗不可！

71　蒙佛—拉莫里（Montfort-l'Amaury）的教堂擁有十六世紀美麗的花窗玻璃。

喏，您看看杭畢雍老媽媽，您覺得她和穿著低胸女洋裝的骷髏架有很大差別嗎？固然她有一切的權利，因爲她已經是至少一百歲的人瑞了。當我開始在在上流社會中露臉時，面對這些神聖的怪物，她已經是我拒絕向他們鞠躬的老怪物之一，我以爲她老早就走人了；這也唯一說明了她所提供給我們的景觀。既是震撼人心又是行禮如儀。那就是『墳場！』[72]」公爵夫人離開了德．弗羅貝維伊；他又靠了過來：「我想對您說最後一句話。」她有點被弄煩了，高傲的問他：「還有什麼事？」他唯恐她臨時變卦不去蒙佛－拉莫里：「爲了德．聖－鄂薇特夫人，免得她難過，我沒敢告訴您這件事，但是您既然不打算去她那裡，我可以對您說：我爲您感到慶幸，因爲她家正在鬧痲疹！」——「噢！天啊！」鷗麗安說道，她各種疾病都怕。「不過，對我而言，這沒關係，我已經得過痲疹了。一個人不會得兩次。」——「醫生們才會這麼說；我認識的人當中有得過四次的。總之，您是被提醒了。」至於他本人呢，這個虛構的痲疹，他倒是非得眞正的染上不可，而且這痲疹果眞把他釘牢在床上了，這才讓他不得不錯過幾個月以來一直引頸翹望著的聖－鄂薇特慶典。要不是如此，他在慶典上該會見到多少的佳麗啊！更大的樂趣是看見這個慶典的有些事情被搞砸了，特別不同凡響的樂趣，就是可以長時間吹噓著他曾經有機會與佳麗們擦身而過，同時又誇大其辭的、憑空捏造著說，事情竟然被搞砸了，這才是眞正令人難過極了。

我利用公爵夫人換位子的機會，讓我自己也起身，好走到吸菸室向斯萬打聽近況。「根本不要相信芭芭樂所說的任何一句話，」她對我說道，「可愛的默蕾夫人從來都不會到那裡攪和。別人對我們說這些是爲了吸引我們。他們從不邀請人，也沒有人邀請他們。他自己坦承說：『就只有我們兩人，在我們的壁爐角落處獨處。』因爲他經常用**我們**來表達，並不像是國王的口吻，而是替他的妻子代言，這我就不多說了。可是我的消息是很靈通的」，公爵夫人補充說明著。她和我，我們與兩位青年人擦身而過，他們的俊美，既是出色又是不同類型，都是源自同一位婦人。他們倆人是德．蓋爾芒特公爵的新情婦，德．蘇秸夫人所親生。他們容光煥發，俊美的容貌十足媲美他們的母親，不過，各有各的帥姿。其中一位，他那英挺光潤的身軀，壓倒德．蘇秸夫人王室般的風采，母親與這個兒子的面頰都像大理石般的光滑平整，充份流露的，是白皙、紅棕又聖潔般的膚色；他親兄弟的臉，則是有著希臘人的額頭，完美無瑕的鼻樑，雕像般的脖子，雙眼無限深邃；天仙美女不同的禮物就這樣分享了出去，想到造成如此美貌的原因，是來自他們身體之外，如此雙重的美貌，帶給了人們抽象的愉悅；我們大可認爲他們母親的重要特色都已經一一融入兩個不同的人體之中；其中一個青年人所擁有的，是他母親的風度和膚色，另一個青年人所擁有的，是母親的眼神，如同神話人物所流露的朱比特或者彌聶芙的「力量」與「美麗」。他們對德．蓋爾芒特先生充滿敬意，論到公爵，他們說：「他是我們雙親很要好的朋友」，不過大兒子相信不要前來向公爵夫人致意是謹慎的作法，或許他不明白個中原因，但是他知道公爵夫人對他的母親懷有敵意，一看到我們，他就微微的轉過頭去。弟弟經常效法他的哥哥，因爲他既笨又加上近視，不敢自己拿主張，也把頭偏向相同角度，他們兩人都一起朝向遊戲廳溜了過去，一個在前，一個在後，活像兩個神話寓意故事中的人物。

快走到吸菸室時，我被德．希忒里侯爵夫人攔住了，她還是個美人兒，可是齒間幾乎已有了唾沫。她出生於相當高貴的家庭，找到了出色的婚配對象，嫁給了德．希忒里先生，曾祖母是屬於奧瑪—洛林家

72　乃意大利文「墳場」之意。影射比薩之墳場建築（Camposanto monumentale de Pise），關乎它，普魯斯特已經提及貝諾佐．戈佐利（Benozzo Gozzoli）之壁畫（參見《細說璀璨之童年》。原典頁36。注1）。德．蓋爾芒特公爵夫人在此影射十四世紀一位不知名大師所做的其他壁畫，他同樣以墳場爲壁畫主題：《死亡得勝》（«Triomphe de la Mort»），《最後審判》（«Jugement dernier»）以及《地獄》（«Enfer»）。

族。可是稱了心、如了意之後，因著她負面的個性，把所有上流社會的人們都當成了極端討厭之輩，這種厭惡當然在上流生活圈中是免不了的。她不但在整個晚宴中嘲笑所有的人，而且她的嘲諷如此強烈，以至於笑聲都不止是尖刻而已，簡直成了刺耳的嘶嘶聲：「啊！」她一邊對我指著剛剛離開我、已經有點走遠的德．蓋爾芒特公爵夫人，一邊對我說：「讓我百思不解的，是她可以過這種日子。」如此的言語，究竟是出自一位憤憤不平的聖女，百思不解為何外邦人不會自己認清真理，還是出自一個無政府主義思想者，愛好啃食人肉的胃口？無論如何，這樣指名道姓毫無道理。首先，德．蓋爾芒特夫人「所過的日子」與德．希忒里夫人的差別很小（除了惱怒更多以外）。讓德．希忒里夫人大驚失色的，是看見公爵夫人竟然能作出如此要命的犧牲：一整個晚上參加瑪莉─姬蓓特的宴會。必須要說的是，在特殊情況中，德．希忒里夫人非常喜愛親王妃，事實上親王妃是很善良的，德．希忒里夫人也知道，她前來參加親王妃的晚宴，會使親王妃非常開心。因此，為了參加這個宴會，她取消了與一位女性舞者的邀約，她相信這位舞者的天份足以引領她進入俄國舞蹈的奧妙。德．希忒里夫人看著鷗麗安對這位或那位來賓問安，就糾結了怒氣，這種怒氣並不是很有價值，原因之一，就是德．蓋爾芒特夫人其實已經成了呑吃德．希忒里夫人症候群的代表者，儘管狀況沒有那麼嚴重。再說，我們已經看到德．蓋爾芒特夫人一生下來就是這種病菌的帶原者。原因之二，就是畢竟德．蓋爾芒特夫人比德．希忒里夫人更聰明一些，德．蓋爾芒特夫人比她更有權利傾向虛無主義（這毛病不是只有上流社會的人才有），可是真實的情況是，優質性格確實有助於忍受鄰舍的毛病，不會因為旁人有毛病而受苦；而且，一個大有才華的人，比較不會習慣於注意他人的愚昧，不像笨蛋所喜愛去做的。我們已經描寫了夠久關乎公爵夫人的聰明類型，適足以讓大家相信，如果她的聰明不完全等於高水準的智慧，至少，她是有頭腦的，她是會運用靈巧心思（如同翻譯者），會使用不同形式句法的人。然而，德．希忒里夫人根本沒有如此的能耐，致使她所蔑視的一些優質條件，原是與她本人脣齒相依的。她覺得所有的人都是白癡，可是她的談話，她寫的信，顯然比她極其藐視的人更爲拙劣。再說，她非常需要摧毀一切，當她大致放棄了上流社會的生活之後，她當時所追求的愉悅享受，一個個都承受了崩解式的可怕威力。當她離開晚宴，前去聽幾場音樂時，她就說了：「諸位喜歡這些，聽音樂？啊！天啊，這也要看是哪些時候，這些音樂多麼惱人！啊！貝多芬，好煩！」先是針對華格納，之後是法蘭克，還有德布西，她甚至懶得說一聲「好煩」，光是把手划動一下，如同理髮師在臉龐上做的動作那樣。不久，所惹惱人的，就是全部了。「美麗的事情多麼惱人！啊！油畫，非得讓您發瘋不行。您說得眞的沒錯，寫信也好煩人！」到最後，她向我們宣告的，就是活著本身就很煩，誰也不知道她的比較用詞是從哪裡找來的。

我第一次在德．蓋爾芒特公爵夫人家吃晚餐時，關乎這場地，她提到過一些[73]，我不知道是否爲此緣故，反正這個遊戲廳，或者說是吸菸室，地板鋪著拼花，桌椅具有三腳，神話中的神仙和動物出來看著您，人面獅身在座椅的扶手伸著腰，尤其這個用大理石材質或用釉製圖形鑲嵌的巨大桌子所鋪蓋著的象徵符號，或多或少是模仿伊特魯利亞和埃及的藝術，這間遊戲廳給我一個眞正奇幻之室的效果。不過，德．查呂思先生端坐在椅子上，靠近發著亮光、威震四方的桌子，他連一張牌也沒碰，無感於他周遭所發生的事，沒看見我方才走進來，他像個正在運用所有強而有力的意志力及腦力來算命的魔術師。雙眼外突不但像一個坐在三腳架上的皮媞亞，而且爲了不讓他有任何的分心，連最微不足道的小動作也嚴格要求停止，才能進行他的工作（類似某個神機妙算中的達人，只要問題還沒有解決，他就什麼事情都不做），他把稍早之前叼在嘴上的雪茄放在附近，整個人的心思被綁住，不想抽菸。當他看見在面前雙手可環抱之處所擺

73　關乎這個具有帝國時代風格的遊戲廳，由德．蓋爾芒特公爵讓渡給德．蓋爾芒特親王，參見《富貴家族之追尋》。原典頁505。

著的沙發上，有兩個神仙模樣的人兒蹲坐著，如果他想找到的謎底答案比較不是關乎一位年輕的、活生生的伊底帕斯所給的謎題，我們可能會以爲男爵正試著找到人面獅身謎題的答案，這年輕人正是在這沙發上坐定了，爲了前來玩牌。事實上，德．查呂思如此聚精會神、全神貫注研究著的圖像，不能算是我們通常要研究的**幾何圖形樣式**，而是年輕的德．蘇嵇侯爵的臉龐所提供給男爵的線條；德．查呂思先生在這臉型面前如此全神貫注，看來它似乎是某個菱形圖案字體，某個謎題，某個代數問題，要由他嘗試著戳破謎底，或者演算出公式。在他面前，寫在這個法版上的晦澀符號以及圖形，就像一部天書，等著被年紀一大把的術士解讀出年輕人的命運走向。突然，他發現我正看著他，抬起頭來，如同離開了一個夢境，紅著臉對我微笑。這時候，德．蘇嵇夫人的另一個兒子來到正在玩牌的這位兒子身旁，觀看他的牌局。德．查呂思先生從我這邊知道這是一對親兄弟，他的臉不再隱藏對這家庭的激賞，這個家庭所創造出來的傑作是如此燦爛，又如此不同。男爵的熱情之所以增加，是知道德．蘇嵇公爵夫人這兩位兒子不僅僅是同一個母親，也是同一個父親所生。朱比特的孩子們各不相同，因爲他先娶了梅蒂絲，在他的命定中生下了幾個乖巧的孩子，然後再娶了黛蜜絲，之後又娶了娥麗儂，又娶了梅妮墨金，又再娶了嫘托，到了最後才娶了茱儂。然而，在同一位父親的條件之下，德．蘇嵇夫人生了兩位兒子，兒子們都各自繼承了母親的美貌，而且他們的美貌又不盡相同。[74]

終於斯萬走進來了，這讓我很高興，他沒率先看見我，由於這間遊戲廳頗爲寬敞。我憂喜參半，我的憂傷或許是其他賓客沒有感覺到的，賓客身上的憂傷是包涵在一種無力抗拒的震懾裡，由一個行將就木的人的外觀所導致，這人的外型既讓人驚訝，又別具特色，正如民間老百姓的說法，死亡已經寫在他的臉上了。就是這樣帶著近乎不禮貌的訝異表情，把不懂分際的好奇心、殘忍之心都帶進來了，也讓自己同時靜靜的、憂心的反省著（**何其有幸的我，生於塵土的我**[75]，羅伯特很可能把兩個引述綜合起來說），所有的眼光都關注在這張被疾病好好啃吃過、雙頰像個凹陷彎月的臉龐上，雙頰轉而變成不牢靠的背景，在某個角度之下，應該就是斯萬看自己的角度，單靠虛妄的眼光才能給此一背景加上有厚度的表象。抑或因爲雙頰已經削瘦得無法減少鼻子的大粒形狀，抑或因爲動脈硬化症連帶造成的中毒現象把鼻子變成了紅糟色，像似酗酒所導致的結果，或像嗎啡所引發的鼻樑變形，斯萬長時間以來被一張好看的臉龐吸收著的小丑般鼻樑，現在似乎顯得龐大、腫脹、泛紅，更像年長希伯來人的鼻樑，而不像一個引人側目的瓦洛王朝人士。再說，在最近的這些日子裡，有可能在他這個猶太人身上，種族將該有的身體典型特色更加凸顯了出來，同時也凸顯了他和其他猶太人之間敵愾同仇的情感，這種情感，斯萬似乎忘記了一輩子，然而，致命的疾病，德瑞福斯事件，反猶政治宣傳，盤根錯節在一起，把它喚醒了過來。有一些以色列人，在上流

74　此句乃是模仿樂恭特・德・黎勒的譯文，取自海希奧德（Hésiode）所著的《神譜》（*Théogonie*）一書：「首先，眾神之王宙斯娶了梅蒂絲（Métis）爲妻，她是所有神仙和凡人之中最爲賢慧者。〔…〕一些兒女註定從梅蒂絲而生，首生的，有貞潔的特黎多潔尼亞（Tritogénéia），她雙眸明亮，正如她生父一般的有能力，有智慧。〔…〕隨後，宙斯娶了姿色亮麗的黛蜜絲（Thémis）〔…〕。又娶了娥麗儂（Eurynomè）〔…〕。」普魯斯特省略了德梅特（Dèmèter）。「後來，宙斯愛上了有一頭美麗秀髮的梅妮墨金（Mnèmosynè）〔…〕。又娶了嫘托（Lètô）生下了阿波羅（Apollôn）和愛爾德密斯（Artémis）。〔…〕。之後，宙斯娶了最後一位妻子，她是姿色亮麗的赫嫘（Hèrè）〔…〕。」（頁31－32）。然而普魯斯特使用的是茱儂（Junon）這個拉丁文名字。

75　第一個引述取自盧克萊修（Lucrèce，約主前九九－五五年間羅馬共和國時期詩人及哲學家）之詩文，此一引述我們在《富貴家族之追尋》原典頁474中已經見過，出自盧克萊修所著之《物性論》（*De natura rerum*）。第二章。詩句1－2：「*Suave, mari magno turbantibus aequora ventis./ E terra magnum alterius spectare laborem*」（法譯：«Il est doux, quand, sur la vaste mer, les vents soulèvent les flots, de regarder, de la terre ferme, les terribles périls d'autrui»），（中譯：「當狂風掀起大海波浪，能站立在堅實地面之上，膽顫心驚的望見別人沉淪，何其有幸。」）。第二個引述：「«*Memento, homo, quia pulvis es et in pulverem reverteris*»」則是符合聖灰禮儀日（le jour des Cendres）主祭神父所宣告的話，〔神父用去年棕枝主日祝聖過的棕枝燒成灰，在禮儀中，在教友的額頭畫十字記號，讓教友回想起〕上主在亞當犯罪之後所說的：「你既然是塵土，就將要歸回塵土。」參見舊約聖經《創世紀》三章19節。（〔〕內文字屬於譯注者之新增文字說明）。

社會中為人細緻且處事圓融，不過身上依然保留著一個粗魯的、先知的身影，他按兵不動，如同在一齣戲裡隱藏在幕後，一輩子等著某個機會來臨，才到台前大顯身手。斯萬已經活到了先知的年齡。在疾病摧殘之下，他的面貌好像崩裂的冰塊，從冰山邊緣掉落，一整塊一整塊的溶解消失，他的確改變了很多。更令我不得不感到訝異的，就是他和我的關係竟然改變得如此之大。這位男士是蠻好的人，很有教養，我遇見他絕對不會不開心，但是我無法明白從前怎麼會在他身上鋪上那層神祕感，他在香榭麗舍大道出現，就讓我心跳加速，以至於讓我羞於貼近他那以絲綢做襯裡的披風，在如此的一位人士所居住的公寓門口，當我要按門鈴時，無盡的不安和害怕一定會揪住我；而這一切，不僅是從他的住處，也從他個人身上消失了。與他聊聊的想法，對我而言可能是舒服的，也可能是不舒服的，但是無論如何，都不再會攪擾我的神經系統了。

自從我今天下午見過他以後——只是幾小時之前而已——就在德．蓋爾芒特公爵書房裡，他的改變眞是變本加厲啊！他眞的與親王發生了一場讓他大受刺激的口角？此一假設是不必要的。對於病入膏肓的人提出任何些許要求，很快就會對他形成難以承擔的重荷。稍稍把已經疲憊不堪的人暴露在晚宴的熱氣中，他的神色就會垮了下來，恰似一粒過熟的梨子，不到一天就要變爛，或像即將變酸的牛奶。再者，斯萬頭上已經有些地方略缺頭髮，看來像是抹過髮油，又抹得不勻稱，就如德．蓋爾芒特夫人所說的，他的頭髮需要皮毛整修師傅來整一整。我正要穿過吸菸室去和斯萬說話，不幸的，有一隻手搭到我的肩上：「日安，好小子，我在巴黎有四十八小時的休假。我去過你家，有人告訴我你在這裡，以至於是你給了我舅媽榮幸，讓我出席在她的宴會裡。」是聖─鷺。我對他說，我覺得這個宅第眞的十分美麗。「對，頗有歷史建築物的氣派。我啊，我覺得這眞的讓人厭煩透頂了。我們可別靠近我的帕拉梅舅舅，否則我們就要被逮住了。因為默蕾夫人（目前是她占了優勢）方才離開，現在他完全失魂落魄了。聽說他離開她寸步就是不行，眞像是上演了一場好戲。非得等到把她放進了馬車，他才罷手。我不怪我的舅舅，我僅僅覺得荒唐，我的家庭顧問團對我經常如此嚴格，而其中的成員正是最會引爆是非的，就拿我的舅舅查呂思來說吧，沒有比他更花心的了。而他還是我的監護代理人，他的紅粉知己數字不亞於唐璜，都活到這把年紀了，還解不了韁套。曾經有過這個議題，大家爲了我的緣故，要成立家族法律顧問團，我自忖，當所有喜愛徒步的長者聚集一處研究問題，把我召來爲了給我道德勸說，數落我不該讓母親難過，他們彼此面面相覷，應該不免啞然失笑。你看看這個法律顧問團的成員，好像是存心選擇了那些掀開女生裙子最多的人。」姑且把德．查呂思先生的問題擺在一邊，我的朋友關乎德．查呂思的問題所表示的訝異，在我看來，不見得是那麼有道理，然而，因著後來會在我的思想中產生變化的其他理由，羅伯特眞的不應該認爲：由荒誕不經的親戚、或者由正在如此行徑中的親屬來傳授給少年人智慧的課程，是一件異想天開的事情。

當事情攸關家族性遺傳，家族成員的相似性，無可避免的，負責開口教訓侄兒的伯父，大多犯有與侄兒相同的毛病。伯父所說的句句話都是出於眞心，長輩之所以被蒙蔽，是因爲人們都有這種能力，在每一種新增情況發生的時候，都會以爲那是「從未發生過的事」，這種能力促使人們接受藝術方面、政治方面等等的錯謬，卻沒察覺到，他們把以前的錯謬，現在當成眞理來接受，十年前，他們對另一個繪畫學派下了針貶，將另一個政治事件斷定爲可恨可惡，後來又反悔，完全認同了它們，卻看不出來這些只是換了湯沒換藥。況且即使伯父的錯謬與侄兒有所不同，在某個程度看來，遺傳比較不是隨著因果律，因爲後果經常不與前因相似，好像複本不都全像原件那樣，縱使伯父錯得更離譜，他大可認爲這是無傷大雅[76]。

76　普魯斯特爲雅各—艾米勒．白郎石（Jacques-Émile Blanche）一九一九年之著書《畫家之話》（*Propos de peintres*）寫了以下的序言：「年長的叔伯決定要爲他們的侄兒成立法律諮詢團，這些長輩們正巧也都犯了相同的錯事，然而他們心中都認爲『這並非同一件事』」（《駁聖—伯夫》。頁583）。

德．查呂思先生剛才怒氣沖沖的指責羅伯特，當時羅伯特其實還不知道他舅舅眞正的癖好，這時期的男爵甚至是正在壓抑著他的癖好，身爲上流社會人士，依照男爵的觀點來看，男爵可能眞心覺得羅伯特實在比他更罪大惡極。就在他的舅舅被家人要求對他講大道理的時候，羅伯特豈不正在離經叛道的邊緣？他豈不是差一點就要被賽馬俱樂部攆出門？他爲了等級最差的女子揮金若土，與一些人士搏感情，他所喜愛的作家，演員，猶太人，沒有一人屬於上流社會，想法與叛國賊的看法毫無區隔，他給所有家人帶來痛苦，藉由這一切的一切，他豈不是成了備受嘲諷的對象？如此驚悚的生活，與德．查呂思到目前爲止的生活，豈可相提並論，他不但持守著、甚至增強了身爲德．蓋爾芒特家族的地位，在社會圈中絕對屬於優渥人士，備受禮遇，被最上層的社會捧在手心，而且既然與波旁王室的公主成了親[77]，他也懂得讓出身卓越的女子享受了幸福，妻子死後，他更熱切、更確實的崇拜亡妻，追念著她生前的種種行誼，勝過上流社會的習慣作法，他豈不是個好丈夫，好兒子？

「你確定德．查呂思先生眞有那麼多情婦？」我這樣問，當然不是存著詭譎的動機，想要向羅伯特掀開我無意中知道的祕密，而是因爲聽見他那樣一口咬定、志得意滿的提出一個錯謬的看法，我被他弄煩了。他只是聳聳肩，懶得回應他認爲是我的天眞問題。「更何況，我不會因此責怪他，我覺得他一點也沒錯。」他開始對我描繪一種讓他在壩北柯感到深惡痛絕的理論（他不只痛斥在那裡的拈花惹草者，更覺得死亡才是對待這種罪過合乎比例原則的懲處）。那時是他依然有所愛戀而且心生忌妒的時候。他甚至對我讚美妓院的美好。「只有在那種地方我們才找得到合腳的鞋子，我們軍隊裡所謂的合腳尺寸。」當我影射這些場所的時候，在壩北柯的他只有厭惡，現在聽著他說，我告訴他，蒲洛赫已經帶我見識過了，可是羅伯特回答我說，蒲洛赫去的地方應該是「爛透了的，是貧窮者的天堂」。「這要看情況而定。那麼，哪裡才是好的？」我不明說，因爲我記得就是在那裡，拉結，羅伯特曾經如此愛戀著的人，只要人家給她一路易就可以了[78]。「無論如何，我可以帶您認識更好的，是美妙女子涉足之處。」他聽見我想要他早早帶我去見識他所知道的一些妓女戶，應該是比蒲洛赫告訴我的那家妓女戶更高級，就表示了他眞遺憾這次無法辦到，因爲他次日就要離開。「就等著我下一次返回休假的機會了，」他說道。「你看著好了，甚至連幼齒少女都有，」他神祕兮兮的補充說明，「有一個小女生……我相信她是來自奧爾日城[79]，我以後再和你確認，這小女生家世很好；她的母親大概是出生在主教之十架城[80]，他們都算得上是上層社會人士，她甚至和我的鷗麗安舅媽有點親戚關係，除非是我搞錯了，況且，只要看到這小女孩，就感覺得到她是良家少女（我感覺到，一下子，羅伯特聲音鋪上了一層德．蓋爾芒特的家族精靈的影子，只不過在某個高度飄過，像一片雲，並不停留）。我覺得這眞是一件美妙的事。她的雙親經常生病，因此無力照顧她。說眞的，小女孩解悶的事，我就拜託你幫她找到一些休閒活動囉！」——「噢！你什麼時候再回來？」——「我不知道；假如你不堅持絕對要個女公爵（女公爵的頭銜對貴族階級而言，是唯一格外亮麗的位階，就好比在百姓中間稱呼公主一樣），另外有別類型的，有個碧蒲思夫人[81]的第一號貼身女侍。」

---

77 在小說中唯一的一次影射德．查呂思先生的妻子可能是出生在波旁家族。關乎德．查呂思對她妻子的崇拜。參見《富貴家族之追尋》。原典頁490–491。

78 參見《妙齡少女花影下》，原典頁145–148。

79 關乎奧爾日城名稱之來源，參見本書法文原典頁485。注3。

80 禮希峨城（Lisieux）之主教，大家把他運載到他的主教教區之城時，猝死在草地上，有人立刻在這地點豎立了一座十字架，將此地命名爲「主教之十架城」（*Crux episcopi*, la Croix-l'Evêque），該城如今名叫「主教之草地」（Pré-L'Evêque），位於禮希峨與主教之橋（Pont-l'Evêque）兩城之間。參見希伯利特．郭石理（Hippolyte Cocheries）著書：《地點名稱之緣起與形成》（*Origine et formation des noms de lieu*）。一八七四年出版。頁166。

81 在一九一二年的文本中，畢特布斯夫人的貼身女侍是一個重要人物，男主角長時間對她萌生欲求，之後在帕督遇見了她。不過在終極文本中，她不再出現：參見「序言」，頁十八。關乎畢特布斯的家庭，參見《細說璀璨之童年》，原典頁259。注1。

這時候，德．蘇稽夫人進入遊戲廳來找她的兩個兒子。德．查呂思先生見到了她，就迎向她，她原先期待男爵擺給她一臉的冷漠，所以侯爵夫人格外欣然接受了如此意外友善的對待，男爵長久以來都端著一副鷗麗安保護者的姿態，也是家族中唯一的——鷗麗安為了她的產業，一直對公爵的要求太過委曲求全，也很在意她的公爵夫人頭銜——因此男爵將他親兄弟的情婦們一概狠心的撂在一旁。德．蘇稽夫人可以了解男爵為何緣故賞給她可怕的態度，也完全猜不透她為何得到男爵如此一反常態的款待。男爵對德．蘇稽夫人說，他是如何激賞從前賈格[82]為她所畫的肖像。如此的激賞或許是出自眞心，它甚至讓男爵熱情澎湃到不讓侯爵夫人遠離他，即使其中帶著部分私心，男爵想要「勾住她」，正如羅伯特論到敵軍，就是要強迫敵方軍人非得停留在某一定點辦事不可。若說每個人都樂於在德．蘇稽夫人的兒子們身上欣賞到她那皇后般的雙眼和儀態，男爵的愉悅反倒是逆向而行，不過感受依舊極其強烈，他要在兒子們的母親身上重新找到集聚成束的魅力，由於肖像畫自己不會引發欲求，不過它會滋潤美學的賞析，由它來喚醒欲求。倒溯過來的欲望會回饋給賈格的肖像本身一種令人酥心的魅力，在這個節骨眼上，男爵很想取得這幅肖像畫，好由他來做一番研究，了解兩位德．蘇稽年輕人的身軀家譜學。

「我沒有誇張吧，」羅伯特對我說道，「你倒是看看我的舅舅如何湊上德．蘇稽夫人，怎樣向她獻殷勤。這都讓我感到訝異。如果鷗麗安知道了，她準會發飆。老實說，有夠多的女子，犯不著急忙搭上這一個，」他又補上一句；就像所有不談戀愛的人所以為的，人們要依照各自不盡相同的優點和適切性，先做過千百種考量，才會選上他的所愛。且說羅伯特他誤以為舅舅老是為著女人傾心，心中懷恨的他提到德．查呂思先生時帶著太多的輕佻。有了外甥而不招損是不常有的事。通常是透過外甥居中牽連，將習性代代薪傳不止，這是遲早會有的事。我們大可列出一大長廊的肖像畫，標題可採用德文戲劇的《叔伯與侄兒》[83]劇名，劇中我們將看到處心積慮、半推半就的伯父，如何千方百計的，不讓侄兒成為他的樣板。

我甚至要再補充說明，如果不讓一些沒有任何血緣關係的叔伯並列其中，好比藉由侄兒之妻所建立的伯岳父關係，那麼如此的畫廊就不夠完整。德·查呂思之輩的男子們，事實上都深信不疑，認定他們是唯一做到扮演好丈夫角色的人，更加上他們是唯一不讓妻子醋桶大發的人，以至於通常爲了對他們的姪女表示關懷，他們會將姪女許配給一個像查呂思這型的對象。這麼一來，彼此雷同的複雜關係更被攪亂成一團。有時候，基於對姪女的關愛，也會加上對於姪女未婚夫的關愛。如此的聯姻屢見不鮮，而經常被稱之爲幸福的姻緣。

「我們說到哪兒了？啊！說到碧蒲思夫人她那金髮高大的貼身女僕了。她也喜歡女人，不過我想你不在意這個；老實對你說，我從來沒見過這麼標緻的人兒。」——「我可以把她想像成喬吉翁[84]？」——「比喬吉翁還更像喬吉翁！啊！如果我有時間經過巴黎，該會有多少美妙的事情可做！然後就換下一個。因爲談情說愛這碼的事是開大玩笑，我已經學乖了。」我不久很驚訝的發現，他對文學也倒盡了胃口，而我們上回見面的時候，我當時的感覺，他只是對舞文弄墨的人大感失望而已（「他們幾乎全都是無賴，同

82 居士塔夫·賈格（Gustave Jacquet, 1846-1909），布格羅（Bouguereau）之門生，靜物畫家，也是上流社會肖像畫家。賈格逝世後，一九〇九年十一月，他的作品在喬治·佩第長廊（la galerie Georges Petit）銷售，他的舊識，孟德斯基歐，爲他的畫作簡介撰寫序言。參見一九〇九年十一月寫給孟德斯基歐的信，《書簡集》。第九冊。頁213。

83 《*Der Neffe als Onkel*》又名《誤把侄輩當叔伯》（*Le Neveu pris pour l'oncle*），在何涅亞（Regnard）之後，席勒（Schiller）重新發揮雷同的主題，他的喜劇於一八〇三年發表。這是曾經被普羅德（Plaute）在《攣生兄弟》（*Les Ménecbmes*）中發揮過的主題。席勒劇本曾以《叔伯與侄兒》書名多次在法國出版，以《叔伯抑或侄子?》（*Oncle ou neveu?*）爲該書的譯名，發表於一八九二年。

84 普魯斯特那時代，將女子典型認定爲出於喬吉翁（Giorgione）畫筆的原型人物，應是《鄉村音樂會》（*Concert champêtre*）畫中的兩位仕女，該畫保留在羅浮宮。歷史學者如今仍在提香（Titien）及喬吉翁兩位畫家之間產生紛歧意見，有人假設該油畫作品乃是由喬吉翁開始做畫，然後由提香完成之。

一個鼻孔出氣」，他對我說）。透過拉結的一些朋友，這合理的解釋了羅伯特該當發作的惱怒。事實上，這一票朋友們說服了拉結，說如果拉結讓羅伯特這個「另類男子」影響著她，就永遠不能嶄露才華，他們在羅伯特作東的晚餐場合，當著羅伯特的面，聯手和拉結一起嘲諷他。事實上羅伯特對文學的愛好並沒有任何深度，不是出於他眞正的本性，那只是由他對拉結的愛戀所延伸出來的，隨著失戀，它消失了，同時銷聲匿跡的，還有對尋歡者的深惡痛絕，以及對好品格女子所存的宗教性敬意。

「這兩位青年人看起來眞古怪！侯爵夫人，您看看這副狂愛玩牌的怪樣子」，德．查呂思先生說道，一邊指著德．蘇嵇夫人的兩位兒子，彷彿他根本不知道他們是誰似的。「應該是兩個東方人，他們有某些特徵，或許是土耳其人。」他又補上一句，爲了確認他那僞裝的無知，多多少少表現出某種反感，當此一反感轉成友善，正好證明如此的轉變純粹是因爲他們是德．蘇嵇夫人的兒子，是男爵剛剛才了解了他們的身分。或許因爲德．查呂思先生與生俱來的本領就是蠻橫無理，所以他善於利用這短暫時間，假設他不知兩位年輕人是何許人，於是他就有機會以挖苦德．蘇嵇夫人爲樂，放膽釋放他那慣有的冷嘲熱諷，如同斯加邦利用喬裝成主人的時機，結結實實的給他的主人一陣陣棒打。

「他們是我的兒子」，德．蘇嵇夫人紅著臉說道。其實，她的品德雖沒好到哪裡，如果她稍稍聰明一些，則大可不必覺得害臊。她應該能了解：德．查呂思先生針對少年人表現嘲諷或蠻不在乎的神情，其實並非出自眞心，就是連他對女子全然表面的激賞，也沒有表達他本性深處的眞相。一位女士很可能心生忌妒，男爵可以一邊與她說著百般讚美的辭令，眼神卻是飄向另一個男子，又隨即佯裝沒注意看到。因爲這種眼神有別於德．查呂思先生看女子的眼神；一種特殊的眼神來自深處，而且在晚宴中，不由自主的、天眞浪漫的飄向青年人，如同裁縫瞬間立即專注在衣著上，瞞不住他是做這一行的。

「噢！好奇怪」，德．查呂思先生搭腔時，態度蠻橫無理，一副讓自己的想法好好地翻了山、越了嶺，之後，才把它帶來到眞相這裡，是與他設定佯若無事的眞實情況大不相同的。「可是我又不認識他們」，他又補上一句，唯恐他那看不順眼的表情顯現得太過頭，因而癱瘓了侯爵夫人介紹他們給他認識的動機。「您可允許我介紹他們讓您認識？」德．蘇秾夫人怯生生的問道。——「噢，天啊！您起了這樣的念頭，我嘛，我很願意，只不過，這麼年輕的人或許不會把我當成好玩的人物。」德．查呂思先生輕描淡寫的說著，神情帶著猶豫和冷漠，屬於勉爲其難讓人對他表示禮貌的樣子。「艾努夫，維克竇尼恩，快過來」，德．蘇秾夫人說道，維克竇尼恩決心起了身，艾努夫近視得看不見哥哥以外的人，乖順的跟著。

「這回輪到兒子們了。」羅伯特現在對我說道。「笑死人了，連屋內的狗兒都極力要取悅於人[85]。更荒唐的是我的舅舅厭惡這一類的小白臉。你瞧，他那一副洗耳恭聽的樣子。如果是我想要向他引薦這一票人馬，他早叫我去撞牆壁了。哦，我得要去向鷗麗安問安了。我在巴黎時間太少，得要想辦法在這裡見到所有的人，否則還得去給他們放下我的名片。」「他們看起來多麼有教養，應對進退多麼優雅。」德．查呂思先生正說著。——「您覺得是這樣嗎？」德．蘇秾夫人高興的答道。

斯萬看見了我，進前來找到聖─鷺和我。斯萬的猶太式風趣，比起上流社會的玩笑，稍欠那麼一點兒細緻。「晚安，他對我們說道，天啊！三人湊在一起，別人會以爲是工會在聚集了[86]。差一點就有人要去把錢櫃找來了！」他沒察覺德．波瑟弗伊先生在他背後，並且正聽著他說話。將軍的眉頭不由自主的皺了起來。在近處我們聽見德．查呂思先生的聲音說：「怎麼？您的名字叫做維克竇尼恩，就像在《古代書房》小說裡的？」男爵說著，好拖延與兩位青年人談話的時間。「對，是巴爾札克寫的。」德．蘇姬的長

---

85 經過修改的引述，取自莫里哀的《女學究》（*Les Femmes savantes*）第一幕。第3景。詩句244：「就是連家犬，牠也努力討好人。」

86 反德瑞福斯派人士如此稱呼重審派人士。

子答道，他從來都沒讀過這小說家所寫的一行字，不過他的教授幾天前才對他提到，他和愛斯葛里儂這人有著相同的前名。德．蘇嵇夫人很高興看見兒子聰明的表現，德．查呂思先生面對那麼大的學問則是張口結舌。

「根據完全可靠的消息來源，盧白[87]似乎完全站在我們這邊」，斯萬對聖—鷺說道，不過這次壓低了聲音，免得被將軍聽見，自從德瑞福斯事件成了他關注的核心之後，斯萬的妻子與共和派人士的關係就變得更有意思了。「我對您說這件事，因爲我知道您是一路挺我們到底的。」

——「我可沒這麼認真；您完完全全弄錯了，」羅伯特答道。「這是一件麻煩事，我把自己攪和在裡面感到鑾後悔的。這件事與我完全無關。如果要重新來過，我會袖手旁觀。身爲軍人，我首先要護衛的是軍隊。如果您要和斯萬在一起一會兒，我就稍後再來找您，我去找舅媽了。」不過我看見他是去找德．安博瑞撒克小姐聊起天來了，一想起關乎他們可能訂婚的這事，他對我說了謊[88]，我覺得難過。當我得知半小時之前他已經被德．瑪桑特夫人引薦過了，我心中恢復了平靜，她想要成全這段姻緣，德．安博瑞撒克是非常富有的家庭。

「終於，」德．查呂思先生對德．蘇嵇夫人說，「我發現了一個有學問的少年人，讀過書，知道巴爾札克是何許人。讓我特別高興的，是在此地，就是最爲稀罕遇見的地方，在我王室權貴之一的家裡，在我家族成員之一的家中」，他補充說明著，一邊強調他所說的每一句話。德．蓋爾芒特家族擺出姿態，佯裝對所有的人一視同仁，實際上，在一些重要場合，當他們與「生爲貴」的人相遇，尤其是與較不「生爲貴」人在一起，渴望在人的臉上貼金，也有機會如此行時，他們一向勇於翻出家族古老回憶。「從前，男爵又說道，貴族的意思就是頂優，頂尖聰明，頂尖良善。不過現在，在我們中間，我可是第一次看到有人知道維克竇尼恩．德．愛斯葛里儂是什麼人物。我說是第一次有人知道，這話倒不正確，波里涅亞克和孟德斯基歐[89]也懂，」德．查呂思先生再補上一句，他知道如此相提並論，只會讓侯爵夫人感到醺醺然。「況且您的公子們也算是名門之後，他們的外公曾經擁有一套十八世紀的著名文集。如果您願意賞光，那一天來用個午餐，我讓您看看我的私藏文集，」他對年輕的維克賨尼恩如此說道。「我把《古代書房》展示給您看看，這是個奇特的版本，巴爾札克親手繕改過的。我會很高興把兩種版本的維克賨尼恩當著您的面好好比較一番。」

我捨不得撇下斯萬一人。他已經疲憊不堪，生病的身軀活像用來觀察化學反應的曲頸甑。有著普魯士藍小斑點的臉龐，樣貌不像屬於活著的人，它散發出一種氣味，是留在中學生做過「實驗」的「科學班」教室裡的，讓人覺得不舒服。我問他是否和德．蓋爾芒特親王有了一段冗長的談話，他是否願意告訴我，他們都談了些什麼。「好，」他對我說道，「不過您先去找一下德．查呂思先生以及德．蘇秙夫人，我在這裡等您。」

事實上，德．查呂思先生建議德．蘇秙夫人離開這太熱的室內，想和她到另外一間屋內稍坐片刻，他並沒有要求兩位兒子和他們的母親一同前往，而是邀請了我。他用這種方式先把他們釣上了鉤，再讓自己表達了不在意兩位青年人的神色。他對我的好意作法未免太粗糙了，德．蘇秙—勒—公爵夫人並沒有給人太好的觀感。

87　艾米勒．盧白（Émile Loubet），自一八九九年至一九〇六年任職法國共和國總統，適逢德瑞福斯案啓動重審期間。由於他表態支持重審，因而上任總統職位不久，遭到反德瑞福斯派人士在歐德怡（Auteuil）暴力相向。一八九九年，當德瑞福斯於連恩再度被定罪時，盧白特赦了他。

88　在《富貴家族之追尋》文本中，聖—鷺否認了他與德．安博瑞撒克小姐（Mlle d'Ambresac）訂婚的謠傳。（原典頁97）。

89　很可能是攸關艾德蒙．德．波里涅亞克親王（Edmond de Polignac）（參見《富貴家族之追尋》，原典頁120，注4）以及羅伯特．德．孟德斯基歐伯爵。

不幸的，我們一在壅塞的彎椅區坐下，德．聖─鄂薇特夫人就恰好經過，她是男爵冷嘲熱諷的對象。她，或許爲了隱藏，或者爲了公然的藐視德．查呂思先生對她生發的惡劣感覺，尤其是爲了表現：與德．查呂思先生無拘無束聊著天的美女，是她的密友，於是德．聖─鄂薇特夫人對著這位出名的美女說了一句日安，友善的神色中帶著藐視，而美女也回了她的問安，一邊用眼角飄給德．查呂思先生一個眼色，微笑中帶著嘲諷。可是小彎椅區太狹隘了，以至於德．聖─鄂薇特夫人在我們背後，想要持續請求受邀賓客次日來訪時，覺得自己被困住了，而且很不容易脫身離開，這正是個珍貴的時刻，是德．查呂思先生絕不輕易放過的機會，正好利用它來讓兩位青年人的母親見識一下他那傑出的損人口才。我提出一個無意義的問題，不帶著惡意，倒是提供給了他機會，得意洋洋的露了一段陳腔濫調，讓那值得同情的、近乎定格在我們背後的聖─鄂薇特夫人無法漏掉任何一個字。「想想看，」他向德．蘇嵇夫人指著我說道，「這個出言不遜的年輕人剛剛問我，如果我瀉肚了[90]，是否會去德．聖─鄂薇特夫人的家，我自忖，這就是一點都沒有顧念到我們必須隱藏這類的需要。我無論如何都會設法在一個更舒適的地點清爽我的肚子，如果我記得不錯，她在我開始到上流社會活動時，就已經慶祝百歲生日了，意思是說，我不會去她那裡。然而誰會比她更有興趣聽見這聲音？那麼多的歷史回憶，親眼見過、也親身經歷過第一帝國以及王朝復辟時代，那麼多私人秘辛，沒有丁點『神聖』可言，應該是非常『赤裸裸的』[91]，如果我們信得過可敬的跳跳女她那保持著輕盈的大腿！是我的嗅覺敏銳器官讓我不想探問這些具有高度意義的時代。光是有女士靠近，這就夠了。我突然對自己說：『噢！天啊，有人幫我挖糞坑了』，」而這只是侯爵夫人剛剛開了口爲了邀請賓客。「您一定能了解，如果我很倒霉的去了她家，糞坑的容量必然倍增到無以復加。這糞坑依然使用一個神祕的名稱，我常常一想起來就滿心歡喜，雖然如此的歡喜老早就超過了五十週年慶，所謂『逐漸衰退』的愚昧詩句：**啊！綠啊綠，我的心靈那天綠透了頂**[92]……」可是我需要一個更乾淨的綠地。有人對我說，那個走也走不累的徒步女子安排了『園遊會』，我嘛，我稱之爲『勸誘人散步到水溝裡』。您會在那裡大便嗎？」他問了德・蘇嵇夫人，這下子她覺得難以消受了。因爲想要對男爵佯裝她不去那裡的同時，她也知道，她就算拼了命也不會錯過聖—鄂薇特的早場活動，於是她用了金蟬脫殼之計，那就是賦予不置可否的答案。如此不置可否的形式顯得愚昧而不負責任，又是補針補得粗糙，以至於德・查呂思儘管想對她示好，還是毫無顧忌的冒犯了德・蘇嵇夫人，他大笑出聲向她表示「這騙不了人」。

「我佩服經常有構想的人，」她說；「我經常在最後一刻取消。一件夏天女洋裝的問題就可以改變一切。我是依照當下的靈感而行動的。」

至於我這一方面，我對於德・查呂思先生剛剛進行的那一小段惡劣的談話感到怒不可遏。我原想要多多給予籌備園遊會的女主人一些美言。不幸的是上流社會也好，政治界也罷，受害者太儒弱了，以至於我們不能一直不停的怪罪劊子手。德・聖—鄂薇特夫人成功的從彎椅區脫了身，是我們攔住了出入口，她不經意的與男爵擦身而過，藉由自鳴清高心態的直覺反應，她怒氣全無，或許還寄望著重提這類的話題，她不是第一

---

90 「德・查呂思說到聖—鄂薇特夫人（Mathilde Sée）時所用的謾罵，是孟德斯基歐所用的謾罵，一字也不差」，尙・寇克多（Jean Cocteau）在他一九五二年所著的日記《純屬過去式》（*Le Passé défini*）一書中如此寫道。參見彼得・香奈兒（Pierre Chanel）版本。賈利瑪出版社。一九八三年。第一冊。頁271。

91 «rien de“saint”, mais devaient être très“ vertes”» Des verts et des pas mûrs：〔通俗用語〕意即：令人難以接受，驚愕，或是難以忍受的事物。《二〇二〇年拉魯斯圖解大辭典》。**【譯者注】**。

92 引述自《逐漸衰退，愛朵蕾・芙盧佩之衰殘詩集》（*Déliquescences.Poèmes décadents d'Adoré Floupette*）。由加百列・韋格（Gabriel Vicaire）和亨利・波克萊（Henri Beauclair）共同嘲諷象徵詩人之作品。拜占庭（Byzance）。一八八五年交由李翁・凡內（Lion Vanné）於巴黎由雷翁・瓦尼耶出版。第二部「戲謔曲」（Scherzo）取自《綠色小調交響曲》（*Symphonie en vert mineur*）之詩，開始之詩句如下：「酸澀欲求若遠離，／乃因門扉已開啓。／噢！綠啊，綠啊，綠透頂，／今日我有此心靈！」（«Si l'âcre désir s'en alla, /C'est que la porte était ouverte. /Ah ! verte, verte, combien verte, /Etait mon âme ce jour-là !»）

次如此嘗試：「噢！抱歉，德．查呂思先生，我希望沒有造成您的不舒服。」她揚聲說道，彷彿屈膝在大師面前似的。這人只肯回給她一個大大的嘲諷笑聲，好像剛剛才發現侯爵夫人率先向他打了招呼，只樂得賞給她一個「晚安」，這簡直是一個新增的侮辱。總之，她渺無感覺到讓我替她難受的地步，德．聖—鄂薇特夫人向我湊了過來，把我帶到一旁，對我悄悄的說：「怎麼回事，我惹了德．查呂思先生什麼了？有人認為，在他的眼中，我的富貴氣罩不住他」，她邊說邊開懷大笑。我則保持嚴肅。一方面，她以為，或者她要讓人以為，事實上沒有人比得上她的富貴氣派，我覺得這樣做很愚昧。另一方面，有人以自己所說的言辭來當作狂笑點，而這又不是好笑的事，就免了我們加入其中，讓他們自顧自的爆笑就罷了。

「又有一些人以為是我不邀請他，而讓他面子掛不住。可是他不大鼓勵我前去邀請他。他好像對著我賭氣（我覺得這表情不明顯）。想想辦法了解他吧，明天再來告訴我。假如他後悔了，要陪您來，那就帶他來吧。所有的罪過都需要憐憫。我甚至相當高興，因為德．蘇稽夫人不大愛管這種事。我讓您全權決定。您在這方面的嗅覺再細緻不過了，我不想顯得苦苦求人參加的樣子，不論情況如何，我絕對把您算在內。」

我自忖，正等著我的斯萬應該等累了。況且我不願意太晚回家，因為有愛蓓汀。我向德．蘇稽夫人以及德．查呂思先生告辭了，前去找那位在遊戲廳等待著的病人。我問他，在花園與親王會晤時，所說的內容，是否正如德．蒲瑞奧岱先生（我沒有把名字告訴他）對我們交待過的，是攸關裴果特的一幕短劇的劇情。他大笑：「沒有一句是眞話，連一句也沒有，純屬揑造，而且絕對愚昧。眞的，實在令人匪夷所思，這一代的人太輕易犯錯了。我不問您是誰告訴了您這些，不過在一個如此狹隘的圈子內，要知道事情形成的原委，還得在親近者之間層層確認，眞是怪事。再說，這又是怎麼了，親王對我說的話能讓人感到興趣？這些人眞奇怪！我呢，我從來都不好奇的，除了當我在戀愛中犯了忌妒毛病的時候。這又結結實實的給了我教訓！您忌妒人嗎？」我告訴斯萬我從來都不曾感到忌妒，甚至也不知道這是怎麼回事。「還說呢！我恭喜您。從兩方面來看，吃一點醋，這也不完全是壞事。一方面，因爲這會讓不好奇的人對其他許多人的生活感興趣，或者至少對一個人感興趣。還有，因爲它使人相當感受得到擁有的甜美，與女子同進馬車的美好，捨不得讓她一人踽踽獨行。不過這些都是在犯忌妒毛病的初期，或者在療癒已經近乎完全的時候。兩者之間則是最可怕的酷刑期。況且，連我所說的兩種甜美，我都必須對您說，我的體驗並不多：首先，要怪我天生無法做很長時間的思考；其次，基於環境的因素，要怪罪的是妻子，我的意思是指女子們，我因她們而產生忌妒。不過這也無所謂。即使事物不讓我們眷戀，眷戀過的經驗並非全無意義，因爲這些都是旁人無法理解的理由。回憶起這些情感，我們感受到的，只有存在我們裡面的；要回到我們裡面才看得到。不要過度嘲笑這種理想派所用的術語，我的意思是，事實上，我好好的熱愛過了生命，好好的熱愛過了藝術。還說呢！現在我既然有些過度疲累而不能與其他人共同生活，這些舊有情愫是我非常個人化的經驗，似乎讓我更覺得珍貴，這就是所有的收藏家所共通的癖好。我向自己打開如同一面櫥窗的心扉，把許多戀愛經驗一一察看，是其他人沒有經歷過的。這一系列的收藏品，我現在比其他人還更捨不下，我對我自己說，這有點像馬薩林[93]看著他的藏書，雖說要離開這一切我會很不自在，不過，畢竟不帶著任何焦慮。讓我們回頭說到我與親王會面的談話內容吧，我只會對一個人敘述而已，而這個對象，就非您莫屬了。」我被德·查呂思先生的談話聲音打擾了，聽不清楚斯萬的談話，德·查呂思先生重新回到遊戲廳，在離我們很近的地方不斷的說個沒完。「您也讀書嗎？您都做些什麼？」他對艾努夫伯爵問道，他是連巴爾札克的名字都不知道的。他看什麼都是小小的，不過近視眼給了他眺望一切的表情，以至於希臘

93 乃指馬薩林樞機主教（Mazarin, Jules, Pescina, 1602-1661）。**【譯者注】**。

神像的稀罕詩意出現在他的瞳仁中，好像神祕、遙遠的星光閃爍。

「讓我們去花園走走吧，先生」，我對斯萬說道，艾努夫伯爵正用他那口齒不清的娃娃音對德・查呂思先生詳細的說明著，這似乎指出他的發展，至少在思想這方面，還不完全，他仔仔細細、不厭其煩又天眞浪漫的說著：「噢！我啊，我比較常打高爾夫球，打網球，打圓球，跑步，尤其是打馬球。」好似彌聶芙[94]給自己做了分割，在某些城裡，不再是智慧女神，而是將她本人的一部分轉變成純屬運動的、騎馬的女神，是「勒馬向前行的雅典娜」。他也去聖─模里茲滑雪，因爲芭拉絲・德黎托珍妮伊雅會在高峰之處走動，逮捕騎士[95]。「啊！」德・查呂思先生答道，帶著知識分子那樣超凡入聖的微笑，甚至不費工夫隱藏他的嘲諷，他自覺凌駕於他人之上太多，足以全然藐視其他人的智慧，有的笨得不太嚴重，有的笨得無可救藥，兩者的區隔倒是不太讓他費心，只要他們讓他尋得開心就夠了。當他對艾努夫說話時，德・查呂思先生覺得藉由這樣的行爲，他抬舉了對方，是所有的人都該欣羨和承認的。「不了，」斯萬對我說道，「我太累了，走不動，我們不如找個角落坐下，我站不穩了。」這是眞的，不過，開始談話加給了他某種活力。有一種千眞萬確的疲累，尤其是對神經質的人而言，是與集中精神有關，它只由記憶來維持活力。一旦我們害怕疲累，驟然間就身心俱疲，要從疲累中得以恢復體力，只需要忘記我們害怕疲累就行了。當然，斯萬不完全像那些累不垮的人，來的時候臉部坍陷，消瘦得毫無光輝，已經撐不住了，而他在談話中又重振起精神來，如同放在水中的花朵還能撐上幾小時，他們在自己所說的言語中汲取能力，不幸的是如此的能力並不會傳達到聽者的身上，隨著講者越講越清醒，聽者反而越來越無精打采。不過斯萬歸屬於這個強韌的猶太族群，有生命力，在對抗死亡方面，這族群的每一個個體似乎都參與在其中。受了特別疾病打擊的每個人，就像這族群本身所遭受到的，人人受了迫害，他們無止境的對抗著，忍耐著瀕臨死亡可怕的煎熬，超越所有合理可接受的極限，直到最後我們所看見的，只有一把先知的鬍鬚，上頭掛著巨大的鼻樑，擴展開來爲了吸入最後的氣息，隨著後來所要進行的，是屬於儀仗式的祈禱時刻，列隊行進的隊伍由關係疏離的親人形成，以機械式的動作行進著，如同在亞述建築物的中楣上所見。

我們即將坐下，不過在遠離德．查呂思先生、兩位年輕人以及他們的母親所形成的群體之前，斯萬禁不住投射眼光到德．蘇姬夫人的上衣胸口上，注視良久，像內行人那樣睜大眼睛，眼神帶著情欲的貪婪。他掛上了單鏡片眼鏡，好看得清楚些，一邊說著話，一邊偶而朝向這位女士的方向瞧著。當我們坐定了，他對我說：「這就是親王和我所談的原原本本內容。如果您還記得我方才告訴過您的話，您就會明白爲什麼我選擇您作我的親信了。之後還有另一個理由，是您將來會明白的[96]。『我親愛的斯萬，』德．蓋爾芒特親王對我說道，『請您原諒我，我近來似乎規避不見您的面。』（我根本毫無察覺，我因爲生病，對所有的人都避不見面。）『首先，我聽說了，我事先也想得到，您涉入了分裂國家的不幸事件之中，所持的意見完全與我相左。因此，如果您當著我的面宣揚這些意念，我會非常痛心。由於我的情緒如此緊繃，兩年前，當親王妃聽到她的連襟德．赫斯大公爵說到德瑞福斯是無辜的，那時她不僅立即不假顏色的挑出此一說法的毛病，同時沒有把這樣的話傳來讓我聽見，免得惹我生氣。幾乎同一時期，瑞典王室親王來到

---

94 《Minerve》，彌聶芙，代表智慧與聰明的意大利仙女，羅馬城的護衛者以及工匠的主保者，等同於希臘的雅典娜。《二〇二〇年拉魯斯圖解大辭典》。**【譯者注】**。

95 影射樂恭特．德．黎勒所譯之《荷馬詩頌》（*Hymnes orphiques*）。第三十一首。「雅典娜之馨香祭」（«Parfum d'Athène»）：（Pallas, née unique, Vénérable fille du grand Zeus, Déesse bienheureuse, au grand coeur, qui excites au combat, au nom illustre, qui habites les antres, qui traverses les hauts sommets et les montagnes ombragées, et te réjouis des bois, amie des armes, qui troubles et terrifies les esprits des hommes, qui exerces aux jeux gymniques, [...], qui poursuits les cavaliers, Tritogénia [...] !» 中譯：「芭拉絲，偉大宙斯可敬之獨生女。至福之女神，勇敢無懼，鼓舞戰事，以輝煌之名，潛居山洞者，跨越高山以及幽暗山嶺的妳，以森林爲樂，爲武者良友，攪亂並震懾人心，熟習武術〔…〕，追捕騎兵，德黎托珍妮伊雅啊，是妳〔…〕！」（頁109－110）。

96 關乎這個理由，我們後來也不會知道。參見《囚禁樓中之少女》，原典頁190，及《伊人已去樓已空》，原典頁172。

巴黎，可能聽說歐傑妮皇后是親德瑞福斯派[97]，而誤以為這是指著親王妃說的（您一定會說，這種混淆真怪，這一位是像我妻子這樣有身分地位的女士，那一位是西班牙女子，出身比大家所說的矮了一大截，又嫁給一個頭腦簡單的波拿巴），就對著她說：親王妃，我見到您倍感高興，因為我知道，關乎德瑞福斯事件，您的看法是與我一致的。我不覺得訝異，因為殿下您是巴伐利亞人。瑞典親王所得到是這樣的回應：大人，我只不過是法國的親王妃，而且我所想的與我的同胞一模一樣。不過，我親愛的斯萬，約略一年半前，我和德．波瑟弗伊先生將軍之間的一席談論使我起了疑竇，懷疑這不是誤判，而是訴訟程序犯了嚴重的不公。』」

德．查呂思先生的聲音中斷了我們的談話（斯萬不願意有人聽見他所說的）（況且德．查呂思先生不把我們放在眼裡），他又領著德．蘇秭夫人經過，而且停住腳步，想要多留住她，或許因為她兩個兒子的緣故，或許來自德．蓋爾芒特家族特性的欲求，不願意留不住現有的分分秒秒好時光，如此的欲求把時光延長成令人焦慮的停滯。關乎這點，斯萬稍後告訴了我某件事，它挪走了我曾經對於德．蘇秭—勒—公爵的名字所感覺的一切詩意。名為德．蘇秭—勒—公爵的侯爵夫人，她的社交地位具備極大優勢，享有更美好的姻親關係，遠勝過在采邑中過著窮酸日子的表兄弟德．蘇秭伯爵。可是用來結束她名號的字眼「勒—公爵」（le-Duc）根本沒有我所想像中的根源，讓我用它來與一些名稱相提並論，諸如：神父之小鎮，國王之森林等等的地名[98]。這純粹是因為在君王復辟時期，有個德．蘇秭伯爵迎娶了一位少女，她來自父家姓名為勒．竇克先生（M. Leduc）的家庭，又或稱做勒．竇克（Le Duc）的工業鉅子豪門，勒．竇克先生自己的父親也是化學產品製造商，屬於一方之首富，是法國元老[99]。查理十世為他們婚生孩子創設了名為德．蘇秭—勒—公爵（Surgis-le-Duc）的侯爵采邑，德．蘇秭侯爵的頭銜已經存在於家族中。由於財富雄厚，雖是一個帶著資產階級者的名字，也沒有攔阻這家族與王室一等一的家族聯姻。這一位名為德．蘇秭—勒—

公爵的侯爵夫人出生於豪門，原本可以占有一席重要地位。引人墮落之惡魔[100]卻催促她厭惡已經擁有的地位，逃離夫家，出去過一種最令人不齒的生活。之後，曾經臣服在她腳前、被雙十年華的她所厭棄的上流社會，都成了三十芳齡的她所瘋狂想念的，而那時，十年以來，除了稀有的忠誠之友，再也沒有人向她問安。她開始步步爲營、殷勤不倦的重新奪回她出生時就已經擁有的地位（如此的來來回回，屢見不鮮）。

至於從前被她否認的雙親大人，他們也曾經還以顏色否認了女兒，在她與雙親共同喚回的童年回憶基礎上，她道了歉。說這話的時候，爲了要隱藏住她的追求富貴心態，她或許不像她所以爲的那樣扯著謊。「巴贊，他是我全部的青春！」當他回頭再來找她的時候，她說了這話。事實上，這有點合乎真實情形。可是她選公爵做情夫是打錯了主意。因爲德．蓋爾芒特公爵夫人所有的女友都維護公爵夫人，因此，德．蘇嵇夫人花了那麼多力氣才爬上來的坡道，她得再度順著斜坡走下去。「好吧！」，德．查呂思先生正和她說著話，刻意把談話拖得更長，「請您在美麗的肖像腳前替我致上敬意。這肖像好嗎？它的近況如何？」——「您倒是知道的，」德．蘇嵇夫人答道，「這肖像已經不在我手裡了；我的丈夫不喜歡它。」——「不喜歡！它是我們這時代的傑作之一，大可媲美納第耶[101]爲棕紅城堡公爵夫人所做的畫，再者，這

97 歐傑妮皇后（L'impératrice Eugénie）正是持親德瑞福斯派思想者。

98 「修院院長（l'abbé），此一頭銜乃是給於管理修道院神職人員的稱呼，此一稱呼也進入許多地方名稱之中〔…〕。況且在中世紀，所有宗教領袖或非宗教領袖的稱呼都會進入地方名稱的組合當中。」（郭石理，頁164）。艾爾奈—勒—公爵（Arnay-le-Duc）就是其中之一例。

99 **Pair de France**：乃指一八一四—一八四八年間法國之元老院和上議院之成員。《二〇二〇年拉魯斯圖解大辭典》。**【譯者注】**。

100 《引人墮落之惡魔》（*Le Démon de la perversité*），愛倫坡（Edgar Poe）之著作，波特萊爾所譯之《奇幻故事新編》（*Nouvelles histoires extraordinaires*）第一篇標題。

101 納第耶（Nattier）爲路易十五之情婦，棕紅城堡之公爵夫人（la duchesse de Châteauroux）做了許多幅肖像畫，其中一幅專爲凡爾賽宮中該公爵夫人之臥室而做。孟德斯基歐，在他爲賈格（Jacquet）逝世後之售賣會畫冊簡介寫序，序言裡（參見注2，

幅畫企求定格在畫布上女神非得豪邁不行，非傷人心不可！噢，那個藍色衣領！就是連維爾梅爾也從來沒有畫過一塊比它更精美的布料，別大聲嚷嚷，免得斯萬向我們大肆撻伐，替他最喜愛的台夫特大師畫家尋隙報仇。」侯爵夫人回眸一笑，向斯萬伸出玉手，他起身向她致意。不過幾乎毫不遮攔的，他那一大把年紀可能把他的道德意志挪走了，顧不得別人的看法，或者因爲肉體有了激情，協助減低激情的功能失了靈，斯萬無法藏拙，一旦握住侯爵夫人的手，他從近處居高臨下的看見了她的酥胸，投下持久又專注的眼神，嚴肅的、凝神的、近乎關注的探進上衣胸口深處，他的鼻翼和鼻孔被女子的香氣陶醉了，飄飄然像一隻蝴蝶即將停留到巧遇的花朵上。他猛然從昏眩中醒來，德．蘇秭夫人本人雖然不很自在，但是她緊緊屏著一口長氣，原來欲求有時候是具有感染力的。她對德．查呂思先生說，「畫家的自尊心受了傷，把那幅畫拿了回去。有人說它現在掛在戴安娜．德．聖-鄂薇特那裡。」——「我從來都不會相信，」男爵回了一句，「一幅傑作那麼不被看好。」

「他談論她的肖像。我啊，關乎這肖像，我可以對她講論得和查呂思一樣好，」斯萬對我說道，佯若無事的賣弄玄虛，又帶著痞子口吻，雙眼跟著這一對遠離而去的男女。「這包準讓我享受到勝過查呂思的愉悅」，他又補上一句。我問他別人說到德．查呂思的話是否眞有其事，我這樣問，是扯了兩個謊，因爲別人究竟說了他什麼長短，其實我並不知情，反之，前不久我就完全知道我所要問的，其實是眞有其事。斯萬聳了聳肩，彷彿是我說了一件荒誕的事。「也就是說他是一位很細緻的朋友。不過我需要補充說明：這純粹是柏拉圖式的友情。他比其他人都重情感，如此而已；此外，因爲他和女子的交往都不深，關乎您所說的那些無稽之談就有了某種可信度。德．查呂思或許很愛他的朋友，不過，可擔保的，這一切的發生，除了在他頭腦裡和在他心中以外，別處都從來沒有。」或許我們總算有兩秒鐘的安靜時刻了。於是，德．蓋爾芒特親王持續說下去：「我坦白對您說，想到訴訟過程可能有不公不義，這對我是件非常難以接受的事，因爲就如您所知，我對軍隊崇拜有加；我和將軍又討論過，而在這方面，唉！我已經不再懷疑了。我老實對您說，在這一切事上，無辜者正無端的忍受著無止境的苦楚，這個念頭，根本沒有飄過我的腦海。可是我被這個不公不義的想法折磨著，我著手研究了我不想讀的資料，這麼一來，這次引起我懷疑的，不僅是不公不義而已，還有平白無辜，它們成了我揮之不去的夢魘。我不認爲應該把這事告訴親王妃。天曉得她已經和我一樣成了親善法國的人士。再說，自從我娶了她，矯情的我就對她表示過，我們法國是個多麼美麗的國家，對我而言，法國最亮麗的就是軍隊。要對她說我對軍隊有了二心，這是再殘忍不過的事。的確，出了狀況的只有幾個軍官。不過我是軍人世家，我不願意相信軍官會犯錯。我又再和波瑟弗伊討論過，他對我坦承，曾經聽過有人陰謀陷害，字據條或許不是德瑞福斯的，可是他有無可推諉的罪證，這證據就是亨利提供的文件[102]。幾天之後，我們曉得這是贗品。從那時候開始，我開始躲著親王妃的面，天天看《世紀報》、《晨曦報》[103]；很快的，我一點也不再懷疑，再也無法睡覺了。我把良心不安的苦楚向我的朋友波瓦雷修院院長[104]敞開，驚訝的發現他也如此確信，我請他爲德瑞福斯本人、爲他不幸的妻子，以及爲他的兒女獻上彌撒。就在這當下，有一天早上，我到親王妃那裡，看見她的貼身女侍把原先拿在手裡的東西藏了起來，我笑著問她怎麼回事，她紅著臉，不願意告訴我。我對我的妻子極爲信任，

法文原典頁93）將貝舍薇夫人（Mme Béchevet）的肖像畫比較成爲「位於門之上方的納第耶」。參見《頭戴冠冕者》（*Têtes couronnées*）。桑梭出版（E. Sansot）。一九一六年。頁252。

102 關乎亨利（Henry）的文件，參見《富貴家族之追尋》。原典頁232。注2。

103 《世紀報》（*Le Siècle*），自一八三六年至一九二七年發行之日報，自一八九二年開始由逸夫・圭猷（Yves Guyot）主編，該報支持重審德瑞福斯訴訟案件。《晨曦報》（*L'Aurore*），親德瑞福斯派之日報，創刊於一八九七年，克雷蒙梭（Clemenceau）是該報主要合作者。一八九八年一月十三日，左拉在該報發表〈我控訴…〉（«J'accuse...»）一文。

104 關乎波瓦雷修院院長（l'abbé Poiré），參見本書法文原典頁109。注1。

不過，這個突發事件十足打擾了我（親王妃的貼身女侍也很可能對她做了敘述），因爲我親愛的瑪莉在接下來的午餐中幾乎不和我說話。那天，我問波瓦雷修院院長，可否於第二天替我爲德瑞福斯獻一堂彌撒。事情就這樣，沒錯！」斯萬暫停了一下，輕聲說道。我抬起頭，看見德．蓋爾芒特公爵朝著我們走過來。「抱歉，打擾了，孩子們。我兒啊，」他對著我說，「鷗麗安派我過來找您，瑪莉和吉貝要求她留下與他們同桌用晚餐，另外再加上其他五、六個人，爲數不多：德．艾斯公主，德．栗涅夫人，德．達杭特夫人，德．石弗瑞斯夫人，德．愛杭貝公爵夫人。很不幸的是我們無法留下，因爲我們要去參加一個類似小型的舞會。」我聽著，可是每次我們在某個特定時刻要做某件事時，我們會在心裡請一位熟悉這工作的人來監督時間進度，並且適時給我們提醒。正因爲在幾小時以前我已經拜託了他，這位在我心裡的僕人提醒了我，這時候，在我的思想裡，離開我好遠的愛蓓汀，在戲劇結束之後，會前來我家，我也同樣拒絕了晚餐的邀請。這不是因爲我在德．蓋爾芒特親王妃家不開心。人們可以擁有好些類型的愉悅享受。眞正的享受是人們會爲了另一個享受而放棄的。後者，即使它只是有著表面上的好處，或者正是它的好處只是表面上的而已，卻是可以將前者取而代之，可以讓善於忌妒的人得到安心，或者揭發善妒者的行徑，讓所有的人判斷失準。然而，爲了後者能取代前者，我們只需要肯犧牲一點幸福，或者肯忍受些許痛苦即可。有時候，有第三種類型的愉悅，所要求的更爲嚴峻，不過卻是最爲根本的，它還不會讓我們擁有，萬一發生了第三種類型的愉悅，所帶來的可能，就是只有引發憾事，令人沮喪而已。然而我們後來要帶給自己的，正是這種類型的愉悅。舉個不太重要的例子來看，軍人在和平時會將社交生活奉獻給愛情，可是一旦發生戰爭（甚至不需要讓愛鄉愛國的責任來介入），所激發的熱情十足比男歡女愛更強烈的，那就是上戰場。儘管斯萬說他很高興把他的故事說給我聽了，我還是感覺得到他和我的對話來時已晚，又因爲他病得嚴重而讓他疲累不堪，這種疲累，若是有人拼著死命熬夜，過度耗神，回家時有著難嚥的悔恨，就像已經揮霍無度的人還要繼續揮霍，像浪蕩子，忍不住第二天還要再無端的亂撒錢。有了某種程度的虛弱，不論這種虛弱的肇始原因是年齡還是疾病，一切享受若是罔顧睡眠，擾亂了常規，破例將變成惹麻煩。藉由激動的情緒，談話的人爲了禮貌持續說著話，可是他知道，他可能睡得著的時間已經過了，他也知道，接下來的失眠或是疲憊時間，他會責怪自己。不過即使暫時的愉悅享受已進入了尾聲，身體和精神都已疲累不堪，無法顯出它是一種解悶活動，讓你舒舒服服的款待你的談話對象。身體和心靈好像一座寓所，若在出發遠行之日，或是喬遷當天有一些客人來探訪，我們必須坐在行李箱上，雙眼注視著掛鐘，款待來訪的客人們，這些盡都是苦差事。「終於我們可以單獨談談了」，他對我說道，「我不知道我已經說到哪兒了，我是不是對您說了：親王問波瓦雷修院院長是否可以替他獻一台彌撒，爲了德瑞福斯。『不行，』修院院長對我說，（我用『我』說這件事，斯萬對我說，因爲這是親王在對我說話，您可了解？）『因爲同一個早上，同樣也是爲他，已經有別人請我獻一台彌撒了。』——『怎麼，』我對他說道，『難道有另一位天主教徒和我一樣，確信他是無辜的？』——『必須如此相信。』——『不過這另一位持著如此同立場的人，時間上來說，應該是在我之後吧。』——『不然，這位持相同立場者已經請我獻上彌撒的時候，您還認爲德瑞福斯有罪。』——『啊！我看這位人士應該不是屬於我們圈內的人。』——『您完全料錯了！』——『眞的嗎，我們中間眞的會有持親德瑞福斯思想者？您把我弄糊塗了；這隻稀罕的鳥兒，如果我認識他，我會很想與他好好交心對談一番』——『您是認識他的。』——『他的大名是？』——『德．蓋爾芒特親王妃』[105]。正當我害怕拂逆愛國思想者的意見時，對法國有信心的親愛妻子，她，則是害怕激怒我的宗教信

105 在這裡的德．蓋爾芒特親王夫婦的原型人物應該是德．葛瑞芙夫婦。參見《馬賽爾．普魯斯特》。第一冊。頁315。邦德出版社出版；波瓦雷修院院長的原型人物應該是繆涅耶修院院長（l'abbé Mugnier, 1853-1944），神父在普魯斯特生命後期認識了他。參見神父的《日記》（*Journal*）。馬賽爾．畢優（Marcel Billot）編著。一九八五年。法國信使出版社出版。

仰以及我的愛國愛鄉情操。可是從她那一方面來看，她的想法是與我相同的，只是比我的時間更早。她的貼身女侍進入她房間的當下，所藏著的正是她天天購買的，就是《晨曦報》。我親愛的斯萬，從這一刻開始，當我對您說，在這一點上我會使您歡喜，我的想法多麼貼近您的；原諒我沒有更早一些如此做。如果您能接受我對親王妃所採取的沉默，您就能對我處之泰然，要我與您親近，我只能與您意見相左，別無他法。因爲要我來提這個議題，這是極爲困難的。我越相信有錯誤，而且甚至相信有罪的行徑已經犯下，我心中對軍隊的愛就使我更加淌血。在我的思想中，類似於我的看法遠遠不會引發您相同程度的痛苦，當那天有人對我說，您極力反對羞辱軍隊，也反對持親德瑞福斯思想的人們接受立場，與羞辱者（羞辱軍隊者）站在同一線上，這讓我下了決心，我坦承，要對您老實告白某些官員的錯，這對我是十分殘酷的，幸好這些人爲數不多，不過，我不必再離您遠遠的，這對我是一種釋懷，尤其您感覺得到，即使持有其他情感是我的立場，那是因爲我一點也不懷疑簡報的合法性。我一旦起了疑心，就只求一件事了，那就是『有錯誤就要修補』。我要坦承，德．蓋爾芒特親王這一番話深深感動著我。如果您像我一樣認識他，如果您知道他要走多麼遙遠的路，才能走到這步田地，您就會更激賞他，而他是配得的。況且，他的意見不讓我感到意外，他的本性就是如此正直！」斯萬忘記下午他告訴過我，在德瑞福斯事件上，親王他反倒是被家族性遺傳習慣導引著。頂多有人因爲有智慧而被他判定爲例外，因爲從聖－鷺身上來看，是智慧使他勝過了家族性遺傳習慣，使他成爲親德瑞福斯派人士。不過，他才看到的此一勝利沒有持續多久，聖－鷺已經投靠到另一陣營去了。方才正式歸功於頭腦的聰明，如今轉由心中的正直來接手了。事實上，我們往往事後才發現我們的對頭總有某個裡由站在他們所在的黨派上，這理由不是來自於在他們的黨派中有公正，而那些想法和我們一樣的人，如果他們的天生道德程度太低了，不值得一提，那就說是他們有聰明好了，如果他們的理解力薄弱，那就說是他們爲人正直好了，這才會使他們與我們的看法一致。

現在斯萬覺得那些與他意見一致的人都可算是聰明的人，他的老朋友德．蓋爾芒特親王，以及直到目前避之唯恐不及的蒲洛赫，我的同學都算，斯萬邀請這人來吃中餐了。當斯萬說德．蓋爾芒特親王是親德瑞福斯派人士，這話引起蒲洛赫許多興趣，「應該要求他與我們一起聯署支持畢卡[106]；以他這樣的名望，這會帶來非常出色的效果。」可是斯萬在他死心塌地支持猶太人的同時，另外加入了上流社會人士的溫和外交，他在這方面沾染太多習氣，是他遲遲無法甩在一旁的。他拒絕允許蒲洛赫寄一份聯署單給親王，讓親王簽名，即使這動作像是自發性的。「他不可以這樣做，不要強人所難，」斯萬重複說著。「這位可親的人走了數千公里才來到我們面前，他將對我們極爲有利。如果他簽署了諸位的聯署名單，對他的同族而言，他就是將自己擺在不利的地位，爲了我們，他將受到懲處，或許他將會後悔他的推心置腹之舉而退縮了。」更進一步的，斯萬拒絕把他自己的名字列在其中，他認爲自己的名字太有猶太味，免不了帶出負面效果。還有，他同意所有攸關重審之舉，不過，卻不願意在反黷武主義的運動上有任何牽扯。這是他及至目前未曾做過的，他掛上了七〇年代所贏得的勳章，當年他屬於年輕的國民機動部隊，他在遺囑上補充了一份追加遺囑，所要求的與他先前所持守的立場迥別，就是要得到榮譽軍團騎士階級的軍方尊榮。齊聚在康樸蕊教堂四周圍，有一整隊騎兵隊騎士，當芙蘭絲瓦看見有戰爭的可能時，爲了這些騎兵的未來，她灑了眼淚[107]。簡而言之，斯萬拒絕簽署蒲洛赫的聯署單，以至於在許多人眼中他被認定爲狂熱的親德瑞福斯派人士，而我的同學卻覺得他溫溫吞吞，中了國家至上主義之毒，而且懦弱無能。

106　關乎畢卡，參見《富貴家族之追尋》，原典頁98。注4。

107　參見《細說璀璨之童年》。原典頁87。查理．哈斯（Charles Haas）乃是斯萬的主要原型人物，曾於一八七〇年奮勇參戰，一八九八年九月，他拒絕簽署爲畢卡而提出的陳情書。在一八九八年九月所寫的一封信中，普魯斯特要求史特勞斯夫人向德．豪松城伯爵（le comte d'Haussonville）取得他的簽名，然而，如同在此地斯萬的態度，他不確定她能取得。（《書簡集》。第二冊。頁251–252）。

斯萬沒有與我握手道別，免得被迫在這個廳堂中向太多的舊識告辭，不過他對我說：「您應該來看看您的朋友姬蓓特。她眞的長大了，改變了，您會認不得她的。她會多麼高興！」我不再愛姬蓓特了。對我而言，她好像讓我哭泣了一段長時間的亡者，隨後，遺忘來了，如果她從死裡復生，她也不再能夠鑽入那個不爲她預備的人生之中了。我不再有欲望想要見她，就是連向她表示我不再想見她的欲望也沒有，而當我還愛著她的時候，我曾經告訴自己，如果我不再愛她了，就要對她說個分明。

因此，針對姬蓓特，我一心要給出的態勢，就是我全心全意的曾經想要再度與她謀面，而這樣的意願有了攔阻，由於有了「我個人意願無法作主」的種種情勢，它們之所以發生，至少從某些後續來看，是正當我的個人意願不加以阻撓的時候，我不但沒有推三阻四的不肯接受斯萬的邀請，反倒是要他一定答應我仔仔細細的向他的女兒說明是哪些不便，讓我未能前往看望她，以後也依然有哪些不便之處，我這才放了他離開我而去。「況且我待會兒回去的時候會寫信給她，」我補上一句。「可是請您告訴她，這封信是帶著威脅的，因爲一兩個月後我就完全有空了，那時候，她要發抖了，因爲我會像從前那樣經常去您的家。」

讓斯萬離開之前，我對他提問了一下他的健康現況。「還好，情況沒那麼糟，」他回答了我，「再說，如我對您說的，我感到相當疲累，對所要發生的事，我事先已經預備好忍受了。不過，我坦承，德瑞福斯事件還沒了結就先走一步，這讓我很不甘心。所有這些惡棍暗中要耍的花招還不只一個。我不懷疑他們終究得屈服，不過，畢竟他們的勢力很龐大，到處都有靠山。事情剛剛稍有好的轉圜，又垮了。我眞想活得夠長，好看得見德瑞福斯被平反，畢卡回復到上校的職位上[108]。」

斯萬離開後，我重新回到沙龍大廳，德．蓋爾芒特親王妃在場，當時，我不知道有朝一日我和她的關係會如此密切。我那時也沒優先發現她對德．查呂思先生的狂戀。我僅僅注意到男爵從某一個時期開始，慣於仇視旁人的他，並沒有對親王妃表現任何敵意，一方面依舊繼續對她存留同樣的情感，或許甚至更多，不過每當有人對男爵提到德．蓋爾芒特親王妃時，男爵顯得不開心，不耐煩。他再也不願意將她的名字列在與他共享晚宴者的名單上。

在這之前，我的確聽過一位惡劣的上流社會人士說，親王妃已經全然變了一個人，說她苦戀著德．查呂思先生，可是我覺得如此的惡言惡語純屬荒謬，也使我忿忿不平。我很訝異的注意到，當我正敘述著某件與我有關的事，如果在中間提到德．查呂思先生，親王妃的注意力立即緊縮，像一個病患被刺激到了，一方面她漫不經心的，無精打采的聽著我們談論我們的事，突然聽到一個名稱是致使她生病的，這件事就會引起她的興趣，使她高興。諸如當我說：「沒錯，德．查呂思先生曾經對我說……」，親王妃的雙手就把馬鞍拉緊了一些，注意力又集中了起來。有一次當著她的面，我說德．查呂思先生目前對一個人頗為動情，我很驚訝的看見親王妃的雙眼中頓時插入了短暫的、不同的訊號，好像是劃下一條裂痕，如此的裂痕出自一種思想，如此私密性的思想無法用言詞表達，可是我們的言語無意中激動了談話對象，在他深沉的內裡作了攪動，於是它浮現出來了，飄到表面上，顯現在片刻改變的眼神中。若要說我的言語觸動了親王妃，我也猜不到這是怎麼一回事。

不過，稍後，她開始對我提到德．查呂思先生，幾乎是直言不諱。若影射少數人說些關乎男爵的閒言閒語，她僅僅把它當作可憎的無稽之談。不過，她也說：「我覺得，一位女子若愛上像帕拉梅這樣身價非凡的對象，她就得要有高超的見地，足夠委身來接受他，明白他整個人，照他所是的，來尊重他的自由，

108　德瑞福斯在一九〇六年得到平反。自從一八九八年畢卡被除役之後，畢卡於一九〇六年重新在軍中復職，且於克雷蒙梭內閣（一九〇六—一九〇九年）期間，被任命為准將及軍事部部長。查理．哈斯則是於一九〇二年已經去世。

尊重他的隨心所欲，爲的是單單要替他抹去困難，去安慰他的苦楚。」透過那麼空泛的這一番話，德．蓋爾芒特親王妃顯示了她所要著力去發揚光大的，就像有時候德．查呂思先生自己所做的那樣。有一些人，直到目前爲止，還不確定大家是否汙衊了他，我豈不已經多次聽到德．查呂思先生對這些人們說：「我啊，我的人生中有許多起起伏伏，我曾經與三教九流打過交道，有小偷，也有國王，我甚至必須說，我還更偏愛小偷，我也追求過形形色色的美，等等[109]」，透過這些男爵認定爲靈巧的說辭，透過否認被人們肯定已經散開謠傳（或許是爲了藉由品味，藉由分寸，藉由可信度，帶給眞相一份唯獨被他一人認定是微不足道的事實），他挪走某些人對他的懷疑，帶給某些還沒有對他起疑心的人啓發。因爲所有窩藏犯罪的行徑中，最爲危險的一種，就是錯誤本身窩藏在犯罪者的腦海裡。犯罪者對錯誤恆久的知識，讓他沒法假設一般說來錯誤究竟被忽略到什麼程度，漫天撒下的謊言究竟多麼容易被採信，反之，坦誠相告，在他以爲無傷大雅的言詞當中，已經開始達到多麼高層級的眞相。再說，縱使他想不要坦承相告，這總是欲蓋彌彰。因爲，沒有任何惡習在上流社會中找不到自圓其說的立場，我們曾經見過，大家一旦了解一個姊妹對她親姊妹的愛不僅只是手足之情，於是整個城堡都被整修過，好讓她與她的親姊妹同寢。不過，驟然向我顯明親王妃戀情的是一個特殊的事實，關乎這個事實，我在此不願多說，因爲它完全屬於另一個故事，它說到德．查呂思先生寧可讓皇后死去，也不願意錯過讓梳妝師傅替他以小熱鐵捲來美顏的機會，而且男爵面對公車查票員時，他無端的覺得自己羞怯萬分[110]。不過，爲了先把親王妃的戀情做個交代，讓我們先來說明，究竟是哪個微不足道的事讓我看清了這件事實。那天我單獨與她乘坐馬車，當我們經過郵局時，她讓馬車停了下來，沒有隨身家僕的她，將一封信從保暖手籠中拿出一半，開始作出要下車的舉動，好將信投入郵筒。我想攔住她，她微微反抗，我們立即互相了解到，我們在第一時間所做的動作，那是讓親王妃要保護祕密的神色遭受了破壞，而我所做的攔阻動作就是我不懂分際。是她先快速恢復了鎮定。驟然間她漲紅了臉，把信交給了我，我不敢不接，不過，當我把信投入郵筒時，不經意的看見了，這是一封寄給德．查呂思先生的信函。

現在回頭來說我所初次參加的德．蓋爾芒特親王妃晚宴，我打算向她告別了，因爲親王妃的表弟和表弟妹急著帶我回家。不過，德．蓋爾芒特先生想要與他的親弟弟道別。德．蘇嵇夫人站在一扇門內，有了時間告訴公爵說，德．查呂思先生方才對待她和她的兒子們十分友善；巴贊深深被觸動了，因爲他的親弟弟有如此大的善意，而且首次在這方面有了如此的想法，這也甦醒了存在於他們之間這份從來都不會沉睡太久的家庭情感。當我們正向親王妃告別時，公爵執意要向德．查呂思先生表露他的柔情，雖然沒有刻意向他致謝，或許事實上，公爵難以隱藏柔情，或者爲了要讓男爵記住，男爵今晚所做的這類動作，全都看在做哥哥的眼裡，這好有一比，爲了將來有機會創造美善回憶的連結，我們會賞顆糖給溫馴討喜的小犬。「好說好說！小弟」，公爵一邊說，一邊把德．查呂思先生攔下，溫溫柔柔的把他圈在手臂彎下，「怎麼，都走到哥哥面前了，連一聲問安都沒有。我都見不到你了，媚媚，您不知道我多麼想念著你。我正翻找一些舊信，正好找出了讓我們心疼的媽媽所寫的一些信，每封信對你都是一片柔情。」——「謝謝你，巴贊」，德．查呂思先生答道，聲音聽起來帶著哽咽，一提起他們的母親，他都忍不住激動起來。「你應

109　參見本書法文原典頁414關乎如此措辭的另一種變化說法。一九〇八年之一則注記如此宣稱：「正派人士之社會爲何，我有所不知。然而無賴壞蛋的社會則是耐人尋味。」（記事本第一冊。頁55）。

110　普魯斯特可能把這一長篇敘事抽出，做爲《忌妒》（*La Jalousie*）一書出版之用，《所多瑪與蛾摩拉　第二集》起頭之部分選文刊登於一九二一年十一月《自由作品集》（*Les Oeuvres libres*），企盼後來把它放回小說裡。然而他跳過了這件事沒做。我們在文件資料第一冊I，本書法文原典頁534－541讀得到它。

該下得了決心，讓我在蓋爾芒特采邑爲你造一座樓閣才好。」公爵加上一句。「看見親兄弟兩人彼此相親相愛，眞好。」親王妃對鷗麗安說道。——「啊！這沒得說，我不相信我們可以找得到許多如此相親相愛的親兄弟。我宴請他的時候也要邀請您來，」她對我如此保證。「您不會和他處不來吧？……怎麼他們倆老是有說不完的話啊？」她帶著一種不安口吻補上一句，因爲她聽不大清楚他們都在談些什麼。德·蓋爾芒特先生感受到，與他弟弟聊到過去的事，是一種喜悅，他會把妻子擱在一旁，而這常會引來她某種程度的忌妒。她感覺到當他們彼此互相貼近時，有一種幸福感，而她忍不住好奇心，想就近加入他們時，他們並不高興。今天晚上，撇開既有的忌妒心理不說，還新增了另一件事。因爲德·蘇嵇夫人對德·蓋爾芒特先生敘述過他的弟弟是何等友善，好讓他爲此向弟弟致謝，同時德·蓋爾芒特夫婦的忠誠之友們覺得應該提醒公爵夫人這點：她丈夫的情婦已經被人看見，她與公爵的弟弟有過面對面的晤談。德·蓋爾芒特夫人爲此受到折磨。「您還記得嗎，我們從前在蓋爾芒特采邑是多麼的幸福，」公爵接著對德·查呂思先生如此說道。「如果您有時候夏天來，我們可以重溫美好的生活。你還記得顧爾佛老爹說[111]：『爲什麼巴斯卡難搞懂？』」「因爲他洞……洞……——麥[112]」，德·查呂思先生說了這話，好像他還正在回答老師的問題。「那爲什麼巴斯卡感到迷惑？因爲他的洞……因爲他的洞……」——「是白色[113]。」——「答得好，你會通過考試，你一定會得到一個好評語，公爵夫人會給你一本中文字典」。——「因爲你記得，巴贊，在那個時候，巴贊，我忽發奇想要學中文。」——「我怎能不記得，我的小媚媚！還有那個古老的大瓷花瓶，由賀爾維·德·聖—德尼[114]帶給你的，它還歷歷在我眼前呢。你向我們威脅非要去中國渡過你的人生不可，你眞的對這個國家那麼著迷；你那時已經愛上了漫無目的的長途遊蕩。啊！你是異類人物，因爲我們可以說，在任何事上，你的癖好從來都不和大家的一樣……」不過此話一說出口，公爵的臉就漲得通紅。因爲即使他不知道弟弟的品德，至少也對他的名聲早有所聞。由於公爵從來不和他談論這方面的事，他就更難爲情了，原因是他說了某些可能與這方面有關聯的話，更甚者，他又露出了難堪的臉色。靜默了一秒之後，爲了抹去他剛才說出口的話，他說：「誰知道，若憑著今天晚上你對某位女士的表現來判斷的話，你與她聊了天，讓她那麼開心，在你愛過數不清的西方女子，擄獲她們的芳心之前，或許你已經愛過一個中國姑娘了。」公爵曾經答應不要提到德・蘇嵇夫人，不過他剛剛在想法上闖了禍，正渾身不自在，因爲他把最不該出現在談話中的旁人牽扯了進來，儘管這人有這個意圖。不過德・查呂思先生注意到了他哥哥的害臊。就像犯罪的人，當人衝著他們的面講論某個犯罪行徑時，他不想顯出尷尬，他要脫罪，於是認爲有必要把如此危險的話題扯得更遠：「我很高興，」他回答道，「不過我堅持回到你前面說的那句話，我覺得非常非常眞實。你說我從來都不會附和其他人的想法，你說的不是想法，你說的是癖好。講得眞是對極了！我從來都不會有其他人的想法，講得眞是對極了！你說我有特別的癖好。」——「我沒說這句話啊，」德・蓋爾芒特先生抗議著，實際上，他是沒說這些字眼，或許他也不相信這些字眼所說的眞正落實在他的弟弟身上了。再說，關乎一些特立獨行的事務，既然狀況相當不明，或者說相當祕而不宣，談不上對男爵的聲勢有損，他難道有權利折磨他嗎？更進一步來看，公爵感覺到弟弟的地位足可替公爵的許多情婦效勞，公爵告訴了自己，這樣的好處，値得以更多的圓融包涵來相互交換；就算在這個節骨眼上，他知道了弟弟的「特殊」戀情，由於寄望弟弟會挺他，此一盼望與過往的敬虔追憶也連得上關係，德・蓋

---

111 我們想到的人物是顧爾葆先生（M. Courbaud），一八八五年—一八八七年，當普魯斯特重修高一課程時，他擔任普魯斯特的文學老師。

112 «trou... trou... Blé»，這三字合在一起是「受窘」之意。**【譯者注】**。

113 «trou... trou... Blant»，同樣的，這三個字合在一起是「難搞懂」之意。這兩位兄弟玩的是小時候的拆字遊戲。**【譯者注】**。

114 賀爾維・德・聖—德尼侯爵（le marquis d'Hervey de Saint-Denis 1823-1892），文學愛好者兼法國漢學家，在法國高等書院（Collège de France）教授中文，一八七八年任碑文學與純文學國家學院院士。普魯斯特認識他的遺孀：參見原典頁118。注2。

爾芒特先生寧可閉著雙眼，略過不談這件事，必要的話，還想助他一臂之力。「好啦，巴贊；晚安，帕拉梅」，公爵夫人說道，滿腔憤怒和好奇的她再也按捺不住了，「假如你們已經決定要在此地過夜，那我們就該要留下來吃晚餐才是。你們勉強瑪莉和我站在這裡已經半小時了。」公爵意味深長擁抱了弟弟，然後離開了他。我們三人一起走下親王妃府邸龐大的樓梯。

在最高處台階上，左右兩旁，一對對夫婦散開站著，正等著他們的馬車駛過來。公爵夫人挺直著身軀，與群眾保持著距離，站在樓梯左側，一左一右各有她的丈夫和我，她已經被提耶波洛外衣包得暖暖的，衣領由一個紅寶石衣釦扣緊了，所有的女士、男子都睜大雙眼，想一窺公爵夫人容貌之所以如此優雅的祕密。同一層台階的另一尾端，同時與德．蓋爾芒特夫人一起等待著馬車的，是德．賈拉棟夫人。長時間以來，她已經完全失去盼望，不再期待表姊的探訪，正背對著她，免得顯出已經看見了她，尤其不要提供證據，證明德．蓋爾芒特夫人不會對她致意。德．賈拉棟夫人心情極爲惡劣，因爲和她在一起的男子們以爲應該向她提到鷗麗安：「我根本不想見她的面，她對他們如此回答，我稍早已經和她照過面，她開始出老了；聽說她無法適應她變老的事實。巴贊自己是這麼說的。我的天！這種事我最明白，因爲她不聰明，老愛裝腔作勢，待人接物簡直惡劣透頂，等她不再漂亮的時候，就什麼都沒了，這點她倒是心知肚明。」

我穿上了外衣，和我同步下樓梯的德．蓋爾芒特先生責備我，說我不該先穿上外衣，他怕這麼熱的天氣會轉涼。或多或少經過杜邦潞主教[115]調教過的那一代貴族都說得一口爛法文（卡斯特蘭[116]家族的人除外），公爵是如此表達他的看法的：「外出之前最好別穿太暖，至少一**般性的論說是如此**[117]。」如此的出場，如果這樣的擺置不是太牽強的話，在這座台階上，我所看見的是一幅畫，脫框而出的是德．沙岡親王的肖像，所描繪的，是他參與最後一場上流社會的交際晚會，親王將大禮帽脫下，以寬幅的動作向著公爵夫人致敬，白手套與上衣鈕扣洞的梔子花相映成趣，我們奇怪他怎麼沒戴著舊王朝插鳥羽的毛氈帽，與這位高階貴族同框的許多先人，他們的臉龐都是一成不變的被畫成這樣。他只停留在公爵夫人身邊片刻，可是他那片刻的姿態已經足以組合成功一幅生動畫面，就像是一個歷史鏡頭。再說，因爲他隨後就去世了，他活著的時候，我只是驚鴻一瞥，對我而言，他完全成了歷史人物，至少他是上流圈中的歷史人物，當我想到我所認識的某個女士、某個男子，是他的妹妹和侄兒，不免感到詫異。

正當我們下著台階，一位約略四十歲的女士正拾級而上，雖然她的實際年齡不只如此，她那慵慵懶懶的樣子正合適著她，那是德．奧薇邇公主，有人說她是德．帕爾默公爵[118]的非婚生女兒，聲音溫柔，抑揚頓挫中帶著一點點奧地利腔。高個子的她趨身向前，身著白色絲綢繡花洋裝，她的美妙酥胸起起伏伏，氣喘吁吁的，胸前戴著一整組的鑽石和藍寶石。像一匹國王的牝馬，被價值不斐、重量也不輕的珍珠鞍轡妨礙了動作似的，她輕輕搖晃著頭，她那柔美、迷人的眼睛滴溜溜地左顧右盼，漸漸改變成淺藍色的眼神，只會更撩人心弦。她對著大多數正要離去的受邀賓客友善的微微點頭。「您來的時候真好啊，寶萊特！」公爵夫人說道。——「啊！我真的很遺憾！不過真的有實質上的不方便」，德．奧薇邇公主答道，她是從

115 杜邦路主教（Mgr.Dupandloup, 1802-1878）積極負責神職人員在中學校之教育問題，爲要取得教育自由參與抗爭，於一八五〇年成爲成立法盧專法（la loi Falloux）的主導人士之一。參見《富貴家族之追尋》。原典頁186。

116 普魯斯特與波尼．德．卡斯特蘭伯爵（le comte Boni de Castellane）過從甚篤。參見《妙齡少女花影下》，原典頁209。

117 *«en thèse générale»*在此片語中，額外加入「論說」（thèse）一詞，未免小題大作。**【譯者注】**。

118 賀爾維．德．聖—德尼侯爵夫人（la marquise d'Hervey de Saint-Denis，參見頁116。注1）和德．歐維列公主（la princesse d'Orvillers）一樣，都是最後一位帕爾瑪執政王子（le prince régnant de Parme）之非婚生女兒。一八九四年，普魯斯特在孟德斯基歐家中與她相遇。（《駁聖—伯夫》。頁360）。

德．蓋爾芒特公爵夫人這裡學到這類句子的，加上她那自然然的溫柔，和誠誠懇懇的口吻，帶著遙遠的條頓語腔調所給的力道，放在如此柔美的聲音當中。她似乎是要影射生命中有許多複雜情況，一時說不清楚，而不是一些俗不可耐的晚宴，雖然她目前正從好些個宴會那裡走過來。不過讓她非得如此晚到的原因都不是這些。因爲德．蓋爾芒特親王好些年以來都攔阻她的妻子邀請德．奧薇邇夫人，當禁令被取消時，這位夫人只是以放置拜訪名片的簡簡單單方式，來回應所受到的邀請，免得露出渴望受邀的態勢。如此的方式走了兩、三年之後，她親自來參加了，不過，她晚晚的到來，好像戲劇散場之後才來那樣。用這種方式，她給自己一種毫不在乎參不參加晚宴的姿態，也不在乎被人看見她來了，只是單單前來造訪親王及親王妃而已，不爲別的，只爲了認同他們的善意，正當四分之三的受邀賓客都走了，她能「更好享受與他們同處」。「鷗麗安貞的大開倒車了，」德．賈拉棟夫人咕噥著，「我不明白巴贊怎麼會讓她和德．奧薇邇夫人說話。德．賈拉棟先生可不允許我這樣做。」對我而言，我認出來了，這位德．奧薇邇夫人，正是在鄰近德．蓋爾芒特官邸附近對我投射長長的眼光，無精打采的，徘徊著，駐足在店家[119]鏡子前面的那位女士。德．蓋爾芒特夫人把她引薦給我，德．奧薇邇夫人很迷人，態度沒有過分友善，也不太脫線。她用一對溫柔的雙眼看著我，像看所有的人那樣……，可是以後我要是再見到了她，我可是連一次都不能接受她似乎要奉送給我的好處。有一些特殊的眼神來自某些女性——也來自某些男性——，表現出與您似曾相識，而少年人絕對不會受到這些人的青睞，直等到有那麼一天，他們認出您來了，知道您也是與他們有關的人馬有了交情。

有人來報告馬車已經到位了。德．蓋爾芒特夫人提起她的紅色裙襬，像要走下台階，踏上馬車那樣，不過或許有了悔意，或是想讓人高興，尤其是此一惱人的問安舉動，恰好可以利用不容拖長時間的實質條件、非得做得簡短的良好機會，德．蓋爾芒特夫人看了德．賈拉棟夫人一眼；然後，彷彿剛剛瞥見她似的，她靈機一動，走下台階之前，先穿過長長的台階，走到喜出望外的表妹跟前，對她伸出了手。「好久不見了！」公爵夫人對她說道，如此的問候免去所有可能延伸的懊悔，以及該有的致歉，她帶著驚恐轉向公爵，而他已經和我走下台階，朝向馬車，公爵看見她的妻子離開我們去找德・賈拉楝夫人，打擾其他馬車動線，就大為光火。「鷗麗安還是挺漂亮的！」德・賈拉楝夫人說道。「說我們關係冷淡的人讓我發笑；我們可以長年不見，沒有別的理由，只因為我們已經有太多共同的回憶，足以讓我們從來都不分開，根本上，她非常知道她愛我，勝過她天天看到的那麼多與她血脈無關的人。」德・賈拉楝夫人事實上就像那些被冷落的戀人，要努力讓人相信他們是受著寵愛的，勝過他們的美人兒所愛的對象。（依據她提到德・蓋爾芒特公爵夫人的一番話，她忘了這一大串的讚美是前言不對後語的。）德・賈拉楝夫人間接證明了公爵夫人十足掌握著的至理名言，活在身為大美人的生涯中，當她最亮麗的打扮惹來欣羨和忌妒之時，格言應該引領她的腳步，她應該知道穿過一整列台階來使對方繳械。「小心點嘛，別把您的鞋子打濕了」（小顆的驟雨正下著），公爵說道，為了等人，他還在冒火。

回程中，由於馬車空間窄小，德・蓋爾芒特夫人的紅鞋[120]必然緊挨著我的皮鞋，她唯恐鞋子碰到我的鞋子，對公爵說：「這位年輕人可要被迫對我說，就像是我忘了在哪個嘲諷文中所說的：『夫人，請不必延遲說出您是愛著我的，不過，請您不必如此踩著我的雙腳[121]』。」我的思想其實與德・蓋爾芒特夫人相去甚遠。聖─鷺向我提過一位出身高貴的少女在一家妓女戶出入，還有碧蒲思男爵夫人的一位貼身女侍，

119 參見《富貴家族之追尋》，原典頁362。

120 德・蓋爾芒特夫人在《富貴家族之追尋》文本的結尾時，曾經回頭換穿紅鞋才出門。參見原典頁577－578。

121 一九二三年七月十六日之《日記》（*Le Journal*）刊登了一篇有關亞伯・吉歐姆（Albert Guillaume）的諷刺文章，與普魯斯特所描述的相似。這段描述很可能取自某個更早期的原型人物。

自此以往，整合起來，就是這兩位人選完全濃縮了我的欲求，每天由兩個社群的諸多美女激發出來，一方面，是個既粗俗又姿色亮麗的美人，大戶人家挺拔的貼身女侍，充滿驕傲，提到公爵夫人時，是以「我們」稱呼；另一方面，一些我所要的少女，甚至不必看見她們乘坐馬車或者走路經過，只要讀到她們的名字出現在某個舞會報導中，就足以讓我墜入愛河，我在《城堡年鑑》[122]中一旦用心尋找她們曾在哪裡渡過夏天（我經常讓自己迷失在同一姓名裡），我就有輪番前往西部平原、北部沙丘、南部松林等地居住的遐想。不過依據聖—鷺爲我勾勒的理想人物，即使我把最爲妙不可言的魚水之歡全然融解在內，爲了組合輕薄少女以及碧蒲思夫人貼身女侍的形象，對於可能擁抱入懷的兩類美女，只要我還沒有親眼目睹，我依然有所不知，所缺少的，就是：單身個人的性情。數月之久，當我的欲求比較朝向一些少女，要我想像聖—鷺對我提過的那位，究竟她人長得怎麼樣，她又是誰，再過數月之久，當我偏愛貼身侍女，在碧蒲思夫人家裡的那位又是如何，要我想像得出來，那一定是白費心思。長時間受到欲求打擾而惶惶不安的我，有那麼多捉摸不定的人選，通常連她們的芳名我都不知道，無論如何要再與她們邂逅是難上加難，遑論與她們相識，或許也不可能奪取美人心，不過，在如此衆多難以捉摸、不知芳名、散居四處的美人中，能掌握到兩份上好的、已備有標籤的樣品，至少當我有此意願時，是我肯定垂手可得的，這是多麼讓人寬慰的事！我把尋得這份雙重愉悅享受的時刻不斷延後，好像一直延遲工作的時間，不過，確定要的時候，我幾乎就有機會取得，如同助眠藥片，只需伸手去拿，不服用，依然可以入睡。在這世界上，我只渴求兩位女子，雖說我眞的依然無法想像她們的臉龐，但是聖—鷺已經告訴過我她們的名字，而且已經保證她們會向我獻上殷勤，以至於藉由他剛才所說的言語，給了我的想像力一份困難工作，不過，他反倒是給我的意志力提供了一份值得欣慰、持續得以休憩的機會。

「還說呢！」公爵夫人對我說道，「除了您說的那些舞會之外，我不能再爲您效勞了嗎？您找到了某個沙龍，希望我替您引薦了嗎？」我對她回答說，恐怕只有一個是我想要的，而對她而言是太不高雅了。「是誰主持的？」她用一種具威脅性的、沙啞的聲音問道，幾乎懶得把嘴巴打開。「碧蒲思男爵夫人。」這回她佯裝眞的要動怒了。「啊，不，別提這個，怎麼可能是這樣，我相信您是在開我玩笑吧。我甚至連在什麼偶然場合知道這個壞女子的名字都懶得說。可以確定的，就是她屬於社會的渣滓。這就好像您要求我把您引薦給我的針線女紅。就連這樣都不算數，因爲我的針線女紅很可愛。我可憐的小子，您有點瘋了。無論如何，我要求您，好端端的與我爲您引薦過的人客客氣氣的來往，放下您的名片給他們，前去看看他們，而且不要對他們提起碧蒲思男爵夫人，他們是完全不會認識她的。」我問說德．奧薇邐夫人是不是有些輕浮。「噢，完全不會，您搞錯了，她比較是假正經，您說是不是啊，巴贊？」——「對，無論如何，我不認爲在她個人身上會有任何閒話可說」，公爵說道。

「您不願意和我們一起參加化妝晚會？」他問我。「我可以借給您一件威尼斯外袍，而且我知道某人會因此高興的不得了，首先就是鷗麗安，還有另一個人，不用說，就是德．帕爾默親王妃。這一陣子，她一直稱讚著您，說什麼都以您做準。您運氣好——因爲她略略年長——她保持著絕對的矜持，否則她就非要把你當成貴婦的護身符[123]，就像我們年輕時代大家所說的，類似把您當作她的效忠騎士了。」

我不是很想參加化妝晚會，我更在意和愛蓓汀的約會。所以我回絕了。馬車停了下來。隨車家僕請人打開馬車車門，馬兒們鼻孔冒著氣兒，直到車門大大敞開，馬車於是進入了中庭。「拜拜了，」公爵對我說道。——「我有時候會後悔與瑪莉維持這樣近的關係，」公爵夫人對我說道，「因爲固然我是很愛她

---

122 《城堡年鑑》（*L'Annuaires de châteaux*）首次出版於一八七七—一八八八年間，此一年鑑可被視爲《巴黎全貌，巴黎社會年鑑》（*Le Tout-Paris.Annuaire de la Société parisienne*）的延伸版，普魯斯特和小說中的男主角一樣都參酌這些資料。

123 《Sigisbée》：〔文學用語或調侃用語〕乃指效忠女郡主之騎士。《二〇二〇年拉魯斯圖解大辭典》。**【譯者注】**。

的，我還是喜愛少見她一點。再說，從來沒有像今天晚上的近距離相處讓我難過，因爲我沒有太多時間留在您旁邊。」——「好啦，鷗麗安，別發議論了。」公爵夫人想要我進入他們家內小坐片刻。當我說我不能奉陪，因爲有位少女應該在這時候前來造訪我，她和公爵聽了，都笑得樂不可支。「您接受造訪的時間可眞有點荒唐，」她對我說道，——「好啦，我的可人兒，我們動作加快一點，」德·蓋爾芒特先生對他的妻子說道，「現在差一刻就是半夜十二點了，我們還要有時間著裝……。」他在家門口，撞見了嚴嚴守著門的兩位拄著拐杖的婦人，她們顧不得深更半夜從山的高處跑下來，爲了不讓醜聞發生。「巴贊，我們執意要來通知您，唯恐在這個化妝舞會上別人撞見了您：可憐的雅曼尼恩一個小時前逝世了[124]。」公爵頓時受了驚嚇。他了解，一旦他被這些該受咒詛的山中婦人通知到了德·歐斯蒙的死訊，他的舞會準是去不成了。可是他很快回神過來，帶著絕不放棄愉悅享受的決心，丟給兩個表妹這句話，話中加了他無法完整吸收法國語言的缺陷：「他死了！才不，太誇張了，太誇張了[125]！」就這樣撂下兩位親戚，而她們可是一副有備而來的裝扮，帶著她們的登山用鐵拐棍將要在此守夜。他急忙去貼身家僕那裡打聽消息：「我的頭盔送到了沒？」——「送到了，公爵先生。」——「有一個小洞可呼吸嗎？我可不想窒息，該死的！」——「沒錯，公爵先生。」——「啊！老天要暴怒了，今晚太不幸了。鷗麗安，我忘了問芭芭樂翹腳尖鞋是不是給您穿的！」——「可是親愛的，既然巴黎喜劇歌劇院的服裝設計師在場，他會告訴我們的。我啊，我倒是認爲翹腳尖鞋和您的馬刺配不在一起。」——「我們去找服裝設計師，」公爵說道，「再會了，我的小子，我們試妝的時候再請您進來，讓您逗逗趣。我們光是一直聊著天，馬上就是子夜了，不要遲到，免得錯過整個慶典。」

我也是急著要盡快離開德·蓋爾芒特夫婦。《斐德王后》大約是十一點半結束演出，算算時間，愛蓓汀應該是要到了。我直接去問了芙蘭絲瓦：「愛蓓汀小姐來了嗎？」——「沒人來。」天啊，難道沒有人會來？我受著折磨，愛蓓汀不確定會造訪我，這使我更想要她前來。為了另一種理由，芙蘭絲瓦也覺得被打擾了。她剛剛把女兒安置在飯桌前，好大快朵頤一番。可是聽見我來了，眼看著時間不夠她撤走餐盤，就地擺出正在做針線活兒的樣子，而不是正招呼著一頓晚餐，芙蘭絲瓦對我說：「她剛才喝了一口濃湯」，「我強迫她啃了一些骨頭」，好將她女兒晚餐的內容減到微不足道的地步，彷彿好好吃一頓是罪過似的。甚至午餐或者晚餐時段，如果我不該進入廚房的時候闖進去了，芙蘭絲瓦就得佯裝已經吃過了，甚至抱歉的說：「我只想吃一**小塊**」，或者「一**小口**」。我很快的釋了懷，看見一大堆餐盤鋪在桌子上，芙蘭絲瓦被我突然來到驚嚇住了，其實她不是在做壞事，卻沒時間把餐盤變不見。然後她補充說道：「哦，去睡了吧，您今天工作得夠多了（因為她要女兒表現出她沒花費我們分毫，過著克勤克儉的生活，而且甚至為了我們賣命的工作）。您在廚房只會礙事，尤其會妨礙先生等人來訪。哦，上去吧，」她又說了，彷彿是被迫使用她的權威，要她的女兒去睡覺，既然晚餐泡湯了，她在廚房也只能裝模作樣[126]，如果我再多留五分鐘，連她也要走人了。她轉頭面向著我時，用她那具有個人色彩，微微屬於平民老百姓所用的漂亮法文，如此說道：「先生看不出來她一臉掛著睡相[127]。」我則因為不必和芙蘭絲瓦的女兒話家常，而感到心情愉快。

---

124 參見《富貴家族之追尋》。原典頁556－557。

125 關乎這個對話，參見本書法文原典頁62。注1。

126 《pour la frime》意即：顯得自己有心做好事，或者成功的向人隱藏他的意圖。《二〇二〇年拉魯斯圖解大辭典》。**【譯者注】**。

127 《Monsieur ne voit pas que l'envie de dormir lui coupe la figure.》couper：將某種感覺強加在身體的某一部位，頗有單刀直入之勢。例如：寒氣直逼雙手，雙唇（Le froid coupe les mains, les lèvres.）《二〇二一年小羅勃特法語文辭典》。**【譯者注】**。

我說過，她來自一個與她母親家鄉毗鄰的小地方，但是藉由地區性質、文化表現、鄉音說法，又藉由居民的某些特質，兩地有著差異性。因此「肉舖女大老闆」和芙蘭絲瓦的姪女彼此溝通頗有困難。不過有一點倒是相同的，她們去採購食品時會在「妹妹家」或者「表妹家」流連忘返好幾個小時，她們本身做不了主，沒法子把一段談話掐掉，說著說著，走出家門的主題就消失得無影無蹤，以至於當她們回到家：「怎麼樣，德．諾布瓦侯爵先生在六點一刻的時候會出現嗎？」她們連自己的腦門兒也不必敲，說：「啊！我忘記了」，反倒是說：「啊！我沒了解到先生做了這項要求，我以為僅僅是問候他就好了。」她們用這種「小圓球跑掉了」的方式，就處理好了一個小時前交待過的事，反過來，要她們從腦子裡攆走從妹妹或表妹那裡聽到的，那就是萬萬不可能。因此，如果肉攤老闆娘聽人說過，英國人在七〇年代與普魯士人一起向我們宣戰（而我說這是錯的，說了也是白費心機），每隔三週，肉攤老闆娘在談話中對我重複說：「這就是惹來英國人和普魯士人七〇年代同時向我們宣戰的原因。」——「可是我已經告訴過您一百遍，您弄錯了。」這也定準了一件事，就是她已經深信不疑了，她答道：「不論情況如何，這也怪不了他們。從七〇年代到現在，橋下的河水不知流過多少了，等等。」另外一次，她高談闊論有關與英國打過的一次仗，是我不能苟同的，她說：「當然，沒有戰事總是更好；不過既然要打仗，最好立即開打。正如剛才妹妹所解釋的，自從七〇年代英國人向我們開戰以來，一些商業協定毀了我們。等我們打敗他們以後，我們不會放過任何英國人進入法國而不付出三法郎的代價，就像我們現在去英國時所需要做的那樣。」

就是這樣，許多的坦誠自然不在話下，他們談起話來帶著的那份徹頭徹尾的頑固，是絕不容許他人打岔的，如果有人插話進來，他們會從被打斷的地方重新撿起話題二十次，以至於他們的談話結果是帶著堅固不可動搖的巴哈賦格曲形式，這些不超過五百個居民居住的小地方，鄉民脾氣就是這樣，圍繞著他們的，有他們的栗子樹，垂柳，馬鈴薯田，與甜菜田。

芙蘭絲瓦的女兒，相反的，說起話來，當自己已經脫離了過時舊徑，是個當代女子，說得一口巴黎式俚語，還不會漏掉任何一個相關的戲謔。芙蘭絲瓦對她說了，我才從一位親王妃那裡返回：「啊！應該是身分可疑的[128]親王妃囉。」看見我正等著人來造訪，她佯裝我的名字叫做查理。我老老實實的說，不對，這可讓她有機會放入這句話：「啊！我還以為呢！我才告訴自己說：查理正等著人（胡謅的）[129]。」這話品味不高，可是，我還不是那麼在乎，正當我遲遲等不到愛蓓汀時，所得到的安慰是她對我說：「我相信您會等她等到百百歲，她不來了。啊！這讓我們今天笑掉牙了[130]！」

她的言談就是這樣不像她的娘，可是更奇怪的，是她娘的言談也不像她出生在百依歐—勒—松[131]的外婆，而這地卻是很靠近芙蘭絲瓦的家，鄉談依然像風景略有不同的兩個地方。芙蘭絲瓦母親的家鄉有著斜坡引向河谷，經常種有垂柳。而離這地甚遠之處，相反的，有一處法國小區域，那裡的人們所說的鄉談，幾乎與梅澤教堂村一樣。我發現了這點，同時也覺得納悶。事實上，有一次我發現芙蘭絲瓦和一位家中的

---

128 «sans doute une princesse à la noix de coco» noix de coco→coco：〔通俗用語，帶有貶抑之意〕可疑或怪異的人。《二〇二〇年拉魯斯圖解大辭典》。**【譯者注】**。

129 «et je me disais Charles attend (charlatan)»。Charlatan：〔貶抑用語〕善用人們的輕信來淩駕於人，或者來吹噓他的產品、專業技術，等等；騙子。《二〇二〇年拉魯斯圖解大辭典》。此外，說這話的人也玩弄同音異義的遊戲。**【譯者注】**。

130 «Je crois que vous pouvez l'attendre à perpète. Elle ne viendra plus. Ah ! nos gigolettes d'aujourd'hui !» 這句話中充滿了俗語，輕鬆調侃之味十足。**【譯者注】**。

131 百依歐—勒—松（Bailleau-le-Pin），乃是屬於厄爾及羅瓦省（Eure-et-Loir）的村莊，伊璃耶（Illiers）的一個小鎮。

貼身女侍正在大談特談，她來自這地方，說著這地方的鄉談。她們幾乎彼此了解，而我則完全聽不懂，她們知道我聽不懂，卻沒有因此停止談話，她們認爲，彼此出生之地雖然相離甚遠，能夠找到鄉親暢談一番是可以被原諒的，於是她們持續在我面前說著我聽不懂的話，好像人們不願意被人聽懂談話內容時所做的那樣。語言地理研究以及女僕平輩間的情誼，就這樣每週在廚房持續進行著，而我卻不樂於參與其中。

每次馬車通行門一打開，門房會按一個電源鈕來照亮樓梯間，也因爲已經沒有房客遲歸未還，我立即離開了廚房，回到候客廳坐著，窺伺著，在那裡，稍顯狹隘的幃布不能完全罩住我們屋子的玻璃門，明暗參半的樓梯帶來了一條直線細縫。當細縫驟然間變成金黃色，這就是愛蓓汀剛剛到了底下，兩分鐘之後就到我身旁了；這時刻不會有其他的人還會前來。我一動也不動，兩眼盯著細縫，它一直維持著黑暗的顏色；爲了要看得準確，我整個人往前傾；儘管我的欲求強烈無比，眼睜睜察看著的垂直黑線並沒有帶給我醉人的欣喜，除非是我得到了突如其來的、充滿意義的鼓舞，看見黑色直線轉變成了金光閃閃的直槓。爲了這個愛蓓汀，我好不著急，然而在德．蓋爾芒特晚宴當中我連三分鐘都沒有想到她！不過關乎從前等待其他少女，尤其是等待姬蓓特時所攪動的春水，當愛蓓汀姍姍來遲時，如此簡單易得的肉體愉悅享受，卻引發了我精神上殘酷的痛楚。

我必須回房間了。芙蘭絲瓦跟著我進了房間。因爲我已經從晚宴返回，她覺得我不必再把玫瑰花留在鈕扣洞上，前來要我把花拿下。她的手勢使我聯想到愛蓓汀可能不會來了，也強迫我非得承認，爲了她，我想要維持著優雅，這使我格外惱怒，以至於當我使勁躲開的時候，把花朵揉壞了。芙蘭絲瓦對我說：「把花糟蹋成這樣，不如讓我把它好端端的拿下來。」然而她說的任何一句話都使我煩躁不安。苦等中的人沒來，如此的等待使人受苦，也不能忍受第三者在場。

芙蘭絲瓦走出了房間，我想，晚間屢次讓愛蓓汀前來與我重新溫存，想想我現在該花點心思來討好她，我不修邊幅那麼多次，留著腮鬍幾天不剔，這樣的確不討喜。我感覺到她會撇下我孤單一人，並不在乎我。假設愛蓓汀還會來的話，爲了稍微把我的房間美化，也因爲這是我最美麗的物件之一，多年以來，我第一次在靠近床褥近處，將姬蓓特爲我訂做、裝飾著土耳其玉、用來包裹裴果特[132]小冊子的皮夾子，擺設在我的桌子上，長久以來，我睡覺時都把它放在瑪瑙珠子旁邊，不離開我的身。愛蓓汀一直都沒來，或許她此時所在之地是那不爲我所知的「他處」，是她明顯覺得更愉快的地方，雖說不到一小時之前，我才對斯萬說過，我沒有忌妒的能耐，其實，如果我看見女友的間隔不是拉得那麼長，她身在他處的事實會引起我的痛苦，如此的痛苦，也同樣會轉變成爲焦慮，會需要知道她究竟身在何處、與何人共渡時光。夜已深沉，我不敢派人去找愛蓓汀，但心中依然存著盼望，或許她正與女友們在一座咖啡館喝著濃湯，或許她會想到撥個電話給我，我扭轉了接撥器，切斷原有連線，把通話線連到我房間，在這時刻，通常郵局電話室的通話線是與門房的房間兩相連結。如果在芙蘭絲瓦房間小走廊有接話聽筒，這就比較簡單，比較不打擾人，可是沒有用。文明進步允許每個人表現令人出奇不意的優點，或者新增的惡習，讓他們的朋友更值得珍惜，或者更難以忍受。愛迪生的發明使芙蘭絲瓦新增了一個毛病，她就是拒絕使用電話，才不管你是否有這個必要，不管事情是否急迫。當有人要打電話告知她，她會找到方法逃開，好像要被打針的人那樣。因此爲了不要打擾我的父母親，我把電話放在我的房間，簡單的轉盤聲響取代了電話鈴聲。我一動也不動，唯恐聽不見轉盤響聲。我靜止不動達到這個地步，數月以來，我第一次注意到了掛鐘滴答滴答作響。芙蘭絲瓦來整理東西。她和我聊著天，可是我討厭這時候和她對談，在一長串無聊的談話中，我的情緒分分秒秒起伏變化，先是懼怕，後是焦慮，焦慮之後，則是全然失望。雖說我以差強人意的言詞敷衍

132 關乎這小冊子，參見《細說璀璨之童年》。原典頁98及頁395。

她，不過我感覺得到我一臉的不快樂，非得佯裝是風濕病讓我疼痛，這才掩飾得過去爲何我有如此痛苦的表情，而且這痛苦與我所在意的實情無關；後來我擔心，要是芙蘭絲瓦出聲音說著話，即使是輕輕的說（不是關乎愛蓓汀，因爲她判斷愛蓓汀會來的時間老早就過了），恐怕讓我也聽不見那個究竟來或不來救我性命的聲音。終於芙蘭絲瓦要去睡覺了；我半溫柔半強迫的遣走了她，以免她離開時所發出的聲音蓋過電話響聲。我又開始聆聽，強忍著；我們等待中的耳朵所聽見的聲音，先由頭腦解讀分析，再由頭腦傳達分析結果給心靈，這兩階段的路程走得飛快，讓我們抓不到時間的長短，好像我們是直接由心靈聽見了聲音那樣。

我受著折磨，欲求不斷重新被啓動，這種呼求越來越顯得焦慮，像個無底洞；當如此孤單感的折磨不斷旋轉升高到頂峰時，在我的圖書架旁邊，來自人聲鼎沸夜巴黎的深處，突然間在我的近處，我一下子聽見了電話轉盤的聲響[133]，機械式的，美妙至極的聲音，宛如《崔斯坦和伊索德》劇中搖晃著的圍巾，或者像是牧童的短笛。我衝過去，是愛蓓汀來電了。「我這時候打電話，沒有打擾您嗎？」——「沒有啊……」，我說道，壓抑著我的快樂。因爲她說都這麼晚了，時間不合宜，或許是爲了等一會兒她要前來而表示道歉，而不是因爲她不來了。「您會來吧，」我帶著一種無所謂的口吻——「看看啊……如果您不是絕對需要我，我就不來了。」

一部分的自我已經迎向前和愛蓓汀會合了。她必須來到，可是我不想率先告訴她；因爲我們正在打著電話，我對自己說，我總可以強迫她最後一秒來我家，或者讓我跑去她家。「對，我現在離我家很近，」她說道，「離您的家較遠一些；我沒有好好讀懂您的訊息。我剛才把它找了出來，我怕您正等著我。」我感覺她在說謊，就是現在，我動了怒，要干擾她的欲望超過我需要看見她，所以我非要強迫她過來不可。不過，我執意先行拒絕待會兒我想要取得的。到底她在哪裡啊？她講話中夾雜著其他聲音：一個腳踏車騎士的喇叭聲，一個女子的唱歌聲，一個樂隊遙遠傳來的聲音，都是那麼清楚的迴響在我所珍愛的那個聲音裡面，好像對我表明愛蓓汀現在所在之處就在我附近，如同所有環繞在一團泥土四圍的禾本科植物都一起被泥土帶了過來，我所聽見的聲響，同樣的也敲響在她耳邊，妨礙了她的專注力；一些屬於眞相的細節與主題無關，本是無用的枝節，卻更有助於向我們闡明奇蹟的存在：一些簡約可愛的特色，一些關乎巴黎一條小街的描繪，一些驚心動魄又殘忍無情的特質，屬於《斐德王后》戲劇表演之後不可知的夜晚活動，它們攔阻了愛蓓汀前來我家。「我原先要提醒的，是我不要您來，因爲這麼晚了，您很打擾我……」我對她說道，「我愛睏極了。而且，總之，千頭萬緒，我也理不清楚。我要對您說的是：我所寫的信沒有被誤解的可能。您回答過我說：可以。如果說您沒看懂，那麼您說：可以，這又是什麼意思？」——「我說過可以，只是不大記得答應可以做什麼了。依我看來，您是生氣了，這讓我不舒服。我後悔去看了《斐德王后》。如果我事先知道會扯出這麼多麻煩……」她補充說道，像所有的人一樣，原本在一件事上出了差錯受到責備，卻讓人誤以爲受責備是爲了另外一樁。「《斐德王后》和我的生氣完全無關，因爲是我要您去看這齣戲的。」——「那麼，您是不原諒我的囉，今天晚上太晚了，不方便，要不，我就去您那裡了，我明、後天可以來向您陪罪。」——「噢！不行，愛蓓汀，我拜託您，您已經讓我損失了一整晚，至少讓我接下來幾天日子都好過些。接下來兩三個星期，我都沒空，聽著，如果我們互相生氣的印象讓您覺得不舒

---

133 該「搖晃著的圍巾」，事實上是在伊索德（Isolde）和崔斯坦（Tristan）之間用來傳遞信號的一炷火把，在華格納歌劇《崔斯坦和伊索德》（*Tristan et Isolde*）第二幕。第1景（參見《細說璀璨之童年》。原典頁186）。「牧童的短笛」。第三幕。第1景。有一段著名的英國號的吹奏，華格納藉由威尼斯的船夫歌聲得到啓發，這段號角聲預先通知垂危的崔斯坦，伊索德的船隻已經來到。在一九〇七年「轎車出遊日誌」一文中，普魯斯特將馬車的喇叭聲與華格納的兩個音樂主題互相比較。參見《駁聖—伯夫》。頁68–69。

服，而根本上您或許有道理，那麼累歸累，既然我已經等您等到現在，而且您也還在外頭，您立刻來，這會讓我更喜歡，我會喝杯咖啡保持清醒。」——「延到明天不可能嗎？因為困難是……」聽見她說出彷彿她不會來了的托辭時，我感覺到了我在壩北柯時已經把我所有的日子導引走向一個時刻的當下，那就是在九月天的淡紫色大海前面，我將可以貼近這朵粉色的花朵，有一個異於尋常的元素，正百般痛苦的嘗試著連結於再度想見她那柔軟面頰的欲望。對一個人如此急迫的需要，在康樸蕊，我從母親的身上已經學會去認識它了，如果她要芙蘭絲瓦告訴我她不會上來，我就很想死去。過去我曾經在情感上努力與他人連結，與他單獨合成一體，近來，如此的單一個體所針對的魚水之歡對象無他，只有海岸邊一朵鮮花所含的表層，那粉紅的膚色而已，我付出如此的努力，經常達到的結果就是（從化學角度而言）一個新生肉體的形成，而它的生命只能短暫停留。至少今天晚上，還有以後很長的時間之內，這兩個個體一直連結不上。不過依照我在電話中所聽到的最後幾句話，我開始明白，愛蓓汀的人生（當然不是指實體性的）與我的之間有非常大的距離，若要伸手觸及她，所花費的是多麼讓人疲累的探索過程，更甚者，為了把自己保護得更安全，她的生命已經組織成形，好像我們後來所慣稱之「被掩飾著」的鄉間軍用堡壘設備那樣。況且愛蓓汀屬於社會中較高一層人士，對於這一層級的人們，你們的帶信者會從女門房得到應允，等收信人她本人返回時將會把信交給她——直到有一天你們發現，你們在外面所遇見的她，你們被允許寫信給她的那人，正是女門房本人，因此，她的住處——是在門房裡面的房間——她所指給你們的宅第（這宅第，再說，是一間小型的妓女戶，女門房是妓院的女老闆）——或者是一間大廈地址，在這裡，她有許多同謀認識她，她們不會洩密給你們，從這裡，人們替她轉達你們的信件，不過她不住在這樓中，在這裡，她頂多留下一些衣物。退隱在第五或第六條防線之後的安排才是她們的生活，以至於當有人想見見這位女子，或者想知道她的來去行蹤，我們所敲的門不是太偏右、就是太偏左、或者太超前、或者太居後，我們可以嘗試好幾個月、好幾年，依然一無所獲。爲了愛蓓汀這個人，我的感受是，除了一堆眞假莫辨的事實細節和謊言，我得不到任何資料，隨我怎麼做都理不出個頭緒來。這將會是個常態，除非到最後，非得把她軟禁起來（可是她還是會逃脫）。那天晚上，如此的信念雖然僅僅是個穿透我心頭的焦慮，可是在我心中，我所感受到的，這就像是長期痛苦的預告，使我顫慄。

「不行，」我答道，「我已經告訴您了，接下來三個星期我都沒空，明天沒空，另一天也沒空。」——「那麼，這樣吧……我跑快一點……這可麻煩了，因爲我在一個女友家中，她……」我感受到，她不認爲我會接受她的建議，我會要她來，她的建議其實不是眞心的，於是我想要逼她到牆角：「您的朋友，她和我扯得上什麼關係？您來也罷，不來也行，這是您的事，不是我要求您前來，這是您自己給我的建議。」——「您別生氣，我立即跳進一部出租馬車，十分鐘內我就到您那兒了。」因此，來自巴黎如此深沉的夜，其中有一部分已經散發到我的房間裡了，算計著遠處這人的活動半徑，那看不見的訊息，在初次的預告之後，將要冒出頭來的，就是這個愛蓓汀了，她是我從前在壩北柯天空下所認識的，當豪華大旅館侍者們擺著餐盤的當下，眼睛被夕陽光芒照射得昏花，玻璃窗完全拉上了，捉摸不定的晚風由海灘自由自在的飄進非常寬敞的餐廳裡，海灘上遊人腳蹤依然雜沓，餐廳首批賓客尚未入座，飲料櫃台後方的明鏡反映著船身紅影，以及美麗海岸最後船班緩緩冒出的灰煙形影。我不再詢問什麼事情讓愛蓓汀遲遲不來，當芙蘭絲瓦進入我房間對我說：「愛蓓汀小姐來了」，我之所以連頭都一動也不動的答了一句，僅僅是爲了佯裝不知：「愛蓓汀小姐怎麼來得這麼晚？」不過當我抬起雙眼看著芙蘭絲瓦，當作存心好奇想得到她的回答，來證實我表面上所提的問題出自眞心，我發現芙蘭絲瓦擁有讓靜止不動的衣著和臉部表情發表議論的藝術，能力與拉．貝瑪旗鼓相當，芙蘭絲瓦好好的整理了她的胸衣，頭髮，把最爲發白的髮絲撩到上面，像是展示了她的出生證明，也調理了她那彎曲的脖子，她累了，又順著我，這些發現引來我心中的敬佩與憤怒。它們都同情在睡夢中被強迫起床，離開她柔軟床鋪，在深更半夜，年紀一大把了，冒著染上肺炎的危險，必須快速穿好衣服的芙蘭絲瓦。更甚者，唯恐對我顯出愛蓓汀晚晚才來是不合時宜，她說：「無論如何，我很高興她來了，一切都好說了」，我不再強忍著我那深沉的快樂了。當我聽見回話的芙蘭絲瓦時，她並沒有長時間停留在完美狀態中。她沒有任何抱怨，甚至盡量強忍著不要咳嗽，只是在肩上側披一條圍巾，開始這麼對我敘述了她對愛蓓汀所說的話，也沒忘記問到她的姑媽近來好不好。「我正是這樣說的，先生應該怕小姐不來了，因爲這不是來看人的時候，不久天就要亮了。她應該是在她玩得很開心的地方，因爲她連一句抱歉讓先生您久等的話都沒說，她蠻不在乎的甩了一句話：『晚到總比不來好！』」芙蘭絲瓦又補充說的這些話，讓我心痛：「說這樣的話，她露馬腳了，她可能很想藏拙，不過……」

我沒有什麼好驚訝不已的。我方才說過，我們交代給芙蘭絲瓦辦的事，她不但很少回報她是怎麼去陳述的，她自己又會擅自延伸，然而連我們期待中的回話也不帶回給我們。可是如果例外的她對我們複述朋友們所說過的話，即使是短短的幾句，有必要的話，她通常會設法透過措辭，透過口氣，保證朋友們的話就是如此說出的，讓這些話變得傷人。我們派她去某個供貨商家，她既是代表了我們，以我們的名義說話，她所勉爲其難接受的公然侮辱可能是憑空想像的，這些她會帶回來，讓如此的公然侮辱的反彈落在我們身上。我們只能回答她說，這事她誤會了，她有受迫害狂，商人們其實並沒有聯手要和她做對，況且，商人們的情緒對我們而言無關緊要。論到有關愛蓓汀的情緒，那就是另外一回事了。當她重複對我說這句帶著嘲諷的話時：「晚到總比不來好！」，芙蘭絲瓦也立即向我提到和愛蓓汀一起渡過晚宴的社群，愛蓓汀和朋友們都樂在其中，勝過與我朋友們的相處。「她很逗趣，戴著一頂扁帽，兩隻眼睛大大的，看起來很好笑，尤其是她的外袍，她最好叫人送去給修補匠[134]修修，因爲全都走了樣[135]。她讓我覺得好笑」，她補充說著，好像正在嘲笑著愛蓓汀的樣子。芙蘭絲瓦很少關照我的印象如何，可是覺得需要讓我知道她的印象如何。我甚至不願意顯得我明白了在這個笑聲中所含著的睥睨和嘲諷，但是爲了以牙還牙，雖然我不知道她說的是怎樣的小扁帽，我對芙蘭絲瓦答道：「您所說的漂亮『小扁帽』這物件……」——「就是說它毫不値錢好了」，這回芙蘭絲瓦老實說了，表達了她眞正的藐視之意。於是（用的是溫柔且緩和的口吻，好讓我心口不一的回答不會顯出我的措辭來自我的憤怒，而是來自眞相，不過也不要浪費時間讓愛蓓汀久等），我把這些殘酷的話語丟給了芙蘭絲瓦：「您是很棒的人，」我用甜滋滋的聲調對她說著，「您爲人很好，您有千百種優點，可是您像剛到巴黎那樣，不論是在衣著方面的知識，或是在說話沒有口誤的表達方面，您只是原地踏步。」如此的責備其實是非常愚昧的，因爲我們引以爲傲的法文，充其量也只是高盧人的錯誤發音，說拉丁文或薩克森語時所用的一些「口誤」，我們所用的語言只是其他語言不準確的發音。活生生的語言天才，法文的未來以及過去，這才是我在芙蘭絲瓦所犯的錯誤中該要感到興趣的部分。她說的「修補匠」，指的是「織補女紅[136]」，這豈不是很稀奇，像是遠古時代活存到現在的動物，類似鯨魚，或是長頸鹿，顯明給我們看見動物生命所經歷的狀態？「而且，」我補上一句，「既然您那麼多年都學不來，您就是永遠學不來了。不過您可聊以自慰的，就是您還是一個大好人，還是會做牛肉凍，還有其他千百種東西。您所以爲的簡單帽子，它可是從德．蓋爾芒特親王妃那邊抄襲過來的，値五百法郎。況且，我打算不久要送一頂更漂亮的給愛蓓汀小姐。」我知道最讓芙蘭絲瓦看不過去的，就是我亂花錢在她不喜歡的人身上。她突然喘一大口氣，用讓我聽不太清楚的字眼回答我。我後來知道她的心臟有病，我眞後悔沒有自我節制，老愛強詞奪理，又占不到便宜，只是以跟她強嘴爲樂！況且芙蘭絲瓦討厭愛蓓汀，因

---

134 «estoppeuse»。這是一個過時的用詞。**【譯者注】**。
135 «il est tout mangé»是純粹的通俗用語。**【譯者注】**。
136 «Stoppeuse»。**【譯者注】**。

為愛蓓汀貧窮，芙蘭絲瓦認為她無法替我增輝。每次我被德．薇琶里希斯夫人邀請，她都笑瞇瞇的。反之，愛蓓汀從來不懂得禮尚往來，這讓她很憤怒。我甚至得要被迫創造一些禮物，佯裝是愛蓓汀送來的，而芙蘭絲瓦從來都不肯信以為眞。愛蓓汀尤其在食物方面缺少禮數，這個特別讓芙蘭絲瓦訝異不止。我們沒有受邀到彭當太太家作過客，愛蓓汀卻會接受母親邀請前來晚餐（彭當太太依然大半時間不在巴黎，她的丈夫接受了一些「職位」，如同他從前在部會裡有相當多的機會那樣），這點讓芙蘭絲瓦覺得我的女友做人很不細緻，於是引述在康樸蕊家喻戶曉的格言來間接的痛斥她：

我們一起吃我的麵包。
——好啊。
——我們一起吃妳的麵包。
——我已經不餓了。

我佯若無事的寫著信。「您寫信給誰啊？」愛蓓汀問我。——「給我一個漂亮的朋友，姬蓓特．斯萬。您不認得她？」——「不認得。」我放棄詢問愛蓓汀一些關乎她如何渡過晚間活動的問題，都已經這麼晚了，我感覺我會責備她，我們就沒有足夠的時間彼此修好，以便進入親吻和愛撫，而且這些動作是我是一開始就想要做的了。話說我雖然稍稍平靜了下來，卻沒有感覺到幸福。完全沒有指南針、沒有方向的空等，在被等待的人來到之後，依舊存在著失落感，若被心中的平靜取而代之，換成平心靜氣的迎賓，這會攔阻我們品嚐任何迎賓的美味。愛蓓汀已經來了：我的神經已經鬆緩了下來，不過我還想要持續的激動著，還想要繼續等待著愛蓓汀。「我可以好好的做一次嗎，愛蓓汀[137]？」——「悉聽尊便」，她以最大的善意對我說道，我從來都沒見過她這麼漂亮。「再來一個？您知道這讓我非常、非常快樂。」——「對我更是千百倍的快樂，」她對我答道。「噢！您這個皮夾子好漂亮！」——「您拿去吧，我送給您做紀念。」——「您對我太好了……」浪漫情懷之所以能獲得療癒，條件就是：我們想得到，有朝一日，當那人不再被我們所愛時，我們該如何努力，好成爲我們該有的正常模樣。姬蓓特的皮夾子，瑪瑙珠子，這一切，從前曾經有過的價值，純粹是存在我內心而已，對我而言，現在它們只是普普通通的皮夾子和瑪瑙珠子而已。

我問愛蓓汀要不要喝點什麼。「我覺得那裡還有橘子水，她對我說，這就好極了。」因此我連同她的親吻一起品嚐了這份清涼，這讓我覺得比德・蓋爾芒特親王妃家的更美味。我慢慢啜飲著的榨汁橘子水似乎向我透露了橘子成熟的祕密，它有效的抵擋人體某些狀況，而人體屬於如此不同層次，它沒有能力讓肉體生存，不過反過來，橘子透過它所滴下的汁液，給身體帶來頗多好處，針對我的感官，這個水果向我揭示了千百種奧祕，但它完全不是針對我的心思。

愛蓓汀走了，我想起我答應過斯萬要寫信給姬蓓特，覺得立即寫信會比較有人情味。我在信封上寫著姬蓓特‧斯萬的名字，不帶著激動的心情，好像寫一份無聊功課的最後一行字。從前我在筆記本上寫滿了她的名字，爲了要給自己一份幻想，讓自己以爲正在和她通著信。正因爲從前這名字是由我親筆寫下，現在這份工作已經習慣性的轉移到眾多秘書之一的手上。這位秘書剛來不久，我讓他習慣爲我服務，所以他可以用更多的平常心寫下姬蓓特的名字，他不認識姬蓓特，寫這些字的時候沒有任何實在感，他只聽我提過她，知道她是我曾經愛過的一位少女。

137　影射第一次親吻的場景。參見《富貴家族之追尋》。原典頁352。

我不能怪秘書無動於衷。現在我這個人面對了她，我是個上選的「證人」，足以明白她曾經是何許人物。面對愛蓓汀，依我看來，皮夾子，瑪瑙珠子不是別的，只是我為了姬蓓特而保有的物件，如此而已，未曾有人將心中熱愛的光芒投射在它們身上。不過現在我心中有了新的激動情緒，輪到它來改變物件與言語真正的威力。愛蓓汀為了再度向我致謝，對我說：「我非常喜愛土耳其玉！」我回答她說：「別讓這些土耳其玉死去了」，就這樣，我把我們情誼的未來好像托付給了石玉，然而此一未來不會更有能耐激發愛蓓汀的情感，此一未來也沒有能耐封存我和姬蓓特曾經連結在一起過的情懷。

這時段發生了一種現象，它之所以值得一提，是因為它會重複出現在歷史的每一個重要階段。正當我寫信給姬蓓特的時候，德．蓋爾芒特先生才從化妝舞會返回，頭上還戴著頭盔，他想著次日非得要正式居喪不可，於是決定將該做的水療提前八天。三個星期過後，他回來了（這是提前說明的敘事，因為我才剛寫完給姬蓓特的信而已），令他的舊識們張口結舌的，就是起初一概不聞不問、徹頭徹尾持反對德瑞福斯立場的公爵，回答他們時（彷彿水療不只是針對膀胱發生了作用而已），他如此說道：「就是這樣囉，案件將會重審，他將會被除罪；我們判了一個人罪刑，而他的罪名是不成立的。諸位可曾看過一個像德．弗羅貝維伊這樣的大白癡？一個將法國人帶向肉俎[138]的軍官（他要說的是大戰）！這個時代真是怪哉！」原來在這期間，德．蓋爾芒特公爵在水療中心認識了三位可愛的女士（一位意大利公主，以及她的兩位嫂嫂。）聽她們說說她們正在閱讀的書籍，談談她們關乎娛樂賭場的某場表演的看法，公爵立即了解到他所面對的女士們個個智慧高超，與她們交手，正如他所說的，他是甘拜下風。他因為被公主邀請前往玩橋牌而倍感幸福。由於一抵達公主住處，他就對公主熱切地表達他持有反德瑞福斯立場，而且直言不諱：「還說呢，這下子可沒有人再跟我們提德瑞福斯案要重審這件事了」，可是他萬萬想不到，竟然聽見公主和她的嫂嫂們說：「我們對這件事極其關切，我們不能無緣無故就把人關在苦役牢中。」——「啊？啊？」公爵先是支支吾吾，好像發現在這個家庭中有個怪異的外號是專門用來嘲笑某個自以爲是的聰明人。過了幾天，有人大喊：「喂！來啊，佐佐特[139]」，在這個家庭裡，沒有緣由的，有人這樣呼叫著出名的藝術家，新習慣其實還正干擾著公爵，不過，出於怯懦和效顰精神，他反倒是說了：「好吧，就當作不是針對他而發的就行了。」三位可愛的女士覺得他的反應慢了半拍，要他加緊腳步跟上：「基本上，沒有任何有識之士會相信事情會水過無痕」。每次當有個「壓鼎式」的攻擊針對德瑞福斯而來，公爵以爲這下子準可讓三位可愛女士回心轉意了，於是前來向她們宣告這個事實，她們笑得很開心，輕而易舉的透過聰明的辯證向他說明此一論證不值分文，完全荒謬之至。公爵回到巴黎，成了狂熱的親德瑞福斯派人士。當然，在這樣的情況之下，我們不能肯定的說，這三位可愛女士究竟是或不是眞理的代理人，不過需要注意的是，每隔十年，當我們把信誓旦旦的某人擺著，有可能哪天一對聰明的夫婦來了，或者只要一個可愛女士來了，進入了那人的社群，不出幾個月，大家就把那人帶到完全相左的主張中。關乎這一點，許多國家的舉止正如這位眞心誠意的人，許多國家被仇視某個民族的思想充斥，而六個月之後，他們的感覺都變了，把他們的盟邦關係都推翻了。

---

138 普魯斯特首先引述的是一八九八年左拉被起訴案件正在進行時，塞納河區（le département de la Seine）軍事指揮官德·白義厄將軍（le général de Pellieux）的名言：「諸位要這個軍隊在危難之時如何自處？這危難或許比諸位所認爲的更迫在眉睫，你們要這這些可憐的軍人如何行止？當他們被帶到浴火之處，而領導他們的領袖，是我們在他們四周想辦法加以藐視的，我們是把諸位的兒子帶到被宰殺之地了，陪審團各位先生們！然而左拉先生有可能已經贏得一場新的戰爭，他將寫下一場新的《潰敗》（*Débâcle*），那天，他將把法文帶到全世界，帶到一個法國將被除名的歐洲中。」由尙·德尼·博爾登（Jean-Denis Bredin）引述之。《德瑞福斯事件》（*L'Affaire*）。朱利亞（Julliard）出版。一九八三年。頁248。

139 畫家喬治·克雷杭（Georges Clarin, 1843-1919），撒拉·伯恩哈爾特之肖像畫家，及巴黎歌劇院樓梯之裝潢家，左拉之〈我控訴…〉一文發表次日，發起陳情書之簽署者，在樂梅夫人宅第所用的綽號是「佐特」（Jotte），或者是「佐佐特」（Jojotte）。

有一段時間我不再與愛蓓汀見面，不過，由於德．蓋爾芒特夫人不再對我的想像力說話，我繼續觀看其他仙女，以及與仙女密不可分的居所，這種關係，恰似軟體動物所製作的珍珠色、琺瑯質殼瓣，或是塔狀垛口貝殼，牠將自己保護在其中，絕不與牠的居所分離。我無法將這些女士的類型加以區分，困難在於愈是微不足道，愈是難以提出，甚至連解決方法都是闕如。貼近女士之前，先得接近夢幻似的府邸。有某一位女士在仲夏月份天天於午餐後招待訪客，就在到達她的宅第之前，先得壓低出租馬車頂篷，即使不注意，整個記憶也都被太陽炙熱異常的印象完全充滿。我原先以為只是去皇后跑馬場；事實上，這場或許被務實者所輕看的聚會，在我還沒到達之前，我好像做了一次尋訪意大利之旅，聚會的府邸，與令我眼花撩亂、身心暢快的甜蜜記憶，將無法彼此分離。再者，由於溽暑季節，也由於豔陽時分，在一樓寬闊長方形沙龍款待賓客的女主人把遮陽窗扇神祕地闔上。我先是認不出誰是女主人，誰是賓客，甚至連德．蓋爾芒特公爵夫人都沒認出來，她用那沙啞的聲音請我過來坐在她身旁，沙發座椅是在波維這城市製作，飾有《歐羅巴被劫圖》[140]。後來我看清楚了，多面牆壁上，十八世紀大幅壁毯呈現多艘船隻，桅桿飾滿蜀葵，我坐在下方，覺得不是在塞納河王宮之內，像是置身於大海海岸，海神王宮之中，德．蓋爾芒特公爵夫人似乎成了水中仙女。若要細數其他沙龍與此一沙龍相異之處，我是辦不到。此一證據足以證明我在加總時，從來沒有把詩情畫意的印象放進我對上流社會的判斷中，以至於當我計算某個沙龍的優點時，我的加法從來都不精確。

當然，犯這些錯誤的原因不是只有這些，可是在我出發到壩北柯之前（很不幸的，我要再度前往駐留這地方，後來就不再回去了[141]），我沒有時間著手描繪上流社會，這些描繪在後來都會找到各自的定位。我們暫時先說，在我寫給姬蓓特的這封信裡，信中似乎標明了我要回頭與斯萬夫婦來往，在這第一個錯謬的緣由之上（我的生活相對的不夠嚴謹，讓人以為我戀眷於上流社交圈），奧黛特可能加添上去第二個完全不正確的緣由。社交團體針對同樣一位人士所持的不同表現，及至目前爲止，在我的想像中，都是假設社交團體是一成不變的：假如到處走動的她是一位與人素昧平生的女士，而另一位原先擁有崇高地位的女士反被嫌棄，我們會單單傾向於把這樣的事務，視爲純屬個人因素，某人投機股市之後，或者傾家蕩產，或者飛來橫財，如此的高低起伏，這種事情在同一社會中偶而就會發生。可是事情並不止於此。從某個程度上來看，社交活動的表現，它們遠遠的、零碎的、不確定的、混亂的、多變化的現象，反映了這些浮浮沉沉（社交圈的風雲迭起，遠不如藝術活動，政治突發狀況，公衆口味走向思想型戲劇，繪畫朝向印象派，音樂朝向德國複雜派，之後的音樂又朝向俄國簡單派，朝向一些社會思想，朝向一些公義思想，反映宗教，突發愛鄉愛國行動），以至於連沙龍的描繪，都不能以靜態處理，如同及至目前爲止適用於人物個性研究所做的，它們必須像是連帶被扯進了歷史的律動之中。對於新知的喜好，帶領著頗有眞心渴求了解智慧潮流變革的上流社會男子，他們所進出的環境是跟得上此一潮流之處，通常他們偏愛至今尙未出道的女主人，她所代表的，是全新的盼望思維，優於長年操作社交手腕的女子，她們的嚮往已經凋零不堪，全無光澤。這些女子的強項與弱點既然都了然於心，就無法繼續再對他們的想像說話。於是時代成形在一些新潮女子身上，在一個新增女子群體中間，她們緊密連結在最引人好奇的事務上，穿著打扮似乎僅於那時才出現，如同一種不爲人知的新品種，洪水過後才生出，成了每個新領事館，新督政府無力擋駕的美女。可是新增女主人，經常純粹只是社交群體中沒有名氣的女士，相當長時間以來款待賓客不遺餘力，雖不見得有上好良機，倒是與幾位「稀有親密者」往來頻繁，就像某些國家政要，四十年來見門就敲，卻沒

140　《歐羅巴被劫圖》（*L'Enlèvement d'Europe*）：普歇油畫（Boucher，一七四七年），羅浮宮擁有這幅油畫之原版，另有一複製版做爲壁毯之畫板（carton）。

141　在《伊人已去樓已空》原典文本中之258頁，男主人翁在他旅遊去過威尼斯之後，將第三次短暫駐留於壩北柯。

看見這些大門敞開，如今首次踏進部會官場。當然事情不一定都是這樣，當俄國芭蕾舞神奇的開枝展葉的同時，陸陸續續有巴克斯特，尼金斯基，伯諾瓦，以及史特拉汶斯基[142]的天才現身說法，護衛所有這些新生代偉大男子們的尤波勒地耶夫公主[143]，身爲年輕教母，當她出現時，頭上戴著巴黎婦女們都沒見識過的龐大羽飾，微微顫動著，所有巴黎婦女都一窩蜂的仿效，大家大可相信，這位美麗絕倫的佳人，應該是被俄國舞者把她當成最爲珍貴的寶藏，隨著無數的行李一起帶過來的；而在公主旁邊，在她的舞台側面包廂中，我們將看見，每場「俄羅斯的」表演中，像個眞正的仙女穩坐其中的，直至目前不爲貴族社群所知的，是魏督航夫人，我們大可輕易回答上流社會人士，他們很容易相信魏督航夫人與狄亞格列夫舞團剛剛抵達，而這位女士在不同時期已經存在，經過不同階段的演變，其中的這一個變化，與它的第一時間的變化，不啻是異曲同工，終於帶來如此結果，穩穩當當的，腳步越來越加緊湊的，朝向女大老闆期待得如此長久，又癡癡等待著的成功邁進。對斯萬夫人而言，眞的，她所代表的新造型並不與其他團體的特質相同。她的沙龍只圍繞著一個人凝聚，一個垂死的人，就在他江郎才盡的時候，幾乎是驟然間從黑暗之處走向偉大的光榮。她對裴果特的作品非常迷戀。被炫耀的他，成天待在斯萬夫人家裡[144]，她對著一位有權有勢的人士竊竊私語著：「我會對他說，他會爲您寫一篇文章。」再說，他是有這個本事做到，甚至爲斯萬夫人寫一齣短短的一幕。比起他來探聽我外婆身體狀況的時候，他更靠近死亡一步，他的身體比較好轉了些，原因是身體的嚴重疼痛強迫他節食。疾病是最讓病人聽話的醫生：我們只會向良善、向學識作出允諾，有了苦楚，我們則要順服。

當然，在當下，相較於斯萬夫人略帶愛國思想、較多文學性質，尤其具有裴果特風格的沙龍，長期政治危機既已走到巔峰緊張狀態，魏督航夫婦的小內圈擁有另一種活潑的價值，活躍於小內圈核心的，是親德瑞福斯思想。可是上流社會大多數都是那麼反對重審，以至於親德瑞福斯思想的沙龍似乎是不可能立足，就好比換到另一個時代，人民公社沙龍不可能存在那樣。德．卡波拉羅拉公主[145]主辦了大型畫展，爲此畫展，公主認識了魏督航夫人，花長時間造訪了她，盼望小內圈幾個有意思的人物能被釋出，好被她嫁枝到自己的沙龍來。在這個造訪過程中（擺的態勢是小規模的蓋爾芒特公爵夫人們的作風），公主採取了與既定意見相反的立場，宣稱上流社會環境中的人都是白癡，這讓魏督航夫人覺得她的勇氣可嘉。可是如

---

142 一九〇九年五月十八日俄國芭蕾開始在巴黎大放異彩，首先於夏特雷劇院（le théâtre du Châtelet）演出。次年，一九一〇年六月十一日，普魯斯特觀賞了《天方夜譚》（*Schéhérazade*），由黎姆斯基—高沙可夫（Rimski-Korsakov）譜曲的第四場表演。普魯斯特於一九一一年開始與尼金斯基（Nijinski）和巴克斯特（Bakst）來往，對於俄國芭蕾非常熱衷。關乎畫家雷翁．巴克斯特（Léon Bakst），參見《妙齡少女花影下》，原典頁506。尼金斯基受聘於狄亞格列夫（Diaghilev）開始了俄國芭蕾在巴黎的首次系列演出，其中他特別在《林中仙女》（*Les Sylphides*）中扮演要角；我們認得出來在關乎「某個外國舞團中著名的天才型的舞者」，普魯斯特所寫了好幾頁文章，不過沒有收錄在《富貴家族之追尋》終極文本中（參見《富貴家族之追尋》。原典頁582－584）。當他們在巴黎演出的季節，俄國畫家與藝術史學者，亞歷山大．伯諾瓦（Alexandre Benois, 1870-1960），擔任出色的俄國芭蕾的背景設計師之一。他的傑作是《彼得魯什卡》（*Pétrouchka*），一九一一年作品，與傅金（Fokine），史特拉汶斯基（Stravinski）以及狄亞格列夫（Diaghilev）共同攜手合作之產品。史特拉汶斯基與俄國芭蕾一起來到巴黎，狄亞格列夫於一九一〇年向史特拉汶斯基要求爲俄國芭蕾團演出《火鳥》（*L'Oiseau de feu*），《彼得魯什卡》（*Pétrouchka*）以及《春之祭》（*Le Sacre du printemps*）譜曲，於一九一三年在巴黎造成轟動。

143 蜜西亞．顧德貝斯卡（Misia Godebska, 1872-1950）——首次婚姻於一八九三年與泰德．納坦松（Thédée Natanson）結縭，第二次婚姻於一九〇五年與艾勒飛．愛德華（Alfred Edwards）結縭，第三次婚姻於一九二〇年與約瑟．瑪莉亞．施特（José-Maria Sert）結縭，她於一九〇七年八月，與普魯斯特同時間在卡布爾（參見《魚雁集》。第七冊。頁261－262），她在此地將成爲尤波勒地耶夫公主（la princesse Yourbeletieff）的原型人物。參見邦德出版社出版。《馬賽爾．普魯斯特》。第二冊。頁203－204。

144 安納托．法朗士，裴果特（Bergotte）原型人物之一，在艾爾芒．德．卡依雅維夫人（Mme Arman de Caillavet）之沙龍中，就是如此高高在上的呼風喚雨。（參見《富貴家族之追尋》。頁212。注1）。

145 一九一三年十一月，根據普魯斯特寫給尚．路易．符多耶（Jean-Louis Vaudoyer）的一封信，普魯斯特想要租賃法內斯王宮（le palais Farnèse）——它在鄰近維德爾伯（Viterbe）的卡波拉羅拉（Caprarola）小城裡——屬於德．卡瑟爾特伯爵（le comte de Caserte）所有。（《書簡集》。第十二冊。頁314）。

此的勇氣不能發展成爲膽大妄爲，在愛國思想者女子的炯炯眼光之下，於壩北柯購物時向魏督航夫人致意問安。對斯萬夫人而言，反德瑞福斯派人士反倒是感激她「有好的思想」，在這點上，由於她嫁給了猶太丈夫，更有雙倍的優點。從來都不去她家的人，以爲她僅僅招待一些沒沒無聞的猶太人以及裴果特的門生而已。因此大家把像斯萬夫人如此優質的女士們歸類爲社會層級的底階，或者因爲她們的出生背景，或者因爲她們不愛在城內晚餐，晚宴中大家從未看見她們，讓大家誤以爲她們可能沒有受邀，或者因爲她們閉口不提她們的社交人脈，僅僅是談文說藝，或許人們都是偷偷摸摸的前往她們的家，或者爲了不要得罪那些她們暗地裡款待的人們，總之，到頭來，在某些人的眼中，爲了千百種理由，終於認定她們當中的這人或那人，都是不能邀請的對象。奧黛特的情形就是如此。德·艾比諾依夫人藉某個爲「法國祖國聯盟[146]」募款的機會，必須前去看她，德·艾比諾依夫人如同進入賣針線的店家一樣，心中篤定認爲她所能找到的臉龐雖不致於是一些被藐視之輩，至少也是完全陌生的臉孔，門一打開，她呆若木雞的愣在那兒，看見的不是她所假設的沙龍，而是奇幻的沙龍，仙女棒一揮，立即帶來改變，她認出一些令人目炫眼花的神奇人物，有半躺臥在躺椅上的，有端坐在沙發上的，又有暱稱著女主人的公主殿下、公爵夫人，等等，這些人都是德·艾比諾夫人以親王妃之尊都不容易請得動的人物。這時候，在奧黛特友善眼光關照下，杜·駱侯爵，路易·德·杜倫伯爵，柏捷斯親王，德·艾斯特雷公爵[147]，手拿著橘子汽水以及小鹹點心，正對著這一票人扮演著糕餅店師傅、調酒師的角色。德·艾比諾依親王妃認定內在才是社交生活的品管標準，在她不自覺的情況之下被迫爲斯萬夫人除去外殼，重新將她納入優雅女士行列。一些女性人物所過的眞實生活不爲人知，這樣的生活不會在報紙上被宣揚，因此，在某些情況上（藉此有利於沙龍之間的區隔）鋪蓋著一層神祕的面紗。對奧黛特來說，開始的時候，幾位最高階社群的男士出於想認識裴果特的好奇心，曾以親密人物方式來到她家中晚餐。她以新進習得的好技巧不將此事宣揚；他們在此受到好款待——或許這是奧黛特對小核心的回憶所保留的部分，自從有了派系之爭後，她保留了傳統——以及所擺的餐具，等等。奧黛特把這些人連同裴果特一起帶到有意思的「首場演出」，這種作法倒是要了裴果特的老命。他們提到奧黛特，對某一些女性人物，這些人物是在他們的環境中有能力對許多新知感到興趣的人選。她們確信奧黛特既是與裴果特關係親密，或多或少會參與他的著作，而且認爲相較於自鳴清高的富貴區內最爲出類拔萃的女子們，她必然更聰明千百倍，爲了相同的理由，她們將她們所有的政治性盼望放在某些色彩好看的共和派人士身上，如同杜鎂先生和戴商內先生[148]，一方面她們的看法是法國會掉落在深淵之中，如果法國被託付給擁護君主政體者，是她們在夏瑞特，在竇朵城[149]招待他們吃晚餐的對象，等等。攸關奧黛特情勢的變化，在她身上以含蓄的方式進行，讓此一變化更加確定而且更加快速，完全不會引來公眾疑竇，大

---

146 關乎法國祖國聯盟（la Ligue de la Patrie Française），參見《富貴家族之追尋》。頁227。注1。

147 艾蒙・杜・駱侯爵（le marquis Armand du Lau），賽馬俱樂部會員，與查理・哈斯（Charles Haas），路易・德・杜倫（Louis de Turenne），還有當年是德・卡爾王儲（le prince de Galles）的愛德華七世（Édouard VII）都有情誼往來。杜・駱侯爵和德・杜倫伯爵與畫家艾德華・德佐伊（Édouard Detaille）先生一起出入在湄蘭妮・德・普爾達列斯（Mélanie de Pourtalès）的沙龍。參見傅奇燁著。《五十年之光彩》（*Cinquante ans de panache*）。頁60。奇奧凡尼・伯捷思親王（le prince Giovanni Borghèse, 1855-1918）於一九〇二年娶德・卡拉曼—奇湄女伯爵（la comtesse de Caraman-Chimay）爲妻。德・艾斯特雷公爵（le duc d'Estrées, 1863-1907）乃是梭斯甸・德・拉・羅石傅柯—竇朵城公爵（le duc Sosthène de La Rochefoucauld-Doudeauville）之長子。（參見頁143。注2）。

148 保羅・杜鎂（Paul Doumer, 1857-1932），一八八八年擔任激進黨下議院國民議會議員（le député radical），一八九五年至一八九六年間以及一九二一年至一九二二年間任職財務部部長，一八九六年至一九〇二年間任職印度支那總督（le gouverneur général de l'Indochine）。保羅・戴商內（Paul Deschanel, 1855-1922），一八八五年起爲共和派下議院國民議會議員（le député républicain），一八九七年至一九〇二年間，任國會議會主席（le président de la Chambre des députés）之職，一九二〇年二月至九月擔任法國總統。

149 旺代（Vendéen）區英雄人物夏瑞特（Charrette）之家族維持著擁護波旁王室立場，梭斯甸・德・拉・羅石傅柯，德・竇朵城公爵，一八七一年二月八日當選進入下議院國民議會（l'Assemblée nationale），屬於極右派，成爲最爲強硬之正統派人士之一，與德・鄉堡伯爵（le comte de Chambord）相互連結。一八七一年至一八九八年間擔任薩爾特省下議院國民議會議員（le député de la Sarthe），一八七三年至一八七四年間，任法國駐倫敦大使。

家都是傾向於取信《高盧日報》的時事專欄來了解一個沙龍的興衰起落，以至於某一天，當裴果特的一齣戲劇為了慈善工作進行募款，在一座最優雅的表演廳舉行總彩排，眞實戲劇性變化的戲碼就在人們面前上演了，大家看見對面屬於作者的包廂中，前來坐在斯萬夫人旁邊的，是德·瑪桑特夫人，以及默蕾伯爵夫人，那位逐漸被德·蓋爾芒特公爵夫人淡化的人選（集所有的榮譽於一身，而且輕而易舉地使自己銷聲匿跡）如今正式成了母獅，成了時下的皇后。正當默蕾伯爵夫人進入包廂時，大家說到了奧黛特，「甚至當我們還沒料到時，她已經開始往上攀升」，「她已經踏上了最高的那一階。」以至於斯萬夫人可以相信我之所以要接近她的女兒，是因為我愛攀龍附鳳。奧黛特，即使有出色的舊識作陪，她總是絕對全神貫注的聽著戲劇演出，彷彿她在此只有一個目的，就是聽戲，如同從前她走過森林，是為了保健，為了運動。從前不急著圍繞她的男士們，都來到了劇場的樓廳，一邊打擾著所有的人，前來與她攀交情，為了接近圍繞在她周圍的權貴小圈。她呢，帶著微笑，還算客客氣氣的，鮮少帶著諷刺，耐心的回答他們的問題，裝出比一般人想像中更多的平靜，或許是出於眞心，如此的炫耀，只不過是將謹愼隱藏住的恆常親密關係延後宣揚出來而已。在三位引來所有人側目的女士後面，被亞格里絳親王、路易·德·杜倫伯爵、德·蒲瑞奧岱侯爵圍繞住的，正是是裴果特。顯而易見的，相較於我們花了相當筆墨所描寫的德·蓋爾芒特親王妃府邸的晚宴，一年又一年接續著舉辦了那麼久，宴會中安排的節目大同小異，又了無新意，對於到處被迎迓的男子而言，他們一心所求的，不是被抬舉，而是找著創意，他們心想透過一種展現方式來肯定自己的價值，那就是他們期待被一位以智慧卓著而出名的女主人吸引，環繞著如此的女主人，他們盼望巧遇所有的劇作家，所有當紅的小說家，這樣必然更令人興奮，也更活潑有趣。在蓋爾芒特這個上流社會中，好奇心與它稍有距離，新興的智慧型風潮，在他們的想像中，不會落實成為餘興節目，諸如裴果特為斯萬夫人所寫的小作品，又如這些「問候大家好」的表演（假設上流社會有可能對德瑞福斯事件感到興趣的話）召聚在魏督航夫人家中的，有畢卡，克雷蒙梭，左拉，雷伊納克以及拉伯里[150]。

姬蓓特對她母親的情勢也有所助益。因爲斯萬一位叔伯方才留下一筆大約八千萬的金額給這位少女，此舉讓聖—日耳曼富堡貴族區開始想到了她。勳章背面寫著行將就木的斯萬持有親德瑞福斯派思想，這都沒有對他妻子形成爲難，甚至助她一臂之力，不對她造成困擾，因爲有人說：「他老朽了，變癡呆了，我們不必管他了，只有他的妻子才算數，而且她很可愛。」連斯萬護衛德瑞福斯的態度都對奧黛特有用處。順著她自己的心意的話，她或許會沒有心機的迎合可能致她於死地的貴婦人。然而，她若勉強丈夫晚上到聖—日耳曼富堡貴族區吃晚餐，滿臉慍色的斯萬會留守在一角落，如果他看見奧黛特允許自己被引薦給某個持愛國思想的女士，他就毫不猶豫的揚聲說：「瞧瞧，奧黛特，您瘋了。我拜託您別輕舉妄動。讓自己被引薦給反猶人士，這是自貶身價，我不許您這麼做。」每個汲汲營營來找她的上流社會人士，都不習慣這個人那麼傲慢，那麼沒教養。生平第一遭看見有如此自視甚高，「超過」他們的人物。大家彼此傳著斯萬所發的牢騷，而折過角的名片像下雨那樣落到奧黛特家中。當奧黛特造訪德．艾琶鍾夫人時，引起友善人士一陣騷動，沒有一個不感到好奇，「我把她引薦給您，您不會覺得不舒服吧，德．艾琶鍾夫人說道，她很和善的，是瑪麗．德．瑪桑特把她介紹給我認識的。」——「哪兒話啊，聽說她聰明得很，她很可愛的。相反的，我想見見她；告訴我吧，她住在哪兒啊。」德．艾琶鍾夫人告訴斯萬夫人，兩天前在斯萬夫人家過得很開心，爲了斯萬夫人，她拋棄了去德．聖—鄂薇特夫人家的機會。這是眞的，因爲偏愛斯萬夫人，這就是證明我們是明智的，好像去音樂會而不去喝茶。可是當德．聖—鄂薇特夫人來到德．艾琶鍾夫

150 參見《富貴家族之追尋》。原典頁101，237，225，233及369。

人家與奧黛特同時撞上了，由於德·聖—鄂薇特夫人非常自命不凡，德·艾琶鍾夫人一方面不是很瞧得起她，又同時在乎被德·聖—鄂薇特夫人邀請的機會，所以德·艾琶鍾夫人不會把奧黛特引薦給她，好讓德·聖—鄂薇特夫人弄不清楚奧黛特究竟是誰。侯爵夫人自忖，這可能是某個很少出門的公主，她才會沒機會見過奧黛特，德·聖—鄂薇特夫人遲遲不離開，對著奧黛特所說的間接地答了腔，可是德·艾琶鍾夫人的態度依然堅定如鐵。當德·聖—鄂薇特夫人認輸了，要走了：「我沒有為您介紹，」女主人對奧黛特說道，「因為大家不大喜歡去她家，而她邀人又格外殷勤；您有可能脫不了身。」——「噢！沒關係」，奧黛特帶著遺憾說道。不過她持有一個想法，大家不愛去德·聖—鄂薇特夫人家，這事在某個程度上是真的，她的結論是，她的地位遠比德·聖—鄂薇特夫人來得高，雖然德·聖—鄂薇特夫人的聲勢相當可觀，奧黛特只是還沒有到位而已。

她還沒有意識到這點，雖然所有的德·蓋爾芒特夫人的舊識都與德·艾琶鍾夫人有來往，當德·艾琶鍾夫人邀請斯萬夫人時，奧黛特會小心翼翼的問說：「我會去德·艾琶鍾夫人家；您可能覺得我老是耍舊花樣，這樣的邀請會使我受到驚嚇，這是因為德·蓋爾芒特夫人的緣故。」（再說，她並不認識德·蓋爾芒特夫人。）高雅的男子們前去她家，認為斯萬夫人之所以認識上流社會人士不多，原因應該是她擁有崇高地位，她可能是一位知名的大音樂家，這樣的頭銜應該屬於名流社群中的例外，例如公爵另有個科學博士頭銜。完完全全一無可取的女性之所以被奧黛特吸引過去，理由則是完全相反；由於風聞她前去聽克隆[151]音樂會，而且公開宣稱她是華格納迷，她們因此下了個結論：她應該是個「愛笑鬧的人」，她們就十分興致勃勃的想認識她。可是又對她們自己的地位沒有十足的把握，她們害怕與奧黛特顯得過從甚密，會在公眾場合出糗，在慈善音樂會上看見斯萬夫人時，她們會把頭撇轉過去，認定不可能在德·羅石舒瓦夫人雙眼注視之下向一個很有可能去過拜魯特節日劇院的女子致意——意思是她會享受在各式各樣的慶典戲要活動之中。

近朱者赤，近墨者黑。姑且不說在天仙家中會有的出神入化轉變，在斯萬夫人的沙龍裡，德．蒲瑞奧岱先生突然間被加了値，藉由離開周圍經常環繞他的人，藉由他來到這裡的滿足感，戴起舊式圓框眼鏡，把自己關起來讀《雙世界期刊》，而不去參加慶典，藉由他把前來探望奧黛特這件事似乎當成神祕的儀式，德．蒲瑞奧岱先生彷彿變成了一個新人。我非常樂意花功夫探究德．蒙莫杭西—盧森堡公爵夫人在這新環境當中會有多少變化。只不過她是眾多絕不能將奧黛特引薦給她的名流之一。德．蒙莫杭西夫人對鷗麗安表現的善意，遠大過於鷗麗安對她所釋出的好意，當德．蒙莫杭西夫人對我如此提到德．蓋爾芒特夫人時，著實讓我訝異不止：「她熟悉一些有識之士，所有的人都愛她，我相信如果她稍稍接得住這些人的見識，她就有本事把沙龍經營好了。事實的眞相就是她不在乎，她這樣做當然有她的道理，像她這樣被所有的人都捧著，她就已經感到幸福了。」要是說德．蓋爾芒特夫人的「沙龍」不算數，那麼「沙龍」又是怎麼一回事？當我說到我比較喜愛前往德．蒙莫杭西夫人家的沙龍時，我在德．蓋爾芒特夫人身上造成的訝異，並不亞於上面的話語所帶給我的震撼。鷗麗安覺得她是個老蠢蛋。「我嘛，」她說道，「我是心不甘情不願的去她那裡，她是我的姑媽；可是您要去！她連吸引有意思的人都不會。」德．蓋爾芒特夫人沒有察覺到，我對有意思的人是無感的，當她對我說：「德．艾琶鍾夫人的沙龍」，我看見一隻黃色蝴蝶，「斯萬的沙龍」（冬天時候，從六點到七點，斯萬夫人在家裡）讓我看見一隻雙翅沾著雪花的黑色蝴蝶。說

151　愛德華．克隆（Édouard Colonne, 18-1910），樂團指揮，在巴黎創立國家音樂會（le Concert national，一八七一年），稍後又創立克隆音樂會協會（l'Association des concerts Colonne），維護法國音樂四十年之久。

斯萬夫人的沙龍算不得什麼，這還情有可原，她如此評價，因爲有「聰明人」在那裡，雖然這個沙龍她進不去，我不被邀也無可厚非。可是她竟然認爲德．盧森堡夫人的沙龍不算數！要是說我已經「產出」什麼值得被注意的，她就有可能下結論說，有一部分的攀龍附鳳心態與才華洋溢可以相互連結。我讓她徹頭徹尾的失望了；我對她坦承我去德．蒙莫杭西夫人的家不是要「寫筆記」、「做研究」（她原以爲我是要如此做）。德．蓋爾芒特夫人並沒弄錯太多事情，其實，描述上流社會的小說家，攀龍附鳳的追求者，或者被誤認爲有此心態的人，是他們用尖苛的鐵筆批評的對象，所依據的，是這些人們形之於外的動作，如此的小說家卻從不把自己放置在批評對象的內心，而這是一個在人們的想像中，整個社會正處在春天百花齊放的時代。說到我自己，當我刻意想知道前往德．蒙莫杭西夫人家，我將會有如何大的喜悅時，卻感受到了些許的落寞。她的居所位於聖—日耳曼富堡貴族區，是一座持有許多樓閣的老宅第，被幾個小花園間隔開。在圓頂之下，有一座小雕像，有人說是法寇內的作品，象徵著水泉[152]，濕潤的水從小雕像身上一直不停的流下來[153]。女門房就在不遠之處，經常紅著雙眼，或許傷心，或許神經衰弱，或許鬧頭疼，或許傷風，她從來不回您的問話，對您做個不清楚的手勢，表示公爵夫人在那兒，眼皮滴下的幾顆水滴掉落在裝滿「勿忘我」的小圓盆上。看見這座小雕像，我感到愉悅，因爲它使我想起康樸蕊某花園裡一座石膏塑造的園丁雕像，相較於潮濕、吵鬧、充滿了迴音的正廳樓梯，又相較於一些水療浴建築的正廳樓梯，充滿瓜葉菊——藍中透藍——的花瓶，是那麼不起眼，特別加上門鈴的叮噹響聲，完全是來自娥拉莉房間的鈴聲。這個叮噹響聲讓我雀躍得難以自己，可是我覺得它卑微得讓我難以作出說明，好讓德．蒙莫杭西夫人了解我的興奮，這位女士每次見到我，看見我都是興高采烈的，卻萬萬猜想不到其中的原因。

沉潛心靈之悸動[154]

我第二次來到壩北柯，與第一次的情形很不一樣[155]。豪華大旅館經理親自來到水母之橋[156]接我，重複說著他很在意有頭有臉的顧客，這麼一來使我害怕他爲我加官晉爵，以至於根據我的了解，在他幽暗不明的文法記憶中，具有榮譽頭銜者[157]，應該是指特別保留了他的位子[158]。況且，隨著他漸漸學習新語言的同時，原有的語言就說得越不靈光。他告訴我，他已經把我的房間安排在豪華大旅館的至高處，「我希望，」他說道，「您不會因此以爲我欠缺禮貌，我不能忍受您的房間與您的身分不相稱，然而我是把聲音因素考量在內，因爲如此一來，您的頭頂上就沒有人，不會讓您的穿顱手術[159]（耳膜[160]）疲累。您儘管放心，我會要求人把窗戶關上，不讓窗戶嘎嘎作響。在這點上我是無可忍受的」（這話沒有表達他的思想，他的意思是在這方面，大家經常覺得他是不可以討價還價的，或許讓他忍無可忍的，是各層樓僕人的想法）。再說，

---

152 我們想到是法寇內（Falconet）保留在羅浮宮的作品《浴女》（*la Baigneuse*，一七五七年）。喬治．德．駱禮（Georges de Lauris）如此描寫史特勞斯夫人的沙龍：「精美的原形線條，出自法寇內之手，小雕像垂著肩，已經不是當下流行的體態，矗立在線條圓潤的路易十五時代矮型靠牆小長桌上。」《美好時代之回憶》（*Souvenirs d'une belle époque*），艾密歐—杜蒙（Amiot-Dumont）著。一九四八年出版。頁153。

153 記事本編號一號中有一注記，將這動人情景與位於凡爾賽之蓄水庫旅館（l'hôtel des Réservoirs）兩相連結（頁60）。

154 一九一二年，普魯斯特曾經想過以此標題爲整本小說之書名，「暗指在道德世界中有一種身體的疾病」。參見一九一二年十月寫給厄仁．法斯格勒（Eugène Fasquelle）的信。《魚雁集》。第十一冊。頁257。在此開始的段落直到178頁第一章結束，曾經於一九二一年十月在《法國新月刊》（*NRF*）以「沉潛心靈之悸動」（«Les Intermittences du cœur»）爲題名發表過，這是爲什麼有此一夾層標題出現在此。

155 參見《妙齡少女花影下》。原典頁230。以及後續文本。

156 關乎此名稱之來源，參見本書法文原典頁317。注1。

157 «titré»。**【譯者注】**。

158 «attitré»。**【譯者注】**。

159 «le trépan»。**【譯者注】**。

160 «le tympan»。**【譯者注】**。

我的房間與第一次住的一樣。第一次住的房間不在更低層樓，只不過變高了的，是我在豪華大旅館經理心目中的地位。如果我喜歡，我可以請人來生火（因爲依照醫生的指示，復活節一到我就出發了），可是他擔心天花板有一些「窄口處[161]」，「尤其總要等待前一次的火已經消化過[162]（意思是燃燒過[163]）才能再點燃薪火」。要緊的是要避免在壁爐中生火，更何況爲了討喜的緣故，我讓人在壁爐上放了一個大型的仿中國古老瓷器，生火可能會破壞它。」

他很憂傷的告訴我歐爾鎮的律師公會會長死了：「他老是墨守成規[164]」，他說道，（可能是老滑頭[165]之意），而且他想讓我了解的是他死得過早，因爲活在受挫之中[166]，意思是生活放蕩[167]。「一段時間以來，我注意到他吃完晚餐之後，就在客廳蹲著[168]（或許是指沉睡[169]）。最後這段日子他變了一個人，讓人都認不出來是他了，看見他幾乎不領情了[170]」（八成是指不認得了[171]）。

值得高興的報償是：岡城首席理事長不久前才得到了榮譽軍團指揮官的「馬鞭[172]」。「他是有一些能力，這可是千眞萬確，可是人家給了他這個榮譽，好像特別是因爲他的全然無能。」而且前一天在《巴黎迴聲報》[173]中再度談到這件授勳之事，關乎這報紙的報導，豪華大旅館經理才讀了「第一個縮寫簽名[174]」（意思是指第一段[175]）。卡伊歐先生[176]的政治，在報導裡面鋪陳得很好。「況且我覺得他們言之成理，他說道。他把我們放太多在德國的圓頂下了[177]」（受箝制之意[178]）。由於豪華大旅館經理所討論的這類話題讓我覺得很煩，我不再聽他說話了。我想著讓我決定重返壩北柯的一些圖像。這些圖像與從前的迥異，此次我來追尋的意象光彩炫麗，第一次的意象則是迷茫不清；這兩種意象應該都不會使我失望。回憶所挑選的，也同樣有偏頗主觀、同樣有狹隘、同樣有難以捉摸的圖像，正如由想像力所形成，被眞實所摧毀的圖像那樣。若說在我們身軀之外，一處眞實的地方保存著屬於回憶的許多圖畫，勝過夢境的圖畫，這並沒有道理。某個新增的實況或許就會讓我們忘懷，甚至憎惡那些促使我們出發的欲求。

促使我前來壩北柯的欲求，有一部分源自魏督航夫婦，他們邀請了碧蒲思夫人來到此地（我從來都沒善加利用過他們夫婦的邀請，在巴黎從未造訪他們，如果我前去鄉下，爲了向他們致上歉意，讓他們有機會款待我，他們應該會高興），一方面我知道他們有好幾位忠心的朋友會來海邊渡假，爲此緣故，整個假期他們租下了德・康柏湄先生的諸多城堡之一（拉・哈斯柏麗野[179]）。我（在巴黎）得知這消息的夜晚，

---

161 «des fixures»，這字不存在字典中，是普魯斯特自創的。【譯者注】。
162 «consommée»。【譯者注】。
163 «consumée»。【譯者注】。
164 «routinier»。【譯者注】。
165 «roublard»。【譯者注】。
166 «une vie de déboires»。【譯者注】。
167 «une vie de débauches»。【譯者注】。
168 «il s'accroupissait»。【譯者注】。
169 «il s'assoupissait»。【譯者注】。
170 «à peine reconnaissant»。【譯者注】。
171 «à peine reconnaissable»。【譯者注】。
172 «cravache»。【譯者注】。
173 《巴黎迴聲報》創立於一八八四年，起初是一份文學與藝術性報刊，後來成爲天主教保守派思想的喉舌。
174 «le premier paraphe»。【譯者注】。
175 «le premier paragraphe»。【譯者注】。
176 約瑟・卡伊歐（Joseph Caillaux, 1863-1944），一九一一年及一九一二年，擔任議會主席以及內政部長。豪華大旅館的經理好像在此想到了一九一一年的摩洛哥危機，在《富貴家族之追尋》文本中已經提過（參見原典頁394。注1），文中，卡伊歐（Caillaux）因向德國讓步而遭到指責，如於一九一一年九月十一日之一篇文章所示。
177 «mettre quelqu'un sous la coupole»。【譯者注】。
178 «mettre quelqu'un sous la coupe»。【譯者注】。
179 鄰近伊璃耶（Illiers），有一小村莊名叫拉・哈士伯里耶（La Rachepelière），參見本書法文原典頁353，關乎此名稱之詞源說明。

眞的像發瘋似的，派了我們年輕的隨車家僕去前往詢問，想知道這位女士會不會把她的貼身女侍也一起帶去壩北柯。那是晚上十一點。門房遲遲不來應門，奇蹟般的，我的信差沒有被掃地出門，沒有人叫警察，只是很不禮貌的應付了他，不過提供給了他我所要的資訊。他說，事實上，這位首要的貼身女侍會陪伴她的女主人先到德國的水療站，之後會到比雅里茲，最後到魏督航夫人那裡。從那時開始，我放了心，很高興事情已經十拿九穩。我可以免去街頭巷尾跟蹤，遇上美人們，手裡也遞不出如此的介紹信函，對著「喬吉翁」表示我當天晚上已經和她的女主人在魏督航夫婦家一起用過晚餐了。況且，她若知道我不僅認識拉．哈斯柏麗野的有錢房客，也認識租屋屋主，尤其認識聖—鷺這個人，他因爲距離遙遠之故，不便把我介紹給貼身女侍（這位女侍不知道羅伯特的名字），已經爲了我寫了一封熱情洋溢的信，寄給了德．康柏湄夫婦，如此一來，美人對我的觀感一定更佳。聖—鷺認爲這對夫婦大可爲我效勞，除此之外，婚前是勒格蘭登小姐的德．康柏湄夫人，這位當媳婦的，當她和我交談的時候，我會對她感到興趣。「她是一位聰明的女子」，聖—鷺對我如此保證。「當然只到某個程度而已。她不會對你說些一成不變的事。」（「一成不變」的事，曾經被「崇高偉大」的事取而代之，在羅伯特的口中，針對他最最喜愛的口頭禪，每隔五、六年就會作出微調，同時又保留著主要的口頭禪），「可是這是出自一種本性，她有她的個性，她的直覺，她會適時拋出合宜的話語。偶而她會讓人生氣，會丟出一些愚昧的話，用來『顯出她的地位是屬於上層階級』，這才是更爲可笑的事，因爲德．康柏湄這一家人是綽綽有餘的優雅家族，她不是經常**跟得上時尚**，可是，總之，她還算是可以讓人受得了的來往對象。」

羅伯特的推薦函一送到他們手裡，德．康柏湄夫婦立即寫了一封長長的信，請我到他們家中小住，如果我更想要自主些，他們可以幫我找一個住處，他們或者喜愛攀龍附鳳，想要間接向聖—鷺示好，或者因爲感激聖—鷺對他們在東錫耶爾一個侄子的照顧，而且更可能出於良善之心，以及好客之古禮，當聖—鷺拒絕他們的建議，對他們說，我會下榻在壩北柯豪華大旅館時，他們回答說，至少他們會期待我一來到就前往造訪他們，如果我看他們，他們一定會鍥而不捨的前來邀請我參加他們的園遊會。

或許，碧蒲思太太的貼身女侍與壩北柯二者沒有任何必要的連結性；對我而言，她不會是在梅澤教堂村沿途上呼喚不到的那位村婦[180]，雖然形單影隻的我，以我全部的欲望呼喚著她。

長時間以來，我已經停止在一位女子身上的未知數開平方根了，如此的未知數，通常一經介紹就再也撐不住。至少，在壩北柯這個我很久沒去的地方，我還有這個優勢，基於此一地方與這位女子之間，沒有必要的關聯存在，也基於對我而言，眞實感還不會在此地被刪除，像在巴黎，不論是在我自己家裡也好，或是在一個熟悉的內室，與女子相處的愉悅享受不可能給我幻想，處在日常事物當中，我進不到一個嶄新的生命裡面。（因爲如果說：習慣形成天性，習慣也會妨礙我們認識我們的第一天性，這習慣掌握不到這天性的殘酷，也掌握不到天性的美妙。）然而這種幻想，或許我在一個新的地方會再度擁有，在那裡，面對一抹陽光，敏銳度重新發生，就是在此地，我對貼身女侍的欲求全然激動著我：然而大家將看到，環境的因素不但使得這位女子沒有前來壩北柯，而且我一點也沒有害怕，即使她一直沒能前來，以至於此次旅行的主要目的不但沒有達到，也沒有了後續。當然，在這季節裡，碧蒲思太太不必要如此趕早前往魏督航夫婦家；不過我們所選定的這些愉悅可以被視爲放長線釣大魚模式，如果魚兒上鉤是免不了的，在等待的時候，我們大可放鬆，不必汲汲營營的要討好，無力去愛也無大礙。再者，我前往壩北柯，懷抱的思想不像第一次那樣不切實際；相較於回憶，在純淨的想像之中，自私心態總是會少些；我也知道我切切實實將要處在美女如雲的地點；海灘賦予認識美麗女子的機會並不亞於一場舞會，我的心思早已飛奔了過去，

180 關乎這位村婦，參見《細說璀璨之童年》。原典頁155－156。

想到那裡的豪華大旅館前面，海堤步道上的漫步，這種愉悅享受的類型，與德．蓋爾芒特夫人所提供給我的雷同，她不是讓我得到參加炫麗晚宴的邀請，而是經常在舞會中將我列名在女主人們的伴舞騎士名單之上。在壩北柯想認識女子，上一回有多麼不順利，這一回我就多麼輕輕鬆鬆的獲得青睞，因爲現在我的人脈和後盾已經備齊，不像第一次前來旅遊時那樣寒酸無助。

豪華大旅館經理說話的聲音把我從夢中拉了出來，我並沒有聽著他針對政治所做的高談闊論。他換了話題對我說，首席理事長知道我來了，非常高興，所以當天晚上他就會來我的房間看我。想到這個造訪，我十分害怕，因爲光是想到，就十足使我感到疲累，以至於我請求旅館經理攔住這件事（他答應我做到這點），而且爲了增加安全性，第一天晚上，我請他吩咐服務人員到我這層樓來站崗。他好像不是很喜歡這些服務人員。「我一直被迫要跟在他們後面盯著他們，因爲他們太缺少活力。如果我不在那裡，他們就一動也不動。我會把值勤電梯管理員[181]安置在您門口。」我問說這人是不是終於成了「機動服務生的領班」。「他在我們的服務系統中資格還不夠老，他對我回答道，比他更年長的同儕大有人在，這樣做會引來抗議。做所有的事都要逐漸形成顆粒[182]。我承認他有好的能力[183]（他要說的是好態度[184]）來面對升降電梯，可是要把他提升到如此的地位，則是還欠點年資。相較於其他資格太老的人，對比太強烈了。這樣顯得稍欠正當性，這個品質是具有原始價值的[185]（或許是優先重要的價值[186]，最爲重要的好條件）。他必須有稍稍更多的重量加在他的雙翅上（他要說的是頭腦需要更有重量）。再說，他只需要信得過我。我是行家。在我得到豪華大旅館經理頭銜之前，我先在白伊亞先生[187]手下被真刀實槍的磨練過。」這樣的比較使我印象深刻，我謝謝旅館經理親自到水母之橋來接我。「噢，不客氣！這事只花了我一點無限的時間[188]」（意思是微不足道[189]）。說著說著，我們就到了。

我整個人都被搖撼了。就在第一天夜晚，我心臟突然因勞累而感到不舒服，爲了控制住我的心絞痛，我緩緩的低下頭來，小心翼翼的脫下鞋子。可是當我一碰觸到半統靴的第一個環扣，我的胸口腫脹了起來，被一種莫名的、神聖的同在感充滿，一陣啜泣搖撼著我，淚水從我的雙眼湧出。來救援過我的那人，曾拯救我脫離心靈枯乾的那位，好幾年前，在同樣的沮喪及孤獨時刻，正當我感到一無是處時，那人來到我的房間，恢復了我原來該有的樣式，因爲那人就是我，也是比我更多的我（大過承受物的容器來了，把它帶給了我）。就是在到達此地的第一個晚上[190]，透過我的記憶，我剛剛瞥見外婆那充滿溫柔、擔憂又失望的臉龐，正垂顧著疲累的我；外婆的臉龐，不是使我訝異的，不是讓我那麼自責怎麼不會加以惋惜的，不是那空有其名的臉龐，而是我眞正的外婆的臉龐，自從她第一次在香榭麗舍大道中風發作以後，在我不經意的、又是完整的回憶中找到那眞實存在的事實。如此的眞實存在，如果我們沒有運用思想把它重新創造出來，它不會被我們感受到的（否則，所有的人，只要參與過大型戰鬥，就都會成了偉大的史詩歌詠者

---

181 «le liftier de planton» Liftier 由英文之升降電梯（Lift）轉變而來，屬於舊時用辭，指大百貨公司、豪華旅館內，被安置在定點操縱升降電梯的人員。Planton 指負責在不同單位（特別是軍人）負責聯繫的人員。《二〇二〇年拉魯斯圖解大辭典》。【譯者注】。

182 «granulations»。【譯者注】。

183 «aptitude»。【譯者注】。

184 «attitude»。【譯者注】。

185 «la qualité primitive»。【譯者注】。

186 «la qualité primordiale»。【譯者注】。

187 白伊亞（Paillard），巴黎之一家餐館，爲雷納多．韓恩所欣賞，自一八八〇年開始就座落在意大利林蔭大道（Boulevard des Italiens）上，與安汀通路（Chaussée d'Antin）成對角互相連接。

188 «un temps infini»。【譯者注】。

189 «un temps infime»。【譯者注】。

190 參見《妙齡少女花影下》原典頁236之文本，以了解此一初次抵達之黃昏情況。

了）；因此，當我渴求快速奔向她的雙臂被她擁抱時，我才明白過來了一件事，——時序混亂現象經常有所妨礙，爲她所舉行的葬禮已經超過一年，眞實日曆與情感日曆經常難以相互吻合——外婆已經不在人世了。從那時刻開始，我經常提到她，也常常想到她，只是所用的言語和思想屬於無情的年輕人，既是自私又是殘酷，沒有任何與外婆相似之處，因爲看見生著病的她，我的態度是輕忽的，我愛慕愉悅享受，我習以爲常，我心裡告訴自己，攸關她的回憶只可能是偶發狀態。不論在我們思念她的任何時刻，我們整個心靈對於外婆眞正的回憶，只有一個近乎虛構的價値，儘管其中蘊藏著無窮無盡的財富總合，因爲時而這樣，時而那樣，遑論關乎實際財富或是想像中的財富，例如對我而言，就像德．蓋爾芒特古老姓氏那樣，都是無法信手拈來的，更何況是關乎外婆的回憶，那更加肅穆的寶藏。因爲與記憶的困擾相連結的，是沉潛心靈之悸動[191]。這或許就是我們身軀的常態，對我們而言，好似一個容器把我們的精神保護在內，它讓我們誤以爲我們所有的內在財富，我們過往的喜樂，我們所有的痛苦都永遠在我的掌控之中。或許連相信這些財富來也自在去也自如，這也是不正確的。不論情況如何，如果這些都存在於我們裡面，大部分時間都存在於某個不知名地區，對我們則是毫無用處可言，甚至連最爲常態的，都被不同形式的回憶抑制著，將它排除在外，意識無法與之立即互動。可是，它們在被保留住的環境中，一旦再度被一種感動觸發，它們就能再度自己揚棄一切與它們格格不入的外物，單單把一物安置在我們裡面，那就是經歷過它們的自我。然而，我到達壩北柯由著外婆幫我脫衣的夜晚已經遙遠，這個回歸成功的生命體，是我久違了的，驟然間，自然而然的，我將自己緊密黏貼在外婆俯身照顧我的這一分鐘，不是在現今被我忽略的日子過完之後，而是從前第一晚的立即時刻——彷彿在光陰中有些不同性質，又是並行存在的時段，——無法以接續方式取得。那一時刻的我曾經消失良久，如今再度與我如此親近，讓我似乎重新聽見此刻之前瞬間所說的言語，而且這不只是個夢，類似一個沒睡飽的人，他還聽得見夢境遁逝中的聲息，誤以爲就在附近。我成了單單尋求躲藏在外婆雙臂中的小子，試圖給外婆親吻，好抹去讓她痛苦的痕跡，長時間以來曾經在我內裡輪番出現的多樣的我，我得要想像那小子是屬於多重我的其中之一，爲了重新感受他的欲望及喜樂，現在則是困難重重，以至於我要竭盡心力，卻是枯乾無能，曾經短暫存在的那小子，他已經與我相離。外婆如此穿著睡袍，俯下身，臉朝著我的半統靴，我想起來，在這時刻的一小時之前，我在燠熱的街上漫無目的的走著，走到糕餅店鋪之前，我原以爲不再會覺得需要擁抱外婆，我等著不需要外婆的時刻來到。現在，同一個需求再度發生，就在我第一次感覺到了她是活生生的、實實在在的、把我的心充滿到爆了，我終於又找到她的時候，我了解，我耗費再多時間等待，她也不再會回到我身旁，我這才發現了這件事情，我剛剛才明白我已經永遠失去她了。永遠失去她了；我無法了解，我努力忍受如此矛盾的痛苦：一方面，有一種生命，有一種柔情，依然倖存在我心內，正如我以前所認識的，也就是爲我而打造的，是一種愛情，如此的愛情就只有在我裡面找著了可以互補的目標，穩定的指引，就算是創世以來曾經存在過的所有精靈，那曾經引導過許多偉人的精靈，在我的外婆眼中看來，它們的價值都抵不上我諸多缺點中的一個；另一方面，一旦我像現在這樣重新體驗到了這個極大恩福，確切的感覺到如此的大恩福穿越我身經過，像身體不斷重複感受到的疼痛一躍而起，從虛無中把我的圖像從如此的憐愛中塗抹，摧毀了如此的生命，以

191 「沉潛心靈之悸動」（«Les intermittences du cœur»）上可溯源自《追憶似水年華》最早期的創始時刻：參見「序言」頁二十一之說明。「悸動」一辭之暗喻在模里斯．梅德林克的論述文「永垂不朽」（«L'Immortalité»）中出現，在《花朵之智慧》一書中重提，普魯斯特書寫《所多瑪與蛾摩拉　第一集》時曾參酌此文。梅德林克如此寫道：「似乎這一器官的功能，透過它，我們得以品嚐生命的滋味，而且將生命帶入我們當中，它的功能是悸動性的，而我們自我的呈現，除了受苦時候之外，只是一系列不停息的出發與回歸。」（頁290）。普魯斯特所想的意思也相近似。梅德林克又寫道：「我們所愛之人的幽魂，可以被清楚識出，表面上看來是如此生動，以至於我會向它說話，今夜它進入我的臥室，時間正是生命與身體分離的那一時刻，它的身軀已安息在遠離我此地千里之遙，這種現象，顯然的，是十分詭異的。」（頁300）。

倒追的方式破壞了我們相互依賴的前世與今生，我好像在一面鏡子中再次看見了外婆時，它使我的外婆與我形同陌路，這樣的陌生人有了偶然的機會，在我旁邊渡過了幾年的光陰，就好像同樣的情況會發生在其他任何人身邊一樣，但是對這陌生人而言，或在從前，或在往後，我都一無是處，我將一無是處。

現今的時刻，我能夠品嚐到的愉悅，不再是短時間以來我所擁有的，除了回頭觸及過往，將外婆以前所感受過的痛苦減低以外，別無他者。如此一來，我所記起的，不只是穿著這件合宜睡袍的外婆，它幾乎成了外婆的象徵，還有她那帶著疲憊，應該是不健康的，不過也是溫柔的神態，是她為了我而持有的；漸漸的，我記得起來的，是我捕捉得到的一切情況，我要讓外婆看見，必要時向著外婆誇大我的痛苦，讓外婆承受一種難受的感覺，是我以為隨後可以用我的親吻抹去，彷彿我的溫柔愛意也有可能把我的幸福感轉而變成外婆的幸福那樣；更糟糕的是，我現在若要組合成功這個幸福感，只能依賴我是否能夠將我的回憶找回，將它鋪陳在這一個臉龐構圖中，它是被柔情所模塑，被柔情所牽引的，從前我想盡辦法，就算是要發大脾氣，也要從這臉龐搾取柔情，連最小的愉悅也不放過，就是在聖－鷺為外婆照相的那天，而正是那天，我克制不住自己，向外婆表示了她的孩子氣近乎可笑，在照相時搔首弄姿，戴著寬邊帽，坐在半暗半亮地方，我讓一些不耐煩、傷人的言詞脫口說出，這些話，憑著外婆臉上的一個抽搐，我感受到了它們的威力，它們傷了外婆的心；現在，這些話語所刺傷的對象是我，我再也不可能用我的千百個親吻安慰外婆了[192]。

我再也抹不去她臉上被刺傷的表情，她心中感受到的苦楚，或者更好說，是我的苦楚；因為逝去的人只會存在我們心中，當我們執意回想那些我們加諸於他們的打擊，其實遭受打擊的，是我們自己。這些苦楚如此的殘酷，我費盡所有的力氣去連結它們，因為我十分感受得到這些苦楚帶給我想起外婆的效果，這證明在我裡面的我，的確想念著外婆。我感受到只有苦楚會使我眞正想到她，我甘心樂意將這些釘痕在我裡面刺入得更穩固，讓這些釘子在我心裡將我對外婆的記憶鉚緊在一起。我不尋求將痛苦減輕，將痛苦美化，佯裝外婆只是暫時缺席，不見了，我對著照片說話（聖－鷺所拍攝的這張照片被我留著），表達祈求，就像對著與我們分離的人，不過依然有個別關係，他認識我們，透過不可融化的和諧，與我們依然有關聯。從來我都沒有如此做過，因爲我不但堅持要受苦，而且還要尊重我的痛苦有它的特質，那是我不刻意要求卻驟然間感受到的，我還要繼續承受這種痛苦，依照這種痛苦的法則，如此的矛盾每次捲土重來，在我裡面如此怪異的交錯著的，又是復生，又是虛無。此一痛苦感覺，當下無法理解，我知道，絕不是當我有一天將從中取得些許眞相，而是假如我永遠無法萃取出些許眞相，這事只能單單因爲此一眞相本身而有，它是如此特別，如此自發自生，它不經由我的理智刻劃，也不因爲我膽怯懦弱而變得曲曲折折，晦暗不明，它是死亡的本身，從死亡突然而來的開啓，就像迅雷殛打了我，按照一種超自然、非人性的設計圖樣，在我內裡挖出了像是一條雙道又奧祕的小徑（以至於我經歷到如今，對於我外婆的遺忘，我甚至不能想像可以依附在它上面來擷取眞相；因爲，遺忘本身只是負面的事實，此外無他，它是疲軟無力的思想，沒有能耐重新創造生命片刻的眞實，如此疲軟無力的思想，它只能用刻板、無感的圖像，來取代人生中片刻的眞實）。或許對話的本能，理智的殷勤功夫，爲我們保留得住痛苦，開始在依舊略有生氣的廢墟上建造，放下有用的基石，是攸關死亡的工程，我太期待要品嚐那種甜美滋味了，使我想起摯愛的人在這個場合或那個場合所發表過的判斷，使我想得起來這些，彷彿如此的工程依然承載著它們，彷彿如此工程存在著，彷彿我繼續爲此工程而活著。不過，一旦我成功的入睡了，就在這時刻，那時我的雙眼閉著，看

192　參見《妙齡少女花影下》。原典頁352－353。男主人翁的外婆被聖－鷺照了好幾張相片，使人想起卡杜斯夫人（Mme Catusse）在愛薇漾替普魯斯特夫人照了一些相片；一九一〇年十一月，普魯斯特用以下的措辭向卡杜斯夫人提及：「藉由您，那天您來到愛薇漾，她想要留給我生前最後一張照片，又害怕她的表情太過憂傷，她又要，又不要被您拍照。」參見《書簡集》。第十冊。頁215。

不見外面的事物，睡夢中的世界是更眞實的（跨在暫時都被癱瘓的理智和意志門檻上，它們都無力來向我索求眞相所給的殘酷事實），它反映、折射綜合的痛苦，既是復生，又是虛無，發生在身體機能的深處，五臟六腑變得透明，神奇得清晰可見[193]。在睡眠世界裡，那個存有我們內在認知之處，若是隸屬於我們受打擾的器官之下，它會加速心臟或呼吸的律動，因爲同一個劑量的害怕，憂傷，懊悔，如果它是在此一情況中被注射進入我們的血管，會有百倍的反應；爲了遊走在地下城市的大通道上，一旦我們搭上船，行舟在我們自己血液的黑色河水之上，如同行舟在六倍蜿蜒的地底下的遺忘之河[194]上，大型莊嚴的形體向我們顯現，挨近我們，離開我們，讓我們流淚。我一靠近幽暗拱門，就想要尋見外婆的形體，卻是找不著；然而我知道她還存在著，只是活力較爲衰減，臉色蒼白，如回憶中所見的形體那樣；黑暗逐漸擴散，風力逐漸加強；父親必須帶我來到那城市，卻是辦不到。驟然間，我沒氣兒了。我感覺到我的心好像變僵硬了，我才想起來我忘記寫信給外婆已經好幾個星期了。她該會怎麼想到我？「天啊，」我告訴我自己，「她住在別人租給她的小小房間裡，該會多麼不快樂啊，小得只夠以前的家僕居住，在房間裡，她孤零零的一個人，與看護獨處，我們把看護安置在房內，爲了照顧她，她無法動彈，因爲她一直有點癱瘓，連一次想起身都不肯！她可能以爲自從她去世之後，我就忘了她了，她該會覺得多麼孤單，覺得她被拋棄了！噢！我一定要跑去看她，我不能再等待片刻了，我不能等到父親來帶我，可是地點在哪裡啊？我怎麼會忘了地址？她還認得出我吧！我怎麼會把她忘了好幾個月？」天好黑，我找不到了，逆風讓我走不動；怎麼在這裡看見我的父親在我面前散著步；我對他大叫：「外婆在哪裡？告訴我地址。她好不好？她眞的什麼都不缺？」——「當然不缺，」父親對我說，「你可以放心。她的看護做事情有條有理。我們偶而會寄給她一小筆款項，好讓她替外婆買些必須要用的小東西。她有時候會問到你近來怎麼樣。我們甚至還告訴她，你將出一本書。她聽了顯得蠻高興，抹去一滴淚水。」於是，我想起了這件事，應該在她逝世後不久，外婆帶著卑微的態度，像個被掃地出門的老女傭，像個陌生人，啜泣著對我說：「答應我讓我有時候來看看你，不要幾年冷落我不來看我，要想到你曾經是我的孫子，當外婆的，是不會忘記她們的孫子的。」看見她那副謙卑的臉龐，那麼可憐，那麼溫柔，我就想要立即飛奔過去，對她說我當下就該說出的話：「可是外婆，妳要來看我多少次都行，我在這世上只有妳而已，我再也不要離開妳。」好幾個月了，我沒去她睡臥的地方看她，我的靜默應該讓她傷心啜泣！她會怎麼想？現在的我也是一邊啜泣著，一邊對我父親說：「快，快給我她的地址，帶我去。」可是父親說：「問題是……我不知道你可不可以見到她。而且，你是知道的，她很虛弱，很虛弱，她已經不再是她了，我相信這對你而言是相當難忍受的。而且我不記得那條大馬路上的號碼了。」——「你非要告訴我不行，你是知道的，說死去的人不再存在，這是假話。即使大家這麼說，這該不會是眞的，因爲外婆還活著。」父親幽幽的一笑，說：「噢！很少，你知道嗎，我懂得很少。我認爲你還是別去比較妥當。她什麼都不缺。大家剛剛把一切都安排就序了。」——「她是不是經常孤孤單單一個人？」——「對，可是，這樣對她更好一些。她最好不要想，想了只會讓她難過。思念常常帶來痛苦。況且，你知道她虛弱得很。我留下確定的指示給你，好讓你以後可以去；我不懂你去可以做些什麼，而且我不認爲看護會讓你見她。」——「你明明知道我依然經常生活在她身邊，雄鹿，雄鹿，法蘭西斯．詹姆斯，叉子。」可是我已經渡過了一條幽暗又曲折的大河，重新回到上頭的活人世界；所以如

193　一九〇八年夏天的某個注記，似乎宣告了此一場景：「在睡夢中，媽媽之前與之後的臉龐」（記事本第一冊，頁56）。普魯斯特屢次在他信中描述夢到他的母親。一九〇五年十一月，在他母親去世不久，普魯斯特寫信給史特勞斯夫人時如此說：「在睡覺當下，理智缺席了，不能將某個太令人焦慮的回憶推開片刻〔…〕；於是我面對最殘酷難忍的印象毫無招架之力。」（《魚雁集》第五冊。頁359）。

194　雷德河（Léthé）：遺忘之河。在手稿中，然而打字者將此字留白。普魯斯特另外提到的是地獄之河，思地克斯河（le Styx）。

果我重複的說：「法蘭西斯．詹姆斯，雄鹿，雄鹿」，這一連串的話不再提供給我透徹的意義了，稍早之前，這些話語自然而然所表達給我的邏輯，我再也想不起來了[195]。我甚至也不明白，爲什麼父親剛剛告訴我的**愛伊亞斯**（Aias[196]）這個字立即有了這個意思：「小心別著涼了」，除此之外，沒有其他意義的可能。我忘了關上遮陽窗板，應該是大白晝讓我醒了過來。可是我無法忍受眼前的遼闊大海，從前外婆可以觀賞它好幾個小時之久；海水美麗的新鮮景象立即被一個想法補上，那就是外婆看不見海水了；我想摀著耳朵不聽海浪聲，因爲現在海灘閃爍發亮的飽滿愜意在我心中掘了一個洞；這一切似乎有話對我說，正如當我還是孩提時代，那座公共花園內的小徑、草坡對我所說的，那份閃爍發亮的飽滿愜意被我弄丟了：「我們沒見到它」，在蒼白神聖的天空圓頂之下，我感覺被覆蓋在一個龐大的藍色鐘形圓蓋下，喘不過氣兒，圓蓋下的地平面上，外婆不在了。爲了不去看這一切，我轉身朝向牆壁，可是，哀哉！在我眼前的，正是從前在我們兩人之間傳遞晨間訊息的這片隔牆板，如此的隔牆板柔順得像小提琴一般，把多層次的情感傳達得清晰準確，精準地告訴外婆，一方面我怕吵醒了她，如果她已經醒了，又怕外婆聽不見我，以至於她按兵不動，隨後像是有第二把小提琴做了回應似的，傳來了她要過來的訊息，要我稍安勿動。我不敢靠近這片隔牆板，像是不敢接近一架外婆彈奏過的鋼琴，她指頭觸摸過的琴鍵餘音還在。現在我知道，儘管我敲隔牆板，甚至敲得更用力一點，也不會有任何東西把她吵醒，我再也聽不見任何回音，外婆不會來找我了。我對上主的要求沒有別的，只想能不能有個天堂存在，在那裡可以對著這片隔牆板輕輕的敲響三聲，是外婆從千百種聲音之中辨識得出來的，針對這三個聲響，外婆會作出回應，她會這樣說：「別急，我的寶貝小老鼠，我知道你耐不住性子，我這就過來了」，這樣的天堂讓我與外婆相處直到永恆，這樣的永恆對我們兩人都不會太久。

旅館經理前來問我願不願意下樓來。他剛好在餐廳裡注意到我的「入座」狀況。由於他沒見到我的人，唯恐我以前的氣喘病又發作了。他希望這只是個小小的「喉嚨不舒服」，他對我表示，他曾聽人說道，要把這樣的毛病穩住，可以藉由他所提的「加利精油[197]」。

---

195 雄鹿似乎是針對福婁拜一篇故事的回憶，《濟苦之聖・朱利安傳奇》（*La Légende de saint Julien l'hospitalier*），故事中，被朱利安殺死雄鹿預告他會弒父、弒母。參見《三則傳奇故事》（*Trois contes*）。小開本。頁76。約於一九〇八年一月，普魯斯特做此一注記：「《濟苦之聖・朱利安傳奇》在凡・柏拉杭貝爾（Van Blarenberghe）中引述之。總要記得這件事」（記事本第一冊。頁69）。此乃影射一篇文章：「弒父之孽子情感」（«Sentiments filiaux d'un parricide»）：亨利・凡・柏拉杭貝爾（Henri Van Blarenberghe）是謀殺者之名字，是普魯斯特所認識的人物。參見《細說璀璨之童年》。原典序言。頁十。此文於一九〇七年二月在《費加洛日報》刊登。普魯斯特有意在一篇文集中再度引用它。一九一九年，它出現在《臨摹文章與雜文》（*Pastiches et mélanges*）書中，沒有提到它引述自福婁拜。記事本編號一號注記所提及的主題是兒子加諸於母親身上的殘虐，或許是關乎普魯斯特在母親去世時所感受到的罪惡感。援用法蘭西斯・詹姆斯（Francis Jammes）的參考說明，似乎證實了這一點。普魯斯特在一九一三年一月寫給路易・德・羅伯特（Louis de Robert）的一封信中，說到他對詩人的欣賞（《魚雁集》。第十二冊。頁24）。他把《細說璀璨之童年》寄給詹姆斯。所得到的，是熱情洋溢的回覆：「我收到法蘭西斯・詹姆斯的一封信，信中把我與莎士比亞和巴爾札克相提並論！」普魯斯特對尚—路易・符多耶（Jean-Louis Vaudoyer）報告了此事（《魚雁集》。第十二冊。頁372）。

196 不過詹姆斯對於濡樊山之場景提出不留情的定罪：我們藉由一九一四年一月所寫給亨利・傑宏（Henri Ghéon）的信中得知，普魯斯特在引述了詹姆斯的讚美之後，簡短的加入了以下的補充：「（後續有一頁，在其中，詹姆斯先生要求我在下一次的出版版本中，將兩個女人殘虐表現的那一幕刪除。）」（《魚雁集》。冊十三。頁26）。至於叉子，我們可以想起在最早期的一份舊草稿中，寫在《璀璨》及《富貴》「兩邊」的敘事中，曾經有叉子碰觸在餐盤，產生若隱若現的回憶，關乎搭乘鐵路火車抵達康樸蕊的那一日，鐵路工人敲擊鐵軌，而帶出一段表述，以呈現普魯斯特美學形式的文字（參見第一冊文件資料。置於《細說璀璨之童年》文本中。頁437）。在《韶光重現》文本中，叉子變成了一根湯匙。

愛伊亞斯（Aias）是愛亞克斯（Ajax）這字的希臘文寫法，由樂恭特・德・黎勒在他一八七七年新譯索福克勒斯（Sophocle）之戲劇中重新使用。在〈弒父之孽子心〉（«Sentiments filiaux d'un parricide»）一文中，普魯斯特將亨利・凡・柏拉杭貝爾（Henri Van Blarenberghe）之罪行與愛亞克斯把牧羊人與羊群當成希臘人而屠殺之瘋狂舉動兩相比較，他引述了索福克勒斯之悲劇。參見《駁聖—伯夫》。頁155。

197 «calyptus»，百科全書字典沒有登錄的字，應該是旅館經理自創用詞，被敘事者登錄在此。Eucalyptus則是尤加利樹，或稱桉樹。**【譯者注】**。

他交給我愛蓓汀的一張小字條。今年，她原本不該前來壩北柯，可是她改變了計畫，三天前已經到了一個鄰近車站，不是壩北柯這個，搭十分鐘的小火車就到得了。她唯恐我旅行感到疲累，第一個晚上沒來找我，不過問我什麼時候可以款待她。我打聽了她是否自己一個人前來的，不是爲了要見她，而是爲了設法不要見到她。「是的，」旅館經理對我答道，「可是她希望盡可能早一些，除非您有非要延遲不可的理由。您知道，他總結說：有一件事是絕對的，就是在這裡，所有的人都要找您。」可是我什麼人都不想見。

然而在我到達前一晚，慵懶的海浴魅力再度感動著我。同樣一位安靜的升降電梯管理員，恭恭敬敬的，而不是帶著睥睨的，紅著臉，高高興興的啓動了電梯。沿著上升的直柱，我再度穿越從前對我而言神祕的陌生豪華大旅館，當我們以沒有背景、沒有聲望的旅客身分到達時，每個常客進入房間，每個少女下樓晚餐，每個女傭經過動線怪異走廊，那位下樓用晚餐的年輕少女來自美國、有專屬伴婦同行，在他們所投射在您身上的眼光裡，我們讀不到任何想要得到的訊息。而這一次，相反的，在熟悉的豪華大旅館裡我走上樓層，在這裡我覺得自在，在這裡我再次完成了需要重新啓動、無法停止的動作，這個動作所花費的時間較長，執行難度較大，不像翻個眼皮而已，所要的，就是將我們熟悉的心靈安置在許多物件之上，不讓物件原有的心靈來驚嚇我們。雖說我不懷疑要面對著驟然改變的心靈，若是前往生疏旅館進行晚餐，在那裡，每上一層樓，走到每扇門前，面目猙獰的怪龍似乎正監視著中了魔法的生命，我們所運用的習以爲常態度還沒能將牠扼殺，在那裡，我得以接近那群陌生女子，她們都被豪華遊樂場、遊戲賭場、海灘聚攏起來，活像面積寬闊的珊瑚骨[198]那樣群居的生活著，現在我自忖著，我該不該依然前往呢？

雖然打擾人的首席理事長那麼急著來看我，我依然感到了愉悅；我第一天看見了海浪，碧藍海水綿延如山脈，海上有冰河，有瀑布，它那既高昂又脫俗的莊嚴——光是我一邊洗著雙手，感受到長時間以來第一次聞著豪華大旅館香得過頭的肥皀，這種特殊氣味——這氣味似乎同時屬於現在和過去的駐留時間，是獨特生活的眞實魅力，飄散在兩者之間，我們此時回到房間只是爲了換領帶。床單太細緻，太輕盈，太寬幅，邊緣塞不下，床墊罩不住，鬆軟的飄落在床罩周圍，鼓鼓的動來動去，這些床單從前會使我難過。床單圓圓滾滾，蓬蓬鬆鬆、不大聽話，它們搖晃著神氣又充滿希望的第一道晨光。可是第一道晨光還沒來得及出現，就在當天夜晚，痛楚且神聖的場景又復活了，我請求旅館經理離開我，不要讓任何人進來。我告訴他我要躺著，拒絕他想爲我派人去找藥劑師開很好的藥劑給我的建議。我的拒絕使他高興，因爲他擔心他的客人會因爲「加利精油」氣味而感到不舒服。爲了這點他稱許我：「您是跟著脈動做事[199]」（他的意思是：我「爲人眞誠」），他又加上一個關照：「請注意不要被門弄髒了，因爲凡是與門鎖有關的，我都吩咐人『導入[200]』了油；如果某個服務生放肆來敲您的房門，他就會『被滾上[201]』好幾個拳頭。而且說到做到，因爲我不喜歡『重複演練[202]』（顯然的，他的意思是：我不喜歡把事情重複說兩次）。不過，我在下面有團團轉的東西«une bourrique»（或許是要說大酒桶«une barrique»之意，要不要爲您送上來一點陳年酒？我不會用銀盤送來給您，好像端上施洗約翰的頭那樣[203]，我言明在先，這酒不是拉菲特城堡出產的，但是在兩可之間«équivoque»（他要說的意思是：可視爲等値«équivalent»）。因爲這款酒不濃，我們可以爲您油炸一條小鰨魚。」我全都拒絕了，可是意外聽見這魚的名字（la sole）的發音居然和柳樹（le saule）相

198 米榭勒在《大海》一書中，關乎水母之一章，描述了這些鈣化了的骷髏（小開本。頁156）。普魯斯特善用了這文章，放在《細說璀璨之童年》文本中（原典頁119。注1），也放在《所多瑪與蛾摩拉　第一集》文本中。（本書法文原典頁28。注2）。

199 «Vous êtes dans le mouvement»。**【譯者注】**。

200 «induire d'huile»正確的說法應是«introduire de l'huile»**【譯者注】**。

201 «être roulé de coup»正確的說法應是：être roué de coups**【譯者注】**。

202 «je n'aime pas les répétitions»正確的說法應是«je n'aime pas répéter les choses»。**【譯者注】**。

203 影射聖－施洗約翰，依照聖經《馬太福音》及《路加福音》所記載，莎樂美（Salomé）向希律王要求施洗約翰的頭，在此，旅館經理把施洗約翰的名字，說成在福婁拜所寫的《希羅底》（*Hérodias*）小說敘事中的亞卡南（Iaokanann）。

同，而這樣發音的人一輩子應該訂了很多次這種魚貨。

雖然旅館經理答應過我，不過稍後還是有人送來一張德．康柏湄老侯爵夫人折了一角的名片。她已經來過，想要見我，這位年長的女士請人詢問我在不在，當她知道我前一天剛到，身體不舒服，她就沒有強求（當然不會不經過對面的藥局或針線鋪，隨車家僕從座位上一躍而下，進入店中付幾個帳，或者買一些物品），老侯爵夫人於是轉程回翡淀去了，所搭乘的是她那輛老式車輦，帶有八座彈簧的敞篷四輪馬車，由兩匹馬拉著。再說，在壩北柯及翡淀之間，我們經常聽得見轆轆車聲，欣賞得到這位女士的排場，或在壩北柯街上，或在當地其他的海岸邊。這些出遊的停留地點不是以物品供應商家為目的地，相反的，是為了一些鄉紳或某個毫不值得的老侯爵夫人親自造訪，座落在小資產階級家中的小茶飲或者園遊會。可是這位系出名門、財富豐裕的女士，雖然地位遠遠高過鄰近小貴族，卻是心存良善，為人單純到極點，唯恐讓某個邀請者失望，所以她參加鄰舍最無意義的小型社交圈聚會。當然，與其長途跋涉前來，在悶熱的小型沙龍裡聆聽通常沒大才氣的女歌者演唱，而且演唱完後，因為她是本區域的重要人物，有名氣的音樂鑑賞家，她必須誇大其辭的讚美一番，德．康柏湄老夫人寧可去散散步，或者倘佯在翡淀多處花園裡，下方有著來自小海灣的寧靜海浪消失在花卉之中。可是她知道男主人已經預告了她可能會前來，不論男主人是貴族或是中世紀自由民的後代，有的屬於緬尼城—勒—洗染店，有的來自名字稱為驕傲之夏特東古的地方。不過，如果德．康柏湄老夫人那天外出了，並沒有在慶典中露臉，受邀賓客中，來自沿海海灘的這位或那位人士，可能聽見了、也看見了老侯爵夫人的敞篷四輪馬車，這讓離開翡淀乃是情非得已的藉口也用不上了。此外，這些地方上的主人們，他們雖然經常看見德．康柏湄老夫人前往一些人所主辦的音樂會，而認定老夫人太屈就自己了，如此的遷就，在這些人的眼中，是源自老侯爵夫人太過良善，才會接受如此的邀約情況，然而這種看法將頓然消失得無影無蹤，如果邀宴的主辦者是他們自己，那麼他們就會極其熱切地想知道，他們是否在下午茶時間得到老侯爵夫人的造訪。那是多麼大的舒緩時刻，幾天以來，心中不斷感覺到忐忑不安，如今第一首歌謠已經由主人的千金唱完，或者由渡假地點的某個業餘歌者表演完畢，那時有一位受邀賓客宣告（這是萬無一失的記號，代表老侯爵夫人即將來到早場活動的現場）他已經瞧見拉著那輛衆所周知的馬車的馬兒們已停步在鐘錶匠或雜貨店家的門前了！於是，德．康柏湄老夫人（實際上，不須片時，她就要進場了，後面尾隨著的，是她的媳婦，還有當時停留在老夫人家中作客的其他賓客，老夫人先詢問了過客，也非常高興地獲得了他們願意前來的意願，於是他們就被馬車一起帶過來了）主辦活動的主人原先所持的老夫人太過屈就的想法，如今完全成了光輝燦爛的亮點，對這些主人們而言，老侯爵夫人的大駕光臨是他們所殷切期待的，如今有了報償，或許這正是他們花上整整一個月的時間，放在心裡，堅定要辦這場活動的原因：要克服萬難，要花費金錢，就是要把這一場早場活動辦起來。一旦看見侯爵夫人大駕光臨他們的下午茶會場，他們所想起來的，不再是老夫人屈就身分來到鄰舍所辦的聚會，而是她的家族何其古老，她的城堡何其豪華，她那出生於勒格蘭登家的媳婦何其不懂禮數，因著媳婦的狂妄自大，更凸顯出當婆婆所擁有的，她那淡淡的好人姿態。他們已經在想：在《高盧日報》社交版最新一則刊登的短篇報導中，將會讀到：在所有門戶都上了鎖的地點，他們親自在熟人之間烹調，位於「布列塔尼偏鄉之處舉辦了一場精挑細選的超高格調早場活動，大家盡興玩樂之餘，散場時，都依依不捨的期盼主人很快再有邀約。」每一天他們痴痴的等著報紙，他們早場活動的消息還沒有在報紙上出現，眞令人焦慮，還怕德．康柏湄夫人的名字不出現，這是爲了受邀賓客的緣故，而不是因爲有廣大報紙讀者群。終於值得稱頌的報紙來了：「在壩北柯，今年的假期格外出色。所流行的，是下午的小型音樂會，等等。」感謝上主，德．康柏湄夫人的名字拼得準確，「姓氏引述純出於偶然」，但是被列在第一順位。唯一要顯出不開心的表情，是因爲報紙的不夠謹愼，有可能引來主人與未曾受邀人物之間的不愉快，而且當著德．康柏湄夫人的面虛僞的詢問，是誰竟然不知廉恥的傳來這個回應消息，良善又和藹的貴婦就說了：「我了解您覺得不舒服，不過對我而言，讓大家知道我曾經與您共渡時光，我是格外高興的。」

在別人交給我的名片上，德．康柏湄夫人草草的寫了字，說明她兩天之後會舉行一個早場活動。當然，就在兩天以前，即使我是那麼厭倦社交生活，不過，對我而言，能夠品嚐如此的宴會，還是一大樂事，轉移至多處花園裡面的早場活動，多虧翡淀的優質方位，花園中鬱鬱蒼蒼就地生長著的，有無花果樹，椰子樹，薔薇花樹，一直到達海邊，海面經常平靜無痕，海水如地中海般的湛藍，慶典開始之前，船主們讓海面上一艘艘的小帆船駛向對岸的小海灣，迎接海灘上最重要的受邀賓客前來參加宴會，賓客全部到齊之後，主人把一個個遮陽篷逆著陽光撐了開來，當作喝下午茶的餐廳，晚上再度揚帆出發，把帶過來的客人專程運送回家。如此迷人的奢華可是要花大錢的，因此，爲了應付如此的開銷，德．康柏湄夫人尋找不同方式的新增收入，有一部分特別來自首次出租諸多家產中的一處：與翡淀迥然不同的拉．哈斯柏麗野。沒錯，就在兩天之前，在嶄新的背景中，充滿許多不熟悉的小貴族們的早場活動裡，我見識到了它與巴黎的「高級生活」何等不同！可是現在，這樣的愉悅，對我的意義已經蕩然無存。於是，我寫了信給德．康柏湄夫人，表示我將無法受邀，同樣的，一小時以前，我也讓人把愛蓓汀支開了：憂傷在我裡面，完完全全摧毀了我可能的欲求，就像發高燒會讓胃口全無那樣。母親應該會在次日到達。我覺得似乎不是那麼不配與她生活在一起，我現在更了解母親，由於有一種全然異樣又低落的生命，取代了追溯過往令人心碎的回憶，它們用荊棘冠冕扣住了我的心靈，使我的心靈崇高，這也是母親的心靈。我原是如此認爲；事實上眞正的傷心，正如母親所感受到的——一旦我們喪失了我們所愛的人，它就毫不客氣的奪走你的命，好久好久，有時候甚至是到永永遠遠——這與其他傷感的差別何等懸殊，那些短暫的，如同我這樣的傷感，來得慢，也去得快，只會在事件發生久久之後才有感覺，因爲要先「明白得過來」；這種傷心正如那麼多人所感受的，其中的傷感目前正在折磨著我，它之所以有所不同，就是藉著非自主回憶所產生之故。

至於像母親所感受到如此深沉的憂傷，我有一天也會經歷得到，在後續的敘述中將會看得到。可是不是現在，也不是如我所想像的那樣。不過，這就像那背誦戲劇對白的人，先要認識他所要扮演的角色，長時間以來他就已經走到了扮演角色的位子，只不過角色到位是最後的一瞬間，因爲只能再看一次他所要說的戲劇對白，該當說出對白的時刻一到，他就要知道如何巧妙的裝假，不讓任何人發現他有任何差池，當母親到達時，新增的傷感給了我傷心的口吻，對著母親說話，彷彿我一直都是如此憂傷。她相信，這僅僅是因爲看見了故人曾經所在之地，我與外婆曾經在此地相處，我的傷感被喚醒了（然而並非如此）。於是我第一次的苦楚，相較於她的，雖是微不足道，卻打開了我的雙眼，我非常驚訝的察覺到了，母親的痛苦何等深。我第一次了解到她那凝滯無光、不帶淚水的眼神（這是讓芙蘭絲瓦不大能同情母親的眼神），自從外婆去世之後，它一直妨礙著，使回憶與虛無產生了令人難解的矛盾。雖然母親一直戴著黑面紗，到了新的地點，她的穿著略有講究，然而更使我驚訝的，是在她身上所產生的轉變。若說她是完全失去了喜樂，這還不夠；她被融化了，被定型了，變成一種可憐的圖像，似乎害怕冒犯某種令人痛苦的存在感，那是離開不了她的，她怕動作太粗魯，講話聲音太高亢。我一看見她穿著喪服，就發現——這是我在巴黎沒有發現的——在我眼前的，不再是母親了，而是外婆。如同王室及公爵家族，當族長去世時，兒子取得了父親的頭銜，成了德．奧爾良公爵，德．達杭特親王，或者德．羅穆親王，成了法國國王，德．特雷默伊公爵，德．蓋爾芒特公爵[204]，因此經常透過另一種駕臨方式，屬於更深的根源，死亡活生生地捕獲了與亡

204　在繼任父親的頭銜之後，任何一位德．奧爾良公爵（duc d'Orléans）都沒能晉升爲國王。德．達杭特親王（le prince de Tarente）之頭銜屬於德．拉．特雷默依（de La Trémoïlle）家族。參見《富貴家族之追尋》。原典頁547。注1。

者相似的繼承人，讓他那被中斷的生命有了傳承。或許後續接踵而來的大傷痛，在一位像母親這樣的女兒身上，她親生母親的去世，似乎使她提早破了繭，加速了轉變，讓一個我們所持有的生命得以展現，若是沒有此一突發狀況催促腳步，一下子跨越幾個階段，這個生命來到的時間就會延緩許多。或許懷念故往之人，會有一種建議來到，它終究把我們從前已經雷同的特質強而有力的帶了回來，特別終止了我們最爲個人化的活動（在聰明的母親身上，是那遺傳自祖父，善於嘲笑人的好心情），只要所愛的人還活著，我們就肆無忌憚地加以運用，即使是對所愛的人有損也在所不惜，這樣的態度，可將我們傳承自他的性格作出逆向的平衡。所愛的人一旦去世了，我們反而不能放肆的故作他人，我們反倒是單單欣賞故人的眞，是屬於過去已經存在的我們，只不過它有了攙雜，而且自此以往，我們將要持守住那一份執著。這正是死亡並非無用的眞諦（而不是我們經常聽見的那種空泛、錯謬的意義），死亡會持續在我們身上發揮功效。已故之人甚至比活著的親人更具有影響力，因爲無僞的眞情乃是由心思發出，成爲我們精神作用的標的，唯有被思想所強逼創造出來的，是我們眞正認知的內容，是被渾渾噩噩的日常生活所隱蔽的……在懷抱著對死者的遺憾裡，我們終於對死者的愛好產生了無盡的崇拜之心。母親不但無法與外婆的軀殼相互分離，它成了更可貴之物，彷彿它是由藍寶石和鑽石所組成，祖母的寬衣袖、各式各樣的衣著，都強調了她們兩人外表相似之處，就是連我外婆經常隨身攜帶的德．塞維涅夫人的幾冊套書，都成了我母親的專用書本，就算有《德．塞維涅夫人書簡集》的手稿版，她也不願意與人交換。從前她調侃外婆，說外婆給她寫信，沒有一次不引述德．塞維涅夫人或者德．波瑟蕾夫人[205]。在母親還沒抵達壩北柯之前，我從母親收到的三封信中，她對我引述了德．塞維涅夫人，彷彿這三封信不是她寫給我的，而是由外婆交給她的。她要下到海堤，爲了看看外婆天天寫信給她時必定會提到的這片海灘。手裡拿著外婆那把「總會用得上」[206]的小傘，我從窗戶看見母親身著黑衣，踽踽前行，敬虔的走在沙灘上，是她所珍惜的雙腳在她之前曾經踩踏過的，她似乎是要前往尋找那位理當由海水帶得回來的故人。爲了不讓她孤孤單單的吃晚餐，我得陪她下樓。首席理事長以及律師公會會長新寡婦人請人引薦給我母親。舉凡與外婆相關聯的，她都格外有感觸，倍受感動，首席理事長對她所說的話，她都牢記在心，也十分感激，反之，律師公會會長的寡婦說不出任何與故人相關的話，這讓她痛苦惱怒。實際上，首席理事長並不比律師公會會長的寡婦妻子更加關心她。前者開口所說的話，相對於後者所保持的靜默，雖然母親將兩者作了很大的區隔，其實她們只是各自用了不同的方式，灑脫的表達故人所帶給我們的。不過，在我的言語中，我不由自主流露些許的痛苦裡，我相信母親特別有感的是其中的甜美。我的苦楚只會讓母親更感到幸福（儘管她對我有百般的溫柔），就像是保證外婆仍然活在人們心中那樣。接續下來的每一天，母親都下樓到海灘之處坐定，爲了與外婆的行動對齊，她也讀著外婆最喜愛的的兩本書：德．波瑟薔夫人的《回憶錄》和《德．塞維涅夫人書簡集》。母親，以及我們中間的任何人，都不能忍受有人稱呼德．塞維涅夫人爲「機靈的侯爵夫人」，也不能接受有人稱呼拉．豐登爲「好好先生[207]」。可是當她在《書簡》中讀到「我的女兒」這樣的字眼時，她會誤以爲她的母親正對著她說話。

她運氣不佳，在她一次的「朝聖之旅」中，在海灘上，正當她不願意被纏擾時，卻遇上了來自康樸蕊的一位女士，後面跟著她的女兒們。我想她的名字應該是普桑夫人。可是在我們中間，我們從來都只

205　關乎德．波瑟薔夫人（Mme de Beausergent），以德．波瓦涅夫人（Mme de Boigne）爲原型人物的虛擬作家。參見《妙齡少女花影下》。原典頁221。

206　「總會用得上」（l'en-tout-cas），或者「有機會用上」（en-cas），指的是一種小傘，可兼作雨傘用；參見頁230以及《細說璀璨之童年》。原典頁368。

207　譬如說道，聖—伯夫就是習慣如此稱呼德．塞維涅夫人和拉．豐登。

以「妳可就有麻煩事兒說給我聽了」這個名字來稱呼她，因爲她不斷的重複說著這句話，用這話來告誡她的女兒們，說她們正給自己惹禍，譬如說，對著用手揉雙眼的女兒，她會說：「等妳好好的染上了眼疾，妳可就有麻煩事兒說給我聽了。」遠遠的，她向著母親作出深深的哀怨表情，不是爲了致哀，而是藉由好教養所做的動作。我們的外婆要是沒死，我們如果有足夠的好理由過著幸福的日子，她所做的動作還會一模一樣。她在康樸蕊深居簡出，有一座龐大的花園；她老是覺得沒有什麼事務是甜美的，所以逕自將法文的用語或稱呼加以軟音美化。她覺得稱呼用來倒入糖漿的銀製物件「調羹[208]」不夠軟音，於是把它稱之爲「可羹[209]」；她害怕將柔和的史詩吟唱者泰雷馬克的名字說成菲尼隆（Fénelon）會太突兀，以爲這樣的稱呼顯得太硬梆梆，——我對這實際情況有所了解，因爲我有一位最摯愛的朋友，他聰明過人，良善勇敢，所有認識他的人都難以忘懷，他的名字叫做貝特蘭．德．菲尼隆[210]，——所以她從來都是以「飛聶隆」（Fénelon）來稱呼這名字，覺得尖音記號會補上軟綿綿的感覺。這位普桑夫人的女婿可就沒那麼柔美了，我忘了他的名字叫什麼來著，他在康樸蕊的職業是公證人，曾經捲款逃之夭夭，讓我叔叔格外損失了一筆爲數頗大的款項。不過，康樸蕊大多數的人與他的家人關係依舊良好，以至於沒有任何冷言冷語，大家只是同情著普桑夫人。她不招待賓客，每次我們經過她家鐵欄杆門前，都會駐足欣賞她家裡面的樹叢幽影，只不過看不出其中堂奧。她在壩北柯幾乎沒打擾我們，我只遇見過她一次，那時候，她的女兒正在啃著她的指甲：「等妳得了個爛疽，妳可就有麻煩事兒說給我聽了。」

當母親在海灘讀書的時候，我一個人留在房間。我記得外婆生前的最後階段，一切與這期間互相關聯的事，我們最後一次出門散步時，樓梯的門是敞開著的。相形之下，世上的一切都近乎失眞，我的苦楚完全毒害著我的生命。到後來，母親強迫我外出。可是每走一步，某些遺忘了的場面，有的關乎娛樂賭場，有的關乎街景，有的關乎我正等候著她的當下，第一晚，我一直往前直走，到達杜格—特魯英的紀念碑[211]，這一切都阻止我更趨前行走，好像有股強風迎面吹來，讓我舉步維艱，我低垂著雙眼，不想看見周遭這一切。等我稍後再度有了力氣了，轉身想回去豪華大旅館，朝著豪華大旅館方向走去，在這裡，我知道自此以往，不論我等待多久，都不可能再找到外婆了，她是我第一次晚上到達時所找到的外婆。因為這是我第一次外出，許多我還沒見過的服務生好奇的看著我。到了豪華大旅館門檻之處，一位年輕的機動服務生摘下制服帽子，向我致意，又很快的戴上帽子。依據愛楣的口氣，我以為都給他「交代好了」，要他對我客客氣氣。可是我同時又看見另外有一個人進來了，他重新脫下制服帽子。事實上就是在他的生活中，這位少年人只會脫帽、復帽，而且動作完美無瑕。既然明白了他除了會做好這件事，沒有其他本事，每天大量做好這件事，這就帶來豪華大旅館顧客們暗自同情這少年人，無一人例外，也引來門房的好感，門房的工作，正是要雇用得到這樣的機動服務生，一直找到了這隻罕見的鳥兒，其他的，不到八天，就已經被炒了魷魚，讓驚訝不止的愛楣說話了：「怪了，做這一行，我們只是要求他們彬彬有禮而已，不應該這麼困難的。」旅館經理很在意他們有所謂的漂亮的「在場感」（présence），意思是他們要釘穩著不動，他或者是把「好儀態」（prestance）這個字說歪了。鋪陳在豪華大旅館後方的草皮外觀已經有了微調，幾處新設花壇，拔掉的不只是一棵外國品種的小樹，連同機動服務生也一起拔走，他第一年給豪華大旅館入

---

208 «cuiller»。【譯者注】。

209 «cueiller»。這是字典沒有，自創的字。【譯者注】。

210 白爾特蘭·德·菲尼隆（Bertrand de Fénelon, 1878-1914），《泰雷馬克》（*Télémaque*）一書之作者，聖—鷺之原型人物之一，乃是康伯萊主教（l'évêque de Cambrai）親兄弟之後代。一九〇一年，安端·畢培斯柯（Antoine Bibesco）將他介紹給普魯斯特認識，他們之間產生了炙熱的情誼，一直延燒到一九〇一年十二月菲尼隆前往康士坦丁堡。一九一四年十二月十七日，菲尼隆死於前線戰場。

211 關乎杜格—特魯英（Duguay-Trouin）之雕像，參見《妙齡少女花影下》。原典頁233。

口的外觀做了點綴，用的是他的長梗般靈活的身材，以及他奇特的頭髮色澤[212]。一位波蘭籍伯爵夫人雇用他做祕書，他就隨著伯爵夫人走了。這位服務生的兩個哥哥，以及他會打字的妹妹，也都有樣學樣，從這座豪華大旅館中，被來自不同國家、有男性也有女性的人物，看上了他們的俊俏，把他們都挖角帶走了。唯一留下沒人要的，是他們的小弟弟，因爲他有鬥雞眼。當波蘭籍伯爵夫人以及其他兩位手足的保護者來壩北柯的豪華大旅館下榻的時候，他很高興。因爲他即使忌妒親兄弟們，還是喜愛他們，因此也可以在幾個星期中培養他們的親情。豐德福修道院女院長豈不也是經常有此習慣，將她的女修院修女們撇下，前來分享路易十四善心對待他的情婦德．孟德斯邦夫人[213]，以及善待另一位墨爾德瑪，這豈不是一種愛屋及烏的禮數？對他來說，這是機動服務生第一年在壩北柯；他還不認識我，不過他聽更熟悉我的同伴們對我說話的時候要先說出先生這兩個字，以後才提到我的姓氏，因此他第一次就高高興興的模仿著他們，或者是要表現出面對著名人物有教養，或者是要配合慣例，即使五分鐘以前他還不知情，可是他認爲這是絕對不可馬虎的功夫。我很了解如此規模的豪華大旅館讓某些大人物們感到有魅力之處。這家豪華大旅館的設備儼然像個劇院，有衆多的角色帶動表演，連同舞台上方的佈景調動架構都一應俱全[214]。雖然豪華大旅館內的客人只是觀衆，他們卻不斷被牽連在劇場表演之中，甚至不僅是處在劇場之內，看著演員在表演廳中演著一幕幕的戲，彷彿觀衆自己的人生也正處在輝煌的場景中，把好戲表演搬上場。身著白色法蘭絨短上衣，出去打網球的人回來了，穿戴鑲有銀飾帶藍制服的門房給他遞上了信件。當網球打者不想走路上樓，他就更像是被牽連在演員群中的一個角色，因爲站在他身旁，等著爲他啓動升降電梯的，是個穿著光鮮亮麗的電梯管理員。每一層樓的走廊上，快速跑來跑去的，有一群貼身女侍和女裁縫師傅，宛如美麗雅典女神廟簷壁雕像的美女們在海上走動，甚至連動到小型房間之內，引來所有喜愛欣賞女僕之美者，都會略施巧計前來窺伺。在下面，主要是男性的天地，由於服務生極爲年輕，又極其慵懶，讓這豪華大旅館看似猶太基督教式的悲劇將在這裡入了戲，而且永不停息的上演著。同時當我把這些人看在眼裡時，也忍不住要對自己說，在德．蓋爾芒特親王妃家中，正當德．符谷拜先生一邊看著年輕的大使館秘書，一邊向德．查呂思先生致意時，擁上我心頭的拉辛劇本的詩句，當然不是我現在所想到的，而是拉辛寫在其他押韻劇本的台詞，這回不是出自《以斯帖王后》，而是《艾塔莉》[215]：因為從大廳開始，在十七世紀所稱之為拱門之處，尤其是在下午茶時刻，「一群熙熙攘攘的[216]」年輕機動服務生就地站立著，就好像拉辛劇中組成的年輕猶太人合唱團。當艾塔莉問年幼的王儲：「請問您在哪高就[217]？」，約阿斯胸有成竹，可是我不認為他們當中會有一人答得上此一問話，連個空泛的回答也沒有，因為他們並沒有什麼工作要做。頂多如同年老的皇后所做的，如果有人問他們當中的任何一位：

「究竟這群被禁足在這裡的人，
他們都忙些什麼[218]？」

---

212 關乎這位機動服務生，參見《妙齡少女花影下》。原典頁274及頁291。

213 瑪莉．瑪德蓮．德．羅石舒瓦（Marie-Madeleine de Rochechouart, 1645-1704），德．孟德斯邦夫人（Mme de Montespan）之親姊妹，於一六七〇年當了豐德福若修道院女院長（l'abbesse de Fontevrault）。聖—西蒙在《回憶錄》中如此說：「攸關國王與德．孟德斯邦夫人兩人之戀情的最核心情事，她多次因這些事務來到巴黎久留。她到了宮廷，並且經常在宮廷做長時間的駐留。〔…〕國王格外喜愛她，對她頗為倚重。」（七星文庫。第二冊。頁473–474）。

214 從手稿到原稿版本有「接縫覆蓋板條」等字。

215 這是第二次出現有關拉辛的議題：參見本書法文原典頁64–65。

216 經過修改的引述，出自拉辛《以斯帖王后》。第二幕。第8景。第790句押韻台詞；也可參見《艾塔莉》劇本。第一幕。第1景。第8句押韻台詞：「聖潔的百姓成群的湧入門廊之內。」（« Le peuple saint en foule inondait les portiques. »）

217 經過修改的引述。出自《艾塔莉》劇本。第二幕。第7景。第661句押韻台詞；艾塔莉對約阿斯（Joas）說話。

218 《艾塔莉》。第二幕。第7景。第669–670句押韻台詞；艾塔莉再度向約阿斯提出問題。

他有可能會說：

「我正觀看排場闊氣的豪華慶典[219]

而且我正參與其中。」

有時候，其中一位年輕的配角朝向某個更重要的人物走了過去，這是一個引人沉思的舒緩片刻，之後，年輕俊美的他又重新回到合唱團中，所有的人一起攙雜在畢恭畢敬、裝束整齊、日復一日，毋需變化的過程之中。因爲除非他們有「外出日」，有了「遠離高尙的上流社會[220]」的機會，他們不能跨出豪華大旅館前廣場之外一步，他們過著一成不變的教會式生活，如同《艾塔莉》劇情中的利未人，面對這「年輕又忠心的團隊[221]」在鋪蓋著豪華地毯台階下方的表演，我心中自忖著：我究竟是進入了壩北柯的豪華大旅館，或是進入了所羅門王的聖殿。

我直接回了房間。我的思想一如往常的聯繫於外婆生病的最後時日，重新體會外婆的痛苦，近日以來感同身受尤其深切，其深度之難以忍受，尤其勝過其他日子，藉由我們強烈的惻隱之心，使痛苦加劇；當我們重新創造屬於深愛之人的痛苦時，我們的惻隱之心會把痛苦誇大；然而，或許如此的惻隱之心所體會的眞有其事，勝過處於受苦之中的人所意識得到的，人生如此的憂傷對於他們而言是祕而不宣的，而惻隱之心它卻是看得清楚，也對於人生感到絕望。然而，我的惻隱之心大可在一股新生動力之中壓過外婆的痛苦，如果我知道以前長期以來有所不知的，那就是外婆去世的前一晚，在她神智清醒的時候，確信當下我不在場，她握住了母親的手，將她炙燙的雙唇貼在上面，對母親說：「永別了，我的女兒，永別到永遠了。」因此或許正是這個回憶成了母親永不轉移的專注點。之後，我重新想起來了一些甜蜜的回憶。她是外婆，我是她的孫子。寫在她臉龐上的表情似乎是用一種專屬於我的語言；在我的生命中，外婆是全部，其他的存在都是與外婆有著相對關聯而已，我的判斷是依照外婆給它們的判斷；根本不是，我們的關係太不穩定了，只能當作是偶發的關係而已。她不再認得我了，我不能再見到她了。我們不再彼此單單爲對方而被造，外婆變成陌生人了。這位陌生人，我正在看著她被聖—鷺拍攝的照片。母親見過了愛蓓汀之後，堅持我要前往看她，因爲她針對外婆和我，對母親說了一些順心的話。於是我約了她。我事先請旅館經理讓她在沙龍等著我。旅館經理對我說，他認得她和她的朋友們已經很久了，遠在她還未到達「純淨的年齡」，不過，她們說過一些關乎豪華大旅館的話，讓他對她們頗爲不滿。「她們說得出這類的話，應該不是『顯赫之輩』，除非是別人誣衊了她們。」我很容易就聽懂了，「純淨」（pureté）的年齡，指的是「見紅」（puberté）的年齡。等著去找愛蓓汀的時候，我雙眼盯著聖—鷺拍攝的照片，如同看著一幅圖畫，看著看著，反而什麼都看不見了，驟然間，我又想到：「這是外婆，我是她的孫子」，好像失憶症患者找到了自己的名字，好像生病的人換了一個性情。芙蘭絲瓦進來對我說愛蓓汀到了，她看著照片說：「可憐的老夫人，這張照片像她本人，連臉上的美人痣都照到了；侯爵幫她拍照的那一天，她已經病得不輕了，病情發作了兩次。『芙蘭絲瓦，』老夫人交代我說，『不要讓我的孫子知道這件事。』她把病情隱藏得很好，和大家在一起的時候，經常是開開心心的。譬如說，單獨一個人的時候，我覺得她的表情偶而顯得呆滯，可是很快就過了。之後，她對我如此說：『萬一我有個三長兩短，應該留個我的肖像給他。我從來都沒有拍過一張獨身照。』於是，她派我去找侯爵先生，一面囑咐他不要向先生您說她所要求的，問他可不

---

219 經過修改的引述，出自《艾塔莉》劇本。第二幕。第7景。第676句押韻台詞；約阿斯給予艾塔莉答覆。
220 經過修改的引述，出自《艾塔莉》劇本。第二幕。第9景。第772句押韻台詞；合唱團齊聲談論到約阿斯。
221 《艾塔莉》。第一幕。第3景。第299句押韻台詞；說話的角色是約莎貝（Josabet）。

可以替她照一張相。可是當我回報說：可以，她反倒不願意了，因爲覺得自己照相的樣子不好看。『有照片比沒照片還更糟』，她對我說道。因爲她人聰明，終於想到戴個壓低帽緣的大帽子，當作她怕大太陽曬著。她很滿意她的照片，因爲那時候她不覺得還會返回壩北柯。雖然我對她說：『夫人，您可別這樣說，我不喜歡聽見老夫人您這樣說』。這是她腦中所想的。而且糟糕的是，她連著好幾天都食不下嚥。這就是爲什麼她催促先生您去遠遠的地方和侯爵先生一起吃晚餐。那時，她沒有去餐廳，她佯若無事的看著書，侯爵的馬車一開走，她就上了樓休息去了。後來幾天，她想通知您母親夫人前來看她。之後，因爲她害怕會驚嚇到她，就什麼都沒說了。『最好讓她留在丈夫身邊，知道嗎，芙蘭絲瓦。』」芙蘭絲瓦，一邊看著我，突然問我是不是「哪裡不舒服了」。我告訴她沒事；她說：「您把我綁在這裡和您聊個沒完，您的訪客或許已經到了。我該下去了。她這個人與這裡不搭配，看她那副急躁樣，說不定她已經又走了。她不喜歡等人。啊！現在啊，愛蓓汀小姐可是會擺架子的。」——「您弄錯了，芙蘭絲瓦，她是個還不錯的人，對這地方而言，她太好了。不過，去通知她說，我今天不能見她了。」

如果芙蘭絲瓦看見我流淚，會惹她多麼大聲嚷嚷的要來同情我！我很小心的躲了起來。要不然，她會對我表示同情。可是該要做的是由我來同情她。我們不會設身處地替這些值得同情的貼身女侍著想，她們見不得我們流淚，彷彿流淚會傷害我們；或者會傷害她們，我還小的時候，芙蘭絲瓦對我說：「別哭成這樣，我不喜歡看見您哭成這樣。」我們不喜悅聽人說大話，指證歷歷，這就是我們的不對了，我們關閉了心，錯過了震撼人心的揚言，無心去解讀值得同情的女僕她的傳奇敘事，說她有偷竊行爲而辭了她，或許是不義之舉，她臉色蒼白，驟然間態度更加謙恭，彷彿被指出偷竊是個大罪，於是滔滔不絕的，說到她的父親爲人如何正直，母親生活如何恪守原則，祖母又是如何多方教誨。當然，同樣無法忍受我們流淚的這些家僕們，有一天讓我們得到肺炎也不覺得過意不去，因爲樓下的貼身女僕喜愛穿堂風，把穿堂風取消是沒有禮貌的。因爲就像芙蘭絲瓦一樣，這批講道裡的人，也是犯錯的人，好讓「公平」這碼事變成緣木求魚。就是連這些女侍們謙卑的愉悅享受都會引來她們主人們的拒絕或者嘲諷。因爲這經常是小事一樁，是可笑的動用情感，是違反衛生條件的。如此一來，她們可就有話說了：「怎麼，我一整年只要求這一個，連這個都不給我。」然而主人們所給的還多得多，只要所給的東西不致於對她們——或對主人們——是愚昧或是具危險性的。當然，當可憐的貼身女侍謙謙卑卑，顫抖著，已經準備好要背黑鍋，說「若有必要，今天晚上我就可以走人」，我們不能強留。可是也有必要不做冷酷無情的主人，即使她把一些雞毛蒜皮的事說得如此嚴肅，如此具威脅性，說她是擁有母系產業的人，也有屬於「地域性」的尊嚴，面對年老的廚娘被光榮的祖先護庇，手拿著掃帚好像一根權杖，把自己推向悲劇角色，淚眼婆娑的啜泣著，挺身站立時帶著威儀。那一天，我想起來了，或者我想像到了如此的場面，我把這些場景與我們年老的女僕做了連結，自此以往，不論她給愛蓓汀吃多少苦頭，我依舊會愛著芙蘭絲瓦，雖說是斷斷續續的，可是這情感是屬於最爲堅定的類型，它的基石是惻隱之心。

當然，我一整天都在外婆的相片面前傷心難過著。這張照片折磨著我。不過比起旅館經理來拜望我的那晚上，痛苦略有減輕。當我對他說到外婆，他又重新對我致哀，我聽見他對我如此說（因爲他喜愛使用他發音不準的字眼）：「就像您的外婆老夫人重轟[222]那天，我想要去通知您，因爲您是我的客人，我有義務要照顧，可不是嗎？要不然，客人會怪罪我們的。其實若是她當天晚上就出發，那才是好的。可是她祈求我什麼話都不要說，向我保證，她不會再有更多次重轟，要不然，一有新狀況她就離開。她那一層樓的領班依然告訴了我，她又發病了一次。可是，天曉得，您是老顧客了，我們得想辦法要您滿意，只要沒有人

222　原文：«symecope»，正確的字應該是«syncope»。【譯者注】。

抱怨……」這麼說來，外婆是有幾次中風昏厥而不讓我知道了。或許正當我對她最不客氣的時候，生著病的她非得要注意保持住好脾氣，不要惹我生氣，要表現出身體都好好沒事的樣子，免得被豪華大旅館請出門。「重轟」這個字如此的發音，是我從來想都沒想過的，或許我用在別的字上會顯得可笑，可是如此怪異的新式發音，倒像是一種原創的不和諧發音，長時間觸動著我內心最苦楚的感覺。

次日應母親的要求，我去海灘上躺下，或者說是在沙丘中躺臥著，在這裡，我們被沙丘的疊層隱藏著，在這裡，我知道愛蓓汀和她的朋友們找不到我。我的眼皮低垂，只讓一線粉紅色的光芒進入我雙眼裡面的視網膜，然後，我把眼皮完全閉上。於是，外婆出現了，我看見她坐在沙發椅上。她那麼虛弱，看來比另一個人更沒有活力。不過我依然聽得見她呼吸；有時候某個記號顯示她聽懂了我和父親所說的話。我抱著她，可是沒有效果，我不能在她的雙眼中喚起任何情感的流露，雙頰也毫無血色。她已經失了魂魄，似乎不愛我了，認不得我了，或許看不見我了。我測不透她如此無動於衷的祕密原因，不懂她爲何無精打采，爲何如此安安靜靜的，卻是不開心。我把父親拉到一旁。「你是看見的，我對他說，毫無疑問的，她完全聽得懂每一件事。這完全是生命的幻象。倒要讓你的表兄弟來看看，他以爲死者不會有活力！她已經死去一年多了，總括來看，她還一直有活力。可是爲什麼她不願意擁抱我？」——「瞧，她那無力的頭下垂了。」——「可是她想要去香榭麗舍大道。」——「這是傻話！」——「眞是這樣嗎，你以爲這樣做會讓她不舒服，她會死得更徹底嗎？她不可能不再愛我了。我擁抱著她，沒有用，她再不會對我微笑了嗎？」——「你又有什麼辦法可想，人死了，就不能復生了。」

幾天以後，聖—鷺的照片讓我看起來柔美多了；這張照片沒有挑起芙蘭絲瓦對我所說的回憶，因爲這回憶不再離我而去，我習慣與這個回憶相處在一起了。可是關乎我對她嚴重病情的想法，她那天那麼痛苦，這張照片依然利用著外婆的巧計，從這些巧計對我隱藏的時候開始，它成功的欺騙了我，向我顯出那麼多的優雅，那麼多的無憂無慮，在帽子下稍有遮掩的臉龐，我覺得她沒有那麼不快樂，身體狀況比我所想像的好些了。不過，她的雙頰不知不覺中有一種表情，有點僵硬，有點驚慌，像是動物知道自己已經被選定、被安排的眼神，外婆看起來像是被判了死刑的人，一種不由自主蓋著陰霾的表情，不知不覺的流露出悲情，是我沒有察覺到，卻是讓母親從來都不忍心直視的照片，這張照片顯示給她的，不是她母親的形影，而是她母親的疾病，是一種侮辱，疾病狠狠的在外婆臉龐上打了一記耳光。

後來有一天，我決定請人告訴愛蓓汀，我不久就要款待她了。就在同一天早上，氣候提早變得燠熱，戲耍的孩童們發出千百種尖叫聲，戲水的人開著玩笑，賣報商向我描述，一小波一小波的海浪，狀似火焰分岔，纏綿交織著，連續不斷的送來清涼的水，澆灌著炙熱的海灘，於是，交響曲音樂會開始了，海水拍浪聲穿梭其中，交響樂團的小提琴抖著顫音，好像一群蜜蜂在海上迷失了方向。我立即有了想要再聽見愛蓓汀笑聲的欲望，想看看她的朋友們，這些年輕少女們凸顯在海水背景前面，而且留在我的回憶中那份不可分割的魅力，就是壩北柯才特別有的新鮮花朵；我決定請芙蘭絲瓦捎一個短訊給愛蓓汀，就在下星期，同時大海緩緩上升，每次拍岸的浪頭，用流動的水晶完全覆蓋了樂曲，曲中句子像是斷句分明，如同意大利大主教座堂屋頂上手彈豎琴的天使，高高站立在藍色斑岩屋脊以及沾著泡沫的碧玉之間。可是愛蓓汀來的那天，天氣又轉壞了，變涼了，我也沒機會聽見她的笑聲；她心情糟透了。「今年的壩北柯煩得要死，」她說道，「我想辦法不要留太長時間。您知道，我從復活節到這裡，已經一個多月了。都沒人。您可知道這多有趣[223]。」儘管前不久剛下過雨，天色變化莫測，我送愛蓓汀直到艾朴城之後，因爲依照愛蓓

223 «Si vous croyez que c’est folichon»。Folichon：〔尤其帶著負面意味的通俗用語〕歡天喜地的；招惹人注意的。《二〇二〇年拉魯斯圖解大辭典》。**【譯者注】**。

汀她的說法，她在彭當太太別墅所在地的小海灘，以及她被蘿絲夢的雙親「安置為寄宿生」的茵卡城，兩地之間，搭著「短程便車」來來回回，我一個人單獨朝向大馬路散步過去，是從前德．薇琶里希斯夫人馬車所走過的，那時，我曾經和外婆一起去散步；明亮的太陽還沒有把一灘灘的水曬乾，地面成了一片濕地，我想念著外婆，她沒走兩步，就會沾泥巴上身。可是我一走到馬路上，眼前竟是一片絢麗。八月時分，我和外婆在此地所看到的，只是一排排長著葉子的蘋果樹，現在就在同一地點，一眼望去直到極遠之處，都開了滿滿的花朵，燦爛無比，樹的雙腳踩在爛泥中，一點都不刻意防備，免得糟蹋了那一身參加舞會的打扮，那是前所未見、美麗異常的粉紅緞子，正在陽光下閃爍發亮著；遠方海平面給蘋果樹提供了日本木刻版畫般的背景；我想舉目觀看花朵中的天空，花朵讓蔚藍天空幾乎顯得刺眼，好像閃退兩旁讓天堂深景出現。蔚藍天空下，吹來一陣略帶寒意的風，讓轉紅中的粉紅花簇輕輕顫動。幾隻藍羽山雀飛來棲息在樹枝上，跳躍在好脾氣的花叢中，彷彿有位異國彩繪藝術愛好者存心創造了這幅饒富生氣的美景。如此的美景觸動人心，甚至令人想要落淚，因為藝術效果精緻得如此神奇，讓人覺得渾然天成，蘋果樹像是站在法國鄉間大道上的農民。隨後，驟然間，陽光變成一絲絲細雨，斜畫在一片海平面上，將成排的蘋果樹攬入灰色細網之內。可是就在驟雨帶來的淒風中，開滿粉色花朵的蘋果樹，還是持續獻出她們的美麗：春日來了。

第二章

難以捉摸的愛蓓汀。——她攬鏡看見多位妙齡少女。——陌生女士。——電梯管理員。——德．康柏湄夫人。——尼西姆．伯納先生的愉悅享受。——初次勾勒莫瑞的怪異個性。——德．查呂思先生在魏督航夫婦家晚餐。

心中害怕著，唯恐這次獨自散步的愉悅會削弱我對外婆的回憶，我設法以思念她精神所受過的巨大痛苦來活化記憶；我召喚著，如此的苦楚嘗試在我心中建構成形，苦楚在我心中豎立一根根龐大的石柱；可是對它而言，我的心應該是太小了，沒有力氣承擔如此巨大的痛苦，正當它全然再度建構著，我的注意力閃躲開了，它的圓拱彼此銜接不了，垮了，像海浪一般，穹頂還未成形，就崩塌。

不過只要我一沉睡，藉由我的夢境，我就了解我對外婆已死的傷感正在減弱當中，我對她已經飄渺的想法似乎不讓她那麼難以接受。我依然看見她的病容，可是正在好轉之中；我發現她好些了。當她影射到她病痛纏身時，我以親吻她的方式不許她往下說，我安慰她說，現在她已經好了，不再生病了。我一心要讓持懷疑論者看見，死亡真的只是一種疾病，人會好轉起來。只是我再也不能在我外婆身上看見她以前的天真浪漫。她的話語只是一種微弱的回答，柔柔的，幾乎像是我說話的回音；她只反射我的想法而已。

雖然我這時候依然缺乏感受肉體新生欲望的能力，愛蓓汀卻重新開始帶給我新的想法，好像這才是幸福的渴求。一直懸浮在我們心裡的溫存夢境，很容易藉由友善的回憶與我們曾經共渡春宵的女子連結（條件是這回憶必須已經模模糊糊了）。這種情感使我想起愛蓓汀臉龐的各種外觀，有較柔和的，有較不開心的，與那些告訴我她有肉體欲求的表情相當不同；由於她肉體欲求的表情不是那麼熱切，我乾脆想把它的實現時間移到下一個冬季，在愛蓓汀出發之前，我不想找機會在壩北柯見她。可是肉體欲求在強烈傷感環境中依然再度產生。就在我每天被要求長時間躺著休息的床上，我期望愛蓓汀來到，重新玩我們以前玩過的遊戲。我們豈不看見在同一臥室中，一對夫婦曾在這裡失去了他們孩子，不久之後，又重新彼此擁抱，賦予去世小孩一個小弟弟？我嘗試讓自己放鬆心情不去想這個欲求，抬腳走到窗前，觀看那天的大海。像我首次前來的那年一樣，大海，從一日到另一日，很少一模一樣。更何況大海現在完全與我初次前來的時候迥別，或許因爲現在是夾帶著狂風暴雨的春天，或許因爲，即使我來到的日期與第一次的相同，氣候也不一樣，更是變化多端，它們不會把這個海岸推薦給某些無精打采、霧濛濛，而且有氣無力的海水，這是我在天氣炙熱的日子中所看見的景象，海水在海灘上沉睡，微微鼓起蔚藍袒胸，緩緩的上下浮動，或許特別因爲我那受過艾斯棣調教過的雙眼要確切的關注我從前刻意推卻的元素，悠悠的觀賞我的雙眼在第一年不懂得觀看的。那時我所得到的鮮明印象，一邊來自我與德．薇琶里希斯夫人所作的鄉間漫步，一邊是來自瀕臨無路可循、充滿神話的水域，屬於永恆存在的大海洋，兩者的對比，如今已不復存在於我的眼光之中。在某些日子裡，我覺得現在的海水幾乎反倒像是鄉間的景觀[224]。難得一見的好天氣中，熱氣在水面上作畫，畫出類似一條灰蓬蓬的白色道路穿過田野，路的後方，一艘魚釣船細緻的尖端像鄉村鐘樓那樣露出路面。一艘只見煙囪的拖曳船在遠處冒煙，如同一座偏僻的工廠，至於海平面上，白色的、鼓鼓的四方形，理當是由一艘帆船所畫出，不過似乎堅實像石灰，使人聯想到某間獨立的建築，醫院或學校被陽光照亮的一角。有些日子，陽光之下的角落，加上雲彩和海風，所顛覆的不僅是理智的判斷，也會攪亂乍看之下的幻覺，它會給想像力提供建議。

因爲空間色彩阡陌分明，如同鄉間農作物相互毗鄰而顏色不同，忽高忽低，崎嶇不平，色澤金黃，宛如海水表面的淤泥色彩，有著堤壩，有著斜坡面，遮攔著一隻船身，看不見它有一群身手矯捷的海員，他們似乎正在收割著禾捆，在天起暴風的日子裡，這一切讓海洋的景象如此變化多端，如此堅實可靠，如此出人意表，如此接近農民，如此充滿作物，像似讓人可以驅車行進的地面，從前我曾經前往此地，不久也將漫步倘佯在其間。有一次，因爲再也無法抵擋我的肉體欲求了，我不再躺下休息，起身穿了衣服，出發前往茵卡城去找了愛蓓汀。我要求她陪伴我直到竇城，讓我先去翡淀拜訪德．康柏湄夫人，之後也要去拉．哈斯柏麗野拜訪魏督航夫人。這段時間之內，愛蓓汀在可以在海灘上等我，然後夜晚我們一起返回。我去搭了本地的鄉間火車，從愛蓓汀和她朋友們口中得知，在這地區，它有種種別號，大家有時候稱它「扭扭車」是因爲走的路線九彎十八拐，有時候成它了「呆瓜」，因爲開不動，有時候又稱它爲「跨大西洋車」，因爲汽笛聲響起來怪嚇人的，好讓乘客進站搭車，又稱爲「戴寇維[225]之車」以及「纜車」，雖然它完全不是用纜索帶動，可是它攀爬懸崖，甚至也不能稱它是戴寇維之車，只是因爲這車有一條編號60的

224 大海如田野的描述來自第一次駐留壩北柯時期（在「緩緩的上下浮動」這句之後，如此描繪原先出現於《妙齡少女花影下》文本，原典頁273）。普魯斯特預備了一些片段，零星安插在各處：亦可參見本書法文原典頁512－514。在此，新增對艾斯棣的引用，吻合了男主角所受影響：看見大自然有模稜兩可的視野。

225 此一火車鐵道是一段長度不長的活動鐵道，因法國工業界、政界人士保羅．戴寇維（Paul Decauville, 1846-1922）所提出的構想而有，所以以他之名命名。

支線，它又叫做「*B.A.G*」火車，因爲它從壩北柯出發前往格拉特華斯特[226]，途中會經過安日城，又有人稱之爲「小火車」和「*T.S.N.*」，因爲它與諾曼地南部的有軌電車相銜接。我上了一個火車車廂坐定，車廂內只有我一個人；豔陽高照，天氣燠熱；我拉下藍色遮陽板，只讓太陽照進一條細縫。這麼一來，我立即看見了外婆在火車裡，我們正由巴黎出發前往壩北柯，外婆看見我喝啤酒，她很痛苦不想看，閉上雙眼，佯若無事的睡覺。我從前無法忍受的，是外公喝威士忌烈酒惹來外婆的痛苦，我給了她這份痛苦，不只是讓她看見我在別人邀約之下，逕自喝起這種她認爲對我極不利的飲料，我還強迫她不要管我，讓我喝個過癮；更甚者，我生了氣，氣喘發作了，藉此強迫她爲我做這件事，非要她建議我喝這種飲料不可，外婆帶著極大的忍耐，我在回憶中還看得到她那不說話的樣子，她絕望了，雙眼閉著不看我了。如此的回憶如同神仙棒一揮，重新還給了我那個靈魂，是我這段時間正在遺失的；正當我雙唇完完全全只被一種絕望的欲

---

226 關於本書法文原典中，小鐵路火車的路徑與眞實不符；這些停靠站隨著小說而加增，在一九一五年所寫的筆記編號72號，關乎駐留壩北柯的草稿中，普魯斯特配合詞源學系列清單，爲各個火車停靠站草擬了兩套計畫。後來他不再關心是否與實際情況相吻合。第一次駐留時，在壩北柯—陸地（Balbec-en-Terre）及壩北柯—海灘（Balbec-Plage）兩個停靠站之間，火車沿路經過茵卡城，馬爾固城（Marcouville），多城（Doville），水母之橋（Pont-à-Couleuvre），艾杭普城（Arambouville），聖—馬爾斯—勒—維依厄（Sainyt-Mars-le-Vieux），赫爾夢城（Hermenonville），緬尼城（Maineville）（參見《妙齡少女花影下》。原典頁230）。這條火車路線原本叫做B.C.B.（參見《妙齡少女花影下》。原典頁511）。第二次駐留時，火車路線被稱爲B.A.G.：壩北柯—安日城—格拉特華斯特路線（Balbec-Angerville-Grattevast）。然而稍後，這條路線成爲經由東錫耶爾的壩北柯—竇城路線（Balbec-Douville par Doncières）（頁497）。然而，這條路線，在壩北柯—海灘及東錫耶爾之間，沿途經過竇單城（Toutainville），艾朴城（Épreville），海邊之蒙馬丁城（Montmartin-sur-Mer），帕爾城—拉—賓卡（Parville-la-Bingard），茵卡城，聖—芙里蔬（Saint-

Frichoux）（頁252），後來一直開往竇城—翡淀（Douville-Féterne），終點站靠近拉·哈斯柏麗野（頁287）。沿途其他停靠站陸續加了進來：殷芙爾城（Infreville）（頁194），緬尼城或是緬尼城—拉—洗染店（Maineville ou Maineville-la-Teinturière），史爾巴托夫公主在此一停靠站上了火車（頁275），赫爾夢城（Hermonville）（頁484），格拉特華斯特（Grattevast），聖—馬汀之橡樹（Saint-Martin-du-Chêne）（德·查呂思在此一停靠站上了火車，頁429），所有的人一直搭火車到東錫耶爾（莫瑞在此一停靠站上了火車）；然後到了格蘭古—聖—華斯特（Graincourt-Saint-Vast）（寇達在此一停靠站上了火車，頁295），艾杭布城（Arembouville）（頁268），聖—彼得之紫杉樹（Saint-Pierre-des-Ifs）（德·查呂思也在此停靠站上了車，頁493），安楠古（Amnancourt）（頁486），比黎克貝克（Bricquebec）（頁281），緬尼城（Maineville）以及杭尼城（Renneville）（頁284），艾格勒城（Egleville）（公主也在此停靠站上了車，頁495），聖—馬爾斯（Saint-Mars）（頁267－268）或者聖—馬爾斯—勒—維依厄（Saint-Mars-le-Vieux）（頁284），聖—馬汀—著衣男子（Saint-Mars-le-Vêtu）或者聖—馬汀—勒—維依厄（Saint-Martin-le-Vieux）（頁281），費驊石（Fervaches）（頁286）以及拉·梭涅（La Sogne）（頁367）。有些地點的火車停靠站距離很近，正如男主角所提及的（頁196）：火車路線在第一次駐留之後已有所改變，現在它路過東錫耶爾—拉—古畢（Doncières-la-Goupil）（頁250）。想像中，從壩北柯出發的路線有兩條，壩北柯—格拉特華斯特（Balbec-Grattevast）（頁180）以及壩北柯—竇城（Balbec-Douville）（頁497），因爲有三個終點站被提到，而格拉特華斯特（Grattevast）停靠站與翡淀（Féterne）停靠站的方向相反（頁383）。然而格拉特華斯特（Grattevast）也是位於東錫耶爾以及緬尼城（Maineville）之間（頁463以及頁468）。最好放棄將這些指示做成整體安排，例如，怎麼處理彭當太太別墅所在的不同之地，是愛蓓汀有時候居住的地方：艾朴城（Épreville）（頁177），或者茵卡城（頁247），然而也是距離緬尼城以及帕爾城（頁495）不遠之處，愛蓓汀在不同的車站下車之處？安德烈·費雷（André Ferré），第一位討論這主題的作者，在他所著的《馬賽爾·普魯斯特之地圖》（*Géographie de Marcel Proust*）一書中，由人馬星座出版社（Éditions du Sagittaire）於一九三九年出版時，作者已經注意到了其中的不吻合之處：拉·哈斯柏麗野位於芒什省（頁478－479，481，496－497）；從地主的家業所在之地，一眼望去，可以見到英國澤西島（Jersey）的船隻（頁386），應該是在靠近格蘭城（Granville）這邊；然而翡淀（Féterne）是在布列塔尼省（頁163），峭壁就在近處（頁329）。其實，普魯斯特曾經想過，把小說中描寫海洋的這段情節安置在布列塔尼省，艾彌樂·馬勒（Émile Mâle）給了好心建議，把安置地點轉移到諾曼地省（參見《妙齡少女花影下》。原典序言，頁十七）。事實上，普魯斯特所關心的，比較不是地圖，而是個地方名稱的系統，這些名稱隨著溥力脩的詞源學考量而發揮。費雷注意到有許多名稱來自法國各地例如翡淀的名稱，使人想起鄰近托農（Thonon）的翡淀，普魯斯特曾在此地駐留：比較好說，這些名稱來自郭石理（Cocherie）的著作，普魯斯特使用了這本著作，來做一般性的詞源學考量（頁280。注2）。至於諾曼地的各地名稱，它們大部分都是在戈當登（le Cotentin）以及艾芙杭石（Avranchin）：所有的地名不是全部歸於一本著作，不過，很明顯的，愛德華·勒·葉禮歇（Edouard Le Héricher）這位諾曼地當地詞源學的學者最多受到普魯斯特的倚重（頁280。注2）。這是爲什麼我們所持的看法與安德烈·費雷的見解不同，費雷假設普魯斯特地方名稱靈感，可能是「來自在某個實際叫做壩北柯之地，以及他在鄰近地方所做的遊覽」（頁108）——而我們則是不建議將壩北柯地區以及火車鐵路路線視爲一個實質的地圖。

求走遍，只想親吻一個亡人，我擁有蘿絲夢[227]又如何？當我的心如此強烈的跳動，心中無時無刻曾經因我受苦的外婆又在我心中成形，我見到德．康柏湄夫婦和魏督航夫婦，又能對她們說些什麼？我不能在火車車廂內多逗留了。火車到了緬尼城—勒—洗染店停靠站，我就放棄計畫下了車。緬尼城一段時間以來有了格外重要的地位，也有了特殊的名聲，因為某位經營眾多娛樂賭場的旅館經理，一個擅長銷售舒服生活圈的商人，著手在離此城不遠之處蓋了一座建築，建築物豪華有加，足以和宮殿一較上下，卻是品味低劣，這座建築我們以後會再來談它，它是這裡第一座徹頭徹尾的妓女戶，他們之所以有這個想法，是針對一些自鳴清高人士，讓他們在法國海岸有此去處。每個港口都會有一座妓女戶，對於海員，還有對於愛好特殊景觀的人們有用處，他們看見這種地方覺得有趣，它緊挨著歌詠永恆價值的教堂，女大老闆多是半老徐娘，趾高氣昂，唇上長滿汗毛，站立在名譽不佳的家門口，等著魚釣船回港。

我遠離了耀人眼目的「舒爽之家」，這座無恥的建築物矗立在此，即使一些家庭向市長提出抗議也無效，我回到懸崖這邊，沿著懸崖蜿蜒的道路，朝著墉北柯向走去。我聽見山楂花的呼喊聲，沒有加以回應。身為蘋果花的鄰舍，富貴氣派略遜一籌的山楂花覺得蘋果花太凝重了，但是也必須承認這些大量蘋果汽水製造商的女兒們面色紅潤，花瓣粉紅。山楂花兒們知道，雖然她們的嫁妝不是那麼充裕，大家追求她們的意願反增不減，她們只需要有一身的細褶白衣，就足以討人歡心。

當我返回時，豪華大旅館的門房遞給了我一份訃聞，居喪者是恭城的侯爵與侯爵夫人，德．安符城子爵與子爵夫人，德．伯倪城伯爵與伯爵夫人，德．格蘭古侯爵與侯爵夫人，德．雅蒙儂谷伯爵，德．緬尼城伯爵夫人，德．法蘭格多伯爵與伯爵夫人，出生於艾格勒城的德．夏維倪伯爵夫人，我認出了婚前是美斯尼．拉．吉莎小姐的德．康柏湄老侯爵夫人的名字，因為她的名字，我終於了解為什麼這份訃聞被寄來了，還有德．康柏湄侯爵和侯爵夫人的名字，我看見亡人是德．康柏湄夫婦的堂姊妹，名字叫做愛蕾奧諾—厄弗拉希—杭蓓汀．德．康柏湄，德．克里格多伯爵夫人。在這洋洋灑灑的外省家族緊密排列成行的名單中，沒有一個資產階級者，不過也沒有一個熟悉的名字，一整組人馬還有比他們更早期的整組貴族，屬於這個頌揚他們姓氏的地區——這些姓氏以有意思的地點爲名稱——快快樂樂的以**城市**、**宮廷**[228]做爲姓氏的結尾，有時候比較不響亮（以「**多**」字做姓名結尾[229]）。他們披戴著城堡的屋瓦，或者教堂的粗突灰泥層，頂部略略高過屋頂，或者高過建築的側身小屋，爲了在頭頂之上綴以諾曼地燈盞式建築[230]，或者飾以木骨架之牆筋柱哨樓[231]，它們似乎吹響了號角，在方圓五十哩內，將附近的漂亮村莊招聚整齊，有些櫛比排列，有些各自散居，安排得緊緊湊湊的，沒有縫隙瑕疵，沒有外來族群，它們都被安置在嚴嚴謹謹、規規矩矩的棋盤式貴族書寫體中，並以黑色線條加上框架[232]。

母親回房間了，一邊默想著德．塞維涅夫人的這個句子：「我不接見任何想要使我開懷的人；他們沒

---

227 蘿絲蒙德的名字是愛蓓汀的誤植。

228 《court》乃是舊時法文《cour》字的英文寫法。【譯者注】。

229 關乎以「城」（ville）結尾的姓氏，參見本書法文原典頁484，以「多」（tot）結尾的姓氏，參見本書法文原典頁283。

230 《le lanternon normand》。lanternon：〔建築用語〕位於屋頂之屋脊上方，呈現小而修長細緻之燈型裝飾性建築。《二〇二〇年拉魯斯圖解大辭典》。【譯者注】。

231 《les colombages du toit en poivrière》。Colombage：有木板條壓在牆壁上或內室的作法，各個木板條之間的空隙則由薄薄的水泥敷滿。Poivrière：〔軍事防禦用語〕乃指圓筒狀，頂部呈尖錐型之哨樓。《二〇二〇年拉魯斯圖解大辭典》。【譯者注】。

232 一九一五年六月，普魯斯特寫信給呂西昂．都德說：「敏尼斯潔赫伯爵夫人（la comtesse Mniszech）的訃聞首先讓我想到您寄過一封假的伯爵夫人邀請函給我〔…〕想讓我不請自去〔…〕我相信您會在我的書中讀到年輕的德．康柏湄寄給我（很有孟德斯基歐風格）的訃聞這一段」（《魚雁集》。第十四冊。頁146－147）。

有明說的意思是要妨礙我思念妳，這使我生氣[233]」，因爲首席理事長對母親說她需要解解悶。他對我則是悄悄的說：「來者是德·帕爾默親王妃。」看見法官指給我看的女士，我的害怕不見了，她與王室的女殿下毫無關聯。不過因爲她請人訂下了一個房間過夜，當她從德·盧森堡夫人家返回時，如此的消息對許多人造成了效果，就是把每個新來女士都當成了德·帕爾默親王妃——對我而言則是讓我上樓，把我自己關在閣樓裡面。我不想單獨留在這裡。現在時間是下午四點還不到。我請芙蘭絲瓦前去找愛蓓汀，好讓她與我共渡下午餘下的時光。

我認爲我所說的話並不眞實，當我說我開始活在痛苦的、不止息的懷疑當中，原因是愛蓓汀個性特殊，特別是爲了愛蓓汀有女女戀傾向。當然從那天開始——但是這不是第一次——我等待的時候心中會帶著些微的焦慮。芙蘭絲瓦走了以後，時間拖那麼久，我開始絕望起來。我沒有把燈點亮。天色已經黯淡。風把娛樂賭場的旗幟吹得啪啪作響。更蠢的是，當沙岸四境安安靜靜的，海水漲潮上岸時，有個演奏小型手搖風琴的藝人被叫住，在豪華大旅館前面演奏起維也納圓舞曲，就像是在這惱人又錯謬的時刻，傳達出越來越揪人神經的陣陣音響。芙蘭絲瓦終於來了，可是只有她一個人。「我試著加緊腳步，可是她不肯來，因爲她覺得自己的頭髮還沒梳好。她不只是花了五分鐘，她非要花上時鐘所表示的整整一小時來抹香膏。這裡簡直就要變成香水鋪了。她來了，她又退了回去，留在鏡子前面調理衣裝。我在那裡找得到的她，就是這樣。」時間又過了很久，愛蓓汀才來了。可是她這次的開朗心情以及和善態度，驅走了我的憂傷。她告訴我（與她上回所說的相反）她整個季節都要留下來，不走了，而且問我可不可以像去年那樣，天天見面。我告訴她，目前我太憂傷了，比較會臨時起意，偶而請人把她找來，像在巴黎那樣。「萬一有時候您難過了，或者心中起了念頭，請不要不好意思，」她對我說道，「就請人把我找來吧，我很快就到，而且如果您不顧忌在豪華大旅館造成醜聞，您要我留多久都可以。」芙蘭絲瓦把她帶來的時候，似乎是高興的，就像每次她爲我效勞，成功的讓我開心時那樣。可是愛蓓汀這人與芙蘭絲瓦的快樂完全無關，次日，芙蘭絲瓦就對我語重心長的說：「先生不該見這位小姐。我看得清楚她是有哪類型個性的人，她後來會傷您的心的。」我送愛蓓汀出豪華大旅館的時候，透過光亮的餐廳，看見了德．帕爾默親王妃。我設法只看見她，但不被她看見。不過我坦承，我所看到的某種王室大氣派禮貌，是曾經在德．蓋爾芒特夫婦身上讓我覺得好笑的。君王們走到哪裡都覺得自在，這是原則，而一些死板、沒有價值的禮儀規定，要求男主人在他自己的家裡把帽子拿在手裡，爲了表示他不在自己的家中，而是在親王家中。這個想法，德．帕爾默親王妃可能不會去運用，可是已經深深將她濡染在其中，以至於在各種情況之中，一切突發式的舉止都說明她有這種看法。當她起身離開餐桌時，賞給愛楣一筆大額的小費，好像愛楣在那裡單單只是爲了要侍候她，而且好像她正要離開城堡，將酬勞賞給編制在她手下的總管一樣。她不僅給小費而已，還加上一個優雅的微笑，對他說了幾句美好的、恭維的話，是由她的母親傳授的。稍稍進前一步，她就有可能對愛楣說，豪華大旅館管理得很好，諾曼地遍地開了花，走過世界所有的地方，她對法國情有獨鍾。親王妃爲了特別被招呼過來服務的飲料總管[234]，雙手又滑下了另一枚錢幣，特意要表達她很滿意，好像將軍方才校閱了軍兵。電梯管理員這個時候來到她面前給了她回音；他也一樣得了一句稱許，一個微笑和一筆小費，這一切都揉合在鼓勵性的言語裡，謙謙和和的說了出來，爲了向大家證明，她與他們可以融洽相處。由於愛楣、飲料總管、電梯管理員，還有其餘的人都相信，對一個頻頻以笑顏相待的客人來說，如果他們

233 這段經過修改的引述，出自德．塞維涅夫人於一六七一年二月（十一日）所寫的一封信：（Je n'ai encore vu aucun de ceux qui veulent, disent-ils, me devertir, parce qu'en paroles couvertes, c'est vouloir m'empêcher de penser à vous, et cela m'offense.）中譯：「我還沒接見任何一人，因爲那些人，據他們所說，是想要讓我解悶，所不明說的意思，是要攔阻我思念妳，這讓我不高興。」

234 《le sommelier》（舊時用語）乃指在飯店中負責酒窖及飲酒等服務的人員《二〇一〇年拉魯斯圖解大辭典》。**【譯者注】**。

自己不端上一個斗大的笑臉，那是很沒有禮貌的，親王妃很快的就被一群家僕環繞著，她也是一樣客客氣氣的和他們說著話；這些待人接物的方式，在一些豪華大廳堂裡是罕見的，在海灘上過往的人們既然不知道她的芳名，就以爲他們眼裡所看見的，是壩北柯的常客，出身應該低劣，或許因爲職業利害關係（她或許是香檳酒補貨員的妻子），而與一般僕人沒有太多區隔，不能與眞正享有富貴氣的客人相提並論。對我而言，我所想到的是德．帕爾默親王府，想到它給了這位親王妃半宗教性、半政治性的建議[235]，她與百姓互動的行爲舉止，彷彿就是她必須與百姓親善，以便有朝一日統治他們；更進一步的說，是要把自己當成已經是統治者那樣。

我上樓回到房間卻無法獨處。我聽見有人彈奏舒曼的曲子，軟綿綿的。當然有時候，甚至是我們摯愛的對象，也會容納不了從我們身上所宣洩的憂傷或煩躁。然而有某種物件，它有能力將情感強化推進直到沒有人攀附得上的境地：那就是鋼琴。

愛蓓汀請人要我記下一些她不在的日期，她要去朋友家幾天，也請人要我記下朋友們的地址，以防萬一這幾天晚上我需要她，因爲她們住的地方都不很遠。這麼一來，爲了找到她，從一個少女聯絡到另一個少女，自然在她周圍有著花與花相連結的關係。我膽敢坦白的說，她的許多女友——我還沒喜歡上她的時候——在一個海灘上，或另一個海灘上，給了我一些歡愉的片刻。這些年輕、友善的同伴爲數並不多。可是前不久，我再次回想，她們的名字都被我想起來了。我數了一數，單單在這一季，共有十二位對我略施了小惠。又有一個名字被我想起，總共是十三位。我有點孩子氣，害怕這個數字。眞糟糕，我忘了第一個名字，想到愛蓓汀沒被算在內，那就湊成十四位了。

爲了把敘事接連起來，我記下了這些少女的名字和地址，哪天她不在茵卡城時，我還找得到她，不過我所想到的，是利用這些時間前往魏督航夫人家。況且我們對不同女子的欲求需要使上不同的力氣。

某個夜晚，我們非得要的某個女子，辦完了那事之後，一兩個月之內，她都不再攪擾我們。而且這裡除了不適合研究更換情侶是爲何緣故之外，短暫盤據著耆老心中的女子形影，在肉體透支到疲累不堪之後，只要親親女子額頭這就罷了。至於愛蓓汀，除了少數幾個晚上，當她不在身旁我無法自處的時候，我很少見到她。如果如此的欲望抓住了我，而她又在離開壩北柯太過遙遠的地方，芙蘭絲瓦到不了那麼遙遠的地方去找她，那我就請求電梯管理員稍稍提早結束工作，由我派他去艾朴城，去拉．梭涅，去聖—芙里蔬。電梯管理員進了我的房間，可是他把門敞開著，因爲即使他「幹活兒」很用心，他的工作可是一點也不輕鬆，一大早五點鐘就要到處洗洗刷刷，他老是下不了決心要把一個門帶上，若有人提醒他，門怎麼老是敞開著的，他會倒退幾步，盡其所能的，把門輕輕推一下。這個人的特質是他持有民主式的驕傲，此一特質在從業人數略爲衆多的一些自由業中，諸如律師，醫生，文人等，稱呼另一位律師，文人或醫生時，用的是「我的同仁」這個措辭，他們都還搆不到如此民主式的驕傲，而他則是像個啓用國家院士內圈人士彼此保留的特殊用語那樣，冠冕堂皇的對我提到每隔一天來當電梯管理員的機動服務生，他是這麼說的：「我得由我的『同仁』來代班。」雖是持有如此自視甚高的心態，在遇到改善他所謂**待遇**的機會，依然樂於接受跑外場的酬金，這讓芙蘭絲瓦厭惡至極：「沒錯，第一次看見他，我們覺得他長得一臉老實可靠相，可是有些日子，他可是擺著一個臭臉。這些都是死要錢的。」她太多次把娥拉莉歸在這類人當中，她也早把愛蓓汀歸爲同一類，如此的不幸後來果眞臨到，因爲她屢屢看見我向媽媽索討小物品，一些不值錢的小飾物，爲了給我手頭拮据的女友，芙蘭絲瓦覺得這樣做毫無道理，因爲彭當太太只雇用了一個什麼活兒都要一手包辦的女佣。很快的，電梯管理員脫下了我所稱之爲制服的衣著，而這是他所說的禮服，換

235 關乎這些「建議」，參見《富貴家族之追尋》。原典頁414。

成頭戴草帽，手拿拐杖，踏著方步出現，身子挺得直直的，因為他的母親建議他絕不要顯得一副「工人」或「機動服務生」模樣。當他做完了他的工作，就像藉由書籍，科學，讓一個工人不再只是工人而已，同樣的，藉由扁舟船夫以及一對手套，電梯管理員變得有機會成為風雅人士，既然晚上時間已經停止把顧客上上下下的送，於是他有了自信，如同年輕的外科醫生脫下了醫生袍，或者騎兵中士的聖－鷺脫下了軍服，就變成上流社會中一個完美無瑕的紳士。況且他掌管電梯升降機不是隨隨便便，也不是沒有才華，他不會讓你卡在兩層樓之間。可是他說起話來就是毛病百出。我相信他是有雄心大志的人，因為他說到門房時，稱他為：「我的門房」，這位機動服務生所用的，儼然是他所稱之為巴黎「豪華私人府邸」主人稱呼門禁管理員的口吻。說到電梯管理員的措辭，很奇怪的，是他一天聽見顧客說不下五十次的「電梯」（ascenseur），而他自己從來都只說「技動車」（accenseur）。這位電梯管理員有某些事情非常惹人厭煩：雖然我已經告訴過他了，他老是中斷我的話，插上一句，「您可想而知！」或者「想想也知道！」，似乎我的提醒太明顯了，所有的人都會曉得，或者把話頭轉了個對他有利的方向，像是由他來提醒我要注意某一點。「您可想而知！」或者「想想也知道！」，他口中每隔兩分鐘就用一次，所用的口氣強大無比，說的事情是他從來自己都想不到的，這讓我非常生氣，以至於我立即改口說反話，好讓他明白他什麼都沒聽懂。可是當我提出第二個說法，雖然與前者完全兜不攏，他依然會說：「您可想而知！」，「想想也知道！」，好像這句話非說不可。我很難原諒他，特別是因為他所用的某些職業用語，如果取它原意完全沒問題，可是如果取它的抽象意義，就會帶給這些說法一種頭腦笨透了的用意，譬如說踩踏這個動詞。他騎腳踏車出差辦事的時候，從來都不用這個字。但是如果他是走路去，加緊了腳步免得誤事，為了表達他走得如何快速，他會說：「您可想而知，那種踩踏可是有多麼快速！」電梯管理員個子矮小，不挺拔，其貌不揚。這卻攔不住他每逢有人對他提到一位身材高䠷、纖瘦、而且細緻的少年人時，他會說：「啊！對，我知道，那個長得和我一樣高的人。」有一天，我等著他回覆我消息，因爲有人上樓來了，聽見腳步聲，我焦急的開了房間門，看見一位機動服務生來爲我所不認識的女士服務，他美貌如同安迪密翁，臉部線條完美得無懈可擊。當電梯管理員返回之後，我對他說我等不及要得到他的回覆，我告訴他說，我原以為是他要上來了，看見的卻是諾曼地豪華大旅館的機動服務生。「啊！對，我知道是哪個人，他對我說道，不是別人，就是一個身材和我一樣的小男生。臉也長得和我像得不得了，別人很容易把我們兩個人弄混，有人說我們是哥兒倆好。」到最後，要表現一聽說就懂了的態勢，有人一給他建議，他就說：「對，對，對，對，對，我完全明白了」，口氣如此聰明，表達如此清晰，讓我有時產生幻覺；可是當我們逐漸認識人，就好像被浸泡在溶解液中的金屬，我們逐漸看見他們失去了好品質（就像有時候失去壞毛病一樣），我給他吩咐之前，我看見他讓門敞開著；我讓他注意到這事，怕有人聽見我們所說的；他順了我的意思，回去了，把門關小了一些。「這是爲了讓您高興。可是這層樓沒有別人，只有我們兩人。」我立即聽見一人走過，然後兩人，然後三人。我很受打擾，因爲可能無法把外人完全隔離，尤其因爲我看見這種事完全不會讓他訝異，認爲有人來人往這才是正常。「對，那是隔壁的貼身女侍去找她的隨身物品。噢！這沒什麼，那是飲料總管要把鑰匙帶上來。不，不，這沒什麼，您可以說話，那是我的同事來接班。」由於這一大票人需要經過的理由沒有減少我不要他們聽見我說話的困擾，在我正式命令之下，他去把門輕輕推了一把，沒有關上，關門對這位有「摩托車」的腳踏車騎士是無能爲力的事。「這樣我們就安心了。」我們實在太安心了，以至於一個美國人闖了進來，又立即抱著歉離開，說她走錯了房間。我先用盡我的全力把門關上，才對他說：「您立即去把這位少女帶回來給我」（這個關門動作引來另一個機動服務生前來查看是不是有窗戶是敞開著的）。「請您記好：她叫愛蓓汀・席蒙內，名字寫在信封上了。您只要說是我要您來找她的。」我補上一句免得他太瞧不起我。——「這個您想想也知道！」——「不對，相反的，她來這裡絕不是天經地義的。從伯恩城來到這裡很不方便的。」——「我明白！」——「您告訴她要跟著您一起來。」——「對，對，對，我完全明白了」，他用了準確而且精明的口氣回答，長時間以來這已經不再使我「印象深刻」了，因爲我知道這幾乎是機械式的，而且在這表面的精確之下，遮蓋著許多的含糊和愚昧。「你幾點回得來？」——「我不會花太久時間」，電梯管理員如此說道，他把貝里斯所規定的原則用到極致，非要躲避犯這樣的錯，有了*pas*就別再加上*ne*，單用一次簡單的否定詞[236]就好了。「我可以去。前不久剛好外出被取消了，因爲中午有一場二十人的餐聚。很快地就輪到我出去了。今晚我出去一下是很公道的。我不會騎腳踏車去[237]，這樣我辦事還快些。」一小時之後，他來對我說：「先生久等了，可是這位小姐沒有跟著我來。她人在下面了。」——「啊！謝謝，門房沒有生我的氣？」——「保羅先生？他不知道我去了哪裡了。可是管門的領班沒有說話的餘地。」當有一次我對他說：「你絕對要幫我把她帶過來」，他對著我微笑說：「您知道，我沒找到她。她不在。我又不能停留太久；我害怕像我的同仁一樣被豪華大旅館送走」（因爲電梯管理員說，他是返回到一個職位上，而我們說他是首次進入那行：「我很想要返回到這些職位上[238]」，這說法是藉由安慰心理，或者爲了減緩發生在他身上的殘酷性，或者是以較爲緩和、較爲詭詐的暗示方式，把r字去掉，來說到別人：「我知道他被送走了」）。他微笑，不是因爲存有壞心眼，而是因爲害羞。他以爲用玩笑的口吻說話，他犯的錯會少一些。同樣的，如果他對我說：「**您是知道的**，我沒找著她」，這不是說他相信事實上我已經知道這件事。相反的，他想我是不知情，因此格外害怕。他說「您是知道的」，是爲了當他說這話告訴我壞消息時，自己免於經歷極大的驚恐不安。我們從來都不應該對這些人生氣，他們被我們抓到小辮子會尷尬的笑。他們如此表現，不是因爲他們不在乎，而是他們害怕得很，生怕我們不高興。那麼我們就對這些笑臉表示憐憫，顯示給他們極大的溫柔吧。電梯管理員心裡的攪擾不安就像是一個眞正的病情發作，帶給他的不僅是高血壓般的滿面通紅，他還會將措辭驟然間轉成和你稱兄道弟。終於他向我解釋了，愛蓓汀不在艾朴城，她九點才回得來，如果她有時候，意思是說，如果她碰巧回來早一些，就有人會把訊息帶到，無論如何，她就會在清晨一點以前來到我這裡。

再說，我對她產生令我痛苦萬分的懷疑，這還不是那天晚上就有了。明白的說，不是的，雖然這件事實在幾個星期之後才發生，它是經由寇達的提醒而產生的。愛蓓汀和她的朋友們想在那天拖著我去茵卡城

236　在《女學究》劇本中，莫里哀將崇拜文法的人當笑柄。貝里斯（Bélise）對瑪汀（Martine）說（第二幕。第6景。對白詩句483－484）：「從*pas*加上*rien*來看，你是重複的犯錯，／就像有人對妳說的，多用了一個否定詞：」（De *pas* mis avec *rien* tu fais la récidive, / Et c'est, comme on t'a dit, trop d'une négative.）保羅．蘇岱（Paul Souday）在一九二二年五月十二日《時代日報》期刊（*Le Temps*）中，以他所寫的一篇專欄批評這一段落，說：「馬賽爾．普魯斯特搞不清楚時態，語態，以及一般性的來說，文法。如此的語調不協調，帶出荒唐的錯誤。」在引述了電梯管理員的句子，以及敘事者的評語之後，蘇岱接著又說：「貝里斯注意到了不要定規一個如此錯誤的規則」，他對瑪汀說：「在不使用*rien*字的情形之下，她拒絕不用的不是*ne*這個字眼。」普魯斯特以一封像是一篇臨摹文章的信，回覆蘇岱這位專欄作者：「對蘇岱先生覺得最『荒唐的』諸多錯誤之一，似乎是與貝里斯的文法規則有關。然而，在這一點上，普魯斯特先生似乎是無可指責的。他首先要說的是，貝里斯之規則並沒有如此嚴格，而電梯管理員把這規則用得太過頭了。老實說道，莫里哀把這個規則說得不清不楚。邏輯與文法的分析要的是全面重新檢驗，這兩句錯誤的詩句要重新組合。在上下文精采的文意中，在笨拙的轉角處停滯，它們豈不反而更有妙點？這證明，當我們批評時，不要太高舉文法。然而還有更重要的事。首先，關乎規則本身，它既然是個錯誤的形式，更是顯爲無稽。有人說，用兩個否定詞太多了，好吧。然而，只用一個呢？那麼，我們不能作出任何否定了嗎？還有，rien這字是否定的嗎？我聽過從前所支持的說法是是相反的。*res.*然而，特別是小說中的電梯管理員豈不是比亞薩隋魯（Assuérus）犯了更大的錯：『您懼怕什麼，以斯帖王后？我不是您的親兄弟嗎？』（" Que craignez-vous, Esther, Suis-je pas votre frère ? "）十七世紀的人都是這麼說話，「不是因爲有了作詩的自由度」。賓達先生（M. Benda），他偏愛如此的寫他的語言，常常隨著他的高興，寫下這樣的句子，放在報紙的文章中：『我們沒看過歐洲？』（"A-t-on pas vu l'Europe ? "），等等。『這豈不是奇怪？』（"Est-il pas étrange que ? "，等等。」（《魚雁集》全集。第三冊。頁98－99）。

237　接下來一連四次的否定詞，都被電梯管理員濫用：« Je prends n'avec moi mon vélo.» «mais cette demoiselle vient n'avec moi.»。«Il sait seulement pas où je suis été.» «Et j'ai pas pu rester plus longtemps»。**【譯者注】**。

238　賽莉絲特（Céleste）常說「返回」（rentrer），不說「進來」（entrer）（《魚雁集》。第十八冊。頁242）。

的娛樂賭場，多虧我的運氣好，倘若不是被故障待修的小火車正好把我攔在茵卡城，我就不會去與她們相聚（我想要前往造訪魏督航夫人，她已經屢次邀請了我）。正當我踱著方步，等待小火車修理好的時候，突然我和來到茵卡城問診的寇達醫師兩人迎面碰上。我幾乎不想向他問安，因爲他沒有回過我寫給他的好幾封信。可是友善的表達方式每人各有不同。他沒有死守上流社會該學到的固定原則，寇達這人心地蠻好，除非有一天他有了表現的機會，否則不知情的人會否定他。他道了歉，他說他的確收到了我的信，也已經向魏督航夫婦提到我來到了這地方，他們非常想見我一面，也建議我前往他們家。他甚至當晚就要帶我去，因爲他要重新搭乘本地的小火車，好前往他們家吃晚餐。由於我遲疑著，寇達的小火車還有一會兒才到，修理中的火車應該會花相當長時間，我請他進入小娛樂賭場，這個地點曾經在我剛到的晚上使我感到那麼憂傷，現在充滿著的，是少女們吵雜的聲響，她們在缺乏男性舞伴的情況之下，正在一起跳著舞。安德蕊走向我，滑著舞步，我想片刻之後和寇達一起去魏督航夫婦家，當我肯定拒絕給她機會時，突然被一種非常強烈的欲望揪住，想要留下來和愛蓓汀在一起。那是因爲我方才聽見了她的笑聲。這笑聲立即引人聯想到粉紅的肌膚，馨香的內壁，似乎笑聲方才在上面搓揉過，搓出像天竺葵一般的乾澀、性感又引人遐思的氣味，如此笑聲似乎隨著它承載著某些幾乎秤得出重量、引人神經不安、又讓人捉摸不定的微粒。

一位我不認識的少女坐到鋼琴前面，安德蕊要求愛蓓汀與她一起跳華爾滋。在這小型娛樂賭場內，我思想著，我將與這些年輕少女在一起，覺得喜孜孜的。我告訴寇達她們的舞跳得眞好。他沒顧念到我認得這些少女，不過他應該已經看見我向她們問了安，從他當醫生的特殊觀點，寇達以沒教養的方式回答了我：「對，可是這些當父母的太不謹慎了，讓他們的女兒有這類的習慣。我絕不允許我的女兒來這種地方。她們算得上漂亮嗎？我看不清她們的面相，喏，您看看」，他又補上一句，一邊對我指著正在慢步跳著華爾滋的愛蓓汀和安德蕊，她們兩人緊貼在一起，「我忘了帶來我的單眼鏡片，看得不很清楚，我們不夠知道，她們可是逍遙得很。女子們尤其是透過雙乳而有感覺的。看看，她們的雙乳完全碰在一起了。」事實上，安德蕊雙乳和愛蓓汀雙乳之間的接觸沒有停止過。我不知道她們是否聽得見，或是猜得透寇達的批評，她們彼此略爲分開了一些，持續跳著華爾滋。安德蕊在這個時候對愛蓓汀說了一句話，愛蓓汀笑了起來，動人魂魄又深沉的笑聲，是我稍早所聽見的。可是這次的笑聲帶給我的攪擾不安更是殘酷；愛蓓汀似乎另有所指，讓安德蕊注意到某種祕密的、情欲的悸動。如此的悸動所發出的響聲好像配合了開場，或者結束了某個我有所不知的慶典音樂。我和寇達離開了，漫不經心的和他說著話，斷斷續續的想到剛才我所看到的那一幕。和寇達談話不見得有趣，這時候這樣的談話甚至變成尖酸，因爲我們剛剛看見了賨．布鵬醫生，他沒看見我們。他從壩北柯小海灣的另一邊過來這裡渡假一段時間，在那邊求診的人很多。雖然寇達習慣性的宣稱假期中他不看診，他仍希望在海岸邊取得一個上流社會的顧客群，賨．布鵬就成了這個願望的絆腳石。當然，壩北柯的醫生不會妨礙寇達。他僅僅是個非常認眞的醫生，什麼都懂，任何人對他稍稍提起搔癢的問題，他立即以全套處方指示您該用的軟膏，乳液，或者合適的塗擦藥品。正如瑪莉．金妮斯特用她那美麗的措辭所說的[239]，他知道「好好調理」傷處和傷口。可是他沒有圖示說明書。他帶給了寇達小麻煩。自從寇達想改換坐上治療學的第一把交椅以來，他著力要在解毒藥理學方面成爲他的專長。解毒藥理學，這個醫學上具有殺傷力的創新發明，用處在於更新藥劑師的標籤，在藥劑師他們口中，他們所有的藥品都是無毒性的，與雷同的藥品相反，甚至有解毒效果[240]。這是時髦的廣告用辭；若是在下方若隱若現，所寫的用字也很難讀懂，只當作是之前使用說明所留下的微弱痕跡，保證如此的產品已經仔細地

239　關乎瑪莉．金妮斯特，參見本書法文原典頁240。注2。
240　一九二一年春天，普魯斯特寫信給孟德斯基歐，說：「我弟弟說『解毒病理學』（intoxication）。這是足可使病患安心的一份好藥單」（《魚雁集全集》。第一冊。頁283）。

經過滅菌處理。解毒藥理學有另一個安慰病患的用處，讓病患高高興興的學到他的癱瘓只是一種中毒引起的不便利而已。可是某位大公爵曾經來到壩北柯渡假數天，有一邊眼睛腫得非常厲害，以好幾百張法郎鈔票的代價（價碼更少請不動教授）請了寇達來，他把腫脹的原因歸咎於有毒狀態，而且開了一種解毒特定食譜處方箋。眼睛的腫脹並沒有消失。大公爵屈就了自己，給壩北柯的普通醫生看了病，他花了五分鐘把一粒沙子取了出來。次日，腫消了。然而一位更危險的對手，是各種心神不寧疾病的名醫，這人臉色紅潤，個性樂天，與神經衰弱的病患來往的同時，竟沒有攔阻他身體依然強健，同時爲了安撫他的患人，他會放聲大笑，說著日安，以及後會有期，甚至用他運動員的手臂給他們穿上束縛瘋子的緊身衣。不過，一旦有人與他在社交場合聊天，或是談論政治，或是談論文學，他會洗耳恭聽，似乎是說：「發生了什麼事？」他不立即說話，好像正在聽診一樣。這位仁兄，姑且不論他的才華如何，總是個專科醫生。寇達所有的怒氣很快就轉移到竇．布鵬身上。再說，爲了要回家，我很快就與魏督航夫婦的教授朋友分開了，同時答應我將會前往拜訪這對夫婦。

他所說的，關乎愛蓓汀和安德蕊的話，造成我很大的傷痛。可是這個傷痛所帶給我的最大的苦楚還未立即被我感受到，好像某些毒物要等一段時間，毒性才會發作。

電梯管理員去找愛蓓汀的那個晚上，雖然他做了保證，愛蓓汀並沒來。當然，一個有魅力的人說出一個類似這樣的句子：「不行，今天晚上我沒空。」其原因通常較不是出於愛意。如果我們與朋友在一起，就不太會注意到這樣的句子；整個晚上我們都是開開心心的，不會關心到某種圖像；在這段時間內，這句話被浸淫在必要的融合液中：回家之後，我們找出底片，它已經是沖洗過的，於是圖像就看得一清二楚了。我們發現人生已經不再如同前夕，爲了區區小事揮揮手就作罷，因爲縱使我們繼續不畏懼死亡，卻沒有膽量去思考分離的意義。

況且，不是從清晨一點開始（這是電梯管理員所訂的時間），而是從三點開始，我不再像從前那樣，隨著她出現的機會減少而痛苦加深。確定她不會來，這件事所帶給我的，是全然的平靜，是一種新鮮感；今夜，與其他那麼多次沒見到她的夜晚完全沒有兩樣，我就是從這樣的想法出發的。於是我想到我次日或者改天將會再見到她，由於它與我所接受的空虛感脫離了關係，於是這個想法變成是甜美的了。有時候，在等待的夜晚，焦慮的原因來自所吃的藥物。受苦的人誤以爲因爲等不到人來而受苦，這樣的詮釋是錯誤的。在這種情形之下，愛情的滋生好像一些精神疾病，是來自對於一種痛苦毛病不正確的解說。修正解釋是沒有必要的，至少在關乎愛情這方面，這種情感（不論肇始原因爲何）總是有錯謬在其中。

次日，愛蓓汀寫信告訴我，說她才剛剛返回艾朴城，沒能適時得到我的口訊，如果我允許，她晚上會來看我，在她寫給我的信件字裡行間，如同有一次她在電話裡對我說過的話語，我認爲我感受到了愉悅的存在、人物的存在，她喜悅我勝過其他的人。另有一次，我全然雀躍著，痛苦的好奇心激動著我，想知道，究竟藉由我們經常在身上內隱著的愛情，她做了些什麼；我曾經短暫時間內相信，如此的戀愛會把我與愛蓓汀再度聯繫一起，不過如此的愛情僅止於在現場產生的激動，愛情還沒有跨步前行，它的聲息就落入尾聲，銷聲匿跡。

我第一次駐留在在壩北柯時，對於愛蓓汀的個性有了錯誤的了解——或許安德蕊所犯的錯也和我一樣。我誤以爲她只是純粹有著她的那一份天眞率性，才導致我們說破了嘴皮也留不住她，讓她不要去參加一場園遊會，騎驢去散步，去野餐。在我第二次駐留壩北柯時，我懷疑如此的天眞爛漫只是表面功夫，園遊會只是擋風板，或者只是瞎掰。以下的事務，是以不同的形式發生（照我所說的，我所看見的是從我鏡子的角度，它根本不是透明的，我無法知道鏡子後頭的眞實情況）。愛蓓汀用了最爲熱情洋溢的溫存對我表示抗議。她看著時間，因爲她必須前往拜訪一位女士，好像這位女士天天五點鐘在殷芙爾城會客。心中的狐疑折磨著我，我的身體又不舒服，我祈求愛蓓汀留下來陪我，愛蓓汀說，這事萬萬辦不到（甚至她頂多只能再留五分鐘），因爲那位女士會生氣，她不擅長待客之道，動不動就發脾氣，而且，愛蓓汀又說，她很煩人。「可是一次不去是可以的啊。」——「不行，我的姑媽教我待人要特別有禮貌。」——「可是我看您那麼多次都沒禮貌。」——「這是兩回事，這位女士不會原諒我，而且會給我的姑媽一些排頭吃。我和她的關係已經不是那麼好了。她非得要我去見她一次。」——「可是她天天款待客人的啊。」這下子，愛蓓汀覺得她被「抓到小辮子」了，說了別的理由。「當然她是天天款待客人，可是今天我在她家約好要見她的女友們，這樣，大家比較不會那麼無聊。」——「那麼，愛蓓汀，您比較喜歡這位女士和她的女友，比較不喜歡我囉，因爲您去拜訪可能讓您煩心的人也無所謂，而且不惜把難過、生病的我撇在一邊？」——「要去拜訪的事煩不煩，我倒是無所謂，可是我是爲了要對她們表示眞心。我開著我的小篷車送她們回家。要是沒有我的車，她們完全找不到其他代步的工具。」我提醒愛蓓汀，晚上到十點都有火車從殷芙爾城開出。「這是沒錯，可是您知道，有可能有人要求我們留下來吃晚餐。她待客人很大方的。」——「還說呢，您拒絕用餐就是了。」——「那我又要得罪我的姑媽了。」——「再說，您可以又吃晚餐，又搭上十點的火車。」——「那樣時間會很緊。」——「這麼說，我無法去城裡吃飯，再搭火車返回囉。聽我說，愛蓓汀，讓我們把事情簡單化吧：我覺得透透氣會對我很好；既然您不能撇下這位女士不管，那我就陪您到殷芙爾城去好了。放心，我不會一直陪您走到**伊莉莎白高塔**（這位女士的別墅），我不會見到您的女士，也不會見到您的那群女友。」愛蓓汀好像挨了一記當頭棒喝。她支支吾吾的說不出話來。她說吹海風對她沒太好的功效。「我陪您去，不覺得不方便吧？」——「您怎麼這樣說話呢，您知道，我最大的快樂就是和您一起出去。」事情急轉直下了。「如果是要和您一起出去走走，」她對我說道，「那麼，我們何不去壩北柯的另一頭，一起吃晚餐。那該有多好。實際上，這邊的海岸更漂亮得多。

殷芙爾城的晚餐和這些菠菜綠的小角落已經讓我厭煩了。」——「可是如果您不去看她，妳姑媽的女友會生氣。」——「還說呢，她後來氣會消的。」——「這可不好吧，總不要惹人生氣才好。」——「可是她不會發現的，她天天招待客人，我或者明天去，後天去，一個星期之後去，總是可以的。」——「那您的那群女友呢？」——「噢！她們常常放我鴿子，這回該輪到我了。」——「可是就算是您給我建議的這一邊，九點以後就沒有火車了。」——「那可好！九點，正是好時光。再說，總不要讓自己被回程的問題困住了。我們總會找得到一部手推車，一部腳踏車，再不行，我們還有腳。」——「說是我們總找得到辦法的，愛蓓汀，您說得那麼有把握！從殷芙爾城這邊，小型森林停靠站一個接著一個，是可以。可是從反方向的這邊就不是同一回事了。」——「就是連從這邊，我也保證把您平平安安的帶回來。」我感覺到爲了我，愛蓓汀放棄了某件早已安排好的事，是她不願意告訴我的，而且會有某人和我一樣不快樂。她眼看所要的得不到了，因爲我想要陪她去，她索性放棄了。她知道這樣做並非無可挽回，因爲，就好像所有的女子生活中總有好幾件事，她總有一個從不會失效的支撐點：懷疑和忌妒。當然，她不會刻意去激動它們，相反的。可是談戀愛的人那麼容易起疑竇，一有謊言立即就嗅得到。以至於愛蓓汀既然不比另一個人更好，憑著經驗，她知道（根本不必猜測她可以用忌妒做本錢）她永遠有把握能夠把她一個晚上撇下不顧的人重新再找回來。爲了我的緣故，被她放棄的陌生人會受苦，因此反而會更愛她（愛蓓汀不知道是爲了這個緣故），爲了不繼續受苦下去，那人會自己回來找她，就像我可能做的那樣。可是我不願意讓人傷心，讓自己疲累，也不願意進入可怕的調查路徑，用各種方式想盡辦法緊迫盯人。「不要，愛蓓汀，我不要糟蹋了您的情趣，去殷芙爾城找那位女士吧，或者說，去找那個人，是用姑媽名字頂替著的，我無所謂。我不願意和您一起去的眞正理由，是您不想要做這件事，連和我一起散步都不是您原先想要做的，證據是您的話自相矛盾超過了五次以上，連您自己都沒察覺出來。」受窘迫的愛蓓汀唯恐她自我矛盾太嚴重了，她都沒察覺到，不知道究竟她撒了些什麼謊：「很有可能我是說了自相矛盾的話，大海讓我亂了思緒。說到別人的名字，常常顛顛倒倒的。」而且（現在她犯不著編排許多軟言軟語的確認，為了要贏得我的信任）當我聽見她所招認的，其實是我小小的揣測，我感受到了來自受傷心理的痛苦。「那麼，就這樣吧，我走了」，她悽悽慘慘的說了這話，既然我給了她好的託辭，不必與我共渡夜晚，她一邊還是看了看時間，想知道對另一個人來說，她是否耽擱了。「您心眼太壞，我做了一切的改變，好與您共渡良宵，現在是您自己又不要了。而且責怪我說謊。我從來還沒見過您這樣的壞心眼。我去跳海算了。再也見不到您了（聽到這些話，我的心怦然跳動，雖然我確定她第二天會再回來，事情果眞如此）。我去跳海，讓自己淹死算了。」——「就像莎弗所做的那樣。」——「您這又是一個新增的侮辱；您不但懷疑我所說的，還懷疑我要做的。」——「不是的，小寶貝，我沒有任何企圖，我發誓，您知道莎弗是跳了海[241]。」——「沒錯，我說的沒錯，您根本不信任我。」她看見掛鐘指的是差二十分了；她害怕錯過她要做的時間，選擇了快速道別（她第二天返回看我，還因此向我致歉，這天可能是另一個人沒空），她飛奔而去，大聲一叫：「永別了」，神情哀哀淒淒的。她或許很難過。知道她現在所做的比我所做得更好，律己更嚴，又同時待己更寬，不像我所對待她的，或許依照她離我而去的方式，她多多少少顧忌著我不想再見到她的面了。然而我相信她是在乎我的，以至於另外的一個人會比我更忌妒。

幾天後，在壩北柯，正當我們在娛樂賭場的舞廳中，蒲洛赫的妹妹和表妹進來了[242]，兩個人都變得十分俏麗，可是我的女友們在場，我沒有向她們致意，因爲兩人中最爲年輕的那位表妹，照著大家所知道的，在我第一次駐留期間，認識了一位女演員，並且和她同居。安德蕊，根據別人對此事的含沙射影，對我說：「噢！在這件事上，我和愛蓓汀一樣，沒有比這兩人更叫我們厭惡的了。」至於愛蓓汀，開始在我們所坐的長沙發躺椅上和我閒聊著，她正背對著這兩個壞品德的少女。然而，我注意到了，在這個動作之前，就在蒲洛赫小姐和她的表妹出現時，在我女友的雙眸裡，掠過了一抹突發性的、深沉的專注，有時，會賦予淘氣少女的臉龐一種正經，甚至嚴肅的表情，隨後又讓她掉入憂傷之中。不過愛蓓汀立即把眼神轉回向著我，只是格外呆滯、若有所思。蒲洛赫小姐和她的表妹終於走了，離開之前，還大笑不止，發出很沒規矩的尖叫聲，我問愛蓓汀，金髮小女孩（那位女演員的女友）是否就是前晚在花車比賽勝出的那位。「啊！我不知道，」愛蓓汀說道，「這裡有個金頭髮的小姐？我要告訴您，我對她們沒太大興趣，我從來都沒正眼瞧過她們。她們中間有個金頭髮的？」她用著狐疑的、蠻不在乎的神情，問著她的三位女友。把這樣的疑問用在愛蓓汀每天都在海堤上見面的人物身上，讓我覺得如此的無知是誇張得過頭，是佯裝出來的。我對愛蓓汀說：「她們也沒太搭理我們」，或許我的假設是如此，不過我沒有存心面對這事，就算愛蓓汀有可能愛著許多女子，爲了拿走她的一切懊悔，使用的方法，是向她證明，她沒有吸引女子們的注意，我也假設說，一般來看，就是對品德最爲敗壞的女子而言，都犯不著把擔心放在她們所不認識的少女身上。「她們沒瞧我們一眼？」愛蓓汀愣愣的回我一句，「她們一直都沒做別的事。」——「可是妳沒法知道啊，」我對她說道，「妳是背對著她們的。」——「那麼，這又是怎樣？」她回答道，一邊指給我看，我們對面牆上鑲嵌著一面大鏡子，是我沒注意到的，在這面鏡子上，我現在明白了，我的女友，一邊和我說著話，一邊不斷將美麗的雙眼盯著她們看，眼中充滿著焦慮不安。

自從寇達和我一起進入茵卡城小娛樂賭場那天開始，我雖然不同意他所發表的意見，但是我覺得愛蓓

---

241 莎弗（Sapho）從勒卡德岬角（le promontoire Leucade）投海，因爲她愛上了船夫法翁（Phaon），然而法翁卻厭惡她。參見奧維德（Ovide）著。《女傑書簡》（*Héroïdes*）。第十五篇（XV）。

242 蒲洛赫的表姊妹，在此以匿名方式出現，在《囚禁樓中之少女》文本中將被稱爲以斯帖·雷維（Esther Lévy），她是嫘雅小姐（Mlle Léa）的女伴（《妙齡少女花影下》。原典頁465）。在小說中，她代表女同性戀這一票人；也可參見本書法文原典頁245－246。

汀似乎變了一個人；見到她我會生氣。我的改變大得讓她認不得我了。我不再想要對她好；當著她的面也好，她不在的時候也罷，如果我的話會被帶到她那裡，我總是用最傷人的方式提到她。不過總有偃旗息鼓的時候。有一天，我聽說愛蓓汀和安德蕊兩人都接受邀請到了艾斯棣的家。我料準了她們回程時八成會學寄宿女生那樣開玩笑，模仿太妹的樣子，從中得到處女難以啓口的歡愉，那是會讓我難過的，爲了讓她們不自在，也爲了從愛蓓汀身上拿走她所期待的愉悅享受，我沒有預警的就冒然到了艾斯棣的家。可是我在那裡只找到安德蕊。愛蓓汀選了另一個日子，是她的姑媽也要去的日子。於是我對自己說，寇達應該弄錯了；只有安德蕊一人，不包括我女友在內的好印象持續了一段時間，使我裡面有了較溫柔的態度來對待愛蓓汀。可是如此的好態度維持時間不長，不會長過健康條件薄弱的人偶一有之的舒服，一丁點小事兒就使他們又是病懨懨的。愛蓓汀鼓勵安德蕊做一些遊戲，雖說不太過頭，可是不見得都完全清白無辜；如此的疑竇使我受苦，我終究遠離了她。我的疑心病才剛被醫好，疑竇又以另一種形式出現。我不久之前才又看見安德蕊以特別專屬於她的優雅動作，把頭撒嬌地靠在愛蓓汀的肩膀上，半閉著眼睛在她脖子上親吻著；或者她們交換著一個眼色；看見她們單獨出雙入對去海泳的人，偶然間聽見了一句話，在和煦的氣氛中通常漂浮著的微小物體，人們習慣上整天都吸入這些，健康不見得遭殃，性情也不見得變壞，不過，對於一個體質虛弱的人，就可能有危害健康之虞，而且易受感染導出新增的病痛。甚至有時候我不必見到愛蓓汀，也不需要有人對我提到她，只要我在記憶中看見愛蓓汀在吉賽兒旁邊所擺的某個姿勢，我當時覺得那完全沒什麼的；現在回想起這個姿勢，就足以毀滅我方才找到的平靜，我連到外面去呼吸到危險的細菌都不必，就如同寇達所說的，我自己已經中了毒素了。於是我想到我所知道的一切關乎斯萬對奧黛特的愛，想到斯萬是如何被耍了一輩子。基本上，如果我要想通這件事，讓我逐漸建構起愛蓓汀整個人的個性，在痛苦中詮釋著我完全無法掌控之生命的每個片刻，我所運用的假設，就是關乎斯萬夫人個性的記憶，關乎她的固定想法，就像有人照著它原本的樣式向我所敘述的。這些敘事所造成的，是導致將來我的想像產生變化，假設愛蓓汀很可能不是一個好女孩，操過舊業的娼妓所有的不道德舉止，相同的欺騙本領，愛蓓汀也會有，我也想著，如果萬一我愛上了她，會有多少痛苦等著我去飽嚐。

有一天，在豪華大旅館的前方，我們相聚在海堤上的地方，我才針對愛蓓汀說了一些最無情、最羞辱性的話，於是蘿絲夢說話了：「啊！您對她的態度可真改變了許多，從前什麼都是爲了她著想，她是最吃香的，現在，她不如丟給狗吃就算了。」我正在盡一切可能的對安德蕊示好，爲了將我對愛蓓汀的態度表露得更多，如果安德蕊也患有同樣的惡習，我會覺得比較情有可原，因爲她生著病又神經衰弱，當時我們正在這街的一角，就在這個節骨眼上，我們看見德．康柏湄（de Cambremer）老夫人的敞篷四輪馬車冒出頭來了，她的兩匹馬踩著小步，走在與海堤路線形成垂直的馬路上。首席理事長在這個時候正舉步向前朝向我們，當他認出是那部馬車時，就一個箭步跳離開了我們，以免被人看見他和我們在一起；之後，當他想侯爵老夫人的眼神會與他的眼神兩相交會時，他用帽子畫了一的大字，深深的鞠了一個躬。可是馬車沒有持續走在可能過來的路上，藉由海邊的路，在豪華大旅館入口的後方消失了蹤影。應該足足過了十分鐘的光景，電梯管理員氣喘吁吁的跑來通知我：「卡芒貝乳酪牌（Camembert）侯爵夫人來過這裡，她想要見到先生您哪[243]。我上樓到過您的房間，又到了閱覽室尋找，都沒找到您。幸好我想到要朝海灘這邊瞧瞧。」他的敘事還沒講完，老侯爵夫人就一路朝著我走了過來，後面跟著她的媳婦，和一位畢恭畢敬的先生，可能是參加完早場活動後轉來這裡，或者在鄰近地區喝了下午茶，她整個身子彎彎的，倒不是因爲年紀老邁，而是因爲身上披掛了一大堆貴重物件，她相信這一身打扮讓她更有人氣，更能搭配她的身分，她

243 又一次，電梯管理員濫用了否定詞：«C'est la marquise de Camembert qui vient n'ici pour vour Monsieur.»。【譯者注】。

非得要讓她造訪的對象看見她是如何愼重其事的「盛裝」打扮。總括來看，德．康柏湄[244]如此的「大駕光臨」到豪華大旅館，這正是外婆從前十足害怕的，她曾經要求人，別讓勒格蘭登知道我們或許要來到壩北柯。那時媽媽嘲笑外婆說，害怕這種事是杞人憂天。現在可是眞的發生了，不過是藉由別的管道，與勒格蘭登一點關係也沒有。「如果我不打擾您，我可以留下來嗎？」愛蓓汀問我，（她雙眼裡留著幾滴淚水，是被我方才說的殘酷事情惹出來的，我注意到了，裝作一副沒看見的樣子，心中頗爲舒爽）「我有事情對您說。」一頂插著羽毛的帽子輕輕鬆鬆的搭在德．康柏湄老夫人的假髮上，帽子本身有一枚藍寶石別針，像是必須展示在人前的一個標記，這一枚別得自由自在的飾品有它足夠的分量，約定成俗的飾物優優雅雅的定位在那兒，不須移來移去。儘管天氣燠熱，這位女士依然穿著烏黑發亮的短斗篷，類似一件祭披，上面懸掛著白鼬長披肩，如此穿著似乎不與氣溫季節有關聯，而是具有禮儀特質。在德．康柏湄老夫人的胸口上，一條細鍊掛著男爵夫人的徽章，像神職人員胸前垂掛著的十字架。尾隨著她的，是一位巴黎出名的律師，屬於貴族家庭，他來到德．康柏湄家中渡假三天。這樣的男士們，職業經驗對他們而言已經相當老練，足以讓他們輕看自己所執行的行業，譬如，他們會說：「我知道我辯護得很好，所以辯護不再讓我覺得有趣味了」，或者說：「我對運作案子已經不感興趣了，我知道我運作得很好。」頭腦聰明，**技藝高明**，圍繞著他們成熟專業表現的，是被成功大大的犒賞，同儕認定如此熠熠發光的「聰明」，如此出神入化的「高明技藝」，肯定他們擁有八九成的品味和鑑賞能力。他們所熱愛的油畫，雖然不屬於著名大藝術家，倒也是相當傑出的藝術家，爲了購買他的作品，他們會花上大把銀子，是他們的職場成就所賦予的。德．康柏湄夫婦的這位朋友格外屬意的藝術家是勒．希達內[245]，這人蠻好相處。他會談論到一些書籍，不過都不屬於眞正的大師之作，不屬於那些作品已經純熟的作家。這位愛書者唯一讓人覺得不自在的，就是他總是使用一成不變的表達用辭，譬如說：「絕大部分而論」，所指的，就是他所要說的某件重要、卻是不甚完整的事體。德・康柏湄侯爵夫人對我說，她利用這天朋友們在壩北柯這邊所舉辦的一個早場活動，順道來看我，好履行她對羅伯特・德・聖—鷺所做的承諾。「您知道，他不久會來這地方好幾天。他的舅舅德・查呂思也要來嫂嫂德・盧森堡公爵夫人家渡假，德・聖—鷺先生將會藉此機會前往，一方面向舅媽問安，一方面看看他的舊時軍團，他在軍團裡很受愛戴和器重。我們常常招待一些軍官，對我一提起他來，都是一片說不完的好話。如果兩位一起到翡淀來，我們該會多麼高興。」我把愛蓓汀和她的女友們介紹給德・康柏湄老夫人，老夫人把我們的名字介紹給了她的媳婦。這位媳婦生活在非得和翡淀鄰近小家子氣的貴族來往的環境中，態度非常冰冷，極度矜持，唯恐與不相干的人有所牽扯，像她這樣的人，反倒是帶著閃亮的微笑向我伸出了手，面對羅伯特・德・聖—鷺的朋友，擺出她擁有安全感、滿心喜悅的姿態，德・聖—鷺在社交方面的高明手腕是深藏不露的，他曾經對這位當媳婦的說過，我與德・蓋爾芒特家族關係非比尋常。德・康柏湄夫人與她的婆婆有所不同，她有兩套南轅北轍的待人之道。如果我是經由她的哥哥勒格蘭登介紹的，那麼她頂多賞給我的，就是令人難以消受的面無表情。可是對待德・蓋爾芒特家族的舊識，那就是笑容可掬了。豪華大旅館內最方便款待客人的地方是閱覽室，從前這地方那麼可怕，現在我每天像個主人，十次進來，又十次自由自在的出去，像一些病情較不嚴重的瘋子，既然在神經療養院裡長期住宿了一段時間，於是醫生把鑰匙交託給了他們。我建議引導德・康柏湄夫人到閱覽室去。由於這個閱

244　德・康柏湄老侯爵夫人的主要原型人物是羅馬尼亞公主拉結・德・布朗寇凡（Rachel de Brancovan），她乃是德・諾愛伊伯爵夫人（la comtesse d' Anna de Noailles）的母親，非常喜愛蕭邦的鋼琴家。她於一八九三年八月在鄰近愛薇漾的昂菲翁（Amphion）招待了普魯斯特，住在屬於她家業的巴薩拉巴（Bassaraba）別墅，翡淀城堡與此別墅幾乎一模一樣。

245　德・康柏湄夫婦這位朋友的品味傾向喜愛大師的承繼者：亨利・勒・希達內（Henri Le Sidaner, 1862-1939）是印象派的追隨者之一。參見本書法文原典頁205文中，律師說他偏愛勒・希達內勝過莫內（Monet）。

讀室已經不會帶給我羞怯感，也不會給帶給我魅力，因爲物件的表面，就像人物的臉龐一樣，會改變，我給她這個建議時，心裡沒有任何罣礙。可是她拒絕了，寧可留在豪華大旅館外頭，我們在戶外的平台坐定。我在這裡發現了、也收起了一本德．塞維涅夫人的書，媽媽知道我有客人來訪，急急忙忙的逃離了現場，沒來得及把書帶走。她和外婆一樣，害怕陌生人突然來襲，害怕一旦被捲入了，就再也脫不了身，逃逸速度之快，經常讓父親和我嘲笑她。德．康柏湄老夫人提在手裡的，連同小陽傘的傘頭，有好幾個繡花的袋子，一個聚寶袋，一個金色錢袋，錢袋懸掛著一些石榴色的細繩，還有一條繡花邊手帕。我認爲把這些東西放在一面椅子上會比較方便；不過，我感覺到，請她放下她以教區牧長和上流社會人物大駕出巡的配備物件，這是不合宜的，也是白費心思。我們看著平靜的海，海鷗四處飛翔，如同一片片白色的花瓣。爲了配合上流社會社交性談話中將我們壓低到簡單的「中區音調區」，也爲了我們有意願討好人，不是借重我們本身尚有不知的優點，而是借重與我們相處在一起的人們應該對我們格外賞析的那些優點，於是，我本能的開始和婚前是勒格蘭登小姐的德．康柏湄少夫人談話，說話方式就是她的哥哥可能使用的模式。提到海鷗時，我說：「牠們靜止不動，像白色的荷花。」果真海鷗們似乎給了水面一個靜止不動的目標，任由海水搖之晃之，對比之下，海鷗顯得似乎是有目的被帶動著，一波又一波的，給了水面活力。老侯爵夫人不停的讚美我們在壩北柯這裡極美的海景，羨慕著我，她從拉．哈斯柏麗野（再說，她今年並不住在此地）要看到海水，需要遠遠的眺望。她有兩種特別的習慣，來自她同時對藝術的忘情之愛（尤其是對音樂）以及她所欠缺的牙齒。每次她說到與美學相關之事，她的唾腺如同某些發情的動物，就會進入超級分泌的階段，以至於從老太太缺牙的口，略微長有細毛的雙唇角落，會流出幾滴不宜在場的唾液[246]。她立即用一大口氣把唾沫吸了回去，好像重新開始呼吸的人那樣。談到關乎一曲太過美麗的音樂時，她會熱情洋溢的舉起雙臂，嘴巴用力的咀嚼，說出幾句簡要的評論，必要時是從鼻子發出聲音。可是我從來都不曾想過壩北柯粗俗不堪的海灘居然會有「海景畫」可欣賞，而德．康柏湄老夫人簡單幾句話，改變了我在這方面的想法。反過來，我對她說，我經常聽見有人大大讚美在拉．哈斯柏麗野眺望得到的，是絕無僅有的景觀，它位居山谷上方，坐在備有兩個壁爐的大沙龍中，從一整排的窗子看到許多花園的盡頭，枝葉扶疏之間，是大海延伸到比壩北柯更遠之處，又有另外一整排窗子，看到的是山谷。「您如此說，太好意了，您說得眞是好極了：在枝葉扶疏之間望見大海，說得眞妙，這好有一比……就好像是一把扇子。」我感覺有一股深沉的呼吸被運用來管住唾沫，也被用來吸乾髭毛上的水氣，而讚美則是出於一片的眞心。可是婚前是勒格蘭登小姐的侯爵少奶奶冷冷的在一旁，不是爲了針對我所說的話表現她心存鄙視，而是爲了她婆婆的言辭。再說，她不僅藐視婆婆的智慧，也因爲婆婆的友善而長吁短嘆，唯恐別人看貶了德．康柏湄這個家族。「名字取得漂亮，」我說道，「我多麼想知道這些名字都有哪些起源。」——「關乎這些名字，我可以告訴您，」年老的夫人溫柔的回答了我。「這裡是我們的老家，屬於我的祖母艾拉石裴[247]，她算不得是著名的家族，可是這是個良好的家族，年代非常久遠的外省家族。」——「怎麼，不著名？」媳婦不客氣的打斷她的話，「拜峨大主教座堂的一整個花窗玻璃都是這家族的兵器，加上艾芙杭石的主要教堂內保存了家族們的喪葬紀念建築[248]。假如這些古老名稱讓您感到興趣，」她補充說道，「您晚來了一年。離這裡相當遙遠的地方，在我擁有產業的康樸蕊，駐堂神父院長覺得自己神經衰弱了，雖然讓神父院長更

---

246 關乎德．孟德斯邦夫人的親姊妹，德．迪昂日夫人（Mme de Thiange），聖—西蒙甚至如此注記：「她不斷的，大量的噴著唾沫」。（《回憶錄》。七星文庫。第三冊。頁67）。

247 參見本書法文原典頁353，拉．哈斯柏麗野的詞源學說明，以及和艾拉石裴（Arrachepel）的關聯性。

248 在屬於諾曼地式哥德風格（十三世紀）拜峨聖母堂主教座堂內（Notre-Dame de Bayeux），有些十五世紀的花窗玻璃。艾芙杭石主教座堂（la cathédrale d'Avranches）建造於十二世紀，一七九〇年垮塌，主體的教堂是聖—撒督爾寧（Saint-Saturin），屬於新哥德風格，在裡面存有古時建築遺跡，特別有一座圓形大門屬於十三世紀。

換教區困難重重，我們還是讓好心的神父被派到克里格多水療中心來任職，不幸的是，大海的空氣對他老人家沒太大用處；他神經衰弱得更嚴重，又回康樸蕊去了。可是當他與我們做鄰居的時候，他非常開心，去參閱了所有關乎這個區域名稱的古老典籍，寫了一本很特別的小冊子[249]。這個經驗讓他有了興趣，聽說他最近幾年都寫著一本關乎康樸蕊和它近郊的重要著作。我會寄給您一本他所寫的小冊子，是關乎翡淀近郊的。這是一本嘔心瀝血之作[250]。您在這本小冊子中會讀到一些關乎我們這個古老的拉．哈斯柏麗野很有趣的事情，我婆婆的措辭太謙遜了。」——「無論如何，」德．康柏湄老夫人答道，「這一年，拉．哈斯柏麗野已經不是我們的，不屬於我了。我覺得您本性帶著畫家氣質；您應該作畫，我很想帶您看看翡淀，它比拉．哈斯柏麗野好多了。」因為自從德．康柏湄夫婦將這宅第出租給魏督航夫婦以後，它的卓越地位對他們而言就嘎然停止，而多年以來，它對他們一直是那麼重要，也就是說，它是這地方唯一同時能觀賞海景又觀看山谷的美地，這地方突然就變得不方便了——而且是在被承租之後，因為經常得要上上下下長途跋涉才到得了那裡，或從那裡走出來。簡而言之，我們要相信德．康柏湄老夫人之所以把這宅第出租，不是為了增加收益，而是為了讓她的馬匹得到休息。她說，終於能夠在翡淀全時間如此近距離擁有海景，這點著實讓她高興，她忘了長久以來她在翡淀都會住上兩個月，而只說到她所看到的大海都是從高處眺望，只把大海當成寬闊的遠景來欣賞而已。「到我這樣年紀了，才發現大海，她說，這讓我非常高興！這對我的好處太大了！我把拉．哈斯柏麗野出租了，不為別的，就是終於讓我非得住在翡淀不可。」

「回頭說說更有趣的話題吧，」勒格蘭登的妹妹說道，她對老侯爵夫人是以**媽媽**稱呼，可是隨著年日過去，她對老侯爵夫人越發不恭敬，「您說到了荷花：我想您該知道克羅德．莫內所畫的荷花吧。天才之作！它讓我感到興趣，更主要的原因是在康樸蕊附近，我曾經對您說過我有一些產權的地方……」可是她不大想多提到康樸蕊。「啊！那一定是艾斯棣對我們說過的那一系列，現代畫家中的佼佼者，」愛蓓汀揚聲說道，及至目前為止，她沒出過任何聲音[251]。——「啊！我們看得出來，這位小姐是喜歡藝術的唷」，德．康柏湄老夫人揚聲說道，她先深深的吸了一口氣，把一道唾沫吸進嘴裡，「小姐，請容許我說，我更喜愛的是勒．希達內」，律師說道，帶著微笑，一副內行人的樣子。由於他曾經欣賞過、或者看過別人欣賞過艾斯棣從前的「大膽」作品，他補上一句說：「艾斯棣很有才華，他甚至屬於前衛派，可是我不知道為什麼他沒有繼續走在這方向，糟蹋了他的人生。」德．康柏湄夫人認為律師發表關乎艾斯棣的意見有道理，不過讓她的訪客大失所望的，是她把莫內拿來與勒．希達內相提並論。我們不能說她是個傻瓜；在我的感覺，她有的腦子裡裝了過多的聰明，是對我完全無用的。正好太陽下山了，海鷗現在變成了黃色，如同莫內在同一荷花系列中的另一幅畫。我說，我認得那一系列的作品（並一邊持續模擬著她哥哥說話的措辭，不過還沒有大膽說出他的大名），我多加了一句話說，很可惜，稍早一天，她沒有想到要來這裡，否則在同一時刻，她就有可能欣賞到普桑式的亮光。若是有個蓋爾芒特族所不認識的諾曼地小鄉紳向她說，她如果稍早一天前來就好了，德．康柏湄—勒格蘭登夫人很可能就會很不高興的反彈。看她完全溫柔得軟綿綿的，又順服得讓人窩心，我大可用更親善的態度對待她；我可以趁著如此明媚的暖夏午後時光，盡情

249　普魯斯特所想到的，是馬爾基議事司鐸（le chanoine Marquis），伊璃耶院長（le doyen d'Illiers）的著作：《伊璃耶》，他於一九〇四年及一九〇七年任職於伊璃耶及夏爾特（Chartres），本書已在《細說璀璨之童年》之文本中被普魯斯特使用過（原典頁48。注1）。溥力脩對康樸惢教區神父所做的詞源學頗有不同見解。參見本書法文原典頁280。注2。

250　«C'est un travail de bénédictin.»乃指需要耐心和細心完成的工作。《二〇二〇年拉魯斯圖解大辭典》。**【譯者注】**。

251　系列畫作是莫內晚年作品之特色，莫內是普魯斯特最喜愛之畫家之一（參見《細說璀璨之童年》原典頁167。注2），包括：一八九一年《麥禾堆》（«Meules»）系列，一八九二年《白楊樹》（«Peupliers»）系列，一八九二年—一八九三年《盧昂主教座堂》（«Cathédales de Rouen»）系列，以及最後自一八九八年至畫家去世之一九二六年，《荷花》（«Nymphéas»）系列，它們都貼近純淨畫風。

的在德．康柏湄侯爵老夫人的大塊蜂蜜糕點上尋覓我所要的蜜汁，如此的美食非常少見，它所取代的，是我完全沒有想要提供小鹹餅點心。不過，雖說普桑的名字無損於這位上流社會女士彬彬有禮的態度，倒是掀起藝術愛好者的一陣不滿。一聽到這個名字，年輕的德．康柏湄夫人作出六個聲響，用舌頭輕輕敲打著嘴唇，中間幾乎沒有任何間隔，這是要向小孩子表示他正在做一件蠢事，開始要責備他，同時也要禁止他繼續這樣做下去。「我的天，有了莫內這樣的畫家，這樣正牌的天才，就不要再提像普桑這樣毫無才華的老朽了。我要老實不客氣地告訴您，我覺得他簡直是舉世無雙的頭號無聊人物。隨便您怎麼說都好，我不能稱他的畫是畫。莫內、竇加、馬內，沒錯，這些人，才算得是畫家！眞是怪事一樁，」她補充說道，一邊將她那明察秋毫、神采飛揚的眼光專注地看著天空中的一個定點，在那裡，她看見了自己的思想，「眞是怪事，從前我偏愛馬內。現在我依然喜愛馬內，那是沒錯，不過我想我或許更喜歡莫內，勝過馬內。啊！那些主教座堂的畫啊[252]！」她費了很多心思，也做了充分的表態，告訴我她的品味是如何一路發展過來的。她覺得我們要達到如此品味之先，需要走過一些階段，依據她的說法，其重要性並不亞於莫內自己不同時期的作畫方式。她向我娓娓道出她走在藝術賞析上的心路歷程，我不必覺得受寵若驚，因爲即使面對最冥頑不靈的外省女士，不出五分鐘，她就感覺耐不住性子了，非要向對方告白她所賞析的。一位沒有能力區隔莫札特和華格納的艾芙杭石貴婦，當她在德．康柏湄夫人面前說：「我們在巴黎停留時，沒有任何引起我們興趣的新鮮事，我們曾經去過巴黎喜劇歌劇院，正上演著《佩立亞斯與梅莉桑德》[253]，難看死了」，德．康柏湄夫人不僅會生氣，還感覺她必須出聲大叫：「哪是這樣，這是一齣小型的傑作」，而且得要「討論」一番。這或許是在外婆姊妹們身上所取得的康樸恣習慣，她們稱之爲「爲正義而戰」，每個星期，當大夥兒一起吃著晚餐，她們就知道必須爲著所信仰的諸神好好地向非力士人宣戰。就像德．康柏湄夫人喜愛讓自己「激昂亢奮」，她在藝術方面與人「強嘴」，就像其他人在政治方面所做的。她坦護德布西，如同她祖護在行爲上被苛責的女友之一。當她說：「可不是嗎，這是一個小型傑作」的同時，在她要把那人扳回到正當位子的同時，她非得經過必要的討論，隨興發揮一整套藝術文化的進展過程是不可能的，否則，到頭來她們不會握手言歡。「我得要向勒．希達內請教他對普桑的看法，」律師對我說道。「他很內向，不愛多說話，可是我有辦法非要他表態不可。」

「況且，」德．康柏湄夫人繼續說道，「我非常厭惡日落，這很浪漫，很歌劇化。因此我厭惡婆婆的那棟房子，種了一些南部的花花草草，哪天您去看看，活像個蒙地卡羅大公園。這也是爲什麼我比較喜愛您的海邊。比較憂鬱，比較眞心；有一條望不見大海的小路，下雨的日子裡只有泥巴，自成一個世界。就好像在威尼斯，我厭惡大運河，小巷道是我所認識最爲動人的地方。畢竟這是個氛圍的問題。」——「可是，」我對她說道，我感覺到，讓德．康柏湄夫人眼中的普桑得以平反的唯一方式，就是告訴她，普桑又重新時髦起來了，「竇加先生保證說，他從未看過比普桑所畫的商迪怡[254]系列更美的作品了。」——「眞的假的？我不認識商迪怡系列作品，」德．康柏湄夫人對我說道，她不願意自己的意見與竇加相左，「可是，我可以評評羅浮宮的那些作品，眞的好恐怖。」——「他對這作品也是讚譽有加。」——「那我得要重新看看這些作品。這一切在我的腦中是有些久遠了」，安靜了一會兒之後，她回答了，彷彿要很快的、

252　普魯斯特在他所翻譯的拉斯金《亞眠的聖經》（*La Bible d'Amiens*）一書的序言中，曾經提到莫內這些「美妙絕倫的油畫」（《駁聖—伯夫》。頁89）。

253　普魯斯特非常熱愛《佩力亞斯與梅莉桑德》（*Pelléas et Mélisande*），這作品創作於一九〇二年。一九一一年，他經常透過歌劇遠距電話聆聽機來聆聽，同年二月，普魯斯特寫了一篇臨摹作品（《駁聖—伯夫》。頁206）。

254　普桑（Poussin）的商迪怡（Chantilly）的畫作系列：格外要提到的作品有《屠殺無辜》（*Massacre des Innocents*），《戴塞》（*Thésée*），《嫘達》（*Léda*），《酒神之童年》（*L'Enfance de Bacchus*）。竇加（Degas）正是於一八九〇年間帶著對國家至上主義者的崇拜，著力重新評估普桑的作品，身爲反德瑞福斯派人士的塞尚（Cézanne）也加入此陣營。

必然的、要她在普桑的作品上發表正向評斷，不能倚賴我方才傳遞給她的新消息，而是要新增一些檢視活動，而且這次是有決定性的，她打算讓羅浮宮內的普桑系列作品被她檢視過後，自己才能給出反向的判斷。這個開始回縮的現象，我並不以爲意，既然她還不能欣賞普桑的作品，就把第二回合的評議做了個延緩亦可，爲了不讓她被折磨得更久，我告訴她的婆婆，有人告訴過我翡淀的花朵美極了。想起她的園中小徑[255]，老侯爵夫人謙謙虛虛的提到她家後方有個教區神父的小園子，早晨推開一扇門，身著晨袍的她，會去給孔雀餵食，找一找新下的蛋，採集百日草或玫瑰花，做爲餐桌上奶酪或油炸食物餐盤的花邊飾物。「的確，我們有許多玫瑰花，」她對我說道，「我們的玫瑰花園幾乎是與我們的住宅靠得太近了。有些時候讓我頭疼。拉·哈斯柏麗野露天平台上由風帶過來的玫瑰花香，比較讓人覺得舒爽，也不會那麼濃郁。」我轉臉朝向媳婦這邊：「如此撲鼻的玫瑰花香氣直衝到戶外露天平台，這完全是《佩力亞斯與梅莉桑德》版本，」我對她如此說道，好讓她的現代品味得以滿足。「這香氣在樂譜中如此強烈，由於我有枯草熱和玫瑰花粉熱，每次我一聽到這幕的演出[256]，就不由自主的打噴嚏。」——「《佩力亞斯與梅莉桑德》是多麼好的傑作！」德·康柏湄夫人揚聲說道，「我被迷死了」；她一邊靠近我，帶著野蠻女子所做的手勢，想要對我做些張牙舞爪的動作，一邊用手指來彈出一些想像中的音符，她開始哼出一點調子，我想，這對她而言，這應該是佩力亞斯的告別曲，而且帶著瘋狂般的堅持，好像這件事很重要，那就是德·康柏湄夫人要我想起這一個場景，或者更是要向我表示，她記得這一幕。「我相信這齣劇比《帕西法爾》[257]更美，她補充說道，因爲《帕西法爾》這部傑作在它極美之處給自己加上了屬於優美樂句的某種光暈，所以不能持久，因爲屬於樂句。」——「我知道您是一位了不起的音樂家，夫人，」我對老夫人說道，「我很想聽您彈奏。」德·康柏湄─勒格蘭登夫人看著大海，不加入我們的談話。她認爲婆婆所喜愛的算不得是音樂，她以爲別人對老夫人所認可的才華，依她的看法，是自以爲是，雖然實際上是絕頂優秀，她只把婆婆的傑出琴藝視為毫無意義。真實的情形是，蕭邦唯一還在世的門生所宣稱的還頗有道理，演奏方式，屬於大師「情感」表達，透過她，只傳承到德．康柏湄老夫人[258]而已，可是演奏得像蕭邦一樣，對勒格蘭登的妹妹而言，遠遠不能當作一種參考指標，她對波蘭音樂家的藐視無人能及[259]。「噢！牠們飛走了」，愛蓓汀揚聲說道，一邊對我指著海鷗，牠們頓時間擺脫了不知名花朵的模式，一起朝向太陽飛去。「巨人般的雙翅帶給牠們蹣跚的步履」，把海鷗和信天翁[260]混為一談的德．康柏湄夫人如此說道。「我非常喜愛海

255 稍後文本中，會有與此十分相近的描述，是屬於魏督航夫人在拉．哈斯柏麗野的花園中所做的：參見本書法文原典頁390－391。

256 在《佩力亞斯與梅莉桑德》劇中，第三幕。第3景。「在地下室出口處有一露天陽台」，佩力亞斯揚聲說：「啊！我終於可以呼吸了！〔…〕喏！有人剛剛給露天陽台腳下的花朵澆了水，綠色草皮的氣味，以及濕潤的玫瑰花香一直往上飄到我們面前。」一九一一年三月，在寫給雷納多．韓恩的一封信中，普魯斯特提到《佩力亞斯與梅莉桑德》，是普魯斯特不斷要求遠距歌劇電話聆聽機傳送這段音樂給他聆聽：「從地底下出來的佩力亞斯呼叫：『啊！我終於喘得過氣來了』，這是模仿《費德里奧》（*Fidelio*）所寫的音樂，它浸淫在一片大海的新鮮空氣和玫瑰花香之中，被微風傳到他面前。」（《魚雁集》。第十冊。頁256－257）。

257 在一九一一年三月寫給雷納多．韓恩的信中（頁208。注3），普魯斯特也將德布西和華格納做了謹慎的比較，因為雷納多．韓恩不欣賞《佩力亞斯與梅莉桑德》：「這戲一點也不合乎天然的『人情』，不過充滿美妙的詩意，然而，姑且讓我做一比較，要是說我是真正喜愛音樂的話，我最厭惡不過的，就是『飄茫感』，不像華格納所寫的作品，裡面咳出來的，盡都是一切華格納從近處、遠處、輕輕鬆鬆、費心費力對這主題的發揮（這是我唯一在文學中所重視的）。」（《魚雁集》。第十冊。頁257）。

258 這是關乎蕭邦門生們的老套用語，而他的門生數不勝其數。婚前為歐梅雅拉小姐（O'Meara）的卡蜜兒．杜伯瓦（Camille Dubois, 1830-1907）從一八四三年到一八四七年受教於蕭邦，「名列於女門生名單之中，〔蕭邦之女門生〕，她們的才華將獨具特色的傳統保留得最為完美，包括大師的手法」。參見馬孟德（Marmontel）著。《著名鋼琴演奏家系列》（*Les Pianistes célèbres*）。一八七八年。頁7。德．康柏湄老侯爵夫人有可能曾經名列於蕭邦門生之中。

259 在《斯萬之戀》文本中，當聖－鄂薇特夫人舉辦一場晚宴時，蕭邦的一首《前奏曲》（*Prélude*）以及一首《波蘭舞曲》（*Polonaise*）曾在德．康柏湄兩位女士面前演奏過。參見《細說璀璨之童年》。原典頁326－330。

260 影射《惡之華》中之一首詩，〈信天翁〉（L'Albatros）：「牠那巨人般的雙翅妨礙牠走路」（«Ses ailes de géant l'empêchent de marcher»）（第16句詩句）。德．康柏湄夫人的詩句有十三個音節。

鷗，我在阿姆斯特丹[261]看過許多海鷗，」愛蓓汀說道，「牠們帶著海的味道，牠們甚至踩著馬路的石頭過來嗅海水。」——「啊！您去過荷蘭，您認識維爾梅爾的作品嗎？」德．康柏湄夫人神氣十足的問，所用的口氣好像她在問：「您認識德．蓋爾芒特家族嗎？」因爲自鳴清高的人換什麼談話主題，口氣也都一模一樣。愛蓓汀回答說她不認識：她以爲那是指著某些還活著的人說的。可是不動聲色。「我會很高興爲您彈奏，」德．康柏湄老夫人對我說道，「可是您知道，我所彈奏的東西不會讓您們這世代的人感到興趣。我是在崇拜蕭邦的文化中長大的。」她壓低聲音說話，因爲她對媳婦心存畏懼，也知道媳婦不把蕭邦的音樂看在眼裡，把蕭邦彈奏得好或不好，這都是毫無意義。她承認婆婆有機械式的技巧，音質特色圓亮得像珍珠。「有人要我說她是音樂家，就是不行」，德．康柏湄—勒格蘭登夫人如此下了結論。因爲她自認爲「先進」，而且（僅僅在藝術方面）「左派得還不夠明顯」，她說道，她的認知是，不僅音樂是進步中的，而且是沿著一條直線發展，幾年之後，德布西不見得如她所想的那樣在華格納之外獨樹一幟，因爲，爲了成功擺脫暫時征服的對方，人們所用的，還是對手的武器，況且，人們開始飽嚐太過完整、無所不談的作品之後，他尋找的是滿足相反的需求。一些論調，當然會瞬間鋪陳出如此的反彈，類似那些政治性的理論，前來支持抗拒宗教團體的法則，東方戰事勝出的法則[262]（攸關違反自然人性的教育，黃禍等等，等等）。有人說，在匆忙的時代，合適的藝術是快速的，好像有人說，將來的大戰不會拖過十五天以上，或者說，有了火車路線，輕便馬車所珍愛的小角落將被拋棄，然而這些地方卻將被轎車好好的重新增了值。大家建議不要把聽眾的注意力弄疲倦了，彷彿是說我們沒有其他不同的注意力正等著藝術家來喚醒，好邁向更高層次的注意力。因爲讀鷩腳文章不到兩行就開始打哈欠的那些人，每一年都會重複去拜魯特節日劇院旅遊，爲了去聆聽《四部曲》[263]。況且那個日子可能將會來到，有一段時間之內，德布西將會被宣稱與瑪瑟內一樣不堪一擊，梅莉桑德的驚悚將被貶低到瑪儂[264]被驚嚇的層次。因爲理論和學派好像細菌和細胞，牠們會互相吞吃，透過他們的爭鬥，生命得以保證綿延不斷。可是這樣的時候還沒有來到。

就像在股票市場，當股價上揚了，所有股票價位都占便宜，某一些被藐視的作者們在如此的翻盤中受益，或者因爲他們不該如此被鄙視，或者單單是——來了個新機會爲他們大張旗鼓的推崇——因爲他們已經被鄙視過了。人們甚至會在遙遠的過去中尋找某幾個獨樹一幟的才華，似乎關乎這些人的名望，看不出來有影響當代脈動的跡象，然而，當代脈動的主要大師之一，偶有機會帶著讚賞，提及那個過去的人名。經常的情況是，因爲一位大師不論他是何方神聖，不論他的學派多麼獨特少見，他給出了意見，是根據他獨有的感受，只要遇見了有才華者，就爲之伸張正義，甚至不必然是爲了才華洋溢，而是對於大師從前品味過的某個優質的啓發，讓大師與他的少年時期連結在一起了，而這是一個珍愛的時刻。在其他的時候，因爲在過去的時代，某些藝術家在某一個異常簡單的作品中似乎呈現了那份大師所逐漸明白的，是大師他自己想要做的。那麼，他在這位老前輩身上好像看見一個先驅；他在前輩身上找到他所愛的，換成另一種形式，他看見了先輩暫時性的努力付出，與他產生了片面的親密手足關係。杜爾內一些部分的作品出現在

---

261 瑪莉亞（Maria）乃是於一九一四年爲愛蓓汀作預告的人物（參見序言。頁XXV），她曾在荷蘭渡過童年。

262 反對宗教團體的運動，在上一個世紀歷經多次階段的進行，於一八九九年，特別因爲在中學教育中，神職人員進駐的範圍越來越擴大，又重新啓動。一九〇一年七月攸關聯合協會團體的法規，對宗教團體制定了預先徵得同意權之體制，預告將不經授權同意的宗教團體於三個月內解散。一九〇二年六月激進政黨執政後，抗爭日趨劇烈，藉由一九〇四年七月七日之法規，已經過授權之宗教團體教師團隊被解散。一九〇四年到一九〇五年的日俄戰爭，由於兩國同時覬覦朝鮮半島和滿洲而引發戰爭，戰爭結果日本勝出。如此的勝利，讓歐洲認爲黃種人優於白種人的新興民意甚囂塵上，導致殖民地國家之間產生對立，一九〇五年後，「黃禍」成爲一種既定的說辭。

263 «*La Tetralogie*»：在音樂領域，大家有時候如此稱呼華格納之作品《尼伯龍根的指環》（*Der Ring des Nibelungen, L'Anneau du Nibelung*），本作品由四部歌劇組成，加上序幕，分成三天演出。**【譯者注】**。

264 《瑪儂》（*Manon*）：瑪瑟內（Massenet）寫於一八八四年的歌劇。

普桑的作品內，福婁拜的一個句子，原來在孟德斯鳩[265]的書中尋找得到。甚至有時候，關乎何謂大師的偏愛的傳聞，是源自某個錯誤的消息，不知從何處冒出頭來，而且被帶到學派之內。可是被引述的姓氏獲得了好處，是來自公衆團體，在此公衆團體的保護之下，此一姓氏適時地進入其內，因爲，要是說，在大師的選擇之中，自由是存在的，品味是眞實有的，學派則是有她們的路要走，那就是順著理論向前行。就是如此，思想，依照它習慣性的路徑，是以退爲進，某一次先是傾斜於一邊，下一次則是偏向相反的那邊，於是它從高處帶下了光芒，照亮在某一些作品之上，基於坦誠公正的需要，或是除舊佈新的需求，或者基於德布西的品味，或是他的突發奇想，或是某個說法是他沒有嚴守的，這麼一來，德布西的作品裡就有了蕭邦的作品融入其中。蕭邦的作品由我們完全信任得過的評審者大力推舉，於是享有了佩力亞斯與梅莉桑德所激發出來的讚美，蕭邦的作品又找到了新增的光彩，一些人甚至還沒有將作品重新再聽過，就已經急於愛上這些作品，他們如此的作法是不由自主的，雖然帶著虛幻的感覺，認爲自己是自由的愛上了作品。可是德．康柏湄—勒格蘭登夫人一年中有一部分時間是留在外省。即使是在巴黎，因著生病的緣故，她大多深居簡出。果眞沒錯，病體帶來的不便，就在德．康柏湄侯爵夫人所選擇的措辭中特別感覺得到，她以爲趕上了潮流的表達，其實是比較適合文謅謅的書寫語言，她分辨不出來這樣細緻的區隔，因爲她所獲取的表達措辭，更多是來自所閱讀的資料，而較少來自談話經驗。關乎新知的措辭，若要取得準確的知識，與人談話不是最爲必要的。不過，《夜曲》重新獲得活力這件事，還沒有評論家[266]宣揚。此一消息只是藉由「年輕一輩」的閒談而口耳相傳罷了。德．康柏湄—勒格蘭登夫人對此事仍然一無所知。我很高興讓她知道這件事，可是這話我是對著她的婆婆而說的，好像打桌上撞球，若要擊中某一粒球，就要從另一個球陣著手；我說，蕭邦不但完全沒有退流行，他還是德布西[267]最喜愛的音樂家呢。「啊，這很有趣」，做媳婦的微笑著對我說道，彷彿這是由《佩力亞斯》的作者所拋出來的一個弔詭難題。不過，可以確定的是，現在她再聽蕭邦的時候，只會心存敬意，甚至是帶著愉悅。因此，我所說的話剛剛爲老侯爵夫人敲響了如釋重負的愉悅鐘聲，這些話釋放在她的臉上的，是對我所表示的感激，尤其是那種快樂至極的表情，她的雙眼發出亮光，好像拉杜得在《拉杜得，三十五年牢獄史》[268]劇本中的雙眼，她的胸部嗅著大海的氣息，如此飽滿的呼吸，是貝多芬在《費德里奧》劇中處理得那麼好的橋段，就是當他的囚犯終於呼吸到了「如此使人神情氣爽的空氣」[269]那段，我以爲老侯爵夫人就要用長了鬚毛的嘴唇親一親我的臉頰了。「怎麼，您喜歡蕭邦！他喜歡蕭邦，他喜歡蕭邦」，她揚聲說道，熱情洋溢的，帶著鼻音，好像她在說：「怎麼？您也認識德．法蘭格多夫人？」所不同的，就是我是否與德．法蘭格多夫人有人脈關係，她是完完全全不會

265 普魯斯特在他一九二〇年一月發表於《法國新月刊》（*NRF*）〈攸關福婁拜之『風格』〉（«A propos du "style" de Flaubert»）的文章中，如此寫道：「當福婁拜在過往的作家中，找到預告福婁拜的人時，他很開心，例如，孟德斯鳩曾說：『亞力山大的惡習罄竹難書，如同他的品德難以計數，他生氣時非常嚇人；怒氣使他變得殘暴』」（《駁聖—伯夫》。頁587）。引述文字來自孟德斯鳩所著之《利西馬克》（*Lysimaque*）。參見孟德斯鳩《作品全集》（*Œuvres complètes*）。七星文庫。第二冊。頁1237。

266 事實上，蕭邦在十九世紀末退了流行，然而他在第一次大戰前夕，又重新得到好評。參見《細說璀璨之童年》。原典頁326。注1。

267 瑪格麗特．隆（Marguerite Long）提醒說道，德布西的訴願，就是蕭邦是他的典範。參見《與德布西談鋼琴》（*Au piano avec Debussy*）。朱利亞（Julliard）出版。一九六〇年。

268 尚—亨利．伯內．拉杜得（Jean-Henry Latude, 1725-1805），亡命之徒，曾寄給德．彭巴竇爾夫人（Mme de Pompadour）他所製造的一盒爆裂物，然後再將陰謀舉發，希望得到獎賞。在舊王朝時期，雖然屢次潛逃，未曾經由法庭判決，他渡過三十五年的時間在牢獄中（1749-1784）。一八三四年，皮克歇雷古（Pixérécour）和安倪歇．布爾日瓦（Anicet Bourgeois）於一八三四年編創了一部歷史劇情戲：《拉杜得，三十五年牢獄史》（*Trente-cinq ans de captivité*），囚犯在最後一幕時被釋放了（關乎他閃亮的雙眼，沒有多做評論）。

269 在《費德里奧》歌劇中，第一幕終曲時，囚犯群體唱出他們正呼吸著「讓人神清氣爽的空氣」，«*O welche Lust in freier Luft den Atmen leicht zu beben*»（啊，多麼舒爽，可在牢房之外輕輕鬆鬆的呼吸）。德布西的歌劇中有一場景，是佩力亞斯從地下冒出來，唱著：「啊！我終於能呼吸了」；一九一一年三月，普魯斯特向雷納多．韓恩推薦這橋段時，也評論說道，這是從《費德里奧》臨摹而來（《書簡集》。第十冊。頁256－257；參見頁208。注3）。

關注的，至於我對蕭邦的認識，著實把她拋向一種藝術的狂喜，唾腺超級多的分泌已經不夠用了。她還沒有嘗試著了解：到底在蕭邦重新被發現的事上，德布西扮演了何種角色，光是感覺到我的判斷是有利於蕭邦，我對音樂的熱情就已經激動了她。「愛洛蒂！愛洛蒂！他喜歡蕭邦。」她挺直了胸，雙臂在空中拍打著。「啊！我早就感覺到了您是音樂家，」她揚聲說道。「我明白了，像您這樣哈藝術家的人，您會喜歡這個的，這多麼美妙！」她的聲音像是夾雜著滾石一般，以至於為了表達她對蕭邦的熱誠，她得要模仿狄摩西尼，在她的嘴裡塞滿了海灘所有的小圓石頭。終於漲潮來了，海水一直漲到臉上的面紗，她來不及拿開，於是面紗被穿透了，侯爵夫人只好拿出手絹擦掉浪花的泡沫，一想起蕭邦，她的鬍毛就被潤濕了。

「天啊，」德．康柏湄－勒格蘭登夫人對我說道，「我想我的婆婆耽擱太久了，她忘了我們必須去社努城的叔叔家吃晚餐。而且鋼鋼[270]不愛等人的。」我不懂鋼鋼是指什麼，或許是講一隻狗吧。但是說到社努城的堂兄弟們，事情是這樣的。年輕的侯爵夫人隨著年齡漸長，越覺得用這種方式說出他們名字，這沒有什麼。可是當初她決定要進入這個婚姻時，是為了品嚐得到這個姓名的情趣。在其他上流社會群體中，當有人說到社努城，習慣作法是把姓名前的貴族代號「e」變成啞音。除非是每一次，貴族代號後面的姓名中，有一個母音領頭，因為在相反的情況之下，我們非得要倚重「de」這字，瑪當．特．司努梭（Madam'd' Ch'nonceaux）的發音法是不被接受的，大家說的是：「特．社努城」（d'Chenouville）。在德．康柏湄家族中，他們的傳統發音方法剛好相反，可是依然有強制性。就是無論什麼情況，社努城（Chenouville）中的啞音 e 都要被取消。不論這個姓名由我的堂兄或者堂妹領頭，經常都是被發音為「司努城」（Ch'nouville），從來都會不發音成「社努城」（Chenouville）。（對社努城的父執輩而言，大家說的是我們的叔叔（oncle），因為大家在翡淀的社會階層還不夠高，不能發音說我們的「翁克」（onk），就如德．蓋爾芒特家族可能做的，他們用那種刻意歪七扭八的說法，一邊把子音抹掉，一邊把外國字收納成法文，結果是很難聽懂，簡直就像法文古語，或像現代鄉間土話。）所有的人，只要一進入德・康柏湄家族，立即會在司努城的這一點上得到提醒，唯有勒格蘭登小姐不需要被提醒。有一天來拜訪時，聽見一個少女說「我的特・玉采姑媽」（d'Uzai），「我盧昂的翁克」（onk），她沒有立刻聽出來聲譽卓著的家族姓氏，是她習慣上所說的玉澤斯（Uzès）和羅安（Rohan）；她訝異、不安、害羞，像是某個人的餐桌前擺了一個新發明的餐桌用具，卻是不懂得如何用它，於是不敢動手取用菜餚。可是第二個晚上，還有第二天，她就高高興興的一直說著：「我的特・玉采（d'Uzai）姑媽」，把尾音的斯（s）抹掉了，前一個晚上，這個抹掉的動作會讓她大吃一驚，不過，現在，當她的多位女友之一對她提到德・玉澤斯公爵夫人的一座半身雕像，勒格蘭登小姐會覺得俗不可耐，會很不高興地回答，而且語氣傲慢地說：「特・玉采媽媽（Mame d'Uzai）的發音，您總會說吧。」從那時候開始，她已經了解到從穩定物質日漸產生細緻元素的道理，她從父親以如此正派經營方式所得到鉅額財富，她所受到的全套教育，包括在索邦大學所有穩定的學習，不但上了卡羅的課，也受教於布呂第耶，又聆聽拉慕鶴新樂團音樂[271]，這一切都要煙消雲散，終究都要昇華，轉而變成有朝一日她有如此的愉悅來說出：「我的特・玉采姑媽」。她的思想不會排除這點：她將要持續維繫關係的，至少在婚後的初期，並非是她所喜愛著的、不得已要犧牲的舊女友，而是其

270 鋼鋼是德・康柏湄侯爵的綽號。參見本書法文原典頁305。

271 愛彌—瑪莉・卡羅（Elme-Marie Caro, 1826-1887），精靈派哲學家，索邦大學教授，廣受大眾歡迎的演講者，是愛德華・白伊隆（Édouard Pailleron）所著《我們活著的世界很煩》（*Le Monde où l'on s'ennuie*）書中，出入上流社會的哲學家原型人物。參見《富貴家族之追尋》。原典頁480。注1。關乎布呂第耶（Brunetière），參見《富貴家族之追尋》。原典頁241。注1。查理・拉慕鶴（Charles Lamoureux, 1834-1899），小提琴手兼樂團指揮，華格納經典音樂之門生，於一八八一年創立「新樂團」（Nouveaux Concerts），該樂團後來以他爲名。

他不被她所喜愛的新女友（既然她是爲此而走入了婚姻），她要對著她們說：「容我把您引薦給我的特·玉采姑媽」，當她看見如此的牽線太困難了，就會說：「容我把您引薦給我司努城的姑媽」，還有：「容我邀您與特·玉采夫婦共進晚餐。」與德·康柏湄先生的結縭，給了勒格蘭登小姐有機會來說這些句子的第一句，而不是第二句，由於她的公公婆婆所往來的上流社會不如她婚前所預期，不過她婚後繼續有此夢想。還有，她對我提過聖—鷺之後（爲了這點我還採用了羅伯特的措辭，因爲，在和她談話的時候，如果我採用了勒格蘭登的口吻，她則是會透過反向的建議，以羅伯特的方言來回答我，而她並不知道，如此的說法，其實是從拉結那邊借用過來的），將大拇指和食指靠在一起，瞇著雙眼，彷彿她正在瞧著一個被她捕捉到，非常細緻的東西那樣：「他的頭腦有很好的品質」；她那麼熱切的讚美他，讓人以爲她愛上了他（況且有人曾經以爲當羅伯特在東錫耶爾的時候，已經是她的情夫了），事實上，這僅僅是爲了我重複對她提到聖—鷺，而且最終達到此一結果：「您與德·蓋爾芒特公爵夫人交情匪淺。我身體不好，幾乎不出門，我知道她一直關閉自己在一群上選的朋友之中，我覺得這樣很好，雖然我不大認識她，可是我知道她絕對是個卓越超群的女士。」既然知道德·康柏湄夫人不太認識她，而且爲了讓我的地位擺得和她一樣微小，關乎這個題目，我滑溜開了，我對侯爵夫人回答說，我特別認識的人，是她的親哥哥，勒格蘭登先生。她聽我說到這個名字，所採取的，一樣是避而不談的表情，就像我提到德·蓋爾芒特夫人時一樣，可是還加上不高興，因爲她想：我之所以說到這個，不是要羞辱我，而是她。是否因爲出生在勒格蘭登家庭這件事，使她深感絕望？至少，她丈夫的姊妹們以及姑嫂們是如此認爲，這些外省的貴婦們既沒有熟識的人，也沒有任何常識，她們忌妒德·康柏湄夫人的聰明，學問，財富，沒生病前的卓越風姿。一些口無遮攔的女子對任何人提到德·康柏湄夫人時，都說：「她沒什麼其他的事可想，這是害死她的原因」，這些壞心眼的女流一有機會向任何人提及德·康柏湄夫人，就是這樣說的，這種話最好是向一介平民老百姓去訴說，藉由此一說法來肯定身爲平民是可恥之事，一方面，如果這位平民既是自命不凡又是愚昧無知，就會將這些惡婆對他的友善增加價值，一方面，如果這位平民天生害羞但是精明，而且把這樣的說辭運用在自己身上，縱使把這樣的說辭照單全收，他所得到的愉悅，就是有人間接的賞給了他一個冒犯。

可是如果這些女士們認爲她們針對這位姻親晚輩所說的話不假，她們就弄錯了。生爲勒格蘭登，她並不是那麼受苦，因爲她在這方面已經失憶[272]。我要把回憶重新帶回給她，這讓她感到受傷，她保持著緘默，彷彿她聽不懂，不認爲需要加上詳細說明，就是連肯定我的回憶，這都是多餘。

「我們的親戚不是使我們縮短拜訪時間的主要原因」，德．康柏湄老侯爵夫人對我說道，她很可能比她的媳婦更覺得，老是要說「司努城」，這眞的是一點樂趣也沒有。「爲了不讓您被太多人打擾而讓您累到了，」她一邊指著律師說道，「這位先生沒敢把他的妻子、兒子逕自帶過來這裡，他們正在海灘上散步等著我們，應該開始覺得無聊了。」我請人清楚指給我看他們所在之處，並且請人快跑過去把他們找到。他的妻子臉圓溜溜兒的，像毛茛科某些花朵的模樣，在眼角有個相當寬大的植物性記號。人類歷世歷代保留著自己的特質，像植物家族一樣，在母親臉上已經乾癟的、可用作類型區分的記號，同樣又會在兒子的臉上恢復飽滿。我對他的妻子、兒子態度如此殷切，感動了律師的心，他關心我在壩北柯駐留的問題。「您在這裡應該有些不適應吧，因爲來這裡的大多是外國人。」他看著我說這句話，因爲即使許多外國人是他的顧客，他仍然不喜歡外國人，不過他還是想知道我對他的排外態度是不是很反感，萬一我是排外的人，他可以打退堂鼓，說：「當然某某夫人可算是不錯的人。這是原則性問題。」由於在這時期我對

272 普魯斯特在一九〇九年或一九一〇年曾經如此寫著：「她生爲勒格蘭登並不以爲忤，因爲她沒有留下任何記憶。」（記事本第一冊。頁118）。

外國人沒有異議，我沒有明白表示反對，他感覺到他的立場是穩妥的。他甚至請我在巴黎時，哪天有空前往他家中看看他所收藏的勒．希達內系列作品，也希望我把德．康柏湄夫婦一起帶來，他相信我與他們的關係必然是密切的。「我為勒．希達內邀請您來，」他對我說道，「請確定我活著不為別的，只為了期待這個蒙福的日子。您會看到這是一位多麼傑出的人士。他的油畫也會使您賞心悅目。當然，我無法與許多大收藏家一比高下，可是我相信，他最大多數令人喜愛的油畫，都被我收藏在我家了。這對從壩北柯前來的您，一定更覺得有意思，他畫的都是海景，至少一大部分是如此[273]。」他的妻子和兒子，帶著植物的個性，洗耳恭聽著。我們感覺得到，他們的巴黎府邸，就像是勒．希達內作品的殿堂。如此的殿堂並非沒有用處。當一個神仙對自己有了疑惑，若要塞住對自己意見上出現的縫隙，最容易的方法，就是藉由一些人，使用他們畢生的生命，為他的作品作出一些不容置疑的見證。

德．康柏湄老夫人在她媳婦示意之下，起了身，對我說：「既然您不願意來翡淀久住，您是否願意至少前來午餐，在週間選個日子，譬如說，明天？」在她盛情邀約之下，為了讓我下定決心，她補充說道：「**您會再與**德．克里斯諾瓦伯爵聚首」，這人我並沒有失去過他，理由是我不曾認識他是誰。她開始在雙眼中釋放光芒，帶出其他的誘因，可是放電突然停止了。返回旅館的首席理事長知道老夫人到了豪華大旅館，首席理事長處心積慮的暗地裡到處找老夫人，先是等著她，後來佯若無事的偶然間巧遇了她，正要前來向她畢恭畢敬的問安。我了解到德．康柏湄老夫人不願意把剛才對我提出的邀請延伸到首席理事長身上。然而他認識老夫人比我早得多，多年以來，是翡淀早場活動的熟客之一，這場合是我第一次駐留壩北柯時很嚮往的。可是對上流社會的人士而言，資格的新舊不能代表一切。他們更樂意為那些引起他們極大好奇的新增人脈保留午餐的機會。尤其是當這樣的人物來到之前，已經有聖－鷺以極高的讚譽和熱情超前做了推薦。德．康柏湄夫人估計首席理事長沒有聽見她對我所說的話，不過，為了撫平她所感受到的懊悔，她對首席理事長客套了一番。地平線上，陽光所浸潤了的海岸亮著金黃，美麗海岸通常是肉眼無法看見的，從燦爛的藍海上，稍稍被分離了出來的、從海水中所出現的，我們分辨出來了，那是在翡淀四週響起的微小鐘聲，帶著玫瑰色彩、輕盈清脆、若有若無，是**晚禱**[274]時分了。「這又是很具有《佩力亞斯與梅莉桑德》的風格，」我讓德·康柏湄—勒格蘭登夫人注意到了這點。「您知道我要說的是哪一幕[275]。」——「我相信我是知道的」；可是她的聲音，她的臉龐沒有套入任何記憶，她的微笑沒有支點，懸在半空中，在在都宣稱了：「我完全不知道」。老夫人沒料到鐘聲可以一直傳播到這裡，想想時間已晚，起了身：「是這樣沒錯，」我說，通常從壩北柯望去，看不見這個海岸，也聽不見這個鐘聲。應該是天氣變了，把海平面雙倍擴大了。「莫非鐘聲是來找您了，因爲我看鐘聲是叫您要起身了；對您而言，這些鐘聲是吃晚餐的搖鈴。」首席理事長對鐘聲沒有太多感覺，快速的瞥了海堤一眼，看見今天晚上人煙如此稀少，非常感慨。「您眞是有詩人氣質，」德·康柏湄夫人對我說道。「我們感覺得到，您是那麼有感應，那麼像藝術家；來吧，我要彈奏蕭邦給您聽」，她補充說道，同時帶著感動不已的表情揚起雙臂，同時發出一種似乎移動著小圓石沙啞的聲音。之後，則是呑嚥口水的動作，老太太本能的、輕輕的用手帕擦了擦她那被稱爲美國式的髭毛。首席理事長不自覺的爲我提供了一個上好的服務，一把抓住了老侯爵夫人的手臂，好引領她前去馬車那裡，帶著相當成份的粗魯，膽大，和品味，爲了如此惹人側目的動作，是其

273 在勒·希達內（Le Sidaner）的畫冊簡介中，有幾幅海景，特別是青年時代的作品。

274 «angélus»：拉丁文祈禱有一首以此字爲起頭，是晨間、中午、黃昏所唱的祈禱頌歌，也指敲響此一祈禱時刻的鐘聲。《二〇二〇年拉魯斯圖解大辭典》。**【譯者注】**。

275 鐘聲在《佩力亞斯與梅莉桑德》一場景中響起（第三幕。第3景）；關乎玫瑰花香時，已經引述過（參見本書法文原典頁208。注3）：「是中午了；我聽見了鐘聲」，佩力亞斯如此說著，一邊從地下層冒出頭來。

他人不敢貿然行之的，而這個舉止，在上流社會中，還大受歡迎。況且多年以來，他比我有經驗太多了。固然我感激他如此的表現，但是我不敢仿效，走在德．康柏湄－勒格蘭登夫人旁邊，她想看看我手裡拿的是什麼書。德．塞維涅夫人的名字讓她噘起了嘴；她在某些報章中讀到了一個字眼，不過，說它、寫它的時候，是以陰性字眼呈現，運用在十七世紀的一個作家身上，所造成的效果頗為怪異，她問我：「您真的覺得她是才華洋溢的女人？」老侯爵夫人給了隨車家僕一家糕餅舖的地址，是她打道回府之前得要先去的地點，沿途將踩著夜晚染紅的塵埃，層層疊疊形成圓丘狀的懸崖泛著藍色的光彩。她詢問了老車伕，想知道她那匹怕冷的馬兒現在覺得夠暖不夠暖，還有另一匹馬的馬蹄會不會讓馬兒走路不舒服。「我會寫信給您，敲定我們約好的事，」她輕聲的對我說。「我看見您和我的媳婦談論了文學，她是個可人兒」，她補充說道，雖然她並不以為然，但是她有了這個習慣——藉由良善之心所持守著的——她如此說話，免得顯得她的兒子是看在錢的份上迎娶了這門親事。「而且，她用了嘴做了最後一次興奮的嚼動，再說，她是那麼哈哈哈著藝術的人！」隨後，她上了馬車，搖晃著頭，舉起她的陽傘傘頭，取道壩北柯的小徑返回家去，身上懸掛各式各樣禮儀飾物，好像一位定期出巡堅信信徒的年長主教一般。

當馬車已經走遠，我與我的女友們進來的時候，首席理事長嚴厲的對我說：「她邀請了您前往午餐，我們的關係冰冷。她認為我忽略了她。罷了，我這人很好相處的。別人一有需要，我經常都在場回應：『在。』可是他們想對我欲擒故縱[276]。啊！這種事，不提也罷」，他又補上一句，帶著精明的表情，舉起一個指頭，好像要有傑出表現，並且要理論，「我不容許這些。這妨礙我的渡假自由。我非得要說：『此路不通！』看來您和她的關係很好。您看著吧，當您活到我這把年紀就知道了，與上流社會往來，這種事沒什麼意義，您將會後悔那麼在乎這一些雞毛蒜皮的事。好吧，吃晚餐前，我想要去外面逛逛。孩子們，後會有期了」，他語帶玄機似的大叫[277]，彷彿已經走到五十步開外的距離。

當我對蘿絲夢和吉賽兒道別時，她們很訝異看見愛蓓汀被攔下來，不和她們一起走。「嘿，愛蓓汀，妳做什麼，妳知道是什麼時候了嗎？」——「妳們回去吧，」她對她們回答道，口氣帶著權威。「我有話要和他聊一聊」，她又加上一句，一邊指著我，顯出順服的表情。蘿絲夢和吉賽兒看著我，對我產生深深的敬意。我很高興地感受到了，至少短暫時間之內，在蘿絲夢和吉賽兒的眼中，我對愛蓓汀是有重要性的，超過她回家時間的重要性，也超過她的舊識們，而且我可能與她之間有很嚴肅的祕密，是絕對容不得別人攪和的。「今天晚上我們見不到妳了嗎？」——「我不知道，這要看這人的決定。無論如何明天再見了。」——「我們上我的房間去吧」，當她的朋友們都走遠了，我對她這樣說道。我們進了電梯；面對電梯管理員，她一聲不吭。這些奇特的人養成了習慣，他們彼此互通訊息，不會對主人們說話，運用管窺之見，運用推斷能力，來認識攸關主人們的小小事體，在「受雇人員」中間（電梯管理員是這麼稱呼傭人的）發揮超越「老闆們」的臆測能力。器官或是萎縮，抑或是變得更有能力、更能敏銳反應，端看人們對該器官的需要是增加還是減少。自從有了鐵路火車，火車成了不可或缺的需要，它教我們學會注意每一分鐘，然而，對於古代的羅馬人而言，他們的天文學不僅更為簡要，而且生活也較不匆忙，幾分鐘的概念，甚至幾小時的固定概念，幾乎是付之闕如。電梯管理員了解到愛蓓汀和我各自有些心事，也打算向他的同事們如此述說。可是他不停的和我們說著話，因為他不懂得分寸。不過我看見異常的沮喪和焦慮寫在他臉上，平日我進入他電梯時的友善、開心不見了。由於我不知道個中緣由，雖然我心中更關心的人是愛蓓

---

276 «jeter le grappin sur moi» Mettre le grappin sur：〔通俗用語〕擒抓某人，給自己留有一手來使用。《二〇二〇年拉魯斯圖解大辭典》。**【譯者注】**。

277 «crier à la cantonnade»乃是指著向著幕後的人物發聲，同時不露出痕跡來顯得是針對某個特定對象。《二〇二〇年拉魯斯圖解大辭典》。**【譯者注】**。

汀，爲了設法讓他開開心，我還是告訴了他，剛剛離開的那位女士，名字叫做德·康柏湄侯爵夫人，而不是卡芒貝乳酪牌某某人。面對我們經過的一層樓，我瞥見一位可怕的貼身女侍，拿著一個長型靠枕，向我恭敬的致意，希望電梯再出發時得到一個賞錢。我很想知道，她是否就是我初次到達壩北柯的那個晚上，非常想要一親芳澤的那位。可是我從來都無法加以確認[278]。電梯管理員向我發誓，用的是大多數做假見證的眞誠，可是也不免帶著絕望的表情，說他被侯爵夫人要求宣布的姓氏，的確是乳酪牌侯爵夫人沒錯。說眞的，他聽見一個熟悉的名字，這的確是很自然的事。再說，關乎貴族以及貴族稱謂的性質，很多不屬於電梯管理員們的模模糊糊概念，卡芒貝乳酪牌名稱對他而言是格外可以合理接受的，這個卡芒貝乳酪牌子既是無人不知，無人不曉，有人將如此光榮的牌子取自某個侯爵領地，這也沒什麼好驚訝的，除非是反倒過來，由於侯爵自己的聲望而使乳酪聞名天下。不過，由於他看得出來，我不願意顯出錯在我方，他也知道主人家喜愛看見僕人們順從他們最不足輕重的怪毛病，把主人們的一派胡言當眞接受，於是身爲一名好家僕，他答應我，從今以後，他會改口說德·康柏湄這名字。德·康柏湄一家人的名字對於城裡任何一位商家，任何一位鄰近的農民都是熟悉的，這的確沒錯，他們從來都不會犯電梯管理員的同樣錯誤。可是「壩北柯豪華大旅館」的服務人員根本不是當地人。這些人員，連帶他們的裝備，都是直接來自比雅里茲，尼斯，和蒙地—卡羅這些地方，他們有一部分被安排到竇城，一部分被安置到迪那，第三部分人員則是保留給壩北柯。

然而令電梯管理員人焦慮的痛苦有增無減。應該是發生了某種不幸的事，才會讓他無心以他那常有的微笑向我保證他的效忠。或許他被「寄走了」。我告訴自己，如果是這樣，我得想辦法爲他得到慰留的機會，旅館經理曾經答應過我，關乎他手下的服務人員，只要是我決定的，他都會批准。「您可以逕自決定所有的人事，您沒說，我就已經批准了。」我離開電梯時，突然間，我了解了電梯管理員無助、絕望至極的神色。原因是我當著愛蓓汀的面，沒有給他一百蘇，而那是我習慣在上樓時所給他的小費。這個傻子，沒弄懂我不願意在第三者面前張揚我給小費的動作，他就開始戰慄，以爲一次沒給，就永遠沒希望了，我不再會給他任何賞錢了。在他想像中，我進入「窮途末路了」[279]（就像德．蓋爾芒特公爵說的），而他的假設並沒引發我任何憐憫，反而讓我對他的自私心理失望到了極點。我告訴自己，有人熱切地等著拿一筆超大額度的錢，那是我前一天已經給了的，我不敢不給，母親覺得我做得不合理，可是我並不以爲然。更甚者，因爲及至目前爲止，這個作法習慣性地帶來快樂，這讓我毫不猶豫的看待這個喜樂，把它當作表示對我有情有義的信號，這是我所給的定義，如今讓我覺得這個涵義不穩妥了。由於看見電梯管理員在失望之餘，預備好了要從六樓一躍而下，我自忖：如果，我們的社會階級有了互換的改變，比方說，由於革命所導致的實情，電梯管理員一旦搖身一變，成了資產階級，他有沒有可能不再客客氣氣地替我操作電梯，而將我從電梯六樓的高處推了下去[280]，我也自忖，在某些人民的階層，心懷不軌的情形是否比上流社會更嚴重，假設我們落魄了，大家是否很可能會趁著我們不在場的機會，講一些造次的話，而且對待我們的態度，會不會是蠻橫無理。

不過我們也不能說，壩北柯豪華大旅館的電梯管理員最愛錢。在這方面，服務人員可分成兩種類別：有一類，他們會把客人作出區分，比較敏感於年老貴族所給的小費（再說是有辦法將他們介紹給德．鮑特

---

278 在第一次抵達壩北柯的晚上，在《妙齡少女花影下》文本中，沒有提到任何一位貼身女侍。

279 «je suis tombé dans la "dèche"» Dèche：〔通俗用語〕意即：潦倒；一無所有；處在窮途末路狀況之中。《二〇二〇年拉魯斯圖解大辭典》。**【譯者注】**。

280 關乎社會階級關係之其他意見，可參見《妙齡少女花影下》原典頁249－250以及《富貴家族之追尋》原典頁21之說明；亦可參見稍後文本，本書法文原典頁414－415之說明。

雷伊將軍[281]，免去他們二十八天的徵召服務）勝過某個擺闊的土國王無端撒下的大手筆，這正好顯出這人缺乏社交見識，也只有在他面前，大家會說他是個大好人。另有一類，對他們而言，高貴、聰明、名望、地位、風度都不存在，全都由一個數字涵蓋了。對這類的人只有一種階級區分，就是人們所擁有的金錢，或者更好說，人們所給的金錢。或許愛楣自己就是屬於這個類別的人，雖說他自以為對上流社會的人情世故很內行，因為他曾經在許多處的旅館服務過。頂多他會要個社交手腕，對家族的認識，以這樣的方式來鑑賞，譬如，論到德．盧森堡親王妃，他會說：「這裡面有許多錢嗎？」（問號是為了打聽，或是為了準確控管他所得到的資料，以後才方便賦予顧客預備一個「領班」到巴黎，或者在壩北柯保證讓他取得進口處靠左邊、看得見海景的桌位。）即便如此，他並非對金錢完全不在乎，但是也不會帶著電梯管理員那種愚笨的絕望，把他對於金錢的關注表現得如此露骨。再說，這位仁兄的率眞坦白或許讓事情還好辦一些。豪華大旅館的便利之處，如同從前拉結所待過的地方，就是面部表情原本冰冷的一個服務生或侍女，不需要任何媒介人物，只要他們一看見一張百元法郎紙鈔，面值千元的效果更是特佳，即便這次鈔票所給的對象是別人，馬上會引來他們的一個微笑和一些服務。相反的，在政治方面，在情夫和情婦的關係方面，金錢和柔順兩者之間夾雜著太多東西。有那麼多東西在這些人身上，金錢終究會引來微笑，他們通常沒有能力按著內部進行過程把事情連結起來，他們自認為是、也果眞是更脆弱的人。於是禮貌的對話有了釐清，提到「我不知道我還能做些什麼，明天人家就發現我平平躺在太平間裡了」。因此在溫文爾雅的社會中，小說家，詩人，所有這些崇高的人物都是鳳毛麟角，他們所說的，正是不應該說的。

一旦四顧無人，走入小走廊，愛蓓汀就對我說：「您對我有什麼不滿？」我對她嚴酷無情，豈不讓我自己更難過？如此無情的對待，在我這方面豈不只是一種無意識的巧計，為了把女友帶到畏懼我，祈求我的地步，讓我有責問她的機會，或許也可以明白長期以來，關乎她，我所持有的兩種假設，究竟孰眞孰假？實際上的情況是，當我聽到她的問題時，突然間我覺得有了幸福感，好像觸碰到了一個人長久以來渴求的目標。在我回答她的問題之前，我先把她帶到我的房門前面。門一打開，充滿屋內的粉紅色光芒倒流了過來，將晚上拉起的白色細薄紗布窗簾變成了晨曦一般的錦緞。我逕自走到窗戶邊；海鷗又重新停留在海浪上面；可是現在牠們變成了粉紅色。我提醒愛蓓汀注意看這幕景色：「別轉移話題，她對我說道，請和我一樣坦白。」我說了謊。我對她宣稱，她必須先聽聽我要做的告白，那就是這些日子以來，我熱切地愛戀著安德蕊，我是以單單純純，推心置腹的方式對愛蓓汀做了如此的告白，合乎戲劇性表演，可是在生活中只有虛情假意才做得出來。我再度援用謊言，是我當時用在姬蓓特身上的，那是發生在我第一次駐留壩北柯以前[282]，不過我現在把這段告白做了些許變化，當我現在對著她說我不再愛她了，為了讓愛蓓汀信得過我正要對她說的，甚至還透露了我過去曾經幾幾乎乎因她而墜入愛河，但是中間過了太長的時間，以至於她只能被我視為好朋友而已，而且，就算是我有意願，過去曾經為了她而有的炙熱情感，現在已經絕無可能重新回溫。再說，在愛蓓汀面前，如此振振有詞的援用我之所以對她冷漠無感的緣由，——基於特殊環境所導致，以及為了特定的目的——我所要做的無他，僅僅是要讓人更進一步感受得到，以及以更強大的力道指出：戀愛有二部曲，是所有對自己信心闕如的人所經歷的，他們不敢相信竟然有女人會愛上他

281 一九〇八年七月，普魯斯特為了他的貼身家僕尼古拉．寇丹（Nicolas Cottin）將於八月被軍隊徵召服役十三天，而向巴黎軍事總督（le gouverneur militaire de Paris）達斯甸將軍（le général Dalstein）進行關說，目的是讓尼古拉．寇丹得到緩徵。參見寫給卡杜斯夫人（Mme Catusse）的信。《魚雁集》。第八冊。頁179；以及給雷納多．韓恩的信。頁187-188。為了普魯斯特他自己將於十月生效的十三日徵召，在寫給韓恩的信中，普魯斯特想要向畢卡將軍（le général Picquart）（德瑞福斯事件之英雄人物，後來成了戰爭部部長），以及共和國總統法理耶（Fallières）關說。然而他選擇保留畢卡。

282 影射男主角所表現的行為，他決定不想再見到姬蓓特時，並沒有將這個決定告訴少女。參見《妙齡少女花影下》。原典頁155。

們，竟然他們會眞心愛上這女人。他們太有自知之明了，確實知道這點，圍繞著相異性最多的女子們，他們所感受到的，是相同的美盼，相同的焦慮，他們所編排著的，是相同的小說情節，它們會說出相同的話語，因此他們所了解到的，就是他們的情感、行動並不與所愛的女子緊密相襯，而是在女子身旁繞了一個圈兒經過，濺濕了她，擺佈了她，如同水流沿著岩石急速灑下，而他們自己的不穩定，徒增對自己的不信任感，他們原本多麼願意被這女子所愛，卻不相信這女子會愛上他們。我們爲何有此機緣巧合，讓自己成了女子欲求的目標？然而面對我們外溢的欲求，女子只是意外的被安置在此。還有，一方面，我們有需要向這位女子傾心吐意，這些心意與朋友對待我們，向我們啓發的人情義理何等不同，戀愛的情感那麼特別，踏出了第一步之後，當我們向我們所愛的她作了告白，說出了我們對她的柔情和我們的各種美盼，卻立即害怕會惹她不開心，羞羞愧愧的感覺到，我們對她所說的言辭，並非專門爲她而打造，如此的言辭爲我們效力了，將來還會爲我們其他的巧遇機會效力，如果她愛的不是我們，她就不會了解我們，我們的談話所用的內容缺乏品味，是賣弄學問之輩的信口開河，說給無知的人聽，句子再講究也不是爲她們而說，如此的顧忌，如此的羞愧，帶出來的是逆向戀愛二部曲，是退潮，縱然是要打退堂鼓，卻是依然有一種需求，想要快快收回之前告白過的心意，爲的是要重新採取攻勢，再把自尊贏取回來，爲了要駕馭對方；如此的二部曲在同一個戀愛經驗中，在不同的階段都感受得到，在雷同的戀愛中，都有一階段一階段相互呼應的時刻，所有擅長自我分析的人都不會沾沾自喜。我所發表的這番言論，說得比起我平常所表達的更強勢些，這是我正在說給愛蓓汀聽的，那是因爲這讓我更快速的、更有力道的走到逆向面，是藉著由我的心中升起的柔情。

彷彿愛蓓汀應該難以了解：爲何相隔時間太久了，我就不可能重新愛上她，我援用來支撐的原因，是我所稱之爲我個性古怪的例子，由於她們的錯誤，或是我的錯誤，讓那愛戀她們的時間溜走了，之後，即使我還有任何欲望，都不能再把愛戀她們的時間重新尋回。這麼一來，我看起來同時是向她道歉，當成是我沒有禮數，沒有能力重新愛她，也設法讓她明白一些心理的緣由，彷彿這些緣由是屬於我個人特別的情形。不過，當我以姬蓓特的例子作為我的解說，面對姬蓓特，實際上這是絕對的眞相，但是不應該運用在愛蓓汀身上，我越是佯若無事的認爲如此說辭難以令人信服，我的立論就越有說服力。我感覺到，愛蓓汀照她所認爲的，我是「說眞心話」，她承認，依照我的歸納方法，我是把眞相說明清楚了，而且有條有理，我首先道歉，對她說，我知道，說眞相總是令人不高興，而眞相對她應該是難以理解的。相反的，她謝謝我的眞誠，並且又進一步說，她非常能了解這樣的心態，這是常見的，也是很自然的。

對愛蓓汀如此的告白，一則關乎我對安德蕊的假想情愫，一則關乎我對她本人的漠不關心，為了顯得百分之百的眞誠且沒有誇張，爲了當作一種禮貌上的顧慮，我順道要她放心，不必把我的話句句當眞，終於我不必害怕愛蓓汀在其中猜測到我的愛意了，於是我對她溫柔的說著話，是我長久以來不肯付出的，如此的溫柔讓我覺得十分甜蜜。我幾乎是撫愛著我的告白對象；當我對她說我愛著她的女友時，我的雙眼湧上了淚水。不過回到事實，我最後對她表示她知道愛情是什麼，愛情有它種種的敏感，種種的痛苦，或許身爲我交往已久的女友，她應該會很用心，讓我不會感受到她所引發給我的憂傷，這不是她直接引起的，因爲我所愛的人不是她，我若老實說了這些，希望她不會生我的氣，但是在我對安德蕊所懷的情愫中，我的憂傷是直接可以感受得到的。我止住不說話了，爲了觀看、並且也指給愛蓓汀看見一隻在遠處加速單飛的大鳥，雙翅規則的在空中震動著，快速的在海灘上飛過，一片片紅色碎紙般的反光，零零星星的點綴著海灘，順著它直直穿越，不拖延節拍，不左顧右盼，不偏離路徑，好像某個密使，緊急要將一個至關重要的訊息帶到遙遠的他方。「這隻鳥，至少牠對準了目標！」愛蓓汀帶著責備的表情對我說道。——「您對我說這個，因爲您並不知道我想要對您說些什麼。不過這太難啓口了，我寧願放棄不說；我確信我會惹惱您；那麼事情就只能發展到這步田地：要讓我感到幸福，就非得與我所愛戀的人在一起，我也將會失去一位好同伴。」——「可是我是對您保證我不會生氣的。」她黯然神傷的表情如此溫柔，如此順著我，等待著從我這裡得到她的幸福，以至於我情不自禁的要去親吻她的面頰——這個親吻幾乎帶著我必須親吻母親的那種愉悅——這幅新的面容，不再獻出淘氣、邪淫小母貓它那清醒又泛紅的表情，將小小的粉紅貓鼻向上揚起，她那全然充滿沉重憂傷的臉頰，似乎反倒是化成了寬闊又平整的滑落物體，融化在一片良善之中。姑且撇開不談我的愛情，當它只是與她有關聯的慢性狂妄症，若我設身處地的爲她著想，我就心軟了，在我面前的好姑娘，習慣有人以友善、忠誠的方式對待她，原先她是把我認定爲好同伴，連續幾個星期以來，她不斷遭受逼迫，迫害終於到達了頂峰。原因是我把自己安置在純粹屬於人類的觀點上，不以我們兩人爲考量，因此我爲愛而忌妒的情形消失得無影無蹤了，以至於我爲愛蓓汀動了深刻的憐憫之心，假如我沒有愛過她的話，這個憐憫之心也不會如此深刻。況且，在愛情告白和反目無情之間，如此規律性的搖擺（這乃是最穩當的辦法，雖是危險卻是最爲有效，可以藉由互相對立、接連不斷的動作，把一個不會鬆散的繩結繫緊，並且用它把我們穩穩當當的牽繫在一個人身上），已經進入雙向律動中的打退堂鼓這一層面，又何必費神去區分何謂屬於人類憐憫之心的退潮起伏，它們又是如何與愛情的退潮起伏相互對峙，就算兩者無意識中都有相同的原因，豈不都是帶出相同的效果？當我們總結了我們所有做在一個女人身上的一切而有了後見之明，我們經常發現，有一些動作之所以賦予激勵，是藉由想要表示我們有了愛戀之意，想要被人所愛，想要贏得恩惠，其實這些動作都站不住腳，都僅僅是出於人類的需要，那就是要向著我們所愛的對象彌補我們的過錯，藉由純粹道德性的義務而做，執行起來，似乎像是我們並不愛戀著我們所服務的對象那樣。「那麼究竟我又能做什麼呢？」愛蓓汀問我。有人敲了門；是電梯管理員；是愛蓓汀的姑媽，她的馬車從豪華大旅館前面經過，停在門前，想看看愛蓓汀在不在，可不可以把她順道帶回家。愛蓓汀請電梯管理員回話，說她不能下樓，請大家逕自吃晚餐，不要等她，她不知道幾點鐘才回得了家。「您的姑媽會生氣嗎？」——「別管她！她心裡有數得很。」因此這麼一來，——至少目前，依照這種事情或許不會再度發生的情況來看——藉由連續發生的情況，在愛蓓汀眼中看來，與我相處明顯是如此重要，可以超越所有的事，而與這件事相關聯的，本能的，應該是與一個家庭判例有關，細數起來，總有一些眉眉角角，若是關乎彭當先生職涯的考量而需要旅行，大家都不會計較什麼，我的女友確信她的姑媽會把犧牲一小時的晚餐當作稀鬆平常。沒有我在場，她與遠處的家人共渡的這段時間，愛蓓汀把它滑到了我面前，送來給我了；我可以按照我的心意自由運用。我終於有了勇氣對她說到別人是如何告訴我的，有人說到她的生活型態，儘管染上同樣惡習的女子使我深感厭惡，但是我沒有把她們放在心上，直到有人提到愛蓓汀與她們是同一夥的，關乎我喜愛安德蕊這點，她也容易明白我是感到多麼痛苦。或許更容易說的聰明話就是：別人也把其他女子的名字告訴了我，可是我不在乎其他人的行為。寇達驟然間給了我可怕的啟示，它完整的，沒有它物的，進入了我的心中，撕裂了我的心腸。同樣的，如果寇達沒有提醒我看著她們跳華爾滋的舞姿，之前，我自己從來未曾想過愛蓓汀會戀愛著安德蕊，或者也沒想到至少愛蓓汀有可能與安德蕊玩過愛撫遊戲，於是我就不可能將這個想法放到這個意念上，對我而言，那是迥然不同的，意即：愛蓓汀可能與安德蕊以外的女子也有著曖昧關係，在這其中，情感都不足以作為藉口。在向我發誓這並非事實之前，愛蓓汀就像任何人一樣，在得知別人如何論及不檢點的行為之前，她要先作出表態，她發怒了，她感到憂傷了，針對不知名的汙衊者，她大發脾氣想要知道那人是誰，她要當面與他對質，好讓對方下不了台。不過她向我保證，至少在我這一方面，她不會對我懷恨在心。「如果事情真是這樣，我就會向您坦承了。可是安德蕊和我，是她也好，是我也罷，我們都是極為厭惡這類的事。我們長到這樣的年紀，看見女子留短髮，行為舉止像男生，像您所說的那種類型，這些沒有一樣不是讓我們相當反感的。」

愛蓓汀只是給我她口頭的保證，她這個斬釘截鐵的說法，並沒有證據給她做支撐。這正是足以安撫我的最佳方式，忌妒屬於病態的懷疑家族，著力的肯定會移除它，效果比具有可信度的肯定更好。況且愛情就是有這個本事，讓我們同時更提防人，又更輕信於人，讓我們心生疑竇，另一人，那位我們心所愛慕的人，都不比上我們的快速，也讓我們更容易將她的否認信以爲眞。要談戀愛了，才會擔心女人不全都是誠實無二心的，更好說，才會注意到這件事，要談戀愛了，也才會盼望，也就是說，才要確認這樣的女人是存在的。尋找痛苦，之後又立即從中解脫，這是很合乎人性的。有能耐做成功這件事的建議，都容易讓我們覺得眞實可靠，我們不會太挑剔有功效的鎭定劑。再說，姑且不論我們所愛慕的對象有許多樣貌，總括來看，這個對象有兩種基本人格，一來，我們看他是屬於我們的人，二者，他是將欲望轉向他處、背向著我們的人。兩種人格中的第一種人格擁有特殊能力，攔阻我們相信實際上有第二種人格存在，擁有特別祕方足以撫平第二種人格所引發的痛苦。心所愛慕的人輪流帶來痛苦和療效，暫緩痛苦或加深它。很可能長時間以來，我的想像受到了斯萬例子強而有力的影響，加上我這個容易情緒激動的本性，我已經被預備好了要去相信我所害怕的事會轉變成事實，而不是去相信我所期待的事會成眞。因此愛蓓汀藉由肯定所帶來給我的溫柔，幾乎就要被打折扣，因爲我想起了奧黛特的故事。不過我告訴自己，儘管把她的部分作最壞的打算是合宜的，當我爲了了解斯萬的痛苦時，我還曾經嘗試過設身處地爲斯萬著想，可是現在既然與我自己切身有關，即使我以事不關己的方式來尋找眞相，也不應該一味殘忍的惡待自己，把自己當成戰士，不選擇最爲有用的崗哨，而是選擇最無遮掩的位置，我不應該走入這樣的錯謬之中，認定有一個假設，它比其他的假設可信度更高。單單爲了這個原因，愛蓓汀成了受苦最多的人。她們兩人之間豈不劃有一道鴻溝：一個是愛蓓汀，出身於相當好的資產家庭年輕少女，一個是奧黛特，童年時被她母親出賣做交際花？一人所說的話，不能拿來和另一人兩相比較。再說，愛蓓汀犯不著對我撒謊，像奧黛特需要要心機對斯萬撒謊那樣。而且奧黛特對斯萬所坦承的，是愛蓓汀剛剛加以否認的。因此我有可能犯下嚴重的推論錯誤——雖然是逆向操作的——這種錯誤帶著我傾向某個假設，因爲這個假設讓我比別人所受的苦輕微一些，卻沒有關照到環境中有一些實際的差異性，誤把我女友的眞實生活，根據別人所告訴我的，單單套在奧黛特的生活上。在我面前的是一個新的愛蓓汀，她已經屢次被我瞥見，沒錯，大約是我第一次駐留壩北柯的後期，坦誠，良善，因著對我有愛意，而前來找我的那個愛蓓汀，一個剛剛原諒我疑心病重的愛蓓汀，而且試著要把疑竇掃除盡淨。她來到我床上，讓我在她旁邊坐下。我謝謝她對我所說的，向她保證我們已經言歸於好，而且不再會狠心對待她了。我告訴愛蓓汀她最好還是回家去吃晚餐。她問我這樣做對我好不好。她拉過我的頭來，爲了作出一個她從來未曾做過的愛撫動作，或許我應該不再與她拗了，她用舌頭輕微的舔著我的雙唇，嘗試著打開。一開始，我緊閉著雙唇，她對我說：「您好壞！」

那天晚上我應該離開，不再與她見面才是好的。從那時候開始，我預先感覺到了在單戀之中——更好說在戀愛中，因爲對有些人而言，並沒有相互愛戀式的愛情——我們只能嘗到虛假的幸福，它賞給了我，時間落在極其稀罕的一些時刻，一位女子將屬於她的良善，或者她的率性，或者偶一爲之的機會，她所說的話語，所做的動作，熨貼在我們的欲求之上，形成完美的巧合，顯得我們眞正是被愛著的人。要是有智慧的話，就要存著好奇心，將這一小小片的幸福加以衡量，帶著滿溢的喜樂擁有它，缺少了這一片小小的幸福，我走到行將就木的時候，都無法猜臆得到，對於比較不挑剔，或者比較享有恩惠之輩，究竟他們的心如何認識幸福；要是有智慧的話，就要假設這一片小小的幸福附屬於一個寬闊持久的幸福，這個幸福只有在這一時間點向我顯現；爲了次日不會有否定如此虛情假意的憾事發生，要是有智慧的話，就不要嘗試去要求更多的恩惠，如此的恩惠賞賜給了我，純屬一個特別的時刻，由人刻意帶出來的。我其實應該離開壩北柯，把我獨自關閉起來，我曾經有能耐於短暫之間使一個聲音發出戀愛之情，那我就留在孤獨之中，與這最終的裊裊餘音產生和諧共鳴，不再要它爲我發出聲息；唯恐自此以往，藉由一句與之相左的新增言語，不和諧之音將前來破壞心中有感的寧靜，這份寧靜，多虧有個踏板可以踩著，讓幸福的音感在我裡面延續了更長的時間[283]。

和愛蓓汀之間把話說開了，心神安靜了下來，我重新更多貼近著母親過日子。母親喜愛對我細述外婆較年輕的日子。外婆的晚年因爲我所帶給她的憂傷，使她去世之前鬱鬱寡歡。爲了怕我自責，母親刻意回溯到我開始上學，外婆對我的學習表現感到心滿意足的時候，這是大家對我一直隱瞞不說的。我們再度談到康樸蕊。母親對我說，至少在那地方，我會讀書；在壩北柯，如果我不工作的話，最好也做同樣的事。我回答道，爲了使我好好的讓康樸蕊的回憶圍繞著我，也讓我回憶起漂亮的彩繪餐盤，我很想重新閱讀《一千零一夜》。從前在康樸蕊，當她送書給我當作生日禮物時，是偷偷的，爲了讓我有個驚喜，母親同時給我嘉蘭譯本的《一千零一夜》，以及馬德魯斯譯本的《一千夜後又一夜》[284]。可是在快速看了兩個翻譯版本以後，母親希望我以嘉蘭的譯本爲上，她說這話，心中頗有顧忌，唯恐她的話語影響了我，因爲她對於理性自由持著尊重態度，不願意在我的思想上介入得不得體，又因爲她是女性，她想要尊重我的情感，一方面，她認爲自己缺少文學方面該有的素養，另一方面，她覺得不應該依據她被驚嚇的情形，來判斷一個年輕人該不該閱讀某個作品。偶而讀到某些她大不以爲然的故事，由於其中主題涉及不道德，文字表達又赤裸裸。母親非常珍惜保存著的，不只是首飾別針，隨身用小傘，大衣，德．塞維涅夫人書籍而已，她特別要保留著的，還有外婆的思想、外婆的說話習慣，無論何種場合，母親都試著要找到外婆在這種情況會持哪種意見，母親完全同意外婆的意見，認爲馬德魯斯版本不足爲訓。她記得，在康樸蕊，出發前往梅澤教堂村散步之前，我正讀著奧古斯丁．迪耶理的書，對我的閱讀和我的漫步都感到滿意的外婆卻發怒了，因爲看見「墨洛維掌王權」這半句詩上寫的名字是用來稱呼墨洛威格，外婆拒絕以加洛林王朝的稱呼來說到舊時的卡爾洛溫王朝，她要牢牢守著後一種名稱的說法[285]。總之，我對她述說了外婆關乎希臘文名稱的想法，根據樂恭特．德．黎勒的寫法，蒲洛赫把這些名稱給了荷馬[286]的諸神，甚至連最簡單不過的事物，蒲洛赫都以虔敬的心執行義務，在此義務當中，他相信援用希臘文的書寫法，這就是顯出文學才

283 在此結束的段落，代表壩北柯第二次駐留的決定性時刻，這個句點一旦劃下，有關愛蓓汀情節就嘎然停止。一九一五年十一月，在《細說璀璨之童年》一書，寫給瑪莉．史伊格維奇（Marie Scheikévitch）的獻詞中，普魯斯特簡要的說明了小說的後續發展，介紹了愛蓓汀，並長長的引述了這一段話。（參見《駁聖—伯夫》。頁560－561。《魚雁集》。第十四冊。頁281）。

284 安端．嘉蘭（Antoine Galland, 1646-1715）以《一千零一夜》爲書名，爲路易十四王室提供了法文首版譯本，共計十二冊，出版於一七〇四年及一七一七年間；約瑟．馬爾德魯斯（Joseph Mardrus, 1869-1949），乃醫生兼東方學者，著手新譯該作品，以《一千夜後又一夜之書，阿拉伯文本之逐字完整譯本》（*Le Livre de Mille Nuits et Une Nuit, traductioin littérale et complète du texte arabe*）爲書名，於一八九九年至一九〇四年間陸續由白色期刊出版社出版（Éditions de la Revue blanche）。出版者如此宣稱：「此一完整且忠實於ALF LAILAH OUA LAILAH（一千夜後又一夜MILLE NUITS ET UNE NUIT）原文之譯本，首次於歐洲提供給讀者大眾。讀者在此版本中將讀到純粹逐字逐句之譯文，未經搓揉。」馬爾德魯斯如此批評了首版譯本：「從頭到尾，全然膽大闊割文意，已將原有的滋味過濾淨盡。」（第一冊。頁十八）。《一千零一夜》文本，從一開始，就在《追憶似水年華》之「康樸蕊」文本中，扮演了重要角色。

285 普魯斯特殷勤的研讀奧古斯丁．迪耶理（Augustin Thierry）於一八四〇年所著的《墨洛溫王朝敘事》（*Récits des temps mérovingiens*）以及於一八二五年所寫的《諾曼地人攻占英國領土之始末》（*Histoire de la conquête de l'Angleterre par les Normands*）；參見《細說璀璨之童年》。原典頁10。注1。《墨洛溫時期之敘事》第三則敘事以「墨洛威格之歷史」（«Histoire de Merowig»）爲題名。第一則敘事有此一注記：「儘管關乎採用日耳曼拼字取代我們歷史中的法蘭克人名字一事，人們議論紛紛，人們依然覺得如此的取代作法在這裡與議題本身有切合性。如此的替換在這些敘事中有助於顯示眞相的色彩，在其中，我置入了被征服之高盧地有各種種族的角力；如此的場景，可以說，形成不同種族各有不同的對比性。這裡提到的六音節詩句出現在高迪耶修院院長（l'abbé Gauthier）的詩句中，攸關法國初期諸位國王」，被安納托．法朗士引述在一八八五年所著的《吾友之書》（*Le Livre de mon ami*）文本中。（《作品集》。七星文庫。第一冊。一九八四年。頁496。）邦卡（M.-C. Bancquart）把它們找回，放在一八五一年所著的《法國歷史元素》（*Eléments d'histoire de France*）一書中，部分選文由高勒提耶修院院長（l'abbé Gaultier）於一八〇七年所著之《法國歷史之鑑戒》（*Leçons d'histoire de France*）中呈現。

286 參見本書法文原典頁234。注1。

華。譬如說，當有必要在一封信裡說，在他家中所喝的酒著實像甘露（nectar），他所寫的是這個字是用k，成了尼克塔（nektar），這讓他有了機會用拉馬丁的名義來嘲笑一番。然而，對外婆而言，如果在一本《奧德賽》裡，尤利西斯和彌聶芙的名字都不見了，那麼對外婆而言，這本書就不再是《奧德賽》了，於是乎當外婆看見在她的《一千零一夜》書本的封面上，已經歪七扭八，再也找不著她一直以來都習慣要讀到的、好端端地要被寫上去的名字，這些名字是永永遠遠家喻戶曉的變赫拉札德（Shéhérazade），是迪納札德（Dinarzade），在此[287]他們被除名了，假如有人膽敢用穆斯林的傳奇故事爲名，可愛的哈里發，以及大有法力的諸多精靈幾乎都找不著了，其中一個只是被稱呼成爲「卡里發」（Kalifat），其他精靈則是被稱呼成爲「傑靈」（Gennis），那麼，外婆又會怎麼說？不過母親還是把兩種書籍交給了我，我告訴她，如果改天我太累不想散步了，我就把它們拿來讀一讀。

然而，這樣的日子並不多見。我們像從前那樣「結伴」去野餐，有愛蓓汀，她的女友們，還有我，地點還在懸崖之處，或者在瑪莉—安端妮特農場。可是有些時候，愛蓓汀會特別讓我高興。她對我說：「今天我要稍稍與您獨處，兩個人見見面蠻好的。」那麼她就說她有事，況且她沒有什麼要向人報告的，如果沒有我們，她們還是要去散步、野餐，那我們就好像兩位情人，單獨去巴卡岱，或者去赫嵐之十字架，讓其他的人找不到我們，那一大群朋友們從來都不會想到來這裡找我們，也從來不來這些地方，她們會一直留在瑪莉—安端妮特農場，盼望看見我們返回到農場這裡。我記得天氣是那麼炎熱，在農場頂著大太陽工作的小男工們，從他們額頭滴下的汗珠是垂直的，規則性的，斷斷續續的掉落，如同蓄水池的水滴，與汗水輪流掉落的，還有從樹上墜下來的成熟果粒，落入附近的果園之中；這些酷熱的日子直到如今還帶著曾經匿藏一位女子的神祕感，這在我眼中看來，是戀愛經驗中最爲穩固的部分。有人向我提及一位女士，我完全不會對她青睞，如果是在天氣如此酷熱的一個星期，如果我見她的地點是在某個偏僻農場，那麼，我會挪動所有的約會安排，來認識這位女士。我固然知道這類的時間和約會不屬於這位女士，這會是一個誘因，是我非常熟悉的，單單有這個誘因我就會讓自己上鉤。我知道，遇見寒冷的天氣，在都市裡，這位女子有可能是我欲求的對象，不過不會有浪漫情懷伴隨，不會成爲我的意中人；愛情，一旦有了情境的助益，它會有更強的力道將我捲入，不過，愛情會變得更讓人鬱鬱寡歡，好像在人生中我們對於一些人們的感受，隨著時間的消逝，我們愈加發現到，這些人們在我們的情感中所占有的分量日漸縮小，而新增的愛情，我們期待它是天長地久，然而它被縮減了，就像我們的人生那樣短暫，這只是一次終場的戀情。

在壩北柯的人還不算多，年輕的少女稀稀落落。有時候我看見某一女子，或者另有某一女子在海灘上流連，沒有吸引力，不過，很多次的巧合似乎證實了，當她與女友們走出遊戲場，或者走出體能訓練學校時，她就是我渴想接近，卻完全找不到門徑的那一位。如果她果眞就是同樣的一位（我會謹守口風，不向愛蓓汀提起她），那麼我所以爲的，令人陶醉的少女，她並不存在。可是我無法確定，因爲在海灘上，少女們的臉龐不大，樣式不是恆常不變，藉由我的期待，我欲求的焦慮，或者我自我滿足式的幸福感，臉龐或緊縮，或放大，或變形，她們的衣著各有不同，腳步有的飛快，有的停滯不動。不過在近距離時，我覺得有兩三位蠻可愛。每次我看見其中的一位，我就想把她帶到大馬里斯大道，或者帶到沙丘那裡，更好的去處是懸崖。相較於冷漠無感，雖說我已經處於欲求狀態，就在我的欲求與索求一親芳澤之間，單方面實踐的勇氣已經發動了，不過還有一段無止境的「空白」屬於猶豫不決和靦腆。於是我就走進糕餅飲料店，連續喝上七八杯的伯多美酒。酒的效果立即在兩者之間畫出了一條連線，在我的欲求與行動之間不再有塡不滿的間隔，讓給猶豫或懼怕。我覺得少女將要向我飛奔過來。我將直直走向少女，這些話語將從我雙唇

287　這個關係代名詞缺少該有的前置詞。

說出：「我想和您一起散步。您願不願意我們一起去懸崖上，在那裡沒有人來打擾，在小森林後頭，有一座目前沒有人居住、風吹不到的活動小屋？」所有生命中的困難都被一掃而空，我們將彼此擁抱，沒有任何障礙。至少對我而言障礙不見了。因爲對沒有喝伯多美酒的她而言，障礙尚未化爲烏有。就算她喝過了美酒，世界在她眼中失去某些眞實感，就算她那長久珍愛的美夢突然變得好像可以成眞了，她或許也根本不想躺入我這個人的懷抱。

不僅少女們人數不多，而且這個季節還不到「旺季」，留下來的少女數目也是少少的。我記得有一位彩葉草般紅棕膚色的女子，眼珠綠色，雙頰棕紅，兩側對稱且飄逸，酷似某些樹木帶著薄翼的種子。我不知道哪一陣微風把她吹到壩北柯，也不知哪一陣微風把她帶走了。事出突然，當我知道她永遠離開了，我才敢向愛蓓汀坦承我憂傷了好幾天。

必須一提的是：她們中間有許多是我完全不認識的，有的我已經多年不見。通常在我與她們相遇之前，我會先寫信給她們。如果她們的回音讓我相信有可能愛上她，那是多麼快樂！在締造男女友誼的初期，就算是後來如此的情誼沒有延續，我們也不能不顧及起初所收到的信箋。我們想要把信箋一直留在身邊，如同收到帶著新鮮味道的美麗花朵，我們不停觀看，爲了就近聞一聞她們的香氣。我們將熟悉的句子一讀再讀，都覺得很舒服，在那些還沒能倒背如流的句子裡，我們要確認的是：在這樣的表達裡，有多少程度的柔情。她所寫的是：「您那親愛的信函」？這在我們所呼吸到的溫柔中略有所失，應該歸究於兩種情況：或者我們讀得太快，或者與我們通信的女士，她的字跡潦草難讀；她沒有寫：「提到您親愛的信函」，而是寫著：「看到這封信的時候」做開場白。可是信中後來的內容是如此的帶著柔情。噢！但願明天相同的花朵還會再被送來！之後，這樣還不夠，除了話語，應該加上雙目凝視，相互對話。我們將約會相見，——少女她或許不需有所改變，——光是憑藉著別人的描繪，或者個人的記憶，在那我們以爲會與仙女薇薇安邂逅的地點，卻遇見了長靴貓。我們還是約她第二天見面，因爲畢竟**她**才是我們所要的，是她。可是針對夢中女子的欲求不見得需要有某個美麗特質。這些只單單針對個人的某種欲求而已[288]；飄飄然像一些香氣，例如安息香是普羅迪拉伊亞（Prothyraïa）的欲求，番紅花是飄逸的欲求，植物香料是黑拉（Héra）的欲求，沒藥是雲中之香料，嗎哪是尼克（Nikè）的欲求，乳香是大海之香氣。然而這些由《荷馬詩頌》所歌詠的香氣爲數並不太多，遠遠不如神仙人物的數目，這些人物是諸多香氣所珍愛的。沒藥是雲中之香氣，也屬於普羅托果諾斯（Protogonos），尼普敦（Neptune）[289]，倪瑞（Nérée），傑托（Lèto）等人物的香氣；乳香是大海的香氣，也是屬於美麗的蒂克（Dikè），黛蜜絲（Thémis），喜協（Circé）[290]，九位繆斯女神，艾歐絲（Eos）[291]，梅尼墨金（Mnémosyne），白晝[292]，迪卡艾歐蘇聶（Dikaïosunè）等諸神的香氣。說到安息香，嗎哪和植物香料，我們有說不完的例子提到香料對神仙人物的啓發，這些神仙人物爲數如此衆多。安菲伊耶特斯（Amphiétès）擁有所有的香氣，只有乳香除外。蓋亞（Gaïa）所排斥的唯有蠶豆和植物香料。我對於少女欲求的情況也是如此。它們的種類不如少女的人數多，它們轉而變成雷同的失望和憂傷。我從來都不想要沒藥。我把沒藥保留給朱畢安和德．蓋爾芒特親王妃，因爲沒藥是普羅托果諾斯的欲求，「兼具陰陽兩性，像公牛般的哞叫，暴飲暴食次數衆多，史上少

288 整段文章結尾曲材自《荷馬詩頌》（*Hymnes orphiques*），樂恭特．德．黎勒之譯文：題名爲「香氣……」（«Parfum de …»）之八十三首短詩，副標題則是指出該香料的名稱。

289 在一些希臘文名字中間，普魯斯特唯獨將波賽頓（Poséidon）的名字以拉丁文稱之。

290 在《奧德賽》中，女巫師喜協（Circé）把尤利西斯和他的同伴們變成了豬；在《荷馬詩頌》眾多神明之中，她沒有地位。

291 普魯斯特弄錯了，因爲艾歐絲（Eos）的香料是嗎哪。

292 《荷馬詩頌》中的詩歌沒有一首是爲「白晝」（le Jour）而寫；普魯斯特很可能是想到赫里奧斯（Hélios），而他的香料正是乳香。

見，難以口述，興高采烈的降臨，飛向獻給奧吉歐芳特們（Orgiophantes）的祭品[293]」。

可是不久旺季來了：每天都有新人來到，就在我驟然增加散步頻率，取代閱讀《一千零一夜》的美妙情趣中，有一種原因把所有的散步都灑上了毒素，讓情趣蕩然無存。現在海灘上遍地都是年輕少女，而寇達建議過我的想法，它不是新增給我疑竇，而是使我在這一方面敏感、脆弱，我就要謹謹慎慎的，不要讓疑竇在我心中成形，一有年輕女子到達壩北柯，我就渾身不自在，對愛蓓汀建議去最遠的地方郊遊，好讓她不會結識新來的人，若有可能，甚至讓她視而不見。理所當然的，我更害怕的對象，是那些被點名為放蕩不羈的女子，或者被人認定她們聲名狼藉的那些人；我嘗試說服我的女友，如此的壞名聲其實是無中生有，具毀謗性，或許透過我還未意識到的害怕，我沒有對自己坦承說：她會找機會和道德敗壞的女子來往，由於有我在場，她才不能前去尋找這樣的機會，因而她會感到遺憾，或許她會以為，由於這樣的例子數字龐大，針對如此大幅度散播開來的惡習，其實不必明鏡高懸。在我否認每個罪嫌都有惡習的同時，至少我不是那麼認為女女戀不存在。愛蓓汀接受了我對某甲女子或某乙女子的惡習採取不信的態度：「這不是什麼壞事，我相信她只是想表現自己有某種型，想擺出那個樣子罷了。」這麼一來，我幾乎要後悔替她們的無辜辯解了，因為我所不開心的，就是愛蓓汀從前是那麼嚴格自律，如今竟然相信「這種樣子」還頗有魅力，頗有長處，以至於一位女子既然沒有這些癖好，就可以給自己如此的外表裝扮。我但願沒有任何女子來到壩北柯；這正是碧蒲思太太快要來到魏督航夫婦家的時段，我一想到就發抖，她的貼身女侍的喜好，聖—鷺都沒有向我避諱不談，而她有可能逕自來到海灘出遊，如果有那麼一天，我不在愛蓓汀身邊，她就會試著把愛蓓汀帶壞了，因為寇達不諱言魏督航夫婦對我情有獨鍾，正如他所說的，他們不想表現出對我窮追不捨，可是想盡辦法要讓我前往他們家，所以，我自忖著，有沒有可能從魏督航夫人得到首肯，讓魏督航夫人事先以任何一種藉口告訴碧蒲思太太，她不能留人在她家中住定，而讓碧蒲思太太盡快離開，我心中盤算給予魏督航夫人的允諾，就是把全部的德．蓋爾芒特家族盡量帶到魏督航夫人在巴黎的家中。

儘管有了這些想法，尤其最讓我擔憂的是安德蕊在場，愛蓓汀言語所帶給我的平靜繼續稍稍發揮了功效。況且我知道不久我就不那麼需要她話語的安撫了。幾乎就在大隊人馬來到的時候，安德蕊必須和蘿絲夢以及吉賽兒一起離開，而且她們只會留在愛蓓汀身邊幾個星期之久。就在這幾個星期當中，愛蓓汀似乎將她所做的、所說的一切都組合在一起，爲了摧毀我心中還可能存在的疑竇，或者要禁止疑竇再度產生。她設法不單獨與安德蕊相處，而且當我們回家時，堅持由我把她一直送到她家門口，好讓我們出外活動時，我到這裡找到她。安德蕊在她這方面也採取了同等的用心，她似乎是規避著看見愛蓓汀的機會。她們之間如此表面化的協調成了諸多跡象之一，那就是愛蓓汀應該是把我們之間會談的內容透露給了她的女友，而且要求她善盡心意，讓我的荒謬疑竇得以平息。

約略在這段時期，在壩北柯的豪華大旅館發生了一件醜聞，這並沒有讓我的折磨趨緩。蒲洛赫的妹妹一段時間以來與一位舊時的女演員有私密關係，不久之後，這樣的私密關係已經不足以滿足她們了。被別人瞧見，似乎增加了她們作出敗壞行徑的愉悅感，她們要把做愛的危險動作浸潤在所有人的眼光之下。開始是在遊戲沙龍裡，在賭博牌桌旁做一些愛撫，一般人大致可以把這個當成親密性的友誼表現。之後她們

293 「普羅托果諾斯（Protogonos）的香料，沒藥」。身具陰陽雙性的普羅托果諾斯（Protogonos），體態宏偉，在愛伊德（l'Aither）闊步行走，出自圓蛋，雙翅皆金，咆嘯像公牛，給人幸運及雄風之源頭，史上少見，眾多暴飲暴食場面，難以敘述，躲避大眾，喧天價響，以一切的眼目驅趕原始烏雲，展翅飛揚在宇宙中間，帶來閃亮光輝，爲此緣故，我稱之爲法內斯（Phanès），我祈求幸福圓滿，智慧異常，身帶各樣苗種的你，降下來吧，歡歡喜喜的飛向獻給奧吉歐芳特們（Orgiophantes）的祭品吧！」（《荷馬詩頌》。第五首。頁90）。

更明目張膽了。終於某個晚上，在舞池大廳內一個不算太暗的角落裡，就著一張躺椅，她們的行爲已經失去約束，好像就在她們床上所做的那樣。距離不遠之處，有兩位軍官由妻子在場陪伴著，他們去向旅館經理做了投訴。當下大家相信抗議會有成效。他們居住在內特厚勒姆，所憑藉的，只有一個晚上來到壩北柯的機會，對旅館經理的幫助根本不大。甚至在蒲洛赫小姐不知情的情況之下，縱使旅館經理提出批評，尼西姆．伯納先生卻是悄悄的保護她。這個理由有必要明說出來。尼西姆．伯納先生是個表現愛家行動不遺餘力的人。每一年，他在壩北柯爲他的侄兒租下一個美輪美奐的別墅，任何邀請都不會讓他不回家吃晚餐，這個家，事實上就是他們的家。不過，他從來都不在家吃中餐。天天中午，他都到豪華大旅館來。原因就像其他人包養巴黎歌劇院的一名小芭蕾舞星那樣，他包養了一個「小服務生」，相當類似我們已經提過的那些機動服務生，他們使我們想到《以斯帖王后》和《艾塔莉》[294]劇本中的那些年輕猶太人。說眞的，尼西姆．伯納先生與年輕小服務生之間有著四十歲的年齡差距，可能帶給這年輕小夥子的，是不太愉快的接觸，不過，就像在以上兩齣劇本的合唱團中所透露的那麼多智慧，拉辛是如此說的：

天啊，但願初生的好人品
在眾多危險中緩步行進！
但願在純眞中尋找你的心靈
發現計畫窒礙難行[295]！

年輕小服務生儘管「離開上流社會甚遠[296]」，在壩北柯的宮殿式廟堂中，他並沒有依循約阿德的建議：

你絕不要倚靠富裕與黃金[297]。

他或許給了自己一個理由說：「遍地都滿了罪人[298]。」不管怎麼說道，雖然尼西姆．伯納先生連如短暫的拖延都不想要，從第一天開始，

儘管有所恐懼，爲了撫愛這人，
他感受被幼稚的雙臂抱緊[299]

從第二天開始，尼西姆．伯納先生就帶小服務生出去，「具有感染力的接近改變了他的無知[300]」。從那時候開始，年輕孩子的生命不一樣了。儘管他的手捧著麵包與鹽，如他的領班所吩咐的，他的整個臉龐歌頌著：

294 有關拉辛式議題前面所出現的人物，參見本書法文原典頁64－66以及頁171。這次，普魯斯特引述了《艾塔莉》。特別是第二幕。第9景。合唱團在此對約阿斯發出讚美。
295 《艾塔莉》。第二幕。第9景。第788－791詩句。
296 同上。第772詩句。此一詩句已經被引述過。參見本書法文原典頁171。注6。
297 同上。第四幕。第2景。第1279詩句。
298 同上。第二幕。第9景。第794詩句。合唱團中的一個聲音提及約阿斯。
299 同上。第一幕。第2景。第253－254詩句。
300 同上。第二幕。第9景。第784－785詩句。

花叢處處有，愉悅隨時求
欲求要尋訪[301]
屈指可數須臾間。
今朝有樂今朝享[302]！
榮譽與職掌
盲弱乖順是報償，
悲哀之無知
聲音將上揚[303]。

從那天開始，尼西姆．伯納先生再也不會錯過前來坐在他午餐位子上的機會（就像坐在劇院正廳前座，包養著芭蕾舞劇配角的人，如此的女性配角屬於別具特色的類型，還正等著她的竇加）。讓尼西姆．伯納先生感到愉快的，就是在餐廳裡盯著小服務生，遙遠之處，一棵椰子樹下，儼然像個皇后的掌櫃小姐端坐著，尼西姆．伯納以眼目緊跟著少年服務生游走。少年人急著提供服務給所有的人，比較少為尼西姆．伯納先生，這是發生在他被包養以後，可能因為年輕的聖歌團團員以為他已經得到那人足夠的寵愛，沒有必要再對那人表現同等的和善態度，也有可能因為這樣的愛意使他生氣，或者因為他有所顧忌，怕被人發現了，讓他失去別的機會。可是如此冷漠所蘊藏的一切，倒是讓尼西姆．伯納先生感到高興。不論是由於希伯來民族的祖傳習性，或者因為褻瀆基督徒的情感，不論是猶太形式或是天主教徒形式的冷漠，他都格外樂於看見拉辛式的宗教場景。如果如此宗教場景是真正屬於《以斯帖王后》或者《艾塔莉》的演出，伯納先生會引以為憾，因為相隔幾個世紀，讓他沒有機會認識作者尚．拉辛，好為他的寵幸爭取到一個更重要的角色。可是午餐儀式不是源自任何作家，他只能退而求其次，和餐廳外場經理以及愛楣維持良好關係，好讓「年輕猶太人」被拔擢到所期待的位子，或者可以擔任實習領班，或者更進一步被擢升成爲領班。飲料總管的職位已經給了他，可是伯納先生強迫他拒絕，因爲這麼一來，他就不能每天前來看見他在綠色餐廳中間跑來跑去，被年輕人當成陌生客人來服侍。這種愉悅享受強烈得很，以至於每年伯納先生都習慣性地回到壩北柯，然後中午不在他家中用午餐，蒲洛赫先生認爲，關乎第一個習慣，原因在於伯納先生對於美好陽光的詩意品味，格外偏愛這裡的海岸落日，勝過其他海岸，至於第二個習慣，則是屬於老鰥夫根深柢固的怪癖。

老實說，尼西姆．伯納先生家人們所犯的錯誤，是他們猜想不到眞正原因，不知道爲何尼西姆．伯納先生每年都要重返壩北柯，也如蒲洛赫太太用她那賣弄學問的言辭所說的，爲何老是蹺家不在自家廚房進食，如此的錯誤更具深層的眞相，是屬於次要等級的。因爲尼西姆．伯納先生自己也搞不清楚，在壩北柯海灘怎麼會有愛情進來，在餐廳怎麼欣賞海景，怎麼會習慣性的有了怪癖，有了趣味，要另類包養餐廳中嫩如少女們的一個小廝，好像包養歌劇院的小咖芭蕾舞女，她正缺少一個提拔他的竇加。壩北柯豪華大旅館儼然就是個劇場，身兼劇場主任、劇場導演及劇場總監的愛楣——在這件事情上他所扮演的角色全然混濁不清——因此尼西姆．伯納先生與愛楣維繫了極好的關係。花心思爲了有朝一日得到某個好角色，說不定是餐廳外場經理。現在時機還未到，尼西姆．伯納先生所享受的愉悅，儘管是那麼饒富詩意，又是安安靜靜的任由他觀賞，倒是稍微帶著男卑女尊的性質，女人總是有妙招——就像斯萬從前的例子一樣——前往社交圈的時候，

301 同上。第821－822詩句。

302 同上。第8句押韻台詞24－825。

303 引述經過修改的《艾塔莉》。第三幕。第8景。詩句1201－1204。

他們是與情婦聚首。尼西姆．伯納先生剛入坐，就看見心中渴求的人兒上了舞台，一手以托盤帶來水果或是雪茄。因此，每天早上，擁抱了他的姪女，關心過我的朋友蒲洛赫的工作，掌心上放置了幾塊方糖、伸手給馬匹吃了之後，他就匆匆忙忙的前往豪華大旅館吃午餐了。儘管屋子失了火也好，姪女中了風也罷，他還是肯定會出發。因此他最害怕的，像害怕瘟疫那樣，就是患感冒而必需臥床——因爲他患有憂鬱症——這麼一來，他就需要派人去向愛楣要求把年輕人送來他家，時間要早於喝下午茶的時刻。

況且他喜愛壩北柯豪華大旅館內整個迷宮式的走廊，一些祕密的小器具房間，一些沙龍，一些衣帽間，食物儲藏室，一些長廊。藉由東方式的祖傳，他喜愛後宮，當他夜晚外出活動時，我們所看見的，是他偷偷摸摸的探索著小徑彎道走路[304]。

正當尼西姆．伯納先生逕自冒險走進地下室，同時設法不被看見，試圖避開醜聞時，他尋找年輕利未人的作爲，讓人想起《猶太女郎》劇中的詩句如此說：

噢，我們先祖的上主，
請降臨在我們中間，
將我們的奧祕隱藏
讓惡人不得看見[305]！

我反倒是上到了兩位姊妹的臥房，她們以貼身女侍的身分陪伴一位外國年長女士來到了壩北柯。依照豪華大旅館的稱呼法，以及芙蘭絲瓦的措辭，她們是幫忙跑腿的侍女，在芙蘭絲瓦的想像中，男性或女性的跑腿侍者在那裡是爲了打理買菜的事情，是兩個「腿快的跑者」。在府邸中，這些人的角色也被保留著，較爲帶著高貴氣，當時，人們所吟詠的詩歌裡，有著：「書房中的信差[306]」。

儘管豪華大旅館住房客人前往跑腿侍女的房間有很多困難，相反的情形也一樣，不過，很快的，我就與這兩位年輕的女子，瑪莉．金妮斯特小姐和賽莉絲特．艾芭瑞太太，建立了深刻卻非常純淨的情誼[307]。她們出生於法國核心高山地區，家在山腳下的小溪及湍急水流旁邊（溪水甚至就在她們的屋子下流過，那裡有一座水車轉動著，已經被高漲的溪水沖刷過好幾次），她們似乎都保留住了鄉土性情。瑪莉．金妮斯特說的話比較快速且規則，帶著切分音，賽莉絲特．艾芭瑞的話語比較無力、靜止，像湖水那樣平鋪直敘，可是帶著會翻攪的可怕洄瀾，它的爆發力使人聯想到水位升高時的危險，以及帶著水氣捲走一切，摧毀一切的龍捲風。她們經常早上來看我，那時我還躺臥在床上。我從來都不曾認識這樣的人，會如此刻意的不學新東西，在學校根本沒有好好學，然而她們的措辭依然帶有很強的文學性，如果不是因爲她們講話的口氣自然得近乎野蠻，我們會誤以爲她們是刻意做作。我保留了它的親近感，儘管對我有些美言（我在

304　在手稿中，普魯斯特在此發揮了《巴哲傑》（*Bajazet*）劇中亞寇馬（Acomat）所寫的詩句：「我在後宮被帶大，認識所有的彎道。」（«Nourri dans le sérail, j'en connais les détours»）。參見第四幕。第7景。詩句1425。

305　引述自一八三五年弗洛曼達．哈雷維（Fromental Halévy）依據斯克里伯（Scribe）之歌劇劇本，所寫的《猶太女郎》（*La Juive*）。參見《細說璀璨之童年》。原典頁90。這些詩句出現在第二幕。第1景。由合唱團唱出。

306　這是攸關奧芬巴哈（Offenbach, 1819-1880）於一八六九年所寫的《強盜》（*Brigands*）歌劇中一首著名的詠嘆調「薩塔蕾」（Saltarelle），由法拉郭雷特（Fragoletto）唱出。

307　賽莉絲特．金妮斯特（Céleste Gineste, 1891-1984）於一九一三年嫁給奧迪隆．艾芭瑞（Odelon Albaret, 1881-1960），他是普魯斯特於一九一〇年開始雇用的計程車司機。賽莉絲特．金妮斯特於一九一四年成了普魯斯特的女管家，一直留在這個職位上，直到普魯斯特一九二二年去世。她出生於奧弗涅（Auvergne）。瑪莉．金妮斯特，她的親姊姊，比她年長三歲，未婚，於她們的父母去世之後，一九一八年十月來巴黎與賽莉絲特會合。關乎瑪莉．金妮斯特和賽莉絲特所寫的這些文章，晚期才加入在小說之中，賽莉絲特曾經在她由喬治．貝蒙（Georgs Belmont）採集的回憶中提及《普魯斯特先生》（*Monsieur Proust*）。拉馮（Laffont）出版社出版。一九七三年。頁145-147。

這裡說這個，不是爲了替我臉上貼金，而是爲了讚美賽莉絲特奇特的語言天份），儘管對我有些批評，雖然一樣是錯謬的，不過倒是十分真心的言辭，針對我的舉止而發出，正當我拿牛角麵包沾牛奶時，賽莉絲特對我說：「噢！頭髮烏黑像松鴉的小黑鬼，好深沉的惡意！我不知道把您生下來的媽媽是怎麼想的，因爲您分明是隻鳥兒的樣子。瞧，瑪莉，難道我們不會說，把羽毛順得光鮮亮麗，轉動脖子帶著機靈的，就是他？看他那一副輕巧的樣子，我們還以爲他正學著飛呢！啊！您運氣好，生在富裕人家，否則像您這樣愛浪費，會有什麼好下場？您要把牛角麵包給丟了，只因爲它碰到了床。哦，看，這回他把牛奶給灑了。等等我給您掛上一條餐巾吧，因爲您沒這個本事，我從來沒見過像您這樣獃，這樣笨手笨腳的人。」於是我們聽見瑪莉．金妮斯特發出較爲規則、瀑布般的聲音，大爲光火的責備她的妹妹說：「拜託，賽莉絲特，妳閉嘴好嗎？妳這樣對先生說話，太不講理了吧？」賽莉絲特只是微笑著；由於我討厭別人給我圍餐巾：「不行啊，瑪莉，看看他，蹦！他現在挺得直直的，像一條蛇。一條如假包換的蛇，我跟妳說。」而且，她還說出一大堆有關動物的比擬，因爲根據她的說法，別人都不知道我睡覺時整夜飛舞著，就像一隻蝴蝶，而大白天，我的行動快速得像隻松鼠，「妳知道嗎，瑪莉，就像我們在家鄉所看見的，那麼機靈，光是用眼睛看都跟不上牠們的速度。」——「可是，賽莉絲特，妳是知道的，他不喜歡吃飯的時候圍餐巾。」——「他不是不喜歡圍餐巾，應該是說，我們不能忤逆他的心意。他是貴族人家，就要擺出是他當家作主的樣子。若有必要，我們換上十次的被單都可以，可是他就是不肯讓步。昨天的被單已經送洗了，今天的被單才剛剛換上，就要換下來了。啊！我說得一點不錯，他生來就不是要過窮人命。瞧，他的頭髮豎起來了，像隻憤怒的鳥兒鼓起羽毛那樣。可憐的長翅鳥！」這麼一來，抗議的不是只有瑪莉而已，我也抗議了。因爲我壓根兒就不覺得自己是貴族。可是賽莉絲特對我的謙沖爲懷從來不相信，她打斷我的話，說：「啊！綁著繩子的大袋子，啊！說什麼溫柔，啊！喪心病狂！狡猾又狡猾，惡棍中的頭號惡棍！啊！莫里哀啊！」（這是她唯一認得的作家名字，可是她拿來用在我身上，意思是說，有人會自己寫好劇本，又自導自演。）「賽莉絲特！」瑪莉發威大叫，根本不認識莫里哀是何許人，唯恐這是一個新的罵人字眼。賽莉絲特又微笑著：「妳沒看過在他抽屜裡的小時候照片？他想誆我們，以為人家經常把他簡簡單單的打扮穿著而已。在照片裡哦，看他手拿著小拐杖，全身沒有一個地方不是裹著毛襖就是穿著繡花衣裳，王子都被比下來了。可是更了不起的是他那副莊嚴的大氣派頭，還加上最有深度的善良。」——「怎麼，」瑪莉的瀑布怒吼了，「妳現在會翻他的抽屜了。」為了平息瑪莉的害怕，我問她對尼西姆·伯納先生的行為有何看法。「啊！先生，這種事情我不敢相信居然存在：要靠過來一些才能說，」這一回將了賽莉絲特一軍[309]，透過一句意味深長的話，她說：「啊！您想想，先生，人生真是莫測高深。」為了換一個話題，我對她說，我父親一生都不眠不休的工作。「啊！先生，這些人的生命不為自己做任何保留，連一分鐘也不留，連一個享受都沒有；全部，全然都是犧牲，只為了別人，這些人把生命**都豁出去了**……瞧，賽莉絲特，光是看他怎樣把手放在遮蓋布上拿他的牛角麵包，多麼高雅！他大可以做一些無關緊要的動作，他的每一個細節，似乎把法國所有的高貴都帶著走動，一直帶到庇里牛斯山脈。」

如此失真的肖像描寫使我渾身無力，我閉起了嘴；賽莉絲特這又看見了我耍新的心機了：「啊！看這個多麼純淨的額頭，隱藏了多少事，面頰和善清新，就像杏仁果的果肉，綢緞模樣的一雙小手，軟綿綿的，指甲好像鳥爪，等等。哦，瑪莉，瞧他喝牛奶的敬虔模樣，讓我很想獻上祈禱。多麼肅穆！這個時候該給他留下一幅肖像畫才是。看他那幅十足的孩子氣，難道是您像孩童那樣喝牛奶，讓您保有了孩童的乾

---

308 «rosse des rosses» rosse：引申用語，一八四〇年間之通俗用語，乃指讓人吃癟，受壓，橫行霸道的惡棍。**【譯者注】**。

309 «damant pour une fois le pion à Céleste» damer le pion à qqn：〔轉意〕意即：勝過某人，超越過他，受攻擊時光榮漂亮的回擊，回應某人攻擊而大獲全勝《二〇二一年小羅勃特法語文辭典》。**【譯者注】**。

淨膚色？啊！這麼年青！啊！這麼漂亮的肌膚！您永遠不出老。您運氣眞好，從來都不需要舉起手來威脅人，用您的雙眼使個眼色，別人就非聽從不可。他這下子發怒了。他把身體挺得直直的，就像該當如此。」

芙蘭絲瓦完全不喜歡這兩個人，稱她們兩個是和我攀談的馬屁精。旅館經理要求服務生窺伺所發生的一切事務，甚至請人一本正經的提醒我，住在旅館的房客和跑腿女侍聊天有失身分。而我感覺「馬屁精」比起所有的豪華大旅館房客都更高尚，對於他的告誡，我深信他不會明白我所給的解釋，所以用嗤之以鼻來回應。兩位姊妹繼續返回找我。「看，瑪莉，看他多麼細緻的線條。噢，小傑作美極了，比我們在精品櫥櫃下所看見的更美，因爲他會有動作，白天晚上都得聽著他講話。」

竟然有個外國女士把她們帶來，這是個奇蹟，因爲她們沒有任何歷史、地理方面的知識，天生就是討厭英國人，德國人，俄國人，意大利人，這些異鄉的「臭蟲」，只會破例喜歡法國人。她們的面容完全全留住了家鄉溪流中濕潤可塑的黏土特質，只要一有人說到在豪華大旅館裡住進了某個異地來的客人，爲了重複他所說的話，賽莉絲特和瑪莉就會把那異地來的人的臉服貼在自己的臉上，她們的口變成了他的口，她們的雙眼變成了他的雙眼，我們眞的好想保留住這些美好的劇場面具。尤其是賽莉絲特，當她佯若無事只單單重複說著旅館經理的話，或者重複我某個朋友的話，她常常在迷你敘事中加上一些虛擬言辭，所有蒲洛赫的毛病，或者關乎首席理事長的，等等，都被詭異的描繪了出來，而且不露聲色。她將這種事承擔爲己任，用簡報的形式完成難以模仿的肖像畫。她們從來都不讀書，連一份報紙也不看。然而有一天，她們在我床上找到一本書。是聖—雷傑．雷傑所寫的美好詩句，但是寓意晦澀難懂。賽莉絲特看了幾頁，對我說：「您眞的確定這些是詩，而不是猜謎遊戲嗎[310]？」當然對小時候單單只學過**地上的丁香都凋零**[311]這首詩的人而言，兩者之間是缺少轉變過程的。我相信她們之所以執意不做任何學習，有部分原因是因爲她們家鄉文化氣息不佳。她們依然有著詩人的才華，比起一般詩人更謙沖爲懷。當賽莉絲特說過了某件特優的事，我沒能記牢，請求她再重複說給我聽，她所向我確認的，就是她已經忘記了。她們從來都不念書，也從來都不寫作。

芙蘭絲瓦相當驚訝，知道這一對心思如此單純的姊妹花有兩位兄弟，其中一人娶了杜爾大主教的姪女爲妻，另外一人和羅岱之主教[312]的親戚結了親。對旅館經理而言，這樣的事沒有什麼大不了的。賽莉絲特有時候會責備她的丈夫什麼都不懂，而我所訝異的，是他如何能忍受得了她。因爲她某些時候一發起雌威

310 一九一六年二月二十五日，紀德拜訪過普魯斯特之後，卡斯東．賈利瑪寄給普魯斯特一本於一九一一年，由艾雷克斯．聖—雷傑．雷傑（Alexis Saint–Léger Léger）又名聖—尚．百思（Saint-John Perse）所著的《頌辭》（*Eloges*）。賽莉絲特在她的回憶中提到：「有一次，我記得他對我讀了幾首詩，是他剛收到或是剛買的一本詩集——我忘了那是保羅．瓦雷理（Paul Valéry）或者是聖—尚．百思所寫的。當他讀完時，我對他說：『先生，這不是詩，是猜謎遊戲。』惹得他狂笑起來。後來幾天他告訴我，他把這件事到處對別人說。」（《普魯斯特先生》。參見前述之版本。頁151。保羅．莫翰也如此說：「晚餐時候，在麗池大酒店與海倫及普魯斯特有場小小餐聚。〔…〕賽莉絲特說到雷傑的詩，表示『這些比較像是猜謎遊戲，不像是詩句』。這樣的說法讓普魯斯特哈哈大笑，露出了他一口非常漂亮的牙齒。」參見《大使館專員之日記》（*Journal d'un attaché d'ambassade*）。一九一七年六月二十六日所載。圓桌出版社（La Table ronde）出版。一九四九年。頁299。

311 在賽莉絲特．艾芭瑞的回憶中，有一張手寫稿被印出來，普魯斯特在上面寫下了這幾句詩句：「此地今生，丁香花兒皆凋零，／鳥兒歌聲都短促，／我遐想夏日餘光，／不止息〔…〕」（Ici-bas tous les lilas meurent, /Tous les chants des oiseaux sont courts ; / Je rêve aux étés qui demeurent/ Toujours〔…〕）這乃是旭禮．普呂東（Sully Prudhomme）所寫的一首詩，名爲「今生」（Ici-bas），摘自一八六五年所著《詩節與詩篇》（*Stances et poèmes*）一書，〈內在人生〉（«La Vie intérieure»）之片段。於一八七七年，被佛瑞（Gabriel Fauré）譜成曲（opus 8, no 3）。同一詩句重新又於本書法文原典頁509被引述。普魯斯特對旭禮．普呂東的感覺喜惡參半。在一九〇八年九月寫給馬賽爾．植葡（Marcel Plantevignes）的一封信中，這是他在夏季的卡布爾駐留時代多有往來的對象，普魯斯特「憂憂鬱鬱的」引述了同樣的詩句。（《魚雁集》。第八冊。頁221）。

312 賽莉絲特．艾芭瑞有四位兄弟。在她的回憶中，她提到第二位兄弟「娶了杜爾（Tour）的內格爾主教（Mgr.Nègre）的姪女爲妻」。參見《普魯斯特先生》。前述之版本。頁137。這事讓普魯斯特非常開心，給了他靈感，寫下一首詩，被賽莉絲特引述：「高䠷，細緻，美麗，稍瘦，／有時慵懶，有時輕鬆，／親王及盜匪都著迷，／丟給馬賽爾酸溜語，／給出醋來反得蜜，／機靈活潑有義氣，／算是內格爾的好姪女。」（«Grande, fine, belle, un peu maigre, / Tantôt lasse, tantôt allègre, / Charmant les princes et la pègre, / Lançant à Marcel un mot aigre, / Rendant le miel pour le vinaigre, / Spirituelle, agile, intègre, / C'est la presque nièce de Nègre.»）。賽莉絲特沒有提到羅岱之（Rodez）的主教。

來，暴怒之下，什麼都會被她破壞殆盡，十足令人厭惡。有人認為我們的血液這個帶著鹹味的液體，是原始的海水成份繼續存留在體內沒有消退。同樣的，我相信在賽莉絲特身上，不只在她憤怒的時候，還有在她沮喪的時候，所保留住的，是她在故鄉中小溪流動的韻律。當她疲憊不堪的時候，就像小溪那樣，真的是乾涸得無情。這時候任何事都不能讓她起死回生。之後，突然間，水的流動重新在她那高大、美好、又輕盈的身軀內運作起來，水的流動在她那乳白色透明的皮膚下露出淺藍。她對著太陽微笑，淺藍顏色變成深藍。在這樣的時刻，她是名符其實的天之仙女[313]。

蒲洛赫的家庭固然毫不懷疑他們的伯父從不在家中吃午餐的緣由，他們一開始就把它當作是個老鰥夫的怪癖，或許為了要和某個女演員勾搭，這也成了必要條件，凡是一切有關尼西姆．伯納先生的事情，對壩北柯豪華大旅館經理而言，都是「禁忌」。這就是為什麼，甚至不必參考身為伯父的所作所為，經理終究不敢拿姪女來開鍘，只不過建議她稍加自律而已。於是數天之久，少女和她的女友原以為已經要被趕出娛樂賭場及豪華大旅館大門之外了，看見一切都了無罣礙，就歡天喜地的向父執輩避她們唯恐不及的人們展現了寡廉鮮恥的一切作為。當然，她們不致於公開重演讓所有人受不了的那一幕。可是逐漸的，她們又不知不覺的重蹈覆轍。一天晚上，當我和愛蓓汀以及剛剛碰上頭的蒲洛赫走出已經大半熄燈的娛樂賭場時，她們纏綿在一起走了過來，不停的擁吻著，走到我們面前發出嘰嘰咕咕的聲音，笑聲加上叫囂聲，全然不顧禮數。蒲洛赫低下雙眼，免得露出認識妹妹的神情，而我心中的折磨，是想到如此特殊的、可憎惡的語言，或許是針對愛蓓汀而發出的。

另外一個突發事件讓我更為蛾摩拉城擔憂不已。在海灘上，我看見了一位美麗的年輕女子，身材窈窕，膚色白皙，她的雙眸放射出的光芒，構成極為整齊的幾何圖形，圍繞著一個中心點發光，看著她這樣的眼光，我們會想到某顆星星。我自忖這位少女比起愛蓓汀美麗得太多了，彷彿放棄另一人更是聰明。充其量這張年輕貌美的臉龐曾被看不見的糜爛生活刨刮過，爲了討生活，經常接受低俗的謀生方式，以至於那顯得比臉龐其他部分更高貴的雙眸，只會爲著口腹和性欲而閃爍放光。次日，在娛樂賭場裡，這位年輕的女士距離我們很遠，可是我看見她的眼光不停的對著愛蓓汀一閃一閃、轉來轉去，讓我們覺得，她好像透過轎車車燈，對著她打信號。我的女友看見有人對她那麼注意了，這使我痛苦，我害怕連續不斷發亮的這些眼神，它的意思，其實就是次日要訂下戀愛的約會。這個約會或許不是第一次了，誰知道？這位雙眼閃爍著亮光的年輕女子，可能某一年前就已經來過壩北柯。或許因爲愛蓓汀已經迎合過她或某位女友的欲求，以至於這位年輕女子膽敢對她放射閃爍的信號。於是這些信號不只是爲了現在的某件事而發出要求，它們表示的，是過往的快樂時光。

　　這個約會，在這種情況之下，就不應該是第一次了，而是過往幾年一起做過的後續。事實上，這些眼神豈不是正在問著：「妳要嗎？」年輕的女子一看見愛蓓汀，就把頭完全轉過來，朝向她發出承載許多記憶的閃爍眼光，彷彿她害怕又訝異我的女友不記得了。愛蓓汀很清楚的看見了她，冷靜的按兵不動，以至於另一人，如同一名男子，看見他的舊情婦如今有了新情夫，應該持有矜持態度，不再看著她，不再關照她，當她不存在那樣。

　　不過，數日之後，我對這位年輕女子的癖好有了證據，而且也有可能得到把握，就是她從前已經認識愛蓓汀了。通常，當娛樂賭場表演廳裡的兩個少女互相渴求的時候，就會有一種放電的現象發生，一股磷光閃閃的條狀痕跡從一人連到另一人。順道提一下，就是借助於如此的物質性表現，縱使無法探測得到，藉著這些星星式的記號，周遭的氛圍會被燃燒起來，於是在每個城市裡，在每個村莊裡，散居的蛾摩拉城

313　«elle était vraiment céleste»。Céleste：擁有上天的氣質。**【譯者注】**。

居民傾向與分離的手足會合，再度形成《聖經》所提及的城市，同時，隨處都有人持續做相同的努力，即使如此的重新建造只是偶而發生，參與其中的分子，有思念故鄉者，有假冒僞善者，有時候，還有一些被所多瑪城驅逐出境的勇敢人士。

有一次，我看見了愛蓓汀表面上裝做不認識的那個陌生女子，剛好是蒲洛赫的表妹經過的時候。年輕女子雙眼閃爍發亮，可是我們看得很清楚，她不認識以色列籍的小姐。她第一次看見她，感受到某種欲求，毫無疑問的，這完全不等同於對愛蓓汀的那種篤定，她應該對於愛蓓汀的友善有著十足的把握，以至於面對愛蓓汀的冷漠感到驚訝，一個熟悉巴黎，不過沒有定居在巴黎的外來者，再度返回幾個星期，看見原先他習慣欣賞晚場好戲演出的劇院不見了，有人在此蓋了一座銀行。

蒲洛赫的表妹走到一個桌子坐下，看著她的雜誌。不久，年輕女子，漫不經心的，來她旁邊坐下。可是在桌子下面，我們大可看見，不久就互相牽扯不清的，先是她們的雙腳，之後是她們的雙腿，再加上她們的雙手，全都碰在一塊兒了。她們開始說話，一起閒聊起來，年輕女子她那天眞的丈夫到處找她，訝異的發現她的妻子正和一個他毫不認識的少女談著當天晚上的活動計畫。他的妻子把蒲洛赫的表妹介紹給丈夫，當她是個童年玩伴，名字則是說得不清不楚，因爲她忘了請教她的姓名。丈夫在場讓她們的親密關係往前邁進了一步，因爲她們開始以「妳」的口氣互稱，說她們原是在修道院認識的，如此的急就章說辭讓她們後來笑得不得了，也笑著被蒙在鼓裡的丈夫，如此的開懷事件，給了她們新增的溫存機會。

至於愛蓓汀，我不能說她在任何地方，或是娛樂賭場，或是海灘，她與某位少女有太放蕩的態度。我反倒覺得她們的冷漠、無所謂是格外刻意，似乎是被教養得很好，是一種巧計，用來轉移別人的疑竇。對某位少女，她以快速的、冰冷的、規矩的方式，非常大聲的答道：「對，靠近五點時，我去打網球。明天早上大約八點時我去淋浴」，然後快速的離開剛才她說這話的對象，表現出一副瞞天過海的可怕神態，或是爲了約定好約會，或許更是爲了大聲說出事實上沒有任何意義的這句話，好讓低聲相約的會面不會「被人注意到」。之後，當我看見她騎著她的腳踏車飛快速度前進時，我無法不去想，她正要去與她剛才說過話的人會合。

當某位美麗的年輕女子在海灘角落處由轎車下來，愛蓓汀頂多會忍不住回頭瞄一眼。她立即說明：「我看著他們在海水浴場前面新立的旗幟。他們應該多花一些錢的。上一個旗幟相當難看，但是我眞的認爲這一個旗幟更糟。」

有一次愛蓓汀不只是冷處理而已，而我則是更加難過了。她必須有時候與姑媽的一位「太妹型」女友碰頭，她有時候來彭當太太家渡假兩三天。愛蓓汀知道我消受不了，好聲好氣的對我說，她已經不再和她打招呼了。當這個女子來茵卡城時，愛蓓汀說：「對了，您知道她又來這裡了。有人告訴過您了嗎？」好像是爲了對我表明她沒有私底下見她的面。有一天，她對我說這事的時候，補上了一句：「對，我在海灘遇見了她，我經過她面前時，我故意的，很粗魯的，撞了她一下。」當愛蓓汀對我如此說時，我想起彭當太太說的一句話，我從來都沒有再想過這句話的意思，她在我面前對著斯萬夫人說，她的姪女愛蓓汀很粗魯，彷彿這是一個優點，而且她曾經對我不知道的某個公職人員的太太說，這位太太的父親曾經是廚子。我們所愛慕者的言語不會長時間保持純淨；它會變質，它會變臭。一兩個晚上以後，我重新想了一想愛蓓汀說那句話的意思，不再是她引以爲傲的粗魯沒教養——這只會讓我一笑置之——這句話不是如她想要向我交代的意思，而是另有所指，愛蓓汀，即使可能沒有訂下確切的目的，只是爲了激動這位女士的感官，或者向這位女士惡意的提醒過去曾經做過的提議，或許是她已經接受過了的，所以很快的在她的身上蹭了一下，認爲我既然是在公衆場合得知她的這個動作，她就提前算計到了我對她會有不利的詮釋。

再說，由愛蓓汀或許愛過的女子們引起我忌妒的事，即將嘎然停止了。

*

愛蓓汀和我，我們一起站在壩北柯地區小火車停靠站前面。因爲天氣不好，我們讓豪華大旅館的接駁車送我們來車站。離我們不遠之處，尼西姆．伯納先生在那兒，他的一隻眼睛被打得青腫。不久以前，他開始與鄰近頗受顧客群青睞的農場小男孩交好，欺騙了《艾塔莉》合唱團男孩的感情。農場的名字叫做「櫻花樹下」。這個紅髮小男生長相粗魯，一粒頭殼長得絕對是個番茄模樣。另一粒完完全全一模一樣的頭就放在他那孿生兄弟身上[314]。對於沒有私人企圖心的賞析者來說，這倒有些好看，兩位孿生兄弟相似得完美無瑕，大自然似乎暫時成了機械化的生產者，製造了相同產品。很遺憾的，尼西姆．伯納先生的觀點並不是這樣，兩兄弟的相似純屬外表而已。二號番茄所瘋狂享受的，單單是屬於與女士來往的甜蜜滋味，一號番茄不會不肯委屈求全來和某些男子共享某些癖好。可是每次伯納先生來到「櫻花樹下」農場，一想起他和一號番茄渡過的美好時光，情急之下難以自持，近視眼的老猶太人（不過不需要近視也會搞錯誰是一號，誰是二號）不自覺的扮演起安非特黎恩角色[315]，問孿生兄弟說：「你今天晚上和我約會好嗎？」他立即得到一頓結結實實的「痛打」。當他繼續和另一位提起對第一個人說過的話時，如此的教訓甚至會在同一次的飯桌上重複出現。到最後，如此的痛打，透過觀念上的連結，番茄這東西，甚至是可食用的，都讓他噁心極了，以至於在豪華大旅館裡，每次他聽見某個旅客在他旁邊要點番茄來吃，他就悄悄的對他說：「對不起，先生，容我冒昧對陌生的您說話。我聽見您選菜單要吃番茄，今天的番茄都爛掉了。爲了您的好處我才告訴您，因爲對我而言，我是不在乎的。我從來不吃番茄。」陌生人向這位既博愛又沒有私心的鄰桌朋友連忙道謝，把服務生叫了過來，佯若無事的改換了自己的想法，說：「對，確定了，番茄要取消。」愛楣見識過這種場面，私下偷笑著，想說：「伯納先生這個糟老頭，他又找到方法讓人更換菜單了。」伯納先生正等著延遲進站的小火車，因爲他的眼睛青腫，不願意向我和愛蓓汀道日安。我們更是不想和他說話。就在這個幾乎不可能不打招呼的尷尬時刻，有一部腳踏車飛也似的向我們直衝過來；電梯管理員從腳踏車上一躍而下，上氣接不了下氣。我們出發不久，魏督航夫人打了個電話，邀我兩天後去吃晚餐，不久我們就會明白個中原因。電梯管理員把聯絡電話的各種細節告訴了我之後，他離開了我們，就像民主式「雇員」面對著中產階級人士要裝出一副獨立自主姿態，在雇員彼此之間又有尊卑上下原則要遵守，意思是如果他遲歸，門房和司機可能不開心，他補上一句說：「爲了我的上司們，我得要快點走了。」

愛蓓汀的朋友們離開了一段時間。我想要讓她散散心。我假設她在壩北柯花幾個下午時間單單與我在一起，可能會感受到幸福，我知道幸福從來不會完全讓人擁有，我也知道，以愛蓓汀的年齡而論，（有些人跨不過年齡的限制）她還沒有發現，幸福的殘缺感是源自感受幸福者本身，與幸福的授予者無關，愛蓓汀很可能會試著把她失望的原因歸咎於我。我寧可她怪罪環境，照著我所設計的，不容易讓我們單獨相處，我不願意她在娛樂賭場或者在海堤上逗留，除非和我在一起。因此我去看聖─鷺那一天，我要求她陪我去東錫耶爾。爲了相同的目的，爲了讓她有事可忙，我建議她繪畫，她以前學過畫畫。正工作著，她就不會問自己究竟幸福不幸福了。我也很樂意偶而帶她去魏督航夫婦家以及德．康柏湄夫婦家吃晚餐，前者或後者一定樂意款待被我所引薦的女友，可是我必須首先確認碧蒲思太太還沒到達拉．哈斯柏麗野。要了

314　麗池大酒店（l'hôtel du Ritz）一對孿生的機動服務生，可能就是番茄頭兄弟的原型人物，一九二二年六月普魯斯特寫給喜德奈．史佛（Sydney Schiff）的信中提到他們：「孿生兄弟中的一位離開了，是您判斷人格不一樣的那位，（他的人格是一樣的，而且一無是處）他陪伴諾斯克立夫大爺（Lord Northcliffe）前往瑞士去了。」（《魚雁集全集》。第三冊。頁42）。

315　模糊的影射愛麗璊（Alcmène）的丈夫，朱比特（Jupiter）趁他不在時，借用了他的一些特質來引誘他的妻子。在莫里哀的喜劇中，如同在普羅德（Plaute）的戲劇中一樣，梅區爾（Mercure）取用了蘇西（Sosie），即安非特黎恩（Amphitryon）家僕的一些特質，正牌的蘇西被冒牌者施予一陣痛打。（第一幕。第1、第2景）。

解這點，我非得到現場才能一窺究竟。由於我事先知道，兩天之後，愛蓓汀一定得要和她的姑媽前往附近的地方，於是我利用機會，寄了一份快信給魏督航夫人，問她是否星期三可以款待我。如果碧蒲思太太在場，我將設法見到她的貼身女侍，確認有沒有可能萬一她來到壩北柯，在這種情況之下，讓我知道哪天把愛蓓汀帶到遙遠之處。地區性鄉間火車道，當我和外婆搭它的時候，當時並沒有繞個頭尾相銜接的小圈，它現在正經過東錫耶爾—拉—古畢火車站，這是一個大停靠站，從這車站有重要的火車開出，特別是曾經載我來到這裡看聖—鷺的特快車，會從巴黎開過來，而且搭這部特快車重新回去巴黎[316]。因爲天氣不好，豪華大旅館的接駁車把愛蓓汀和我載到壩北柯—海灘的小火車停靠站。

小火車還沒到站，不過大家看見小火車的裊裊煙圈，緩緩的，慢慢的留在沿路上，現在只能被縮減成近乎不浮動的薄雲而已，它緩慢的在克里格多峭壁的綠色坡道上往上爬升。超前垂直上升的煙雲終於被慢慢進站的小火車趕上了。要搭乘火車的旅遊者左右分開站立，讓小火車進站，大家不慌也不忙，知道他們要搭的車是個敦厚的、近乎帶著人情味的車輦，像初學騎腳踏車的人那樣，被站長所打的信號客客氣氣的帶領著，在司機有能力的保護之下，它不撞倒任何人，在大家所期待的地點刹住[317]。

我的快信有魏督航夫婦的電話聯絡方式，這信來得正巧，星期三（兩天之後就是星期三）是魏督航夫人在拉．哈斯柏麗野以及在巴黎招待大型晚餐的日子，我對此有所不知。魏督航夫人不是以「晚餐」，而是以「週三日」招待。週三日的招待是大有講究的藝術作品。儘管魏督航夫人知道，任何其他地方都沒有她的週三日高檔，她還是要在每個週三日置入一些細微的差異。「上週三不比前次的週三好，」她說道，「不過我相信，將要來的週三將是個前所未有的成功招待。」直言不諱的她有時候會說：「本週三沒有以前的品質。不過，下一次，我會給各位預留一個意外的大驚喜。」當巴黎的招待季節接近尾聲的那幾週，女大老闆離開巴黎前往鄉下之前，她會預告週三日即將結束了。那是激勵忠誠之友的機會：「只剩三個週三日了，只剩兩個週三日了，」完全是世界末日即將臨到的口吻。「下週是結束週，諸位該不會棄我於不顧吧。」而這個結束週是個幌子，因爲她通告大家說：「現在正式的說法就是不再有週三日了。這是今年的最後一次。不過，我週三還是會在那兒。我們會有小群的週三日；說不定這些親密小群的週三日，才是最舒服的聚集呢。」在拉·哈斯柏麗野的週三日必然是小圈人士的聚集，由於邀請是依照偶遇的過客而做，是在某一個晚上或是在另外的某一個晚上，所以幾乎每天都是週三日。電梯管理員對我說：「我記不得受邀賓客的名字了，可是我知道有卡芒貝乳酪牌侯爵夫人受邀」；他還記不得我們對德·康柏湄姓氏所做過的解釋，無法確實取代他所記得的舊姓氏，由於此一姓氏的音節都是耳熟能詳，又具有豐富意義，所以立即被他喜愛、接納，當困難的姓氏讓年輕的雇員尷尬得說不上來的時候，舊姓氏就來替他解危了，這倒不是因爲他懶得梳理這個字，也不是古老的用法已經根深柢固、動搖不得，而是因爲邏輯和清晰的需要，都被這些音節滿足了。

我們趕忙著上車，爲了進入一個空車廂，好讓我能一路上擁吻愛蓓汀。由於我們找不到任何無人車廂，於是上了隔間座位區車廂，在那裡已經端坐著一位臉龐超大的女士，既醜又老，帶著男性化的神情，穿著非常講究，正讀著《雙世界期刊》[318]。儘管她帶著俗氣，舉手投足頗爲自命不凡，樂得我自忖：究竟

---

316 一九一四年前普魯斯特的地圖所走過的地方於是彼此有了銜接：《妙齡少女花影下》的壩北柯與《富貴家族之追尋 第一集》的東錫耶爾銜接上了，不久之後，在一九〇九年之後的草稿裡，又有一九一三年魏督航夫婦的鄉間宅第的場景，它原先被放在巴黎近郊地區。

317 在一九二〇年歲末，普魯斯特寫給德·墨倪伯爵夫人（la comtesse de Maugny）的一封信中，描寫了薩瓦（Savoie）的一部小火車，似乎是壩北柯小火車的原版：「一部有耐性的小火車，個性溫馴，花上足夠的時間等待姍姍來遲的旅客，就是連已經開走了的時候，若有人向它招手，它還會停下來，讓那些像它一樣跑起來氣喘吁吁的人們，趕緊跑來和它會合。」（《駁聖—伯夫》。頁567）。

318 在《尚·桑德伊》（*Jean Santeuil*）一書中，有位侯爵夫人也同樣被誤認爲是交際花。參見《尚·桑德伊》。頁377及頁700。

她屬於哪個社會層級：我立即下了結論，她應該是一位出遊中的大型妓女戶的老鴇。光看她的臉，她的姿態，就再明顯不過了。只是我到現在都不知道這些女士們會讀《雙世界期刊》。愛蓓汀對我指了指她，不免使了個眼色，對我瞇瞇的笑著。這位女士的表情極其莊嚴；次日[319]我將被出名的魏督航夫人邀請，小火車鐵路線所到的終點站會帶我到達受邀之地，在中間的一站，羅伯特．德．聖—鷺正等著我，火車再更往前開，如果我來翡淀居住，德．康柏湄夫人會非常開心，由於我意識到這一切，我的雙眼閃爍著諷刺，看著這位擺架子的女士，她似乎以爲裝扮講究，帽子頂著羽毛，手中拿著《雙世界期刊》，就成了比我更有分量的人物。我希望這位女士不會比尼西姆．伯納先生留在車上更久，至少到了竇單城她就下火車，可是並沒有。火車停在艾朴城，她還端坐著。到了海邊之蒙馬丁城，帕爾城—拉—賓卡，茵卡城，她都紋風不動，以至於我絕望了，當火車開出了聖—芙里蔬站，是東錫耶爾之前的最後一個停靠站，我開始擁抱愛蓓汀，不顧那位女士了。到了東錫耶爾站，聖—鷺已經前來車站等著我，據他說，是排除了萬難才來的，因爲他借住在姑媽家，所以剛剛才收到我的電報，不能事先把時間安排好，他只能陪我一小時而已。唉！這一小時已經讓我覺得夠久了，因爲愛蓓汀一離了火車車廂下來，就只注意聖—鷺一個人。她不和我聊天，我對她講話，她也不大愛搭理，當我靠近，她就把我推開。反之，對羅伯特，她的笑聲帶著試探，滔滔不絕的對著他說話，逗著他身邊的狗兒玩，一面惹著狗兒，一面故意向著狗主人摩蹭。我記得第一次愛蓓汀讓我親吻她的那天，我感恩的微笑著，感謝著有個陌生的調情者，由他帶給愛蓓汀極爲深度的改變，讓我簡簡單單的就辦好了事。現在，我想起這個陌生的調情者就十分厭惡；羅伯特應該注意到，我不是對愛蓓汀無動於衷，因爲他不回應她的挑逗，惹得愛蓓汀生我的氣；之後，他當我是單獨一人的樣子對我說話，愛蓓汀注意到這件事，我對羅伯特的敬意更提升了。羅伯特問我要不要試著找到那些老朋友，是我在東錫耶爾駐留時，他每天晚上邀集我和他們一起吃晚餐的舊識，他們都還在那裡。由於他本身對於惱人的企圖心頗不以爲然：「你那麼有耐心，讓他們覺得**你花功夫**討好，如果你不想再見到他們，這又有什麼用處？」我婉拒了他的建議，因爲我不願意冒險遠離愛蓓汀，也因爲我現在已經脫離了他們，脫離了他們，也就是說，不再眷戀我自己了。我們熱情洋溢的渴望另一種人生，是與我們今生雷同的。但是我們沒想到，根本不必等到另一個人生，就在今生之中，不出幾年的光景，對於過去的我們，對於我們曾經要存留到永恆的那一切，我們都已經不再依戀了，甚至不必假設死亡會來改變我們，勝過我們生活中一路的變化，如果在另一個生命中，我們所遇見的是過往的自我，我們會轉頭不接受自己，好像我們轉臉不看過去曾經與我們相連結而久違了的人們，——譬如說，聖—鷺的舊識們，曾經有許多晚上，我那麼高興在黃金雉雞飯店與他們相會，而當時與他們所談論的，現在對我而言，只會打擾我，讓我不自在而已。如此看來，因爲我寧可不去找回曾經使我高興的事，在東錫耶爾散一散步反倒能使我預先看見天堂降臨。我們對天堂有很多嚮往，或者說，對一連串的衆多天堂有很多嚮往，可是這些在我們還沒去世以前，都是失落的天堂，讓我們覺得悵然。

他把我們留在車站。「可是你會有將近一小時的等待時間，他對我說道，如果你在這裡等，或許你會看見我的舅舅德．查呂思，他不久要重新搭火車回巴黎，這班火車將比你的早開十分鐘。我已經和他道別過了，因爲我必須在他的火車到達之前回軍營。我沒能向他提到你，因爲我還沒收到你的電報。」當聖—鷺離開我們時，我責備了愛蓓汀，她回答說，她想藉由對我的冷漠，試試看是否有機會抹去聖—鷺有可能想到的念頭，或許火車停靠在站上的時候，他看見了我倚在她身上，手臂攬著她的腰。聖—鷺事實上是注意到這個姿勢了（我沒注意到這點，要不然，我在愛蓓汀旁邊會更嚴謹些），她趁機對我悄悄的說：「沒

319 上文之本書法文原典頁250，受邀日是兩天之後。

錯，你向我提過這些太愛擺高姿態的少女[320]，她們不想和德．斯德瑪利亞小姐交往，因爲她們覺得這個小姐太不像樣了？」事實上，當我從巴黎到東錫耶爾去看羅伯特，我們又談起壩北柯時，我非常眞誠的告訴過他，我拿愛蓓汀沒轍，她簡直就是好品格的代言人。現在，長時間以來，我自己親自知道了，這是不正確的，我更渴望羅伯特相信我所言不假。那我只要對羅伯特說我愛著愛蓓汀，這就都夠了。他屬於有度量的人，這樣的人們會拒絕將自己的愉悅建立在朋友的痛苦上，朋友的痛苦會讓他感同身受。「對，她很孩子氣，可是你對她一無所知嗎？」我焦慮著追問了一句。──「不知道，我只看見你們擺的姿態像一對戀人。」

「妳的態度根本抹不掉任何東西，」當聖─鷺離開我們時，我對愛蓓汀說道。「沒錯，」她對我說，「是我笨手笨腳的，傷了您的心。我比您更難過。您以後再也不會看見我這樣了；請原諒我」，她對我說著，一邊憂傷地拉起我的手。這時候，從候車室深處，我們坐著的地方，我看見了德．查呂思先生緩緩經過，離他稍遠，一個站務員帶著他的行李，跟在後頭走著。

在巴黎，我只在晚宴中遇見過他，他安安靜靜的坐著，一襲黑衣緊束著腰身[321]，藉由傲然骨氣，把身軀維持在直立方向，他熱衷取悅於人，說起話來像放連珠炮，我一點也察覺不到他的老態龍鍾。現在一身淺色的旅遊衣著讓他顯得胖了些，一路走著步履蹣跚，挺個搖搖晃晃的大肚子，臀部幾乎不見了，抹了胭脂在雙唇上，蜜粉用冷霜固定在鼻尖上，鬍髭上染了黑色，烏黑得與灰白頭髮成了對比，燈光底下還稱得上年輕有活力的膚色，這一切都被殘酷的大白天陽光溶解了。

我與他談著話，可是簡短的，因爲他的火車快進站了，我看著愛蓓汀的車廂，向她示意我立即就來。當我轉過頭來朝向德．查呂思先生時，他拜託我好心幫他招呼一個軍人，是他的親戚，在鐵路的另一邊，完全像正要搭上我們的火車，只是朝著遠離壩北柯[322]而開的相反方向。「他被編在軍樂團裡，」德．查呂思先生對我說道，「您是多麼幸運，年紀輕輕的，我啊，老了，過去那邊，走到那裡，都是不容易的事，您要是能幫忙……」我義不容辭的走向了他所指的軍人，果然看見在他的衣領上繡著豎琴，確定他屬於軍樂團。正當我要達成任務時，我多麼訝異的發現，也可說是我多麼高興的認出來了，他是莫瑞，是我大舅公貼身家僕的兒子，他讓我想起那麼多的事物[323]！我忘了把德・查呂思先生的話帶到。「怎麼，你來東錫耶爾了？」——「對，而且人家把我編入軍樂團，屬於鼓號樂隊。」他回答我的時候帶著冷漠、自視甚高的口氣。他變得很會「擺架子」，顯然的，看到我使他想起他父親的職業，他並不舒服。突然間，我看見德・查呂思先生一頭衝向了我們。我耽誤了他的事，顯然讓他耐不住性子了。「我今天晚上想聽聽音

---

320 «ces jeunes filles si pimbêche dont tu m'as parlé» Pimbêche：陰性名詞，十六世紀中來源未知之用語。〔貶抑用語〕意即：矯揉造作之輩，心高氣傲，目中無人之女流。《二〇二一年小羅勃特法語文辭典》。**【譯者注】**。

321 «sanglé dans un habit noir» sangler：〔鮮少用語〕乃指緊貼腰身的著裝方式，好像被緊身帶綁緊似的。《二〇二一年小羅勃特法語文辭典》。**【譯者注】**。

322 關乎德・查呂思和樂師的相遇，屬於小說中最早出現的場景之一，初稿寫於一九〇九年，接續寫在與博尼石（Borniche）相遇之後，這是一位花店店長，預告後來的朱畢安（Jupien）這位人物。參見《文件資料第一冊》。本書法文原典頁530。樂師原先是鋼琴師，後來在定稿時成爲小提琴手：他的原型人物是雷翁・德拉弗斯（Léon Delafosse, 1874-1951），普魯斯特於一八九四年將他引薦給羅伯特・德・孟德斯基歐。羅伯特・德・孟德斯基歐成了他的護衛者，將他推介給上流社會圈，直到三年後鬧翻了才終止。然而我們也會想到是指波蘭籍的小提琴手，雅各・道桑男爵（Jacques Doasan, 1840-1907）爲了他而傾家蕩產，普魯斯特於一八九二年遇見了這位男爵，他也是德・查呂思的原型人物之一。這位樂師起初之名叫做夏爾雷（Charley）：這名字讓我們想到查理・韓福瑞（Charlie Humphries），一位年輕的英國人，曾經擔任亨利・巴爾達克（Henri Bardac）的貼身家僕，也是保羅・顧德斯密特（Paul Goldschmidt）的舊識（參見一九一七年十二月寫給保羅・顧德斯密特之信《魚雁集》。第十六冊。頁327－329）。在手稿中，樂師的名字是勃比・桑度瓦（Bobby Santois）。這位樂師，直到初稿排版時都還被增添了資料，顯得越來越有影響力，好像是愛蓓汀的對稱人物。普魯斯特在一九二一年十月，寫給卡斯東・賈利瑪一封信中，還如此說：「德・查呂思與莫瑞之初次相遇，在這幾天已全然改寫過。」參見《致法國新月刊之書信》（*Lettres à la NRF*）。賈利瑪出版。一九三二年。頁155。

323 關乎莫瑞拜訪男主角之事，參見《富貴家族之追尋》。原典頁255－257。

樂，」他沒頭沒腦的對莫瑞這麼說，「爲今天的晚會，我給五百法郎的賞錢，要是你有這麼一個人來彈奏音樂，你朋友中的一位或許會有興趣。」我固然是見識過德·查呂思先生的蠻橫無理，不過我依然大吃一驚，他居然連對這位年輕朋友說一句日安都沒有。況且，男爵沒有留下時間讓我思考。他含情脈脈的對我伸出手，說：「再會了，我親愛的」，好讓我了解沒我的事了，我可以離開了。再說，我把親愛的愛蓓汀撇下也太久了。「您看看，」當我登上火車車廂時，我對她說，「海水浴場的生活以及旅遊生活讓我明白了一件事：世上的戲劇舞台，所需的佈景不比演員多，演員的需求也不比『戲劇情境』多。」——「是什麼事讓您對我說這樣的話？」——「因爲德·查呂思先生剛才要求我把他的一個朋友叫過去，而剛才，就是在這個火車月台上，我認出了原來是我從前所認識的一個人。」可是我一邊這麼說著，一邊自忖，男爵怎麼會認識莫瑞。我先前還沒想到的，就是他們之間的社會差距太大了。我首先想到的是透過朱畢安，我們還記得，他的女兒似乎愛上了小提琴手。讓我依然驚訝不止的，就是男爵原本五分鐘之內要回巴黎的，怎麼會要求在東錫耶爾聽音樂。可是在我回頭想到朱畢安的女兒時，我開始發現，所謂的「舊識」，如果我們學會把虛擬小說追究到底，這個用來掩飾造假事端的蹩腳托詞，反倒是表達了生命中重要的一部分，這時候，驟然間，我靈光一現才明白過來，原來我是多麼天真。德·查呂思先生根本不認識莫瑞，莫瑞也根本不認得德·查呂思先生，只是德·查呂思先生一下子被一個只不過是有豎琴記號的軍人弄昏了頭，可是又怯生生的，在激動不已的情緒之下，要求我把這人帶去給他，不過他料不到我竟然認識這個人。無論如何，五百法郎的酬金應該足以取代他從前對莫瑞一無所知的關係，因爲我看見他們兩人繼續談個不停，沒想到他們是站在我們小火車的側邊。當我想起德·查呂思先生用何種方式朝著莫瑞和我衝過來時，我抓住了他和他某些親戚的相似點，這與他們當街逮住某個女子的方式一模一樣，所不同的，只是被盯住的對象換了性別而已。從某個年紀開始，縱使我們內裡經歷過斗轉星移的變化，當我們越回歸到自我，我們家族的特質就會越顯著。由於天生本性繼續以和諧的手法編織著大幅壁毯的同時，它可中斷呆板的構圖，所借重的，就是插入多變化的人物造型。再說，德．查呂思先生用來從上到下打量小提琴手的高姿態是相對性的，依照人們所在的角度會有不同。這個高姿態有可能被世上四分之三向他俯首稱臣的人承認，幾年以後要求人監視他的警長卻認不出來如此的高姿態。

「往巴黎的火車要開了，先生」，帶著行李的站務員說道，「我不搭火車。把這些東西放到寄放處，見鬼了，少煩！」德．查呂思先生說了這話，同時給站務員二十法郎。站務員非常驚訝如此的急轉彎，也很高興得了一筆小費。如此的慷慨解囊立即吸引了賣花女。「買些康乃馨吧，哦，這朵美麗的玫瑰花，好心的先生，會帶給您幸福的。」德．查呂思先生沒有耐性，給了她四十蘇，賣花女給了她的祝福，又重新要他買花。「天啊，這女人可不可以不要煩我們」，德．查呂思先生，生著氣似的，以諷刺、抱怨的口吻對莫瑞說這話，覺得由莫瑞來替他撐腰會很舒爽。「我們要說的事已經夠複雜了。」或許鐵路站務員還沒有走遠，德．查呂思先生不想有眾多聽眾，或許這突如其來的句子讓高傲而帶著羞怯的他不必太直接了當的提出約會的要求。樂師以強硬、堅定的態度，馬上轉了個身，朝向賣花女，舉起手掌推開她，讓她知道他們不要她的花，她必須盡快滾蛋才好。德．查呂思先生心中大喜，看見如此有權威、有男子氣慨的動作，操縱它的嫩手姿勢優美，對執行者而言，如此動作應該還是太沉重，是太大幅度的粗暴，早熟的動作做得如此堅定，如此機靈，讓這嘴上無毛的少年人看起來像個年輕的大衛，足夠迎戰敵人歌利亞[324]，男爵不經

324 «l'air d'un jeune David capable d'assumer un combat contre Goliath»少年大衛以一粒機弦甩石擊敗巨人歌利亞的事蹟記載於聖經《撒母耳記上》十七章。**【譯者注】**。

意的將他的激賞揉進了淺淺的笑意裡，這是當我們看見一個孩童作出超齡的嚴肅表情時所能感受得到的。「我旅遊的好伴侶就該是個像這樣的人，他可以幫助我打點，憑他的本事，我的生活就簡單多了！」德．查呂思先生對自己如此說道。

開往巴黎的火車啓動了（男爵沒搭它）。之後，愛蓓汀和我上了我們的火車，德．查呂思先生和莫瑞之間的後續發展，我就不得而知了。「我們不要再彼此生氣了，我再向您致歉，影射到聖－鷺的突發事件，愛蓓汀又對我如此說道，我們兩人都要和和氣氣的，她柔情款款的對我說了這話。至於您的朋友聖－鷺，如果您以爲我對他有任何興趣，那您就是大錯特錯了，在他身上唯一讓我喜歡的，就是他好像那麼愛您。」——「他是個很不錯的男生」，我說道，一方面因爲我和愛蓓汀在一起，我有所保留，沒有將羅伯特想像中的超人優點一一加上，換成是與其他的人在一起，我一定少不了這麼做。「他爲人很好，坦率，熱心，忠心，在任何一方面，他都靠得住。」我這樣說著話，心中被忌妒揪著，不肯說關乎聖－鷺的眞相，不過我說的也都是事實。如此表達的眞相，完全和德．薇琶里希斯夫人對我提到聖－鷺時所用的措辭一模一樣，當時我還不認識聖－鷺，我把他想像得很不一樣，非常高傲，我對自己說：「我們覺得他好，因爲他是重要的貴族。」同樣的，當德．薇琶里希斯夫人對我說：「他會很高興」，我在豪華大旅館前面看見了他本人之後，在我的想像中想要帶著走的意念，就是他的姑媽所說的話，純粹是社交性的客套話，她要讓我覺得我被抬舉了。後來我才發現，德．薇琶里希斯夫人所說的，是出自一片眞心，想到對我有興趣的部分，想到我的閱讀，因爲她知道這部分正是聖－鷺所喜愛的，就好像正當某人想寫一部歷史，攸關聖－鷺的祖先，德．拉．羅石傅柯，《格言錄》[325]的作者，因而有意前去向羅伯特請教時，我有可能出自眞心的向這人說：「他會很高興」，因爲我學習著要去認識他。當我第一次看見聖－鷺的時候，我沒敢相信，這個聰明程度與我並駕齊驅的人，竟然他的外表，包括衣著和風度，可以如此優雅。就著他的羽毛來判斷的話，我會認定他屬於另一種鳥類。現在反倒是愛蓓汀告訴我從前我所秉持的想法了，或許稍稍因為聖—鷺為了善待我這個朋友，對待愛蓓汀才非常冷漠：「啊！他為人真的常常設身處地的為別人著想！我注意到了，在聖—日耳曼富堡貴族區的人身上，我們經常都找得到所有的好品格。」然而，說聖—鷺屬於聖—日耳曼富堡貴族區，這些年來，我可是連一次都沒有動過這個念頭，他對我所表現的好品格，就是在聖—日耳曼富堡貴族區內撇下自己優渥的聲望。看人的角度會改變，單單在友情和簡單社會關係裡，就已經足夠令人驚訝了，遑論在戀愛裡，變化又會多麼大，在戀愛中的人，欲求會把微不足道的冷漠信號放到如此寬廣的層級，放大到如此龐大的比例，以至於聖—鷺一開始的冷漠就足夠對我有影響，讓我率先相信愛蓓汀厭棄我，讓我想像她的女友們一個個都是美好得不像一般人類，而我逕自只把艾斯棣的判斷繫於心中，我們提到麗人，提到某種優雅，就是會持有包容的態度，當艾斯棣對我說到這一小群女孩的時候，完全像德．薇琶里希斯夫人心中對聖—鷺的感覺一樣：「這些都是好女孩。」可是如此的判斷，豈不正是我所樂意持有的，當我聽見愛蓓汀說：「無論如何，不管他為人是不是很熱心，他已經在我們兩人之間帶來不和睦，我很希望不再見到他的面。我們兩個人都不要再生氣了。這樣不好？」既然她顯得對聖—鷺有所欲求，我感覺有一大段時間被醫好了，我不再想她會喜歡女子，這是我所認為兩不相容的事。至於面對穿著塑膠衣的愛蓓汀[326]，她似乎變成另外一個人，下雨日子到處遊蕩也不會疲累的女子，這時候緊貼著身子

325 關乎德．蓋爾芒特家族與拉．羅石傅柯家族的親屬關係，參見本書法文原典頁81。注2。

326 當普魯斯特乘坐汽車出遊時，艾爾費德．亞格斯迪內里也穿著類似的塑膠衣：「我的汽車司機穿了一件寬大的塑膠外套，頭上戴著類似修士的三角衣帽將他年輕無髭的臉龐完整的圈住，正當我們夜晚開車的車速越來越快，他的樣子好像某個朝聖者，或者更像某個飆車的修女」。參見〈乘車出遊日誌〉（«Journées en automobile»。《駁聖—伯夫》。一九〇七年出版。頁66－67。）值得我們一提的是，普魯斯特在最後定稿的文本中，放棄將被塑膠衣包裹著的愛蓓汀與曼特涅亞（Mantegna）所畫的《聖喬治》（*Saint Georges*）兩相比較，不像他先前在一九一五年所做的。（參見「序言」。頁二十七）。

的塑膠衣，柔順的，灰色的，似乎不是要保護她的衣服不被雨水打濕，而是被水浸透了，黏貼在我的女友身上，彷彿為了一個雕刻家把身軀的形狀做了標記，我扯下這件緊貼著胸膛引起我愛欲的衣袍，把愛蓓汀拉到我面前：

可是，慵懶旅遊著的妳，豈不願意
將妳的額頭放在我的肩膀，來尋找夢境[327]？

我對她說著，一邊用我的雙手扶著她的頭，讓她看一片片被潤濕、又是寂靜無聲的寬闊草地，在低垂夜幕中一路鋪開直到地平線，由一排排平行且遙遠的淡藍色小山谷封存。

兩天後，衆所周知的週三日到了，我搭上了同樣的小鐵路火車，是我才從壩北柯搭上的，為了前往拉．哈斯柏麗野參加晚宴，我很在意的，是到達格蘭古—聖—華斯特停靠站時，不要錯過與寇達相遇的機會。在這火車停靠站，依照魏督航夫人給我的最新電話聯絡方式，我將會找得到他。他應該會上到我的火車裡，而且告訴我在哪裡下車，就可以找著從拉．哈斯柏麗野派來接人的馬車。而且，小火車只會在格蘭古站停留片刻，那是過了東錫耶爾之後的第一個停靠站，我事先就站到了車廂門口，很害怕沒看見寇達，或者沒被他看見我在車上。這樣的懼怕完全不必要！我沒注意到：小內圈已經把所有的「常客」型態打點得那麼相似，這些人身著晚宴大禮服，都在月台上等著，讓人立刻認出他們都是一群自信滿滿，高尚優雅，又是彼此熟悉的人物，他們的眼神好像飄過高空，沒有任何事物引起他們的注意，越過一排排擁擠的粗俗群衆，警覺地觀察著前站上車的常客是否已經到站，想到即將有一番攀談就喜形於色。在慣常於晚餐中相聚的小群成員身上所擁有的這個精緻印記，要能夠把這群人區隔出來，可是要等到他們人數衆多，聲勢浩大，熙熙攘攘，形成一撮更亮麗出色的據點，處在周遭旅客群中——是溥力脩[328]口中所謂的「**傻瓜羊群**」——在這些臉上黯淡無光的旅客群中，讀不到任何攸關魏督航夫婦的概念，沒有任何希望有朝一日會在拉·哈斯柏麗野晚餐。再說，假設有人當著這些俗里俗氣的旅客面前說出這些忠誠之友的姓氏，他們很可能不像我那麼關心，——儘管有些忠誠之友已經大名鼎鼎——我很訝異這些知名人士還繼續在大都市享用晚餐，實際上，依照我所聽到的故事，對好幾位而言，早在我出生之前，他們如此的作法已經行之有年，那個年代有些遙遠，又有些模糊，由不得我對它的久遠加油添醋。有些人士不僅存活著，而且還活力充沛，許多我有機會在各地零星遇見的人卻早已消失得無影無蹤，兩者之間的對比，所帶給我的感覺，等同於我們在報紙「最新消息報導」中讀到我們最不能接受的消息，譬如說，有一則消息說到某某人英年早逝，這會讓我們覺得很意外，因爲讓他走到人生盡頭的原因使我們不解。這種感覺，就是死亡對所有人的造訪並非一視同仁，致命的漲潮激起一個往前衝去的浪頭，捲走一條生命，後續的浪頭再度升起，處於同一高度的其他人卻被留下，讓他們活得很久。再者，後來我們將讀到形形色色的死亡暗自流傳著，在報章中，死者略傳所呈獻的，就是格外出其不意而死亡的原因，還有，隨著時間，我發現不但眞正讓人不能矢

327　維倪之《牧羊人之屋，命定之路》（*La Maison du berger, les Destinées*）。詩句323–324。一八九九年，在薩瓦（Savoie），當「馬車搖晃著〔…〕在初晚時分，幽暗的路上」（au bercement de la voiture〔…〕sur la route assombrie dans la nuit commençante»）普魯斯特朗讀這些詩句給瑪莉·施維伊（Marie de Chevilly）聽。參見一八九九年十月，寫給彼得·施維伊（Pierre de Chevilly）的信。《魚雁集》。第二冊。頁367。

328　在一九一三年的情節安排中，溥力脩的名字也曾經叫做柯羅沙（Crochard）；在稍早的一份草稿中，他的名字叫做克盧授（Cruchot）：這些變化指向某一原型人物，被設定爲學究型人物，維克多·布洛夏（Victor Brochard, 1848-1907），索邦大學古代哲學教授，他在甌貝儂夫人的沙龍出入。這個名字也使人想起布里歇先生（M.Brichet），普魯斯特在康多協中學（lycée Condorcet）的數學老師。

口否認的一些稟賦會顯明，它們可能與最微不足道的談話內容並存，而且更甚者，卑微的個人會攀升到高位，當年依我們稚齡時期的想像，高位是歸屬於某幾位著名的長者，想不到歷經一些年日之後，高位落到長者們的門生身上了，門生既然成了大師，現在也引來別人的尊重和敬畏，如同他們以往所感受到的那樣。不過縱使「**傻瓜羊群**」沒有聽過忠誠之友的大名，這些人物的外觀卻都是讓人看得目不轉睛。在火車上（偶然他們白天各自有事待辦，把他們都一起聚集到火車裡了），下一個停靠站只剩一個落單的人要被接到，他們群聚在一起的火車車廂，由雕刻家斯基以手肘倚著做標記[329]，又有寇達拿著《時代日報》雜誌當作明顯旗幟，遠遠看去，車廂就像一輛豪華馬車般的花團錦簇，而且到了接人的停靠站，全車廂的人都拿姍姍來遲的同伴開玩笑。唯一抓不到這些穩當記號的人無他，就只有溥力脩[330]一人而已，因爲他只剩下了一半的視力。不過常客之一很樂於爲半盲者執行窺伺的職權，人們一看見他的草帽，他的綠傘，以及他的藍眼鏡，就很溫柔、很快速的引導他走到選定的車廂之內。如此一來，一位忠誠之友在半途上找不到其他的人是絕無僅有的事，除非有很嚴重的放浪形骸[331]可疑性，或者他根本不是「搭乘火車」前來的。有時候，相反的情況會發生：某位忠誠之友下午得要去相當遠的地方，以至於他必須單獨走回去一段路，才又能與群體碰頭；就是連這樣孤立的情況，這個特立獨行的人經常也免不了造成一些騷動。他趨前直行所要到達的「未來」把他安置在一個位子上坐定，與坐在軟墊長椅上的人物面對面，這個人物心裡想著：「來者應該是個舉足輕重的人」，帶著行走在以馬忤斯路上客旅的半套精明[332]，他分辨出來了，即使是圍繞在寇達的軟帽周圍或是雕刻家斯基的四周，原來是有一個隱隱約約的光環，當火車抵達下一個停靠站，如果這是終點站，這位忠心之友不會太驚訝的看見，有一大群衣冠楚楚的人們由幾輛馬車等著接人，賓城停靠站的站務員對他們深深鞠躬，如果這一站是中間停靠站，一群人就蜂擁而上，占滿整個有區隔座位的車廂。果真有了這樣的一個動作，因爲好幾個人姍姍來遲，火車快開了才到達，寇達所帶頭的隊伍，看見我在車廂窗戶向著他們打信號，趕緊朝向車廂快跑。溥力脩就是忠誠之友中的一員，隨著歲月，他變得更加忠誠了，其他人則是逐年遞減他們的出席率。他那逐漸變弱的視力使他不得不更多減少晚間的工作，即使在巴黎也是如此。況且他對新索邦大學的好感不大，在這裡，德國式的科學精準思想開始超越人文研究[333]。他現在單單專注於他所教授的課程，以及擔任考試審查委員的工作；因此他有更多時間付出，賦予上流社會的交際活動，也就是前來魏督航夫婦家參加晚宴，或者有時候參加忠誠之友中的某甲或某乙充滿激動之情爲魏督航夫婦所安排的晚宴，眞實的情況是，這人曾經兩度談戀愛，這種事差點做到了研究工作所沒能做到的：讓溥力脩與小內圈脫了鉤。可是經由魏督航夫人「鉅細靡遺的觀察」，爲了沙龍的好處著想，她已經養成了習慣，終於找到一個不是出於私心的好理由，來處理這類的情感悲劇以及有待整頓的事體，把溥力脩與危險人物之間的關係直接弄到無可挽救的地步，就如魏督航夫人所說的，她要懂得「重整所有次序之道」，而且要「在傷口上烙上熱鐵」。這樣的事對她來說是易如反掌，這位危險人物之一只不過是溥力脩的洗衣婦，魏督航夫人掌握到了各種進到教授住宅六樓的方便門徑，她竟然樂意爬上好幾層

329　斯基，維拉多貝滋斯基（Viradobestski）名字的縮寫，我們將在《韶光重現》文本中得知。這位波蘭籍雕刻家及畫家的原型人物可能是菲德利克·德·馬德拉卓（Frédéric de Madrazo），又名「寇寇」，他常是樂梅夫人的座上嘉賓。描述斯基彈奏鋼琴時（本書法文原典頁266），普魯斯特可能想到雷納多·韓恩（他的親姊妹，瑪莉亞，嫁給了寇寇的父親）。

330　布洛夏（Brochard）患有弱視毛病。（參見頁259。注2）。

331　《bamboche》，〔通俗用語，也是舊式用語〕意即：大肆狂歡的慶典。《二〇二〇年拉魯斯圖解大辭典》。【譯者注】。

332　影射耶穌的兩位門徒，憂傷往以馬忤斯村子的路上行走，眼睛被蒙蔽了，認不出途中加入與他們談論的人，正是已經從死裡復活的耶穌。參見聖經《路加福音》二十四章13－35節。【譯者注】。

333　高等教育的重整在一八八五年及一八九六年之間發生，取消了拿破崙時代舊有的學院，成立了許多大學。普魯斯特想到了古典人文學派和源自日耳曼的學理派之爭，在十九世紀末，把所有的學科都拆開，也在德瑞福斯事件以及教會與國家兩相區分的法則中發揮影響力到巔峰狀態。溥力脩所持的是人文立場，和布呂第耶（Brunetière）或者法格（Faguet）的立場一樣。

樓，滿有架勢的，滿臉通紅的，不費吹灰之力，就把這不值分文的女人給趕出了門。「怎麼，」女大老闆對溥力脩說道，像我這樣的仕女，給了您來我家的榮譽，而您卻款待如此不堪的女人？」溥力脩從來都忘不了魏督航夫人賦予他的幫忙，攔阻了他晚節不保的窘境，因而變得越來越連結於她，然而相形之下，贏得了如此的情感，或許正是因爲已經掌握到如此的情感，女大老闆開始厭惡太過乖順的忠心朋友，不屑預先就十足掌握得到的順從。溥力脩則是以身爲魏督航夫婦之密友爲榮，這讓他有別於索邦大學所有的同仁。令同仁們欣羨不已的，一則是藉由溥力脩對他們所敘述的晚宴，他們都絕無緣分受到邀約，一則藉由期刊，是藝術沙龍展覽的肖像，執筆談論到他，畫家描繪到他，文學院的其他正牌教授們都十分欣賞這些作家和畫家的才華，不過完全沒有機會引來他們的關注，最後令同仁們欣羨的理由，乃是溥力脩這位哲學家雅士的優雅衣著，原本同仁們以爲穿著隨興並無大礙，直到有那麼一天，他非常善意地對他們做了說明：在拜訪人的場合，將高大禮帽擺置在地上的作法完全可行，至於參加鄉間晚宴，儘管參加者穿著多麼優雅，戴著高大禮帽則是不合宜[334]，在鄉間就得由軟帽取而代之，此外，穿著紳士小禮服也是妥貼的配搭。起初幾秒鐘，當整個小群體擠到火車車廂裡時，我連和寇達說話的機會也沒有，因爲他上氣接不了下氣，倒不是因爲跑了步免得趕不上火車，而是因爲及時趕上火車，這是多麼美妙的經驗。他感受到了做成功一件事的快樂，近似開了一個精采的大玩笑。「啊！太好玩了！」當他稍稍舒緩了呼吸後如此說，「好險！這可是眞的險險的準時到達！」他補上一句，一邊使個眼色，不是要問別人他這樣說對不對，因爲他現在已經自信滿滿，而是爲了表示他稱心如意得很。終於他可以把我的名字介紹給小內圈的其他成員了。我覺得頗不自在，看見他們幾乎各個都是穿著在巴黎大家所稱呼的小禮服。我忘了魏督航夫婦開始是以低調的變化逐漸走向上流社會，其速度因爲德瑞福斯事件的緣故暫緩了一些之後，又被「新興的」音樂加速了變化，這個變化過程是被他們夫婦矢口否認的，除非目標已經達到，否則他們會持續否認下去，如同將軍只會在軍事行動目標已經達成時，才加以宣布，免得沒有達標，讓他看起來像是被打敗了的一樣。再說，上流社會這方面也已經完全預備好了與他們匯集。他們目前還被人認爲是乏人問津者，而他們也不以爲忤。魏督航夫婦的沙龍被人當成是音樂殿堂。有人肯定的說，范德怡在這裡找到了靈感，也受到了鼓舞。儘管范德怡的奏鳴曲全然不被人了解，也幾乎沒人懂得，作曲家的名字倒是被宣傳成當代大音樂家，他的威望如日中天。終於某些自鳴清高的年輕人有了新想法，覺得他們應該和鄰近的資產階級者一樣有學養，其中三位學了音樂，范德怡的奏鳴曲對他們而言則是如雷貫耳。他們回家與聰明的母親們談論，催促他們學習文化素養的，正是這些母親們。對兒子的練習作品感到興趣的母親們，在音樂會中看見魏督航夫人端坐在二樓包廂，跟著樂譜聽曲，心中敬意油然升起。直到目前爲止，魏督航夫婦自隱式的社交生活只有兩種事實來加以詮釋。一方面，魏督航夫人常常如此提到德．卡波拉羅拉公主：「啊！她是個聰明人，而且給人好印象。我所不能忍受的是那些傻瓜，他們眞讓我煩死了。」這樣的說辭聽在某個稍稍精明的人耳中，不免會想到德．卡波拉羅拉公主，這位頂尖上流社會之貴婦，曾經造訪過魏督航夫人。當德．卡波拉羅拉公主拜訪新寡的斯萬夫人[335]，向她致唁的時候，甚至還問她認不認識這對夫婦。「請問他們的大名是？」驟然間愁苦起來的奧黛特問道，——「魏督航。」——「啊！我知道，」她再度憂傷的答道，「我不認識他們，或者更好說，我認識他們，又不是眞的很認識他們，我從前在朋友家見過他們，已經好一段時間沒見面了。他們是很好的人。」德．卡波拉羅拉公主離開之後，奧黛特原本只要簡簡單單的說出事實

---

334 «n'est pas de mise pour les dîners à la campagne»。Etre de mise：〔十八世紀末舊式用語〕乃指穿著打扮方式。《二〇二一年小羅勃特法語文辭典》。**【譯者注】**。

335 參見《囚禁樓中之少女》文本，〔原典頁187至190〕斯萬之死帶給敘事者的啓發。斯萬之死曾經於《富貴家族之追尋》文本之結尾中預告，在此偶一提及。

眞相。可是脫口說出的謊言不是來自她的籌算，而是顯明她的懼怕，她的欲求。她否認這事，不是出於靈巧，而是她不願意事情違逆她的意願，雖說與她談話的人一小時之後會知道實情果眞如此。不久之後，她又重新拾起了坦蕩蕩的心態，甚至還正面迎向問題，爲了不要顯得對他們有所畏懼，她說道：「魏督航夫人，怎麼，我太認識她了」，帶著佯若無事的謙虛，如同一位貴婦提到她曾經搭乘過有軌電車。「這段時間以來，許多人都在說魏督航夫婦」，德．蘇福瑞夫人說道。奧黛特帶著公爵夫人般的鄙視性微笑，答道：「是啊，我覺得事實上很多人都在談論他們，偶而就有這種事，當有個新人進入上流社會時那樣」，說這話時，她沒想到自己也是一個新進人士。「德．卡波拉羅拉公主去他們家吃過晚餐，」德．蘇福瑞夫人又說道。——「啊！」奧黛特答道，一邊把微笑拉得更明顯了，「我不覺得奇怪啊。這些事情經常是由德．卡波拉羅拉公主開始的，之後，其他人也跟著做，譬如默蕾伯爵夫人。」奧黛特，對於這兩位重要貴婦習慣性地前往新啓動的沙龍去擦拭灰粉，當她說著這話時，是帶著深沉的鄙視的。依照她說話的口氣，奧黛特就像德．蘇福瑞夫人那樣，別人不能把她們送往這些苦勞役船隻上。

魏督航夫人已經坦承德．卡波拉羅拉公主是個聰明人，在這之後，魏督航夫婦對於他們將來人生走向很有想法，所表現出來的第二個信號（當然不是以正式方式提出），就是現在他們非常期望來他們家吃晚餐的人，都要穿著晚禮服；魏督航先生現在被他的侄兒公開問候，也不會覺得臉上無光了，這個小子曾經「一頭栽在困境中[336]」。

在格蘭古停靠站登上我們火車車廂的多位人士之中，有一位桑尼業，他是被表兄弟傅世偉趕逐出魏督航夫婦家門的，現在又回來了。他的毛病，從社交生活圈的觀點來看，——縱使他擁有許多強項優點——就是從前稍類似寇達的那些缺點，羞怯、想要逢迎，汲汲營營，卻是適得其反。

不過在寇達所處的生活中，要不然就是在魏督航夫婦的家中，當我們身處熟悉環境，透過從前分分秒秒所提供的建議，要說因此披掛在寇達身上的，就是他有點停滯不前，至少，在他的問診工作中，在他所服務的醫院裡，以他身為國家醫學院院士的身分，當他面對醫學院百依百順的學生，談吐中穿插著一語雙關的戲謔，一些形之於外的冷漠，藐視，道貌岸然，都只會變本加厲，現今的寇達和過往的寇達，兩者之間的確已經劃下了一道生命的鴻溝。相反的，在桑尼業身上，經年累月下來，他越想改正老毛病，老毛病就越顯得誇張。他覺得自己經常惹人厭，沒有人聽他說話，沒有像寇達那樣適當的減緩速度，不會藉由權威強迫別人注意他所要說的話，桑尼業不僅試圖透過一種戲謔口吻讓人原諒他太過嚴肅的話題，而且還把說話速度加快，內容避重就輕，使用減縮用辭，好顯明他說話不會拖泥帶水，讓他所說的更有親切感，效果卻是適得其反，他所用的減縮用辭變得令人更難以理解，反而更需要沒完沒了的增加說明。他所表現的自信，不像寇達所做的那樣，會讓他的病患倒抽口冷氣，上流社會中那些和藹可親的病患，他們稱許著寇達時，會這樣說：「當他在診所為您看診時，完全變了一個人，您在順光之下，在逆光中的他，眼光尖銳發亮。」寇達的自信心不給人壓力，我們所感覺的，就是如此的自信心中隱藏了太多的羞怯，一有小事，就會讓他想要逃之夭夭。桑尼業的舊識們經常對他說，他太低估自己了，事實上，他常常看見一些被他合理的評斷為略遜一籌的人士，反而輕輕鬆鬆的就取下成功的機會，唯獨他被拒絕於門外，他若不先擺個笑臉，就講不開他覺得好笑的故事，唯恐嚴肅的氣氛不能給他想要外送的貨品加值。有時候，他必須先自我解嘲一番，才開始他所要說的好笑內容，可是故事平淡無奇，大家的好意回應方式是一片死寂。有時候，

336 這人指的是奧克達夫（Octave）。參見《妙齡少女花影下》。原典頁441及頁446。《Etre dans les choux》：〔通俗用語〕處在不太妙的情況中。《二〇一二年小羅勃特法語文辭典》。**【譯者注】**。

一位心腸特別好的來賓，會飄給桑尼業一點點鼓舞之意，私底下的，幾乎是祕密的，不引起注意的，像是有人塞給您一張鈔票那樣，將一抹贊同的微笑快速傳給了他。可是沒有任何人願意負起責任，冒著險公開爆出笑聲。故事講完了，沒有笑果，好久之後，難過的桑尼業只顧一人微笑著，被他認定有足夠分量的妙事，由他一人孤芳自賞著，其他人卻是全然無感。至於雕刻家，斯基，他被如此稱呼，是因爲大家覺得說出他的波蘭文全名有困難，也因爲他自己先擺出了一個姿態，他生活在某個社會中，不想與那些地位還不錯、但是有些煩人、人數又衆多的親戚們混雜在一塊兒，從那時候開始，以他四十五歲的年紀，長得相當醜陋，還保留著一點孩子氣，帶著愛做夢的奇特幻想的斯基，其實十歲的他就已經長成這樣，一副最讓人欣賞的天才兒童長相，是所有女士的寵兒。魏督航夫人認定他比艾斯棣更像藝術家。不過，他和艾斯棣雷同之處，純屬外表而已。這些相似之處適足以讓艾斯棣頭一次見到斯基就對他產生很深的厭惡，好比那些引發我們厭惡的人，尤其是因爲這些人完全與我們不對路，我們的缺點他們也有，在他們身上鋪陳的是我們較差的部分，雖說舊有的缺點已經被我們醫好，他們還提醒著我們曾經有過的短處，讓我們頗不高興，這些人看見我們昨日的不是，看不見我們今日的新生。不過魏督航夫人相信斯基比艾斯棣還更有才氣，因爲沒有任何一種藝術他不能駕馭自如，她絕對相信，斯基如果不是那麼閒懶，他就有可能把藝術技巧帶向登峰造極。他的慵懶讓女大老闆更是覺得他有天份，因爲正與殷勤的練功相反，她相信那些沒有天份的人才非得拚命努力。斯基做任何應景畫作，有畫在衣袖鈕扣上的，有畫在門板上方的。他唱歌唱得像個作曲家，演奏憑著記憶，用鋼琴就可製造樂團效果，並非藉由超凡技巧，而是藉由佯裝的低音效果代表手指軟弱無力的顯出這裡有著活塞，而且是由嘴巴模仿而得。一邊找著足以讓人誤以爲有奇特印象的字眼，同樣的，把一個膠著的和音延遲帶出，然後說一聲「乒」，來帶出銅管樂器的音效，他被認爲聰明過人，可是事實上，他的想法不外乎兩、三種，捉襟則見肘。他不喜歡別人認爲他以即興變化見長，想盡辦法要呈現他的務實面、積極面，導致他的準確度有失誤，合理性有偏差，加上他的記性很差，資訊不準確，問題更是層出不窮。如果他還只是個九歲孩童，滿頭金色捲髮，大衣領繡著細花，腳蹬紅色小靴，那麼他的頭、頸、雙腿動作還有可能顯得優雅。他和寇達、溥力脩提早到了格蘭古車站，留下溥力脩在候車室，兩人偕伴繞個圈兒去了。寇達想走回頭了，斯基答道：「不急。今天的火車不是本地車，是區域火車。」斯基很高興看見他針對火車進站的準確度所提的這點細微差異對寇達產生了好效果，說到了自己，又補充說道：「對，只因爲斯基喜愛藝術，因爲他捏塑黏土，大家就以爲他沒有實務精神。沒有任何人比我更認識這條鐵路線了。」不過他們還是朝向車站走了回來。驟然間，寇達看見進站小火車冒著的煙，驚聲呼叫：「快，再不跑就來不及了。」事實上，他們險些沒趕上車，本地火車和區域火車的差別從來都不曾存在過，只有在斯基的腦袋裡才有。「怎麼公主她不在火車上嗎？」溥力脩用顫動的聲音問道。他帶著一副閃閃發亮、造型龐大的眼鏡，好像耳鼻喉科醫生掛在額頭上用來照亮病患喉嚨的反光鏡，眼鏡似乎向教授的雙眼借了光，或許因爲教授努力將視野與眼鏡對齊，就在最不經意的時刻，眼鏡好像聚精會神似的，目不轉睛的看著自己。慢慢拿走他視力的眼疾對他彰顯了這個感官之美，就好像經常我們要下決心與一個物件分離了，譬如要把它當成禮物送走了，才看著它，惋惜著它，欣賞著它。「不，不，公主她被一些從巴黎搭乘火車的魏督航夫人賓客帶到緬尼城去了。魏督航夫人有需要到聖—馬爾斯辦事，她與公主在一起也並非不可能！這樣她可能和我們同車旅行，這會更好玩。所要做的，就是到了緬尼城站時，好好睜大一隻眼，好的那隻！啊！這沒問題，只能說我們好險沒錯過了[337]。當火車冒出頭來時，我嚇壞了。眞的是叫做

337 «nous avons bien failli manquer le coche», louper ou rater le coche〔通俗用語〕。意即：錯過良機（manquer une occasion favorable）《二〇二〇年拉魯斯圖解大辭典》。**【譯者注】**。

恰恰好跑到。我們沒搭上火車，魏督航夫人發現返回的馬車裡面沒有我們，諸位可想想這種情形？這可好看了！」激動情緒還沒有平息下來的醫師又補上一句。「我們這團隊可不是等閒之輩。我說啊，溥力脩，您對我們的小小出遊有何高見？」醫師相當得意洋洋的問道。——「老實說，」溥力脩答道，「事實上，如果你們沒搭上火車，這就會像是已經去世的維勒曼[338]所說的，被人給好好的擺了一道！」可是我一開始就被這些不認識的人分了神，突然記起了寇達在表演廳對我說過小娛樂賭場的舞蹈，彷彿有個看不見的串鍊，把一個身體器官和一些回憶的圖像連結了起來，愛蓓汀用她的雙乳緊貼著安德蕊雙乳的圖像，使我的心劇痛。這劇痛沒有持續：愛蓓汀和女子們有染，這樣的想法對我而言，似乎不再有可能了，自從兩天以前我的女友挑逗了聖─鷺以來，這件事激動了我新增的忌妒，讓我忘記舊有的。我像一些天眞的人，相信某一種喜好必然會將另一種喜好排擠掉。在艾杭普城火車站，因爲小火車擠滿了人，一個身穿藍袍的農人，手上只有三等車廂的票，上到我們有區隔座位的車廂，醫師覺得不可以讓公主與農夫共乘，招呼了站務員，亮出了他屬於某大鐵路公司特約醫生的名片，強迫火車站站長把農人趕了下車。這一幕讓好心腸的人看了著實難受，讓生性羞怯的桑尼業驚慌失措到一個地步，一開始看見這一幕將在他眼前演出，唯恐在月台上的農民人數居多，導致他們憤而生變，他佯裝肚子痛而逃之夭夭，免得別人指控他有份於醫師的暴力行爲。他走入通道，佯若無事要找寇達所謂的「拉水箱」。既然找不到，就望眼看著沿路七彎八拐小火車另一端的風景。「先生，如果您才開始來魏督航夫人家作客，」溥力脩對我說道，他很在意向新手呈現他的才華，「您看著吧，我們找不到其他環境讓我們更能感覺如何『舒舒服服的過好日子』了，正如許多創造新用辭者之一，說到閒暇主義，說到我不甩它主義，時下在我們所知道的雅痞口中，正在流行著的字眼，帶著許多『主義』，我所指的是德．達勒伊杭親王[339]。」當他提到過去的這些大名鼎鼎的貴族，覺得有一種作法很聰明，也很有「時代色彩」，就是在他們的頭銜前面一律加上先生兩字，要說德．拉．羅石傅柯公爵先生，雷茲樞機主教先生，他偶而也稱呼後者為：「恭迪，**為生活者而戰的這位鬥士**[340]，這位『布琅捷派[341]』的瑪西亞克[342]」。他提到孟德斯鳩，是如此稱呼他的：「塞孔達・德・孟德斯鳩主席先生」，臉上總不免帶著微笑。真正有智慧聰明的上流社會人士可以被這樣賣弄知識的學院風氣惹煩。不過待人處事完美無瑕的上流社會人士，當他提到一個親王頭銜時，也會有賣弄知識這回事，藉此顯露某人屬於另一個階層，他們都會在威廉名字前面加上「皇帝」兩個字，對殿下說話時一律使用第三人稱。「啊！溥力脩又說道，「提到『德・達勒伊杭親王先生』這個人哪，應該向他脫帽致意。他是個老祖宗。」——「這是一個親善的環境，」寇達對我說道，「您找得到各種樣貌的人，因為魏督航夫人不會排擠人：有多位著名的學者，像溥力脩這樣，也有上等的貴人，譬如希爾帕朵芙公主，這位俄國籍的上流貴婦，她與郁鐸熙

---

338 亞伯・維勒曼（Abel Villemain，一七九〇年—一八七〇年），評論家，索邦大學教授，法國國家學院院士，公共教育部部長。普魯斯特在手稿中曾經打算將這個說法歸給托克維爾（Tocqueville），或者歸給休斯特大主教（Mgr d'Hulst）。

339 「沒有在一七八〇年左近生活過的人，就不知道生活得愉悅是何種滋味」。達勒伊杭（Talleyrand）在寫給吉佐（Guizot）的一封信中，說了這句著名的話，被吉佐引述在《為我的歷史效命的回憶錄》（*Mémoires pour servir à l'histoire de mon temps*）一書中。一八五八年出版。第一冊。頁6。

340 保羅・德・恭迪（Paul de Gondi, 1613-1679），雷茲樞機主教。「為生活者而奮鬥」是由英文的「為生活而奮鬥」（*struggle for life*）轉來，此一說辭被達爾文的研究大為廣傳，也以法文的「為生活而奮鬥者」（*struggle-for-lifeur*）出現在亞爾馮斯・都德一八八九年的戲劇《為生活而奮鬥》（*La lutte pour la vie*）中。

341 屬布琅捷派者（Boulangiste），與布琅捷派立場相關，乃指法國之一場政治運動，於一八八五—一八八九年間結合持國家至上主義之異議分子與反國會異議分子，由布琅捷將軍（le général Boulanger, 1837-1891）主導。《二〇二〇年拉魯斯圖解大辭典》。**【譯者注】**。

342 拉・羅石傅柯（François, duc de La Rochefoucauld, 1613-1680），《格言集》（*Maximes*）作者，直到他父親去世時，一直都是瑪西亞克之郡主。溥力脩在此把他當成「布琅捷派」，像是布琅捷將軍的一位志同道合之士，溥力脩似乎是將布琅捷派（boulangisme）和投石黨（la Fronde）兩者作了一個等值性的比較——而這不見得合乎情理。

大公爵夫人私交甚篤，郁鐸熙大公爵夫人甚至在不允許任何人打擾時，單獨接見希爾帕朵芙公主。」事實上，郁鐸熙大公爵夫人心中顧念的，並非希爾帕朵芙公主長久以來已經不被任何人款待，所以當家中高朋滿座時要把公主邀請前來，她反而是讓公主早早來到，那段時間，大公爵夫人殿下身邊沒有任何舊識簇擁著，免得他們遇上公主，會覺得不舒服，公主也會渾身不自在。由於三年以來，希爾帕朵芙公主如同美甲師所做的，前腳剛離開大公爵夫人，後腳立即踏入剛剛醒來的魏督航夫人家，而且就寸步不離開她，我們可以說，公主的忠誠度，遠遠超越了殷勤出現在每個週三日的溥力脩，在巴黎，溥力脩把自己類比為連結於森林中修道院的[343]夏多布里昂，因而喜不自勝，到了鄉下，他常常是以來到竇．夏特烈夫人[344]之處的「德．伏爾泰先生」自況（語中帶著狡黠和文人的志得意滿）。

由於希爾帕朵芙公主欠缺人脈，導致她多年來向魏督航夫婦展現的忠誠度遠超過一般的「忠誠之友」，成了典型的忠心良友，此一理想狀態，是魏督航夫人長期以來認為高攀不上的，活到更年期了，這點願望終於在這位女性新人身上得以落實[345]。儘管善於忌妒的女大老闆深受折磨，連出席最為殷勤的忠誠之友也會有「拋棄」她一次的例外。最喜歡窩在家裡的人有了出遊的念頭；最潔身自愛的人走了桃花運；身體最健壯的人患了重感冒，最閒的懶骨頭被二十八天的工作累垮了，完全漠不關心家庭的人得去為垂死的母親安魂。那時候，魏督航夫人對這些人說什麼話也沒用，譬如，就像羅馬帝國皇后[346]，對他們說：她的軍團單單需要聽命於她，就像基督或是德國皇帝[347]，對他們說：凡是愛父親、愛母親勝過愛她的，不願撇下雙親來跟隨她的，就不配做她的良友，告訴他們說：與其躺在床上奄奄一息，或是被蕩婦迷得昏頭轉向，都不如留在她身邊，除了她，別無治病良藥，也別無銷魂良宵。可是命運有時喜愛美化一些大器晚成的人士，讓魏督航夫人與希爾帕朵芙公主相遇，希爾帕朵芙公主與家庭鬧僵了，從家鄉被放逐了，只認得碧蒲思男爵夫人和郁鐸熙大公爵夫人，因為公主不想與碧蒲思男爵夫人的女友們碰頭，又因為郁鐸熙大公爵夫人不想讓女友們與公主見面，公主只會當魏督航夫人仍在睡覺的晨間造訪；十二月三十一日，擔心落單的魏督航夫人問了她：即便是元旦，公主是否可以破例留下來過夜睡覺？除了十二歲得了痲疹而足不出戶一天之外，希爾帕朵芙公主不記得有其他機會讓她如此做，而她的回答卻是：「哪一天都行啊，這又有何妨礙？況且那天是家人相聚的日子，而您就是我的家人」，她就這樣寄宿了下來，如果魏督航夫婦更換住處，她就隨著他們到渡假之地，對魏督航夫人而言，公主全然實現了維倪所寫的詩句：

343 森林中之修道院（l'abbaye-aux-Bois）是一座屬於女性的宗教團體，座落在巴黎瑟福街16號（16, rue de Sèvres）。法國大革命發生之後，在隱修院內院附近打開了一處避難所，讓上流社會之貴婦避難。雷佳密耶夫人（Mme Récamier）於一八一九年來此定居。

344 竇．夏特烈侯爵夫人（la marquise du Châtelet）與伏爾泰之間曾經有一段很長的戀情，她於一七三五年退隱回到她在希雷（Cirey）的家。

345 在《人間戲》（*La Comédie humaine*）中，《老處女》（*La Vieille fille*）和《古代書房》（*Le Cabinet des antiques*）中有一位俄國籍的上流貴婦，名字叫做歐爾貝洛芙（Sherbellof）（七星文庫。第四冊。頁931以及頁1067）。在一九一五年八月寫給呂西昂．都德的一封信中，普魯斯特寫著：沙皇任歐巴多夫（Scherbatof）親王為部長（歐巴多夫親王妃在第三冊中如影隨形）（《魚雁集》。第十四冊。頁202）。

346 應該是指愛格莉賓（Agrippine），她是克勞狄一世之妻，尼祿皇帝之母，塔西陀（Tacite）責備她在羅馬的徽幟前高座堂上。參見《編年史》（*Annales*）。XII。37。

347 「愛父母過於愛我的，不配作屬我的；愛兒女過於愛我的，不配作屬我的」（Qui aime père ou mère plus que moi n'est pas digne de moi, et qui aime fils ou fille plus que moi n'est pas digne de moi）。《馬太福音》十章37節。一八九一年十一月，威廉二世在慕尼黑市政廳貴賓留言簿上寫下：«*Suprema lex, regis voluntas*»（La volonté du roi est la loi suprême.）「王命乃是最高法則。」數日之後，當他在波茲坦（Potsdam）校閱新兵時，對他們說，若是他命令新兵向著他們的兄弟，姊妹，父母射擊，他們都應該「毫無怨言」的服從。如此的事件在法國，在英國，在俄羅斯，也在德國引來輿論一片譁然，威廉二世皇帝在德國成了與其他與會者平起平坐的人，如此而已（*primus inter pares*）。

我經常尋找的，唯有妳而已[348]

以至於小內圈的女主導者渴求確實擁有一位女性的「忠誠之友」，甚至到死都不分離，她要求兩人中較晚去世的那位，要將自己安葬在另一人的旁邊。在處理異己人士的事情上——說到異己人士，總要把我們最不願意與他坦誠相見的人計算在內，因爲這人若是藐視我們，我們是最難承當痛苦的，這人就是我們自己——希爾帕朵芙公小心翼翼的打理著她唯一守住的三層友誼關係——她與大公爵夫人之間，她與魏督航夫婦之間，她與碧蒲思男爵夫人之間——她把這三者當成僅有的情誼，它們在一片殘垣頹壁中露出頭來，不是由於無法掌控的災難情勢，而是出於她自由的選擇，是由她優先挑選出來壓倒群英，而且基於某種孤獨自守以及清心寡欲的興致，使她堅定不移的持守著，「我不會與**其他人**來往」，以此強調她堅石般的初心，其性質比較像是自我訂定的原則，而不是非要承受的責任。她補充說道：「我只和三家人往來」，就如同這些唯恐無法走到第四場戲劇演出的劇作者預告說：他們的戲劇表演只剩三場了。姑且不論魏督航夫婦信不信這個虛擬故事，他們確實幫助公主把這樣的情有獨鍾好好的刻劃在其他忠誠之友的腦海裡了。忠誠之友們全然相信，一方面，在公主所得到的千百種人脈關係中，她唯獨挑選了魏督航夫婦而已，一方面，備受高階貴族邀約，而不予以理會的魏督航夫婦，也只同意爲公主單獨一人破了例。

在忠誠之友們的眼中，公主原本環境中的人物遠不如公主本人卓越，如此的環境不免讓公主厭煩，在她有可能往來的衆多人物中，公主唯有覺得和魏督航夫婦交往，這才讓她稱心如意，同樣的，魏督航夫婦對於所有貴族要送上門來的好處，都置若罔聞，這對夫婦只肯破例一次，把優惠機會送給一位鶴立雞群的貴婦，那就是希爾帕朵芙公主。

公主相當富裕；所有首次公演場合，她都擁有樓下大包廂。藉由魏督航夫人的允許，她只帶來一些忠誠之友，從不帶來其他人選。大家彼此指著這位費人疑猜、面色蒼白的人物，雖已顯出老態，頭髮卻未變白，倒像是某些顏色已經變紅了，卻還掛在圍籬上的乾扁果實。大家同時激賞的，是她強大的實力，以及她的謙沖爲懷，因爲經常與她出入的，有國家學院院士溥力脩，著名學者寇達，時下首席鋼琴演奏家，後來還加上德．查呂思先生，她卻故意設法在最幽暗的樓下包廂訂位，坐在深處，完全不管表演大廳中的大小事，單單爲著小群體活動，這小群人在表演結束前稍早就抽身離開，尾隨著這位依舊蘊含美貌，頗具魅力，老態龍鍾的怪異女王。然而，希爾帕朵芙夫人之所以留在暗處，不看表演大廳，是刻意要忘記活躍世界仍然存在的事實，那是她熱切想要擁有，卻是不得其門而入之處；「樓下包廂」的「小集團」對她而言，就像某些動物遇上危險時，牠們保持著近乎已死的靜止狀態。上流社會人物的喜新厭舊，好奇心重等等癖好，或許使得他們更加注意這位神祕的外國人士，她勝過二樓包廂中不斷被單一訪客拜訪的名流。在大家的想像中，使她與熟識人物迥別的，是她那引人入勝的聰明，加上神仙般的良善，把這小群的卓越人士留在身旁簇擁著她。如果有人對她提起某人，或者有人引薦某人給她，她必須故作姿態，佯裝極其冷漠，好維持住她厭惡上流社會的虛擬故事。不過，有了寇達或者魏督航夫人的支持，幾位新手有了認識她的好機會，而認識一位新手的喜悅，這已足夠讓她全然陶醉其中，以至於忘了要一意孤立自己在她的寓言故事中，對新手大手筆的揮霍更是在所不惜。新人的品質若是十分低劣，每個人都會目瞪口呆。「公主的行爲太怪異了，她不想認識任何人，卻會爲了如此不起眼的人破例！」可是惹來諸多爭議的友人是少之又少，公主的生活與忠誠之友之間的連結異常緊密。

348　《依羅亞，古今詩集》（*Éloa, Poèmes antiques et modernes*）第三首。第47句詩。這詩句成了羅伯特．德．孟德斯鳩詩集《蝙蝠》（*Les Chauves-souris*）的卷首題辭。〔s.d.〕一八九二年。一九〇七年新版。普魯斯特在一九〇七年六月的一封信中引述了這句詩句，在信中他確定此冊書籍已收到無誤。（《書簡集》。第七冊。頁174）。

寇達經常掛在嘴上的，是「我週三在魏督航夫婦家將會見到某某」，而較少說到「我週二將在國家學院見到某某。」他提到週三日，如同提到一個同等重要、同等無可避免的待辦要事。況且寇達像那些不常受邀的人們，一旦被邀，就競競業業，當成是得到一個軍事命令，或是來了一張法庭傳票那樣，非得前往赴約不可。他若星期三「拋棄」了魏督航夫婦，那一定是被一個非常重要的邀約徵召了，再說，其重要性與生病者的身分有關，與生病者的病情嚴重性倒是無關。因爲寇達雖說是個大好人，他若放棄享受週三日的美好，不會是因爲某位工人心臟病突發，而是爲了某位部長的鼻子發炎。就是連在這種情形之下，他也會對妻子說：「替我好好的向魏督航夫人致歉。告訴她我會晚些到達。這位可敬的大老爺應該選擇另一天傷風才是。」某個週三日，他們老廚師娘的手臂血管被割到，寇達已經穿好禮服準備要前往魏督航夫婦家，他的妻子羞怯怯的問他可不可以替傷者包紮，他聳了聳肩，抱怨著大叫：「我不能啊，蕾翁汀，妳明明看到我已經穿上了白色短上衣了。」爲了不惹她丈夫生氣，寇達夫人趕緊派人去把診所主任找了來。這個主任爲了及時前來，搭上了馬車，以至於馬車開進中庭時，剛好遇上要載寇達前往魏督航夫婦家的馬車，進車、倒車又花上了五分鐘。讓診所主任看見他的老師身穿晚宴禮服要出門，寇達夫人很不自在。寇達爲了遲到大發雷霆，也可能因爲懊悔，出發時心情惡劣到極點，非得要討回週三日所有的喜悅，才掃得掉他的陰霾。

如果寇達的某位病患問他：「您有時候會見到德．蓋爾芒特夫婦嗎？」這位教授每每會以最坦誠的態度回答他說：「我不知道，或許遇見的正巧不是德．蓋爾芒特夫婦。不過我倒是在我自己的朋友那裡看見這一大群人。您一定聽人提到過魏督航夫婦。再說，至少他們不是掉了光采的富貴氣人士。他們有雄厚的財力做後盾。按照一般的估算，魏督航夫人這位富婆應該擁有三千五百萬。三千五百萬，老天，這算得上是一筆數字。而且她花起錢來，一點也不手軟[349]。您對我提到德．蓋爾芒特公爵夫人。我可要對您說一說其中的差異：魏督航夫人是數一數二的貴婦，德．蓋爾芒特公爵夫人很可能窮酸到不行。您聽得懂兩者的差異，是不是？不論情況如何，不管德．蓋爾芒特夫婦去不去魏督航夫人家，她所款待的對象，還更有分量，像是希爾帕朵芙之輩，傳世偉之輩，林林總總[350]，最高層級的重要人物，法國和納瓦拉[351]全部所有的的權貴，您將看見我是以平起平坐的姿態和他們說話。況且這類的人喜愛尋找科學界的佼佼者」，他補充說道，帶著自尊的神色，憨憨的笑著，一抹傲然之氣勾勒在雙唇上，如今掛在他臉上的，倒不是類似從前保留給波丹、給夏爾各家人[352]的神情，而是經過長時間翻找鑽研，已經瞭若指掌，終於知道那些神色適用於那些情況才是恰如其分，現在他已經完全掌握到了個中精髓。因此，寇達向我引述魏督航夫人所款待的人，其中也包括了希爾帕朵芙公主之後，使了個眼色給我，補充說道：「您看看這是哪種家庭，您了解我的意思了？」他的意思是指沒有比這裡更有貴氣的賓客了。不過款待一位只認得郁鐸熙大公爵夫人的俄國籍女士，這倒是少見。就算希爾帕朵芙公主不認識郁鐸熙大公爵夫人，這對寇達的觀念也絕不減損分毫，他依然認定魏督航夫婦的沙龍極其高貴，被招待在其中是喜事一樁。按照我們所感覺到的，與我們交往的人士身上究竟乘載了多少輝煌，相較於耀眼的劇場人物之實質內涵，我們所知並不更多。對於劇場表演人物而言，劇場負責人花費好幾十萬法郎購買真材實料的戲服以及真正的珠寶，爲了打點演員們的衣著裝

349 «Aussi elle n'y va pas avec le dos de la cuiller.» «ne pas y aller avec le dos de la cuillère〔通俗用語〕意即：直接了當的說話，回應。《二〇二〇年拉魯斯圖解大辭典》。**【譯者注】**。

350 «et tutti guanti»，〔意大利文〕意即：所有的人，所有同類的事（放在列舉的結尾用詞）。《二〇二〇年拉魯斯圖解大辭典》。**【譯者注】**。

351 納瓦拉（Navarre）法國西南方及西班牙北方之舊時王朝，一五八九年，納瓦拉之亨利三世（Henri III de Navarre）晉升爲法國國王亨利四世（Henri IV），從此以往，南納瓦拉（la Basse-Navarre）隸屬於法國。《二〇二〇年拉魯斯圖解大辭典》。**【譯者注】**。

352 關乎波丹（Potain），參見《細說璀璨之童年》。原典頁185。關乎夏爾各（Charcot），參見《富貴家族之追尋》。原典頁291。注1。

扮，這種作法根本沒大用處，它們不會顯出任何劇場效果，當某位了不起的劇場造景專家，以人造的一道光芒照射男士緊身短上衣，衣料是粗麻布，上面綴滿玻璃瓶蓋，以紙片作爲外袍，造景師所造成的奢華效果那就是千百倍以上的華麗。有人一輩子與世上的佼佼者生活在一起，這些人在他眼中都只不過是讓人心煩的家屬，或是索然無味的舊識，因爲襁褓時期就養成習慣，讓他看來看去都覺得這些人毫無威望可言。不過反倒過來，只要有那麼一天，這人偶然有了機會與完全沒沒無聞的人相處了，於是許許多多的寇達冒出了頭，他們被一些有頭有臉的女士迷惑了，想像中，這些有頭銜的女士所經營的沙龍，一定都是貴族名媛齊聚的中心，而事實上，她們連德．薇琶里希斯夫人及她的女友們的地位都沒有（如此的貴婦已經敗落，曾經與她們一起長大的貴族都不再與她們互相往來了）；就是沒有，這些女士的情誼讓太多人以爲他們沾了光而喜不自勝，如果這般人士出版回憶錄，把這些女士的姓名，包括她們所款待的對象同時寫入回憶錄的文章之中，不會有一個人認得出來，就是連德．康柏湄夫人，德．蓋爾芒特夫人，都不知道這些姓名究竟指的是誰。這又何妨！寇達之輩就是有他的男爵夫人，或者他的侯爵夫人，這樣的一位女士，對寇達而言，是「男爵夫人」也行，是「侯爵夫人」也罷，如同在馬里伏劇中，男爵夫人的名字從來都是祕而不宣，我們從來也都沒想到過劇中的男爵夫人得要有個名字才好[353]。寇達更有理由相信，所有的貴族階級都被網羅到這裡了——然而貴族階級並不認識這位女士——頭銜越不確定，在玻璃杯上，在銀器上，在信箋上，以及在行李箱上，就有越多的王冠占有一席之地。有許許多多的寇達，把自己當成是在聖—日耳曼富堡核心中渡過了人生的人物，他們的想像中充斥著封建時代的夢境，可能比眞正在衆多親王中生活過的人更美輪美奐。譬如做小本生意的人，有了機會在週日參觀「古早時候」的建築物，走進這裡，有時候，建築物所有的石頭都是我們這時代的石頭，圓頂都被維依—勒—杜克的門生以藍色重新粉刷過，上面到處都佈滿了金色的星星，這反倒啓發他們更多來自中世紀的思古幽情[354]。「公主將會到緬尼城。她會與我們一起旅遊。但是我不立即把您介紹給她。最好是由魏督航夫人來做這件事。除非我找著解套[355]，那麼我就會越俎代庖。」——「諸位在談些什麼？」佯裝剛剛去透了透氣的桑尼業問道。「我向先生引述您很熟悉的一個字，」溥力脩說道，「我認爲它屬於『世紀之末』的首要（意思是指十八世紀），他的名字叫做查理—模里斯，貝禮果的修院院長。起初他很有擔任優良記者的架勢，可是運氣太差了，我的意思是，他當上了部長！人生總有不如意的時候。再者，當了個不太在乎品德規範的政客了，帶著正統大貴族的意氣風發，爲普魯士的國王花時間效力也無妨礙，而且去世的時候，這點必須要點出來，完全變成了中間左派。」

在聖—彼得—之紫杉停靠站，一位亮麗的少女上了車廂，很不幸的，她不屬於小群體。我的雙眼離不開她那玉蘭花般的肌膚，那一對黑眼睛，她那身材玲瓏有緻，亭亭玉立的模樣。很快的，她想要打開一扇玻璃窗，因爲車廂裡有點熱，她不問所有的人可不可以，因爲只有我沒有穿外袍，她用一種快速，清新又愉快的聲音對我說：「風，會打擾您嗎，先生？」我倒是想對她說：「和我們一起來魏督航夫婦家吧。」或者：「請問芳名，請問您的地址」。我答道：「不會的，小姐，風不礙我的事。」之後，她沒離開位子：「菸味，不會打擾您的朋友？」她點起一根菸來。過了三站，她跳下了車。次日，我問愛蓓汀她可能

353 馬里伏（Marivaux）的戲劇中，有許多不知名的伯爵夫人和侯爵夫人，然而連一位男爵夫人也沒有。

354 參見《細說璀璨之童年》。原典頁163-164及頁288。普魯斯特和艾彌樂．馬勒（Emile Mâle）一樣，痛恨以維歐雷—勒—杜克（Viollet-le-Duc）的方式進行整修。（參見本書法文原典頁402）。

355 «A moins que je ne trouve un joint». Chercher, trouver le joint，〔通俗用語〕意即：解決某個困難的方法。《二〇二〇年拉魯斯圖解大辭典》。**【譯者注】**。

會是誰。因爲笨笨的我，以爲人總是擇一而愛，既然愛蓓汀對羅伯特的態度讓我忌妒，那麼女人們該是讓我放得下心的了。愛蓓汀對我說她不知道，我相信這話是眞的。「我非常想要再見到她！」我叫了起來。——「您安心吧，總會有緣再見面的。」愛蓓汀答道。在這個特殊情況中，她弄錯了；我從來都沒再能找到、或認得出來這位抽香菸的美麗少女是誰。況且，大家以後就會知道爲什麼我得要長時間內停止尋找她的芳蹤了。不過我沒忘記她。很多時候，我一想到她，就會有很強烈的欲望想要擁有她。可是這些重新回頭來激動我們的欲求，也會強迫我們去思考，假如我們想要帶著相同的愉悅享受尋回這些少女們，應該也要在相遇的十年之後，在這期間少女的花容已經凋零。我們大可尋找伊人，可是不能摧毀時間。這一切，一直到那個出其不意的日子來到，令人憂傷得像是個冬天的夜晚，那時，我們再也不想尋見這位少女了，也不想尋見任何其他的女孩，找著了，甚至讓您更驚嚇。因爲我們不覺得有足夠的魅力取悅於人，也不再有力量來談情說愛。當然不是照著字面的意義，說我們變得性無能了。談到戀愛這件事，我們比起往日更有戀愛的意願。只是我們感覺到力氣變得微小了，不足以承擔如此龐大的工程。永恆的安息已經斷斷續續來訪，讓我們不能出外活動或者說話。把腳好好的安放到一個該放的台階上，這就是成功，如同安全跳過致命的危險一樣美好。即使我們留住了她的臉龐，也留住了少年人所有的金色頭髮，在如此悽慘狀態中被我們所愛的少女看見，情何以堪！我們不能消彌疲累，像青年時代那樣跨步前行。肉體的欲求不減反增也是無可奈何！我們要求某位女子前來，卻不能費神取悅於她，分享一夜露水姻緣之後，也不會再相見。

「我們應該是很久都沒有小提琴手的最新消息了」，寇達說道。小內圈當日發生的重大事件，事實上是魏督航夫人最喜愛的小提琴手拋棄了她。他在東錫耶爾附近服兵役，每週來拉．哈斯柏麗野晚餐三次，因爲他可以外出到半夜。不過兩天前，這是頭一遭，忠誠之友在小火車裡怎麼樣都找不著他，大家假設他錯過了班次。魏督航夫人再度請人去到下一班小火車接人，也是白費工夫。終於等到了最後一班火車，馬車還是空跑返回。「他一定是被幽禁了，沒有其他的理由說明他的蹺家。啊！就這樣，您是知道的，幹軍旅這一行，跟一些好傢伙攪和在一起，只需要冒出個老愛抱怨的小號副官長，事情就不好辦。」——「如果今天晚上他依然蹺家，這對魏督航夫人而言，將是更致命的傷痛，」溥力脩說道，「因爲我們可愛的女主人正是今天晚上第一次招待她的鄰居，德·康柏湄侯爵夫婦，是他們把拉·哈斯柏麗野出租給她的。」——「今天晚上邀請了德·康柏湄侯爵夫婦！」寇達揚聲說道，「我可是完完全全不知情。當然我和大家一樣知道他們有一天會來，可是我不知道是在這麼近的日子。奇啊眞奇[356]，」他說著，一面轉身朝向我，「剛才我可是對您說了這個：希爾帕朵芙公主，德·康柏湄侯爵和侯爵夫人。」陶醉在他們名字的悅耳音調中，他一再重複說著：「您看得出來我們開場開得好，」他對我說。「您剛剛加入，不要緊，來得早不如來得巧[357]。格外出色的人都濟濟一堂了。」他轉向溥力脩補充說道：「女大老闆會大爲光火。這該是我們一起來大力支持她的時候了。」自從魏督航夫人來到了拉·哈斯柏麗野，她在忠誠之友面前作出百般姿態，說她事實上雖然有義務，但是又很絕望的非得邀請屋主夫婦前來一次，爲了下一年度有最好的租賃條件。她說，她之所以這麼做，純粹是出於利益考量。可是她自認爲和不屬於小群體的人共進晚餐，這是令她深惡痛絕的事，讓她自己頭疼不已，以至於她不斷展延邀請日期。再說，這個晚宴由她以誇大方式宣稱的邀請動機，雖說是讓她有所卻步，其實從另一方面來看，這場晚宴之所以又讓她興味盎然，是基於自鳴清高的理由，而她寧可選擇三緘其口。這是她半眞半假的想法，她相信小內圈是世界上絕無僅有的組合，

356 《Sapristi》〔通俗用語〕驚訝，焦躁時脫口而出之語。《二〇二〇年拉魯斯圖解大辭典》。**【譯者注】**。

357 《N'importe, pour vos débuts, vous mettez dans le mille》. Mettre ou taper dans le mille〔通俗用語〕意即：猜得正巧；正中目標。《二〇二〇年拉魯斯圖解大辭典》。**【譯者注】**。

得要花上幾個世紀才組織得起來類似像樣的團體，一想起要把外省人士帶進來，她就嚇得魂不附體，他們對於古希臘四聯劇及「大師」作品一無所知，在音樂會上沒有能力加入一般性的談論，他們來到魏督航夫人家中，適足以把衆所周知的一個週三日毀於一旦，如此美妙絕倫又嬌貴易脆的傑作，就像原產自威尼斯的精工製造的玻璃器皿，稍有錯誤的唱腔，就使它們產生裂痕。「再者，他們準是最反派的，又是支持軍系的，」魏督航先生說道。——「啊！這些我無所謂，這種故事大家講太久了」，魏督航夫人答道，她是眞誠的親德瑞福斯派人士，不過也想要在她大張旗鼓支持德瑞福斯的沙龍裡取得上流社會的回饋。然而，在政治上旗開得勝的親德瑞福斯思想，在社交圈裡可不見得是如此。拉伯里，伊納克，畢卡，左拉[358]對上流社會人士而言，依然是類似賣國賊，小核心要遠離他們。因此，在政治圈晃了一下之後，魏督航夫人所在意的，是重新回到藝術領域。況且德．英迪、德布西，他們在這事件上，豈不是「不友善的」嗎[359]？「關乎這個事件，我們就把它擺在溥力脩這邊吧，」她說（因爲這位大學學界人士是忠誠之友中唯一採取參謀部立場的人，導致魏督航夫人對他的尊敬大爲降低）。「我們不必一天到晚非講德瑞福斯事件不可。不，眞實的情況是，德．康柏湄這家人使我厭煩。」至於忠誠之友們，一方面很興奮想要認識德．康柏湄夫婦，但是又不便明說，另一方面，他們沒識破：魏督航夫人所說的很厭煩招待德．康柏湄夫婦這回事，其實只是故作姿態；於是忠誠之友們天天和魏督航夫人談話時，都一再重提魏督航夫人自己所編排的彆腳理由，試圖以這些理由來排除萬難，爲了成全這次的晚會邀請。「您好好的做個決定吧，」寇達重複的表示著，「您將獲得他們租金的減讓，園丁薪水由他們給付，綠茵草地任由您欣賞。這一切值得一整晚的無聊。我說這話純粹是爲您著想」，他補充說道，雖然有一次使寇達心跳的，是當他在火車站，靠近侯爵時，他坐在魏督航夫人馬車裡，在街上與德．康柏湄老夫人的馬車交錯，對火車鐵路的站務員而言，他是不夠體面的人。德．康柏湄夫婦這方面，由於他們的生活離開上流圈的動態太過遙遠，以至於無法揣測得到，某些優雅女士提起魏督航夫人時，語氣頗為推崇，在德．康柏湄夫婦的想像中，還以為魏督航夫人所能認識的，只有吉普賽人而已，她的婚姻可能連經過合法程序都沒有，而他們既然是「有頭有臉的」，魏督航夫人從來只和他們往來而已。他們之所以不得已來晚餐，只是為了和一位女房客保持良好關係，尤其他們上個月曉得她剛剛繼承了那麼多百萬的財富，也期待她返回續租好幾個新季。他們為了這個不可避免的日子，安安靜靜的預備前來，不帶著低俗的玩笑心態。忠誠之友們已經不再等待這個日子會來到，魏督航夫人在他們面前訂下這個日子後，又做了無數次的更改。這些反反覆覆的決定，目的不僅是要刻意張揚這個晚餐讓她多麼厭煩，而且還讓居住在附近、有時候傾向要放棄不來的小群體成員們沒機會鬆懈。女大老闆並非揣測不到「大日子」對他們、對她自己都是一樣被看好，只是因為她已經說服了大家，說這個晚餐對她而言是個可怕的苦差事，因此她就方便激勵大家要來為她效忠。「諸位該不會留下我單獨與這些話都說不攏的中國人面面相覷吧！相反的，我們必須多一些人，才能忍受這種無聊事。當然，我們之間的談話不會帶出任何有趣的內容。這個週三日一定是糟透了的，又能拿它怎麼樣！」

「事實上，」溥力脩答道，一邊對著我說，「我相信魏督航夫人，她是個很聰明的人，又帶著很多的俏麗想法來開發她的週三日，她一點也不執意要款待有長遠家族史卻是沒智慧的鄉紳。她沒能決定是否邀請老侯爵夫人，萬不得已也要請到當兒子的，以及媳婦。」——「啊！我們會見到德．康柏湄侯爵夫

358 參見本書法文原典頁144，在此，德瑞福斯事件的主角人物是同一群人，所不同的是克雷蒙梭不在其中。

359 文森．德．英迪（Vincent d'Indy）不隱瞞他持反德瑞福斯態度，通常也不諱言他的反猶思想。（參見本書法文原典頁21。注1）。德布西的情況較不單純。普魯斯特和德布西共同的朋友，荷內．彼得（René Peter）說：「本能的，他理所當然傾向愛國思想者、軍人這一派。」《克勞德．德布西》（*Claude Debussy*）。賈利瑪出版社。一九三一年出版。頁144。他的舊識彼得．路伊斯（Pierre Louÿs，反德瑞福斯派人士）以及荷內．彼得（親德瑞福斯人士）彼此劍拔弩張，德布西應該是堅守在中立立場。不過他也可能對畢卡表同情，他曾經為了畢卡在《費加洛日報》的一份宣言上署名（同上。頁150－151）。

人囉？」寇達帶著微笑答道，雖然他不知道德．康柏湄夫人長得是美是醜，不過他相信在話語中有必要調入一些放浪形骸的意念，以及馬里伏風格的玩笑。不過，侯爵夫人的頭銜讓他想像起高雅至極、款款多情的圖像來了。「啊！我認得她」，斯基說道，有一次，當他和魏督航夫人散步時遇見過她。「您對她的認識與《聖經》中的涵義有關嗎？」醫生如此說道，一方面在他的單片眼鏡下飄來一個眼神，如此的戲謔是他最拿手的玩笑之一。斯基對我說：「當然，她是個聰明的人。」他見我沒說任何話，就微笑著，又把每個字都咬清楚的說：「她聰明也行，不聰明也罷，總之，她受的教育不多，知識淺薄，可是對美的事物有本能性的反應。她會三緘其口，開口從不說愚昧話。而且，她膚色帶著美麗的彩繪。作她的肖像會很有趣」，他又補上一句，雙眼半瞇著，好像正看著她在面前擺姿勢。斯基用了那麼多細膩的表達，都是我無法苟同的，我只說她是一位很有教養的工程師勒格蘭登先生的妹妹。「還說呢！您看著好了，您將要被引薦給一個漂亮女子了，」溥力脩對我說道，「大家都不知道會有什麼後果。克蕾奧芭特根本算不得是個大貴婦，她是個小女子，是在我們梅伊亞克[360]筆下，一個懵懵懂懂又可怕的小女子，您看見了，不僅對安端這個大呆瓜，而且為了古代歷史帶來何等大的影響。」——「已經有人把我介紹給德．康柏湄夫人了，」我答道。——「啊！那麼您就是看見老面孔了。」——「她答應過我，」我答道，「康樸蕊從前的教區神父有一本著作，是關乎本區域的地點和名稱的[361]，能見到她，我會格外高興。那我就能夠提醒她答

360　將克蕾奧芭特（Cléopâtre）與梅伊亞克（Meilhac）的女主角們（參見《細說璀璨之童年》。原典頁90。注2）相提並論，這並不恰當。一八九三年，普魯斯特撰寫了一份關乎亨利．德．梭信（Henri de Saussine）之小說《克蕾奧芭特之鼻樑》（*Le Nez de Cléopâtre*）的心得報告（《駁聖－伯夫》。頁358－359）。

361　關乎溥力脩的詞源學，在這裡首次被記錄。敘事者在駐留壩北柯的最後時日，將溥力脩的詞源學與小火車所引發的不正確聯想作出一番比較：「如此一來，不僅僅是讓這地區地方之名稱失去了它們起初的奧祕，甚至是失去了這些地方的存在。一些地方名稱，經由詞源學的論述，已經削剪掉了它們泰半的神祕性，他們都是來自康樸蕊，是溥力脩要加以駁斥的。」參見本書法文原

典頁204。注3。在《細說璀璨之童年》文本中，教區神父趁著拜訪蕾奧妮姑媽的機會，針對一些地方名稱作了一些解釋。（原典頁103－105以及頁44）。普魯斯特乃是以菽勒・季石拉（Jules Quicherat）所著之《法國古老地名之形成》（*De la formation française des anciens noms de lieu*, 1867）爲藍本。然而普魯斯特在《所多瑪與蛾摩拉》文本中冗長的岔題論述中沒有加以採用。事實上，在《細說璀璨之童年》文本中發揮詞源學主題時，普魯斯特並沒有預料又要回到這個主題上。在第一次大戰初期，許多系列的詞源學資料出現在《所多瑪與蛾摩拉》草稿中，它們來自之前已引述過之著作，（本書法文原典頁92。注4。）由希伯利特・郭石理（Hippolyte Cocheries）所著，書名爲《地點名稱之緣起與形成》（*Origine et formation des noms de lieu*）。一八七四年與一八八五年出版。第一次大戰戰後，《所多瑪與蛾摩拉》文本中，被加在手稿及打字稿中的詞源學之第二代資料，攸關諾曼地地方名稱源自斯堪地那維亞，其所本之資料來源較不確定。與這些資料來源最爲有關的，是由愛德華・勒・葉禮歇（Édouard Le Héricher）所著，《諾曼地區域語史學》（*Philologie topographique de la Normandie*）。岡城（Caen）。一八六三年出版。大家提到過一本奧古斯都・隆農（Auguste Longnon）之著作：《法國地方之名稱》（*Les Noms de lieu de la France*）。該書作者逝世於一九一一年。冠軍（Champion）出版社。一九二一年—一九二九年出版。這本著作被提及，是因爲一九一九年歲末，普魯斯特寫給路易・馬丁—朔費耶（Louis Martin-Chauffier）的一封信，信中，普魯斯特說：「或許我日後爲了詞源學將要就教於您，我已經請教過迪密耶先生（是我所不認識的），他好意的回覆了我，給我資訊，讓我與隆農先生聯繫」（《魚雁集》全集。第三冊。頁298）。然而，或者普魯斯特與歷史學者路易・迪密耶（Louis Dimier）的交換意見發生於奧古斯都・隆農於一九一一年去世之前，或者普魯斯特是與隆農之兒子之一聯繫過，無論如何，沒有任何資料主張普魯斯特於隆農生前讀過該著作內容，隆農該著作於作者死後出版（第二本分冊，包含諾曼地接受來自斯堪地那維亞影響的詞源學，日期標示爲一九二二年，與《所多瑪與蛾摩拉　第二集》相同）。同一作者之另一本大眾普及版小書的情況，可能就不是如此了，就如同在我們所給的幾處注解所示，普魯斯特應該查考了由查理・墨哈斯寫序的《法國國家之緣起與形成》（*Origine et formation de la nationalité française*）。一九一二年由國家新書局（Nouvelle librairie nationale）出版。普魯斯特於一九二二年三月寫信給馬丁—朔費耶（Martin-Chauffier），說：「爲了我必須就教於您的非常棘手的詞源學，請不必多費心，我已經自己想盡辦法處理了，或者說，處理得很牽強。這些詞源說明中，帶有憑空想像或是錯謬的部分，我們把這些歸咎於我的小說人物之無知」。（《魚雁集全集》。第三冊。頁304）。如果情形眞是如此，我們就不便置喙。撇開某些孤立的詞源學不談，在《所多瑪與蛾摩拉》文本中，溥力脩總共發表了三次教導式的內容：在這裡的，是在開往拉・哈斯柏麗野火車旅次（本書法文原典頁280－283），在手稿之一張小紙條中有所記載，連同專有的增加資料，放在修改過的打字稿中；第二次，是在魏督航夫婦晚宴中（本書法文原典頁316－324以及頁327－329），最早的內容，全部出現在手稿中，單單有關**水母之橋**之起源，是在一張小字條上，以一次增加說明的方式呈現（本書法文原典頁317）；第三次，是發表於壩北柯駐留時期的末了（本書法文原典頁484－486），是第二次重新編寫，幾乎都已全部在手稿中出現。在此開始發表的，屬於複雜的解說內容，將第一代及第二代的詞源學兩相混合，藉由諾曼地之詞源學補足郭石理的看法。我們需要將此處之說明，與本書法文原典頁327－329所記之內容兩相比較：它們討論相同的名稱，但是前後觀點互相矛盾。對於孤立呈現的詞源學，或者根源不甚確定的詞源學，我們都不加予注記。

應過我的事。我對這位神父有興趣，也對詞源學有興趣。」——「您別太信任他所提的詞源學，」溥力脩對我答道：「拉·哈斯柏麗野的那本著作，我把它翻了一翻，沒讀到任何有價值的內容；書裡錯誤百出。我給您一個例子。**比黎克**（bricq）這個字，用在我們鄰近地點名稱的數量很多。這位用心的神職人士有了一個未免太過於牽強的想法，說它來自**比黎卡**（briga），高處，築有防禦工事之處。他已經把這個字認定是與克爾特的民眾用語中的拉多比黎日（Latobriges），內姆比黎日（Nemetobriges）等等有關，他還繼續延伸到布里昂（Briand），布里翁（Brion）這些字上面，等等。回頭來說說我們正與您歡歡喜喜穿過的這地方，比黎克柏斯克（Bricquebosc），它可能的意義是指高處的森林，比黎克城（Bricqueville）意思是指高處的住所，抵達緬尼城車站之前，我們不久將要先停在比黎克貝克（Bricquebec），意思是鄰近小溪之高處。然而實際上全不是這樣。理由是，**比黎克**（bricq）是斯堪地那維亞舊時人民所用的古字，它的涵義純粹是指一座橋[362]。同樣的，**弗勒**（fleur）這個字，德·康柏湄夫人的保護者費了很大的力氣說明，爲了有時將它與斯堪地那維亞語的**佛羅瓦**（floi），**佛羅**（flo）相連結，有時候又與愛爾蘭語的**艾**（ae）和**艾爾**（aer）相連結，其實並非如此，它是指著丹麥語的**非伊歐**（fiord）說的，它的涵義是港口[363]，這點毋庸置疑。同樣的，非常良善的神父以爲鄰近拉·哈斯柏麗野的聖—馬汀—勒—維杜（Saint-Martin-le-Vêtu）停靠車站，意思是聖—馬汀—這—舊地（Saint-Martin-le-Vieux）中的**維杜**（vetus）之意。當然**年老**這個字，在這地區的地名研究扮演了很重要的角色。**年老**（Vieux）字通常來自**華登**（vadum），它的涵義是渡河口，正如「年長者」（les Vieux）爲該地之名，這名字是英國人所稱呼的**津**（ford）：牛津（Oxford），赫爾津（Hereford）[364]。在特殊情況中，**年老**一字不是來自**維杜**（vetus），而是**華斯達杜**（vastatus），指的是被淨空之地，不毛之地。您在這附近有梭特華斯特（Sottevast），瑟托之空地（le vast de Setold），布黎華斯特（Brillevast），貝洛之空地（le vast de Berold）等地方。因此，我更確定這是教區神父所犯的錯誤，聖—馬汀—這—舊地（Saint-Martin-le-Vieux）[365]從前的名稱是聖—馬汀—竇—加斯特（Saint-Martin-du-Gast），甚至是聖—馬汀—德—岱合加特（Saint-Martin-de-Terregate）。可是「v」和「g」在這些

---

362 我們所找到的郭石理之說明是：爲了指明某一高處，克爾特人所用的字是「登城」（Dun）和「比黎卡」（briga）。〔…〕至於「比黎卡」（briga）一字，似乎兼具雙重含意，一爲山嶺，一爲戰略性城堡，它在高盧地區最早先的名稱是以「比黎卡」（briga），「比黎郭及路斯」（Brigogilus）等形式表示之。（頁55）。此外：克爾特人所稱呼「柏力法」（briva）就是羅馬人所稱的「彭斯」（pons）。（頁126）。至於「比黎克」（bricq）的字義可以是古時北方民族所用的「橋」（pont）之意，這是普魯斯特的看法。然而我們在勒．葉禮歐的著作中找到關乎「柏力法」（briva）一個參考說明，是克爾特人說的「橋」（pont），以至於可以做此解釋：比黎格貝克（Bricquebec），用鄉音說成「比黎克貝克」（Briguebec），比黎格城（Bricqueville），用鄉音說成「比黎克城」（Brigueville），〔…〕布魯瑪（Brumare）之意爲「池塘過道」，布魯克達勒（Bruquedalle）之意爲「河谷之地」，比黎克柏斯特（Bricquebost）之意爲「樹林之地」。《諾曼地區域語史學》（*Philologie topographique de la Normandie*。頁8）。值得提醒的是，比黎克貝克（Bricquebec），或說克里格貝克（Cricquebec），在一九一三年的排版稿中，就是壩北柯。

363 「**弗勒**（fleur）這個字作爲諾曼地非常多地方名稱的結尾字，許多以它爲研究主題的學者做了眾多的研究。岱平（M. Depping）認爲這是冰島語的「oe」（發音爲eu）以及「oer」字（發音爲eur），意即：『被水淹沒之地』。更邏輯的說明，是將**哈爾弗勒**（Harfleur）（濱海塞納省），**巴爾弗勒**（Barfleur）（芒什省），**費克弗勒**（Fiquefleur）（厄爾省），維德弗勒（Vittefleur）（濱海塞納省），**弗雷特**（Fletre）（北省），**芙雷**（Flers）（北省）等等諸多地名，與丹麥語的**非伊歐**（fiord）相連結」。（郭石理，頁89）。對普魯斯特而言，冰島語的「oe」成了愛爾蘭語。**非伊歐**（fiord）的意思不是「港口」（port），而是「小海灣」（baie），「海灣」（golfe）；普魯斯特作出如此詮釋的原因，可歸咎於郭石理沒有賦予翻譯。

364 「正因爲如此，渡河口，拉丁文的**華登**（vadum），成了許多地點名稱的來源。〔…〕後來，我們在某些情況之中，忘了**維茲**（vez）的來源，我們以爲它源自粗淺的維依（vieil）這字。正因爲如此，如此，我們說**旺登—勒—維依**（Vendin-le-Vieil, Pas-de-Calais），而它從前的名字是**旺登—勒—維茲**（Vendin-le-Vez），意思是**旺登—那—渡河口**（Vendin-le-Gué）〔…〕。我們甚至有些時候把某些不規則變化形式的**華登**（vadum）錯誤的解釋爲**通道**（voie）。〔…〕英國人把羅馬人所稱**華登**（vadum）稱爲**津**（ford），就像**牛津**（Oxford），**赫爾津**（Hereford），等等，理由就在此」。（郭石理，頁128–129）。

365 應該讀成聖—馬汀—著衣男子（Saint-Martin-le-Vêtu），以便與上方十行前所指的地方兩相吻合，然而在壩北柯地區，當愛蓓汀很關心詞源學時，也有一地方名爲聖—馬爾斯—勒—維依厄（Saint-Mars-le-Vieux，本書法文原典頁284及頁400），變成爲聖—馬爾斯—著衣男子（Saint-Mars-le-Vêtu，本書法文原典頁403）。

字裡是同一個字母。我們說「一掃而空」（dévaster），可是也可以說「摧殘淨盡」（gâcher）。「休耕之農地」（jachères）和「貧瘠的沼澤地」（gâtines）（來自標準德文*wastinna*）具有相同的意思。「岱合加特」（Terregate），就是**淨空之地**（*terra vasta*[366]）。至於聖—馬爾斯，從前（胡思亂想的人要自取其辱！）叫做聖—梅德（Saint-Merd），就是聖—米達爾杜斯（Saint-Medardus），有時候叫做聖—梅達爾（Saint-Médard），聖—馬爾（Saint-Mard），聖—馬可（Saint-Marc），五—戰神（Cinq-Mars），直到後來被說成大馬士（Dammas[367]）。況且不要忘記在這附近，取這個與戰神同名字的地點，簡單說來，就是證實在這地區，它們源自異教戰爭之神（le dieu Mars）的活力依舊，是這位神父拒絕承認的。獻祭給神明的高處格外眾多，如同朱比特之山（Jeumont[368]）。由於您的神父掩面不看這些，他反而看不到基督精神處處留下的痕跡。他的探索之旅一直推到洛克杜迪（Loctudy），他說，這名字野蠻，然而它是代表洛可思·聖地·杜丹尼（Locus santi Tudeni），就像在薩瑪爾寇勒斯（Sammarcoles）這個名稱裡，完全猜想得到它就是代表聖者·瑪西亞里斯（Sanctus Martialis）[369]」。溥力脩看見他引來我的興趣，就繼續說道，「您的神父把這些字句擺在一起：宏（hon），宏姆（home），侯勒姆（holm），屬於侯勒（holl），（hullus）山坡這字，而這字是源自北國民族所說的侯勒姆（holm），島嶼，是您所認識的，在斯德哥爾摩，這在整個這個國家裡是很廣大的：拉·烏勒姆（La Houlme），英格鴻姆（Engohomme），達忽姆（Tahoume），羅柏鴻姆（Robehomme），內鴻姆（Néhomme），蓋特瑚（Quettehou），等等[370]。」這些名稱使我想起愛蓓汀想要前往昂佛城—拉—比郭（Amfreville-la-Bigot）的那天[371]（溥力脩對我說，這城的名稱就是兩位先後入主該城者的名字），那天後來她建議我一起去羅柏鴻姆（Robehomme）晚餐。至於馬汀山（Montmartin），片刻之後我們將經過這裡。」我問道：「內鴻姆（Néhomme）豈不是與卡爾克橔（Carquethuit）和克理杜爾波（Clitourps）距離很近？」——「一點也沒錯，內鴻姆，就是**侯姆**（holm），屬於有名的倪傑子

366 「日耳曼語有guast, wast，從而引出wastjan，意思爲『掃蕩』（ravager），這字必須與動詞vastare相銜接，由它形成法文的*gâter*（畢卡地語爲water），*jachères*（屬於晚期拉丁語把gascaria說成wastaria）而gâtines（來自標準德文wastinna這字）」。（郭石理，頁64）。在諸多範例中，有勒・華斯特（Le Vast），梭特華斯特（Sottevast），馬丁華斯特（Martinvast）等字，出現在芒什省行政區（頁65）。不過，與岱合加特（Terregate）的關聯倒是沒有。我們在勒・葉禮歐（Le Héricher）著作中讀到：「A waster，『使淨空，使空曠』（rendre vide, vaste），與之有關聯者眾多，諸如：華斯特（Vast），加斯特（Gast），加斯汀（Gastine），加特（Gatte），華特（Vatte），加斯德（Gastel）等字，意爲被翻攪過之土地，或許有被摧殘，被淨空之意：〔…〕布黎瓦茲特（Brillevast），伯洛迪華斯特（Beroldivast），〔…〕梭特華斯特（Sottevast），薩多瓦斯特（Satowast），聖—德尼—勒—加斯特（Saint-Denis-le-Gast），〔…〕兩處屬於艾芙杭石（Avranchin）的岱合—加特（Terre-Gate, de terra vasta）」。（《諾曼地區域語史學》。頁33）。

367 郭石理給了下列清單說明以Sanctus, Medardus所形成名稱之地點：在捷爾（Gers）的聖—梅達爾（Saint-Médard），在莫爾特與瓦茲雙河區（Meurthe et Oise）的聖—馬爾（Saint-Mard），在歐伯河區（Aube）的聖—馬爾（Saint-Mards-en-Othe），在雍河區（Yonne）的聖—馬可（Saint-Marc），在薩爾特，塞納河—及—馬爾尼（Sarthe, Seine-et-Marne）的聖—馬爾斯（Saint-Mars），在葛瑞茲（Corrèze）的聖—梅德（Saint-Merd），在茵德—與—羅瓦（Indre-et-Loire），接近蘭結（Langeais）的五—戰神（Cinq-Mars），以及在富日山脈（Voges）的大馬斯（Damas）（頁146）。普魯斯特的文本中，也遵守相同的排序。

368 「我單單指出這些地點，它們的名稱必然與崇拜諸神明有關聯，諸如〔…〕由朱比特（Jupiter），所引出的朱比特之山（Jeumont, Jovismons）」（郭石理，頁139）。

369 「有時候聖人的品格會與地名混合，因而產生一些獨特的字，例如〔…〕在費尼斯德（Finistère）的**洛克杜迪**（Loctudy）用來代表洛可思・聖地・杜丹尼（Loc. Sancti Tudeni）」（郭石理，頁149－150）。另有一例子，屬於相同現象：在維也納的薩瑪爾寇勒斯（Sammarcoles），用來代表聖者・瑪西亞里斯（Sanctus Martialis）」。（頁149）。

370 勒・葉禮歐（Le Héricher）如此寫著：「諾曼地有關地形的詞語『鴻姆』（homme），『島』或『半島』，是斯堪地那維亞語的『侯姆』（holm）字，在這個國家中是常見的用字，例如：斯德哥爾摩（Stockholm），伯恩爾摩（Bornholm），等等。」（《諾曼地區域語史學》。頁46）。舉例說明之：「內湖（Néhou），指『被水環繞』之意」，「尼日梨・忽木」（Nigelli humus），按字面之意是「尼愛（Nial）之島」，是斯堪地那維亞語的尼古拉（Nicolas），蓋特胡（Quettehou）。在此必須提到普魯斯特可能使用到的另一個資料來源，是奧古斯都・隆農所寫，關乎源自斯堪地那維亞的諾曼地地名，出自《法國國家之緣起與形成》（*Origine et formation de la nationalité française*）一書，頁52：「侯勒姆（holm），島之意，勒・烏勒姆，英格鴻姆，達鴻姆。」（*holm, île,* Le Houlme, Engohomme, Tahomme）。

371 至於本日的說明，參見本書法文原典頁196，在此，所提到的城市是殷芙爾城（Infreville），而不是昂佛城（Amfreville）

爵的島嶼或半島，子爵的名字也留在尼城（Néville）裡。您所告訴我的卡爾克橔以及克理杜爾波，給了德．康柏湄夫人的保護者犯下其他錯誤的機會。他應該很清楚知道**卡爾克**（Carque）這字是教堂之意，是德文的Kirsche。如您所認識的桂格城（Querqueville），卡爾克畢玉（Carquebut），更不用說登革爾克（Dunkerque）[372]了。因此，我們最好停下來看看**登**（dun）這個衆所周知的字眼，它對克爾特人而言是升高之處。這個您可以在全法國內找到。您的教區神父面對竇恩城（Duneville）就被催眠了。可是在厄爾—暨—羅瓦地區（L'Eure-et-Loire），他可以找到登之城堡（Châteaudun）；在變爾河之省（Le Cher）可以找到國王之登城（Dun-le-Roi）；在薩爾特河（la Sarthe）可以找到登水城（Duneau）；在亞里耶日（L'Ariège）可以找到登城（Dun）；在拉．倪耶芙（la Nièvre）可以找到廣場之杜恩城（Dune-les-Places），等等，等等[373]。這個**登**（dun）字讓他犯了一個奇特的錯誤，是關乎竇城，待會兒我們會在這裡下車，魏督航夫人舒適的馬車等著要接我們。他說竇城的拉丁文是「東維拉」（donvilla），事實上竇城位於高山腳下。您那位什麼都懂的教區神父還是免不了感覺到他說錯了。事實上，在一個過去的教區財產和收益狀況的清冊中，他讀到了「棟維拉」（Domvilla）這個字。於是他就收回前言了；竇城，根據他的意見，是教區神父的一塊封地，多米諾．艾巴地（domino abbati），屬於聖—米歇爾山。爲此，他很開心。不過當我們想到，自從聖—克萊—許—愛波特有法蘭克王的敕令之後，人們在聖—米歇爾山所過的是何等敗壞的生活，這眞是怪事一樁。更甚者，就是看見統管這整個海岸線的丹麥國王，他在這裡爲奧丁[374]舉辦許多敬拜儀式，不是爲了基督。另一方面，假設（n）沒有被改變成爲（u），這不會讓我訝異，要求的改變更少，里昂是非常正確的，它的名稱也是源自**敦**（dun, Lugdunum）這字。總之，神父弄錯了，竇城從來都不曾是東城（Donville），而是多城（Doville），**厄多尼城**（Eudonis Villa）是屬於厄德的村莊（le village d'Eudes）。竇城從前的名稱是愛斯卡克里弗（Escalecliff），斜坡的階梯之意。大約於一二三三年，厄德．勒．布岱伊耶，愛斯卡克里弗之郡主，起程前往「聖地」；行前他整修了白色之地（Blanchelande）修道院的教堂。也做了合理的交換：村莊取用了他的名字，於是就有了現在的賨城[375]。不過我得補充說

372 勒．葉禮歐（Le Héricher）寫的是：「Kerke，『教堂』，德文爲Kirche，蘇格蘭文爲Kirk，在不同的地點成爲桂格碧玉（Querquebu），凱克碧玉（Kerkebu），桂格城（Querqueville），按字面之意爲『教堂座落之地』，如同登革爾克（Dunkerque）意爲『有教堂的杜恩』（l'église des Dunes）」。（《諾曼地區域語史學》。頁38）。關乎「tuit」以及「boe」或者「beuf」，屬濱海塞納省（Seint-Inférieure）的卡爾克檄（Carquetuit）以及屬芒什省（Manche）的卡爾克畢玉（Carquebut）都被郭石理分析過（頁88–89）。直到一九一三年，壩北柯就是桂格城，這點值得我們一提。

373 「在克爾特人（les celtes）的語言中，要指出某一高地時，所用的字是**登城**（Dun）以及**比黎卡**（briga）。我們有多處例證：在亞里耶日（Ariège）的登城（Dun），在歐爾河（Cher）的國王之登城（Dun-le-Roi），在北省（Nord）的杜恩（Les Dunes），在茵德（Indre）的杜內（Dunet），在莫河（Meuse）的莫河上之登城（Dun-sur-Meuse），在薩爾特（Sarthe）的登水城（Duneau），在厄爾及羅瓦省（Eure-et-Loir）的登之城堡（Châteaudun），在北省（Nord）的登革爾克（Dunkerque），在尼耶弗（Nièvre）的登城—之—多廣場（Dune-les-Places），莫爾特河區（Meurthe），位於佛日山脈（Voges）高山地區的勒．多農（Le Donon）。」（郭石理，頁55）。在此之清單是一致的。

374 九一一年，在聖—克萊—許—愛波特（Saint-Claire-sur-Epte）這地舉行過一個雙邊會談，一方是法國國王（西法蘭克）查理三世（Charles le Simple），一方是諾曼地首要公爵羅隆（Rollon），討論關乎該省的割讓問題。我們通常說這是一個協議，儘管很可能只是口頭的約定。不論怎麼說，投降一辭的說法是不合宜的，他所指的是來自墨洛溫王朝的國王們（les rois mérovingiens）和加洛林王朝的國王們（les rois carolingiens）的法定行動。丹麥國王不是被征服之諾曼地的國王。奧丁（Odin）是斯堪地那維亞神話中的神明。

375 「賨城（Douville）濱海的景色很自然的給了Dunorum villa的詞源學；然而一般性的比較，歷史的例證，檔案資料的拼寫法，所能給的認知，它唯有一個字根而已，那是諾曼地人所知道的一個最爲常見的通用專有名稱：賨城（Douville），它就是歐東尼斯之城（Odonis villa）。相同的專有名稱也在該行政地域的其他社區中找得到，諸如在烏城（Ouville, Ouvilla），歐賨城（Audouville, Eudonvilla），優迪梅斯尼（Hudimesnil, Eudimesnilum），或許在登尼城（Denneville）的例子中，以及理所當然地在多城（Doville）的例子中，因爲在它們的詞源學裡我們知道它如此得名的時代，以及把如此名稱給予該地的郡主是誰。它的原始名稱是愛斯卡克里弗（Escaleclif）〔…〕。厄德．勒．布岱伊耶，又名歐東．勒．布岱伊耶（Eudes ou Odon Le bouteiller），愛斯卡克里弗（Escaleclif）以及愛斯特（Estre）之郡主，約於一一三三年前往聖地（la Terre Sainte）將博郎石蘭修道院（l'abbaye de Blencheland）改變成愛斯卡克里弗教堂（l'église d'Escaleclif）：這教區就以這位歐東（Odon）之名給了一個現代的名字：多城（Doville）。〔…〕在諾曼地還有一個地方叫做東城（Donville）；還有三至四個地方名字叫做多城（Doville）」參見勒．葉禮歐（Le Héricher），《艾芙杭石之古蹟與歷史》（*Avranchin monumental et historique*）。一八四五年出版於艾芙杭石（Avranches）。第一冊。頁508。我們覺得勒．葉禮歐和普魯斯特之間似乎缺少一個連結點。

明，地名研究不是一門準確的科學，這方面我完全是門外漢；如果我們沒有這個歷史佐證，竇城很可能來自霧城，就是水鄉澤國。該寫成（ai）形式的字「寧靜死水」（Aigues-Mortes），被寫成（aqua）字形，被換成（eu），（ou），乃是屢見不鮮[376]。竇城鄰近有頗負盛名的水源。您想想看，教區神父在這點太高興找著有關基督精神的蛛絲馬跡了，再加上這地土似乎曾經難以基督教化，非得等後來陸陸續續有聖─烏爾薩（saint Ursal），聖─果弗華（saint Gofroi），聖─巴爾薩諾（saint-Barsanore），聖─羅蘭·德·伯累夫當（saint Laurent de Brèvedent）來接管，後者最後放手給波貝克（Beaubec）的修士[377]。可是說到**堆**（tuit）字，作者是弄錯了，他認爲那是指**托夫特**（toft）的字型，是破房舍，諸多名字如克里格多（Criquetot），愛克多（Ectot），伊弗多（Yvetot）；其實這是**特維特**（thveit）的字型才對，伊薩特（essart），清除荊棘之意，諸如布拉克堆（Braquetuit），勒·堆（Le Thuit），和聶堆（Regnetuit），等等[378]。同樣的，如果他認得在克理杜爾波（Clitourps）有諾曼地語的**托普**（thorp），是村莊之意，作者就要把這個名字的前半部當作是**克里伏**（clivus）的延伸，是指斜坡，然而，這前半部的字是來自**克里夫**（cliff），是指岩石[379]。不過，他之所以大錯特錯，比較不是因爲他無知，而是因爲他有許多偏見。即使是再好的法國人，否認千眞萬確的實情，誤把聖─羅蘭·安·伯來當成如此出名的羅馬教會的神父，而實際上，聖·勞倫斯·歐杜勒，根本就是都柏林[380]的大主教！可是在愛鄉愛國的情感之上，您的朋友所秉持的宗教性偏見，又使他犯了許多非常明顯的錯誤。因此您在拉·哈斯柏麗野款待您的主人家不遠之處，有兩個馬汀

376　勒·葉禮歇分析了克爾特語（celtique）「水」（dour）字根的蛻變過程：「Our，以這樣的形式，進入到很多的諾曼地地區名稱之中：玉城（Urville）。（以土話稱之爲霧爾城），霧爾城（Ourville），烏城（Ouville），意即：河流之鄉（la Rivière）」。（《諾曼地區域語史學》。頁12）。郭石理認爲吉鴻德河區（Gironde）的寧靜死水（Aiguemorte）城名字是源自拉丁文之「水」（aqua）字，然而他不認爲由這字可變成（eu）或（ou）。（頁22）。勒·葉禮歇在解釋完our之後，又花了好幾頁解釋克爾特語語的dour

字的相關變化，而沒有解釋拉丁文的aqua字，是如何演變成aur, or, oir, eur, ur, ail，等等。（頁11－16）。

377 溥力脩所列的諸位聖徒清單乃隨興提出。我們查不到來源。聖—烏爾薩（Saint Ursal）很可能因烏蘇斯（Ursus）而得名，於十二世紀擔任第三十二任朱密耶日（Jumièges）修院院長。聖—果弗華（Saint Gofroi）似乎是將大福之捷歐華・德・薩爲涅（bienheureux Geoffroy de Savigny）的名字更改而得；他乃是於一一二二年擔任薩爲涅（Savigny）之第二任修院院長，修院教區位於顧當斯（Coutances），他逝世於一一三九年。某位聖—巴爾梭諾（Saint-Barsonor）或者聖—巴爾桑諾（Saint-Barsanore）可能是於第八世紀擔任屬於艾弗勒教區（Évreux）之拉・克拉瓦—聖—樂弗洛瓦（La Croix-Saint-Leufroy）修院院長，依據比利時耶穌會尚・博郎協會學者們（la société bollandiste）的看法，這人並未存在過。聖—羅蘭—德—伯烈福當（Saint-Laurent-de-Brèvedent）是濱海塞納省（la Seine-Maritime）內，聖—羅曼（Saint-Romain）鎮之一個社區。博貝克（Beaubec）是鄰近內莎戴—安—伯雷（Neufchâtel-en-Bray）的一座古老的熙篤會修院（abbaye de cisterciens），位於盧昂（Rouen）教區之內，因爲它的重要主保之名，因此這地稱爲聖—羅蘭—德—博貝克（Saint-Laurent-de-Beaubec）。

378 犯這個錯誤的作者似乎是郭石理，他寫道：「tofia這字，在安格魯—薩克森語，是與下列之字同義：『院落』（cour），『簡居』（masure），『居住之地』（habitation）〔…〕。在諾曼地語的寫法與發音爲tot，進入在當地的地點名稱組合之中，例如伊弗多（Yvetot）。」「我們可以將這字」，郭石理繼續說道，「連結到tuit這個形式的字上」，舉例說明之：兌伊（Thuit），布拉克堆（Braquetuit），卡爾克檄（Carquetuit）。（頁87－88）。勒・葉禮歐持較謹慎的態度，認爲tuit寫成tot的形式，是古老德文的「居住之地」；他也注解說道：「不過這個tuit字很像冰島語的thwaite，依照沃塞先生（M. Worsaae）的解釋，乃爲『一塊孤立的土地』之意。」（頁39）。隆農所寫的數行文字中，寫在《法國國家之緣起與形成》（*Origine et formation de la nationalité française*）一書裡，提供一些說明，解釋在諾曼地地方名稱之中，「斯堪地那維亞北歐海盜王國所說的日耳曼語所留下的痕跡（traces noroises），凸顯了個中的混淆，所給的斯堪地那維亞北歐海盜王國所使用的日耳曼語形態（les formes noroises）與普魯斯特的翻譯具有近乎完全一樣的準確度，例如認定thveit乃指「已清理過之採伐地」，「清除荊棘」之意，在勒・堆（Le Thuit），布拉克堆（Braquetuit），和聶堆（Regnetuit）出現，等等；toft這字在tot裡面，指「簡居」，「房屋所在之地」之意，如克里格多（Criquetot），伊弗多（Yvetot），等等。（頁52）。很少用的字「已清理過之採伐地」以及「簡居」都在這裡出現。

379 這是屬於勒・葉禮歐的意見：「Cliff，傾斜之岩石」，按照它堅硬的形式，更貼近北部的語言，而較不屬於同屬的拉丁文*clivus*，也在英國和諾曼地居優勢（《諾曼地區域語史學》。頁36）。攸關與斯堪地那維亞相關的緣起，勒・葉禮歐補充說道：「Tourp, torp，冰島語的thorp，『村莊』之意，在諾曼地許多地方名稱中出現，如同克理杜爾波（Clitourps, Klitor），也被稱爲Torgis torp，意思是『杜爾吉（Turgis）的村莊』」（頁48）。

380 羅馬的「神職人員」事實上乃是聖・羅蘭主教（le diacre Saint-Laurent），於二五八年遭受迫害殉道。羅蘭・歐杜勒（Laurent O'Toole, 1124-1180），聖・羅蘭，都柏林之主教，都柏林及歐城之主保（le patron），長時間在諾曼地受到崇敬，他在此地去世時，曾尋找與亨利二世博蘭大熱內（Henri II Plantagenêt）謀面的機會。

山，一個是海邊之馬汀山（Montmartin-sur-Mer）以及安—格瑞尼之馬汀山（Montmartin-en-Graignes）。說到格瑞尼（Graignes）這個字，好心的教區神父沒犯錯，他完全了解格瑞尼（Graignes）這個字，拉丁文是（grania），希臘文是（crênê），涵義是池塘，沼澤；可不是有好多可引述的，就像克雷斯梅（Cresmays），克羅恩（Croen），格尼城（Grenneville），冷格隆（Lengronne）[381]？可是爲了馬汀山，您以爲的語言學家絕對要認爲這是有關屬名給聖．馬丁的教區。他讓自己有權柄認定這位聖人是他們的主保，但是沒了解到這個主保的職位是後來才形成的；或者說他是被仇視異教心態所蒙蔽；他不願意看見大家說到聖—馬汀山，如同大家說到聖—米歇爾山一樣，好像是有關聖．馬丁，然而馬汀山的名稱運用的方式，非常多是異教的，用在崇拜戰神（Mars）的廟宇上，沒錯，關乎這些廟宇，我們沒有其他的遺跡可掌握，不過即使沒有馬汀山這個地名使我們不再疑慮，鄰近地區有寬闊的羅馬地盤，這是無可置疑的。這就明白了，您將在拉．哈斯柏麗野找到的小書，它不是上乘之作。」我不服氣的說道，在康樸蕊，神父經常教導我們許多有趣的詞源學。「他在自己的領域裡可能好些，旅遊到諾曼地，他就失根了。」——「而且可能病得更重，」我補上一句，「因爲他來時神經衰弱，回去時卻是得了痛風。」——「啊！那就要歸咎於神經衰弱了。他在語史學上患了神經衰弱症，如同伯克琅大師[382]所說的。寇達，請教一下，您覺得神經衰弱有可能給語史學帶來不良的影響，語史學可能給神經衰弱帶來舒緩的影響，而神經衰弱病癒後可能導致風濕痛嗎？」——「一點也沒錯，風濕痛和神經衰弱是屬於神經性關節炎的兩種生理替代形式。透過轉移，人們可能從一種病跑到另一種病。」——「請恕我冒昧，」溥力脩說道，「卓越超群的教授所表達的法文，不但夾有拉丁文，還有希臘文，宛如畢玉孔先生[383]再世，對死去的莫里哀致敬啦！我的阿伯快來救我，我的意思是指我們舉國熟知的撒爾歇[384]……」說到這裡，他的句子接不下去了。教授跳了起來，大聲呼叫：「滴滴刺我的天，」他揚起聲，終於措辭轉爲清晰了，「我們已過了緬尼城（嘿！嘿！）也過了杭尼城了。」他方才看到火車停在聖—馬爾斯—這—舊地，幾乎所有的旅客都下了車。「他們該不會火速開過停靠站。我們只顧談到德．康柏湄夫婦，就恍神了。」——「聽我說，斯基，等等我，我要對您說『一件好事』」，寇達說著，用的口吻是某些醫學界酷愛使用的常見措辭。「公主應該是在火車上，她應該沒看到我們，自己上了另一個有區隔座位的車廂了。我們去找她。但願這一切不會引爆爭端！」於是他把我們這一群人全都帶去找希爾帕朵芙公主。他找到了端坐在空車廂一角的她，正讀著《雙世界期刊》。長年以來，因為害怕被粗暴無理的對待，公主習慣端坐在自己的位子上，守在自己的角落，生活中如此，坐火車也如此，等別人向她問安時才伸出手來。忠誠之友們走進車廂時，她繼續讀著期刊。我立即認出她來了；這位女士可能失去了她的靠山，可是不會因此失去她的貴族身分，無論如何，對於像魏督航夫婦這樣的沙龍而言，她是一顆珍珠。兩天前，她在同樣這部火車裡，我以為她可能是經營妓女戶的老鴇。她的社會性人格如此不確定，當我知道她的名字後，就完全清楚了，如同費力猜謎之後，我們終於了解了一個讓所有其他不明的部分變得清楚的字了，對人物來說，這個字，就是姓名。兩天之後才明白，找不到在火車

381 根據勒．葉禮歐的意見，薩克森語的gruna，「沼澤」，所帶出的字是craignes或是grenne，例如在勒．克瑞斯耐（Les Cresnays）或者格尼城（Grenneville）所見。（《諾曼地區域語史學》。頁38）。

382 尚—巴棣斯．伯克琅（Jean-Baptiste Poquelin），又名莫里哀（Molière）。

383 畢玉孔（Purgon），痙鋼（Argan）的醫生。《假想病人》（*Le malade imaginaire*）。第三幕．第5景。這是普魯斯特方才所臨摹的文章：「一旦您落入消化遲緩的情況，（…）從消化遲緩跑到消化不良，（…）再從消化不良跑到消化系統發炎，（…）又從消化系統發炎跑到消化不良性腹瀉，（…）接著從消化不良性腹瀉跑到痢疾，（…）再接著從痢疾跑到水腫，（…）又從水腫跑到去掉一條老命，那就是您的瘋狂要帶您去的目的地。」

384 法蘭西斯克．撒爾歇（Francisque Sarcey, 1827-1899），著名的戲劇評論家，從一八六七年直到去世，在《時代日報》負責寫每週專欄，普魯斯特經常嘲笑他的專欄文章。（《駁聖—伯夫》頁341；《富貴家族之追尋》。原典頁599）。由於他的好判斷力和樂天性格足以代表中層公眾，大家給了他一個「阿伯」的綽號。

裡一起旅行過的旁邊旅客，究竟原來屬於何種社會地位，這是一種非常有趣的意外，比起新近送到家的雜誌所提供的謎題答案，解決了前一期到家的雜誌所提供的謎題，還更有趣。大餐廳，娛樂賭場，「七彎八拐的小火車」都是家族博物館，是提供社會性謎題的場所。「公主，我們在緬尼城車站沒見到您！您允許我們進入您的車廂就坐嗎？」——「那還用說嗎」，公主答道，她聽見寇達對她說話，於是從她的雜誌僅僅抬起雙眼，像德．查呂思先生的眼睛，不過比較柔和，很清楚是哪些人來了，佯裝視而不見。寇達想到我與德．康柏湄夫婦同時被邀的事實，已經足以把我當成可推薦的人選，片刻之後，決定把我引薦給公主，她非常有禮貌的向我致意，可是顯出她是首次聽見我的名字的表情。「笨蛋，」醫師揚聲說道，「我的妻子忘記叫人換掉我白色背心的鈕扣了。啊！女人啊，眞不會用腦筋。千萬別結婚，您懂吧」，他衝著我說道。好像他認爲當大家無話可說的時候，這是合適的笑話之一，他給公主和其他的忠誠之友們飄了個眼神，因爲說話的人既是教授又是國家學院院士，大家就笑了笑，激賞他的好心情，和他的不傲慢。公主告訴我們，年輕的小提琴手找到了。他前晚因爲頭疼臥病在床，不過今天晚上會來，同時帶來一位他父親的舊識，是他在東錫耶爾再次找到的。她透過魏督航夫人知道這件事，今天與她共進了早餐，她對我們說著話，帶著快速的聲音，鼓舌說「r」帶著俄文腔，在喉嚨深處緩緩的嘟噥著，彷彿不是發「r」音，而是「l」音。「啊！您今天早上與她共進早餐了。」寇達對著公主答腔，不過一邊看著我，因爲他說這些話的目的，是要向我表示公主與女大老闆是多麼親密。「您啊，您可是一位忠誠之友！」——「對，我喜愛這小圈裡的人，聰明，合氣（agléable），沒壞心眼，非常單純，不愛攀龍附鳳，而且小圈裡的人，渾身都是蒼明（esplit）。」——「糟了，我的車票好像掉了，找不著了」，寇達揚聲說道，但是並不過度擔心，他知道到了竇城車站，會有兩部雙篷四輪馬車等著我們，查票員會讓他無票過關，而且脫帽深深致意，藉著這樣的俯首說明他的容忍，知道他已經認出來寇達是魏督航家的常客之一。「別人不會爲了這個把我逮到警察辦公室裡去，」醫師下了結論。——「先生，您方才說，」我問著溥力脩，「這附近有著名的水源，我們怎麼知道呢？」——「下一站的站名與諸多見證一起證實這點。站名為沸驊石。」——「我不明白他要唆什麼[385]」公主咕噥著，用的口氣是要和善的對我說：「我們覺得他很煩，是不是？」「公主，沸驊石的意思是熱水（**fervidoe aquoe**[386]）……不過，說到關乎年輕的小提琴手，」溥力脩繼續說道，「寇達，我忘了告訴您一個大新聞。您可知道我們可憐的朋友戴商伯，魏督航夫人過去最喜愛的鋼琴家，不久前死了？好可怕。」——「他年紀輕輕的，」寇達答道，「不過他的肝應該有狀況，他在這邊應該是有些髒東西，他的臉色很差已經一段時間了。」——「他並沒那麼年輕，」溥力脩說；「在艾斯棣和斯萬去魏督航夫人走動的時期，戴商伯已經是巴黎的知名人士，而且更稀奇的，他不是先在國外聲名大噪。啊！他這人，可不是追隨聖巴爾能福音書[387]的信徒呢。」——「您弄錯了，他不可能在這個時候就去了魏督航夫人家，那時候，他還在喝奶呢。」——「除非是我的舊回憶不可靠了，我好像記得戴商伯為斯萬彈奏范德怡的奏鳴曲，當時與貴族社會作了切割的小牽子（**ce cercleux**）完全沒料到有朝一日，斯萬會變成有產階級的愛國者奧黛特的夫君呢。」——「不可能，范德怡的奏鳴曲在魏督航夫人家演奏時，斯萬早就不去了」，醫師說道，他就像殷勤工作的人，以為有好多他們認為有用的事該要記住，一大堆其他的卻忘掉了，這讓他們有機會面對傭傭懶懶的人記性居然不好而大感訝異。「您還挺硬朗的啊，記憶怎麼出狀況

385 «Je ne comprends pas ce qu'il veut dile»。**【譯者注】**。

386 沸驊石（Fervaches）：勒・葉禮歇關乎拉丁文的aqua這字所給的字源學（《諾曼地區域語史學》。參見前述之版本。頁25）。

387 菲尼阿・泰勒・巴爾能（Phineas Taylor Barnum, 1810-1891），美國騙子，馬戲團老闆，於一八五五年寫了《菲尼阿・泰勒・巴爾能之一生，出自自己手筆的回憶錄》（*Mémoires–The Life of T. Barnum, written by himself*），法國版的改編版本曾在雅社德出版社（Hachette）出版，時為一八九九年。

了」，醫師微笑著說道。溥力脩承認他記錯了。火車進了站，到了梭涅站。這個站名讓我不解。「我多麼想知道所有這些站名的意思，」我對寇達說道。——「那就問問溥力脩先生，他或許知道。」——「梭涅，是指鸛鳥（Siconia）之意，」溥力脩答道，我急於詢問其餘許多名稱的意思。

希爾帕朵芙夫人忘了她堅持要坐在「角落」了，很友善的提議我和她互換位子，好讓我更方便與溥力脩談話，我想要向他請教其他我所感興趣的詞源學，她保證說，旅遊時，她坐前座，坐後座，或站立不坐，等等，這對她都無所謂。只要她不知道新加入者的動機如何，她就會保持著自我防衛的態勢。不過，一旦她認出了新近加入者和善的動機，她就會用各種方法使每個人高興。火車終於進到竇城—翡淀站了，她的距離大約位於翡淀村莊及竇城村莊中間，因爲有這個特點，所以用它們兩地的名字做爲站名。我們面對有人收票的欄杆了，「糟糕又糟糕（Saperlipopette）」，寇達醫師佯裝才剛剛發現了這件事，揚聲說道，「我找不到我的車票，應該是把它弄丟了。」可是火車站站務員脫了帽，帶著敬意微笑著說，沒關係。（魏督航夫人如同交代隨身伴婦那樣，囑咐車伕要對大家解釋：夫人因爲德．康柏湄夫婦的緣故，不能前來車站，而她這樣的作法是絕無僅有的。）公主領著我，還有溥力脩，和她一起上了一部馬車，醫師，桑尼業和斯基則是上了另一部馬車。

車伕雖然相當年輕，已經是魏督航夫婦的頭號車伕，唯有他有正式車伕的職稱：白天，他會帶他們到所有地方出遊，因爲每一條路徑他都熟悉，夜晚，他來車站接忠誠之友們，之後，再把他們載回到車站。若有需要的話，車伕有額外配置的人陪著（人選由他來挑）。這是個非常好的小男孩，很本份，也靈巧，可是臉部表情顯得憂鬱，眼神呆滯，一丁點小事就使他憂心忡忡，甚至有悲觀的念頭。不過這時刻他十分高興，因爲他成功的給了他的兄弟安排了一份好工作在魏督航夫婦家裡，他的兄弟也長得人模人樣。我們先經過了竇城。長滿青草的山丘從這這裡開始延伸直到大海，展現出寬廣的牧場，凝滯的濕氣和鹽分賦予牧場一種厚度，一種柔軟，一種極其活潑有力的色彩。比起壩北柯，犬牙交錯的美麗海岸和小島嶼們在這裡更靠近我們許多，這一部分的大海帶給我全新的立體圖案。我們經過一些幾乎全都被畫家租賃了的小木屋別墅；轉入一道小徑，遇上自由自在漫步著的母牛，受驚嚇的程度和我們的馬匹不相上下，牠們擋住了我們的去路十分鐘之久，我們才又進入到有峭壁的道路。「看在不死神明的名份上，」溥力脩突然說道，「我們再回來談談這位可憐的戴商伯吧；諸位認爲魏督航夫人**知道了**嗎？有人對她**說**了嗎？」魏督航夫人，幾乎如同所有的上流社會人士那樣，正是因爲她需要有人陪伴，一旦某人去世，她就連一天都不會去想某人不再前來參加週三日，週六日，或穿著居家便袍吃晚餐了。關乎小內圈，它的形象與所有的沙龍一樣，我們不能說在它的成員中死者比活人多，理由是一旦有人逝世了，那人彷彿就從來都不曾存在那樣。可是爲了規避非得談到死者的麻煩，甚至爲了一個死者而取消晚餐，這對女大老闆是絕不可能發生的事，於是魏督航先生佯裝忠誠之友的死亡會嚴重影響著她的妻子，爲了愛惜她的健康，這件事不提爲宜。況且，或許正是因爲她覺得別人的死純屬意外，而且這種事那麼醜陋，讓她思想到自己的死就覺得深惡痛絕，所有與這個念頭有所牽連的思想，她都避之唯恐不及。至於溥力脩，因爲他是個好心腸的男子，魏督航先生所說關乎他妻子的論調，完全誆住了他，就怕傷心人過度悲切。「對，她今天早上**全都知道了**，公主說道，我們**沒能對她隱藏**。」——「啊！天打雷劈啊，」溥力脩揚聲說道，「啊！這應該會是一個可怕的打擊，二十五年交情的老朋友！他與我們處得那麼好！」——「當然，當然，這又有什麼辦法，」寇達回答說[388]。「這些都是令人非常難過的情況；不過魏督航夫人是個女強人，她的理智大過情緒。」——「我不完全贊同醫師的說法」，公主說道，她說話快速，她那喃喃囈語的口氣，給人的感覺是她正鬧著脾

388　寇達應該是坐在另一部馬車中（參見本書法文原典頁287之最後一行）。

氣，又像是正在抗議。「魏督航夫人外表雖然冷漠，裡面藏著珍貴無比的敏感。」魏督航先生對我說，「要禁止她去巴黎參加葬禮可不是很容易；他非得讓她相信，所有的事都會在鄉下辦理。」——「啊！眞可惱，她想去巴黎。我就知道她是心軟的女子，或許心太軟了。可憐的戴商伯！魏督航夫人不到兩個月前還說著呢：『在他旁邊，布朗岱、帕德雷烏斯基、甚至連黎思樂[389]，沒有一個站得住的人』啊！他要說得更準確的，是尼祿這狂妄自大的人，居然有辦法把德國的學者都框了進來：**多麼偉大的藝術家與我一同滅亡了**（*Qualis artifex pereo!*[390]）可是至少戴商伯他去世時，算是功德圓滿，全然沾滿對貝多芬的至高崇敬；而且義無反顧，這點我絕不懷疑；中規中矩的，這位德國音樂的敬拜者配得上至死都在歌詠**D大調彌撒曲**[391]的人。他另外還是個巍巍顫顫接受死亡的人，因爲這位有才氣的演奏者，有時候會回到他的巴黎化香檳區的直系尊親屬們那裡，找回那種屬於法國軍樂隊的大膽和優雅。」

從我們所在的高處眺望，大海不見了，像是從壩北柯所見的，宛如被舉起的山脈，上上下下浮動著，不過相反的，位於海拔較低之處，從一山頂尖峰出現的，或有一道泛藍的繞山冰河，或有一片耀眼的平原。片片破碎了的波瀾似乎靜止不動了，一直把它們圓弧朝著圓心畫了線條；瓷釉一般的海水，不知不覺地變化著色澤，靠近海灣的深處，有小港灣嵌入其中，那裡，藍色海水帶著乳白，黑黑的小渡輪停滯不前，看似膠著的蚊蠅。我覺得在任何別處都不可能發現如此寬闊的風景畫。一有轉角，風景畫又加增了部分景觀，當我們到達竇城的進城稅徵處[392]時，一直遮掩著我們的視野，讓我們看不見半邊小海灣的懸崖鼻角，它縮了進去，在左手邊，我突然看見了一個深深的大海灣，深度像我眼前一直所看見的，只是比例改變了，美景也增加了一倍。在如此的高處，空氣變得鮮活有力，純淨得令我陶醉。我喜愛魏督航夫婦；這對夫婦派車來接人，讓我覺得他們好意十足，令人感動不已。我很想擁抱公主。我告訴她，如此的美景我從未見識過。她承認她喜愛這地方，勝過別處。可是我感覺對她和對魏督航夫婦而言，最重要的，不是以遊客心態觀賞美景，而是在此地享受美食，款待一個他們所喜愛的群體，在這裡寫寫信，閱讀些書籍，簡而言之，在此地過好日子，讓自己浸淫其中，他們重要的關注對象，並不是美景。

到達進城的稅徵處，馬車暫時停留在君臨大海的高處，像是在山頂上方俯視湛藍的深淵，幾乎讓人暈眩，我打開車窗；清楚聽見一個個波濤拍岸的聲音，既溫柔又輕脆，帶著崇高之氣。這豈不像是衡量尺度的標示，它顛覆了我們慣常印象，向我們顯示垂直距離可以被水平距離吸收，與我們的思想習慣所做的兩相違背；天空因此與我們如此貼近，垂直距離與水平距離不大，甚至不是大得讓聲音跨越不過，就像微波細浪所發出的聲響可以傳來，因爲它要穿越的，是更加純淨的地方？事實上，如果我們僅僅從這個稅徵處後退兩公尺，就聽不見濤音，兩百公尺高的懸崖，並沒有奪去清晰海濤聲息的優美、纖細和溫柔。我對自己說，外婆應該給予聽濤最大的激賞，像大自然或者藝術作品各種表現所給她的啓發，在其中，外婆了解到了單純，也找到了偉大。我激動得無以復加，高聲讚揚著我身旁的一切。魏督航夫婦派車來接我們，這

---

389 關乎布朗岱（Planté）和黎思樂（Risler），參見《細說璀璨之童年》。原典頁185。注3。英納斯．帕德雷烏斯基（Ignace Paderewski, 1860-1941），波蘭籍鋼琴家和作曲家，蕭邦著名的詮釋者，一八八八年在巴黎演奏。他與同盟者研商恢復波蘭自由，於一九一九年擔任議會主席（le président du Conseil）。

390 「多麼偉大的藝術家與我一同滅亡了」（«Quel grand artiste périt avec moi!»）。參見隋通（Suétone）著。《十二位凱撒之生平》。第六冊。49。普魯斯特似乎影射到尼祿最後言語記錄之詮釋方面的相關辯論，此一辯論基於塔西陀（Tacite）隋通（Suétone）各持一說，至於尼祿之詩的可信度，依照塔西陀的認定，宮廷裡，不同的詩人，按照不同的情境，做的一些詩，尼祿只是把它們彙集在一起而已，然而隋通所持的意見，則是他手中握有許多修改的草稿。溥力脩暗指「德國研究派」的包容思想認爲詩人也是皇帝，此說法啓發了褒理（Pauly）在《百科全書眞本》（*Real Encyclopädie*）寫下有關「尼祿」的文章（一八四八年。第五冊），又被衛索瓦以及克洛（Wissowa et Kroll）再版。（一九一八年。增訂版。第三冊）。

391 貝多芬作品。第123號。*Missa solemnis*。

392 «à l'octroi de Douville»，un octroi：乃指設置於城門口之繳稅處，依車輛、糧食貨物、人丁等數量付出稅額才能放行。此一稅收制度於一九四八年取消。**【譯者注】**。

讓我很感動。我告訴公主這件事，她似乎覺得我誇大其辭，認爲這只是一種非常簡單的禮貌。我知道她後來對寇達明白表示了我是個性情中人。他對她答說我太感性，需要鎮定劑，而且需要織一織毛線衣。我讓公主注意到了每棵樹，每座被玫瑰花壓垮的小屋，我讓她激賞一切風光，想要擁她入懷。她對我說，她看得出來我有作畫的稟賦，我應該動動畫筆，她覺得很意外，爲何不曾有人對我提說這點。她承認，這地方的景色的確優美。我們穿過英格勒斯克城（Englesqueville）這個坐落在高高之處的小村莊：溥力脩告訴我們，這是指英格勒百迪別墅（Engleberti）之意。「您真的確定，今天晚上的晚宴會照常舉行，不受戴商伯去世的影響，公主？」他又補上一句，他沒想到，馬車來車站接人，我們已經坐在車上，這已經是一個答案。——「對，」公主說道，「輝樂督浪（Veldulin）先生堅持不要改變晚宴時間，正是爲了不讓她的妻子『去想』。再說，那麼多年以來，她從來都不會跳過一個週三日的招待，改變如此的習慣會讓她大受影響。這些日子以來，她踏別（tlès）心神不寧，魏督航先生很高興今晚您來晚餐，因爲他知道，這對魏督航夫人而言，是一大樂事」，公主說著這話，忘了她曾經裝著沒聽見別人談論到我的話題。「我認爲，當著魏督航夫人她的面，您最好**什麼話都不要說**」，公主補充說道。——「啊！您的提醒對我很有用，」溥力脩天真的答道。「我會轉答這個叮嚀給寇達知道。」馬車停下片刻，又重新啓動，可是車輪在村莊作響的聲音停止了。我們駛進了拉．哈斯柏麗野的正門大道，魏督航先生站在台階上等著我們。「我穿上禮服的作法是對了，」他說道，一邊高興的注意到忠誠之友們都是以禮服著裝，「因爲我的賓客都是這麼高檔。」由於我爲了我的短外套而致歉著：「可別這樣，您這樣穿著毫無問題。這裡的晚餐是無拘無束的。我很樂意給您一個建議，把我的一套禮服借給您穿，可是它的尺寸與您不合。」溥力脩經過非常激動的**握手禮**[393]，走進了拉．哈斯柏麗野的衣帽間，向大老闆致意，爲鋼琴家的去世說了弔念之詞，沒有引來大老闆任何的評語。我告訴他我對這地方的激賞。「啊！那就好，您還沒見到該看的，我們會帶您去看看。

爲什麼您不來這裡住幾個星期？空氣非常好。」溥力脩唯恐他握手的意義沒有被了解。「唉！可憐的戴商伯！」他說道，可是輕聲的，唯恐在不遠之處的魏督航夫人聽到。「眞是可怕，」魏督航先生故作輕鬆的答道。——「年紀還輕輕的」，溥力脩又說道。魏督航先生被這些無用的事耽擱著，顯得不耐煩了，帶著一種急促的口吻回答，又帶著特別尖銳的哀嘆聲，不是傷心，而是不耐煩得氣起來了：「是這樣啊，可是您又能怎麼辦，我們是無能爲力，由不得我們說一說，他就又會活過來，是不是？」輕鬆溫柔的口氣重新回來了：「來吧，溥力脩老兄，快把您的東西擺下；我們的鮮魚湯不等人了。拜託拜託，可千萬別向魏督航夫人提到戴商伯啊！您知道她很會隱藏她的感觸，可是她的敏銳度是眞的帶著病態的。我老實告訴您，當她聽到戴商伯逝世時，她幾乎要哭出聲來了」，魏督航先生帶著很深的嘲諷口吻說道。聽他說這話，我們會以爲她爲了三十年交情的老友感到遺憾，是一種神經錯亂似的。此外，我們猜想得到，魏督航先生和他妻子的長久婚姻，從當先生的角度看來，不見得不會有他的批評論斷，而且他的妻子常常把他攪動得不得安寧。「如果諸位對她提這件事，她又會病倒。在她支氣管發炎後第三週，這太可悲了。這麼一來，我要變成看護了。諸位了解，我差點沒被感染到。爲了戴商伯的死，諸位要在心裡哀傷多久都好，想念他可以，說到他可就是不行。我很喜愛戴商伯，可是諸位不能怪我更喜愛我的妻子。哦，寇達來了，諸位可以去問問他吧。」事實上，他知道家庭醫生會幫一些小忙，譬如開出一個處方箋，囑咐病人不可以憂傷。

寇達乖乖的對女大老闆說了這話：「像您這樣情緒激動，您明天就給我發燒到39度了」，口氣就像是對著廚師娘說：「您明天就給我燒個牛犢胸線吧。」醫藥不能用來治病時，得負責更改動詞和名詞的意義。

---

393 «shake-hand»源自英文用語。【譯者注】。

魏督航先生很高興，他看見：即使兩天前，桑尼業與粗暴無理的對待擦身而過，桑尼業並沒有脫離小核心團體。事實上，悠悠閒閒生活著的魏督航夫人和她的丈夫，已經集結了殘酷的本能，對他們而言，罕見的特殊情況太少，已經不夠用了。把奧黛特和斯萬的關係弄僵了，也把溥力脩和他的情婦關係搞砸了，這些事還可以在別人身上重新來過，這都不在話下。可是這種機會不是天天都有。不過多虧桑尼業他那超強的敏銳度，他那巍巍顫顫、又驚愕失措的羞怯感，桑尼業每天給了他們折磨他的好機會。而且爲了怕他放棄，大家注意到先要運用和善的、具說服力的言語邀請到他，就像高中學長以及軍團前輩所作的，在賞一個飽拳之前，大家要先諂媚，爲了能夠逮得到受虐者，唯一的目的是搔到他的癢處，在他無法逃之夭夭的時候，給他吃些苦頭。「尤其要緊的，就是要在魏督航夫人面前**三緘其口**，」沒聽見魏督航先生講話的寇達，如此提醒著溥力脩。——「別擔心，噢！寇達，如同迪奧克里特[394]所說的那樣，您與一位賢者相處著呢。況且，魏督航先生是有道理的，我們呻吟又有啥用？」他又補上一句，因爲吸收語句形式和其中所夾帶的思想，他固然是有這個能力，不過可是欠缺了細緻的聰明，他對說這些話的魏督航先生表示佩服，把他當作有十足的勇氣奉行禁欲主義。「再怎麼說，這是個早逝的英才。」——「怎麼，諸位還在談戴商伯？」走在我們前頭的魏督航先生說著，看見我們沒跟上去，就回過頭來。「聽著，」他對溥力脩說，「不要誇大其辭。只因爲他早逝就把他捧成天才，這不是個好理由。他會彈奏是沒錯，他特別是被好端端的安置在這裡；若是被移植到他處，他可就銷聲匿跡了。我的妻子爲他著了迷，替他打造了好名聲。您知道她爲人何等熱誠。我要更進一步地說，爲了他名聲的好處，他的死也算是恰逢其時，恰到好處，如同岡城小龍蝦，按照龐碧兒[395]無可比擬的食譜燒烤得那樣恰當，我盼望（除非是在四面八方有風吹進來的北非式宮殿裡，藉由您的哀告名垂青史[396]）。畢竟你們總不會讓我們所有的人都餓死，只是因爲戴商伯去世了，一年以來，他被迫在音樂會開始之前做些手指琶音的練習，爲的是要暫時性的，非常暫時性的讓他的手指恢復柔軟。況且，你們今天晚上會聽見，或者至少會遇見另一個不同於戴商伯的藝術家，是我的妻子發現的一個年輕好小子，因爲這小子晚餐之後經常把藝術擺在一邊去玩牌（戴商伯，帕德雷烏斯基，還有其他的人那樣都是被她發掘出來的）：這人名字叫莫瑞。他還沒到，這傢伙。我非得派一部馬車去末班火車接人不可。他和家庭的一位老朋友一起來，是被他重新遇上的，而這人煩他煩得要死，不過爲了免去父親的抱怨，非得留在東錫耶爾和這人作伴：德．查呂思男爵。」忠誠之友們進來了。當我放下衣物時，魏督航先生留在後面陪我，開開心心的挽起我的手臂，就像在一個晚宴中男主人所作的，因爲他沒有受邀的女賓客前來挽著我前行。「旅途一路安好嗎？」——「好，溥力脩先生教了我許多事情，讓我非常感興趣」，我說道，心中想著詞源學，因爲我聽說魏督航夫婦很欣賞溥力脩。「他沒教您，這才會讓我驚訝，」魏督航先生對我說道，「他是個那麼不愛出風頭的人，懂得很多，卻講得很少。」我覺得這樣的讚美很貼切。「他像個可親近的人，」我說。——「非常好，很有味道的人，不讓人隨意擺弄，隨興發揮，輕鬆自在，我的妻子崇拜他，我也一樣！」魏督航先生答道，帶著一種誇大的口吻，像是琅琅上口的背著書。那

394　在迪奧克里特（Théocrite）所著之《田園詩歌》（*Idylles et épigrammes*）中常用之模式——「啊，牧羊人」（«ô Chevrier»），「啊，牧者」（«ô Pasteur»），由樂恭特．德．黎勒譯成法文。

395　龐碧兒（Pampille）是雷翁．都德夫人（Mme Léon Daudet）的筆名，她在流行服飾和廚藝方面寫專欄，發表在由她的丈夫主編的《法國行動報》裡面。她將她的專欄文章彙集在《法國美饌》（*Les Bons Plats de France*）一書中，一九一三年由法雅（Fayard）出版社出版。（參見《富貴家族之追尋》。原典頁486）。然而在本書中沒有岡城小龍蝦的料理食譜。伊莉莎白．德．格拉蒙（Élisabeth de Gramont），乃是德．克雷蒙—多內爾公爵夫人（la duchesse de Clermont-Tonnerre），她被普魯斯特在後文中引述（本書法文原典頁399）。（參見《富貴家族之追尋》。原典頁487）。她所著的《法國每月美食誌》（*Almanach des bonnes choses de France*）一書中之「八月」文章中如此寫著：「岡城的小姐，不是別的，而是較小型的，更細緻的小龍蝦，燒烤後極爲美味。」參見喬治．克雷斯及公司出版（Georges Crès et Cie）。一九二〇年。頁108。

396　影射聖經裡哀哭的先知耶利米寫了哀歌。**【譯者注】**。

時候我才明白了，他對我說溥力脩，是帶著嘲諷的。我自忖，按照我長久以來所聽到的：魏督航先生豈不是已經動搖了妻子的權威。

知道魏督航夫婦同意款待德·查呂思先生的消息，這讓雕刻家非常訝異。然而，在聖—日耳曼富堡貴族區，德·查呂思先生是個大名鼎鼎的人物，大家從來不提他的習氣（大多數的人不知其詳，有些人對他持著懷疑，他們比較相信這是誇大的、帶著柏拉圖式色彩的情誼，舉止不慎乃是偶一爲之，總是被唯一知情的人士細心掩飾，某個心懷不軌的賈拉棟語帶玄機、試著探口風時，他們就聳聳肩），這些習氣，只有少數親密者才知道，然而，相反的，在離他生活圈遙遠之處，每天都有人大聲談論這事，就像某些大炮響聲，非得經過一片安靜無聲的中介區域，才會聽見它轟隆轟隆作響。況且，在資產階級者及藝術家環境中，他都被認定爲性別錯置者的本尊代表，他在上流社交圈的崇高地位，貴族身世，別人都一概不知，這種情形好有一比，在羅馬尼亞百姓當中，洪薩之名被認定爲屬於高階貴族，然而他們對他的詩作則是完全陌生。更甚者，在羅馬尼亞，洪薩貴族身分的取得是基於錯誤的資訊[397]。同樣的，在畫家、戲劇演員等社交圈中，德·查呂思先生聲名如此狼藉，其原因是大家把他與某位勒布洛瓦·德·查呂思伯爵混爲一談，後者與他並無任何親屬關係，或者說關係極爲遙遠，曾經在一次警察出動時被逮，他或許是被誤抓，然而該逮捕行動則是無人不知，無人不曉。總括來看，大家所說關乎德·查呂思先生的故事都是錯誤版本。許多專業人士發誓他們與德·查呂思先生有過牽扯，這種說法可信，他們誤以爲假的德·查呂思就是眞德·查呂思，而假的德·查呂思給人好機會，一半是藉由他的高貴身分的招搖，一半是藉由暗藏的惡習，如此的混淆，導致把假伯爵弄成眞男爵（我們所認識的這位男爵），已經長久造成危害，還有，當他人品不正時，就很方便了，因爲他的邪情下品讓他有了托詞：「這不是我本人。」事實上，在當下，大家所說的人，並不是指著他說的。總之，加諸於眞正事實（男爵癖好）的評語是不正確的，說他曾經是某位作者的密友，而這位作者人品全然純正無瑕，他在戲劇圈中，不知爲何緣故，有此完全不實的壞名聲，當大家看見他們在首場演出的場合一起出入，有人就說：「您是知道的」，同樣的，有人以爲德．蓋爾芒特公爵夫人與德．帕爾默親王妃有不倫關係；如此的謠傳很難打破，因爲謠傳若要銷聲匿跡，除非傳播這些事體的人們有機會在這兩位貴婦周圍近距離接觸她們，而實際上這是不可能做到的，人們只能在劇院裡以望遠鏡遙望兩位貴婦，然後一邊向著擁有鄰座席次的觀衆大肆毀謗她們。關乎德．查呂思先生的習氣，只要男爵在上流社交場域是聲名狼藉的，那麼，雕刻家下定論也是毫不加以思索，更遑論雕刻家針對德．查呂思先生所屬的家族，他的貴族頭銜，他的姓氏等等的相關資訊一概闕如。同樣的，寇達以爲所有的人理當知道醫學博士的身分沒什麼，各醫院住院醫生的名份才是眞正有分量，上流社會的人士判斷會有錯誤，誤以爲所有的人，攸關他們貴族姓氏的重要性，與他們環境中的人士一樣，都是擁有相同的概念。

德．亞格里絳親王欠了某位小圈中的機動服務生二十五路易，他眼中所認定的親王是個「土闊佬」，只有到了聖―日耳曼富堡貴族區，親王才得以恢復他的重要性，在這裡，他的姊妹三人都具有公爵夫人身分，因爲大貴族有他的派頭，是要在認識他身分地位的亮麗人物身上才會有效果，而不是在有眼不識泰山的小人物身上。再說，在那個晚上，德．查呂思先生將會注意到：大老闆對於最顯赫的公爵家族認知十分淺薄。雕刻家深信魏督航夫婦讓一個身敗名裂的人進入他們如此「百中挑一」的沙龍，這個腳步完全踏錯

397　洪薩（Ronsard）於一五五四年將他的詩題名獻給彼得．德．巴斯卡（Pierre de Pascal），稍後又獻給雷密．貝羅（Remi Belleau）：「然而，說到我的先祖，他的家族出自／那結冰的多瑙河，與拉．特拉斯爲鄰：／位於匈牙利之下方，在寒冷之地，／存在著一位名叫德．洪薩侯爵之王公」（«Or, quant à mon ancestre, il a tiré sa race.D'où le glacé Danube st voisin de la Thrace : / Plus bas que la Hongrie, en une froide part, / Est un Seigneur nommé le marquis de Ronsart»）。參見《哀歌》（*Élégie*）。第十六首。一五八四年之文本。

了[398]，應該私下把女大老闆帶到一旁。「您完全搞錯了，再說，我從來都不信這一套，還有，就算事實果眞如此，我要告訴您，這將對我毫髮無傷！」大爲光火的魏督航夫人對他答道，因爲莫瑞是週三日的主要人選，她優先在意的是不去惹他不開心。至於寇達，他沒能給出意見，因爲他要求上樓片刻去**隱密方便之地**[399]「處理某個小差事」，之後，還急著要寫一封信給病患。

一位巴黎大出版商前來造訪，心想人們會把他留下，當他明白了，對小內圈而言，他並不足夠優雅，就匆匆忙忙的，驟然轉身離去。這人長得高頭大馬，膚色深沉，喜愛研讀，帶著某種銳氣。他像一把烏木把柄的拆書刀[400]。

魏督航夫人爲了在她異常寬闊的沙龍[401]款待我們，正與老朋友打牌的她暫時離開了牌局，一邊和我們閒聊著，一邊請求我們允許她兩分鐘之內結束牌局。極其寬闊的客廳中相互爭奇鬥豔的，有當天所摘來的的禾本科植物，罌粟花，野地的花，聳立在相同主題的單一彩畫花瓶中，由兩世紀之前某位品味特優的藝術家畫了花草，不過我對她表示的諸多印象並不讓她太開心。首先，知道她和丈夫竟然天天在日落之前老早就回到家中，眞是太不可思議，美景當前，從懸崖觀看，遠比在拉·哈斯柏麗野屋前平台所見的更美，爲了這樣的景觀，我應該會不遠千里而來。「沒錯，這是少有的美景，魏督航夫人輕聲說道，一邊抬眼看了一下大幅十字型窗所形成的玻璃門。我們縱然常常有機會看見這一切景觀，還是百看不厭」，然後她又把眼光收回到牌局這邊。然而我的熱情使我窮追不捨，我抱怨說，在這個時候，從沙龍這裡看不見艾斯棣曾經描述過的那座美輪美奐的妲尼達之岩，它們會折射那麼多的顏色。「啊！您無法從這裡看見，得要走到大花園盡頭，到『小海灣之景』那裡。在那裡有一個座椅讓您盡攬全景。可是您不能一個人去，會找不到路。如果您願意，我會陪您去，」她無精打采的補充說道。——「不可以的，看看妳，前不久，妳受到的苦楚還不夠多，妳還要去承擔新的苦楚嗎？他會再回來的，他改天去看小海灣就好了。」我不強求，我了解，他們只要知道落日餘暉將照入他們沙龍，進入他們餐廳，好像一幅美妙的油畫，又像珍貴的日本彩釉，證明他們用了高額租金把拉．哈斯柏麗野整個地方連帶傢俱全都租了下來，所付出昂貴租金是值得的，對魏督航夫婦而言，這已經足夠了，可是他們幾乎不會抬起雙眼看看落日餘暉；他們在此地的重要事務，就是舒舒服服的過日子，散步，享用美食，好好閒聊，款待受歡迎的朋友，和賓客一起好好玩幾局桌上撞球，有好的餐飲，有開心的下午茶。不過我後來看見他們如何用心認識當地，如何帶著他們的老朋友去「尋幽攬勝」，就像他們用心讓賓客聆聽好聽的音樂那樣。拉．哈斯柏麗野的花朵，沿海的道路，古老的房屋，罕爲人知的教堂，在魏督航先生的生命中所扮演的角色是如此重要，以至於那些只在巴黎才見得到魏督航先生的人，那些用了都會奢華來取代海邊生活、鄉間野趣的人，幾乎很難理解魏督航先生對自己的生活所持有的想法，也幾乎很難明白他所尋獲的情趣，而在他眼裡，這些對他多麼重要。如此的重要性更形加增了，因爲魏督航夫婦深信，他們打算購買的拉．哈斯柏麗野是舉世無雙的好地點。他們自視甚

---

398 《Pas de clers》，意即：錯謬，因爲經驗欠缺所導致的不當舉措。《二〇二〇年拉魯斯圖解大辭典》。**【譯者注】**。

399 關乎寇達教授所用的，與廁所相關的豐富的辭彙，參見本書法文原典頁268以及頁457－458。

400 這一段於一九二二年增加在排版稿上的文字，似乎是影射一位眞實的原型人物，他可能是指厄仁．法斯格勒。

401 爲了描寫拉．哈斯柏麗野，普魯斯特想到的是位於特魯城（Trouville），屬於亞瑟．貝涅爾（Arthur Baignères）所有的「弗雷山」別墅（《Les Frémonts》）。該別墅三面臨海，一面靠山。不過他也想到了甌貝儂夫人在盧甫希燕（Louveciennes）所擁有的鄉間宅第，名爲「飛揚之心」（《Le Coeur volant》），位於一座山丘之高處；受邀賓客中經常有道桑男爵（le baron Doasan），他們在聖－拉撒路（Saint-Lazare）火車站上的火車相聚（我們要提醒的是，魏督航夫婦的渡假處，先是座落在大巴黎地區的夏圖（Chatou），蒙莫杭西（Montmorency），德．艾弗瑞之城（Ville-d'Avray）；參見序言，頁十六及頁二十，以及文件資料第一冊。至於拉．哈斯柏麗野之內部，普魯斯特想到的是瑪德蓮．樂梅（Madeleine Lamaire）在墨城（Meaux）附近所擁有的雷維翁之城堡，在這城堡裡，天然的花卉與女主人所畫的花卉相映成趣。關乎拉．哈斯柏麗野名稱之緣起，參見本書法文原典頁353。注1之說明。

高，將拉．哈斯柏麗野視爲精品地點的優越感，在我的熱心讚美中獲得了肯定，要不然，他們就有可能不高興，由於我的讚美中夾帶著些許失望（好比我從前聆聽拉．貝瑪的失落感），我也向他們坦白的說了眞心話。

「我聽見馬車返回了。希望車子已經找到他們」，女大老闆突然喃喃說著。簡言之，姑且不提年齡帶來無可避免的改變，魏督航夫人似乎已經不像從前，當斯萬與奧黛特在她家聽著那可愛樂句的時候那樣。就是連有人演奏那段音樂的時候，她都不再被迫表現從前那樣激賞得無以復加的表情，因爲如此的表情已經成了她正式的臉。巴哈、華格納、范德怡、德布西等等的音樂爲她造成無數次的神經衰弱，魏督航夫人的額頭增加了龐大比例，如同風濕病病患的手腳最後變了型。她的雙鬢，痛苦難忍又白皙如奶，「和諧之音」永恆不斷地翻轉之處，好似兩粒灼燒著的美麗星球，一左一右的把銀色髮絡拋開，用不著女大老闆開口，逕自以女大老闆的名義宣稱：「我就知道今晚有什麼好事等著我。」她的臉部表情已經不必三番五次形成過度強烈領受美感的印象，因爲這些表情，在被摧殘過、又格外出色的臉龐上，儼然就是美感所賦予的恆態表達。這種持有忍受即將由「美事」招惹出來痛苦的態度，加上如此勇敢的態度，當人們才要將最後一首的奏鳴曲好好演出時，女大老闆非得穿上晚禮服，甚至是爲了聆聽最殘忍的那段音樂，她都得要將臉部調成一幅無動於衷的表情，甚至要躲著大家去喝兩調羹的阿斯匹靈。

「啊！好，他們都到了」，魏督航先生看見門打開時，莫瑞尾隨著德．查呂思先生，他鬆了口氣，揚聲說道。對德．查呂思先生而言，來魏督航夫婦家中晚餐，根本算不得是來到上流社會，而是來到一個彎腳地點，他怯生生的，像個國中生第一次走進妓女戶，對女老闆畢恭畢敬。因此，德．查呂思先生習慣顯示自己擁有男子氣慨和冷漠的欲望被壓制住了（當他出現在敞開的門裡時），一旦羞答答的心理摧毀了虛假的態度，而且向無意識的資源提出了呼籲，這些思想就甦醒了，凌駕其上的，是傳統的禮貌念頭。當這種情況發生在某個查呂思的裡面，姑且不必在意這人是貴族或是中產階級，向陌生人以家族方式表達禮貌的感覺一旦有了反應，這時候，永遠有個女性親戚的心靈，像仙女似的，類似內隱於體內的心靈副本，她會前來協助他，由她來幫助引薦這人進入一個新的沙龍，她模塑著這人的態度，帶著他一直走到女主人面前。宛如從小被新教派的聖潔表姊帶大的年輕畫家，進場時稍稍偏著頭，微微的顫抖，雙眼朝上，雙手緊抓一個看不見的取暖手籠，它的形狀、它那具有實質保護性的存在，一起幫著害臊的藝術家，讓他不受廣場恐懼症困擾，足能跨越存在於會見廳與小客廳之間一道被挖陷的深淵。因此，這位虔誠的女性家屬，她的回憶今天帶領著這藝術家，多年以前，她是帶著如此痛苦的外表進來的，以至於大家心中想著：不知道她要來宣布什麼壞消息，而當她一開口，大家都明白了，正如大家現在了解畫家一樣，她之所以前來的原因，是前來答謝曾被邀宴之情誼。正是憑藉著如此的法則，它對人的生活有所要求，趁著行爲還未落實，在無止境的糟蹋之中，把最可敬的遺贈，有時候是最健康的，偶而是過往最爲純眞的，拿來操作，運用，改變品質，雖說人生會帶出不同的面貌，寇達夫人姪兒子們的樣貌是傷了家族的心，舉止陰陽怪氣，社交對象乏善可陳，進到場內每每興高采烈，彷彿他要帶來驚喜給您，或要向您宣告有了遺產繼承，臉上洋溢著幸福，要追究其原因也是枉然，那是歸屬於無意識的遺傳基因和性別的錯置。他躡手躡腳的走著，可能自己也訝異著，手中怎麼沒有拿著一疊拜訪名片，他伸出手來，一邊把嘴嘟成心型，正如他看見過姑媽所做的，眼光唯一顧及的，是想找著鏡子，雖然他頭上沒戴著帽子，可是像是要確認帽子戴歪了沒有，正如有一天寇達夫人對斯萬所提的問題。至於德・查呂思先生，按照他所生活的社群，在這個關鍵的時刻，所提供給他的，是不同的範例，不同的示好花招，終究還有在某些場合必須知道的格言規範，面對小資產階級的小人物們，得要把最爲珍貴的，通常好好的珍藏著的優雅風采彰顯出來，於是乎一邊扭扭捏捏，嬌聲嬌氣的，其幅度之寬廣，就如同穿了襯裙反而會更加擴大並妨礙他的扭腰擺臀的動作一般。德・查呂思就是這樣一路走向魏督航夫人，帶著如此受寵若驚的表情，感覺如此受到尊榮，以至於大家都會說，被引薦給魏督航夫人，對他而言，是極大的恩惠。他的臉龐半低垂著，臉上好端端的擺出十足滿意的表情，爲了友善，擠出了一些小小的皺紋。我們會誤以爲看見了德．瑪桑特夫人前來，在這個節骨眼上跳出來的正是個女兒身，天生的錯誤把她放到德．查呂思先生身體裡去了。當然，這個錯誤，男爵是花了九牛二虎之力才把它遮掩住了，並且採用了男性的外型。不過，他好不容易才做到了，但是同時間又保留了同樣的癖好，感覺自己是個女兒身的習慣給了他一個新的女人的外型，不是源自遺傳，而是來自個人的生活。由於他逐漸以女兒身來做思考，甚至包含社會性的事務，自己並不自覺，因此，由於不斷的向別人扯謊，同時也對自己扯謊，到頭來就不再覺得在說謊了，縱然男爵對他的身體發出要求，要它彰顯上等貴族所有的殷勤（正當他踏進魏督航夫婦家的時候），這個身體完全抓到了德．查呂思先生所不願意了解的，展示了上流貴婦全套的嫵媚，程度甚至達到讓男爵配得上**小姑娘模樣**的形容詞。再說，我們豈可完全將德．查呂思先生的樣貌剝離出來，實際的情況是，男孩子們通常長得不像他們的爹，即使不是性別錯置者，也沒有格外要親近女流，他們的臉龐所褻瀆的豈不是他們的娘？我們在此先擱開不談這個必須另闢新章探究的議題：被褻瀆的母親們[402]。

雖然其他的理由主導了德．查呂思先生如此的轉變，一些純粹出於體質的酵素「運作」在他身體上，使得他的身軀逐漸走向女體層級，不過，我們在此所注意到的改變，是源自心靈層面。一個人若不斷相信他生著病，他就眞病倒了，消瘦了，下不了床了，犯神經性腸炎了。一個不斷的以柔情思念男人的男子，他就會變成女人，就有一套女洋裝硬加在他身上，妨礙他們的步履。偏執的想法會在這些男子身上微調（在其他人的情況是影響健康），影響他的性別。莫瑞尾隨著他，前來對我問安。從這一刻開始，由於在他身上所發生的雙重變化，他給了我壞印象（唉！都怪我沒有更早注意到這情況）。原因在此。我已經說過了，逃脫他父親卑微職等的莫瑞通常喜愛與人稱兄道弟，相當令人厭惡。他將照片帶來給我的那天，他對我說了話，連一次稱呼我「先生」都沒有，還一面把我好好的從頭打量到腳[403]。多麼意外！在魏督航夫人家中，看見他在我面前深深鞠躬，單單只在我面前哈腰，聽見他先以尊敬的言詞開口，景仰有加的，針對我而發出！之後才說到其他的內容——我不認爲他會用筆寫下來這些話語，或是放在他的雙唇上——我立即覺得他有求於我。一分鐘之後，他把我帶到一旁：「先生大人，」他對我說道，這次他甚至用第三人稱的稱謂對我說話，「他若向魏督航夫人以及受邀賓客們完全隱瞞我父親在大人他舅公家中所作的職業類型，先生大人他就是施予我大恩惠了。比較好說家父在您家庭中所擔任的，是您那幅員廣大家園的總管，以至於他的地位與您的雙親幾乎同等。」莫瑞的要求，讓我萬分不悅，倒不是因爲要強迫我提升他父親的地位，我對這點覺得無所謂，而是得要把我家的財富凸顯出來，這使我覺得很可笑。可是他一副可憐兮兮的表情，情詞迫切的懇求，使我難以拒絕。「不，要在晚餐之前，」他帶著祈求的口吻說道，「先生有千百種藉口將魏督航夫人帶到一旁。」這果然是我所做的，我盡了力將莫瑞父親的光彩提升，沒有誇大我父母親的「擺闊」方式，也沒有誇口他們「日光之下的產業」。這一切都順利得像帶一封信到郵局，不過魏督航夫人還是感到詫異，她曾經對我祖父生平略有所聞。由於她爲人欠缺細緻，對家族概念持有恨意（這是小核心的溶解劑[404]），她事後告訴了我，她與我外曾祖父曾有一面之緣，也說了外曾祖父一番，把他當成了一個類似是癡呆的人，他不可能對於小核心有一丁點的了解，按照她的說法：他「進不來這種

402 關乎這個新的議題，文本終究沒有加以發揮，參見序言頁十二。

403 關乎這次的造訪，參見《富貴家族之追尋》。原典頁256–257。

404 «(ce dissolvant du petit noyau)» dissolvant：溶解，將某個整體溶化。（一八八六年用語）〔轉意〕意即：將原則，信念加以破壞者。《二〇二一年小羅勃特法語文辭典》。**【譯者注】**。

情境」[405]，她對我說：「況且家庭好煩，讓人一心只想蹺家」；她立即向我敘述了我外曾祖父的特色，是我未曾知道的，雖然在家裡我可能猜想得到（我沒親自見過他，可是大家常說有關他的種種事蹟）他那少見的寒酸（與大舅公略帶誇張的慷慨迥別，大舅公是粉紅女郎的朋友，也是莫瑞父親的老闆）：「既然您外祖父母擁有如此貴氣的管家，這點證實了在家庭裡形形色色的人都可能存在。您的外曾祖父吝嗇到一種地步，晚年幾乎成了冥頑不靈——我們私下裡講，他的癡呆不是很嚴重，諸位全都把這些補救回來了——，他就是連花上三分錢買張火車慢車票都不肯。以至於大家被迫要派人看著他，要另外付錢給他的司機，而且讓老吝嗇鬼以爲他的朋友，德．貝爾希涅國家部長先生[406]得了特許，讓他連付一分錢都不必就可以搭鐵路慢車。況且我很高興**我們的**莫瑞有個那麼好的父親。我原先以爲他是中學老師，這沒關係，我誤會了。可是這也不打緊，因爲我告訴您，在這裡，我們所欣賞的無他，價值本身而已，個人的貢獻，是我所謂的參與。只要這人屬於藝術界，簡單的說，只要這人是歸屬於職業結盟團體[407]，其餘就都不要緊了。」莫瑞所表現的樣式——照著我盡可能知道的那樣——就是他相當喜愛女人和男人，藉由他從另一人身上所經歷到的，來迎合每個不同性別；這是我們後來看得到的。不過，在這裡要說的重要事情，我持守了諾言，在魏督航夫人面前爲他說了項，一旦我做了這件事，就格外不可能再開倒車了，莫瑞對我的「敬意」也不翼而飛，像是中了魔法似的，說話中應存有敬意的規矩消失得無影無蹤，甚至一段相當長時間內他躲著我，設法顯出他瞧不起我，以至於當魏督航夫人希望我對他提某件事，請他彈奏某個曲目時，他逕自繼續和一位忠誠之友說著話，之後，又和另外一人說話，如果我走向他，他就換個位子坐下。大家必須一而再、再而三，甚至直到三、四次對他提醒說，我已經向他開過口了，莫瑞被提醒之後，心不甘、情不願的回答我，簡簡短短的，除非是只有我們兩人私下談話時，態度才又不一樣。私底下，他能言善道，友愛親切，因爲他本身擁有一些討喜的個性。從這第一次的晚宴，我相當有把握的得到了結論，就是他本性應該是惡劣的，若有需要，任何卑情下品的手段他都使得出來，翻臉不念舊情。這方面他與一般平庸之輩無異。因爲我裡面稍稍有我外婆的脾氣，喜歡和個性相異的人們相處，不期待他們給我任何回饋，我也不會想對他們懷恨，所以我忽略了他的卑鄙，開開心心的與他相處，當他有好心情的時候，甚至當我樂於相信他有一部分情誼是出自眞心時，他將人性中的錯誤認知耍弄一圈之後，發現（急驚風似的，因爲怪異的他會轉折回到原始野性和盲目無知）我對他柔和且無私，雖然寬大卻是精明，是他所稱的良善，我特別是喜愛他的藝術造詣，雖說那只是彈指之間的高度技巧（談不上眞正的音樂家神韻），不過它使我大量重溫，或者更多認識美妙樂音。再者，加上一個經紀人，德·查呂思先生，他的多才多藝是我所忽略的（雖說德·蓋爾芒特夫人曾經在他們年輕時代認識過很不一樣的男爵，宣稱男爵曾經爲她譜過一首奏鳴曲，畫過一把折扇，等等），關乎男爵眞正高人一等的才華，雖然算是雕蟲小技，不過品質也算上乘，男爵有本事將莫瑞的高超技巧導入多面相的藝術意涵，讓他的技藝增值十倍。我們可以想像有某個純淨靈巧的舞者，在一些俄國芭蕾舞團中，藉由德·迪亞基列夫先生[408]的指導，使他的表演多次多方被塑造、被教導、被提升。

我方才把莫瑞拜託我轉達給魏督航夫人訊息轉達了，我和德·查呂思先生談著聖—鷺，就在這當下，

405　«en être»或者«être de la confrérie»的雙關用語，在《所多瑪與蛾摩拉》後續文本中成了重彈的老調：參見本書法文原典頁325，332，359，410，425，432，438，等等。

406　尙·飛亞林，德·貝爾希涅公爵（Jean Fialin, duc de Persigny, 1808-1872），自一八三四年起即持有親拿破崙派（bonapartiste）立場，一八四九年擔任下議院國民議會議員，支持一八五一年十二月二日之政變，之後，擔任內政部長及駐倫敦大使。

407　«qu'on soit de la confrérie» Confrérie：1.〔宗教用語〕天主教教會體系外之虔誠協會，團體，組織。2.〔舊式用語〕藉由專業職業連結所形成的協會，互助會人士。《二〇二一年小羅勃特法語文辭典》。**【譯者注】**。

408　德·迪亞基列夫（Serge de Diaghilev, 1872-1929）。俄國舞團主任。他於一九〇九—一九二九年間創造並指揮負有盛名的俄羅斯芭蕾舞團。《二〇二〇年拉魯斯圖解大辭典》。**【譯者注】**。

寇達進了沙龍，好像有火警似的，宣布德．康柏湄夫婦到了。面對新來的訪客，魏督航夫人爲了不顯出像對待德．查呂思先生（寇達還沒見到這人）和對待我那樣，針對德．康柏湄夫婦的到來賦予那麼多的重視，她紋風不動，對於這個宣布相應不理，一邊還優雅地搖著扇子，以法國劇院舞台侯爵夫人似的表演，僅僅拿腔拿調的對著醫生說：「男爵方才正和我們說到……」這麼一來寇達耐不住性子了！早期他的表現可能還更衝動些，由於研究工作和超然地位，使他講話逐漸神定氣閒下來，可是在魏督航夫婦家依然會情緒激動：「男爵！在哪兒？男爵……？哪兒有？哪有男爵？」他揚聲說話，一邊找男爵，雙眼帶著訝異，近乎難以相信[409]。身爲當家女主人魏督航夫人卻刻意表現得無所謂的灑脫，看著家僕在受邀賓客面前剛剛打碎一只昂貴的杯子，說話語調既不自然又抬高音階，屬於國家級戲劇表演首獎得主表演小仲馬劇本的口吻，一邊用摺扇指著莫瑞的保護者，一邊說：「這就是德．查呂思男爵啊，容我向男爵您介紹……寇達教授先生。」有機會扮演高貴婦人，她並不以爲忤。德．查呂思先生伸出兩個指頭，教授握住它們，嘴上帶著屬於「科學王子」善意的微笑。可是看見德．康柏湄夫婦進來時，這個微笑立即停止了，德．查呂思先生把我拉到一個角落，要對我說一句話，還動手拍了拍我的肌肉，像個德國人的作法。康柏湄先生長得一點也不像年長的侯爵夫人。正如語氣婉約的老侯爵夫人所說的，「他完全屬於他的爹那邊」。對於單單憑著耳聞有他、只讀過他的手札的人而言，他的信函措辭有力，婉轉合宜，一旦看見他的身體外觀，的確會感到訝異。或許我們應該習以爲常才是。可是他的鼻樑位子選擇歪歪的放在嘴巴上頭，或許是畫在臉上的唯一斜線，其他還有那麼多條線條，是我們想把它們一一畫在他臉龐上的，他的臉代表某種粗俗的愚昧，更被諾曼地帶著蘋果般紅潤的膚色加深了。德．康柏湄先生的雙眼可能在眼皮中保留住了些許戈當登[410]的天空，被絢麗陽光照耀得如此柔美，在此地，停滯在道路旁的閒暇步行者樂於觀看、數算成百的白楊木蔭影，不過沾著眼屎，閉合不密，沉重下垂的眼皮可能阻擋智慧通行。加上人們看不見瞇瞇著的藍色眼眸而頗不自在，只好看著歪歪的大鼻樑。透過感官的轉換，德．康柏湄先生是用鼻子看著您的。德．康柏湄先生的鼻樑並不是太醜，比較像是稍稍美過了頭，太大型了，太強調他的重要性了。鷹勾鼻型，油潤潤，發著亮，光鮮亮麗，它的地位完全被安排妥貼了，用來補上不夠機靈的眼神：不幸的是，若說有時候雙眼是用來傳遞聰明（再說，儘管各個器官相互之間的特質有著緊密的依附關係以及產生臆想不到的敲鑼打鼓效果），鼻樑通常是最容易張揚愚昧的器官。

總是以穿著深色爲合宜，連在早晨也是一樣裝扮的德．康柏湄先生，雖說他安撫了一些人，這些人不認識海灘人士，而海灘人士不懂規矩的穿著讓人眼花撩亂，也讓人氣結，不過我們依舊不能明白首席理事長的妻子，依照她是比您更有艾朗松上乘社會交往經驗的人，怎麼會以內行人及權威人士的樣子宣稱：我們一在德．康柏湄先生面前，甚至在我們對他一無所知的情況之下，大家馬上感覺得到，我們所面對的，是一個高格調的人物，他完全是個有教養的人，他給壩北柯的類型帶來改變，總之，我們在他身邊可以自由呼吸，在被那麼多壩北柯的觀光遊客窒息的情形之下，這些觀光客不認識首席理事長的妻子的社交圈，德．康柏湄先生對首席理事長的妻子而言，如同一瓶嗅鹽。相反的，我覺得他屬於外婆立即會認爲「非常差」的那些人，因爲外婆不懂得攀龍附鳳，外婆可能大吃一驚，訝異他怎麼娶了非常挑剔身家地位的勒格蘭登小姐，這小姐的親哥哥卻是「那麼好」。說到德．康柏湄先生醜八怪外表，我們頂多可以認爲它是有點帶著地方的土氣，沾著當地某種年代非常久遠的東西；面對他這些有缺陷而且想要加以修整的臉部特色，我們所想到的是小型諾曼地城市名稱，我的教區神父把這些城市名稱的字源學搞錯了，因爲農民們一

---

409 «avec un étonnement qui frisait l'incrédulité.» friser：〔轉意〕相去不遠《二〇二一年小羅勃特法語文辭典》。**【譯者注】**。

410 戈當登（Cotentin）：位於法國諾曼地西部芒什省（La Manche）行政區之小型半島。畜牧牛群。發展核能工業於火芒城（Flamaville），拉．哈格（la Hague）。《二〇二〇年拉魯斯圖解大辭典》。**【譯者注】**。

方面咬字不清，一方面或者把諾曼地語或拉丁語所指的小城市名稱意思誤解了，到頭來定了型，其野蠻的用法都登錄進了史籍文件之中[411]，就像溥力脩可能會說的，錯誤用法發生了，發音上改不掉的壞毛病也留住了。再說，這些古老小城市的生活可以過得很愜意，德．康柏湄先生應該也有他的優點，因爲就算他有個疼兒勝過疼媳婦的侯爵夫人老母，擁有好幾個孩子的老侯爵夫人，至少其中兩位頗有成就，而她經常宣稱，依照她的看法，侯爵是家庭中的拔尖佼佼者。在他當兵的短暫時間內，袍澤們覺得德．康柏湄這名字太長，給了他一個綽號叫做鋼鋼，而這個綽號與他一點都不相配。他知道在受邀的晚餐中，當魚端上來時（即使魚已經臭掉了）或者是在送上前菜的時候，要加點鹽添點醋，就說：「瞧瞧，這隻動物漂亮極了。」她的妻子嫁入這家門的同時，也全盤接納了她心中所認定要融入這種上流社會的一切形式，把自己安置在與他的朋友們同起同坐的地位，或許是尋找機會討丈夫歡喜，要做個像樣的女主人，把自己當成丈夫的青梅竹馬，談到他，態度輕鬆自然的對著他的軍官們說：「您會見到鋼鋼。鋼鋼去了壩北柯，可是今天晚上會返回。」她今天晚上大爲光火，因爲她心不甘情不願的來到魏督航夫婦的家，她之所以來了，是她的婆婆和丈夫特別拜託她，看在對租賃有利的這點好處上。與他們相形之下，當媳婦的比較沒有涵養，十五天以來，她不諱言此次造訪的動機，關乎這場晚宴，則是和女友們痛痛快快的撻伐過了[412]。「您知道我們要去房客家吃晚餐。這樣也好加收租金。根本上，我相當好奇，倒是想要知道，他們把我們的老地方，拉．哈斯柏麗野作了什麼擺佈（好像她是出生在這裡，可以在這裡找到個人所有的回憶似的）。我們的年老門房昨天還對我說，我們一點都認不得這地方了。我不敢想像在那裡面發生過什麼事。我相信我們最好讓人先消毒消毒，之後，我們才能再住進去。」她來了，高傲而且無精打采，一副貴婦人的神態，城堡只因戰爭緣故被敵方占據，不過依然覺得回到自己家中，執意向征服者顯示：他們屬於誤闖進入此地的異類。

德．康柏湄夫人沒能見到我，首先因爲我和德．查呂思先生在側邊的小彎區中，德．查呂思對我說，莫瑞已經告訴過他，他的父親曾經在我的家族中擔任「總管」，他，德．查呂思，對我過人的聰明和為人的寬宏大量有足夠的信賴，（這是他和斯萬共有的措辭）我一定會拒絕卑鄙偏狹的趣味，一些粗俗低下的蠢貨（我被提醒了）處在我的地位是不會放過如此的愉悅，向我們的賓客揭露一些細節，是這些蠢蛋們以為無傷大雅的[413]。「單單因為我對他感到興趣，而且我披蓋我的保護在他身上，這就足以表現一個絕對卓越的事實，可將過去一筆勾消」，男爵如此下了結論。我聽著他說話，也一邊答應他我會三緘其口，甚至不存希望以此交換我的美譽：有智慧、有恩慈，我看著德．康柏湄夫人。我眼前所看見的諾曼地奶油薄餅，硬得像鵝卵石，忠誠之友們想要咬下一口都辦不到，我很難認出這就是我之前曾經於下午茶時間，坐在壩北柯平台餐飲座位上所享用的那份入口即化，齒頰留香的美物。她的丈夫，從他母親這邊取得了好聲好氣的態度，這讓她的丈夫謙恭回應旁人引薦給他的忠誠之友，這點讓她事先就是一肚子氣，不過她依然想要履行上流社會貴婦的角色功能，當有人向她介紹溥力脩時，她想讓溥力脩與她的丈夫相識，因為她曾經見過更高雅的女友們如此做，不過，憤怒與驕傲蓋過了她所有高調風采所在乎的社交規範，她說話了，不過沒有照著她該遵守的規則，說：「請您容許我引薦我的丈夫給您」，而是說：「我向您介紹我的丈夫」，就這樣將德．康柏湄家族的旗幟高高舉起，雖然這是逆著他們家族的心意，因為侯爵向溥力脩鞠躬時，正如她可預見的那樣，卑躬屈膝到不行。當德．康柏湄夫人看見這位照過面的德．查呂思先生時，她的心情突

411 «les cartulaires»，〔歷史用詞〕乃指宗教團體或非宗教團體所擁有之頭銜和權利的文件證明集冊。證明文件集冊，證明宗教團體或民間團體之名稱與相關權益之文件。《二〇二〇年拉魯斯圖解大辭典》。**【譯者注】**。

412 «elle (...) faisait avec ses amies des gorges chaudes de ce dîner». Faire des gorges chaude de〔通俗用語〕意即：公開嘲笑，且以此為樂《二〇二〇年拉魯斯圖解大辭典》。**【譯者注】**。

413 «des détails que ceux-ci pourraient croire amoindrissants.» Amoindrissant：不足掛齒之事。《二〇二一年小羅勃特法語文辭典》。**【譯者注】**。

然有了一百八十度的轉變。她從來沒有把自己引薦給他而成功過，就是連她與斯萬[414]有來往的時期都沒有辦到。因爲德．查呂思先生總是站在爲人妻的那邊，支持著她的嫂嫂，反對德．蓋爾芒特先生的情婦們，他支持奧黛特，那時她未婚，不過和斯萬交往已久，他反對新增的情婦，身爲嚴格的道德維護者，成了忠實保護夫婦關係的人，並且曾經給過奧黛特——而且持守了——他的諾言，不讓別人將她自己介紹給德．康柏湄夫人。德．康柏湄夫人當然料想不到在魏督航夫婦家終於能認識這位無法接近的男子。德．康柏湄先生知道這對她是一份如此大的喜樂，以至於他自己也被感動了，他看著妻子似乎意思是說：「妳決定要來，那麼妳應該高興了，是不是？」然而他不多說話，心裡知道他所娶的是高人一等的女子。「我，是不配的」，他嘴上隨時都掛著這句話，也樂於引述一則拉．豐登的寓言，以及弗羅里安的另一則寓言，他覺得這兩則寓言與他的無知相當吻合[415]，此外，讓他有機會以可恥的諂媚形式，向不屬於騎馬協會的賢達之士證明他也懂得打獵，他也讀過一些寓言。所不幸的，是他只知道兩則寓言而已。因此這兩則寓言經常被提出來。德．康柏湄夫人並不笨，可是她有一些相當惹人討厭的習慣。她將許多名字變形，這絕對沒有鄙視貴族身分之意。她不像德．蓋爾芒特公爵夫人那樣，爲了不想顯示她知道某個不甚高尚的姓氏（而這姓氏現在已經屬於一個最爲高攀不上的女子之一）逕自直呼其名，（公爵夫人出身貴族，比起德．康柏湄夫人，更不會落入這種可笑的境地）關乎朱立安．德．蒙莎鐸，德．康柏湄夫人不會說：「一個小婦人……比克．德．拉．米蘭朵[416]」。不會的，當德．康柏湄夫人錯謬的引述一個人的名字時，她是懷著好意的，免得露出內行人的神色。當她眞心坦承確實有所知的時候，她以爲，把名字改變了，就是把眞相隱藏著。譬如說，她若要替一位女子撐腰，一方面也對苦苦哀求她告知眞相的人不做隱瞞，她會設法隱藏某某女士目前成了利未．西勒凡先生的情婦的事實，於是她就會說：「不……我對她眞的一無所知，我相信有人責備她，因爲她挑起某位男子的激情，是誰，我不知道，好像他的名字叫做卡恩、科恩、庫恩之類的；況且，我相信這位先生逝世好多年了，而且他們之間沒發生過什麼事。」這種處理方式和扯謊的人雷同——只是與撒謊者的方式相左——他們向一位情婦或者單單向朋友描述時，以為情婦或朋友不會立即聽出來所說的句子（卡恩、科恩、庫恩也是一樣）是移花接木，是把談話內容變了新花樣，是另有所指。

魏督航夫人悄悄的問她的丈夫：「我要請德・查呂思男爵挽著我的手臂嗎？因為你的右手邊有德・康柏湄夫人，我們應該可以把禮遇的原則交叉運用。」——「這樣並不恰當，」魏督航先生說道，「因為另外那人的位階更高（意思是說德・康柏湄先生是侯爵），因此德・查呂思先生略遜一籌。」——「好說！

---

414 關乎這段連結關係，參見《細說璀璨之童年》。原典頁374以及《妙齡少女花影下》。原典頁105。

415 這兩篇寓言何所指？德・康柏湄先生所引述拉・豐登的寓言是「男子與水母」（«l'Homme et la Couleuvre»）。第十集。第一篇（頁317）。然而他稍後影射另一首「駱駝與漂浮的棍棒」（«Le Chameau et les Bâtons flottants»）。第四集。第10首（本書法文原典頁353－354）。至於弗羅里安（（Florian），一個穿插建議提道，這首寓言是指「青蛙與眾賢士之聚集」（本書法文原典頁317）。不過，這裡的手稿提出了不同的歸屬：「猴子耍旋轉花燈」（«Le Singe montrant la lanterne magique»）歸屬於弗羅里安，「青蛙們與眾賢士之聚集」（«La Grenouille devant l'aréopage»）是歸屬於拉・豐登。「猴子耍旋轉花燈」正是屬於弗羅里安沒錯。（《寓言集》。第二集。第七首）。然而不論是拉・豐登或是弗羅里安都沒有任何寓言將「一隻青蛙」，或者「許多青蛙」和「眾賢士之聚集」連結在一起。普魯斯特是否和「青蛙們要求國王」的寓言混淆了（拉・豐登。《寓言集》（*Fables*）。第三冊。第四則）？若是，如此的混淆由來已久而且屢次出現，因為我們在一九〇八年的一個注記中讀到：「猴子耍花燈，尼羅河的青蛙，眾賢士之聚集（*sic*）」（記事本第一冊。頁三），而且在「斯萬的一段情」（Un amour de Swann）文本中，奧黛特已將自己與「青蛙與眾賢士之聚集」做比較（原典頁195以及注2）。

416 法蘭索瓦・德・波莎鐸（François de Beauchâteau，一六四五年生），而不是朱立安・德・蒙莎鐸（Julien de Monchâteau），如同比克・德・拉・米蘭朵（Pic de la Mirandole）一樣，是神童。普魯斯特所記得的，或許是一本在經常十九世紀再版的書：米歇爾・馬松（Michel Masson）所著的《著名的孩童，又可稱為各世紀各國家的孩童故事，因著他們的不幸，敬虔，勇氣，天才，知識以及才藝，他們成了不朽的人物》（*Les enfants célèbres, ou histoire des enfants de tous les siècles et de tous les pays, qui se sont immortalisés par le malheur, la piété, le courage, le génie, le savoir et les talents.*）。一八三七年出版。這兩位神童的生命故事，中間只間隔少數幾頁而已。

那我就把他安置在公主旁邊。」魏督航夫人將希爾帕朵芙夫人介紹給了德．查呂思先生；他們彼此鞠了躬，兩人都一言不發，表情似乎是各自都已經心照不宣，彼此都互相守著祕密。魏督航先生把我引薦給了德．康柏湄先生。在他還沒以他那粗曠而略爲口吃的聲音開口說話之前，他就用他那晃動中的高大身材以及紅潤臉龐，表現出軍隊首腦似的猶豫不決，試著讓您安心，對您說：「有人對我提過了，讓我們好好安排一下；我不會讓您受到懲罰；我們不是嗜血的人；一切都會沒事的。」之後，他一邊握住我的手，說道：「我相信您認識家母」。「相信」這個動詞讓他覺得適合用在第一次含蓄的引薦場合，可是並不表示有任何疑慮，因爲他補上一句，說：「再說，我有一封家母的信要交給您。」德．康柏湄先生見到他曾經長時間生活的地點，高興得有些天真。「我有回家的感覺」，他對魏督航夫人說道，當他認出來，在許多門上方的窗間牆有花卉的圖畫，一些大理石半身雕像站立在高高的柱腳上，眼睛爲之一亮。不過他也可能覺得自己到了他鄉異地，因爲魏督航夫人帶來了大量的漂亮私藏古董。從這個角度看來，固然在德．康柏湄夫婦眼中，魏督航夫人作了大翻轉，不過不是革命性的，而是帶著聰明的保守，只是那個改變方向是他們所不了解的。他們錯誤的指控魏督航夫人厭惡舊宅第，把單調的一些畫作帶進來，取代舊有具富貴氣的絲絨作品[417]而讓宅第蒙羞，如同一位無知的教區神父原以爲攏上聖—蘇樂畢斯廣場買來的裝飾物，將舊木雕取而代之，這才是理所當然，因此責備了該堂區某個建築師，說他不該把倉房裡的舊木雕恢復原位。總之，教區神父式的花園開始在城堡前面替代了花壇，原來的這花壇不僅是德．康柏湄引以爲榮的，也是園丁的驕傲。這位園丁認定德．康柏湄夫婦是他唯一的主人，在魏督航夫婦的重軛下哀哼著，彷彿土地暫時被某個侵略者占領了，或者由一群粗野的軍人入侵了，他祕密的以書面報告向沒住在這裡的主人呈明了他的憂傷，爲此感到憤憤不平，因爲被藐視的，有他細心照顧的南洋杉，秋海棠，石蓮草，雙層大理花，他抱怨他們竟敢在富貴的宅第中種植如此平庸的花朵，像是洋甘菊，黑種草之類的。魏督航夫人感覺到了這份敢怒不敢言的抗拒，而且下了決心，假如她簽了長期租約，甚至把拉．哈斯柏麗野買了下來，條件將會是解雇園丁，而這是原來女主人極爲在意要留住的人才。他曾經在日子不好過的時候不求回饋的忠心服務，也愛慕原來的女主人；可是來自民間老百姓支離破碎的怪異民意，炙熱至極的尊崇已經被極端道德性鄙夷深深嵌入，如此的新仇又疊蓋在尚未拆除的舊恨之上，老園丁經常提到七零年代的德．康柏湄老夫人，她在東部私有的城堡意外遭遇入侵，不得已要在一個月之間痛苦忍受著德國人與她接觸：「大家爭相責備侯爵夫人的，就是在戰爭期間採取了親普魯士軍隊的立場，甚至提供給他們吃住。若是在另一個時刻我還能了解；可是在戰爭時期，她不應該如此做。這種作法是不好的。」以至於他可以爲侯爵夫人忠心工作到死，崇拜她的良善，但是也確信侯爵夫人犯過通敵罪。德．康柏湄先生認爲拉．哈斯柏麗野一如往昔，這讓魏督航夫人頗不高興。「您應該找得到一些改變才是，」她答道。首先，那些由巴爾伯迪燕[418]所鑄造大而無當的青銅雕像，還有佈滿塵埃的可笑的小型軟毛座椅，我都快快的送上了閣樓，放在那裡已經對它們太禮遇了。」她把這個尖銳的反擊丟給德．康柏湄先生之後，伸出了手臂讓侯爵領她前往餐桌。他猶豫了片刻，自忖著：「畢竟我不該走在德．查呂思先生前面吧。」可是一想到這人是他家族的舊識，既然他沒有被捧高，他就下定決心接住向他伸出的手臂，並對魏督航夫人說，他是多麼得意被允許進入這個藝文內圈（他是如此稱呼小核心團體的，一邊爲著他懂得將這字眼派上用場，暗自滿意的微笑著）。坐在德．查呂思先生旁邊的寇達，爲了認識他，也爲了打破冷場，從他的單片眼鏡下看著他，飄給他的眼色比

417 «la déshonorer par de simples toiles au lieu de leur riche peluche» Peluche：類似絲絨的布料，布的一邊有長毛，柔軟像絲，發出亮光。《二〇一〇年拉魯斯圖解大辭典》。【譯者注】。

418 費迪南．巴爾伯迪燕（Ferdinand Barbedienne, 1810-1892）是一名鑄工，擅長複製古代與現代雕像縮小版，其作品屬於資產階級之沙龍用途。

起從前更加堅定，沒有被羞怯感打斷。他那關愛的眼神，因著瞇瞇的笑顏有增無減，單片眼鏡的鏡片已經完全囊括不住四溢八方的眼光。到處很容易把別人都當作同類的男爵，確信寇達也是同路人才會對他使眼色。他立即對教授表現出性別錯置者的無情，對喜愛他們的人完全嗤之以鼻，對所喜愛對象則是窮追不捨。當然，儘管每個人談到被愛的甜蜜，這都是只是一派胡言，柔情總是被命運拒於門外，這是一個放之四海皆準的通則，它所轄管的國度，遠遠不只囊括一些查呂思的同路人而已，以至於我們所不愛的人，以及愛我們的人，都讓我們覺得難以忍受。對於如此的人物，對於如此的女子，我們不會說她正愛著我們，而是說她正死纏著我們，我們比較喜歡與其他任何人攀交情，縱使那人沒有前者的魅力，沒有她討喜，也沒有她聰明。對我們而言，前者若要贏得這一切的優點，非得等到她停止戀愛著我們的時候。性別錯置者被他所討厭的人窮追不捨，被他惹怒，這麼一來，我們所能看見的，是被愛者享有柔情的普世通則轉而變成形式怪異的惱怒，性別錯置者被惹火了，因爲有個他所厭惡的人對他窮追不捨。而這個惱怒是很強烈的。因此，平凡的人已經怒火中燒了，仍要把它隱藏，至於性別錯置者，他就毫不客氣的讓惹起怒火的人吃排頭，而他理當不會讓女子感受到他的怒氣。譬如說，德·查呂思先生被德·蓋爾芒特親王妃的激情惹得很煩，可是喜歡被她抬舉。不過，當性別錯置者看見另有一個男人向他們表現出格外有興趣，於是乎，或者有可能誤會這是一個同路人，或者此一品味，只要是由他們自己來感受，就是被他們美化過了的，它被認定爲惡習，這是不愉快的提醒，或者想要藉由一種精湛表現，在無傷大雅的情況中，給自己洗刷冤屈，或者害怕被人揣測得到，當欲求管束不了他們的時候，突然間又會回來矇著雙眼，一而再再而三的犯忌，或者藉由憤怒拒絕成爲另一同路人表態的受害者，卻藉由此一相同態度使人受害，如果這人得他們的喜愛，他們會勇於和他搭訕，不會被這件事煩著，他們會去尾隨某個年輕人走上好幾哩路，在劇場對他目不轉睛地瞧著，甚至不管年輕人是否身旁有一些朋友，因此免不了讓年輕人對著他們翻臉，然而只要一有他們不喜歡的人瞧著他們，我們就可能聽見他們說：「先生，您以爲我是誰？（單單是因爲別人認出了他們的本性）我不明白您的意思，別再費心了，您搞錯了」，必要時乾脆賞給他一個耳光，就在認識這個糊塗蟲的人面前發起飆來說：「怎麼，您認識這個噁心人？這個女人用這種方式看您！……哪兒來的這副德性！」德．查呂思先生沒有做得如此過火，可是他露出了被冒犯的、冷冰冰的表情，就像一些女士她們所會表現的那樣，如果有人把她們誤認爲是輕佻的女人，或者更甚者，她們果眞就是輕佻的女人，而她們卻完全不認同。再者，一個性別錯置者被擺在另一個性別錯置者面前，他所看見的，不僅僅是他自己那副討厭的形象，這幅全然處於靜態的形象只會讓性別錯置者的自尊心受苦，讓他看見了另一個自己，一個生龍活虎的同路人，足以讓性別錯置者在戀愛經驗中吃盡苦頭。因此就在一種本能的保護動作之下，一方面，他會與具有能力傷害競爭者的人們在一起，好來毀謗對方（在衆多可能對他自己的案例已經早有所聞的人物面前，一號性別錯置者下重手指控二號性別錯置者，這並不會擔心別人視他爲謊言散播者），一方面，怕有人會來奪走他所「搶劫來的」少年人，於是他諄諄告誡少年人，要求一切有利於少年人的事務都要與他本人一同進行，如果少年人不會自我控制，逕自去與他人勾搭，只會給少年人自己招惹不幸。對德．查呂思先生而言，由於他誤解了來自寇達的微笑，他或許想到（完全是想像中的）寇達會讓莫瑞遭遇一些危險，不討德．查呂思喜歡的性別錯置者，不僅僅是自己百般醜態的代言人，還是明擺著的一個情敵。從事某種罕見貿易的生意人，他到達外省一個城市之內，正打算在此安身立命的同時，如果他看見就在同一廣場，在他正對面的位置，同樣的生意有個競爭對手已經營運著，他的尷尬不自在，一定不亞於打算前往一個四境安全地區的德．查呂思要把他的愛侶好端端的窩藏著，當他到達的那一天，瞥見當地一位士紳，或是一位美髮師傅，他們的外貌和舉止，一看就再清楚不過。一個做生意的人常常把另一個競爭對手當作死敵；如此的仇視有時候會惡化成爲委靡不振，只要稍有差池，遺傳基因稍有過重的負荷，我們就會看見小城市的生意人開始顯出發瘋徵兆了，若要把他醫好，非得要讓他下得了決心，肯賣掉他的「資本」，而且離開本來定居之地才行。性別錯置者的憤怒，比起這個生意人的痛苦還更劇烈。他一開始就料到，這位紳士，這位美髮師傅，已經對他的年輕伴侶有所欲求。於是他對自己的年輕伴侶一天說上一百次，說美髮師傅和紳士都是強盜匪類，說與他們接近會讓自己身敗名裂，但是這都無濟於事，他被迫，就像哈巴貢[419]那樣，必須看守著他的寶盒，夜晚還得起來看看是否有人會來把他的寶藏偷走。很可能這就是造成性別錯置者察覺另有性別錯置者在場的線索，其速度之快，準確度之高，幾乎是萬無一失的原因，勝過共通習慣的欲求或便利性，幾乎與自己唯一眞實的經驗同等精準，性別錯置者有可能一時搞錯了對象，可是快速又高明的揣測會把他重新帶回到眞相裡。因此德·查呂思先生搭錯線的時間很短。高明的分辨力很快告訴了他：寇達是與他不同類的，他不必害怕寇達的多情，這對他自己，對莫瑞，都不會造成傷害，這種事若是針對他自己，他會非常惱火，若是針對莫瑞，他更會覺得事態嚴重。德·查呂思安靜了下來，由於雙性戀女神維納斯這時候還正造訪著，偶而，他向魏督航夫婦微笑著，抿著嘴，把嘴角的摺痕稍稍拉開，一秒之間，雙眼亮了一下嫵媚的眼神，這時候，非常在意要有男子氣概的德·查呂思先生，他的作法和嫂嫂德·蓋爾芒特公爵夫人完全一模一樣。「您常常打獵嗎，先生？」魏督航夫人帶著藐視的口吻，對德·康柏湄先生問道。——「斯基對您說過我們發生的一件很精采的妙事了嗎？」寇達問著女大老闆。——「我特別會在喜鵲歌唱的森林裡打獵，」德·康柏湄先生答道。——「沒有，我什麼也沒說，」斯基說道。——「名副其實嗎？」溥力脩對德·康柏湄先生問道，先對我使了一個眼色，因爲他答應過我要談論詞源學，同時要求我向德·康柏湄夫婦隱藏他對康樸恣教區神父的詞源學不大恭維。「該是我理解能力有問題，我不知道您問什麼，」德·康柏湄先生說道。——「我的意思是：在那裡有許多唱歌的喜鵲嗎？」溥力脩答道。寇達不甘心魏督航夫人不知道他們險些錯過火車班次。「好啊，」爲了鼓勵丈夫，寇達夫人說話了，

「那就說一說你的歷險記吧。」——「的確是不同凡響，」醫師說道，他開始原原委委的說起來了。「當我看見火車已經進站時，嚇呆了。這一切都是斯基搞錯了。您給的資料頗怪異的，我親愛的！溥力脩他在車站正等著我們！」——「我相信」，這位大學學界人士說道，一邊向他的周遭投射他所餘下的眼神，一邊抿著薄薄的嘴唇微笑著，「你們在格蘭古車站耽延，因爲你們遇見了某個妓女[420]。」——「您要不要閉嘴？要是給我的妻子聽見了！」教授說道，「我的髮妻，他[421]會吃醋的。」——「啊！要命的溥力脩」，斯基揚聲說道，溥力脩輕佻的玩笑引發了傳統的開心氛圍，「他改不了的」，雖然，老實說，他並不知道這位大學學界人士是否曾經放蕩不羈。爲了針對這些言語補上正規的手勢，他擺出不得不想要掐他大腿的姿態。「他改不了的，這傢伙」，斯基持續說著，沒有想到半盲的大學界人士賦予這樣的言辭何種又憂又樂的意義，他補上一句說：「總是要對女人們擠眉弄眼。」——「領教了，」德．康柏湄先生說道，「原來遇見學者是這麼一回事。我在喜鵲歌唱的森林打獵已經十五年了，從來都不曾想過這個名字有什麼意思。」德．康柏湄夫人對她的丈夫飄來一個嚴厲的眼神：不要丈夫在溥力脩面前如此卑躬屈膝。讓她更不開心的，就是鋼鋼所用的每個「現成」辭語，寇達這人都已經下過功夫，認識了它們的長處和短處，於是對侯爵證明，這些辭語毫無意義可言，而侯爵只有承認自己愚昧的份：「爲什麼說：像包心菜一樣笨？諸位認爲包心菜比別的東西更笨嗎？您說：重複三十六次？爲什麼說：像椿子那樣沉睡？爲什麼說：布雷斯特的響雷？爲什麼說：擊打四百下？」於是德．康柏湄先生需要辯護的工作，就被溥力脩一肩挑起，把每個片語的來源一一說了個分明。可是德．康柏湄夫人尤其忙著觀察魏督航夫婦給拉．哈斯柏麗野帶來的改

---

419 莫里哀《守財奴》（*L'Avare*）戲劇中的男主角。

420 原文：«quelque péripatéticienne»。**【譯者注】**。

421 原文：«La femme à moâ, il est jalouse»。**【譯者注】**。

變，好能對有些部分的變化加以批評，或者把其它部分變化帶回翡淀，或者也依樣畫葫蘆。「我想知道這個歪歪斜斜的吊燈是怎麼了，我幾乎認不得我的拉．哈斯柏麗野的舊樣了」，她補充說道，帶著大家所熟悉的貴族表情，好像她提到的是某個家僕，不但能說出他的年齡，甚至還得說到她是看著這個僕人出生的。因爲她措辭中稍稍帶著書卷氣：「畢竟，」她輕聲的補充說道，「我覺得如果我住在別人家中，如此改頭換面會讓我覺得丟臉。」——「很不幸的，您倆位沒有和他們一起前來」，魏督航夫人對德．查呂思先生和莫瑞說，她原本希望德．查呂思先生是以「老面孔」出現，願意配合大家搭同一班火車前來的原則。「您確定喜鵲歌唱的意思是說喜鵲會唱歌嗎，寶貝蛋[422]？」她補充說道，爲了呈現大富人家女主人的身分，她同時參與所有的談話。「稍微提提這位小提琴手吧，」德．康柏湄夫人對我說，「我對他有興趣；我熱愛音樂，好像對他略有所聞，告訴我一些他的事吧。」她知道莫瑞是和德．查呂思先生一起來的，所以想要先拉第一個人過來，用這個方法，再設法和第二個人也牽上關係。不過，爲了不讓我猜測得到這個理由，她又要多說了一句：「我對溥力脩先生也有興趣。」因爲她固然十足有學養，就像有些人天生是肥胖的，吃得少少，整天走路，依然不能停止快速增胖，同樣的，尤其在翡淀，儘管德．康柏湄夫人要沉潛在一種越來越帶著密宗意味的哲學中，越來越想要懂得高學術水準的音樂，這樣的學習所帶出來的，就是她只會設計一些曲曲折折的事體，讓她「切斷」年輕時代屬於中產階級的情誼，好讓她結交一些人脈關係，是她原先以爲與她婆家的社群有關聯的，後來她發覺這些關係遠比她所想的更高更遙遠。有一位對她而言不夠現代的哲學家，萊布尼茲，曾說：從頭腦走到心的路是漫長的[423]。這條漫漫長路，德．康柏湄夫人不見得比她的哥哥更有力量去行走。她撇下史都瓦．彌爾的作品不讀，換成閱讀拉石理耶的著作[424]，隨著她越來越不相信外面世界的眞實，她越來越付出精力，好讓自己在大限之日尚未來到之前，在外在世界中找到一個好的定位。她對寫實藝術十分著迷，覺得任何對象都不會卑微到不足以成爲畫家或作家的創作範本。上流社會的油畫或小說都讓她作嘔；托爾斯泰的莊稼漢，米勒的鄉下佬，是她認爲藝術家絕對要堅守、不得踰越的社會界線。可是她卻要跨越她的畫地自限，提升自己直到與公爵夫人們來往的地位，這才是所有努力的目的，藉由潛心研究傑作努力作精神治療，這些方法卻依然無效，家傳基因中攀龍附鳳心態的老毛病依然在她裡面作祟。攀龍附鳳傾向畢竟醫好了她年輕時期的吝嗇、偷情毛病，類似某些病患一些特殊的長期疾病，給了他抵抗其他病症的免疫力。再說，我一邊聽著她說話，雖然一點也不覺得有興趣，依然不免要說句公道話，她的措辭是細緻的。這些措辭，在某個時代，是屬於某個智慧共同體人物口中所用的措辭，以至於如此細緻的表達，像是立即提供了圓弧，用一個描述，讓它劃下整個圓周的界線。使用這類表達的人讓我煩躁，我立即知道這是老調重彈，可是這些又是所謂的高人一等，常常被擺到我面前，好像鄰舍絕美的女子值得我去開拓，有待我贏得她們的好感似的。「您不會不知道的，夫人，許多森林地區都是因著林中所充滿的動物而得名。在喜鵲歌唱的森林旁邊，您還有皇后唱歌的森林[425]。」

422 《Chochotte》，〔通俗用語〕帶有貶抑之意，指過度矯情的人。《二〇二〇年拉魯斯圖解大辭典》。【譯者注】。

423 《神正論》（*Essais de théodicée*）。第三部。第311段落。

424 史都瓦．彌爾（Stuart Mill, 1806-1873），英國哲學家，著有《演繹與歸納之邏輯系統》（*Système de logique déductive et inductive*），竭力維護直覺可以在各種不同形態之下表現的學理；身爲一堅定不移的實證主義者，他肯定外在世界的眞實性，正如我們所領會的那樣。萩勒．拉石理耶（Jules Lachelier, 1832-1918）所著的論文，《歸納法之基礎》（*Du fondement de l'induction*）發表於一八七一年，在法國產生極大的影響。他的思想核心的關注點攸關這世界藉由經驗而顯露的存在條件，以及這樣的世界如何成爲思想的標的。藉由歸納法，他指出：從事實體驗的偶發性通往外在世界存有必要法則的過程。普魯斯特將他與彌爾兩人放在相左的地位，是很有道理的。

425 從這裡開始，一直到本書法文原典頁324頁，鋪陳了《所多瑪與蛾摩拉》文本中最老的詞源學說明，時間落點在第一次大戰初期。這些詞源學說明全部來自郭石理（參見本書法文原典頁280。注2），他在一些依據動物名稱爲地方所取的名字給了喜鵲歌唱（Chantepie），皇后歌唱（Chantereine）以及杭尼城（Remneville）等例子（郭石理，頁108－109）。

——「我不知道這是指著哪一位皇后說的，」德．康柏湄先生說道，「可是您對她並不是很有情意，」

——「快抓牢了，寶貝蛋，」魏督航夫人說道。「先撇下這點不談，你們一路來的旅程可好？」——「我們只看見少少的人來搭火車。可是我要回答德．康柏湄先生所問的問題了；皇后在這裡不是指國王的妻子，而是指青蛙。這樣的名稱在這地方保留了很長時間，正如杭尼城（Renneville）所証實的，它的名字應該寫成皇后城（Reineville）才對。」——「我覺得您的這隻動物很漂亮耶」，德．康柏湄先生對魏督航夫人說道，一邊指著餐盤中的一條魚。這是諸多讚美方式的其中一種，他相信用這些方式，就可以為他的晚餐附了帳單，而且表示了禮貌。（「邀請他們，這就不必了。提到他們的老朋友某某時，他經常對妻子這樣說，有我們在場，他們可高興得很，是他們要向我們表示道謝，這才是個道理。」）「況且，我必須對您說，好幾年來我幾乎天天去杭尼城，我在那裡所見到的青蛙不比別處更多。德．康柏湄夫人把一位神父邀到此地來了，她在神父的教區裡有很多產業，而且他的思考模式似乎與您相同，他寫了一本書。」——「是的，我讀了這本書，覺得非常有意思」，溥力脩虛偽的回答。德．康柏湄先生笑了很久，這個回答間接讓他的自尊心得到了滿足。「啊！好吧，這要我怎麼說呢，這個地理資料，這個詞藻彙編的作者，長篇大論的說到一個小小的本地名稱，容我說一句，從前我們是這小地方的郡主，這地方的名字叫做水母之橋。顯然的，在學富五車的人身旁，我只是個俗不可耐的小人物，可是我去過這個水母之橋一千零一次了，見鬼的，我連一次都沒看見這些醜陋的滑溜動物，我說牠長得醜陋，即使好心的拉．豐登讚美過牠們（「男子與水母」是兩則寓言之一）。」——「您沒看見過牠，這就是您的看法正確了，」溥力脩答道。「當然，您所說的作家對他的研究主題有很深的認識，他寫了一本出類拔萃的好書。」——「算是吧！」德．康柏湄夫人揚聲說道，「說到這本書，這正是個好例子，這是一份精緻又花大功夫的工作。」——「毋庸置疑的，他參考過一些教區或修道院的清冊（意思是指每個教區登載收益狀況和本堂神父住所的一些清冊），這就提供給了他一些民間信仰領袖和教會界宗教職權授與者的姓氏。可是還有其他的資料來源。我的許多舊識之中，有一位最有學問的人好好的深入作過探討。他發現這個相同的地點過去的名稱是奇樂福之橋（Pont-à-Quileuvre）。這個怪異的名字鼓勵了他更往上搜尋，一直搜尋到一個拉丁文文本，在其中，被您的朋友認定爲充斥著許多水母的橋，名稱是：Pons cui aperit，意思是關閉著的橋，若要打開它的通道，必須付出一筆可觀的銀子[426]。」——「您提到青蛙。我呢，處在四周如此有學問的人當中，我就是那隻面對一群賢士的青蛙囉」（這是第二個寓言），鋼鋼說道，他經常一邊笑著，一邊開這個玩笑，藉由這個玩笑，他認爲他既是謙虛、又是機智，適足以顯示他的無知和學識。至於寇達，因著德．查呂思先生的靜默而沒有話頭可接，試著旁敲側擊，他轉過身來，問了我一個問題，諸如那些擊中他的病患們病痛的好問題，這些好問題因此表明了醫生是了解病患的身體狀況；反過來，如果他料得不準，這些問題可以讓他修正某些理論，擴充他舊有的觀點。「當您到達這些頗有高度的景點，就像我們目前所在的這個地方，您是否注意到：這會增加您呼吸的困難？」他問我，十足認爲別人會因此欣賞他，要不然提出這樣的問題，也有機會補充他的知識。德．康柏湄先生聽見問題了，微笑著。「聽見您有呼吸的困難，我不能不說，這是讓我開心的一件事」，在桌子的那一頭，他對我傳來這句話。他說這話的意思，並不是他覺得這

426 「被稱爲水母之橋之地，指的是在諾瑜（Noyon）及沙郎西（Salency）被瓦茲河（l'Oise）澆灌之地。當水退去的時候，我們還看得見一座橋的遺址，懂得古蹟文物的人鑑定它是羅馬人所造的，而我只認爲這是一座古橋。首先，假設在這座橋的空隙，有一個水母的集結之處可能被發現，而當地的居民們，爲了這個不是那麼令人愉快的回憶，把這橋加上水母之橋的綽號，這是非常自然的；然而，當我們在一個文本中，重新找到一個更早期的形式，就是「Pont-à-Quileuvre」時，這個假設就站不住腳了。「quileuvre」的意思是「什麼？」如果我不是在一個拉丁文的文本中找到這橋被稱爲「Pons cui aperit」，我就可能找不到它的解釋。「Pons cui aperit」意思就是「爲他而開之橋」（Pont à qui l'ouvre）。水母之橋只是單純的指一座關閉的橋，它要爲那些能夠打開橋的人而開啓，也就是說：這是一座被圍欄關閉著的橋，行人若是付一筆過橋費，橋就會爲他打開」（郭石理。頁127－128）。

是一件好玩的事，雖然這話不假。原因是這位頂尖良好的男士，在他聽見他人不幸的當下，他竟然忍不住會有幸福感，會有放聲大笑的痙攣現象，隨後才又很快的以好心的憐憫取而代之。他說這話有還有另外一個意思，由他接下去所說的另一句話加以準確的說明了：「我很關心，他對我說，因爲我的妹妹也有這個毛病。」總括來看，這件事讓他開心，彷彿他聽見我提起一位已經在他們家中出入很久的好友。當寇達對我提到有關呼吸困難這件事的時候，「這世界多麼小」，這是他心中所思想的，我看見這個思想寫在他笑咪咪的臉上。我會有呼吸困難這件事，從這個晚餐開始成了我和其他人連結的共通點，而德．康柏湄先生從來都不放過向我詢問最新狀況的機會，就算是爲了給他的妹妹新的消息也好。一方面，我要回答他的妻子問到我有關莫瑞的問題，另一方面，我想到下午和母親之間的談話。如果我覺得這樣做可以解悶，母親沒有勸阻我不要前來魏督航夫婦家，不過她也提醒我說，這樣的環境不會讓我的外祖父開心，可能會讓他大叫：「小心！」，母親補充說道：「哦，杜赫伊主席[427]和他的妻子告訴我，他們和彭當太太一起吃過午餐了。沒有任何人問過我的意見。可是我想我聽懂了，愛蓓汀的姑媽夢想你和愛蓓汀結縭。我想，眞正的理由是他們看見你有一片眞心。不過，他們相信你能給她一些奢華的享受，大家也知道我們的人脈，我相信這一切，在這件婚事中都已經被盤算在內了，雖然它們不是優先的考量。我不想向你提到這些，因爲這不是我堅持要做的，不過因爲在我想像中，別人會提起這件事，所以我才想先把話說在前面。」——「可是妳呢，妳覺得她怎麼樣？」我問了母親。——「不是我要娶她。可以肯定的是，你的結婚對象可以更好上千百倍。可是我相信你的外婆不會喜歡人家影響你。當下，我不能告訴你我覺得愛蓓汀怎樣，我對她沒有感覺。我要對你說的，就像德．塞維涅夫人所說的：『她有許多優點的，至少我如此相信。可是在這開始階段，我對她的讚美只能用負面的說法：她不是這樣，她完全沒有連恩城的口音。隨著時間過去，我或許會說：她是這樣的人[428]。』如果她能夠讓你幸福，我就會覺得她很好。」可是，母親正是透過這些話，把決定幸福的事交在我雙手中，她把我帶到了懷疑狀態之中，是我曾經歷過的，就是當父親允許我前往觀看《斐德王后》的時候，尤其當他允許我一輩子舞文弄墨時，我突然感覺我的責任太大，害怕我會傷父親的心，而且，當我們停止順從指令時，憂鬱就油然升起，日子一路過下去，少了指令，將來又如何能知所適從，我們終究要開始好好活著，像個大人，活出我們個人都僅有一次的今生。

或許較好的方式是稍加等待，開始看見屬於過去的愛蓓汀樣貌，好設法知道我是否眞正愛她。我可以把她帶到魏督航夫婦家，讓她散散心，這件事提醒了我今晚我爲何來到這裡，乃是爲了知道碧蒲思太太有沒有在這裡住下，或者她何時將要來這裡。無論如何，她沒有前來晚餐。「說到您的朋友聖－鷺」，德·康柏湄夫人對我說，話到嘴邊卻欲言又止，而且言不由衷，如果她對我提到音樂，她心中想到的是德·蓋爾芒特家族，「您知道，所有的人都在談他要和德·蓋爾芒特親王妃姪女結縭的事。我要告訴您，面對所有上流社會的喧嘩，我『根本』不放在心上。」在羅伯特的面前，我害怕說出沒有同理心的言語，關乎這位個性凸出的準新娘少女，說穿了，她不但心思拙劣，又是個性剛烈。我們所聽到的消息，幾乎一一證實了我們不必爲了說過的話後悔。我對德·康柏湄夫人回答說，這也是實情，但是我在這方面一無所知，況且我覺得未婚妻還很年輕。「或許這是還未正式公開的原因吧；總之，大家都在談論這件事。」

427 應該是指岡城（Caen）上訴法庭的首位主席。普魯斯特在其他地方以彭辛（Poncin）之名稱呼他。

428 這個引述曾被修改過，源自德·塞維涅夫人於一六八四年十月一日所寫的信：「她有很多優點，至少，我是如此相信。然而，在這開始的階段，我只照我所能的，以負面的方式來稱讚她：她不是『這樣的人』，她不是『那樣的人』；一段時間過後，我或許會說：她是『這樣的人』，〔…〕她講話完全沒有連恩城的口音」，這裡所提的人，是她的媳婦，查理·德·塞維涅（Charles de Sévigné）的妻子。

——「我比較想事先提醒您」，魏督航夫人冷冷的對德．康柏湄夫人說道，她聽見德．康柏湄夫人向我提到了莫瑞，壓低聲音對我提到聖—鷺的訂婚之事，以爲她還在說有關莫瑞這人，「我們在這裡安排的不是小款的音樂。您知道，在藝術這方面，我週三日的忠誠之友們，我口中的寶貝孩子們，他們可是超前進步得可怕」，她補充說道，帶著一副深惡痛絕卻是驕矜自大的神態。「我有時候對他們說：『我可愛的小人兒們，你們的腳步比你們的女大老闆還要快速，然而她從來都不會被膽大妄爲的事情驚嚇到的。』照這個樣子，一年比一年走得更超前；我看不需多少時日，他們都不再跟著華格納、德．英迪了。」——「可是進步超前是好的，我們總是進步得不夠快」，德．康柏湄夫人說道，一方面逕自視察著餐廳的每個角落，設法辨識出來哪些是她的婆婆留下來的，哪些是魏督航夫人帶過來的，爲要抓住現場把柄，批評她的劣質品味。不過，她還設法和我說著話，談到她最感興趣的話題，德．查呂思先生。她覺得德．查呂思先生保護一個小提琴手，這是很感人的事。「他看來很聰明。」——「甚至對一個已稍稍年長的人而言，他的衝勁很大，」我說道。——「年長？可是他並不出老，瞧瞧，一根頭髮還像個年輕人。」（因爲三、四年以來，「頭髮」這個字已經被用成單數，是由不知名的新人之一推廣出來的新文學流行字眼，這一票和德．康柏湄夫人的頻率一樣的人，都說「單數的頭髮」，邊說著還不免帶著矯情的微笑。現在大家還是說「單數的頭髮」，可是等到單數用過了頭，複數就會再度產生了）「在德．查呂思先生身上，最讓我感到興趣的，」她補充說道，「就是大家感覺到他是個有才華的人。我要告訴您的是，我認爲學問沒什麼，習而得之的本事不會讓我感到興趣。」這些話與德．康柏湄夫人所持有的特別價值觀並不矛盾，因爲她的價值觀正是仿效別人、習而得之的。可是就是在這個時候，我們必須知道的一件事，就是相較於個人特質，知識連一根麥桿的價值都沒有。德．康柏湄夫人所學到的，如同其它的事，就是什麼都不要學。「因爲我並不藐視某種令人回味無窮的廣博學識，這就是爲什麼，」她對我說道，「溥力脩那些稀奇古怪的表現反倒不讓我格外感到興趣。」可是這時候的溥力脩只顧著一件事：聽見有人談論著音樂，他擔心得不得了，怕這樣的主題提醒魏督航夫人想到戴商伯已死。他想說些什麼話題，來撇開這個傷感的回憶。藉由這個問題，德·康柏湄先生提供了機會：「這麼說來，森林的名字經常都帶著動物的名稱囉？」——「才不是」，溥力脩答道，他很高興能在衆多新增訪客面前展現他的學問，我對他說，在新增訪客當中，他肯定會引起一個人的興趣。「只需看看在人名本身，樹這字是多麼容易被保存著，就像煤礦中藏著的蕨一樣。我們古羅馬元老院的一位元老名字叫做梭爾斯·德·飛雷希內（M. de Saulces de Freycinet），這名字的涵義，如果我沒說錯的話，是種植柳樹和梣木之地（*salix et fraxinetum*）；他的侄兒德·塞爾夫先生（M. de Selves）包攬了更多的樹，因爲他的名字叫做德·塞爾夫（de Selves），是拉丁文的**森林**（sylva[429]）之意。」桑尼業很高興看見談話內容轉了一個彎，變得如此有活潑有力。既然溥力脩講個不停，他可以保持靜默了，這讓他躲得掉不必成爲魏督航夫婦挖苦的對象。他被解危了，這讓他十分雀躍，他更加感動不已，因爲儘管這場晚宴盛況空前，他聽見魏督航先生吩咐餐飲部領班擺上一玻璃壺水，放在桑尼業先生附近，除了白開

429　在羅馬，「les pères conscrits」是元老院元老。一八七〇年後，查理—路易·德·索爾斯·德·弗瑞希內（Charles-Louis de Saulces de Freycinet, 1828-1923）成爲岡貝達（Gambetta）的合作同盟，從一八七六年至一九二〇年間，擔任參議員（le sénateur），從一八七九年至一八九二年間，四度擔任議會主席（le président du conseil），一九一五年至一九一六年擔任國家部長，一八九〇年起，成爲法國國家學院院士。柳樹，拉丁文爲「salix」，出現在雍河上（Yonne）的梭爾斯（Saulce）以及在亞爾丁地區（Ardennes）的香檳區之梭爾斯（Saulces-Champenoises）之名稱中（郭石理，頁42）。「梣木（Le frêne），拉丁文爲『fraxinus』，因而演變出『fraxinetum』，意即：種植梣木之地」（頁42），該字出現在屬於羅介爾（Lozère）及愛維隆（Aveyron）兩區之弗雷希內（Fraissinet）名稱之中（頁43）。朱思丹·德·塞爾夫（Justin de Selves, 1848-1934年）於一八九六年至一九一一年間擔任塞納河行政區省長（le préfet de la Seine），於一九〇九年擔任達恩—暨—加隆（Tarn-et-Garonne）參議員，於一九一一年至一九一二年間擔任外交部長，國家藝術學院院士（le membre de l'académie des Beaux-Arts）。「拉丁文『sylva』森林之意，成了一些地方名稱，例如：愛斯尼行政區（Aisne）的塞爾夫（Selve）」等等。（郭石理，頁27）。

水，他是什麼飲料都不喝的（將軍若要人替他多殺敵，他會格外注意好好餵養他們）。終於魏督航夫人向著桑尼業微笑了一次。毫無疑問的，這些都是好人。他不會再受折磨了。這時候，晚宴被我忘了列名的一位來賓打斷了話題，他是著名的挪威哲學家[430]，他的法文說得很好，可是說得很慢，原因有二：首先，他最近才學了法文，不願意犯錯（他還是會犯下幾個錯），他運用每一個字之前，都得先參考一下他心裡的那部字典；之後，因爲他是形上學學者，每次發言都是字斟句酌，這就是導致他說話緩慢的原因，即使是法國人說話也必然如此。再說，他很細緻，雖然從外觀看來他與旁人相似，不過仍有一個差異。這位講話慢條斯理的人（每講一字，必停一次）一旦他要道別的時候，爲了急於逃離現場，講話速度轉成令人暈眩的飛快。如此來去匆匆的他，第一次會讓人以爲他肚子壞了，或者他有一個更迫切的需要。

「我親愛的──同仁」，他對溥力脩說道，他先在腦中斟酌了之後，確定「同仁」這個稱呼合宜，「我有一種──需求想要知道，有沒有其他的樹名在──您美麗的──法文的──拉丁文的──諾曼地語的專用歸類系統中。夫人她（他要說的是魏督航夫人，雖然不敢對她直視）對我說過，您無所不知，現在豈不是正是請教的時刻？」──「不是，現在是用餐的時刻」，魏督航夫人打斷了他的話，她發現晚餐拖得太長了。「啊！好的」，這位斯堪地那維亞人答道，低下了頭專心吃著，帶著微笑，神情落寞、一臉忍讓。「可是我必須讓夫人注意到，我之所以提這個問卷──抱歉，這個疑問字[431]──這是因爲我明天必須回到巴黎，前往銀樓飯店吃晚餐，或者到莫里斯豪華大旅館（l'hôtel Meurice[432]）用餐。我的同事──是法國人──布特盧先生[433]要在這地點對我們發表幾場有關異能的演講──抱歉，發表精闢演講──是他所能掌控的。」──「銀樓飯店並不像大家所說的那麼好。」魏督航夫人不耐煩的說道。「我曾經在那裡吃了個很彆腳的晚餐。」──「難道說我弄錯了，夫人所宴請的餐宴不都是最精緻的法國料理嗎？」──「天啊，不是非常的壞，」魏督航夫人回答了，口氣稍有緩和。「如果您下週三來，就會更好。」——「可是我星期一出發去阿爾及爾，從那裡再前往好望角。當我到了好望角，我就見不到我傑出的同儕了（mon illustre collègue）——抱歉，我就見不到我的同仁（mon confrère）了。」然後，既然給了這些相關的理由，他開始乖乖的，以令人昏眩的飛快速度用起餐來。可是溥力脩太高興能夠有機會賦予有關植物的其他詞源學了，就作了回應，他引起挪威人士極大的興趣，以至於他又停止進食，作了個手勢，表示他那堆滿食物的盤子可以收了，要輪到吃下一道菜：「法國國家學院中之一人[434]，溥力脩說道，名為滬塞依（Houssaye），或者說是種植枸骨葉冬青之地（lieu planté de houx）；有一個精明的外交官名叫歐梅松（Ormesson），您

---

430 「挪威籍哲學家」的原型人物是一位瑞典哲學家，艾果·路何（Algot Ruhe, 1867-1944），柏格森作品之翻譯者，以及關乎柏格森旅居英國人之生活的作者。參見倫敦。麥西米蘭（Macmillan）出版社。一九一四年出版。他曾發表一篇關乎普魯斯特的文章，〈一介新生作家〉（«Un nouvel écrivain»），參見 *Var Tid*，斯德哥爾摩。一九一七年專刊。他於一九二一年寄了一些短篇小說給普魯斯特，普魯斯特把它們轉寄給雅各·黎偉業。黎偉業於一九二一年十一月作了答覆：「我讀了艾果·路何先生的短篇小說。這些短篇小說絕對不是拙劣的作品。只可惜所用的法文可議之處甚多，或者也可以說不正確。不過我們或許可以做些風格的調整。」普魯斯特回覆說：「如果您喜歡這些短篇的詩，柏格森（把我和他連結上，他是柏格森的譯者，評論者，等等，專屬的。）完全是可以參考的人選，足以把這些詩作成完美的呈現。如果您不願意打擾柏格森（他肯定很高興為路何盡上自己的一分心力，不過他非常忙於研究愛因斯坦以至於他放棄了他的課程），我完全有心來做這一份修整的工作。（我希望這位傑出的瑞典人完全不會在《所多瑪與蛾摩拉　第一集》的挪威籍哲學家身上認出自己來，不過我害怕得很。）」參見馬賽爾·普魯斯特—雅各·黎偉業之《魚雁集》。（Marcel-Proust-Jacques Rivière, *Correspondance*）。菲利普·寇爾伯主編。賈利瑪出版。一九七六年。頁211－213。

431 «- pardon, ce questation -» ce questation：屬於用字錯誤，法文並無此字。**【譯者注】**。

432 «L'hôtel Meurice»應是由普魯斯特刻意用來標示該哲學家法文發音不準確。**【譯者注】**。

433 艾米勒·布特盧（Émile Boutroux, 1845-1921），哲學家，於一八八五年任索邦大學教授，柏格森是他的門生。

434 «Un des Quarante»一七一九年所用之片語，四十賢士（les Quarante），乃指法國國家學院之院士們。《二〇二一年小羅勃特法語文辭典》。**【譯者注】**。

在這個名字裡找到了榆樹（l'Orme），是維吉爾所珍愛的（Ulmus），他將這名字給了玉勒姆城（Ulm）；在他的多位同儕中，德·拉·布萊先生（M. de la Boulaye）的名字裡有樺樹（le bouleau），德·歐內先生（M. d'Aunay）的名字裡有榿木（l'aulne）；德·柏玉希耶爾先生（M. de Bussière）的名字裡有黃楊（le buis）；艾芭瑞先生（M. Albaret）的名字裡有樹木的邊材（l'aubier）（我告訴自己一定要把這個說給賽莉絲特知道）；德·梭雷先生（M. de Cholet）的名字裡有包心菜（le chou）；我們所聆聽的演講者，德·拉·蘋果纍依先生[435]（M. de La Pommeraye）的名字裡有蘋果樹（le pommier），桑尼業，您還記得吧，當好心的波雷被差遣到天涯海角，到歐德翁王國[436]去擔任無冕王的時候？」聽到溥力脩說到桑尼業的名字，魏督航先生抛給妻子以及寇達一個嘲諷眼神，讓羞怯的他不知所措。「您說到，梭雷（Cholet）這名字來自包心菜（chou），」我對溥力脩說道。「那麼，到達東錫耶爾之前，我先經過的那個停靠車站，聖—芙里蔬（Saint–Frichoux）的名字，也是來自包心菜（chou）囉？」——「不是，聖—芙里蔬，意思是*Sanctus Fructuosus*，就像從*Sanctus Ferreolus*變成聖—法柔（Saint–Fargeau），這根本不是諾曼地語[437]。」——「他知道『抬』多（tlop）東西了，我們聽厭了，」公主輕聲的咕噥著。——「還有那麼多其他的名字使我感到興趣，可是我不能一次向您請教所有的問題。」於是，我轉向寇達：「碧蒲思太太在這裡了嗎？」我問他。——「沒有，感謝上主，」魏督航夫人聽到了我的問題，如此答道。「我設法引導他們前往威尼斯渡假啦，今年我們把他們甩開了。」——「我自己將有權力擁有兩種樹，」德·查呂思先生說道，因爲我大致上簽約訂下了一棟小屋，位於聖—馬丁—之橡樹（Saint–Martin–du–Chêne）和聖—彼得—之紫杉（Saint–Pierr–des–Ifs）之間。」——「那就離這裡很近了，我希望您經常和查理·莫瑞一起過來。您只要和我們的小群體約好火車班次，您離東錫耶爾只有兩步路而已，」魏督航夫人說道，她討厭人家沒有搭同一班火車，不配合她派馬車接人的時間。縱使是在翡淀後面，繞著小路網絡，沿著上坡路走到拉·

435 亨利·伯內·滬塞依（Henry Houssaye, 1848-1911），歷史學者與評論家，研究拿破崙時代之專家，於一八九四年當選爲法國國家學院院士。「古代標準德文『Hüliz』，現代德文『Hülse』，轉變成爲晚期拉丁語『Hulsetum』，乃指種植枸骨葉冬青之地（lieu planté de houx），由它帶出的字是厄爾省（Eure）的拉·滬塞依（La Houssaye），以及瓦茲河（l'Oise）的滬塞依（Houssaye）等等。（郭石理，頁44）。烏拉迪密·德·歐梅松（Wladimir d'Ormesson, 1888-1973），外交官及作家，出身外交官世家。「榆樹」（l'orme）。這樹在法國曾經格外受到尊崇，它的名稱以不同形態出現。拉丁文「玉勒姆」（Ulmus），法文「榆樹」（orme），帶出「玉勒姆」（Ulmetum），特別在德國提供了「玉勒姆」（Ulm）這字，在塞納河區（Seine）提供了歐梅松（Ormesson）這字（郭石理，頁41）。特別在《農事詩》（*Géorgiques*）卷二。維吉爾（Virgile）歌頌榆樹。安端·德·拉·布萊伊（Antoine de la Boulaye, 1833-1905）於一八八六年至一八九一年間擔任駐俄國大使。「樺樹」（Le bouleau），來自拉丁文「Berula」，由高盧之羅馬人（les Gallo-romains）作成聚合字「Betuletum」，拉·布萊（la Boulaye）」（郭石理，頁40）。查理—瑪莉·勒·貝勒第耶·德·歐內（Charles-Marie Le Pelletier d'Aunay）於一九〇七年擔任伯恩（Berne）大使。關乎「Alnus」以及尼耶弗河區（Nièvre）的歐內（Aunay）之關聯，參見郭石理。頁38。愛德蒙·何奴瓦·德·柏玉希耶爾（Edmond Renouard de Bussières, 1804-1888）乃駐那不勒斯（Naples）大使。關乎「Buxus」與尼耶弗河區（Nièvre）的柏玉希耶爾（Bussières）之關聯，參見郭石理，頁44。艾芭瑞（Albaret）名字的來源，沒有出現在郭石理的著作裡。關乎賽莉絲特·艾芭瑞（Céleste Albaret），參見頁240及注2。普魯斯特在奧爾良（Orléans）服兵役時，艾蒙—彼得·德·梭雷伯爵（le comte Armand-Pierre de Cholet）曾經是他的副長官。郭石理認爲「Le chou的拉丁文是『Caulis』，它引出『Cauletum』這個拉丁文字，在緬因及羅瓦河（Maine-et-Loire）區的『Cholet』中，有包心菜（le chou）這個字（頁52）。亨利·伯內·德·拉朋梅雷（Henri de La Pommeraye, 1839-1891）乃是評論家，於一八七八年擔任音樂與朗誦學院（le Conservatoire de musique et de déclamation）的歷史與文學教授，常在歐德翁劇院（le théâtre de l'Odéon）演講。「蘋果樹（Le pommier），由『pomerium』，引出『pomeretum』等拉丁文字，蘋果園『pommeraie』之意，特別提供了卡娃多斯（Calvados），旺代（Vendée）區的蘋果纍依（Pommeraye）這名字，等等。）（郭石理，頁45）。

436 波雷（Porel, 1843-1917），戲劇演員，從一八八四年至一八九二年間，擔任歐德翁劇院主任，後又負責福德劇院（le théâtre de Vaude），從一八九三年開始，一直到他去世。他是蕾珊妮（Réjane）的丈夫，他們的婚姻從一八九三年開始維持到一九〇五年。普魯斯特於第一次世界大戰爆發的次日，與他們的兒子雅各·波雷（Jacques Porel）有來往，一九一九年當他需要離開奧斯曼林蔭大道（Boulevard Haussmann）時，前來他及他的母親之住處，安頓在他們家上方。

437 郭石理所提供的詞源學（頁144）。聖—芙里蔬（Saint-Frichoux）在埃羅河（Hérault）上，聖—法柔（Saint-Fargeau）在雍河（Yonne）之上。

哈斯柏麗野，是多麼有挑戰的事，這樣的作法會耽誤半小時，她很擔心獨自行動的人們找不到馬車，或者有的人事實上是留在家裡沒出門，逕自找著一個藉口，說在竇城—翡淀找不到馬車，而且不覺得有力量走路上到這麼高的地方。對這樣的邀請，德．查呂思先生只是點點頭，沒說一句話。「平常的日子裡，他應該不是太好相處，看他一臉的勉強，」醫師對斯基悄悄的說道，醫師爲人很單純，雖然表面上稍稍有點傲氣，不過也不諱言德．查呂思把他看得扁扁的。「他一定是有所不知，凡是設有水療中心的城市，甚至巴黎的診所，對醫生們而言，我當然是『頭號領袖』，他們都恭恭敬敬的要把我引薦給所有在場的貴族，而且還戰戰兢兢的[438]。這點甚至讓我在各個水療中心待得相當愉快，」他又輕輕鬆鬆的補上一句。「就是連在東錫耶爾，照顧上校的軍團軍醫都邀請了我和他一起吃午餐，並且告訴我，我已被安排和將軍吃晚餐。這位將軍是個**帶有貴族姓氏記號**的某人。我不知道他的大貴族頭銜比起男爵頭銜是更古老或更現代一些。」——「可別胡思亂想[439]，他的頭冠很寒酸的」，斯基輕聲答道，他又用一個動詞補上某個含糊的意思，我只聽到（arder[440]）這最後幾個音節，我只顧聽著溥力脩對德．查呂思先生所說的。「可能不是，很遺憾，我要對您說，您只能有一棵樹而已，因爲聖—馬丁—之橡樹，很顯然就是*Sanctus Martinus juxta quercum*，反之，**紫杉**（if）這個字可能只是指樹根，**愛芙**（ave），**伊芙**（eve），意思是潮濕，就好像愛芙伊隆（Aveyron），洛德伊芙（Lodève），伊芙特（Yvette）這些字，您看到的另一個代替字眼是我們廚房中的**洗碗槽**（éviers），是指『水』，這個字用布列塔尼方言來說，是**斯德**（Ster），**斯德瑪莉亞**（Stermaria），**斯德—拉伊爾**（Sterlaer），**斯德布伊斯特**（Sterbouest），**斯德—安—德魯申**（Ster-en-Dreuchen）[441]。」後面的句子我聽不見了，因爲我又聽見**斯德瑪莉亞**這名字就高興得不得了，不由自主的坐得貼近寇達，聽見他壓低聲音對斯基說：「啊！我都不知道啊。這麼說來，這位先生是一個迷途知返的人囉。怎麼！他屬於職業結盟團體！可是他臉又沒有長得一副噁心樣[442]。我得要注意他在桌子下的雙腳，他八成會愛上我。況且，這種事我也不必太驚訝，我看過好幾位貴族沖澡，身上一絲不掛[443]，他們或多或少都是變態。我不和他們說話，因爲畢竟我是個公職人員，這樣作可能引咎於我。不過他們完全知道我是何許人。」被溥力脩的呼喚嚇住了的桑尼業開始呼吸，像一個害怕暴風雨的人，看見了閃電卻還沒聽到任何雷聲，當時，他聽見魏督航先生問他問題，他一開口就緊盯著他看，不放過這個可憐兮兮的人，馬上要讓他渾身不自在，根本不允許他重新恢復冷靜。「您怎麼一直對我們隱瞞，沒告訴我們您出入在歐德翁劇院的早場演出中呢，桑尼業？」他顫抖著，好像新兵面對要折磨他的士官，桑尼業回答了，盡量把他的句子縮得短短的，好讓他說的句子不被修理：「一次，在《女尋找者》[444]那場。」——「他說什麼？」魏督

---

438 «qui n'en mènent pas large.»〔通俗用語〕（一八六六）不太有自信，處於如履薄冰狀態。《二〇二一年小羅勃特法語文辭典》。【譯者注】。

439 «ne vous montez pas le bourrichon»。bourrichon：〔通俗用語〕乃指頭部，monter le bourrichon à qqn，意即：令某人昏頭轉向《二〇二一年小羅勃特法語文辭典》。【譯者注】。

440 在手稿上，我們讀到「etarder」，「Pétarder」二字，有可能是斯基的用詞嗎？

441 攸關梵文的字根*av*，代表浮動的記號，郭石理寫道：「有Avario這字，如今成了愛維隆（Aveyron），達恩河（Tarn）河的支流〔…〕。*ewe*的字型存留在évier這個字裡，這是廚房的水下注之處，也留在*eveux*這個形容詞的字型裡，意思是『潮濕』。〔…〕ève的字型進入某些地名的組合之中，諸如〔…〕埃羅河（Hérault）的洛德伊芙（Lodève）」（頁8）。依照互動變換的法則，「我們可以認出eve, ave, ive等字，不必害怕犯錯」，例如在厄爾河（Eure）的聖—彼得之紫杉樹（Saint-Pierre-des-Ifs）的地名裡。（頁9）。「在布列塔尼語，*ster*的意思，有時候是『小河』，有時候是『大川』，同樣的情形，也發生在布列塔尼省」，諸如：斯德—拉伊爾（Ster-laër），斯德—普爾度（Ster-pouldu），斯德布伊斯特（Sterbouest），斯德—安—德魯申（Ster-en-Dreuchen）。（頁13）。

442 «Pourtant il n'a pas les yeux bordés de jambon.»。【譯者注】。

443 «dans le costume d'Adam»。【譯者注】。

444 《尋智之女》（*La Chercheuse d'esprit*）：法華爾（Favart）所作的輕歌劇，一七四一年作品。一八八八年在愛爾卡薩劇院（le théâtre de l'Alcazar），一九〇〇年在巴黎喜劇歌劇院（l'Opéra-Comique）院都曾經演出該劇的改編版。

航先生尖叫起來，帶著厭惡至極和憤怒的神情，皺起眉頭，像是用上所有的注意力，好讓他聽懂某一件難以明白的事情。「您說的根本話沒有人聽得懂，您嘴巴裡含著什麼東西來著？」魏督航先生問他，口氣越來越兇猛，一邊暗示著桑尼業口齒不清。「可憐的桑尼業，我不要您讓他難過，」魏督航夫人帶著假惺惺的憐憫口吻，誰都聽得出來她的丈夫存心冒犯人。「我去了尋……」——「尋，尋，尋，您得說個清楚啊，」魏督航先生說，「根本聽不見您的聲音。」幾乎沒有一個忠誠之友不噗哧笑出聲來，他們看起來像一群食人族，某個白種人身上受傷流著血，這倒喚醒他們的嗜血習性。因為人天生愛仿效，又缺乏勇氣，兩者掌控著社會和人群[445]。大家看見某人被嘲笑，所有的人都會起鬨嘲笑他，這並不妨礙經過十年之後，他在一小圈中被欣賞時，大家又群聚來景仰他。群眾驅趕或迎迓君王的方式，也是如出一轍。「好啦，這又不是他的錯，」魏督航夫人說道。——「這也不是我的錯，話都說不清楚的人，少在城裡社交吃晚餐。」——「我去看了法華爾的《尋智之女》。」——「什麼？您把《尋智之女》說成那《尋找的女子》？啊！妙透了，要我花上一百年也找不到這個說法，」魏督航先生揚聲說道，然而，他如果聽見某人把某些作品的標題完完整整的說出來，立即就下得了判斷，知道他是不是真文人，真藝術家，或者「什麼都不是」。譬如應該說《病人》（*Le Malade*），《資產階級者》（*Le Bourgeois*）；如果有人補加上「想像中的」（*imaginaire*）或者「小貴族」（*gentilhomme*），就證明了他不是「行家」，同樣的，在沙龍裡，如果某人說：「德．孟德斯基歐—費貞薩克先生」（M. de Montesquiou–Fezensac），而不是「德．孟德斯基歐先生」（M. de Montesquiou），他就會自曝其短。「可是這也沒什麼了不起」，激動的桑尼業氣喘吁吁的說道，卻是微笑著，雖然他不想笑。魏督航夫人氣爆了：「噢！不是才怪，」她揚聲說道，冷冷的笑著。「拜託您搞清楚，世界上沒有人猜得到這是在說《尋智之女》」，魏督航先生重新用溫柔的聲音對桑尼業和溥力脩說：「再說，《尋智之女》是一齣好戲。」這個簡單句子帶著嚴肅的口吻說出來，話中找不著任何兇惡的痕跡，這讓桑尼業好過很多，也激起他許多的感激和友情。他再也說不出一句話來了，只是高興的靜默不語。溥力脩的話就多一些了。「沒錯，」他對魏督航先生答道，「如果我們把他當成是某個薩爾馬或者斯堪地那維亞作者的作品，看在傑作申請人出缺的狀況之下，我們就可以為《尋智之女》提出角逐申請。可是必要一提的，就是他不是附合易卜生性情的人，說這話，對好心的法華爾的英靈並無不敬之意。」（他立即臉紅直到耳根，一想到挪威哲學家一副很難過的樣子，因為一直找不到哪種植物的名字可以當成黃楊，是溥力脩稍早說到關乎柏玉希耶爾〔Bussière〕時所引述的）。「況且，波雷的王國現在正被親托爾斯泰的公職人員占據著，這人目光銳利如鷹隼，我們有可能在歐德翁劇場頂柱盤下楣的下方看到《安娜．卡列妮娜》或者《復活》[446]。」——「我知道您所說的法華爾的肖像[447]，」德．查呂思先生說道。「我在默蕾伯爵夫人家中看到過一張很美的圖像。」默蕾的名字在魏督航夫人身上產生了非常強大的影響。「啊！您去德．默蕾夫人的家」，她揚聲說道。她認為大家說「默蕾伯爵夫人」，「默蕾夫人」，單純

445 此一見解使人想起加百列．德．達爾德（Gabriel de Tarde, 1843-1904），他將達爾文的理論運用在社會變遷的議題上，在《模仿法則》（*Les Lois de l'imitation*）與《社會邏輯》（*La Logique sociale*）兩本書中（一八九〇年以及一八九五年著作），將創新與模仿定為管理人類社會的兩大原則。

446 在波雷（Porel）之後，自一八九二年至一八九六年，由艾米勒．馬爾克（Émile Marck）和艾米勒．戴伯（Émile Desbeaux）執掌歐德翁劇院。之後，再由保羅．吉尼斯堤（Paul Ginisty）和安德烈．安端（André Antoine）接棒。然而將易卜生介紹到法國的安端（Antoine）在年底之前辭職，而吉尼斯堤是介紹托爾斯泰的人，由他一人執掌歐德翁劇院直到一九〇六年。是年，安端接續他直到一九一四年。托爾斯泰的小說《復活》被亨利．巴岱伊（Henry Bataille）改編，搬上戲劇舞台，一九〇二年在歐德翁劇院首演。這個改編版本，於一九〇五年再度於聖—馬丁之門（la Porte-Saint-Martin）劇院演出。一九〇七年，愛德蒙．吉羅（Edmond Guiraud）將《安娜．卡列妮娜》搬上安端劇院（théâtre Antoine）的戲劇舞台。

447 法華爾的肖像畫這時候還沒出現。一七五七年，瑞士籍畫家尚—艾迪恩．黎歐塔（Jean-Étienne Liotard）作了一幅法華爾粉蠟筆畫，普魯斯特或許在喬治．班尼耶（Georges Pannier）家中看見了它。

是爲了使用縮減說法，好像她也聽見人單單簡稱羅安家人，或者是爲了表示蔑視，就如同她自己所說的：拉·特雷默伊夫人[448]。她毫不懷疑：默蕾伯爵夫人既然認識希臘皇后和德·卡波拉羅拉公主，她比其他任何人都有權利在名字前面加上貴族才有的「德·」之記號，這一次，她已經拿定了主意，要把這個表示貴族的記號給予這一位如此出色的人物，她也曾經對她表現過十分友善的態度。因此，爲了表現她如此說話是出於刻意，也不會拿這個表示貴族的記號在伯爵夫人的身上打折扣，她又說了：「我可是完全不知道您認識德·默蕾夫人！」好像這是一件雙倍非比尋常的事，德·查呂思先生怎麼可能會認識這位女士，而且怎麼可能魏督航夫人不知道他與這位女士相識。然而，上流社會，或者至少依照德·查呂思先生所如此稱呼的，它整體的形成是相當具有一致性，而且相當封閉的。在資產階級社會形形色色的大衆之間，如果一個律師因爲某人居然認識他中學時代的同班同學，而訝異的問：「您怎麼竟然認識某人？」這是可以了解的。反過來，爲了一個法國人認得「會堂」或者「森林」的意義而大感驚訝，相較於讚嘆德·查呂思先生與默蕾伯爵夫人居然彼此有巧遇的機會，這不是太小題大作了嗎？再者，即使如此的相識不是自自然然的源自上流社會的社交法則，就算是偶而發生，魏督航夫人對此有所不知，乃是因爲魏督航夫人與德·查呂思先生是初次謀面，德·查呂思先生與默蕾夫人的人脈關係根本不是她唯一不知情的事體，關乎德·查呂思先生的事，說實話，她是一無所知，這又有什麼好奇怪的？「《尋智之女》戲劇裡都演了些什麼，桑尼業寶貝？」魏督航先生問道。雖然感覺到風暴已經過了，前任的檔案管理者還是怯生生的，答不上話來：「可是因爲你給了他下馬威，」魏督航夫人說道，「他說什麼你都嗤之以鼻，之後你還要他答話。好啦，說說是誰演這齣戲，我們會給您肉凍帶走」，魏督航夫人說道，惡意的暗示桑尼業已經身無分文，在這種情況之下，他自己快速地趨前而來，爲了要在朋友當中取得家庭的溫暖。「我只記得是薩瑪莉夫人她扮演潔萍[449]，」桑尼業說道。——「潔萍？這又是什麼？」魏督航先生大叫，好像有火燒起來了。——「這是一種舊戲碼的用法，看看《法拉卡斯王室總管》說到削山夫，老學究[450]。」——「啊！老學究就是您了。潔萍！怎麼，他腦袋有問題了」，魏督航先生揚聲說道。魏督航夫人看著賓客們，一邊笑著，好像是要原諒桑尼業的樣子。「潔萍，他以爲所有的人都立即會知道這是什麼意思。您就像德．隆日比耶先生，他是我所認識的人當中最笨的了，那天他對我們輕輕鬆鬆的說『班納』（Banat）。沒有任何人知道他在說什麼。到最後，我們才知道這是塞爾維亞的一個省份。」這件事，我比桑尼業更是難受，爲了把桑尼業的酷刑作一個了結，我問溥力脩他可知道壩北柯的意思。「壩北柯可能是把達爾貝克（Dalbec）[451]這個名字破壞了，」他對我說道，「應該參考英國國王文獻，當他們在諾曼地稱王的時候，壩北柯歸屬於杜弗的男爵領地，因爲這緣故，人們常說海外的壩北柯（Balbec d'Outre–Mer），地面的壩北柯（Balbec–en–Terre）。可是杜弗男爵領地本身又屬於拜峨主教社區，即使從耶路撒冷之教父以及拜峨之主教[452]路易．德．哈谷開

---

448 如此用來表達蔑視的方式，就是刻意不在姓氏之前加上「德．」字的貴族標示。**【譯者注】**。

449 珍妮．薩瑪莉（Jeanne Samary, 1857-1890）擅長運用喜劇中的侍女來導戲（參見《細說璀璨之童年》。頁74。注2）。她創造了上流社會中的蘇珊，在其中，大家對白伊隆（Pailleron）感到厭倦。潔萍（Zerbine）是喜劇戲碼中的人物，扮演侍女。然而在法華爾的《尋智之女》中，並沒有喜劇中的侍女角色。普魯斯特所珍愛的迪奧菲．高地耶（Théophile Gautier）作品《法拉卡斯王室總管》（*La Capitaine Fracasse*）裡，潔萍是侯爵之侍女的名字。

450 削山夫（Le Tranche-Montagne）和老學究（le Pédant）兩人是喜劇戲碼以及高地耶小說中的人物，該小說曾經兩度被改編成舞台戲劇：按照卡杜勒．梅代司（Catulle Mendès）所寫的歌劇劇本，貝撒（Pessard）作曲家由小說導出一齣喜劇歌劇院（l'Opéra-Comique），於一八七八年在歌劇劇院（Théâtre lyrique）演出；艾米勒．貝熱拉（Émile Bergerat）以小說寫了一齣戲劇，一八九六年在歐德翁劇院演出。

451 將壩北柯（Balbec）與達爾貝克（Dalbec）兩相連結，是出自普魯斯特的想法，他將郭石理針對「bec」和「dal」的分析作了結合。（參見本書法文原典頁328。注1及頁329。注2）。

452 路易二世．德．哈谷（Louis II d'Harcourt）自一四六〇年至一四七九年擔任拜峨主教（l'évêque de Bayeux）。因爲他之前已經是納爾朋（Narbonne）的總主教，他被教宗頒與耶路撒冷教父之榮銜。在拜峨教區，聖殿騎士團騎士（Les templiers）擁有好幾個

始，聖殿騎士團騎士短暫時間內對修道院擁有權益，關乎壩北柯的財產，備有宗教職權授與權者，是這教區的主教們。多城院長是這樣對我說明的，他是個禿頭，口才很好，愛空思泛想，也喜愛美食，活著就是要一心順服布理樞―薩法恆長上，他用有些點晦澀不明的辭彙，向我陳述了不妥貼的教學原理，一邊還請我吃美味的油炸馬鈴薯。」正當溥力脩微笑著，為了要呈現這是多麼聰明的一招，把原本風馬牛不相干的事物連結在一起，而且把一個高格調的嘲諷措辭運用在一些平庸的事體上，桑尼業設法要插進來聰明的一撇，好讓他稍前的垮台有逆轉機會。這聰明的一撇就是我們所謂的某種「偷梁換柱[453]」，可是它的形式有了改變，因為有一種變化過程牽涉到雙關語，同樣也牽涉到文學類型，流行病名稱，它們被其他的說法取代了之後而銷聲匿跡，等等。舊時的「偷梁換柱」的形式就是過門「高招」。可是年代既已久遠，再也沒有人用它了，只剩下寇達這人偶一為之，正當玩一局「椿子」的時候：「您可知道『高招』的好玩活動何所指？就是誤以為南特昭書[454]是英國女子。」高招已經被綽號取而代之了。根本上，經常都是老掉牙的「偷梁換柱」，不過，因為綽號成了時髦，大家反而看不到這個賣點。不幸的是，對桑尼業而言，如果這些「偷梁換柱」並不是他原創的，它們通常是小核心人士有所不知的「高招」，他會羞羞怯怯的難以啓口，即使隨後伴著笑聲，好提醒這些說法是帶著幽默的，卻沒有人聽得懂。反過來，如果這個高招說法是出自他的原創，通常是他和一位忠誠之友聊天的時候找到的珠璣妙語，他就會重複用它，好讓自己熟能生巧，於是這個珠璣妙語就有人知道了，可是大家不會認為這是出自桑尼業的創意。因此當他把這類的妙人妙語帶進來其中的一則時，大家就都認出來了，並且以抄襲者的名義來責備他這個原創作者。「於是，」溥力脩持續說道，「**貝克**（bec）的諾曼地語是小溪[455]；有貝克修道院（l'abbaye du Bec）；墨貝克（Mobec），意思是沼澤之小溪；**墨**（mor）或作**湄**（mer），意思是說沼澤，例如在墨爾城（Morville）這名字中，或者在比黎克瑪爾（Bricquemar），亞爾維瑪爾（Alvimare），康柏湄（Cambremer）這些名字中：比黎克貝克（Bricquebec），高處之小溪，來自**比黎卡**（briga），意思是築有防禦工事之地，例如比黎克城（Bricqueville），比黎克柏斯克（Bricquebosc），勒．比立克（Le Bric），布里昂（Briand），或者從**比立斯**（brice）而來，橋，和德文的**布魯克**（Bruck）一樣，例如茵斯布魯克（Innsbruck），也和英文的**橋**（bridge）一樣，這個字被用來作非常多地方的結尾，康橋（Cambridge）等等[456]。您還有很多諾曼地語的**貝克**（bec）：郭德貝克（Caudebec），柏爾貝克（Bolbec），勒．羅貝克（Le Robec），勒．貝克—賀路鷹（Le Bec-Hellouin），貝克格雷（Becquerel）。這些是諾曼地語形式的德語**巴哈**（Bach），「奧芬巴哈」（Offenbach），安斯帕哈（Anspach[457]），華拉格貝克（Varaguebec），來自古老的字**華雷聶**（varaigne），等同於封建領主城堡附近的禁獵區，林地，保留地的水塘。至於**達**（dal），」溥力脩又說道，「這是**蹉**

指揮部。在杜弗（Douvre）的男爵領地正是與他有關，而且德．康柏湄男爵領地（la baronnie de Cambremer）也一樣。杜弗屬於卡娃多斯（Calvados）區的岡城（Caen）之縣，與英國國王並無關聯。

453 «l'a-peu-près»【譯者注】。

454 «l'édit de Nantes»，取其英文發音，轉變成諧音«lady de Nantes»。【譯者注】。

455 「日耳曼人說到小溪，一條小水流，所用的是由梵文轉變而來的『pay』字（「移動」，「流動」之意），波斯人所寫的字是『Bak』，這字用標準德語以及現代德文寫成的形式是『bach』。安格魯—薩克森人把這字發音成『beec』和『bekke』，荷蘭人的發音是『beek』，『beeke』，瑞典人及丹麥人的發音是『back』，諾曼地人把這字寫成『bec』」（郭石理，頁14）。

456 相較於本書原典頁281攸關同樣名稱的分析，溥力脩當時批評了神父的分析，神父是將比黎克城（Bricqueville），比黎克柏斯克（Bricquebosc），比黎克貝克（Bricquebec），布里昂（Briand），這些地方名稱延伸自「高處」（briga）之意，它是克爾特語的「設有軍事堡壘之地」（lieu fortifié）之意。溥力脩現在不再斷定這分析是錯謬的，而且，到底這些名稱的起源，是來自「高處」（briga），或是來自「橋」（bricq）才對，溥力脩也不再作出定論。

457 「巴哈（bach）這字是日耳曼語形式的貝克（bec），我們有奧芬巴哈（Offenbach）〔…〕；歐斯德巴哈（Osterbach）〔…〕；這字也在東部許多地方，以帕哈（pach）的形式出現，首先可提供的例子有蘭斯帕哈（Ranspach）以及亞斯帕哈（Aspach），等等」（郭石理，頁15）。

（Thal）的一種形式，指的是河谷：塔爾尼達（Darnetal），羅森達（Rosendal），甚至鄰近盧維耶（Louviers）的貝克達（Becdal[458]）都是。再說，河流把它的名字給了達爾貝克（Dalbec），是很可愛的。一個懸崖景觀：德文的Fels，您在離這裡不遠之地，在一個高處，有一個漂亮的懸崖之城（ville de Falaise[459]），她與教堂的許多尖塔比鄰，事實上相隔甚遠，可是好像反映著它們。」——「我相信這是艾斯棣很喜歡的效果，」我說道，「在他家中，我看見很多幅如此的構圖。」——「艾斯棣！您認識畢石[460]？」魏督航夫人揚聲說道。「您可知道我認識他，把他算作我最親的密友。謝謝老天，我不再與他往來了。可不是嗎，問問寇達，問問溥力脩就知道，他曾經是我的座上賓，過去他天天都來。我們可以稱他爲想離開我們小核心卻是辦不到的人。等一下我給您看看他爲我畫的花卉；您看著吧，與他現在所畫的多麼不同，是我完全不喜歡的，真的一點也不喜歡！怎麼著！我請他畫一幅寇達的肖像，他以我爲範本所作的一切畫都還不算數。」——「他把教授的頭髮畫成淡紫色」，寇達夫人說道，忘了她丈夫連高等教師資格文憑[461]都沒有。「我不知道，先生，您覺得我的丈夫頭髮是淡紫色的嗎？」——「這沒關係」，魏督航夫人說道，一邊抬起她的下巴，帶著鄙視寇達夫人的神情，而對她所說的對象充滿激賞，「他作畫用色大膽，屬於好畫家。」她補充說道，一邊對著我說話，「然而我不知道，您會稱呼這樣的作品是繪畫嗎，自從他不再來我家之後，組合所有的龐然大物，鋪陳這些大塊頭的傢伙。我啊，我把這些稱之爲亂塗鴉，屬於彆腳的老套繪畫[462]，而且，這些東西都缺少立體感，缺少具有個性的人物。在他的畫裡，什麼樣的人都有。」——「他重現十八世紀的優雅，可是用的是現代手法，」德．康柏湄夫人說道，桑尼業快快的說了一句，我的友善助了他一臂之力，也讓他重振了旗鼓[463]。「可是我更喜愛賀勒。」——「他和賀勒毫無關聯，」魏督航夫人說道。——「有，是屬於騷動的十七世紀，是帶著霧氣[464]的華拓，」說完後他逕自笑了起來。——「噢！我認識他，超級認識，好幾年前就有人向我再度提起過，」魏督航先生說道，事實上，從前對他提過這人的是斯基才對，可是魏督航先生把這話當成是自己說過的。「您好不容易清清楚楚的說了一次蠻有趣的事，只不過運氣不好，這主意不是您的。」——「這讓我很難過，」魏督航夫人又說道，「因爲他是個有才華的人，他把畫家的美好性格糟蹋了。啊！假如他還留在我這裡！他就會成爲我們這時代首屈一指的風景畫家。是一位女人把他的格調拉得這麼低！我不覺得奇怪，況且，身爲男人，他好相處，可是很粗俗。事實上，他的品質低劣。我可以告訴您，這點我立即就感受到了。實際上，他從來都沒有讓我覺得有意思過。我還算喜歡他，僅此而已。首先要說的是，他很髒！您很喜歡這樣的人，從來不洗澡的人嗎？」——「我們吃的這東西，顏色這麼漂亮，這是什麼？」斯基問道。——「這叫做草莓鮮奶慕斯，」魏督航夫人說道。——「這太——好——吃——了。最好開幾瓶美酒，瑪塨—城堡，拉菲特—城堡，以及伯多酒。」——「我覺得這太荒唐了，他只喝水的」，魏督航夫人說道，雖說這樣的即興中有娛

---

458 「在弗蘭德（Flandres）地區，特別是在亞爾薩斯（Alsace）地區，河谷是由來自日耳曼語的thal和dal。」例如：羅森達（Rosendal）。「我們甚至在諾曼地找到這麼一個名字叫做塔爾尼達（Darnetal）」（郭石理，頁60－61）。

459 「高地德語的felise帶出近代德文的fels，還有fälije，在瓦隆語（wallon）爲『岩石層』（carrière de pierre）之意，由它帶出的有：亞爾丁（Ardennes）區和卡娃多斯（Calvados）區的峭壁（Falaise）」（郭石理，頁57）。

460 在斯萬的時代，艾斯棣名字是畢石（Biche）。參見《妙齡少女花影下》。頁426。

461 《Agrégé》。【譯者注】。

462 《C'est un poncif》。poncif：一八二八年代用語，乃指了無新意的劣等圖繪。《二〇二一年小羅勃特法語文辭典》。【譯者注】。

463 《tonifié et remis en selle par mon amabilité》。remettre en selle：重新振作，重整旗鼓。《二〇二一年小羅勃特法語文辭典》。【譯者注】。

464 保羅．賀勒（Paul Helleu, 1859-1927），巴黎與倫敦肖像畫家，畫風採十八世紀。竇加（Degas）給予他的綽號爲「霧氣中的華拓（Watteau à vapeur）」。他是艾斯棣原型人物之一，像他一樣喜愛繪畫花卉及海景。德．孟德斯鳩於一八九〇年間將賀勒引薦給普魯斯特，曾爲了他發表過一部專書：《保羅．賀勒，畫家與刻畫家》（*Paul Helleu, peintre et graveur*）。福盧禮（Floury）出版。一九一三年。

樂存在，她如此說，是爲了隱藏如此的大手筆所帶給她的害怕。「可是，並不是要喝酒，」斯基又說道，「您把我們所有的酒杯斟滿酒，再有人給我們帶來滋味美妙的桃子，大顆粒的油桃，面對夕陽；這就有了像維洛奈思油畫中的奢華富饒了。」——「價錢幾乎一樣昂貴，」魏督航先生喃喃說道。——「把這些色調這麼醜的乳酪退下去吧」，他說著，一面想把大老闆的餐盤撤走，大老闆死命地保護著他的格玉耶乳酪。「您了解，我不因爲艾斯棣而感到遺憾，」魏督航夫人對我說道，「這是一個另類的才子。艾斯棣工作個不停，當他想作畫的時候，絕不會輕易罷手。他是好學生，是競賽好手。斯基他這人只顧著他的即興幻想。在用餐半途中，您會看見他點起香菸來了。」——「實際上，我不知道您爲什麼不想款待他的妻子？」寇達說道，「那他就會和從前一樣來這裡了。」——「拜託，您要客氣一點，好嗎？我不招待蕩婦的，教授先生」[465]，魏督航夫人說道，說這話的她可是盡了一切的努力，巴不得艾斯棣再回來，甚至要他帶著他的妻子一起來。可是他們還沒結縭以前，她曾設法要他們失和，曾經對艾斯棣說他喜歡的女子很笨，骯髒，輕佻，又會偷人。這一回，魏督航夫人的攪局沒有奏效。艾斯棣所了斷的，是與魏督航沙龍的關係；他爲此感到慶幸，好像重新皈依信仰的信徒們，感謝他們所罹患的疾病或者所遇到的困境，把他們逼到了牆角，讓他們這才認識了救贖之路。「這可好極了，教授，她說道。您不如宣稱我的沙龍是個情色場所。艾斯棣太太是何許人，這點您一無所知。我寧可款待一個敬陪末座的女孩！啊！不！這種麵包我無法吞嚥。況且，我跟您說，那個做丈夫的已經不讓我感到興趣了，我怎麼會笨到轉移注意力到他的妻子身上。這麼退流行，這種事根本想都不必去想。」——「像他這樣頂尖聰明，眞是不可思議，」寇達回答道。——「嘆！才不！」魏督航夫人回答道，「就是連他有才氣的時候，他曾經是有過一些才氣的，這個壞蛋[466]，還多得可以轉售，他之所以讓人厭煩，就是他連一丁點兒智慧都沒有。」魏督航夫人爲了把如此的判斷套用在艾斯棣頭上，沒等到他們之間產生過節，她就再也不喜愛他的畫作了。實際上，就是連在他隸屬於小群體的時候，艾斯棣都會耗上好幾個整天和如此的女子相處，而不管有理沒理，魏督航夫人就是覺得這女人「很蠢」，在她看來，這就是他的確不聰明的證據。「不，」她說道，一副秉持公道的樣子，「我想，他的妻子和他，兩人是半斤配八兩，很登對。天曉得我在這世界上所認識的人，沒有比這女人更無趣的了，如果必須花兩小時和她相處在一起，我準會發瘋，可是有人說，他覺得他的妻子很聰明。這就是必須老實說的話，我們這位**迪石**先生尤其是**愚笨得超過頭**！我看見過他被一些您難以想像的人感動，一些大白癡女人，是我們的小內圈從來都不會想要的。艾斯棣！他啊！他會寫信給她們，和她們一起討論。這也少不了一些有趣的狀況，啊！有趣，很有趣又荒謬得出奇，當然。」因爲魏督航夫人深信，眞正出類拔萃的人，會作出千百種沒有理性的事。這種錯謬的想法裡面倒是含有某種眞理。當然「失去理性」的作爲是令人難以忍受的。可是我們假以時日才發現的失衡，其肇始原因，是在人的頭腦中有了一些細緻的情況介入，是頭腦平常不習慣接受的。以至於溫良可愛的人們有了變本加厲的奇怪表現，不過，溫良可愛的人們有怪異表現，其實也是常態。「哦，我可以立即把他的花卉呈現給您看」，她對我說，一方面看見她的丈夫對她作了手勢，表示大家可以離開餐桌起身了。她又重新勾著德．康柏湄先生的手臂。魏督航先生一從德．康柏湄夫人身邊脫了身，就來到德．查呂思先生這邊表示歉意，給了他一些理由，尤其是爲了有此愉快的機會，和有頭有臉的男士談論到上流社會中細膩的相處之道，暫時委屈他取得的位置是一些人認爲他合適取得的。不過，他首先要表示：他對德．查呂思先生敬重有加，因爲他是智慧人士，心想他應該不會在意這些芝麻蒜皮的小事：「很抱歉，和您逕說一些無聊事，他開口這樣說道，因爲我想您根本不會

465 «Je ne reçois pas de gourgandines»。gourgandine：〔地方通俗用語〕舊式用詞，意即：寡廉鮮恥的浪蕩女子。《二〇二〇年拉魯斯圖解大辭典》。【譯者注】。

466 «il en a eu le gredin»，le gredin，意即：缺乏誠信的人；壞蛋，惡棍，敗類。《二〇二〇年拉魯斯圖解大辭典》。【譯者注】。

在意這些。擁有資產階級思想的人才會注意，可是其他的人，藝術家，正牌的藝術家，就毫不在乎。我們才開口講幾句就已經了解這正是您的本色！」德．查呂思先生一聽則是變了臉色，賦予這番說辭完全不同的意義。在醫師使了好多眼色給他之後，大老闆貶抑式的直言不諱讓他難以消受。「別抗議，親愛的先生，您是這樣的人沒錯。這太清楚不過了，」魏督航先生又說道。我要對您說的是，即使我不知道您是否從事某種藝術工作，不過，這不需要知道，而且通常這也不足以說明什麼。才去世不久的戴商伯，演奏技術非常道地，可是這也不算數，大家立即感覺得到他算不得是個藝術表演者。溥力脩不算。莫瑞才可以算是個藝術界人士，我的妻子算是個藝術界人士，我感覺您也算是……」——「您剛才對我說的意思是？」德．查呂思先生開始確實明白了魏督航先生所要說的意思，打斷了他的話，可是德．查呂思先生寧可對方不要這麼張揚的說這些雙關語。「我們只是把您放在左邊而已」，魏督航先生答道。德．查呂思先生微微一笑，帶著了解，和善，又冒昧的答道：「好說，好說！這點**在這裡**完全不重要！」他格外抿著嘴，笑了一笑——這種笑法可能傳自某個巴伐利亞或是洛林的祖母，這位祖母一模一樣的笑法，又得自她的某位高祖母，以至於這笑聲一發出來就是那樣一成不變，在古老的歐洲宮廷中傳了好幾個世紀，我們賞味這種笑聲的珍貴品質，宛如欣賞某些近乎失傳的古老樂器那樣。有時候，要把一個人完整的描繪好，必須將摹擬發音加到人物的描繪上，少了一抹如此細緻的、輕飄飄的嫣然一笑，德．查呂思先生這位人物的描繪就有可能略欠完整，好比巴哈某些組曲，因爲樂團缺了一些那麼奇特的「小號喇叭」聲音，曲子的演出就不算完整，而在這個段落或在那個段落裡，音樂作曲家是如此譜著他的曲子的。「不過，」受傷的魏督航先生解釋道，「這是存心的。我完全不在意貴族的頭銜」，他又補上一句，帶著如此的蔑視的微笑，我在那麼多熟識的人臉上見識過它，是與我的外婆和母親背道而馳的，他們針對他們自己不能擁有之物，他們心裡想著，這些人不能仗恃這些而居高臨下的鄙夷他們。「可是總算還好，有德．康柏湄先生在此，他是侯爵，而因爲您只是一位男爵……」——「對不起，」德·查呂思先生帶著趾高氣昂的神情，對著訝異的魏督航先生答道，「我也是布拉邦之公爵，蒙泰爾吉之少年貴族，歐雷宏、卡杭希、維亞雷奇歐以及杜恩[467]等地之親王。不過，這全都算不得什麼。您不必那麼放在心上，不必過意不去」，他又補上一句，重新露出那意味深長的微笑，在最後的這幾句話中劃出燦爛的容顏：「我立即看出來，您很不習慣。」

魏督航夫人朝向我這邊走了過來，要讓我看看艾斯棣畫的花卉。我對賞畫行動不具熱心已經一段時間了。反之，前往晚餐的社交行動，在全然被更新過的形式之下，先是沿著海岸旅行一段，接著坐著馬車往上行進，直到走到距離海水面兩百公尺的高處，這帶給了我一種陶醉的滋味，這滋味一直到拉·哈斯柏麗野都還沒消失。「哦，瞧瞧這個，」女大老闆對我說道，一邊指給我看一些艾斯棣所畫的又大又美麗的玫瑰花，不過花兒勻潤的鮮紅含著攪拌過似的乳白色，被擺設在花壇上矗立著，帶著稍嫌多餘的奶油顏色。「您認爲他還會有足夠的靈巧來捕捉這些[468]！豈不是太強了！而且這畫美得像實材那樣，摸起來很有趣。我

467　蓋爾芒特家族的根源屬於布拉邦（Brabant）家族，曾與加洛林王朝（Carolégiens）結盟，關乎這點，一開始在《細說璀璨之童年》就已經提及。（原典頁174）。少年貴族的頭銜曾被康梅希（Commercy）的貴族採用，他們是唯一使用這頭銜的人。在一九一三年《細說璀璨之童年》的排版稿中，蒙亞爾基（Montargis）還是聖—鷺的名字。德·歐雷宏親王（le prince d'Oléron）的頭銜預備將來由朱畢安的姪女來採用，她後來叫做德·歐洛宏小姐（Mlle d'Oloron）。參見《囚禁樓中之少女》。原典頁299。德·歐洛宏小姐嫁給了雷歐諾·德·康柏滬（Léonor de Cambremer），而他的名字（Léonor）是由歐雷宏（Oléron）變化組合而成。維亞雷奇歐（Viareggio）是托斯坎（Toscane）的一個城市；烏迪諾元帥（le maréchal Oudinot）是德·雷基歐公爵（le duc de Reggio）。杜恩戰役（la bataille de Dunes）在一六五八年由杜倫（Turenne）率軍，在登革爾克（Dunkerque）附近戰勝西班牙軍隊。

468　«Croyez-vous qu'il aurait encore assez de patte pour attraper ça ?»〔轉意〕coup de patte：靈巧的手。關乎畫家的說法，指他的畫筆靈活。《二〇二一年小羅勃特法語文辭典》。**【譯者注】**。

不知如何向您說才好，看著他畫玫瑰多麼有意思。我們感覺得到，他所感興趣的，就是找到這個效果。」女大老闆的眼神，尋夢似的停留在藝術家的這件贈品上，它濃縮表現出來的，不僅僅是畫家的大才華，還有存在於他們之間的長期情誼，而這情誼，只能藉由畫家所留下給她的這些回憶繼續存在著；在從前由畫家爲她所摘下的花朵後面，她還重新看見那隻美麗的手，在一個晨光時段，趁著花朵們的新鮮將花朵畫下，有些鮮花被擺在桌上，另一幅畫則是倚在餐廳一座沙發椅後方，女大老闆的午餐時分，它們兩兩相對著，一方是依然鮮活的玫瑰花，一方則是一半酷似鮮花的圖像。僅僅一半酷似而已，艾斯棣觀看花，非得先把花朵轉移種植在內心的花園裡才行，我們也被迫永遠在此一花園中滯留。在這幅水彩畫中，他展示了一些玫瑰，是他所看見的，沒有他，我們都無緣認識的花卉；以至於我們可以說這是一種新品種，這位畫家像一個聰明的花卉栽培者，將玫瑰花的豐富種類增加更多。「從他離開小核心的那天開始，這人就完了。好像是我的晚餐浪費了他的時間，我對他天才的發展有害無益，」她用一種諷刺的口吻說道，「彷彿與我這樣的女子交往，對藝術家不可能有好處！」她做了個志得意滿的動作，如此揚聲說道。在離我們很近的地方，德．康柏湄先生已經端坐在距離我們很近的地方，看見德．查呂思站著，做了一個起身的動作，想讓座位給他。這樣的讓座，或許在侯爵的想法中只不過是出於一般性的禮貌。而德．查呂思先生更想賦予它意義，當它是由一個小貴族理當知道對親王所盡的義務，若要建立好他被禮遇的權利，別無他途，就是加以婉拒。因此他揚聲說：「怎麼啦！拜託您！別這樣！」抗議的語氣裝飾得格外生氣，帶著十足「德．蓋爾芒特」家族的味道，更以強迫性動作加強效果，雖然不必然要如此做，也是帶有親切意味，德．查呂思先生用雙手重壓下去，好像爲了強迫他再度坐下，壓在德．康柏湄先生肩膀上，好讓他沒能站立起來：「啊！瞧瞧，我親愛的，」男爵堅持著，「萬萬使不得！都到了我們這時代了，還對純正的王室親王如此禮遇，絕對不行！」我對他們的宅第所表現的明顯興趣，康柏湄夫婦和魏督航夫人都一樣無動於衷。因爲他們刻意要我欣賞的美物，我都冷冷回應，讓我興高采烈的，是攸關若有若無的回憶；甚至有時候我對他們坦承我的失望，因爲找不到這宅第的名稱所能引起我遐思的相關事物。我惹了德・康柏湄夫人生氣，因爲我對她說原以爲這裡該有更多鄉下味道。反之，我停下腳步，出神的嗅著經過門而吹過來的穿堂風。「依我看，您是喜歡穿堂風囉」，他們對我說道。我讚美那塊遮住窗子破玻璃的一片綠色細綿亮光薄紗[469]，這並沒有得到更多的激賞：「太可怕了！」侯爵夫人揚聲說道。當我這樣說的時候，更是惹人嫌了：「我剛剛到達的時候最喜樂。那時我聽見我的腳步聲在長廊中響起，不知道我走到了這村子的哪一處市長辦公室，裡面擺著市鎮的地圖，我都弄混了。」我這麼一說，德・康柏湄夫人完全轉身，背向著我了。「您不會覺得這一切都安排得太差了吧？」她的丈夫問她，帶著乞憐似的同理心，彷彿他想問問妻子熬過一場憂傷儀式的感覺究竟如何。「是有一些美麗的東西。」不過，就如同心中存有惡意的人，當確切的好品味該有的原則約束不了這人的時候，您們既是喧賓奪主，那麼，他就是要找碴，不論是人或是房屋，沒有一樣他不能拿來挑剔批評：「對，可是這些東西擺的位子都不對。還說呢，這些東西眞的夠美嗎？」——「您注意到了」，德・康柏湄先生說道，在某種堅定立場中帶著些許憂傷，「有一些棉織畫[470]露出線頭了，在沙龍中儘擺著一些老舊、用壞了的東西！」——「這塊帶著玫瑰花的布料就像是一塊村婦的

469　這塊「綠色的細綿亮光薄紗」（lustrine），在《所多瑪與蛾摩拉》手稿中被仔仔細細的分析過後，成了可能在《韶光重現》文本中預備形成諸多若隱若現回憶之一的素材。這物件在一九〇八年就已經被推舉過：「或許在過去的宅第中，一塊擋著窗子玻璃，不讓陽光射進來的綠色細綿亮光薄紗，讓我有了這個印象」（記事本第一冊，頁63）。終極文本只留住了一些影射說法，一次寫在這裡，另一次寫在原典339頁。

470　«il y a des toiles de Jouy qui montrent la corde» toile de Jouy：一種印上花色的寬幅作品，一七六〇年開始首先在孺伊—安—卓撒斯（Jouy-en-Josas）製作、加印花色，這地的產品爲要與進口的印度棉質印色寬幅作品競爭。《二〇二一年小羅勃特法語文辭典》。**【譯者注】**。

蓋腳布」，德．康柏湄夫人說道，她那套完全是後天習得的文化修養，單單只顧念著理想派哲學、印象派繪畫、以及德布西的音樂。而且不單單是以奢華之名，更是以品味之名爲訴求：「他們在窗子下方掛了小窗帘！風格眞是差勁！又能拿他們怎麼樣，這些人，什麼都不懂，他們都從哪裡學來的？應該是一些退休了的大宗生意人教的，配合他們還眞不錯。」——「我覺得蠟燭台蠻漂亮的」，侯爵說道，大家不知道爲什麼他單獨喜愛蠟燭台，就好像無可避免的，每次有人說到教堂，一定要提夏爾特大主教座堂，杭恩斯大主教座堂，亞眠大主教座堂，或者是壩北柯教堂，他永遠急著要把美輪美奐之物提出來，諸如：「管風琴木雕演奏台，憐憫講座樓閣及相關工匠作品」。至於花園，我們提都不用提了，德．康柏湄夫人說道。「完全都糟蹋了。園中小徑都是歪七扭八！」我利用魏督航夫人請大家喝咖啡的機會，去瞄一下德．康柏湄先生交給我的信，是他的母親請我吃晚餐的邀請函。光看墨水痕跡，看它所寫字體，這就告訴了我這信是出自一個很容易辨識者的手筆，根本不必假設是用何種特製鵝毛筆寫下，好比畫家爲了表達他那別出心裁的願景，需要運用那種色彩，既是罕見又是以祕方製造。就是連中了風導致手腳痲痺，看字形好像看圖畫，卻讀不出字義的人，都看得懂德．康柏湄老夫人屬於古老家庭，其貴族傳統受過格外熱衷文學、藝術的文化陶冶。看信的這人也猜得到，老侯爵夫人同時學習書信體以及彈奏蕭邦的音樂大約是在哪些年間。在她那個時代，有教養的人們都恪守與人爲善的道理，以及運用連中三元式的形容辭語規範。德．康柏湄老夫人把前後兩者都合併運用在一塊兒了。一個讚美的形容詞不夠她用，在第一個形容詞後面（先畫上一條小橫槓）她再加上第二個形容詞，然後（再畫上第二條小橫槓）又加上第三個形容詞。不過她的獨特之處，在於她爲自己設定了社交性與文學性目標，作法上卻是反其道而行，寫在德．康柏湄老夫人信箋上連中三元式的形容辭語，所採取的不是增進式，而是**漸行漸弱的遞減式**[471]。德．康柏湄老夫人在這封第一次寫給我的信中對我說：她見到了聖—鷺，而且比以前更加欣賞他的許多優點，它們是「獨特的——罕有的

——眞實的」，他還會回來，並且帶來他許多朋友中的一位（更準確地說，是喜愛他媳婦的那位），如果我前來翡淀晚餐，不論願意或不願意有他們一同作陪，她都會感到「欣喜——幸福——高興」。或許是因爲在這位女士身上，藉由想像所要表示的友善意願，以及詞藻游刃有餘的程度，兩者無法並駕齊驅，發出三個驚嘆詞的力道，不足以一直支撐到第二個、第三個，只能軟弱無力的呼應第一個驚嘆詞，如果再加上第四個形容詞，那麼起頭的友善就消失得無蹤無影了。總之，藉由相當細緻的單純，它已經在家庭甚至在社交圈中產生了舉足輕重的影響，德·康柏湄老夫人習慣將「誠懇」由「眞心」取而代之，前者終究會顯出口是心非。爲了好好表示她的言行果眞是出自誠懇，於是打破形容詞前導名詞的字串連結老習慣，把「眞心」大膽的擺在名詞後面。她的信箋結語是如此打住的：「敬請相信我的情誼眞心。」「敬請相信我的關懷眞心。」很不幸的，這種表達已經落入俗套，以至於刻意率眞表達的用心，它所給人的印象，比起人們掠過不想的古老套用語，更顯得這種禮貌純屬虛假。再說，我無法清心讀信，一陣陣熙熙攘攘的對話雜音打擾著我，德·查呂思先生的聲音格外高亢，他緊抓著話題，對著德·康柏湄先生說：「您想要我坐到您位子上，這使我想到一位先生，他今天早上寄了一封信給我，是如此表達的：『敬呈德·查呂思男爵殿下』，這封信的起頭寫著：『大人』。——「事實上，寫信給您的這位仁兄稍稍誇大了些，」德·康柏湄先生答道，強忍著快要捧腹大笑的聲音。德·查呂思先生故意要逗他捧腹大笑；他卻不依。「可是事實上，我親愛的，」他說道，「請您注意，從家族徽章的角度來說[472]，他所做的才是正確的；我說這話不是因著個人有感而發，這點諒您也想得到。我談這個人，好像事不關己。可是那您又能怎麼樣，歷史終歸是

---

471 關乎德·康柏湄老夫人的形容詞用法，參見本書法文原典頁473及注3。

472 «héraldiquement parlant»。【譯者注】。

歷史，我們無能為力，歷史也不是我們可以重寫的。我不向您提說威廉皇帝在基爾一直不停加給我大爺的稱謂[473]。我聽說他是如此稱呼所有的法國公爵，這太過頭了，或許這只是一種細緻的關懷而已，透過我們，對準了法國。」——「如此的細緻或多或少是誠懇的，」德．康柏湄先生說。——「啊！我的看法與您的不相同。再看看，依我個人的意見，像霍亨索倫[474]這麼一個差勁的貴族，加上他是新教教徒，他讓我的表哥哈諾福[475]的國王倒台，他不會是我喜歡的人」，德．查呂思先生補充說明，似乎他心中所在意的是哈諾福，勝過亞爾薩斯—洛林。「不過我相信皇帝之所以傾向我們，是出於一片眞心的。笨蛋會告訴您，這個皇帝是個戲劇迷[476]。相反的，他是個非常有智慧的人。他對油畫是個外行，強迫筑諦先生[477]將艾斯棣的作品從國家博物館取下。可是不喜愛荷蘭大師的路易十四倒也同時擁有豪華壯麗的癖好，總括看來他是個大君王。再加上威廉二世武裝了他的國家，從軍事及海事方面來看，是路易十四所沒有做到的，我希望威廉二世不會遭遇平凡人口中所謂的太陽王統治時代末期的蒙塵挫敗。依照我的看法，共和國犯了很大的錯誤，因為推卻了霍亨索倫的善意，或者只是以涓滴之情回饋他。他自己很能了解這點，帶著他那上等的口才，他說：『我要的是握手言歡，而不是向我脫帽致意[478]』。就人本身而論，他沒品；他放棄、出賣、否認了他最好的舊盟友們，依當時的情況，他三緘其口，是個沒品的人，他的盟友則是高貴之輩」，德．查呂思先生持續說著，一路順著斜坡走，滑向鄂倫堡事件[479]，再度提起一句話，是由被指控有罪的多人中，最為位高權重的人士對他所說的：「皇帝應該對我們的細緻有信心，才會膽敢允許如此的訴訟案情！不過，他信任我們的謹言慎行，這點他沒有看走眼。就算是走上刑台，我們也不會透露一言半語。」「不過，這一切與我所要說的完全無關，要知道在德國，我們身為被間接化的親王家族，當親王的我們就是**神聖的殿**

473 普魯斯特的資訊取自費迪南．巴克（Ferdinand Bac）的一篇文章：〈關乎威廉二世之紀實與回憶〉（«Notes et souvenirs sur Guillaume II»），於第一次大戰正在進行期間，刊載於《巴黎期刊》（*Revue de Paris*），一九一六年四月一日。迪南．巴克報導了兩位法國公爵被德國皇帝威廉二世招待在他的遊艇上時所發生的事：一九〇七年，於基爾（Kiel）舉行一週之湖上賽船活動中，「您還未問我，**我的大人**——他對所有的法國公爵都是以**我的大人**稱之——我如何看待亞爾薩斯—洛林的問題。」

474 德國之霍亨索倫王朝家族（des Hohenzollern）於十一世紀時開始被提及。弗蘭肯公國（la ligne de Franconie）於十八世紀開始設有普魯士國王，於一八七一年開始設有德國皇帝。俾斯麥說：「這個來自施瓦本（Souabe）的家族，不會比我的家族更古老」。

475 哈諾福（Hanovre）在維也納和約之後成為王國體制。一八六六年，當奧地利與普魯士發生衝突時，被普魯士侵占，於沙度瓦戰役（Sadowa）失敗後被併吞。這國家長久持有分離主義思想。喬治五世，於一八五一年開始就位，在威廉一世統治以及俾斯麥政府的運作之下，他的領域被撤銷，死於一八七八年。所以威廉二世沒有掠奪的事實。不過，威廉二世曾經將哈諾福家族（des Hanovre）的房地產轉嫁成為己有，而原則上，透過一八六七年的協議，應該是要歸還給哈諾福家族的。（一八九七年的Guelph Fond事件）。蓋爾芒特家族與哈諾福家族之間的姻親關係並不容易解釋得清楚。

476 「你們當中的人們大可懷疑我要與法國交好的誠摯意願。大家錯了。**這是我持續又堅定渴求**」。又說：「你們當中有人說我愛演戲，一天要換上十套制服，一有事就換裝，沒有事也換裝。如此的批評來自民主人士，他們完全不了解在一個君王體制的國家裡，擔任一國之君有何種義務要遵循。」引述自費迪南．巴克（Ferdinand Bac）。

477 雨果．逢．筑諦（Hugo von Tschudi, 1851-1911），德國藝術歷史學者，自一八九六年至一九〇七年執掌柏林國家藝廊。印象派支持者，於一九〇二年發表一本關乎馬內（Manet）的專書。不過威廉二世並不欣賞這位畫家的畫作。筑諦彙集了私人資金，為了購買馬內（Manet），雷諾瓦（Renoir）和竇加（Degas）等人的油畫，不久之後，非得放棄他的職位。

478 一往如常的，關乎亞爾薩斯—洛林，皇帝是如此表達他的意見，根據費迪南．巴克（(Ferdinand Bac）的說法：「『至於我個人，我不會要求併吞』；我會要求另一種的賠款方式。如今我們成了友邦，『然而我要的，不是向我脫帽致敬，我要的是握手言歡』。（這個句子，他幾乎重複對所有他遇見的法國人說了好幾年。）」

479 菲利普．逢．鄂倫堡親王（Le prince Philippe. von. Eulenburg, 1847-1921），威廉二世之親信，自一八九四年至一九〇二年擔任駐維也那大使，於一九〇六被指控為同性戀者：一九〇七年及一九〇八年好幾次訴訟接踵而來，一九〇八年，鄂倫堡事件對《追憶似水年華》創作之肇始扮演了重要角色：參見頁十一之序言。對於一九〇七年至一九〇八年之影射，與小說年代之關聯性並不吻合，小說將第二次駐留壩北柯的時間點，安置於大約一九〇〇年，德瑞福斯事件發生不久之後，小說的影射，與德瑞福斯事件所陷入的困境如影隨形。

下[480]，在法國，我們的殿下位階是可以公諸於世的[481]。聖—西蒙以爲我們取下這個位階是踰距[482]，他完全錯得離譜。他所給的理由，就是路易十四讓人禁止稱呼他是非常敬虔於基督信仰的國王，命令我們稱呼他國王即可[483]，這事只清楚的說明我們是與國王有關，而不是證明我們沒有親王的資格。若不是這樣，他非得要向德．洛林公爵否認他的資格才是，也連帶有好多人要被否認！再說，我們好幾個源自洛林家族的頭銜，是透過德瑞絲．德．艾斯比諾依而得到的，她是我的曾祖母，本身是康梅希少年貴族[484]的女兒。」德．查呂思先生注意到了莫瑞正在聽著，就大大發揮了他之所以如此自傲的理由。「我請我的哥哥注意到，這並不是寫在《高達之年鑑》的第三部分，而是在第二部分，要說是寫在第一部分也未嘗不可，在這裡應該找得到有關我家族的注記」，他說著，卻沒注意到莫瑞對什麼是《高達之年鑑》渾然不知。「要知道這件事與他有關，他是我的主要盾牌，如果他覺得這樣子是好的，而且讓這件事過去而不追究，那我也只好視而不見了。」——「溥力脩先生讓我很感興趣」，我對魏督航夫人說道，她正朝向我走來，我一邊把德．康柏湄老夫人的信放進口袋。「他是飽學之士，爲人很好，」她冷冷的回答了我。「很顯然的，他缺少原創力和好品味，他的記憶非常驚人。大家談到了今晚在場人士的『先祖』，談到移居者，這些人都如數家珍。不過他們至少有個託辭，」魏督航夫人擷取了斯萬的說法，「那就是他們並沒有學到任何新的東西。溥力脩卻是什麼都懂，晚餐時候，他把一大疊字典丟到我們頭上。我相信您關乎哪個城市，哪個村莊的意思，您都無一不通曉了。」當魏督航夫人說著話時，我想到曾經告訴自己要問她某件事，可是記不起來是關乎什麼事了。「我確信你們正談論著溥力脩，」斯基說道。「嗯，又是喜鵲歌唱，又是飛雷希內，他什麼都沒饒過您呢。我可是盯著看您了，我可愛的女大老闆。」——「我很清楚感覺到您的關懷，我差一點就要爆炸了。」今天我說不上來魏督航夫人那天晚上的穿著。或許在那時候我也不會知道得更多，因爲我沒有費心觀察。可是我感覺到她對衣著很在意，我對她說了順耳的讚美，甚至是欣羨的話語。

480　《高達之年鑑》（*Almanach de Gotha*）——自一七六三年開始出版於高達的外交與系譜年鑑（annuaire diplomatique et généalogique）——在處理了「歐洲王室家族家譜」的第一部分之後，於第二部分將「德國貴族家譜」的次序作了安排。於一八二五年八月十三日，由日耳曼國會決定，親王家族的族長可以取得Durchlaucht「神聖的殿下」（Altesse sérénissime）的資格：從前附屬於神聖羅馬帝國的聯合邦國成了被間接化的親王家族（les familles médiatisées），因此因應而產生的是一種階級排序和頭銜的認知，他們合法的與生俱來的平等權利，與郡主家族的地位兩相吻合。親王得到的資格是Durchlaucht「神聖的殿下」，親王家的伯爵可得到Erlaucht「榮耀的伯爵」（Comte illustrissime）資格。這些家族有一些不特別是德國家族：克洛伊（Croÿ）家族，如同蓋爾芒特家族，都是兼具法國公爵以及德國間接親王的身分，在這後者的頭銜之下，他們被安排在《高達之年鑑》第二部分，而不是在第三部分，這部分所包含的是公爵家族以及親王家族，他們沒有權力立即執行王室權柄。關乎德國間接親王，參見《富貴家族之追尋》。原典頁242。注1。

481　除了少數握有實權的郡主（洛林之公爵，薩瓦之公爵），在法國不具王室血統的親王不被承認具有殿下資格，特別不承認洛林—吉茲家族（la maison de Lorraine-Guise）的人士，除非那人是家族的族長。（聖—西蒙。《回憶錄》（*Mémoires*）。七星文庫。第一冊。頁517－518）。在整段文字中，洛林家族是蓋爾芒特家族人士中居心叵測的代表。

482　聖—西蒙顯露溥怡雍樞機主教（le cardinal de Bouillon）以及摩納哥親王（le prince de Monaco）這方面資格的濫用，不過這事發生在他們在羅馬擔任外交使節的時候，而不是在法國宮廷裡。（同上。第一冊。頁597）。說到進駐宮廷的洛林家族小輩人士，他們只是存有不切實際的意圖而已（同上。頁517－518）。

483　明顯影射一六九八年聖—西蒙的一篇報告，關乎德．洛林公爵的自我抬舉，他和德．拔爾公爵（le duc de Bar），都需要向法國國王致敬：「拔爾，在他新增的假想中，帶著位高權重的昏眩，其最主要的公義行為，竟然是膽敢在某些判決中，稱呼國王為『非常敬虔於基督信仰的國王』。德．艾格梭總律師（l'avocat général d'Aguesseau）在最高法院表示，有必要將此一大膽稱呼取消，以他自己的說法，他告知拔爾的百姓，他們最大的尊榮，在於他們的領地與國王的從屬關係。在這基礎上，他以最高法院的判決囑咐拔爾所主持的法庭一些的事務，其中包括絕不可以國王之外的名稱稱呼，只能稱呼『國王』而已。若有不依從者，將有暫停、禁止、甚至取消公職的處分：服從是必要的。德．洛林先生（M. de Lorrain）為此表示了致歉之意，而且撤銷了做這舉動之人的行為。」（同上。第一冊。頁567）。以「極具基督精神之國王」的稱呼用來指稱國王場合，是在國與國之間的外交文件裡。由德．洛林公爵「想像出來新增威榮」，主要包括由他的屬下稱呼他本人為王室之殿下。

484　或許是影射伊莉莎白．德．康梅希（Élisabeth, demoiselle de Commercy），德．利勒博親王（le prince de Lillebonne）之女，屬於德．洛林家族（la maison de Lorraine），伊莉莎白於一六九一年與墨冷之路易一世，德．艾比諾瓦親王（Louis Ier de Melun, prince d'Épinoy）結縭。德．艾比諾瓦親王妃（La princesse d'Epinoy）在聖—西蒙的《回憶錄》中是一個重要人物。雷茲（Retz）藉由母系之傳承，是德．康梅希之少年貴族（damoiseau de Commercy）。一六六五年，他將這個貴族頭銜賣給了德．艾比諾瓦親王妃（la princesse de Lillebonne），親王妃把此一貴族頭銜讓渡給德．洛林公爵，由他建立成為一個公國。

她幾乎與所有女子一樣，在她們的想像中，別人對她們的讚美絕對是不折不扣的眞實，而這是一種我們毫無偏袒的，毫不抗拒的判斷，彷彿一個與個人無關的藝術作品。因此在這樣的場合，按照通常的習慣，她一本正經的問我這個值得驕傲又天眞的問題時，我因著我的虛情假意反而臉紅了起來：「您喜歡我的裝扮嗎？」——「您們討論著喜鵲歌唱吧，我確定」，魏督航先生一邊走近我們這裡，一邊說著。想著我的綠色細綿亮光薄紗和森林的氣味的我，成了唯一沒有注意到：當溥力脩滔滔不絕的說他的詞源學時，他成了他人的笑柄。由於對我而言，由物體引發印象所帶來的價值，他人或者無感，或者逕自排斥，當成無意義，於是，假設我有能耐拿這些印象來與人交流，也不會被人了解，或者會被人嗤之以鼻。對我而言，這些說明全然派不上用場，還會惹來不利於我的情況，讓我在魏督航夫人的眼中成了傻瓜，她看見我「一口咬住」溥力脩，就好像因爲我喜愛待在德．艾琵鍾夫人家，德．蓋爾芒特夫人曾經對我也有此觀感。對溥力脩而言仍有另一個理由。我不屬於小內圈。在任何小團體中，不管是上流社會，政治圈，文學圈，在對話當中，在官方正式言論當中，在一則新聞當中，在一首十四行詩之中，舉凡正直讀者完全想不到在其中讀出任何堂奧之處，人家都輕而易舉的組合了一種惡意，去加以發掘出來，多少次這樣的事發生在我的身上：我讀著一篇傳奇故事，它正被雄辯滔滔、有點老骨董的學院院士以技巧串聯起來，因而使我感動不已，我很想告訴蒲洛赫或者德．蓋爾芒特夫人：「好美唷！」我還沒來得及開口，他們每個人就各自以不同的措辭揚聲說：「如果您願意渡過一段好時光，讀一讀某人寫的某篇傳奇故事吧。人類的愚蠢沒有比這更超過頭的了。」蒲洛赫的蔑視主要是來自某些修辭效果有些過時，即使風格還頗宜人；德．蓋爾芒特夫人的輕蔑，來自傳奇故事好像被讀成與作者原意背道而馳的意義，她那精湛的歸納能力所得到的理由，是我萬萬揣想不到的。幾天以後，在翡淀，面對我關乎拉．哈斯柏麗野所作的熱情讚美，我聽見德．康柏湄夫婦對我說：「您說的不可能是眞心話，他們動了那麼多手腳。」我很意外的明白了，魏督航夫婦對溥力脩的友善，是表裡不一的，其中暗藏著諷刺。眞實的情況是他們承認餐具很美。我都視而不見，連掛在窗下突兀的小窗簾我也沒看見。「現在當您重返壩北柯時，您就知道壩北柯究竟有何涵義了」，魏督航先生嘲諷的說。我之所以感興趣，正是因爲溥力脩教了我許多東西。至於大家所說的他的聰明，它與從前在小圈子中曾經那麼被欣賞的，完全都一樣沒變。他說話帶著同樣的流利口才，有點惹人嫌，只不過他所說的不再有影響力，他得要去征服的，或者是人們靜默不語中所蘊含著的敵意，或是人們反感的回應：所需要改變的，不是他滔滔不絕的內容，而是沙龍的音效，以及聽衆的配合度。「小心！」魏督航夫人對我輕聲說道，一邊指著溥力脩。溥力脩的聽力比視力敏銳許多，投射在女大老闆身上的，是一種快速轉移視線的眼光，像個哲學家。他兩眼的視力雖然不是很好，他的聰明反而使他看事情的幅度更加擴大。他看見在人之情誼這方面，可以期待的並不多，他也已經逆來順受了。當然他因此也受著苦。有時候，發生在某一個晚會中的，是在一個平常他受歡迎的環境當中，他猜想著，或許有人覺得他膚淺，或者他太愛搬弄學問，或者太笨手笨腳，或者太愛諂媚，等等。他鬱鬱寡歡的回到家中。通常因爲一個關乎各說各話的問題，關乎體制問題，讓他在別人面前顯得荒謬，或者顯得他老是要著舊把戲。通常他心裡有數，其他的人明明與他沒得比。他很輕鬆的就能剖析出來，別人是用哪些詭辯方法暗中詆毀他。他想前往造訪，想寫信一封信：更有智慧的作法，是什麼都不做，等待下一週再被邀請。有時候如此的失寵不會在一個晚會中結束，而是延續好幾個月。由於上流社會的評斷都是風風雨雨，失寵的事只會與日俱增。因爲這人知道某甲夫人藐視他，感覺到某乙夫人提拔他，宣稱某乙夫人的社交生活品質更高，於是遷移到她的沙龍。再說，在此文本中，我們不便描繪在社交生活圈中活動的高尙人士，不過這些高尙人士不知道如何在這樣的生活圈外自我呈現價值，被接待了就樂在其中，被誤會了就心生酸味，年復一年，發現他們所景仰的女主人有了缺失，還有如此的女主人的天才他們未曾適當的賞析其價值，在受夠了第二個機緣的愛情所帶來的掣肘之後，很想回頭再來尋回第一個機緣的初戀，而第一次機緣的不便之處已經有些淡忘。藉由這些短暫的失寵，我們可以判斷：溥力脩知道這個失寵對他而言是無法回暖的，它所帶給他的憂傷是多麼的大。魏督航夫人有時候公開嘲笑他，他並非不知情，甚至笑他身體殘缺，他既然知道對人的溫情不要太存期待，就逆來順受了。他依然視女大老闆爲他最要好的朋友。可是看見這位大學學界人士臉上泛起紅暈，魏督航夫人了解到，他聽到了她所說的，於是要求自己在晚宴時間對他的態度要好些。我忍不住要對溥力脩說，魏督航夫人對待桑尼業，就比他差太遠了。「這又怎麼說，我難道不夠和善！可是他崇拜著我們呢。您不懂，對他而言，我們多麼重要！我的丈夫有時候會討厭他不靈光，坦白說，這不是空穴來風，可是在這種時候，爲什麼他不會更有好的反彈，而不是擺著一副趴趴乖狗的模樣？這樣說不夠坦誠。我不喜歡。還得要我老是費心安撫我的丈夫，因爲他有時會太過火，桑尼業不再回來就好了；我並不是要這樣，因爲我告訴您，他已經身無分文了，他需要吃晚餐。還有，畢竟，如果他覺得受傷，他不回來就是了，這不關我的事，當我們需要別人的時候，我們要設法讓自己不是那麼白癡。」——「德・奧瑪公爵的領地[485]在還沒有納入法國之前，長時間以來是屬於我們家族的。」德・查呂思對德・康柏湄先生說著話，面對目瞪口呆的莫瑞，老實說，這一大串的陳述，雖然不是以他爲談話對象，至少是要他聽見的。「我們比起所有異地的親王們[486]更有優先權；我可以給您一百個例子。德・克瓦親王妃[487]想在王室大老爺的葬禮中尾隨我的高祖母行跪拜禮，我的高祖母狠狠的提醒她沒有這個資格走上鋪石地，要禮儀官把她請走，而且向國王報告此事，國王命令德・克瓦夫人前往德・蓋爾芒特夫人家中向她致歉[488]。德・勃艮弟公爵[489]和幾位守門員來到我們家要揚起棒子[490]，而我們從國王已經得到守門員要垂下棒子的權利。我知道談論自己家人的特殊資格不太合適。可是誰都知道，我們家族的人遇見危險時刻都是身先士卒。當我們離開德・布拉邦公爵的帶領，自己迎戰時的呼聲是『向前衝去[491]』。以至於總括來看，我們所要求的權利相當有合法性，處處都是名列第一，這正是在戰場上我們那麼多世紀以來所要求的，之後，如此的權利也在宮廷中取得。就這樣，我們經常在宮廷中如此被認定。我還可以給您引述德・巴登親王妃[492]的例子。由於她忘記自己的身分，想要與

---

485 德・奧瑪公爵領地（Le duché d'Aumale）過去屬於洛林—吉茲家族（la maison de Lorraine-Guise），後來轉由薩瓦—尼姆家族（la maison de Savoie-Nemours）承接產業。路易十四出資購買了此一產業，贈與他的一位非婚生而合法化的王儲，德・緬因公爵（le duc du Maine）。嚴格說來，他並未進入法國王室家族之中，即使他的這個頭銜於一八二二年由母親遺傳下來給了路易—菲利普・德・奧爾良（Louis-Philippe d'Orléans），這位母親是德・鵬迪業弗公爵（le duc de Penthièvre）之女，而德・鵬迪業弗公爵是路易十四將非婚生子嗣合法化過的繼承人。路易—菲利普授予他的第四位兒子，亨利（Henri），德・奧瑪公爵（le duc d'Aumale）的頭銜。

486 德・查呂思沒有確切說明以何種身分而得之；原則上，公爵們的身分是比不具王室血統的親王略勝一籌，意即：基本上，洛林的親王們是矮一階級，然而後者不斷質疑這事。當王室大老爺，德・奧爾良公爵下葬時，四輪馬車的安排，是把公爵夫人們擺在洛林的親王妃們之前，然而，有一破例作法，爲了避免爭吵，國王命令只有具王室血統的親王妃可以作灑聖水的動作（聖—西蒙，《回憶錄》，七星文庫。第二冊。頁21－22）。

487 克洛伊（Croÿ）家族的先祖是匈牙利國王。菲利普普—奧古斯都（Philippe-Auguste）執政時期就已享有顯赫地位，這家族屢屢與許多王室家族聯姻。聖—西蒙對於該家族親王們所持的高姿態頗不以爲然。（同上。第四冊。頁689－691）。

488 聖—西蒙記載了好幾個爭吵的事故，發生在公爵夫人及外國親王妃之間，尤其是在德・聖—西蒙公爵夫人（la duchesse de Saint-Simon）以及洛林家族的德・艾瑪釀夫人（Mme d'Armagnac, maison de Lorraine）之間；還有發生在德・羅安公爵夫人（la duchesse de Rohan）以及洛林家族的德・哈谷親王妃（la princesse d'Harcourt, maison de Lorraine）之間，路易十四囑咐德・哈谷親王妃向德・羅安公爵夫人致歉，不過，德・曼特儂夫人（Mme de Maintenon）從中斡旋而得的王令是：不必親自登門向公爵夫人道歉（同上。第一冊。頁581－588）。

489 路易（Louis, 1682-1712），法國王太子，路易十四之孫，路易十五之父。

490 守門員帶著的棒子代表他所執掌的功能。

491 參見頁本書法文原典333。注1。德・布拉邦公爵家族（des ducs de Brabant）的呼喊聲爲：「布拉邦歸於高貴的公爵！」（Brabant au noble duc!），或者是：「齡堡歸於它的征服者！」（Limbourg à qui l'a conquis!），正如德・蓋爾芒特公爵所示（參見富貴家族之追尋》。原典頁573），這也說明了德・蓋爾芒特家族與德・布拉邦公爵家族的親屬關係。

492 露薏絲・基督之女・德・薩瓦—卡里涅楊親王妃（Louise-Chrétienne de Savoie-Carignan），德・巴德親王（le prince de Bade）之妻，曾被聖—西蒙提及（參見《回憶錄》。七星文庫。第一冊。頁580）。然而普魯斯特似乎想到的是德・哈諾福—布杭斯維克公爵夫人

同一位德．蓋爾芒特公爵夫人一爭高下，就是我剛才向您所提到的那位，想要搶先進場到國王面前，所利用的是我的長輩頓時猶豫不前的動作（雖然她大可不必如此做），國王立即揚聲說：『進來，進來，我的表妹，德．巴登夫人太明白了，她對您該有所虧欠[493]』。正如德．蓋爾芒特公爵夫人有這個地位，儘管她本身已經生於豪門了，因爲她母親的緣故，她成了波蘭皇后、匈牙利皇后、宮廷王室[494]選帝侯[495]、德．薩瓦—卡里楊親王、德．哈諾福親王、還有英國國王[496]這等人的姪女。」——「**出身王室先祖之藝文贊助者梅西恩**」（*Meocenas atavis édite regibus*[497]）！」溥力脩對著德．查呂思先生說道，他輕輕點了頭，做爲禮貌性的答禮。——「您說什麼？」魏督航夫人問溥力脩，她設法想要對溥力脩彌補方才言語上的缺失——「我是說，上主赦免我[498]，某位紈絝子弟，他是上層人士中的佼佼者（魏督航夫人皺了眉毛），約略是奧古斯都世紀的人（魏督航夫人安了心，所謂的上層人士離她很遙遠，她的表情比較平和了），是維吉爾和赫拉斯的好友，他們對他卑鄙奉承到無以復加的程度，當著他的面，說他的先祖們不只是貴族而已，而是王室成員。總而言之一句話，我說的是藝文贊助者梅西恩，專注於各種館藏資料蒐尋的人，他是赫拉斯、維吉爾、奧古斯都的好友。我確信德．查呂思先生非常明白，從任何一個角度來看，誰是藝文贊助者梅西恩。」德．查呂思先生一邊用眼角優雅地飄著媚眼，看著魏督航夫人，因爲他聽見魏督航夫人向莫瑞提出兩天之後的邀請，因而擔心自己沒有受邀：「我相信，」德．查呂思先生說道，「藝文贊助者梅西恩，就有點像是上古時代的魏督航。」魏督航夫人只能勉強擠個滿意的笑容。她走向莫瑞，對他說：「您雙親的朋友，他人很好，我們看得出來，他有學問，有教養。他加入我們的小核心不錯。他在巴黎住哪裡？」莫瑞保持一副莫測高深的神態，只是要求玩一局牌。魏督航夫人要求先要有一點小提琴演奏。讓大家訝異不止的，是從不說他有哪些才華的德．查呂思先生，居然帶著最純正的風格，伴奏起佛瑞[499]的鋼琴與小提琴奏鳴曲的最後一首（那支不安的、柔腸寸斷的、舒曼風格的、可是畢竟是比起法蘭克之奏鳴曲更早的曲

（la duchesse de Hanovre-Brunswick）的意氣風發，她強迫德・溥怡雍夫人（Mme de Brouillon）的四輪華麗馬車退開，好讓她自己的車輦先行通過（同上。頁49）。德・溥怡雍夫人以毆打德・哈諾福夫人家僕的方式報了仇，國王拒絕介入在這個爭執之中。

493 德・查呂思所說的故事是改編自「亨利四世的一句名言」（« célèbre mot d'Henri IV »），由聖—西蒙轉述而來，關乎具王室血統的親王，其位階理當高於不具王室血統的親王（同上。第一冊。頁666）。普魯斯特於一九一○年十月寫給查理・德・亞爾棟（Charles d'Alton）的一封信中，做了以下的引述：「再說，《巴黎期刊》在最新的幾期期刊中刊載了德・聖—模理斯侯爵（le marquis de Saint-Maurice）的《回憶錄》（*Mémoires*），我想是德・薩瓦公爵（le duc de Savoie）的孫子，從薩瓦被派到路易十四的宮廷，他和鞏德（Condé）到了門前，猶豫著誰該趨前進入時，亨利四世對鞏德大叫：『進來，我的侄兒，德・薩瓦先生（M. de Savoie）太明白了，他對您該有所虧欠。』就如您所見，這很像艾梅理（Aimery）的作風」（《魚雁集》。第十冊。頁188）。艾梅理是德・羅石傅柯伯爵（le comte de La Rochefoucauld），乃是德・蓋爾芒特公爵原型人物之一（參見頁81。注2）。

494 Palatin：〔歷史用語〕乃指與君王之宮廷有所連結的權貴人士。宮廷貴族。**【譯者注】**

495 Electeur：〔歷史用語〕須以大寫示。乃指日耳曼神聖羅馬帝國中的親王與主教，可參與皇帝之選舉事務者。《二○二○年拉魯斯圖解大辭典》。**【譯者注】**。

496 親屬關係的成形有其可信度。德・哈諾福親王（le prince de Hanovre, 1660-1727）於一六八九年在哈諾福（Hanovre）登基，一七一四年被召於英國登基，成爲英國國王，名號爲喬治一世，擔任仍在攝政時期王朝的領袖。喬治一世是約瑟一世皇帝（l'empereur Joseph 1er）之妻，薇賀敏・德・布杭斯維克（Wihelmine de Brunswick）之堂兄弟，約瑟一世皇帝在他的父親雷奧豹一世（Léopold 1er）去世之前，已經是匈牙利國王，他的姑媽，奧地利之愛蕾奧諾（Eléonore d'Autriche），先是波蘭國王米歇爾・衛斯尼歐維克基（Michel Wisniowiecki）之妻，後來嫁給查理四世（Charles IV），成爲洛林之公爵夫人（la duchesse de Lorraine）。再者，哈諾福及英國的喬治一世（Georges 1er de Hanovre et d'Angleterre），他的母親原是有權參與選舉皇帝事務的公主（une princesse palatine）。

497 引述自赫拉斯（Horace）所著之《詩藝》（*Odes*）。第一冊。第一章：〈出身王室先祖之藝文贊助者〉（« Mécène, issu d'ancêtres royaux »）。**【譯者注】**。

498 «Dieu m'en pardonne»〔通俗及舊式用語〕願上主原諒我：說這話是爲了將一件會引起驚訝的宣稱做緩衝。《二○二一年小羅勃特法語文辭典》。**【譯者注】**。

499 佛瑞（Fauré）的小提琴與鋼琴奏鳴曲第一首，作品13號（一八七五年），乃是新興法國室內樂之傑作，的確比法蘭克（Franck）的奏鳴曲（一八八六年）提早十年多，佛瑞的這首奏鳴曲常被拿來與法蘭克的奏鳴曲兩相比較，法蘭克的奏鳴曲是范德怡之奏鳴曲之原型之一（參見《細說璀璨之童年》。原典頁209。注1）。第四樂章，終曲的快板，開始時，有一段寬闊、熱情的主題發揮，用的是舒曼（Schumann）的抒情曲風：如此的比較常常被提及。

目）。我感覺在莫瑞那美妙絕倫的琴音及技巧上，他所賦予莫瑞的，是加上了莫瑞他所欠缺的，那就是文化修養及音樂風格。可是我好奇的自忖著，在同一位男子身上，怎麼又有身體的缺陷，又懷有靈氣的稟賦。德．查呂思先生與他的親兄弟，德．蓋爾芒特公爵，並無太大的不同之處。甚至稍早（這不大常見），他講的法文和德．蓋爾芒特公爵一樣差。他責怪我（或許是爲了我以熱呼呼的口吻和莫瑞及魏督航夫人說著話），說我從不去看他，而我說我不願打擾人家時，他回答我：「可是看在是我出口邀請您的份上，只有我會才會**爲這樣的失禮大驚失色。**」這樣的話可能出自德．蓋爾芒特公爵的口。總括來看，德．查呂思先生是德．蓋爾芒特家族的一員，就是這樣。不過只要天生體質把他裡面的神經系統導出相當程度的失衡，就不再像他的德．蓋爾芒特公爵哥哥那樣喜愛女人，變得偏愛維吉爾的牧童，或者柏拉圖的小學生，立即就有德．蓋爾芒特公爵身上所沒有的優點，而這些優點經常連結於如此的失衡，也造就德．查呂思先生成爲一位美好的鋼琴家，一位頗有品味的業餘畫家，一位能言善道的演說家[500]。德．查呂思先生以快速、焦慮、迷人的風格，把佛瑞的奏鳴曲彈奏成像舒曼小品一般，又有誰辨識得出來，如此的風格有它的對應對象——我們不敢說出緣由——存在於德．查呂思先生全然屬於肉體裡面的，神經系統有缺陷的部分？我們後來再解釋「神經系統之缺陷」這辭語，了解爲了何種緣故，蘇格拉底時代的希臘人，奧古斯都時代的羅馬人，如我們所知道的，都保留住絕對正常男子的樣式，而不是像我們今天所看見的這樣，又是男又是女。同樣的，如此眞實的藝術才華，目前尚屬牛刀小試階段，相較於公爵，德．查呂思先生對母親的愛更多，也更愛他的妻子，甚至數年以後有人對他提到她們，德．查呂思先生眼中還含著淚水，不過這些淚水不帶著深情，如同太胖的人會流汗，他的額頭動不動就汗津津。所不同的是我們對這些人會說：「您那麼怕熱！」然而我們卻佯若無事的看不見別人正在哭泣。我們，所指的就是所有的人；因爲人們擔心看見有人哭泣，彷彿一個人的啜泣聲比他流著血更嚴重。喪妻之後隨之而來的憂傷，藉由德．查呂思先生常愛撒謊的習慣，並沒有將他排除在不合時宜的生活之外。甚至後來他還厚顏無恥的暗示說，正當葬禮儀式進行中，他找到了方法向一位兒童聖歌隊團員要求他的名字和地址。或許是眞有其事。

曲目既已演奏完畢，我大膽建議演奏法蘭克[501]，這個建議好像讓德・康柏湄夫人非常痛苦，以至於我不堅持了。「您不可能會喜歡這個的」，她對我說。她要求演奏德布西[502]的《慶典》來取代，音樂剛開始，就有人高呼：「啊！這太美妙了！」。可是莫瑞發現他只會前面幾個節拍而已，很調皮的，不刻意賣弄玄虛的他，開始演奏起梅雅貝爾[503]的一首進行曲。很不幸的，由於他沒有留下太多的轉折變化，也沒有做任何預告，所有的人都以爲還在演奏著德布西，大家持續大喊著：「多麼美妙！」當莫瑞透露了該曲目的作者不是寫《佩力亞斯》的那位，而是寫《惡魔羅伯特》[504]的音樂家，他丟給了全場一片冷寂。德・康柏湄夫人幾乎沒時間爲她自己抒發情感，因爲她剛剛發現一本斯卡拉帝的樂譜[505]，帶著神經質式的衝動，搶著要聽這音樂。「噢！彈這個，哦，就是這個，這個美極了」，她喊叫著說。然而關乎這位長期以來被藐視，新近才被提升到最高的榮譽的作曲家，德・康柏湄夫人神經兮兮、迫不及待所做的的選曲，是可詛可

500　普魯斯特於一九一四年六月寫信給紀德說：「我確信是因爲他的同性戀緣故，德・查呂思先生才了解如此多的事情，是他的哥哥德・蓋爾芒特公爵無法了解的，德・查呂思先生是那麼的細緻，那麼的敏感，遠勝過他的哥哥。」（《魚雁集》。冊十三。頁246）。

501　法蘭克（César Franck, 1822-1890）。**【譯者注】**。

502　《慶典》（*Fêtes*）是德布西於一八九九年所寫三首《夜曲》（*Nocturnes*）交響曲中之第二首。以小提琴演奏一個如此複雜之樂曲似乎是無法想像的。

503　梅雅貝爾（Meyerbeer, 1791-1864）。**【譯者注】**。

504　《惡魔羅伯特》（*Robert le Diable*）：梅雅貝爾（Meyerbeer）依照斯克里伯（Scribe）歌劇劇本所寫的音樂悲劇（一八三一年）。相同的場景發生在亨利・德・梭信（Henri de Saussine）的小說中，書名爲《稜鏡》（*Le Prisme*）（一八九五年）。

505　「被咒詛的樂章」的作者很可能是多蒙尼哥・斯卡拉帝（Domenico Scarlatti, 1685-1757），他的名聲來自大鍵琴作品中所展現的自由度及傑出高超的技藝。

咒的曲目之一，它們經常攔阻人入睡，而與您上下層樓毗鄰的音樂初學生硬是毫無同情心的重複著練習這些曲目。不過莫瑞有足夠表演曲目，由於他執意要玩牌，德．查呂思先生爲了要一起玩牌，想要再玩一局惠斯特橋牌[506]。斯基對魏督航夫人說：「他剛才對大老闆說，他具有親王身分，可是這不是眞的，他出身於一個平凡的小建築師資產階級家庭。——我要知道您所說的藝文贊助者梅西恩，這讓我開心，是我，那！」魏督航夫人，透過一個很大的善意，重新對溥力脩提說這件事，這讓溥力脩感到陶陶然。因此，爲了讓女大老闆對他刮目相看，或許也是爲了讓我眼目一亮，他說了：「可是老實說，夫人，藝文贊助者梅西恩讓我特別感興趣的原因，因爲他是中國神仙的第一位傑出大弟子，如今在法國的信徒人數勝過梵天，也勝過基督本身，這神仙是法力無邊的我——夢——夫[507]。」這麼一來，魏督航夫人再也忍不住要把她的頭埋在手裡了。驟然間，她衝向希爾帕朵芙公主，好像被稱爲蜉蝣的飛蠅那樣；希爾帕朵芙公主正在距離女大老闆不遠之處，她把自己掛到公主腋下，用指甲緊緊掐著，相當一會兒時間把頭藏了起來，像個玩捉迷藏遊戲的孩子那樣。藏在如此的保護牆內，她笑到眼淚都流出來了，而且可以完全撇下任何思想，當人們做一個稍長時間的祈禱時，就有作出如此預防性措施的智慧，把他們的臉龐埋在雙手裡面。魏督航夫人模仿這些祈禱著的人，一邊聽著貝多芬的四重奏[508]，爲了表現出她把貝多芬的四重奏視爲一種祈禱，同時不讓人看見她睡著了。溥力脩說：「我很認眞的如此說，夫人，我認爲現今有極大多數的人，他們花時間看他們的肚臍，彷彿那裡就是世界的核心。當作好教條來看，我完全不反對什麼涅槃之類的，傾向把我們融入一個大的「一體」（這個涅槃，如同慕尼黑和牛津，比起亞斯尼耶爾或者鴿之森林更靠近巴黎許多），可是他既不是屬於好法國人，甚至不屬於好歐洲人，或許當日本人來到我們的拜占庭門口，那時持社會主義的反黷武主義思想者正在認眞的討論著自由詩的核心價值。」魏督航夫人相信她能鬆開被她掐傷的公主的肩膀了，她讓臉重新出現，還不忘記佯裝擦擦雙眼的淚水，又佯裝喘上兩三口氣。可是溥力脩希望我加入他的盛會，他既然已經親自主持過論文口試的場面，我們所能給予青年一代的，莫不勝過好好訓斥年輕人一番，抬舉年輕一代的同時又被年輕一代視爲反動派：「我不願意褻瀆青年人的神祇，」他說著，一邊對著我拋來一個快速的眼神，像演說家與現場聆聽的某人暗地裡有了約定似的，而且引述了他的名字。「我不願意在馬拉梅的殿堂中被懲治爲異類，或是重新歸附異教的人，這裡，我們的新朋友，像所有與他同年齡者一樣，參加過入教彌撒，至少是以兒童聖詠隊團員的身分，而顯示自己是遲緩癡呆者或者是屬於玫瑰花——十字架[509]。不過說眞的，我們看過太多這些智慧人士景仰藝術，尊之爲神祇，他們與左拉一起醉酒還不夠了，就會給自己打一劑魏爾倫的針。藉由對波特萊爾死心塌地的崇拜而成了乙醚中毒病患，改天萬一國家需要他們展現雄風時，完全失去能力，嚴重的文學性神經官能病症，在炙熱、緊張、充斥著不健康臭氣的環境中，把他們一個個都麻醉了，成了在吸食鴉片場所之內，吸食象徵主義鴉片的人。」由於我無法佯裝對溥力脩五花八門、愚昧至極的絮絮叨叨[510]沒有一絲絲的敬佩，我轉身朝向斯基向他保證，關乎德．查呂思先生的所屬家族，他絕對是弄錯了：他回答我，他對這事十分確定，還加上補充，說我甚至對他提過他眞實的姓名是岡登，勒岡登之類的。我答道：「我對您說過德．康柏湄夫人

---

506 Whist：（英文字）橋牌前身的玩牌遊戲，通常是四人一起玩，兩人兩人組成對手。《二〇二〇年拉魯斯圖解大辭典》。【譯者注】。

507 «le très puissant Dieu Je-Men-Fou.»。【譯者注】。

508 貝多芬的最後數首四重奏樂曲，由卡貝弦樂四重奏樂團（le Quatuor Capet）精湛演出，成爲普魯斯特熱愛的音樂演奏，這是眾所周知之事（參見《妙齡少女花影下》。原典頁102及頁318）。「我所知道最爲優美的音樂，就是貝多芬《四重奏第十五首》（Quinzième Quatuor）如泣如訴的最後樂章，那是令一個大病之後，療養中，又將旋及去世的人，最爲陶醉的音樂」，普魯斯特於一九一八年春天寫信給孟德斯基歐時，如是說。（《魚雁全集》。第一冊。頁245）。

509 玫瑰十字會（Rose-Croix）：乃是十九世紀末凝聚作家智慧及藝術家美學的運動，其中的要角是貝拉當（Péladan）．

510 Couplet：〔通俗用語〕。常常反覆說的話，老生常談。《二〇二〇年拉魯斯圖解大辭典》。【譯者注】。

是一位工程師的妹妹，他的名字叫做勒格蘭登。我從來都沒有對您提到過德・查呂思先生。關乎德・查呂思先生和德・康柏湄夫人兩人出生的關聯性，其相差之大，就好像鞏德大王儲八竿子打不著拉辛一樣。」——「啊！我還以為是這樣的」，斯基輕輕說道，但是沒想到要為他的錯誤致歉，就像幾小時之前他也犯了錯誤，讓我們[511]差一點錯過火車班次，他也沒道過一聲歉。魏督航夫人問德・查呂思先生：「您打算長時間留在海岸這邊嗎？」她感覺德・查呂思先生會是一位忠誠之友，看見他太早回巴黎就膽戰心驚。德・查呂思先生帶著一種鼻音，慢條斯理的答道：「天啊，我們不知道會怎樣。我很想留著不動，一直到九月底。」——「您如此做是對的，」魏督航夫人說；「這時候看得到美麗的海上風暴。」——「說實話，並不是這個事情讓我下決心。我一段時間以來太忽略我的守護天使，聖・米迦勒天使長了，我想補救這點缺失，想留在山上修道院裡直到九月二十九日，他的慶典之日。」——「這讓您很感興趣嗎，這類的事情？」魏督航夫人問道，如果魏督航夫人不是害怕如此遙遠的外出旅遊會讓小提琴手和男爵「把人撇下」長達四十八小時，她或許就有能耐忍住不說出她反對神職立場所受過的傷害。「或許您的聽力斷斷續續的有問題，」德・查呂思先生很蠻橫的答道。「我對您說，聖・米迦勒是我諸多光榮的主保天使之一。」說完這話，微笑中帶著心曠神怡，雙眼定睛遠處，聲音更高亢，激動之情讓我覺得這不只是出於美感，更是出於宗教情操：「那是多美啊，在祭台獻祭之處，當米迦勒站立在祭壇附近，身著白色長袍，搖晃著金香爐，如此陣陣濃郁的馨香，直升到上主面前！」——「我們可以結群前往吧，」魏督航夫人建議，雖然她很怕戴著帽子的神職人員。——「在這個時候，就從祭壇獻祭之處」，德・查呂思先生繼續說道，以議會上乘演說家同樣的架式，不過，為了其他理由，他從不會回答任何人的插話，並且佯裝沒聽見，「看見我們的年輕朋友珍愛巴勒斯坦文化，甚至演奏一曲巴哈的詠嘆調，那該是多美好的事。好心的修院院長也會樂不可支，這是我可以前往獻給我神聖的主保天使最大、至少是最公開的敬意。對於信徒們，這將是多麼大的鼓舞！我們等一下就去和他說說看，這位年輕的音樂天使，他像聖．米迦勒一樣，他有軍事背景。」

被叫去擺樣子的桑尼業，宣稱他不懂得玩惠斯特橋牌。寇達看見距離火車班次時間已不遠，立即開始和莫瑞玩起一局抽換牌遊戲來了[512]。魏督航先生怒沖沖的，衝著桑尼業走過來，帶著嚇人的表情：「您就是什麼都不會！」他大叫著，因為喪失打一局惠斯特橋牌的機會而大發雷霆，也高興找到一個大好機會，刮了這位曾任檔案管理者——桑尼業——的鬍子。桑尼業，被震懾住了，擺了一個精明的神情，說：「會啊，我會演奏鋼琴」。寇達和莫瑞面對面坐著。寇達說：「該您出牌了」。德．查呂思先生看見小提琴手和寇達同處，心中頗為不安，對德．康柏湄先生說：「我們稍稍靠近牌桌好嗎？守著宮廷禮儀是有意思，然而在我們這個時代意義已經不大了。我們所剩的國王，至少在法國是如此，只是橋牌中的國王而已。我覺得年輕的演奏高手掌握在手中的王牌還真不少」，很快他又補上一句來讚嘆莫瑞的才華，說他連玩牌都有一手，為的是要諂媚他，最終也是為了解釋得通他把身軀傾向小提琴手肩上的動作。模擬著冒牌闊爺的口吻[513]，寇達說：「我——切了」，他的孩子們爆笑了出來[514]，正如大師帶著僵硬的面具，像個羊癲瘋患者般的毫無表情，甚至在重症病患床前，當他甩出慣常所開的某一個大玩笑時，他的學生們和診所主任一樣，都哈哈大笑起來那樣。莫瑞說：「我不太知道該出什麼牌，」他邊說邊尋求德．康柏湄先生的意見。

---

511 說是讓「他們」會更合乎上下文：參見本書法文原典頁267。

512 «une partie d'écarté» écarté：〔陽性名詞〕一種玩牌方式，每個玩牌的人在對手同意之下，可以把不合宜的牌移開，換新的牌之後再繼續玩牌。《二〇二一年小羅勃特法語文辭典》。【譯者注】。

513 «contrefaisant l'accent rastaquouère», rataquouère：〔通俗、貶抑及舊時用語〕動作浮誇不實，顯得格外有錢，卻是惹人疑竇的怪咖《二〇二一年小羅勃特法語文辭典》。【譯者注】。

514 寇達的兒女們還沒被提起，在魏督航夫人的晚宴中也沒有一席之地：在先前的版本中，他們還在。

——「隨您的意思，您已經輸了，不論怎麼出牌，出這張，或出那張，都可以。」——「都可以……賈利—瑪里耶[515]？」醫師說道，一邊飄給德．康柏湄先生一個帶有玄機、友善的眼神。「這才是我們所稱之為正牌的女歌唱家，可以和她一起尋夢，如此的卡門，是大家好像睽違已久的歌者。她與她的角色真是絕配。我也喜愛在那裡聆聽英賈利—瑪里耶[516]」。侯爵起了身，帶著出身貴族之輩的傲然反骨，不了解他們正是侮辱著男主人，所顯示的態度，就是與男主人的賓客來往是否不夠令人安心，於是他們以英國式的習慣用法，帶著輕蔑的表情問說：「這位玩牌的先生是誰？他是做什麼的？他是『賣』什麼的？我蠻想知道我正和誰相處在一起，免得隨便和人有所牽扯。況且當我有幸被您引薦給他的時候，我沒聽見他的大名。」如果魏督航先生將這些話當作自己該當作的一回事，果真把德．康柏湄先生引薦給了賓客，德．康柏湄先生會覺得很不妥。不過他既然知道這樣的事沒發生，倒是覺得表現出客客氣氣，謙謙虛虛才是高雅，沒有大礙。自從醫師成了著名教授之後，魏督航先生日復一日引以為傲的，是他與寇達的親密友情。不過如此情誼的表達形式不再像從前那樣沒有心機。那時，當寇達名氣一點都不大時，如果有人向魏督航先生提起他妻子臉部抽搐的毛病；「沒什麼好辦法可想了」，他這麼說，帶著一副天真浪漫的自尊，就像持有這樣說法的人們，意思是說，他們所認識的都是傑出人選，大家都知道教導他們女兒歌唱的聲樂教授是什麼大名。「若是她的醫生屬於二流人士，我們還可以找找另一個療法，可是如果醫生的大名是寇達（他說出他的名字，彷彿這人就像是布沙爾[517]或者是夏爾各一樣的響亮），想要通天也無門了[518]。」魏督航先生絕對有把握德．康柏湄先生聽人提過大名鼎鼎的寇達教授，透過逆向操作的方式，他採取落落大方的態度。「他是我們的家庭醫生，我們極為喜愛的一個善心人士，為了我們，他會鞠躬盡瘁；他不是醫生，而是朋友；我不認為您認識他，他的名字也對您不起任何作用；無論如何，寇達這人，這個名字，對我們而言，就是大好人，是親愛的朋友。」這個名字，被謙謙遜遜的低聲說出，瞞過了德．康柏湄先生的耳朵，讓他誤以爲另有所指。「寇達？您不是說寇達教授吧？」我們就在這節骨眼上聽見了教授出了聲，他的牌局有了小狀況，手中拿著牌子，一邊說：「這下子輸定了[519]。」——「啊！沒錯！教授正是他，」魏督航先生說道。——「怎麼！寇達教授！您沒弄錯！您確定和他是同一個人！住在巴克街的那位！」——「對，住在巴克街43號。您認識他？」——「寇達教授可是無人不知，無人不曉。他是醫學界的權威！您問這話，就好像是您問我認不認得普弗．德．聖—伯萊斯，或者顧特瓦—徐飛。光是聽著他說話，我就很清楚知道這人不是泛泛之輩，這是爲什麼我膽敢就教於您。」——「瞧瞧，該出什麼牌了？王牌？」寇達問道。就算是一介士兵處在英勇情境中，要運用通俗措辭來藐視死亡已臨頭，這種作法用在毫無生命威脅的玩牌打發時間情境中，只會顯得雙倍的愚昧。猛然間，寇達臉色一沉，決定要出王牌，「頭殼壞掉」，暗示自己像那些奮不顧身的人，丟出牌子彷彿是要賭上一條命，揚聲說：「好啦，我就認命算了！」這張王牌丟得不是時候，不過他鬆了一口氣。在客廳中央，躺在寬大沙發椅上的寇達夫人，經過百般努力，依然擋不過用完晚餐後的催眠效果，朦朧朧又輕飄飄的睡意盤踞在她身上，她完全抵抗不了。雖有時候試著

515 瑟樂斯汀．賈利—瑪里耶（Célestine Galli-Marié, 1840-1905）乃是一名女歌手，一八六二年出道於巴黎喜劇歌劇院（l'Opéra-Comique），大放異彩直到一八八五年。她於一八六六年獨創了昂普羅瓦茲．托馬（Ambroise Thomas）《可人兒》（*Mignon*）劇中的角色，於一八七六年，在巴黎喜劇歌劇院《卡門》（*Carmen*）歌劇中擔綱女主角演出。

516 一八七八年，斯貝杭才．恩凱力（Speranza Engally）出道於巴黎喜劇歌劇院，扮演昂普羅瓦茲．托馬（Ambroise Thomas）所寫的《賽姬》（*Psyché*）歌劇中艾洛斯（Eros）的角色。寇達以兩位演藝者的名字，來玩文字遊戲。

517 如同普魯斯特的父親一樣，查理．布沙爾（Charles Bouchard, 1837-1915）曾任國家醫學院院士，在數行文字後所提及的其他兩位醫生：加百列．普弗．德．聖—伯萊斯（Gabriel Bouffe de Saint-Blaise）以及模里斯．古爾特瓦—徐飛（Maurice Courtois-Suffit），與他常有往來。

518 «Il n'y a qu'à tirer l'échelle»〔諷刺用法〕無計可施，再也沒有錦囊妙計了《二〇二〇年拉魯斯圖解大辭典》。**【譯者注】**。

519 «C'est ici que les Athéniens s'atteignirent»說這句話，純屬表現同音異義的文字遊戲。**【譯者注】**。

挺起身來微笑一下，或者自我解嘲，或者害怕沒回應到別人對她說的什麼好話，她還是不由自主再落入無情又甜蜜的瞌睡蟲毛病裡。偶而讓她暫時醒來一秒鐘的，倒不是聲響，而是眼光（就算她閉著眼睛，柔情似水的她也依然看得見，預先感受得到，因爲同樣的一個場景每天晚上都會上演一次，也嚴重驚擾她的睡眠，好像早上時刻到了，必須起床那樣），教授藉由那眼神向在場所有人表示他的妻子睡著了。開始時，他只是看看她，做個微笑就罷，因爲依照醫生的身分，他責備晚飯後入睡的人（至少他給了一個科學理由好讓自己終究可以生氣，不過他不確定這個理由絕對有道理，在這方面，他所得到的意見是五花八門的），依照他是有絕對權威又喜愛調侃的丈夫身分，找到機會嘲笑妻子使他樂不可支，先是把她叫成半睡半醒，讓她又沉睡下去，又把她重新叫醒，這對他是件愉快的事。

現在寇達夫人完全睡著了。「還說呢！蕾翁汀，妳的瞌睡蟲來了[520]，」教授對她大叫。——「我的好好人，我正聽見斯萬夫人說著什麼呢，」寇達夫人輕聲的回答著，就又落入嗜睡的狀態。——「眞不可思議，」寇達揚聲說道，「待會兒，她將向我們保證她沒有睡著。就像病患前來應診時說他們從來都不會睡。」——「他們或許是這樣想的。」德·康柏湄先生說道，一邊笑著。可是寇達醫師不但喜愛說反話，也喜愛調侃，尤其不允許有個外行人膽敢對他提到醫學。「我們睡不著，這不是自己想得到的，」寇達醫生帶著權威的口吻宣布。——「啊！」侯爵存著敬意鞠躬著回答，如同寇達從前會做的那樣。——「我們看得很清楚，」寇達又說道，「您沒有像我這樣開過兩公克的乙基甲烷而沒有達到引來睡意[521]的藥效。」——「失敬，失敬，」侯爵回答，一邊陪著笑臉，「我從來都不服用乙基甲烷，也不吃任何其他的這些藥劑，它們的效用很快就消失了，可是讓您的胃很不舒服。當有人一整晚像我這樣，在喜鵲歌唱森林打獵，我向您保證，不需要乙基甲烷我們就可以睡個好覺。」——「說這話的人沒有知識，」教授答道。「乙基甲烷有時候會很有效的解除神經質緊張。您說到乙基甲烷，您可知道這究竟是什麼？」——「這麼說吧……我聽人說過，它是一種讓人睡覺的藥劑。」——「您沒有回答我的問題」，教授再以權威的方式問話，他是每星期在醫學院「考別人」三次的。「我沒問您這東西會不會讓人睡覺，而是這東西有什麼成份。您可不可以告訴我它含有多少比例的戊基和乙基？」——不能，受窘的德．康柏湄先生答道。「我寧可喝一杯好酒，甚至是一杯編號345的伯多美酒。」——「這些飲料的毒性十倍強，」教授打斷他的回答。

——「說到乙基甲烷，」德．康柏湄先生怯生生的說道，「我的妻子訂了這些藥劑，您最好和她談。」

——「她所懂的，應該和您半斤八兩。不論情況如何，您的妻子吃乙基甲烷幫助睡眠，那是一回事，您可知道我的妻子入睡不需要吃藥。怎麼啦，蕾翁汀，動一動啊！妳變遲鈍了，看看我，我吃完晚餐會睡覺嗎？假如妳現在睡得像個老太婆，六十歲時會變成什麼樣了？妳會長出一身肥肉，血液循環不流通……她連我講話的聲音都聽不見了。」——「晚餐之後小寐片刻，這對健康有損，是不是，醫師？」德．康柏湄先生如此說，爲了重新得到寇達的好感，「好好吃了一頓之後，應該做運動。」——「胡扯！」醫師答道。我們曾經從一隻安靜不動的狗的胃中，也從另一隻跑了步的狗的胃中取出同樣分量的食物，第一隻狗的消化更有進展。——那麼說，是睡眠妨礙消化囉？——這要看這消化是關乎食道的，胃部的，還是腸子的；給您這些說明也是白說，您聽不懂，因爲您沒有上過醫學院的課程。來吧，蕾翁汀，我們要走了……哈希（harche）！該是要走的時候了。」醫師他說這話並不實在，因爲他只是想要繼續玩牌，可是他希望用如此更強勢的方式阻撓悶著頭睡覺不說話的妻子，他把最有學問的催促語丟給妻子也得不到任何回音。

---

520 «tu pionces»：Dormir 睡覺之通俗用語。【譯者注】。
521 «la somnescence» 睡眠之意。【譯者注】。

或者是因爲寇達夫人，即使是在睡眠狀態中，仍然執意要抗拒睡覺，或者因爲沙發椅沒有讓她的頭有好的支撐，於是這頭就像機械式的，懸空著，左擺右擺，上仰下墜，像一個沒有感覺的物體，寇達夫人的頭搖著晃著，有時候像是傾聽著音樂似的，有時候則是進入了垂死前的最後階段。正當她的丈夫越來越氣極敗壞的訓斥卻徒勞無功時，她自己的愚昧得勝了：「我熱水浴的熱度很好，她喃喃說道，字典的羽毛……」她挺直了身子，揚聲說：「噢！天啊，我好笨哦！我都說了些什麼！我想到我的帽子，我一定是說了傻話，我差一點就要睡著了，都怪這可咒詛的火爐。」所有的人都笑了，因爲火爐並沒有火。

「諸位都嘲笑我，」寇達夫人自我解嘲的說著，她舉起手在額頭揮動了一下，像個催眠師那樣輕微的動作，也像女子梳理自己的頭髮似的，要把睡眠的最後痕跡抹掉，「我要謙卑的向親愛的魏督航夫人道歉，從她知道眞相。」可是她的微笑轉眼變成了憂傷，因爲她的教授先生固然知道她的妻子設法取悅於他，而且如果她做不到，就會擔心得顫抖，教授卻對她喊著：「來照照鏡子，妳的臉紅得像是發了疹，看妳這副鄉下老婦人模樣。」——「您知道他是個很可親的人，」魏督航夫人說道，「他愛嘲弄人，還算是客客氣氣的。再說，他曾經把我的丈夫從鬼門關搶救返回，當時整個醫學院都認定他沒救了。他守著我的丈夫，一連三個晚上都沒躺下。因此寇達對我而言，您知道，」她帶著一種嚴重且近乎具威脅性的口吻補充說道，舉起手朝向她那兩鬢發白、懂得欣賞音樂的雙邊太陽穴，彷彿是我們想要對醫師作出任何不利動作似的，他是褻瀆不得的人！「他可以做任何他想要的要求。況且，我不稱他寇達醫師，而是稱他爲神醫！就是連這樣說，我也詆誹了他，因爲這位神醫盡他可能的修補了另一個人應該負責的部分災難。」——「出王牌了，」德·查呂思先生對莫瑞說道，一臉喜孜孜的。——「王牌，試看看，」小提琴手說著。——「您應該先打出你那張國王牌，」德·查呂思先生說，「您分神了，不過您倒是很會玩牌！」

——「國王牌在我手裡，」莫瑞說——「美男子一個，」教授答道。——「這又是哪件事與這些椿子有關？」魏督航夫人問道，一邊向德・康柏湄先生指著一座雕刻在壁爐上方，極美的盾形徽章。「這些是您的**兵器**嗎？」她補充說道，帶著嘲諷式的鄙視。——「不是，這些不屬於我們家族，」德・康柏湄先生答道。「我們的金黃色紋章帶著三個紅色正反互疊垛口的橫帶飾圖形，共有五件，每件圖形之上都有一片黃金三葉草。不是的，這些是艾拉石裴[522]的兵器，可是我們已經從這地繼承了家業，我們直系家族的人說什麼也不肯用他們的劍尖來換下我們的。艾拉石裴家族（有人說道，從前，他名叫巧手撇）有帶著五個削尖了的椿子的金黃色紋章，以紅色橫帶為裝飾。當他們與翡淀結盟時他們的盾形紋章改變了，不過保持住有角飾的紋章，帶有二十個小型十字造型圖案由極小的金色棍棒被磨圓了交錯成形，紋章右側飾有一雙銀底白斑紋的飛行翅膀[523]。」——「抓牢了，」德・康柏湄夫人低聲說道。——「我的曾祖母是來自艾拉石裴或者來自哈石白的小姐，隨您怎麼說都可以，因為在舊有的檔案中，這兩個名字我們都找得到，」德・康柏湄先生繼續說道，說得臉都泛紅了，因為那時他想了妻子是因此而以他為榮的，而且他害怕魏督航夫人以為這話是針對著她，其實根本不是這樣。「歷史上記載著，在十一世紀，第一位艾拉石裴，馬孌，又稱

---

522 普魯斯特在此的靈感，是取自馬爾基議事司鐸（le chanoine Marquis），伊璃耶本堂神父的專題論文；參見本書法文原典頁204注3。與伊璃耶比鄰的家業，拉・哈石白耶（La Rachepelière），或說是拉・哈斯柏麗野（La Raspelière），乃是因艾拉石裴家族（Les Arrachepel）而得名。

523 這些描述全屬隨興自創，特別是第二則。普魯斯特的靈感取自儒安尼・吉卡爾（Joannis Guigard）所著的《珍本收藏家之新編徽章圖案集》（*Nouvel Armorial du bibliophile*）。一八九〇年出版。上下兩冊。為了說明德・查呂思各種書中徽章上的題銘，普魯斯特非常倚重此專書（參見本書法文原典頁427）。

為巧手撇[524]，所表現的靈巧特技，就是光是坐在座位上就有本領把樁子連根拔起[525]。因此得了艾拉石裴的外號，依這外號，他被封為貴冑，而您所看見的這些樁子，經過幾個世紀後，依然存留在他們的兵器上。這是指一些木樁，為了讓軍事堡壘不被能侵犯，人們又種，又插，您原諒我這麼說，就是在堡壘前的土地上，而且把木樁綁在一起。這些就是諸位所說的矛，與好好心的拉．豐登[526]所說的漂浮的棍棒完全扯不上關係。因為這些木樁子是被認為將一個地方保護得固若金湯，無懈可擊。當然，這對於現代化的砲兵隊來說是可笑的。可是我們必須記得這是十一世紀的事。」——「這事缺少時代性，」魏督航夫人說道，「這座小鐘樓頗有個性。」——寇達回答說道，「您有……嘟而路嘟嘟的好運，」這個字，他樂於不斷重複，為了閃躲莫里哀[527]所用的那個字。「您可知道為什麼紅磚國王免服兵役？」——「我很想是他，」莫瑞說道，「他的軍旅生活讓他煩悶。」——「啊！不愛國的壞傢伙，」德．查呂思先生揚聲說道，忍不住刮了一下它的鬍子（掐了小提琴手的耳朵）。——「不是，您不知道為何紅磚國王免服兵役？」寇達又說道，他堅持要人聽懂他說笑的笑果，「那是因為他是個獨眼龍。」——「那您就是棋逢對手了，醫師，」德．康柏湄先生說道，為了向寇達表示他知道寇達是何許人物。——「這年輕人令人大開眼界，」德．查呂思先生無心的插進來一句，一邊指著莫瑞，「他是玩牌仙。」這個看法讓醫師頗不開心，答道：「這要看誰過的橋比走的路多。道高一尺，魔高一丈。」——「王后，A」，手氣不錯的莫瑞得意洋洋的預告。醫師低下頭來，像是無法否定這個好運，很佩服的，坦白說了：「漂亮。」——「我們很高興和德．查呂思先生共進了晚餐，」德．康柏湄夫人對魏督航夫人說道。——「您以前不認識他？他蠻好相處的，獨樹一幟，他有**某個時代性**」（可是她說不上來屬於哪個時代），魏督航夫人答道，帶著音樂愛好者、判定者、女主人滿意的微笑，德．康柏湄夫人問我會不會和聖一鷺一起來翡淀。我忍不住驚呼，看見從城堡一路往前鋪陳開的橡樹圓頂上，月亮高高懸掛著，就像一盞橘色的燈。「這還算不得什麼；稍晚，當月亮升得更高，山谷被照得更亮，景色將是千百倍的美麗。您在翡淀就沒有！」她帶著一種不屑的口吻對德．康柏湄夫人說道，德．康柏湄夫不知如何答腔，尤其面對租賃者，她不願貶低家產的產値。——「您還會在這地區留一些時候嗎，夫人？」德．康柏湄先生向寇達夫人問道，這可算是大致上有意邀請她的問話，而現階段還沒有訂好更確切的約定日期。——「噢！確定會的，先生，我很在意爲了孩子們安排這段一年一度的逃離都市計畫。不管別人怎麼說，他們就是需要寬闊的天空。在這方面，我或許很像初代野蠻人，可是我覺得對孩子而言，任何治療都比不上優質空氣，光看他們的小臉蛋都變了一個樣兒，就算是有人對我提出反證，說什麼甲項加上乙項才是上策，我也不依。醫學院想送我們去維希；可是那裡太擁擠了，我等這些小男孩們長高一些了再來調理我的胃。加上教授他要給人一些考試，總是要費心費力，溽暑也讓他疲累。像他那樣一整年都在堵破口，我覺得我們需要好好的放鬆一陣子。無論如何，我們還會留下來一整個月。」——「啊！那麼我們還會再見面囉。」——「況且，我更有必要留在這裡不動，因爲我的丈夫必須前往薩瓦轉一圈，還要等上半個月他才會回到這裡的職位固定上任。」——「我喜愛山谷勝過大海，」魏督航夫人又說道。「您返回的時候會有一段時間天氣很美。」——「如果您絕對堅持今天晚上回壩北柯，

---

524 «Pelvilain»。【譯者注】。

525 根據馬爾基議事司鐸（le chanoine Marquis）的資料：「按一份教宗文獻（une charte de Saint-Père）所得的資料，育德（Eudes），這位活在十一世紀末，十二世紀初的勇將，因爲他的驍勇而得了美名。他把私有的城堡冠上自己的名字，其意義是『拔椿者』。」（本書法文原典頁321）。

526 «les bâtons flottants du bon La Fontaine»。【譯者注】。

527 莫里哀在《思綑納雷或假想被戴了綠帽的丈夫》（*Sganarelle ou le Cocu imaginaire*）以及在《妻子學堂》（*l'Ecole des femmes*）第五幕。第9景。第1762詩句中，都用了這句話：「如果您覺得不戴綠帽是太好的事〔…〕」（Si n'être point cocu vous semble un si grand bien [...]）。

我得要看看馬車是否已經準備妥當，」魏督航先生對我說，「因爲依我看是沒有這個需要。我們明天早上用馬車帶您回去。天氣一定是好的。沿途景色都好極了。」我說不可能等到明天。「可是無論如何，時間還早，女大老闆提出不同的看法。別去煩他們，他們會有足夠的時間。這會讓他們比火車進站的時間還更早一個小時。他們在這裡比較舒服。您呢，我的小莫札特，」她對莫瑞說道，因爲不敢直接了當的問德·查呂思先生，「您不願意留下來嗎？我們有漂亮的臥室面向著大海。」——「可是他不能留下，」德·查呂思先生替專注著玩牌，沒聽見問話的人答腔，「他的外出假只到子夜而已。他得回去睡覺，像個乖順又聽話的孩子那樣」，他又補上一句，用一種討好的，做作的，堅定的聲音，彷彿他感覺到了某種邪惡的魚水之歡，需要使用如此貞潔的比較，而且順道強調他的聲音是與莫瑞有關聯的，要感動他，所用的不是手，而是用幾乎撫拍著他的話語能力。

依照溥力脩爲我所講的長篇大道，德·康柏湄先生下了定論，認爲我是親德瑞福斯人士，正如他是百分百的反德瑞福斯派人士，爲了向敵人表現彬彬有禮的風度，他開始讚揚一位猶太籍上校，說他曾經以公義對待石芙聶家族的一個表兄弟，給了他該得的升遷機會。「我堂兄弟的看法完全是背道而馳」，德·康柏湄先生說道，一邊輕描淡寫的說了一下他的看法，「可是我感覺到這些看法陳腐又拙劣，像他的臉龐一樣，是一些小城市家族老早就持有的想法。」「好啊！您知道，我覺得這樣很美！」德·康柏湄先生下了定論。事實上他用來稱之爲「美」的這個字，屬於不同的作品，幾乎不同於美學定義，是屬於他的母親或是他的妻子所指明的藝術作品。德·康柏湄先生使用這個形容詞，譬如說，比較是用來讚美一個細緻而稍有福態的人。「怎麼，您兩個月內長了三公斤？您可知道這是很美的！」一些冷飲被擺上桌了。魏督航夫人邀請男子們親自前往選擇合適的飲料。德·查呂思先生去喝了一杯，又很快折返回靠近牌桌坐下，就不再移動了。魏督航夫人問他：「您喝過我的橘子水了？」於是，德．查呂思先生，露出優雅的微笑，帶著一種少有的鏗鏘口吻，倔著嘴作出千百種嬌態，而且把身子扭來扭去的，答道：「沒有，我選了旁邊的，我想那是可愛的草莓甜酒，非常好喝。」很奇特的，一種祕密行動模式，透過某種說話方式，或者透過某種肢體動作，居然會有如此顯而易見的結果。假設有一位先生對聖母無染原罪不置可否，對德瑞福斯是否無罪不予置評，也不談論世界多元論，寧可保持緘默，他的聲音或舉止不會讓我們找到任何有關他如此想法的蛛絲馬跡。可是聽見德．查呂思先生用尖銳的聲音，帶著微笑，比手又畫腳，說：「沒有，我選了旁邊的，可愛的草莓甜酒」，我們可以說：「哦，他喜歡陽剛的異性」，其準確性等同於法官判斷不願俯首認罪的罪犯他該受的刑責，等同於醫生判斷全身癱瘓症的患者，他可能患了病而不自知，他在發音方面出了某種差錯，因此可以推斷病患將於三年之內去世。或許根據這種說話方式：「不，我比較喜歡旁邊的，可愛的草莓甜酒」，人們可以不必大費周章，就可以下結論：有一種愛戀是所謂反肉體的。不過，在此，揭發眞相的記號以及祕密之間，有著更直接的關係。我們不必明說，也感覺得到，回答我們問題的是一位既溫柔又笑瞇瞇的女士，她的動作顯得扭扭捏捏，因爲她以男性自居，而男性如此裝腔作勢，這是我們所看不慣的。更令人玩味的想法，就是長久以來某些爲數相當多的天使般美麗女性被錯謬的包容在男性裡了，在男性裡面離鄉背井的她們，想震動雙翅，朝向男人們飛去，卻徒勞無功，她們只會惹出男人們產生肉體的惡感，她們所擅長的，是安頓某個沙龍，組合一些「內室」。德．查呂思先生不顧念魏督航夫人是站著的，爲了更靠近莫瑞，依然閒坐在沙發椅裡。「您說對不對，」魏督航夫人對著男爵說，「像這樣一個人兒，有本領用他的小提琴讓我們滿心歡喜，他挨著牌桌玩抽牌遊戲，這算不得是個罪行。他拉小提琴那麼像樣！」——「他也會玩牌，他做什麼都行，他就是那麼聰明」，德．查呂思先生說著，一邊看著牌局，好給莫瑞建議。這不是他端坐著在沙發椅裡，面對魏督航夫人而不起身的唯一理由。身爲高等貴族，又是藝術鑑賞者，諸多社交觀念被他融合成獨特的綜合體系，他不遵循上流社會該有的禮貌，讓自己依循聖—西蒙之筆，勾勒出一幅幅生動的人物肖像畫；現在他所歡喜表現的自己，是德．玉賽勒元帥，元帥使他感興趣的還有其他面向，其中之一有人提到的，是他飛黃騰達到一種地步，藉由慵慵懶懶的態勢，面對宮廷中一等一的貴人[528]，他也不會從座位上起身。「我說啊，查呂思，」魏督航夫人說道，她開始拉關係了，「您的小鎮上，可有某個年長的貴族，破了產，可以來做爲替我管門禁的人選呢？」——「有啊……有啊……，」德．查呂思先生微笑著答道，好聲好氣的，「可是我不建議您如此做。」——「爲什麼？」——「我的顧慮是，爲了您好處著想，恐怕您的優雅賓客沒法子通過門房的屋子多走幾步[529]。」這是他們兩人中間首次過招。魏督航夫人幾乎沒注意到。不幸的，在巴黎，他們又有其他的機會槓上。德．查呂思先生依然不離開他的座椅。況且他忍不住抿著嘴淺淺的微笑著，看見他把最爲得意的人生箴言貼用在聲譽優渥的貴族以及卑鄙無恥的資產階級身上，往往都是旗開得勝。輕而易舉的，他讓魏督航夫人甘拜了下風。男爵攤開來的姿態，看來完全沒讓女大老闆覺得訝異，她之所以離開了男爵，僅僅是因爲她擔心我，看見我又被德．康柏湄先生纏上。可是在這之前，她想釐清德．查呂思先生與默蕾伯爵夫人之間有何關係。「您會不會去她家？」她問道，她問「去她家」這話的意思，是被她款待的意思，是代表從默蕾伯爵夫人那裡得到允許，可以前往拜訪她。德．查呂思先生回答了，帶著藐視的語氣，十足的裝腔作勢，用的是祈禱念經式的口吻：「偶然會去的。」「偶然」這句話，引起魏督航夫人的疑竇，她問道：「您在那裡遇見德．蓋爾芒特公爵了嗎？」——「啊！我不記得了。」——「啊！」魏督航夫人說道，「您不認得德．蓋爾芒特公爵？」——「我怎麼不認得他？」德．查呂思先生答道，他的微笑讓嘴巴起了波紋，這是揶揄的微笑；不過因爲男爵唯恐讓人看見他有一顆金牙，把微笑止住，把雙唇往後拉緊，以至於所帶出來的曲線形成了善意的微笑：「爲什麼您說：我怎麼不認得他？」——「因爲他是我的親哥哥」，德．

查呂思先生輕輕忽忽的回應了一下，這下子，魏督航夫人呆若木雞，不敢確定她的客人是否開她玩笑，不知道他是不是私生子，或是鰥寡父親續弦所生的兒子。他說是德．蓋爾芒特公爵的親兄弟，名字卻是德．查呂思男爵，這點讓她想不通。魏督航夫人朝著我走了過來：「我剛才聽見了德．康柏湄先生邀請您前往晚餐。我呢，您是了解的，我並不在乎。可是，爲了您的好處，我很希望您不要去。首先，那裡盡是一些叫人討厭的人，啊！如果您喜歡和一些沒沒無聞的外省伯爵、侯爵們共享晚餐，您可就如願以償了。」——「我想我非得去一兩次不可，然而我並不是很有空，因爲我有一位年輕表妹不能讓她落單（我覺得如此設定的親戚關係把事情簡單化，讓我好帶愛蓓汀外出）。這是爲了德．康柏湄夫婦，因爲我已經把她介紹過了……」——「悉聽尊便。我所能對您說的是：那樣對健康極爲不利；當您被肺氣腫卡到，或者好好的染上家族式風濕痛，您可不就是吃不完兜著走了？」——「難道說那地方景色不美？」——「馬馬……虎虎吧……[530]，有人是這麼說的。坦白說，我百倍偏愛這裡山谷的風景。原先，我沒有要下另一處的宅第，縱使有人替我們出錢，我也不會要它，因爲大海的空氣對魏督航先生是致命的。要是您的表妹會神經質……不過至少我相信，您是神經質的……您會胸悶。還說呢！您看著吧，去那裡一次，會八天睡

528　普魯斯特寫成「Uxelles」一字，乃是指尼古拉．德．玉賽勒侯爵（le marquis Nicolas d'Huxelles, 1652-1730），法國之元帥，根據聖—西蒙的說法，「他功業彪炳，在他的將軍和袍澤面前都有光彩，甚至在最有名望者面前，帶著閒懶的態度的他，不會從座位上起身。」（《回憶錄》。七星文庫。第二冊。頁303-304）。關乎元帥「其他方面」的個性，讓德．查呂思感到興趣的部分，參見《囚禁樓中之少女》。原典頁292。

529　這幾個被加入一九二二年排版稿內的對答，取材自孟德斯基歐所津津樂道的軼事，談到居斯塔夫．羅特奇爾德（Gustave Rothschild）的第二個女兒，撒孫大小姐（Lady Sassoon）所說的一句話：「您可有某個年長的小貴族可以推薦給我，好讓他作門房呢？」參見〈羅伯特．德．孟德斯基歐私家筆記〉。（《Les Cahiers secrets de Robert de Montesquiou》）。《法國信使報》。一九二九年四月十五日刊登。

530　“Mmmmouiii...»表示同意得非常勉強。【譯者注】。

不著覺。不好，這對您不合適。」她可沒想到，她的前言搭不上後語：「如果您覺得好玩，要看看那座還算是不錯的宅第，說它漂亮就太過頭了，還好，總算還有趣，有古老的溝渠，古老的城壕升降吊橋，由於我應該做到我想做的，去那裡吃一次晚餐，就樣吧！哪天等您來，我設法帶小圈圈所有成員前往，這麼一來就有意思了。後天，我們要坐馬車一起去艾杭普城。沿途景色美不勝收，有好滋味的蘋果甜酒。您就來吧。溥力脩，您也來吧。還有您，斯基。這樣的出遊還有勞我的丈夫事先安排一番。我不大知道他邀請了哪些賓客。德．查呂思先生，您被邀請了嗎？」男爵只聽到這個問句，搞不清楚大家正在談論去艾杭普城出遊的事，驚跳了起來：「怪問題」，他喃喃說道，帶著一種嘲諷的口吻，魏督航夫人聽了頗不是滋味。「況且，」她對我說道，「在您等待去德．康柏湄家晚餐的時間，為什麼您不把她帶來這兒，您的表妹？她喜歡聊天嗎？她喜歡聰明的人嗎？她長得好看嗎？是的。那麼，好極了！和她一起來吧。這世界上又不是只有德．康柏湄夫婦的家而已。我了解他們邀到她是很開心的事，他們要請到人還頗不容易。在這裡，她會享有好品質的空氣，還經常有聰明的人作陪。無論如何，我寄望您下週三不會棄我於不顧。我聽見您說了，您和您的表妹，德．查呂思先生，還有其他我不知道的人，要去美麗海岸野餐。您該做個安排，把這一切都轉移到這裡才是，有一小群人，大家成群結隊一起來，那該有多好。交通沒有比來這裡更方便的了，沿途道路景色優美；必要時我可以吩咐馬車去接您。再說，我不知道美麗海岸有什麼吸引您的，那裡蚊蟲多得嚇人。或許您想那裡的奶油薄餅有多好吃，我的廚子煎的才更有味道。我啊，我可要讓您嘗嘗諾曼地奶油薄餅，正牌的，還有油酥餅乾，我先告訴您這些。啊！如果您執意要去美麗海岸接收人們給您的豬食，我才不要這個呢，我不會謀殺我的賓客，先生，即使我要如此做，我的廚子也不會作出這種說不出名堂的東西，他也要換一個東家。那裡的那些奶油薄餅，我們不知道是用什麼材料做的。我認識一個倒霉的少女，那樣的奶油薄餅讓她得了腹膜炎，三天以後她就一命嗚呼了，連十七歲都活不到。讓她那可憐的母親難過極了，」魏督航夫人補上了一句，在她兩個圓形雙鬢所乘載的經驗和苦楚下，憂憂愁愁的如此說道。「總之，如果您覺得被剝層皮，把錢灑到窗外是件好玩的事，那您就去美麗海岸吃吃東西吧。只是我拜託您，我要託付給您一個的任務：六點鐘聲敲響的時候，把您帶去所有的人都再帶返回我這裡，不讓他們像一團散沙似的各自回去。您要帶誰去都可以。這樣的交代，我不會對所有的人說。可是我確信您的朋友們都是好人，我立即看得到我們可以彼此了解。除了小核心之外，下週三正好有非常令人喜愛的人會來。您不認得可愛的德·長橋夫人吧？她長得美，人又聰明，一點也沒沾染攀龍附鳳心態，您看著吧，她會讓您喜歡的。她也要帶來一大群舊識，魏督航夫人補充說道，用例子來鼓勵我，爲了向我表示他們的好形象。我們可以瞧瞧誰更具有影響力，把更多的人帶來，是被巴爾伯·德·長橋帶來呢，或者是被您帶來呢。而且，我相信有人應該也會把裴果特帶來，她補充說道，神情落寞的，這一場冠蓋雲集的競賽顯得太不可能進行了，當天早上在報紙上刊載了一則消息，說到這位大作家的健康令人堪憂[531]。總之，您看著吧，這將會是我週三日最成功的一次，我不要有討厭的女賓客。況且，不要以今晚的週三日作爲評價標準，今晚完全是一場糊塗。您別抗議，您不可能比我更煩悶，我自己覺得，這是個讓人昏昏欲睡的週三日。不會永遠像今晚這樣的，您知道嗎！再說，我不是指德·康柏湄這對難以忍受的夫婦，我還認識了一些自認爲和善優雅的上流社會人士，還說呢！和我的小核心一相比，就見眞章了。我聽說了，您認爲斯萬是個賢達之士。首先，依我的看法，這太誇張了，根本連說到這個人的個性都不必，基本上我就一直認爲他惹人厭，耍心機，不光明磊落，我經常在週三日和他吃晚餐。還說呢！您大可逕自向別人打聽看看，就算是和溥力脩比個高下，說他是鷹派人士，那就差遠了，溥力脩是教導高三生的好老師，是我把他引進

531 裴果特行將就木的消息，在《富貴家族之追尋》原典頁315文本中，就已經被宣布過了。

高等學院，畢竟相形之下，斯萬就不值分文了。他毫無光彩可言！」由於我表達了相反的意見：「就是這樣。我不要在您面前說他的長短，因爲他是您的朋友；況且，他很疼惜您，他向我提起您的時候，眉飛色舞的，可是問一問那些人，他有沒有在我們的晚餐中說過什麼有趣的話題。這畢竟是個試金石。這麼說吧！我不知道爲什麼緣故，斯萬在我這裡就是沒分量，沒分量就是沒分量，什麼影響力都沒有。再說他要稍有影響力的話，得要從這裡取得才行。」我保證斯萬他非常聰明。「才不，您之所以如此認定他，因爲您認識他的時間比我淺短。根本上，要視透這個人只要三兩下功夫。對我而言，他讓我我煩得要死。（該當譯出之意：他前往拉．特雷默伊和德．蓋爾芒特夫婦的家，他知道我不會去那裡。）我什麼都可以忍受，就是不能忍受無聊。啊！這個不行！」對無聊深惡痛絕，現在成了魏督航夫人的理由，專門用來宣揚小圈圈成員的組合。她還沒款待公爵夫人們，因爲她無法窮極無聊，好像會暈船的人無法搭乘海上郵輪。我自忖，魏督航夫人不是毫無道理，雖說德．蓋爾芒特夫婦公開宣稱過溥力脩是他們所遇見過最笨的人，我保持疑慮，或許歸根究柢，溥力脩就算是不比斯萬本人略勝一籌，至少贏得過那些擁有德．蓋爾芒特家族精神的人，他們豈有好的品味避免溥力脩賣弄學問的戲謔而且爲之感到害臊，我會自問這個問題，彷彿藉由我所提供給自己的答案，認爲智慧的本質有可能被點亮，是我以認眞的態度來審視的，就如同基督信仰者，關乎救恩的問題，接受皇家港的影響那樣。「您看著吧，」魏督航夫人繼續說道，「當我們擁有一些上流人士與眞正聰明的人相處，他們是屬於我們的群體這些人，這才是眞正要來見識的地方，上流社會中最爲機靈的人處在盲人王國之中，來到這裡只能算是個獨眼龍而已。更甚者，他會使別人噤若寒蟬，把別人的信心都搖動了。事態如此嚴重，以至於我自忖，試著把人們攪和在一起導致一場糊塗，倒不如把許多系列的無聊人士召聚過來，這麼一來，我的小核心就有開心的機會了。結論就是：您帶著表妹來，這沒問題。很好。至少，在這裡，您兩位都不必愁吃的。在翡淀，則是又飢又渴。啊！眞是的，如果您喜歡大老鼠，就立刻去吧，您會被伺候得順心滿意。人們會把您留住，只要您願意。那可好，您會成為餓殍。再說，要我去，我會先吃飽再出發。您得要來找到我，這樣會好玩一些。我們先好好的享用個下午茶，回家以後再補吃一頓晚餐。您喜歡蘋果派嗎？喜歡，那可好！我們的主廚做蘋果派最拿手了。您看見了吧，我說您該當生活在這裡才是，我說得沒錯吧。來這裡住下吧，您知道，我們家裡空位可多著呢，表面上看不出來。我不說這個，免得招惹來煩心的人們。您可以把表妹帶來住下。她會呼吸到不同於壩北柯的空氣。因著這裡的空氣，我有把握把久病不癒的人治好。說真的，我醫好過一些人，不只是今天而已。因為從前我住過附近，是我花功夫翻找尋到的地方，租金便宜得只要花我一塊麵包，比他們的拉．哈斯柏麗野還更有特色。如果我們一起散步，我就指給您看看。不過我承認，光是這裡的空氣，就真的足以使人神清氣爽了。我只要說一兩句話，巴黎人就開始愛上我的小雅居了。我的運氣還真的一直都不錯。總之，把這件事告訴您的表妹吧。我們會安排給您們兩間朝向山谷的漂亮房間，早晨，您們看得見太陽在霧中出現！諸位剛剛說的羅伯特．德．聖—鷺又是何許人？」她說這話帶著不安，因為她聽見我必須前往東錫耶爾看他，唯恐這人讓我把她撇下不顧了。「您可以把他帶來這裡，這樣更好，假如他不是一個惹人討厭的人。我聽見莫瑞提到了這個人；我覺得好像莫瑞與他的關係匪淺[532]」，魏督航夫人完全是睜著眼說瞎話，因為聖—鷺和莫瑞根本彼此不認識。可是聽見聖—鷺認識德．查呂思先生，她想這應該是藉由小提琴手的緣故，要顯得她一副消息靈通的樣子。「請問一下，他是學醫的嗎，或是學文學的？您知道，如果您需要有人寫推薦信好參加各樣考試，寇達可幫上大忙，我說什麼他都聽我的。至於國家學院，這是稍後的事，因為我自忖，他的年紀還不夠大，我手中握有好幾張選票。您的朋友來此地，會有賓至如歸的感覺，他或許也喜歡

532 這是影射敘事者將會在《伊人已去樓已空》文本中，交代有關聖—鷺和莫瑞之間的戀情嗎？

看看這宅第。這裡可不是鬧著玩的東錫耶爾。總之，您就看著辦好了，看是怎樣對您最方便都可以」，她做了個總結，沒有多加強調，免得顯出刻意要認識貴族的樣子，因爲她讓忠誠之友生活在一種體制之下，而她所懷抱的企圖心，是把專制體制稱之爲自由體制。「咦，你怎麼啦？」她說道，看見魏督航先生一邊做著不耐煩的手勢，走到一路由客廳鋪陳到山谷上方的木板平台，像是一個氣得七竅生煙，需要呼吸點空氣的人。「又是桑尼業惹您心煩了嗎？可是既然你知道他是白癡一個，就認了吧，別把自己搞成這副德性……我不喜歡這樣，她對我說道，因爲這對他不好，會讓他腦充血。可是我必須說，有時候，要忍受桑尼業，還非得要有天使般的耐性，尤其要記得，收留他，是出於一片善心。至於我呢，我坦承，他那耀人眼目的愚昧，其實還蠻逗我開心的。我想您在晚餐後聽見他說這句話了：『我不會玩惠斯特橋牌，可是我會彈奏鋼琴』。說的可比唱的還好聽！包山包海的，其實這是個謊言，這兩件事沒有一樣是他會做的。說到我的丈夫，他外表看來粗魯，其是內心是很敏感，很善良的，而桑尼業這個自私自利的小子，經常存心製造他所要的效果，惹得他暴跳如雷……哪，我的小心肝，別氣了，你知道寇達對你說過，這對你的肝不好。到頭來倒霉的事都落在我頭上，」魏督航夫人說道，「明天桑尼業又要來發神經，掉眼淚了。可憐的男人！他可病得不輕，但是終究這不是個好理由，把其他人也一起扼殺了。再說，就是在他正受著太多苦，讓人想要同情他的時候，他的愚蠢立即把別人的同情心給毀了。他眞的笨得太過頭了。你就客客氣氣的對他說，上演這些戲碼會讓你們兩人一起病倒，告訴他不要再回來了；這是他最害怕的，有把他的神經安撫下來的效果」，魏督航夫人對她的丈夫提出這樣的點子。

從右邊的窗子往外看，大海不是看得很清楚。不過另一邊的窗子呈現了山谷，現在一輪明月灑下白皓皓的光芒在山谷之上。我們偶而聽見莫瑞和寇達的聲音。「您有王牌在握了？」——「對（Yes）。」——「啊！您的好牌可多著呢」，德．康柏湄先生回答了問題，對莫瑞說道，因爲他看見醫師手中的全都是上好的牌。「這張牌是紅磚王后，」醫師說道，「這可是王牌一張，您可知道？我切了，我收了……可是索邦大學不存在了，」醫師對德．康柏湄先生說：「只有巴黎大學了[533]。」德．康柏湄先生坦承，他不懂爲什麼醫師要對他做這個提示。「我以爲您是說到索邦大學，」醫師又說道。「我剛才聽到您說：你替我們**把她好好帶出去**（tu nous la *sors bonne*），」他又補上一句，一邊使著眼色，要表現出這是一個字。「等等我，」他一邊指著他的對手，「瞧瞧我給他預備一個特拉法加之役[534]。」這回對於醫師必定是個漂亮的出擊，因爲喜孜孜的他，一邊笑著，一邊怡然自得的擺動著雙肩，這對他們的家族成員而言，在寇達「類型」中，是近乎動物形態的特質，表示牠的稱心如意。在他的前輩當中，伴隨著如此搖肩動作的，還有彷彿抹肥皀似的搓揉雙手的動作。寇達他自己起初採用的是雙重仿效，可是有那麼一天，沒有人知道有了什麼情況介入，不知是否來自夫婦之間的，或許來自權威人士的，搓揉雙手的動作不見了。甚至在玩骨牌遊戲時，當醫師迫使對手得要「出手摸牌」，非得要他拿下最強的雙六牌不可時，對他而言這是最爲舒爽的愉悅，他只自顧自的作出搖擺雙肩的動作。當他——盡可能不如此做——回故鄉的幾天光景，重新見到他的表兄弟還保留著搓揉雙手的動作，回到家中，就對寇達夫人說：「我覺得荷內這小子好俗氣。」一面轉身朝向莫瑞，他一面問著：「您有那粒小東西了[535]？沒有？行，由我來扮演年老的大衛[536]。」——「那您就

533 參見本書法文原典頁261。注2。

534 特拉法加之役（la bataille de Trafalgar），發生於一八〇五年十月二十一日，大英帝國海上戰役之名。納爾遜（Nelson）在此戰役中於直布羅陀（détroit de Gibraltar）西北方，特拉法加海角（le cap de Trafalgar）外海，擊敗一隻由維勒夫（Villeneuve）指揮的法—西聯合海軍艦隊，此戰役奠定英國海軍成爲海上霸主。

535 影射聖經中《撒母耳記上》十七章所載，大衛以以五粒機弦甩石中的第一粒擊斃巨人歌利亞之戰役。**【譯者注】**。

536 大衛（David）：乃指橋牌中的黑桃十三，此王牌以大衛王爲名，因爲當大衛王還是少年牧童時，曾奮勇戰勝巨人歌利亞。**【譯者注】**。

有五顆，您贏定了！」——「醫師，這仗贏得漂亮，」侯爵說道。——「畢魯斯模式的勝利[537]」，寇達答道，一面轉身朝向侯爵，一面從單眼鏡片上拋出一個眼神，想判斷一下說這句話的效果。「如果我們時間還夠，」他對莫瑞說，「我來替您報一箭之仇。輪到我上場……啊！不行，馬車都到了，那就等星期五，我再表演給您見識一個絕妙伎倆[538]。」魏督航夫婦把我們往屋外帶。女大老闆特別對桑尼業表示疼惜，爲了確定他次日會回來。「可是我覺得您的衣服穿得不夠厚，我親愛的小孩，」魏督航先生對我說，請容許年紀都一大把的他，以父執輩的說法如此稱呼我。「天色好像變了。」這些話說得我滿心歡喜，彷彿深層的生命應該宣告出其他的改變，破繭而出的是形形色色的組合，所加諸於大自然界的，會發生在我的生命中，給我的人生帶來締造新契機的可能。光是離開之前把朝向大花園的門打開，我們就感覺到另一種「天氣」片刻之間充滿了現場，新鮮的氣息，夏天的透心涼，從松樹林中冉冉升起（從前德·康柏湄老夫人在這裡與蕭邦神交），若有若無、婉約又溫柔的迴轉著，像不停變化著的洄瀾，開始彈奏著輕盈的夜曲。我拒絕了蓋毯，後來幾個夜晚，當愛蓓汀來的時候，我才接受，這樣做，比較是爲了蓋毯暗中所給我們的愉悅享受，而不是爲了禦寒。大家找不著挪威哲學家。他瀉肚了嗎？他怕錯過火車班次了嗎？有飛機把他接走了嗎？他被提升天了嗎？他經常神隱，冷不防就不見了，活像個神仙。「您不該拒絕蓋毯的，」德·康柏湄先生對我說道，「天氣冷颼颼的。」——「爲什麼說鴨子般的冷？」醫師問道。——「小心胸悶，」侯爵又說道。「我的妹妹晚上從不出門。況且現在她被牽扯得很厲害。無論如何，不要這樣光禿著頭，快把帽子戴上。」——「胸悶不是**由寒氣引起的**，」寇達義正嚴詞的說道。——「啊！那麼，」德·康柏湄先生哈著腰說，「既然這是您的建言……」——「給讀者的建言！」醫師說道，一面把眼神提高到單片眼鏡之上，微笑著。德·康柏湄先生笑了，可是確信他說的有理，堅持著立場。「不過，」他說，「每次我的妹妹晚上出門，她都突然發病。」——「別強詞奪理了[539]，」醫師答道，沒有注意到他說話欠缺禮貌。

「何況我在海邊不看診，除非有人要求我出診。我是來渡假的。」其實他說這話是心口不一。德．康柏湄先生和他一起坐上馬車之前，對他說：「就在這附近（不是在您的小海灣這邊，是在另一邊的小海灣那邊，可是和這個地點貼得相當近）另外有一位醫界名人，竇．布鵬醫師，我們運氣很好」，平常因著**倫理的緣故**謹守自己不批評醫界同儕的寇達，禁不住揚聲喊叫起來，就像那個可悲的日子，當我們一起走到小娛樂賭場時，他對我說話那樣：「他算不上是個是醫生。他的醫學只是紙上談兵，隨性發表議論的診斷，全是信口開河，雖說我們關係良好。假如我不是被迫要離開的話，我會搭船前往看他一次。」可是依照寇達對德．康柏湄先生說到竇．布鵬的表情，我感覺到他樂於搭乘前往找到竇．布鵬的船隻，非常像來自薩萊諾城的醫師們所搭的那艘船，爲要前往破壞維吉爾，另一個紙上談兵的醫生，廢掉他所發現的藥水（這人把他們的顧客群全都搶走了），可是航行到一半途中，那艘船翻覆了，醫生們也都溺水了[540]。「再會了，我的小桑尼業，明天可要來唷，您知道我丈夫很疼愛您，他喜愛您的精明，您的聰明；沒錯，您是心裡有

---

537 «une victoire à la Pyrrhus»乃指一個花費昂貴代價才取得的勝利，由於付出代價實在太高，以至於無法慶幸如此的勝利。【譯者注】。

538 «Je vous montrerai un tour qui n'est pas dans une musette.»片語〔轉意及通俗用語〕Qui n'est pas dans une musette：絕對擁有好品質；精采可期，值得關注者。《二〇二二年小羅勃特法語文辭典》。【譯者注】。

539 «Il est inutile d'ergoter»。【譯者注】。

540 影射中古時代一個攸關維吉爾的傳統說法，他也曾經因具有術士身分而得名，特別是在拿坡里（Naples）地區，這裡是他死後埋葬之地。大家認定他是在波佐利（Pouzzoles）創設神奇療浴者，然而病患成功的得到如此療效之事，引來薩萊諾（Salerne）城內醫生們的忌妒。這些醫生們前往波佐利，將水療設施大舉破壞。他們報復舉動完成後，返鄉途中，在海上遭遇風暴而喪命於大海之中。被普魯斯特所傳述的此一故事，寫在《帕爾特諾普編年史》（*Cronica di Partenope*）中，此一故事編撰之地是拿坡里，時間是十四世紀中葉，被安置在由多明尼克．康帕雷迪（Domenico Comparetti）所編著之*Virgilio nel medio evo*一書之附加文本內，一八七二年於利弗諾（Livourne）出版。此一著作曾於一八九五年譯成英文，不過沒有譯成法文。

數的。他喜歡裝出一些粗魯的樣子，可是他見不到您就是不行。他老是第一個問我：『桑尼業來嗎？我眞喜歡見到他！』」——「我從來都不說這種話」，魏督航先生對桑尼業說道，假惺惺的直言不諱，與女大老闆說到他對待桑尼業的方法，兩者完全合縫。之後，他看了一下手錶，或許爲了不要在夜晚濕氣中延長道別的時間，他囑咐車伕們趕緊出發，不過下山坡時要格外謹愼，並且要穩穩的，在火車進站之前，把我們早一步送到車站。這個車伕要把忠誠之友中的一位先送到一個火車站，再把另一位送到另一個火車站，到最後輪到了我，沒有其他人要去到壩北柯這麼遠的地方，之後就輪到德．康柏湄夫婦。這對夫婦和我們在竇城—翡淀一起搭乘了火車，免得他們的馬匹夜間上到拉．哈斯柏麗野來。事實上，最靠近他們家的火車站不是這一站，它離村莊已經有點遙遠，離開城堡又更遠，是梭涅車站才更靠近他們的家。到達竇城—翡淀車站時，德．康柏湄先生堅持要將「一個錢幣」，就如芙蘭絲瓦所說的，給魏督航夫婦的車伕（正是客氣、敏感、帶著憂鬱想法的那位車伕），由於德．康柏湄先生待人慷慨，這方面他比較「像他的娘」。不過或許也有「像他的爹」的這方面介入其中，他唯恐所給的賞錢數字有誤——或許可能因爲他視力不好，所給的，譬如說是一蘇，卻當成了一法郎，或許因爲所給的對象沒看見他所給的賞錢有分量，因此他提醒了這句話：「我給您的確實是一法郎，是不是？」他對車伕說著話，一邊把錢幣放到有亮光的地方晃動，好讓忠誠之友向魏督航夫人重提這件事。「的確是二十蘇，是不是？因爲這不是一段小路程。」他和德．康柏湄夫人在梭涅車站與我們分開了。「我會告訴妹妹，他重複對我說道，您會胸悶，我確信她會感到興趣的。」我了解到這句話所要說的意思就是：她會感到高興。至於她的妻子向我道別時所用的兩句話，既簡單又扼要，即使是寫在信上，雖然大家都習以爲常，它們也會讓我錯愕，這樣的話說在口中，故意顯得毫不在乎，顯得有舊交情，卻是令人難以忍受的舞文弄墨：「有榮幸與您共渡晚宴時光，她對我說；若見到聖—鷺，代我致上情誼。」德．康柏湄夫人對我說這句話的時候，把聖—鷺發音成聖—鷺帕。

我從不知道是誰在她面前如此發音過，或者是什麼情況讓她以為必須如此發音。情形是連續幾週她都發音成聖—鷺帕，另外還有一位對德．康柏湄夫人欣賞有加的男士，也是學她的樣式，發同樣的音[541]。如果其他的人說聖—鷺，他們會強調要用力的發出聖—鷺帕這聲音，一則給這些人間接上一課，一則與這些人作出區隔。不過很可能比德．康柏湄夫人更出色的女子讓她間接明白了，這樣發音是不對的，她之所以為的原創發音法，其實是個錯誤，這會讓她顯得對上流社會的事情不靈通，不久之後，德．康柏湄夫人又重新發音成聖—鷺，她的景仰者也完全不再堅持己見，或許因為德．康柏湄夫人曾經曉以大義，或許因為他注意到德．康柏湄夫人不再把尾音敲響，於是他對自己說，一位如此有身價、如此有活力，如此有企圖心的女子，如果她都可以讓步了，那麼一定是恰如其分。最糟糕的，她諸多的景仰者之一就是她的丈夫。德．康柏湄夫人喜愛對別人百般無理的調侃。她如果發動攻勢，或是衝著我，或是衝向另外一人，德．康柏湄先生就瞇瞇笑的看著受害者。由於侯爵有鬥雞眼——這下子他所表現的心思動機，活像傻子們尋開心的模樣——如此淺笑的效果，在近乎全白的眼睛中帶來一線瞳孔，如同鋪滿白雲的天空裡，出現了短暫的藍，由單鏡片眼鏡保護著細緻的景色變化，酷似珍貴的繪畫上面鋪了一片玻璃。至於什麼動機讓他瞇著雙眼笑逐顏開，我們不懂這是否出於和善：「啊！好傢伙！人家可是忌妒您了，頭腦這麼聰明的女人給了您恩惠」；或者出於惡毒：「好說！先生，我希望別人把您安排妥貼了，這回可是讓您這啞巴好好的吃了一頓黃連了[542]」；或者出於服務心態：「我知道，我在這裡，我把它當作荒唐的事來處理，因為這純屬玩笑話，我不會讓您受窘」；或者出於殘忍的同謀心理：「我不必多管閒事，不過您是看見了，她甩給您的

541 是否攸關將要愛上德．康柏湄夫人的溥力脩？（參見頁477）

542 «Vous en avalez des couleuvres»。Avaler des couleuvres，〔通俗用語〕意即：強忍羞辱不加反抗。《二〇二〇年拉魯斯圖解大辭典》。**【譯者注】**。

所有羞辱讓我笑破肚皮。我的背都笑彎了，當丈夫的我，我是贊成的。還有，如果您膽敢吭聲唱反調，您就知道是對誰說話了，好小子，我先甩給您兩個耳光，消腫了之後，我們再去喜鵲唱歌森林拔出劍來比劃比劃。」當丈夫的固然要尋樂子，縱使有上述諸多的詮釋變化，妻子一時性的衝動很快打了退堂鼓。這麼一來，德．康柏湄先生馬上止住不笑，眼珠子頓時消失了，由於大家幾分鐘前才沒看見那經常是白色的眼睛，這眼珠子給了臉色紅咚咚的諾曼地侯爵彷彿剛剛動過手術的表情，又是眼睛失血過多，又是無語問蒼天，或者在單鏡片眼鏡之下的他，正祈求著上主賞賜給他殉道者的棕樹枝勳章。

第二章

德・查呂思先生的憂傷。——他那虛擬的決鬥。——「跨越大西洋」之停靠車站。——我要與愛蓓汀斷絕來往，她已經使我厭倦了。

我睏極了。我搭電梯一直上到我的樓層，不是藉由電梯管理員，而是藉由鬥雞眼的機動服務生，他主動和我攀談，對我敘述他姊姊經常和那位非常有錢的先生在一起，曾經有一次因爲她想要返鄉不要乖乖留下，她的男朋友就前往鬥雞眼機動服務生及其他較爲幸運兒女的母親那裡，這位母親趕緊把要脾氣的女兒送回給她的男朋友。「您知道，先生，我姊是有身分的女士。鋼琴她會摸，西班牙話她會講。說來或許您不相信，雖說她只是帶您上下電梯的小職員的姊姊，她對待自己可大方得很；當起少奶奶的她有專屬的貼身女侍，如果有一天她有馬車，我也不會目瞪口呆。她很漂亮，如果您看見她稍稍愛擺架子，那又怎麼樣！這是可以理解的。她很有點子。每次離開豪華大旅館，爲了給清理房間的女侍一個小紀念品，一定免不了在衣櫃、五斗櫃裡讓自己宣洩一下。她甚至有時候在馬車裡也如法炮製，先付了車資之後，再躲到一個角落，讓自己有個笑料，看見嘴巴碎碎念的馬車伕非得把馬車再清洗一遍。我的父親也恰好有機會幫我另一位弟弟找到他從前所認識的印度親王。當然這是另一種類型的工作，可是工作身分超棒。如果不必到處遊走，那就是夢幻工作了。現在只有我還被卡死在這裡動彈不得[543]，可是世事難料。我的家庭會走運；

543 «sur le carreau»〔通俗用語〕意即：倒地不起，被擊昏或被殺死；從競賽中除名。《二〇二〇年拉魯斯圖解大辭典》。【譯者注】。

有誰知道我會不會有一天成爲共和國總統？不好意思，我讓您絮絮叨叨的說著（可是我一句話也沒說，一邊聽著他說話，開始睡著了）。先生，晚安。噢！謝謝您，先生。假如所有的人都像您這樣好心腸，就不會有不幸的人了。不過就如我姊所說的，總是要有些不幸的人，好讓變得有錢的我可以給他們搞些麻煩。我不好意思這麼說[544]。先生，晚安。」

或許每天晚上，在睡眠當中，我們得接受冒險，親身經歷那些被我們認定爲沒有效力而且不曾存在的苦楚，因爲這些苦楚將再度被感受得到[545]，就在我們以爲無意識的睡眠當中。事實上，我從拉·哈斯柏麗野晚歸的夜晚非常睏倦。可是只要天氣一轉涼，我就不能立即入睡，因爲爐火發出的亮光像有人點了一盞燈似的。只是這把爐火雖然強烈卻是短暫，而且——也如同一盞燈，入夜時，就像大白天似的亮晃晃——它那太刺眼的光線很快就減弱了；我進入睡眠狀態，好像進入我們所擁有的第二座公寓，它把我們原有的公寓撇開，帶我們來到這裡睡下。它有自設的門鈴，我們在裡面時而猛然被一種聲響喚醒，耳邊聽得一清二楚，然而卻沒有人來按鈴[546]。它設有多位家僕，有它的特別來賓來找我們出外活動，以至於當我們已經準備好起身，透過我們立即要轉移進入另一個公寓的動作，才頓時發現我們回到了睡前的那間公寓，臥室裡空空如也，誰也沒來過。住在其中的族類，像是原始人類，具有陰陽雙性。男人不久之後以女人的外型現身，物體有機會變成人類，人們有機會變成朋友和敵人。對沉睡者而言，睡眠所流逝的時間，絕不等同於醒著時候所完成的生命經驗[547]。時間流程瞬間變得快速許多，一刻鐘似乎是一整天；有時候拉長許多，我們原以爲只是小寐一會兒，其實已經睡了一整天。於是，一旦搭上睡眠車輦，我們下到深而又深之處，回憶不再能與睡眠者會合，在深淵裡，思想被迫要走回頭路。睡眠車輦[548]與太陽之馬車雷同，在一種氛圍中前進，步伐如此一致，任何抗拒力都擋不住，需要某一小顆不爲我們所知的隕石（是否由某個「未知者」由碧藍天空投擲而出[549]？）方能擊中規則性的睡眠（若非如此，車輦沒有任何理由停止奔跑，將以相同的動作持續運轉直到世世代代）而且將車輦以急速彎曲的弧線帶回現實，快馬加鞭的奔馳，穿越與生命毗鄰的區域——在那裡，沉睡者不久將聽見屬於現實生命的雜沓聲響，近乎朦朧，雖然扭曲變形，不過

---

544 «Passez-moi l'expression.»提到一句可能引起反感、驚訝之辭時，用來表示抱歉的說法。《二〇二一年小羅勃特法語文辭典》。**【譯者注】**。

545 本書法文原典關乎睡眠與夢境的這段文字（頁370－375）——沒有描述關乎睡眠的裝備（頁370－372），後者是於一九二二年的排版稿上再增加上去的——根據在現場聆聽談話的愛德蒙·賈魯（Edmond Jaloux）他的說法，這段文字乃是回應普魯斯特與柏格森之間關乎失眠以及助眠藥劑的談話。參見愛德蒙·賈魯著。《與普魯斯特作伴》（*Avec Marcel Proust*）。巴黎—日內瓦。一九五三年出版。頁18－19。這段對話應是發生於一九二〇年九月，當布魯曼達獎（le prix Blumenthal）評審會議舉行時，該獎項頒發給了雅各·黎偉業。參見邦德出版社出版。《馬賽爾·普魯斯特》（*Marcel Proust*）。第二冊。頁404。然而普魯斯特似乎也回應了一九〇一年柏格森的一次演講，「夢境」（«Le Rêve»），收錄在一九一九年《心靈活力》（*L'Energie spirituelle*）一書中。根據柏格森他在眾多關乎十九世紀夢境之文章，他提及佛洛伊德（Freud），夢境的形成元素是一些實際動人情景，由無意識性的回憶在夢境印上印象。關乎類似熟睡的思考，在《追憶似水年華》他處被加入，不過為時較晚，例如在東錫耶爾（參見《富貴家族之追尋》。原典頁78－85）或者在《囚禁樓中之少女》（原典頁112－117）文本中。在《所多瑪與蛾摩拉》文本中，睡眠之主題已經出現在「沉潛心靈之悸動」中（頁152－176）。容我們做這點提醒：曾經有人就教於黎偉業，想知道普魯斯特是否與佛洛伊德有過交往，黎偉業於一九二三年答道：「名義上而已；我相信我可以肯定的說，他未曾讀過佛洛伊德著作的一行一字」。參見《研究人類心理之某些進展成果》（*Quelques progrès dans l'étude du coeur humain*）。賈利瑪出版。「馬賽爾·普魯斯特之筆記」（«Cahiers Marcel Proust»）。一九八五年。頁192。

546 普魯斯特與柏格森持相反理論，柏格森將夢境元素與動人情景兩相連結，包括視覺的、聽覺的、觸覺的，例如室內噪音。柏格森說，就是「藉由真實動人情景，我們製造夢。」參見《作品集》（*Œuvres*）。法國大學出版社（PUF）出版。一九五九年。頁884。

547 柏格森在書中如此寫著：「在幾秒瞬間，夢境可以向我們呈現一系列的事件，包括清醒時好幾天內所發生的」。參見《作品集》（*Œuvres*）。頁894。

548 於一九二二年加進排版稿中，關乎睡眠馬車的描述，在筆記59號中有了初稿。普魯斯特在稿紙邊緣注記著：「要想到把這段聽寫稿放在我的遺囑中。」此一注記印證了在普魯斯特眼中，睡眠與夢境主題的重要性，它與死亡預先有了連結。我們可以將這些思考，與藥物中毒之事相互結合，一九二一年秋天，普魯斯特因為服用藥物的劑量有誤，險些讓他喪了命。

549 «dardé de l'azur par quel Inconnu ?» Darder：〔文學用語〕乃指將一尖銳之武器快速射出；發射之意。《二〇二〇年拉魯斯圖解大辭典》。**【譯者注】**。

已經有所感覺——睡眠車輦驟然間踏在甦醒的地面上。於是，在晨曦中，我們大夢初醒，不知自己身在何方，身分不明，煥然一新，作爲全然新生，頭腦已被淨空，脫離了走到如今的過往生命。或許更爲美好的，就是車輦驟然成功的降落到清醒之中，我們睡眠中的念頭被一大塊遺忘之布席捲奪走，時間不夠讓睡眠中的思想逐漸回神過來，睡眠就停止了。於是我們似乎穿過了幽暗的暴風雨，渾身無力的走出來，思想空白（甚至都不會說**我們**二字）：「我們」像是已被掏空。個人或物體當下得要承受多麼大力的錘擊，才會全然忘記，驚嚇錯愕，非得等到記憶力快跑前來救援，才又恢復得了意識或人格？更甚者，爲了這兩種類型的甦醒，睡眠，甚至是熟睡的情況，都必須脫離得了睡眠的習慣性常規。因爲凡是被習慣網羅在內的，都會被習慣監視著；若要逃脫習慣的網羅，就得逃脫習慣，以爲做著與睡眠無關的事情時，睡意來了，簡言之，不是在預先安排之下，不是藉由深思熟慮，連不露痕跡的想法也闕如的情況之下，入睡了。至少我剛才所描寫的這些甦醒狀況，大部分也是我的狀況，當我前一天在拉·哈斯柏麗野用過晚餐，一切事情的發生正如同上述，我可以爲此做見證，我這個怪異的人，生活在木板遮簾緊閉的屋內，正等著死亡來解救，對外界一無所知，靜止不動如同貓頭鷹，像牠一樣，只有在幽暗中看東西才稍爲清晰一些[550]。一切事情的發生似乎就是如此，不過，或許有一層亞麻薄架[551]攔阻睡眠者去聽見回憶中私密的內在對話，以及睡眠不斷發出的絮絮叨叨。因爲（這也可以在第一個系統裡作出解釋，那是更寬闊、更神祕、更屬於外星的）當甦醒時刻來臨，沉睡者聽見一個內在聲音對他說道：「今天晚上，親愛的朋友，您來晚餐嗎？要是能來，那該有多好！」又想著：「對，那該有多好，我要去」；之後，越來越清醒的他突然想起：「外婆頂多只能再活幾個星期了，醫生肯定如此說過。」他按了鈴，一想到待會兒來應聲的，是一個無感的貼身家僕，而不是像從前他的外婆，她那即將離世的外婆，他就哭了。況且，當睡眠把他從回憶及思想所居住的世界帶出，遠遠的，穿越天空[552]，無人陪伴，形單影隻，甚至連那讓人感覺到自我存在的伴侶都不見了，他已經在時間框架之外，無計可施。貼身家僕已經進來了，他不敢問家僕現在幾點鐘了，因爲他不知道他到底睡了沒有，他究竟睡了幾小時（他自忖是否已經睡了好幾天，回過神來時，他的身體疲憊不堪，心思寧靜，心中想著他鄉，好像到過遠處旅遊，這樣的睡眠不可能沒有持續很長的時間）。當然我們可以認爲這只是一瞬間，再簡單不過的理由就是看一下掛鐘，就注意到我們以爲一整天的時間，其實只是走了一刻鐘而已。不過當我們觀察到這點時，我們已經醒了，回到甦醒著的時間裡了，我們把另一個時間驅趕走了。或許不僅只是趕走另一個時間而已：是趕走另一種人生。我們在睡眠中所得到的愉悅，不會被計算在生活中所感受到的經驗裡面。就拿我們所有人當中最俗不可耐的感官享受來看，一旦醒來，如果我們不想多費周章，那個在睡夢中所感受到的愉悅，在那一天就無法不斷的重複享受了。我們中間又有誰不會快快不樂呢？這種感覺很像是失去了財富。在另一種人生中，我們所嚐到的愉悅是不同於我們的人生的。夢境中的痛苦與歡愉（它們通常在夢醒時分很快消失），假如我們要將它們呈現在一個帳本中，那不會是記錄平常生活的那一本。

我說時間有兩種：或許只有一種而已，清醒者的時間不能說是等同於沉睡者的時間，後者可能是另一種生命，我們睡夢中的生命，——在深沉中的那一部分——它並非臣服於時間的範疇。我在拉．哈斯柏麗野吃完晚餐的次日，睡夢正酣時，我感覺得到這一點。原因如下。醒來以後，我開始失望，發現我按

---

550 參見波特萊爾《惡之華》詩集（*Les Fleurs du mal*）。〈貓頭鷹〉（«Les Hiboux»）。【譯者注】。

551 «une couche d'étoupe»，étoupe：〔紡織用語〕乃指梳理亞麻或大麻過程中所產生之副產品，可用來嵌填船縫。《二〇二〇年拉魯斯圖解大辭典》。【譯者注】。

552 «à travers un éther où il était seul» éther：1.依據古人說法，乃指空氣層外充滿空中之流動液體 2.〔詩意用語〕乃指天空，大氣。《二〇二〇年拉魯斯圖解大辭典》。【譯者注】。

了十次鈴，貼身家僕都沒來。第十一次，他進來了。這才是第一次的按鈴。其餘的十次都是我所要的按鈴動作，在持續著的睡眠中，我設計著要去做的。我發麻的雙手動也沒動。可是這些早晨（就憑這點我可以說，睡眠或許不知道何謂時間法則），我要醒來，爲此，我格外要做的努力，在於把我剛剛在睡眠中所經歷的那一整個不確定的幽暗，置入時間的框架之中。這不是一份容易的工作；睡眠無法知道我們已經睡了兩小時，或是兩天，它不能提供我們任何參考點。如果我們不在外面找到這個參考點，我們回不到時間裡面，重新入睡了的時候，五分鐘會讓我們以爲是三小時。

我經常說——也試驗過——最有能力的安眠藥就是睡眠。睡眠中與那麼多巨人搏鬥過，與那麼多情誼接連上了關係，在熟睡了兩小時之後，若是睡前服用了好幾公克的巴比妥，則是難以甦醒過來。還有，由前者論到後者，採納「他的傑出同事——抱歉，他的同儕」布特魯先生[553]見解的挪威哲學家[554]，說到柏格森先生的看法，認爲服用安眠藥的人，他們的回憶會產生特別的改變，這話讓我訝異。「當然」，如果挪威哲學家的話值得採信，柏格森先生很可能對布特魯先生這樣說道：「偶而取用適量安眠藥，對於我們每日生活的堅實回憶不會造成影響，回憶穩穩的駐留在我們裡面。可是還有其他記憶，屬於更高層次的，是更不穩定的。在我諸多的同仁之中，有一位講授古代史課程。他對我說，如果前個晚上他服用了藥劑入睡，當他授課時，要尋找他所需用的希臘文引述語會有困難。開這些藥片給他的醫生要他放心服用，說它們不會影響記憶。『這或許是因爲您不需要引述希臘文』，歷史學者對他答道，嘲諷中不免帶著驕傲。」

我不知道柏格森先生和布特魯先生之間的這段談話內容是否準確。不過那麼有深度，那麼清晰，那麼熱情全心投入研究的挪威哲學家應該是誤會了。按照我親身經驗的結果並非如此。某些麻醉藥劑不被服用者完全吸收的次日，相較於經過一個晚上自然且深沉的睡眠者而言，僅有部分的相似與困擾。在前者或後者情況之中，如同波特萊爾所寫的某一句詩「像一把揚琴[555]」那樣纏擾著我，——如果我睡了——我所遺忘的，並不是前述哲學家們某一個概念，而是眞實生活中環繞著我的普通事物；對普通事物缺少概念使我成爲愚昧的人。所發生的狀況——如果醒了，從非自然的睡眠中走了出來——我分辨不清楚的，不是波爾菲[556]或是普羅丹[557]的系統，這是我在其他日子裡已經掌握得很好的了，而是我不再記得針對某個邀請應該給誰回覆，關乎邀請的回憶是一片空白。高超的思想停在原地沒動；被藥物催眠者所排斥在他平日生活之外的，是他在瑣碎事物中的反應能力，這些活動需要準時回應，才又能重新被掌握得到，才抓得牢日常生活中的某件要務。不論大家怎麼說，腦部一旦受損之後，究竟頭腦有何種能耐繼續生存，按照我所觀察到的，就是腦部的每個損壞等同於片段的死亡。根據挪威大哲學家所說，柏格森先生認爲我們都擁有我們全部的回憶[558]，即或不然，我們也是有再度想起回憶的能力，爲了不讓敘事拖延更多，我並沒有嘗試模仿他的說辭。可是我們所想不起來的回憶，那會是什麼？或者讓我們進一步要問，我們不記得過去三十年的回憶；這些回憶完全把我們浸泡在裡面；爲什麼只停留在三十年內，爲什麼不會一直延伸到前生？既然我不

553　參見本書法文原典頁322。注1。布特魯（Boutroux）也是布呂曼達獎（le prix Blumenthal）審查委員之一，一九二〇年九月開審查會議時，普魯斯特和柏格森可能關乎睡眠交換過意見（參見原典頁370。注1）。

554　關乎挪威籍哲學家，參見本書法文原典頁321。注2。

555　引述自《惡之華》。XXXIX：「你的記憶，如同不牢靠的寓言，／就像一把揚琴讓讀者疲累。」（«Ta mémoire,pareille aux fables incertaines, / Fatigue le lecteur ainsi qu'un tympanon.»）

556　«non pas le système de Porphyre ou de Plotin»普羅丹（Plotin）：（v.205-270）希臘哲學家，受教於亞蒙尼歐斯·薩卡斯（Ammonios Saccas）之門生，在羅馬創立一個學派，他是新柏拉圖派思想的重要人物。他的作品由他的門生波爾菲（Porphyre）以《九柱神》（*Ennéades*）之書名編輯出版。《二〇二〇年拉魯斯圖解大辭典》。**【譯者注】**。

557　柏格森在關乎「夢境」的演講中提及普羅丹。參見《作品集》（*Œuvres*），頁887。

558　這正是柏格森的立場：「是的，我相信我們過往的生命是存在的，就是連它最微不足道的細節也被存留著，而且我們全都記得，我們曾經感受過、思想過、企求過的一切，自從我們的意識有了第一次的甦醒，它就一直都在，永無止境的存留著。」（同上。頁886）。夢境於是就從被毀掉的過往中，孕育了過往的復生。

認識身後回憶的一大部分，一旦這些回憶是我所看不見的，是我沒有能耐把它們蒐尋回來給我的，那麼，誰又能對我說，在這一大塊我所不知的領域中，沒有一些回憶是可以上溯，一直跨越超過我現有生命？如果在我裡面，在我周圍，我有那麼多的回憶是我不復記憶的，如此的遺忘（至少有遺忘的事實，既然我沒有任何理解遺忘的能力）可能牽連到我在其他人身軀裡活過的生命經驗，甚至是在另一個星球上的生活經驗。同樣的一個遺忘就把一切都歸零。那麼挪威哲學家所肯定的靈魂不朽眞相，又如何來定義它？死後的我沒有理由記得現在活著的我，我從出生活到現在，而現在的我，也沒有理由記得我出生之前，那屬於前生的我[559]。

貼身家僕進來了。我沒有對他說我按了好幾次鈴，因爲我明白了，直到目前，我只做了我按鈴的夢而已。不過我被嚇壞了，這個按鈴的夢居然在認知上如此清晰。如此一來，認知有可能也會變成不眞實的夢嗎？

我倒是反問了他，夜裡究竟是誰按鈴按個不停。他告訴我：「沒人」，這是可以確定的，因爲按鈴聲有「圖表」會做紀錄。然而我聽見鈴聲不斷重複，它還在我的耳邊響著，幾乎是扯著喉嚨大聲嚷嚷，而且應該會讓我連續幾天都聽得見它的餘音繚繞。然而，睡眠將回憶帶到已經醒過來的生活中，久久散不去，這種情形是很罕見的。我們可以數算這些隕石。如果這個念頭是由睡眠所打造出來的，它很快就會分解成爲微小的碎片，再也無法找到蛛絲馬跡。可是睡眠在這裡製造出的是響聲。它們更有質感，更單純，它們也持續得更久。我很訝異貼身家僕告訴我時間還很早。當時是早上，我休息得還不錯。這樣的淺睡延續著一段長時間，因爲介乎甦醒與睡眠之間，把甦醒保持在略爲模糊卻是久久不散的繫念中，淺睡把我們得到休憩的時間拉得很長，不像沉睡，短時間就給了我們休憩。另有一個理由讓我感覺舒適。假設我們只要記得對自己說：我累了，就會感覺到已經異常疲累，那麼，我如果告訴自己：「我休息過了」，就足以創造休憩。可是我夢到一百一十歲高齡的德．查呂思先生，方才賞給他的母親魏督航夫人左右各一個巴掌，因爲她花五十億法郎買了一束紫羅蘭捧花；因此，我的確知道我已經熟睡了，我所夢見的內容，與我醒著時候的概念，以及與我生活中的情況，完全背道而馳；這讓我有舒舒服服休息過了的感覺。

如果我向母親敘述德．查呂思先生穩定去魏督航夫婦家的事，準會讓母親訝異得不得了，（就是我已經訂好了軟帽給愛蓓汀的那天，但是完全沒有告訴愛蓓汀，好讓她有個驚喜[560]）如果我再告訴母親：德．查呂思先生和誰一起來壩北柯豪華大旅館的沙龍晚餐，受邀賓客不是別人，正是德．康柏湄夫婦一個表妹的隨車家僕，她一定無法明白怎麼會有這種事。這個隨車家僕穿著極爲考究，當他和男爵穿過大廳時，聖—鷺很可能會這樣說：在觀光客眼中看來，他「擺的是上流社會的派頭」。因爲正是換班時間，連年輕的機動服務生這些正在成群結隊下著會堂台階的「利未人」都沒有注意到他們兩位來到，其中之一是德．查呂思先生，他雙眼低垂，表現出對這群人一副漠不關心的樣子。男爵似乎是要從他們中間撥開一條通道。「神聖國家的美好盼望，願你們興盛[561]」，他說著話，想起了拉辛的押韻詩句，把它取來作了這個引述，但

559　在另一場「靈魂與肉體」演講中（《L'Âme et le corps》），收錄在《精神能量》（*L'Energie spirituelle*）書裡，柏格森表示：「靈魂之不朽的假設，來自我們所擁有的此一觀察，就是我們不復記憶的，依然屬於我們的回憶，這就可以設定思想的生命有更長的延伸性，勝過腦部生命，而且帶出腦部生命結束之後，思想生命依然可以存在的事實」（《作品集》。頁859）。梅德林克（Maurice Maeterlinck）論述〈不朽〉（《L'Immortalité》）一文，收錄在《花朵之智慧》書中，以相同的方式，將起起伏伏的我（intermittence du moi）的意念，掛到不朽的意念上（參見頁153。注2）。

560　在前導頁次重新書寫關乎睡眠的文字中，手稿說明這頂女用軟帽的交代背景不見了：男主角瞥見德．盧森堡親王妃（la princesse de Luxembourg）的女用軟帽和面紗，他向德．查呂思打聽了相關的訊息，得知這些物件來卡優姊妹們（les sœurs Callot）所開的店。

561　引述自《以斯帖王后》劇中第一幕。第2景。詩句125。艾利斯（Élise）對合唱團說這話，然而普魯斯特將此詩句轉嫁給《艾塔莉》劇中的約莎貝。這是第四次，也是最後一次，拉辛式的主題出現在《所多瑪與蛾摩拉》文本中。（參見頁64。注1）。

是用意完全是另一種。「您是說？」不太懂得古典文學作品的隨車家僕問道，德·查呂思先生不答腔，因爲他頗爲神氣，不愛搭理別人的提問，逕自向前直行，彷彿豪華大旅館沒有其他顧客，又好像世界上只有德·查呂思男爵存在。可是他繼續念著約莎貝口中的詩句：「來吧，來吧，我的女兒們[562]」，他覺得噁心，不像約莎貝那樣接下去說：「要把她們召來」，因爲這些年輕人性別成熟度還未達到讓德·查呂思先生喜歡的年齡，況且，他之所以寫了信給德·石芙蠃夫人的隨車家僕，因爲他沒想到他是柔順的，而他所希望的，是更有男子氣慨的年輕人。看著他，覺得他太娘娘腔了，不是他很喜歡的樣子。德·查呂思先生對他說，他原以爲是另一個人要來，因爲他所瞧見的，是德·石芙蠃夫人的另一個隨車家僕，那時剛好看見他駕著馬車。他所看見的那位類似粗曠的鄉下人，跟眼前這一位完全不同，這人反倒以爲裝腔作勢才是高尙，還以爲用些上流社會的優點可以迷住德·查呂思先生，根本不明白男爵所提到的另一個人是指著誰。「可是除了一人以外，我沒有其他同伴，那人不可能是您覬覦的對象，他很可怕，一副鄉下佬粗的樣子。」他想到或許男爵所看到的正是這個粗人，而感到自尊心被刺痛了，男爵猜到了他心中的痛，更近一步詢問他說：「我並沒有特別企盼只要認識德·石芙蠃夫人家的人員而已，他說。或在此地，或在巴黎，既然您不久要出發前去，您可不可以介紹許多您的同伴給我，是在某某人、或在另外某某人家中的？」——「噢！不行！」隨車家僕答道，「我不會和我相同等級的任何人來往，我只和他們談工作。不過，有一個很不錯的人，我可以介紹您認識。」——「誰？」男爵問道。——「德·蓋爾芒特親王。」德·查呂思先生很惱怒，他所介紹的是居然是這麼個一大把年紀的，況且也犯不著由一個隨車家僕來推薦這個人物。於是他以薄情的口吻拒絕了如此的機會，但是這並沒有頓挫了這個喜愛攀龍附鳳的下人的銳氣，德·查呂思又重新向他做了說明，說他想要的人選是哪種類型，哪種外貌，大致上，就是像個賽馬師那樣的，等等。恐怕這個時候正經過的公證人聽見他的談話內容，德·查呂思很機靈的轉了個話鋒，顯出他正談著別的事情的樣子，而不是原先的話題，於是他帶著堅定的口吻，揚起聲音，讓周圍的人都聽得見，作出一副持續談著話的樣子：「沒錯，雖然我已經有了年紀，我還是保留了喜愛賞析小玩意兒的癖好，我對漂亮的小玩意兒有癖好，一個老舊的青銅器會讓我喜愛得昏頭轉向，一個古老的吊燈也是，我崇拜『美物』。」爲了讓隨車家僕聽懂他爲何迅速改變話題，德．查呂思先生把每一個字都好好的用力說出來，更妙的，就是要被公證人聽見他以那麼高亢的聲音咬著的每一個字音，如此用心的表演場面，足以讓最想打聽內幕消息的人，類似部會官員那樣精明的耳朵，把人們試圖隱藏的內容都聽得一清二楚。公證人完全不疑有他，豪華大旅館的任何一個客人也一樣，他們看見隨車家僕是個穿著非常優雅的新面孔。上流社會人士會看走眼，把他當成趾高氣昂的美國人，然而這人一旦面對許多家僕，就一眼被看穿了，好像一個苦役囚犯認得另一個苦役囚犯，甚至以更快的速度認出他來，好像一隻動物還在遠處，就被另一隻動物嗅得到。領班們抬了抬眼，愛楣飄來的眼神帶著疑竇。飲料總管聳了聳肩，用手輕輕摀著嘴，說了一句不懷好意的話，因爲他相信這才是有禮貌，所有的人都聽見了。甚至是我們的老芙蘭絲瓦，她的視力漸漸衰退中，這個時候正要經過，走到樓梯下階處，要前往「收信件處」吃晚餐，她抬起頭來，認出了這個家僕的特點，是豪華大旅館賓客們所揣測不到的——就好像所有宴會在場的人還沒有發覺之前，年長的娥麗克萊奶媽早一步就認出這人明明這就是尤利西斯[563]——當芙蘭絲瓦看見他與德．查呂思先生親熱的走在一起，神色變得十分凝重，彷彿驟然間她所聽見的惡言惡語，原先是她不採信的，現在就在她眼前獲得了令人難過的証實。她

562 引述自《以斯帖王后》劇中第一幕。第1景。詩句112。以斯帖王后對合唱團說這話，然而普魯斯特再度將此詩句轉嫁給《艾塔莉》劇中的約莎貝。

563 《奧德賽》（*Odyssée*）。十九章。詩句474。尤利西斯（Ulysse）喬裝回到意塔克（Ithaque），年老的奶媽爲他洗腳時，藉由一個舊時受傷的疤痕被奶媽發現，成爲第一位認出他身分的人。

從來都不對我說，也不對任何人提起這個突發事件，可是這對她而言是一件很傷感的事，因爲後來每次在巴黎她有機會看見「朱利安」，是她及至目前爲止那麼喜愛的對象，經常與他禮尙往來，這樣的禮數降了溫，新增了一份很大劑量的矜持。如此的突發事件反倒是把另一個人帶了來，樂意向我敞開他的心思；這人是愛楣。我正與德．查呂思先生擦身而過，他沒料到會見到我，舉起手來對我大聲說：「晚安」，一副毫不相干的樣子，至少從外表看來，像個有權利爲所欲爲的大貴族，自認爲不隱名匿姓才是更精明。可是在這個時候，愛楣用一種不信任的眼光觀察著他，看見我所致意的人有個人陪伴著，而他十分篤定這是一個家僕，當天晚上，愛楣就問我這人是誰。因爲一段時間以來，愛楣喜愛聊天，或者更像他所說的，或許爲了清楚註明如此聊天的特質，他認爲具有哲學意義，他是和我「討論」。由於我經常對他說，在我用晚餐時，他站立在我旁邊，不能坐下來和我共享餐食，這點讓我很不自在，他宣稱從來沒見過一個顧客說話帶著「如此準確的理論」。目前，他和兩位服務生聊著天。兩人向著我致意，我不知道爲何緣故；我不認得他們的臉，雖然在他們的談話裡聽得出來是某種謠言，是我先前就已經知道的。愛楣刮他們兩人的鬍子，因爲他們所要進行的訂婚是愛楣不同意的。他請我做見證人。我說我無可置喙，因爲我不認識這兩人。他們兩人對我重提了他們的名字，也提醒我，他們經常在美麗海岸餐廳爲我服務。可是兩人中有一個的嘴上長了髭，另一人把嘴上的髭修掉了，又理了個光頭；因爲這個緣故，雖然擺在他們肩膀上的頭和從前的是同一粒（而不是擺了另外一粒，就像聖母院教堂做整修工作時所犯的錯誤[564]），他們的頭讓我看不出來誰是誰，像那些躲過最仔細搜尋的事物，它其實就在每一個人的眼前晃來晃去，這些人都沒注意到它就在壁爐上[565]。我一知道了他們名字，他們那不太確定的口音就被我完全聽出來了，因爲我又看見了他們從前的面貌，從他們的面貌，我確定了他們講話的聲音。「他們要結婚，可是連講英文都不會！」愛楣對我說，他沒想到我對經營豪華大旅館這一行其實不大內行，很難明白有人不懂幾種外語，就不能被算爲夠資格得到某個職位的人選。我原先以爲他很輕而易舉的就知道這位新的晚餐客人就是德．查呂思先生，我甚至想，他應該記得起來，我第一次來壩北柯駐留時，男爵來看過德．薇琶里希斯夫人，愛楣曾經在餐廳爲他上過菜；我把名字告訴了愛楣。可是愛楣不但記不起德．查呂思男爵的名字，而且這個名字似乎帶給了他一種深沉的印象。他對我說，第二天他要在他的資料裡找出一封信，或許我可以幫他解釋一下。我更驚訝的是，當我第一年到壩北柯時，德．查呂思先生想要給我一本裴果特的書，他特別請人要求愛楣[566]做到這事，後來德．查呂思先生應該重新與愛楣在巴黎的這家餐館見了面，是我和聖—鷺以及他的情婦一起用餐的地方，德．查呂思先生也來過這裡暗中窺伺過我們[567]。愛楣沒有親手完成這個委託工作，這是沒錯，有一次，他已經睡了，又有第二次，他正在替客人服務。我倒是不大相信，如他所說的，果真不認識德．查呂思先生。一方面，他應該是符合男爵的人選。正如所有壩北柯豪華大旅館中的每層樓主管，如同德．蓋爾芒特親王的多位貼身家僕，愛楣所屬的族類比親王的更爲久遠，因此也更有貴人氣。當我們要求有一間沙龍，原先以爲可以獨享空間。不過，很快的，在服務台，我們就瞧見一位石雕像似的豪華大旅館服務部主任，外型類似棕紅髮的伊特拉斯坎人[568]，愛楣就是這類型的典型代表，喝多了香檳，略顯老態，

---

564 影射巴黎聖母院的整修工程，由維歐雷—勒—杜克（Viollet-le-Duc）及拉蘇斯（Lassus）執行，巴黎聖母院的石雕像，特別在法國大革命期間，多有被砍去頭部者。整修工程開始於一八四四年，所有工程於一八六四年才全部竣工。關乎普魯斯特對整修工程所發表的微辭，參見本書法文原典頁401－402以及《細說璀璨之童年》。原典頁163。注1。

565 很可能是影射愛倫坡（Edgar Poe, 1809-1849）之一篇短篇小說《被偷竊的字母》（*La Lettre volée*）。普魯斯特在一九一一年五月寫給史特勞斯夫人的一封信中提及它，關乎莫尼耶（Monnier）的一幅圖畫不翼而飛：「我特別希望這是如同在《被偷竊的字母》文本中所說的，這件事對我們來說是太明顯了，而且我會看得出來其中的端倪。」（《魚雁集》。第十冊。頁292）。

566 參見《妙齡少女花影下》。原典頁333。

567 參見《富貴家族之追尋》。原典頁161。

568 伊特拉斯坎的：d'Etrurie.Etruie：〔舊時用語〕意大利之地區，大約等同於現今之托斯卡尼（Toscane）。這裡是伊特拉斯坎文明的核心。《二〇二〇年拉魯斯圖解大辭典》。**【譯者注】**。

知道時麼時候必須送上康特渫城[569]的礦泉水。所有的客人不求別的，只要求他們來爲自己服務。小心翼翼，慌慌張張，城裡有情婦等著相見的年輕小服務生很會溜班。因此愛楣責備他們工作態度不認眞。他完全有權利這麼要求。他自己是工作很嚴謹的人。他有妻有兒有女，很希望兒女們都成器。因此，一個外國女賓客或者一個陌生人對他有額外索求，即使要他整夜加班，他也不會推卻。因爲工作必須擺在優先。他是那麼會取悅德．查呂思先生的類型，以至於我懷疑他對我說不認識男爵是誆我的。我搞錯了。事實的眞相就是小服務生的確對男爵說愛楣已經睡了（或者是已經走了），（第二天愛楣刮了這小子的鬍子）另一次則是說愛楣正在替客人服務。不過想像力的設定超越現實。小服務生的的拙口笨舌或許激怒了德．查呂思先生，至於艾梅的託辭，其眞實性被德．查呂思懷疑，所帶給男爵的情感傷害，是愛楣臆測不到的。我們也看見聖—鷺曾經攔阻愛楣前往德．查呂思先生的馬車那裡，我不知道德．查呂思先生怎麼會得到豪華大旅館經理的新地址，男爵再度大失所望。愛楣沒有注意到這點，所感受的訝異是我們可以理解的，當天晚上，就是我和聖—鷺以及他的情婦吃了午餐的那天，愛楣收到了一封信，密封的，封口上蓋著德．蓋爾芒特家族的兵器徽章，在此，我要引述一下這封信的幾段內容當作例子，說明一個聰明的人單方面失去理性時，竟然會寫下這樣的信，給一個有理性的笨蛋[570]。「先生，我沒能得到機會讓您聽聽我的說明，是您沒有要求於我的，可是基於我的尊嚴，以及您的尊嚴，這些說明有必要提供給您。即使這些嘗試會讓一些人大爲吃驚，這些人想要被我款待或被我問候，都不得其門而入。於是我以寫信給您的方式，表達我更容易對您親口所說的。坦白對您說，第一次我在壩北柯看見您的長相，就讓我覺得您實在惹人討厭。」就這樣一路按著相似點思考走下去——這是第二天才注意到的——拿來與艾梅兩相比較的，是一個去世了的朋友，德．查呂思先生對這朋友保留著很深的情感。「於是我那時候有了一個想法，就是您可以完全不必顧忌您的職業，前來找我，和我玩幾局紙牌，這樣的排遣所帶來的歡樂就能趕走我的憂傷，給我幻想，以爲這位朋友還活著。不論您把這樣假設的性質當成有多少愚昧，這是身爲服務人員可以做得到的（而服務這個字都配不上，因爲他不想服務）了解到如此的情感是那麼高尚，您可能以爲自己很重要，由於您不知我是何許人物，也忽略我的現況，當我要您幫我得到一本書，您逕自叫人回話給我說，您已經睡了；不過，以爲不當的舉止從來都不會得到恩寵，這是錯誤的，這恩寵是您完全不配得的。我可能就此打住，如果不是第二天早上偶然間我和您又說了話。您的面貌與我可憐的朋友如此相似，使得您那難看得令人受不了的凸出下巴，我都視若無睹了，而我所了解到的，是那個去世的人，在這個時候給了您他那麼美好的神情，好讓您有可能重新再把我揪住，不失去這個唯一提供給您的好機會。事實上，既然這一切都沒有意義，而我今生也不再有機會見到您，我固然不是甘心情願在這一切事情當中攙雜與私利相關的突兀問題，不過我仍然寧可順從去世者的祈求，以此爲樂（因爲我相信我們與聖徒之間可以彼此相通，也相信他們會表達微弱的願望，希望介入在活著的人的命運之中），把與您相處的模式與他相仿，擁有自己的車輦，自己的家僕，我把一大部分的收入歸給他使用，這自然也不在話下，因爲我愛他像愛我的親生兒子。您的決定卻是違背了我的願望。我要求您爲我帶來一本書，您交代人回答我，說您必須外出了。今天早上，當我請人要

569　康特湲城（Contrexéville）（88140）：鄰近佛日山脈（Voges）的維特城（Vittel）；人口3501人。產礦泉水，是水療中心，適合醫治泌尿、痛風等病症。《二〇二〇年拉魯斯圖解大辭典》。**【譯者注】**。

570　馬賽爾．植葡注意到了，德．查呂思寫給艾榍的信，所用的語氣，和他在一九〇八年八月從普魯斯特所收到信有雷同之處，當時他們在卡布爾才初初見面：「先生，正當您固執又堅定地向我示好的當下，有時候使我忐忑不安，因爲我自忖，是否有朝一日，這些固執和堅定將轉而變形，成爲卑情下品，我很難想像您會卑鄙的在我背後捅我一刀。由於我一往如常的很不欣賞這些屬於中世紀的風氣，爲此我立刻來向您說出我的不屑，而且我再也不會見您的面。您以拙劣的手段糟蹋了可以成爲相當美好的友情。就算我對您不告而別，我也不會覺得後悔。」（《魚雁集》。第八冊。頁98）。收信人說它完全看不懂這封信，然而這封信險些引起普魯斯特與收信者父親之間的一場決鬥，而他的父親，根據這個腳本，讓人不免想起這場虛擬的決鬥，是德．查呂思爲了挽回莫瑞的榮譽而打算進行的（頁450–458）；參見本書法文原典頁450。注1。

求您前來我的馬車這裡，您第三次否認了我，容許我這樣說話不是帶著褻瀆[571]。很抱歉，我沒有在這個包裹裡放入我打算在壩北柯賞給您的大額小費，面對我原先以爲可以憂患與共的人，不再做任何追加大額小費的動作，這讓我感到太痛苦了。至少，您可以免去我在您的餐廳向您提出第四次無效的嘗試，我的耐性也做不到這地步。（而在這裡，德．查呂思先生給了他的地址，給了別人可以找得到他的時間，等等。）再會了，先生。正如我所相信的，就像我已經失去那位朋友那樣，您不可能全然愚昧，要不然，面相學就是一套錯謬的科學，我十分篤定的相信，有朝一日您再想起這個突發事件時，一定是悔恨交加。至於我，請眞心相信我不會因爲這個事件而心中留有任何苦毒。我寧可在我們分手時沒有留下比這第三次無效的措施更糟糕的回憶。它將很快的被我拋諸腦後。我們就像您在壩北柯有時候會看見的船隻，彼此互相交會片時；它們必須停住，這樣對彼此都有好處；可是其中一人做了不同的判斷；不久之後，它們甚至不會在地平線看見對方，水過已無痕；可是在確定必要分離之前，一人可向另一人致意，這就是我在這裡所做的，先生，祝您好運，德．查呂思男爵。」

愛楣還沒有把這封信唸完，就覺得一頭霧水，懷疑有人做怪。當我對他解釋誰是這位男爵之後，他若有所思，所感受的後悔，是德．查呂思先生對他預先告知過的。我甚至不必判斷：爲了向一個提供馬車給他朋友的車伕表達歉意，他曾寫過信給這人。可是在這其間，德．查呂思先生認識了莫瑞。德．查呂思先生和這人的關係或許頂多是柏拉圖式的感情，他有時候會尋找某個人陪伴他一個晚上，就像我方才在大廳中所遇見的人給他所提供的陪伴。可是他不再能夠從莫瑞的身上轉移他那強烈的情感，稍早幾年他是自由的，只想要專注在愛楣身上，他以聽寫方式唸了這封信讓人逐字寫下，這讓我替德．查呂思先生感到難以爲情，這封信是豪華大旅館經理拿出來給我看的。因爲德．查呂思先的戀愛是反社會的，這封信成了最鮮明的例子，如此的狂熱戀情的流動方向，帶著一股既是難以察覺，又是強烈無比的力量，戀愛者被沖擊著，如同一個泅水的人被拖著，不知不覺就看不見地面了。當談戀愛者的多種欲求、多種遺憾、多種失望、多種構想，透過他不停止的創造，建構成一整部小說，掛在他所不認識的女子身上，或許一個正常人的戀愛可以衡量得出來圓規兩隻支腳之間的相隔距離有多麼明顯。再說，如此的相隔距離只會更形加增，原因是這種炙熱之愛通常都不會讓人心心相印，德．查呂思先生和愛楣之間的社會地位不同，這也是原因。

我每天和愛蓓汀出去。她做了決定，想要重新拾起畫筆作畫，她首先選擇的作畫地點不再有人前來造訪，是只有很少人知道的聖—尚—德—拉—海斯教堂，這教堂很難請人帶路，它偏離在很長的路程之外，沒有熟人帶路一定找不到，教堂距離艾朴城火車停靠站有半小時，老早就已經把蓋特侯姆村莊最後幾戶人家拋在後頭。關乎艾朴城的名字，我發現教區神父的書以及溥力脩所給的資料，並不是兩相吻合。依照前者，艾朴城從前叫做**斯珀維拉**（Sprevilla）；後者指出，它的字源是**愛碧維拉**（Aprivilla）。第一次我們搭乘了開往翡淀相左方向的小火車，也就是朝向格拉特華斯特的方向。可是那時正值三伏天，用完午餐立即出發是很可怕的。我比較不想這麼早外出；亮晃晃又炙熱的空氣所引發的聯想是渾渾噩噩，以及需要找到陰涼之處。如此的空氣充滿在我母親的和我的房間，依照這些房間向陽曝光的程度，溫度有高有低，好像療浴房間。媽媽的盥洗室被陽光妝飾了花邊，有光芒四射的白色與暗色交織，陽光照在四面石灰牆壁凹凸表層，看似落在水井深底；至於高處，空無一物的四方區塊裡面，我們看見屬於藍天的棉絮像層層疊疊的水氣飄浮而過，（由於我們的欲求）像是被安置在一平台之上（或者由反掛在窗前的一面明鏡所看見的）注滿湛藍水色的池子，專爲施行赦罪禮儀所用。儘管氣溫飆高，我們依然搭乘了下午一點的火車。可是愛蓓汀在火車車廂裡感覺十分燠熱，加上一段長途徒步的熱氣，她留在太陽照射不到的濕洞裡一動也不

571 暗示《新約聖經》中所記，耶穌被賣的那一夜，祂的門徒彼得三次否認祂。**【譯者注】**。

動，讓我害怕她會著涼。此外，我們開始幾次造訪艾斯棣，了解到愛蓓汀不僅會欣賞豪華，甚至阮囊羞澀而無法取得的某種舒適感，她也都會欣賞，於是我與壩北柯的一個出租車者談好了，天天都有一部馬車來接我們。爲了避開暑氣，我們走的路線是沿著喜鵲歌唱的森林[572]。無數看不見的鳥兒，有一些屬於水陸兩棲，在森林中，在我們旁邊的樹上，此起彼落的對話著，倘若我們閉上雙眼，就有一種安恬的感覺。我在愛蓓汀旁邊，被她的手臂環抱著，深坐在馬車裡，聽著這些海中的精靈[573]歌唱。偶然間我看見其中的一個樂師，從一片樹葉跳到另一片樹葉之下，表面上看來，牠和歌聲好像關聯極少，以至於我並不以爲在如此謙謙卑卑、慌慌張張、眼神看不見他物、跳動著的小身軀，是發出這些歌聲的來源。馬車沒辦法把我們一直載到教堂，走出了蓋特侯姆村莊，我讓馬車停下，和愛蓓汀道別。因爲關乎這座教堂，如同關乎其他建築、某些油畫一樣，她對我所說的話驚嚇了我：「如果和您共同欣賞，那該有多好！」如此的喜悅，我覺得我沒有能力給得出去。面對美麗之物有所感受時，我只能獨自欣賞，或者我會佯裝我需要獨自欣賞，而且保持緘默不語。不過因爲她相信，多虧有我，她才會對藝術有所感動，而這些感動是無法互相傳遞的。我覺得謹愼的作法是告訴她，我會離開，黃昏時再回來找她，因爲在這之前，我必須乘著馬車回去拜訪魏督航夫人，或者拜訪德．康柏湄夫婦，或者甚至和媽媽在壩北柯渡過一小時，但是不會走得更遠。至少，在開始的時候是這樣。因爲愛蓓汀有一次耍脾氣對我說：「眞是惱人，大自然造物如此不妥貼，把聖─佾─德─拉─海斯安置在一邊，又把拉．哈斯柏麗野放在另一邊，害得我整天被囚禁在一個選定的地點」，我一收到軟帽以及面紗，我在聖─法柔（根據教區神父的書上所說的*Sanctus Ferreolus*）訂了一部轎車，這讓我有了大麻煩。我沒有讓愛蓓汀知道這件事，她來找我，聽見豪華大旅館前面有馬達聲隆隆作響，很驚訝，當她知道這部轎車是給我們兩人使用的，非常開心。我請她上到我房間片刻。她歡喜雀躍著。「我們要去拜訪魏督航夫婦嗎？」──「對，可是您最好換一下衣著，因爲您是有車階級了。哦，穿上這個，您會比較好看。」於是我把藏著的軟帽和面紗拿了出來。「這是給我的？噢！您對我太好了！」她揚聲說道，跳起來摟住我的脖子。愛楣在樓梯上遇見了我們，優雅的愛蓓汀以及我們的交通工具讓他感到驕傲，因爲這類的轎車在壩北柯相當罕見，他也高高興興的尾隨在我們身後。愛蓓汀想要讓別人稍稍看見她的新打扮，要求我把車子頂篷先打開，後來才再重新拉上，好讓我們兩人自由自在的相處在一起。「來，打開吧」，愛楣對著他所不認識的司機說道，司機在位子上一動也不動，「你沒聽見有人要你掀起你車子的頂篷？」愛楣在豪華大旅館的服務人生使得他對人情世故十分通達[574]，再說，他在工作崗位中已經贏得了一個崇高的地位，不像畏畏縮縮的出租馬車車伕，把芙蘭絲瓦當成一位「仕女」；即使沒有預先介紹過的平民老百姓，他一律用親暱人稱與他們交談，讓人不太知道究竟這是從他這方面而來的貴族式的藐視對方，還是與一般民衆親切的友誼往來。「我沒空，」這位不認識我的司機回答道，「我是被席蒙內小姐雇用，爲她服務的。我不能替這位先生開車。」愛楣氣鼓鼓的說：「你看你，你這個大笨蛋，」他給司機的回嗆立即說服了他，「這位是席蒙內小姐，要求你把你轎車頂篷打開的，正是這位先生，他就是雇你的老闆。」雖然愛楣個人對愛蓓汀沒有好感，可是因爲我的緣故，感覺愛蓓汀穿著夠體面，愛楣對司機塞了一句話：「你天天好好的開著車吧，哼！看你還有沒有這樣的公主可載！」第一次的乘車，不是只有我一個人前往拉．哈斯柏麗野，像我往日帶愛蓓汀去作畫時所做的那樣；她想要和我一起前來。她想著：我們可

---

572 描述穿越喜鵲歌唱的森林，是描述穿越皇后歌唱的森林與野狼歌唱的森林（les bois de Chantereine et de Canteloup）的再版，發生於首次駐留壩北柯期間：參見《妙齡少女花影下》。原典頁287。

573 在愛思奇勒（Eschyle）所著的《被縛的普羅米德》（*Prométhée enchaîné*）劇作中，海洋之神（Océan）與特蒂思（Thétys）的女兒們，海中仙女（les Océanides），組成了合唱團，唱著同情男主角痛苦的歌。

574 «dessalé par la vie d'hôtel»。dessalé：原意爲減低鹹度，〔引申之意及通俗用語〕乃指變爲較不天眞無知，較爲機靈，伶俐。《二〇二一年小羅勃特法語文辭典》。**【譯者注】**。

以沿途隨走隨停，可是她以爲不可能一開始就前往聖─尚─德─拉─海斯，也就是說，她要先往相反方向走去做一點散步，好讓今天完全顯得和往常不同。反倒是她從司機聽到，前往聖─尚易如反掌，開車只需二十分鐘，如果我們願意，可以留在那裡好幾個小時，或者從那裡再往前開車，因爲從蓋特侯姆到拉．哈斯柏麗野，頂多只要花上他三十五分鐘的時間。我們明白了這點，車子一開跑就往前衝，奔馳一下，就是上等良駒的二十步[575]。距離感就是空間與時間的關聯，而這種關聯會產生變化。我們表示從一地點到達另一地點有困難，在公哩或公里系統中，一旦這個困難減少了，這個系統就變得不準確了。藝術也因此有了改變，因爲某個村莊，原先似乎相隔甚遠，如今成了近鄰，景觀的尺度也因而有了變化。不論情況如何，當她聽見司機對她說同一個下午前往聖─尚以及拉．哈斯柏麗野，竇城和蓋特侯姆，聖─馬爾斯——這——舊地和聖─馬爾斯─勒─維杜，古爾城和壩北柯——這——舊地，杜赫城和翡淀，都不是問題。知道或許在世界裡2加2會等於5，直線不是兩點之間最短的道路，這些都不會讓愛蓓汀如此訝異，這些地點直到目前都非常神祕的被囚禁固定在一處，屬於不同日子才看得見的牢房，就像從前我所看見的梅澤教堂村和德．蓋爾芒特[576]，它們分隔兩地，同一個下午，不可能以肉眼同時看見它們，而現在，我們穿上一步跨七公哩的巨人鞋把它們釋放出來了，我們吃下午點心的時刻，雙眼所齊聚的，是兩地的鐘樓，高塔，舊時的花園，它們都是鄰近的樹林迫不及待要打開的隱密之地。

開車到達峭壁道路的低處時，轎車一鼓作氣爬了上去，持續帶著聲響，好像有人反覆磨著一把刀，同時低處的大海在我們的腳下越來越寬廣。蓋在迎風山的老舊鄉間住宅向著我們迎面跑來，緊緊被抓在它們身上的，是葡萄樹或者是薔薇[577]；拉．哈斯柏麗野的松樹們比天起涼風的夜晚還更激動，四面八方的散開跑著，爲了避開我們，一個新的家僕前來台階爲我們開門，是我從未見過的，同時間園丁的兒子露出不成熟的關注，雙眼緊盯著馬達所在的地方。因爲這不是週一，我們不知道是否找得到魏督航夫人，除了她招待賓客的日子以外，臨時起意去看她是不妥貼的。或許她「原則上」會在家，可是如此的說辭，是斯萬夫人在她嘗試也要建造她自己的小內圈，爲了吸引一些顧客而經常不出去走動時，她所慣用的措辭，她常常都不依照她所說的買單，她的解釋是以逆爲正，「依照原則」，這意義僅僅是「照著通常的情況」，也就是說會有許多的例外。因爲魏督航夫人不僅喜愛出外活動，而且她也把女主人的責任推廣得相當遼闊，當她招待上流人士午宴時，在咖啡，甜酒，香菸之後（儘管在暑氣和消化開始帶來的昏昏沉沉中，大家比較喜歡透過平台樹蔭，觀看來自澤西島的遊輪在瓷釉般的大海上面駛過），馬上進行餐後節目，包括一系列

575 關乎轎車帶來的空間意涵轉變，一九〇七年夏天，普魯斯特與亞格斯迪內里（Agostinelli）在諾曼地進行一系列出遊之後，一九〇七年十一月於《費加洛日報》發表了一篇文章：〈轎車印象之旅〉（«Impressions de route en automobile»），同一篇文章再度發表於《臨摹文章與雜文》（*Pastiches et mélanges*）書中，標題爲〈轎車出遊日誌〉（«Journées en automobile»）（《駁聖—伯夫》。頁63–69）。在這篇文章中，我們讀到關乎馬丁城（Martinville）三座鐘樓文章的草稿，它出現在〈康樸蕊〉（«Combray»）文本中（《駁聖—伯夫》。頁64–65，以及《細說璀璨之童年》文本中。原典頁178–180）。這篇文章，引發出數頁關乎轎車的書寫，放置於《所多瑪與蛾摩拉》文本中。此一主題將在本書法文原典頁392–394中予以發揮。普魯斯特關乎空間與時間如何被轎車速度征服的想法，與梅德林克（Maeterlinck）的看法雷同，後者以〈搭乘轎車〉（«En automobile»）爲標題，發表了數頁文章，並且被收錄在一九〇四年法斯格勒出版之《雙重花園》（*Le Double Jardin*）一書中，由普魯斯特在《囚禁樓中之少女》文本中加以臨摹。（參見原典頁396–397）。關乎空間與速度兩者的角力，梅德林克如此寫著：「〔樹木〕在我耳邊吟哦著空間的冗長詩篇，空間欣賞著，也向著它的死對頭呼嘯，一往如常，直到今日它都是俯首稱臣，而最終卻成了得勝者：速度也」（«〔Les arbres〕murmurent à mes oreilles les psaumes volubiles de l'Espace qui admire et acclame son antique ennemie, toujours vaincue jusqu'à ce jour mais enfin triomphante : la Vitesse»）《雙重花園》（*Le Double Jardin*）。頁62）。

576 轎車似乎宣告了《伊人已去樓已空》將於終結篇時所帶出的啓示：蓋爾芒特與梅澤教堂村兩邊可以相互連結。

577 普魯斯特在〈轎車印象之旅〉文章中寫道：「雙腿彎曲的古老屋宅從遠處瞥見我們，彎著腰身佇立在路旁，它們迅速的朝著我們奔跑過來，獻給我們幾朵新鮮的玫瑰花，或者驕傲的讓我們看見它們新近栽培的蜀葵，已經長得超過了腰身」（《駁聖—伯夫》。頁63）梅德林克對他說：「我們還以爲它們〔樹木〕奔跑過來，在突發的現象面前，把它們綠色的頭湊向我們，層層疊疊，齊聚一堂，讓這事情過不了關口」（《雙重花園》。頁61）。

的散步活動，在這其中，被迫坐進馬車裡的賓客們，就身不由己的被帶往賓城四周遍滿的某一處或另外某一處景點。如此安排的第二階段慶典，不見得不被受邀賓客青睞（不過要努力起身，而且還要好端端的坐上馬車），已經被美味的菜餚、香醇的美酒或發泡的蘋果甜酒服侍得服服貼貼的賓客，很容易就會讓自己陶醉在純淨的微風中，倘佯在美妙至極的景點裡。魏督航夫人帶著異地賓客造訪這些景點（是頗爲遙遠之地），有點像是她私家產業的附屬單位，大家不可能不前往觀看，既然大家都來到她家午餐了，同樣的，如果不被女大老闆招待出遊，大家可能見識不到這些景點。魏督航夫人現在對待莫瑞，就像從前對待戴商伯的模式，將表演伎倆掌控於股掌之間，同樣的，女大老闆現在也將各個出遊活動的權利單歸屬於自己，強迫列入風光景色進入小內圈活動範圍之內，如此的企圖心其實不見得如我們起初所以爲的那樣荒謬。依照魏督航夫人的看法，她嘲笑德·康柏湄夫婦的品味不佳，不僅僅表現在拉·哈斯柏麗野傢俱的擺設方面，也在花園的景觀設計方面，更甚者，還在他們夫婦所安排的散步活動或者由他們建議別人在四周該走動的範圍，等等方面。同樣的，依據她的看法，拉·哈斯柏麗野之所以開始成爲它應該有的樣貌，是從這些地方陸陸續續被徵用來做爲小內圈的避暑之地才有了雛形，同樣的，她肯定表示，德·康柏湄夫婦搭乘的敞篷四輪馬車沿著火車鐵路、大海岸邊不斷來回走動的，是順著四境方圓之內最醜的一條道路，他們夫婦在這地方已經住了很久，可是並不認識這地方。她這個論述還頗有道理。因爲缺乏想像力，依循老路徑走動，鄰近地區似乎就被減低了價值，不值得存著好奇心去探索了，德·康柏湄夫婦一出門，經常都只是前往老地點，走相同的道路。當然他們會大大發笑，魏督航夫婦竟企圖教導他們認識他們自己的家鄉。可是被逼到牆角了，他們自己，甚至是他們的車伕，並沒有能力帶領我們到一些絕佳的、略帶隱密的景點，是由魏督航先生帶我們去的，其中有一家私有的、無人照管的地業，它的圍欄一被抬起，就進得去別人以爲不能探險的禁地；在那裡，下了馬車，依循著一條車輛不能行駛的道路向前走，確定會得到的報償，就是那美妙的景色。從某個角度來看，拉．哈斯柏麗野是周遭幾公里方圓之內所有散步景點的濃縮精華版。首先，因爲它居高臨下，一眼望去，一邊是山谷，一邊是大海，而且，因爲即使從同一側，例如從沿海的這一側，樹叢中形成許多眺望景點，從一地可盡覽遠處海平面，從另一地點又可看見另一處的海平面。這些觀景處各自設有一條長凳；先後坐在不同長凳上，就可以眺望壩北柯，帕爾城，或是竇城。甚至在同一方向已經有一條長凳被安置在近乎懸崖邊緣，又是稍稍往後退縮幾步。站在這些長凳所設置之處，展開在我們眼前的是一片綠地，汪洋大海似乎一望無際，不過如此無限擴大的景觀，如果我們藉由一條小徑繼續往前行，一路走到下一條長凳之處，從那裡，我們就把整個海灣一覽無遺了。在那裡，我們清楚聽見拍浪的聲響，這聲音反而傳不到花園最幽深之處，在那裡還看得見海水，可是再也聽不見濤音。這些休憩地點帶給在拉．哈斯柏麗野居住的主人們一些「觀景點」的名稱。事實上，這些地點在城堡周圍囊括了鄰近地區，鄰近的海灘或是森林最美麗的「觀景點」，當距離遙遠時，看起來變得微小，就好像哈德里安將不同地域最著名的建築，以小規模的方式囊括在他的別墅裡[578]。「觀景點」尾隨的名稱不必然是海岸之某地方的名字，反而通常是小海灣對岸被我們發現的地點名稱，儘管四境景觀遼闊，它們的名稱都保有某些特色。我們拿著魏督航先生圖書館裡的一本藏書前往「壩北柯觀景點」讀上一小時，這是可行的，同樣的，如果天氣晴朗，我們前往「美麗海岸觀景點」喝一些甜酒，條件依然是風不要刮得太大，因爲雖然兩側都有種樹，那裡的風還是強勁。讓我們回頭來再談談魏督航夫人下午時分所安排的馬車外出踏青活動，如果女大老闆回到家中發現有某位「路過海岸」的名流人士留下了名片，她固然會佯裝高興，卻是爲著錯

578　影射哈德里安皇帝（l'empereur Hadrien）爲自己在鄰近帝甫里（Tivoli）所建的帝圃，其中之建築物，一一帶出皇帝生平旅次中讓他無法忘懷的景觀。

過這人的造訪而心裡難過，（雖然人家只是想過來看看「宅第」，或者是為了有一天能認識一位經營藝術沙龍而聲名大噪的女士，在巴黎，卻是難得與她謀面）於是，她就請魏督航先生快快將這人邀請到下週三的晚宴中。通常由於來此地的遊客需要提前離開，或者唯恐遲延回程太久，魏督航夫人會配合讓訪客在平常喝下午茶的週六[579]也能前來找她。如此的下午茶招待不是太多，我在巴黎所認識最為亮眼的下午茶招待，是在德·蓋爾芒特親王妃，德·賈利斐夫人，或是德·艾琶鍾夫人等人的府邸，然而正因為這裡不再是巴黎，對我而言，招待環境的魅力不再影響聚會的舒適與否，而是端看訪客的優質與否。與某位上流人士相遇，在巴黎不會帶給我任何愉悅，可是這事若是發生在拉·哈斯柏麗野，那就換了個性質，有了它的重要性，這人是遠道經過翡淀或者喜鵲歌唱之森林而前來的，於是他的造訪轉變成了一個令人愉快的突發事件。有時候來的人是我完全熟悉的，可是我不會移動一個腳步去斯萬夫婦家中遇見他。他的名字在這懸崖上聽起來可就不一樣了，如同某個我們經常在一齣戲劇中聽見的演員名字，被印在節目廣告資料上，用了不同的顏色，屬於一次非同凡響的演出，一次盛大宴會，於是他的名氣突然倍增，脫離了原本料想不到的背景。在鄉下因為大家無拘無束，這位住在友人家中的上流人士，經常擔起責任把朋友們也一起帶來，向魏督航夫人謙謙卑卑的道歉，理由是無法把朋友們甩開不理，因為他借住在他們家裡；反過來，依據招待他住宿的朋友們的說法，則是他佯裝要提供給他們認識一個餘興節目的機會，好像這樣做是禮貌，在海灘平淡無奇的生活中，前往一個有靈性的核心團體，造訪一處非常漂亮的宅第，品嚐極為美味的下午茶。如此一來，立即有好幾位半吊子的人群集聚在一處了；在鄉間顯得頗為寒酸，只有寥寥幾棵綠樹的小花園有了奇特的魅力，勝似身懷數百萬的巨富在加百列大道，或者在蒙梭街才能得到的，如此的反差也發生在巴黎晚宴中退居次等地位的貴族身上，他們在拉·哈斯柏麗野週一下午茶的場合搖身一變，成了身價非凡的人選。餐桌覆蓋著繡有紅邊的桌巾，安置在單一顏色的窗間牆彩繪[580]下方，他們一旦圍桌入座，就有人爲他們擺上奶油薄餅，諾曼地千層派，蓋滿珊瑚色珍珠般的船型櫻桃塔餅，「外交官布丁蛋糕[581]」，馬上這些賓客感同身受的，就是在這蔚藍海面所形成的深沉大盅近在咫尺的時刻，多扇窗戶向著這個大盅敞開，沒有人不和這些賓客同時看見：有一種變化，一種深層的轉變發生了，把所有的糕點變成彌足珍貴之物。更進一步說，在看見這些糕點之前，光采亮麗的車輦配備停留在宏偉的府邸門前，看在巴黎人的眼中只是意興闌珊，然而星期一造訪魏督航夫人的賓客們，當他們瞥見在高大的松樹之下，有兩三輛簡陋的四輪載貨馬車停留在拉．哈斯柏麗野前面，他們會怦然心動。無疑的，鄉間的背景那麼不同，多虧有了如此的移位轉變，上流社交活動重新有了新鮮印象。這也是因爲前去拜訪魏督航夫人所搭乘的劣等馬車，它所代表的是一趟美好的出遊，一份昂貴的「議價」，是與車伕商訂下來的，爲提供一天的服務，車伕索求了「那麼一筆錢」。面對前來的訪客，雖然還不能看清楚誰是誰，一種淡淡的、被感動著的好奇心發自每個人心中，大家都在問：「這一回，前來的人，又會是誰？」這個問題難以回答，因爲不知道有誰可能會來康柏湄夫婦家，或者到達別處渡過八天的時間，大家總是喜愛停留在孤獨的鄉野生活中，抑或是與久違的人邂逅，抑或是被介紹給未曾謀面的人，這些在巴黎生活中窮極無聊的事，在此可以用來停止太過孤僻的空泛生活，連收到信件的時刻都變得很開心。我們乘著轎車前來拉．哈斯柏麗野那天，因爲不是星期一，魏督航夫婦應該正極其渴望著看見男男女女攪動的群眾，如此的群眾，遇上被關閉在遠離親屬之處，以隔離方式治病的病患，他會想要從窗子一躍而下。新來的家僕腳步較快，已經熟悉了這一類的說辭，給了我們這

579 正確的日期是「週二」：參見本書法文原典頁386及頁389。

580 «sous les trumeaux en camaïeu on leur servait des galettes»。camaïeu：〔陽性名詞〕使用同一顏色，色調深淺不同，所做的單一顏色彩繪。《二〇二〇年拉魯斯圖解大辭典》。【譯者注】。

581 Diplomate：以餅乾及英式奶酪爲主，飾有多種糖漬水果乾的布丁糕點。《二〇二〇年拉魯斯圖解大辭典》。【譯者注】。

樣的回答：「如果夫人沒有出門，她就應該是在『賓城觀景點』，讓僕人他這就前往看看」，他立即折了回來告訴我們，夫人她要款待我們。我們稍後看見她出現了，頭髮稍稍蓬鬆，因爲她從花園、雞舍、菜園走過來，她去過那裡，給孔雀、雞群餵了食，找到了牠們所下的蛋，採了水果，摘了鮮花，好讓「她的道路直走到達餐桌」，這條道路使人想起大花園的小雛型，不過兩者有所區隔，那就是只讓餐桌擺上有用的以及美味的物品；因爲環繞著其他來自花園的禮物，諸如水梨，打得發白泡的蛋，是由藍薊、康乃馨、玫瑰花，以及金雞菊所豎立起的高大枝梗擺在周遭，它們中間留著空隙，如同在一些開了花的標誌樁之間，透過透明玻璃格窗，我們看得見正在移動著的大海船隻。魏督航夫婦爲了款待被通報的賓客，暫停了整理花朵的工作，一看訪客不是別人，而是我和愛蓓汀，顯出大爲驚訝的表情，依我看來，新任用的家僕爲人非常熱誠，可是對我的姓名還不熟悉，通報我的姓名的時候沒有說得準確，魏督航夫人一聽到來客名字是陌生的，依然告訴僕人請來客進入屋內，因爲這時候她需要任何人來看她。而新到任的家僕則是靜靜欣賞著這一幕進場表演，好讓他自己看懂我們在這個家庭所扮演的角色。之後，他快跑離開了，跨著大腳步，因爲他是前一天才剛被雇用的。當愛蓓汀好好的把她的軟帽和面紗展示給了魏督航夫婦之後，她飄給了我一個眼神，提醒了我，面對我們想要做的事，我們的時間並不寬裕。魏督航夫人要我們留到喝下午茶的時候，可是我們拒絕了。她突然有了一個構想，足以把我所有打算和愛蓓汀散步的喜悅一掃而空：女大老闆捨不得和我們分開，或者不要失去一個新增的娛樂活動，她想要加入我們。長久以來，她習慣於提供這類不讓人開心的意見，而且也不確定這一次的建議會讓我們高興，雖說她是自信十足，卻佯裝很不好意思向我們提出此一建議，而且沒有表現出對我們的回覆有任何疑問的假設，她不再問我們，對著她的丈夫提到愛蓓汀和我，彷彿是由她施下恩惠給我們：「我啊，我會把他們再帶回來的！」同時在她的嘴角印上一個不適合她自己的微笑，此一微笑我已經在某些人臉上看過，當他們以精明的樣子對著裴果特說：「我買了您的著書，還差強人意」，這類的微笑，集體性的，普及性的，當他們有此需要——好像我們需要使用火車鐵路以及搬家馬車——由某些個人所採取的，除非是幾個非常細緻聰明的人，像斯萬或者德·查呂思先生這等人，在他們的嘴唇上，我則從未看見這樣的微笑出現過。從這個時刻開始，我的造訪就染了毒素。我佯裝沒聽懂。片刻之後，很明顯的，魏督航先生歡天喜地的也要加入。「可是這會花上魏督航先生很多時間，」我說道。——「不會的」，魏督航夫人高姿態的、開開心心的回答了我，「他說和這一代的年輕人重踏這條他從前走過那麼多次的道路，會讓他很開心；必要時，他可以坐在轎車駕駛[582]旁邊，這一點都不會驚嚇到他，而且我們兩人會乖乖的搭乘火車返回，好像一對兩相好的夫妻一樣。瞧瞧他一副雀躍不已的樣子。」她似乎正說著一個脾氣好好的年長大畫家比年輕人還更年輕，提筆隨性塗鴉，畫些圖像逗著他的孫子小輩們發笑。讓我更加難過的，就是和魏督航夫婦這樣坐著車到處走動，愛蓓汀似乎不領情，也不覺得有趣。至於我，我答應要和她共享喜悅的意願是如此迫切，以至於我不願意讓女大老闆毀了這個愉悅；我臨時撒了幾個謊，因爲魏督航夫人她那惱人的威脅讓我不得不如此做。可是愛蓓汀，唉！與我對不上話頭。「我們已經安排了一個拜訪，」我說。——「拜訪誰？」愛蓓汀問道。——「我再跟您解釋，這事非做不可。」——「那麼，我們等著您們先做完拜訪！」魏督航夫人說道，任何事她都能忍耐。到了最後一分鐘，被剝奪掉幸福的感覺給了我焦慮，這幸福是我那麼渴求的，這讓我有勇氣不顧禮數。我斬釘截鐵的拒絕了，我咬著魏督航夫人的耳朵，悄悄說道，因爲愛蓓汀心中有件傷心事，她想要在這件事上聽聽我的意見，我絕對需要與愛蓓汀單獨相處。女大老闆一副怒氣沖沖的樣子：「好吧，我們不來了」，她對我說，聲音則是氣得顫抖。我感覺到她是那麼生氣，爲了稍稍緩頰：「可是我們或許可以……」

---

582 原文「wattman」這字，藉由錯誤的英文說法，是指轎車駕駛。

——「不，」她又說了，更爲光火，「當我說不，就是不。」我以爲與她鬧僵了，可是到了門口，她提醒我們，建議我們別「丟開」要來的週三日聚會，而且別開著這東西前來，夜晚會危險，而是要搭乘火車，要和小群體所有的人士相處在一起，她讓人把大花園斜坡上已經啓動的轎車攔了下來，因爲新任用的家僕忘記把她爲我們打包好的一份方型餡餅以及一些油酥餅放在轎車頂篷下了。我們出發時，沿途一小段時間，有小房屋帶著它們的花朵迎向我們前來護送。照著我們針對每個地形所形成的圖像，這地方的樣貌似乎有了很大的改變，扮演最重要角色的概念已經不是空間概念。我們說過：時間的概念把地形圖樣區隔得更明顯。時間概念不是唯一的。某些地點原先在我們的視野中完全顯得孤僻，與其他地形毫無共通的尺度，幾乎是與世隔絕，就像那些人們完全活在與我們毫無關聯的時代中，在我們幼小的時候，生活在軍營裡面的人，我們與他們完全連結不上。我駐留在壩北柯的第一年，有一高處，是德·薇琶里希斯夫人喜愛帶我們前往的，因爲從那裡我們只看得見海水和樹林，這地方叫做美山[583]。爲了前往這地，她讓馬車走的路徑是她覺得最漂亮的，古木參天的沿路都是爬坡，她的馬車必須緩步慢行，而且花上很長的時間。一旦抵達高處，我們下了馬車，稍做散步，再坐上馬車，循著原路走向回程，不會遇見任何村莊，任何城堡。我知道美山非常奇特，它位於極遙遠之處，在至高之點，完全想不通它所在地是朝往哪個方向，因爲從來沒有順著美山的路徑到過其他地方；況且坐馬車上到美山要花很長時間。它顯然和壩北柯屬於同一個行政區（或者同一個外省省份），可是對我而言，它的位置不一樣，它享有界外特權。可是轎車不恪守任何奧祕原則，開過了茵卡城，正當我們眼中還留著城內許多房屋的圖像時，轎車逆轉直下，開到了海岸線上，到了帕爾城（*Paterni villa*），從我們所在的陸地看見大海，我問了這地點的名稱是什麼，司機還沒來得及回答，我就認出了：這裡就是美山，我每一次搭乘小火車從它旁邊經過，卻都不知道，因爲美山離開帕爾城只有兩分鐘的轎車車程，就像我軍團的某個軍官可以成爲我心中的特殊人士，他太好意，太單純，而不讓我以爲他有豪門背景，其實他是個遙不可及、神祕異常的人士，不可能只是屬於一個平凡家族，我可能曾經在城內一起共享過晚餐的某甲或某乙的連襟，或者是他們的表兄弟；美山就是如此，驟然間，我原以爲如此遙遠的它，我與這地有了連結，它喪失了神祕感，在這地區占有一席之地，讓我想來恐怖萬分的，就是包法利夫人和桑瑟芙玲娜[584]，如果我在別處與她們相遇，而不是在密閉的小說氛圍之內，她們可能與其他的人物完全沒有兩樣。似乎我對仙侶般火車旅遊之愛，會妨礙我與愛蓓汀共享心曠神怡之樂，看見轎車載著人四處遊走，連病人也無妨，免得以爲某個定點是專屬個人的記號，是終身固守的美麗地點，其精粹之處絕無它物可取而代之——而這是我直到如今一直所以爲的。或許對於這地點，轎車不像從前火車所做的，當我從巴黎來到壩北柯，這個目的地讓我擺脫了平常生活的無常，出發時，幾乎是把它當成理想化的目標，到達火車站之後依然如此，這座大型建築幾乎無人居住，它只以城市之名爲名，火車站似乎終於給了機會進入這地點，火車站好像將這地點實質化了。不，轎車不是奇幻似的載著我們進入城市，它是讓我們整合性的看見城市，我們像是帶著幻想進入戲劇表演廳的觀衆。它[585]把我們帶進表演廳幕後的大街小巷，停下車來向一位居民打聽消息。不過，如此熟門熟路的進展所得的回報，就是連司機自己都不確定路向了，轎車掉轉回頭，正當我們靠近城堡時，撲朔迷離的途徑把城堡四圍景觀連結於山丘、教堂和海洋，雖然想躲藏在百年樹叢蔭下也是枉然；汽車繞著迷魂陣似的城市團團轉，圈子越畫越靠近四處躲著轎車的

583　應該是指鄰近主教橋（Pont-l'Evêque）的美山—安—歐日（Beaumont-en-Auge），史特勞斯夫人在特魯城（Trouville）的別墅：參見一九一七年八月給史特勞斯夫人的信。《魚雁集》。第十六冊。頁205。

584　桑瑟芙玲娜（Sanseverina），司湯達爾（Stendhal, 1783-1842）所著《帕爾瑪之修道院》（*Chartreuse de Parme*）小說中的女主角之一。**【譯者注】**。

585　這個陽性的「它」（il）字，似乎是指「轎車」（l'automobile），普魯斯特有時候將這陰性的字以陽性書寫，就像二十世紀初大家所做的。

城市，最後轎車直直向城市駛去，俯衝到山谷底部，一直到達城市平躺於地面之處；以至於此一城市所在之處，獨一無二的定點，那份由特快火車所保留著的奧祕，似乎現在被轎車深度視透了，轎車反倒是給了我們發掘城市奧祕的感覺，好像我們手中持有一座圓規，由著我們自己來確認此一奧祕，藉由所感受到的協助，親手去做深情的探索，以更細緻的精準度測量出眞實的地理，美麗的「土地尺寸[586]」。

很不幸的，我當時有所不知，兩年之後才知道這位司機的雇主之一，是德．查呂思先生，司機由莫瑞負責付款，同時私留一部分金錢給莫瑞自己（請司機將公里數多跳成三倍或是五倍），司機與莫瑞私下來往密切（在公衆場合裝成一副不認得他的樣子），用他的轎車跑長程。魏督航夫婦和我一樣，對這位司機也有所不察，信任了他，我在巴黎生活中許多的傷心事，以及次年許多與愛蓓汀相關聯的不幸，我若能早先一步知道這件事，可能就避得開了；可是我完全不疑有他[587]。德．查呂思先生搭乘轎車與莫瑞出遊的事情本身不是我直接想關心的。況且他們的出遊經常侷限在一家岸邊餐廳吃午餐或晚餐，在這些餐廳裡，德．查呂思先生讓人以爲他是個窮途末路的老家僕，而莫瑞的責任就是付帳單，出錢的是一位太好心的小貴族。我要說說其中的一次，它足以說明其他餐聚的情形。事情發生在聖—馬爾斯—勒—維杜的一家狹長形餐廳中。「這個東西可不可以拿走？」德．查呂思先生問莫瑞，好像他問著某個中介者，避免直接向餐廳服務生提出要求。他所指的「這個東西」是三朵凋謝了的玫瑰花，餐廳旅館經理出於好意，認爲應該如此點綴餐桌。「怎麼……，」受窘的莫瑞說道，「您不愛玫瑰花？」——「透過這個要求，我所要證明的剛好相反，我喜歡玫瑰花，因爲這裡沒有玫瑰花（莫瑞顯得吃驚），可是事實上我不是很喜歡玫瑰花。我對於名字相當敏感；只要有一朵玫瑰花稍微漂亮一點，就有人說這玫瑰花叫做**德．羅奇德男爵夫人**或者**尼葉元帥夫人**[588]，這就澆了我冷水。您喜歡名字嗎？您爲演奏會的幾個小曲子找到漂亮的曲名了嗎？」——「有一首曲名叫**憂傷之詩**」——「好可怕的曲名，」德．查呂思先生用一種尖銳又清脆的聲音回答，好像甩給人一個巴掌。「我已經要了的香檳酒呢？」他對餐廳旅館經理問道，這人以爲是要在兩位顧客附近擺上兩杯倒滿了的氣泡酒。「先生，難道……」——「退下這可怕的東西，它連和最難喝的香檳都扯不上關係。這是稱之爲**盅**[589]的助嘔劑，在裡面大家通常扯進三顆爛草莓，浸在醋和賽爾滋汽水[590]的混合物中……是的，」他繼續說著，一邊轉頭過來朝向莫瑞，您似乎不知道曲名是何物。甚至是當您詮釋拿手的曲子時，似乎看不見東西的通靈層面。」——「您是說？」莫瑞問道，他根本不了解男爵在說什麼，唯恐漏了一個有用的資訊，譬如說，像是一次午餐的邀約。德．查呂思先生把「您是說？」擺在一旁，不把它當成是一個提問，既然這是得不到回音的結果，莫瑞認爲該轉移話題，給談話內容加上些許肉麻感覺：「哦，這位金髮小女孩正賣著您不喜歡的花；又是一個絕對有女伴的女孩。還有那位坐在餐廳深處的桌子吃飯的老太婆，也是一樣有女伴。」——「你怎麼知道這些？」德．查呂思先生問道，對莫瑞的預測能力大感驚訝。「噢！一秒鐘我就猜透她們了。如果我們兩人在一群人群中散步，您看著吧，我不會搞錯兩次。」要是有人注意看到這時候的莫瑞，兼具陽剛之美的他神色又如少女，就能了解到那暗中八九不離十的揣測，就是他更會引來一些女人矚目，而不是女人令他矚目。莫瑞想要把朱畢安排擠掉，心中暗暗企求爲自己的

---

586 「土地尺寸」是依字面意思，翻譯前面的希臘文「地理」一字。

587 參見《囚禁樓中之少女》。原典頁122-127，男主角放心將愛蓓汀交由司機關照。

588 一八六八年，父執輩的伯內（Pernet）將一種玫瑰花取名爲德．羅特奇爾德男爵夫人（Baronne-de-Rothschild），所使用的是雅爾豐斯．德．羅特奇爾德男爵（baron Alphone de Rothschild）妻子之名（參見本書法文原典頁68。注2）。一八六四年，菲利普．諾瓦賽特（Philippe Noisette）將一種玫瑰花取名爲尼葉元帥（Maréchal-Niel），命名依據元帥（1802-1869）本人之名，而不是依據他的妻子之名。

589 «cup»原是英文。**【譯者注】**。

590 «l'eau de Seltz»天然具有氣泡或微酸的水，或者用人工將碳酸氣壓入而製成的汽水。《二〇二〇年拉魯斯圖解大辭典》。**【譯者注】**。

「既定酬勞」挹注收入，是他以爲背心師傅從男爵身上所掠取的部分。「說到小白臉，我就更內行了，我可以替你擋掉所有的錯誤。不久之後，巴北柯就是形形色色的人物薈萃之地，我們找得到許多好貨色。巴黎，那就別提了！您看著吧，好玩得很呢。」可是出自家僕家庭遺傳性的謹慎，他把已經講開的話題轉了個彎。以至於德．查呂思先生以爲一直都是在講論妙齡少女。「這麼說吧，」莫瑞說道，用了一種激動男爵的感官的方式，他判斷這個方式是比較不會對自己不利的（雖然事實上是更不道德），「我的夢想，就是能找著一個很純潔的少女，讓她愛上我，然後奪去她的貞操。」德．查呂思先生不得不輕輕的揪了莫瑞的耳朵，不過天眞的加上一句話：「這對你有什麼用處？如果你讓她失了貞，你就得要迎娶她了。」——「迎娶她？」莫瑞揚聲說道，難道男爵酒醉了不成，要不然就是莫瑞想不到與他說話的這個人，其實比他所以爲的還更有道德顧慮。「迎娶她？休想[591]！我會口頭答應，可是一旦小動作搞定了，當天夜裡，我就趕她出門。」當某個虛構敘事可以頓時引起德．查呂思先生的性欲情趣時，他習慣上會先表示贊同，不過當如此的情趣消耗殆盡時，稍後，他也會將他的同意立場完全撤回。「你眞的會這樣做？」他邊笑著，邊對莫瑞說道，把他拉得更進一些。「怎麼不會！」莫瑞說道，看見男爵並不以爲忤，繼續老老實實的對他解釋，這種行爲，事實上屬於他的諸多欲求之一。「這太冒險了，」德．查呂思先生說道。——「我會先把行李打點好，然後不留下地址，一走了之。」——「那我呢？」德．查呂思先生問道。——「我當然會把您一起，」莫瑞急忙說道，他沒有想到男爵之後的處境，這在莫瑞的考量中算是小事一樁。「再說，爲這種事，倒是有一個小女孩讓我很心動，她是個小裁縫，她的店家開在公爵先生的府邸。」——「朱畢安的女兒[592]！」男爵揚聲說道，那時正是飲料總管進來的時候。「噢！萬萬不可」，他又補上一句，或許因爲第三者的存在讓他冷靜下來了，或許因爲在這種樂於玷污最爲神聖之物的黑色彌撒中，他無法決心讓擁有他友誼的人陷落其中。「朱畢安是個大好人，小女孩也長得可愛，讓他們傷心是很可怕的。」莫瑞感覺到他太過分了，閉了嘴，不過他的眼神繼續茫茫然的繫戀於少女，莫瑞曾經有一天要求我在這位少女面前稱呼他爲「親愛的大藝術家」，莫瑞向這少女訂購了一件背心。這位少女工作非常殷勤，沒有要過假期，可是我已經得知，正當小提琴手在壩北柯附近走動的期間，她不停的想念著莫瑞姣好的臉龐，既然看見莫瑞和我在一起，就更把他高貴化了，把他當成了「貴族先生」。

「我從未聽人演奏過蕭邦的曲子，」男爵說道，「可是我其實曾經有過機會彈奏蕭邦，我跟過司達馬帝[593]學琴，可是他禁止我前往我的奇梅姑媽家聆聽大師的《夜曲》」——「他這樣做眞是愚昧透頂！」莫瑞揚聲說道。——「完全不是，」德·查呂思先生用他那尖銳的聲音很快的反駁。「這證明了他的聰明。他明白我是個『性情中人』，我會受到蕭邦影響。這沒關係，既然我在年紀輕輕時就放棄了音樂，其實，沒有什麼是我放不下的。而且我們想想也知道，」他以濃濃的鼻音，慢吞吞的，拖著尾音說道，「總是會有人聽過，他們可以給您想法。蕭邦只是個好用的機會，把您帶回到您所忽略的通靈層面。」

我們注意到在一段跳脫常軌的粗俗措辭之後，德·查呂思先生的表達驟然間又回到了他平常的模式，字斟句酌，桀傲不馴。原因是莫瑞想要把他強姦後的少女毫不留情的「攆出去」，這讓他驟然間嚐到了十足的舒爽感。他的感官被撫平了一小段時間，短暫時間，德·查呂思先生身上出現的性虐待狂（這人，他是眞正的靈媒）逃之夭夭了，把說話充滿細緻藝術的功能還給了德·查呂思先生，話中帶著感性，帶著

591 《Des nèfles !》〔通俗用語〕意即：對一個過分的要求給予否定或諷刺地回應。——什麼都沒有。【譯者注】。

592 這是朱畢安的姪女，而不是他的女兒。我們在《囚禁樓中之少女》（原典頁40及頁299）中會看見她。在《富貴家族之追尋》文本中，敘事者也指出，外婆也同樣的誤認了她的身分（原典頁14）。在普魯斯特草稿中，其實他在女兒和姪女兩者之間，猶豫不定。

593 卡密·司達馬帝（Camille Stamati, 1811-1870），希臘鋼琴家兼作曲家，後入籍爲法國人，是位享有名氣的演奏者。

良善。「那天您彈奏了《第十五號四重奏》的鋼琴譜，夠荒謬的，因爲它根本不是鋼琴曲目[594]。這曲子是寫給一些被聾子大師用太緊繃的絲弦把耳朵整得發疼的彈奏者的。然而，正是因爲如此近乎尖刻的奧祕才是最神聖的。無論如何，您彈得太糟糕了，把每一個樂章都改過。演奏這曲子必須像是您親自寫的：年輕的莫瑞，耳朵突然失聰，才華蕩然無存，深受傷害的他，片刻之間呆若木雞；之後，在神聖的癲狂激動之下，他演奏了，樂曲的起頭樂句由他寫出；於是進場音樂的大工程讓他筋疲力盡了，他累垮了，一綹漂亮的青絲甩了下來，爲了取悅魏督航夫人，因此進一步有了時間把極其大量具有灰色質感的部分重新來過，是他先前預留下來，爲了呈現獲勝頌歌的實質化表現；——於是他又重振旗鼓，再度被一股新生的、卓越異常的靈感激動，朝著永不停息的崇高樂句狂奔而去，這是柏林的音樂高手（我們相信德．查呂思先生是如此稱呼孟德爾頌[595]的）無論多麼疲累都必須模倣的樂句。這個唯一眞正超凡入聖、活潑有力彈奏法就是我要讓您在巴黎運用的演奏方式。」當德．查呂思先生給他這樣的建言時，莫瑞被嚇得更厲害，更甚於看見旅館經理帶走他的玫瑰花，以及他所厭惡的那「虫」，因爲他焦慮的自忖著，如此的演奏，會對「等級」帶出何種效果。可是他沒有時間停留在這些思考上來琢磨一番，因爲德．查呂思先生提出了非要莫瑞言聽計從的要求，說：「問問旅館經理他有沒有好基督徒這東西。」——「好基督徒？我不明白。」——「您看得很清楚，我們要吃水果了，這是一種水梨。您確實該知道德．康柏湄夫人家有這種水果，她具有德．愛斯卡芭涅亞斯伯爵夫人身分，因此她就應該有。迪波第耶先生把這水梨送給了她，她說：『這就是好基督徒了，樣子還眞好看[596]。』」——「不行，我不會問這個。」——「我看您是什麼都不懂。如果您連莫里哀都沒讀過……好吧，既然您不會點這樣的水果，點其他的也一樣不靈光，那就單單點一種水梨，就是在本地附近採收的，拉．露薏絲—柏恩．德．艾芙杭石水梨。」——「叫做拉……？」——「等等，看您如此笨拙，我自己換一種水果來點，是我更喜愛的：領班先生，您有院長教牧區的柯密斯梨？查理，您該讀一讀愛彌梨．德．克雷山—多內爾公爵夫人[597]關乎這水梨所寫的書，裡面有一頁非常精采的介紹文章。」——「沒有，先生，我沒有這種水果。」——「您有柔端之尊[598]嗎？」——「先生，沒有。」——「有沒有維吉尼—達雷[599]？有沒有帕斯—寇馬[600]？沒有？好吧，既然您什麼都沒有，那我們要走了。」

594 至少，普魯斯特爲了他的「腳踩式自動讀譜鋼琴」（le pianola），曾試著要取得貝多芬鋼琴四重奏的樂譜。他於一九一七年十二月寫信給史特勞斯夫人，說道：「很可惜，我要彈奏的曲子，別人沒有。非常美妙的貝多芬第十四號四重奏，在他們的卷軸中找不到。在我的索求之下，他們的回答是：『在他們一萬五千名訂戶中，十年以來，從來沒有一個人曾經向他們要求過這個四重奏的樂譜』。我從來沒有搞清楚，他們此一不甚愉快的結論，到底是源自他們一萬五千名訂戶，還是針對第十四號四重奏」（《魚雁集全集》。第六冊。頁182-183）。關乎普魯斯特對貝多芬第十五號四重奏的熱愛，參見本書法文原典頁346。注1。在此，普魯斯特將莫瑞安排成鋼琴家的不邏輯性，其原因是在戰前的筆記中，這位音樂演奏者曾經是一位鋼琴家，後來才成爲小提琴手（參見本書法文原典頁254。注1）。

595 孟德爾頌（Mendelssohn, 1809-1847）。**【譯者注】**。

596 大致是引述自莫里哀的《德．艾思斯卡巴聶阿斯伯爵夫人》（*La Comtesse d'Escarbagnas*）戲劇。伯爵夫人在第4景說：「喏，這是迪波第耶先生（Monsieur Tibaudier）的一只短箋，他寄給我梨子」。迪波第耶先生愛上了伯爵夫人，運用贈送梨子給她的名義，向他示愛：「我的結論是，請您把我也當成正派的基督徒，正像我所送給您的梨子的名稱，因爲我以善報惡，意即：夫人，爲了讓我表白得更清楚，既然我是贈送了給您一些好基督徒的梨子，而您卻是天天狠心的讓焦慮的梨子成爲我要每天要吞噬的果子。」普魯斯特將這話轉嫁到孟德斯基歐身上，在一篇於一九〇五年爲他而寫的文章中，其標題爲「美之教授」（«Un professeur de beauté»）（《駁聖—伯夫》。頁514）。

597 梨子的名稱，是普魯斯特向伊莉莎白．德．克雷蒙—多內爾（Élisabeth de Clermont-Tonnerre）（而不是向愛彌兒）的書借用而來。伊莉莎白同時是孟德斯基歐和普魯斯特的舊識，在她所著的《法國每月美食誌》（*Almanach des bonnes choses de France*）書中（參見頁293。注2），她說道，「屬於柯密斯（Comice）一種軟甜梨，淡綠中略帶褐色，因著胭脂紅而發亮」：「這是最優質的梨子，然而這樣的梨樹產量很少」（頁142）。

598 «du triomphe de jodoigne»**【譯者注】**。

599 德．克雷蒙—多內爾公爵夫人寫的是「維吉尼—巴雷」（«Virginie-Ballet»）這個名字。查理．巴爾德（Charles Baltet）是一位著名的園藝家，專精於梨樹之栽培，並有許多著作。

600 «de la passe-colmar»。**【譯者注】**。

德．安谷蓮公爵夫人水梨[601]還不夠熟；走吧，查理，我們要離開了。」德．查呂思先生所遭受到的不幸，就是他缺乏好的判斷，或許他與莫瑞在一起所經營的關係可能是貞潔的，這使得他從這時期開始費盡心思要對小提琴手百般示好，直到怪異的地步，以至於小提琴手難以明白爲何如此，針對如此的示好，他天生屬於瘋狂無知的類型，忘恩負義，斤斤計較，也只能以冷漠無情或不斷升高的暴力衝突來回應，這讓德．查呂思先生——從前如此高傲自大，現在卻是羞答答的——動不動就感到徹頭徹尾的絕望。我們將會看見在最微不足道的小事上，自以爲高高在上的莫瑞，成了身價比德．查呂思先生高過千百倍的分身，對事情的了解顛三倒四，把男爵交代給他關乎貴族階級的體面教導一味的囫圇吞棗。目前先說當愛蓓汀在聖—尙—德—拉—海斯正等著我的當下，若是說有一件事讓莫瑞把它擺在超過貴族頭銜之上的（而這件事依據他的原則是相當高貴的，尤其他是個以玷汙幼齒爲樂的這麼一個人，——「神不知鬼不覺地[602]」——由司機做他的伴），那就是他身爲藝術家的名氣，以及別人所認爲的小提琴等級。當然這是一件醜陋的事，因爲他覺得德．查呂思先生一廂情願的要著他，他反倒擺出不領情，嘲諷他的態度，同樣的，有關他父親在我大舅公家所職掌的工作，我一旦答應要替他保守這個祕密，他就把我完全不當一回事。此外，莫瑞所擁有的藝術家頭銜文憑，對莫瑞而言，他覺得比某個「貴族姓氏」還更高級。處在柏拉圖式溫存美夢中的德．查呂思先生想要讓莫瑞取得他的家族某個頭銜時，莫瑞悍然拒絕了。

愛蓓汀覺得更好是停留在聖—尙—德—拉—海斯，以便繪畫，我搭乘了轎車，這回不只是前往古爾城，翡淀，還去了聖—馬爾斯—這—舊地，更一直到達克里格多，這是我返回接她之前，車程去得了的地方。一路上我佯裝有其他事要忙，不是只需要照顧她而已，我必須非把她撇下，才能有其他情趣，事實上，我一路上只想念著她。經常的情形是，我才沒走離開多遠，才剛到達君臨古爾城的寬廣平原，由於它有些類似我們朝向梅澤教堂村行進時所看見的那片鄰近康樸蕊城上方的平原，即使我與愛蓓汀兩人相隔甚遠，心中依然昇起喜樂，揣想著，雖說我的視線無法超越我的眼目，不能一直往前達到她所在之處，在我身旁吹拂著的如此強勁又溫柔的海風，應該跨越得過任何攔阻，快速飛奔直達蓋特侯姆，前往那地搖晃中的樹木，以它們濃密的枝子將聖—尙—德—拉—海斯包裹在扶疏的綠葉之下，同時輕吻我女友的面頰，因此在無限增大、安全無虞的隱密處，她和我之間，成功的搭起了雙重的連線，如同兩個玩著遊戲的孩子，偶而把自己帶到彼此聽不見、看不見對方的距離，雖是相隔兩地，卻是依然相互連結。我重新走回這些道路，看得見大海，回到從前，在大海出現在樹枝之間以前，我閉起雙眼，想著我將要看見的，吟哦中的大海是土地的先祖，還未有人類生存之時，大海延續著，發出瘋狂的、無法追憶的狂浪。現在，如此的道路，對我而言，只是帶領我前往會合愛蓓汀的方式；當我認得出來這些雷同的道路，知道走到哪裡，道路就會直拉著往前行，知道走到何處需要轉彎，我想起來，我曾經沿著這些路徑一邊走著，一邊想著德．斯德瑪利亞小姐，我也想起來我急於找到愛蓓汀的迫切感，我在巴黎沿著德．蓋爾芒特夫人走過的道路時，曾經有過相同的感受。這些道路的意義，對我而言，是帶著深沉的單一性，一種具有道德意義的直線，是我的個性所依循的。雖是自然而然，卻不是讓我無動於衷；這些道路提醒我，我的宿命就是追求一些魅影，一些人物，而他們的眞實性，一大部分只是存在於我的想像裡；事實上，是有一些人物——這是我少年時期就有的情況——對他們而言，舉凡擁有固定價値的，可由旁人觀看得到的，財富，成就，崇高地位，都算不得什麼；他們所需要的，是一些魅影。魅影使人物犧牲一切，讓人物躍然於紙上，人物全都是爲了與某個魅影相逢而效力。可是如此的魅影卻是稍縱即逝；雖說不見得不再回頭來找到第一位，我們是

601 «la duchesse d'angoulême»。**【譯者注】**。

602 «Ni vu ni connu»。**【譯者注】**。

轉向去追逐另外一個魅影了。第一年看見了愛蓓汀面對大海之後，我不只一次尋找這位少女；的確，其他的女子被安插了進來，處於第一次所愛上的愛蓓汀與目前與我寸步不離的愛蓓汀之間；其他的女子，特別是指德．蓋爾芒特公爵夫人。不過，有人就會說了，爲什麼在姬蓓特這個人物身上給自己那麼多考量的空間，爲了德．蓋爾芒特夫人花費那麼多精神，我之所以終於成了德．蓋爾芒特夫人的朋友，唯一的目的，就是讓我不必再爲她魂牽夢縈，若是單單想著愛蓓汀，豈不更好？斯萬，在他去世之前，有可能答得上這個問題，他一輩子也是個魅影的愛好者。從追逐魅影到忘記魅影，又重新尋找魅影，有時候，爲了一次單一的約見，爲著要觸摸得到一個不眞實的、立即逃之夭夭的生命，我走向壩北柯的路上，這樣的魅影處處都有。一想到沿路所見的這些的樹木、梨樹、蘋果樹、檉柳活得比我更久，我似乎從這些樹木得到了建議，要我趁著進入永恆安息的鐘聲還未敲響之前，開始動筆了吧。

我在蓋特侯姆下了轎車，在難走的窪路中跑著，走在獨木板上，過了小溪，找到了愛蓓汀正在作畫，面對具有許多小型鐘樓的教堂，長了刺似的，呈現紅色，像株開了花的薔薇。只有三角楣的色澤是一致的；在明朗的石頭表面，手持大蠟燭的天使輕輕飛過，在我們這對二十世紀情侶面前持續著十三世紀的慶典。愛蓓汀嘗試畫在她所預備好的畫布上的，就是這些天使的肖像，學著艾斯棣的手筆，她拿著畫筆大動作的作畫，爲要跟著高貴的節拍，照著大師對她所說的，讓畫出來的這些天使們與所有大師們所知道的天使大不相同。之後，她把東西收拾妥當。我們相偎相倚著，一起沿著窪路往上走，把小教堂靜靜的留在身後，好像它從未與我們相見過，耳邊聽見小溪湍流不息的水聲。不久，轎車飛奔向前駛去，載著我們，循著另外一條新路回家。我們從馬爾固城—高傲者[603]面前經過。夕陽斜照在城裡半舊、半新的教堂上，替它鋪上一層光澤，美麗得就像幾世紀前所留下的光采。透過如此的色澤，所有的大幅淺浮雕，似乎全都被披上了一層流動的薄光，像是帶著水氣，又像是帶著光澤；聖母馬利亞，女聖者伊莉莎白，聖者若雅辛還在堅固的圍牆中泳動，幾乎滴水不沾的飄在水面之上，在陽光灑下之處。在炎熱的塵埃中顯得凸出的，是衆多的現代雕像，站立在圓柱之上，高高的，碰觸到夕陽所鋪下的金色薄紗之一半高處。教堂前面，一株高大的柏樹，似乎種植在與世隔絕的境內。我們下了轎車，觀賞這棵樹片刻之久，並且走了幾步路。就像愛蓓汀感覺得到雙手和雙腳的靈活度，她也直接意識到了頭上意大利蒲草軟帽以及蠶絲圍巾（這對她的意義不只是充滿了幸福感的位置而已），而且就在繞著教堂走的時候，從這兩件飾物所得到的，是另一種類型的激動，所傳遞出來的，是不動如山似的心滿意足，可是我從其中感覺得到恩寵；圍巾和軟帽，對我的女友而言，只是新近加增的一部分，屬於偶發性質，可是我非常珍惜，我以雙眼緊跟著它們走，沿著路徑走向柏樹，迎著晚風。她自己看不見這些飾品的風采，可是揣想得到飾物所帶出來的優美姿態，因爲她對著我瞇瞇笑著，一邊調整她那頭部的美姿，整理著髮型，讓它與軟帽兩相配搭：「我不喜歡這教堂，它被整修過了」，她對我說道，一邊對我指著教堂，一邊想起艾斯棣曾經對她提過，古蹟的石頭是珍貴的，有它們無可仿效的美[604]。愛蓓汀立即認得出來哪是整修過的建築。令我訝異的是她對建築物欣賞品味的準確度，取代了她對音樂的一竅不通。我和艾斯棣一樣，完全不喜歡這座教堂，呈現在我眼前的，唯有它

603　一九〇七年夏季期間，普魯斯特搭乘轎車出遊時，造訪了位於岡城（Caen）及拜峨（Bayeux）之間，布雷特城—高傲者（Bretteville-l'Orgueilleuse）的諾瑞教堂（l'église de Norrey），正如他於一九〇七年十月寫給安端・畢培斯柯（Antoine Bibesco）信中所說的。（《魚雁集》。第七冊。頁297）。普魯斯特在此將本村莊的名稱，與鄰近伊璃耶，馬爾固城（Marcouville）的村莊混爲一談。當他稍後想起他們的造訪經驗時，敘事者所提的地方名稱是比黎克城—高傲者（Brecqueville-l'Orgueilleuse）（參見《伊人已去樓已空》。原典頁61）。

604　愛蓓汀明顯持反對古蹟維修的立場，是認同艾斯棣的門徒：此一主題將在《囚禁樓中之少女》文本中重提。參見原典頁157。艾斯棣在此所表達的，是艾彌樂・馬勒（Emile Mâle）的見地，普魯斯特曾於一九〇七年八月，從卡布爾寫信給馬勒，同時預備出遊至諾曼地，這些出遊經驗，將帶出《所多瑪與蛾摩拉》文本中有關轎車出遊的篇章：「被修護過的古蹟，沒有提供給我相同的印象，那些石頭自從十二世紀以來就已失去生命，例如像瑪蒂德王后（la reine Mahtilde）那樣，已經死亡」（《魚雁集》。第七冊。頁250）。

那被陽光照射著的門面讓我歡喜，而我下轎車觀賞這教堂，只是爲了讓愛蓓汀高興。再說，我覺得印象派大師有自我矛盾之處；爲何將戀物癖緊緊連結於建築客體，而不在乎教堂在夕陽中的形象轉變？「不，眞的，」愛蓓汀對我說，「我不喜歡這教堂；我喜愛的，是她叫做驕傲者的名稱。不過，我想要請教溥力脩，爲何聖—馬爾斯的名字叫做著衣者（le vêtu）。我們下一回可以問問他，是不是？」她用那對烏溜溜的眼睛，望著我說，軟帽壓在她的眼上，好像從前她所戴的小型打馬球帽。她的面紗飄起來了。我和她重新上了轎車，我們很高興次日一起前往聖—馬爾斯，藉由如此燠熱的天氣，我們只會想到海水沐浴，兩座古老的教堂鐘樓紅咚咚的，像鮭魚肉，鐘樓屋瓦排成菱形，略微彎曲，似乎喘息著，好像幾隻尖嘴大魚，身上長滿魚鱗，滑溜溜的，呈棕紅色，似乎一動也不動，卻在透明及藍色的海水中挺著身子。離開了馬爾固城，爲了切入捷徑，在一個有農場的十字路口，我們選了岔路。有時候，愛蓓汀在這裡讓轎車停下，要我單獨前往尋找飲料，好讓她在轎車內飲用，有時候是喝一點蘋果白蘭地，或者是蘋果甜酒，必須保證是不發氣泡的那種，好讓我們開懷暢飲一番。我們互相催促著對方。愛蓓汀坐在關著車門窗的轎車裡面，農場的人們幾乎看不見她，我把飲料瓶罐還給了他們；我們重新出發了，好像爲了把這樣的生活持續維持在我們小倆口之間，他們有可能認定我們擁有這樣的情侶生活，暫停腳步爲了喝飲料，或許這只是一個微不足道的時刻；這樣的假設完全不對，如果有人看見了我們，是在愛蓓汀暢飲了她的蘋果甜酒之後；那時候的她，似乎不再能忍受她和我之間有任何間隔存在，事實上，在平日，這是不會打擾她的；在帆布裙下，她的雙腿緊緊靠著我的雙腿，變成淡白色的雙頰湊向我的雙頰，髖骨既熱又紅，帶著某種炙熱及枯萎，如同富堡區少女們的樣貌。在這些時刻，她的聲音幾乎比任何人都更快速的有了改變，原有的聲音失去了，取了別人的聲音，沙啞，大膽，近乎放蕩。夜幕低垂。我感覺她依偎著我，是多麼可喜悅的感受，帶著圍巾和軟帽的她，使我想到我們所看見的相愛情侶，他們經常就是這樣，肩並著肩！我或許愛著愛蓓汀，可是不敢讓她識破，以至於如果我眞的對她有一份愛意，那只能是一種無意義的事實，除非直到有朝一日，我們透過經驗，將此眞實掌握在手掌心中；可是我似乎以爲這是難以實現的，也是在我生命計畫之外。至於我心中的忌妒，它讓我不可能與愛蓓汀分離，雖然我知道如此的忌妒心理，若要完全得醫治，除非是我與她分道揚鑣。就是連我在她身旁，我都會感覺得到忌妒，於是我設法安排，讓引發我裡面忌妒之心的情況不要重複出現。一個晴朗的日子，我們前往美麗海岸午餐。餐廳有著玻璃大門，長廊形狀的大廳，可作爲喝下午茶的場地，是敞開著的，與草皮連接在一起，金黃色的陽光灑在上面，發亮寬敞的餐廳似乎屬於草皮的一部分。臉龐紅潤的服務生[605]，一頭烏黑頭髮，捲曲得像火焰形式，飛奔在整個寬闊的場地之上，速度不如從前，因爲他不再是小服務生，而是領班了；不過基於他原本必須保持的動態，時而在遠處，在餐廳內，時而在略近處，卻在屋外，爲選擇在花園用餐的客人提供服務，我們看見他時而在此地，時而在那處，酷似一座連續奔跑中的年輕神仙雕像，有時雕像被放置於光線堪稱明亮的屋內，此一宅第向外延伸到綠色草皮，有時雕像被安置於樹蔭之下，有戶外生動的光芒照射著它。他來到了我們旁邊片刻。愛蓓汀對我所問的話答得不甚對題。她睜大著眼睛看他。短短幾分鐘之內，我感覺到了：我們可以與所愛的人相近，然而卻無法與他相親。看起來他們已經進入了一對一獨處的神祕情況，由於我在場，他們反而變得無言，而且可能源自過去我所不知的約會，或者僅僅源自他拋給她的一個眼神，——我成了打擾他們眼神交會的第三者，是他們要躲避的第三者。當他被老闆狠狠的叫開時，他遠離了，愛蓓汀一邊繼續吃著午餐，她眼中的餐廳和花園之間好像有了一道發亮的路徑，在不同的背景裝飾之下，滿頭烏黑頭髮者是個神仙，時而在此，時而在彼，奔跑著。頓時間，我自忖著，她是否會撇下我一人用餐，跟著他跑了。不過緊接下

605　此乃攸關第一次駐留壩北柯時，在美麗海岸（Rivebelle）所看見的「頂著一頭烏黑美髮的服務生」（《妙齡少女花影下》。原典頁375）。

來的數日，我開始全然忘記這次令人難過的印象，因爲我做了決定，絕對不再重返美麗海岸了，我從愛蓓汀口中得到了保證，向我確認，她是第一次來到此餐廳，也絕不再回去用餐。我否認飛毛腿服務生的眼中只是單單有她，爲的是不讓她以爲因我在場而剝奪了她的愉悅。我有時候會重新回去美麗海岸暢飲一番，不過是單獨一人，就像我曾經所做的。當我把最後一杯酒喝乾了，看著白色牆壁上的薔薇花飾，把所感受到的愉悅享受放在薔薇花飾上。對我而言，唯有花飾存在著；我一再用我不經意的眼光追隨著它，觸摸著它，又失去了它，我對未來漠不關心，對我的薔薇花飾感到心滿意足，如同一隻蝴蝶繞著另一隻停著的蝴蝶飛舞，爲了另一隻蝴蝶，這隻舞蝶的的生命將要在一個最高潮的性欲行爲中結束。然而我覺得讓一種病停滯在我裡面是危險的，這種病甚至外表看來輕微，類似一些不會引起人們注意的生理狀態，不過，稍有差池，無法預知、也無法避免的事情就發生了，這些生理狀態足以立即帶來非常嚴重的後果。這或許是個放棄一位女子的上好良機，任何新近又劇烈的痛苦不會迫使我要向她取得藥膏，來醫治我的心病，這藥膏的擁有者，正是使人心痛的女人。我甚至被這些外出的散步撫平了情緒，雖然我當下把這些散心活動當作明日的期待，儘管次日的時光給了我欲求，不過它也只是與往日無異，出外散心的活動有它們的美妙之處，它們把我從老是牽連於愛蓓汀的地點救拔出來，包括她在姑媽家，在女友們家這些我不與她共處的地方。這種美妙不屬於正向的喜樂，只是安撫了焦慮，不過這樣的安撫力量很強。因爲距離數日之後，當我再度想起我們曾經在農場前面喝過蘋果甜酒，或者單單再度想起我們曾經成雙成對漫步在聖－馬爾斯－勒－維杜，想起愛蓓汀走在我的身旁，戴著軟帽，她與我同在的感覺突然加入了非常強烈的品質，賦予無人關顧的新修教堂一個圖像，就在教堂正門被陽光照亮時刻，這圖像自己前來停在我的記憶裡，好像有人把一大塊止痛藥布貼在我的心上。我把愛蓓汀載到帕爾城放下，不過，晚上重新再找到她，到海邊石岸上，在幽暗中躺下，身邊有著她。或許我不是每天見到她，可是依然可以對自己說：「如果她說出她的工作時間表，她的生活安排，我所盤據的分量還是最大」；我們共同渡過一連串的長時間，如此的相處，在我的日子裡，帶下如此柔美的醉意，甚至在帕爾城她跳下了轎車，一小時之後，我再派車去找她，在車內，我不會感覺更孤單，好像她在離開車子之前，已經先把一些花朵留下。我不是每天非得見到她不可；我將高高興興的離開她，感受得到這個幸福的舒緩效果可以延續上好幾天。於是愛蓓汀離開我的時候，我聽見她對姑媽或者對一位女友說：「那麼，明天八點半見囉。不要遲到，八點一刻就要準備好了。」我們所愛的女子，她和別人的談話，是地底暗藏危險水流的土地；無時無刻，我們感覺在字句背後有一片水存在著，雖是看不見，卻是清冷沁骨；我們感覺得到汙水到處滲出，可是看不見水層本身。一聽見愛蓓汀說那句話，我心中的平靜已經蕩然無存。我想要約她次日早上再見面，為了妨礙她前往赴神祕的八點半約會，別人在我面前提到這約會時，措辭隱諱。她或許會破例順從我幾次，雖然很遺憾，得放棄她的一些計畫；之後，她可能會發現我每每需要如此從中作梗；我將成為徹頭徹尾被蒙在鼓裡的人。況且，很可能把我排除在外的慶祝節目，都是十足無聊的事，或許是唯恐我覺得受邀賓客粗魯不堪，或是俗不可耐，我才沒有受到邀請。很不幸的，愛蓓汀如此攪和不清的生活，只有對我才有影響；她的生活給了我平靜；帶給母親的，則是焦慮，唯有據實相告才會加以破解。由於我高高興興的回了家，決定遲早總要終結這段人生，它的結局也唯有我一人可以定奪，母親聽見我要司機在晚餐後，再度前往把愛蓓汀載來，就對我說：「你太浪費了！（芙蘭絲瓦，用她那簡單又明瞭的措辭，說來更是鏗鏘有力：『錢跑了。』）媽媽又說：你可別變成查理．德．塞維涅，他的母親說：『他的手是個溶金窟[606]。』再說，我認為你和愛蓓汀出入次數夠多了。我確定要對你說，這做得太過頭了，就是連她都會覺得你是可笑的。我很高興這件事讓你散心，我

606 引述自德．塞維涅夫人於一六八〇年五月二十七日寫給女兒的信：「他的手是個溶化銀錢的深窟」（«sa main est un creuset qui fond l'argent»），該引述文略有修改。

不要求你與她絕交，可是，畢竟別讓你們各自另有安排的機會不見了。」我與愛蓓汀一起的生活沒有大喜樂——至少感受不到大喜樂——我打算有一天，選擇一小時的平靜時刻，將如此的生活改絃更張，驟然間，由於我感受到了來自媽媽言語的威脅，這樣的生活又成了當下不可或缺的。我告訴母親，或許方才她說的這番話，把所要做的決定延遲了兩個月，要不然這個週末之前主意早就拿定了。為了她的建議產生了如此立即的效果，媽媽笑了（免得我傷心），而且答應我，她不會再向我提起這事，免得妨礙我自己的優良動機。可是自從外婆去世以後，每次媽媽不壓抑她的笑聲時，笑聲會嘎然停止，近乎痛苦而啜泣，或者因為頓時忘記而心生悔恨，或者因為如此短暫的遺忘再度引爆她那殘酷的懸念。可是，對外婆的懷念，像是根深柢固在我母親心裡，在這懸念之上，我感覺這次又新增了另外一種懸念，是與我有關的，基於母親怕我繼續與愛蓓汀如膠似漆：如此的膠著，因為我方才對她所說的話，她還不敢阻撓。可是她好像信不過我不會犯錯。她記得多年之間，外婆和她都避口不提及我的工作，也不談更有益於健康的生活規範，我說過，我遲遲不開始執行，是她們的勸勉讓我更形激動不安，而且即使她們聽進去了，而不再多說什麼，我也沒有照著去做。晚餐之後，轎車把愛蓓汀帶回來了；天色還未全黑；空氣較不炎熱，過了一個燠熱的白天，我們兩人都渴想著尚未嘗到的清涼；於是在我們激情的雙眼面前，細細的月亮首先出現了（類似我去了德．蓋爾芒特親王妃府邸，愛蓓汀打電話給我的那個夜晚），好像一片輕飄飄、薄薄的果皮，然後，像新鮮水果的四分之一小塊，被一把看不見的刀子開始在天空去皮。有時候，則是我前往找到我的女友，時間是在稍晚；她在緬尼城市場拱門前等著我。乍看之下，我沒認出她來；我已經擔心她沒聽懂，會爽約了。這時候，我看見她身穿藍點白色的半長外袍，跳到我身邊，進到轎車內，腳步輕盈，比較像是小動物，而不是年輕的少女。她立即開始不停愛撫著我，好像一隻母狗。當夜幕低垂時分已到，就如豪華大旅館經理所說道，天空像羊皮紙般的畫滿了星星，如果我們不帶著一瓶香檳酒到森林漫步，不顧那些在黯淡燈光下魂遊的步行者，他們看不見兩步之遙的事物，我們就在沙丘下方躺平；在同一身軀裡活現了全然女性化的優雅，屬於我第一次看見在海平面前經過的妙齡少女們，帶著海味，又擅長運動。我把這身軀緊緊摟住，靠著我的身軀，蓋著同一條被毯，靜靜的大海在我們旁邊，海水被一條顫動著的光芒一分爲二；我們聽著濤音，不覺得已經聽夠，帶著相同的喜悅，有時海水屛著氣息，長時間按兵不動，讓我們以爲潮水被攔住了，有時海水終於呼出了氣，把期待著卻被延遲的海浪微微推到我們腳前。我總算把愛蓓汀帶回帕爾城了。到了她家門前，我們必須停止親吻，免得有人看見我們；因爲她還沒有睏意，她和我一起回到壩北柯，從這裡，我再帶她一次回到帕爾城；早期的轎車司機是很隨遇而安的，隨時就寢都可以。事實上我再回到壩北柯時，是披著晨露的濕氣，這次是自己單獨一人，不過依然被女友存在的感覺圍繞著，滿滿的親吻糧倉，久久才會耗盡。在我的桌上，我找到了一份電報，或者一張風景名片。又是愛蓓汀寫給我的！她在蓋特侯姆寫了這些信件，那時我正一人乘著轎車，她要告訴我，她正想念著我。我上床讀著這些信件。於是，在窗簾上方看見一道大白天的陽光，我對自己說，我們既然擁吻著渡過了夜晚的時間，我們應該是彼此愛戀著的。第二天早上，我在海堤看見愛蓓汀，我遲遲不能向她說出口的，就是想要她和我一起散步，因爲我害怕得不得了，唯恐她給我的回答是這天她沒空。她那冷漠的表情、一副心事重重的樣子，更會使我忐忑不安；她所熟識的人們與她擦身而過；或許她下午時間所安排的計畫，是把我排除在外的。愛蓓汀玫瑰花般的頭部，在我面前陳設著謎樣的動機，我看著她，看著這可愛的身軀，不知她那答案未明的決定，要給我的下午時光帶來幸福抑或是不幸。在我眼前所呈現的少女心境和未來生活，全然具有致命和寓意的形式。當我終於拿定了主意，用一副無所謂的樣子，問著她：「今晚，待會兒，我們一起散步嗎？」她給我的回答是：「非常樂意」，於是我長久以來的焦慮突然間被一種甜美的寧靜取而代之，在粉色臉蛋上，使我更加珍惜的，是我不斷將幸福感維繫在它上面的這些形式，是暴風雨過後我們所能感受得到的寧靜。我不斷的告訴我自己：「她眞好，這麼可愛的人兒！」激動之情相較於酒醉所引起效果，略有遜色，論及深度則比友誼略勝一籌，不過，比起社交生活所能帶來的興奮，那就優質太多了。我只有在前往魏督航夫婦家吃晚餐的日子，以及愛蓓汀沒空陪我外出的時候，才取消租用轎車。我利用這樣的安排，事先告知想要前來拜訪我的人們，什麼時候我將停留在壩北柯。我允許聖─鷺在這些日子前來，單單在這些日子才行。因爲有一次他突然來了，我寧可不和愛蓓汀約會，免得冒險讓聖─鷺與她相遇，有可能受到威脅的，是我這一段時間以來的平靜幸福心境，導致我的忌妒心理又重新被挑了起來。聖─鷺走了，我才又平靜了下來。因此，聖─鷺雖是感到遺憾，倒是能夠謹愼自守，我若沒有向他發出邀請，他都不會到壩北柯來。從前曾經熱切企盼著德・蓋爾芒特夫人何時與他相處，我那時是多麼在意要見到他啊！人們與我們之間的關聯性不斷產生著變化。世界的腳步不知不覺的、永無止境的往前行進，在短暫的視野中，我們以爲這些關係是靜止不動的，它只是太過短暫了，以至於它在他人與我們之間所牽動的動作，幾乎讓人查覺不到。不過，只需要在我們的記憶當中挑選出兩個人物的圖像，屬於他人與我們之間既是不同，又是相當接近的時刻，好讓人物圖像改變不多，至少不是有感的變化，再由這兩個圖像衡量出差異，這就是我們之間所帶出的移位。當我對自己提到魏督航夫婦時，我的焦慮油然而生，我很害怕聖─鷺建議我向魏督航夫婦要求款待他，這麼一來，由於我心裡不斷滋生忌妒，我在魏督杭夫婦家和愛蓓汀相處的喜樂必然被破壞殆盡。還好羅伯特坦誠告訴我，他再怎麼樣，也絕不會有任何想與他們夫婦相識的欲望。「不，他對我說道，處在這種宗教類型的環境中，會讓人怒不可遏。」我原先聽不懂怎麼會把「宗教形式」這個形容詞安放在魏督航夫婦身上，可是聖─鷺結尾所說的話，使我明白了他的思想，對於語言用法，看見聰明的人所接受的讓渡，總是經常讓人驚訝。「處在這些環境裡的人們，他對我說，會建立小族群，會組織宗教團體以及堂會。你別告訴我這算不得是個小宗派；對於內部裡的人們，大家盡量討好，對圈外的人，再多的藐視也不夠。這不是像哈姆雷特所想的活不活的問題，而是活不活在其中的問題。你在他們當中，我的舅舅德．查呂思在他們當中。這又怎麼說呢？我從來都不愛這些，錯不在我。」

當然，我強加於聖—鷺身上的原則，就是沒有我的電話通知，他不要前來看我，對任何其他人士，那些由我逐漸在拉．哈斯柏麗野、在翡淀、在迎風山，以及在別處等地建立起來的人脈關係，我的原則也是一樣，沒有商量的餘地；而當我從豪華大旅館看見三點班次的火車冒出了煙，它在帕爾城層層山崖的山洞留下靜止不動的裊裊白煙，煙雲貼在綠色山腰久久不散，我也在這朵小小的雲彩之下，像一個神通廣大的神仙，毫不猶豫就能搶先知道是誰來訪，是誰要前來與我喝下午茶。我被迫得要坦承的，就是事先經由我同意才能前來的這位訪客，幾乎不會是桑尼業，我常常爲此責備自己。不過我也意識到（當然，他前來造訪，比起他說一個故事，還會更煩人）縱使桑尼業學問更好，人更聰明，比其他人更好心，但是必須要說的是，您不但不可能在他身旁感受得到任何的愉悅，另外還有那種幽幽鬱鬱得幾乎令人難以忍受的其他東西，讓您的下午了無生趣。如果桑尼業老實坦承他恐怕會讓人無聊，大家還不會對他的造訪退避三舍。我們所能忍受的諸多毛病之中，無聊是最無關宏旨的。他會帶給人無聊這件事，或許單單只存在於他人的想像之中，或許經由他人的暗示，逐漸潛移默化在他裡面，如此的暗示乃是扎根在他那討人喜歡的謙恭之上。不過他是那麼在意不要讓人看見他不受歡迎，以至於他不會毛遂自薦。當然，他不依循其他人的樣式是很有道理的，這些人在公共場合歡天喜地的對您脫帽致敬，時間已經那麼久了都無緣與您幸會，見到您在包廂裡，與他所不認識的出色人選共處，他們拋給您的，是一個快速又響亮的問安，一邊致歉說他們是多麼愉快、多麼感動，如今又能與您照面，又看見您進出愉悅場合，說您的氣色很好，等等。可是相反的，桑尼業太缺少膽識。他大可在魏督航夫人家裡，或者在小火車裡對我說：如果他不擔心會打擾到我的話，他前來壩北柯看我這件事，會使他非常開心。如此的建議不會使我驚嚇。相反的，他不提任何建議，可是臉龐帶著折磨，眼神像個精緻而堅不可摧的釉，不過在裡面已經加入了眼巴巴企盼見到您的欲求——除非他找著某個更逗趣的人——而他卻堅持不讓人看見如此的欲求，以一副稀鬆平常的口吻對我說：「您還不知道這幾天要做什麼活動嗎？我或許會去壩北柯附近。不要緊，這沒關係，我只是隨口問問而已。」如此的神色騙不了人，我們用來逆向表達感覺的反面信號，其實讓人解讀起來一清二楚，以至於我們總會想：怎麼還有那些人說反話，諸如：「我的邀請多到不知如何處理才好」，說這話是爲了隱藏他們沒有受邀。不過在這副不伎不求的表情之外，可能由於其中的組合混淆不清，導致您分不開這究竟是顧慮到他恐怕會打擾人呢，還是他正坦率地承認他要與您晤面呢，也就是說，這樣的不自在，這樣的老大不願意，單單就公關禮貌來看，它和戀愛的情形相類似，就像某個戀愛者，對著其實並不愛他的女士提出第二天想約她相見的建議，又佯裝不在乎這件事，表示他只是提個建議，但是不堅持要如此做，或者連個建議都沒有提出，逕自保持著一副虛假的冷漠態度。馬上從桑尼業這人身上流露出來的，就是一種難以說明的事體，讓人以表面上最爲溫柔的態度對他說：「不行，很可惜，這個星期不行，容我後來向您解釋……」我讓其他的人來找我，這些人的價值遠不如他，不過他們的眼神不會像他那樣充滿憂鬱，嘴巴不會像他那樣緊閉著，咬住所有的苦澀，其實他是那麼想要拜訪他們中間的這些人或那些人，而嘴巴卻開不了口。很不幸的，幾乎每次受邀前來看我的人，都會被桑尼業在七彎八拐的小火車上撞見，即使這人在魏督航夫婦家沒有對我說：「別忘了我星期四去看您」，而這天正是我對桑尼業說我沒空的日子。以至於依照他的想像，這其中一定充滿了各種餘興節目是在他所不知的情況下舉行，甚至是與他唱反調的。再說，由於我們會自相矛盾[607]，過度謹守分寸，反而造成病態的不知分寸。曾經有過那麼一次，他沒受到邀請就前來看我，我有一封信，不知道是誰寫的，放在桌子沒收好。片刻之後，我看見他聽我說話時心不在焉。這封他完全不知來路的信箋讓他著迷，我認爲他那上了瓷釉般的兩顆眼珠，隨時都要從眼眶裡掉落出來了，爲的是要讀到這封平凡的信函，他的好奇心像磁鐵一樣，把信吸住了。我們可以視他爲一隻注定要飛向虺蛇的小鳥。最後，他再也忍耐不住了，先把信箋換了個位置，像是替我的房間做整理那樣。這樣做還不夠，他拿起了信箋，翻過面來，再翻過面來，像是做著機械性的動作。他有另外一種不知禮數的表現，就是他一旦黏上您之後，就再也與您寸步不離了。那天因爲我身體不舒服，我請他搭下一班火車，在半小時之內離開我。他不懷疑我身體不適，可是卻對我回答說：「我再多留下來一小時十五分鐘，然後就離開。」從那日以後，每次我有可能邀請他時，我並沒有如此做，我心中就有了糾結，誰知道？或許在讓他倒霉的事上我也有分，或許其他人會邀請他，讓他樂得棄我而去，以至於與我相關的邀請有了雙重的好處，一方面給了他快樂，一方面讓我擺脫得了他。

招待客人的日子過後，我當然不會期待訪客來訪，轎車重新回來找我們，愛蓓汀和我。當我們回家，愛楣，站在豪華大旅館台階的第一階上，忍不住用他熱情洋溢、好奇又貪婪的眼神，想看看我給司機多少小費。雖然我把錢幣或鈔票緊握在我手中，愛楣的眼光把我的手指頭拉出了縫隙。因爲他謹守份際，有教養，甚至以相當小額的好處爲知足，所以，一秒鐘內他就轉開了頭。可是別人所收到的金錢，在他身上會引起難以抑制的好奇，而且使他垂涎欲滴。在這簡短片刻中，他就像正讀著菽勒．凡爾納[608]小說的孩童，一臉的專注與熱衷，或者像一個正用著晚餐的客人，坐在餐廳內，位子離您甚遠，而他看見有人爲您把雉雞切成小塊，這是他自己無力或不願意給自己提供的一道菜餚，在短暫時間內，他放下了嚴肅的思想，把微微綻現的愛慕和覬覦眼光繫戀在雉雞身上。

---

607 «comme on n'est jamais tout un»。**【譯者注】**。

608 菽勒．凡爾納（Jules Verne, 1828-1905），法國作家。擅長書寫青少年人的科幻遊記小說。《二〇二〇年拉魯斯圖解大辭典》。**【譯者注】**。

每日的轎車出遊連續著。可是有一次，正當我搭乘電梯上樓時，電梯管理員對我說：「這位先生來過了，留了一個口訊給我轉達給您。」電梯管理員用破鑼嗓子對我說這話，朝著我的臉又咳嗽，又噴唾沫。「我的感冒眞把我整慘了！」他又補上一句，彷彿我自己沒能力觀察到似的。「醫生說這是百日咳」，說完他又開始對著我咳嗽、噴沫。「別費力氣說說話吧」，我對他說，帶著善意，卻是僞裝出來的。我的呼吸已經有困難，萬一染上百日咳，這可眞是讓我十足難過的事。可是他像個不願被當成生病了的演奏高手，不停的講話，又加上咳嗽，而且以此爲榮。「不，這沒關係，」他說（我心想，或許對你沒關係，對我可不一樣），「況且，我不久就要回去巴黎了（幸好如此，但願他不先把百日咳傳給我再回去）。聽說，」他繼續說道，「巴黎超棒。應該比這裡，也比蒙地－卡羅更棒，儘管一些機動服務生，甚至一些客人，包括旺季去過蒙地－卡羅的豪華大旅館經理，他們經常都說巴黎比起蒙地－卡羅還差一節。他們或許搞錯了，不過，要做豪華大旅館服務部主任，就不應該是個傻瓜；要記住所有客人點的菜，安排好預定桌位，夠傷腦筋的！有人對我說，比起寫劇本，寫書，這還更可怕。」我們已經幾乎到達我的樓層了，電梯管理員又讓我下降到地面層，因爲他發現按鈕運作不佳，轉瞬間，他把按鈕調整好了。我告訴他我寧可徒步上樓，意思是說，也是不想明說，我寧願不要染上百日咳。可是電梯管理員帶著友善的、具傳染力的咳嗽，猛咳了一陣子，又把我塞進電梯裡了。「現在沒問題了，我把按鈕修理好了。」我看他勢必講話講個不停了，我寧可知道訪客的名字和他交待的訊息，讓這件事和比較壩北柯、巴黎和蒙地－卡羅孰美孰不美的事並列，我對他說（好像對著向您唱不完班傑明．郭達[609]的男高音作出要求：請優先唱德布西給我聽聽吧）：「前來要見我的人是誰呢？」——「就是昨天您和他一起出去的那位先生。我這就去找到他的名片，它現在放在我的門房那裡。」由於我前天晚上去找愛蓓汀之前，曾經先把把羅伯特．德．聖－鷺送到東錫耶爾車站，我以爲電梯管理員說的人是聖－鷺，他卻是指著司機說的。他用了這樣的說辭提到他：

「是您與他一起出去的那位先生」，他藉由同樣的機會教導了我，用「先生」來稱呼一個工人和一個上流社會的人，這都同樣可行。這個教導純屬文字而已。因爲論到事務，我從來不做階級區分。聽見司機被人稱呼爲先生，如果我的驚訝與X伯爵一模一樣，這位伯爵得到這個頭銜還不出八天，若是我對他說：「伯爵夫人看來有些疲倦」，我會讓他轉過頭去看看，究竟我所指的人是誰，純粹因爲他對這樣的措辭還不習慣的緣故；我從來都不曾把工人、資產階級者以及大貴族作出區隔，我和他們其中的任何人都可以做朋友，不分高低上下，我確定會更優先喜歡工人，然後才會喜歡大貴族，不是因爲品味，而是我知道我們可以要求大貴族對工人更有禮貌，從資產階級者身上，這點反而不容易得到，一方面，因爲大貴族不會像資產階級者那樣瞧不起工人，或者因爲他們對任何人都願意有禮貌，如同漂亮女士會很高興知道她們的微笑被那麼多人歡歡喜喜的接受。我將平民老百姓和上流社會人士放在平等的立足點上，如果這樣的方式完全被上流社會人士接受，倒是不能說它經常使母親全然滿意。這並不是母親從人本的角度所做的，如果芙蘭絲瓦萬一有了傷心事，或者身體不舒適，她經常是被母親好好的安慰和照顧著，就像母親對待最好的朋友那樣。可是母親太像外公的女兒了，不能沒有上下階級的概念。康樸蕊的鄉親們心地都十分善良，心思也都很敏銳，都學到了關乎人類生而平等的美好理論，當母親的貼身家僕不守老規矩，有一次用「您」對我說話，不知不覺的滑溜到不用第三人稱的方式，母親的感覺是：如此的造次讓她不開心，恰似每次一有這麼一位貴人，原先沒有如此的權限，卻找到藉口在某個正式活動中以「殿下」自居，面對具有公爵身分者，卻不表示該有的敬意，漸漸的省去了該給出的禮貌，這在聖—西蒙《回憶錄》裡都被記載成爲引爆事

609 班傑明．郭達（Benjamin Godard, 1849-1895）寫過幾齣受歡迎的歌劇——其中包括《嬌絲琳》（*Jocelyn*，一八八八年作品），以它的搖籃曲著稱——，在此，它所代表的是輕佻型音樂。

件。「康樸蕊精神」是存在著的，它非常不接受自由派的作法，以至於良善需要幾世紀的時間（母親的良善是無限的），人類生而平等的理論需要走上幾個世紀，「康樸蕊精神」才有辦法被溶解掉。我不能說，在我母親身上，此一精神的某些部分無法被溶解。要她伸出手來給一個貼身家僕牽著，這是很困難的事，要她給出十法郎賞錢，這還更容易一些（其實，如此的賞錢才讓貼身家僕更加高興）。對她而言，不管她承不承認，主人就是主人，家僕就是在廚房用餐的人。當她看見轎車司機和我在餐廳同桌吃晚餐，她絕對不會高興，她會對我說：「我覺得你可以擁有比司機更好的朋友」，就好像如果牽涉到婚事，她會說：「你可以找到更好的對象。」司機（幸好我從來沒想到邀請這一位）來了，目的是要對我說，派他在旺季來壩北柯服務的轎車公司要他第二天到巴黎報到。如此的理由，既然由如此和藹可親的司機簡簡單單的表達了，就像我們經常所說的，像福音書中的恩言，讓我們覺得應該是屬於眞理。而這眞理卻是眞假參半。事實上，那是因爲在壩北柯已經沒有活兒可做了。總之，年輕的福音傳遞者，依據他那祝聖過的汽車輪胎所賦予的眞理，轎車公司也只是半信半疑。事實上，年輕的福音使徒爲德．查呂思先生計算公里數時，他會神蹟似的把數字倍增，反之，一旦他要向轎車公司報帳時，他會把所賺得的公里數以六分之一的數字報上。轎車公司以此爲依據做了結論，在壩北柯或許沒有人出遊了，這是季節性的，可以合理的接受，或者公司知道被騙錢了，覺得不論是前者或後者的假設才是正確，最好的作法，還是把司機召回巴黎，其實在巴黎也沒大事可做。司機所要的是躲開淡季。我說過，他和莫瑞之間的牽扯關係匪淺（表面上，在別人面前，他們都擺出一副彼此不認識的樣子）——當時我毫不知情，假設我對此事有所了解，應該可以免去許多的憂傷。從他被公司召回那天開始，那時我們還不知道他有辦法不離開，我們只能租用馬車出遊，或者有時候爲了讓愛蓓汀散心，因爲她喜歡騎馬，就租馬來乘騎。馬車並不好用。「好破的車！」愛蓓汀說道，其實我還更喜歡一個人單獨乘坐。我不願給自己定下一個日子，希望哪天結束如此的生活，我所不滿的，是如此的生活讓我放棄的，不僅只是工作，還有休閒。不過，有時候，我所持有的習慣依舊會瞬間被破壞了，最通常的情況，是有個非常渴望生活得高高興興的老我，它會頓時取代了當下的我。讓我特別有所感觸的，是曾經有那麼一天，我把愛蓓汀留在她姑媽家，渴望逃之夭夭，騎著馬兒去探望魏督航夫婦，走進森林之中，取道蠻荒山路，那是魏督航夫婦向我誇耀過的一條美徑。這條路緊挨著曲曲折折的懸崖，一次又一次的往上攀升，然後，在濃密矮樹叢的擠壓之中，深入蠻荒山谷地區。不久，許多光禿禿的岩石圍繞著我，岩石縫隙間所看見的，是大海，它們在我眼前浮動，好像另一個世界裡的小角落：我認出了被艾斯棣用來畫下兩幅漂亮山水風景水彩畫的背景，有一幅是「詩人遇見詩神」，另有一幅是「少年男子遇見半人半馬怪獸」，是我在德．蓋爾芒特公爵夫人[610]家中欣賞過的。這兩幅畫被我想起來了，再度把我安置在完全隔離於現實世界之外的地點，所以如果我像艾斯棣所畫的史前時代男子，在我的漫步途中與神話人物擦身而過，也不會令我感到訝異。突然間，我的馬匹驚跳起來；牠聽見了特別的聲響，我險些掌握不住牠，差點沒被摔在地上，然後，我抬起淚水盈眶的雙眼，朝著像是傳來聲音的定點望去，在我上方五十公尺之處，陽光中有個形狀模糊不清的個體，形象酷似一個男子，被一左一右閃閃發亮的大型鋼鐵翅膀撐著飛翔。我的感動不亞於一個希臘人首次看見人神參半的個體。我哭了，我的淚水即將奪眶而出，由於我認出了頭頂上聲音的來源——飛機在這個時代還算罕見——想到我馬上就要首次看見一架飛機，於是就如同我們感覺即將在一份報紙上讀到一句動人心弦的話語，我癡癡的等待著看見它，好讓我的淚水潰堤。不過機師似乎還沒有決定航向；我感覺在機師面前所敞開的——就在我的眼前，如果我不被習慣羈絆得不能

610　艾斯棣水彩畫中的原型人物可能是居斯塔夫．默羅（Gistave Moreau）作品《海希奧德與繆斯》（*Hésiode et la muse*）以及《半人半馬怪獸馱著斷魂詩人》（*Poète mort porté par le centaure*）中的人物，是普魯斯特在居斯塔夫．默羅博物館看過的。關乎男主角在德．蓋爾芒特公爵與公爵夫人府邸所看到的神話主題水彩畫，參見《富貴家族之追尋》。原典頁408。

動彈——是天空中、是人生中一片開敞的路徑；飛機朝著更遠之處飛去，在海面上略作盤旋，然後突然採取了行動，似乎是有某種逆著地心引力的力量勝過了它，讓它好像要轉回家鄉似的，金色雙翼輕輕一飄動，就朝向藍天直飛而去[611]。

再回頭來說到司機，他不但要求莫瑞讓魏督航夫婦用汽車汰換了四輪敞篷大馬車（這件事情，由於魏督航夫婦對忠誠之友慷慨大方，所以不難辦到），不過也要把他們的首要車伕一齊換掉，就是那位敏感又常常傾向憂鬱的年輕人，好由司機他自己來擔任汽車駕駛，這件事做起來就沒那麼容易了。幾天之內，事情辦好了，方法如下。莫瑞先把年輕車伕需要用在駕駛馬車的必要配備偷得精光。一天，他找不到馬嚼子，又有一天，他找不著兜在馬嘴之下的鏈條。又有其他日子，他的馬鞍軟墊不翼而飛，甚至連他的馬鞭、他的蓋毯、鞭子、海綿、麂皮，一概不見了。失主都想了辦法向鄰居借用；不過也延遲了上班時間，這就惹惱了魏督航先生，讓車伕心情憂傷，滿腦子充滿了負面思想。很想快快進場的汽車司機向莫瑞宣稱，他即將回到巴黎。需要一舉成功的時候到了。莫瑞說服了魏督航先生的僕役，告訴他們，年輕的馬車伕曾經透露，他已經設計好一個陷阱，讓所有的僕人陷入其中，然後自稱他一個人可以搞定他們六個人，莫瑞告訴僕人們，他們不可等閒視之。說到莫瑞本人，他是不能插手干預，不過向他們預先發出警告，好讓他們事先採取預防措施。所安排好的作法，就是趁著魏督航夫婦和他們的朋友出外漫遊不在的時候，他們一起到馬廄逮住年輕車伕。我在下面提到了這件事，雖然這只是與即將發生的事情有了巧合，可是這一票人後來讓我覺得有意思，那天，有這麼一位朋友來到魏督航夫婦家渡假，而這位朋友離開之前，大家想邀他出外散散步，是用走路的，時間點就是落在發生事情的同一個晚上。

當我們出發散步時，讓我驚訝不止的，就是那天莫瑞和我們一起前來走路散步，那天他必須在樹林中拉小提琴，他對我說：「聽著，我手臂疼痛，我不要告訴魏督航夫人這件事，不過，請您祈求她把家僕中的一個帶來，譬如說豪斯勒；由他替我拿樂器。」——「我相信選另一個人會更好，」我答道。「這人需要準備晚餐。」莫瑞的臉上出現了怒氣。「不行，我不願意把我的小提琴隨便交給任何人。」我後來了解了他爲何如此喜愛這人。豪斯勒是年輕車伕非常疼愛的哥哥，如果他留在家中，有可能會去救援他的弟弟。在散步途中，莫瑞把聲音壓得低低的，免得當哥哥的豪斯勒聽見我們所說的話：「這是一個好小子，」莫瑞說道。「他的親兄弟也是。如果他沒有這個致命的嗜酒習慣……」——「怎麼，嗜酒？」魏督航夫人說道，一想到他有個嗜酒的車伕，臉就發白。——「您沒有發現。我經常對自己說，他替諸位駕駛馬車時，沒有意外發生是個奇蹟。」——「那麼他也載別人囉？」——「您只要看看他翻過幾次車就夠了，今天他的臉上全是瘀青。我不明白，他怎麼沒出意外死去，他把車轅折壞了。」——「我今天沒見到他」，魏督航夫人說，想到可能發生在她本人身上的事就顫抖。「您讓我難過。」她想要縮短散步時間回家去了，莫瑞選擇了一曲巴哈的作品，加上各種變化，讓出遊活動繼續延長下去。一回到家，她就去了車庫，看見了新的車轅，豪斯勒的弟弟[612]正流著血。她沒有發出任何一句譴責的話，只是向前對他說，她不再需要車伕了，給了他一筆錢，不過車伕本人不想控告朋友對他展現的敵意，他事後認爲他所有的駕車配備每天遭竊，他們是主事者，等等，車伕看到他的忍耐所帶來的結果，就是把自己弄得倒地不起，他要求離職，事情可就都妥貼了。第二天，司機回來了，後來魏督航夫人（她非得換另一個人不可）對司機感到十分滿意，向我熱切的推薦，把他當成絕對可靠的人選。我一無所知，我在巴黎以日工方式雇用他；不過

611　飛機在近海處暴衝，以及男主角的眼淚，使人想到一九一四年亞格斯迪內里（Agostinelli）死於昂蒂布（Antibes）外海，至於馬失前蹄則是預告愛蓓汀將墜馬而死的意外。

612　原文缺少「弟弟」這字。**【譯者注】**。

我提早太多說這件事情的後續了，它將會在我與愛蓓汀[613]有關的故事中再度重提。目前我們在拉．哈斯柏麗野，我和我的女友第一次前來晚餐，德．查呂思先生則是帶著莫瑞，他所稱之爲一個「總管家」的兒子，約定好的年收入是三萬法郎，總管家有一輛馬車、許多附屬管家、園丁、財物管理員、佃農，這都在他的轄管之下。不過因爲我太早預告了這些，我不願意讓讀者留下印象，認爲莫瑞這個人壞透了頂。他比較是個充滿矛盾的人，有些日子，他眞的還是蠻和善的。

我知道車伕被掃地出門，當然很訝異，更讓我驚訝的，就是載著我們，愛蓓汀和我，出遊的司機取代了原來車伕的職位。可是他對我說了一段很複雜的故事，根據這個故事，他原先是要回到巴黎，從巴黎又爲了魏督航夫婦被叫了回來，這個我絲毫不懷疑。車伕被炒魷魚這件事讓莫瑞有理由和我稍稍聊了幾句，爲的是關乎這好小子離職的事，他要表達他的憂傷。況且在他和我獨處的時刻，他會跳躍著，直衝著我奔跑而來，歡天喜地的，莫瑞看見所有在拉．哈斯柏麗野的人都對我倍加禮遇，也感受到了他所刻意自絕於友好關係之外的我這個人，對他是無傷的，因爲他讓我把一些橋梁通路都切斷了，挪開了所有可能性，不讓我對他有機會擺出保護者的姿態（這是我根本沒有想到要做的），於是他不再與我保持遠距離了。我將他態度上如此的改變，歸功於德．查呂思先生的影響力，這影響力果眞使得莫瑞在某些方面上較不頑冥不靈，較有藝術美感，不過，在某些點上，他囫圇吞棗的運用師傅所指點的高規格優雅，矇混過關，而且只是偶一爲之，使他更是愚昧得無以復加。德．查呂思先生有可能對他說的，正是我假設唯一要緊的。我那時怎麼可能揣測得到別人後來所告訴我的（安德蕊針對愛蓓汀所作出的一切斷言，關乎這些事的眞假我並不確定，尤其是後來我常常覺得疑雲重重，就如同我們曾經見過的情形那樣，安德蕊不是誠心愛戀著我的女友，而是對她心存忌妒），總之，假設眞有其事，她們兩人共同向我隱瞞得天衣無縫的，那就是愛蓓汀與莫瑞關係匪淺？約略在車伕被支遣的時候，莫瑞面對我所秉持的新態度，給了我機會，改變了我對他的看法。我對他的性格留有著惡劣的看法，肇始原因是這位年輕人向我表現了卑鄙的態度，當他有求於我、利用了我之後隨即翻臉，甚至到故作不認人的地步。除此之外，還得加上他與德．查呂思先生之間所建立的明目張膽的索賄關係，德．查呂思先生無俚頭的動物性本能表現未能得到滿足（當有這種情況發生時），這些情況所延伸出來的種種複雜情勢，導致德．查呂思先生心裡憂傷；不過莫瑞的個性不全然都是那麼醜陋，只是其中充滿了矛盾。他像是一本古老的中世紀書籍，錯誤百出，充斥著荒謬的傳統，夾帶著許多淫誨，他是個極其多元複雜的人。我原先相信他的藝術造詣已經到達大師層級，這給了他優越感，勝過音樂工作者的獨樹一幟。有一次我提到我想要動筆寫作：「工作吧，成名吧，」他對我說道，——「是誰這樣說過？」我問他。——「從豐丹到夏多布里昂[614]都有。」他也知道拿破崙的愛情書簡集[615]。好吧，我心想，他有文墨。可是他所讀到的這個句子，我不知道到底是出自哪本書，或許這是在所有古代和現代文學中，他唯一所知道的句子，因爲他每天晚上都向我重複說這句話。另外一個句子他重複說得更多，爲了阻止我，不讓我對任何人談論到他，這句話是這麼說的，他以爲這句話一樣是出自文學作品，其實幾乎不像是法文，起碼帶不出任何意義，或許除非是把它放在愛說八卦的傭人嘴裡：「疑心病重的人，加以提防

613 參見《囚禁樓中之少女》。原典頁122以及後續文本。

614 「用功吧，用功吧，我親愛的朋友，讓自己揚名天下」：一七八九年七月二十八日，德．豐丹寫給夏多布里昂（Chateaubriand）的信如是說道，被引述在《墓外回憶錄》（*Mémoires d'outre-tombe*）第十一冊，第3章中。路易．德．豐丹侯爵（le marquis Louis de Fontanes, 1757-1821），帝國時期大學之重要訓誨師，寫作拙劣，在法國大革命時期的恐怖時代之後，與流亡在倫敦的夏多布里昂有往來。

615 可能是影射拿破崙寫給約瑟芬的信，例如是以如此之書名出版：《皇帝之柔情》，附加《關乎愛情之對話》（*Tendresses impériales,* suivies du *Dialogue sur l'amour*）。一九一三年E．桑梭（E. Sansot）出版；或者影射僞造版：《未出版之信箋四十封》（*Quarante lettres inédites*），寫給在華朗斯（Valence）某位女士的信箋，被設定爲寫於一七九一年。朋帝俄（Ponthieu）出版。一八二五年。

吧」；根本上，打從這個愚昧的格言開始，又從豐丹到夏多布里昂所說的句子，莫瑞他那變化多端，卻不見得相互矛盾的個性，我們大可一覽無遺。這個年輕人，只要在哪裡找得到錢，他就會不擇手段，而且不會懊悔——或許並非沒有怪異的衝突，甚至到達神經緊張的超級激動狀態，然而懊悔一詞，則是與它格格不入——只要哪裡對他有好處，他就一頭栽到裡面，不畏辛苦，甚至不怕拖累幾個家庭的全家大小到愁雲慘霧的地步。這個年輕人將金錢凌駕於最自然的單純人類情感之上，不過，同樣被這位年輕人高高揚起，超過金錢之上的，是他那國家音樂學院的首獎證書，任何人針對他在長笛或對位課程上的功夫，都不可以說出任何不禮貌的言詞。因此，他最大的憤怒，他最陰沉、最難以被認可的暴怒，來自他所謂的（可能將幾個讓他遇上不懷好意者的特殊的情況，擴大成了常態現象）天下烏鴉一般黑的事實。他慶幸自己跳脫了出來，因爲他從來不說人的長短，他把自己的點子包藏好了，對所有的人都是心存顧忌。（這算是我的不幸，根據我回巴黎之後的後續結果，他的顧忌沒有「要在」關乎壩北柯的司機身上，在他身上，他或許認出來了一個同類，也就是說，與他的格言兩相違背的，這是一個持懷疑態度的人，不過是用在好的字義上，持這樣懷疑態度的人面對正派人士時，絕對會三緘其口，而且立刻會與無賴漢相連結。）他似乎覺得——況且這不見得絕對是錯的——持有如此的懷疑態度，經常讓他脫離困境，滑開尷尬，讓人捉摸不著，歷經最危險的際遇，而讓人無可指責，甚至無法加以證實，在建立牧羊女之街[616]機構的事上，提不出對他不利的證據。他努力工作，後來聲名大噪，或許有朝一日，他將帶著無可指責的權位，在享有盛名的國家音樂學院內擔任國家考試小提琴科審查委員會的主委。

可是，或許在莫瑞的腦袋裡邏輯裝得太多了，以至於從中提出的一些邏輯相互矛盾著。事實上，他的本性眞的就像一張白紙，在紙上捏出了那麼多亂七八糟的皺摺，以至於找不到其中的頭緒。他似乎擁有一些相當崇高的原則，他的字跡極爲漂亮，其中卻充斥著最不可原諒的拼字錯誤，他花好幾個小時寫信給他的弟弟，爲了訓斥不會和氣相處的弟妹們，他是妹妹們的長兄，是她們的靠山；而寫給妹妹們的信，則是數落她們對他這個當哥哥的犯了不識大體的錯誤。

不久，夏日將盡，當我們從竇城下火車時，太陽在靄色中不見了，在一片淡紫色的天空裡，只留下一團紅。夜晚，籠罩在濃密又略帶鹽味草原上的一片平靜，給了許多來自巴黎人的建議，大多是畫家，邀請他們前往竇城渡假，另外有一層薄薄的水氣，讓他們早早回到小木屋的家。許多小木屋燈火已經通明。只有幾隻母牛留在外頭觀看大海，哞哞叫著，其他對人更感到興趣的母牛群，轉移了牠們的注意力，正面朝向我們的馬車望著。一位畫家獨自在一處微微隆起的地面上架起了畫架，正在描繪著風景，著力在畫布中帶出一大片祥和、靜謐的景觀。母牛群或許無意中成了畫家免費的模特兒，路人都已經回家，唯有牛群獨聚一處，牠們沉思般的表情，強而有力的帶出夜晚所散發的安恬氣息。幾個星期之後，舒緩的轉換季節來了，秋意漸濃，白晝全然變得短促，外出活動轉爲夜晚進行。如果我下午外出繞個圈兒，就必須最晚於五點前回到家，以便著裝，這時，又紅又圓的太陽已經掉落在傾斜著的、曾經被憎惡過的水鏡中央，太陽類似燃燒中的硝石瀝青火團[617]，在海面上生出熊熊烈火，照映在我所有書架的每一片玻璃版面上。正當我穿著禮服，不由自主的手舞足蹈起來[618]，機靈又淘氣的我，就是我與聖—鷺前往美麗海岸晚餐，以及我原以爲可以把德．斯德瑪利亞小姐帶去森林之島晚餐的那個夜晚，口中不知不覺哼著同一首歌兒；也唯有察

616　牧羊女之街：「音樂與吟唱學國家學院」（Conservatoire national de musique et de déclamation）所在地，直到一九一三年，之後，喬遷至馬德里街（rue de Madrid）。

617　«feu grégeois»：乃是由硝石和瀝青組合成的燃燒物，可在水面上燃燒，古時及中世紀用於戰艦上。《二〇二〇年拉魯斯圖解大辭典》。**【譯者注】**。

618　«Quelque geste incantateur»，字典查無此字。相近似之詞有incantation（陰性名詞），incantatoire（形容詞），兩者都與興高采烈，情緒激動之意有關。**【譯者注】**。

覺到了這個相似點，憑著歌謠，我認出了偶而出聲歌唱的歌者，事實上他只會唱這一首歌而已。我第一次唱出這首歌謠時，對愛蓓汀有了愛意，不過我原先以爲再也沒機會認識她了。稍後在巴黎，就是正當我停止了對她示愛，在我第一次擁有她數日之後[619]，那是我再度唱歌的時候。現在是正當我重新愛上她，要與她前往晚餐了，旅館經理感到非常遺憾，他以爲我最終是要以拉．哈斯柏麗野爲住處，甩開他的旅館不住了，他向我確認此一傳言，在那地附近，聽說貝克的沼澤和「蹲著的」靜水[620]所引發的熱病正流行著。看見我的人生如此開展成爲三個藍圖，爲了如此的多樣變化，我感到很高興；而且當我們短暫時間內重新回到舊人模樣，意即：有別於長時間以來我們之所是，敏感程度不任由習慣削弱，於是它就會從一些活潑印象中接收到微乎其微的震動，適足以讓早先曾經有過、如今黯然失色的印象，由於新鮮印象的注入而重新具有超高強度，於是我們帶著醉漢般的興奮，在短暫時間內流連忘返其中。當我們搭上鐵路慢車，或者汽車，由它載著我們去搭乘鐵路小火車時，天色已經暗了。在大廳中，首席理事長對我們說：「啊！您倆要去拉．哈斯柏麗野！怪哉[621]，魏督航夫人她可眞大膽，要您倆在晚間搭乘一小時的火車，只是爲了一頓晚餐。然後，晚上十點鐘重新上路，迎著四面八方吹來的怪風。我看得出來，您倆一定是閒閒沒事做」，他補充說道，一邊搓著雙手。他之所以這樣說，應該只是出於不開心，因爲他沒有被邀，也是出於「我這人可忙著呢」的滿足感——即使所做的工作笨透了——他也「沒有閒暇」做諸位正在做的事。

當然，好端端的撰寫報告，校對帳目數字，回覆信箋給顧客，跟著股票上上下下忙碌著的這麼一個男人，當他冷冷地對您說：「對於無所事事的諸位，這倒是好事一樁」，他心中所感受的，是一股舒爽的優越感。假如您的娛樂活動是書寫《哈姆雷特》或是單單閱讀此一作品而已，如此的優越感肯定會夾帶著鄙視，甚至棄之如敝屣（因爲進城裡吃晚餐，忙著做事的男人也會去）。這就說明了汲汲營營的人們是不會思考的。因爲這些人，當他們很訝異的發現有人竟然做些非關營利的文化活動，在他們的眼中，這只是懶散閒暇的人所做的可笑餘興節目，他們總該想想，在他們本身的職涯當中，正是如此的文化素養造就了一些出類拔萃的人物，這些人物未必見得是比他們更出色的法官或行政官員，不過他們卻能平步青雲，這就使得他們甘拜下風，說道：「聽說某某很有文采，是個絕對傑出的人物。」首席理事長尤其不解，拉‧哈斯柏麗野的晚宴怎麼會帶給我歡愉，正如他所說的，這樣「結結實實的來去跑一趟」，他說得的確很有道理，雖然帶著批評，這個來去跑一趟的旅行，它讓我感受到格外鮮明的愉悅，原因在於旅行本身不是目的，我們完全不想在旅行本身找到樂子，旅行是附屬於餐聚的，我們正前往赴宴途中，如此的餐聚不會任由周遭的氛圍對它產生太大的變動。夜幕已低垂，現在我將豪華大旅館暖暖的熱氣——這旅館已經成了我的住家——拿來與火車車廂的兩相交換，我和愛蓓汀一起上了火車，老爺式火車停在某些地方，來自吊燈的反射光芒映在玻璃上，告訴我們火車駛進某個停靠站了。為了不讓寇達錯過我們，也免得聽不見大聲報告火車停靠站的站名，我打開了車門，這下子，衝進來車廂裡的，不是忠誠之友們，而是風、雨、寒氣。在幽暗中，我分辨出了四周的田野，我聽見了大海，我們正走在光禿禿的鄉間。愛蓓汀在我們與小核心相會之前，從隨身攜帶著的黃金用品組合中掏出一面鏡子，檢視好自己的容貌。事實上，起初幾次，魏督航夫人曾經讓愛蓓汀上樓到她的化妝室，好讓她在晚餐之前稍做整妝，一段時間以來已經完全心平如鏡的我，被迫要在樓梯下方留下愛蓓汀一人上樓，略微感受到了焦慮和忌妒心理的激盪，當我一人在沙龍中被小內圈人士圍繞著時，我心裡自忖著，我的女友在樓上正在做些什麼，我感受到了極大的焦慮，以至於次日，我請教過德．查呂思先生，讓他指示我哪樣東西最能顯出優雅，之後，透過快信，我向卡地亞精品店

---

619 參見《富貴家族之追尋》。原典頁355－356，此乃僅僅是想像中的滿足，不配稱之為擁有。

620 «leurs eaux accroupies»。accroupies應是alourdies之誤用字眼。【譯者注】。

621 «sapristi»，〔驚呼語〕表現驚訝，焦躁，脫口而出的驚嘆詞。《二〇二〇年拉魯斯圖解大辭典》。【譯者注】。

下了訂單，購買了一件妝扮用品，這讓愛蓓汀高興得很，我也一樣喜孜孜的[622]。這件妝扮用品對我而言，是平靜心情的保證品，也是我女友所祈求的。她應該完全猜想得到，我不喜歡她在魏督航夫人家中沒有我在身邊，因而設法安排在火車車廂裡完成所有晚餐前的打點妝扮。

幾個月以來，所有魏督航夫人的常客中，忠心程度勝過其他人的，就非德・查呂思先生莫屬了。每週三次穩定在東錫耶爾—西站[623]候車室或月台上停留著候車的旅客們，都看見這位胖胖的男子經過，他頭髮灰白，鬍髭染黑，塗著胭脂的雙唇泛紅，這胭脂在夏季末了時分較不明顯，若是大白天，又有暑氣，就讓這胭脂顯得更爲刺眼，而且一半化成了液體。他一路走向小火車鐵路車站，無法禁止自己快速投射出偷窺的眼神（僅僅內行人才察覺得到，因爲現在他所擁有的感覺，讓他覺得自己是守著貞潔、擁有道德的人士，或者至少大致上沒有花心），他的眼光投射在苦力漢子身上、軍人身上，身穿網球衣的青年人身上，既是探問調查，又是縮頭縮尾，隨後，他立即垂下眼簾，幾乎是緊閉著的，酷似神職人員在抹聖油禮儀中順著念珠唸著祈禱經文，屬於專注精神陪伴著妻子，成爲唯一所愛之人的丈夫，或者屬於一個既有教養又是矜持的少女，忠誠之友更是相信男爵沒有看見他們，他上到一個有區隔座位的車廂裡面，與他們不同車廂（就如同希爾帕朵芙公主經常所做的那樣），所擺出的姿態，就是他不確定別人是否樂意與他同坐，他於是把前來尋找他的功能留下來給了您，端看您有沒有想要如此進行而已。起初幾次，此一功能沒能獲得醫師的認同，他希望我們把他單獨留在有區隔座位的車廂裡。自從他在醫學界有了崇高地位，就把他猶豫不決的個性當成美事一樁，他微笑著，把身子往後仰，一邊從單片眼鏡上方看著斯基，帶著狡猾，或者要從側邊讓同伴們聽見驚悚的見解：「諸位該會了解，如果我是單獨一人，小男生……可是我有妻子同行，既然諸位告訴過我這些話，我不知道會不會邀他過來和我們一起坐火車旅行，」醫生悄悄的說道。——「你說什麼？」寇達夫人問道。——「沒什麼，這與妳無關。這不是說給女人們聽的」，醫生使了個眼色，答道，嚴守著不偏不倚的地位，一副對自己志得意滿的神情，一方面在學生和病患面前不苟言笑，在魏督航夫婦家裡，過去曾經擔心自己不夠精明機靈，他繼續壓低著聲音說話。寇達夫人所能聽清楚的字眼只有「關乎職業結盟團體」以及「絮絮叨叨[624]」，因為在醫師所用的言語中，第一個字眼所指的是猶太民族，第二個字眼是說到饒舌之輩，寇達夫人的總結就是：德．查呂思先生應該是個多嘴的猶太人。她不明白大家為什麼因為這個緣故把男爵撂在一旁，覺得她該盡盡小群體官長夫人的責任，要求大家不要孤立男爵。我們都一起朝向德．查呂思先生的區隔座位車廂走去，一路上，不甚自在的寇達領頭走著。正讀著一本巴爾札克作品的德．查呂思先生，從他所在的車廂角落察覺到了大家的猶豫不決：他卻依然保持著雙眼低垂。不過，正如聾啞人士因著對別人無感的流動空氣認得出來有人走近他們背後，德．查呂思先生擁有真正超級的感官敏銳度，足以讓他警覺得到大家對他的冷淡態度。由於如此超級的感官敏銳度適用於各種領域，在德．查呂思先生身上衍生出來的，是許多憑空想像而來的痛苦。正如神經病患稍一感到涼風拂面，就推斷樓上必然有一扇窗子沒有關緊，因而暴跳如雷，開始打起噴嚏，若是有人在德．查呂思先生

---

622 一封於一九一六年五月寄給呂西昂．都德的信，似乎與描述愛蓓汀之所需有關聯性：「我曾對你提過的年輕女孩要求我一件小小的必需品，可讓她隨身攜帶，配合藍釉手錶，等等。然而我想到卡地亞珠寶店（Cartier）的非常昂貴，我在***訂做。不過，你或許在孟德斯基歐所寫的《德．卡斯蒂格梨翁妮夫人》（*Madame de Castiglione*）書裡看見，卡薩堤侯爵夫人（la marquise Casati）有這些物件是帶著鏡子之類的，等等，是屬於你較不喜歡的珠寶商。你可以準確的告訴我這物件（屬於第一家或另一家）如何嗎？年輕女孩可以帶著它上轎車嗎？——赴晚宴？——騎馬？——到鄉間？」（《魚雁集》。第十五冊。頁111）。普魯斯特暗指孟德斯基歐所著：《聖潔美好的伯爵夫人。依照德．卡斯蒂格梨翁妮夫人所作之研究》（*La Divine comtesse. Etude d'après Madame de Castiglione*），由加百梨燁．德．安努恩基歐（Gabriele D'Annunzio）作序。曼吉，祚安及其公司（Manzi, Joyant et Cie）出版。一九一三年。卡薩堤侯爵夫人（la marquise Casati）的珠寶商名稱是拉利克（Lalique）。

623 稍後，德．查呂思將要上火車的停靠站是聖─馬汀之橡樹（Saint-Martin-du-Chêne）（本書法文原典頁429及頁437）。

624 《tapette》，〔通俗用語〕乃指口若懸河者，若是當成粗俗用語，就是指同性戀者之意。《二〇二〇年拉魯斯圖解大辭典》。**【譯者注】**。

面前顯出憂心忡忡的神色，德．查呂思先生下的結論，就是有人把他針對這人所說的話，多嘴說給這人知道了。不過人們連個無所謂的臉色都不必擺，也不必神情凝重，或者嘻笑，他都會自己憑空捏造出一些事情。反過來，友情很容易遮掩惡言，反倒不讓他這個當事人知悉。德．查呂思一開始就猜測到了，寇達的態度是猶豫不決的，忠誠之友們很訝異，沒想到他們早已被垂著雙眼讀書的人看見了，等他們走到了合宜的距離，男爵就對他們伸出了手，卻只肯用全身為寇達哈個腰，立刻又把身子挺直，醫師朝著他所伸出的手，男爵並沒有用他戴著絨面皮革手套的手握住。「我們絕對堅持要和您一起上路，先生，不把您單獨撂在一個小角落。這是我們很高興要做的事，」寇達夫人很好心的對男爵說道。——「非常榮幸，」男爵說道，冷冷的哈了個腰。——「我很高興知道您終於選擇了這個地點做為您定居的聖……。」她原是要說聖殿，可是她覺得這個字眼猶太味太濃了，而且對於猶太人不大禮貌，他可能以為說這話是含沙射影。於是她又說了，為了選擇其他表達方式，是她所熟悉的，也就是一種中規中矩式的說辭：「我想要說的是安頓好『您家庭中的諸位神仙[625]』（事實上，這些神祇不屬於基督教，而是屬於某個消失已久的宗派，不必害怕得罪他們，因為這教派已經不再有信徒了）。很不幸，由於這是開學時候，加上醫生在醫院上班，我們從來都沒辦法在同一地點挑選我們居所。」一邊還對著他展示了一個婦女隨身聚寶箱：「如您所見的，身為女流之輩，我們更沒有男性的優勢；為了如此靠近我們的朋友魏督航夫婦的家，我們非得把礙手礙腳的物件[626]都隨著我們搬運來。」這時候我看著男爵所讀的巴爾札克作品。這不是一冊精裝本，而是隨手買到的，像裴果特第一年借給我看的那種文本。這是一本來自他個人圖書室的書，書上註明著一句題銘：「我屬於德．查呂思男爵」，有時候，取代此一題銘的還有這句話，用來顯明德．蓋爾芒特是個勤讀書卷的家族：「*In proeliis non semper*」，另外又有這個格言：「*Non sine labore*[627]」。可是我們不久將會看到這些格言將被換成其他的，為了要盡量取悅莫瑞。片刻之後，寇達夫人改換了主題，她覺得這對男爵而言是更個人化的；「我不知道您是否同意我的看法，先生，」等了片刻之後，她對他說道，「我的思想是很開闊的，依我的看法，只要人們眞心實踐信仰，所有的宗教都是好的。我不像那些被……基督徒弄得染上狂犬病的人。」——「有人告訴我，我的宗教是唯一眞實的」，德．查呂思先生答道。「他是狂熱派，」寇達夫人心裡想著；「斯萬，撇開他的晚年不說，他還比較有寬容之心，他是眞心改信了天主教。」事實正是完全相反，男爵不僅僅如大家所知道的，是基督徒，而且還敬虔得像中世紀人士，對他而言，就像對十三世紀的雕刻家一樣，基督徒的教堂，依照這說辭所包含的活潑意涵，乃是指著一大群人聚集之處，他們相信先知、使徒、天使、各式各樣的聖人都眞實存在著：他們圍繞著成為肉身的道，以及道成肉身者的母親，以及母親的丈夫，永恆的天父，所有的殉道者，加上許多文士，如此的基督徒教堂有著凸顯的百姓，熙熙攘攘的走到拱形門下，或者進入各個船型大主教座堂內部。在所有的這些人中間，德．查呂思先生選擇了天使長米迦勒，加百列，以及拉斐爾，做為他的代禱守護者，男爵與他們常有來往，好讓天使長們傳達他

---

625 «pénates» 1.〔玩笑說法〕宅第；家庭。2.〔羅馬神話〕家庭中之諸神，家庭中諸位神明之雕像。《二〇二〇年拉魯斯圖解大辭典》。**【譯者注】**。

626 «impédimentas»以複數使用。1.〔古代軍事用語〕車輦，行囊，等等諸多妨礙軍隊前進之累贅物品。2.〔文學用語〕妨礙活動、行動之事；障礙。《二〇二〇年拉魯斯圖解大辭典》。**【譯者注】**。

627 為了呈現屬於德．查呂思書中的徽章題銘，在此，以及在稍後文本中（本書法文原典頁449，452－453，456），普魯斯特的靈感是取自儒安尼．吉卡爾（Jaonnis Guigard）的著作：《珍本收藏家之新編徽章圖案集：愛好徽章書籍者指南》（*Nouvel Armorial du bibliophile: Guide de l'amateur des livres armoriés*），一八九〇年出版，共計2冊。馬賽爾．植葡說，他的父親於一九〇九年——一九一〇年冬天，將這套書贈送給他。他又說，普魯斯特立即向他借去閱讀了六個月。事實上，普魯斯特在第一次大戰後，還繼續參酌這套專書，正如多處筆記注記以及增添資料所顯示的。「軍不恆戰」（«Pas toujours dans les combats»）：吉卡爾所用的題銘，最為貼近者，«In proeliis promptus»，是屬於盧柏薩克（Lubersac）家族的題銘，這家族的人士，有多位是普魯斯特所熟悉的。（第一冊。頁321）。「劬勞者才能居功」（«Rien n'est acquis sans effort»）：這是屬於雷茲樞機主教（le Cardinal de Retz）的題銘（第一冊。頁289）。

的祈禱直到永恆的天父面前，天使長們都是侍立在寶座前的。因此，寇達夫人所犯的錯誤格外讓我覺得好玩。

我們離開宗教場域，來說說醫生吧。他行囊單薄的來到巴黎，照著鄉下老母的建議，全然投身在純屬實務的學業上，舉凡有意願在醫生生涯登峰造極的學子，都必須投注好幾年的功夫，從來沒有時間培養人文氣息；他的權威增加了，但是經驗卻是淺薄；「尊榮」的價值只有表層意義，他因此感到滿足，因爲他愛慕虛榮，但是他又多愁善感，因爲他本性是個好男孩。「這個可憐的德．查呂思，」晚上他對妻子說道，「當他對我說他很榮幸與我們同車旅行時，他讓我難過。我們感覺得到這個可憐的傢伙沒有人脈，還得要卑躬屈膝。」

不久，善心的寇達夫人再也不需要領頭了，忠誠之友們都成功的把不安情緒掌控住了，這是他們起初在德．查呂思先生旁邊或多或少都感覺得到的。毋庸置疑的，與他相處時，他們腦筋裡老是記得斯基對他們暗中揭露的事，還有包含在他們旅遊同伴身上的怪異性別念頭。可是如此的怪異引起他們的興趣。男爵相當能言善道，談話內容有些部分著實讓他們無法欣賞，對他們而言，性別方面的怪異念頭給了一種味道，相較之下，最有興趣的談話者，包括溥力脩本人在內，他們的談話反倒顯得有些淡而無味。況且一開始大家都樂於認定他是個聰明人。「天才與瘋子可能是鄰居」，醫生宣稱，求知若渴的公主若堅持要有個說明，他也沒有更多的評論可傳授關乎天才的意義，這個格言已經說完了他全部的知識，而且他覺得這個格言所闡明的眞理，遠不如關乎傷寒和風濕痛症狀的說明更爲重要。他成了重量級人物，不過欠缺人際素養：「不要問問題，公主，不要問我問題，我來海邊休息。再說，您也聽不懂我所說的，您沒學過醫學。」公主表示抱歉，閉口不言了，覺得寇達是一個可愛的人物，也了解到：大有名氣的人士，不是經常都可以和他們攀關係的。開始的階段，雖然德．查呂思先生染有惡習（或者如大家通常所稱呼的），大家畢竟認爲他還是個聰明人。現在，大家無形中因爲他染有惡習，反而覺得他的聰明比起其他的人更勝一籌。最爲簡單易懂的格言，一經大學學者和雕刻家鼓譟，因爲德·查呂思先生經歷過的獨特、私密、細緻又醜惡的經驗，他陳述了一些攸關愛情，忌妒，美麗主題所汲取的格言，這些話聽在忠誠之友們的耳中，引來奇特的遐想魅力，披上了心理分析的外袍，如同長久以來我們的愛情文學劇本所提供的，屢屢在俄國或日本戲碼出現，由那邊的演藝人員演出。大家趁著他聽不見的時候，會進一步開惡意的玩笑：「噢！」當雕刻家看見一個睫毛長得長長，相貌像印度神廟舞妓的年輕職員，被查呂思先生忍不住瞅個不停，他低聲說話了，「如果男爵開始對著查票員拋媚眼，我們就到不了目地的了，火車會倒退著開。諸位給我看看，他是用什麼方式看著他的，我們搭的不是小火車，而是纜車了。」然而說眞的，假設德·查呂思先生沒有同行，大家幾乎要失望了，只是和一些泛泛之輩一同旅遊，身邊少了些什麼，有一個如此塗胭脂、抹蜜粉，大腹便便，莫測高深的人物，好像某個來自異鄉的可疑盒子，散發著奇怪的水果氣味，一想到要吃這種水果就讓您噁心。從這個角度來看，大家從聖—馬丁—之橡樹開始，那是德·查呂思先生上火車的停靠站，到東錫耶爾停靠車站，是莫瑞前來相會之處，男性的忠誠之友們在這短短的一段旅程中深深感到滿意。因爲只要小提琴手不在場（還有女士們和愛蓓汀，她們自成一小團體，離得遠遠的，免得干擾談話），「攸關大家所同意稱呼的壞習氣」，落落大方的德·查呂思先生並沒有顯出他要逃避某些談話主題的樣子。愛蓓汀不會干擾他，因爲她經常與女士們在一起，少女的優雅讓她不願意在場，限制了別人談話的自由。我還忍受得了她不在我身旁，不過，條件是她要留在與我相同的火車車廂內。因爲我不再感受到忌妒，也幾乎不再感覺對她有所愛戀，不再去想我沒見到她的日子，她究竟都做了些什麼，反倒是我在場時，如果她前往隔壁的區隔車廂和一些女士坐在一起，這麼一個簡單的分離，嚴格說來，就有可能隱藏了某個背叛機會，這會讓我坐立難安，一段時間之後，我忍受不住了，顧不得溥力脩，寇達，或者德·查呂思的面子，他正說著話，我嘴巴也說不出個理由，不知道如何向他們解釋我突然需要離座逃逸，我起了身，丟下他們愣在那理，爲的是要看看在旁邊有沒有發生任何不正常的事體。直到東錫耶爾，不在乎驚嚇到別人的德．查呂思先生，有時候，談吐中大剌剌的闡明有關習氣的事，他宣稱，依照他個人的觀點，習氣沒有好壞之分。他表達的技巧很好，顯得思想開通，信心滿滿，他認爲他的習氣不會在忠誠之友心中掀起疑竇。他認爲在世上有一些人，依據他後來的說法，就是「他已經對這些人瞭若指掌」。可是他認爲這些人數寥寥無幾，而且在諾曼地海邊連一個也沒有。如此的幻想，出自一個像他這樣聰明、這樣會焦慮的人，頗令人訝異。連對那些他認爲或多或少消息靈通的人士，他還沾沾自喜的以爲消息都只是模糊不清的，而且誤以爲他有把握，按照他對這些人士所說的這些話或那些話，足可把某人置之度外，把某人設定爲狀況外的談話對象，而這人出於禮貌，則是佯裝著接受他的言談。甚至關乎我可能知道或揣測得到的有關他的事，他以爲，來自我這裡的看法，我老早已經心裡有數，其實並不然，而且他還以爲我的看法，是完全屬於一般性的見地，只要他否認某一個或某兩個細節，他所說的話就有可信度了，然而，相反的，如果說一般性的見地永遠走在細節的認知之先，前者對於後者所提供的，是非常輕而易舉的查證，一旦深藏不露的能力被摧毀了，想要隱瞞眞相的人再也無法隨心所欲地藏拙了。當然，當德．查呂思先生被某位忠誠之友，或某位忠誠之友的朋友邀請前來晚餐的時候，他繞了好大、好複雜的一圈，爲的是要在他提出來的十個人選中間，把莫瑞的名字放進來，他幾乎完全想不到這點，當他老是用不同的理由來說明當天晚上他若與莫瑞同時被邀，他將有多麼大的喜悅和愜意，邀請他的主人們，一方面顯得完全相信他所說的，需要把所有的原因都被唯一的原因代替，那個唯一的原因，永遠是同一個，就是他愛戀著莫瑞，而他還以爲別人都不知情。同樣的，魏督航夫人似乎顯出全然接納德．查呂思先生所給的動機都全放在莫瑞身上，一半出於對藝術的喜好，一半出於對人性的關懷；魏督航夫人一片眞心的、不停向著男爵道謝，說男爵對小提琴手的善意太感動人。不過，如果有一天莫瑞和他姍姍來遲，沒有搭乘火車前來，德．查呂思先生會多麼訝異的聽見女大老闆說：「我們要等的人，就只有這些小姑娘兒們了！」更令男爵驚奇的，就是在他幾乎不離開拉．哈斯柏麗野的情況之下，他在這裡扮演的角色是教區牧長，是挑選曲目的駐堂神父，有時候（當莫瑞連續有兩個整天的休假時）男爵在這裡連續過夜兩天。於是魏督航夫人給了他們兩人一個互通的房間，而且爲了讓他們自在，說道：「如果兩位想要彈奏音樂，不必在意，牆壁厚得像堡壘，沒有人和兩位同住一樓層，而且我的丈夫一睡就睡得很沉。」這些日子以來，德．查呂思先生替換公主前往車站接新人，替魏督航夫人表示歉意，因爲她的健康狀況不佳，不能親自迎迓，男爵描述得那麼好，以至於受邀賓客都是一臉無奈的表情，而他們看見女大老闆身著露胸洋裝，手腳靈便，好端端的站著時，都發出了驚嘆的呼聲。

原因是德．查呂思先生暫時成了魏督航夫人身旁所有忠誠之友當中的至忠之友，希爾帕朵芙公主排名第二。魏督航夫人對她自己處於上流社會的地位不是很放心，公主反而比她更篤定，魏督航夫人以爲公主之所以單單只要與小核心人物往來，是因爲公主唯獨偏愛小核心，瞧不起其他人物。由於如此的佯裝正是魏督航夫婦所秉持的態度，他們一概把無法互相往來的人們都當成了無生趣的人物，要女大老闆相信公主有個鐵石心腸，對自鳴清高者嗤之以鼻，這是難以想像的。不過公主對這點篤信不移，並且深深相信高貴婦人也都是如此，她之所以不和無聊人士往來，是出自眞誠的，也是由於她有好品味，喜愛有思想的人物。況且對魏督航夫婦而言，這類的人數正在遞減中，海邊沐浴生活抹去了引薦動作的一些後果，是巴黎人最怕遇見的。出色的男子沒有攜家帶眷來到壩北柯，這讓事情變成好辦許多，在拉．哈斯柏麗野，他們的身分價值被提升了，了無生趣的人士轉而變成貴重人選。德．蓋爾芒特親王的例子就是如此，儘管親王妃沒有隨行，也不會攔阻親王以「男生」的身分前往魏督航夫婦家，他的親德瑞福斯的思想固然格外強烈，卻已經一口氣登上坡道，一路走到拉．哈斯柏麗野了。好巧不巧，那天正是女大老闆外出的日子。再說，魏督航夫人並不確定公爵和德．查呂思先生屬於同樣社會階層。男爵已經說過，德．蓋爾芒特公爵是他的親兄弟，但是說不定這是個亡命之徒的謊言。他固然穿著優雅，表現和藹，如此「忠心耿耿的」對待魏督航夫婦，女大老闆幾乎不考慮把他和德．蓋爾芒特親王同時邀請前來。她詢問了斯基和溥力脩的意見：「男爵和德．蓋爾芒特親王在一起，這樣行得通嗎？」——「天啊，夫人，兩人中的一個，我相信我所能說的是……」——「兩人中的其中一位，這又能對我怎樣？」魏督航夫人生氣了。「我要問的是他們相處在一起，行不行得通？」——「啊！夫人，這樣的事很難預料的。」魏督航夫人說這話並不是出於狡猾。她對男爵的習氣已經確實知道了，可是當她如此表達時，她一點也不考慮到這件事，她僅僅是要知道把親王和德．查呂思先生一起請來，這樣搭不搭調[628]。她使用這類現成的、被藝術「小團體」喜愛的措辭，並沒有任何惡意。為了張揚她和德．蓋爾芒特親王的關係，她想在午餐後的下午時間帶他去參加一個慈善慶典活動，那裡有海岸邊的水手們操作船隻出海[629]。可是她沒有時間照顧得面面俱到，於是把她的職權委派給了忠誠之友中的忠誠之友，那就是男爵。「您會了解的，總不能讓他們像海中貝殼一樣，待著一動也不動。他們必須走去走來，讓大家看見萬頭騷動，我不知道用什麼名詞說明這一切的活動。可是您常常去壩北柯—海灘的海港，您可以不費吹灰之力把活動演練一下。您在這方面應該比我內行多了，德．查呂思先生，讓小水手們動起來。總之，我們為了德．蓋爾芒特先生，這可是盡心盡力了。他或許是賽馬俱樂部裡的一個呆瓜。噢！我的上主，我說了賽馬俱樂部的壞話了，我好像記得您是會員。嘿！男爵，您不答腔了，您是賽馬俱樂部的會員嗎？您不要和我們一起出遊？哦，這是一本我收到的書。我想它會讓您感到興趣。是陸融寫的。書名很漂亮：《與男子們為伍》[630]」。

在我這方面，我頗為高興德．查呂思先生經常將希爾帕朵芙公主取而代之，我和公主處得很不好，個中理由既是無關緊要，又是意義深遠。有一天，我坐在小火車裡，像往常一樣對希爾帕朵芙公主倍加禮遇，我看見德．薇琶里希斯夫人上了火車。事實上，她是來德．盧森堡親王妃這裡渡假幾個星期的，可是我的心被愛蓓汀牽連著，每天想要與她見面，都從來沒有回應過侯爵夫人一而再、再而三的邀請，也沒有回應這位王室女主人的邀約。我看見外婆的老朋友時，心中有了歉疚，純粹出於責任（在沒有離開希爾帕朵芙公主的情況下），我和她長談了一段時間。況且我完全不知道德．薇琶里希斯夫人她心裡有數，知道是誰在我旁邊，可是卻不願意與她相認。火車到了下一站，德．薇琶里希斯夫人走出了火車車廂，我甚至責備自己沒有伸出手扶她下車；我返回坐在公主旁邊。可是我們可以說——這是身分地位較不穩妥的人們經常會有的崩潰，他們害怕有人針對他們說長道短，說的盡是些藐視他們的壞話——明顯的改變發生了。希爾帕朵芙夫人埋頭讀著她的《雙世界期刊》，對我的問題相應不理，只是動了動嘴唇，最後，她告訴我，是我把她惹得頭痛了。我對我的罪過一無所知。當我向公主道別時，她臉上慣有的微笑沒有展開，一個無情的致意把她的下巴往下拉，懶得伸手給我，從此再也沒有和我說過話。可是她應該是對魏督航夫婦說了——不過我不知道說了些什麼——因爲當我一問及他們夫婦，我是不是該向希爾帕朵芙公主做個禮貌上的表示，他們立即異口同聲的說：「不！不！不！千萬不要！她不喜歡客套！」大家所做的不是讓我和她起磨擦，而是她成功的讓人相信，她對於小心賠罪是無動於衷的，她的心靈對著世上虛空的事務是緊緊

---

628 根據Littré字典：「在平民老百姓當中，大家經常說『corder』，用以表達：與人相處和諧愉快之意。〔…〕這似乎是『accorder』這字的音節省略寫法。」

629 «les marins figuraient un appareillage» Appareillage：〔航海用語〕船隻下水之操作工作。船隻出海。《二〇二〇年拉魯斯圖解大辭典》。**【譯者注】**。

630 亨利．陸融（Henry Roujon, 1853-1914）著作的正確書名是《在人群中間》（*Au milieu des hommes*）。一九〇六年。律耶夫（J. Rueff）出版。此乃一短文集錦。陸融兼具作家及文學批評者身分，一八九一年擔任藝術監督，一九一三年，成爲法國國家學院院士。

關閉著的。可見的鑑戒是政治人物一旦掌握了實權，他是如何自大自高，不講人情，不可親近；可見的鑑戒是政治人物一旦失勢，他又是如何端出眷戀愛情者的斗大笑容，搖尾乞憐，祈求趾高氣昂的俗氣記者賞他一個問安；可見的鑑戒還有東山再起的寇達（他的新增病患把他當成了鐵面將軍），知道何種的情場失意，何種想要攀龍附鳳卻翻了大跟斗的經歷，導致希爾帕朵芙公主有如此心高氣傲的外表，如此全面採取對抗富貴氣的架式，我們便能了解人間的規則，那就是——如此的規則當然會有例外——強硬派也是大家所不樂見的軟弱者，堅強的人，他們不太在意別人要或不要接納，也唯有他們給得出如此的溫柔，卻被俗氣的人誤以爲是軟弱。

再說，我不應該嚴厲的論斷希爾帕朵芙公主。像她這樣的例子太多了！有一天，一位德．蓋爾芒特家族的人辦喪事，一位傑出的人士被安置在我旁邊，他指著一位身材修長，臉蛋姣好的先生給我看。「在所有德．蓋爾芒特家族的人員當中，」我的鄰舍對我說道，「這一位的美貌特別出衆。他是公爵的親兄弟。」我不小心對他說：他弄錯了，這位先生與德．蓋爾芒特家族沒有任何親戚關係，他的名字叫做傅尼業—撒羅維茲[631]。這位傑出的男子轉身背對著我，自此以往，他再也不向我致意了。

有一位音樂大師[632]路過艾杭普城，在這城裡有他的姪女居住，他是國家學院院士，官方政要，也認得斯基。有一天他來到了魏督航夫婦的週三日。德．查呂思先生對他特別友善（應莫瑞的要求），尤其是爲了後來將要回到巴黎表演的小提琴手，希望能讓這位國家學院院士允許他參加不同場合的私人表演，排演，等等，國家學院院士受了恭維，況且他也是個和藹可親的人，答應了，而且持守了他的諾言。這位人物對男爵極其和善，讓男爵非常感動（再說，關乎這位人物，他所深深關愛的，惟有女子而已），他對男爵提供所有的便利門道，讓他看得見莫瑞出現在正式場合，是凡夫俗子不得其門而入的，這位著名的藝術家授與年紀輕輕的演奏高手所有的表現機會，讓人認識他，優先指定他，勝過其他技藝與莫瑞等量齊觀的表演者，好讓他有機會被鑑賞，是格外會有後續回盪效果的。不過，德·查呂思先生臆想不到他更要感激大師的緣由，正是因爲大師有被感恩的雙重資格，或者更好說，他有雙重罪過，因爲他對於小提琴手與他高貴守護者之間的關係，其實是瞭若指掌。當然對他們的往來關係並不寄予同情，因爲啓發他音樂源頭的，唯有對女子的愛戀而已，他無法了解其他方式的愛情，他優惠他們，是基於對道德的漠視，妥協的態度，專業的服務，上流社會的與人爲善，故作灑脫的心態。至於他們的往來關係，他根本不疑惑，以至於第一次他在拉·哈斯柏麗野參加晚宴，談到德·查呂思先生和莫瑞的時候，他向斯基做了打聽，好像他正打聽著某個男人和他的情婦的關係：「他們在一起很長時間了嗎？」不過他太具有上流社會人士的氣質了，不會讓當事人看出任何端倪，如果在莫瑞的同伴中間聽見一些嚼舌根的閒言閒語，他就不假思索的責備說這些話的人，也安撫莫瑞，以父執輩的口吻對他說：「現在大家對所有的人都說這一套」，他向男爵不斷釋出善意，讓男爵感到溫馨又理所當然，男爵無法設想在這位出色的大師身上有那麼多惡習，或者說，有那麼多好品德。因爲人們背著德·查呂思先生所說的一些話，一些關乎莫瑞「差不多是這樣」的話，沒有任何人那麼卑鄙得非得要向他轉述。然而，連如此全面被詆毀的事都不能在任何地方找到捍衛者，此一簡單情況顯示著：「眾聲雜沓」本身也有它的精神分析價值，一來，它的對象若是我們自己，它讓我們覺得格外不愉快，二來，它將第三者的事情讓我們知道，免得我們無知。如此的喧鬧攔阻我們的思想沉睡，免得以爲事情就如同所看見的那樣，而其實那只是表層假象。理想派哲學家帶著易如反掌

631　傅尼業─撒爾羅維茲（Fournier-Sarlovèze），曾任縣長，創立藝術愛好者協會（la Société artistique des amateurs）；他的兒子，羅伯特，是康比涅（Compiègne）市長。參見傅奇燁（Fouquières）著。《五十年之光彩》（*Cinquante ans de panache*）。頁108。

632　可能是影射加百列·佛瑞（Gabriel Fauré），一九〇九年被選爲學院院士，從一九〇五年至一九二〇年，擔任國家音樂學院主任（le directeur du Conservatoire）。

般的神奇，將表層假象一翻轉，就能快速向我們介紹布料反面一個料想不到的小角落。德．查呂思先生豈能想像某位柔情似水的女子親戚說出這樣的話：「你怎麼會說媚媚愛上我了？難道你忘了我是女人！」不過，她是真心的深深戀慕著德．查呂思先生。所以又何必驚訝，論到魏督航夫婦，男爵沒有任何權利寄望在他們夫婦身上得到關愛和善心，那麼他們夫婦在離他遙遠之處所說的話語（而且我們後來將看見，那不只是說些話語而已）與他所想像的多麼南轅北轍，也就是當他在場的時候，由他所聽見的話語所帶出的簡單反應？惟有這些近距離所聽見的言語，將一座小型的理想樓閣掛上了柔情溫馨的匾額，德．查呂思先生有時候單獨前來遐想，想像著魏督航夫婦片刻間對他的看法。這裡的氛圍如此真心，如此友善，休憩如此舒適，德．查呂思先生入睡前進入這地方，放下他的思慮片刻之久，再重新走出來，臉上必然帶著微笑。不過，對我們每一個人而言，這類的樓閣有著雙重面貌：我們以為獨棟的樓閣對面，還有另外一棟，平日不為我們所見，它才是真正的樓閣，與我們所認識的那棟兩兩相對，但是截然不同，內裡的裝飾，與我們期待看見的迥然有別，它們使我們驚嚇，全都是充斥著敵意的醜惡卑劣象徵。論到德．查呂思先生，如果他走進這座對峙的樓閣，有機會接觸到一些雜沓喧囂的言論，類似放置在某個旁側僕人使用的小台階那裡所見到的瑣碎穢物，被心生不滿的送貨人員，或是被資遣趕走的家僕拿來，放在公寓宅第門口燒成烏炭，他又會做何感想！不過，正因為我們缺乏某些鳥兒特有的方向感，我們的眼睛也缺少能見度，就像我們缺少距離感一樣，想像著人們貼近關懷著我們，實際上他們完全沒有想著我們，也不會以為我們是當下旁人所關注的唯一對象。因此，德．查呂思先活在蒙蔽當中，像條金魚，以為牠游泳的水，由水族箱反射而來的水影會超越玻璃界線，牠所看不見的，是在旁邊暗處，有個漫步走動著的人，以玩賞的眼光看著魚兒游水，或許某個握有權柄的水族豢養行家，針對男爵，在出其不意的、延遲來到的、也是致命的時刻（對男爵而言，在巴黎，這位水族豢養行家是魏督航夫人），將毫無憐憫的把魚兒從牠喜愛的生活中撈了出來，丟棄到另一個環境當中。再者，各族群的人民，按照他們是各類個體的總和來看，所能提供的範例會更多更廣，不過同類所形成的各個單位卻都同屬深度眼瞎、執意視而不見者，這點著實令人錯愕。及至目前，若說這種眼瞎造成德．查呂思先生在小核心團體中持守一些說辭，機靈固然有餘，說服力卻是不足，雖然勇氣十足，終究只會惹來別人暗中的竊笑，不過還沒有對男爵、也沒有在壩北柯造成嚴重的不便。些許的尿蛋白，糖尿，心律不整，對於完全沒有察覺的人不會影響生活正常進行，然而醫生從中看得見將來的災禍。目前德．查呂思先生對莫瑞持有的喜愛——是柏拉圖式與否——僅僅促使男爵對不在場的莫瑞說出他很欣賞莫瑞的容顏美貌，心中想著，如此的表達並不帶著任何邪念，如此的表現像是屬於一位有精緻品味的男人，當他被召喚出庭申訴時，將不害怕交代細節，雖說這些細節表面上似乎不利於他，不過，正因爲如此而更具有自然性，不會俗不可耐，勝過被告擅長做的劇場表演和老套的抗議行爲。經常在東錫耶爾—西站和聖—馬丁—之橡樹之間，——或者反方向回家時，德．查呂思先生也是同樣自自在在的，樂意談論到一些人，說著他們似乎有一些非常怪異的習氣，他甚至會補充說道：「畢竟我說怪異，卻不知道爲什麼，因爲這沒什麼太怪異的」，爲的是顯示給自己看，他和群衆的相處是多麼自在。實際上他是頗爲自在，條件是必須由他先發制人，而且有把握這一長排的觀賞者，因爲教養良好，都會安安靜靜、面帶微笑的，不會與他針鋒相對。

當德．查呂思先生不談論他對莫瑞姣好面貌的激賞，彷彿這美貌與所謂的惡習沒有任何關聯時，他談論到此一惡習，好像這惡習已經不屬於他。有時候他甚至毫不扭捏作態的直呼其名。我因爲看見他手中的巴爾札克作品，是本漂亮的精裝書本，我問他，在整套《人間戲》[633]中，最喜歡的是哪一本，他回答了

633 《*La Comédie humaine*》d'Honoré de Balzac。《人間戲》之譯名應比《人間喜劇》更貼近作者之書寫內容及精神。**【譯者注】**。

我，一邊朝著某一個既定思想思考著：「哪一本都行，一些微型人物特寫，例如《杜爾城的駐堂神父》，還有《被遺棄的女子》，或者大幅壁畫般造型的作品，例如《幻影破滅》系列[634]。怎麼！您沒讀過《幻影破滅》？它寫得那麼美，當卡羅斯·賀瑞拉的敞篷四輪馬車行經一座城堡面前，他詢問該城堡的名字：它叫做哈斯迪納克，從前他喜愛過的年輕人住在這裡面。神父於是陷入了一種遐思，斯萬以一個很有靈性的名稱，稱之爲屬於男同性戀者的**奧林匹歐之憂傷**[635]。還有呂西昂之死！我記不得是哪位有品味的男子做了此一回應，給了問他問題的人，告訴他，在他的人生中，什麼事情最使他傷心欲絕：「寫在《榮耀與哀愁》[636]這書中的呂西昂·德·陸邦貝雷之死，」——「我知道這一年的巴爾札克，就像上一年一樣，帶著悲觀主義，」溥力脩插嘴說道。「不過雖然冒著惹來巴爾札克崇拜者心靈憂傷的危險，我不敢以文學糾察者的角色自居，免遭天譴！也無意列舉文法錯誤的筆錄，不過，我所要坦白說的就是：關乎這位多產的即興創作者，我覺得您以極高格調來崇拜他那一連串可怕的挑燈夜戰，而這人對我而言，比較像是個不夠嚴謹的文書官員。男爵，我讀過您對我們說的《幻影破滅》的文本，我竭盡所能的要到達入門學徒的狂熱程度，我只能老老實實地從心靈裡說，這些連載型的小說，爲了迎合大眾口味一而再、再而三寫下的雜七雜八的重複故事（〈幸福的以斯帖〉、〈歧路走向何方〉、〈老朽如何築春夢〉[637]），所造成的印象，就像是羅岡寶式的妙方[638]，藉由難以說清楚的好時機，被提升到了夾生帶硬的傑作地位。」——「您這樣說，因爲您不懂得人生，」男爵被加倍惹煩了，如此說道，因爲他覺得溥力脩不懂他那藝術家性格所提出的理由，其他的道理也一竅不通。「我明白了，」溥力脩答道，「正如法蘭索瓦·哈伯雷大師所說的，您說我是個

634　一九一七年十月，普魯斯特寫信給荷內·波易雷夫（René Boylesve）說：「因爲我讚嘆《幻影破滅》（*Les illusions perdues*）以及

《榮耀與哀愁》（*Splendeur et misère*）〔sic〕的超級宏偉畫面，然而我不會因此而不將《杜爾城的駐堂神父》（*Le Curé de Tours*），或者《老處女》（*La Vieille fille*），或者《金眼少女》（*La Fille aux yeux d'or*）放在至少一樣的高度，我會將這些書當作與宏偉畫面等量齊觀的小篇幅藝術品」（《魚雁集》。第十六冊。頁266）。

635 德．查呂思依稀記得，在《幻影破滅》大約結尾時，（參見小開本文庫。頁624－625），為了引導《煙花女的榮耀與哀愁》（*Splendeur et misère des courtisanes*）入場，這兩人相遇了，一個是呂西昂．德．陸邦貝雷（Lucien de Rubempré），他正預備跳入沙杭河中（la Charente）自盡，一個是冒牌的議事司鐸（le chanoine）卡羅斯．賀瑞拉（Carlos Herrera），又名弗特琅（Vautrin），這人給了年輕人活下去的意願。他們乘坐的敞篷四輪馬車走在由安谷蓮（Angoulême）朝向巴黎的馬路上，不久行經哈斯迪納克（Rastignac）的貴族鄉村住宅門前，呂西昂向同車旅遊的伴侶指了指這宅第。為要觀看它，弗特琅請馬車停下。弗特琅在佛格分租公寓（la pension Vauquer）曾經認識哈斯迪納克（參見《高老頭》，*Le Père Goriot*文本），也曾經對哈斯迪納克感到興趣，不過，弗特琅後來關愛的對象是德．陸邦貝雷（de Rubempré）。在《光與影詩集第三十四首》（*Les Rayons et les ombres, XXXIV*），〈奧林匹歐之憂傷〉（«Tristesse d'Olympio»）中，雨果再次看見起初愛上茱麗葉特．德魯耶（Juliette Drouet））的舊時地點，心中滿是惆悵。一九〇八年時，普魯斯特就想到了巴爾札克所影射之事（參見序言，頁十三）。在《駁聖－伯夫》文中回到此一場景時，他的表達更加清楚了：「毋庸置疑的，最美的，就是這一段，兩位旅遊者經過敗落的哈斯迪納克城堡面前。我稱之為同性戀式的『奧林匹歐之憂傷』（«Tristesse d'Olympio»）：『他要再看看所有的地方，那鄰近水源的池塘』（«*Il voulut tout revoir, l'étang près de la source*»）（詩句13。參見《駁聖－伯夫》。頁273－274）。

636 「有好品味的人士」就是指奧斯卡．王爾德（Oscar Wilde）。寫在〈謊言之沒落〉（«The Decay of Lying, Le déclin du mensonge»），收錄在《心之所欲》（*Intentions*）書中的對談語錄裡。一八九一出版。法文譯本於一九〇五年由斯多克出版社（Stock）出版。作者的代言人維偉安（Vivian）說：「我人生中最大的悲劇之一，是呂西昂．德．陸邦貝雷的死亡」（«L'une des plus grandes tragédies de ma vie est la mort de Lucien de Rubempré»）。普魯斯特運用王爾德的說法來給美學下了定義，如同在《駁聖－伯夫》文本中，頁273所寫的，其中也包括了他自己，例如，於一九〇八年五月寫給羅伯特．德瑞福斯的信中所言：「正如奧斯卡．王爾德談到他最大的憂傷，就是巴爾札克小說中的呂西昂．德．陸邦貝雷死了，而且不久聽見他被起訴，他所感受到的真實憂傷，更是無以復加」（《魚雁集》。第八冊。頁123）。

637 《煙花女的榮耀與哀愁》，在一八四四年版本的第一部分，標題是〈幸福的以斯帖〉（«Esther heureuse»），在最終版本中，被〈少女如何愛戀〉（«Comment aiment les filles»）取而代之。〈老朽如何花銀子築春夢〉（«A combien l'amour revient aux vieillards»）以及〈歧途帶向何方〉（«Où mènent les mauvais chemins»）是同一本小說的第二及第三部分。〈弗特琅最後的變身〉（«La Dernière Incarnation de Vautrin»）是最後一部分。

638 羅岡寶（Rocambole）是邦頌．杜．戴雷埃（Ponson du Terrail, 1829-1871）所寫之三十多部小說中的男主角，他的典型，就是會遇上一些難以想像、令人難以置信的奇遇，被稱之為「羅岡寶之風格」（rocambolesque）。

十足的索邦佬，索邦學派和索邦型態[639]。不過，就像我的平輩同伴們所喜愛的，我也一樣喜愛一本書給人誠懇的印象，給人有生命的意義，我可不像那些神職人員……」——「哈伯雷的十五分鐘[640]，」寇達醫生插嘴進來，口氣不再是疑惑，而是機靈中的穩妥。——「……他們在文學上宣誓信守森林中之修道院[641]的院規，完全順服夏多布里昂子爵先生，裝腔作勢的高手，追隨著人文主義的嚴格規定。德．夏多布里昂子爵先生……」——「夏多布里昂式的燒烤嫩牛排[642]？」寇達醫生插嘴說道。——「職業結盟團體的大老闆非他莫屬」，溥力脩繼續說道，沒有注意到醫生所丟出來的玩笑，而醫生本人，相反的，被大學學界人士的句子驚嚇到了，用焦慮眼神看了看德．查呂思先生。覺得溥力脩缺少細緻的寇達，他的雙關語倒是帶出了淺淺的、精明的微笑，畫在希爾帕朵芙公主的雙唇上。「和教授在一起，總有十足的權利讓完美的懷疑論者嶄露精銳的嘲諷」，她友善的說道，也是爲了表現出醫生那個「字眼」她沒有疏漏掉。「智者必然是多疑的，」醫生答道。「我所知爲何[643]？『認識你自己』，蘇格拉底[644]如是說。一點也沒錯，過猶不及，這是毛病。當我想到，如此一事就足以使蘇格拉底名聲永垂不朽直到如今，這讓我大驚失色。如此的哲學裡有些什麼內涵？總括來看並不足以掛齒。當我們想到，夏爾各和其他的人，大家做的研究工作千百倍的出類拔萃，這樣的研究工作至少要依附在某件事上，就像全身癱瘓症候群依附在瞳孔反射消失之上，而他們都幾乎被拋之腦後！總括來看，蘇格拉底沒什麼了不起。這些人無所事事，整天閒逛，討論完了又要討論。就像耶穌基督：你們要彼此相愛，說得眞好聽。」——「我的良人……，」寇達夫人祈求著。——「當然，我的妻子抗議了，這一堆人都是神經官能症患者。」——「可是，我親愛的醫生，我不是神經官能症患者，」寇達夫人喃喃說道。——「怎麼，她不是神經官能症患者？她的兒子一生病，她就有失眠現象。總之，我承認，要有高人一等的文化，蘇格拉底以及其餘的，都是必要的，爲了將才華展現。我在第一堂課，經常向我可愛學生們引述**認識你自己**這句名言。布沙爾神父知道了這件事，還誇獎了我。」——

「我不是堅持有形式才會有內容的人，同樣的，我也不會在詩詞中珍藏百萬年之久的韻腳，」溥力脩又說道。「可是畢竟《人間戲》——不甚具有人間性情的——遠遠不像是那些藝術之美洋溢於實質內容之外的作品，就好像這位嚴厲得不像樣的奧維德所說的[645]。偏愛在道路半途停留是被允許的，這條路引到墨東水療站或引到費爾尼隱修院，都與狼之山谷等距離，在這裡荷內以超人的水準善盡他教皇的責任，在加爾迪這裡，奧諾雷．德．巴爾札克被執法小職員窮追不捨，手中不停止塗鴉給一位波蘭女士，儼然是一副熱衷於胡言亂語的使徒模樣[646]。」——「夏多布里昂比您所說的還更有影響力，而且巴爾札克畢竟是一位大作

---

639 «vous voulez dire que je suis moult sorbonagre,sorbonicole et sorboniforme.»在此，身為索邦大學教授的人物自創了一系列的新字眼來自我解嘲。**【譯者注】**。

640 同樣的說辭，在《細說璀璨之童年》文本中，已經與寇達有關聯。頁197。

641 關乎森林中之修道院（l'Abbaye-aux-Bois），參見頁270。注1。

642 «Chateaubriand aux pommes»：一道菜餚名稱，由一片厚片燒烤嫩牛排，佐以油煎大塊馬鈴薯的菜餚**【譯者注】**。

643 被蒙田（Montaigne）所採用的題銘，在一五八八年版本被評論在《雷蒙．瑟鵬之辯護詞》（*L'Apologie de Raimond Sebond*）中。參見《隨筆》（*Essais*）。第二集。小開本文庫。頁253。

644 「認識你自己」（«Connais-toi toi-même»），是位於德爾菲（Delphes）之阿波羅神廟門楣上所刻的題銘，被蘇格拉底所採用。

645 「*Materiam superabat opus*」，（Le travail surpassait la matière），「功夫超越物質」。參見奧維德著。《變形記》（*Métamorphoses*）。II。5。保羅．蘇岱（Paul Souday）在一九一三年十二月十日的《時代期刊》，針對《細說璀璨之童年》所作的報告中，引述了奧維德的句子，把這句子歸屬於赫拉斯（Horace）。蘇岱批評普魯斯特的法文有錯誤，普魯斯特被激怒了，回應蘇岱說：「我向您保證，如果照您所建議的，將『年長的大學人士』加入出版社的工作團隊，為了修改我的法文錯誤，他可是會有很多的閒暇時間。請容許我再說一句，〔…〕他可以用這時間來檢查您的拉丁文引述用語，就一定有機會提醒您，說到一本著作裡有『*materiam superabat opus*』的人，並不是赫拉斯，而是奧維德，而這位詩人說這話不是語帶嚴厲，而是以讚美的方式說出」（《魚雁集》。第十二冊。頁1）。

646 哈伯雷（Rabelais），他曾被指派到這個教區，又被墨東（Meudon）教區神父召回。費爾尼（Ferney）是伏爾泰（Voltaire）退隱之處。狼之山谷（La Vallée-aux-Loups）是德．夏多布里昂（Chateaubraind）的宅第，鄰近梭城（Sceaux）。加爾迪（Les Jardies）是巴爾札克在德．艾弗瑞之城（Ville d'Avray）的宅第。波蘭籍的女士是指巴爾札克迎娶的韓斯卡夫人（Mme Hanska）。Un recors是協助執行判決的人員。

家，」德·查呂思先生答道，整個心思都沉浸在斯萬的品味中的他，不能不被溥力脩激怒，「而且，大家有所不知的，是巴爾札克所認識的這些熾情，或者有人做了研究，反而將熾情撲熄。姑且不提一些不朽的作品諸如《幻想破滅》，《撒拉辛》，《金眼少女》，《沙漠中之狂愛》，甚至連令人頗費疑猜的《冒牌情婦》，都支持我的說法。當我向斯萬提到巴爾札克『本性之外[647]』這事，他對我說：『您的意見和恬恩一樣[648]』。我沒有榮幸認識恬恩先生，德·查呂思先生補上一句（冠以『先生』這個令人生氣的稱呼，大可不必，上流社會的人都有這個習慣[649]，彷彿他們以爲將大作家戴上先生的頭銜，這是賞給作家光榮，或許也給自己保留著距離，清楚的讓人知道他們與作家素昧平生），我不認識恬恩先生，可是我以我的意見與他相同而有莫大的光榮。」儘管德·查呂思先生的上流社會習慣讓他舉止可笑，不過他是個很聰明的人，如果他和巴爾札克的家庭從前曾經有過聯姻，很可能會感受到（而且不亞於巴爾札克本人）一種滿足，使他忍不住要大誇其口，把它當成一個了不起的優越記號。

有時候，過了聖—馬丁—之橡樹火車停靠站之後，一些青年人會上火車。德·查呂思先生忍不住要看看他們，由於他縮短專注的時間，佯若無事的看著他們，如此的專注力似乎隱藏著某個祕密，比起眞正祕密還要特別；我們還會以爲男爵認識他們，先是不由自主的讓祕密出現，之後，又接受了他的犧牲，才再轉面朝向我們。這就好比一些孩子們，他們的父母先前有了不愉快，有人向孩子們下了禁令，不准孩子們向玩伴打招呼，然而孩子們遇見玩伴了，就忍不住要抬起頭來，之後，又被他們的家長好好地訓斥了一番。

聽見德·查呂思先生說到源自希臘文的字眼，又談到巴爾札克時，順著話頭一直暗示到《煙花女之榮耀與哀愁》書中所含有的《奧林匹歐之憂傷》，嘴上帶著微笑的斯基，溥力脩和寇達互相交換了眼色，或許這個笑意不是那麼嘲諷，而是帶著滿意，是晚餐中讓德瑞福斯成功談論到的自己的事件，或者讓皇后談論到自己國政的成就感。大家打算稍稍促使他講關乎這方面的主題，可是已經抵達東錫耶爾停靠站了，在這裡，莫瑞與我們會合在一起。面對他，德．查呂思先生謹慎的關照著他的對話，當斯基想要帶他返回談到卡羅斯．賀瑞拉對呂西昂．德．陸邦貝雷的愛戀時，男爵的表情變得不樂意，神祕兮兮的，最後（看見大家沒聽著他說話）變成神色正經的父親，不樂意聽見別人在他女兒面前說些不合體統的話，表情嚴肅。斯基還是堅持要多說一些，德．查呂思先生瞪大了雙眼，帶著一種意義深遠的口吻，提高了聲音，一邊指著愛蓓汀，其實她聽不見我們說話的聲音，她正專注著和寇達夫人以及希爾帕朵芙公主聊天，然後語帶雙關的，要給一些不懂規矩的人教訓一番的口吻，說：「我相信現在該是要說些能讓這位少女感興趣的事了。」可是我很了解，對他而言，少女不是指著愛蓓汀，而是莫瑞；況且後來，透過他要求大家在莫瑞面前不要再多談這些話時所使用的說辭，他證實了我的詮釋是準確的。「您知道，他對我說道，一邊提到小提琴手，他完全不是您所以為的那樣，他是個誠誠實實的小孩，一直都很乖巧，很正經」，我們感覺到在

---

648 647 «ce côté "hors nature" de Balzac»【譯者注】恬恩（Taine）在一八五八年針對巴爾札克所寫的文章裡，強調《人間戲》作品中不健康的一面：「他筆下的醫生們發現某種疾病很詭異或者無可救藥時，他們的愉悅更是無以復加；他是醫生，他的作法與病患如出一轍。他屢屢書寫一些違逆人性的瘋狂情感，在此不便一一指明。」恬恩在注解中引述如下：《金眼少女》（*La Fille aux yeux d'or*），《撒拉辛》（*Sarrasine*），《弗特琅》（*Vautrin*），《沙漠中之狂愛》（*Une passion dans le désert*）。參見《歷史與評論短文新選》，（*Nouveaux essais de critique et d'histoire*），雅社德（Hachette）出版。第八版。一九〇五年。頁62。普魯斯特提到相同的書名，又新加上《冒牌情婦》（*La Fausse Maîtresse*），書中有兩位舊識同時愛戀著同一女子，事情沒有任何模糊之點。《撒拉辛》（*Sarrasine*，而非*Sarrazine*）處理喬裝與性別錯置問題，《沙漠中之狂愛》（*Une passion dans le désert*）處理的是獸性問題，《金眼少女》（*La Fille aux yeux d'or*）處是處理女女戀情。

649 或許是影射歐傑妮皇后（l'Impératrice Eugénie）（參見本書法文原典頁104。注1）。

德·查呂思先生所說的話語當中，性別錯置被視爲一種危險，不僅對青年人具威脅性，也等同於女子的賣身，而他用「正經」這樣的形容詞來形容莫瑞，這個形容詞所取的意思是針對小小的女工所說的。於是溥力倏爲了改變話題，問我是否打算駐留茵卡城一段長時間。我白費了口舌，多次提醒他我不住在茵卡城，而是住在壩北柯，他一再犯同一個錯誤，因爲他是以茵卡城或壩北柯—茵卡城的名稱來標示這一部分的沿海地帶。有些人提到同樣的東西，是以稍微與我們不同的名稱來加以稱呼。曾有那麼一位女士，屬於聖—日耳曼富堡貴族區，當她的意思是說到德·蓋爾芒特公爵夫人時，她經常問我是不是很長時間沒有見到捷娜伊德，或者鷗麗安—捷娜伊德了，以至於起初我聽不懂。很可能是曾經有一段時間，德·蓋爾芒特夫人有一位親戚名叫鷗麗安，大家就用鷗麗安—捷娜伊德這名字叫她，免得混淆。或許因爲起初僅在茵卡城有火車站，大家從那裡再乘坐馬車到壩北柯。「各位在說些什麼呢？」愛蓓汀說道，訝異德·查呂思先生一下子端起一家之主的正式口吻說著話。「我們正說著巴爾札克，」男爵急忙答腔，「您今晚的打扮正好像德·卡迪昂親王妃，不是她晚餐時所穿的第一套打扮，而是第二套[650]。」如此的交會其來有自，爲了替愛蓓汀選擇她的裝扮，我的靈感來自愛蓓汀接受艾斯棣的培養而得的品味，艾斯棣非常欣賞所謂的英國式的素雅，不過艾斯棣還在其中加上了多一些柔美感，屬於法國式的慵懶。通常艾斯棣所偏愛的洋裝，讓人看見種種灰色系列的組合，如同黛安娜·德·卡迪昂所穿著的洋裝。除了德·查呂思先生以外，幾乎沒有人知道欣賞愛蓓汀衣著的眞正價值；他的眼睛立即發現了個中的稀罕，以及它的昂貴價格；男爵從不會將一種布料名稱誤說成另外一種，他也認得出來是誰縫製的衣服。不過，他更喜愛的——對於女子的穿著而言——要比艾斯棣的稍稍更有喜氣、更加鮮亮一些。因此那天晚上，愛蓓汀對我拋來的眼神，既是微笑，也是不安，一邊壓低了她那小母貓的粉紅鼻子。事實上，她搭配在雙縐絲質灰色裙子上的，是件灰色羊毛短上衣，讓人以爲愛蓓汀所穿的是一身灰色。不過她暗示我幫她一下忙，因爲蓬鬆的袖子需要被拉平或被捲起，好讓她的緊身短上衣穿得上或脫得下來，她把緊身短上衣脫掉了，由於它的雙袖用的是很柔軟的蘇格蘭花格布料，帶著粉色，淡藍，淺綠，像鴿子胸前羽毛的顏色，在灰色天空中有了一道彩虹。她很想知道德・查呂思先生會不會喜歡。「啊！」德・查呂思揚起聲音，很高興的說道，「這就是一道閃爍發光的顏色了。我要全心恭喜妳。」——「單單這位先生該得到讚美而已，」愛蓓汀客客氣氣的說著，一邊指著我，因爲她喜歡呈現我的優點。——「害怕用顏色的女人不懂得穿著打扮，她對顏色有恐懼感，」德・查呂思先生繼續說道。「我們可以穿得亮麗而不俗氣，柔美而不欠缺色澤。況且，德・卡迪昂夫人與您之間沒有相同的理由，她有遁世思想，因此想借用灰色衣著將此意念刻畫在德・愛爾代茲心上。」用女洋裝來說話，這種的方式讓愛蓓汀感到興趣，問了德・查呂思先生關乎德・卡迪昂親王妃的問題。「噢！這是一篇極高品質的短篇小說。」男爵帶著一種尋夢似的口吻說道。「我知道黛安娜・德・卡迪昂夫人與德・愛斯拔夫人[651]一起散步過的小花園。這花園屬於我的一位表妹所有。」——「所有關乎他表妹或是關乎家族

650　在《德・卡地涅昂親王妃之祕密》（*Les Secrets de la princesse de Cadignan*）書中，巴爾札克如此描述了親王妃再度與德・愛爾代茲（d'Artez）相遇時所穿的衣裳：「她身穿一襲由灰色所搭配的衣著，和諧中給人一種優雅而完全無助的感覺，有點像是守喪似的，如此裝扮的女士不再對生命有所堅持，除了少數自然的聯繫以外，或許是與她的小孩，她生活在煩憂之中。」（小開本文庫。頁276）。普魯斯特在一九〇四年爲拉斯金（Ruskin）《亞眠的聖經》（*La Bible d'Amiens*）所作的序言中，將拉斯金過度引述的毛病拿來與一個有拜物狂的人兩相比較：「他是我們當中屬於全然出色的人物之一」——普魯斯特沒有指名道姓直指「他」就是孟德斯基歐這人——他喜愛「在他多位女友的一個裝束中」，重新找到「德・卡地涅昂親王妃第一次與德・德・愛爾代茲相遇時所穿的衣裳，以及她所梳的髮型」（《駁聖—伯夫》。頁135）。

651　德・愛斯拔夫人（Mme d'Espard）是德・卡地涅昂親王妃（la princesse de Cadignan）的知心好友。事實上，巴爾札克的人物和普魯斯特的人物是有關聯的：德・卡地涅昂親王妃的原型人物是寇德莉亞・德・卡斯特蘭（Cordélia de Castellane），她的女兒是德・波蓮谷夫人（Mme de Beaulaincourt），而這位女兒則是德・查呂思的姑媽，德・薇琶里希夫人（Mme de Villeparisis）的原型人物。

族譜的問題，對這位特優的男爵而言都是很重要的，」溥力脩對寇達喃喃說道，「可是我們並沒有在這花園裡散步的特權，不認識這位女士，沒有貴族頭銜，這對我們有什麼好處？」溥力脩想不通有人對女洋裝和花園感興趣，就像對一件藝術精品感興趣那樣，德·查呂思先生重見德·卡迪昂夫人所走的小徑，就好像他走在巴爾札克的作品裡一樣。男爵繼續說：「可是您是認識她的，」他對我說道，當他提到這位堂妹時，也是爲了討好我，德·查呂思先生對著我說話，就像是對著一位被外放到小圈圈的人，雖說這人不屬於他的世界，這人總算在他的世界裡走動過。「無論如何，您在德·薇琶里希斯夫人家裡見過她。」——「是擁有柏克城堡的德·薇琶里希斯侯爵夫人？」溥力脩興趣盎然的問道。——「對，您認識她？」德·查呂思先生冷冷的問道。——「根本不認識，」溥力脩答道，「可是我們的同事，諾布瓦，每一年會有一段時間到柏克渡假。我曾經有機會寫信到那裡給他。」我告訴莫瑞：德·諾布瓦先生是我父親的舊識，心想著，這會讓他感到興趣。可是他的臉龐沒有任何反應證明他聽見了我所說的，完全把我的雙親當成小人物，這與他的父親曾經是我大舅公家裡貼身家僕的事務扯不上關係，因爲已經遙不可及，再者，我大舅公的行徑和家族其他的成員背道而馳，相當喜歡「製造麻煩」，曾經留給他的家僕們一個令人昏眩的回憶。「據說德·薇琶里希斯夫人是女子中的佼佼者；可是我從未有機會親自加以判斷，我的同事們也都沒有。因爲德·諾布瓦，這人其實在學院中是個彬彬有禮、客客氣氣的人，卻沒有引薦我們中間的任何人給侯爵夫人。我只知道我們的朋友，杜羅—當金，曾經被她款待過，這人與她的古老家族有關係，另外還有卡斯東·波瓦希耶[652]，他作了一份研究，讓她格外感到興趣之後，侯爵夫人曾經很想邀請他。他去過侯爵夫人家吃過一次晚餐，返回之後對她讚不絕口。還說呢，波瓦希耶夫人並沒有被邀請。」聽到這一串的人名，莫瑞感動的微笑著：「啊！杜羅—當金，」他對我說，一聽到德·諾布瓦侯爵這個名字，他就帶著一副感興趣的表情，聽到我父親的名字則是漠不關心。「杜羅—當金，這人與您的大舅公是一對好朋友。

如果某位女士想要在國家學院的招待宴會中擁有一個核心座位，您的大舅公就說了：『我寫信告訴杜羅—當金。』當然那個位子立即就被寄過來了，因爲您一定很了解，杜羅—當金先生不會讓自己冒險拒絕您大舅公的任何交代，免得回頭來被揪耳朵。我也很開心聽到波瓦希耶[653]的名字，因爲元旦時候，爲了女士們，您的大舅公就是請人去那裡辦所有的年貨的。這件事情我知道，因爲我認得負責這件差事的人。」他對這人不只是認識而已，這人就是他的父親。莫瑞憶及我舅公的一些溫馨影射，觸及我們原本沒有打算一直住在德．蓋爾芒特府邸的部分，我們之所以來這裡住下，全是爲了外婆。我們有時候會提到搬家的可能。然而，若要明白查理．莫瑞在這方面給我的建議，則必須知道，從前，我大舅公住在馬烈柏林蔭大道40之1號[654]。事情的原委是這樣的：我們家常常前往艾拓夫舅公家，直到有一天我惹出了一個大禍，讓我的父母與他之間起了衝突，因爲我說了關乎一位穿粉色洋裝女子的事，大家於是不再說「在您的大舅公家」，而是說「在40之1號那裡」。媽媽的堂姊妹們對媽媽說得再自然不過了：「啊！週日我們不能來看你們，你們去40之1號吃晚餐。」如果我去親戚家走動，大家會建議我先前往「40之1號」，以免我的舅公不高興，怪罪別人沒有首先去他那裡。房屋的產權屬於他，而且老實說，他對於房客的選擇非常挑剔，他們原先都是朋友，或者後來會成爲朋友。德．瓦特禮男爵上校每天都來和他一起抽根雪茄，以便更容易

652　保羅．杜羅—當金（Paul Thureau-Dangin, 1837-1913）以記者身分起家，後來成了歷史學者，信仰天主教，持保守思想，一八九三年被選爲法國家學院院士，著有專書：《七月王朝之歷史》（*Histoire de La monarchie de juillet, 1884-1892*）。加斯東．波瓦希耶（Gaston Boissier, 1823-1908），著有多本專書關乎拉丁考古學與文學，任法國高等書院（Collège de France）教授拉丁文演說學（l'éloquence latine），一八七六年當選法國國家學院院士。

653　波瓦希耶（Boissier）乃是嘉布遣林蔭大道（Boulevard des Capucines）7號糕餅店之師傅。

654　普魯斯特曾與雙親居住在馬烈伯林蔭大道（Boulevard Malesherbes）9號，一直到一九〇〇年。他的外公外婆住在普瓦松尼耶富堡街（rue du Faubourg Poissonnière）40之1號。

取得租屋修繕費。馬廄的大門永遠是關閉著的。如果我的舅公看見窗口掛著一件衣服，一塊地毯，他就大發雷霆，要人火速取下，就像今日的警察執勤那樣。不過他還是把一部分宅第租了出去，只留下兩層樓房和馬廄給他自己。即便是如此，大家曉得討他歡喜，誇獎他的宅第保持得很乾淨，大家也都尊重「嬌小府邸」的舒適，彷彿我的大舅公是唯一的居住者，他也樂得任由人這樣說，不會正式的加以否認，而這原本是他應該做的。「嬌小的府邸」的確是舒適的（我的舅公在其中引進了所有那個時代的新發明）。不過沒有太不尋常的東西。我的舅公，帶著假謙虛，說到「我的小陋室」時，他個人深信，或者設法把這樣的意念刻劃在他的貼身家僕心裡，還有貼身家僕的妻子、車伕、廚娘心裡，那就是：在巴黎找不到第二個府邸比得上這裡的舒適、豪華、宜人。查理．莫瑞就是在這樣的信念中成長的。他也持守此一信念。因此連他不是和我聊天的時候，如果在火車裡，我向某人說到我可能要搬家，他立即會對對著我微笑，飄給我一個眼神，表示他聽得懂我的意思，對我說：「啊！您所需要的，是像『40之1號』這樣的！您在這樣的地方才會舒服！我們會說，這樣的事您的大舅公最內行了。我確實相信，在全巴黎找不到任何一個比得上『40之1號』這樣的地方。」

德．查呂思先生提起德．卡迪昂親王妃，神情憂憂鬱鬱的，我感覺得到這篇短篇小說不只讓他想到某個無關緊要的堂妹行走在花園裡而已。他落入深沉的思想中，似乎是自言自語的：「《德．卡迪昂親王妃的祕密》！」他揚聲說道，「多麼了不起的傑作！如此有深度，如此揪心，身敗名裂的黛安娜，她生怕所愛的男子有所不知！如此永恆的眞實，遠超過它表面所表示！這是何等的超然！」德．查呂思先生說這些話帶著憂傷，大家感覺得到，他對這件事的感受是美好的。當然，德．查呂思先生不完全知道他的習氣究竟被別人掌握到多少程度，一些時日以來就提心吊膽，一旦他回到巴黎，人們看見他和莫瑞在一起，不知莫瑞這人的家庭會不會介入，致使他的幸福受到妨礙。如此的可能性，直到目前爲止，對他而言，好像是件深深惱人、令人痛苦的事。可是男爵是十足的藝術家。現在，自從一些日子以來，他把自己的情況與巴爾札克所描寫的混爲一談，某種程度來說，他逃避到短篇小說情境之中，至於或許會威脅著他的不幸，無論如何並不驚嚇著他，他所得的安慰，是覺得在他自己的焦慮中，有著斯萬和聖—鷺都共同稱呼的「十足的巴爾札克風格」。對德．查呂思先生而言，將自己的身分與德．卡迪昂親王妃認同，這件事變得容易，幸好他習慣於作出思想上的轉換，爲此轉換，他已經有許多例子可循。況且如此的轉換，只要把所愛的對象從一位女子換成一個年輕的男子，就足以立即在這人周圍啓動一系列的複雜社會變化，環繞著某個平凡的情感而建立起連結點。爲了某個普通的理由，當我們一旦改變了行事曆或者時間表，如果我們晚幾個星期開始新年度，或者如果我們提早一刻鐘做爲午夜，因爲每天依然是有二十四小時，每月依然有三十天，從時間流出來的節拍還是一模一樣。一切都可以被改變，卻不會帶來任何混亂，因爲數字與數字之間的關係還是沒變。因此採用「中歐時間」，或者採用東方年曆，人們的生活還是一如往昔。甚至包養女藝人的自尊心似乎也會在這樣的關係中扮演一個角色。一開始當德．查呂思先生打聽莫瑞這人是誰，那時他當然知道莫瑞出身卑微，不過，我們若喜愛上流社會中的煙花女，對我們而言，她並不會因爲出身寒門而喪失名望。相反的，由男爵要求寫曲的出名的音樂家——甚至不是爲了有利可圖——就像朋友們介紹斯萬給奧黛特的時候，人們向斯萬所做的描寫，是強調她難以親近，追求一親她芳澤的人數衆多——藉由一般人再平凡不過的作法，設法替一個剛出道的人抬高身價，他們給男爵的回覆是：「啊！才華洋溢，地位崇高，理所當然，他既然是後起之秀，又多多被行家所認可，必然是前途無量。」一般不懂何謂性別錯置的人，說到美男子的時候，所犯的毛病就是會說：「他的表演很有看頭；在音樂會中比任何人的表現都更好；他有一頭美髮，儀表出衆；臉型好看，活像個小提琴手的肖像。」還有，莫瑞不會讓德．查呂思不知道他成了多少人的受邀對象；被莫瑞激動得無以復加的德．查呂思先生也覺得把莫瑞帶回家中，爲他打造一個讓他常常返回的鴿子窩，這是多麼體面的事。由於其他時間男爵希望莫瑞是自由的，爲著他的音樂生涯，這成了必要的，以至於德．查呂思先生所要的，不論他該給莫瑞多少錢都好，只要莫瑞持續不斷長進就行，原因之一，可能來自屬於蓋爾芒特家族的獨特思想，人必須做些事，他的才華才會有價值，貴族頭銜或金錢都只是零起點，既有的價值還要倍增才行，原因之二，可能是德．查呂思先生害怕小提琴手無所事事，經常在他身邊轉來轉去，會窮極無聊。最後的原因，就是當某些大排場的音樂會進行中，他不願意失去告訴自己如此的愉悅：「這時候大家所喝采的這人，今天夜裡會留在我家」。優雅人士，當他們有了愛戀的對象，或者以任何方式成了愛戀者，他們會將虛榮心投注在那些足以摧毀先前令他們的虛榮心感到滿意的有利事體上。

莫瑞感受到了我對他沒有惡意，我也眞心喜愛與德．查呂思先生往來，而且，這關係絕對與兩人的肉體都無關，莫瑞終於對我表現了同樣的熱切好感，像一位交際花知道你對她無所求，而且她的情人把你當成眞心朋友，你也不會找機會攪局，讓她的情人對她反目。他不但完全像聖－鷺從前的情婦，拉結，那樣對我說話，還有，依照德．查呂思先生對我所覆述的，當我不在場的時候，莫瑞對他談到了我，所說的內容，正如拉結對羅伯特談到的我一樣。總之，德．查呂思先生對我這麼說：「他很愛您」，如同羅伯特所說的：「她非常愛你」。就像侄兒頂著情婦之名做事，叔叔經常以莫瑞之名邀請我前來與他們共進晚餐。再說，他們之間的狂風暴雨不見得比羅伯特和拉結之間的少些。當然，當查理（莫瑞）不在時，德．查呂思先生說也說不完對他的讚美，重複說著小提琴手對他有多好，也以此沾沾自喜。可是明顯看得出來，甚至當著所有忠誠之友的面，查理的神情經常帶著惱怒，他不是一直表現出他很幸福，很乖順，如男爵所期待的那樣。如此的惱怒，後來發展到如此的地步，隨著德．查呂思先生的軟弱，促使男爵原諒莫瑞一切不恭不敬的態度，連小提琴手不設法隱藏他的惱怒，甚至佯裝出來的重量級惱怒，男爵都可以包容。我看過德．查呂思先生進入一個火車車廂裡，查理正和他的軍人朋友在一起，樂師以聳了聳肩的方式歡迎他，隨後又向他的軍旅同伴擠了擠眼。要不然，他就是佯裝睡著了，好像這人的來到徒增他許多無聊。或者他開始咳嗽，其他的人笑開了，模擬類似德．查呂思先生這樣的男子軟言軟語的腔調，作爲調侃，把查理拉到一個角落，他好不容易才被強迫似的回到德．查呂思身邊，而德．查呂思的心已經被所有的這些表現刺痛了。男爵全都忍氣吞聲，眞是不可思議；這些每每變化無窮的痛苦形式，對德．查呂思先生而言，再度產生了幸福的障礙，不但強逼男爵索求更多，前次的，被一個可怕的惡質回憶破壞殆盡，因而另有欲求。然而即使後續的爭鬧如此痛苦難當，必須承認的，就是在初期，法國平民的天才爲莫瑞勾勒了藍圖，使他披戴著令人著迷的各種單純，有著表面的坦率，甚至有著獨立的自尊心，看來是取自無我無私的精神。這是錯誤的，不過這種態度的好處尤其是有利於莫瑞，正當愛慕者永遠被迫回頭採取攻勢，表達款款愛意的同時，對於無所愛慕者，他反倒是輕鬆自如的隨著方向不變、景色優雅的直路前行，藉由族群的優勢，在莫瑞臉上存在的，是開朗的面貌，心腸如此堅硬，相貌酷似綻放在香檳區大教堂，飾有新希臘風格的優美[655]圖像。儘管他佯裝高姿態，經常當他沒料到會看見德．查呂思先生的意外時刻，他爲了小核心而感到不自在，臉紅了，雙眼低垂了下來，看在男爵意亂情迷的眼裡，則是心花怒放。這只是憤怒和羞恥的記號而已。有時後憤怒會形之於色；因爲雖說莫瑞的態度經常保持著安靜和絕對的矜持，如此的態度並非沒有露出馬腳的時候。有時候，男爵只是對他說了某句話，從莫瑞這邊爆發出來一個冒昧的回話，口吻帶著

655　可能是影射杭恩斯主教座堂（la cathédrale de Reims）門面之石雕，普魯斯特在《韶光重現》文本中，因爲一九一四年—一九一八年大戰期間，這些雕像遭受摧毀而感到遺憾。維歐雷—勒—杜克（Viollet-le-Duc）在他所編著，於一八六六年出版的《法國建築思維字典》（*Dictionnaire raisonné de l'architecture française*）第八冊中，寫了一篇關乎〈雕刻〉（«Sculpture»）的文章時，描述杭恩斯主教座堂的一個天使的頭部，說：「它是理想中的香檳地區年輕人頭像」。

無情，讓所有的人震驚。德·查呂思先生憂傷的低下頭來，不作聲，所擁有的能力，就是一心寵愛著、崇拜著兒女們的父親所做的，相信孩子們的冷漠、無情都可以視若無睹，還可以繼續歌詠著對小提琴手的讚美。不過，德·查呂思先生也不是經常如此低聲下氣，只是他的反彈通常達不到目的，特別因爲與上流社會人士生活在一起，在他可能算計得到的反應中，他會注重屈就，這可說是原本就有的，至少是藉由教育所取得的。然而取而代之的，男爵在莫瑞身上遇見的是某種平民老百姓短暫時間淡泊名利的無所謂態度。很不幸的，對德·查呂思先生而言，他所不明白的，就是對莫瑞來說，面對牽涉國家音樂學院以及國家音樂學院好名聲的相關問題時，一切都得讓步（不過這件事後來變得更嚴重了，只是目前還沒發生狀況）。因此譬如說，資產階級人士很容易爲了虛名改名換性，大貴族則是爲了利益而更動姓氏。對年輕的小提琴手而言，相反的，莫瑞的名字與他的小提琴首獎唇齒相依，因此絕不可能稍作更動。德·查呂思先生很想要的，是莫瑞完全以他爲主，連姓氏也是。他想到莫瑞的名叫做查理（Charles），與查呂思（Charlus）十分相似，他們約會的私有地稱爲媚之鄉（les Charmes），他想要說服莫瑞取用一個漂亮的姓氏，好能說起來很順耳，優雅中兼顧著藝術的好名聲，小提琴演奏高手應該毫不猶豫的取用「夏爾媚」（Charmel）這個姓氏，暗暗影射著他們的約會地點。莫瑞聳了聳肩。德·查呂思先生所提的最後一個論點很笨，說他曾經有過一位貼身家僕，他的名字就是這樣稱呼的。這下子點燃了年輕人的一把怒火。「過去曾經有過這樣的時期，那時我的祖先們都以擁有貼身家僕的頭銜爲榮，他們擔任國王的膳食總管。」——「還有另一個時期，」莫瑞自信滿滿的答道，「那時我的祖先把您們祖先的頭顱割了下來。」德·查呂思先生很可能會訝異不止，在男爵的假設中，若是有能耐運作蓋爾芒特家族的某個貴族頭銜來賞給莫瑞，那就好，若是找不到，也沒有比「夏爾媚」更好的姓氏，那麼只好用它來收養莫瑞，不過，就如後來我們所見到的，客觀環境並不容許男爵賞給小提琴手姓氏，小提琴手所考量的，是他的藝術家名聲與他的莫瑞姓氏已經兩相連結，加上大家對他有關「等級」的評論，莫瑞應該是會加以拒絕的。莫瑞可是把牧羊女之街的地位高高舉起，遠超越聖—日耳曼富堡貴族區之上！德．查呂思先生頂多只能在這個時候替莫瑞打造幾枚有象徵意義的戒指，上面刻著上古時代的題銘：PLVS VLTRA CAROL'S[656]。當然，面對屬於他所不認識的對手，德．查呂思先生有可能改變策略。可是誰又有這樣的能耐呢？況且，如果說德．查呂思先生太多次患了笨手笨腳的毛病，說實在的，莫瑞他也是半斤八兩。除了環境因素所帶來的決裂，莫瑞之所以在德．查呂思先生身邊失去地位，至少短暫性的（不過這種短暫的分手將成爲決定性），更重要的原因是在莫瑞身上，除了卑情下品之外，他全然一無是處，面對強硬，軟弱得毫無反應，有了溫存，則是樂得還以顏色。同樣並存的，除了出於本性的卑鄙之外，還有屬於不良家教的神經衰弱雜症，在他需要以最大的善意，最大的溫柔，最多的樂天心情來讓男爵卸下武裝防備的時候，在任何情況之中，他如果感覺到自己是理虧的，或者是需要承擔責任的，他會變得陰沉，易怒，試圖啓動一些爭論，明知別人不會與他苟同，所持的見解帶著敵意，道理薄弱，又具斬釘截鐵般的暴力，徒增他的無能爲力。理由很快用盡了，他還硬要找出新增理由，其中攤開得更爲廣泛的，是他的無知和愚昧。當他和善可親，設法討人歡喜時，這些毛病幾乎看不見了。反之，當他一下子沉下臉來生氣時，大家只會看見這些毛病，原先無傷大雅的缺失，變成可憎可恨。那時，筋疲力盡了的德．查呂思先生，只能把希望寄託到更好的明天。至於莫瑞，他忘了他之所以活得如此闊氣，是出自男爵的用心，嘴上掛著的是居高位者施捨的嘲諷式微笑，他說：「我從來不從任何人接受任何東西。因此，我也不欠任何人恩情。」

目前，就當作他是與某個上流社會人士有了瓜葛，德．查呂思先生持續表現出他的怒氣，或有眞實

656 吉卡爾（Guigard）引述查理五世（Charles Quint）的題銘：「Plus Ultra Carol'Quint」，這話給了普魯斯特靈感（第一冊。頁67）。

的，或有佯裝的，可是都變得毫無用處。然而不見得永遠是如此[657]。因此有一天（這日子是在第一階段之後），男爵、查理和我從魏督航夫婦家午餐後返回，男爵以爲下午時間和晚餐要與小提琴手在東錫耶爾共渡，一走下火車，莫瑞就要道別了，他說：「不行，我有事」，這讓德．查呂思先生失望到了極點，雖然他很想試著開心的接受如此的壞運氣，我看得見他那從睫毛流出的淚水溶化了脂粉，停在火車前面，一臉錯愕。如此大的苦楚著實令人椎心，由於愛蓓汀和我，我們原先打算在東錫耶爾渡過晚上剩餘的時光，我忍不住對愛蓓汀咬耳朵說，我很想我們不要把德．查呂思先生單獨撇下，我覺得他，不知怎麼的，傷透了心。我親愛的女友爽快的接受了。於是，我問德．查呂思先生要不要我們稍稍花時間陪著他。他接受了，可是拒絕爲此緣故打擾我的表妹。我感覺得到的一股溫柔（這應該是最後一次，因爲我已經決定要與她斷絕往來）讓我對她輕聲的下了命令，彷彿她已經是我的妻子：「妳先回去吧，我晚上去找妳」，也聽見她允許我照著我的意見去行，好像身爲妻子所該做的，樂意讓德．查呂思先生有求於我，成全我給他適時的幫助。男爵和我，我們走開了，他搖晃著肥胖的身軀，不甚老實的雙眼[658]低垂著，我跟著他一直走到一座咖啡館，在那裡，有人爲我們送上啤酒。我感覺德．查呂思先生焦慮的眼神專注在某個計畫上。突然間，他要來了紙和墨水，開始寫信，速度飛快。他一頁接一頁的寫著，雙眼閃爍著光芒，正聯想著一件事，令他抓狂。寫完了八頁，他說：「我可以請您幫個大忙嗎？」他對我說道，「等我把這個字寫完。眞的需要這麼做。您去搭馬車，要搭轎車也行，盡快前往。您一定還找得到莫瑞在他房間裡，他回去換裝。可憐的小男孩，他離開我們的時候想要個臭架子[659]，可是您可以確定，他的心比我更難受。請把這封信交給他，如果他問您在哪裡見到了我，您就對他說，您有事留在東錫耶爾了（何況這是實情），爲了要看羅伯特（或許沒有這回事），可是您遇見了我，和一個您不認識的人走在一起，而且看見我一臉怒氣，您想您是偶然聽見了要派人來做見證者這句話（事實上，明天我要決鬥）。千萬不要對他說是我要求做這件事的，別花心思把他帶回，可是如果他要和您一起返回，那就不要攔阻他。去吧，我的孩子，我做這件事是爲了他好，您可以讓一個悲劇不致於發生。您出發的時候，我要寫信給我的見證人。我阻擋了您和表妹散步的機會。我希望她不要怪罪於我，我想她應該會怪罪我的。心靈高尚的她，我知道她很識大體，不會拒絕。您要替我向她致謝。我個人對她十分感激，這是我的心願。」我非常憐憫德・查呂思先生；我覺得查理應該能禁止得了這場決鬥，這可能是因著他引起的，如果事情果眞如此，他甩甩手就一走了之，沒有幫助他的保護者，這樣讓我很反感。讓我更是忿忿不平的，就是當我抵達莫瑞住處時，認出了小提琴手的歌聲，需要釋放喜氣的他正引吭高歌著：「做完了工[660]，星期六晚上！」可憐的德・查呂思先生要是聽見莫瑞唱這條歌！他想相信的，也很可能希望的，原是這個時候的莫瑞會很傷心。查理一看見我，開始高興得跳起舞來。「噢！我的老相好（原諒我這樣稱呼您，進了這要人命的軍旅生活，我們也染了壞習慣），看見您眞走運！我晚上沒大事好幹。拜託，晚上我們就在一起渡過吧。如果您喜歡留在這裡，那就哪兒都

657 德・查呂思的虛擬決鬥，不免讓人想起一九〇八年夏天普魯斯特險些要和馬賽爾・植葡的父親在卡布爾交手，引發這事件的信函，我們在本書法文原典頁380注1已經引述過，年輕人把這封信拿給他的父親看了之後，這位父親登門找上普魯斯特。普魯斯特不給任何說明，逕自重複說著：「年輕人已經是大男生，他該知道他所做的事，所說的話」，他要求與當父親的決鬥，因爲當兒子的還未成年。他請德・亞爾棟子爵（le vicomte d'Alton）以及德・彭查拉侯爵（le marquis de Pontcharra）當他的見證人。該事件的原委終於出現了：「在海堤上遇見了一位女士，她向我暗示說普魯斯特有特別的習氣，我似乎是表示同意」，馬賽爾・植葡告知了這事，而且道了歉。參見《與普魯斯特作伴》（*Avec Marcel Proust*）。頁98-115。

658 «ses yeux de jésuite baissés»**【譯者注】**。

659 «il a voulu faire le fendant»，faire le fendant：〔十七世紀通俗用語，或屬舊時用語，加拿大地區性用語〕要弄詭詐之意。《二〇二一年小羅勃特法語文辭典》。**【譯者注】**。

660 «Viens poupoule»這首通俗歌謠的開頭歌詞，於一九〇二年十一月屬於非力克斯・瑪歐（Félix Mayol）在「樂園」（L'Eldorado）咖啡歌舞廳所創作，由亨利・伯內・可里斯濵（Henry Christiné）和特雷畢奇（Trebitsch）同台表演。

不去，如果您比較想划船，我們就去划船，我們也可以彈奏點音樂，您說什麼都沒問題。」我告訴他我必須在壩北柯吃晚餐，他很想讓我開口邀他一起前往，可是我不肯這樣做。「如果您這麼匆忙，爲什麼要來？」——「給您帶來德．查呂思先生的一封信。」一聽到這個名字，他的開心不見了；他的臉緊繃了起來。「怎麼！他非要這樣老纏著我！那當我是個奴隸好了！我的老朋友，行行好。信，我是不會打開的。您跟他說，沒能找到我。」——「把信打開不是好些嗎？我想有件事很嚴重。」——「一百個保證，什麼大事也沒，您不知道，這老奸人[661]什麼最惡毒的謊言、巧計都使得出來。要個花招，好讓我去看他。就這樣！我不去，晚上我要安靜。」——「可是明天不是有場決鬥嗎？」我問莫瑞，假設他知情。——「一場決鬥？」他對我說，大吃一驚。「我一點也不知道這事。畢竟，這關我屁事；這個噁心的老頭子，要是他高興，就讓人殺了他[662]。不過，您讓我覺得怪怪的，他的信我還是看看吧。就告訴他說，您把信留下了，碰碰運氣，看我會不會回到家裡。」正當莫瑞對我說著這話，我驚訝萬分的看見一些美妙的書籍，是德．查呂思先生送給他的，堆滿了整個房間。小提琴手拒絕了那些簽有「我屬於男爵，等等」的書籍，如此的格言讓他覺得受屈辱，好像這是個記號將莫瑞歸屬於男爵所有，男爵，帶著濃情密意的巧思，出自失戀者的無奈，他把格言做了一些變化，囑咐書籍裝訂師傅加上的，措辭則是來自他的先祖們，不過，按照失魂落魄的情感所需而各有不同，有時候，格言簡潔扼要，又推心置腹，例如「**我心所望**[663]」，或者「**祂不使希望落空**[664]」；有時候是忍氣吞聲，例如「唯你是盼[665]」；有一些時候是含情脈脈：「與主人一心一德[666]」，或者建議要持守貞潔，例如借用自希密安家族的格言，其中撒著蔚藍的塔樓以及百合花，它的意義已被轉了方向：**塔樓支撐百合**[667]；最後還有絕望之後約好在天家相見，相約對象，是在地上遺棄他的人：「**成事在天**[668]」以及，覺得他要摘取的葡萄串太綠，佯裝未曾尋找過他所得不到的，德．查呂思先生用這麼一個格言說：「**吾心所求乃是不朽**[669]」。不過我沒有時間把它們一一看完。

振筆疾書寫了這封信的德・查呂思先生似乎由一股霸氣引領，莫瑞一打開信箋的封條，就看到此一格言：**「我因先祖與兵器而站立**[670]」，上面加印有正面行走獅豹之圖像，並伴有兩道直立的紅色剖面線[671]，

---

661 «les ruses infernales de ce vieux forban» forban：〔文學用語〕乃指毫無廉恥心的人，敢於作出各種壞事的盜匪。《二〇二一年小羅勃特法語文辭典》。**【譯者注】**。

662 «ce vieux dégoûtant peut bien se faire zigouiller si ça lui plaît.» Zigouiller，普瓦圖（Poitou）省內方言（langue d'oïl）之用語。〔通俗用語〕乃指殺死之意。《二〇二〇年拉魯斯圖解大辭典》。**【譯者注】**。

663 「我的盼望」（«Mon espoir»）。亨利・伯內三世國王的題銘：「*Spes mea Deus*」不完整的引述。參見吉卡爾（Guigard）著。第一冊。頁19。

664 「祂不使希望落空」（«Il ne décevra pas les espérances»）。亨利四世第一任妻子，瑪格麗特・德・華羅瓦（Marguerite de Valois）的題銘。（吉卡爾。第一冊。頁92）。

665 德・奧瑪公爵（le duc d'Aumale）的題銘（吉卡爾。第一冊。頁41）。

666 這條題銘似乎沒有出現在吉卡爾的著作中。

667 「高塔支持百合」（«Les tours soutiennent les lys»）。源自德・塞維涅夫人（Mme de Sévigné）孫女之希密安家族（les Simiane）題銘之約略引述：「*Sustendant lilia turres*」（吉卡爾。第二冊。頁440）。吉卡爾如是說：「黃金，灑滿蔚藍天色的高塔，同樣也灑滿了百合花」（«D'or, semé de tour d'azur et de fleurs de lis du même»），意即：貴族是國王的擁戴者，這條題銘涵義「從原意轉離開了」，變成「老成持重者有責任扶持年輕人」之意。

668 「成事在天」（«La fin appartient au ciel»）。亨利・伯內三世之題銘（吉卡爾。第一冊。頁20）。

669 查理・德・洛林（Charles de Lorraine）題銘之大略引述：「吾心所求乃是不朽」（«J'ai l'ambition d'un immortel。»）源自：「*Non est mortale quod opto*」（吉卡爾。第一冊。頁319），這則題銘由奧維德之詩句轉變而來：「*Non est mortale quod optas*」參見《變形記》（*Métamorphoses*）。II。詩句56。

670 「我因先祖與兵器而站立」（«Par les ancêtres et par les armes»），德・安吉維里耶伯爵（le comte d'Angivillier）之題銘，他是路易十六建築物之監督（根據吉卡爾的紀載，他是侯爵。第二冊。頁15），這則題銘也被丹尼業・德・孟德斯基歐（Daniel de Montesquiou）引用，他是畢里查克之郡主（seingeur de Prichac），國王軍隊之少將（1634-1715）（吉卡爾。第二冊。頁364）。

671 «deux rosses de gueule»，gueules：〔陽性名詞，屬於紋章學用語〕乃指徽章上之紅色圖樣，由直立的剖面線呈現之。《二〇二〇年拉魯斯圖解大辭典》。**【譯者注】**。

莫瑞急著開始讀信，與德．查呂思先生寫信時的熱切程度完全相符，在這些寫得黑鴉鴉的信紙上，莫瑞眼光移動的速度不會比男爵寫信的筆更慢。「啊！我的天！」他揚聲說道，「怎麼可能有這種事！去哪裡找他！天曉得他現在人在哪裡。」我語帶玄機的說：「如果動作快些，我們或許還可以在一家啤酒屋裡找到他，他點了一杯啤酒養神。」「我不知道我會不會回來」，他對清潔女傭說道，**私底下**[672]又補上一句：「要看事情有什麼樣的轉圜。」幾分鐘之後，我們到達了咖啡座。我注意到了德．查呂思先生看見我的表情。他看見我不是一個人返回，我感覺到他又有了呼吸，又活了起來。那天晚上，他的心情不容許莫瑞不陪伴著他，他捏造說：有人向他報告，兩位軍隊裡的軍官說了男爵的壞話，是與小提琴手有關的，男爵正在找決鬥見證人。莫瑞眼看這件醜聞要讓他的軍團生活混不下去了，就衝了過來。他這樣做，完全合情合理。德．查呂思先生為了要讓他的謊言顯得合理，已經寫了信給兩位朋友（其中一位是寇達），請他們過來做見證人。如果小提琴手沒來，可以確定的，像德．查呂思先生這樣發了瘋（為了把他的憂傷轉為憤怒），他是有可能隨己意派見證人去找到某個軍官，非要和這軍官決鬥才消得了氣。這個時候，德．查呂思先生提醒自己，他的血統比法國王室的還更純正，他告訴自己何必為了膳食總管的兒子如此焦慮不安，就是連他的主人，男爵都不屑與他攀交情。此外，他完全不再欣賞與惡棍交往，這個無賴有著根深柢固的習慣，從來不回一封信，不赴約會，事先不說明，事後不致歉，好像戀愛中的人常有的情況，這帶給他太多的激動情緒，其他的時候，造成他那麼多的煩躁、不安和憤怒，以至於有時候，他後悔不該寫那麼多信，卻渺無回音，外交官和親王們細心安排的正確態度，就算是很不幸的他們對他不理不睬，所帶給他的，總算是一種休憩。男爵已經習慣了莫瑞的態度，知道他對莫瑞是多麼無能為力，沒有方法鑽得進去莫瑞的生活裡，他的生活已經習慣性的，隨時隨地的、無時無刻的被粗俗又平輩的交情占據，根本無法保留一小時給身為大貴族的他，遭受排擠的男爵，或者擺出高傲姿態，或者低聲下氣求情，都全無功效，德．查呂思先生十分確信樂師不會前來，他害怕把事情鬧得不可收拾，從此就需要分道揚鑣了，看見樂師來了，幾乎忍不住要大叫起來。但是他覺得大獲全勝的同時，所該在意的是好好的寫下談和條約，而且從中取得對他有利的好處。「您來這裡做什麼？」他對他說道。「還有您？」他又補上一句，一面看著我，「我吩咐過您絕不要把這人帶回來找我的。」——「他並沒有要帶我回來」，莫瑞說道，帶著討好人的天眞模樣，一邊拋給德．查呂思先生眼色，是慣常老套的病懨懨式的憂傷表情，他想要擁抱男爵，一副快要哭出來的樣子，所用的，是他認爲無可抗拒的那種神情。「他說不要，是我自己要來的。以我們的情誼作證，我這就跪下，請求您不要做這種傻事。」德．查呂思先生狂喜得不得了，這個反應，對他的神經所發生的作用太強了；即便是如此，他還是不動如山。「情誼，您這時候提它相當不得體，」他以無情的口吻答道，「它倒是讓我認定了您，就在我相信不應該將一個笨蛋的莽撞視若無睹的時候。不過，即使我要順從我所認識、更爲美好的初心所提出的祈求，我也無能爲力了，我寫給見證人的信已經寄走了，我相信他們一定會接受我的邀請。您的作法一直以來都像是個小笨蛋，您沒有以我放在您身上的寵愛，好好把握您該當有的權利，讓自己活得堂堂正正，您沒有在一大群軍官副手或者僕役當中讓他們明白，在軍隊法律之中，您擁有像我給您如此的情誼，您是多麼有動機可以活出無可比擬的神氣派頭，您反倒是設法脫身，幾乎是張揚了您的愚昧，表現您不適當的感恩。我知道在這一切事上，」他補充說著，爲了不讓人看見有些場景曾經多麼丟他的顏面，「您之所以會犯下罪過，是因爲您讓別人的忌妒心牽著您走。可是我不懂，依您的年紀，難道您會這麼孩子氣（而且是沒有家教的孩子），竟然不會立刻猜想到：我選中了您，從而爲您帶出

672 «*in petto*»〔副詞片語〕。〔意大利文〕。「在他心中」«dans son esprit»。意即：暗地裡，私底下。《二〇二〇年拉魯斯圖解大辭典》。**【譯者注】**。

所有的好處，這些不都是會招惹許多忌妒嗎？還有所有您的平輩同伴，當他們刺激您來與我產生瓜葛，是正在作出奪您的位子的勾當？關乎這方面，我不認爲應該用一些我所收到的信件來提醒您，這些信都是出自您所最爲信賴之人的手筆。我所瞧不起的，不但是這些下人的示好行爲，我也同樣看不慣他們那些毫無功用的嘲諷。唯一讓我操心的人，就是您而已，因爲我很愛您，可是關愛也是有界線的，您應該揣想得到。」儘管「下人」這個用辭聽在莫瑞耳裡很刺耳，他的父親曾經是僕役，不過正因爲他的父親曾經是僕役，所有的不愉快的社交際遇，透過「忌妒」來加以說明，這個說明過於簡化，也荒誕無稽，但是持續存在著，而且在某種社會階層當中總是「取得」某種難以顛覆的地位，就好像在戲劇群衆中所耍弄的老掉牙把戲，或在群體議會當中，教會人士所遭遇的致命威脅，如此的解釋都在它身上取得了可信度，幾乎和芙蘭絲瓦或者和德·蓋爾芒特夫人的家僕們所信的，完全一樣強而有力，對他們而言，這就是引發人類不幸的唯一肇始原因。他沒料到他的平輩同伴會試圖奪取他的位子，更難過的是想到有這個不幸的決鬥，而它只不過是想像中的。「噢！我太絕望了，」查理揚聲說道。「我熬不過去了。難道他們去找這位軍官之前，不會先來找您？」——「我不知道，我猜會吧。我請人告訴其中的一位，說我今晚會留在這裡，我會給他一些我的交代。」——「我希望他一旦來了就讓您恢復理性了；請容許我留在您身旁，這是我唯一的要求」，莫瑞含情脈脈的問著男爵。他說的這話正中了德·查呂思先生的下懷。開始他還不肯讓步。「在這節骨眼上，您如果運用這個格言所說的：『愛之深責之切』，那您就錯了，因爲您才是我所疼愛的，即使我們有口角，我執意要懲戒的是那些人，是那些以卑鄙的方式試著加害於您的人。及至目前，面對他們不懷好意的影射，竟然膽敢問說：像我這樣的人，怎麼會和您這類的小白臉，又是出身卑微的人有來往，我只拿我的表兄弟拉·羅石傅柯的格言回敬他們：『謹候賜教[673]』我甚至屢次向您表示，如此的愉悅有機會成爲我最大的喜悅，您一味的攀升不致於使我降至卑微。」他用了一種近乎癲狂的高傲動作，高舉雙手呼喊著：「**揚名天下之獨夫**[674]」，走過了驕傲與喜悅的巔峰，他的心情比較平靜了，他又補充說道：「俯就並非降卑。至少我希望我的兩個對手，雖然他們的地位與我有差距，我流他們的血也不會感到羞恥。關乎這方面，我收集了一些祕密資訊，讓我放了心。假設您對我存有感恩之心，您反倒是要以我爲傲，看見我爲了您的緣故，重新運用我先祖們的勇武精神，像他們一樣，如今我既然了解您這個可愛的人兒了，萬一出師未捷身先死：『吾必先死而後生[675]。』」德．查呂思先生說這話是出於眞心，不僅僅是因爲他愛戀著莫瑞的緣故，而是因爲他天眞的以爲他有善戰的癖好，這乃是得自先祖的眞傳，這個想法給了他那麼多的欣喜，一想到原先是施了巧計，爲了引來莫瑞回頭找他，如今他感覺，如果放棄此一決鬥，倒是令他覺得可惜。他做任何事情，都要立刻相信，他是有價值的，他等同於德．蓋爾芒特家族中顯赫的軍隊最高領袖[676]的的身分，然而對其他任何人而言，前往決鬥場地的行動顯得毫無意義。「我相信這會是一件很美的事，」他眞心的對我們說，敬虔的覆述著每個詞句。「欣賞撒拉．伯恩哈爾特在《雛鷹》[677]的演出，這算得什麼？糞便。看慕內—敘黎在《伊底帕斯》[678]劇中的演出呢？糞便。就算在尼姆城的競技場上演，頂多

673 這則題銘事實上屬於德．拉．羅石傅柯家族（des La Rochefoucauld），不過沒有被吉卡爾引述。

674 「揚名天下之獨夫」（Un tel éclat venant d'un seul）。亨利三世之遺孀，露薏絲．德．洛林（Lousie de Lorraine）題銘之概略引述：«*Ab uno tantus splendor*»（吉卡爾。第一冊。頁90）。

675 法蘭索瓦一世（François 1er）著名的口號：「他人皆死我獨生」（Mort à autrui, à moi vie）。同樣的字句有許多口號與之相連：「Mors mihi vita est」，「先死而後生」（Mourir pour vivre），「Mors et vita」，等等。普魯斯特將它作了變化。

676 «voir batailler le propre descendant du Connétable ?» connétable〔陽性名詞，歷史用語〕乃指從十二世紀至一六二七年法國軍隊之最高統帥。【**譯者注**】。

677 一九〇〇年三月，撒拉．伯恩哈爾特（Sarah Bernhardt）在愛德蒙．羅斯當（Edmond Rostand）劇中創造了該劇之要角，因而聲名大噪。

678 演員慕內—敘黎（Mounet-Sully, 1841-1916）於一八七四年成爲法國國家劇院合夥人。在二十世紀初，他扮演索福克勒斯

也只能抹上一點淡淡的形式轉變。若與我這件奇特無比的事件相比，看見軍隊最高領袖的後代與人爭鬥，那些算得了什麼？」單單想到這件事，德·查呂思先生就已經雀躍不已，開始做起莫里哀劇中的「兵來將擋」比劍花招[679]，讓我們小心翼翼的把啤酒杯拉得靠近我們，唯恐比劍動作一出來就傷到對手，醫生和證人們。「對畫家而言，這是多麼引人入勝的劇場表演！您認識艾斯棣先生，他對我說，您該把他帶來才是。」我回答說，這人他不在海岸。德·查呂思先生語帶玄機的對我說，可以打電報給他。「噢！我這麼說是爲他著想，」面對我的靜默，他又補上一句。「對一位大師而言，這總是有趣的。——我認爲他是大師級的——由他來把如此具有代表性的人種復生案例定格下來。這種事，或許百年才得一見。」

想到原先純屬虛擬的戰鬥，雖說德·查呂思先生是興致勃勃的，莫瑞則是想來恐懼萬分，這些閒言閒語，由軍團的「音樂」傳送出來，藉由此一決鬥所傳播開的謠言，可以直直的傳送到牧羊女街的音樂殿堂。眼看「全班」都要一清二楚了，莫瑞在德·查呂思先生身旁變得越來越著急，而面對令人陶醉的戰鬥，德·查呂思正持續的比劃著劍術。他祈求男爵答應他：直到次日，男爵都要與他寸步不離，次日是設計中的決鬥日，莫瑞所要的，就是把男爵看緊，好努力讓他聽得進去勸告。如此的柔性建議最後得了勝利，德·查呂思先生猶豫不決了。他說，他去找個脫身方法，延後一天再做最終決定。使用這種不是一下子調整事情的方式，德·查呂思先生知道至少可以留住查理兩天，並且利用機會，從莫瑞身上取得一些對於未來的允諾，當作取消決鬥的籌碼，此一操練，他說，本身是讓他興奮的，要他取消，心中頗有不甘。況且在這件事上，他是眞的難過，因爲所要做的，是要與對手以劍術比個高下，或者以槍枝決個勝負，要他前往決鬥場合，他永遠都是樂意的。寇達終於到了，雖然延遲了很久，他很高興擔任見證人，可是更感動他的，是一路上他被迫在所有的咖啡座或農場停下腳步，詢問好心人指點他「100號」或者「小地點」在哪裡。他才一到，男爵立即把他帶到一個被隔離的內室，因爲他覺得查理和我不參與會談才更合乎規則，他技巧高明的把一間平淡無奇的房間瞬時間變成了像模像樣的國王登基大廳，或是成了進行研商的會議大廳。一旦只有寇達一人在場，他熱呼呼的向他致謝，不過對他宣稱，被複誦過的話可能實際上不是眞有其事，如此一來，醫生可否幫忙通知第二位見證人，除非事情轉爲複雜，此一突發事件可視爲終結了。危險遠離了，這讓寇達感到失望。他甚至頓時表示憤慨，可是他想起他所認識的一位醫學界大老，是他那時代醫學職涯上表現得最亮眼的人，他在國家學院第一次選舉中，僅僅以兩票之差競選落敗，他對如此的不順心也處之泰然，而且趨前握住了勝出對手的手。醫師再也沒說一句惱怒的話，其實說了也是白費口舌。寇達這位仁兄是個膽小如鼠之輩，抱怨了幾句，表示有些事情不該輕輕放過，之後，又補上一句，說：其實這樣更好些，而且這樣的結果使他開心。德·查呂思先生很想親自表達對醫生的感激，方式就像他的親兄弟公爵先生替我的父親調理好他的短上衣領子，又像某個公爵夫人特別摟住平民老百姓婦女的腰身那樣，儘管醫生惹他厭惡，伯爵還是把椅子往前拉了拉，非常靠近醫生的椅子。他做這個動作，不但說不上肉體的愉悅享受，更要克服身體的反感，爲了向醫生表達感激，男爵以德·蓋爾芒特家族一員之尊，而不是以性別錯置者的身分，他牽起了醫生的手，撫摸了片刻，帶著主人撫弄馬匹嘴部的良善，同時賞給牠一塊糖。寇達已經或多或少聽過一些關乎男爵習氣的負面流言，可是從來沒有讓男爵看出來在他內心深處不免會把男爵納入「不正常」之人的規格中（甚至說到魏督航先生的一個貼身家僕時，按照他平常所用的不恰當說辭，會以最嚴肅的口吻問道：「他會不會是男爵的情婦？」）他與這些人物來往的經驗不多，心中以

（Sophocle）悲劇《伊底帕斯國王》（*Œdipe roi*）要角。不過，該劇演出是於夏季，在橘城古劇院（le théâtre antique d'Orange）舉行，而不是在尼姆城的競技場（les arènes de Nîmes）。

679 影射《小富豪之貴族夢》（*Le Bourgeois gentilhomme*）劇中第二幕第3景之劍術課程。「兵來將擋」（contre-de-quatre）是一種藉由左旋右轉花招，抵擋長劍攻擊的招數。

爲這個撫摸手的前奏動作，就要立刻帶出強姦行爲，爲要達到此一強姦目的，決鬥只是個藉口，他已經被暗中所設的陷阱吸引過來，被男爵單獨一人引到這裡，好強迫他就範。他不敢離開座椅，害怕把他牢牢釘住了，雙眼大驚失色的轉動著，好像落入了野蠻人手中，不確定是否男爵是個食人族。終於德·查呂思先生把他的手放開了，爲了要表現出他的和善一直到最後：「您和我們一起吃些什麼吧，就像大家所說的，從前大家稱之爲喝杯瑪莎格蘭冰咖啡，或者來一杯葛羅莉亞咖啡加烈酒，是在拉比敘的戲劇裡，或是在東錫耶爾的咖啡座[680]才喝得到的，這種飲料不多見，像是古蹟精品。由一場『慶功酒』取而代之，會更好，是不是？而且是配合環境所需，您的高見如何？」——「我是反酗酒協會的理事長，」寇達答道。「只要有外省的個醫界星球怪咖經過，我就會落人口實，說我沒榜樣。**他賞給那人一張望著天的臉**[681]」，他又補上一句，雖然這句話沒有任何關聯，因爲他的拉丁文引述語的庫存量捉襟見肘，不過唬唬學生還夠用。德·查呂思先生聳聳肩，把寇達帶回到我們中間，事先請求過寇達說非要守住祕密不可，尤其是這場被遺棄的決鬥，它的理由純屬想像，非得要攔阻決鬥消息無端竄流到被設計的軍官耳中。當我們四人一起喝酒時，寇達夫人正在門外等著她的丈夫，德·查呂思先生明明看見了她，可是不考慮拉她進來入座，寇達夫人進了門，向男爵問了安，男爵伸出了手，像是對待一位女侍，沒有從他的座位起身，男爵想要像個君王似的接受致意，又要像個貴族男士擺架子，不讓某個不夠優雅的女子與他同席，又像個自私自利的男人，只要把與朋友相處的情趣單單保留給自己，不要受到打擾。寇達夫人站立著，對著德·查呂思先生，也對著她的丈夫說話。不過，或許「禮貌」這個大家「非做不可」的部分並不專屬於蓋爾芒特家族的特權，它突然間照亮了並引導了最沒有定見的頭腦，或者常常花心對妻子不忠的寇達，有時候藉由一種反常心理，覺得有必要保護妻子，抵擋對妻子來意不善的對象。驟然間，醫生的眉頭緊鎖，我從來沒見他這麼做過，寇達不參考德·查呂思先生的意見，拿出了主人的架勢：「怎麼著，蕾翁汀，別老是站著，坐下。」——

「可是，我不會打擾諸位嗎？」寇達夫人怯生生的問著德．查呂思先生，他沒答腔，但是被醫生的口氣驚嚇住了。寇達不給她猶豫第二次的時間，帶著權威又說：「我要妳坐下。」

片刻之後，大家作鳥獸散，於是德．查呂思先生對莫瑞說：「我給這段故事下了結論，雖然您不配，我還是讓它有了更好的結局，您的行爲舉止不佳，等您服完兵役，我親自把您帶回家交給您父親，好像天使長拉斐爾被上主差來護送年輕的多比[682]那樣。」男爵開始微笑起來，神采奕奕，喜氣洋洋的，莫瑞則是一點也不高興他將要被帶回父親的家，似乎也不同意男爵如此做。把自己比擬成爲天使長，把莫瑞比擬做多比之子，陶陶然的德．查呂思先生不再想到他說這話的目的，那就是想探測一下他的地位，看看有沒有如他所要的，讓莫瑞同意和他一起回到巴黎。男爵已經陶醉在戀愛的感覺中，或者說，在自我戀愛的感覺中，他看不見，或者佯裝看不見小提琴手噘起了嘴，因爲後來男爵把他單獨留在咖啡座裡了，男爵神情愉快，而且得意洋洋的對我說：「您看見了嗎，當我把他比喻成多比之子時，他是多麼的樂不可支？這是因爲他是個聰明人，立即了解了他自此以往，他所要依附著生活的父親，不是指肉身的父親，那個臉上長有短鬍的可怕貼身家僕，而是他的屬靈父親，那就是指著我說的。這給他多麼大的驕傲！看他如何昂首傲視群生！他明白了這點，這是多麼快樂！我確信他每天都會說了又說：『噢，上主，您賞賜全福天使長拉斐爾作爲**引導者**，帶領您的僕人多比一路行走在漫長路程上，請賜與我們，您的僕人，經常得著天使長的

680　「瑪莎格蘭」（Le mazagran）是加上蘭姆酒的咖啡，「葛羅莉亞」（le gloria）是將加糖咖啡與酒或與蘭姆酒混合的飲料。在《貝利雄先生出遊記》（*Le Voyage de M. Perrichon*）劇中，貝利雄先生「用水杯喝了三滴蘭姆酒」（第二幕。第5景）。

681　「他賞給那人一張望著天的臉」（Il a donné à l'homme un visage tourné vers le ciel）參見奧維德著《變形記》。I。85。

682　《多比傳》（*Livre de Tobie*）。第十一章。天使長拉斐爾（l'archange Raphaël）將年輕的多比帶回他父親的老家，而他的父親多比（Tobit）已經眼瞎（普魯斯特沒有區隔兩個名字的拼法），兒子讓老父的雙眼重見光明。德．查呂思還會將莫瑞與年輕的多比並列比較（參見《囚禁樓中之少女》。原典頁311）。

保護，得蒙他的幫助。』男爵完完全全相信，將來他在上主寶座之前必然留有一席之地」，他補充說道，「我甚至不需要對莫瑞說我是天上派來的使者，他也了然於心，而且幸福得無話可說！」德．查呂思先生（對他而言，幸福感反倒拿不走他的口若懸河）不再顧忌一些路人正回頭看著他，以爲看見的是個瘋子，男爵逕自雙手高舉，揚聲大叫，喊著：「哈利路亞[683]！」

如此的重修舊好，只能短暫時間內止息德．查呂思先生的折磨；莫瑞經常離開他，到超級遙遠的地方去工作，讓德．查呂思先生不能前往探望，或者派我去找他說話，在莫瑞寫給男爵的信箋中，絕望與柔情溢於言表，信箋中對他確實說了他被逼到無路可走的情況，因爲他惹了某件可怕的麻煩事，需要兩萬五千法郎。莫瑞沒說這可怕的麻煩事是什麼，若是他說了，八成也是憑空捏造。關乎這筆錢，德．查呂思先生若沒感覺到：這筆款項將給查理找機會棄他於不顧，而且讓第三者趁虛贏得好處，那麼，他就很樂意爲莫瑞寄出。因此，他拒絕了，他所發出的幾封電報所用的口氣，就是他本人的聲音，既是無情，又是斬釘截鐵。當男爵對如此的電報效果有了把握，他盼望莫瑞徹底和他翻臉，因爲男爵有把握事情會逆向操作。他明白如此無可避免的戀情會生出那些麻煩。但是如果莫瑞音訊全無，男爵就難以入眠，再也得不到片刻的寧靜了，實際上，這類的事情多得不可勝數，我們生活在其中，卻不認識它們，有些內隱於深度的眞相，一直是我們所不能了解的。於是攸關莫瑞需要兩萬五千法郎的事態嚴重性，各式各樣的假設都會形成，許多的人名一而再、再而三的與這筆鉅額掛勾。我相信，（雖然在這當下，逐漸降卑下來的男爵，不斷對平民老百姓所產生的好奇心，可能與他的自視清高心態至少有了連結，甚至更超越過了它）德．查呂思先生應該記得起來，在上流社會中，曾經刮過一些多采多姿、優雅美麗的旋風，在其中的女人們和男人們都具有一等一的魅力，他們來找到男爵，只是爲了求得愉悅享受，是男爵所能提供給他們的，與金錢沒有瓜葛，在這其中，沒有人會想到要「設計他」，要無端製造一件「可怕事件」，爲了這種可怕事件，沒能立刻收到兩萬五千法郎，有人就預備好了要賠上生命。因此我相信，或許因爲他依然比我更多保留住康樸惢精神，他將封建時代的驕傲與德國式的傲慢接枝在一起了，他應該發現，成爲僕役的情郎是會招惹是非的，平民老百姓不完全和上流社會一樣，「不要信得過」老百姓，像我一向所做的那樣。

就在小火車的下一站，緬尼城，它讓我想起莫瑞與德．查呂思先生相關的一個突發事件。提起這件事之前，我必須說，火車在緬尼城停靠（當人們把一個高雅的新人帶到壩北柯，他寧可不要住在拉．哈斯柏麗野，免得打擾人）所帶來的好戲，相較於等一下我要敘述的場景，就沒有那麼令人難受了。有位新來的人士，攜帶輕便行囊上了火車，他覺得豪華大旅館通常都有些遙遠，不過，因爲在壩北柯之前只有小型海灘，附帶著的別墅令人不覺得很舒適，爲了兼顧豪華和舒適，萬不得已，他也會選擇長途旅程，正當火車停靠在緬尼城時，這位新來人士驟然間看見一座高聳的豪華宅第，他一定猜想得到那是一家淫蕩場所。「那我們就不要走遠了，」他肯定會對寇達夫人這麼說，寇達夫人是有名的務實女子，有了好主意，也會拿得穩。「我完全找到我所要的地點了。又何必繼續走到壩北柯，那裡肯定不會更好，不是嗎？光是看外觀，我斷定這裡一定有各種舒適的設備；我完全可以把魏督航夫人帶來這裡，因爲我打算回饋她周到的禮數，賦予她一些小型聚會，以她爲座上嘉賓。這比起我前往住在壩北柯的路近得多了。我覺得這樣對她很好。對您的夫人也是，我親愛的教授。這裡面應該有沙龍，我們可以請女士們前來。我們私底下說一句，我不懂，爲什麼魏督航夫人不來住在這裡，而去租那個拉．哈斯柏麗野。比起拉．哈斯柏麗野的老舊房子，這裡更有益於健康，那裡必然是潮濕的，況且也不會是乾淨的；他們沒有熱水，我們不能盡情的洗

---

683 《Alleluia》：〔陽性名詞驚呼語〕（源自希伯來文，意即：你們要讚美耶和華）在猶太教及基督教崇拜禮儀中的歡呼雀躍聲。1.在彌撒進行程序中發出之喜樂聲。2.〔文學用語〕歡呼喜樂聲。《二〇二〇年拉魯斯圖解大辭典》。【譯者注】。

澡。我覺得緬尼城舒服多了。魏督航夫人大可在這裡扮演她那女大老闆的角色。總之，每個人各有所好，我可要在這裡住定了。寇達夫人，您不願意陪我下車嗎？我們下車要快，因爲火車馬上就要開走了。您領路帶我去的這個宅第，也是您的宅第，您應該來過這裡很多次了。這裡的環境完全是爲您而打造的。」我們用盡了各種辦法也沒能讓他閉嘴不說，擋也擋不住他要下車的動作，運氣不佳的新訪客十分固執，常常犯錯，他堅持著他的意見，拿起他的行囊，誰的話一句都不聽，一直到我們非要向他保證：魏督航夫人，寇達夫人，她們沒有一個人會來這裡看他。「無論如何，我要在這裡找到我的住處。就讓魏督航夫人寫信給我好了。」

與莫瑞相關聯的回憶，提起來是與另一種特別性質的意外相關。他的狀況百出，不過我在這裡，隨著小火車的停靠，也隨著站務員喊叫出：東錫耶爾，格拉特華斯特，緬尼城[684]，等等，我只要記下一筆關乎海灘和軍營所帶給我的回憶。我已經提過了緬尼城（*media villa*）和這城市的重要性，因爲這城有了新近蓋在這裡的一座壯觀的賣春場所，它曾經引來家庭主婦抗議，卻沒有用。可是，在提到我記憶中的緬尼城，它與莫瑞和德．查呂思先生之間究竟有何關聯之前，我必須記下如此的失衡現象（後來我會更深入說明），這發生在莫瑞堅持非要保留某些時段他是自由自在的，而且他很有必要運用這些時段做些無意義的活動，如此的失衡現象產生在莫瑞向德．查呂思先交代他運用時間的說明中。他所玩弄的伎倆，是他要對於男爵不忮不求（基於他的保護者是個慷慨大方的人，莫瑞可以玩弄此一伎倆而沒有大礙），當他想要獨自過夜時，莫瑞就說他要用這個時段來教授一堂小提琴課，等等，他提出這類的藉口，總免不了帶著貪婪的微笑，補上一句：「再說，這會給我機會賺取四十法郎。這不算是個小數字。讓我去吧，因爲如您所知道的，這事對我有利。就這樣，我可不像您是有年金收入的，我要給自己找出路，現在正是賺錢的時機。」莫瑞要求授課，並非完全出於虛情假意。一方面，若說銀錢的來路不明沒有關係，這是錯誤的。用新的方法賺取錢財，這讓銀錢有了新的色澤，是老舊錢幣所失去的。如果莫瑞眞的上了小提琴課，下課時，一個學生給的兩路易，在他身上所產生的效果，應該不亞於從德．查呂思先生手中所得的兩路易。而且，再富有的人爲了兩路易走上好幾公里路，這段路對身爲貼身家僕的兒子而言，就只是短短的幾哩了。可是德．查呂思先生經常對於教授小提琴課的事實感到疑惑，更是因爲樂師經常以不同類型的說辭，屬於實質方面全沒有利潤可得的，況且是荒謬的。因此，莫瑞不能呈現他的生活面貌，這應該是刻意的，也是無意中的，如此的幽晦不明，只容人窺見某些部位的些許端倪。一個月之久，他好好地貼近著德．查呂思先生，條件是晚上要保留給自己空暇的時間，因爲他想要持續去上代數課程。那麼課後來看德．查呂思先生呢？啊！那可行不通，課程有時候持續上到很晚。「清晨兩點還要上課，」男爵問道。——「有時候。」——「可是跟著課本走，代數很容易學的。」——「是容易一些。因爲我上課時都聽不大懂。」——「那麼爲什麼要學？何況代數對你毫無用處。」——「我蠻喜愛學這個。這可免除我的神經衰弱。」「應該不是代數課程讓他晚上請假外出，」德．查呂思先生自忖著。「莫瑞有可能是警局特派專員嗎？」無論如何，不管人家怎麼反對，莫瑞都要保留幾個小時到深夜，不管是爲了代數或是小提琴。有一次，既不是前者，也不是後者。而是德．蓋爾芒特親王來到了海邊渡假幾天，爲了拜訪德．盧森堡公爵夫人，親王遇見了樂師，不知道樂師是何許人，樂師更是不認識親王，親王賞給了他五十法郎，好讓他陪伴親王在緬尼城的妓女戶過一夜；這對莫瑞而言是雙倍的愉悅享受，一來從德．蓋爾芒特先生得到報酬，二來大享其豔福，被一群坦露褐色雙乳的女子團團圍繞。我不知道德．查呂思先生怎麼會對此地、此事有所了解，

684　格拉特華斯特（Grattevast）現在位於由壩北柯出發開往竇城—翡淀（Douville-Féterne）的火車線上，而這個火車停靠站之前是被安置在另一條支線上；參見本書法文原典頁383。

但是這不包括誘惑者。男爵忌妒到了極點，而且為了認識這個對莫瑞施展誘惑力的人，他打了電報給朱畢安，兩天之後朱畢安到了，次週的頭幾天，莫瑞又預告他將要不在，男爵要求朱畢安負責買通該妓女戶的老闆娘，把男爵和朱畢安他們兩人藏好，好來親眼看看現場所發生的事。「了解。我會負責，我的小情郎[685]」，朱畢安對男爵答道。我們難以了解這件事多麼使他焦慮不安，也正因為如此，德．查呂思先生的心思暫時豐富了起來。愛戀果然會引起思想土壤的鬆動。德．查呂思先生的思想像是一塊平整的大平原，一眼望去，幾天之前原本看不見任何思想的平整地面，驟然間，巨石般堅硬的一群山脈向上聳立了起來，而且山脈已經過雕刻，好像有某個雕刻家沒有把大理石搬走，就地工作雕刻完成了一大群的石雕巨作，有「憤怒」，「忌妒」，「好奇」，「羨慕」，「仇恨」，「痛苦」，「驕傲」，「驚恐」和「愛戀」。

莫瑞必需缺席的夜晚來到了。朱畢安任務達成了。他和男爵必須在接近晚上十一點時前來，有人會把他們隱藏起來。到達這座華麗妓女戶前的三條街之處（從四面八方優雅的住處來到這裡），德．查呂思先生小心翼翼的走著，改變他的聲音，祈求朱畢安講話壓低一點音量，唯恐莫瑞在裡面聽見他們。他們躡手躡腳的走到衣帽間，不過對這類的地點很不習慣的德．查呂思先生大驚失色，發現這地點吵雜極了，勝過股票市場或者拍賣大廳。他要求群聚在他身邊的女侍們小聲說話，卻都沒有用；況且，連她們的聲音也都被掩蓋了過去，一位年長、戴著深咖啡色假髮的「妓女院女監」，臉上刻畫著的是書記官或西班牙神父的嚴肅表情，透過叫賣市場和競價拍賣的喊叫聲，她用打雷般的聲音，每一分鐘不停的喊著，讓許多扇門輪流打開或關上，好像指揮馬車流通動線那樣：「把這位先生帶到二十八號，進到西班牙女郎的房間。」「動彈不得了。」「再把門打開，這些先生要的是拿俄米小姐。她在波斯沙龍等候他們。」德．查呂思先生嚇壞了，好像一個外省人走到需要穿越林蔭大道的地方；若是做一個完全不帶著褻瀆之意的比較，這就好像辜麗城[686]古老教堂的拱門柱頭上所呈現的主題，年輕女侍，不止息的，將女監管的命令低聲複誦，好像在鄉間教堂的迴聲中聽見基要教義課的學子們朗誦經文一般。誠惶誠恐的，德．查呂思先生走在街上，深怕被人聽見，確信莫瑞就在倚窗之處，他受驚嚇的程度，恐怕不如被這些由樓層龐大台階所發出來的嘶吼，在此，大家都明白，在屋內任何動靜都聽不見。終於最艱難的時刻熬過去了，他找到了拿俄米小姐，她應該是要將他以及朱畢安隱藏的人，可是得先把男爵關在一間十分氣派的波斯式沙龍之內，從這裡他什麼都看不見。拿俄米對男爵說，莫瑞已經點了一杯橘子水，一等到有人爲他送上了飲料，就會有人帶領兩位過客到一間透明沙龍去。在等候的時刻，因爲有人指名找她，所以她向他們保證，就像是在故事裡一樣，爲了讓他們打發時間，她會派來「一個頭腦聰明的小女子」給他們。因爲她，有人要叫她過去。聰明的小女子想脫下身上穿的一件波斯型晨衣，德．查呂思先生對她說什麼都別做，她要人家爲她自己送上來一瓶價值四十法郎的香檳酒。實際上，莫瑞這時候正與德．蓋爾芒特親王在一起；爲了擺樣子，他佯裝走錯了房間，走進一間有兩位女子在場的房間內，她們急急忙忙的走開，留下兩位男子獨處。德．查呂思先生對此完全一無所知，大發脾氣，要找人來把門打開，請人再把拿俄米小姐找來，拿俄米小姐聽見小女子給了德．查呂思先生關乎莫瑞的細節，和她自己所給朱畢安的細節並不吻合，就把小女子支開，不久之後，派來了「一位和和氣氣小女子」取代了聰明的小女子，這女子沒有對他們說明任何事，只是說這是一個多麼正派的地方，而且，她也一樣要來了香檳酒。男爵氣得七竅冒煙，把拿俄米小姐又找了返回，她對他們說：「對，是有一點拖延，這些女士們正休息著，他不像是什麼都不想做的樣子。」終於面對男爵的允諾、威脅，拿俄米小姐帶著無可奈何的表情走開了，一邊向著他們保證，他們頂多再等五分鐘就夠了。

---

685 «ma petite gueule»：魅力無法擋的挑情者的綽號。《二〇二一年小羅勃特法語文辭典》。**【譯者注】**。

686 我們不知道普魯斯特心中所想的是哪一間教堂。然而普魯斯特從艾彌樂．馬勒（Emile Mâle）而得的靈感，他在《細說璀璨之童年》文本中已提過亞里斯多德和維吉爾關乎哥德式藝術中妓女們的呈現樣貌。（頁149。注1）。

五分鐘持續了一小時，之後，拿俄米躡手躡腳的，領著怒不可遏的德．查呂思先生和難爲情的朱畢安朝向一扇半掩半開的門走去，一邊對他們說：「你們可以好好的瞧一瞧。不過目前還不是很有趣。他和三個女士在一起，對著她們講他的軍旅生活。」終於男爵透過門縫和鏡子看見了。嚇死人的驚恐讓他非倚著牆不可。在他面前的，果眞是莫瑞沒錯，不過因爲異教的怪異信仰和神鬼怪事依舊存在，這人比較像是莫瑞的影子，抹了香料的莫瑞更不像是從死裡復活的拉撒路，而像是莫瑞的幻影，莫瑞的鬼魂，莫瑞從陰間地府返回，或是被招魂回到這個房間裡面（牆壁和躺椅沒有一處不是貼著象徵巫術的符咒），距離男爵幾公尺遠的莫瑞側身對著他。活像死後孤魂的莫瑞面無血色；處在女子中間，似乎奮力求生存，臉色慘白，他被挾制得毫無動作；想要飲用面前一杯香檳酒的他，慢慢伸出無力的手臂，又垂了下來。我們似乎感覺得到這種模糊狀態，某種宗教所提到的永垂不朽，不過意思是不將虛無排除在外。女子們接二連三的問他問題：「您看見了，」拿俄米小姐對男爵低聲說道，「她們和他談論著軍旅生活，很有趣，是不是？」——她笑了——「您高興了？他很平靜，是不是？」她補充說道，彷彿她所談的，是關乎一個垂死的人。女子們繼續追問，可是莫瑞有氣無力的，失去了回答她們問題的力量。連喃喃低語的奇蹟都沒發生。德．查呂思先生只稍稍猶豫了片刻，依他所了解的眞相，或者因爲朱畢安前來協調的時候辦事不力，或者因爲私下告知的祕密力道太強而隱藏不住，讓人無法守住祕密，或者因爲這些女人本性就是口無遮攔，或許因爲害怕警方取締，有人已經先告知莫瑞說，有兩位男士付了很高的金額，爲的是要來看他，有人把德．蓋爾芒特親王請了出來，把他改變了外貌，成爲三個女人，把可憐的、渾身顫抖著、被驚嚇得四肢無力的莫瑞擺在那裡，所擺弄的方式，要是說德．查呂思先生看不清楚親王的話，嚇得魂飛魄散的莫瑞可是一句話也說不出口來，不敢舉起酒杯，唯恐酒杯會滑手掉落地上，莫瑞他可是把男爵看得一清二楚。

再說，故事的結局也沒有讓德．蓋爾芒特親王討到便宜。當人們把他請出屋外，好讓德．查呂思先生看不見他，親王爲了他如此被擺佈而氣急敗壞，他也猜想不到，這樣的安排誰是始作俑者，親王依然向莫瑞隱名匿姓，他祈求莫瑞另外給他機會，約他於次日晚上前來小別墅，是親王所承租的，儘管親王留在這裡的時間很短，就像我們先前注意到的，德．薇琶里希斯侯爵夫人也習慣擁有同樣的怪癖，親王把這小別墅妝飾了一番，所用的是許多從前家庭成員的紀念照片，好讓自己有居家的感覺。次日前來的莫瑞，每一分鐘都回頭看，害怕被德．查呂思先生跟蹤，一路上沒發現任何可疑的行人，莫瑞終於走進了別墅。一個家僕讓他進入沙龍，一邊說，他這就去通報先生（他的主人建議他別說出親王的名字，免得讓人起疑竇）。可是當莫瑞一個人獨處，想照照鏡子，看看他的髮絡順不順時，好像有個幻象出現了。在壁爐上的一些照片是小提琴手熟識的，因爲這些照片，他在德．查呂思先生、德．蓋爾芒特親王妃、德．盧森堡公爵夫人、德．薇琶里希斯夫人這些人的家中都見過，這下子把莫瑞嚇得魂飛魄散。同時，他看見了德．查呂思先生的照片，稍稍擺在深處。男爵似乎用一種既怪異又專注的眼神緊盯著莫瑞。莫瑞被驚嚇得失了神，他才從害怕中回神過來，毫不懷疑這是由德．查呂思先生設計的一個圈套，要讓他陷入其中，好考驗他是否忠心於他，莫瑞連滾帶爬的奔跑下了別墅的台階，拔腿沿路狂奔，當德．蓋爾芒特親王（在他認爲給了過境服務的佣人該有的實習概念之後，同時也要確認自己是否足夠謹慎，來者是不是個危險人物）進入他的沙龍時，他發現沒人在那裡了。他和家僕唯恐被闖了空門，遭了竊，手持左輪手槍，在占地不大的家裡上上下下巡視，走到花園每個角落，地下室，各處探索一番，都沒有斬獲，他認爲應該在場的同伴已經消失得無影無蹤。親王在接下去的一週之間，好幾次見到了莫瑞的面。可是每次都是莫瑞這號危險人物先逃之夭夭，彷彿親王才是更危險的人物。莫瑞再也甩不開他那滿腦子的疑雲，甚至連在巴黎一看見德．蓋爾芒特親王，莫瑞拔腿就跑。藉由這種情勢，德．查呂思先生受到了保護，免於被人無情的出賣，那是會讓男爵傷心欲絕的，男爵怎樣也想像不到他報了一箭之仇，他尤其不知道究竟是怎麼辦到的。

再說，關乎別人所告訴我的這件事，我所想起來了的回憶又被其他的往事取代了，因為*T.S.N.*鐵路局的「破車」重新啓動了，在接下去的一個停靠站繼續讓旅客下車，好載上新增的旅客。

小火車到了格拉特華斯特火車停靠站，這裡是彼得．德．維祝斯先生，德．克雷希伯爵[687]的妹妹所居住的城市，他與妹妹共渡了下午之後，有時候會坐上車來（大家都只稱他爲德．克雷希伯爵），這是一位窮困的仕紳，可是儀態十分高尚，是我經由德．康柏湄夫婦所認識的，這位仕紳與他們夫婦有來往。他的生活極爲簡樸，近乎窮困，我感受得到：一根雪茄，一種「消耗品」對他是那麼有意思，所以當我看不見愛蓓汀的時候，我開始習慣性的邀請他前來壩北柯。他非常細緻，言談極有風采，皮膚白皙，一雙漂亮的藍色眼睛，嘴唇輕啓，說話輕聲細語，喜愛談論貴族舒適的生活，當然這是他所熟識的，他也熟悉一些家譜。由於我向他請教了刻在他的戒指上的是什麼，他帶著謙遜的微笑，對我說：「這是一枝未成熟而先採下的綠葡萄。」帶著賞識好酒般的喜悅，他又補上一句說：「我們的兵器是一枝綠葡萄——這是有象徵性的，因爲我的名字是維祝斯——紋章的綠色圖案是嫩莖和綠葉。」不過我相信，如果我在壩北柯只請他喝綠葡萄酒，他一定感到頗爲失望。他偏愛最昂貴的名酒，應該是他本人喝不到美酒的緣故，他深刻知道他無緣享用的，因著品味，或許也因著過度嗜酒的緣故。因此，當我邀請他來壩北柯吃晚餐的時候，他點菜格外用心思，吃的量有些過多，尤其愛品嚐美酒，需要溫熱的酒就要放在常溫溫好，需要冰鎮的酒就要放置在冰桶中。晚餐前，晚餐後，爲了一杯伯多美酒或是一杯烈酒[688]，他指明他所要的年代和編號，就好像他爲著所熟悉的子爵領地建立口碑，而它通常是已經被忽略的了。

由於我成了愛帽的上好顧客，他很高興我提供這些格外高格調的晚餐，對著服務生喊著說：「快，把25號桌擺好」；他甚至不是說「擺好」，而是說「給我擺好」。好像這桌客是他要請的。豪華大旅館餐飲部主任所用的語言，不完全是領班、副領班、小服務生等等所用的語言，當我買單的時候，他對著替我們上酒菜的小服務生說話，用手背重複比出一個要平心靜氣下來的動作，彷彿他安撫著正要咬緊嚼子的一匹馬：「別算得太快了（爲了帳單），慢慢算，很慢很慢的算。」然後，當小服務生帶著單子要走的時候，唯恐他的建議沒有被好好的遵行，而我對他說這沒關係，愛楣又把小服務生叫了回來：「等等，我自己來算算。」「我的原則是，如大家用粗俗的話所說的，我們不可以敲顧客的竹槓。」至於旅館經理，他看見我的客人穿著簡單，老是穿著同樣的衣裝，有點老舊（然而如果他有能耐，沒有任何人比他把擺闊的穿著藝術執行得更美好，就好像巴爾札克小說中的文雅小生那樣），因爲我的緣故，他只留在遠處查看一切是否正常，眼神看著桌腳，看見桌面不平，就叫人在一隻桌腳下放進一個墊塊。這並不是因爲他不懂得像另外這個人一樣親手參與，雖然他隱藏了起初做這一行時曾經是洗碗盤者的身分，不過總算有一天，在某個特殊情況之下，他親手切了小火雞肉。那時我出去了一下，不過我知道他是以祭司的威儀進行了這場儀式，在距離餐具架適當的遠處，圍成一圓圈的小服務生們不是嘗試著學習刀功，他們是明顯的伺立著，露出欣賞刀功到吃驚的神情。他們且都被經理看在眼裡了（插入祭品側身的動作緩緩的進行著，全然因他重要職份有著深度關注眼神，除非他在祭品身上讀出任何有關預兆的端倪，它不會離開祭品），不過他們沒有這份專注。祭司甚至都沒發現我離開了。當他發現我不在場時，這讓他大失所望。「怎麼，您沒看見我親手切了小火雞？」我回答他說，到目前爲止，我都還沒見過羅馬，威尼斯，西恩納，普拉多，

687　普魯斯特向吉卡爾的著作借用了這名字（第二冊。頁465）：路易．德．維祝斯（Louis de Verjus）（1629-1709），德．克雷希伯爵（comte de Crécy），國家議會議員（conseiller d'État），法國國家學院院士，所戴的紋章：「蔚藍底色，金色獅子，未熟採下的綠葡萄，含著綠葉及枝莖，以綠色束棒方式，平躺於呈銀色之上方，」（«D'azur, au lion d'or, au chef d'argent, chargé d'une branche de verjus, feuillée et tigée de sinople couchée en fasce.»

688　«un porto ou une fine»。【譯者注】。

德勒斯登博物館，印度，《斐德王后》劇中的撒拉，我知道無可奈何的滋味爲何，我會把看他切小火雞肉的這件事加在我的清單上。我以戲劇表演藝術來作比較（在《斐德王后》扮演角色的撒拉），好像這是他唯一聽得懂的意思，由於我的緣故，他知道盛大演出戲劇的日子裡，年長的寇克郎[689]曾經接受過剛剛出道的小角色，甚至包括表演時，他所擔任的角色只說一句話而已，或者連一句話都沒得說。「這沒關係，爲了您，我感到抱歉。我什麼時候再切一次？這需要有大事發生，需要一場大戰。」（實際上需要的是停戰日。）從那天開始，日曆有了改變，我們是如此計算日子的：「這是我親手切過小火雞肉的第二天。」「這是旅館經理他自己切過小火雞肉的八天以後。」因此，此一切肉預告日好像基督的降生或者希吉拉曆（Hégire）元年，給了日曆一個起算點，是與其他的日曆不同的，只不過擴展面不大，延長度也比不上它們。

德．克雷希先生的憂傷其來有自，比失去馬匹和一桌美味餐食更使他難過的，就是鄰居們以爲康柏湄和蓋爾芒特都是同一回事，鄰居的水準也只能如此。當他看到我知道現在稱呼自己爲勒格蘭登．德．梅澤教堂村的勒格蘭登，他其實沒有任何權利如此自稱，品酒點亮了他的精神，讓他樂不可支。他的妹妹，帶著一副知書達禮的神情告訴我：「我哥哥只有和您談話的時候才那麼有幸福感。」他果眞覺得自己有了存在感，自從他發現有一個人懂得康柏湄的姓氏微不足道，而蓋爾芒特則是赫赫有名，對這人而言，社會環境是既存的事實。正如地球上所有的圖書館都遭受了回祿之災，完全無知的種族扶搖直上時，一位擁有拉丁文化的耆老，聽見有人朗讀了一句赫拉斯的詩句，他的生活又找著了立足點及信心。因此，他每次要離開火車車廂的時候都要問我：「我們的下一個可愛的聚會是什麼時候？」他之所以這樣問我，其原因固然是有貪圖口腹之欲的食客心態，也有飽學之士喜愛美食的心理，其實更是因爲他把壩北柯的愛筵當成同時有機會聊到他所重視的主題，是他與任何其他人都談不來的，這種情況，就像珍本收藏家協會的會員[690]所參加的「聯合團體」，在固定時間相聚在特別美味的晚餐桌前。關乎他自己的家族，態度極爲謙遜的德．克雷希先生並沒有告訴我，原來他的家族十分重要，這是我自己打聽到的，英國一個名爲德．克雷希的家族，有一純正的分支家族來到了法國。當我知道了他屬於純正的德．克雷希時，我告訴他：德．蓋爾芒特夫人有個姪女嫁給了一個名叫查理．德．克雷希的美國人，並且我對他說，我認爲那位克雷希與他的姓氏扯不上任何關係。「是扯不上關係，」他對我說。——「況且，雖說我的家族不是那樣顯赫——很多名叫孟國湄里，貝里，襄鐸斯或卡培的美國人，也和潘蒲洛赫，白金漢，愛瑟克斯的家族或和德．貝里公爵[691]家族扯不上關係。」好幾次我想要告訴他，爲了逗著他好玩，我認識斯萬夫人，從前她當交際花的時候，藝名叫做奧黛特．德．克雷希；不過，即使有人與德．艾嵐松公爵談論到愛彌蓮恩．德．艾嵐松，公爵不會覺得自己被冒犯[692]，我覺得：我和德．克雷希先生沒有熟悉到可以開這個玩笑的地步。「他屬於一個很

---

689 關乎康士坦．寇克郎（Constant Coquelin），參見《細說璀璨之童年》。原典頁73。

690 「聯合團體」（le Cercle de l'Union）創立於一八二八年，一八五六年設址在瑪德蓮林蔭大道（boulevard de la Madeleine），屬第二帝國時期團體中之佼佼者。「法蘭索瓦愛書者協會」（La Société des bibliophiles françois）創立於一八二〇年，主要囊括貴族成員。

691 郭梅里山（Montgomery）之伯爵領地於一六三〇年併入潘布魯克（Pembroke）領地。白金漢—與—商多斯（Buckingham-et-Chandos）的家族在《高達之年鑑》（*Gotha*）一書中，以此爲名。亞瑟．卡培（Arthur Capel），英國政治人物，一六六一年時成爲德．愛瑟克斯伯爵（le comte d' Essex），自一六七二年至一六七七年統治愛爾蘭；一六八三年，在黑麥莊園（Rye House）謀反事件中被捕，在倫敦塔中自盡。普魯斯特認識蓓絲．卡培（Berthe Capel），當普魯斯特於一九〇八年舉薦自己加入巴黎馬球俱樂部時，蓓絲的父親，亞瑟．卡培，曾經是見證人之一——另一位見證人是艾蒙．德．吉石（Armand de Guiche）：參見一九一二年八月寫給艾蒙．德．吉石的信，《魚雁集》。第十一冊。頁172。

692 愛彌蓮恩．安德雷（Emilienne André），著名的交際花，先在國家音樂與朗誦學院（Conservatoire de musique et de déclamation）接受培育之後，在瘋狂牧羊女歌舞廳（Folies-Bergères）舞台上表演聰明的兔子節目，並於一九一八年出版一本詩集《面具之下》（*Sous le masque*）。她曾是雅各．德．玉澤斯公爵（le duc Jacques d'Uzès）的情婦，公爵因她而破產，於一八九三年死於剛果（Congo），這是公爵的家人爲了使他與情婦隔離，而將他遣送之地。（參見頁70。注1）。至於德．艾嵐松公爵（le duc

大的家族。」有一天，德．迎風山先生對我說，「這姓氏書面的說法是賽落（Saylor）。」他接著又說，「茵卡城上方，在一座幾乎變成無法居住的老舊城堡[693]上面，還可以讀得到他家族的格言，再說，雖然他出生時，家道還相當豐富，現在落魄了，連整修屋子的能力都沒有了。我覺得這個格言說得很好，讓我們可以加以運用，或者適用在一隻棲息在此一空地上卻煩躁不安的肉食性猛禽身上，從前牠應該就是從這裡展翅高飛的，而今日，或許可用牠來默想敗落的景觀，等待不久即將來臨的死亡時刻，它將飄落在這個居高臨下又是荒野的隱密處。實際上，這個格言和他的賽落姓氏合併在一起，帶出了令人玩味的雙關語意：「何時未可知」。

在赫爾夢城，有時候，德．石芙聶先生會上車，溥力脩對我們說，他名字的涵義等同於德．卡博里耶主教（Mgr. de Cabrières）的名字，是「山羊群聚之處」。他是德．康柏湄夫婦的親戚，因爲這個緣故，藉由空有其表的賞析[694]，當在他們沒有需要向在場賓客炫耀時，這對夫婦經常邀請德．石芙聶先生到翡淀。整年住在太陽美城的德．石芙聶先生，比這對夫婦還更具有外省人的土氣。因此當他去巴黎渡幾週假期時，爲了「必要尋訪的」每一件事，他連一天的時間都不會浪費；這種情形嚴重到有時候搞迷糊了，因爲看了太多戲劇演出節目，一時難以全部吸收，當有人問他某齣戲劇是否看過，他不是十分確定。不過如此的不確定是罕有的，因爲他像鮮少來到巴黎的人士那樣，鉅細靡遺的熟知巴黎的活動。他建議我哪些「新上場的節目」要去看看（「這個值得一看」），考慮這些節目好壞的角度，是依照它們是否讓晚會時間過得愉快，美學觀點可以忽略，甚至沒料到這些節目有時候是藝術史上的「創新作品」。把所有的節目一概等量齊觀的他，是這樣對我們說話的：「我們有一次去了巴黎喜劇歌劇院，可是表演節目沒什麼好看。這齣劇叫做《佩力亞斯與梅莉桑德》。沒什麼意思。佩立耶[695]的演出還是不錯，可是最好看他在別的戲中表演。反過來說，在運動場劇院，有《城堡女主人》[696]的演出。我們回頭又去看了兩次；別錯過機會，這是値得看的；演得太精采了；您可以看到飛華兒，瑪莉．馬涅伊耶，巴宏之子[697]」；他還說些我從來沒有聽過的演員名字，在名字前面沒有用先生、夫人、或者小姐等稱謂作爲前導，不像德．蓋爾芒特公爵所做的，他以同樣大肆蔑視的口吻說到「儀菲特．吉爾貝[698]小姐所唱的歌謠」以及「夏爾各先生的經驗」。德．石芙聶先生則不然，直稱寇納格里亞以及德赫里[699]，就好像他說伏爾泰和孟德斯鳩一樣。因爲舉凡關

---

d'Alençon），乃是指斐迪南（Ferdinand, 1844-1910），路易—菲利普（Louis-Philippe）之孫。

693 «castel»。（普羅旺斯用字）〔文學用語〕類似城堡之宅第；莊園。《二〇二〇年拉魯斯圖解大辭典》。**【譯者注】**。

694 «par une fausse appréciation de l'élégance»。**【譯者注】**。

695 尚．佩立耶（Jean Périer, 1869-1954）於一八九二年在喜劇歌劇院（l'Opéra-Comique）出道，一九〇二年創造佩力亞斯的角色。普魯斯特已經提過外省貴族關乎《佩力亞斯與梅莉桑德》（*Pelléas et Mélisande*）的評價。（參見頁207）。

696 艾勒飛．卡畢斯（Alfred Capus, 1858-1922），《城堡女主人》（*La Châtelaine*）喜劇作者，同時兼具記者及戲劇作者身分，於一九一四年當選爲法國國家學院院士，於一九一四年擔任《費加洛日報》政治版主任。該喜劇首演時間是一九〇二年十月二十五日，地點不是在運動場劇院（le théâtre du Gymnase），而是在文藝復興劇院（le théâtre de la Renaissance）。所提到的三位演員，似乎沒有參加卡畢斯劇本的演出。

697 或許是指西蒙妮．飛華兒（Simone Frévalles），她特別是在聖—馬汀之門劇院（le théâtre de la Porte-Saint-Martin）表演。瑪莉．馬涅伊耶（Marie Magnier, 1848-1913）開始表演的劇院有皇家宮殿劇院（le théâtre du Palais-Royal），滑稽歌舞劇院（le théâtre du Vaudeville），雜耍劇院（le théâtre des Variétés），歐德翁劇院（le théâtre de l'Odéon）等。路易．巴宏（Louis Baron, 1870-1939），又稱巴宏之子，他是名演員巴宏的兒子，父親巴宏於一八九三年獲國家戲劇學院所頒的喜劇首獎（le premier prix de comédie du Conservatoire），他演出的劇院包括歐德翁劇院，滑稽歌舞劇院，新劇劇院（le théâtre des Nouveautés）以及皇家宮殿劇院（le théâtre du Palais-Royal）。

698 儀菲特．吉爾貝（Yvette Guilbert, 1867-1944）約在一八八五年左近開始了她出色的咖啡歌舞廳（le café-concert）女歌手生涯。

699 業爾內斯特．寇納格里亞（Ernest Cornaglia, 1834-1912）於一八七二年，在滑稽歌舞劇院（le théâtre du Vaudeville）首創亞爾馮斯．都德的《阿萊城的姑娘》（*L'Arlésienne*）成爲舞台劇本，並於一八八〇年進入歐德翁劇院。艾米勒．德赫里（Emile Dehelly, 1871-1969），一八九〇年獲國家戲劇學院所頒的喜劇首獎，同一年十二月，開始在法國國家劇院演出《妻子學堂》（*L'Ecole des femmes*）劇中的赫拉斯（Horace）角色。

乎演員們及巴黎所有的事，貴族所要表現的藐視欲望，到了他這個外省人身上，則是完全被親暱的欲求降伏了下來。

我第一次在拉．哈斯柏麗野與德．康柏湄夫婦晚餐，在翡淀，大家依然以「年輕的夫婦」稱呼他們倆人，雖然德．康柏湄夫婦的「青春年華」早已走遠。老侯爵夫人很快的就寫了一封信給我，信中的寫法很容易在一千封信之中被認出來。她對我說：「帶您的表妹來吧，她是貌美的——可愛的——好看的。這會是一個令人感到興奮，喜悅的機會」，她的收信者若是期待有所進展，這絕對會是空歡喜一場，關乎這些**漸行漸弱式**的表達，終究我改變了想法，被我認定爲刻意爲之，而且覺得有同樣的敗落品味——轉而置入在上流的社交體制中——如此的敗落，強迫聖—伯夫打破所有字與字的結合，把所有略爲習以爲常的表達加以改弦更張[700]。在這樣的書信體寫作風格中，應該是有不同的大師教導了兩套方法，導致相互牴觸了，第二套方法教導了德．康柏湄老夫人，爲了不讓衆多形容詞成爲平淡無奇，其補救方法，就是使用下行音階，避免以完美的八度合音作爲結束。不過，在這樣的逆向遞減中，我不傾向認爲老侯爵夫人這樣的作品是細緻的表現，而是透過兒子侯爵，或是透過兒子侯爵的堂姊妹們，屢屢使用的笨拙表達。因爲全家族，一直到相當疏遠的親戚層級，藉由對潔莉亞姑婆帶著佩服心理而產生的仿效，連中三元式的形容詞規則是很受大家尊重的，說話時也是同樣的，說著說著，就很熱情的喘一口氣，如此的仿效已經流動在家族血液之中；家族中有個小女孩，從小說話就會停頓一下，呑一下口水，大家說話了：「她從潔莉亞姑婆那裡學來的」，我們感覺到小女孩雙唇後來要長出來的細髭，它很快將變爲黯淡，大家都守著這個心願，要培養小女孩的潛能，讓她成爲音樂方面蠻有才華的人。德．康柏湄夫婦一直與我交情甚篤，然而他們與魏督航夫婦之間的關係，很快就不是那麼完美了。理由不一。他們想要邀請魏督航夫人。「年輕的」侯爵夫人帶著藐視的口吻對我說：「我看不出來爲什麼我們不把她這號女子請過來；在鄉下，我們和什麼人都要見一下面，這不會有什麼後果。」可是基本上他們頗為怯步，關乎用什麼方式邀請，他們不斷的要參考我的意見，好使他們實現想要表示的禮貌。因為他們請了我們，愛蓓汀和我，一起晚餐，加上聖－鷺的朋友們，一些地方上的優雅人士，古爾城堡的主人們，他們所代表的，是稍稍比諾曼地上層人士更高尚的對象，魏督航夫人似乎沒有顯出與他們有接觸，卻是很想要有這樣的機會。我建議德．康柏湄夫婦同時把女大老闆請來，可是翡淀的城堡主人們唯恐惹他們的高貴朋友們不高興（他們是非常羞怯的），或者與這些不是智慧型的人們相處，魏督航先生、夫人會感到無聊（他們又是太過於天真），或者擔心把不同類型的人們混合，是做了「愚蠢的行動」（由於他們完全浸淫在一種循規蹈矩的想法裡面，經驗不夠嫻熟），他們夫婦宣稱，有些絲弦彈奏不在一起，有的事情「合不攏[701]」，更好還是把魏督航夫人的邀請保留在另一個晚宴中（大家把小群體的人都一竿子請過來）。為了即將要來的這次，——優雅的人，連同聖－鷺的朋友們——他們只邀請小核心中的莫瑞就好，好讓德．查呂思先生間接得到消息，知道他們所款待的人選是出色的，而且大家要求樂師把小提琴帶來，他也可以使受邀賓客得到娛樂。大家在小提琴手之外，又增加了寇達，因為德．康柏湄先生宣稱：寇達這個人生龍活虎的[702]，擺在晚餐中「很有樣子」；而且萬一有人生了病，和一位醫生保持良好的關係，有它的便利之處。不過，我們只請他寇達一人，先不要「開始和女子打

---

700 參見頁336。普魯斯特在他所翻譯的《芝麻與百合》（*Sésame et les lys*）書中，所下的一處注解裡，提及聖－伯夫的寫作風格：「聖－伯夫常在措辭方面脫軌，隨時偏離一般人所接受的直接路線，固然有它的魅力，然而，——儘管如此措辭延伸得相當多——不過立即提供給人的量度，只能屬於次等才華而已」（《芝麻與百合》。《法國信使報》出版。一九〇六年。頁94）。**【譯者注】**。

701 «cela ne"bicherait"pas» bicher：〔通俗用語，舊時說法〕意即：事情順暢，感覺暢心。《二〇二一年小羅勃特法語文辭典》。**【譯者注】**。

702 «avoir de l'entrain»，乃指生龍活虎，歡欣跳躍的樣子。《二〇二〇年拉魯斯圖解大辭典》。**【譯者注】**。

交道」。魏督航夫人得知了消息，知道小群體的兩位成員受了邀請，將以「小集會」方式前往翡淀晚餐，而她卻沒有受邀，魏督航夫人感到受了侮辱。醫生起初的反應是他要接受邀請，魏督航夫人要求醫生依她的口述，寫下一封高姿態的回信，在信裡，寇達表示說：「**我們**那天晚上在魏督航夫人家吃晚餐」，用的是多數，好給德．康柏湄夫婦上一堂課，而且告訴他們，他和寇達夫人是不可以被分開的。至於莫瑞，魏督航夫人不需要引導他作出不禮貌的行爲，他自己就自然而然會處理了，這就是原因所在。面對德．查呂思先生，莫瑞固然有他的獨立逐臭表現而讓男爵傷心，不過我們已經看見，男爵在其他領域的影響力是與日俱增的，譬如說，他擴張了莫瑞的音樂知識，使他超高難度的小提琴表演風格更臻純淨[703]。不過，按照目前我們的敘事所及之處，這終歸只是影響力而已。反過來，有那麼一個區塊，凡是出自德．查呂思先生所說的一切，莫瑞全都信以爲眞，而且言聽計從。我們說，莫瑞是閉著雙眼盲目跟從，瘋狂的順服，歸咎其原因，不但德．查呂思先生的教導純屬錯謬，縱使他關乎與上層貴族應對進退的教導有其價值，一旦被莫瑞亦步亦趨的執行，就顯得十分魯莽可笑。就是這個攸關上流社會的領域，讓莫瑞變得輕信且順從他師傅的帶領。小提琴手與德．查呂思先生認識之前，對於上流社會毫無概念，他現在完全照單全收的，是男爵爲他所描繪好的、既高傲又粗略的藍圖：「有一些家庭是卓越超群的，」德．查呂思先生對他說道，「特別是蓋爾芒特家族，這家族與法國王室有十四次的聯姻，況且這對法國王室而言尤其是有光彩的，因爲法國王位應該傳給的對象[704]不是胖路易，而是他的同血緣長兄，亞爾東斯．德．蓋爾芒特。在路易十四時代，王室大老爺[705]逝世的時候，我們懸掛了黑紗，因爲我們和國王擁同一位祖母[706]。遠遠退居於德．蓋爾芒特家族之下方的，我們還可以提到拉．特雷默伊家族，拿坡里君王之後代，以及波帝耶之伯爵[707]；德．玉澤斯家族，雖然家族歷史不久，不過屬於最古老的重臣[708]；呂因倪家族屬於非常新近的年代，不過他們與赫赫有名的姓氏聯過姻[709]；梭瓦熱家族，哈谷家族，拉．羅石傅柯家族。儘管有德．賓魯斯伯爵，還要

703 «le style du virtuose»：Virtuose〔音樂用語〕乃指有本領輕鬆自在處理最爲困難之演出技巧的樂器表演者。《二〇二〇年拉魯斯圖解大辭典》。**【譯者注】**。

704 關乎胖路易六世（Louis VI le Gros, 1081-1137）的虛擬兄弟，屬於卡佩王朝（un Capétien）人士，亞爾東斯這名字（Aldonce）可信度闕如，在那時代，授予名字需要遵守嚴格規則，被授予者是非婚生之子，他也不可能有機會登基作王。普魯斯特應該是想到胖路易，菲力一世（Philippe 1er）及荷蘭之姵絲（Berthe de Hollande）所生的長子，也是他們唯一的合法婚生兒子。胖路易有一位同父異母兄弟，年紀較小，名叫菲力・德・芒特（Philippe de Mantes），由貝特拉・德・蒙佛（Bertrade de Monfort）所生，菲力一世休了他的妻子荷蘭之姵絲後，將貝特拉・德・蒙佛的兒子收納爲己出。貝特拉試圖讓自己的兒子駕馭於原先長子之上。

705 聖—西蒙在他的《回憶錄》中寫道，一七〇一年，王室大老爺（Monsieur）去世時，路易十四懸掛黑紗哀弔了六個月之久。（七星文庫。第二冊。頁21）。

706 無稽之談。路易十四和王室大老爺的兩位內外祖母是瑪莉・德・梅迪奇（Marie de Médicis）和奧地利之瑪格麗特（Marguerite d'Autriche），在王室大老爺去世時，兩位祖母的後代絕對是屬於王室成員。

707 德・拉・特雷默依家族（la maison de La Trémoïlle），於十七世紀時融入德・蒙莫杭西家族（la maison de Montmorency），是由普瓦圖（Poitou）之采邑得名，不過，她的根源是否來自舊時波帝耶（Poitiers）王室之伯爵，則是不確定。一六〇五年，拉・特雷默依家族成了德・亞拉恭家族（la maison d'Aragon）之拿坡里王位後代繼承者，這身分讓路易十四願意認定他們具有親王之尊的地位。在聖—西蒙的《回憶錄》裡，有一長篇的岔題篇章，討論德・拉・特雷默依家族覬覦拿坡里王位之事（七星文庫。第三冊。頁45－54），而且在《富貴家族之追尋》文本中有此一影射（原典頁574。注1）。

708 一五七二年，玉澤斯（Uzès）被升格爲公爵及重臣領地（duché-pairie）以尊榮克魯梭家族（les Crussol），聖—西蒙提到此一貴族領地之古老地位（七星文庫。第一冊。頁122）。

709 呂因倪家族（les Luynes）事實上是從路易十三開始才有了名望：查理・德・愛爾伯（Charles d'Albert, 1578-1621），乃是國王所任命的部長與寵信，在一六一九年簽屬了安古蘭和平條約（la paix d'Angoulême）之後，被封爲公爵與國之重臣。他於一六一七年娶了瑪莉・德・羅安（Marie de Rohan）爲妻。她的兒子，路易—查理（Louis-Charles）娶露薏絲—瑪莉・德・賽吉耶（Louise-Marie de Séguier）爲妻，後又再娶安娜・德・羅安（Anne de Rohan）爲妻。

加上諾愛伊家族，孟德斯基歐家族，卡斯特蘭家族[710]，除非仍然有所遺忘，全部應該都被列舉到位了[711]。至於所有小小的德．康柏湄侯爵，或是德．瓦特費何飛石[712]等姓氏，他們和您軍團裡的小咖沒有什麼兩樣。隨便您要去哪個大便伯爵夫人家小解，或者去哪個小便男爵夫人家大解，都是同一回事，您就毀了您的好名聲，把汙染了糞便的抹布誤當衛生紙用了。這是很不衛生的。」莫瑞以虔誠的態度聆聽了這堂歷史課，課程內容或許有點精簡；於是他斷定事情，彷彿他自己也是德．蓋爾芒特家族的一個成員，期待有那麼一個機會，和冒牌的拉．賫爾．德．歐伯涅[713]家族相處，好以藐視的方式與他們握手，好讓他們感受一下，在他的眼裡，他們根本算不得什麼。至於德．康柏湄家族，恰恰好他可逮到了機會向他們證實：他們比「軍團裡的小咖」還不如。於是莫瑞不回覆他們的邀請，到了晚宴前最後一小時，才拍了一份電報，高高興興的，表示他很抱歉，無法前往，彷彿他剛剛所做的，是以王室正統的親王身分來執行。此外我們還要說上一句，一般來說，我們很難想像：聰明如德．查呂思，在所有場合，當他個性的缺點開始露餡的時候，竟然會讓人難以忍受到這種程度，吹毛求疵，愚昧至極。我們可以說，實際上，這些毛病好像是忽而有之，忽而消失的心病。有誰沒有見過這樣的事實，在聰明得不得了的女人身上、甚至也同樣在男人身上，他們飽受精神方面何等的肆虐？當他們高高興興，心平氣和，他們對周遭環境都十足感到滿意，那時他們也讓人欣賞他們珍貴的才華；他們出口所說的每一個字都是眞理。一旦頭疼了，一旦自尊心受到刺激了，一切都走了樣。光彩奪目的聰明，猛然間抽搐似的緊縮了起來，反應出來的，就只有一個憤怒的老我，疑心重重，裝腔作勢，每一個小動作都讓人感到不愉快。德．康柏湄夫婦極其憤怒；這期間又發生了其他的意外，給他們和小核心之間帶來另一種緊張。當我們，寇達夫婦，德．查呂思，溥力脩，莫瑞和我，從拉．哈斯柏麗野吃了晚餐返回途中，德．康柏湄夫婦在艾杭普城的朋友家吃過午餐，去程中，與我們同搭了一段火車：「您如此喜愛巴爾札克，而且在現代的社會中認得出來巴爾札克書中所寫的，我對德・查呂思先生說道，您應該發現，德・康柏湄夫婦與《外省生活景觀》[714]中的人物無關吧。」可是德・查呂思先生，一副完全把自己已經當成是他們的朋友，而且似乎我的提醒惹了他不開心似的，突然把我的

---

710 德・梭瓦熱元帥（le maréchal de Choiseul）於一七〇五年逝世，他的公爵及重臣領地隨之消失。哈谷家族（les Harcourt）以貝納（Bernard）之結盟者自居，貝納乃是威廉一世（Guillaume Ier）首相，又稱長劍者（Longue-Epée），他於第十世紀初統治諾曼地。德・拉・羅石傅柯家族（la maison de La Rochefoucauld）是法國最爲顯赫的家族之一，起源於安古莫瓦（Angoumois）。諾愛伊家族（les Noailles）起源於葛瑞茲（Corrèze）地區的諾愛伊鎭（le bourg de Noailles），這家族的族譜可追溯到十一世紀。路易—亞歷山大・德・波旁（Louis-Alexandre de Bourbon, 1678-1737），土魯斯（Toulouse）之伯爵，是路易十四與德・孟德斯邦夫人（Mme de Montespan）非婚生之次子，被國王認可爲合法子嗣，於一七二三年娶蘇菲・德・諾愛伊（Sophie de Noailles）爲妻，蘇菲是德・恭德杭侯爵（le marquis de Gondrin）之遺孀。婚禮先是暗中舉行，婚後才公開此婚約：「與會群眾」，聖—西蒙寫道，「多有愚蠢及善妒者，看見他的新增態勢所帶來的階級排序，沒有不羨慕又忌妒的。」。（七星文庫。第八冊。頁659）。此事與普魯斯特所建議的完全相左。孟德斯基歐—費眞薩克（Montesquiou-Fezensac）家族乃是一顯赫家族，起源於費眞薩克（Fezensac）古老伯爵之家。德・卡斯特蘭家族（la maison de Catellane），起源於帝波（Thibaut）這位十一世紀艾萊城與普羅旺斯之伯爵（le comte d'Arles et de Provence），十三世紀時，德・卡斯特蘭家族分殖成爲好幾個支派。

711 然而德・查呂思忘了羅安（les Rohan），波里涅亞克（les Polignac），竇爾佛・德・洛熱（les Durfort de Lorges），格拉蒙（les Gramont），麥耶（les Maillé）等等家族，這些都是源自封建時期的公爵家族。卡斯特蘭（les Castellane），諾愛伊（les Noailles），孟德斯基歐等家族屬於層級稍低的貴族，然而普魯斯特偏愛的，是有代表人物被他認識的家族。他的貴族階級區分與聖—西蒙的迥別。

712 依據德・康柏湄侯爵的說法，德・康柏湄家族與艾拉石裴家族（Arrachepel）互相有連結，透過他們，又與翡淀家族相連結（頁353）。在《富貴家族之追尋》文本中，德・蓋爾芒特公爵提到他有一位堂姊妹，「屬於狂熱的保王室派，〔她〕是德・翡淀侯爵之女，在朱安黨之亂（la guerre des Chouans）中，扮演相當重要的角色」（本書法文原典頁524）。這麼一來，不管德・查呂思怎麼說，德・康柏湄家族是與德・蓋爾芒特家族有親戚關係。

713 在德・蓋爾芒特親王妃府邸舉行的晚宴中，德・蓋爾芒特公爵已經對冒牌的拉・竇爾・德・歐伯涅（La Tour d'Auvergne）加以指責：參見本書法文原典頁80。注1。

714 德・查呂思在上文中所引述的巴爾札克小說作品，有兩部屬於《外省生活景觀》（*Scènes de la vie de province*）：其一爲《杜爾之教區神父》（*Le Curé de Tours*），其二爲《幻影破滅》（*Illusions perdues*）。

話掐斷：「您如此說，因爲妻子比丈夫高明，」他對我說道，帶著一種無情的口吻。——「噢！我不願意說她是地區的詩神，也不是德．巴爾日東夫人，雖然……。」德．查呂思先生再度打斷我的話，說：「您就說是德．莫爾碩夫人吧。[715]」火車停站了，溥力脩下了火車。「我們一直給您打信號都沒有用，您可眞是難搞。」——「怎麼啦？」——「瞧瞧，您難道看不出來溥力脩瘋狂的戀愛著德．康柏湄夫人？」透過寇達和查理的態度，我看清楚了這件事，毫無疑問的，在小核心中，這就是眞相。我以爲他們懷著壞心眼。「瞧瞧，您難道沒察覺到，當您談到她的時候，他是多麼心神不寧」，德．查呂思先生又說話了，他喜愛表現出來關乎女子的事情，他是老有經驗的，而且，說到女子被觸動的情感，他的神色泰然自若，彷彿他平日就感受得到如此的情感一般。然而帶著一種對所有年輕人說話時那種曖昧的父執輩口吻——儘管他的愛戀單單保留給莫瑞一人——如此的說話口氣，排除了娘娘腔男人的看法：「噢！這些孩子，」他說話了，聲音高亢尖銳、哆聲哆氣、節拍清晰，「什麼都要教他們，他們無知，就像新生兒一樣，看不出來何時男人愛上了女人。我像您這樣的年紀，已經沒那麼白目了」，他又補上一句，因爲或許出於愛好，他喜愛使用亡命之徒的措辭[716]，或許他避開不用這些措辭，免得外表上顯出來，得要坦誠他所交往的這一票人，他們就是流行以這樣的辭彙說話。好幾天之後，我必須明白，也必須承認溥力脩是愛戀著侯爵夫人的。很不幸的，他接受了好幾次去她家吃午餐的機會。魏督航夫人認定該是要喊卡[717]的時候了。依她來看，她的介入會有用處，除了維護小核心團體需要略施巧計之外，對於這類的說明，以及從這類說明衍生出來的劇情，她的興趣日漸加深了，是由無所事事的閒暇生活孕育出來的，這種事不但發生在貴族生活圈中，也發生在資產階級生活中。於是，有那麼一天，拉．哈斯柏麗野起了大騷動，大家看見魏督航夫人和溥力脩一起消失了一小時，誠如大家所知，她對溥力脩明說了：德．康柏湄夫人拿他當笑柄，他也是沙龍中的笑譚，他會讓他的老年生活失去尊榮，讓他的教書工作蒙受虧損。她甚至以動人的辭藻提到他在巴黎共同生活的洗衣婦，以及他們的小女孩。魏督航夫人大獲全勝了，溥力脩停止前往翡淀，可是傷心得很，以至於兩天之中，大家以爲他的視力將會完完全全不見了，總之，他的病又往前跨了一大步，再也不會逆轉了。德．康柏湄夫婦對莫瑞惱怒不已，有一次故意只把德．查呂思先生邀請了來，卻不邀請莫瑞。男爵遲遲沒有回音，德．康柏湄夫婦唯恐做了一件蠢事，覺得在懷恨之下行事，的確不太高明，遲延了一些時候才提筆寫了信給莫瑞，信中內容之卑躬屈膝惹得德．查呂思先生發笑，讓他得以秀出他的威望。「您以我們兩人的名義回答說：我接受邀請」，男爵對莫瑞說道。晚餐的日子到了，大家在翡淀的大客廳等候著。事實上，康柏湄夫婦預備晚宴所要款待的，是斐瑞先生暨夫人，他們是人上之人。不過他們太在意是否德．查呂思先生會不開心，以至於德．康柏湄夫人，雖然她是透過德．石芙聶先生認得斐瑞先生暨夫人的，當她眼看伯爵就要前來翡淀拜訪他們，她就憂心忡忡的。他們想出了所有的藉口，好把德．石芙聶盡快打發到美陽那裡，不過速度不夠快，他在中庭還是與斐瑞夫婦擦肩而過，看見德．石芙聶羞羞愧愧的被驅逐出門，他們非常訝異。處心積慮的[718]康柏湄夫婦機關算盡，想要免去德．查呂思先生與德．石芙聶先生照面的機會，心想這人的鄉下味道太重，因爲在他身上少了些許細緻的調教，是人們會在乎的，特別是在需要面對異地訪客的時候，然而異地訪客正好是唯一不會發現這種現象的人。我們不喜歡讓

715 我們認得出來有三位女主角分別出現在三部《外省生活景觀》小說中：在《地區之女詩神》（*La Muse du département*）中有德．拉．伯德萊伊夫人（Mme de La Baudraye），在《幻影破滅》中有德．巴爾日東夫人（Mme de Bargeton），以及在《山谷中之百合》（*Le lys dans la vallée*）中有德．莫爾碩夫人（Mme de Mortsauf）。

716 «les expressions du monde apache»。Des apaches。〔陽性名詞。老舊俚語〕意即：亡命之徒，大都市中的大流氓，做案無所不用其極者。《二〇二一年小羅勃特法語文辭典》。**【譯者注】**。

717 «mettre le holà»。Mettre le holà à qqn，意即：將某個異於常規的狀況攔住。《二〇二〇年拉魯斯圖解大辭典》。**【譯者注】**。

718 «coûte que coûte»**【譯者注】**。

異地訪客看見的親戚，正是我們努力要中止親戚關係的對象。至於斐瑞先生暨夫人，他們的位階極高，是人們口中所稱的「上乘」人物。在那些以此美名稱呼他們的人眼中看來，理所當然的，蓋爾芒特家族，羅安家族，還有許多其他的家族，都是人中之佼佼者，他們的姓氏，就是不加說明，大家也都知道，然而因爲大家都不知道斐瑞先生的母親系出名門，同樣，斐瑞夫人的母親也是豪門之後，這些都不爲人所知，大家不知道她和夫君都出入於極其封閉的社交內圈，所以要說明的時候，大家永遠會加上這麼一句話：這些人「完全是好得不得了」。他們隱名匿姓是否源自一種高傲的矜持？再說，斐瑞夫婦所見到的人們都是單單與拉．特雷默伊夫婦有來往的。能讓斐瑞夫婦賞光的，非得如德．康柏湄老侯爵夫人在英倫海峽[719]所坐擁的，要有海岸皇后的架勢，斐瑞夫婦才會來到每年德．康柏湄老侯爵夫人所辦的早場活動。把他們請來晚餐，所期待的，是德．查呂思先生在他們身上展現效果。大家私底下預告著：德．查呂思將出現在衆多賓客之中。碰巧，斐瑞夫人並不知情。德．康柏湄夫人因此芳心大喜，她將首次搓合兩位格外重要的個體，因而臉上洋溢著化學專業人士般的微笑。門開了，德．康柏湄夫人差點沒昏倒，看見進來的人只有莫瑞，宛如指揮官的祕書被交代前來替他的部長致歉，又宛如一位平民出身的王室妻子爲親王表達夫君親王龍體欠安而致上歉意（如同德．葛琳商夫人對待德．奧瑪公爵[720]所用的方式），莫瑞以一種最輕鬆的口吻說著：「男爵無法前來。他身體微恙，至少我相信是因爲這個緣故；這個禮拜我沒過到他的面」，他又補上一句，這句話使得德．康柏湄夫人絕望到了谷底，她曾經對斐瑞先生暨夫人說過，莫瑞與德．查呂思先生是時時刻刻形影不離的。康柏湄夫婦佯裝男爵的缺席反倒讓晚宴更優質了，在不被莫瑞影響的情況之下，對著他們的賓客說：「我們沒有他，也無所謂，是不是？這樣反倒更自在一些。」可是德．康柏湄夫婦胸中燒著一把怒火，懷疑這是魏督航夫人所設計的陰謀，以牙還牙的話，當魏督航夫人邀請他們夫婦到拉．哈斯柏麗野時，德．康柏湄先生忍不住要雀躍，當他再去與小群體見面時，他要一個人單獨前往，很難過的說：侯爵夫人不能前來，他的醫生要求她不可踏出房門一步。德．康柏湄夫婦認爲這樣一半的出席，在賦予德．查呂思先生一個教訓的同時，也一併向魏督航夫婦表示他們所能作給他們的禮貌，就只能到此爲止，如同皇室親王妃們，當她們送走公爵夫人時，僅僅送到第二個房間的半途就止步。幾個星期之後，他們之間幾乎是鬧僵了。德．康柏湄先生給了我如下的說明：「我要告訴您，德．查呂思先生這人眞難相處。他是極端的親德瑞福斯派……」——「才不！」——「確定是……，無論如何，他的堂兄德．蓋爾芒特親王才是，大家爲了這樣的事對他們相當憤慨。我有親戚非常注意這件事。我不要與這些人來往了，否則我和家人都要鬧翻了。」——「既然德．蓋爾芒特親王是親德瑞福斯派，這樣反倒好些，」德．康柏湄夫人說道，「有人說，聖—鷺要迎娶的對象也是親德瑞福斯派。這或許也正是他們會結婚的理由。」——「拜託，我親愛的，您別說我們所疼愛的聖—鷺是親德瑞福斯派。我們不該不加查證就散播這些斷言，」德．康柏湄夫人對德．康柏湄先生說道。「在軍隊裡，您就有得瞧的了！」——「他當過兵，可是現在不在軍隊裡了，」我對德．康柏湄先生說道。「至於他要與德．蓋爾芒特—伯拉賽克小姐結婚之事，此話當眞？」——「沒有人不是這麼說的，可是您應該很容易確認這事情眞不眞實。」——「我一直跟您說，他親口告訴過我，他是親德瑞福斯派，」德．康柏湄夫人說道。「再說，這也無可厚非，德．蓋爾芒特家族有一半德國血統。」——「對於住在華潤街的德．蓋爾芒特家人而言，您可以說，就是這樣沒

---

719 關乎壩北柯的地圖，參見本書法文原典頁180。注3。

720 珮絲．德．葛琳商（Berthe de Clinchamp），德．奧瑪公爵夫人（la duchesse d'Aumale）的伴婦，後來照管公爵的宅第，熱心職守。在公爵死後，珮絲．德．葛琳商寫了一本著作：《德．奧瑪公爵，親王，軍人》（*Le duc d'Aumale, prince, soldat*）。杜爾（Tours）出版。一八九九年。關乎德．奧瑪公爵，參見《細說璀璨之童年》。原典頁258。注2。

錯，」鋼鋼說道。「可是聖—鷺，他就完全不是同一回事了[721]；雖然他有一大堆德國親戚，他的父親最優先要求的是他的法國大貴族頭銜，他於一八七一年重新從軍，而且以最英勇的方式在戰場上捐軀。縱使我要厲兵秣馬[722]，也不要誇張到左傾或右傾。**中庸是……道德**[723]，啊！我記不起來了。這是寇達醫生所說的。這位仁兄總是有他的妙人妙語。您這裡應該擺一本**小型拉魯斯字典**。」說到避開以拉丁文諺語來表述自我立場，放棄有關聖—鷺的話題，德·康柏湄夫人的丈夫覺得在這件事上，妻子她好像缺了那麼一點兒細緻[724]。德·康柏湄夫人把話鋒一轉，提到有待進一步說明清楚的，是女大老闆和他們鬧僵的事。「我們很樂意出租拉·哈斯柏麗野給魏督航夫人，」侯爵夫人說道。「只不過她似乎以為：連帶屋子和所有她找得到辦法一起給自己附加的，欣賞草皮的享受，古老的掛毯，一切根本沒有包括在租約當中的條件，都該屬於她，她還有權利來和我們攀交情。這完全是兩碼的事。我們的錯，在於沒有簡簡單單的把所有的事透過代理人，或者透過仲介來處理。在翡淀，這不大礙事，不過，我現在就料得到德·施努城姑媽的惱怒表情，如果她在我的招待日看見魏督航姆媽過來這裡，帶著她的披頭散髮。對德·查呂思先生來說，當然，他認識一些有頭有臉的人，不過他也認識一些很不入流的人士。」我問是誰。德·康柏湄夫人被問急了，最後只能說：「有人認為他豢養著一個名叫墨羅、墨爾梨、墨驢之類的男子，我不知道他究竟叫什麼來著。當然，與莫瑞小提琴手沒有任何關聯」，她漲紅著臉補充說道。「當我感覺到魏督航夫人自以為光憑她是我們在芒什省的租賃戶，於是她就有權利在巴黎時來拜訪我，我就明白了，這條纜線是該切斷了。」

雖說德·康柏湄夫婦與女大老闆鬧僵了，他們與忠誠之友們的關係還算不錯，當他們和我們搭同一線火車時，也很樂意來到我們的車廂中。當我們就要到達竇城停靠站時，愛蓓汀最後一次拿出她的鏡子，覺得有時候要換一組手套，或者暫時取下帽子，用我送給她插在頭髮上的玳瑁梳子，多面向的梳理了一下兩側頭型，蓬鬆一下頭髮，水流般波動著的秀髮順著頸項的凹凸，規則的一直滑溜下去，必要的話，把髮髻往上稍稍提高些許。一旦登上了前來接我們的馬車，我們就不知身在何處了；馬路沒有亮光；依據車輪所發出來的較大聲響，認得出來我們正在經過某個村莊，我們以爲已經到達目的地了，其實仍在一大片田野之中。遠遠傳來的鐘聲，忘了自己一身的紳士服打扮，幾乎睡著了，由於長途跋涉，加上搭乘火車必然有會的特殊意外經歷，走過這一長段的幽暗，好像已經把我們帶到夜深時刻，而且幾乎已經回巴黎的半途中，這時候，突然間，在細緻的沙土上滑動的馬車聲，顯明我們剛剛進入了一個大庭園，隨後，爆炸開來的沙龍和餐廳的閃亮光芒把我們重新帶到社交生活中，在這裡，我們強烈的感受到了時光的倒流，耳裡響起八點鐘聲，是我們以爲老早就已渡過的時刻，身著禮服的男士和半坦酥胸的女士們圍繞著我們，一系列的菜餚、美酒，全在光輝燦爛的晚宴招待中上場，眞正像在城內舉行的晚宴一般，只不過它的特色有所改變，既幽暗又是獨特的雙重長條絲巾縈繞著晚宴，由前來晚宴和返家的雙向路程所走過夜晚、鄉間、海邊的時光編織成功，來時路上的莊嚴初心被扭拐到社交用途之上。實際上，回程時間強迫我們離開光彩奪目的沙龍，它雖是熠熠閃爍，又很快就被遺忘，賓客登上一輛輛馬車，我設法和愛蓓汀坐在一起，免得讓我的女友與別人坐在一塊兒，身邊沒有我，這樣的安排常常也是爲了另一個原因，就是在黑漆漆的馬車之內，馬車下坡時搖來晃去，我們兩人可以做好多事情，如果突然有道光芒透射進來，我們相互緊擁著也會得到諒解。當德．康柏湄先生還沒有和魏督航夫婦鬧僵的時候，他問我：「您不以爲在這樣的霧色中，您

---

721 «c'est une autre paire de manche»。〔通俗用語〕意即：完全不是同一回事，而且困難更大。《二〇二〇年拉魯斯圖解大辭典》。**【譯者注】**。

722 «J'ai beau être très à cheval là-dessus»。A cheval sur qqch，意即：關乎這件事要嚴格處理。《二〇二〇年拉魯斯圖解大辭典》。**【譯者注】**。

723 «In medio stat virtus»。「道德擺中間」。

724 «elle manquait de tact»。Tact：乃指與他人相處關係上所該衡量到的細緻；細心。《二〇二〇年拉魯斯圖解大辭典》。**【譯者注】**。

會有呼吸的困難嗎？我的妹妹今天早上幾乎喘不過氣兒來了，很可怕。噢，您也會，」他很滿意的說著。「我今天晚上就跟她說去。我知道，我回家的時候，她會問我，您是否很久沒有患上呼吸困難的的毛病了。」他和我討論我的情況，就是爲了要說到他的妹妹的病況，而且他讓我首先描述個中特別之處，爲的是更容易標示出來兩者之間的差異。不過即使雙方差異已說明過，由於他認爲妹妹的氣喘現象應該更具有權威，所以他不能相信讓他的妹妹「成功舒緩氣喘」的方式，竟然對我派不上用場，他因爲我不想嘗試而生了氣，因爲有一種比恪守健康飲食更難遵守的，就是不要強人所難。「我只是個泛泛之輩，況且，當我們眼前有刨根究柢的權威人士，我能說什麼呢，寇達教授有何高見？」

再說，我與他的妻子另有一次機會見了面，因爲她說我的「表妹」是個好笑的類型，我想知道她說這話何所指。她否認說過這句話，可是最後坦承她所要說的是某一個人，是她認爲和我表妹走在一起時被她遇見的。她不知道她的名字，最後她說了，如果她沒有弄錯的話，那是一個銀行界人士的妻子，她的名字叫做黎娜，黎內特，黎絲特，黎亞，總之，有點像是這樣的名字。我想「一個銀行界人士的妻子」放在這裡只是要更容易解套。我問愛蓓汀，想要知道是不是眞有這回事。可是我要表現出自己已經對事情有所了解，而不是正要探個究竟。再說，愛蓓汀可能不會給我什麼回答，或者單單說個「不對」，說這個「不」字太過猶豫，說「對」字又太明顯過頭。愛蓓汀從來不會說出讓她入罪的事實，不過前言有了後語，就更能清楚的被了解，眞相比較像是流水，即使別人對我們說的不明顯，眞相是從別人對我們所說的，開始被我們捕捉到。因此，當我向她保證，她在維希所認識的那位女子屬於不正經的類型，她向我發誓說，這個女子完全不是我所以爲的那樣，而且從來沒有試著指使她做壞事。可是因爲我好奇想知道她是哪類型人物，她有一天又補充做了說明，說維希的女子有一位女友是這樣的，是愛蓓汀不認識的，不過維希的女子曾經向她「保證讓她能認識」。若是要維希的女子對她作出如此的保證，這就是因爲愛蓓汀有這樣的意願，要不然就是維希的女子知道把這樣的機會給了愛蓓汀，會讓愛蓓汀高興。不過，如果我向愛蓓汀反駁此事，就顯出我只單靠她才了解眞相而已，我要是馬上加以阻止，我就不會知道更多，這就讓她不再害怕我了。況且，我們是在壩北柯，維希的女子和她的女友住在芒苳，兩地相隔遙遠，危險不可能發生，很快的，這就把我的疑竇剷除了。

通常，當德・康柏湄先生在車站呼叫我的時候，我與愛蓓汀剛剛才利用過幽暗的環境，更多的困難來自她有點抗拒，唯恐黑暗的程度不夠深。「您是知道的，我確信寇達看見我們了；況且即使沒看見，他聽得很清楚您那呼吸不順暢的聲音，就在別人談到您另外一種類型的呼吸困難的時候」，愛蓓汀對我說道，馬車已經抵達竇城火車站，我們要在這個車站重新搭乘小火車回家。不過，這個回程的路上，就像去程的路上一樣，雖說一方面回程與去程給了我詩情畫意的感受，它在我心裡喚醒我去旅行，去展開新生活，藉此，也讓我放棄所有與愛蓓汀結婚的計畫，甚至要徹底斷開我們的關係，正因爲這樣的矛盾，我更容易將我們的情感一刀兩斷。回程就像去程一樣，每個停靠車站都有一些與我們熟識的人會上車，或在月台上對我們問安；超過稍縱即逝的想像力所給的愉悅，是不斷發生的社交性的連結，那麼讓人安恬、那麼舒服的進入睡眠。就在到達各個停靠車站之前，它們各自的名稱（我和外婆一起旅行的第一個晚上，一聽到它們的站名，我就有了好多聯想）現在都有了人性，都已失去了它們的獨特性，那是發生在有一晚，愛蓓汀要求溥力脩向我們詳盡的做了字源學的一一說明之後。某些名字以花字做結尾，我覺得很可愛，例如費克「花」（Fiquefleur）、缸「花」（Honfleur）、芙雷（Flers）、巴爾「花」（Barfleur）、哈爾「花」（Harfleur），等等，而且比黎克柏夫（Bricqueboeuf）這個以牛（bœuf）做結尾的字也很有趣。可是花不見了，牛也不見了，當溥力脩告訴我們（而且這個字，他是在第一次坐小火車時就告訴我了），「花」（fleur）字的意思是「港口」（port）（如同「非伊歐（fiord）」一樣），而「牛」（boeuf），寫成諾曼地語是「budh」，是「小屋」（cabane[725]）的意思。由於他引述了好幾個例子，讓我原先以爲是特別的字眼變成了有統一性：比黎克柏夫（Bricqueboeuf）與艾爾博夫（Elbeuf）有了接觸點，甚至在起初很有個別性的地方名稱裡，例如鞭尼帝壁（Pennedepie），它那最難運用理性加以梳理的怪異性質，讓我感覺在其中自古以來就攙雜著古怪的音節，其滋味之美妙，好像某種諾曼地乾酪般的堅硬，我很遺憾，發現高盧語的「pen」，字義是「高山」，這字義在鞭馬石（Penmarch）和亞邦嫩斯（Apennins[726]）裡都一樣存在著。由於我感覺到在每個火車停靠站會有很多個朋友來和我們握手，要不然就是我們要接受一些邀請，於是我對愛蓓汀說：「快快問溥力脩妳想知道的名字。您曾經對我提過有個地名叫做馬爾固城——驕傲者。」——「對，我很喜愛這個驕傲者的名稱，這是一個值得驕傲的村莊，」愛蓓汀說道。——「如果您取用它，」溥力脩答道，「那更爲古老的形式，更爲貼近諾曼地語的*Marculphivilla superba*，所指的是村莊，是Merculph[727]的領土，而不是採用它的法文形式，也不取用以拉丁文爲基礎的形式，就像我們在拜峨主教的證明文件集冊所呈現的字形：*Marcovilla superba*，那麼您將會看見這個地名更帶有傲然骨氣。幾乎在所有這些以*ville*結尾的地方名稱中，您依稀看得見站立在這個海岸邊的，是粗魯的諾曼地侵略者的魅影。在赫爾夢城（Hermonville），您看見，我們最棒的醫生站在火車車門之處，很明顯的，他毫無北歐海盜王的架式。但是閉起您的雙眼，您就看得見出色的赫里木城（*Hermundivilla*[728]）。雖然，我不知道爲何緣故，大家要沿著這些路來走，沿途經過鑾涅和壩北柯—海灘，而不沿著其他相當有獨到特色的路線，從鑾涅到老壩北柯，魏督航夫人或許已經用馬車載諸位去這邊郊遊過了。那麼諸位在還沒有到達魏督航夫人家之前，已經見過茵卡城（Incarville）了，或叫魏斯卡的村莊（le village de Wiscar），以及杜赫城（Tourville），這是杜羅德村莊（le village de Turold）。況且，不是只有諾曼地人而已。似乎德國人也長驅直入到過歐蒙安固爾（Aumenancourt, *Alemanicurtis*）這地方；別把這件事給我所看見的這位年輕軍官知道了；他很可能因此就不再前往他的堂兄弟的家了。還有薩克森人的腳蹤，溪頌噴泉（la fontaine de Sissonne）可以爲證（這是魏督航夫人最喜愛散步的目的地之一，她這樣做是很有道理），正如薩克森人的腳蹤也留在英國的密竇賽克斯（Middlesex），維斯賽克斯（Wessex）的名字裡一樣。這是一件很難說明的事，好像哥德人（les Goths），像人們所稱之爲『乞丐幫人士』（les gueux）的，都長驅直入到過這裡，連摩爾人也都來過，因爲墨爾坦尼（Mortagne）的字源是**摩瑞塔尼亞**（Mauretania）。在古爾城（Gourville, *Gothorumvilla*[729]）這

---

725 溥力脩已經討論過諾曼地語字尾fleur的意義：參見本書法文原典頁281。注2。討論字尾boeuf時，郭石理將它解釋成「居所」（demeure）（頁89），這是新穎的看法。普魯斯特的翻譯與隆農的兩相符合，參見《法國國家之緣起與形成》（*Origine et formation de la nationalité française*）：「budh，乃是『baraque』，『cabane』之意」，如同在克里格博夫（Criquebeuf），艾爾博夫（Elbeuf），基爾博夫（Quillebeuf）所示。（頁52）。

726 「高盧用語的pen〔…〕使人想起亞邦嫩斯（les Apennins），也可稱之爲阿爾卑斯山中的亞邦嫩斯（les Alpes Pennines），同樣的，〔…〕在卡娃多斯（Calvados）有汴尼德比（*Pennedepie*），〔…〕在費尼斯德（Finistère）有鞭馬克（*Penmarck*）」（郭石理。頁58）。

727 參見本書法文原典頁402。注1。

728 「羅馬人的地方名稱，在法蘭克時期，模仿村莊名稱而得之，專有名詞組合帶有ville一字，所提供的是斯堪地那維亞舊時的人民所說的語言，意即：村莊；這樣的地名相當眾多，我們用注解指出幾處最有代表性的地名」，也就是指「昂佛城Amfreville（ville d'Asfridr）」，「弗雷城Fréville（ville de Fridr）」，「杜赫城Tourville（ville de Torf）」參見隆農，《法國國家之緣起與形成》。頁52–53。普魯斯特的例子也頗受郭石理影響：「赫爾夢城（馬恩省，Marne），屬於*Herimundivilla*，意即：『赫里穆之領域』（domaine d'Herimund）。」（頁171）。

729 在《法國國家之緣起與形成》一書中，隆農在注解中提到「歐蒙安固爾（Aumenancourt），*Alamannorum Cortis*」（頁24），把它當成野蠻民族在杭恩斯（Reims）附近建立勢力的例證。他引述艾瑟克斯（Essex），維瑟克斯（Wessex），蘇瑟克斯（Sussex）和中瑟克斯（Middlesex）等地名爲例，把它們當成撒克遜人（Saxons）在高盧經過所留下的痕跡，以及野蠻民族在布列塔尼島上建立勢力的證明（頁39）。「另一見證莫爾在本國殖民的事實，可在莫爾坦尼（Mortagne）之字音中發現，在我們國家之多處地方依然使用，它代表拉文之拼音*Mauretania*」，他寫道。（頁25）。攸關wisigothique對法國的影響，他提到，「屬於絕對羅馬的形式」，「一些*Villa Gothorum*及*Gothorumvilla*名稱變成了通俗語言『歌德（Goths）之村莊』，根據不同地域而變成谷杜城（Villegoudou），古杜爾城（Goudourville），古杜爾維伊（Goudourvielle）而稍往北走成了古爾城（Gourville）」（頁31）。

個名字裡就還留有痕跡。還有拉丁文字的遺痕在拉尼（Lagny, *Latiniacum*）這名字裡。——「我呢，我要的說明是關乎托普鴻姆（Thorpehomme），」德．查呂思先生說道。「我懂得『男人』（homme）這字，」他補充說道，那時雕刻家和寇達之間交換了一個意味深長的眼光。「可是托普（Thorp）又是什麼意思？」——「『男人』（homme）的意思完全不是您自然而然會想到的那樣，男爵，」溥力脩回答，一面詭譎的看著寇達和雕刻家。「在這裡，『男人』（homme）無關乎母親無法給的性別。『鴻姆』（Homme）是「*Holm*」，意思是小島，等等。至於「托普」（Thorp）或者說『村莊』（village），我們在上百個字裡找得到它，我已經用它們惹煩了我們的年輕朋友[730]。因此，在托普鴻姆（Thorpehomme）裡，沒有諾曼地領袖的名字，而是諾曼地語的字眼。您看到了，這個地方全被德國化了。」——「我相信他誇大其辭了，」德．查呂思先生說道。「我昨天在奧爾日城……」——「這一次，我把從托普鴻姆（Thorpehomme）裡向您去掉的字還了給您，男爵。雖說不是賣弄學識，我們知道有一份屬於羅伯特一世的檔案資料告訴我們奧爾日城（Orgeville），*Otgervilla*屬於奧特捷（Otger）[731]的領土。這些地名都是古代貴族的姓氏。奧特城—拉—維內（Octeville-la-Venelle）是爲了拉維內（l'Avenel）而取的。在中世紀拉維內曾經是著名的家族。布格諾勒（Bourguenolles），不久之前，魏督航夫人帶我們去過這裡，它過去曾經是『莫勒之小鎮』，因爲這個村莊在十一世紀時屬於巴杜安．德．莫勒所有，巴杜安—座椅[732]也是；我們這就到了東錫耶爾了。」——「老天，那麼多中尉要上車來了！」德．查呂思先生說道，假裝很害怕的樣子。「我說這話是替諸位著想，我呢，我不在乎，因爲我下車了。」——「您聽見了，醫生？」溥力脩說道。「男爵害怕軍官們毫不客氣的欺凌他[733]。他們一群人熙熙攘攘的，這完全是他們應該要存在的地方，因爲東錫耶爾，就是聖—矽爾（*Dominus Cyriacus*）沒錯。有許多城市之名，它們的*sanctus*和*sancta*的字義是被*dominus*和*domina*[734]等字所取代。況且這個安靜的軍事城市有時候披著聖—矽爾，凡爾賽，甚至楓丹白露的假象。」

回程路上（如同去程），我要愛蓓汀整裝好，因爲我知道在安楠古[735]，在東錫耶爾，在艾朴城，在聖—華斯特，會有人抽空前來看看我們。這些造訪並不讓我厭煩，不論是在赫爾夢城（屬於赫里穆領域），德·石芙聶先生趁著他前來尋找賓客的機會，請我次日到迎風山用午餐，或者在東錫耶爾，突然聖—鷺一個有意思的朋友冒出頭來，被聖—鷺派來的（如果聖—鷺沒空），爲的是要捎給我一個來自德·孛羅迪諾上尉的邀請，從軍官們用膳之處[736]邀到「膽大公雞」餐廳，或者從士官餐廳邀到「黃金雉雞」餐廳。聖—鷺經常常自己過來，他在場的的全部時間，我會將愛蓓汀嚴嚴的控管在我的目光之下，不過不讓人發現這事，這樣嚴格的看管其實沒有太大用處，然而有一次，我中斷了看守。由於火車停靠了一段長時間，蒲洛赫向我們致了意，就幾乎立刻跑去和他的父親會合，他的父親剛剛從他的伯父繼承了產權，租了一座名

---

730 鴻姆 *Homme* 已經被溥力脩討論過：參見本書法文原典頁282。注1：*thorp* 也一樣：參見本書法文原典頁283。注5。在此之組合似乎出自普魯斯特獨特的創造。溥力脩記得加百列·勒谷維（Gabriel Longouvé 1800）所寫之《女者之美德》（*Le Mérite des femmes*）結語詩句：「屈膝在令堂所屬之性別腳前！」（Tombe aux pieds de ce sexe à qui tu dois ta mère !）

731 「Orgeville（厄爾省）」，屬於奧特捷維拉（*Otgervilla*，意即「奧特捷（Otger）之地域」），根據郭石理之解說。（頁171）。

732 奧特城—拉—維內（Octeville-la-Venelle），布格諾勒（Bourguenolles），拉·雀斯—博渡彎（La Chaise-Baudoin）等地的詞源學屬於晚期所新增。

733 «passer sur le corps»〔通俗用語〕〔轉意〕passer sur le corps, sur le ventre de qqn，肆無忌憚的欺凌，只求達到一己目的。《二〇二一年小羅勃特法語文辭典》。**【譯者注】**。

734 郭石理寫道，有時候，陽性之「聖」（saint）或陰性之「聖女」（sainte）的名稱是由「多姆」（domnus以及domna）的名稱取而代之（頁154），並且引述了莫爾特（Meurthe）區的「東錫耶爾」，多姆·賽里雅居斯（domnus Cyriacus）爲例。（頁155）。

735 這應該是由歐蒙安固爾（Aumenancourt）（本書法文原典頁485）以及雅門翁固爾（Amenoncourt）變化而來（本書法文原典頁182）。

736 «du mess des officiers au Coq Hardi» Mess：〔軍事用語〕乃指軍團及軍營內，軍官或士官用膳之處。《二〇二〇年拉魯斯圖解大辭典》。**【譯者注】**。

叫「將相知府[737]」的城堡，覺得這樣做才有貴族氣派，他到處走動只以驛站馬車[738]代步，馬車伕穿著一身制服。蒲洛赫請求我陪他走到驛站馬車那裡。「得要快一點，因爲這些四腳獸可是沒留點兒耐心；來吧，神話中神仙的寶貝，你會讓我父親高興的。」可是我不能忍受讓愛蓓汀留在火車裡和聖—鷺在一起，當我背對著他們的時候，他們很可能彼此說話，前往另一個火車車廂，彼此微笑，彼此觸摸；只要聖—鷺一直在那兒，我緊貼著愛蓓汀看著的眼神就無法從她身上移開。可是我看得很清楚，要求我給個面子去向他父親問安的蒲洛赫馬上覺得我的拒絕很不夠意思，當下並沒有任何事攔著我，站務員已經預告火車至少一刻鐘內不會離站，幾乎所有的乘客都下了車廂，沒有乘客，火車是不會開走的；後來他確實相信我之所以拒絕，絕對是因爲——我的舉止在這個場合給了他一個決定性的答案——我擺架子。與我在一起的人叫什麼名字，他並非不知情。事實上，爲了接近蒲洛赫，德．查呂思先生不久之前，他或許不記得，或者他也不管這件事情從前是否已經做過，曾經對我說了這樣的話：「把您的朋友介紹給我吧，您沒這麼做，分明是沒把我放在眼裡」，他和蒲洛赫談過話，覺得很高興，甚至還賞給了他一個「我希望再與您見面」的句子。「難道說這是完全無法補救的事，你不能走個幾百公尺來向我的父親問安，格外讓他高興？」蒲洛赫對我說道。別人以爲我不顧念同學的舊情，這會讓我很難過，蒲洛赫拿來當作我罔顧同學情誼的理由更使我難過，他以爲當我身邊有了「貴族身分」的人士，我對待資產階級朋友的態度就大不如前。從這天開始，他不再對我表示相同的情誼，不再對我的人格保持相同的敬意，這是尤其讓我難以消受的事。爲了讓他不再誤會我留在火車車廂裡按兵不動的原因，我必須對他說起某件事——那就是我對愛蓓汀存有忌妒之心——這件事帶給我的痛苦，比起讓他相信我是個富而不仁的笨傢伙還更深。正因爲如此，理論上，我們覺得，我們總是應該坦誠的提出說明，避免誤會。不過，經常的情況就是：我們的生活把這些誤會做了各式各樣的組合，以至於爲了要把誤會澄清，這種機會的可行性並不多見，該當要做的有以下兩種情況，

——這不是這裡所發生的情況——說出某件讓我們的朋友更難為情的事實，不讓他用錯誤的想像嫁禍在我們身上而且渲染引申——這正是剛剛發生在我身上的情況——讓我們覺得比起誤會本身還更糟糕。況且甚至在沒有向蒲洛赫說明的情況之下，既然我不能作出解釋，說明我之所以沒有陪伴他的理由，假如我祈求他不要感到受了傷害，我這樣做只會加倍刺傷他的自尊心，不如裝作我沒有感覺到他有任何受傷心理。既然無計可施，我只好乖乖認了帳，面對此一**事實**[739]，就是愛蓓汀在場，我無法陪他回去找他父親，這就讓他相信我的確在意與出色的人相處，事實上，攸關所謂高尚人士的存在，就算這些人士的身價百倍貴重，也不會對我造成如此的效果，不讓我顧念蒲洛赫，不為他保留住我所有的禮貌。如此的事情只需一點可笑的意外，一個小事件（在此，是愛蓓汀和聖—鷺相處在一起）強勢介入在兩種命運之間，讓它們原先兩條相互並行的路線產生了變化，漸行漸遠，彼此不再接觸。許多友誼比起蒲洛赫所給我的友誼更美，卻已毀壞殆盡，而無端引來心結的主事者卻從來未曾有可能向受氣者說明原委，否則受氣者的自尊心就保得住了，而且挽回得來他那消失中的好態度了。

許多友誼比起蒲洛赫的友誼更美，這話並不誇張。他有許多缺點讓我感到非常不悅。我對愛蓓汀的柔情，無意中讓蒲洛赫的缺點變成無可忍受。因此，我正和蒲洛赫一邊談著話，一邊以眼角監視著羅伯特，就在這個最單純的時刻，蒲洛赫對我說，他在彭當太太家中用過餐，說到了關乎我的事情，每個人對我都

---

737 «ils ont loué près d'ici la Commanderie» Commanderie，負有宗教善心組織團體之指揮責任者的將官居所。Hospitalier：與宗教軍事組織團體有關的事務，創始於中世紀，負責竭誠照顧旅客，朝聖者，病患，其中有些團體依然執行著慈善工作。《二〇二〇年拉魯斯圖解大辭典》。**【譯者注】**。

738 «une chaise de poste»〔舊時用語〕乃指快速送遞郵件和旅客的驛站馬車。

739 «factum»〔陽性名詞〕〔拉丁文之『事實』一字〕。〔典雅用語〕乃指立場強硬之文宣；抨擊性文章。《二〇二〇年拉魯斯圖解大辭典》。**【譯者注】**。

讚譽有加，大家一直說到「赫里奧斯[740]不再放光」。「好吧，」我心想，由於彭當太太把蒲洛赫當成天才，「他給我的熱切肯定將會超越其他人。這要歸功給愛蓓汀。總有一天彭當太太免不了會知道我是『人上之人』。我也相信她的姑媽老早已經對她如此說過了。」「對，」蒲洛赫又說了，「每個人都稱讚你。只有我一人悶不吭聲，安靜的出奇，再說，大家吃的菜餚品質很差，彷彿我正在吞嚥的不是餐食而是罌粟，珍愛它們的，是達那多斯和雷德的親兄弟，神聖的希布諾斯，用柔軟的牽連將身體和語言包裹住[741]。這並不是說我對你的欣賞不如陪同我一起被邀的小群貪婪犬輩[742]，正因為我真正了解你。而那些激賞你的人，其實他們並不了解你。更好說，我是太欣賞你了，以至於捨不得在公眾場合談論到你，高聲讚揚我最內心最深之處所在意的，這讓我覺得是褻瀆。雖然大家費了心思向我詢問關乎你的事，一種屬於克隆尼翁少女的神聖矜持讓我沉默不語[743]。」我的品味倒是沒有拙劣到顯出我的不悅，可是我認為如此的矜持所相關的牽連──更勝於克隆尼翁──是連結於這樣的矜持，它攔住了欣賞您的評論者的口，說不出關乎您的事，因為您所統管的祕密殿堂，被愚昧讀者和記者所組成的烏合之眾衝了進來；這種矜持歸屬於國家元首，他不給您頒贈勳章，免得將您和一些不相稱的人們並列；這種矜持歸屬於國家學院院士，他不投您的票，目的是要讓您免去如此的屈辱，成為某某人的同儕，而他並沒有才華可言：最後，這種矜持更是可敬可佩，然而也是更有罪性，它是歸屬於一些兒子們，他們祈求您不要書寫關乎他們才德兼修的先父，好讓先父享有寧靜和安息，免於人們討論他的生平，製造光環圍繞可憐的死者，而死者可能更願意讓他的名字由頭上恭恭敬敬戴著王室冠冕的人士親口在他的墳塋上說出。

雖說蒲洛赫不能明白是什麼原因攔阻我、讓我不能前去問候他的父親，因而他傷了我的心，但是他老實告訴我，在彭當太太家，他沒有太恭維我，這點著實讓我怒不可遏（我現在明白了，為什麼愛蓓汀從來都不對我影射這次的午餐，而且當我對她說到蒲洛赫對我持有情誼時，她只是默默不語），這位猶太青年在德・查呂思先生身上所產生的印象，不只是不快而已。當然蒲洛赫現在以為我不僅無法遠離優雅人士片刻而活，而且我覬覦這些優雅人士可能提供給他的晉升機會（好比德・查呂思先生），我因此才設法加以阻撓，禁止蒲洛赫與他們交往；可是在男爵這方面，他則是感到遺憾，因為不能與我的同學更多面晤。依照他慣有的方式，他不露聲色。他開始若無其事似的，問我一些關乎蒲洛赫的問題，口氣是那麼吊兒郎當，興趣幾乎缺缺，讓人不以為他聽見了回答[744]。他一副無所謂的樣子，用的是單調哀傷的喪家口吻，冷漠無情，輕輕乎乎，好像是單單為了我才要擺出點禮貌，他問說：「他長得一副聰明相，他說過他從事寫作，他可是個有才華的人？」我告訴德・查呂思先生說，他曾經很客氣地對蒲洛赫表示希望後會有期[745]。沒有任何動作顯示男爵聽見我說的這句話，由於我把這話重複說了四次，都沒有得到回音，我終於懷疑是

---

740 «au déclin d'Hélios»。赫里奧斯（Hélios），〔希臘背景〕乃指太陽與光明之神。《二〇二〇年拉魯斯圖解大辭典》。【譯者注】。

741 普魯斯特從樂恭特・德・黎勒所翻譯的《荷馬詩頌》（*Hymnes orphiques*）取得靈感，普魯斯特在前文中已經使用過（參見本書法文原典頁234。注1）。這是有關乎第七十二首詩歌，〈希布諾斯之香料。罌粟〉（Parfum de Hypnos.Le pavot）：「你已纖細的連結包裹著身軀〔…〕因為你是嫘特與達那多斯的手足」。（«Tu enveloppes les corps de doux liens [...] car tu es le frère de Lèthè et de Thanatos»）。（頁145－146）。

742 荷馬式的痛斥：艾加曼農（Agamemnon）以如此方式對待阿基里（Achille），或者尤利西斯（Ulysse）也以此方式對待德爾西特（Thersite）。

743 此乃愛伊多斯（Aidôs），宙斯之女：「愛伊多斯（Aidôs）和妮彌西斯（Némèsis）捨棄人間男士成了神仙」。參見海希奧德所著之《作品與時光》（*Les Travaux et les jours d'Hésiode*）。樂恭特・德・黎勒譯。頁63。在一九一五年十月寫給卡杜斯夫人的一封信中，他揭發了安德烈・貝納克（André Bénac）父母的矜持，二老拒絕將戰死疆場的兒子所做的的文學作品公諸於世：「哀哉，家族們，除了鮮少例外，所想的是他們本身的『矜持』，為了亡者之好名聲，這是他們該當要扼殺的」。（《魚雁集》。第十四冊。頁242）。

744 在德・薇琶里希夫人早場聚會當中，德・查呂思已經向男主角詢問過關乎蒲洛赫這人，當時，德・查呂思肆無忌憚的談論他的反猶太種族思想（參見《富貴家族之追尋》。原典頁277－279）。

745 «Je dis à M. de Charlus qu'il avait été bien aimable de lui dire qu'il espérait le revoir.»。**【譯者注】**。

否我的聽覺被施了迷藥，才會以爲我聽見了德．查呂思所說的話。「他住在壩北柯？」男爵哼了哼，口氣一點也不像是在詢問，眞正叫人討厭的，就是法語除了疑問句的記號以外，沒有其他的表達方式可以用來結束這些表面上聽起來幾乎沒有疑問的句型。事實上這個疑問記號對德．查呂思先生鮮少有用處。「不，他們租了將相知府，離這裡不遠。」德．查呂思先生已經得到了他要知道的訊息，之後，他佯裝表現出藐視蒲洛赫的樣子。「好恐怖！」他揚聲說道，把聲音改換成像洪鐘一樣響亮。「所有地點或私有產業，被稱爲『將相知府』，都曾經是馬爾他騎士軍團（我是屬於它的成員）所建造或擁有過的，就好像是聖殿騎士軍團騎士所稱之爲『會堂』或者『騎兵團』的地點[746]。我當然會居住在將相知府，這沒什麼特別之處。可是一個猶太人居然住在這裡！再說，我不以爲怪；這個特殊的族群自有它奇怪的糟蹋聖物癖好。一個猶太人一旦有了足夠的錢，買得下一座城堡，他經常選中帶有如此名稱的城堡：祈禱院、駐堂神父修道院、修士之家、上主之家[747]等等。我曾經與一位猶太公職人員有過來往，您猜猜他的住處在哪兒？在主教之橋。他後來失了寵，被移送到布列塔尼，住到神父之橋那地方去了[748]。當人們在受難週演出一些不合體統，被人稱之爲**受難記**的表演節目時，表演廳裡大半的觀衆都是猶太人，一想起它們將要把基督再度釘死在十字架上，至少是以圖像方式，他們就亢奮。在拉慕賀音樂會中[749]，有一次，我坐在一位很有錢的猶太籍銀行家旁邊。所演出的節目是白遼士的《基督童年》[750]，他看得目瞪口呆。可是不久他就恢復到滿臉幸福圓滿的神色，一如往常，一邊聆聽著『聖週五之喜悅[751]』。您的朋友居住在將相知府，大不幸啊！何等諷刺！您告訴我這路怎麼走，」他又補上一句，重新露出毫不在乎的神情，「好讓我有一天去瞧瞧，我們古代的領土如何忍受得了如此的褻瀆。眞不幸，因爲他有禮貌，像是個聰明人。他只缺一件事要辦了，就是住在巴黎，安居在會堂街！」德．查呂思先生似乎是透過這些話語，僅僅想要找著支持他的論調的新例子而已；可是事實上，他問我問題是有兩個目的，其中主要的目的是知道蒲洛赫的地址。「實際上，」溥力脩提醒說，「會堂街從前的名字叫做會堂騎士之街。關乎這點，男爵，您容許我做一個提醒嗎？」大學學界人士說道。——「是什麼？什麼提醒？」德・查呂思先生冷冷的回答，如此的批評為了攔下他要說的解釋。——「沒事，沒什麼，」溥力脩答道，他被嚇阻住了。「是關乎壩北柯的詞源學，是別人問過我的。會堂街從前的名字是橫槓—杜—貝克街，因為在諾曼地的貝克駐堂神父修院在巴黎的這方有了他的法庭[752]。」德・查呂思先生不答腔，佯裝沒聽見什麼，這是由他身上表現蠻橫無理的形式之一。「您的朋友住在巴黎的什麼地方？由於四分之三的街道是由某間教堂或是某間修道院而得名，有可能讓褻瀆事實持續

---

746 普魯斯特一往如常的，由郭石理取得靈感：「取名為會堂的地點乃是從前附屬於聖殿騎士軍團的訓誨教導之處；被稱為將相知府的地點過去多為聖—尚—之—耶路撒冷軍團騎士所創立或擁有之地，換句話說道，屬於馬爾他軍團。在貝理郭（Périgord）地區，被稱之為騎兵團者，會使人想起從前屬於聖殿騎士軍團的領域」（頁165–166）。

747 «il en choisit toujours un qui s'appelle le Prieuré, l'Abbaye, le Monastère, la Maison-Dieu.»。祈禱院（Prieuré）乃指由一位祈禱者領袖所管理的宗教團體。駐院神父之修道院（Abbaye）：〔與基督信仰有關的〕乃指由一位駐院神父或駐院女院長所管理的修士或修女團體。修士或修女之家（Monastère）乃指修士或修女之家及整體宅院。（Maison-Dieu）

748 Le Prieuré de L'Abbaye（郭石理，頁165），修道院（頁163–164），上主之家（頁157以及頁168），修院院長以及主教頭銜在地方名稱中（頁164–165）。

749 «Au concert Lamoureux»**【譯者注】**。

750 《基督童年》（*L'Enfance du Christ*）：清唱劇，白遼士（Berlioz, 1850-1854）作曲編號第25號（opus 25），於一九〇二年三月二十八日受難週之受難日於克隆音樂會節目（le Concerts Colonne）中演出，同時演出的節目有巴哈的《復活節清唱曲》（*Cantate de Pâques*）以及華格納的「聖週五之喜悅」（*L'Enchantement du Vendredi Saint*）。

751 «L'enchantement de Vendredi saint»。**【譯者注】**。

752 關乎巴黎街道的說明（本書法文原典頁490–492），讓普魯斯特取得靈感的書是由F．德・羅石貴侯爵（le marquis F. de Rochegude）所著的《漫步在巴黎大街小巷裡》之第四冊《第四區》（*Promenades dans toutes les rues de Paris*, tome IV, *IVème arrondissement*）。參見雅社德（Hachette）出版。一九一〇年。20冊。況且，普魯斯特在數行以後，引述了德・羅石貴的名稱。「鐵桿—杜—貝克街（La rue Barre-du-Bec）被如此稱呼，是因為諾曼地的貝克—賀路恩—之—聖母修道院（l'abbaye de Notre-Dame-du-Bec-Helluoin）在這裡有了他的法庭。」（頁118）。

存在著。我們不能禁止猶太人住在瑪德蓮林蔭大道，聖—奧諾雷富堡貴族區，或者聖—奧古斯丁廣場。聖母院廣場、總主教府之岸、女修道院院長之街或者萬福瑪利亞之街，只要他們的陰險行徑不細緻到挑選以上場所為居住之地，我們還得注意，這不是一件很簡單的事。」我們無法給德．查呂思先生資訊，我們並不知道蒲洛赫現在的地址。可是我知道他父親辦公室是在白袍街。「噢！大敗類，」德．查呂思先生揚聲說道，在嘲諷式的狂怒中他找著了深沉的滿足感。「白袍街，」他重複說著，一邊用力的說出每個音節，又是一邊笑著。「真是褻瀆啊！想想看，這些被蒲洛赫先生汙染的白色外袍，是乞丐兄弟會所穿著的，他們又被稱為聖母之奴隸會，由聖路易在此設立的[753]。而這條街一直都是宗教團體所在之地。褻瀆之事更是近乎詭譎，在離開白袍街兩步之處有一條街，街道的名字我說不上來了，全住著猶太人；商店店面寫著希伯來文，店面賣無酵麵餅，肉舖賣肉給猶太人，這裡完全成了巴黎的**猶太人區**[754]。羅石貴先生稱這條街為巴黎的猶太人聚落[755]。那才是蒲洛赫先生應該居住的地方，當然是這樣」，帶著一種浮誇又驕傲的口吻，好來闡述藝術性的話題，藉由他的遺傳，不由自主投射出來的回答，給了一種路易十三劍客風格寫在他的臉龐上，往後仰著，他又說道，「我照管這些，只是出於藝術觀點，政治不是我所關切的，我也不願意懲治一堆人，因為蒲洛赫多得是，有一個國家它有許多出名的後裔，包涵了史賓諾沙在其中。我太佩服林布蘭了，不會不明白這件事，那就是與猶太人的會堂互相往來，美貌之物必然從中而生[756]。總之，猶太人的聚落越有同質性，越是完整，就更加美麗。況且十拿九穩的是：只要這個民族有本事將務實本能加上貪婪，再與暴虐殘忍混為一談，這麼一來，住在我所說的那條希伯來人的街道附近，既然有了方便的以色列肉舖店，您的朋友於是就選擇要居住在白袍街了。真是奇怪啊！再說，也正是在那裡住了一個怪異的猶太人，他把聖體拿來煮了[757]，以後，我想大家又把他這個人給烹了，這又是大怪事一樁，因為這件事似乎是要說，猶太人的身軀等同於良善上主的身軀。或許我們可以和您的朋友安排一下，好讓他領著我們去看看白袍街的教堂。您想一想，就是在那裡奧爾良之路易被無畏者約翰謀殺之後，大家把他的身軀擺在那裡，很可惜的是那人並沒有替我們拯救了奧爾良[758]。再者，我個人和我的表哥德．夏爾特公爵關係良好，可是畢竟這是屬於篡位的族群，把路易十六謀殺了，搶奪了查理十世和亨利五世[759]。再說他們的前輩都不

753　白袍街（rue des Blancs-Manteaux）：「一二五八年，路易九世在這街設立了乞丐兄弟會（des frères mendiants），又稱聖母之奴隸會（Serfs de la Sainte Vierge），他們都是身著白色長袍」。（羅石貴。頁105）。

754　《*Judengasse*》，乃是德文之「猶太人之巷」。**【譯者注】**。

755　根據羅石貴，到一九〇〇年，依然被稱爲猶太人之街的，是費迪南—杜華街（rue Ferdinand Duval）」（頁95）。然而德．查呂思所看不懂的街名是玫瑰花之街（rue des Rosiers），羅石貴如此描繪這街：「這條街如今幾乎全是由猶太人居住著（以色列標誌，希伯來字母寫在許多猶太肉舖上，製做無酵餅，等等）。對於街景外觀有興趣的人，選個週六來尋訪這條街，可以看見許多奇特景觀。我們聽見人們說著各種不同的語言，每走一步都看得見猶太典型的人。這裡是巴黎的猶太人聚落」。（頁104）。

756　不是猶太人的林布蘭曾經生活在阿姆斯特丹的猶太人聚落裡。他的鄰居們也是他的舊識，都是正統的拉比，與史賓諾沙（Spinoza）爲敵。他比哲學家年長，許多人經常想問的問題，是他曾否與哲學家相識，甚至曾否爲他做了油畫。不論怎麼說道，林布蘭經常取他社區的居民做爲人物範例，也以猶太人的會堂做了許多素描畫作。

757　關乎位居檔案之街（Rue des Archives）22號之比業福音派教會（l'église évangélique des Billettes），羅石貴曾寫說：「在這裡，在舊時的花園街（rue des Jardins, *vicus jardunarium*）中，從前有一座名叫約拿單（Jonathas）的猶太人宅第，這人被指控並被確定曾經將「上主烹煮」，方式是將祝聖過的聖餐餅燒掉，據說，這聖餐餅被奇蹟似的挽救了起來，被保存在聖—尙—安—格瑞弗（Saint-Jean-en-Grève）教堂裡，一直到法國大革命。一二九〇年發生如此罪行與奇蹟的猶太人宅第，在約拿單被行刑之後，理所當然的，成了王室的產權。」（頁110）。羅石貴又說明，這條街長時間被稱爲：「上主被烹煮之街」。

758　關乎會堂之老街（rue Vieille-du-Temple）47號，羅石貴寫道：「一四〇七年十一月二十三日，德．奧爾良公爵（le duc d'Orléans）出門要去伊莎伯．德．巴伐利亞（Isabeau de Bavière），他的嫂子情婦家吃晚餐，走到德．里厄元帥（le maréchal Rieux）府邸前面，靠近巴爾貝特暗道（la poterne Barbette）時，被無畏者約翰（Jean sans Peur）的手下謀殺」。（頁103－104）。在稍後文中，關乎白袍者之教堂（l'église des Blancs-Manteaux），他補充說道：「被無畏者約翰謀殺的路易．德．奧爾良（Louis d'Orléans），他的遺體被安放在第一座教堂內，謀殺者前來跪在受害者面前，假裝非常沉痛」。（頁107）。

759　關乎德．夏爾特公爵（le duc de Chartres），參見《細說璀璨之童年》。原典頁305。注2。德．查呂思和路易—菲利普（Louis-Philippe）的孫子之間的親戚關係並不明確。至於亨利五世（Henri V），指的是德．鄉堡伯爵（le duc de Chambord），這已經被德．查呂思在《富貴家族之追尋》文本中提過。（參見原典頁277）。

是泛泛之輩，他們的祖先是大老爺，大家這樣稱呼他，原因應該是這個人物是最爲令人嘆爲觀止的老婆娘之一，又是攝政者，又是掛著其他不說也罷的事。天下奇觀一家族！」有趣的是：這一番反猶太或者親以色列的言論——端看大家著重的是句子的外型，或者說這些句子所蘊含的動機——被莫瑞在我耳邊悄悄說的一句話給掐住了，這話很可能讓德．查呂思先生大失所望。莫瑞並非無感於蒲洛赫所帶來的印象，對我咬著耳朵，謝謝我把蒲洛赫「驅趕走了」，又寡廉鮮恥的補充說道：「他原先是要留下不走的，全都爲了忌妒我，想來取代我的位子。眞是猶仔會幹的好事[760]！——「我們應該利用在這個車站停靠很長的時間，來問問您的朋友一些有關宗教禮儀上的說明。您不能把他再找回來嗎？」德．查呂思先生問我，既是懷疑又是焦慮不安。——「不行，不可能，他搭乘馬車走了，而且生了我的氣。」——「謝謝，謝謝，」莫瑞對我輕聲說道。——「這個理由很荒謬，我們總是趕得上馬車的，叫部轎車，這攔不了您」，德．查呂思先生說道，他習慣當個呼風喚雨的好漢子。可是看見我不吭聲：「這部多多少少憑空想像出來的馬車，它長得什麼樣子？」他對我蠻橫無理的說這話，希望仍然有機會。——「這是一部敞篷的驛站馬車，車子應該已經開到將相知府了。」面對不可能改變的事實，德．查呂思先生忍讓了，一副佯若無事開著玩笑的樣子。「我明白了他們爲何在無大用處的馬車前卻了步。這該又是一輛彆腳的汽車[761]。」終於有人通知火車又要出發了，聖—鷺離開了我們。不過這是唯一的一天，在他渾然不知的情況之下，由於他上了我們的車廂，一個念頭讓我受了苦，那就是爲了陪伴蒲洛赫，我必須留下他與愛蓓汀相處片刻。其他的時候，他在場並不會使我受折磨。愛蓓汀爲了避免我有各種焦慮，隨便找了個藉口，把自己安置在遠處，用這種方式，即使是不經意的，她也不會觸碰到羅伯特，甚至相隔遙遠，幾乎不需要向他伸手問安；只要他一在場，她的雙眼就很明顯的轉移視線，而且幾乎是帶著僞裝的，和旅客中任何一個人閒聊起來，這樣的伎倆一直持續到聖—鷺走了。就這樣，聖—鷺來到東錫耶爾探望我們的事，沒有給我造成任何痛苦，甚至可以說沒有造成任何妨礙，它們對我而言，都是令人愉悅的，沒有任何一次有例外，它們所帶給我的，可視爲這個土地對我的尊榮和邀約。一旦到了夏末，我們由壩北柯沿途坐火車到賓城，當我遠遠看見聖—彼得之紫杉樹這個停靠站，在夜幕低垂的片刻，懸崖山頂閃爍著一片粉紅亮光，就像皓皓白雪的山頭被夕陽照亮，這個火車站不再使我想起（我甚至不說到我的憂傷，一看見它那奇特的聳立體，突然間，在第一個黃昏時刻，引發我如此強烈的欲望，想要搭乘掉轉回頭巴黎的火車，而不是一直繼續前往壩北柯）清晨時光我們從這地觀看得到的景色，依據艾斯棣所告訴我的，在朝陽升起的前一刻，彩虹所有的顏色都會輝映在岩石上，好多次，艾斯棣把一年之間做了他的模特兒的小男生喚醒，讓他在沙灘上畫男孩的全裸畫像。聖—彼得之紫杉樹站名對我所做的預告，就是將有一位怪異的、有靈性的、塗脂粉的五十多歲男子會在這裡出現，我可以和他談論夏多布里昂與巴爾札克。而現在，處於夜晚的迷霧中，在這座讓我從前遐想不停的茵卡城懸崖後面，那彷彿古代的砂岩，現在我看它變得透明了，那裡就是屬於德．康柏湄先生一位叔叔美麗宅第坐落之處，我知道，假如我不願意在拉．哈斯柏麗野吃晚餐，或者回去壩北柯，人們經常樂意款待我來到他們家中。因此，這地區的地點名稱不僅僅失去了它們起初的神祕感，連地點的名字本身也失去了意義。地點名稱一旦被掏空了一半的奧祕，一旦被詞源學的說明取而代之，它就又更降低了一個階級。當我們回程走到赫爾夢城，聖—華斯特，艾杭普城，火車進站停靠時，我們看見幾個影子，起初沒認出來，溥力脩，他的眼睛幾乎什麼都看不見了，在夜晚，或許會以爲是賀禮木、魏斯卡，以及賀林拔的魅影。可

760 《youpin》。〔通俗用語兼貶抑用語〕乃是屬於咒罵猶太人的種族歧視用語。《二〇二一年小羅勃特法語文辭典》。**【譯者注】**。

761 《Je comprends qu'ils aient reculé devant le coupé superfétatoire. C'aurait été un recoupé.》superfétatoire：〔文學用語〕意即：增添了卻是於事無補。畫蛇添足，多餘無用《二〇二一年小羅勃特法語文辭典》。Un recoupé：這是玩《coupé de ville》的文字遊戲，乃是指城中開著的彆腳汽車，說這話的人嘲諷該車輛造型可笑之至**【譯者注】**。

是影子走靠近了車廂。原來是完全和魏督航夫婦鬧僵了的德．康柏湄先生，他正送客回家，他以他母親和妻子的名義，前來問我願不願意讓他把我「劫走」，好讓我留在翡淀幾天，那裡將會有一連串的安排：一位頂級的女歌者爲我唱出全套的葛律克[762]，一位出名的玩牌高手，由我和他玩幾局高明的牌局，品質絕對優於海灣的魚釣和泛舟，就算是魏督航夫婦的晚宴招待也比不上，爲了晚宴，侯爵以人格擔保把我「借來」，就是有人來載我前往，也再載我回家，方法更簡易，也保證更安全。「我不相信您去那麼高的地方會很好。我知道我的妹妹是無法忍受的。她返回的時候，整個人垮得不像樣！況且她現在不是很好……說眞的，您的突發狀況那麼嚴重！明天，您不會好好的站著！」他格格笑個不停，不是因爲存壞心眼，同樣的，他在街上看見瘸腿伸懶腰，或者看見有人和聾子聊天，也非得要笑不可。「那之前呢？怎麼，兩個禮拜以來都沒事？您可知道這樣棒透了！說眞的，您應該來翡淀住下，您就可以和我的妹妹聊一聊您的呼吸困難了。」在茵卡城，前去打了獵而不在，不克前往翡淀的德．蒙貝魯侯爵，他來到了「火車這裡」，腳上穿著靴子，戴在頭上的是一頂裝飾著一根雉雞羽毛的帽子，向著搭火車要出發的人握了手，也藉著同樣的機會向我握了手，一邊告訴我要來的這一週，哪一天我還算是方便讓他的兒子來拜訪我，先謝謝我的款待，如果我讓他的兒子讀點什麼書，他就太高興了；要不然就是德．克雷希先生，一邊抽著菸斗說他來這裡幫助消化，一邊也接受一根或是好幾根雪茄，他對我說：「怎麼樣！您沒告訴我，哪天我們要在拉．綠居綠相聚？我們彼此無話可談了？原諒我提醒您，我們把關乎德．孟國湄里兩個家族的問題留火車上，還沒討論完。我們得要了結這件事。我就等著您了。」其他的人來了，僅僅是爲了買他們的報紙。也有很多人和我們攀談，我經常懷疑這些人來到月台上，到這個最靠近他們小城堡的車站，是否因爲他們無所事事，只好找個時間來和熟識的人碰碰頭。總括來看，這些小火車停靠站和其他地方一樣，是一種社交場合。火車本身似乎也意識到了人們委託它所扮演的這個社交角色，它因此擷取了某種人性的友善：它有耐心，個性柔順，若有人姍姍來遲，它也願意花上時間好好等著他們上車。甚至有一次已經出發了，之後，又停了下來，好裝載對它揮著手的旅客；他們跟著火車跑，氣喘吁吁的與火車還蠻相似的，他們之所以與火車有所不同，是他們得要飛快著腳步追趕上它，而火車只是穩穩地放慢著腳步就夠了。因此赫爾夢城，艾杭普城，茵卡城，都不再告訴我諾曼地人來征服此地的兇猛偉大，這些地方，如我從前所看見的，夜晚浸淫在濕潤氣氛當中，有著難以解說的憂傷，如今得以將之脫下，豈不也是令人暢心愉快。東錫耶爾！對我而言，甚至在我認識它以後，從夢中醒來，長時間以來，這個名字裡包含著多少冰冷舒適的街道，那麼多光亮的櫥窗，一隻隻令人垂涎欲滴的烤雞啊！東錫耶爾！現在這只是個莫瑞會上火車的車站；艾格勒城（*Aquilaevilla*），通常我們是在這裡等待希爾帕朵芙公主；緬尼城，這是天氣美好時愛蓓汀夜晚下車的車站，因爲還不太疲累，她想要再延長一點與我相處的時刻，如果她在帕爾城（*Paterni villa*）下車，經由一條斜坡，就只有一小段路要走。我不但不再會感受到因爲孤單而引起的焦慮害怕，這是第一個晚上抓住我的感覺，而且我也不必再害怕如此的恐懼再度發生，而且也不再有身處異鄉而有的孤單感，在這塊土地上，它所生產的不僅僅只是栗子樹，檉柳，而且還生出了友情，沿途上長長的串連著，像藍色的的山丘，偶而有缺口，這些友誼有時躲藏在岩石洞穴中，或者躲藏在大馬路椴樹叢後面，可是每到一個休憩站，就有一個和藹的仕紳迎向前來，伸出友善的手握住我，攔著我的去路，挪去我路程遙遠的感覺，必要的話，陪我走上一程。另一個休憩站在下一個車站或將出現，因此若是小火車的汽笛聲讓我們離開一個朋友，它會讓我們找到其它的新朋友。在彼此相距甚遠的城堡之間，以及貼近城堡開著的火車鐵路，速度幾乎

---

762 葛律克（Christophe Willibald Gluck, 1714-1787）德國作曲家。他與他的歌劇腳本作者R．卡札畢奇（R.Calzalbigi）合作，將歌劇做了變革，在遠離意大利的影響的情況之下，尋求自然與單純：一七六二年發表了《奧菲與娥麗蒂絲》（*Orphée et Eurydice*）；法文版發表於一七七四年；一七六七年發表了《艾賽斯特》（*Alceste*），法文版發表於一七七六年；於一七七九年發表了《伊菲潔妮在托黎德》（*Iphigénie en Tauride*）。《二〇二〇年拉魯斯圖解大辭典》。**【譯者注】**。

類似一個快步行進的人，火車道與城堡之間的距離如此微小，以至於站在月台上，站在候車室前，城堡的主人們吆喝著我們，讓我們幾乎就要相信他們是站在自家的門檻處，站在他們房間的窗口處，彷彿地區性的鐵路就像是外省的一條小路，孤立於鄉間小型城堡就像是一座城市的旅館；甚至在少數我聽不見任何人道「晚安」的車站裡，靜謐成了滋養人心、撫平人心的圓滿，因爲我知道如此的安靜，是因爲朋友在鄰近的農莊已經早早就寢安眠，如果我有需要前來這裡喚醒朋友們，請求他們給我慷慨的協助，他們將倒屣相迎。姑且不說我們的時間那麼容易被習慣性的活動塞滿，以至於幾個月之後不再留給我們片刻的空暇，而剛剛抵達一個城市的時候，一天所給我們的，是十二小時的自主時間，假設碰巧有那麼一天閒空著，我將不會想要運用這一天去參訪某間教堂，從前我是爲了這教堂來到了壩北柯，甚至我也不會拿起我在艾斯棣所見過的草圖做藍本，親自探究某個被艾斯棣畫入油畫中的景點，我倒是會前去斐瑞先生家中，找到他多下一盤棋。實際上，如同壩北柯這地方所保有的吸引力，這是一個每下愈況的影響，對我而言，它成了一個充滿舊識的地方；當沿著海岸線地域性的分布，點狀擴大的擺布，帶著不同的文化風貌，必定帶給拜訪不同的朋友時，一種旅遊的形式，這些朋友們也限制了這些旅程，成了一連串拜訪人的社會性愉悅而已。相同的地方名稱，單單看著《城堡年鑑》[763]，翻閱到有關芒什省的那一章，火車鐵路時刻表就會讓我意亂情迷，激起我那麼多的感動，如今都變成那麼熟悉，只是一個參考指標，是我可以參考的，看見藉由東錫耶爾可以抵達壩北柯—竇城的這一頁，心中的寧靜幸福感就像我讀著一本大型地址簿。在這座過於社會化的山谷裡，我感覺在山腰上所緊貼著的，肉眼或是可見或是不可見，是一大群人數衆多的朋友，詩情畫意的夜晚喧囂不再是梟或青蛙的叫聲，而是德．克里格多先生的「可好？」或者是溥力脩的「要喜樂！」[764]這裡的氛圍不再引起焦慮，只是浸淫在純粹人性的感覺裡，是有利於呼吸的，甚至是太安靜了。至少我從其中所擷取的好處，就是看事情唯有實用是盼。我覺得與愛蓓汀結婚這件事，好像是失去了理性。

第四章[765]

驟然轉向愛蓓汀。——旭日之惆悵。——我立即帶著愛蓓汀回巴黎。

我只等著一個機會做徹底的了斷。到了這個晚上，由於次日媽媽要出發去康樸蕊協助一位病入膏肓的姨媽，把我一個人留下，就如外婆想要的，讓我善加利用大海的空氣，我對媽媽宣稱我已經義無反顧的做了決定，不娶愛蓓汀爲妻，而且近期之內要停止與她晤面了。我很高興能夠藉著這一番話，讓母親在出發前一天感到稱心如意。她毫不隱瞞的表示，這件事的確讓她非常滿意。我還必須和愛蓓汀將這件事解釋個清楚。由於我和她一起從拉．哈斯柏麗野回家，忠誠之友們都下了火車，有人在聖—馬爾斯—勒—維杜停靠站下車，有人在聖—彼得之紫杉樹停靠站下車，其他的人在東錫耶爾停靠站下了車，我覺得不必黏著愛蓓汀而格外感到幸福，現在火車車廂內只有我們兩人，我終於決定要來討論這件事。眞實情況其實就是在壩北柯的年輕女孩們中，有一位是我所中意的，即使目前她本人和她的朋友都不在，可是她即將返回（每

763 關乎《城堡年鑑》（*Annuaire des châteaux*）。參見本書法文原典頁121。注1。

764 希臘文的「再見」：逐字意思爲「要喜樂」。

765 「沉潛心靈之悸動　第二集」，一九一八年第四章之標題（參見「序言」。頁二十四），與「沉潛心靈之悸動　第一集」，駐留壩北柯之起頭（本書法文原典頁148-178）形成對稱。在此，男主角再次看見范德怡小姐及他女友之間發生在濡樊山之場景（《細說璀璨之童年》。原典頁157-165）。若是說「沉潛心靈之悸動」使人想起普魯斯特於一九〇八年七月抵達卡布爾時針對母親所做的夢（同上。頁二十一），「沉潛心靈之悸動　第二集」使人想到的是一九一三年八月四日他匆忙忙的從諾曼地離開，隨行的是他的汽車司機兼秘書的伴侶，艾爾費德．亞格斯迪內里：普魯斯特七月二十六日到達了卡布爾，在滬加特（Houlgate）郊遊途中，決定重新搭上火車回巴黎。

一個女孩我都喜歡，由於一開始對我而言，每個人都有其他人的精髓，每個人都好像是一個獨立的族群），我所中意的那人就是安德蕊。既然幾天之內她要重新回到壩北柯，當然，她立即就會前來看我，那麼，如果我不願意娶她，我就要有這樣的自由不娶她，好讓我能夠前往威尼斯，不過在這期間，依然由我完全擁有她，我所採取的方法，將是不要露出太多我要找她的樣子，而且當安德蕊一到達，我們在一起聊的時候，我要對她說：「眞可惜，沒有在更早的幾星期前見到您！否則我就可以在那時候愛上您；現在我的心已經另有所屬。這倒沒有關係，我們可以經常見面，我的另一個愛人讓我憂傷，您可以幫助我得安慰。」我心裡想著這樣的對話，暗自微笑著，因爲用這種方式，我所賦予安德蕊的假象，就是我不是眞正愛著她；因此她也不會覺得我很煩人，於是我就可以高高興興的，神定氣閒的享受她的柔情。可是這一切都讓事情更顯得有必要和愛蓓汀好好談個清楚，免得作法上不夠細緻，因爲我已經決定要花功夫在她的女友身上，她，愛蓓汀，有必要知道我並不愛她。我應該立即對她說這件事，安德蕊有可能隨時會再返回。不過，因爲我們接近帕爾城了，我感覺那天晚上的時間不夠長，既然事情已經毫無轉圜，最好第二天再談。於是我只是和她談談我們在魏督航夫婦家所吃過的晚餐。就在她重新穿上外袍的時候，火車剛離開茵卡城，這是帕爾城[766]之前的最後一個停靠站，她對我說：「那麼明天魏督航家再見囉，別忘了，是您要來接我的。」我忍不住狠狠的回答說：「對，如果我不想『放棄』的話」，因爲我開始覺得這樣的生活眞的很愚昧。「無論如何，如果我們去那裡，爲了讓我在拉．哈斯柏麗野完全不浪費時間，我應該想到要問問魏督航夫人某件我很關心的事，可以當作我研究的目標，這會帶給我喜悅，因爲這一年我在壩北柯眞的不是很開心。」──「您說這話不是很恭維我，可是我不怪您，因爲我感覺得到您是個神經質的人。您說的喜悅是指哪樁？」──「希望魏督航夫人爲我請人前來演奏她非常熟悉的音樂家作品，我也認識這位音樂家的一個作品，可是似乎還有其他的，我很想知道它們是否已經出版了，而且與他前期的作品有何不同之處。」——「是哪個音樂家？」——「我可愛的小親親，如果我說他的名字叫做范德怡，妳就了解更多了嗎？」我們大可將所有的想法翻來覆去，都不能把眞相滾進去，眞相要從外面去尋找，正當我們萬萬想不到的時候，它用可怕的針扎了我們，讓我們永遠受傷。「您不知道您讓我覺得這有多麼好玩，」愛蓓汀一邊起身，一邊答道，因爲火車立即要停了。「這件事對我的意義不但遠比您所知道的更多，而且就算沒有魏督航夫人，我也可以爲您得到您所要的一切資料。您還記得嗎，我曾經對您提過一位比我年長的女友，她可算是個母親，是個姊姊，我和她在特梨椰斯特[767]渡過了最美好的歲月，而且幾個星期之後，我必須在歐爾鎮見到她，從那裡再一起去旅遊（這有點隨興，可是您知道我是多麼喜愛海洋），就是這樣！這位女友，（噢！完全不是您可能相信的那類女子！）瞧瞧這是多麼奇特，她正是范德怡的女兒最要好的女友，而我幾乎也同樣認識范德怡的女兒。從來我都是以大姊姊來稱呼她們兩人。我這小女子愛蓓汀向您証明，在這些音樂的事上可以對您小有用處，這讓我蠻開心的，如您所說的，況且您說得有道理，我在這方面一竅不通。」說了這些話，我們就進到了帕爾城火車站，康樸菘和濡樊山離這個車站那麼遙遠，范德怡都已經去世那麼久，卻有一個圖像在我的心裡攪動著，一個保留在密室裡年代那麼久遠的圖像，即使我把它存放進入倉庫那時，猜想得到這個圖像很可能有毒，我曾經想像：假以時日，它的毒素會全然喪失；然而它竟然被我鮮明的留在內心深處，——如同厄雷斯特被諸神攔阻不可尋短，好讓他注定有朝一日再回到家鄉

---

766 帕爾城火車停靠站之前的最後一站是茵卡城，這似乎是一個新的想法，與之前的指示說明不符；可特別參見本書法文原典頁494－495文本中之描述，德．蒙貝伊盧先生（M.de Montpeyroux）與德．克雷希先生（M.de Crécy）來到此車站拜訪搭乘火車的旅客。

767 特梨椰斯特（Trieste）取代阿姆斯特丹，在書寫藍圖中，阿姆斯特丹是愛蓓汀和范德怡小姐幽會的地點。關乎愛蓓汀與荷蘭，參見本書法文原典頁209。注5。

懲治殺死艾加曼農[768]的兇手——爲了施予我酷刑，或許爲了懲罰我，誰知道？因爲我讓外婆死去；原以爲它已被埋葬在黑夜中，突然它從黑夜深處冒了出來，像復仇者一樣前來擊打我，爲了對我啓動一個可怕的人生，是我罪有應得的，是嶄新的，或許也是在我眼前爆發那個致命結果，就是由著罪惡行徑不斷孳生著，不僅是對那些犯下錯誤的人，也是爲了那些沒做什麼、沒敢相信、只是觀賞一場奇怪、好玩表演的人，就如同我所做的，哀哉！某個遙遠的日落時分，在濡樊山，躲藏在小樹叢後面，在那裡，（如同我存著好意，客客氣氣的聽著斯萬述說他的戀愛故事那樣）我給自己的心裡面畫下了一條致命危險的路徑，讓它變成寬闊的苦路，指向「認知」。同一時間之內，對於我那最大的苦楚，我所感覺到的，是一種近乎驕傲的感覺，幾乎歡天喜地的，像個受到震盪的人，他向前大大躍進一步，讓他跳到一個至高點，是沒有其他努力可以幫助他攀升到達如此高度的。愛蓓汀是范德怡小姐女友的朋友，內行的女女戀操弄者[769]，就是它帶我貼近了我以爲極不可思議的事體，正如一八八九年世界博覽會的小型耳機[770]，大家極少想到它竟然可以挨家挨戶的傳達聲音，電話聲音盤旋在街道上，城市間，田野上，大海間，把國家與國家連接在一起。我剛剛所著陸的，是可怕的「未知之地」，向我展開的，是我始料所未及新階段的苦楚。然而將我們吞沒，洪水般氾濫的眞相，若是說我們暗地裡、微微的有所臆測，其規模雖不如洪水氾濫之浩大，卻是被這些假設預測得到。無可置疑的，就像我剛剛所知道的，愛蓓汀和范德怡小姐之間有染，這種事情不是由我的思想憑空想像，而是我暗自害怕著的，看見愛蓓汀貼近安德蕊，就會焦慮不安。我們不能直驅痛苦深處，經常都是因爲缺乏創意。最可怕的眞相給予痛苦，同時也帶來嶄新發現的喜悅，因爲針對我們長期反覆思考而不得其解之事，最可怕的眞相，它帶出全新又清晰的樣貌。火車在帕爾城停了下來，由於我們是唯一還在車廂裡的旅客，站務員呼叫「帕爾城！」，所用的聲音軟弱無力，感覺到喊出站名的工作沒有太大用處，他依然要習慣性的完成這項任務，他的兩樣心情就是要把事情做到，又是懶洋洋的，他更想要的是去睡覺。愛蓓汀坐在我的對面，看見這是她的目的地到了，從我們所在的車廂內裡向前走了幾步，打開了車廂車門。可是她所做的下車動作讓我心痛難忍，依照我的身軀和愛蓓汀的身軀之間各自獨立的位置來看，那並不是兩步之遙，若由一位眞正的繪畫家來表現，我倆之間是有此一空間作出分隔，然而這分隔彷彿是個表象，若有人願意依照眞正的眞相畫下應當畫出的物體，那麼他現在該安置愛蓓汀的位置彷彿不在離我稍遠之處，而是在我身軀之內。她就要離我而去的動作讓我痛苦難當，以至於我一面想留住她，一面絕望的拉住她的手臂。「您今晚來壩北柯睡覺，眞的不可能嗎？」我問她。——「眞的是不可能。我愛睏極了。」——「您來了，就幫了我一個很大的忙……」——「那麼，就這樣吧，雖然我不了解；爲什麼您更早些不說呢？總之，我留下來好了。」當我請人在另一層樓給了愛蓓汀一間房間時，母親是睡著的，我回到房間，倚著窗子坐著，壓抑著我的啜泣聲，免得母親聽見我的哭聲，她與我之間只有一片薄牆相隔。我連想要把遮板關上的念頭都沒有，因爲這個時候，抬起雙眼，我看見在我對面的天空裡，有同樣的這麼

768 在《奧德賽》（*Odyssée*）中，荷馬只說：厄雷斯特（Oreste）的父親艾加曼農（Agamemnon）被謀殺之後第八年，當他重返特洛依城（Troie）時，向母親克里棠妮絲特（Clytemnestre）以及母親的情夫艾吉斯特（Egisthe）尋仇（III。詩句306）。不過，依據後來的傳說，厄雷斯特在艾加曼農被謀殺的當下，他的乳媽愛西諾業（Arsinoé），或者他的姊姊愛麗克特（Electre），曾經救他脫離死亡。

769 《Saphisme》：（轉自莎芙之名詞）（文學用語）乃指女同性戀。莎芙（Sappho或作Sapho）乃是希臘女詩人。她所寫的七本詩集，如今我們只有斷簡殘篇，在上古時期極具盛名，詩集歌頌炙熱戀情與欲求。《二〇二〇年拉魯斯圖解大辭典》。**【譯者注】**。

770 普魯斯特搞錯了：在一八八九年巴黎世界博覽會中，最爲精良的設計在「通用公司電話館」（Société générale de téléphones）展出，特別是與三千訂戶連結的接撥器設置。最新奇的重大發明是愛迪生的留聲機（le phonographe）以及四個試聽廳，藉由電話機可使最重要的巴黎城內所演出的音樂現場互相連線。這個最新的發明被廣爲使用，名稱叫做「電話劇場」（théâtrophone），是普魯斯特非常珍愛的。（參見本書法文原典頁207。注1）。

一個小盞黯淡紅光，是我們在美麗海岸餐館內所看見的，一幅艾斯棣所做的關乎落日[771]的練習畫作。我記得當我第一天到達壩北柯[772]，從鐵路看見此一圖像時所帶給我的興奮，此一相同的圖像不是前導著夜晚，而是預告著新生的日子。可是如今沒有任何日子對我而言是新生的，日子不再開啓我對未知幸福的欲求，只會延長我的苦楚直到我無力承擔。寇達在帕爾城娛樂賭場對我所說的話，句句都已屬實[773]。長期以來，我所恐懼的事情，隱隱約約在愛蓓汀身上猜測到的一切，我的本能在她整個人身上析釐的一切，我在欲望的支配下而產生的念頭，致使我逐步加以否認的，這一切都是眞的！在愛蓓汀身後，我再也看不見海洋的藍色山脈，而是濡樊山的房間，在那裡，她投入范德怡小姐的懷抱，帶著如此的笑聲，讓人好像聽見了她享受情欲的怪異聲息。因爲愛蓓汀如此漂亮，而范德怡小姐又有她的癖好，怎麼可能不要求愛蓓汀來滿足她？她們的關係並沒有鬧僵，她們的親密關係正不斷的增強著，這就證明了愛蓓汀不以這事爲忤，而且也同意配合。愛蓓汀將下巴放在蘿絲夢肩上的優雅動作，眉開眼笑的看著她，在她的脖子上親吻，如此的動作使我想起范德怡小姐，對於如此動作的詮釋，我還是猶豫不決，不敢接受同樣一種動作所劃下的線索必定來自同一種惡習傾向，誰又知道呢，這個傾向，說不準愛蓓汀只不過是從范德怡小姐這邊學來的？逐漸黯淡的天空有了燈光。直到如今，每當我醒來時，對著微不足道之物，我都會展露笑顏，對著一碗咖啡牛奶，對著一陣雨聲，對著一陣狂風，我感受到所有將要來臨的日子再也不會爲我帶來未知幸福的盼望，而是延長我的酷刑。我依然在意我的人生；我知道，在這方面，只有殘酷等著我。我快跑到電梯按了鈴，找到了守夜的電梯管理員，顧不得時間不恰當，我仍然請求他前往愛蓓汀的房間，對她說我有要事與她商量，問她可否接待我。「小姐說，她比較希望是她來找您，」門房給我回話說，「她一會兒就到。」不久，愛蓓汀果眞穿著睡袍進來了。「愛蓓汀」，我對她低聲說著，一邊建議她不要提高聲調，免得吵醒母親，我們之間相隔只是藉著一片薄牆，它今天對我們造成不便，讓我們只能竊竊私語，從前，當外婆把她的意圖那麼清楚畫在薄薄的隔板牆上，它就像是一篇清澈透明的樂章，「我打擾了您，眞是慚愧。事情原來是這樣的。我必須對您說一件您所不知道的事，好讓您能明白。當我來這裡的時候，我離開了一位女子，是我應該迎娶的，她已經預備好非我莫屬了。今天早上她要遠行，一星期以來，我每天都自忖著，我要不要鼓起勇氣發一封電報給她，告訴她我改變心意了。我有了這份勇氣，可是我難過到了極點，想要輕生算了。這是爲什麼昨天晚上我問您可不可能前來壩北柯睡覺。假如我果眞要死了，我很想和您說永別。」如此的虛擬故事，很自然的讓我沛然淚下。「可憐的小寶貝，如果我先知道這件事，我就會在您身旁渡過一晚了」，愛蓓汀揚聲說道，她根本想都不想，我或許要和這位女子結婚，這位女子的「美好姻緣」卻消失了，愛蓓汀是那麼眞心的爲了我的憂傷而動了情感，我對愛蓓汀隱瞞了憂傷的肇始原因，可是它的實況和力道卻是無法掩蓋。「況且，」她對我說道，「昨天正當一路上從拉·哈斯柏麗野返回，我就感覺到您的神經很緊張，而且心裡憂愁，我害怕會出事。」實際上我的憂傷是從帕爾城才開始的，而神經緊張則是另外一回事，幸好愛蓓汀把兩者混爲一談，我只要和她在一起幾天而已，這是我神經緊張的原因。她補充說道：「我不再會離開您了，我會一直留在這裡。」準確的說，她所能提供給我的——也是唯有她能提供給我——是獨一無二的解藥，它化解了在我心中炙燒著的毒素，解藥與毒藥是有同質性的；前者溫和柔軟，後者殘酷無情，兩者同樣都從愛蓓汀那兒生發出來。目前的愛蓓汀——我的傷痛——不再致

771 一幅《海上日出》（«Le levé du soleil sur la mer»）作品由艾斯棣贈送給了美麗海岸餐館的老闆（《妙齡少女花影下》。原典頁391）。

772 男主角第一次抵達壩北柯時，從火車上看見了日出景觀（同上。頁223-224）。普魯斯特將當時所描述的內容被放在這裡：參見本書法文原典頁513。注1。

773 影射當愛蓓汀與安德蕊共舞時，男主角開始對於愛蓓汀的習氣產生了懷疑：參見頁191。然而娛樂賭場當時是設在茵卡城，而不是帕爾城。

使我痛苦難熬，——她，解藥愛蓓汀——所留給我的，讓我深受感動，像個大病初癒的人。可是我心想著：她不久就要離開壩北柯前往歐爾鎮，從那裡再往前走到特梨椰斯特。那麼，她從前的習氣將會再度發生。我優先最想要做的，是禁止愛蓓汀走水路，想要設法先帶她來到巴黎。如果她還要，就可以前往特梨椰斯特，當然從巴黎也比從壩北柯更容易，可是在巴黎我們將見得到面；或許我可以請求德．蓋爾芒特夫人間接影響范德怡小姐的女友，好讓這女友不要留在特梨椰斯特，讓她接受在別處的安插，或許在德．***親王家，是我在德．薇琶里希斯夫人家見過面的，甚至是在德．蓋爾芒特夫人這裡。即使愛蓓汀想要從他家前去看她的女友，這位親王可以在德．蓋爾芒特夫人所設的預警之下禁止她們彼此聯繫。當然我告訴我自己，在巴黎，如果愛蓓汀有這些癖好，她大可找著其他的人滿足她。可是每個屬於忌妒的動作都是特殊的，而且帶著觸動者的印號——這一回，是范德怡小姐的女友——是由她所挑起的。我最爲關注的是范德怡小姐的女友。神祕的激情使我想到奧地利[774]，因爲愛蓓汀來自這個國家（她的姑丈曾經是這國大使館的參事），它的地理環境特質，居住其中的族類，它的歷史建築，它的地理景觀，我可以把它們一一察看，就像看一本世界大地圖集冊，像看一本風景集錦專書，在屬於愛蓓汀的一顰一笑中，在她的每個姿態中，讀著如此神祕的激情，我依然感受得到這只不過是藉由顛倒的符號，出現在異常恐怖的領域中。沒錯，愛蓓汀就是從這裡來的。就是在這個領域中的每個屋子裡，她確定找得到的，若不是范德怡小姐的朋友，那就是其他的女友。童年的習慣將重新返回，三個月之後大家將要重新聚集渡過聖誕節，然後渡過元旦，這些日子本身對我而言已經是憂傷的日期，我在其中感覺到懊惱，帶給我不自主的回憶，從前的這些日子，元旦的全部假期把我和姬蓓特分隔兩地。用完長長的晚餐之後，聖誕子夜渡過了，當所有的人都喜氣洋洋，活活潑潑的，愛蓓汀和她那邊的女友們在一起，將會有同樣的姿勢，是我看見她和安德蕊在一起時所做的，若說愛蓓汀對她的情誼是天真無邪的，誰又知道呢？或許同樣的姿態，在我面前，在濡樊山，范德怡小姐與追逐她的朋友黏貼著。現在，正當范德怡小姐被她的女友搔癢，然後全人撲倒在她身上時，愛蓓汀炙熱泛紅的臉龐，我看見了，愛蓓汀一邊逃離，然後整個人投入她的懷抱，發出的笑聲，既怪異又深沉，我聽見了。在東錫耶爾，當聖—鷺遇見我和愛蓓汀，愛蓓汀對著聖—鷺做一些挑逗的動作[775]，相形之下，我所感受到的痛苦，忌妒，那又是何等的天差地別？還有，相較於我所感覺到的痛苦，一方面想到那位無名的啓蒙者幫了我的忙，讓愛蓓汀在巴黎給了我初吻，那天是我正等待著德．斯德瑪利亞小姐[776]回信的日子，這又怎麼說呢？被聖—鷺、被某個無關緊要年輕人挑起的另一個忌妒，這就算不得什麼了。在這種情況之下，我可能頂多是害怕有個情敵，我會嘗試著壓倒他。可是在這裡，情敵不是我的同類，他的兵器不一樣，我不能在同一個戰場上與他爭戰，也不能給予愛蓓汀相同的愉悅，甚至連準確了解她都有困難。我們人生有很多時刻，我們用全部的未來與一個毫無價值的可能性交換。從前我曾經有意圖放棄我人生中的全部優勢，爲了要認識柏拉登夫人，因爲她是斯萬夫人[777]的一位女友。今天爲了不讓愛蓓汀前往特梨椰斯特，我可能忍受所有的苦楚，而且如果這還不夠，我可能會將苦楚加諸於她身上，我可能把她隔離，把她拘禁，我可能拿走她身上不多的金錢，好讓金錢的短缺實際攔阻她從事旅遊。如同從前我想前往壩北柯，催促我離開巴黎的原因，是我渴想接近一座波斯風格的教堂，渴望看見一個清晨的暴風雨，現在，一想到愛蓓汀或許將要前往特梨椰斯特，我就心痛如絞，因爲她將會在聖誕節的夜晚與范德怡小姐的女友共度：因爲想像力，當它改變了性質，當它蛻化變成有感之事，就不再有能耐產生許許多多的串聯圖

774 關乎愛蓓汀神祕的國籍，奧地利似乎取代了荷蘭：參見頁499。注1。

775 參見本書原典頁252－253。

776 參見《富貴家族之追尋》。原典頁355。

777 參見《細說璀璨之童年》。原典頁406。

像。要是有人對我說她目前不在歐爾鎮，或者她不會在特梨椰斯特看見愛蓓汀，那麼我將會因此感到幸福與歡樂而哭泣！那麼我的人生和她的未來將會有多麼大的改變！然而我清楚知道，雖然我的忌妒讓我主觀的斷定這些事情會這樣發生，但是，如果愛蓓汀有這些癖好，她也可以和其他的人得到這方面的滿足。如果同一票的年輕女孩們是在別處看見她，那麼就不會折磨我的心到這步田地。就是從特梨椰斯特這地方，從這個未知的世界這裡，我感受到了愛蓓汀樂在其中，在這地方，愛蓓汀有她的回憶，有她的情誼，有她的童年戀情，於是如此帶有敵意的氛圍冉冉升起，難以釐清，就像那從前一直上昇到我在康樸萊臥室的那個氣氛，它來自餐廳，它在叉子所發出的聲音中，我聽見媽媽與陌生人談笑風生，媽媽她不來對我說晚安；這對斯萬而言，就是那個充斥在一些房屋之內的氛圍，在那裡，奧黛特在夜晚時分去尋找令他難以理解的快樂。這不再像是朝向一個美妙的國度，在那裡的族群是有思想的，黃昏是金色的，串鐘音樂是憂傷的，特梨椰斯特，如同蒙受咒詛的城市，是我想要立即加以焚燒，把它從真實世界中刪除的。這個城市埋在我心深處，如同一個永遠存在的銳矛。不久之後讓愛蓓汀離開我，好前往歐爾鎮以及特梨椰斯特，這使我深惡痛絕；甚至留在壩北柯也是一樣。因爲既然現在我的女友與范德怡小姐之間的親密關係給了我近乎真相大白的一半確據，我似乎覺得在所有愛蓓汀不與我相處的任何時刻（有一些日子，整天我都見不到她的人，因爲她姑媽的緣故），她是把自己交付給了蒲洛赫的表妹們，或許給了其他的人。想到就在今天晚上，她有可能去看蒲洛赫的表妹，我就要抓狂。因此，當她對我說數天之間她都要與我寸步不離時，我對她答道：「可是我要離開這裡回巴黎了。您要不要和我一起離開？您要不要來巴黎和我們小住一會兒？」我要竭盡所能的不讓她獨處，至少數天之久，我要把她留在身旁，好好的保證她不會看見范德怡小姐的女友。事實上，這也就是要她單獨和我同住，因爲母親藉著利用父親將要到別處巡視的機會，把外婆的意願當成該要順從的責任，外婆希望母親前往康樸萊數天之久，看看外婆的一個姊妹。媽媽並不愛這位姨媽，外婆對這位姨媽十分有情有愛，而姨媽的表現卻不如該有的預期。因此，孩子們長大了，懷恨中會記得哪些人曾經惡待過他們。不過媽媽變得像外婆，毫無忌恨的本領，她母親的人生對她而言，如同一段純淨又天眞的童年，在其中，她前去汲取的回憶，或有甜蜜，或有苦澀，它們調整了她的行爲來與這些或那些回憶連動。我的姨婆是可以提供媽媽一些格外有價値的細節，不過現在姨婆做這樣的事有困難了，姨婆生了嚴重的病（有人說是癌症），母親因爲不能提早前往看望而頗爲自責，因爲她要陪著我的父親，覺得這是很好的理由，換成是她的母親，也是會這樣做；由於媽媽要在高祖父的生辰忌日做外婆經常都會做的這件事，前去在他墳前獻花，這位先人在世對待兒女很不盡責，因此，在墳墓即將開啓的時候，我的母親想要帶給姨婆一些甜美的談話，是我的姨婆沒能獻上給我外婆的。母親到了康樸恣時，她會照管某些工程，是外婆常常想要做到的，可是條件是這些工程進行時，非得由她的女兒關照著不可。因此這些工程還沒有開始進行，媽媽不想比父親提早一步離開巴黎，不想帶給父親一種守喪的負擔，它是與父親有連帶關係的，不過父親不會像母親那麼的憂傷。「啊！這件事目前不可能，」愛蓓汀對我說道。「再說，您爲什麼需要這麼快回巴黎，既然這位女子已經離開了？」——「因爲我在認識她的地方心情會比較寧靜，勝過我在壩北柯這裡，是她從來沒見過，而且是我所厭惡的。」愛蓓汀後來是不是了解了，這另一位女子並不存在，而那個夜晚，我之所以眞的想要去死，是因爲她不謹愼的向我表示了她與范德怡小姐的女友有染？是有這個可能。有些時候，我覺得有這種可能。不論情況如何，那天早上，她相信有這麼一位女子存在。「可是您應該把她娶過來的，」她對我說道，「我的小寶貝，您就有了幸福了，而她也必定會幸福的。」我對她說，我可能讓這位女子幸福的想法，事實上險些讓我做了決定；前不久，我得了一筆大的繼承產業，允許我生活過得很寬裕，足以使我的妻子高興，那時我曾經幾乎就要接受我所愛女子爲我犧牲。愛蓓汀如此貼近她給我造成的苦楚，我被她的和善感動得醉醺醺的，如同我們樂意答應將一筆財富送給爲我們斟第六杯酒的咖啡館男服務生，我告訴她，我的妻子將會有一部轎車，一艘遊艇；憑著這一點，由於愛蓓汀非常喜愛開車和遊艇，她不是我所愛的對象，眞是太不幸了[778]；我很可能是她完美無瑕的丈夫，不過，我們有商量的餘地，我們或許可以高高興興的彼此見面。不過，就像我們喝得醉醺醺時，我們不敢把路人呼來喚去，以免挨揍，我謹守著自己，不犯下我在姬蓓特的時代所犯的粗心大意的錯，我對著愛蓓汀說，我所戀愛的人就是姬蓓特。「您知道，我差一點要把她娶了過來。可是我還好沒有膽敢如此做，我心裡其實是不願意讓一個年輕女子和一個病懨懨又很煩人的我生活在一起。」——「可是您是大錯特錯了，所有的人都要和您生活在一起，看看您是多麼被所有的人追求著。在魏督航夫人家，大家都只談論著您，別人對我說過，在更大的社交圈中也是如此。這女子，她對您眞的不是很友善，她怎麼給了您如此懷疑您自己的印象呢？我知道這是怎麼一回事了，她是個壞女人，啊，我討厭她！換做我在她的位子……」——「不對，她是個很和善的人，太和善了。至於魏督航夫婦，以及其他的人士，我才不在乎。除了我所愛的她，也是我已經放棄的她，我在意的，就只有我可愛的愛蓓汀了，當我多多了解我自己時，我只在意她而已，——至少在起初的日子裡，」我補上了一句，免得驚嚇了她，而且這些天能多多要求於她——「只有她可以稍稍安慰我的心。」我只淡淡的影射到某個結婚的可能性，我一邊說這是無法付諸實踐的一件事，因爲我們的個性不相配。身不由己的，我的忌妒心理，盤旋在聖—鷺和「上主之拉結」之間，在斯萬和奧黛特之間，他們之間的回憶老是糾纏著我，我太受他們影響，相信一旦我愛戀了誰，我就不會被她所愛，能把一位女子帶來與我心相繫的，只是利害關係而已[779]。或許依照奧黛特和拉結的樣子來判斷愛蓓汀，這是不合理的。可是判斷的人不是她，而是我；我的忌妒讓我過於低估了我可能啓發的情感。從這個或許是錯誤的判斷裡，很可能衍生出許多不幸落在我們身上。「那麼，您拒絕和我前往巴黎的邀請？」——「我的姑媽不願意我這個時候離開。況且即使後來我可以，我就這樣與您一起住在您的家，這難道不荒唐嗎？在巴黎，大家知道我不是您的表妹。」——「好吧！那我們可以說，我們稍稍有了訂婚的關係。這有什麼關係，因爲您知道這不是眞實的？」愛蓓汀完全露在襯衫外面的粉頸是有能力的，是金黃色的，帶著大顆的痣。我親吻了她，就這麼單單純純的，好像我親吻著母親，好平靜一個孩子的憂傷，這憂傷是從來未曾從我心中拔除的。愛蓓汀離開了我爲了前去整裝。再說，她的忠誠已經萎縮了；稍早，她曾經對我說：她不會離開我分秒。（我感覺到了，她的決心不會持久，因爲我害怕如果我們留在壩北柯，沒有我，今天，就在今天晚上，她會約見蒲洛赫的表妹。）可是現在，她剛才對我說她要先去緬尼城，下午才回來看我。前晚她沒有回家，可能有些信是給她的，再者姑媽可能會擔心。我回答說：「如果只是爲這樣的事，我們派電梯管理員去告訴您姑媽，說您在這裡，派他去拿您的信。」她很想表現得和善，可是又不樂意被挾制，她的額頭起了皺紋，之後，立刻非常好意的，說：「這樣也好」，她派遣了電梯管理員去辦事。愛蓓汀才離開我不久，電梯管理員就來輕輕敲著門。我沒料到正當我和愛蓓汀談著話的時候，電梯管理員已經有時間去過了緬尼城，然後又回來了。他來告訴我，愛蓓汀寫了一個簡短的信給姑媽，如果我要，她可以當天就前來巴黎。愛蓓汀親口對電梯管理員這麼說，這下子惹出麻煩來了，因爲清晨一大早旅館經理已經得到消息，他大驚失色，來問我是否有什麼事讓我不開心，是不是我眞的要出發，是不是我可以至少再等待幾天，今

778 在《伊人已去樓已空》文本中。男主角將要訂購一艘遊艇，一部勞斯萊斯牌轎車（Rolls-Royce）給愛蓓汀。男主角告知這些訂單的信，採用了一九一四年五月三十日寫給艾爾費德．亞格斯迪內里的信，年輕的人就是在這天去世的（《魚雁集》。冊十三。頁217）。

779 在一九〇八年初，普魯斯特就已經在記事本編號一號中的第二小冊裡，寫下了這樣的戀愛觀念：「我不愛戀著您，如果我見到您，我就會愛著您；要心機。由於取悅能力與提供幸福的能力闕如，我不強求擁有。夏爾特。因爲成了可笑的人而受苦＝愛情。假設痛苦可以消散，方法是給我自己漂亮的角色勝過愛情。因爲憎恨加增，或許又更可能。」（記事本編號一號。頁48）。這個原則將在《伊人已去樓已空》重新提出：「我過去曾經對愛蓓汀說：『我不愛您』，好讓她來愛我。」

天的風相當膽小（craintif）要提防（à craindre）。我不願對他說分明，表示我所要的，就是想盡辦法當蒲洛赫的表姊妹們散步的時候，愛蓓汀不要留在壩北柯，尤其是安德蕊，那唯一能保護她的人不在場，壩北柯就像這麼一些地方，當病患已經不能呼吸了，就決定無論如何不可再多停留一個晚上，就算是死在路上都在所不惜。再者，我即將看到一些同類型的祈求，必須由我加以對抗，首先發生的情況就在旅館內部，在這裡，瑪莉．金妮斯特以及賽莉絲特．艾芭瑞會哭紅雙眼[780]。（況且瑪莉會讓人聽見她啜泣的聲音像瀑布那樣的急促；賽莉絲特，比較疲軟，會建議她保持平靜；可是當瑪莉低吟了她所知道的絕無僅有的詩句：**「此地今生，丁香花兒皆凋零[781]」**，賽莉絲特就再也忍不住了，一大片淚水稀哩嘩啦的灑在她那丁香花般顏色的臉上；我自忖，她們當晚也就把我忘了。）之後，在小鐵路的服務地區，儘管我做了所有的預防措施，免得被人看見，還是會遇見德．康柏湄先生，他一看見我的行李，臉色就變成蒼白，因爲他寄望我後天去他家；他所讓我受不了的，就是要說服我，說我的呼吸困難是來自天氣變化，而到了十月，呼吸就非常平順了，而且他也會問我不管情況如何，我可不可以「把出發時間延後到一星期之後」，如此的措辭帶著愚昧，或許它之所以讓我憤怒，是因爲他所給我的建議讓我不舒服。當他正和我在火車車廂裡說著話的時候，在每一個停靠車站，我都害怕看見有頭冒出來，比起賀林拔或者格斯卡[782]更嚇人的，就是德．克雷希先生前來祈求我邀請他，或者更可怕的就是魏督航夫人堅持要邀請我。這些事都會在幾個小時後發生。目前還沒有到達這個地步。我只需要面對旅館經理絕望的呻吟。我把他支開了，因爲我怕這樣一路竊竊私語下去，總會把媽媽吵醒。我一個人單獨留在房間，這個臥室的天花板太高，我曾經在這裡非常不快樂，當我最初抵達的時候，在這裡我想到了德．斯德瑪利亞小姐，心中帶著那麼多的溫存，偷偷觀看著愛蓓汀和她的女友們經過，好像候鳥們暫時棲息在海灘上，在這裡，我請電梯管理員去把她找來之後，我以那麼灑脫的方式擁有了她，在這裡，我認識了外婆的良善，之後，知道她逝世了；這些遮陽板，早上的陽光灑落在下方，我第一次把遮陽板打開，爲的是要看見海洋上乍現的山麓（遮陽板是愛蓓汀讓我關上的，免得有人看見我們親吻）。當我與各種物體的本體兩相衝擊的時候，我更意識到了我個人的種種轉變。然而我們習慣性與它們相處，好像我們與人相處那樣，突然間當我們記起來了，它們這些人和物所蘊含的意義是不相爲謀的，當這些人和物完全失去了意義，所發生過的事件與今日所涵蓋事件大不相同，多元化的舉止在同樣的天花板下戲耍，映照在相同的書櫃櫥窗玻璃之間，如此的多元現象，藉由永遠固定不改的背景，藉由地點的單一完整，它必然帶來內心和生活的改變，而且似乎是變本加厲地進行著。

曾經兩、三次，頓時間我有了一個想法，在這個有圖書書櫃的臥室世界裡，愛蓓汀在其中那麼微不足道，或許這是智慧型的世界，它是唯一眞實的，我的哀愁，似乎像是閱讀小說而有的，唯有瘋子才會持續留在哀愁之中，久久不能解憂，而且延續到他的生命裡面；或許只需要我稍微做個努力動作，就能達到此一眞實世界，回到眞實世界中，藉由跨越我的苦楚，如同我們擊破一層紙糊的環框，不再多去擔心愛蓓汀的所作所爲，好像我們讀完一本小說之後，不會多擔心小說女主角的言行舉止一樣。再者，我最愛的這些情婦們從來都沒有與我對她們的愛戀產生過共鳴。如此的愛戀是眞心的，因爲我屈就一切事務爲了一親芳澤，爲了將她們珍藏在我一人身旁，我會啜泣，也因爲某個夜晚企盼著她們，不過，這些女子是比較具有啓動愛戀功能的人，她們牽動如此的愛戀直到頂峰，而她們只是這種愛戀的圖像而已。我見到她們，我等待她們，在她們身上找不到任何與我的愛戀相似的蛛絲馬跡，也無法爲如此的愛戀給出說明。唯一使我

780 這兩位跑腿侍女（courrières）已經在本書法文原典頁240－244出現過。

781 關乎這詩句，參見本書法文原典頁243。注2。

782 羅伯特．格斯卡（Robert Guiscard），大約於一〇一五—一〇八五年間是諾曼地多位亡命之徒中的一位，他們建立了拿坡里王國（le royaume de Naples）。至於賀林拔（Herimbald），普魯斯特在本書法文原典頁494已經提過他。

喜悅的，是與她們相聚，唯一使我焦慮的，是等待她們出現。我們可以說：有某種好品德不見得與這些女子有關聯，乃是藉由本性與她們有了裝飾性的接觸，而如此的好品德，諸如此類電磁的能力，激動了我產生愛戀之意，意即：指引我所有的言行舉止，招惹來我所有的痛苦。關乎這方面，女子們的美貌、智慧、或良善，都各有千秋。好像您是被一股電流通過了身體似的，我被幾次的愛戀搖晃了，我親身經歷了這些戀情，感受了這些戀情，然而永遠看不清也想不透。我甚至傾向於相信，在這些戀愛中（我擺在一旁不談的，是習慣性隨之而來的身體愉悅享受，可是卻不足以形成戀愛），在女子的外型之下，一些不可見的力道成爲伴隨著女子的裝飾物，我們轉而親近它們，好像我們轉向冥冥中的神仙愛侶。這些女子們的善意對待是我們所需要的，我們追尋與她們接觸的機會，但是並未尋得正向的愉悅。在約會中，女子將我們與神仙愛侶連結上關係，如此而已。我們好像獻祭似的，應許給出珠寶，旅遊，說出一些套用語句，表示我們的心有所愛慕，反面的套用語句，表示我們的心了無罣礙。我們動用了全部的能力，爲了獲得一次約會，但願此約會可以無煩惱的取得。然而，難道果眞是爲了女子自己，如果她不被這些祕密的力道充分支撐著，就算我們花費了這麼多的力氣，當她走了的時候，連她的穿著究竟如何，我們都說不上口，我們發現：其實都沒有正眼看過他一眼？

視覺，多麼不可靠的感官啊！人的身軀，就算是愛蓓汀那樣被愛的身軀，僅僅以數公尺、數公分之隔，也讓我們感覺它是十分遙遠。屬於身軀的心靈也是一樣。不過，一旦某樣東西強力的改變了這個靈魂與我們之間的位置，向我們證明此一心靈所愛戀的是其他的人，而不是我們，於是乎，憑著我們七上八下撞跳著的心，我們感覺到了，我們所珍愛的人兒不是位於距離我們身外數步之處，而是在我們身軀之內，在我們裡面，在一些多多少少屬於表層的地帶。不過這樣的話一說出：「這位朋友，她是范德怡小姐」這句話成了「芝麻開門」的通關語，是我自己不可能找到的，這個通關語讓愛蓓汀走進了我被撕裂的心腸深處。而在她身後隨之關上的門，縱然我有能耐找上一百年，也不知道如何能再將這扇門開啓。

當愛蓓汀剛才在我身旁的時候，我聽不見這些話語。我擁抱了她，如同在康樸蕊擁抱母親，好平息我的焦慮，我幾乎相信愛蓓汀是天眞無邪的，至少我不會持續不斷的想著我在她身上所發現的惡習。可是現在我是孤單一人，這些話語重新響起，如同某人一旦停止對您說話時，那個言猶在耳的聲音。她的惡習，現在對我而言已經是千眞萬確的了。即將東昇的旭日晨光，藉由改變我周遭之物的方式，似乎暫時以它爲基準而把我移了位，重新讓我意識到了我的痛苦更是變本加厲的殘酷。我未曾見過清晨開始得如此美麗，又是如此令人痛苦。一邊想著所有各異其趣的景色即將被照亮，昨晚，它們還給我滿滿的欲望要前去各地參訪，我就忍不住要啜泣。那時，用一種機械方式完成的獻祭動作[783]，讓我感覺得到象徵流血的祭品，每個早上，直到我生命的終了，我都得要歡然獻上，莊嚴的重新開始，每個晨曦，屬於我每日的憂傷，屬於我傷口的血痕，太陽的金色圓蛋彷彿被擠壓了出來，就在密度改變所導致的凝固現象裡，平衡產生了的斷裂，周遭圍著荊棘的火焰，像在油畫中所繪畫的，當太陽的金色圓蛋撕破了帷幕時，我們感覺得到太陽在帷幕後方已經微微顫動著，預備好隨時進入舞台，順勢衝出，在一股光芒浪潮帶動之下，將那神祕又凝結住的火紅掃除淨盡[784]。我聽見我自己在哭泣。這時我完全沒料到房門打開了，我的心跳動著，似乎看見外婆在我面前，如同曾經有過的一次，看見她顯現，可是那是在睡眠當中。這一切豈不就是一場夢？哀哉！我是清醒著的。「你覺得我像你可憐的外婆」，媽媽對我說道，——因爲她正是外婆的樣子——帶

783　《offertoire》：彌撒之一部分，包含全部伴隨著聖餐餅與酒的祝聖儀式與祈禱，獻祭。《二〇一一年小羅勃特法語文辭典》。**【譯者注】**。

784　本書法文原典頁512－514，一些關乎晨曦的描述，是由《妙齡少女花影下》文本中，敘述首次抵達壩北柯的敘事裡借用過來的。

著溫柔，似乎是爲了平靜我的恐懼，坦承她們有著如此的相似點，臉上的美好笑容，既是驕傲又是謙卑，完全沒有絲毫扭捏做作。她的頭髮凌亂，灰色瀏海沒有被隱藏住，捲曲在不安的雙眼和雙頰附近，她老了。她甚至穿著外婆的睡袍，這一切瞬間讓我認不出她來，讓我猶豫著，不知道我是否在睡夢中，或者是否外婆又復活了。長時間以來，媽媽已經酷似外婆，勝過我童年時期所認識的年輕、愛笑的媽媽。可是我沒有再去想這件事。我們花很長時間讀著書，恍恍惚惚的，沒發現光陰消逝，突然間，我們看見在四周之處，陽光無可避免地被拖曳著渡過了相同的一些階段，提醒我們在這點誤判了，以爲昨日的陽光今日依舊，在陽光四周被甦醒的依然是相同的和諧，相同的連結，正預備著落日來臨。母親她是以微笑著的方式提醒我弄錯了。因爲對她而言，她與她的母親長得如此相似，是一件美好的事。「我來了，」母親對我說道，「因爲我正睡著，可是似乎聽見有人在哭的聲音。這可把我吵醒了。你怎麼還沒躺下睡覺？而且你的雙眼充滿淚水。怎麼了？」我用雙手抱著她的頭：「媽媽，是這樣的，我害怕妳會把我當成拿不定主意的人。首先要說的是昨天我沒有好聲好氣的對妳提到愛蓓汀；我對妳說的是不對的。」——「可是這又有什麼關係？」母親對我說，看見太陽升起，她幽幽的微笑著，想到她的母親，外婆出於疼惜我的心，是一定要我觀賞的，爲了我不失去賞析景色的果實，她向我指著窗子。不過，在媽媽指給我看的壩北柯海灘後面的海洋，日出，我所看見連帶著令人絕望的一些動作，海灘後面逃離不開的，就是濡樊山的房間，在那裡，臉蛋粉紅的愛蓓汀，如同一隻肥肥的小母貓，捲曲著身體，揚起淘氣的鼻樑，取代了范德怡小姐女友的位子，說話帶著肉感的大笑聲：「好哇！如果有人看見我們，那就更妙啦。我啊！看我敢不敢淬口水在這隻老猴身上？」這一幕就是我所看見的，就在窗子裡所鋪陳開的景色後面，這景色覆蓋在那一幕上面，好像一層黯淡的布幕，蓋在上面像似一片反光鏡面。事實上，這一幕本身幾乎不像是眞的，如同一幅風景畫。在我們面前，在帕爾城懸崖的凸出之處，在這裡的小森林裡，我們玩過了抓鼬的團體遊戲[785]，它的斜坡下滑直到海洋，沉入依舊金黃色的海水亮光面底下，斜坡的樹叢如畫，如同黃昏時光，那時正值我在那裡與愛蓓汀一起午後小寐，我們起了身，看見太陽往下掉落。夜晚的霧色腳步雜沓，依然將粉色與藍色的殘破衣裳拖曳在擠滿清晨銀亮碎片的水面之上，船隻微笑著劃過水面，斜陽染黃了船帆和艋艄尖端，正如晚歸時分的船隻：想像著的景觀，巍巍顫顫，荒蕪一人[786]，晚霞，有異於依賴一連串白日時光的夜晚，我習慣於夜晚之前所見到的，它那純淨的景色零零散散，額外介入的，比起濡樊山可怕的圖像更容易忽隱又忽現，無法抹去，無法覆蓋，無法隱藏——屬於夢幻回憶中的圖像，饒富詩意卻又空泛不實。「可是又怎麼啦，」母親對我說道，「你沒有對我說過她任何壞話，你告訴過我，她有點讓你心煩，你放棄了娶她的主意，而且感到高興。這不該是讓你哭成這樣的理由。想想看，你的媽媽今天要出發了，她會很難過的，把如此淒淒慘慘的大寶貝捨下。更何況可憐的小寶貝，我根本沒有時間來安慰你。儘管我的行李已經打包好了，因爲這是出發的日子，我還是沒有太多時間。」——「不是這樣的。」於是，我盤算著未來，衡量了我的意志力，了解到愛蓓汀爲范德怡小姐的女友所表現的溫存由來已久，不可能是天眞無邪的，憑著她向我所展現的所有動作，愛蓓汀已經被帶入門了，況且她是一出生就帶著惡習的；已被焦慮的我多次感受得到，她也從未停止投向它（或許目前利用著我不在的片刻，她正在進行著她的惡習），我對母親說了，雖然我知道我將會使母親難過，她是不會向我表現她的難過，她所能表現的只是嚴肅的關切，當她了解到

785 Jeu de furet：一種團體遊戲，由參與遊戲者坐下圍成圓圈，將手中的物件（le furet）彼此快速的傳遞，站在圓圈中的那人要猜中誰掌握了物件在手中。一首歌謠「跑啊，跑啊，白鼬」（«Il court, il court, le furet»）伴隨著遊戲進行。《二〇二一年小羅勃特法語文辭典》。**【譯者注】**。

786 參見波特萊爾（Charles 1821-1867）所著《惡之華》，〈晨光〉（«Crépuscule du matin»）中之詩句25－26：「晨曦，哆嗦著，披著粉紅和綠色衣袍／在空曠的塞納河上，緩緩的，舉步向前」。（«L'aurore grelottante en robe rose et verte/s'avançait lentement sur la Seine déserte»）。

是什麼使我傷心、或者對我造成傷害的嚴重性，如此的表情，她第一次在康樸蕊已經表現過，當她不得已需要讓步，需要來到我的身旁渡過一晚，如此的表情，這時候像極了外婆允許我喝白蘭地酒的神色，我告訴母親說：「我知道我會使妳難過，首先，我不要照妳所要的，留在這裡不動，我要和妳同時離開這裡。不只是這樣而已。我在這裡很不舒服，我比較想回家。可是聽我說，不要太傷心，就是這樣了。我錯了，我昨天好心的欺騙了妳，我想了一整個晚上，絕對必須如此，而且讓我們立刻做決定，因為我現在很清楚了，因為我再也不會改變了，不這樣做，我活不下去了，我絕對要把愛蓓汀娶回家。」

專檔資料

文件資料

壹、同一族的姨娘兒們

在許多屬於《駁聖—伯夫》的筆記中，德·查呂思先生就已經被創造了。他當時被稱爲德·葛希或者德·桂希侯爵先生。一些斷斷續續的快速描寫草擬了這位人物的一生。當男主角在德·蓋爾芒特親王妃府邸的一次招待宴會中[1]看見德·葛希先生沉睡著，關乎性別錯置的大篇幅陳述就此被牽引了出來，寫在筆記編號第7號裡，它將出現於《所多瑪與蛾摩拉　第一集》中。

方括弧所指出來的，是手稿中缺少而被我們補上的字句。其寫法非常簡化：不關照被刪除的橋段，只將增添文字納入而已。

德·葛希伯爵先生睡著了，或者說他至少是閉上了雙眼。這段時間內他疲累了，面色十分蒼白，雖有黑色的髭鬚，捲曲的灰髮，我們依然覺得他出老，不過還是俊美。因此，靜止不動的白色臉龐帶著高貴氣，雕像似的，不見眼神，我覺得這像是他死後安放在德·蓋爾芒特教堂內墓石上的樣貌。我似乎覺得這就是他自己的葬儀面容，他個人的身體已死，只見他族群的臉龐，此一臉龐隨著各人的個性而轉變，依照個人的需要做安排，有些顯得更有智慧，有些變得更加俗氣，好像一座城堡的廳堂，按照城堡主人的喜

1　貝納·德·法洛瓦（Bernard de Fallois）在此提供了筆記編號7號及6號內部分選文的組合，以「受咒詛的族類」（«La Race maudite»）爲標題，放置在他所編輯的《駁聖—伯夫》版本中。參見賈利瑪出版。1954年。十三章。頁254-266。

好，輪番使它變成書房或是比劍武場。這個臉龐看在我眼裡，很細緻，很高貴，很俊美，他打開了雙眼，還沒來得及製造笑容之前就讓一個淡淡的微笑浮在臉上，這時候，我正研究著頭髮散開成髮絡之下的橢圓形額頭和雙眼，他的嘴巴微張，眼神在鼻樑高貴線條的上方發亮，他用細緻的手撥弄了一下頭髮，我對自己說：「值得同情的德．桂希先生，他那麼喜愛擁有男子氣概，若是他知道這個沒精神正微笑著的人，我這時候正看著的感覺，看他好像就是個女兒身！」可是正當我對自己說這樣的話時，我覺得一種奇幻式的大轉變發生在德．桂希先生身上了。他沒有移動身子分毫，可是驟然間一種亮光他從內裡點亮了起來，那在他身上使我訝異，打擾著我，看來似乎矛盾的一切，都轉而成爲和諧，我方才對自己說過這幾個字眼：「他好像就是個女兒身」之後，我明白過來了，他就是個女兒身！一點沒錯。他歸屬於女子族群，事實上這些人是矛盾的，正因他們的性情女性化，所以他們的理想就是要有男子氣概，他們在生活中與別人擦肩而過，從外觀來看，這些人與其他的人完全一樣，不過當我們的欲求穿透過小小瞳孔被凹雕在視網膜上，透過它，我們看見了世界，然而他們所領受的，不是水仙的形影，他們所見、所做的一切事上，被一個有男子氣概又挺直身軀的美男子投下身影。這是受了咒詛的族類，因爲他們美麗的理想，滋養他們欲求的養份，都是可恥之物，都會在恐懼中受到逞罰，他們被迫活在謊言和背信之中，一直要活到以被告身分坐在法庭的板凳上，面對基督，從某方面看來，如果受咒詛的族類有能力了解，他們的欲求是無法得到滿足的，因爲他們所能愛的是毫無女人味的男人，這男人不是「同性戀者」，也唯有從這樣的男人身上，受咒詛的族類可以滿足他的一種欲望，是他無法爲所愛的男人感受得到的，所愛的男人也應該不會爲受咒詛的人體會得到如此的滿足，假設愛的需求不是巨大的欺哄者，也不把他那眞正男子漢的外表，那個和別人一樣的男子，變成「娘娘腔模樣」，藉由奇蹟，有可能愛上這男人，屈就於這男人，因爲受咒詛的族類，像是犯罪的人那樣，被迫要隱瞞他的祕密，不讓他最愛的家人知道，唯恐家庭爲他而痛苦，唯恐朋友們藐視他，唯恐國家懲治他；這族類受了咒詛[2]，像遭受逼迫的以色列人，在共同蒙受的羞辱中，受了不該有的唾棄，到頭來，像以色列人那樣採納了共有的個性，有了一個族群的樣式，所有的人都具有某些特性，身體方面的特色通常引人厭惡，有些時候頗爲美好，這樣的人有疼惜人的心思、纖細的婦女心腸，可是也有女人本性中就有的疑心病和壞心眼，愛賣俏，愛搬弄是非，有女人那種處處蓬華生輝的本事，也有女人一事無成的本領；他們和家庭成員格格不入，與家中成員難以坦誠以待，與家鄉的人格格不入，在鄉親的眼中他們是還未露出馬腳的罪犯，與同伴格格不入，同伴厭惡被提醒存在自己身上的警告，就是他們所以爲的天生愛情是病態的瘋狂，他們的娘娘腔惹人厭，他們的愛慕之心卻是與友情絕緣，因爲當他們單單對朋友產生純淨友情時，朋友可能懷疑有它，不以爲那是純友情而已，他們感受到另有它物時，如果他們對朋友坦承，朋友們不會了解他們的情況，有時候他們成了盲目的錯誤認知對象，讓朋友在不知情之下喜歡他們，有時候他們成了被厭惡的對象，在他們最爲純淨的部分加以興師問罪，有時候他們成了好奇心追索的對象，嘗試要解釋他們，而且以顛三倒四的方式了解他們，在他們身上發揮出一套奇想式心理分析，甚至在自認爲大公無私的條件之下還是偏見叢生，而且優先接受偏見，如同一些法官認爲猶太人當然是賣國賊，同性戀很容易就是殺人犯；又像以色列人尋索與他們相異者，尋找可能不屬於他們者，卻是彼此互相在表面的詆毀之下，感受得到競爭敵意，把最不像是同性戀者當成最是同性戀者來加以藐視，好像把年齡最小的猶太人當成最不尊重猶太律法的人，感受到深刻的敵愾同仇，進

2　維俔於一八五二年在他所發表的《日知錄》（*Le Journal*）中，將貴族形容爲「受咒詛的族類」（«la race maudite»）（七星文庫。1948。第二冊。頁1260）。在《斯特羅》（*Stello*）中，他將此「種性中的賤民」（«caste de parias»）與以色列兩相比較：「此一族群已被生命冊除名，引人側目，像猶太人一樣」（«race aujourd'hui rayée du livre de vie et regardée de côté,comme la race juive»）（三十四章。小開本。頁2）。

入一種比起猶太人更爲寬廣的共濟會關係，因爲在這方面人們所認識的都微不足道，因爲如此的志同道合可延伸到無侷限之地，它比眞正的共濟會更形強壯有力，因爲如此的志同道合所倚賴的是屬於本性的契合，所倚賴的是品味、需求的一致性，可說是知識和來往方式的一致性，一眼就會識破踏上馬車的公爵有個兄弟就是替他打開門禁的流氓，或者有時候在女兒的未婚夫身上發現這兄弟而讓他痛苦，有時候在苦不堪言的嘲諷中，在他要尋求醫治惡習的醫生身上發現，在上流社會圈的一個排擠他的人身上發現，在他前往告解的神父身上發現，在民間或軍中負責辦他案情的法官身上發現，在將他訴諸法律的君王身上發現，如此的族類持著驕傲的心態，不願自成一族，不願與人類的其他人有所分別，免得讓世界其他人覺得他有一種病，其他人想要實現的沒有一樣行得通，這兄弟的愉悅享受像是虛幻，他的特色像是瑕疵，以至於自從有人從事寫作以來，我可以這麼說，在一開始書寫的起初幾頁文字裡，作家以公正的精神對待他，處理他的道德、智慧優點，顯示出這些優點，不像人們所說的在這可咒詛的族群中已被醜化，以憐憫的精神處理他天生的不幸，以及不公平的不幸遭遇，這些文章在這受咒詛的族類聽起來會更惹他生氣，讀起來他心中感受更是痛苦，因爲幾乎在所有的猶太人內心深處中存在著一個反猶思想者，大家一方面找著他身上有各種缺點的同時，把他當成基督徒看待，用這種方式諂媚這反猶主義者，在所有同性戀者的身上都有一個反同性戀者，對待這反同性戀者最大的羞辱方式沒有比此更甚者，就是承認他有各種才華，品德，聰明，愛心，總之完全無異於所有的受造人類，他有權利談戀愛，在自然允許我們的形式之下去了解愛情，不過仍有必要守住事實眞相，我們被迫要承認的，就是這種形式的戀愛是怪異的，這些男人是與眾人不相同的，不斷絮絮叨叨的，洋洋得意的說柏拉圖是同性戀，讓人聽起來很生氣，好像猶太人說耶穌基督是猶太人，卻不明白當時的習俗與好氣氛是與一個年輕人生活在一起，就像今日包養一個舞孃，在那時代，同性戀並不存在，那時蘇格拉底，這位古往今來最有道德的人物，對著兩個靠在一起坐著的男孩開著自自然然的玩笑，就像我們對著好像是情侶的表哥表妹開著玩笑，這些玩笑比較顯明它們屬於某種社會狀態，而比較不是單單屬於他個人化的理論，同樣的在耶穌基督被釘十架以前沒有猶太人，以至於雖說罪是原罪，不過罪也有它的歷史源頭在它成爲眾所周知者之前有歷史上交代不過去的時候；不過，藉由它抗拒訓誨，抗拒榜樣，抗拒藐視，抗拒法律的懲戒，於是證實了有一種處境是所有其他的人都知道的，它是如此的強勁，如此的出於天生，以至於如此的處境更讓人們有反感，勝過一些由道德產生病變才會犯下的罪行，因爲這些罪行可以是短暫時間內發生，每個人可以了解一個小偷、一個殺人犯的行爲，但是不能了解一個同性戀者的行爲；因此這一部分的人是被人類所棄絕，不過卻是人類家庭中看不見，數不清的重要的成員，在出其不意之處讓人起疑，誇耀式的，桀傲不馴的，在隱密之處，不曾受到懲治，處處皆是，在百姓中，在軍隊中，在會堂中，在劇場內，在苦勞役場，在王位上，互相拉扯，也互相支撐，不願承認，但是相互認識，猜測得到在某一個同類身上，而他自己是絕對不肯坦白的——更是不願意被他人知道——確定這人他就是同類，他生活在與一些人的親密關係中，一旦醜聞爆發，這些人看見他的罪行好像看見流血，這人兇暴像野獸，卻又習慣像個馴獸師，看見野獸平平和和和他相處，習慣和野獸玩耍，習慣談論同性戀議題，習慣刺激野獸發出不滿的聲音，以至於在同性戀者面前高談闊論同性戀議題，直到有一天，不可避免的，馴獸師將被吞噢，如同在所有的倫敦沙龍廣受歡迎的詩人，他本人和他的作品都被起訴，他自己找不著一處可安歇的床榻，他的作品找不到演出的劇院[3]，到了氣絕、死亡之後在他的墳上豎起他的紀念雕像，他被迫僞裝情感，變換所有的措辭，把句子改成陰性用語，親眼看見自己對他的友誼表達歉意，對自己的憤怒表示失禮，內在的義務以及出自他惡習的蠻横命令，要求他不要相信自己是惡習的擄掠物，

3　影射奧斯卡・王爾德（Oscar Wilde）（參見本書法文原典頁17。注1）。

這件事令他不安，更勝於社會性的義務，要求他不透露他的癖好讓人知道。

《筆記編號第7號，n.a fr. 16647, fo 49 55r0 et 52r0》

身處他人中間而被迫活在謊言之中，他在自己裡面與自己相處，既然身爲女子，他被迫相信自己是男子，以便取悅自己；縱然他落落大方的闊步走著，刻意忽略反而使他心浮氣躁，總要顯出軍人式的耀武揚威，他可笑的，像個英勇人士似的，把有女人味的臀部翹得老高，以蔑視的眼光看著他心中所喜愛的，他很眞心的削弱女人味，用的是俏娘子的語調和高亢的假嗓音。另有一些孤家寡人，每個星期天從他那深居簡出的城堡走出，遠離「兇惡」人群，一直走到鄰近的城堡的半路上，他們童年的玩伴如今已經成家，他則是逆向走了過來。在那地方，在三條路交叉的十字路口，荒蕪的斜坡之處，他們重溫了童年的擁抱，彼此不說一句話，彼此分離時什麼也沒說，當他們週間再度相見時，從不互相坦承他們所做過的事，不會彼此對說那件事，等待著下一個星期日，沒有雨水，沒有月光，彷彿是不會說話的兩位童年時期魅影短暫出現。另有其他一些人，大聲宣稱他們的信仰，或者至少只會與相同信仰的同道開玩笑，說話用著他們的語言，樂於使用專用辭語，做著宗教禮儀的手勢，又有其他一些人，中規中矩，留著腮鬍，奉公守法，厭惡惡習，面對所有的青年人，保持著外省來的少女的矜持，以爲對人說日安就是寡廉鮮恥，也有一些少數的人，面貌姣好得不得了，人長得精明，高貴，備受上流社會歡迎，他們來這裡晃一下，臉上帶著墮落天使的愁容，眼神看著女子，卻無法聽見爲他們殉情的心聲，不屑於公爵夫人的存在，卻爲管家心神不寧；另有一些人帶有慈母心腸，死心塌地的效忠，一輩子只要做（一個字無法判讀）一個國會代表，或者爲泥水匠找著工作；有一些人熱愛做導師，想要追求完美，或者引人歸正，擔任道德或藝術教授，把他們的小學生擁抱入懷中；又有其他的人潔身自愛，在生命中所引以爲憾的，就是不允許他迎娶火車站長，差派營長去營地，把他們生活的愉悅享受縮減到只賞給電報員兩個小錢，如此而已；在某些人身上，妻子幾乎已經拿走了男子氣慨的面具，他們於是尋找機會喬裝自己，爲自己描眉畫眼，展示他們的雙乳；又有其他的人，面目可憎、自吹自擂、寡廉鮮恥，在一家德式酒館中與他們旁邊〈的〉男子勾肩搭背，捲起他們的衣袖，讓人看見手臂上的手鐲，強迫一些青年人被他們色瞇瞇的眼神，或者先入爲主的挑釁式仇視眼神驚嚇而起身走出酒館，酒館服務生有禮貌的服務他們，卻也加以藐視，身爲對人生有歷練的服務生則是存著哲學家的想法收下小費；所有的人都具有雄心大志，單單與非他們族類的人往來，只有與他們在一起才輕鬆自在；不想去愛人，只要被非他們族類的人士愛慕，然而唯一的快樂最後只會朝向欲求，結局就是與他們起初所排斥的人相要好；藉由兩相情願的需求，同時藉由繼續往前的盼望，爲了迎合他們的欲求，在我們的時代活出一種充滿浪漫情懷的生活，如同環繞在顛覆分子和亡命之徒周遭那樣，散發出女性化的光環。

《筆記編號第7號，fo 50vo-52vo.》

有時候，在某個火車站，在某個劇場，您會注意在其中有這麼一些人，長得標緻，臉帶病容，穿著怪異，以一種表面上看來心煩的神情，看著對他們漠不關心的人群，這些人事實上正在尋找機會，想邂逅很困難尋得的賞析者，有感於他們要奉獻的特殊愉悅享受，對此賞析者而言，這些人所採取的無言查訪，在遠處以閒懶的方式進行著，這已經可算是個彼此相連結的暗號。大自然在這一方面並沒有格外給予他們優渥的尋愛機會，如同大自然對某些動物、某些花卉所做的，在這些動物和花卉身上，性愛的器官所在的位置非常不良，導致幾乎無法享受到性愛的愉悅。當然，對任何生命體而言，愛情絕非容易處理之事，愛情要求生命體與生命體相遇，而他們經常是各奔東西。不過，對這個大自然是那麼無情無義的生命體而言，困難更是增加百倍。他所歸屬的類別，其數量在地上是如此稀少，很有可能的情形，是渡過一輩子，他都不能邂逅適合戀愛的同類。他在同類中所需要的，是帶著陰柔女性的本質，才有可能預備好自己接受他的欲求，不過外表卻是陽剛的男子，才能引發他的欲求。似乎他的性情是建構得那麼狹隘，那麼脆弱，以至於愛情在如此的條件之下，先撇開不談來自各種敵愾同仇的社會威脅，甚至來自他心中的顧慮與犯罪的意念，導致這件事成了不可能的賭注。他們依然要賭上一把。不過通常僅能自限於粗俗的表面文章，既然依照他們的需要找不到陰柔的男性，而非陽剛的女性，他們只能以金錢從男性身上買來女性的柔情，或者，透過幻覺，以爲其中的愉悦終究美化得了這些人所尋得的愉悦，而在完全女性化了的愛人身上找著些許的陽剛魅力。

《筆記編號第編號7, fo 53 vo. 54 vo》

筆記編號第6號完成了人物的肖像以及性別錯置的圖畫。

年輕時候，當他的同學們對他提到與女子在一起的愉悦享受時，他緊靠著他們，僅僅以爲是與他們有了共鳴，處在同樣享受魚水之歡的渴望中。他感覺到這應該不是同一回事，他有感覺，可是不加以坦承，不對自己坦承。沒有月光的夜晚，他從波瓦杜的城堡外出，沿路走向他表哥吉・德・葛雷撒克的城堡。他與他相遇，在兩條道路交叉之處，在一斜坡上〈他們〉重複做了童年的遊戲，彼此分離時，一句話也沒說，幾天之間，都未曾提到他們在哪裡見過面，說了些話，彼此似乎帶著敵意，不過，在幽暗中，偶而彼此見面，啞口無言，如同他們的童年魅影彼此造訪。不過，他的表哥變成了德・蓋爾芒特親王之後，有了許多情婦，怪異的回憶只是偶一爲之。德・格爾奇先生經常在斜坡上苦等好幾個小時之後，心情沉重的回了家。之後，他的表哥結了婚，他看見他時，只見他談笑風生，與他關係略顯冷漠，不再有魅影互擁的經驗。可是育白・德・格爾奇先生住在他的城堡裡，比中世紀的城堡女主人更加孤單，當他前往車站搭乘火車時，雖然從未與站長說過話，他所遺憾的，就是怪異法規不允許他迎娶火車站長回家；或許儘管他非常執著於貴族頭銜，他依然有可能不在乎門不當户不對的姻緣；當被他看見值勤中的中校離開本地前去另一個營地駐紮時，他想做的事，是更換自己居住的宅第。在他諸多的愉悦享受中，就是有時候從他城堡塔樓憂心忡忡的走下來，經過千百次的猶豫之後，走到廚房，對肉商説，上回的羊腿肉不夠嫩，或者親自前往郵差那裡取回信件。他再度回到他的塔樓，研究先祖的家譜。一天晚上，他逕自前往扶正一個倒在路上的醉漢，另有一次，在某一條路上，將一位衣冠不整的盲人整理好衣裝。他二十五歲來到巴黎，面貌姣好，身爲上流社會的才俊，他那特立獨行的癖好尚未在他周邊圍上若隱若現的的光暈，後來將會使他與他人有異。可是他不屬於安德洛娟德（Andromède）所懸念的性別，他充滿憂鬱的雙眼讓女子眷戀著他，他所鍾情的對象卻是感覺他惹人生厭，他無法分享心中全部的熱愛。他有幾位情婦。一位女子爲他殉了情。他與幾位貴族青年交往，他們的癖好與他的相同。現在他發現自己已經永遠的歸屬於一個小集團，一方面，他仔仔細細的把這個事實隱藏著，而這些人，雖説對於那些認識此一小集團的人們心中充滿鄙夷或是憤怒，他們倒是歡喜相聚在一起，好像商人談論著他們的行業，不同的市場食品，雖是心中有所厭惡，也會忘卻自己屬於受咒詛的族類，甚至戲謔的説出專屬的辭彙，比劃一些行禮如儀的姿態。誰又猜想得到在這些一表人才的俊男身上會有如此的無理態度，在咖啡座裡鄙夷的起身走開，只要他們看見這群族類中的人渣，戴著手鐲，在咖啡座裡向年輕人擠眉弄眼，看在憤怒的服務生眼中，既是瞧不起他們，又是懷著歷練人生的智慧，接受這些人所給的小費，又有染有嚴重惡習的這些利未人，一本正經，滿臉腮鬍，好像公職人員，逃避與另一族群的人有所牽扯，他們認爲一旦被識破就會被藐視，態度永遠保持矜持，謹愼自守，看見他人略帶笑意，就認定這是汙辱，稍稍客套態度，就是期望有被愛的苗種，同理心中孕育他們的欲求，況且，他們有太深的罪惡感而不敢相信友情，唯恐這是導向祕密交好的端倪；對待年輕人態度矜持，欠缺禮貌，好像來自外省的少女，以爲交談，問安，微笑，就是不懂得害臊。不過，有時候，由於一種怪異的愉悅需求有可能在正常人身上綻放一次，他把〈他〉攬入〈他懷中〉的身軀有著女性的雙乳，類似孟加拉的玫瑰，加上其他更爲私密的特點使他經常心神不寧。他愛上了一位出身高貴的少女，並娶了她，十五年之間，他的欲求全都被維持在對她的欲求裡，如同一片深沉、蔚藍的人工池水。他的訝異好有一比，如同老字號的消化不良患者，二十年之間只能飲用牛奶而已，如今卻天天上英式咖啡座吃午餐，又吃晚餐，也好像閒懶慣了的人，變成勤奮工作者，又如同醉漢，如今除去了酒癮。她死了，也知道他懂得醫治疾病的藥物，這讓他較不害怕重蹈覆轍。逐漸的，那些讓他最爲厭惡的人們，他與這些人同流合污了。不過，他的地位稍稍讓他有所保留。他前往俱樂部時，會在康多爾協中學校門口稍作停留，之後，感到聊以自慰的，就是想到，德．帕爾默公爵和德．熱尼大公爵前往倫敦，所搭乘的就是他的船隻，因爲畢竟法國的重要貴族中，擁有他如此地位的並不多見，而且，正因這個緣故，英國國王會來這裡午餐。

《筆記編號第6號，n.a.fr. 16646. Fo 29vo.32ro》

同一族的姨娘兒們

在這些人之中，有些人不僅不對別人，連對自己也不坦承他們的本相。當他們在中學時，一位同學向著他們敘述與女子一夜春宵的事，他們很火熱的靠近這位同學，原先以爲這僅僅是爲了他們兩人在欲求一模一樣的快樂中互享。藉由某種無意識中的轉換，他們順利的將舉凡在文學中，在藝術中，在生活中，世世代代以來，已經將愛情的觀念像一條河川那樣大大打開了門户的，與他們怪異的欲求做了連結，他們的戀愛如此自然，導致他們最終忘記了他們戀愛的對象是不自然的。他們沒多想，唯有和他們一樣男女同體的人，才能分享他們的激情，他們用華特．司各特小說中女主角的信心，等待著羅伯—洛瓦（Rob Roy）和賽克遜英雄（Ivanhoë）來到。又有其他「學者」型的孤獨者，從來都不會坦承什麼。他們逃避世界。他們在一個不下雨的夜晚，從他們所在的城堡拾級而下，他們生活在此城堡之中，宛如中世紀被隔離的女士，走在路上，又走到另一條路上，這一條路逕自引領他們走到一個表兄弟的家業，他們在此家業中與表兄弟一起長大。走到了一個十字路口，他們相遇了，默默無語，在黑暗的斜坡上，他們重複做了童年的遊戲。之後，彼此無言的分了手，隨後的日子裡，當他們再度在這一人或那一人家相見時，從來都不做任何影射，他們保持著原樣，正如幾個晚上不應該在十字路口重新會面那樣，只是稍稍多了一些冷漠、苦澀，以及敵意。他們也不大明白他們是否是原先的自己，是兩個童年的魅影重新返回在黑暗的鄉下相互擁抱。鄰舍有了一些情婦，如此怪異的癖好在他身上蠢蠢欲動，如同童年患過的疾病，鄰舍與他失了聯，結了婚。憂鬱的城堡主人，在斜坡上一再癡癡的空等，之後，滿心憂傷、失望的回到家，登上塔樓，自此以往，他如葛梨賽里迪斯（Grisélidis）那般的玉潔冰心、滿懷哀戚，再沒有其他的喜悅可言，只是偶而在百般躊躇之後，下到廚房，當肉舖老闆送貨的時候，在門檻之處對他說道，前一天的羊腿肉不夠〈細嫩〉，或者春天早上，心中抑鬱難當，親自前往郵差那裡取信。一個失去理性的晚上，他把一個醉漢在他的道路上扶直，把一個盲人的凌亂衣冠重做整理。他心中大大憂傷，當他前往搭乘火車時，一邊想著，如果社會不是現今這樣，他就有可能向火車站長求婚，因爲害怕惹人厭，他不敢變更住宅地點，跟在出發前往另一個駐紮營地中校後面。可是另有其他的人，好像商人們在忙完生意之後，夜晚喜歡相聚聊一聊他們的職業，打聽關乎食品的消息。他們躲避不見世面，不過互相喜悅。誰又猜測得到，這些被女子所愛的優雅青年人，在如此桌前所談論的愉悅享受，竟是上流社會其他的人所不明白的〈？〉他們厭惡，他們斥責他們族群的愉悅享受，而且不與他們往來。他們會在乎自己的身分地位，只要單單與喜愛女子的人來往。可是和兩三個其他同樣被調教得像他們一樣有教養的人在一起，他們喜歡開玩笑，喜歡感覺他們是屬於同一族群的人。有時候，當他們獨處時，不經意的一個相關字眼，一個行禮如儀的姿勢會冒出來，在如此的動作裡，屬於刻意的嘲諷，不過也屬於無意識的手足之情和深沉的愉悦。這些人在咖啡座裡，留著腮鬍的猶太人看見他們時是帶著懼怕，猶太人只願意和他們自己的族群往來，因爲害怕〈被〉藐視，在惡習中的他們循規蹈矩，矯枉過正，要打黑領帶才敢走出門，看著美貌的青年人，眼神帶著冷漠，在這些年輕人身上不能揣測其中有他們的同類，因爲即使〈果眞〉我們很容易相信我們是有所求，我們也不敢太相信有求必應。這些人之中，有幾位，因爲害臊，某個年輕男子向他們問安時，他們只會支支吾吾的，不會好意的回應，如同這些來自外省的妙齡少女們，以爲微笑，或者伸手與人握手是不道德的。某個年輕男子的友善，投射在她們心裡的，是海誓山盟的多情種，因爲一個良善的微笑，足以讓希望綻放，之後，他們有自知之明，這是如此的有罪，如此的不爲道德所見容，以至於他們只能採取的，是不能證明有所曖昧的體貼。可是十年之後，揣測不到的美貌青年們，以及留著腮鬍的猶太人們，他們會彼此認識，因爲到那時候，他們隱密和共通的思想會在他們的身體周圍顯出光暈，沒有人認不出來這是什麼，在此光暈之中，我們區分出來了，好像某個美少年的夢幻形影；他們無法治癒的內在毛病有了進展，將要使他們亂了套；在道路盡頭，我們遇見他們挑釁的翹起女性化的臀部，以格外的放肆預告藐視必來，透過虛僞的無心無意，掩飾——又加強——目標失準的激動，他們放慢腳步靠近，一邊佯裝視而不見，卻經常看見中學生穿著短上衣，或者看見軍人的頭盔鬃毛；他們相互之間有了相似之處，我們會看見他們帶著怪異的眼神，漫不經心的態度，屬於在軍營四周徘徊的奸細。不過或有這些人，或有那些人，在咖啡座中原本還不相識，逃離在眼前的族群人渣，面對手戴手環的小集團，他們其中的一些人，在公開場合無所顧忌的將另一個男子擁抱入懷，又隨時撩起衣袖，爲要炫耀他們手腕上的一圈珍珠，讓人起身離座而去，好像遠離一種無可忍受的臭味，這些離座的青年人，是他們追逐的對象，所用的，是他們的眼神，又是挑釁，又是發怒，優雅的猶太人被他們認定爲笑聲娘娘腔，動作曖昧又凶惡，可是在這同時，憤怒的咖啡館男服務生有著哲學家的智慧，他認識人生，雖是憤怒，還是有禮貌的爲他們服務，一邊自己心中想著，是否要把警察找來，可是總要把小費放入口袋。他們族群其他的捍衛者，洋洋得意的爲族群貼金，甚至回溯到族群的起源，一副很聰明的樣子，引述柏拉圖和蘇格拉底，如同猶太人重複的說：「耶穌—基督是猶太人」，卻不明白就是連原罪也有它歷史的起源，拒絕永遠的審判，這就是自取其辱。

又有幾個人，嫻靜又極其貌美，是一些美好的安德洛媚德（Andromède），依戀著一種帶著他們走向離群索居的性別，眼中反映出來的是痛苦，因爲與天堂無緣，也帶著光彩，一些女子在其中自焚，爲它們輕生；還有其他的人，女子已經露出一半的臉。他們的雙乳凸出，他們尋找機會喬裝自己來呈現酥胸，喜歡舞蹈，化妝，胭脂，像個小女生，在最爲嚴肅的聚集裡，突發奇想，開始歡笑，開始歌唱。

《筆記編號第編號6. Fo 37 ro.41 ro.》

我回想起曾經在桂格城[4]看見一個年輕小男生，遭受他的親兄弟和舊識們的嘲諷，這位小男生在海灘獨自行走；他的臉龐姣好，帶著深思和憂傷，頭髮烏黑，它的光澤被增加，藉由他在頭髮上暗中所灑的藍粉。雖然他認定唇色是自然紅潤，他會在唇上略施口紅。他單獨漫步在海灘上幾小時之久，在岩石上坐下，以憂鬱的眼光詢問他所看著的藍色海洋，在不安中又堅持著自問，在如此的海景和天空中，一片輕盈的蔚藍，當年在馬拉松和薩拉敏的時代，他可否看見一艘快艇快速前來，把他一直夢寐以求的安提諾雨斯（Antinoüs）和他一起劫走，夜晚倚在小別墅窗前，晚歸的過客在月光中看見他在夜色中凝望，有人發現了，他趕緊退回屋內。他太純眞了，無法相信與

4　直到1913年，壩北柯的名字叫做桂格城（Querqueville）。

他的欲求相似的存在，會在書本以外找到，不認爲我們讓他吸收的放蕩場面會與他有任何瓜葛，他把這些放蕩場面擺置在等同於偷竊與謀殺之列，一直重新回到他的岩石觀看天空和大海，忽略水手們滿意的港口，只要是，不管用了什麼方式，水手們賺得到薪水。不過，當他的同伴們離他遠去時，或者在他所説的怪異言詞中，以及在他與同伴們相處的方式中，未曾透露的欲求就會表現出來。他們塗他的口紅，調侃他頭髮上的藍粉，他的憂傷。他穿著藍色長褲，帶著海藍色頭盔，憂鬱的、孤獨的漫步著，頹喪和悔恨吞噬著他。

《筆記編號第6號fo 35 ro 36 ro》

在「德．桂希侯爵（續）」標題之下，筆記編號第51號書寫了德．查呂思生平的兩個重要時刻的初稿：他與朱畢安相遇（在此是一名花店老闆，名叫博尼石），還有他與莫瑞的相遇（在此是一無名的鋼琴演奏者）[5]

這是下午後段的時間，如此美麗的時刻，空氣中似乎有著看不見的亮光，以至於浸泡在其中的每一件東西都會帶著一點光滑。大家覺得要觀看微不足道之物，觀看陽光還沒有照到的中庭，陰影中的花朵加上陽光下的花兒都是一片興高彩烈，因爲這個時候，任何色彩都被照耀得更爲出色，傳遞到人們的眼光裡，無可置疑的，它們的準確度以及和諧度均屬於一曲音樂的音符。讓我們喜不自勝的，是槐樹的粉紅花朵就是粉紅，它的顏色調和得如此準確。實際上，我相信之所以能得到如此準確的印象，是藉由些許的加工，是光芒浸潤了花朵的粉紅，浸潤了樹枝的枯褐，把它們放在更亮眼的粉紅和更亮眼的褐色裡面。花朵們似乎從周遭的氛圍中脱穎而出，像似在一片看不見的絲絨布面，花兒被放置著，微微地造成壓力。在屋頂上方，鄰近的

5　在此所提供的筆記編號51號部分選文，亨利．伯內（Henri Bonnet）以及貝納．布杭（Bernard Brun）版本曾經將它們發表在《德．蓋爾芒特親王妃早場宴會》（*Matinée chez la princesse de Guermantes*）一文中。賈利瑪出版。1982年。頁50-56。

修道院鐘樓呈現紅絲絨色彩，鐘樓推開了天空，天空在鐘樓的邊緣游走，如同我經常在康樸蕊所看見的鐘樓。陽光依然接觸著鐘樓高處的塔，由於被淡淡的陽光照亮著，它似乎顯得又更高了。就在這時候，大家會坐在門前面，說著：「沒有風。」博尼石他自己還沒有開始工作，來到門前稍稍透氣。我派人來探問德．薇琶里希斯夫人的身體近況，人家給我的回答是她的身體很好，沒什麼大礙。果然，我抬起雙眼看著一扇搖動著的門面時，我看見了德．葛希先生走出德．蓋爾芒特夫婦的家。我正看著他穿過中庭。他走到了博尼石店家的位置，可能是第一次看見敞開的店家，因爲他通常都是店家關門〈打烊〉的時候才來，在〈經過〉的時候，我看見他突然停下了腳步，朝著店家這邊看去，持續向前走去，又轉頭返回，像是忘記什麼東西的樣子，或者更像是個要〈表現出〉忘記了某樣東西的人，他留下不動片刻在中庭，拿出他的懷錶，神情緊張的看著，不專注的，趾高氣昂的，可笑的，四處張望著，哼著一條曲子。在如此安靜的黃昏午後，我依然聽得出來低聲吟唱著的副歌，同樣是這首《戀愛之星》[6]，是我第一次在海灘上聽見他唱過的。我確信，他不知道自己哼著這個歌曲的時候，正是當他被相同的情緒激動著，被一種不自主的聯想牽動，如此不自主的牽動，讓那麼多曲調成了某些心靈狀態的主題曲，而且當我們感受到某些心靈狀態時，這些曲調就會再返回，讓自己處在一種相同的情境當中，模仿一模一樣的動作，在自己的長褲上方，用手杖甩著同樣的姿勢，那天格外給了我深刻的印象，他還把鬍鬚挑高了一下，理了理他的玫瑰花皺褶，返回了德立眉的神態。可是讓我驚訝不止的，是我同一時刻看見在博尼石臉上和動作上出現了一種表情，是我在他身上〈從未〉見過的。一直以來都是這麼好的他，開始昂起頭來，擺出和德．葛希先生同樣有事要在身，一副冒冒失失的樣子，把雙手插在口袋裡，他吹著口哨，作出臉部的小動作，要表達的意思就是在這個中庭裡，他什麼都看

6　保羅．戴爾湄（Paul Delmet, 1862-1904）所唱的歌曲《戀愛之星》（*L'Étoile d'amour*）中的副歌。

見了，就是沒看見德．葛希先生，之後，他轉身進入了他的店家。德．葛希先生走了片刻之後又折了回來，他應該是把玫瑰花丢了，因爲他的花不見了，又到德．蓋爾芒特夫人家按鈴，我不知道他是否向府邸總管詢問哪裡有賣花的店面，府邸總管向他指了博尼石的花店。我得要出去，下樓，我這樣就完全看得見德．葛希先生和博尼石，而他們並不會看見我，況且他們手舞足蹈的談著話，不會想到別人。在被博尼石小姐擦得光滑的石磚上，下午五點的陽光鋪陳在上面，好像一個發亮又純淨的窗洞。博尼石站立在較暗的後方店面的門前，熱天一層美麗的陰影把後方店面塗得油晃晃的，成套金屬廚房用具在半暗半明的夜晚中發出亮光。德．葛希先生把〈他的玫瑰花〉插在鈕扣洞，把一枚零錢再放入口袋，這是多情的博尼石不願意收下的錢。德．葛希先生舉步向前走到了中庭，可是又停止腳步片刻，爲了向博尼石打聽某個訊息，我聽〈不〉清楚是什麼。我只聽見開頭的句子：「您應該相當認識社區，您或許可以告訴我」，之後，他壓低聲量，我只聽見藥劑師和賣栗子的商人這幾個字。我正面看見博尼石站立在金黃色小窗洞中間，神情帶著惱怒、忌妒和尊嚴。他挺直了身子，像個討俏的怨婦，帶著一種冷漠、痛苦、又做作的口吻，說：「依我看，您是個花心的人。」他的臉被陽光正面照著，他的雙眼線圈突然變得大了些。因爲在眼光之湖上，幸福的意念不再飛舞，眼神之中的孤獨驟然間到達不可思議的程度，那是被拋棄，也是被糟蹋的感覺。不過很快的，說長道短的陶醉感〈淹沒了他心中的失望〉。從那天開始，德．葛希先生改換了來造訪德．薇琶里希斯夫人的時間，而且他離開的時候，一定會先向博尼石購買一朵玫瑰花。而且根據他對德．蓋爾芒特夫婦的美言，從此以後，他們要買花就到博尼石的花店。芙蘭絲瓦甚至告訴我，透過德．蓋爾芒特夫婦的貼身家僕所說的，侯爵還幫博尼石找到了「一些小小的工作」。博尼石每週數次替侯爵處理一些小小的事情。「啊！侯爵眞是個大好人，芙蘭絲瓦說道，他那麼好，那麼好，一個這麼敬虔的人，完全像模像樣，啊！如果我有一個女兒，如果我有錢，這就是我可以閉著眼，把我的女兒終身托付給他的對象。——可是，芙蘭絲瓦，您的寶貝女兒就會有兩個丈夫了，您要記得您已經把她許給博尼石了啊。——啊！糟了，他也是個會讓妻子幸福的男人。他和侯爵正是同一類型的。」

《筆記編號第編號51。N.a.fr. 16691. Fo 6 ro 9 ro et 8 ro 10 vo》

既然在世上，所有的心靈
都會賦予某一個人
他的音樂，他的火焰
或者他的香氣[7]……

就像在這個中庭內，槐樹的花朵，不該留下不動，不和其他開了花的槐樹，遙不可及的花朵〈們〉結合，遙遠的花朵們，乘著蜜蜂和風的雙翅，穿過巴黎來找到它們，而且終於越過老舊隔牆找著了，這或許是這社區唯一的牆，有一棵槐樹倚著它，而且它的花朵們堅決的進入了中庭，因此有個人像我們的槐樹那樣稀罕，對他而言，夢中的花朵，就是一位比他年長的先生，肥胖的，頭髮花白，留著黑色的鬍鬚。槐樹哀哀怨怨的在我們的中庭裡變得枯黃。德．葛希先生每天來到此地，像那麼多昆蟲在花朵們周圍遊蕩，當花萼合上時看不見昆蟲，要他遇見博尼石，非得有那麼一天，在德．薇芭里希斯夫人的健康上有了這個突發性的不適以及結縭的機會。從那天開始，德．葛希先生改換了他來造訪德．蓋爾芒特夫婦的時間。

小山谷中的毛地黃[8]。

《筆記編號第編號51, fo. 7 vo-8 vo》

7　維克多．雨果（Victor Hugo, 1802-1885）。《內心之音》（*Les Voix intérieures*）。第十一首。第一段。

8　關乎毛地黃，參見「序言」。頁十一。

看見蕾奧妮的姑媽[9]的趣事讓我這一年幾度前往魏督航夫婦的家。這一年他們在夏圖[10]租了房屋。我經常搭最後一班火車，免得和所有的人一起搭火車旅行。可是星期六我必須躲著鋼琴師，因爲這一年他正在在軍樂團裡服兵役，晚晚的時間才到得了巴黎，然後再搭最後一班火車前來吃晚餐。姑媽不會等待到那個時候，免得趕著上路，到達目的地時「一臉紅咚咚的」。我方才買了車票，正要走向夏圖的火車時，我看到德．葛希侯爵在火車站內與各個相關單位聯繫的大廳裡，和一個軍人眉飛色舞的説著話，很快的，我就認出來了，這位軍人是鋼琴師。我搭了火車。那天晚上大家等待鋼琴演奏者等到很晚，他沒來，不過大家收到他發的一份電報，説他無法得到准假。糟糕的是姑媽正是搭了晚一班的火車，和我搭同一班車。她對侄兒臨時發的快信感到抱歉，看她的樣子，似乎相信是有這麼一回事。不過我相信她應該瞥見了她的侄兒，或許甚至想説我看見了的她的侄兒，因爲那天晚上在她家中，我注意到了，身著拖尾皺褶長袍的她，一直裝出不可高攀的姿態，而且似乎突然間傲氣倍增，趾高氣昂，近乎開始進入言語失調的狀態。幾個星期之後，她請魏督航夫婦帶來一位藝術保護者，特別是她侄兒的保護者，德．葛希侯爵。自此以往，現在每週兩次，我們會看見在聖—拉撒路火車站，一位肥胖的男子，頭髮花白，鈕扣洞戴著一朵玫瑰花，留著黑色鬍髭，搖搖晃晃的到達，火車站的熱氣使他的紅色脂粉往下流得很難看，現在他給自己的脂粉過度的塗在〔缺了一頁〕

《筆記編號第51號。Fà 9 ro.10 ro.》

9 這位蕾奧妮（Léonie）可能是畢特布斯男爵夫人（la baronne Putbus）的貼身女侍；魏督航夫婦家那位鋼琴家的姑媽，與蕾奧妮的姑媽，是同一人。

10 魏督航夫婦的渡假地點先是位於鄰近巴黎之處，到了終極文本才移到壩北柯附近。關乎與鋼琴家之相遇，參見終極文本，本書法文原典頁254。

貳、德·查呂思與公車查票員

預期出版《所多瑪與蛾摩拉　第一集》的起初，普魯斯特很有可能把這段文字從打字稿中取下，在一九二一年十一月《自由作品》（*Les Oeuvres libres*）中，它被放在「忌妒」標題之下。在終極文本中，他略過這段文字，不讓它復原。這是關乎德·蓋爾芒特親王妃對德·查呂思的所產生的私密激情，而德·查呂思則是寧可喜歡一個公車查票員（或者司機）。關乎這段文字插入終極文本的說明，參見法文原典頁114。注1。

說到親王妃喜愛德·查呂思先生的事，我一直懷著〈疑惑〉的態度，有一個晚上，疑惑解開了，因爲一段時間以來，她屢次對我說她是多麼憂傷，接著就對我談論起德·查呂思先生。爲了讓她不存希望，而實際上失望是會打擊她的，因此即使要付出憂傷爲代價，我也要對她說，有某些男人，論及聰明，他們是最爲出類拔萃的，論及敏銳度，他們也是最爲細緻的，然而這些人除非是與極爲粗俗的女子相處，否則他們的欲求就無法獲得滿足，她們不是千金小姐，是一些女傭，有時候是街頭妓女。我對她說，依照某些舊識〈對我說的〉，我恐怕德·查呂思先生是屬於這類的男子。「所以您們認爲我有所不知囉」，她對我說道，一邊以異常嚴厲的眼光看著我。之後，她表現出不明白自己剛才說了什麼的表情，她回應了我的話，問我是否相信，那些類似我所說的男子們，會不會依然有可能對女子產生愛意，因爲他們以美學的角度來看，女子是值得欣賞的，而且有沒有可能，這位女子的愛意，藉著不斷努力，終究會感動他們，讓他們啓動戀情。「愛情是一種大能，感覺自己被愛，人們對這事不會無動於衷的。」，我沒說出我的看法，那就是：愛情事實上是一種大能，感覺自己被愛，人們對這事不會無動於衷，不過它會拒人於千里之外，因爲這種事妨礙人主動去愛。「我甚至不知道我爲什麼問您這個問題，她對我說道，我認識過那麼多女子的例子，她們最終都讓愛情發揮了作用。」她説的可能是實情；類似我們的欲求要信以爲眞，而我們的理性告訴我們無法落實的一些空思幻想，到了人生的盡頭，經過一段長時間的經歷，我們發現對某些人來説，如此的空思幻想竟然成眞了。因爲在大自然界，環境和生命體的變化如此之多元，以至於幾乎沒有任何組合不可能出現，即使如此的多元變化，表面上看來，依據我們所以爲最可靠的原則，它並不符合。不過，依照十年之間所翻閱的全世界報紙集冊，人們會發現有這樣的敘事，述説這這樣的人生，發生在它身旁的，有大仲馬的《四五年代》，有巴爾札克的《十三豪傑軼事》，有大仲馬的《基度山恩仇記》[11]，還有夏洛克·福爾摩斯的了不起的舉動，讓這些都成了事實，事情的後續發展，就是如果讀了這些作品，我們決定和幾位朋友重新經歷這些小説人物的歷險，兩個禮拜之內不會被警察逮個正著。在上流社會中，我們注意到了親王妃的焦躁不安，她心生恐懼，依照她的年紀談衰老還太早，而精神上的激動不安在她現在的生活中，導致她無法保持青春美貌。甚至有一天，在一個德·查呂思先生也一起受邀吃晚餐的場合，因爲這個緣故，她打扮得光鮮亮麗的來到了，可是顯得怪異，我發現了如此的怪異，原因歸咎於她爲了顯得年輕——這或許是她生平第一次——她好好的給自己濃妝豔抹了一番。喜歡外顯她的裝扮，這已經是她一直以來的缺點了，而這次誇張得更過分。只要她一聽見德·查呂思先生説到一個肖像畫，就足以讓她複製相關的配件飾物，並且裝扮上身。有一天，就是這樣，她戴了一頂龐大的帽子，模樣是從庚斯博羅（Gainsborough）的肖像畫複製過來的（最好擺出一個畫家，他的帽子是格外醒目的），現在她又回到平常的話題上來了，關乎年老珠黄的悲哀，關乎這方面，她引述了雷佳密耶夫人的話，説，當她走在路上，掃煙囪的小男孩不再

---

11 大仲馬（Alexandre Dumas, 1802-1870）所著的《四五年代》（*Les Quarante-cinq*），《基督山恩仇記》（*Le Comte de Monte-Cristo*），以及巴爾札克（Honoré de Balzac, 1799-1850）所著的《十三豪傑軼事》（*Histoire des treize*），包括了《飛拉固斯》（*Ferragus*），《德·蘭潔公爵夫人》（*La duchesse de Langeais*），以及《金眼少女》（*La Fille aux yeux d'or*）。

回頭看她，她就知道自己的美貌已經不存在了。「放心吧，我親愛的，可愛的瑪麗，德．蓋爾芒特公爵夫人回答了，用的是溫柔的聲音，好讓她那多情又溫柔的語調不讓表姊妹生氣，因爲這是帶著嘲諷的，您只要戴著像您現在所戴著的帽子，您可以確信，大家少不了都會轉回頭來看您的[12]。」

大家開始竊竊私語，說她戀愛著德．查呂思先生，言談中加入漸漸被發現有關乎德．查呂思先生生活的種種，還有親王妃的德國血緣，幾乎都有助於反德瑞福斯派人士的奧援。當有個持搖擺不定想法的人，爲了支持德瑞福斯無罪的立場，而強調說，像親王這樣一個身爲愛國者，反猶的基督徒，都已經改變了原先的想法，認爲德瑞福斯確實無辜，人們就回嘴說了：「他豈不是娶了一個德國人爲妻子嗎？——對，可是……——這個德國女子豈不是德行敗壞嗎？她豈不是愛著一個有特殊癖好的男子？」儘管親王的親德瑞福斯思想完全不是由他的妻子所提示給他的，也與男爵的習氣沒有關聯，反德瑞福斯派人士的哲學家是如此下的結論：「諸位看得可清楚了！或許德．蓋爾芒特親王是誠心誠意的要做個親德瑞福斯派思想者。外邦女子對他施展了祕密的影響力。這種方式是最爲嚴重的。我有個好建議。每逢諸位找到了一個親德瑞福斯者，再多摳摳一些。諸位就會在不遠之處發現有猶太人住區，外邦人，性別錯置者，或者華格納迷。」於是帶著卑怯懦弱的態度，大家的談話就此打住，因爲總得要坦承，親王妃是個華格納迷。

12　在一九一二年五月，普魯斯特寫給加斯東．德．卡依雅維夫人（Mme Gaston de Caillavet）的一封信中，轉用了一句類似由德．史璫迪石夫人（Mme Standish）對葛瑞芙伯爵夫人（Mme Greffulhe）所說的話：「另一個人若把雷佳密耶夫人（Mme Récamier）的話當真，她就會明白了，當她經過的時候，如果掃煙囪的小男孩們不會回頭再看她，她的美貌就已經不存在了。德．史瑺迪石夫人對她說：『喲！您可別害怕，我親愛的，只要您一直如此妝扮自己，大家總是會回頭看您的！』」（《魚雁集》。第十一冊。頁157）。普魯斯特記得聖—伯夫敘述雷佳密耶夫人的故事：「對一位她多年不見的女子稱讚她的面貌時，她回答說：『啊！我親愛的朋友，不必有幻想了。有一天我發現，掃煙囪一些小男孩們走在路上，卻不再回頭看我，我就明白一切都完了』」參見《週一之寒暄》（*Causeries du lundi*）。第三版。一八五七年。第一冊。頁132-133。

每次親王妃知道我應該會前來她家時，因爲她知道我經常與德．查呂思先生會面，她應該是預備了一些安排得相當聰明的問題，好讓我不會察覺問題背後所隱藏的事，而能夠掌握得到關乎德．查呂思先生的某個立論，某個藉口，牽扯到某一個地址，某一天晚上，是否眞有其事。有時候，在我拜訪她的整段時間內，她不問我任何問題，看起來如此無意義，努力要讓我注意的，是她沒有提出任何問題。和我道別之後，門已經打開了，就像沒有事情預先想好那樣，她問我五、六個問題。事情這樣發展著，當有一個晚上，她請人來找我，我覺得她極度焦躁無法自已，難以強忍著不啜泣。她問我是否同意帶一封信給德．查呂思先生，也也請求我設法把他帶來找她。我快跑去找了他，他站在鏡子前面，正在抹去一點脂粉。他看了信——是最絕望的呼籲，就如我那時開始所知道的——請我帶回去的答案，是說那天晚上無論如何絕無可能，是說他生病了。一邊和我說著話，一次又一次從花瓶裡取出一朵顏色稍有不同的玫瑰，試著插在他的鈕扣洞口裡，在鏡子前看看和他的膚色搭不搭配，試來試去都無法做決定。他的貼身家僕進來對他說道，梳妝師傅已經到了；男爵向我伸出手要向我表示告退。「不過他忘了帶燙髮鐵捲」，貼身家僕說道。男爵怒不可遏；唯有看見面紅耳赤會破壞他的氣色，這才勉強讓他重新稍爲拾起他的平靜，然而比剛才更苦澀的絕望攙雜在其中，因爲這下子不但頭髮不能像原先期待的那麼輕飄飄的，還加上滿臉通紅，汗流浹背，鼻頭發亮。「他可以去找來，貼身家僕語帶玄機的說道。——可是我沒時間，男爵發出抱怨，目的是讓這樣的怨氣產生等同於火暴的憤怒，同時讓激怒他的人不會使他熱氣沸騰。我沒時間了，他哭喪著臉說道，半小時之後我就應該出發了，要不然，我會錯過所有的事。——那麼，男爵先生要吩咐他進來嗎？——我不知道啊，我不能省去燙髮的事，告訴他，他是個畜生，是個惡棍，去告訴他。」不過我走了出來，我快跑去親王妃家。氣喘吁吁的，她重新寫了幾句話，請我再替她捎信過去。「我過分要求你對我的好意了，可是您眞的不知道這有多麼重要。」我又回到德．查呂思先生的家。在快到達他的住處之前，我看見他與朱畢安會合在一起，面對著一輛停妥的出租馬車。一輛經過的汽車車燈瞬間照亮了在出租馬車深處的一個頭盔，以及公車司機的臉龐。之後，我不再能看見這個人了，因爲人家把公共馬車停在一個黑暗角落，在一個完全黑暗的死巷角落。我走進這條巷道，免得德．查呂思先生看見我。「上車之前給我一秒鐘，德．查呂思先生對朱畢安說道，我的鬍鬚有沒有亂掉了？——沒有，您很帥。——你耍我！——您不要用這種字眼，對您不合適。對您將要看到的人而言，您是可以的。——啊！他看起來有點像個痞子，這個我不討厭。可是我想稍稍知道一下，他是哪類型的男子，不太瘦吧？」於是我了解了，德．查呂思先生之所以不前去救援痛不欲生的美麗親王妃，根本不是因爲和某個相愛著的，或是欲求中的某人，而是被人安排好了要見到一個未曾謀面的人選。「他不瘦，有點肉，肥肥的，放心，他完全是您的類型，您看著好了，您對我的小伙子會滿意的」，朱畢安補充說道，針對男爵所用的似乎不是那麼直接合適，直接帶著宗教禮儀式的表情，像俄國人稱呼一個過客爲「我的小老爹」那樣。他和德．查呂思先生上了出租馬車裡面，所以我再也聽不見什麼了，不過，心情慌亂之中，德．查呂思先生忘了關上玻璃窗，開始不自覺的，爲了表現出自在的神色，說起話來音調高亢，尖聲，就像當他表演時那樣。我很高興認識您，特別不好意思把您留在這麼破的出租馬車裡等我，他這麼說，爲了將他焦慮而空洞的思想填補一些話語，沒有想到這麼一輛破出租馬車，對一個公車的司機而言已經是很好的了。我希望賞光，和我渡過一個晚上的時光，一個舒舒服服的夜晚。您都是晚上才會有空？——除非是週日。——啊！週日下午您有空。太好了。這樣就好辦了。您喜歡音樂嗎？您偶而會去音樂會？——我經常去。——啊！這樣子！非常好。您看，我們已經很談得來了，認識您我眞高興。我們可以去欣賞高隆音樂會，通常我都會有蓋爾芒特表姊的，或者我表哥菲利普．郭布爾的一樓包廂。」男爵不敢說是保加利亞國王，唯恐顯得「吹牛」，雖然公車查票員完全聽不懂這句話的意思，對於郭布爾這姓氏也毫無概念，這個親王的姓氏對德·查呂思先生來說，已經是太張揚了，誇大了他要給的好處，開始對這個姓氏謙虛的作了一點負面的評價。「沒錯，我的表哥菲利普·郭布爾，您不認識他」，就好像一個富人立刻對坐在三等車廂的旅客說：「在三等車廂裡比頭等的好多了」，「說實在的，這是我羨慕您的一個新增理由，因爲他這個人很笨，而且不是說他特別笨，而是惹人厭，所有郭布爾家族的人都是這個樣子。再說，我總是羨慕您的，生活在户外應該是很舒服的，一邊還可以看著形形色色的人面，而且停在一個美麗的角落，有著樹影，因爲我的朋友朱畢安告訴我，您的公車路線終點是拉·木野特。我一直都很想定居在那裡。那是全巴黎景色最美的地方。那就這麼說定了，我們去高隆音樂會。我們可以不管一樓包廂。不是因爲我不覺得讓別人看見我和你在一起很有面子，只是我們會比較不受打擾。上流社會的人都很麻煩，不是嗎？再者，我說這話不是爲了我那既迷人又漂亮的蓋爾芒特表妹。」就像害羞的飽學之士唯恐被人評斷爲賣弄學問者，要把一個有學問的比喻簡短說完，結果適得其反，變得更冗長，變得完全晦澀難懂，就如同男爵試著將赫赫有名的姓氏抹去光彩，讓他的說明對公車查票員而言，變得完全無法理解。這個查票員不能明白這些措辭，試著依照語氣高低分辨這一套說辭，因爲這些表達是出自一個表示抱歉的人的措辭，以至於他開始害怕得不到朱畢安讓他期待著的那筆錢。「當您星期日去聽音樂會的時候，您也都是是高隆音樂會嗎，男爵問道。——對不起？——星期天您都是去聽哪場音樂會？男爵又問了，有點不耐煩起來。——有些時候去康寇帝亞，時候去開胃酒音樂會，或是瑪尤音樂會。不過我更喜歡動一動雙腳。整天都坐著，很煩人的。我不喜歡瑪尤。他一副娘娘腔的樣子，我討厭極了。原則上，這一類型的男人都讓我厭惡。」由於瑪尤很有名氣，查票員聽懂了男爵的話。不過不懂爲什麼男爵要去看瑪尤，不可能要去看他所討厭的人吧。「我們可以一起去博物館，男爵又說了。你去過博物館？——我知道羅浮宮博物館，和格雷方博物館。」我回去找了親王妃，把她的信帶了返回。失望的她，衝著我作出了一個憤怒的動作，又立刻道了歉。「您一定會討厭我了，她說道，我不敢要求您第三次回去找他」。未到單向小巷前，我讓人停了車，我走進巷內。出租馬車還在那兒。德．查呂思先生對朱畢安說：「就這樣吧！最方便的作法是這樣，您和他先下車，領他走回去的路，再來這裡找我。好吧，我希望再看見您。我們怎麼做？——就這樣吧！當您要外出吃午餐的時候，可以請人捎個信息給我。」查票員這樣說。查票員的這種表達方式，用在德．查呂思先生的生活上，並不十分準確，男爵不是「出門前去吃午餐的」的人，查票員所要說的，比較是可以運用在公車的職員身上或者其他人身上的說法，這應該完全不是指出查票員缺少智慧，而是他藐視本土作法。身爲大師級人物的傳承者，查票員對待德．查呂思先生的態度，就像他是維洛奈思或是拉辛一樣，來處理加拿婚宴中的新郎所對待的人物，或像厄雷斯特對待他的人物，維洛奈思畫出了加拿婚宴的新郎丈夫，拉辛描述了阿基里，二位大師的筆下，彷彿傳奇式的猶太人屬於威尼斯貴胄的盛大喜宴安排者，而傳奇中的希臘人隸屬於路易十四的王室。德．查呂思先生不認爲應該點破這個錯誤，回答說：「不，您和朱畢安再作安排吧，這樣比較簡單。我還會和他談談。晚安，很高興見到您。」他又加上這句話，擺離不了他那身爲上流社會人士的友善以及大貴族的傲氣。或許在當下，他比處在上流社會時還要更注重上流社會的姿態；因爲當我們走出自己的舊習慣時，害羞的感覺讓我們沒有能力玩新花樣，幾乎對於一切事情，我們都是援用舊有的習慣記憶的來處理；如此一來，要格外費力才能運作出來的，是那些我們以爲得要擺脱掉的行爲，幾乎像是當我們停止服用有毒性的藥劑時，要加倍服用解毒藥劑才行。

朱畢安和查票員走了出來。「看吧！我對你說過了什麼？朱畢安說道。——啊！這樣的晚上時光，我得需要好多次才行！再說，我喜歡聽人這樣談話，不急不徐的，像個不著急的人。他是神父不是？——不，完全不是。——他很像一個我有一次去給他拍攝肖像的攝影師。不是他嗎？——也不是，朱畢安說道。——騙人，查票員說道，以爲朱畢安要矇騙他，由於德．

查呂思先生對於後續的約會沒有明確的表態，可能會不再理睬他了，不免擔了心起來。你騙人，你說這人不是攝影師。我可是把他認出來了。他住在愛沙梨過去的第三條街，他養了一隻黑色小母狗，我想，狗的名字叫做「愛情」，我可是知道的！——你說這話笨透了，朱畢安回答。我不是說沒有一個養黑色母狗的攝影師，我是對你說，我把你介紹給他的這人不是攝影師。——好，好，就算是你說的對，我有我的想法。——你可以有你的想法，我無所謂。明天我過來告訴你約會的事。」朱畢安回到出租馬車，可是生氣的男爵已經走出馬車了。「他是好，有教養，客客氣氣。可是他的頭髮長什麼樣？他該不是個禿子吧，我沒敢要他脫下他的鴨舌帽，我激動得像個未婚妻。——瞧你像個大寶貝！——好吧我們再說吧，不過下一次，我更想看見他正在值勤的樣子，比如說，我乘計程車到拉．木野特，在那裡，我到他的慢車裡靠在他旁邊的角落。縱使票價雙倍也行，我想要他作出相當狠心的事。譬如，他假裝沒看見老太太們向慢車招手，錯過了這班車，她們再不會有車了。——好壞的心眼！這種事。叩叩，這可不好辦，因爲還有駕駛，你懂嗎，他要在工作上有好表現。」我從單向小巷走了出來，我記得在德．蓋爾芒特親王妃家的晚上（我正說著有關這晚上的事，它卻被我提早說出來的這個插話打斷了線，不過我還會回頭來說），那時，德．查呂思先生不承認他愛上了德．莫雷伯爵夫人，我告訴自己，如果我們會讀出我們所認識之人的想法，我們會經常感到訝異，原來他的想法當中極大部分是與我們所以爲的不一樣。離開了單向巷道，我到了德．查呂思先生的府邸。他還沒回來。我把信留下了。第二天，我們得到了的消息，是德．蓋爾芒特親王妃誤用了藥物，中了毒，發生這個意外之後，她一連好幾個月生死未卜，退出了上流社會好幾年之久。自從這件事發生以後，我有幾次機會搭乘公共馬車時，我付款買位子的查票員，是朱畢安在出租馬車裡「介紹」給德．查呂思先生的。這位查票員是個胖子，長相醜陋，滿臉痘子，視力很差，現在需要戴著如芙蘭絲瓦所稱的單片眼鏡。看見他，我總是會想到德．蓋爾芒特親王妃的激動和驚訝，如果我有可能接近親王妃，並對他說：「等等，我要指出那個人給您看看，德．查呂思先生不肯接受您三次的呼喚就是因爲這個人的緣故，那天晚上，您服了毒藥，因爲這個人，您的人生遭遇了所有的噩運。您來看看這個人吧，他就在不遠的地方。」親王妃的心跳一定會加速。她的好奇心或許也會被某種羨慕的心理牽絆著，面對一個有著相當的魅力的人，是這人讓德．查呂思先生，這麼善待著親王妃的男爵，對親王妃的懇求卻是無動於衷。好多次，她以爲這個人或者是男的，或者是女的，在親王妃的憂傷之中，攙雜著恨意，不過終究也帶有同情心理，借給這位人士的臉龐是一副最爲高貴的面龐。於是，看見這位滿臉長著痘子，其貌不揚，俗不可耐，眼睛泛紅又是近視，這是多大的震撼！當然引起我們憂傷的理由，內附在佞一個被愛的人身體裡，有時候是可以被我們所諒解的；特洛伊城的年長者，看見美女海倫經過時，彼此說：「我們的災禍都不如她的一個媚眼。」不過，相反的情形恐怕更是常態，因爲（甚至反倒是絕色美女常常會被丈夫拋棄）通常一些幾乎在所有的人眼中看來是醜態的，他們反倒是會激發難以解釋的愛情；原因就是，大家論到愛情，就好像雷奧納論到油畫，這是一個屬於想法的問題[13]。再說，我們甚至不能說特洛伊城的年長者的情況比另一種更常見（在這人面前所感覺的驚訝會引來我們的憂傷），假設我們讓時間稍稍流轉，特洛伊城的年長者的情況幾乎永遠會和另一種情況混合，讓狀況變成只有一種。假設人們從來未曾見過美女海倫，又假設萬一有機會讓海倫命中注定要活到又老又醜，大家有一天對特洛伊城的居民說：「諸位都來看看這位出名的海倫」，面對一個臉色泛紅，身材肥胖，體態變形的矮小老女人，他們的驚訝，恐怕不亞於德．蓋爾芒特親王妃面對公車查票員的程度。

《N. a. Fr. 16710. Fo 22-38.》

13　Cosa mentale：對達文西而言，油畫之設計藍圖屬於想法的問題。在作品尚未付諸實踐之前，腦中的想法尤其優先重要。【譯者注】。

參、紀德之日記

一九二一年五月中，安德烈．紀德曾經多次造訪普魯斯特。談話內容說明了《所多瑪與蛾摩拉　第一集》出版當下普魯斯特的思維。紀德的親身說法讓《追憶似水年華》之中的少女乃是擷取自男性人物的概念成了形。

五月十四日。

昨天晚上與普魯斯特渡過一小時。連續四天他每天晚上都派來一部汽車來接我，可是每個晚上汽車都沒接到我……昨天，正因爲我事先對他說了我應該沒有空，他於是準備著要外出了，因爲與人在外有了約。他說他好久都沒下床了。雖然在他接待我的房間裡空氣很悶，他還是發抖著；他剛剛離開另一個溫度高很多，讓他渾身冒汗的房間；他抱怨說，他的人生走到了苟延殘喘的垂死境地，雖然我一到，他就已經預備好要對我談論男同性戀的議題，不過他有所停頓，問我是否可以給他關乎福音書方面的清晰教導，我不知道有誰對他重複說過，我在這方面的言談格外內行。他希望從福音書中找著支撐和舒緩病重纏身的力量，他花了很長的時間向我描述病情所帶給他的極大痛苦。他肥胖，或者更好說是臃腫；他有點讓我想起尚．洛杭。我把《寇立東》（*Corydon*）帶給了他，關乎這本書，他答應我不對任何人提及；由於我對他說了幾句關乎我的《回憶錄》：

「您大可開懷暢談，他揚聲說道；不過條件是絕不要用『我』字。」這可讓我爲難了。

他絲毫不否認或隱藏他是男性戀者，他開口陳述這個議題時，我幾乎可以說：他口氣頗爲誇大。他說他和所愛的女人從來都是止於精神層面，他只和男性有性行爲[14]。他的談話不斷有外物介入打擾，並沒有連貫性。他告訴

14　我們在手稿中讀到的字是「pratiqué」。

我，他深信波特萊爾是男同性戀者：「依照他討論女女戀的情況，還有他覺得有需要討論女女戀，這就足以讓我深信不移了」，我表示不同意：

——總之，假設他是男同性戀者，他幾乎是不自覺的；您不會想他有經驗……

——怎麼不可能！他揚聲說道。我的看法完全和您不一樣；您怎麼會懷疑他不做這事？像波特萊爾這樣的人！

而依照他講話的口吻，我若懷疑這點，似乎就是汙辱了波特萊爾。我但願他所說的是對的；而且男同性戀者的人數是比我原本所想的要多一些。總而言之，我不會以爲普魯斯特是個例外的男同性戀者。

星期三

昨天晚上，我正要上樓就寢，那時聽見一聲門鈴響起。是普魯斯特的司機來訪，他是賽莉絲特的丈夫，要把《寇立東》這本書送還給我，是我五月十三日借給普魯斯特的，他建議我搭他回程的車，因爲普魯斯特身體好些了，他請司機告訴我：若能勞駕我前來，而且我也不以爲忤的話，那麼他是可以款待我。司機說的句子比起這個長了許多，也更複雜許多，不像我所引述的這樣。我自忖：他是一路開車過來時把句子學會了的，因爲當我開始要把他的話頭打斷時，他把句子從頭又拾了起來，一口氣把句子說完才停下來。同樣的，稍早一個晚上，當賽莉絲特替我開了門，在表達完普魯斯特很遺憾無法款待我之後，又補充說道：「先生祈求紀德先生確實告訴自己，先生他正連續不斷的惦記著他。」（我立即把這個句子記了下來。）

長時間以來，我心想，普魯斯特是否以他的疾病來玩弄技巧，爲要保護他的寫作（這樣的作法，我是完全認爲合情合理的）；可是昨天，還有另外一天，我確信了他是眞的身體很不舒服。他說他連續躺著幾個小時，連頭部也無法轉動；他整天臥床，而且連續躺了好長的日子。偶而，他用毫無血色的手背刀順著鼻子兩側滑動，手指頭僵硬、怪異的分開著，動作持續堅持著，卻是笨拙，似乎像是動物或是瘋子的手勢，令人看了不免心驚。

那天晚上，我們說的話不多，只是略略談到男同性戀；他說他責怪自己如此「猶猶豫豫」，這讓他轉移「花影下的少女」成爲書中異性戀部分的內容，那是所有男同性戀的回憶所帶給他的優雅、柔美和迷人的部分，導致他所能留給《所多瑪與蛾摩拉》的，只有怪誕可笑和卑鄙下流而已。可是當我對他說，他似乎要將男同性戀者好好譴責一番時，他的態度顯得十分不自然；他並不表同意；終於我明白了，我們所看爲寡廉鮮恥的，足以引來嘲諷和厭惡的對象，以他的角度來看，並不是那麼需要加以排擠。

當我問他是否著力將如此的情欲以年輕及貌美來呈現，他回答我說，首先要說的就是舉凡吸引他的，幾乎從來都不是美貌，而且美貌和欲求之間幾乎沒有關聯——至於說到年輕時光，這是他輕而易舉就可轉移的部分（做爲轉移的功夫，這是最爲輕鬆易行的部分）。

安德烈．紀德。《日記》。一八八九年—一九三九年。賈利瑪。七星文庫。一九五一年．頁691-694。

普魯斯特生平與年代表

1589年

哲翰．普魯斯特（Jehan Proust）姓名出現於伊梨耶市（la ville d'Illiers）重要人物中。

1621年

吉爾．普魯斯特（Gilles Proust）姓名出現在伊梨耶市檔案中，該檔案隨著世紀變遷，記錄了羅伯特（Robert），西蒙（Simon），米迦勒（Michel）以及克勞德．普魯斯特（Claude Proust）等姓名。

1796年

馬賽爾．普魯斯特母系之舅公（grand–oncle）艾拓夫．克雷密厄出生（Adolphe Crémieux, 1706-1880），他乃是七月王朝、第二共和與第三共和時期重要政治人物。有功於頒布阿爾及利亞之猶太人享有法國國籍之政令。後來擔任猶太人環球協會理事長（le président de l'Alliance israélite universelle），死時享有國葬尊榮。

1801年

馬賽爾．普魯斯特之祖父，法蘭索瓦．華倫登．普魯斯特（François Valentin Proust, 1801-1855）在伊梨耶出生。

1808年

凱薩琳．薇吉妮．竇爾什（Catherine Virginie Torcheux）出生，與法蘭索瓦．華倫登．普魯斯特（François Valentin Proust）結縭，成爲馬賽爾．普魯斯特之內祖母。他們在伊梨耶市經營雜貨店，店名爲：普魯斯特—竇爾什之店。

1814年

原屬烏爾登別（Wurtemberg）之家庭，經營瓷器店之巴魯師・衛伊（Baruch Weil）在巴黎生下納德・衛伊（Nathé Weil）；同年，莎拉・納坦（Sarah Nathan）也出生，納德・衛伊即馬賽爾・普魯斯特之外祖父。納德・衛伊將成爲金融家，擔任證券經紀人有限責任股東，他的親兄弟路易（Louis）先成爲法官，後成爲金融家。

1816年

馬賽爾・普魯斯特父系姻親之姑丈，菽勒・艾密甌（Jules Amiot）出生。

1824年

愛德樂・伯恩卡斯岱（Adèle Berncastel）在巴黎出生，1845年嫁給納德・衛伊，成爲馬賽爾・普魯斯特之外祖母。

1834年

法蘭索瓦・華倫登・普魯斯特（François Valentin Proust）與凱薩琳・薇吉妮・竇爾什（Catherine Virginie Torcheux）所生之子，艾德里昂・普魯斯特（Adrien Proust）於伊梨耶出生，即馬賽爾・普魯斯特之父親。

1847年

菽勒・艾密甌娶艾德里昂・普魯斯特之姊姊，馬賽爾之姑媽，伊莉莎白・普魯斯特（Élisabeth Proust, 1828-1886）爲妻。

喬治・衛伊（Georges Weil），馬賽爾・普魯斯特之舅舅，出生於巴黎。他將居住於奧斯曼林蔭大道102號，直到1906年逝世。

1849年

珍妮・克麗芒斯・衛伊（Jeanne-Clémence Weil）於巴黎出生，她是納德・衛伊（Nathé Weil）與愛德樂・伯恩卡斯岱（Adèle Berncastel）之女，馬賽爾・普魯斯特之母親。

1862年

艾德里昂・普魯斯特在巴黎提出醫學論文：*Du pneumothorax essentiel sans perforation*。

1863年

艾德里昂．普魯斯特博士任職診所主任。

1866年

艾德里昂．普魯斯特博士之專業高等教師資格被認定，發表專題論文：« Différentes formes de ramolissement du cerveau »。

1869年

爲了建立一個保護歐洲免於霍亂災病之防疫線，艾德里昂．普魯斯特博士被派到俄羅斯與波斯執行公部門任務。

1870年

7月19日，法國向普魯士宣戰，9月2日敗北於色當（Sedan）。9月4日宣告成立共和國。

9月3日，艾德里昂．普魯斯特（Adrien Proust）與珍妮．克麗芒斯．衛伊（Jeanne Clémence Weil）在巴黎結縭。這對年輕的夫婦定居在巴黎第八區，鄰近聖—奧古斯丁教堂之巴黎第八區國王街8號（8, rue Roy, VIIIème arrondissement）。

9月19日開始，巴黎城被圍城四個月。

1871年

1月28日，巴黎投降。3月18日起至5月28日，巴黎公社造反，可怕的鎮壓隨之而來。懷有身孕的普魯斯特夫人很可能飽受各樣焦慮及物資短缺之纏擾；趁著春天，她的丈夫將她搬到奧德怡區（Auteuil）拉．豐登街（rue La Fontaine）96號，與她的舅舅路易．衛伊（Louis Weil）同住。7月10日，馬賽爾．華倫登．路易．猷金．喬治．普魯斯特（Marcel Valentin Louis Eugène Georges Proust）在此出生。小嬰孩生下來非常衰弱，一輩子將帶著母親懷胎時期受到驚嚇的記號。8月5日在聖—路易．德．安當教堂（Saint–Louis d'Antin）領嬰孩洗禮。

1873年

5月24日，馬賽爾．普魯斯特之弟，羅伯特（Robert），在奧德怡區出生。同一日，共和國總統迪業（Thiers）辭去總統職位，由馬克—馬宏（Mac–Mahon）取而代之。8月1日，普魯斯特教授和夫人搬到馬烈柏林蔭大道（Boulevard Malesherbes）9號定居；二樓套房擁有六房，他們將在此渡過二十七年。二十五年間，奧德怡區的房屋將成爲他們的休閒宅第：「我們和我的舅舅所居住的這宅第毫無品味可言，它位於奧德怡區一個大花園中間，花園被兩條街道貫穿（從莫札特大道直切過來）。然而，當我沿著陽光普照的拉・豐登街走著，聞著椴樹香氣，上到我臥室的片刻，所感到的喜悅是無法言喻的[1]〔……〕」。復活節及暑假，與艾密甌（Amiot）全家在伊梨耶一起渡過。

艾德里昂・普魯斯特刊載《論及國與國之間之保健學觀念》（*Essai sur l'hygiène internationale*）論文。

1877年

5月16日，馬克—馬宏強迫內閣解散；德・布羅格理公爵（le duc de Broglie）領導內閣無方，下議院解散。選舉之後，馬克—馬宏屈服了。

1878年

馬賽爾・普魯斯特童年時期少有重要事件發生。9月間，全家在伊梨耶渡假；「羅伯特與山羊」突發事件被寫在《一九〇八年記事本》之「書寫紀錄」中，後來演變成《細說璀璨之童年》（*Du côté de chez Swann*）中之〈與山楂花訣別〉一文，或許是這時間所發生之事。

1879年

1月，馬克—馬宏辭去總統職位；蕀勒・格瑞維（Jules Grévy）被選爲共和國總統。普魯斯特博士被選爲國家學院醫學院士。馬賽爾・普魯斯特讀繆塞所寫的《白色烏鶇》（*Le Merle blanc*），後來信中如此告訴亨利・波爾多（Henry Brodeaux）[2]：「這是我小時候最喜愛讀的文章」。

1880年

艾拓夫・克雷密厄夫人（Mme Adolphe Crémieux）逝世，她在世時，曾主持文學沙龍。

1　爲雅各—艾米勒・白郎石著書《畫家之話——從大衛談到竇加》（*Propos de peintre–De David à Degas*）而作之序。《駁聖—伯夫》。七星文庫。頁572-573。

2　亨利・伯內・波爾多（H. Bordeaux）著，〈回憶普魯斯特、波易雷夫二人〉（«Souvenir sur Proust et Boylesve»），《自由作品集》（*Les Œuvres libres*）。1951年7月。

同年，曾任部長的艾拓夫．克雷密厄（M. Adolphe Crémieux）逝世，並獲國葬尊榮。

5月1日，馬賽爾．普魯斯特在香榭麗舍大道戲耍時跌了一大跤，傷到了鼻子。少年人第一封被保留著的信箋寫於9月5日。6日，他出發前往迪耶普。

1881年

春天時分進入布洛涅森林（bois de Boulogne）時，馬賽爾．普魯斯特首次氣喘發作。他到巴普—卡爾邦迪耶（le cours Pape–Carpentier）上課，他的朋友傑克．比才（Jacques Bizet）與他同班，傑克父親是作曲家，母親是仁妮維業芙．哈雷維（Geneviève Halévy），不久成了史特勞斯夫人，後來成了作家普魯斯特的紅粉知己。

1882年

10月，馬賽爾．普魯斯特入學到豐旦尼中學（le lycée Fontanes）成為國中一年級生，上五年級，該中學於1883年1月改名為康多爾協高中（le lycée Condorcet）。

1883年

學年結束，普魯斯特獲得幾科甲等獎，其中包括法國語文獎第五名。普魯斯特教授發表*Le Choléra–Etiologie et prophylaxie*論文。長子成為國二學生，他的自然科學老師是哥倫布先生（M. Colombe），作家克里斯多弗（Christophe）

1884年

普魯斯特教授被任命為保健學督導總長。兒子經常不上學；8月1日，他只獲得自然科學甲等獎。他通過文憑，結束了包括法文，拉丁文，希臘文，德文，羅馬史，地理，科學等國二課程。8月到滬而加特（Houlgate）渡假，10月初進入國三課程。

1885年

馬賽爾．普魯斯特僅僅去學校上課幾個月。9月到沙禮—德—貝安（Salies de Béarn）渡假，之後進入高一就讀。他的父親被任命為巴黎醫學院保健學教授。12月，少年的普魯斯特離開了康多爾協高中，沒有再復學。該學年前三個月的第一階段成績單上寫著：「總是缺課。」

1886年

馬賽爾·普魯斯特回答安端涅特·佛爾（Antoinette Faure）的問卷，問卷中寫著：最喜愛的作曲家是莫札特和古諾（Gounod）。對幸福的看法：「靠近所有喜愛的人事物而生活，生活在大自然的魅力中，有大量的書籍和樂譜，附近有法國劇場。」對不幸的看法是：「與媽媽分離」。最能包容的過錯是「天才的隱私生活。」3月時，撰寫了一篇關乎克里斯多夫·哥倫布（Christophe Colombe）的敘事，〈隱沒〉（«L'Eclipse»）；同一年寫了〈雲彩〉（«Les Nuages[3]»）。在家中自學。

6月1日，馬賽爾·普魯斯特的姑媽，菽勒·艾密甌夫人（Mme Jules Amiot）逝世。馬賽爾·普魯斯特最後一次去伊梨耶渡假。在此地閱讀奧古斯丁·迪耶理（Augustin Thierry）所著的《諾曼地人征服英國史》（*Histoire de la conquête de l'Angleterre par les Normands*），寫給母親的一封信中，提到了「奧古斯丁·迪耶理之年」（l'année d'Augustin Thierry）。

8月26日，和父母親一起去到沙禮—德—貝安。

10月，重修高一課程。

1887年

7月14日，正當示威者維護布琅捷（Boulanger）將軍之際，馬賽爾·普魯斯特論到這人物時寫著：這人「十分平庸而且俗不可耐，只會大肆敲鑼打鼓」，不過他「在人心中攪動一切原始性的，不被馴服的，尚武的」熱情。他在香榭麗舍大道與瑪莉·德·貝納爾達基（Marie de Bénardaky）嬉戲，「她很漂亮，而且越來越熱情洋溢[4]」。7月通過歷史國家考試，後來也通過希臘文考試，沒有獲獎。在康多爾協中學頒發獎狀時，獲得四種獎項，其中歷史和地理是二等獎，10月2日進入高中二年級。他的法文老師寇石先生（M. Gaucher）寫文章刊載於《白色期刊》（*La Revue blanche*）。

12月，菽勒·格瑞維（Jules Grévy）辭去總統職位，由薩迪·卡諾（Sadi Carnot）取代其職。

---

3 普魯斯特少年時期作品都被收集在《散文及文章》（*Essais et articles*）一書中。參見前述版本。頁315-336。

4 1887年7月15日寫給安端涅特·佛爾的信，《書簡集》，菲利普·寇爾伯編著版本。第一冊。頁99。

1888年

普魯斯特開始發展他的文學及情感傾向。他閱讀巴雷斯（Barrès），何滷（Renan）的作品，1889年1月，何滷將《耶穌生平》（*La Vie de Jésus*）一書提名送他，他也閱讀樂恭特·德·黎勒（Leconte de Lisle），彼得·洛第（Pierre Loti）這等人的作品。獲頒法文榮譽獎項。上課中，他寫信給朋友傑克·比才說：「沒有採集美好的花朵使我覺得日子憂傷，不久，我們就不能採集了。因爲已經成了……禁果[5]。」他向丹尼業·哈雷維（Daniel Halévy）所傾吐的心語也雷同：「我有一些很聰明的朋友，而且道德上極爲講究，我感到無比高興，他們有一次和一位朋友……玩了遊戲。那是青澀年少時期。後來他們回到了女子這邊。〔……〕不要把我當成男同性戀者，那會讓我傷心。從道德上來說，我竭力保守著純潔，就算是爲了優雅[6]。」一位名叫露薏絲·德奧（Louise Théo）的女演員，把她被納達（Nadar）拍攝的美照提名送給馬賽爾；她是馬賽爾之舅公的女友。普魯斯特承接了這位舅公所收集的女演員照片集冊；他一輩子都在尋找所認識的女子照片，包括他的朋友，他的家庭所認識的，他會請女管家把這些照片帶來讓他細細觀賞。

10月時，馬賽爾·普魯斯特進入高三。亞爾馮斯·達爾路（Alphonse Darlu）是他的老師。後來他說：「這是影響我的思想最多的人。」他是《尙·桑德伊》書中的伯里耶先生（Monsieur Beulier）。馬賽爾·普魯斯特入學次日，寫信給老師，對他坦承道德上的毛病，它永遠帶來雙重性格，而且妨礙他在「文學作品中」找著「完整的喜悅」。「不斷警醒觀看他內在生活的眼光」再也不與他分離。一本普魯斯特在《追憶似水年華》文本中所引述的專書，萊布尼茲（Leibniz）所著的《單子論》（*la Monadologie*），出現在授課書單中。普魯斯特向一位同學坦承曾經有過一次同性戀經驗，而且也對父親承認此事。

普魯斯特「以柏拉圖式的熱戀愛慕著一位著名的名妓[7]」，蘿爾·海曼（Laure Hayman），是浦傑（Bourget）書中所寫《葛拉蒂斯·哈維》（*Gladys Harvey*）的原型，她贈送此書時親筆提辭寫著：「給馬賽爾·普魯斯特/別愛上這個葛拉蒂斯·哈維。」（« A Marcel Proust/N'aimez pas une Gladys Harvey. »）他參與《綠色期刊》（*La Revue verte*）之刊務，之後，也參與《丁香期刊》（*La Revue lilas*）之刊務，後者由他與康多爾協高中同學創刊，他寫了〈觀看著《綠色期刊》……〉（« Considérant que *La Revue verte*... »），〈深紫色之天空……〉（« Le Ciel d'un violet sombre... »），〈劇場之印象〉（« Impressions de théâtre »）等文章。10

5 同上。頁104。

6 同上。頁124。

7 同上。頁119。1888年9月23日寫給R.德瑞福斯（R.Dreyfus）的信。

月13日，他在歐德翁劇院（l'Odéon）觀看《艾塔莉》（*Athalie*）一劇之演出。對拉辛（拉辛）戲劇之熱愛終身不渝。

1889年

馬賽爾．普魯斯特的祖母，芙蘭絲瓦．普魯斯特夫人，婚前之名爲薇吉妮．竇爾什小姐（Virginie Torcheux）於3月逝世。7月15日，馬賽爾成爲文學士修習生，並獲頒法文作文優異首獎。9月他在奧斯滕德（Ostende）駐留，住在飛納里夫婦（les Finaly）家中。秋天，他被引薦認識了安納托．法朗士，以及他的女性摯友艾爾芒．德．卡亞維夫人（Mme Arman de Caillavet）。5月，他給安納托．法朗士寫信說：「四年以來，我讀了又讀您的大作，直到把它們牢牢記住。」這年選舉時，擁護君主政體者以及屬於布琅捷派者（Boulangistes）所組成的聯盟將被打敗，在9月13日寫的一封信中，普魯斯特夫人親口證明她的家庭所持的政治立場時，說到：她和兒子一樣，屬於「智慧型自由保守派[8]」之大黨。

11月11日，馬賽爾．普魯斯特從軍一年之久。他被編在奧爾良（Orléans），成爲二等兵。他的軍方手冊告訴我們：他身高168公分。他在城內過夜，因爲哮喘病發作時會打擾軍營。12月，他的外婆病倒。

1890年

1月3日，馬賽爾．普魯斯特的外婆，納德．衛伊夫人（Mme Nathé Weil），因尿毒症病發逝世。普魯斯特持續當兵，與軍官們交往，在司令官之處吃晚餐：「〔……〕一切都會集，使我這階段人生的今日像是一連串的小幅繪畫，雖說有縫隙切入，不過卻是充滿幸福的眞實以及魅力，在它們上方，時光撒下柔柔的憂傷和詩情畫意。」較爲固定的工作，「想像力較不受掌控」，鄉下的同伴，一切都順心如意，他在《歡愉與時光》一書中如此坦承[9]。9月，他獲准到卡布爾休假，之後，重新開始服役直到11月14日。是日，他回到巴黎，在法學院及政治科學學校（l'école libre des sciences politiques）註冊。在此，他聆聽保羅．德嘉登（Paul Desjardins），勒華—包理厄（Leroy–Beaulieu），亞伯．索雷（Albert Sorel）這等人的課程。曾「兩次」遇見莫泊桑（Maupassant），並不很喜歡他，不過，9月23日，仍將他推薦給了父親[10]。

---

8 同上。頁134。

9 《歡愉與時光》。參見前述之版本。頁130-131。

10 《書簡集》。第一冊。頁161。

1891年

身爲法學院學生，不過馬賽爾・普魯斯特陪同蕾珊妮（Réjane）觀賞了重新上演的《潔蜜妮・拉賽德》（*Germinie Lacerteux*）。他後來說，正聽著劇的時候，「一種揮之不去的憂傷」在他心中糾結。9月去卡布爾，10月去特魯城（Trouville）。新學年開始時，他繼續修習法律和政治科學課程。他遇見了奧斯卡・王爾德（Oscar Wilde），以及傑克—艾彌樂・白郎石（Jacques–Émile Blanche），他用鉛筆替普魯斯特畫了一幅肖像草圖。

1892年

普魯斯特的表妹，露薏絲・諾普傑（Louise Neuburger）與亨利・柏格森（Henri Bergson）結縭，由普魯斯特作伴郎。大約1月，普魯斯特與他的舊識：費南・格瑞（Fernand Gregh）、羅伯特・德瑞福斯（Robert Dreyus）、路易・德・拉・撒勒（Louis de La Salle）、丹尼業・哈雷維（Daniel Halévy）、以及傑克・比才，創辦《饗宴篇》（*Le Banquet*）期刊，第一期於3月出刊，普魯斯特在其中寫了一篇關乎路易・岡德哈斯（Louis Ganderax）《小鞋子》（*Les Petits Souliers*）的文章。後者後來成爲《巴黎期刊》（*Revue de Paris*）的主任。4月號期刊中，普魯斯特刊載〈亂了套的感官〉（«Sens dessus dessous»），〈希達利斯〉（«Cydalise»），以及三篇練習作品。5月號刊載〈邦國之無宗教〉«L'irréligion d'état[11]»，還有其他新的練習作品，描寫史特勞斯夫人肖像，以及德・施維涅伯爵夫人（la comtesse de Chevigné）肖像。《文學與評論》（*Littérature et critique*）期刊刊載一篇讀書書評報告，關乎梭雷中尉（le lieutenant de Cholet）之土耳其之旅，普魯斯特曾於奧爾良認識他，寫有提辭的一張贈與照片被普魯斯特保留著。7月，三篇新增習作刊載在《饗宴篇》期刊。11月，在同一期刊中刊載〈海洋〉（«La Mer»），以及一篇關乎亨利・德・雷涅耶（Henry de Régnier）所著《就在夢中》（*Tel qu'en songe*）的讀書書評報告。普魯斯特撰寫了〈法國諷刺歷史〉（«Histoire de la satire française»），此一文章於死後才發表，約在這時期，他回答了一份沙龍問卷。他的主要性格特質是「需要被愛」。他的欲求是在男性身上具有「女性化之魅力」，在女子身上具備「男子之品德」。主要的缺點是缺乏意志力。最喜愛作的事：「戀愛」。所愛的散文作家：法朗士（France）和洛第（Loti），所愛的詩人：維倪和波特萊爾，所愛的作曲家：貝多芬，華格納和舒曼[12]。

---

11 Irréligion應屬普魯斯特自創之字，望文生義，暫譯爲「無宗教」。【譯者注】。

12 同上。頁336-337。

7月，傑克—艾彌樂．白郎石（Jacques–Émile Blanche）完成了有名的馬賽爾．普魯斯特肖像。

1893年

在二月號《饗宴篇》期刊中，普魯斯特發表〈瑟爾邦街之國會會議〉（«La Conférence parlementaire de la rue Serpente»），以及一篇短篇小說〈維奧蘭特，或是上流社會〉（«Violante, ou la Mondanité»）。他與羅伯特．德．菲雷（Robert de Flers）交往。3月，《饗宴篇》期刊停止出刊。4月13日，在瑪德蓮．樂梅（Madeleine Lemaire）的沙龍，普魯斯特被引薦認識羅伯特．德．孟德斯基歐；7月1日，在德．華格安姆親王妃（la princesse de Wagram）家中遇見了葛瑞芙伯爵夫人，不久，撰寫了一篇短篇小說《漠不關心》（*L'indifférent*），於1978年被飛利浦．寇爾伯（Ph. Kolb）尋獲後出版。7月及8月，《白色期刊》刊載好幾篇普魯斯特的練習作品[13]。8月，普魯斯特與路易．德．拉．撒勒（Louis de La Salle ）在聖—模里茲（Saint–Moritz）渡假三週。他在此開始撰寫一部書信體小說，和路易．德．拉．撒勒，丹尼業．哈雷維（Daniel Halévy）以及費南．格瑞（Fernand Gregh）互通魚雁，在小說中，普魯斯特的角色是愛上了一位士官的上流社會女士。他寫〈德．布雷逸弗夫人之憂鬱渡假勝地〉（«Mélancolique villégiature de Mme de Breyves»），於9月份的《白色期刊》刊載。月初，他到了愛薇漾，在此地，他寫了一篇關乎孟德斯基歐的文章，之後，去了特魯城（Trouville）。10月時，他的朋友維禮．西忒（Willie Heath）逝世；後來將《歡愉與時光》一書題銘贈與給西忒。普魯斯特獲得法學士文憑。10日10月在一位訴訟代理人家中做了十五天實習生。12月1日，《白色期刊》刊載了六篇普魯斯特練習作品，其中一篇名爲〈夜猶未深〉（«Avant la nuit»），此文攸關女同性戀議題，未被收錄在《歡愉與時光》書中。12月，他開始預備文學士文憑，在他父親催促之下，勉強選擇了圖書館館員一職。

1894年

普魯斯特寫詩句給瑪德蓮．樂梅（Madeleine Lemaire ），她將爲《歡愉與時光》一書做插畫，普魯斯特發表〈謊言〉（«Mensonges»）一詩，由雷翁．德拉弗斯（Léon Delafosse）譜曲，有一段時間，他是孟德斯基歐最喜愛的鋼琴演奏者。5月至6月間，他以詩句形式創作了華拓（Watteau）肖像。普魯斯特很可能於5月22日首次遇見雷納多．韓恩；經過兩年的

---

13 《歡愉與時光》。如前已引用之版本。頁112-115，119-121。

炙熱戀愛之後，接續著的是一段忠誠情誼。5月30日，一場「文學慶典」（Une fête littéraire à Versailles）在凡爾賽宮舉行，31日，普魯斯特在《高盧日報》（*Le Gaulois*）中做了相關的描述。8月，普魯斯特以詩句形式撰寫了范迪克（Van Dyck）肖像，他出發前往樂梅夫人之雷維翁城堡（château de Réveillon）；在此再度與雷納多．韓恩相逢，他讀托爾斯泰作品，評論新近的《基督精神與愛國主義》（*Esprit chrétien et le patriotisme*）法譯文本。撰寫〈布瓦爾和佩庫歇之起伏人生〉（«Mélomanie de Bouvard et Pécuchet»）一文。9月，陪同母親前往特魯城（Trouville）。親身體驗了對《羅恩格林》（*Lohengrin*）歌劇的激賞，10月12日在巴黎歌劇院聆聽威爾第的歌劇《奧泰羅》（*Otello*）。

10月13日，德瑞福斯上尉（le capitaine Dreyfus）被監禁。

1895年

1月5日，德瑞福斯上尉被撤銷軍階；1月15日，共和國總統卡西密爾─培里耶（Casimir–Périer）辭去總統職位；17日由菲力克斯．佛爾（Félix Faure）取而代之。

普魯斯特熱愛閱讀愛默生（Emerson）作品；這爲思想家將對普魯斯特的美學觀產生極大影響，同樣的，普魯斯特也於同一年閱讀卡萊爾（Carlyle）作品而深受影響。他觀賞衆多劇場表演：2月25日，於法國國家劇院觀賞《赫爾納尼》（*Hernani*）；4月23日，在德．波里涅亞克親王妃（la princesses de Polignac）府邸觀賞哈默（Rameau）的《達爾達奴斯》（*Dardanus*）；5月13日，在巴黎歌劇院（l'Opéra）觀賞《唐懷瑟》（*Tannhäuser*）；12月18日，在巴黎歌劇院觀賞吉羅（Guiraud）和聖─桑斯（Saint–Saëns）的《霏雷迪拱德》（*Frédégonde*）；也聆聽好幾場音樂會。普魯斯特對音樂有了他的想法，5月20日[14]，他寫信給瑪德蓮．樂梅的女兒時表示：「所有的藝術以有限爲標的物而止步，科學止步於此，而音樂的本質，在於喚醒我（它無法以文學加以表達，一般說來，無法以有限表達模式加以表達，它們或者是使用話語，也就是使用思想，是有確定性的物體，或者是使用有確定性的標的物──繪畫，雕刻）音樂所喚醒的，是在我們裡面屬於靈魂的神祕背景，當以上的表達模式都止步時，它才正要開始，我們可稱之爲音樂的宗教性。」

3月27日，普魯斯特獲得（哲學）文學士。他經常出入於上流社會，在都德家中，在羅伯特．德．孟德斯基歐家中，在時髦沙龍中，後來，普魯斯特將在他的專欄中一一描述：甌貝儂夫人，樂梅夫人，瑪蒂德公主，德．波里涅亞克親王妃（la princesse de Polignac）都

14 《書簡集》。第一冊。頁8-9。

款待過他。6月6日，他通過國家級相關考試後，開始以無薪資特派專員資格在馬薩林圖書館工作，被指派負責爲出版物的版本備案，但被要求停止工作。1900年，他請假次數不斷增多，後來變成不必上班。他與雷納多．韓恩一起渡假，8月在迪耶普，9月在美麗之島（Belle–Ile），之後，在貝格一眉（Beg–Meil）：在《尙．桑德伊》文本中敘述了此次駐留情形，將愛薇漾，貝格一眉（Beg–Meil），卡布爾等地的想像融爲一體，後來在《妙齡少女花影下》文本中成了壩北柯（Balbec）。普魯斯特在渡假期間閱讀卡萊爾（Carlyle），巴爾札克，以及福婁拜所著的《奔馳在田野及沙灘石堆之上》（*Par les champs et par les grèves*）。

在布列塔尼的此次駐留至爲重要，因爲普魯斯特在此著手撰寫《尙．桑德伊》，是一部未完成、死後才發表的小說，可是在《追憶似水年華》文本中被大幅採用。10月29日，〈巴達灑．席范德之死〉（«La Mort de Baldassare Silvande»）刊登在《星期週刊》（*La Revue hebdomadaire*）中。11月底，參觀羅浮宮後，撰寫了一篇散文〈夏爾丹與林布蘭〉（«Chardin et Rembrandt»），該文章於死後才發表。12月9日，撰寫一篇關乎聖一桑斯（Saint–Saëns）演奏莫札特音樂會的評論報告。12月14日，《高盧日報》（*Le Gaulois*）另有一篇關乎聖一桑斯的文章發表。12月31日，《詩人之年》（*L'Année des poètes*）刊載三幅〈畫家之肖像〉（«Portraits de peintres»）。

1896年

1月31日，普魯斯特觀賞菽勒．勒梅特爾（Jules Lemaître）的《美好的海倫》（*La Bonne Hélène*）首演，爲此首演撰寫了一篇評論報告，這篇評論報告，連同3月所寫攸關菽勒．何納（Jules Renard）的注記書評報告，都是在普魯斯特死後才發表。3月，《現代人生》（*La Vie contemporaine*）藉由校樣文稿發表《漠不關心》，《歡愉與時光》，其中某些校樣文稿的標題銘稱爲「雷維翁之城堡」（«Le Château du Réveillon»），3月之後，於6月12日，書店有了本書出版品：該編輯出版社是卡拉曼一列維（Calmann–Lévy），書內由瑪德蓮．樂梅（Madeleine Lemaire）插畫，安納托．法朗士寫序。7月15日，《白色期刊》刊載〈駁斥幽暗〉（«Contre l'obscurité»）一文。

7月底，普魯斯特請奧托（Otto）攝影師爲他攝影，爲要替墨哈斯（Maurras）撰寫關乎《歡愉與時光》的文章附上插圖，該篇文章於8月22日發表於《百科全書期刊》（*La Revue encyclopédique*）。

5月10日，舅公路易．衛伊（Louis Weil），歐德怡（Auteuil）宅第擁有者，因肺炎逝世；6月30日，納德．衛伊（Nathé Weil），普魯斯特的外祖父，也相繼逝世。普魯斯特與年輕的呂西昂·都德交往；他和雷納多·韓恩的情誼已經不只是情誼而已。8月，他在多爾山（Mont–Dore）渡假好幾個星期，讀大仲馬、巴爾札克等人的作品，也讀聖—伯夫的《皇家之港》（*Port–Royal*），盧梭的《懺悔錄》（*Les Confessions*）；9月16日，他寫信給母親說：他的小說已經完成「洋洋灑灑的110頁」。10月，在楓丹白露與雷翁·都德相處，他寫了一幕經常被他重複使用的描述，場景是撥一通電話給母親。他向母親要求寄來一些書籍，關乎巴爾札克、莎士比亞、歌德這等人，以及喬治·艾略特（George Eliot）所著的《米德爾瑪契》[15]（*Middlemarch*）。

10月，尼古拉二世以及亞利桑德拉（Alexandra）至法國進行官方拜訪，《追憶似水年華》文本中提及此事。

11月3日，他在議會聆聽若雷斯談論亞美尼亞人遭受屠殺之事；普魯斯特以辜忠（Couzon）之名，在《尚·桑德伊》文本中描繪若雷斯。11月10日，《晨報》（*Le Matin*）刊載關乎德瑞福斯事件有關字條（bordereau）真跡複製品。

1897

普魯斯特在一月份《劇場藝術期刊》（*Revue d'art dramatique*）發表〈藝術家剪影〉（«Silhouette d'artiste»）。2月6日，他與尚·羅杭（Jean Lorrain）決鬥，羅杭在《日記》（*Le Journal*）中抨擊普魯斯特與呂西昂·都德的關係。3月，歐德怡的家產被賣出。8月11日，〈論及亞爾馮斯·都德先生〉（«Sur M.Alphone Daudet»）一文發表在《新聞公報》（*La Presse*）中；他陪同母親到萊茵蘭（Rhénanie）的克羅伊茨納赫（Kreuznach）。他讀巴爾札克的作品，公開表示對下列作家及作品的興趣：《卡拉馬助夫兄弟們》（*Les Frères Karamazov*），包斯威爾（Boswell）所著的《撒母耳·強森之人生》（*La Vie de Samuel Johnson*），米榭勒（Michelet）以及狄更斯，並表示對狄更斯一無所知。他開始寫《尚·桑德伊》文本中關乎德·雷維翁公爵（le duc de Réveillon）的一章。

艾德里昂·普魯斯特（Adrien Proust）和吉貝·巴雷（Gilbert Ballet）發表《神經衰弱患者的衛生保健》（*L'Hygiène du neurasthénique*）論文。12月16日，亞爾馮斯·都德逝世。19日，《新聞公報》刊載普魯斯特的〈訣別〉（«Adieux»）一文。普魯斯特繼續閱讀巴爾札克的作品，當他讀著羅伯特·德·拉·希澤蘭（Robert de La Sizeranne）所著的《拉斯金與美之宗教》（*Ruskin et la religion de la beauté*）一書時，發現了拉斯金的價值。

---

15 《米德爾瑪契》（*Middlemarch*）是英國女作家喬治·艾略特（George Eliot，原名Mary Anne Evans）所寫的小說，Middlemarch是作者虛擬的一個英國小鎮之名。【譯者注】。

1898年

艾斯德哈吉（Esterhazy）被軍事委員會（le Conseil de guerre）以無罪開釋後，1月13日，艾彌樂·左拉（Émile Zola）在《晨曦報》（*L'Aurore*）發表〈我控訴……〉（«J'accuse...»）一文。14日，一份由知識分子提出的請願書，在同一份日報刊登，要求重審德瑞福斯訴訟案；請願書有馬賽爾·普魯斯特的簽名，也由他取得安納托·法朗士的聯屬。2月7日，由於軍事部部長提告，左拉開始被起訴，訴訟持續到23日。普魯斯特到了現場，並且將該訴訟案情敘述在《尚·桑德伊》文本中。

1月20日，普魯斯特發表一篇關乎羅伯特·德·菲雷（Robert de Flers）的文章，刊載於《劇場藝術期刊》（*Revue d'art dramatique* ）中。

3月，雷納多·韓恩的《夢之島》（*L'Ile de rêve*）在喜劇—歌劇院（l'Opéra–Comique）首次公演，被普魯斯特引述在《漠不關心》以及《追憶似水年華》文本中。7月，普魯斯特夫人因癌症動了手術，在診所住院兩個多月。8月30日，亨利上校的「僞造版」被發現後自盡。軍隊參謀總長德·波瓦德弗將軍（le général de Boisdeffre）請辭。普魯斯特寫信給史特勞斯夫人說：該事件「好似出自巴爾札克手筆，〔……〕堆砌急轉直下的結局，轉而變成莎士比亞的版本[16]」。

之後，普魯斯特陪同母親去特魯城（Trouville）旅遊，去阿姆斯特丹看林布蘭畫展，在一篇死後才發表的文本中，普魯斯特暗中提及此事。11月，他參觀居斯塔夫·默羅博物館（le musée Gustave Moreau），並以此畫家爲題，撰寫數頁文字。他簽署請願書聲援被關在監牢已經四個月之久的畢卡上校（le colonel Picquart）；他讀《雅梅低斯特之戒環》（*L'anneau d'améthyste*）連載，12月8日，寫信給瑪瑟內（Massenet）說：「您『對我如此眞心』以至於我的心門已經開啓。」

1899年

這是關鍵年，因爲秋天時，普魯斯特放棄《尚·桑德伊》，轉而專注於拉斯金（Ruskin）。

普魯斯特所閱讀的各式書籍中，我們注意到的有：艾彌樂·馬勒（Émile Mâle）所著的《法國十三世紀宗教藝術》（*L'Art religieux du XIIIème siècle en France*）；儒貝爾（Jouvert），米涅（Mignet），戴商內（Deschanel）的一篇關乎德·斯達耶夫人（Mme de Staël）的研究書評報告，〈爲了更多品味柯佩鎮〉（«pour mieux goûter Coppet»），這是他9月前往之地；外

16 《書簡集》。第二冊。頁252。

出郊遊。7月，他贈送給克雷蒙．德．墨倪（Clément de Maugny）一個親筆題辭，結束了一段情誼，也暗指「狂風暴雨已不復返」，《歡愉與時光》描述了這些狂風暴雨。他在愛薇漾渡過夏末。爲了《尙．桑德伊》這本書，他撰寫了〈日內瓦湖泊前之海水回憶〉（«Souvenir de la mer devant le lac de Genève»），攸關戀愛文本數頁，親吻被拒場景。10月22日，他寫信給母親，說：「如果妳提到母系文化對我的要求，言語要謹愼。」

9月19日及10月12日，普魯斯特在《新聞公報》發表〈波斯及他處之書簡〉（«Lettres de Perse et d'ailleurs»），其中某些段落將被普魯斯特放在《追憶似水年華》文本中。從這時候開始，普魯斯特爲《巴黎期刊》撰寫關乎拉斯金的研究，重新開始陪同母親翻譯《亞眠的聖經》（*La Bible d'Amiens*）。

1900年

1月20日，約翰．拉斯金於倫敦逝世。普魯斯特撰寫一系列文章，放在《亞眠的聖經》譯本序言中：1月27日，在《藝術與巧作專欄集錦》（*La Chronique des arts et de la curiosité*）發表亡者傳略；2月13日，在《費加洛日報》發表〈法國之拉斯金式朝聖之旅〉（«Pèlerinages ruskiniens en France»）；4月，在《法國信使報》發表〈拉斯金在亞眠之聖母院〉（«Rusin à Notre–Dame d'Amiens»），4月1日，在《藝術快報》（*Gazette des Beaux–Arts*）發表另一篇研究習作，該習作之後續文章發表於8月1日。

4月底，普魯斯特陪同母親出發前往威尼斯，他們下榻於歐洲豪華大旅館（l'hôtel de l'Europe）。在此地，他再度與雷納多．韓恩和他的表妹瑪莉亞．諾德琳杰（Marie Nordlinger）謀面，瑪莉亞．諾德琳杰協助他的翻譯工作。他讀拉斯金所著之《聖—馬可之休憩點》（*Le Repos de Saint–Marc*）一書，《韶光重現》草稿中曾提及此事。他也在帕督（Padoue）看了喬托的壁畫。10月，普魯斯特獨自回到威尼斯，雙親則是喬遷到谷賽樂街（rue de Courcelles）45號定居，該宅第位於蒙梭街（rue de Monceau）轉角，擁有一層三樓套房，比馬烈柏林蔭大道的住處更大，也更舒適。

1901年

1月5日，普魯斯特在《藝術與巧作專欄集錦》發表一份讀書書評報告，介紹羅伯特．德．孟德斯基歐所著之《香料之鄉》（*Pays des aromates*）一書。這一年，他屢屢氣喘病發作。普魯斯特依然完成《亞眠的聖經》的翻譯，年底交稿給歐嵐朵夫（Ollendorff）出版社。1月，他對康士坦汀．布朗寇凡（Constantin de Brancovan）如此自我描述：「老是生著病，沒有愉悅享受，沒有目標，沒有活動，沒有抱負，我面對無望人生，感覺我使雙親難過」。夏天，他在夏特雷劇院（le théâtre de Châtelet）看了丹內禮和菽勒·凡爾納（Dennery et Jules Verne）的《環遊世界八十天》（*Le Tour du monde en quatre–vingts jours*），在巴黎歌劇院聆聽羅西尼（Rossini）的《威廉泰爾》（*Guillaume Tell*）。9月7日，他爲了研究工作前往亞眠和艾柏城（Abbeville）。他對安端·畢培斯克親王（le prince Antoine Bibesco）的情誼，與他對貝特蘭·德·菲尼隆（Bertrand de Fénelon）所付出的情誼互有增減。

1902年

普魯斯特重新開始在《尙·桑德伊》文本中，寫下攸關馬希愛夫人（Mme Martial），傑克·德·雷維翁夫人（Mme Jacques de Réveillon）以及貝特蘭·德·雷維翁（Bertrand de Réveillon）的文章。第三篇文章是由貝特蘭·德·菲尼隆得到啓發，將在《追憶似水年華》文本中，由聖—鷺（Saint–Loup）這人物重新現身。

4月30日，德布西的《佩力亞斯與梅莉桑德》（*Pelléas et Mélisande*）首演，普魯斯特經常引述這位音樂家，不過要等到1911年才眞正發現他的價值。6月，他很可能在水之城堡（Château d'eau）聆聽了《崔斯坦和伊索德》（*Tristan et Isolde*），由黎特文（Litvine）演出，由寇爾賓（Cortot）擔任指揮樂團。普魯斯特透過畢培斯克（Bibesco）借他閱讀的《湮沒的會幕》（*Le Temple enseveli*）發現了梅德林克（Maeterlinck）的價值。7月14日，被公認爲斯萬的原型人物的查理·哈斯（Charles Haas）逝世；普魯斯特提及帝梭（Tissot）的畫像，呈現在《囚禁樓中之少女》文本中。9月，前往昂柏瓦斯（Amboise），到朴萊伊之城堡（le château de Pray）拜訪都德一家。10月，與貝特蘭·德·菲尼隆旅遊，前往之處包括：布魯日（Bruges）在此地參觀弗萊明原住民畫展，安特衛普（Anvers），多德雷赫特（Dordrecht），鹿特丹（Rotterdam），台夫特（Delft），阿姆斯特丹，也前往哈倫（Haarlem）爲要欣賞哈爾斯（Frans Hals）的畫作，他在《富貴家族之追尋　第二集》中將會提及，他去了海牙，在此，普魯斯特觀賞了維爾梅爾（Vermeer）的《台夫特之景》（*La Vue de Delft*），這幅「全世界最美的圖畫」，1921年5月2日，他將寫信給尙—路易·符多耶（Jean–Louis Vaudoyer），帶回符洛芒瑨（Fromentin）所著的《昨日之大師》（*Les Maîtres d'autrefois*）一書，而且未曾生病。

9月，《亞眠的聖經》被歐嵐朵夫拒絕出版，普魯斯特將它交給願意出版該書的法國信使報出版社。他經常在德·諾愛伊伯爵夫人（la comtesse de Noailles）家中晚餐，在《追憶似水年華》敘事中，他會提及此事。被派到君士坦丁堡任職的貝特蘭·德·菲尼隆，於12

月8日出發履新，經歷「無比絕望數小時」的普魯斯特陪他到車站；他向母親告白，說他6日甚至用腳踩扁菲尼隆頭戴的帽子，就如在《富貴家族之追尋》中，敘事者踩碎德．查呂思的帽子那樣。16日，他觀賞雷納多．韓恩的《加爾默羅聖衣會隱修院修女》（*La Carmélite*）首演。20日，關乎他要成爲小說家的職志，他寫了一封重要的信給畢培斯克。

1903年

2月2日，普魯斯特在弟弟羅伯特與馬大．杜伯瓦—艾密毆（Marthe Dubois–Amiot）的婚禮上擔任伴郎，婚禮在聖—奧古斯丁教堂（l'église Saint–Augustin）舉行。2月15日，《拉丁藝復興》（*La Renaissance latine*）刊載《亞眠的聖經》部分選文。25日，在《費加洛日報》，普魯斯特發表他衆多關乎沙龍專欄的第一篇：〈歷史沙龍，瑪蒂德公主主持的S.A.I沙龍〉（«Un salon historique. Le salon de S.A.I. la princesse Mathilde»）；3月7日，在《藝術與巧作專欄集錦》發表讀書書評報告，關乎瑪莉．德．班森（Marie de Bunsen）針對拉斯金所做的一份研究習作，普魯斯特說：「論文中拉斯金之引述相當豐富，因此一道天才之光芒逐頁逐頁的點亮了評論家之文本[17]。」3月9日，普魯斯特對母親說到他「眞正死而復活了」，當母親要求他「重新開始工作」時，有了連累。4月2日，普魯斯特觀賞瘋狂—牧羊女（Folies–Bergères）的時事諷刺秀，「愚昧」。21日，他前往拉翁（Laon），桑里斯（Senlis），聖—勒—德．愛瑟杭（Saint–Leu–d'Esserent）。5月11日，在《費加洛日報》上發表〈樂梅夫人之沙龍〉（«Le Salon de Mme Lemaire»）一文。 6月，爲《亞眠的聖經》序言寫了一則「附言」，批評「偶像崇拜」。

普魯斯特與多位年輕貴族交往：德．吉石公爵（le duc de Guiche），雷翁．哈德其烏怡親王（le prince Léon Radziwill），他曾爲該親王描寫了一幅肖像[18]，路易．德．艾布費拉。後者與女演員露薏絲．德．墨爾楠（Louise de Mornand）有過一段情，普魯斯特不斷帶著好奇的在兩人之間斡旋。8月31日，在行經愛薇漾途中，參觀艾瓦雍（Avallon）以及維澤雷（Vézelay），1日，參觀迪戎（Dijon）。9月6日，《費加洛日報》刊載〈德．波里涅亞克親王妃之沙龍〉（«Le salon de la princesse de Polignac»）一文。從愛薇漾轉往霞慕尼（Chamonix），到達冰凍海洋之上。10月，參觀柏魯之教堂（l'église de Brou），返回巴黎路上，參觀柏倪（Beaune）。《藝術與巧作專欄集錦》刊載一份由普魯斯特撰寫的讀書書

17 《散文及文章》。參見前述之版本。頁456。
18 同上。頁474-477。首次發表於1927年。

評報告：〈但丁．加百列．羅瑟提與伊莉莎白．希達〉（«Dante Gabriel Rossetti et Élisabeth Siddal»）。

11月24日，艾德里昂．普魯斯特教授突然腦溢血，26日逝世；他的葬禮於28日舉行，儀式以軍禮進行。普魯斯特在《韶光重現》敘事中如此述說：「一位爲祖國獻身者之子〔⋯〕，及至目前不動聲色的他，再也忍不住淚水，因爲軍樂團奏樂時，他明白了：那與喪家相連的音樂，正向著他父親的棺槨致上哀榮。」12月初，普魯斯特校訂了《亞眠的聖經》排版稿。普魯斯特寫給德．諾愛伊伯爵夫人（la comtessse de Noaille）以及她姊妹信箋中，親自證明了普魯斯特對他父親細緻的情感；未曾刊載的一些筆記編號第摘要記下了他們之間某些對話。

1904年

1月2日，普魯斯特在《藝術與巧作專欄集錦》中刊載一份專書書評報告，該書由夏洛特．布洛瓦孌（Charlotte Broicher）所著，書名爲《約翰．拉斯金與他的作品》（*John Ruskin und sein Werk*）。他在文中引述愛默生，卡萊爾，歌德，尼采，並以隱誨的辭彙描述君士坦丁堡之奧祕（«le mystère de Constantinople»），以及終結他對菲尼隆（Fénelon）的情誼。「他現在對我而言已經死去」；因此，文章第二部分論及地點與被愛者之間的關聯性，此乃《追憶似水年華》之核心主題。1月4日之《費加洛日報》登載了〈德．豪松城伯爵夫人之沙龍〉（«Le Salon de la comtesse d'Haussonville»），它描述德．斯達耶夫人，並預告了德．蓋爾芒特家族沙龍。1月18日，同一份日報刊載〈孟德斯基歐家在樂頤舉行之慶典〉（«Fête chez Montesquiou à Neuilly»），以模仿聖一西蒙之手法敘述。2月，普魯斯特作筆記，爲要出版拉斯金之《芝麻與百合》（*Sésame et les lys*）。1月15日，《亞眠的聖經》印刷完成，於月底發行，以該書紀念逝世之普魯斯特教授。4月23日，《藝術與巧作專欄集錦》刊登了〈第二帝國之一位微型女作家：賀百林夫人〉（«Une miniaturiste du second Empire: Mme Herbelin»）。5月13日之《費加洛日報》刊載了〈波多卡伯爵夫人之沙龍〉（«Le Salon de la comtesse Potocka»），對普魯斯特而言，它同時是指著德．卡迪昂親王妃（la princesse de Cadignan）以及比耶特哈尼拉伯爵夫人（La comtesse Pietranera）。6月，模里斯．梅德林克（Maurice Maeterlinck）的《雙重花園》（*Le Double jardin* ）使普魯斯特著迷，在《芝麻與百合》書中之注釋引述了它。 8月，普魯斯特沿著布列塔尼、諾曼地海岸乘遊艇沿海旅遊，也到了格爾尼孌島（Guernesey）；他參觀迪南（Dinan）。13日之《藝術與巧作專欄集錦》提供了注記，關乎羅伯特．德．玉密耶（Robert d'Humières）所寫的《大不列顚帝國與島嶼》

（*L'Ile et l'Empire de Grande–Bretagne*），16日，正逢教會與國家是否應該分離之辯論時刻，《費加洛日報》刊登了〈主教座堂之死〉（«La Mort des cathédrales»）一文。10月，關乎這個題目，議會開始研究法律草案。12月14日，《吉．博拉斯》（*Gil Blas*）刊載普魯斯特一篇關乎〈費南．格瑞之《維克多．雨果研究》〉（«*Etude sur Victor Hugo,* par Fernand Gregh»）之讀書書評報告。

普魯斯特發病，重新閱讀布里梭（Brissaud）所著，出版於1896年之《氣喘病患者保健學》（*L'Hygiène des asthmatiques*），沒能讓他寬心[19]。不過，3月，他完成有關拉斯金的研究工作之後，依然寫了信給巴雷斯（Barrès）：「如果這期間，我自己這顆可憐的心靈沒死的話，我將嘗試詮釋它[20]。」

1905年

這是充滿哀傷的一年，年初幾個月間，普魯斯特寫了《芝麻與百合》序言，透過這篇文章之評論部分，預告《駁聖—伯夫》一書，透過他的童年回憶，預告了《細說璀璨之童年》。《芝麻與百合》這譯本的第一部分，是以〈君王之珍寶〉（«Les Trésors des rois»）標題呈現，分別登載於3月1日、4月15日、5月15日之《生活的藝術》（*Les Arts de la vie*）期刊中。5月7日，《費加洛日報》刊載〈德．格爾尼伯爵夫人之沙龍〉（«Salon de la comtesse de Guerne»）。6月，爲了《芝麻與百合》之題銘[21]，他撰寫了一份至爲重要的注記，說明他對文學作品的結構概念。6月15日，《拉丁文藝復興》（*La Renaissance latine*）以〈攸關閱讀〉（«Sur la lecture»）爲標題刊載本書之序言。同一天，普魯斯特參觀惠斯勒（Whistler）畫展。8月，《生活之藝術》刊載〈美之教授〉（«Un professeur de beauté»）這篇關乎孟德斯基歐的文章。夏天，普魯斯特寫信給畢培斯克，指出聖—西蒙（Saint–Simon）之《回憶錄》（*Mémoires*）所提及的家族姓氏中，已有哪些斷了子嗣，其中沒有包含巴爾札克使用過的家族姓氏。他在6月15日《巴黎期刊》中，讀了一篇米榭．布雷亞（Michel Bréal）的重要文章：〈荷馬之《伊里亞德》：該敘事之起源〉（«*L'Iliade* d'Homère: ses origines»），他記住其中所寫的內容，並且用來調侃那些不相信該作品具有整體組織的人。他格外被德．諾愛伊伯爵夫人（La comtesse de Noaille）所著的小說：《接收派令》（*La Domination*）所感動，小說中的男主角從荷蘭一路走到威尼斯，經歷著情感旅程的歷練。

---

19 《書簡集》。第四冊。頁395。注釋8；頁397。12月16日寫給呂西昂．都德的信。
20 同上。頁93。.
21 《芝麻與百合》。法國信使出版社。1906年。頁61-63。

9月初，普魯斯特陪伴母親到愛薇漾。抵達目的地兩小時候，她的母親，與她的親生母親一樣，也與《追憶似水年華》中的外婆一樣，因尿毒症發作而病倒。普魯斯特夫人被帶回巴黎，9月26日因腎臟炎逝世，得年五十七。葬禮於28日舉行。普魯斯特寫了幾封悲淒萬分的信：「自此以往，我生活唯一的目的，獨有的溫馨，戀愛，與慰藉[22]，都已全然失去矣。」他想搬家，約於12月3日住進索梨耶（Sollier）醫生在布洛涅（Boulogne）所開的診所，大約是這天，他寫信向史特勞斯夫人如此說：「想做媽媽可能想做的事，活在世上，已別無其他目的」。

1906年

一年居喪期間，外人所知不多。約於1月25日，普魯斯特離開索梨耶醫生診所。六星期的住院期，在《韶光重現》文本中，將延長成雙倍的日子，而且加以大幅度擴寫。回到谷賽樂街時，他臥床直到3月，校訂《芝麻與百合》印刷稿，5月底取得樣本，5月12日印刷完成。5月5日，《藝術與巧作專欄集錦》刊載了一份關乎拉斯金所著《威尼斯之石》（*Les Pierres de Venise*）的讀書書評報告。8月6日，普魯斯特到凡爾賽，在蓄水庫之豪華大旅館（l'hôtel des Réservoirs）住定，留在此地直到12月底。8月23日，普魯斯特夫人的親兄弟喬治．衛伊（Georges Weil），因尿毒症逝世。

普魯斯特的舊識中，有一位戲劇作者，荷內．彼得（René Peter），他也是德布西的舊識；普魯斯特交付給他「一個劇本的想法」，會使人想到〈少女之懺悔〉（«Confession d'une jeune fille»），以及預告在《細說璀璨之童年》敘事中，發生在范德怡小姐和她的女友之間的場景。這樣的腳本出現在9月18或19日寫給雷納多．韓恩的一封信中。10月初，普魯斯特租下了奧斯曼林蔭大道102號，屬於衛伊舅舅的套房，12月27日在此住定：「套房十分醜陋，滿了塵埃，還有樹木，都是我避之唯恐不及的。我租下了它，因為這是唯一我找得到，也是媽媽認識的地點〔……〕[23]」。他對艾蜜莉．勃朗特，湯瑪士．哈代感興趣，購買拉斯金的《佛羅倫斯之晨》（*Les Matins à Florence*），他閱讀大仲馬，關乎他的寫作技巧寫下評語。憂傷之年結束於此，普魯斯特於1912年對荷內．彼得（René Peter ）說：「一整個秋天，您對我如此好，如此細心，我感覺凡爾賽似乎是已被被淹沒的伊斯城，何滴看見這城自

22 《書簡集》。第五冊。頁348。9月28日後不久，寫給孟德斯基歐的信。
23 《書簡集》。第六冊。頁312。12月8日，寫給加斯東．德．卡依雅維夫人（Mme Gaston de Caillavet）的信。

深情記憶之深處再度升起：啊！何時9月的玫瑰將再綻放！[24]」

1907年

這一年像是中場休息時段，前有年輕時代作品，後有《追憶似水年華》肇始於斯。普魯斯特又提筆寫信。他從凡爾賽返回時，自忖已「病得奄奄一息」。2月1日，《費加洛日報》刊載〈弒親者之情結〉（«Sentiments filiaux d'un parricide»）文章，普魯斯特格外在意的文章結論，被報社斬尾；這篇文章題材取自一則社會新聞：一位名叫亨利．凡．柏拉杭貝爾（Henri Van Blarenberghe）的男子殺了母親，事後隨即輕生。關乎這件事，普魯斯特文章中引用了伊底帕斯和俄瑞斯忒。

2月，他雇用尼古拉．寇丹（Nicolas Cottin）爲貼身家僕。3月9日，在《藝術與巧作專欄集錦》刊載一份讀書書評報告關乎加百列．慕雷（Gabriel Mourey）所著的《根斯堡》（*Gainsborough*）。3月，普魯斯特寫了一篇長篇文章論及德．諾愛伊伯爵夫人的《燦爛光華》（*Les Eblouissements*），由《費加洛日報》於6月15日刊登；這篇文章中之一頁再度被報社刪除，其內容將會在《妙齡少女花影下》重新提及。3月20日，《費加洛日報》刊載〈閱讀時光〉（«Journées de lecture»），是一篇關乎德．波瓦涅伯爵夫人（la comtesse de Boigne）之《回憶錄》（*Mémoires*）的文章。文章中好幾個橋段重現在《追憶似水年華》中，包括一個被報紙刪除的橋段。德．波瓦涅伯爵夫人成了德．波瑟薔夫人（Mme de Beausergent）和德．薇琶里希斯夫人（Mme de Villeparisis）的原型人物。

普魯斯特與年輕的伊揚．卡薩—弗耶特（Illan de Casa–Fuerte）交往甚篤。4月11日，普魯斯特參加了德．波里涅亞克親王妃（la princesse de Polignac）的晚宴，在其中，雷納多．韓恩指揮他的《百雅特蕾斯．德．艾斯德之舞會》（*Bal de Béatrice d'Este*）作品演出。會後，他寫信給作曲家，說：「我所認識的人老得眞快啊。」5月，他雇用尼古拉．寇丹的妻子瑟琳（Céline），她是芙蘭絲瓦諸多原型人物之一。由於無法前往參觀居斯塔夫．默羅畫展，他請人代買畫展目錄。7月7日，《費加洛日報》刊載一篇保羅．浦傑（Paul Bourget）的文章«Charles de Spoelberch de Lovenjoul»，文中作者簡要陳述聖—伯夫（Sainte–Beuve）方法論。普魯斯特將加以引述[25]。7月底，在他來往書簡中，普魯斯特攸關巴爾札克提出了重要

---

24 «Vous avez été si bon, si délicieux pour moi tout un automne, que Versailles me semble comme cette d'Is engloutie que Renan voyait remonter du fond attendri de sa mémoire: Ah! Quand refleuriront les roses de septembre!»【譯者注】。

25 《駁聖—伯夫》。參見前述之版本。頁218，219，220以及頁220之注2。

的評論，從而預備他自己將來要寫的作品。7月23日，《費加洛日報》刊載了普魯斯特〈外婆〉(«Une grand–mère») 文章一篇，文中他肯定說：「長留者闕如，死亡亦若是。」

8月初，普魯斯特出發到卡布爾，這是他年年前往之地，前後共七年之久。徵詢了艾彌樂．馬勒（Émile Mâle）意見之後，他去參觀拜峨（Bayeux），岡城（Caen），巴勒羅瓦（Balleroy），迪甫（Dives），歐德梅之橋（Pont–Audemer）。他與沿海地帶優良社交圈來往，認識一位年輕計程車司機，艾爾費德．亞格斯迪內里，載他出遊，讓他好好認識古蹟，夜晚以車燈點亮它們。8月15日左近，寫了一篇關乎關乎托爾斯泰以及莎士比亞的文章，於死後才發表。本篇文章中提到聖─伯夫。同樣的，在10月中寫給羅伯特．德瑞福斯的兩封信中，也曾提及聖─伯夫。10月初，經由艾弗勒（Évreux），格里梭樂（Glisolles）及鞏石（Conches）回到巴黎。10月7日，聆聽瑪猷（Mayol），並在《追憶似水年華》敘事中多次加以引述。普魯斯特對鄂倫堡事件（l'affaire Eulenburg）發生興趣：這位德國親王遭到記者控告，指控他以諸多同性戀者圍繞皇帝。11月19日，《費加洛日報》刊載〈轎車印象之旅〉(«Impressions de route en automobile»)，文中某些橋段將在《細說璀璨之童年》及《囚禁樓中之少女》敘事中出現；普魯斯特在文中描繪亞格斯迪內里的人物肖像，也預測他悲傷的結局。12月26日，《費加洛日報》刊載了他所寫關乎著名擊劍手居斯塔夫．德．波爾達（Gustave de Borda）亡者傳略。當普魯斯特與尚．羅杭（Jean Lorrain）決鬥時，德．波爾達曾經是見證人。

1908年

這年產出兩件作品，重要性不一，包括一些臨摹文章以及《駁聖─伯夫》一書。

1月，普魯斯特寫〈羅伯特與小山羊，媽媽出遊〉(«Robert et le chevreau, Maman part en voyage)，正反頁共七十五張之最初資料，如今已遺失，在普魯斯特稱之爲《一九〇八年記事本》的記事本清單中，曾有登錄。另一方面，9日爆發「勒模瓦安假鑽石製造事件」(l'affaire Lemoine)，被普魯斯特用來當作臨摹文章主題。這位工程師以發現製造鑽石秘方爲誘餌，說服了德．畢爾（De Beers ）公司董事長投資，向他訛詐64.000里弗。普魯斯特從1月開始撰寫相關臨摹文章。史特勞斯夫人給了他五本記事本；在其中四本之內，他快速記下筆記編號第，以便後來寫作。《費加洛日報》2月22日文學增刊中，刊載了普魯斯特仿效巴爾札克、鞏谷兄弟之《日記》、米榭勒、法格（Faguet）這等人的臨摹文章。3月14日，又模仿了福婁拜及聖─伯夫。21日的文章是仿何湳（Renan）風格。臨摹夏多布里昂（Chateaubriand）文章及拉斯金風格文章則未曾刊載。聖─西蒙臨摹版，則要等到1919年才刊載。

春天，普魯斯特在信中談到「他寫著某個東西」，屬於「非常重要的工作」，屬於「巴黎式小說」。他想找機會邂逅德．郭雍小姐（Mlle de Goyon），後來讓他大失所望。5月，寫了一封至爲重要的信給路易．德．艾布費拉，信中描述多種計畫。6月12日，在德．波里涅亞克親王妃（la princesse de Polignac）府邸觀賞了慶典，「這是個美妙的慶典，其中有那麼多一系列無可比擬的怪誕臉龐[26]」。

夏天，撰寫計畫似乎停滯不前。普魯斯特重新簽約續租套房，7月18日，前往卡布爾。同一月中，他撰寫至爲重要的書寫清單在被稱之爲「1908年版」的記事本中。他與年輕的馬賽爾．植葡（Marcel Plantevignes）交往，在娛樂賭場下賭注，觀賞一場電影。9月8日，《永不妥協日報》（*L'Intransigeant*）刊載一份關乎呂西昂．都德所寫《已逝之路》（*Chemin mort*）的讀書書評報告。9月底，在凡爾賽的蓄水庫之豪華大旅館住下，雇用亞格斯迪內里（Agostinelli）。這年期間，普魯斯特寫了很多封信，抗議指控他行爲不檢之事，這些指控使他痛苦。10月時，似乎重新開始寫作，而且於11月初回到巴黎。直到此時，在《一九〇八年記事本》中所記下的筆記編號，有許多頁是關乎寫一部小說的提醒。在單張正反頁面上的發揮內容，有的屬於閱讀筆記，有的屬於藝術層面的感想；如今成了眾所周知的「普魯斯特之編號45號[27]」。

11月，《一九〇八年記事本》開始記下有關聖一伯夫的評論。12月，計畫變清晰了：有關聖一伯夫的評論方面，懸而未決的雙面考量是：或者書寫一篇論述文章散文，或者書寫一個他與母親的對談。普魯斯特請人購買所有評論性作品，重新閱讀龔谷兄弟之《日記》，以及聖一西蒙之《回憶錄》，「全然樂此不疲」。自此以往，他將撰寫《駁聖一伯夫》一書之前導筆記編號多本，其中值得注意的筆記編號第3號[28]中，出現了好幾頁攸關記憶的重要書寫。

1909年

關鍵年，普魯斯特從寫作及評論聖一伯夫的階段，跨越成爲眞正小說撰寫者。極少發表文章，因爲普魯斯特專注於這份最重要的工作。

---

26 《書簡集》。第八冊。頁139。6月12日寫給德．卡拉曼一奇湄夫人（Mme de Caraman-Chimay）的信。

27 N.a.fr. 16636, ffos 1 à 31, 刊載在《駁聖一伯夫》書中。參見前述之版本。頁211-232。

28 筆記編號若與撰寫次序不盡相同者，乃是屬於國家圖書館之編號。

1月，普魯斯特生病。他向駱禮（Lauris）借閱《皇家之港》（*Port–Royal*）一書。2月，在他的《記事本》中，他以《希樂薇》（*Sylvie*）作爲與巴雷斯（Barrès）的《寇雷特·葆荳石》（*Colette Baudoche*）兩相對抗的文本。3月6日，《費加洛日報》刊載最後一篇臨摹文章，〈由亨利·德·雷涅耶所寫之勒模瓦安事件〉（«L'Affaire Lemoine, par Henri Régnier»）。普魯斯特想將他所有的臨摹文章集結成冊出版；《法國信使報》，卡拉曼—列維，法斯格勒等出版社都於以拒絕。3月，他撰寫《駁聖—伯夫》序言，以敘事文體寫在筆記編號1號中，由筆記編號3號及2號接續之。在筆記編號第5號及4號中，他敘述早場活動，這是該書之主題。5月，攸關德·蓋爾芒特之姓氏問題，他向喬治·德·駱禮（Georges de Lauris）詢問。6月，在筆記編號第31、36、7、6、51等號前導之下，普魯斯特將筆記編號第8號中的敘事轉變成小說形式；之後，在筆記編號第12、25、26、32、27、29、63、68、69、22等號系列中亦然。

因此，這是個龐大工程，從中生發了一封寫給《法國信使報》瓦雷特（Vallette）主任出版者的重要信函。8月中旬，普魯斯特在信中簡要陳述他的作品內容，以及後續他所要匯集、建構的部分。出版者拒絕出版《駁聖—伯夫》。普魯斯特想由《費加洛》出版社出版，未果。8月15日，前往卡布爾。16日，他寫信給史特勞斯夫人，說：「我不久之前開始——也結束了一部很長篇幅的書[29]。」他聆聽《維特》（*Werther*）歌劇的一幕；聆聽吉普賽樂師們爲他演奏雷納多·韓恩之《夢境聯想》（*Rêverie*），感動得熱淚盈眶。與一些青年交往，之後，於9月底或10月初回到巴黎。於是在三本筆記編號中，將不被了解的「康樸蕊」起始敘事直到「斯萬及德·蓋爾芒特雙邊敘事」，做了清楚的交代，請人轉成打字稿。普魯斯特將《皇家之港》一書送還駱禮，此舉清楚顯明他要放棄聖—伯夫，轉而向駱禮借閱馬勒（Mâle）之著作。從1908年底到1909年底，普魯斯特從寫散文和寫敘述文轉而走向寫小說之路，一共撰寫了二十本筆記，談論到康樸蕊，斯萬之一段戀情，海洋岸邊之駐留假期，桂格城（Querqueville），姬蓓特與她的母親。某些筆記有著各不相同的書寫藍圖，有些其他筆記由各自不同的書寫藍圖組織成形，讓藍圖顯得更爲清晰。在《筆記編號51號》反面寫有〈群英之舞動〉（«Bal des têtes»）首次文稿，它帶來了結論的改變，也微調了小說的結構，因爲攸關美學的橋段，被轉移到卷尾位置。

普魯斯特讀了柏格森的《物質與記憶》（*Matière et mémoire*）一書，將該書之注記寫在《一九〇八年記事本》以及筆記編號第12、14號中；他也讀了湯瑪士·哈代（Thomas Hardy）

29 《書簡集》。第九冊。頁163。

《至愛之女子》(*La Bien–aimée*)一書，並參考了吉卡爾(Guigard)之《珍本收藏家之新編徽章圖案集》(*Nouvel armorial du bibliophile*)，書中有蓋爾芒特家族的兵器圖案。

1910年

密集的工作的新年度，偶而靜養休息。

1月12日，安納托·法朗士之靈感啓示者，普魯斯特之友，加斯東·德·卡亞維(Gaston de Caillavet)之母親，艾爾芒·德·卡亞維夫人(Mme Arman de Caillavet)逝世。《費加洛日報》刊載多篇繆塞(Musset)致愛媚·德·亞爾棟(Aimée d'Alton)信簡，普魯斯特在《一九〇八年記事本》中作了評論，稍後，也在《妙齡少女花影下》評論。他收到加斯東·德·卡亞維之妻，珍妮·普格(Jeanne Pouquet)照片一幀，並要求一幀他們女兒西蒙娜(Simone)的照片。1月28日，塞納河水患，淹水至奧斯曼林蔭大道(le boulevard Haussmann)大樓。

春天，普魯斯特將《費加洛》出版社拒絕出版的《駁聖—伯夫》手稿取回。6月4日，觀賞俄國芭蕾舞季之首演：由傅金(Fokine)編舞，尼金斯基(Nijinski)和卡薩維納(Karsavina)擔任舞者的《天方夜譚》(*Shéhérazade*)。7月15日，普魯斯特在《巴黎期刊》拜讀一篇由符多耶(Vaudoyer)所寫關乎這些芭蕾的文章，非常佩服。7月17日，普魯斯特帶著他的貼身家僕尼古拉·寇丹(NicolasCottin)前往卡布爾。8月，他想在《大期刊》(*La Grande revue*)發表他的作品。

從1909開始，普魯斯特與他所任用的祕書，年輕的亞伯·納密亞(Albert Nahmias)交往。9月21日，普魯斯特在《永不妥協日報》(*L'Intransigeant*)發表本年度唯一的一篇文章：〈將書圍繞：《領結王子》〉(«Autour d'un livre: *Le Prince de cravates*»)，呂西昂·都德短篇小說集。10月初，普魯斯特回到巴黎。他請人以軟木將臥室隔音。

這一年，他重新閱讀《帕爾瑪之修道院》(*La Chartreuse de Parme*)並作注記，他也讀了湯瑪士·哈代(Thomas Hardy)的《藍眸》(*Les Yeux bleux*)一書，並作評論。他在筆記編號第28、14、30號，筆記編號第37、38號，筆記編號第13、11號等處進行關乎「康樸蕊」，「桂格城」文本補充工作。1911年，在筆記編號第24、20、21號[30]等處繼續撰寫〈斯萬的一段情〉(«Un amour de Swann»)手稿，〈斯萬夫人之旋風〉(«Autour de Mme Swann»)手稿。筆記編號第39至43號，以及筆記編號第49號等處，出現《富貴家族之追尋》之版本。

30　或許是1911年，就像「斯萬的一段情」以及「地方之名：地方」。

在這些文本頁次中，裴果特（Bergotte），艾斯棣（Elstir），瑪莉亞（Maria）這等人物相繼出現。

1911年

這一年，繼《駁聖—伯夫》之後，普魯斯特花費精神完成他的小說初稿。當然，某些筆記是於1910年開始動筆，結束於1911年。筆記編號第47、48、50、58、57、11號，以及13號裡，有最後一冊草稿。筆記編號第58號以及57號裡寫有〈德．蓋爾芒特親王妃府邸早場宴會〉（«Matinée chez la Princesse de Guermantes»），以及作品之結論。

2月20日，藉由電話耳機劇場（théâtrophone）[31]轉傳劇場表演至電話中，普魯斯特聆聽《名歌手》（*Maître chanteur*）之一幕，特別自2月21日起，他聆聽《佩力亞斯與梅莉桑德》時深受感動，經常在《追憶似水年華》中加以引述。他訂閱《法國新月刊》（ *La Nouvelle Revue Française*）。3月21日，在夏特雷劇院（le théâtre de Châtelet）觀賞德布西與鄧南遮（D'Annunzio）之《聖—賽巴斯迪安之殉道》（*Martyre de saint Sébastien*）首演，讓他頗爲失望。他撰寫《佩力亞斯與梅莉桑德》劇本之臨摹文章，該篇文章於逝世後才被刊載。4月初，普魯斯特開始與路易．德．羅伯特（Louis de Robert）來往一些重要書信，後者爲《追憶似水年華》之出版進行斡旋。7月11日，前往卡布爾渡過三個月時間。在此地，於8月1日至6日之間，藉由《費加洛日報》閱讀梅特林克（Maeterlinck）一系列關乎死亡文章。8月23日或24日，普魯斯特寫信給德．駱禮，信中清楚說明他的相關理論與前者相左。普魯斯特指出：他的書「讓人謄寫」的部分，已達八百頁。

在卡布爾，普魯斯特雇用納密亞（Nahmias）擔任秘書，後續的手稿交由寇希莉亞．海瓦德小姐（Miss Coecilia Hayward）打字。此一打字稿既已完成，在封面上寫著：《沉潛心靈之悸動，時光已逝，第一部。》（«Les Intermittences du coeur, Le Temps perdu, Iere partie.»）

12月，普魯斯特在杜杭—呂煒畫廊（la galerie Durand–Ruel）參觀中國國畫展。在證卷交易所損失鉅額資金。

---

31 「定期付費者，透過電話耳機劇場（…）可在自家聆聽多處國家劇場，各種樣貌音樂表演新推出的曲目，夏特雷劇院（le Châtelet），拉．斯卡拉（la Scala）以及克隆音樂會（les Concerts Colonne）等。普魯斯特於是在1911年2月20日聆聽了《好歌手》之第三幕。（acte III des Maîtres chanteurs）。」 參見：TADIÉ Jean-Yves, *Marcel Proust*, Biographie, Gallimard, 1996, p. 659.

1912年

這一年主要工作是完成《韶光重現》第一部分之定稿，以及尋找出版者。

10月時，普魯斯特首先找上法斯格勒，寄給他第一冊打字稿，書名訂爲《韶光已逝》。第二冊則是以筆記編號第方式寫妥，書名訂爲《韶光重現》。這時，書之總標題爲《沉潛心靈之悸動》（«Les Intermittences du cœur»）。第二冊打字稿完成於6月。11月2日，他找上卡斯東．賈利瑪（Gaston Gallimard），同時，透過畢培斯克聯繫上傑克．寇伯（Jacques Copeau）。年底，兩家出版社都拒絕了手稿。

3月21日，《費加洛日報》刊載〈帶刺小樹之白色花，帶刺小樹之粉色花〉（«Épines blanches, épines roses»），屬於〈康樸蕊〉（«Combray»）敘事選文，6月4日所刊載之〈陽台迎陽光〉（«Rayon de soleil sur un balcon»），乃敘事者述說戀愛姬蓓特之片段；9月3日刊載〉〈鄉村之教堂〉（«L'Église de village»）一文。

8月7日，前往卡布爾，10月初，普魯斯特回到巴黎。儘管出版者對出版一事三緘其口，普魯斯特仍在筆記編號第34、35、44、45號中逕自進行《富貴家族之追尋》手稿之梳理工作。

1913年

這一年值得注意的是：作者以自費方式出版了《細說璀璨之童年》，帶動《追憶似水年華》整部書的轉變，同時，普魯斯特開始對艾爾費德．亞格斯迪內里生出激情式的戀愛，轉變了他的人生。

年初，第三位出版者，歐嵐朵夫（Ollendorff），拒絕了普魯斯特的小說。2月中旬，普魯斯特要求格拉賽的舊識，荷內．伯埌（René Blum）向這位出版者提議，把普魯斯特的書交由格拉賽出版者出版，出版費用由作者自付，共有書兩冊，「每本約略650頁」。契約於3月11日簽訂。

1月底，普魯斯特在巴黎聖母院主教座堂之聖—安娜拱門前（le portail sainte–Anne），駐足「兩小時」。他透過電話耳機劇場聆聽文森．德．英迪（Vincent d'Indy）作品《菲爾華》（*Fervaal*），將此作品與佛瑞（Gabriel Fauré）的《鋼琴與小提琴奏鳴曲作品一號》（*la première sonate pour paino et violon*）兩相比擬。1月26日，他在佩雷耶表演廳（la Salle Pleyel）聆聽卡貝四重奏（le quatuor Capet）樂團演奏貝多芬四重奏作品15、16及17號。3月，他透過電話耳機劇場，重新聆聽《田園交響曲》。25日，《費加洛日報》刊載〈復活節假期〉（«Vacances de Pâques»），屬於《細說璀璨之童年》以及《富貴家族之追尋》之部分選文。3月27日，普魯斯特的司機，奧迪隆·艾芭瑞（Odilon Albaret）娶賽莉絲特·金妮斯特（Céleste Gineste）爲妻，這位新娘白天將取代賽琳·寇丹（Céline Cottin）。年底，她成了留守照顧普魯斯特，直到他逝世都未曾離開的人。

3月31日，郭林（Colin）出版社印妥《細說璀璨之童年》之初稿排版。普魯斯特重新修正校樣文稿，爲作品尋找一個總標題。直到5月中旬，才採用《追憶似水年華》（*À la recherche du temps perdu*）。第一、二次校樣文稿於5月30日及9月1日之間付梓。第三次校樣文稿在7月31日及8月28日之間付梓。第四次及第五次校樣文稿於10月13日至27日之間付梓。

春天，普魯斯特寄給《時代日報》期刊一份關乎巴雷斯之作品《受感召之山丘》（*La Colline inspirée*）的讀書書評報告，文章未獲刊登。4月19日，他聆聽恩尼斯可（Enesco）演奏法蘭克（Franck）之《奏鳴曲》（*Sonate*）。5月15日，他在香榭麗舍劇場（le théâtre des Champs–Élysées）觀賞俄國芭蕾，又於10月17日觀賞尼金斯基（Nijinski）演出《牧神之午後》（*L'Après–midi d'un faune*）舞蹈。5月22日，他在香榭麗舍劇場觀賞《伯里斯·郭杜諾夫》（*Boris Godounov*）演出。

5月底，普魯斯特款待亞格斯迪內里和他的女伴安娜（Anna）至家中，雇用這位年輕人成爲他的秘書，7月26日，與這對情侶前往卡布爾，不過，8月4日出遊到滬而加特（Houlgate）後，驟然帶著年輕男子搭乘火車返回巴黎，連轉回豪華大旅館都沒有。在《所多瑪與蛾摩拉　第二集》之一章：〈沉潛心靈之悸動〉中，將會提及類似的突發狀況。

普魯斯特必須剪除他第一冊中的兩章文稿，並且改變結論。《細說璀璨之童年》11月8日印刷完成，14日在書店上架。11月12日，《時代日報》刊載一篇重要的普魯斯特訪談。12月1日，已經開始在鄰近巴黎的布克（Buc）學習駕駛飛機的亞格斯迪內里，出發前往昂蒂布（Antibes）。傷心欲絕的普魯斯特，差派亞伯·納密亞（Albert Nahmias）以利誘方式協商，讓年輕人願意返回。年輕人則是一去不復返。12月21日，《鏡子》（*Le Miroir*）刊載普魯斯特第二次訪談。

這一年，普魯斯特請人完成第二冊之《富貴家族之追尋》打字稿，在筆記編號第34及33號中再度撰寫駐留海岸的日子。確認《細說璀璨之童年》文稿，餘下文稿由於熱衷於戀愛而被擱置。愛蓓汀的名字終於在1913年出現。

1914年

這一年，普魯斯特預備出版第二冊《富貴家族之追尋》，本書出版時，已經不是依照舊有樣式，亞格斯迪內里之死讓他哀慟欲恆，又飽嚐戰爭之苦。

年初幾個月，普魯斯特在別離之苦中渡過，3月底，亞格斯迪內里在昂蒂布鄰近的一所飛航訓練學校註冊，所用的名字是馬賽爾·斯萬。5月30日，在海上飛行時墜機落海，因不識游泳而溺斃。同一天，普魯斯特寫給他一封長信，是我們唯一保存下來的信函；在信中，我們讀到以下信息：普魯斯特已買下一架價值二萬七千法郎的飛機，想要請人在機身上刻馬拉梅（Mallarmé）的〈天鵝〉十四行詩。普魯斯特款待「新寡婦人」在巴黎住了幾週。他的苦楚等同於母親逝世之哀慟。不過，9月前往卡布爾。10月底寫信給雷納多·韓恩時，宣稱他經歷了「第一階段的釋懷」。

在第一階段期間，普魯斯特依然大量寫作。他將第一次及第二次壩北柯的駐留兩相融合，持續在筆記編號第46及71號中預備這段故事。在筆記編號第71號中撰寫《囚禁樓中之少女》之肇始文本。夏天，在苦楚衝擊下，筆記編號第54及71號中寫了《芳蹤何處去尋覓》（*La Fugitive*）原始稿。記事本編號2、3及4號中添滿了攸關敘事人物的注記和描述說明。記事本編號3及4號中所勾勒的范德怡四重奏（un quatuor de Vinteuil）之分析，爲要成爲《韶光重現》之文本，被筆記編號第第57號重新使用。不過，在《囚禁樓中之少女》文本中，四重奏變成了七重奏。普魯斯特同時進行的工作，是校訂第二冊《富貴家族之追尋》的校樣文稿。1913年，格拉賽的校樣文稿讓作者在〈地方之名〉（«Noms de pays»）標題下撰寫了巴黎的斯萬夫人，以及壩北柯的第一次駐留。6月6日，印刷工作執行者完成第二套校樣文稿，即被稱之爲《富貴家族之追尋》之一冊，故事一路發展，直到德·薇琶里希斯夫人早場招待活動才結束。6月1日，《法國新月刊》刊載駐留壩北柯之文章數頁，7月1日，同一期刊登載《富貴家族之追尋》部分選文，其中包括外婆生病。

11月，普魯斯特重新閱讀約瑟·雷伊納克（Joseph Reinach）所著之《德瑞福斯事件之始末》（*Histoire de l'affaire Dreyfus*）。

戰爭爆發，奧迪隆·艾芭瑞（Odilon Albaret）司機被徵召入伍，兩星期後，貼身家僕尼古拉·寇丹（Nicolas Cottin）也被徵召。普魯斯特要求賽莉絲特·艾芭瑞（Céleste Albaret）來他家中定居。他雇用的第一位家僕立即被徵召入伍，之後雇用一位名叫業爾內斯特·佛斯格蘭（Ernest Forssgren）的瑞典人。9月初，他在夜晚月明天清時漫步巴黎。9月剩餘時間，他去卡布爾，這是最後一次前往該地。回到巴黎，他辭退了佛斯格蘭，也不用電話機。生病、免入伍，他在衆多報紙中跟蹤戰爭消息。他在筆記編號第54號中撰寫攸關德·查呂思這位小說人物的草稿。12月17日，貝特蘭·德·菲尼隆（Bertrand de Fénelon）戰死。在這「可怕的一年」年底，普魯斯特重新閱讀拉·布呂耶爾（La Bruyère），整年沒有任何出版品，因爲格拉賽被徵召入伍，他的出版社隨之關閉。

1915年

這一年，普魯斯特爲《所多瑪與蛾摩拉》、《囚禁樓中之少女》、《芳蹤何處去尋覓》撰寫了七本筆記。

對他而言，新歲增添了新愁：1月13日，他的童件珍妮．普格（Jeanne Pouquet）失去了她的丈夫加斯東．德．卡亞維（Gaston de Caillavet）。他與蜜西亞．愛德瓦（Missia Edwards）交往，成了後來的蜜西亞．賽爾特（Missia Sert）。春天，他重讀龔固爾兄弟之《日記》，或許是爲了書寫一篇在《韶光重現》中占有一席之地的臨摹文章，並且重新對瑪蒂德公主感到興趣。5月30日，他托人放置一束花在亞格斯迪內里的墳墓之上。6月，在一封信中，他向呂西昂．都德簡要陳述年輕的德．康柏湄（Cambremer）的婚禮。他寄給雷翁．都德一篇屬於華格納的臨摹文章。他經過衆多健康檢查之後，依然免服兵役。夏天，他費心撰寫《所多瑪與蛾摩拉》。11月，他寫了一封重要的親筆提辭贈送信函給變伊格維奇夫人（Mme Scheikévitch），信中，他簡要陳述如何從筆記編號第55及56號選文中帶出愛蓓汀的全部故事。他將這個小說人物引入壩北柯第一次駐留中，之後，將第二次的駐留引入《所多瑪與蛾摩拉》一書中；他也在這封信中簡要陳述《芳蹤何處去尋覓》敘事之起頭，但是沒有在威尼斯之駐留。小說結構有了大翻轉。愛蓓汀故事在1914年版本後，有了第二版，出現在筆記編號第46、72、53、73、55、56等號筆記中。

1916年

1916這年最主要的就是更換出版者，撰寫《所多瑪與蛾摩拉》手稿，或許，透過戰爭介入普魯斯特的作品，也寫下了《追憶似水年華》的完結篇。

2月25日，普魯斯特與紀德「言歸於好」，後者曾經替賈利瑪拒絕了《細說璀璨之童年》一書之出版。他現在請求普魯斯特將其他的作品都交由《法國新月刊》出版社出版。於是，普魯斯特與荷內．伯埌及貝納．格拉賽協商，以便取得該出版者同意釋出契約權限。8月9日，卡斯東．賈利瑪向普魯斯特保證說：格拉賽在他的作品上沒有任何產權。在瑞士養病的格拉賽同意了。8月29日，他寫信給普魯斯特，說：「我放棄出版《追憶似水年華》之第二冊[32]。」春天時已經再度與卡斯東．賈利瑪接觸的普魯斯特就有了自由決定權，讓自己的作品由後者出版。9月15日，賈利瑪建議普魯斯特寫信給格拉賽「假設在全部同意的條件之下」「交付給他完全的自由」。10月22日，賈利瑪總結說：「在您願意的時候，就可以開始將手

---

32 《書簡集》。第十五冊。頁279。

稿寄給我了。」

同樣的，普魯斯特也更新了他的人脈，與年輕作家交往，諸如：1910年就已經認識的寇克多（Cocteau），還有拉克德（Lacretelle），以及一位珍貴的生命見證者，保羅．莫翰（Paul Morand）。春天，他重新開始出外活動，到凡爾賽聆聽雷納多．韓恩的新歌劇，也到德．波里涅亞克親王妃府邸走動。8月，他在最喜愛的拉呂之家（chez Larue）餐館吃晚餐，他最喜愛的餐館也包括麗池大酒店（Ritz）。他與繆拉親王妃以及莫翰的女友蘇佐公主（la princesse Soutzo）等人交往。

2月，他補充了對愛蓓汀的描繪，在他的作品中介紹服飾專家佛爾杜尼（Fortuny）所用的布料及女裝，靈感來自威尼斯以及卡帕丘（Carpaccio）。春天時，他重新閱讀達里曼．戴．雷歐（Tallemant des Réaux），並在《囚禁樓中之少女》書中加以引述。在《韶光重現》一書中，當他描述夜晚散步景色時，提到〈水手辛巴達〉（«Sinbad le marin»）。他找到了《所多瑪與蛾摩拉》這個書名標題，環繞著德．查呂思先生[33]書寫了許多戰爭期間發生的故事。他收集完整資料：曾任哈德其烏怡（Radziwill）家僕的勒．居吉亞（Le Cuziat），在果多—德—模瓦街（rue Godot–de–Mauroy）經營一處「沐浴場所」，又在拱廊街（L'Arcade）增開了另一家。普魯斯特給他一些傢俱。普魯斯特以勒．居吉亞爲通風報訊的眼目，有時候去這「沐浴場所」。根據賽莉絲特．艾芭瑞的說法，「他所看見的圖像，那才是他所感到興趣的。此外無他。」「正是〔……〕因爲我們不能憑空揑造[34]」，因此，他目睹了鞭笞那一幕。

1917年

「憂傷的1月1日」之後，書簡稀疏。手稿撰寫有進展。普魯斯特也在某些筆記上注記增文，包括筆記編號第61號。

他外出活動較往年頻繁，或許因爲身體好些了，或許因爲他需要新增養分給作品。年初，大家在羅奇德夫婦（les Rothschild）寓所看見他。2月1日，莫翰造訪普魯斯特；在同一時期，莫翰說給他聽的一些趣聞被他導入作品之中。這一年，蘇佐公主贏得他深刻的情誼，蘇佐公主後來與保羅．莫翰結縭。繆涅耶神父（l'abbé Mugnier）的《日記》（*Journal*）

33　1916年5月15日至5月31日間寫給卡斯東．賈利瑪的信，《馬賽爾．普魯斯特—卡斯東．賈利瑪之書簡集》。版本由巴斯卡．傅學（Pascal Fouché）整理、介紹及加注。賈利瑪出版。1989年。白色書面書庫。頁35-37。

34　賽莉絲特．艾芭瑞。《普魯斯特先生》（*Monsieur Proust*）。巴黎。拉馮（Laffont）出版社。1973年。頁235-241。

中，記下普魯斯特於4月、6月，多次與人共進晚餐，包括寇克多、莫翰、彼得·德·波里涅亞克、德·石維涅夫人（Mme de Chevigné）等。5月，普魯斯特在《囚禁樓中之少女》一書中，書寫攸關杜斯妥也夫斯基（Dostoïevski）的文章。7月28日，他在麗池大酒店吃晚餐後，感到極度不適，使他想起葛雷柯（Greco）的一幅畫；他把這幅畫納入《韶光重現》文本中。

8月22日，以馬內利·畢培斯克（Emmanuel Bibesco）在倫敦自盡，此舉帶給普魯斯特「極大的憂傷」。10月，莫翰被任命爲法國駐羅馬大使。

這一年中，有兩天之久，普魯斯特一動也不動，「好像沒氣了」，賽莉絲特·艾芭瑞如此說[35]。就是在同一年，連續幾個時期，他的女管家說：魯斯特要女管家把三十二本寫得整整齊齊的筆記摧毀，它們都是1914年以前所寫。

賈利瑪印刷了《細說璀璨之童年》新版，該書延後發行到1919年6月。最主要的修正，攸關康樸蕊所在之地的移動。1913年時，它位於夏爾特附近，現在被安置在前線，介於拉翁（Laon）與杭恩斯（Reims）之間。10月，普魯斯特收到《妙齡少女花影下》排版稿。

年尾，普魯斯特想辦法要將他的傢俱和地毯賣出，爲了「救助一個大不幸」。

1918年

戰爭末了一年，普魯斯特完成《追憶似水年華》手稿核心部分，校訂《妙齡少女花影下》校樣文稿，也積極參與社交活動。

1月23日，畢卡索展出畫展，普魯斯特寫著：「這是當時最有意義的展演」。

1月30日，普魯斯特在街上走著，那時，德國人架機轟炸巴黎[36]；《韶光重現》描述了此一場景。他與多人交往，諸如：美山夫婦（les Beaumont）、雷賓德夫人（Mme Rehbinder）、德瑞絲·德·希尼斯達（Thérèse d'Hinnisdal）、伊莉莎白·德·格拉蒙（Élisabeth de Gramont）、德·吉石公爵（le duc de Guiche）、華特·貝里（Walter Berry）、德·呂德爾夫人（Mme de Ludre）、繆拉親王妃、尙·德·卡斯特蘭（Jean de Castellane）、亨尼希夫人（Mme Hennessy）這等人。2月4日，他首次遇見法蘭索瓦·莫里亞克（François

35 同上。頁333-3：「假如我照著馬賽爾·普魯斯特所邀請我的，寫下我的日記，我就可以確認準確日期。」

36 造成65人死亡，187人受傷。參見伊莉莎白·豪瑟（Élisabeth Hausser）著書：《苟延殘喘中的巴黎》（*Paris au jour le jour*）。1900-1919年。子夜出版社（Ed. de Minuit）。1968年。頁665。

Mauriac）。在亞爾馮斯．都德夫人家，與繆涅耶神父（l'abbé Mugnier）、德．諾愛伊伯爵夫人（la comtesse de Noailles）、法蘭西斯．詹姆斯（Francis Jammes）、呂西昂以及雷翁．都德（Lucien et Léon Daudet）這等人共進晚餐；13日及27日，他在蘇佐公主府邸吃晚餐。3月底，他患了輕微失語症及顏面神經麻痺。這些健康意外事件被導入《韶光重現》文本中，呈現職志所遭遇的危難。4月20日，普魯斯特撰寫著名的親筆提辭，贈送給傑克．德．拉克德（Jacques de Lacretelle），向他指出有哪些「關鍵人物」可用來解讀他的小說人物[37]。

4月，收到《妙齡少女花影下》之後續校樣文稿。那時，普魯斯特提到《追憶似水年華》全書共有「五冊」。4月，加上5月，他爲傑克—艾彌樂．白郎石的著作：《畫家之話—從大衛說起直到竇加》（*Propos de peintre – De David à Degas*）撰寫序言，該著作將於1919年3月出版。春天，他爲一冊臨摹文章及期刊論文作出版準備[38]，並在其中加入夏天將要開始撰寫，臨摹聖—西蒙（Saint–Simon）的文章。在這篇文章中，普魯斯特將他所有的高階社群舊識放在其中，而且重新開始以繆拉親王夫婦（les Murat）帶出討論帝國貴族之主題。普魯斯特想親筆寫提辭贈言，將《妙齡少女花影下》做爲贈禮，紀念已故之德．波里涅亞克親王；此舉被親王妃拒絕了。他與一位麗池大酒店年輕的服務生—亨利．羅煞（Henri Rochat）交往.

夏天，賈利瑪向格拉賽買下《細說璀璨之童年》最後尙未賣出的書本。這些書重新上市時，是以白色書皮呈現。

9月，普魯斯特強調他「心中苦楚」，他也短缺金錢。

簽訂停戰協定時，普魯斯特寫信給史特勞斯夫人，提到莎士比亞，也對和平提出他的看法：「在所有的和平當中，我所偏愛的，是沒有留下任何懷恨在人們心中的和平。」

11月30日，《妙齡少女花影下》印刷完成：全冊共443頁。12月，普魯斯特打算以六冊方式呈現《追憶似水年華》全書。他設計中的《所多瑪與蛾摩拉》計有三部分。收到《富貴家族之追尋》一些校樣文稿。

1919年

這一年，透過同時出版的三冊小說，普魯斯特獲頒龔固爾文學獎，在某個程度上說道，這是個遲延賦予的報償。

應該是在這一年，普魯斯特雇用了最後一位秘書——亨利．羅煞來家中。這位秘書像愛蓓汀一樣，會畫畫，會喬裝，隨著老闆的口述，以聽寫方式書寫一些信函，而且要求昂貴的

37 《散文及文章》（*Essais et Articles*）。參見前述之版本。本書法文原典頁564-566。

38 1918年6月23日與賈利瑪簽訂契約。

酬勞。

不幸的是普魯斯特的日常生活，因爲被迫搬家而大受折騰：舅媽將奧斯曼林蔭大道102號大樓賣給了華菱—柏尼耶銀行（banque Varin–Bernier）。5月30日，普魯斯特住進羅蘭—比莎街（rue Laurent–Pichat），蕾珊妮（Réjane）所住的私人寓所五樓。7月2日，他寫信給史佛女士（Mrs Schiff）說：「搬家幾乎要了我四分之三的命，蕾珊妮夫人的家又取走了我餘下的四分之一。她的家鄰近森林，讓我枯草熱氣喘發作」。

《妙齡少女花影下》延遲直到6月才上市，《法國新月刊》必須將該書之選文發表在新出版的6月1日新系列文章中。7月1日，同一期刊刊載了《富貴家族之追尋》部分選文。6月底，《臨摹文章與雜文》首版，《細說璀璨之童年》再版，《妙齡少女花影下》都在書局開始銷售。普魯斯特預備將手稿片段以及1914年格拉賽沒有出版的《妙齡少女花影下》排版稿以五十本豪華版發行。

普魯斯特無法與任何國家至上主義苟同，反對「成爲聰明之黨」此一宣言，7月9日，五十四位作家在《費加洛》文學增刊簽名表示支持，其中包括浦傑（Bourget）、傑宏（Ghéon）、哈雷維（Halévy）、詹姆斯（Jammes）、墨哈斯（Maurras）、馬禮恬（Maritain）、符多耶（Vaudoyer）這等人。

同樣在7月，普魯斯特收到由傑克·特隆石（Jacques Tronche）寄來賈利瑪出版的〈最後兩位克勞德〉（«Les deux derniers Claudel）；8月收到華特·惠特曼（ Walt Whitman）《作品選集》（*Les Œuvres choisies*[39]）。8月20日，卡斯東·賈利瑪堅持要求普魯斯特請人將《富貴家族之追尋》筆記作成打字稿。

10月1日，普魯斯特定居在哈莫蘭街（rue Hamelin）44號六樓，原以爲只是暫住在這個擁有五房的公寓，無史蹟，無記憶，遠離自己童年的社區：「可是，他連一次向我提出抱怨都沒有。」賽莉絲特·艾芭瑞如此說[40]。

12月，普魯斯特將他的文章〈攸關福婁拜之風格〉（«A propos du style de Flaubert»）給傑克·黎偉業。是月10日，普魯斯特的《妙齡少女花影下》獲頒龔固爾文學獎，贊成票六票，反對者四票投給羅蘭·多爾日雷斯（Roland Dorgelès）所著的《木十字架》（*Croix de bois*）這書，因爲他們更喜歡看見戰場老將得到光榮。《妙齡少女花影下》銷售量差強人意：第一刷3300本，11月6600本。1920年1月及7月，數量也相同。《細說璀璨之童年》於6月印刷3300本，11月印刷8800本。同一時間，《木十字架》則高達85000本。頒獎時，

39 《馬賽爾·普魯斯特—卡斯東·賈利瑪書簡集》。如前已引用之版本。頁185及197。

40 賽莉絲特·艾芭瑞。同前引述作品。頁391。

普魯斯特不願與任何記者接觸。

1919年間，普魯斯特修改了兩套《富貴家族之追尋》排版稿，為了要增修，持續在筆記編號第60及61號寫下注記；他寫了眾多信函給評論家，為自己的作品提出辯護。

1920年

1日1月，《法國新月刊》刊載〈攸關福婁拜之風格〉(«A propos du style de Flaubert»)，普魯斯特自從1909年起，就已掌握了這篇文章要素，他在文中回應迪波德（Thibaudet）的一篇文章，〈關乎福婁拜風格之文學性爭論〉(«Une querelle littéraire sur le style de Flaubert»)，由《法國新月刊》於1919年11月刊載。同一月中，他在《*Comoedia*》談論到蕾珊妮（Réjane）；2月28日，《意見》(*L'Opinion*) 期刊刊載普魯斯特一篇回應文，攸關將一些油畫傑作於法國羅浮宮中「束之高閣」之適切性。3月，普魯斯特寫了一篇關乎雷翁．都德的文章，於死後才被披露。3月20日，彼得．德．波里涅亞克與摩納哥王子之養女，德．瓦倫丁瓦小姐（Mlle de Valentinois）訂下婚約。此舉引來普魯斯特寫下一封嘲諷信函，並在《富貴家族之追尋》書中寫下一些諷刺段落。

4月14日，卡斯東．賈利瑪向普魯斯特確認印刷工作執行者要求《富貴家族之追尋》打字稿，好讓排版稿組合工作得以順利進行。

5月4日，普魯斯特在巴黎歌劇院觀賞俄國芭蕾。6月14日，他觀賞由紀德翻譯之《安東尼與埃及豔后克蕾奧芭特》(*Antoine et Cléopâtre*) 總彩排。彩排後晚宴時，聽到蕾珊妮逝世的噩耗，急忙趕往喪宅。8月3日，他回答《永不妥協日報》關乎手工職業之問卷調查，28日，關乎著作審查之問卷調查。9月23日，他獲頒榮譽軍團騎士榮銜。不過，普魯斯特知道：這些人士慶賀他有所貢獻，但是並不會閱讀他的著書。9月30日，他參與「布呂曼達審查委員會」(le jury Blumenthal)，審查頒獎給予《法國新月刊》期刊主任傑克．黎偉業事宜；傑克．黎偉業是他的好友，也是普魯斯特的崇拜者。

自1920年起，普魯斯特想進入法國國家學院：5月底，他向傑克．黎偉業表達了心願，12月4日也向雅各．布齡傑（Jacques Boulenger）表達了此意願。

8月17日，《富貴家族之追尋　第一集》印刷完成，10月以一冊方式出版；9月23日，有一份「勘誤表」寄給印刷工作執行者。普魯斯特為克雷蒙．德．墨倪夫人（Mme Clément de Maugny[41]）所著的圖畫集《手術刀之王國》(*Au royaume du bistouri*) 撰寫一篇簡短序

41　克雷蒙．德．墨倪是普魯斯特少年時代的朋友。

言。11月15日，《巴黎期刊》刊載〈爲一位朋友所寫：關乎風格之我見〉（«Pour un ami. Remarques sur le style»），這篇文章將於1921年成爲保羅．莫翰短篇小說集《柔情的庫存》（*Tendres stocks*）的序言。

1921年

這一年，普魯斯特在一些期刊中刊載他作品中多篇尚未被刊登的選文。因此，1月1日之《法國新月刊》裡，有一篇關乎外婆逝世的文章：〈垂死時刻〉（«Une agonie»）；21日，《週刊》刊載了〈夜霧〉（«Une soirée de brouillard»）；2月1日，《法國新月刊》刊載了〈親吻〉（«un baiser»），還有，艾彌樂．亨利歐（Émile Henriot）攸關古典主義及浪漫主義做了問卷調查，普魯斯特的書面回答刊載於1月8日《文藝復興》（*La Renaissance*）裡。

1月11日，他依然設想出版五冊小說。5月，普魯斯特前往手球場（Jeu de Paume ）參觀荷蘭畫展，爲了欣賞《台夫特之景》（*Vue de Delft*）；參觀中，他感到身體不適。6月號《法國新月刊》刊載了普魯斯特〈談談波特萊爾〉（«A propos de Baudelaire»）的文章。不過，普魯斯特反倒是拒絕了黎偉業的請託，不願寫關乎「杜斯妥也夫斯基」的文章。

春天，普魯斯特開始校訂《所多瑪與蛾摩拉　第二集》排版稿，之後，放棄校訂，重新開始做打字稿。事實上，似乎初次排版稿布魯日印出之後，普魯斯特又回到了一份打字稿上予以修改，根據後者，在巴黎又印出了新版的排版稿，依據新版之排版稿，卡斯東．賈利瑪和黎偉業將帶入修正文字。

4月30日，《富貴家族之追尋　第二集》——《所多瑪與蛾摩拉　第一集》以一冊方式印刷完成。該書發行之後，德．艾布費拉和德．施維涅伯爵夫人（la comtesse de Chevigné）各自在羅伯特．德．聖一鷺以及德．蓋爾芒特公爵夫人中認出了自己，因而與普魯斯特鬧翻。普魯斯特同樣也得要說服孟德斯基歐：德．查呂思並不是他。

6月，普魯斯特的秘書亨利．羅煞自我放逐到阿根廷。16日，普魯斯特參加亨尼希夫人（Mme Hennessy）的晚宴，是專爲德．馬里柏魯公爵（le duc de Marlborough）與葛拉蒂．迪康（Gladys Deacon）訂婚所辦的宴席。9月，好幾次身體發生突發狀況。10月，《法國新月刊》刊載〈沉潛心靈之悸動〉，12月刊載〈搭小火車直到拉．哈斯柏麗野〉（«En tram jusqu'à La Raspelière »）。11月，《自由作品期刊》（*Les Œuvres libres*）刊載〈忌妒〉（«Jalousie»）。11月，普魯斯特將《所多瑪與蛾摩拉　第二集》文本交付給賈利瑪，其中之第一部分由「忌妒」主題購成。普魯斯特那時以「簡短之一冊」呈現《所多瑪與蛾摩拉　第三集》：而它在普魯斯特有生之最後一年擴寫成爲《囚禁樓中之少女》。

普魯斯特「整晚」在美山夫婦寓所渡過歲末。

1922年

年初，普魯斯特校訂《所多瑪與蛾摩拉　第二集》之最後排版稿。

普魯斯特生命的最終一年，在年初時，並無任何徵兆顯示今年會是悲慘的結局。2月7日，普魯斯特在蘇佐公主府邸吃晚餐，遇見了模里斯·馬丁·杜·卡（Maurice Martin du Gard）。26日，《政治與文學編年史》（*Annales politiques et littéraires*）刊載普魯斯特針對探險小說（le roman d'aventure）問卷調查所做的書面回應。3月底，在印刷過程中，他仍想爲《所多瑪與蛾摩拉第二集》稍微加上「一兩行小小的補充說明」。玉豐·艾芭瑞（Yvonne Albaret），賽莉絲特的姪女，負責將《所多瑪與蛾摩拉　第三集》——《囚禁樓中之少女》做成打字稿，因爲連續修改，打字稿一共有三版。第三版因爲生病而告中斷。

2月8日，黎偉業向普魯斯特肯定確認：阿道斯·赫胥黎（Aldous Huxley）是赫胥黎的侄兒，此一細節在《所多瑪與蛾摩拉　第二集》書中再度被提起。黎偉業也請人送給普魯斯特迪奧多·雷石特尼可夫（Théodore Rechetnikov）所寫的小說：《博德利納伊亞的那些人》（*Ceux de Podlipnaïa*）

賽莉絲特如此說：初春，普魯斯特重新審視《韶光重現》手稿時，把賽莉絲特叫到跟前，對他宣稱：「您知道嗎，昨天夜晚〔……〕發生了一件大事，是一個大消息。昨天夜晚，我寫下『全文完』（fin）這個字。」他補上一句，說：「現在，我可以死去了[42]。」

重新修正打字稿，經過第二次組合後，《所多瑪與蛾摩拉　第二集》印刷完成，其日期爲1922年4月3日。5月1日，普魯斯特服用過量的腎上腺素，引起消化系統灼傷。5月27日，《高盧日報》刊載他針對龔固爾兄弟問卷所做的書面回應。5月18日，史特拉汶斯基之《狐狸》（*Renard*）首演後，普魯斯特到麗池大酒店，參加由他的英國朋友史佛夫婦（Schiff）所招待的晚宴：狄亞格列夫（Diaghilev）、畢卡索、史特拉汶斯基、喬伊斯這等人都在場。普魯斯特與喬伊斯之間對話冷冰冰。6月，呂西昂·都德最後一次造訪。6月21日，卡斯東·賈利瑪確認喬治·嘉伯禮（Georges Gabory）不適合擔任普魯斯特秘書一職，雖然普魯斯特已對喬治·嘉伯禮重新讀過《所多瑪與蛾摩拉　第二集》。7月15日，愛德蒙·賈魯（Edmond Jaloux）帶普魯斯特前往「屋頂上的公牛」（*Bœuf sur le toit*），一家時髦的表演酒館。

42　賽莉絲特·艾芭瑞。參見前已引述作品。頁403。

這一整年，事情有了奇特的轉折，普魯斯特的邀稿數量令人難以招架。7月22日，《文藝復興》刊載他針對〈風格之創新〉(«le renouvellement du style»）問卷調查所做的書面回應。《永不妥協日報》詢問：「如果世界即將結束……閣下您會如何反應？」8月14日，該報刊載了普魯斯特的回應，這也是他生平最後一次回應問卷。

9月，普魯斯特的身體健康越來越差。他所做的最後注記寫在筆記編號第59號中，是關乎打字稿上的愛蓓汀，特別是關乎《囚禁樓中之少女》的打字稿。10月初，在美山夫婦招待的晚宴上，普魯斯特支氣管發了炎。他拒絕聽從醫生的建議，不肯好好進食，好好休息。10月25日，他寫信給黎偉業，說他已經「改好一整本書，要交給卡斯東[43]」。11月初，他寫最後一信給卡斯東．賈利瑪，說：「我相信這時候最急迫要做的事，就是把所有的書都交給您。」11月7日，出版者確認《囚禁樓中之少女》打字稿已收到無誤，並寄給印刷工作執行者進行組合。普魯斯特的支氣管發炎後，又引來肺炎。11月17日，他感覺略有起色。18日，他開始囈語，說他看見「一個高大的黑衣女子」；清晨3點，他與弟弟羅伯特談話；清晨4點半逝世。葬禮於11月22日舉行。

11月1日，《法國新月刊》刊載〈觀看她的睡姿。我的甦醒，《囚禁樓中之少女》部分選文〉(«La regarder dormir. Mes réveils, extraits de *La Prisonnière*)。

11月14日，《所多瑪與蛾摩拉　第三集》——《囚禁樓中之少女》，共二冊，印刷完成。

1925年

11月30日，《伊人已去樓已空》，共二冊，印刷完成。

1927年

9月22日，《韶光重現》共二冊，印刷完成。羅伯特．普魯斯特與卡斯東．賈利瑪共同收集之《生平》(*Chroniques*）專輯出版。

1935年

5月29日，羅伯特．普魯斯特逝世。

---

43 《普魯斯特—黎偉業書簡集》。賈利瑪。1976年。頁259。

1952年

《尙．桑德伊》出版，共三冊，由貝納．德．法洛瓦（Bernard de Fallois）編輯。

1954年

附加《新增雜文》（*Nouveaux mélanges*）之《駁聖—伯夫》出版，由貝納．德．法洛瓦編輯。

《追憶似水年華》出版，由彼得．克拉哈克（Pierre Clarac）與安德烈．費雷（André Ferré）共同建置及介紹文本，七星文庫出版，共三冊。

1971年

《尙．桑德伊》，加上《歡愉與時光》爲前導文本，由彼得．克拉哈克與逸夫．桑德爾（Yves Sandre）合作建置文本，七星文庫出版。

《駁聖—伯夫》，加上《臨摹文章與雜文》（*Pastiches et mélanges*）爲前導文本，並以《散文及文章》（*Essais et articles*）爲後續文本，由彼得．克拉哈克與逸夫．桑德爾合作建置文本，七星文庫出版。

1984年

4月18日，賽莉絲特．艾芭瑞（Céleste Albaret）逝世，她曾如此說到普魯斯特：「我服侍了他，雖是忍受，也是疼他」。

尚—逸夫．岱第耶（Jean-Yves Tadié）

摘要[1]

所多瑪與蛾摩拉　第一集

發現德．查呂思之眞正天性。我延後評論我所發現之事（3）。我等待德．蓋爾芒特公爵及公爵夫人來到，以便確認我當晚的確已經受邀至德．蓋爾芒特親王妃府邸（3）。公爵夫人種植的小樹以及稀有植物開展著期待昆蟲來給它們授粉（3）。德．查呂思先生於不尋常的時刻來拜訪德．薇琶里希斯夫人（4）。在窺視昆蟲飛來之時，思想植物世界的法則（5）。德．查呂思先生自府邸走出（5）。德．查呂思先生與朱畢安相遇（6）。炫耀雙方戀意之場景（6）。朱畢安離開中庭，德．查呂思先生尾隨之（8）。熊蜂飛進中庭（8）。德．查呂思先生和朱畢安一起折回（8）。熊蜂與花之天作之合（9）。我不經意看見他們，我小心翼翼的窺探他們（9）。我所聽到的聲音（11）。德．查呂思先生以長段獨白透露他戀愛行徑之特質（12）。透過這一幕，我看見了德．查呂思先生的眞正天性（15）。他是女兒身（16）。

同一族的姨娘兒們。壓在這族群身上的咒詛（16）。這族群同道間的私密連結（18）。孤獨者終究要加入屬於性別錯置者的組織（20）。性別錯置者之分類研究（22）。新近入教者（22）。娘娘腔之輩（22）。他們與女子們的關係（23）。孤獨者（25）。一位性別錯置者的奇異經歷（25）。轉移惡習與舊習重現（27）。德．查呂思先生不是泛泛之輩（28）。德．查呂思先生與朱

1　本摘要以本書法文原典之頁碼標示。

畢安之邂逅屬於大自然之奇蹟，可與植物界受粉之奇蹟兩相比擬（29）。我釐清有關德．查呂思先生讓我看見之場景的概念（30）。

德．查呂思先生成了朱畢安的保護者，讓芙蘭絲瓦感動不已（31）。性別錯置者人數遠比我所想像的還要更多（32）。所多瑪城住民可恥的後代（33）。我錯過了蘭花被熊蜂授粉的這一幕（33）。

所多瑪與蛾摩拉　第二集

第一章

德．蓋爾芒特親王妃之晚宴。我到現場。月景（34）。我擔心沒有被邀（34）。德．夏德羅公爵與守門員之際遇（35）。親王妃招待賓客之獨創作法（35）。親王妃既美貌又親善（36）。德．夏德羅公爵之引薦（37）。赫胥黎之女性病患（38）。親王妃之迎迓（38）。

在花園裡。我在賓客中尋找為我引薦給親王的人選（39）。德．查呂思先生與德．席多尼雅公爵喋喋不休（39）。我為何不立即請男爵幫忙引薦（40）。E*** 教授趨前纏住我，要確認我外婆已去世（40）。關乎醫療的談話使人想起莫里哀（42）。德．符谷拜先生（43）。他在戀愛方面的癖好與他禁欲的效果（44）。我希望他把我引薦給親王，德．符谷拜先生卻把我丟給他的妻子（45）。德．符谷拜夫人長相醜陋，舉止男性化（46）。她具體呈現性別錯置者之妻的典型（46）。這類慶典可預期的歡愉與延緩得知的眞相（47）。德．查呂思先生在正廳樓梯上演戲（48）。德．蘇福瑞夫人為人友善，不過有她一套不把我引薦給德．蓋爾芒特親王的作法（49）。我想不起德．艾琶鍾夫人的姓名（50）。記憶之回溯與睡眠（51）。德．艾琶鍾夫人佯裝沒聽見我請她爲我引薦給親王的要求（52）。德．查呂思先生對引薦年輕的德．顧瓦吉耶子爵給他的德．賈拉楝夫人沒禮貌（53）。我向德．查呂思先生提出將我引薦給親王的要求（53）。我笨拙的提出引薦我的要求，德．查呂思先生拒絕了我（54）。德．蒲瑞奧岱先生終於歡歡喜喜接受了我的請求，將我引薦給男主人（54）。男主人含蓄的、簡單的接待了我（55）。親王與公爵不同之處（55）。親王把斯萬拉到花園深處（56）。育白．羅伯特之噴泉（56）。噴泉將德．艾琶鍾夫人淋濕，引來烏拉迪密大公爵一陣狂笑（57）。短暫時間德．查呂思先生對我蠻橫無理（58）。他發表關乎親王妃府邸的意見（58）。

在府邸裡面。我與親王妃寒喧（59）。公爵與公爵夫人進場（59）。土耳其大使夫人（59）。德．蓋爾芒特公爵夫人的雙眼（61）。公爵與公爵夫人現在笑我擔心不被邀請（62）。我在上流社會中知所進退方面的藝術有了進步（62）。德．符谷拜先生的聲音，性別錯置者的特色（63）。德．查呂思先生與德．符谷拜先生惺惺相惜（64）。大使館的秘書們與拉辛戲劇的合唱團（64）。德．艾孟谷夫人對德．蓋爾芒特夫人釋出邀請（66）。德．蓋爾芒特公爵有所保留（66）。公爵夫人與親王妃兩處沙龍之異同（68）。德．聖—鄂薇特夫人爲她的園遊會招募賓客（69）。她如何逐步達到眞正轉化她沙龍的目標（70）。她以口頭方式邀請賓客（71）。一位近乎落魄的公爵夫人（72）。德．蓋爾芒特夫人蠻橫無理的對待德．碩斯比耶夫人（72）。關乎斯萬與德．蓋爾芒特親王之間談話主題的各種臆測（74）。德．符谷拜先生被德．蓋爾芒特公爵夫人惡待（75）。符洛貝維依先生的社交地位（76）。德．蓋爾芒特公爵生嚴厲評斷斯萬之親德瑞福斯思想（76）。德．蓋爾芒特夫人拒絕承認斯萬的妻女（80）。德．蘭卜瑞薩克夫人以及我外婆的舊識們共同的微笑方式，雖是高雅卻是過時（80）德．溥怡雍公爵與同一輩之某位小資產階級者，兩者彼此相似之處（81）。一位巴伐利亞樂師向公爵夫人致意（81）。樂師被公爵非常粗魯的對待（82）。德．蓋爾芒特夫人將不前往參加聖—鄂薇特主辦的園遊會（83）。德・蓋爾芒特公爵的新情婦，德・蘇稽夫人和她一對美貌的兒子（85）。德・希忒里夫人之人生虛空思想（85）。德・查呂思專注於仰慕兩位年輕的德・蘇稽侯爵（87）。我告訴他這是一對親兄弟（88）。斯萬：他整個人變得太多了（88）。聖—鷺進場（90）。他贊同舅舅擁有情婦（91）。關乎叔侄關聯性之思考（91）。聖—鷺讚美一些妓女院（92）。他提到其中一家妓女院，一位年輕的德・奧爾日城小姐和碧蒲思男爵夫人的貼身女侍在其中出入（92）。德・查呂思對德・蘇稽夫人表示友善（93）。聖—鷺對他的舅舅持有錯謬幻想（94）。聖—鷺與拉結斷絕往來之後的改變（94）。德・查呂思請德・蘇稽夫人將她的一對兒子介紹給他（95）。斯萬進前來家接近聖—鷺，也接近我（96）。聖—鷺對德瑞福斯事件的態度有所改變（97）。斯萬的臉龐（98）。

斯萬與德・蓋爾芒特親王間的談話。我與德・查呂思和德・蘇稽夫人相處（98）。口若懸河的德・查呂思對德・聖—鄂薇特夫人出言不遜（99）。德・聖—鄂薇特夫人依然請我次日能將德・查呂思帶去她家（100）斯萬向我敘述德・蓋爾芒特親王與他之間的談話，不過屢屢被一些穿插事件中斷（101）。斯萬論到忌妒（101）德・查呂思先生與年輕的德・蘇稽侯爵談話（102）。斯萬投射在德・蘇稽夫人胸罩內的眼神（103）。針對德・蓋爾芒特親王對德瑞福斯事件的無知，公爵如何被說服（103）。德・蘇稽—勒—公爵之姓名的故事（104）。德・蘇稽夫人之際遇：她在上流社交圈地位的起起落落（105）。德・查呂思先生對她諂媚（105）。斯萬影射德・查呂思先生的情感生活（106）。親王對親德瑞福斯思想有所轉圜（106）。晚宴後我拒絕參與小群受邀賓客的聚集，想起我與愛蓓汀有約（108）。不同性質之歡愉的比較（108）。疲累的斯萬（108）。德・蓋爾芒特親王妃也深信德瑞福斯的無辜（109）。斯萬向德瑞福斯事件敵愾同仇的人物表同情（110）。他覺得他們都是聰明人（110）。斯萬爲親德瑞福斯思想所劃下的界線（111）。德・蓋爾芒特親王妃暗戀德・查呂思先生的激情（112）。

分離與賦歸。公爵與公爵夫人送我回家（114）。德・蓋爾芒特先生與他的親弟弟道別：手足眞情流露與過往各種蠢事（115）。離開府邸時階梯上所見的畫面（117）。德・沙岡親王最後一次的露面（118）。德・奧薇邐夫人姍姍來遲（118）。公爵夫人對德・賈拉棟夫人表示友善（119）。搭乘德・蓋爾芒特公爵夫婦雙座四輪馬車與他們一起回家（120）。我的兩個欲求對象：德・奧爾日城小姐與碧蒲思男爵夫人的貼身女侍（121）。雖然他們的表兄弟德・歐斯蒙去世，德・蓋爾芒特夫婦仍然預備好前往參加一場舞會（122）。

晚宴後愛蓓汀來訪。愛蓓汀還沒來到（123）。芙蘭絲瓦與她的女兒留在廚房（123）。她們的鄉談（123）。語言與地理之間的琢磨（124）。我等待愛蓓汀來到（126）。等待所引起的憤怒轉成焦慮（126）。愛蓓汀在電話中找我（129）。我想要她來卻不明說（129）。「如此迫切需要有個人來陪伴」：我將對愛蓓汀和對母親的情感兩相比較（130）。愛蓓汀的神祕性（131）。芙蘭絲瓦如何通報愛蓓汀已來到（132）。芙蘭絲瓦看愛蓓汀不順眼（132）。愛蓓汀來訪（135）。親吻，送皮夾禮物（135）。之後，我給姬蓓特寫信，不像從前那樣動情（136）。德・蓋爾芒特公爵轉變成爲親德瑞福斯者：三位迷人女士（137）。

再度駐留壩北柯之前的造訪。我看見其他仙女所住的宅第（138）。檢視沙龍歷史（139）。奧黛特之沙龍以裴果特爲凝聚軸心，成了衆多沙龍之首選之一（141）。理由之一乃是奧黛特持反對德瑞福斯者思想（141）。另一個理由，她持謹愼風格（143）。我在沙龍中的喜悅，在德・蒙莫杭西夫人之沙龍中格外歡喜（146）。

沉潛心靈之悸動。再度在壩北柯駐留。豪華旅館經理來接人（148）。他諸多令人不敢領教的口誤（148）。再度駐留的動機：盼望在魏督航夫婦家中邂逅德・碧蒲思夫人的貼身女侍（149）。聖一鷺將我推薦給德・康柏湄夫婦（150）。也心存盼望想遇見陌生的美女群（151）。與第一次到達在壩北柯的經驗兩相比較（151）。旅館經理的口誤（152）。「我整個人全然被震撼」：

我正脫鞋時，感覺到外婆來了（152）。沉潛心靈之悸動之學理（153）。我第一次明白我已經永遠失去外婆了（154）。我悔恨曾經使她傷心，尤其是正當聖—鷺替她照相時（155）。喪失親人之苦楚（156）。夢境（157）。甦醒時分，椎心之回憶（159）。愛蓓汀在鄰近的火車停靠車站，可是我不再想見到她，任何人都不想見（160）。想起在震撼之前，到達時刻的喜悅（161）。德．康柏湄老夫人來過（162）。她在鄰近地區的好名聲（163）。我拒絕受邀前往她家（164）。我的憂傷比起母親略遜一籌（165）。母親變成與外婆神似（165）。遇見普桑夫人（168）。豪華大旅館新聘的門口機動服務生（169）。豪華大館的人事編排與拉辛戲劇中合唱團之比較（170）。回憶外婆使我心痛（171）。芙蘭絲瓦透露祕密，關乎聖—鷺拍照片時的種種情況（172）。旅館經理闡明眞相：外婆多次中風（175）。重新夢見外婆（175）。我習慣了心痛的回憶（176）。我終於請愛蓓汀前來找我，我想要見到她（176）。蘋果樹開花之燦爛美景（177）。

第二章

重新與愛蓓汀纏綿，開始有疑竇。我的憂傷漸弱，愛蓓汀重新啓發我追求幸福的欲求（178）。海洋似鄉村之描述（179）。搭乘小火車前往找愛蓓汀時憂傷又湧上心頭（180）。我放棄與她會合（181）。德．康柏湄夫婦寄來的訃文（182）。我派芙蘭絲瓦去找愛蓓汀（183）。愛蓓汀在壩北柯初次的造訪（183）。芙蘭絲瓦提醒我愛蓓汀不好之處（184）。德．帕爾默親王妃下榻於豪華大旅館（184）。愛蓓汀的女友們（185）。當我需要她時，我派電梯管理員去找她（186）。電梯管理員的處事方法及措辭（187）。一晚，電梯管理員返回時沒有把她帶來，告訴我她稍後會到（190）。針對愛蓓汀，我那狠心的不信任感如何產生（190）。「雙乳互碰之舞」：正當愛蓓汀與安德蕊共舞時，寇達的提醒（191）。寇達與他的同儕竇．布鵬的職場角力（192）。晚上返回時愛蓓汀不來，雖然電梯管理員做了預告（193）。等待加上焦慮（193）。對愛蓓汀的生活感到好奇也產生痛苦（194）。當我建議陪她一起前往殷芙爾城時，她如何爲了我而犧牲去那城拜訪一位女士的機會（195）。在壩北柯的娛樂賭場：蒲洛赫的妹妹和表妹，愛蓓汀在鏡子中觀察她們（198）。

幾次對愛蓓汀發怒，之後又和解（198）。依照我對奧黛特個性的回憶建構愛蓓汀的個性（199）。

正當我在海堤與愛蓓汀及她的女友相處時，德．康柏湄老夫人來訪（200）。德．康柏湄老夫人的亮麗裝扮（201）。伴隨她的律師是勒．希達內的愛好者（201）。德．康柏湄少夫人對人的兩套禮貌（202）。我與她談論，把我自己當成勒格蘭登（203）。快速瀏覽參觀拉．哈斯柏麗野（204）。康樸蕊教區神父的詞源學（204）。德．康柏湄少夫人美學立場與攀龍附鳳心態（205）。她對婆婆所持的敵意（209）。藝術學派的演變（210）。普桑與蕭邦重新恢復時髦，這讓老侯爵夫人高興（212）。德．康柏湄少夫人如何念出某些人名（213）。她不再記得勒格蘭登是她的娘家（215）。德．康柏湄夫婦之舊識，勒．希達內的愛好者，他的友善表現（216）。德．康柏湄夫婦的邀約（216）。他們離去，首席理事長蒙羞（217）。

愛蓓汀與我上樓到臥室（219）。看來垂頭喪氣又焦慮的電梯管理員（219）。其原因：沒有得到平常給他的小費（220）。關乎大革命的論述（221）。豪華大旅館服務人員與金錢（221）。精心安排的抗議，對愛蓓汀冷漠，對安德蕊愛戀（222）。戀愛之「二部曲」（223）。既已說出我對愛蓓汀的無情無義，我可以用溫存和憐憫與她相處（224）。愛蓓汀告訴我何時她將離開我去獨處（226）。她否認與安德蕊有染（226）。重修舊好，親密愛撫（229）。這應該是我要與她分離的幸福時刻（229）。心情得了平靜，我更多貼近母親而生活（229）。閱讀《一千零一夜》（230）。與愛蓓汀四處漫遊（231）。短暫時間對其他少女產生欲求（232）。欲求與失望（233）。對愛蓓

汀產生忌妒，海邊旺季一來，疑竇叢生（234）。她和安德蕊小心翼翼的講話，為要消滅我的疑竇（235）

蒲洛赫的姊妹和一位女演員在豪華大旅館膽大妄為（236）。醜聞被掩蔽多虧有尼西姆．伯納先生的護衛（236）。他成為豪華大旅館忠誠客人的原因：他包養一個年輕的小服務生（236）。《以斯帖王后》及《艾塔莉》的機動服務生與年輕猶太人（237）。與兩位年輕跑腿侍女：瑪莉．金妮斯特以及賽莉絲特．艾芭瑞所建立的情誼（240）。她們的言談措辭（240）。愛蓓汀路過時，蒲洛赫的姊妹和她女友竊笑（244）。懷疑愛蓓汀習氣的新增動機（244）。一位雙眼閃亮的陌生女人（245）。愛蓓汀對她姑媽女友的不禮貌態度值得懷疑（247）。我停止對愛蓓汀所愛的女人產生懷疑（248）。

尼西姆．伯納先生和番茄兄弟（248）。我受邀到魏督航夫婦家（249）。愛蓓汀和我搭乘小火車前往造訪在東錫耶爾的聖─鷺（250）。魏督航夫婦在拉．哈斯柏麗野的招待宴會（250）。在我們的隔間車廂中，有一位俗不可耐的胖女子（251）。愛蓓汀對於聖─鷺的態度激動我的忌妒心（252）。聖─鷺離開之後的談論（254）。

德．查呂思先生與莫瑞初次相遇。老態龍鍾的德．查呂思先生在出現在東錫耶爾火車站月台，正等著巴黎火車（254）。我與他談話（254）。男爵要求我前往和樂師說話，我認出了莫瑞（255）。德．查呂思先生來找我們，他不認識莫瑞（255）。德．查呂思先生沒有搭乘巴黎的火車（256）。我們對周遭人物觀感的改變（257）。與穿著塑膠衣的愛蓓汀回家（258）。

魏督航夫婦家在拉．哈斯柏麗野的晚宴。我搭乘小火車前往拉．哈斯柏麗野，參加魏督航夫人的週三日（259）。小火車內的「老面孔」：寇達，斯基，溥力脩（259）。 溥力脩的肖像（261）。魏督航沙龍演變為上流社會：「音樂之殿堂」（263）。桑尼業（265）。斯基（266）。希爾帕朵芙公主，忠心者的典型（269）。寇達與週三日（272）。聖─彼得之紫杉樹的陌生少女（276）。前天莫瑞失約（277）。魏督航夫人邀請了德．康柏湄夫婦，她的房東（277）。她如何預備忠誠之友來參加邀宴（278）。忠誠之友們關乎德．康柏湄夫婦的談論（279）。溥力脩關乎地區地點名稱的初次評論以及詞源學（280）。希爾帕朵芙公主是那日所見的肥胖粗俗女子（285）。莫瑞被找到，今晚將與他父親的一位舊識來到（286）。魏督航夫人先前最喜愛的鋼琴演奏者，戴商伯逝世的消息（286）。抵達竇城一翡淀，由馬車接駁繼續走向拉．哈斯柏麗野（287）。魏督航夫人與忠誠之友的逝世（288）。令人陶醉的景色；情緒激動（289）。抵達拉．哈斯柏麗野，魏督航先生前來迎迓（291）。不提戴商伯，讓莫瑞受惠（292），被人期待著將與一位所謂的家族舊識一起來到：德．查呂思男爵（294）。魏督航內圈比聖一日耳曼富堡貴族區更認識男爵的習氣（294）。關乎人們眞正情形常有的誤判（295）。一位巴黎出版者（296）。魏督航夫婦對大自然的美景無感（296）。他們卻很有智慧的認識當地景點（297）。

莫瑞與德．查呂思先生進場（298）。德．查呂思先生明顯帶著娘娘腔的本性（299）。「被褻瀆的母親們」（300）。莫瑞要求我向魏督航夫婦欺騙他的身世（301）。一旦稱心如意，他就不懷好意的翻臉（302）。初次草繪他的個性（303）。德．康柏湄夫婦來到（303）。寇達舉止怪異（304）。其貌不揚的德．康柏湄侯爵（305），他的妻子高傲且鬱鬱寡歡（306）。彼此介紹（307）。德．康柏湄先生的寓言故事（307）。德．康柏湄夫人扭曲姓名（308）。魏督航夫人以及禮儀規範（308）。德．康柏湄夫婦的花園（309）。魏督航夫人的品味比德．康柏湄夫人略勝一籌（309）。德．查呂思先生短暫時間內誤以爲寇達是性別錯置者（310）。性別錯置者對於青睞者嚴厲以待（311）。德．康柏湄夫人身兼喜愛文化與攀龍附鳳心態特質（315）。溥力脩新增的詞源學（316）。德．康柏湄先生爲何對我的哮喘病感到興趣（317）。重新想起母親的意見，她不很樂意接受我與愛蓓汀結縭（318）。德．康柏湄夫人談論關乎聖一鷺的婚事（319）以及關乎德．查呂思先生（320）。溥力脩新增的詞源學（321）。挪威籍哲學家（321）。魏督航先生折磨桑尼業

（324）。又有詞源學資料（327）。關乎艾斯棣的交談（329）。魏督航夫人喜歡斯基勝過艾斯棣（330）。他的婚姻，他的愚昧（331）。魏督航先生向德．查呂思先生說明關乎他們的禮儀規範不週到（332）。德．查呂思的笑聲，他的蠻橫無理（332）。艾斯棣的玫瑰花（333）。德．查呂思先生喧染德．康柏湄先生輕輕表現的禮貌動作（334）。我爲了綠色細綿亮光薄紗的布料詩興大發（335）。德．康柏湄夫婦苛責魏督航夫婦品味不佳（335）。我讀德．康柏湄老夫人的信，由她的兒子捎來：連中三元的形容詞組合規則（336）。德．查呂思先生覬覦殿下之頭銜（337）。魏督航夫婦雖是表面善待溥力脩，卻是暗藏諷刺（339）。內圈者的思維（340）。魏督航夫婦的諷刺引來溥力脩的苦楚（341）。魏督航夫人辯解她對桑尼業的惡劣態度（341）。德．查呂思闡述歷史記載的故事藉以發揮他的意氣風發（342）。性別錯置的德．查呂思以他的藝術品質替蓋爾芒特家族加分（343）。德．康柏湄夫人音樂方面的自鳴清高的講究，調皮的莫瑞把梅雅貝爾的音樂當成德布西來彈奏（345）。溥力脩得心應手的言論（345）。德．查呂思先生對聖．米迦勒天使長的敬虔崇拜（347）。寇達和莫瑞離群玩牌（348）。寇達的雙關語（348）。德．康柏湄先生知道寇達教授的身分了（349）。寇達夫人打盹（350）。助眠藥品（351）。寇達被魏督航夫人讚揚（352）。艾拉石裴家族的兵器（353）。打牌時間（354）。與寇達夫人交談（355）。德．查呂思先生透露他的本性，表示他喜歡草莓甜酒（356）。德．查呂思首度與魏督航夫人過招，他的蠻橫無理（357）。魏督航夫人不明白爲何德．查呂思先生是德．蓋爾芒特公爵的親兄弟（358）。她勸阻我，不要我前往德．康柏湄夫婦的家（358）。她邀請我參加下一次的「週三日」，連同我的表妹和朋友都受邀（359）。她在我身旁詆毀斯萬（361）。比較斯萬、溥力脩以及德．蓋爾芒特夫婦這等人的思想（361）。魏督航夫人甚至建議我與表妹在她家中住下（362）。她建議把聖─鷺好好地推薦一番（362）。魏督航先生又再次對桑尼業發飆（363）。寇達贏了牌局時所講的話（364）。道別（365）。戶外（365）。寇達與同事竇．布鵬之間的競爭角力（366）。馬車一直走到多城—翡淀（367）。德．康柏涓先生的小費（367）。在火車上（367）。德．康柏涓夫人說再見（367）。德．康柏涓先生以妻子的言行任性爲樂（368）。

第三章

關乎睡眠的思考。晚宴後返回，取代電梯管理員的鬥雞眼機動服務生與我攀談（369）。他姊妹的習慣作爲（369）。我從拉．哈斯柏麗野返回後的睡眠（370）。睡眠之車輦（370）。睡眠時間與甦醒時間（372）。安眠藥對記憶產生的效果：與柏格森意見相左（373）。睡眠與記憶（374）。熟睡之後的甦醒（375）。

德．查呂思先生在豪華大旅館與隨車家僕共進晚餐（375）。男爵將機動服務生與拉辛劇本中的合唱團相比（376）。隨車家僕提出要求，讓他與德．蓋爾芒特親王有聯繫（377）。僕人們認出隨車家僕的本相（377）。男主角與愛榍談到德．查呂思先生（378）。愛榍不知男爵身分，當他知道時嚇了一跳（379）。男爵寫過既荒誕怪異又熱情洋溢的信給愛榍（380）。

與愛蓓汀乘汽車出遊。愛蓓汀重新開始作畫（382）。天氣炎熱（383）。喜鵲歌唱之森林（383）。買了軟帽以及面紗之後，爲了愛蓓汀，我租訂了一輛汽車（384）。愛榍引以爲榮（384）。汽車挪去距離感，甚至微調藝術感（385）。造訪魏督航夫婦（386）。魏督航先生認識本地區（387）。拉．哈斯柏麗野的「美景」（388）。鄉下更新上流社會風氣之魅力（389）。魏督航夫人需要看見人群（390）。她要把我們留下喝下午茶，與他們一起回去（390）。我不好意的拒絕她的建議（392）。汽車關乎空間和時間的效果（393）。與鐵路兩相比較（394）。司機的其他顧客：德．查呂思先生和莫瑞（395）。他們在沿海地帶的一次午餐（395）。莫瑞計畫奪去一位少女貞操之事帶給男爵的喜悅是罔顧道德的（396）。德．查呂思先生給莫瑞有關音樂的建議（398）。水梨（399）。針對德．查呂思先生的良善，莫瑞的回答越來越尖刻（399）。愛蓓汀作畫時，我單獨散步，可是我一心一意只想著她（400）。爲何爲魅影犧牲一切？（401）。大自然似乎給了我建議，讓我重新開始工作（401）。諾曼地的幾座小教堂（401）。愛蓓汀提出關乎這些教堂維修的意見（402）。一對相戀的情侶（403）。在汽車中飲用蘋果白蘭地或者蘋果甜酒（403）。我對愛蓓汀的忌妒毛病好不了（404）。美麗海岸豪華大旅館的男服務生（404）。單獨散步中的短暫平靜（405）。愛蓓汀表達離開我的意願（405）。母親的責備給如此的意願帶來反效果（406）。晚上與愛蓓汀約會（407）。每天早上都焦慮，不知愛蓓汀她如何安排白天的生活（408）。我與其他人疏離：聖一鷺，我害怕愛蓓汀與他相遇（409），以及桑尼業（410）。桑尼業缺少膽識（411），他不會謹守分寸（412）。愛楣對於司機的小費感到好奇（413）。電梯管理員的口訊，他稱呼司機爲「先生」（413）。我從中所取得有關話語的教訓（414）。對工人的友好，母親的反對（415）。旺季結束之前，司機離開壩北柯（415）。和愛蓓汀在一起，我不再快樂（416）。在一次孤獨的漫步中，遇見一架飛機，感動不已（417）。莫瑞的操弄，讓魏督航夫婦遣走車伕，立即由莫瑞的司機朋友取而代之（417）。莫瑞對我的態度變得友善（419）。他的矛盾個性，其中最主要的是醜態畢露（420）。他對國家音樂學院敬畏有加（421）。

德．查呂思及魏督航夫婦。拉．哈斯柏麗野夏末時分預備晚宴的美好（422）。首席理事長指責遊手好閒的人（423）。前往拉．哈斯柏麗野的夜遊（424），有愛蓓汀作伴（424）。在家購買需用品（4245）。德．查呂思先生成爲魏督航夫婦家新增的熟客（425）。忠誠之友與他一同旅行，起初不大自在（425）。寫在他書中的格言題銘（427）。他的悲憫之心（427）。忠誠之友終於與他相聚（428），而且喜歡與他交談（428），談話中，在莫瑞到達之前，他毫不避諱討論「某些主題」（429）。德．查呂思先生關乎戀愛生活秘訣的錯謬幻想（430）。他不在場時，魏督航夫人含沙射影（431）。他短時間內成了最忠心的忠誠之友（431）。在火車中我與德．薇瑟里希斯夫人相遇之後，希爾帕朵芙公主對我有了敵意（433-434）。一位音樂大師看好德．查呂思先生與莫瑞的交往（434）。「閒言閒語」的心理分析價值（435）。德．查呂思先生看不到魏督航夫婦對他所持情感的虛實（435）。德．查呂思先生與溥力脩針對巴爾札克和夏多布里昂的討論（437）。寇達屢屢插嘴進來（438）。德．查呂思先生讚揚巴爾札克所說的「本性外」之事（439）。他飄向年輕人的眼神（440）。莫瑞在場時，德．查呂思先生謹守不談他最喜愛的主題（440）德．查呂思先生欣賞愛蓓汀受到艾斯棣品味啓發的衣著打扮（441）。德．查呂思將這樣的衣著與德．卡迪昂親王妃的相比（442）。莫瑞帶著景仰之情想念我大舅公座落於「40號之1」的府邸（443）。德．查呂思先生的憂鬱情懷，他自況爲德．卡迪昂親王妃（445）。莫瑞與德．查呂思相處的態度使我想起拉結對待聖一鷺（447）。莫瑞刻意對德．查呂思使壞，表面上依然保持不企求金錢（448）。德．查呂思先生不夠靈巧，想要替他改名爲夏爾媚（449）。莫瑞本性卑賤，神經衰弱，沒有教養（450）。

虛擬的決鬥。有一天，在魏督航夫婦家吃了午餐後，莫瑞拒絕留下陪德．查呂思先生，這使德．查呂思感到痛苦（450）。他虛構了一場爲要維護莫瑞榮譽的決鬥（451）。他希望我把他帶返回，派我帶一封信去莫瑞家（452）。德．查呂思先生給莫瑞的書中格言題銘（453）。莫瑞爲了他的名譽而感到不安，隨著我返回（454）。大獲全勝的德．查呂思先生，口述要求寫下求和條款（454）。莫瑞不懷疑會有其他人覬覦他在德．查呂思先生身旁的位子（455）。德．查呂思先生想到決鬥就躍躍欲試（456），可是莫瑞讓他放棄決鬥一事（456）。受到驚嚇的見證人寇達，事後，大失所望（457）。德．查呂思先生把自己當成在年輕的多比身旁的天使長拉斐爾（460）。莫瑞向德．查呂思先生索求金錢（461）。

小火車停靠車站。與此停靠車站相連結的回憶。緬尼城：豪宅是一座妓女院（461）。莫瑞在此的倒霉遭遇（463）。他夜晚要上的代數課程

（464）。德·蓋爾芒特親王在緬尼城的豪宅與莫瑞約會，德·查呂思先生已略有所聞（464）。德·查呂思和朱畢安潛入妓女院（465）。有人指給他們看見莫瑞在一些女子中間，他被預告過，不過嚇得魂不附體（466）。德·蓋爾芒特親王再度失算：莫瑞在他家中看見德·查呂思先生的一張照片，逃之夭夭（467）。格拉特華斯特：德·克雷希伯爵（468）。我請他吃晚餐（469）。由旅館經理代勞切小火雞的故事（470）。我不敢告訴德·克雷希先生，斯萬夫人以前是以奧黛特·德·克雷希爲藝名（471）。赫爾夢儂城：德·石芙矗先生，熱愛巴黎的外省人（472）。再度提到德·康柏湄老夫人使用連中三元式的形容詞規則（473）。魏督航夫人對德·康柏湄夫婦心生不滿：他們只邀請寇達、德·查呂思先生和莫瑞參加一場高格調的晚餐（474）。德·查呂思在莫瑞身上施展貴族派頭的效果（475），莫瑞對德·康柏湄夫婦蠻橫無理（476）。魏督航夫人讓暗戀著德·康柏湄夫人的溥力脩停止造訪翡淀（477）。德·康柏湄夫婦邀請不到德·查呂思先生來參加他們爲斐瑞先生暨夫人安排的晚宴（478）。莫瑞再度對他們蠻橫無理（479）。德·康柏湄夫婦懷疑魏督航夫婦暗中作梗（479）。德·康柏湄夫婦所給的交惡理由：德·查呂思持親德瑞福斯思想（479），魏督航夫婦與德·查呂思過從甚密（480）。沿路到拉·哈斯柏麗野的路徑表面上看來很長（481）。車程中的愛撫（482）。德·康柏湄夫人暗示愛蓓汀「看起來怪怪的」（482）。到拉·哈斯柏麗野的多次途中，享受到了想像力和社交能力發揮的愉悅，這讓我企盼與愛蓓汀斷絕來往，重新過我的新生活（483）。溥力脩最後一次提到詞源學（484）。在火車回程上各個停靠站的短暫造訪時刻，我都緊盯著愛蓓汀（486）。在東錫耶爾：聖一鷺（486）。有一天，火車停靠時間很長，那時，蒲洛赫要求我下火車向他的父親致意，我拒絕了，免得把愛蓓汀留下與聖一鷺相處（486）。蒲洛赫對我的舉止有了錯謬的解析，認爲我故作清高擺架子（487）。如此的誤會造成摧毀友誼的致命結果（487）。在彭當太太家午餐的場合，蒲洛赫絕口不提我的事（488）。德·查呂思先生對蒲洛赫感到興趣（489）。德．查呂思先生大放厥詞表達反閃族思想（490）。我沒有把蒲洛赫追回，莫瑞對我表示感恩（492）。習慣性過社交生活的日子，把所有小火車沿路地點的名稱所蘊藏的神祕感和詩意完全清除一空，甚至也包括這些地點（493）。這些地方的魅力和影響，因著對它們知性的增加而漸行漸弱。（496）。與愛蓓汀結婚一事顯得似乎是瘋狂之舉（497）。

第四章

沉潛心靈之悸動　第二集。我預備與愛蓓汀斷絕來往（497），爲了安德蕊將要來到，我要讓自己自由（498）。可是從拉．哈斯柏麗野返回途中，在小火車裡，快要離開我之前，愛蓓汀向我透露，她和范德怡小姐，以及范德怡小姐的女友，非常熟悉，不久她要與她們相聚（499）。濡樊山場景殘酷的回憶（500）。我要求愛蓓汀今晚不要離開我（501）。我請人把她找來（502），我佯裝有一個傷心的理由：我剛剛放棄了一個婚約（502）。我的忌妒凝聚在范德怡小姐的女友身上（504）；我要禁止愛蓓汀與她相聚（506）。我計畫把她帶到巴黎，住進我父母親的套房，父母親將不在巴黎（506）。愛蓓汀反對（507），之後，她突然決定當天就和我一起出發（509）。此一驟然間要出發所帶來的效果：旅館經理來拜訪，德．康柏湄先生提早表示反對（509）。戀愛的眞理存在我們裡面，不在我們外面（510）。被愛者，她也是存在我們裡面（512）。日出之描述（512）。我的哭聲驚動了母親，她進入我的房間（513）。她變得酷似外婆（513）愛蓓汀與范德怡小姐在濡樊山的可怕圖像（514）。「我非得要把愛蓓汀娶回家不可」（515）。

參考書目

原典參考書目

I. ÉDITIONS DE SODOME ET GOMORRHE

À la recherche du temps perdu, t. IV, *Le Côté de Guermantes II, Sodome et Gomorrhe I,* NRF, 1921 (achevé d'imprimer du 30 avril 1921).

À la recherche du temps perdu, t. V, *Sodome et Gomorrhe II,* NRF, 1922, 3 vol. (achevé d'imprimer du 3 avril 1922).

Sodome et Gomorrhe, Gallimard, « A la Gerbe », 1930, 2 vol.

À la recherche du temps perdu, t. II, *Le Côté de Guermantes* et *Sodome et Gomorrhe,* éd. Pierre Clarac et André Ferré, Gallimard,« Pléiade », 1954.

Sodome et Gomorrhe, éd. Emily Eells–Ogée, Flammarion,« GF », 1987, 2 vol.

À la recherche du temps perdu, t. II, *Le Côté de Guermantes* et *Sodome et Gomorrhe,* éd. Bernard Raffalli, Michelle Berman et André Alain Morello, Laffont,« Bouquins », 1987.

À la recherche du temps perdu, t. III, *Sodome et Gomorrhe* et *La Prisonnière,* éd. Jean–Yves Tadié, Antoine Compagnon et Pierre–Edmond Robert, Gallimard, « Pléiade », 1988.

II. ETUDES

Pour la bibliographie générale, voir *Du côté de chez Swann*, Gallimard, « folio classique, 1988.

BEM (Jeanne), « Le juif et l'homosexuel dans À la recherche du temps perdu. *Littérature*, no. 37, 1980.

BONNET (Henri), *Les amours et la sexualité de Marcel Proust*, Nizet, 1985.

COMPAGNON (Antoine), « Sodome 1913 », *Etudes proustiennes*, no. 6, 1987.

– *Proust entre deux siècles,* éd. du Seuil, 1989.

EELLS–OGÉE (Emily), « La publication de *Sodome et Gomorrhe* », *Bulletin d'informations proustiennes*, nos 15 et 16, 1984 et 1985.

FEARN (Liliane), «Sur un rêve de Marcel», *Bulletin de la Société des amis de Marcel Proust*, no. 17, 1967.

MULLER (Marcel), «*Sodome I* ou la naturalisation de Charlus», *Poétique*, no. 8, 1971.

RIVERS (Julius E.) *Proust and the Art of Love. The Aesthetics of Sexuality in the Life, Times. and Art of Marcel Proust* , New York, Columbia University Press, 1980.

VIERS (Rina), «Évolution et sexualité des plantes dans *Sodome et Gomorrhe*», *Europe*, no. 49, 1971.

本譯注版本參考書目

BIDOU–ZACHARIASEN Catherine, *Proust sociologue, De la maison aristocratique au salon bourgeois*, Paris, Descartes & Cie,1997.

BONNET Henri, *Les amours et la sexualité de Marcel Proust,* Librairie A.–G. Nizet, 3 bis, place de la Sorbonne, Paris, Dépôt légal: novembre 1985.

BOUILLAGUET Annick et ROGERS Brian G., *Dictionnaire Marcel Proust,* publié sous la direction d'Annick Bouillaguet et Brian G. Rogers, nouvelle édition revue et corrigée, Médaille d'argent de l'Académie française, Prix de la critique littéraire, Emile Faguet, 2005, Paris, Champion Classiques, Honoré Champion, 2014.

COIRAULT Yves, «Proust, pasticheur de Saint–Simon: Technique ou vision?» in *Travaux de littérature,* vol. 4, 1991, p. 231-243.

DESANGES Gérard, *Marcel Proust et la politique, Une conscience française,* Paris, Classiques Garnier, Bibliothèque proustienne, sous la direction de Luc Fraisse, 26, 2019. Prix 2020, de la Fondation Édouard Bonnefous–Institut de France, attribué sur proposition de la section Morale et Sociologie.

GENETTE Gérard, *Figures I, Paris*, Éditions du Seuil, coll. Points, 1966
—*Figures II, Paris*, Éditions du Seuil, coll. Points, 1969
—*Figures III, Paris*, Éditions du Seuil, coll. Poétique, 1972
—*Figures IV, Paris*, Éditions du Seuil, coll. Poétique, 1999

GIDE André, *Corydon*, Paris, Gallimard, 1924.

LAFFONT–BOMPIANI, *Dictionnaire des personnages de tous les temps et de tous les pays,* Paris, Robert Laffont, coll. Bouquins, 1960.

PIERRE–QUINT Léon, *Marcel Proust, sa vie, son oeuvre,* éd. augmentée de plusieurs études et de *Proust et la jeunesse d'aujourd'hui*, Contre–Type 3, Le Sagittaire, Paris, 1946.

PROUST Marcel, À la recherche du temps perdu, t. I, Paris, Gallimard, Bibliothéque de la Pléiade, 1987

—À la recherche du temps perdu, t. II, Paris, Gallimard, Bibliothèque de la Pléiade, 1988.

—À la recherche du temps perdu, t. III, Paris, Gallimard, Bibliothèque de la Pléiade, 1988.

—À la recherche du temps perdu, t. IV, Paris, Gallimard, Bibliothèque de la Pléiade, 1989.

—*Sodome et Gomorrhe I, II,* édition du texte, introduction et notes par Emily Eells–Ogée, édition réalisée sous la direction de Jean Milly, Paris, Flammarion, 1987.

—*Sodome et Gomorrhe,* préface d'Antoine Compagnon, édition présentée, établie et annotée par Antoine Compagnon, Paris, Gallimard, coll. Folio classique, 1988, pour l'établissement du texte, 1989, pour la préface et le dossier.

—*Les Plaisirs et les Jours,* suivi de *L'Indifférent,* édition présentée, établie et annotée par Thierry Laget, Paris, Gallimard, 1993.

—*L'Affaire Lemoine, Pastiche*, édition génétique et critique par Jean Milly, Genève, –Slatkine Reprints, 1994.

TADIÉ Jean–Yves, *Proust et le roman.* Essai sur les formes et techniques du roman dans À la recherche du temps perdu, Paris, Gallimard, 1971.

—*Proust,* les dossiers belfond, collection dirigée par Jean–Luc Mercié, Paris, 1983.

—*Marcel Proust, Biographie,* Paris, Gallimard, 1996.

* * * * * * * * * * * *

黃金之葉
26

Net and Books 網路與書

追憶似水年華IV：所多瑪與蛾摩拉

À la recherche du temps perdu IV : Sodome et Gomorrhe

作者：馬賽爾・普魯斯特（Marcel Proust）
譯者：洪藤月
序言、注解、專檔資料：安端・康巴儂（Antoine Compagnon）
年代表：尚－逸夫・岱第耶（Jean-Yves Tadié）
責任編輯：江灝
封面設計：簡廷昇
內文排版：李秀菊

出版者：英屬蓋曼群島商網路與書股份有限公司臺灣分公司
發行：大塊文化出版股份有限公司
臺北市105022南京東路四段25號11樓
www.locuspublishing.com
TEL：(02)8712-3898　FAX：(02)8712-3897
讀者服務專線：0800-006689
郵撥帳號：18955675　戶名：大塊文化出版股份有限公司
法律顧問：董安丹律師、顧慕堯律師

總經銷：大和書報圖書股份有限公司
地址：新北市24890新莊區五工五路2號
TEL：(02)8990-2588　FAX：(02)2290-1658
製版：中原造像股份有限公司

初版一刷：2022年10月
定價：新臺幣880元
ISBN：978-626-7063-21-7

Printed in Taiwan

國家科學及技術委員會經典譯注計畫

國家圖書館出版品預行編目（CIP）資料

追憶似水年華. IV, 所多瑪與蛾摩拉／馬賽爾．普魯斯特（Marcel Proust）著；洪藤月譯. -- 初版. -- 臺北市：英屬蓋曼群島商網路與書股份有限公司臺灣分公司出版：大塊文化出版股份有限公司發行, 2022.10

面；　公分. --（黃金之葉；26）

譯自：À la recherche du temps perdu. IV, Sodome et Gomorrhe

ISBN 978-626-7063-21-7（精裝）

876.57　　111014262

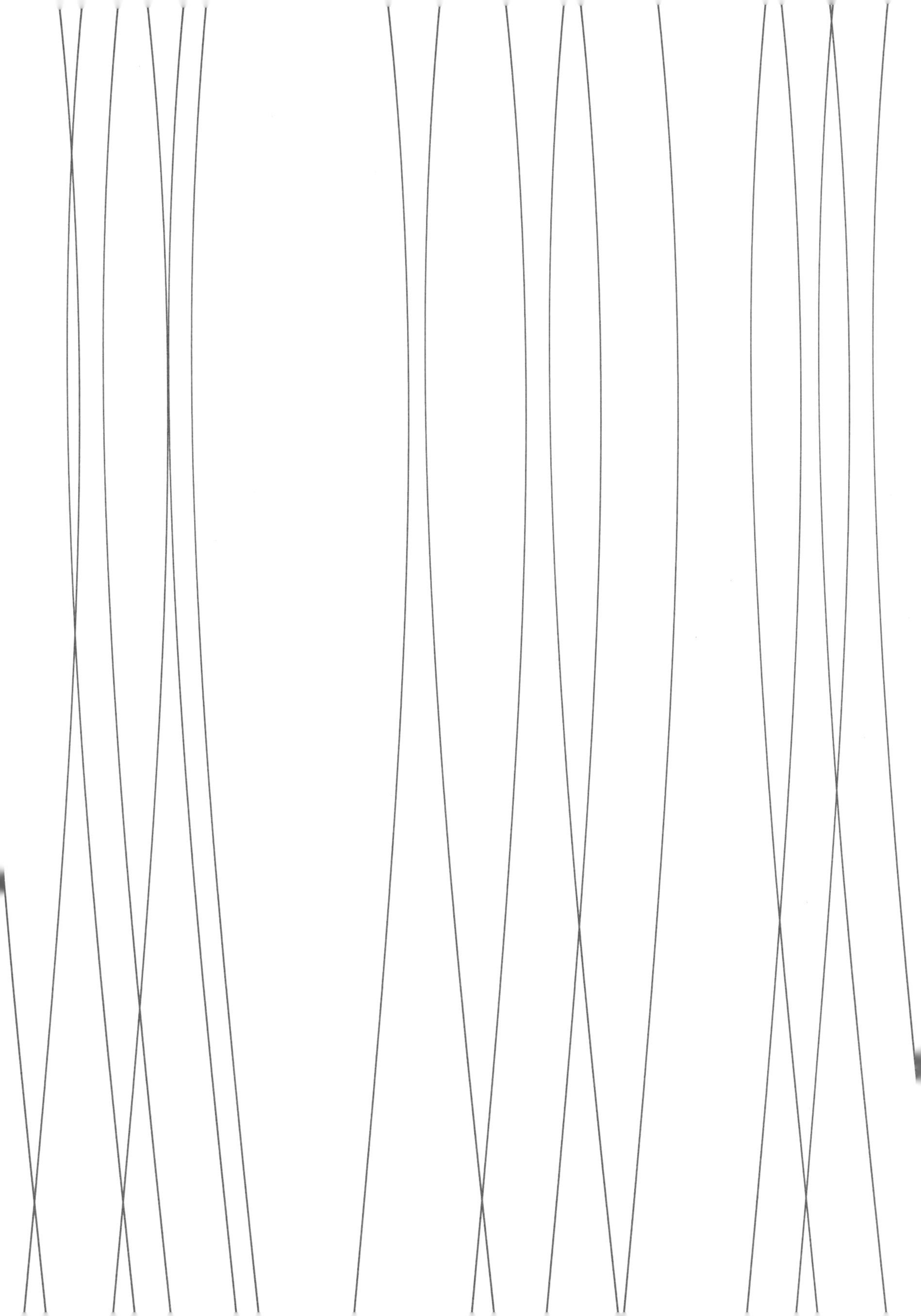

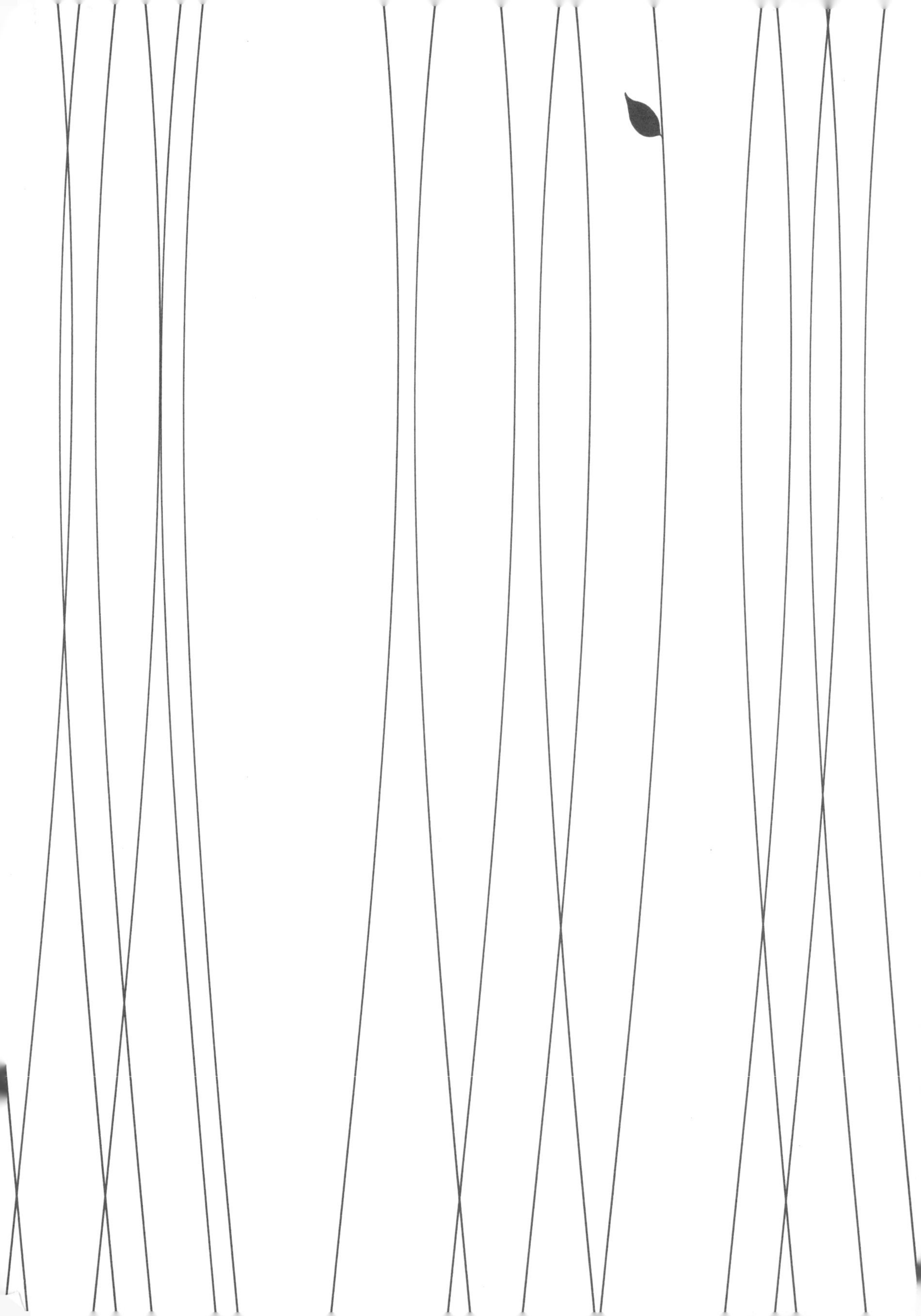